Ulf Schiewe
Land im Sturm

Ulf Schiewe

Land im Sturm

Roman

Lübbe

MIX
Papier aus verantwortungsvollen Quellen
FSC® C014496
FSC
www.fsc.org

Dieser Titel ist auch als digitales Hörbuch und E-Book erschienen.

Originalausgabe

Dieses Werk wurde vermittelt durch die Literarische Agentur Thomas Schlück GmbH, 30161 Hannover

Umschlaggestaltung: Johannes Wiebel | punchdesign, München
Einband-/Umschlagmotiv: © jocic/shutterstock.com (2);
steve estvanik/shutterstock.com; David M. Schrader/shutterstock.com;
© akg-images/Erich Lessing
Illustrationen im Innenteil: Jan Reuter, Äpfingen
Satz: Dörlemann Satz, Lemförde
Gesetzt aus der Berkeley Oldstyle
Druck und Einband: GGP Media GmbH, Pößneck

Printed in Germany
ISBN 978-3-7857-2624-2

2 4 5 3 1

Sie finden uns im Internet unter: www.luebbe.de
Bitte beachten Sie auch: www.lesejury.de

INHALT

Für
Sandra

TEIL I
Die Ungarn

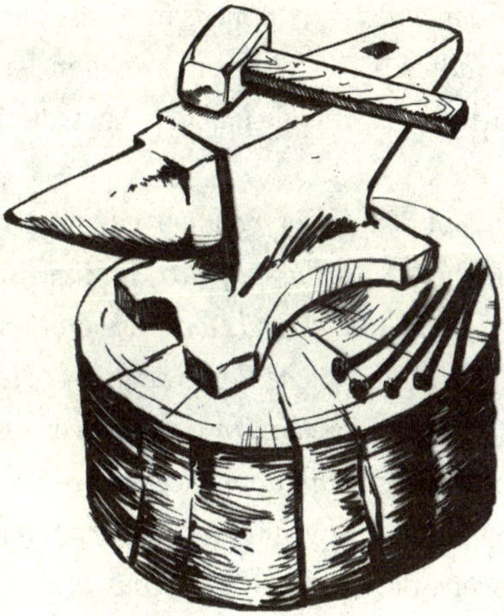

Der junge Arnulf, Sohn eines Hufschmieds im Welschen, ahnt an jenem Sommerabend des Jahres 955 noch nicht, was ihm bevorsteht. Schon bald wird er sich wünschen, die Tochter des Vogts hätte nie ein Auge auf ihn geworfen.

Wir befinden uns in den Alpen, genauer gesagt: im unteren Inntal, durch das die alte Römerstraße flussaufwärts bis Innsbruck führt, bevor sie sich dort nach Süden wendet und über den großen Pass den Weg nach Italien öffnet. Es ist die übliche Route deutscher Herrscher, die mit ihren Kriegern nach Süden ziehen, um ihre Macht über die Lombarden durchzusetzen. Arnulfs Heimatdorf liegt auf der Südseite des Inns und ist von welschen Bauern bewohnt, den Nachkommen romanisierter Kelten. Sie beherrschen die Sprache ihrer bajuwarischen Herren, aber untereinander ist immer noch das Romanische geläufig.

Es ist Ende Juni, die Heumahd ist eingebracht, das Getreide steht hoch. Man hofft auf gutes Wetter für die Weizenernte. An diesem Abend begeht die Dorfgemeinschaft wie jedes Jahr das Johannisfest. Auf den Höhen der nachtschwarzen Berge glühen die Feuer wie winzige Lichter zu Ehren des Heiligen, der den Christus ankündigt. Und gleichzeitig, auch wenn die Priester es nicht mögen, wird wie zu Urzeiten die Sommersonnenwende gefeiert, mit Singen, Tanzen, Bocksprüngen und allerlei Schabernack zum Austreiben der bösen Geister. Ein überschwängliches, fröhliches Fest.

Und damit beginnt die Geschichte.

DIE JOHANNISNACHT

Den ganzen Nachmittag über waren die Männer damit beschäftigt gewesen, nicht weit vom Flussufer Holz für ein gewaltiges Feuer zusammenzutragen und aufzuschichten. Alle im Dorf hatten dafür gespendet. Die Kinder hatten davorgestanden und ungeduldig gewartet, dass es dunkel wurde. Die Johannisnacht war für sie das aufregendste Ereignis des Jahres. Zum Glück blieb der Himmel klar. Das Wetter würde ihnen nicht den Spaß verderben.

Und nun war es endlich so weit. Flammen loderten in den Nachthimmel. Funken stoben davon wie winzige Glühwürmchen. Das brennende Holz zischte, knackte und knisterte. Alle hatten sich versammelt. Die Kinder tobten rund ums Feuer, Hunde bellten erregt, und die Mütter mussten immer wieder eingreifen und ihre Jüngsten ermahnen, sich nicht zu nahe ans Feuer zu wagen. In einem großen Kessel dampfte ein Gemüseeintopf. Jeder durfte seinen Napf füllen und sich ein Stück vom frischen Brot nehmen, das die Weiber ausgelegt hatten. An einem Tag wie diesem gab es sogar Fleisch. Spanferkel hingen am Spieß, und der Duft trieb einem den Speichel in den Mund. Auch Käse gab es und jede Menge frisch gebrautes Bier.

Nach dem Essen gaben Sackpfeife und Trommeln den Takt vor. Die jungen Leute fassten sich an den Händen und tanzten im Kreis, es wurde geklatscht und gesungen. Ab und zu trieben die Burschen ihren Spaß mit den Mägden. Dann unterbrach Johlen und Kreischen den Reigen. Schmunzelnd schauten die Alten zu, erinnerten sich an die eigene Jugend und ließen sich ihr Bier schmecken. Dabei taten sie, als merkten sie nicht, wenn sich heimlich ein Pärchen ins Dunkel der Büsche verzog. Schließlich war Johannisnacht, und überall in den Dörfern im Flusstal ging es ähnlich zu. Kein Wunder, wenn im Frühjahr nicht nur die Bäume ausschlugen, sondern auch die Säuglingsernte reichlicher ausfiel als sonst im Jahr.

Arnulf bückte sich, um einen angekohlten Scheit zurück in die Lohe zu werfen. Mit einem Mal hatte er das Gefühl, beobachtet zu werden. Als er sich umwandte, blickte er in die Augen eines jungen Mädchens. Hoch zu Ross, mit einigem Abstand zum Geschehen, sah sie dem wilden Treiben zu. Lange hielt sie seinen Blick, dann sah sie zur Seite. Es war die junge Dame Gisela. Dass sie ausgerechnet ihn anstarrte, erstaunte ihn und schmeichelte ihm. Aber es erfüllte ihn auch mit Unbehagen, denn der Mann an ihrer Seite war Vogt Eberlin, Herr über mehrere Dörfer diesseits des Flusses, und ihr Vater. Ein Blick auf die geringschätzige Miene, mit der er den Tänzen ums Feuer zusah, ließ ahnen, dass er es gewiss nicht leiden würde, wenn seine Tochter einen wie ihn überhaupt beachtete.

Die Spielleute stimmten ein neues Lied an, als eine der Mägde ihm zurief: »Was stehst du so rum, Arnulf?« Es war Lole, die Tochter eines leibeigenen Bauern. Dem hatte Gott keinen Sohn geschenkt, sondern ihn stattdessen mit vier Töchtern geschlagen. Lole war die jüngste und die wildeste, wie es hieß. So manche Gerüchte rankten sich um sie. Jetzt trat sie dicht an ihn heran, drückte ihm einen feuchten Kuss auf den Mund und packte ihn am Arm. »Komm, tanz mit uns!«

Lachend ließ er sich mitziehen und in die Kette der Frauen einreihen, die sich von Neuem gebildet hatte. Sie hüpften und tanzten und sangen die alten Lieder. Zwischendurch auch deftige Beschwörungen, bei denen sich der Bischof in Brixen vor Scham die Ohren zugehalten hätte, wäre er anwesend gewesen. Dann wieder hielten sie inne, stampften mit den nackten Füßen auf und brüllten Zaubersprüche in die Nacht zur Verbannung der bösen

Geister, auf dass Mensch und Vieh gesund blieben und die Neugeborenen heil an Leib und Gliedern zur Welt kommen würden. So war es Brauch.

Unter fröhlichem Gekreische zogen sie noch mehr der jungen Männer in den Kreis. Auch Volkmar, Arnulfs Bruder, war darunter, obwohl er längst verheiratet und seine Frau hochschwanger war. Doch in der Johannisnacht galt das nicht. Da durften die Weiber – und nicht nur die ledigen – über die Stränge schlagen und sich ihre Tanzpartner suchen, wie sie es gerade mochten. Und mit etwas Glück tat eine hübsche Magd in dieser Nacht mehr, als einem schöne Augen zu machen.

Jedes Mal, wenn er im Kreis der tanzenden Weiber beim Umrunden des Feuers an der gleichen Stelle vorbeikam, sah er den Blick der Vogttochter auf sich gerichtet. Das machte ihn ganz zappelig. Oder war es das viele Bier, das er in sich hineingeschüttet hatte? Es nahm ihm die Hemmungen, machte ihn verwegen. Er löste sich aus dem Kreis und wanderte leicht schwankend zu den beiden Reitern hinüber.

Freundlich grinsend verneigte er sich vor dem Edelfräulein. »Herrin Gisela, warum steigt Ihr nicht vom Pferd und tanzt mit uns?«

Als der Pfeifer sah, mit wem Arnulf sprach, vergaß er vor Erstaunen, den Dudelsack zu pumpen, worauf die Melodie mit einem wehleidigen Ton erstarb. Auch der Trommler hörte auf. Und schon blieben die Tänzer stehen, starrten herüber, wunderten sich, warum die Musik verklungen war.

Das Fräulein Gisela hatte bei der unerwarteten Frage ein erschrockenes Gesicht gemacht mit kurzem Seitenblick zu ihrem Vater. Dann aber fasste sie sich und blickte hochmütig auf Arnulf hinab, bevor sie das Gesicht ganz abwandte und so tat, als habe sie ihn nicht gehört.

»Was zum Teufel fällt dir ein, du verdammter Lümmel?«, fuhr der Vogt ihn an. »Noch ein Wort, und ich lasse dich auspeitschen.«

Einen Augenblick lang sah es so aus, als würde er sein Schwert ziehen, aber dann riss er am Zügel seines kostbaren Pferdes. »Komm, Tochter, es reicht jetzt. Wir haben uns diesen gottlosen Unsinn schon lang genug angesehen.«

Er wendete sein Pferd und ritt davon. Gisela folgte ihm. Bevor sie jedoch in der Dunkelheit verschwand, drehte sie sich noch einmal im Sattel um. Hatte sie gegrinst? Arnulf war sich nicht sicher.

Sein Bruder Volkmar packte ihn am Arm. »Bist du dämlich? Du kannst doch nicht den Vogt herausfordern.«

»Ich wollte nur freundlich sein.«

»Zu denen ist man nicht freundlich. Die verstehen das als Anmaßung.« Volkmar legte ihm den Arm um die Schultern. »Nimm dir lieber die kleine Lole vor. Die hat's auf dich abgesehen.« Er lachte ausgelassen und winkte dem Pfeifer zu. »Was glotzt du so blöd? Spiel endlich weiter!«

Da begann die Musik aufs Neue.

Das Tanzen und Feiern hielt an bis in die frühen Morgenstunden, bis das Feuer fast ganz heruntergebrannt war. Die Alten waren schon vor einer Weile in ihren Hütten verschwunden, wo sie bierselig schnarchten. Auch die meisten Kinder schliefen längst in den Armen ihrer Mütter. Selbst den Älteren fielen die Augen zu. Die Familien zogen sich zurück, und nur die jungen Leute blieben, legten ein wenig Holz nach, erzählten sich Geschichten, lachten und scherzten noch lange in der Dunkelheit.

Schließlich wurde es still. Nur noch ein gelegentliches Flüstern und Kichern war zu hören und ein Rascheln in den Büschen. Einmal auch ein leises Stöhnen aus weiblicher Kehle, das die anderen mit unterdrücktem Gelächter quittierten. Alle waren sich einig, es war ein schönes Fest gewesen.

Arnulf schlief tief und fest, bis seine Mutter Jelscha ihn weckte. »Steh auf, du Faulpelz. Zeit für die Messe.«

Er fuhr hoch und wischte sich schlaftrunken mit der Hand übers Gesicht. Dann schob er das warme Schaffell beiseite und erhob sich. Sein Kopf schmerzte noch von dem vielen Bier. Dorela, Volkmars hochschwangeres Weib, beäugte seinen nackten Oberkörper.

»Zieh dir endlich dein Hemd über«, knurrte die Mutter.

Mit Mutter legte man sich am besten nicht an. Sie hatte eine scharfe Zunge und herrschte über Haus und Hof mit eiserner Hand. Arnulf trat vor die Tür, goss sich Wasser aus dem Viehtrog über den Kopf und zog sich das saubere Leinenhemd über, das seine Mutter ihm gereicht hatte.

Die Hütte der Familie war größer als die meisten anderen im Dorf, hatte aber trotzdem nur einen einzigen, großen Raum, in dem gekocht, gegessen und geschlafen wurde. Der Boden bestand aus festgestampfter Erde, inzwischen hart wie Stein. Ein paar dicke Holzpfeiler und Querbalken trugen das strohgedeckte Dach. An denen hingen Pfannen und Töpfe und ganze Bündel von Kräutern zum Trocknen. Über der offenen Feuerstelle in der Mitte des Raumes war eine Öffnung im Dach, die als Rauchabzug diente. Darunter hingen ein paar Schinken vom Schlachtfest im letzten Herbst. An der Seite und im hinteren Bereich befanden sich Bettstellen – die meisten offen, denn für Prüderie war in der Wohnenge kein Platz. Im Winter schlief sogar der Knecht im Haus, ansonsten in der Scheune. Nur die Lagerstatt von Arnulfs Eltern war mit einem Vorhang vor neugierigen Blicken geschützt. In einer Ecke waren Bretter bis zum Dach angebracht, auf denen die Käselaibe reiften, die Jelscha an abwechselnden Tagen herstellte, an denen die Milch nicht für Butter oder anderes gebraucht wurde.

An einer Seite führte eine niedrige Tür in den Stall. Darin befand sich der ganze Reichtum der Familie – ein Maultier, zwei Milchkühe und ein Zugochse kauten dort an ihrem Heu. Daneben war ein Schweinekoben, in dem eine Sau ihre Ferkel säugte. Ein paar Ziegen besaßen sie auch, und im Hof pickten Hühner die Körner auf, die Jelscha ihnen hingeworfen hatte. Sie hatte schon die Kühe gemolken und die Tiere gefüttert. Auf der anderen Seite des Hofs befanden sich Vater Linards Schmiedewerkstatt, ein Geräteschuppen und die Scheune, frisch gefüllt mit dem duftenden Heu der ersten Mahd. Und neben dem Stall türmte sich der Mist, den sie im Herbst vor der Aussaat auf die Felder fahren würden. Ein alter Hirtenhund bewachte den Hof, aber in Wirklichkeit lag er meist faul im Schatten der Scheune.

Es gab im Inntal durchaus noch freie Bauern, aber die waren im Laufe der Zeit weniger geworden. Immer mehr hatten sich unter den Schutz der Kirche oder eines Adeligen gestellt – manche gezwungenermaßen nach Ernteausfällen oder weil ein Grundherr ihnen das Leben schwermachte, andere freiwillig. Sie besaßen ihr Land nicht länger, sondern pachteten es. Und natürlich gab es viele, die ihr Dasein als Leibeigene fristeten, ein Stückchen Land zur Eigenversorgung bestellten und ansonsten Frondienste zu leisten hatten.

Vater Linard war in jungen Jahren als freier Hufschmied ins Dorf gekommen und inzwischen der Dorfälteste. Auch er hatte etwas Land gepachtet, denn die Schmiede allein hätte die Familie nicht ernähren können. Dazu war das Dorf zu klein. Die meisten Bewohner waren leibeigene Bauern der Vogtei, die kaum etwas besaßen. Vor allem keine Pferde zum Beschlagen, höchstens einen Esel und vielleicht ein Maultier, um Lasten zu tragen und Karren zu ziehen. Und wenn sie zu ihm kamen, dann selten mit Silbermünzen. Leistungen wurden im Tauschgeschäft ausgehandelt.

Nein, gute Schmiedeaufträge kamen eher von der nahe gelegenen Burg der Vogtei, die zum Bistum Brixen gehörte. Die wurden wenigstens mit echtem Silber entlohnt. Die Krieger des Vogts brachten ihre Gäule, um die Hufeisen zu erneuern. Es gab Waffen auszubessern, Helme auszubeulen oder neue Speerspitzen zu schmieden. Manchmal wurde Linard auch zur Burg bestellt, wo es zwar eine kleine Schmiede gab, aber niemanden, der damit umgehen konnte.

Das Land, das die Familie pachtete, war nicht das beste, und es lag ein Stück weit entfernt auf höherem Grund, denn die saftigsten Äcker in den Auen behielt das Bistum für sich. Pächter mussten sich mit Hanglagen zufriedengeben, die schwerer zu pflügen waren, oder mit Feldern weiter oben am Wald, wo Wildschweine gern die Feldfrucht ausgruben. Wenigstens waren die höher gelegenen Äcker vor Überschwemmungen sicher. In Linards Jugend hatte es einmal ein schreckliches Hochwasser gegeben, das selbst das Dorf überflutet hatte, obwohl es etwas höher lag als die Uferauen.

Zusammen mit Arnulfs Onkel, der letztes Jahr verstorben war, und Jöri, dem alten Knecht, hatten sie in den Jahren genug erwirtschaftet, um nach den Abgaben an das Bistum und dem Einlagern des Saatguts immer noch alle Mäuler stopfen und Wintervorräte anlegen zu können. Sogar eine weitere Weide für das Vieh hatten sie vor ein paar Jahren gepachtet. Nein, im Gegensatz zu den Leibeigenen im Dorf, deren Kinder zerlumpt herumliefen und nicht selten hungrig zu Bett gingen, konnten sie nicht klagen.

Arnulfs Bruder Volkmar trug gerade etwas Feuerholz ins Haus. »Na, wie war's mit Lole?«, feixte er.

»Wir haben getanzt, das ist alles.«

»Ach, Arnulf, was bist du doch für ein Träumer. Wenn sich eine Gelegenheit bietet, musst du zupacken.«

Arnulf grinste spöttisch. »So wie du mit Dorela?« Mit der Hand deutete er einen gewaltigen Bauch an. Beide wussten, dass die Heirat im letzten Winter nicht ganz freiwillig zustande gekommen war.

Volkmar lachte. »Na ja. Keiner ist vor Unfällen gefeit«, meinte er und verschwand im Haus.

Sein Bruder war ein paar Jahre älter als er und würde eines Tages das Land übernehmen, das die Familie bewirtschaftete. Er war ein handfester Kerl. Und immer in Bewegung. Manchmal konnte er aufbrausend sein, meist aber war er guter Dinge. Seine junge Frau, obwohl gerade schwer mit Kind, war eine gute Arbeiterin und geschickt im Spinnen und Nähen. Sie würde ihm eine tüchtige Hilfe sein. Vater Linard hatte versucht, dem Ältesten das Schmieden beizubringen, aber ohne Erfolg. Stundenlang am Amboss zu stehen, das war nichts für Volkmar. Mit seinem Los als Bauer dagegen war er zufrieden. Bei jedem Wetter war er unterwegs, packte gleich an, was zu tun war, und klagte nicht über die harte Arbeit.

Arnulf, gerade zwanzig geworden, schlug ganz nach seinem Vater. Nicht nur körperlich. Während sein Bruder von stämmigem Wuchs wie die Mutter war und auch deren rotblondes Haar geerbt hatte, war Arnulf dunkelhaarig wie Linard, hatte dessen hochgewachsene Statur und die gleichen blauen Augen. Und auch die stille, nachdenkliche Art. Natürlich musste er auf den Feldern helfen, aber weit mehr liebte er es, das heiße Eisen zu formen. Er mochte den Geruch der brennenden Holzkohle, die Hitze der Esse und den zischenden Dampf, der aufstieg, wenn sie den glühenden Stahl im Wassertrog abschreckten.

Arnulf war noch nicht ganz wach. Gedankenverloren beobachtete er die Hühner im Hof und blickte dann zum Himmel auf. Das schöne Wetter vom Vortag war einem verhangenen Himmel gewichen. Wenigstens regnete es nicht. Ein bisschen Regen würde dem Getreide nicht schaden. Nur wenn wie letztes Jahr das schlechte Wetter nicht aufhören wollte, dann sah es nicht gut aus für die Ernte.

Seine Schwester Braida steckte den Kopf aus der Hütte. »Kommst du endlich essen?«

Sie trug eine mürrische Miene zur Schau, wie meistens in letzter Zeit. Es muss das Alter sein, dachte Arnulf. Oder weil trotz ihrer sechzehn Jahre noch kein Bräutigam in Sicht war. Sie sei einfach zu hässlich, hatte sie ihm anvertraut mit einem Gesicht, als sei es das Ende der Welt. Wer will schon eine dürre Vogelscheuche heiraten?, hatte sie gejammert. Nicht einmal richtige Brüste habe sie, nicht so wie die anderen Mädchen. Und außerdem hasse sie die roten Haare und die Sommersprossen, die sie von der Mutter geerbt hatte.

Ein Glück, dass Braida vorsichtig genug war, so etwas nicht in Jelschas Gegenwart zu sagen, sonst hätte es Maulschellen gesetzt. Arnulf mochte seine kleine Schwester und fand sie überhaupt nicht hässlich. Im Gegenteil. Sie hatte etwas Elfenartiges. Wie eine Fee aus den Märchen. Doch was half es, ihr das immer wieder zu sagen, wenn sie es nicht glauben wollte?

Nach dem hastigen Morgenmahl – gekochter Hirsebrei mit etwas Honig, damit er nicht so scheußlich schmeckte – machten sie sich auf den Weg zur Messe. Die Frauen hatten ihre einzigen, aus grobem Leinen genähten Sonntagskleider angelegt, mit einem Wolltuch um Kopf und Schultern. Die Männer kamen im sauberen Hemd und mit Stiefeln an den Füßen statt der Holzschuhe, die sie bei der Feldarbeit trugen, die widerspenstigen Haare mit dem Holzkamm gebändigt und im Nacken zusammengebunden.

Nur Vater Linard fehlte. Er fühle sich nicht gut, hatte er gesagt, spüre eine Erkältung im Anzug und etwas Fieber. Das sei wohl eher dem vielen Bier zu verdanken, hatte Jelscha ungerührt gebrummt. Doch Arnulf machte sich Sorgen, denn sein Vater war keiner, der sich wegen einer Erkältung gleich ins Bett legte.

Ein kühler Wind strich übers Land. Die graue Wolkendecke, die über dem Tal hing, verbarg die Gebirgsgipfel zu beiden Seiten des Inns. Heute war der Gedenktag des heiligen Johannes. Die Welschen waren fromme Leute. Schon zu Römerzeiten waren sie Christen geworden. Und so nahm das ganze Dorf samt den Kindern an der Messe teil und versammelte sich vor der Kirche.

Den größeren Jungs musste man ein paarmal die Ohren lang ziehen, bevor sie still waren. Eine richtige Kirche war es nicht, nur eine kleine Kapelle. Im Grunde nicht mehr als ein überdachter

Schrein mit einem geschnitzten Kruzifix im Inneren und ein paar brennenden Kerzen. Das für die Messe nötige Gerät brachte der geweihte Mönch für gewöhnlich mit. Der wohnte in der Vogtei und diente dort eigentlich als Schreiber. Für einen richtigen Pastor reichte es nicht in der Dorfgemeinde.

Dieser Mönch, ein dürrer Kerl mit einem gewaltigen Adamsapfel, stellte sich vor die Versammelten und hielt ihnen gleich zu Anfang eine lange Predigt über die Versuchungen des Teufels, über die Verruchtheit heidnischer Bräuche, über die Sünden der Ausschweifung und der fleischlichen Lust. Er rief sie auf, in sich zu gehen und Buße zu tun für die wilde Nacht, die sie durchfeiert hatten.

Einige machten düstere Gesichter. Ob aus Schuldbewusstsein oder weil ihnen noch der Kopf vom Bier dröhnte, war nicht ersichtlich. Aber die meisten nahmen die Predigt gleichmütig hin, wohlwissend, dass der gute Mann ihnen in den kommenden Wochen mit großem Genuss die Beichte abnehmen würde und sich alles, was sich in der Johannisnacht zugetragen hatte, haarklein würde erzählen lassen. Arnulf wusste von einigen, die sich einen Spaß daraus machten, die vermeintlichen Verfehlungen noch verruchter und gewürzter darzustellen, als sie wirklich gewesen waren.

Danach sprach der Mönch über den heiligen Johannes, dessen Festtag heute gefeiert wurde, und wie er Jesus Christus vorangegangen war, um ihn als das Licht der Welt zu verkünden. Zuletzt murmelte er ein paar auswendig gelernte Formeln auf Lateinisch, die niemand verstand, vielleicht nicht einmal er selbst. Dann beging er das heilige Sakrament des Abendmahls, legte Hostien auf die Zungen jener, die gerade nah genug standen, und trank den Wein in einem Zug aus. Zuletzt wurde das Vaterunser gebetet, dann packte er eiligst sein heiliges Gerät zusammen und machte sich davon.

Vater Linards Zustand hatte sich verschlechtert, als sie wieder daheim waren. Seine Stirn war heiß und die Stimme heiser. Jetzt machte sich Jelscha doch Sorgen um ihren Mann, packte ihn in warme Schaffelle und gab ihm einen Kräuteraufguss zu trinken. Plötzlich sah man ihm sein Alter an, das Grau an Bart und Schläfen, die Falten im Gesicht. Erschöpft und verbraucht sah er aus, obwohl nicht älter als fünfzig.

»Komm her, Arnulf. Ich muss mit dir reden«, sagte er.

Der nahm sich einen dreibeinigen Hocker und setzte sich zu ihm. Er konnte sich denken, worum es ging.

»Was ist bloß in dich gefahren, Junge, die Tochter des Vogts zum Tanz aufzufordern?« Linard schüttelte den Kopf und seufzte.

Arnulf schlug die Augen nieder. »Ich wollte nur freundlich sein, Vater. Außerdem hat sie mich die ganze Zeit angestarrt.«

»Denkst du etwa, Edelfräulein vergnügen sich mit Bauern beim Tanz? Wir sind nichts für diese Leute. Und dass sie dich angestarrt hat, hast du bestimmt nur missverstanden. Bilde dir bloß nichts ein. Das bringt Unglück für die ganze Familie.«

»Dieser Eberlin ist ein Schwein«, verteidigte Volkmar seinen jüngeren Bruder. Er mochte den Vogt nicht. Bei ihm war der Mann nie Vogt oder Herr, sondern immer nur der Eberlin oder der verdammte Eberlin. »Er musste unserem Arnulf nicht gleich mit der Peitsche drohen.«

»Sprich nicht so von deinem Herrn«, erwiderte Linard. Sie alle wussten, dass Volkmar ein Hitzkopf war, und fürchteten, dass er einmal zu viel sagen würde. Und das in falsche Ohren. »Unser Vogt betrachtet es als Herabsetzung, dass er sich hier um uns arme Bauern kümmern muss. Sein eigenes Land hat man ihm genommen.«

»Geschieht ihm recht«, knurrte Volkmar gehässig. »Aber woher willst du das wissen?«

»Ich weiß es von den Händlern, die hier durchziehen. Die, die mir das Roheisen verkaufen.«

»Und was sagen die?«

»Ihr wisst, nach Herzog Bertholds Tod hat der König die Luitpoldinger übergangen und seinen Bruder Heinrich zum Herzog gemacht. Ausgerechnet einen Sachsen. Ihr könnt euch vorstellen, was da los war.«

»Na und?«, fragte Volkmar. »Was hat das mit Eberlin zu tun?«

Linard schloss einen Augenblick die Augen, als ob das Sprechen ihm Mühe bereitete. Doch dann legte er die Hand auf Volkmars Arm und wollte schon fortfahren, als Jelscha hinzutrat und ihrem Mann einen Becher mit Wasser reichte. »Lasst euren Vater in Ruhe«, sagte sie. »Ihr ermüdet ihn.«

Linard trank einen Schluck. »Ist schon gut, mein Herz. Es ist nur eine Erkältung. Mehr nicht.«

»Du willst mal wieder nicht auf mich hören«, brummte sie und ging zur Feuerstelle hinüber, wo sie Dorela half, das Mittagsmahl zu bereiten.

Linard blickte lächelnd auf ihren gebeugten Rücken, dann nahm er den Faden wieder auf. »Nun zu deiner Frage, mein Sohn. Der Eberlin ist ein Vetter der Luitpoldinger und hat den Unverstand gehabt, sich mit Heinrich anzulegen. Und der hat ihm kurzerhand alles genommen. Jetzt ist er nur noch Vogt von den paar Dörfern hier. Und er muss die Erträge, die wir ihm schulden, an den Bischof von Brixen abliefern. Deshalb hasst er uns. Wir erinnern ihn täglich an seine Niederlage.«

Arnulf wusste nicht viel von solchen Dingen. Nur, dass dieser König Otto hieß und aus fremden Landen stammte, aus dem fernen Norden. Er hatte ihn sogar einmal gesehen, vor vier Jahren, als er mit seinem Heer auf dem Weg nach Italien vorübergezogen war. Einige seiner Krieger hatten im Dorf Halt gemacht, um Proviant zu erstehen. Man hatte sie kaum verstehen können, so seltsam war ihre Sprache. Im Grunde war es gleichgültig, wer sich gerade König nannte. Es hatte keine Bedeutung für die Menschen hier am Inn.

»Was musste er sich auch gegen den Bruder eines Königs auflehnen?«, sagte Arnulf. »Nicht sehr klug, würde ich sagen.«

»Ach, weißt du«, erwiderte der Vater, »wenn einer wie Eberlin einem Luitpoldinger die Treue geschworen hat, so wie schon seine Vorfahren, dann muss es ihm arg gegen den Strich gehen, einem Fremden zu dienen, auch wenn der ein Bruder des Königs ist.«

»War das der Grund für den Aufstand gegen Otto?«, fragte Volkmar. »Dass er die Luitpoldinger abgesetzt hat?«

Linard nickte. »Zum Teil. Aber der eigentliche Aufrührer war sein Sohn Liudolf.«

»Der eigene Sohn wollte ihn absetzen?«

»Weil er Angst hatte, sein Erbe zu verlieren. Ihr seht, sogar in den Familien der Großen gibt es Streit«, sagte Linard mit einem Augenzwinkern. »Söhne gegen Väter.«

Volkmar lachte. »Vor uns brauchst du dich aber nicht zu fürchten.«

Linard lächelte matt. »Das will ich auch hoffen.«

»Lasst euren Vater endlich in Ruhe«, schimpfte Jelscha und strich ihrem Mann die verschwitzten Haare aus der Stirn. »Er soll schlafen, damit er schnell wieder gesund wird.«

»Nur eines noch, mein Herz.« Linard wandte sich noch einmal an Arnulf. »Es gibt Schmiedearbeit auf der Wehrburg. Sie erwarten mich morgen. Aber so, wie es mit mir steht, musst du an meiner Stelle gehen. Pack dir Werkzeug ein und melde dich gleich morgen früh beim Verwalter des Vogts. Er wird dir erklären, was zu tun ist.«

Arnulf nickte. »Geht in Ordnung, Vater.«

Er erhob sich und wollte die Hütte verlassen, als seine Mutter ihn beiseitenahm. »Sieh zu, dass du dieser Gisela aus dem Weg gehst. Überhaupt, halte dich von den Hochwohlgeborenen fern. Grüß schön höflich und halte die Augen niedergeschlagen. Hast du verstanden?« Sie tätschelte ihm liebevoll die Wangen.

»Keine Sorge, Mutter.«

Söhne gegen Väter. Dieses Gespräch fiel Arnulf wieder ein, als er in der Nacht in seinem Bett lag und auf den Schlaf wartete. Er verstand sich gut mit seinem Vater. Vielleicht weil sie beide gerne in der Werkstatt arbeiteten. Volkmar dagegen stritt sich gelegentlich mit Linard, besonders, was Pflügen, Aussaat und Ernte betraf. Sein Bruder hatte diese bestimmende Art, meinte alles besser zu wissen. Genau wie Mutter.

Nur kam er damit selten durch, denn seine hitzigen Ausbrüche prallten an Linards ruhigem Wesen ab. Linard war die stille Autorität, nicht nur in der Familie, auch im Dorf. Nur in Haus und Stall, da mischte er sich nicht ein. Das war Jelschas Reich. Und wehe, einer kam ihr dabei in die Quere.

Jelscha hatte es nie leicht gehabt. Von früher Jugend an hatte sie gearbeitet und zwischendurch Kinder geboren. Vier davon waren ihr weggestorben. Zwei schon gleich nach der Geburt, eines mit drei Jahren. Zuletzt war noch ein Nachzügler gekommen, ein Mädchen. Mierta hatten die Eltern sie genannt, und ein wahrer Engel war sie gewesen. Alle hatten sie geliebt. Aber auch Mierta war mit fünf Jahren einem schlimmen Fieber zum Opfer gefallen. Tags zuvor noch munter, drei Tage später war sie tot. Jelscha war untröstlich gewesen. Es hatte Arnulf im Herzen wehgetan, seine Mutter so weinen zu sehen.

Aber den anderen Familien ging es nicht besser. Arnulf fragte sich, warum. Alte Leute verschieden, junge wuchsen nach. Das war das Leben. Wenn die Ernte schlecht war, Hungersnot herrschte und die Leute aus Schwäche starben, das konnte man verstehen. Auch wenn einer auf der verbotenen Jagd verunglückte, von einem Felsen stürzte oder im Fluss ertrank. Dann hatte er eben nicht aufgepasst. Oder wenn in einem bösen Streit plötzlich die Messer blitzten. Warum aber starben so viele kleine, unschuldige Kinder? Die hatten doch Gottes besonderen Schutz verdient. Warum ließ er sie sterben?

Trotz allem hatte Jelscha sich nie unterkriegen lassen. Die Toten wurden beweint und begraben, das Leben ging weiter, es wartete nicht auf Trauernde. Auch sonst war jeder Rückschlag für sie ein neuer Ansporn. Sie schuftete von früh bis spät, molk die Kühe, fütterte die Tiere, kümmerte sich ums Essen, stellte Käse her, den sie gegen andere Notwendigkeiten tauschte, half auf den Feldern, nähte Kleider, flickte zerrissene Hosen, stopfte Socken. Zwischendurch verteilte sie Ohrfeigen oder heilte Wunden. Und hatte immer noch Zeit, sich die Kümmernisse ihrer Kinder anzuhören oder ihrem Linard Ratschläge zu erteilen, selbst wenn er sie nicht danach gefragt hatte. Untätig kannte Arnulf seine Mutter nur, wenn sie sich am Abend müde aufs Lager fallen ließ und im Nu ihr leises Schnarchen zu hören war.

Einst hatte das ganze Inntal dem keltischen Stamm der Breonen gehört. Sie hatten Eisenerz aus den Bergen geholt und waren Meister der Schmiedekunst gewesen. Für die römischen Legionen hatten sie Panzer und Schwerter geschmiedet. Das hatte Vater erzählt, damit sie ihre stolze Herkunft nicht vergaßen. Obwohl das Inntal schon lange zum Herzogtum Baiern gehörte, waren noch bis in die Zeiten ihrer Urgroßväter breonische Adelige führend gewesen. Doch inzwischen waren viele neue Rodungen entstanden und das Tal immer mehr von bajuwarischen Bauern durchsiedelt worden. Auch die Fürsten waren jetzt Baiern, obwohl ganze Landstriche, wie auch ihre Gegend, der Kirche gehörten.

Immerhin gab es noch viele Dörfer, in denen die Welschen überwogen. Welsche. So wurden sie etwas verächtlich von den Baiern genannt. Wenn ein Stück Vieh gestohlen oder ein Wild unerlaubt erlegt worden war, suchte man den Schuldigen gern bei den Welschen. Was blieb einem also übrig, als sich anzupassen? Im Dorf hielten die meisten noch an ihrer Sprache und den alten Namen fest, aber Vater Linard hatte darauf bestanden, seinen Söhnen bajuwarische Namen zu geben. Das würde für die Baiern nicht so fremd klingen und den beiden vielleicht das Leben erleichtern. Es war nicht auszuschließen, dass die romanische Sprache eines Tages ganz verschwinden würde, denn die Herren mochten es nicht, wenn man sich in einer Sprache unterhielt, die sie nicht verstanden.

Bevor Arnulf der Schlaf übermannte, kam ihm die Tochter des Vogts in den Sinn. Es war dumm gewesen, sie in seiner übermütigen Bierlaune anzusprechen, das sah er ein. Aber dass seine Eltern so in Sorge darüber waren, stachelte seine Neugierde eher noch weiter an. Sie war hübsch, diese Gisela, trug im Vergleich zu den Dörflern kostbare Kleider. Wie anders ihr Leben doch war. Gewiss hatte sie Mägde und Diener, die ihr jeden Wunsch von den Augen ablasen. Obwohl der Turm, in dem der Vogt hauste, nicht wirklich wohnlich aussah. Besonders im Winter musste es in dem alten Gemäuer schrecklich zugig und kalt sein. Aber wahrscheinlich wohnte sie gar nicht im Turm, sondern im Haupthaus der Burg.

Früh am Morgen sah Arnulf nach seinem Vater. Die Mutter hatte es Linard bequem gemacht, aber seine Stirn war heiß, und er konnte kaum sprechen. Als Jelscha ihm ihren Kräuteraufguss einflößen wollte, winkte er ab. »Noch mehr von dem Zeug, und ich bin nur noch am Pinkeln«, krächzte er schwach und schloss die Augen.

Sie legte ihm ein feuchtes Tuch auf die Stirn, murmelte zärtliche Ermunterungen wie zu einem Kind und küsste ihn auf die Wange. Dann sah sie Arnulf an, und in ihren Augen stand tiefe Besorgnis. Sie wussten, dass ein solches Fieber nicht auf die leichte Schulter zu nehmen war.

Arnulf schlang hastig seinen Brei herunter, denn es war Zeit, dass er sich auf den Weg machte. Am Brunnen füllte er seine Feldflasche und lud das nötige Werkzeug in eine lederne Tasche. Auf der Wehrburg gab es zwar diese kleine Schmiede, aber niemand schien so recht dafür verantwortlich zu sein. Nicht, dass es ihm nachher an Werkzeugen fehlte.

Jelscha nötigte ihm einen Beutel mit Brot und Käse für seine Brotzeit auf. Dann schlang er sich den Tragriemen der schweren Tasche über die eine Schulter, warf sich eine dicke Lederschürze über die andere und nahm zur Sicherheit noch einen schweren Hammer mit.

So beladen marschierte er los. An den Füßen trug er heute seine einzigen Lederstiefel, denn auf der Wehrburg des Herrn wollte er nicht in den alten Holzschuhen herumtrampeln. Schließlich war er der Sohn des Dorfältesten.

Über den Bergen hingen immer noch dunkle Wolken. Das Gras war nass, denn in den frühen Morgenstunden hatte es kurz geregnet. Arnulf war nicht der Einzige, der den Weg zur Burg eingeschlagen hatte. Mehr als ein Dutzend Leibeigene waren schon unterwegs, um ihren Frondienst zu leisten. Allerdings nicht auf den Feldern. Stattdessen arbeiteten sie seit dem Frühjahr hart an der Erweiterung der Wehranlage. Ein tiefer Graben war ausgehoben und das Erdreich dahinter zu einem hohen Wall aufgeschichtet worden. Junge Baumstämme waren zu Pfählen gespitzt und auf den neuen Wall gepflanzt worden.

Es war eine Anordnung des Herzogs, seitdem die Ungarn im letzten Jahr wieder für Angst und Schrecken gesorgt hatten. Zum Glück waren sie nicht bis ins Inntal vorgedrungen. Der Vogt hatte nicht viele Krieger, aber mit Hilfe einer Schar wehrhafter Bauern und einer guten Befestigung würde er sich halten können, sollte es den Ungarn in den Sinn kommen, hier einzufallen.

»He, Arnulf, warte auf mich!« Es war Duri, der Flussfischer, der sich beeilte aufzuschließen. Er trug einen Weidenkorb über der Schulter. »Hast du auf der Burg zu tun?«

»Nägel schmieden oder so was. Mein Vater schickt mich. Und du? Bringst du ihnen deinen Fang?«

Duri nickte. »War nicht viel in der Reuse heute Morgen, nur ein paar Äschen, aber ich hatte Glück mit der Angel. Zwei schöne Forellen für die junge Dame. Die wird sich freuen.«

»Sie isst gern Fisch?«

»Das tut sie. Und sie entlohnt mich gut dafür.«

»Sag mal, glaubst du wirklich, die Ungarn kommen bis hierher? Hier gibt's doch nichts zu holen.«

»Na ja, da ist immerhin Innsbruck. Und dann die Klöster. Die Kühe deiner Mutter kämen ihnen auch gelegen, würde ich sagen. Die essen gern blutig rohes Fleisch, hab ich gehört.«

»Der Vogt mit seinen paar Leuten wird sie wohl kaum aufhalten können.«

»Ich sag dir, Arnulf, die kann keiner aufhalten. Das sind Ausgeburten des Teufels. Die tragen sogar Hörner auf dem Kopf und haben Augen wie glühende Kohlen. Und kleine Kinder rösten sie am Feuer.«

»Ach, komm!«

»Ich schwör's. Ich war im letzten Herbst mit den Flößen bis nach Regensburg. Da hab ich 'ne Menge Leute getroffen, die haben mir das erzählt. Keiner kann gegen diese Wilden bestehen. Die kommen in riesigen Scharen. Und wenn sie ihre Pfeile abschießen, verdunkelt sich der Himmel. Die ganze Arbeit, die wir uns hier mit der Wehrburg machen, das ist alles umsonst. Die reiten einfach drüber, sag ich dir.«

»Kein Pferd kann über Wall und Graben springen.«

»Die schon.«

Arnulf glaubte ihm nicht wirklich. Und doch … Man hörte schlimme Dinge von diesem Reitervolk. Unbesiegbar sollten sie sein. Schon seit mehr als fünfzig Jahren fielen sie ab und zu ins Reich ein und hinterließen jedes Mal eine Blutspur der Verwüstung. Wie die Heuschrecken in der Bibel, so wüteten sie. Zum sprichwörtlichen Schrecken der Kinder waren sie geworden. *Wenn du nicht gehorchst, holen dich die Ungarn*, sagten die Mütter. Dabei zitterten sie selbst vor Angst, denn die fremden Reiter hatten den Ruf, keine Frau ungeschändet zurückzulassen.

Als hätte er Arnulfs Gedanken erraten, sagte Duri: »Du weißt, was sie mit den Weibern machen, oder? Nach jedem ihrer Raubzüge werden im Jahr darauf tausende kleine Ungarn geboren. Wenn das so weitergeht, werden wir bald selbst zu Ungarn.«

Arnulf musste lachen. »Jetzt spinnst du aber.«

»Du wirst sehen«, sagte Duri. »Eines Tages.«

Inzwischen waren sie angekommen. Auf einer kleinen Anhöhe stand ein breiter steinerner Turm. Grau und verwittert hob er sich gegen das dunkle Grün des Tannenwaldes ab, der sich den Berghang hinaufzog. Eine Holztreppe, die man bei einem Angriff hochziehen konnte, führte in den ersten Stock. Im Inneren musste es ziemlich düster sein, denn statt Fenstern gab es nur die Schlitze einiger weniger Schießscharten. Unterhalb des Turms standen im Halbkreis ein paar strohgedeckte Holzhäuser – Ställe, Vorratsschuppen, Werkstätten und auch eine Backstube, wie Arnulf wusste. Eines dieser Häuser war höher und breiter als die anderen. Das war das Herrenhaus.

Wall und Graben rund um Turm und Gebäude waren jetzt wesentlich verstärkt und in ihrem Umfang erweitert worden, damit im Kriegsfall auch die Leute aus den umliegenden Dörfern hier Zuflucht finden konnten. Ob sie bei einem Ungarnangriff überhaupt die Zeit dazu haben würden, war eine andere Frage. Aber so lautete die Anordnung des Herzogs. Überall im Land waren auf ähnliche Weise solch einfache Wehrburgen entstanden.

Duri verabschiedete sich und ging zum Herrenhaus hinüber, während Arnulf im Rund der Einfriedung stehen blieb und sich umsah.

Die Flanken des Walls waren mit Grassoden gesichert, damit der Regen das Erdreich nicht wegschwemmen konnte. Überall waren die Leibeigenen bei der Arbeit. Hammerschläge dröhnten über den weiten Burghof, denn an einigen Stellen wurden noch die Latten aufgenagelt, die die Pfähle der Palisade zusammenhielten. Woanders war man schon dabei, Wehrgänge anzubringen, von denen aus der Feind mit Pfeilen beschossen werden konnte. Der

Tordurchlass war in Stein gemauert. Darüber ragte ein hölzerner Turm mit Kampfplattform.

»Was stehst du rum und glotzt? Hast du nichts zu tun?«, fuhr ihn jemand auf bairisch an.

Arnulf erkannte den Mann als einen von Eberlins Kriegsknechten. Die kamen öfter ins Dorf, um Waffen ausbessern oder ihre Pferde beschlagen zu lassen. Nicht selten versuchten sie, mit den Mädchen anzubandeln. Es war nicht lange her, da hatte es Streit gegeben. Einer der Dörfler war niedergestochen worden. Nach einer Untersuchung hatte ausgerechnet die Familie des Toten eine Buße entrichten müssen. Das war es, was der Vogt unter Gerechtigkeit verstand.

»Linard, mein Vater, schickt mich. Es soll was zu schmieden geben.«

»Dann sprich am besten mit dem Waffenmeister. Das ist der große Kerl da drüben. Meinhard heißt er.«

»Ist der neu hier?«

»Seit dem Frühjahr. Wie auch ein paar andere Kameraden. Wir sind jetzt zwanzig Mann auf der Burg. Du kannst deinen Leuten sagen: Kein Jagen mehr in den Wäldern! Wir erwischen jeden.« Er grinste gehässig.

Das Wildern war ein ewiges Ärgernis für den Vogt, wie sie alle im Dorf wussten. Dabei half in schweren Zeiten ein Rebhuhn oder ein Hase im Topf, den Hunger zu stillen. Einen Hirsch zu erlegen war ohne Hundemeute ziemlich schwer. Trotzdem versuchten es einige immer wieder und riskierten dabei harte Strafen. Auch Volkmar und Arnulf hatten schon gewildert. Zum Glück konnte man sich darauf verlassen, dass im Dorf alle den Mund hielten.

»Bei uns wildert keiner«, erwiderte Arnulf.

»Und das soll ich dir glauben? Wir haben letztens wieder Blutspuren gefunden.«

»Muss ein Wolf gewesen sein oder ein Luchs.«

Arnulf ließ den Söldner stehen und ging zu der Stelle, wo dieser Meister Meinhard gerade Anweisungen gab. Es dauerte eine Weile, bis er Zeit für Arnulf hatte. Der Mann war schon etwas älter, aber kräftig gebaut mit Händen wie Schaufeln. Seine Haare hingen ihm wirr in die Stirn, und ein blonder Bart fiel ihm bis auf die breite Brust. Meinhards stahlgraue Augen musterten Arnulf argwöhnisch, als der sich vorstellte.

»Deinen Vater kenne ich«, brummte Meinhard. »Wieso kommt er nicht selbst?«

»Er ist krank, Herr, und schickt mich.«

»Du bist doch noch ein halbes Küken. Kannst du überhaupt schmieden?«

»Klar kann ich schmieden«, erwiderte Arnulf. »Das liegt unserer Familie im Blut. Meine Vorfahren haben schon für die Römer geschmiedet.«

»Ha! Der ist gut. Für die Römer geschmiedet …« Meister Meinhard lachte gutmütig, wobei Arnulf sah, dass ihm ein Zahn fehlte. »Wenn du so gut schmieden kannst, wie Sprüche klopfen, dann will ich es mit dir versuchen. Wir brauchen Nägel, dicke Nägel, und jede Menge davon. Da drüben in der Schmiede liegen noch einige rum, damit du siehst, was gebraucht wird. Also mach dich an die Arbeit.«

Arnulf ging zu der kleinen Schmiede hinüber, die an einer Seite offen und von einem wackeligen Dach gegen Regen geschützt war. Er legte seine Tasche ab und sah sich um. In einem Holzbottich fand er einige fertig geschmiedete Nägel, etwa drei Zoll lang und mit breitem Kopf. Überall lag angerostetes Roheisen in allen Größen und Formen herum. In einer Ecke fand er einen Haufen Stangeneisen, jedes mit regelmäßigen Einkerbungen. Das war sein Rohmaterial für die Nägel. Und der Amboss wies die nötigen Löcher dafür auf. So weit, so gut.

Holzkohle war genug vorhanden. Zumindest für einen Arbeitstag. Er machte sich daran, das Feuer in der Esse anzuzünden. Bald züngelten die Flammen, und er stellte die Luftzufuhr so, dass die

Kohle gleichmäßig anbrennen konnte. Eigentlich hätte er es sich sparen können, Werkzeug mitzubringen. Es war alles vorhanden, was er brauchte.

Bald schon legte er noch etwas Kohle nach und betätigte den Blasebalg. Das Feuer war das Wichtigste. Nur eine gute Glut würde das Eisen so erhitzen, dass er es formen konnte. Als es so weit war, schob er ein paar Eisenstangen zwischen die glühenden Kohlen und arbeitete weiter mit dem Blasebalg, um die Hitze zu erhöhen.

Es wurde ihm langsam warm neben der Esse. Er entledigte sich seines Hemdes, band sich die Schürze um und zog seine dicken Lederhandschuhe an. Dann holte er eine der Stangen aus dem Feuer, legte sie auf den Amboss und begann das Ende mit dem Hammer zu bearbeiten, bis es zu einer konischen Spitze geformt war. Die trennte er an der Kerbe ab und steckte sie in eines der Nagellöcher. Die Stange kam zurück in die Glut. Mit ein paar Hammerschlägen stauchte er das überstehende Ende zu einem flachen Nagelkopf. Ein Schlag auf den Amboss ließ den fertigen Nagel aus dem Loch springen.

Auf diese Weise arbeitete er weiter und hatte bald schon den halben Bottich mit Nägeln gefüllt.

Wenn er gehofft hatte, die Tochter des Vogts würde sich zeigen, so wurde er enttäuscht. Auch von ihren Brüdern war nichts zu sehen – angeblich hatte der Vogt Söhne in Arnulfs Alter. Dafür ließ sich gegen Ende des Morgens der Vogt selbst im Burghof blicken. Er trug eine feine, knielange Tunika, Reitstiefel, sein Schwert an der Seite und ein Wolfsfell um die Schultern, denn es war ein kühler Tag.

Ohne die verdrießliche Miene, die ständig auf seinem Gesicht zu liegen schien, wäre er mit der hohen Stirn und der geraden Nase ein gutaussehender Mann gewesen. In Meinhards Begleitung machte Vogt Eberlin die Runde, um einen Blick auf die Arbeiten zu werfen, ließ hier und da eine Anmerkung fallen oder gab seinem Missfallen Ausdruck. Schließlich blieben sie auch vor der

Schmiede stehen. Arnulf wagte kaum, den Blick zu heben. Der Vogt hatte ihn erkannt, so viel ließ sich aus der missbilligenden Miene entnehmen. Doch er sagte nichts, und gleich darauf gingen sie weiter.

Zur Mittagsstunde hielt Arnulf schweißgebadet inne, um sich auszuruhen und etwas zu essen. Er wollte schon weiterarbeiten, als Meister Meinhard kam, um seine Nägel zu begutachten. »Gute Arbeit. Ich sehe, du kannst tatsächlich schmieden. Übrigens, wenn es dir an Holzkohle fehlt, nimm dir ein Maultier aus dem Stall und hol dir vom Köhler im Wald, was du brauchst. Der rechnet dann mit uns ab. Du weißt, wo du ihn findest?«

»Natürlich.«

Sein Blick strich über Arnulfs Schultern und Oberarme. »Ich sehe, du bist ein kräftiger Bursche. Kannst du eigentlich mit Schild und Speer umgehen?«

Arnulf zögerte, dann schüttelte er entschieden den Kopf. »Nein, Herr. Mit Waffen kenne ich mich nicht aus.«

Das entsprach nicht ganz der Wahrheit, denn er und Volkmar hatten wie andere Jungs mit stumpfen Speerschäften gespielt. Sogar kleine Schilde hatte Linard ihnen gemacht. Und Reiten hatten sie auf dem Maultier der Familie gelernt. Aber richtige Waffen besaßen sie natürlich nicht, das war den Bauern nicht erlaubt. Stattdessen waren aus dem Spiel später ernsthafte Übungen mit harten Kampfstäben geworden, denn in unsicheren Zeiten war es gut, wenn man Besitz und Familie zu verteidigen wusste. Arnulf war also nicht ungeübt. Er war sogar besser als sein älterer Bruder. Doch das musste der Waffenmeister ja nicht wissen. Auch dass er mit dem Bogen umgehen konnte, behielt er für sich. Denn Bogenschützen kamen schnell als Wilddiebe in Verdacht.

»Bist du sicher?« Meinhard sah ihn scharf an. »Wir könnten nämlich noch ein paar Kämpfer gebrauchen.«

Arnulf schüttelte erneut den Kopf. »Wir sind nur Bauern und Handwerker, Herr, keine Krieger.«

Er wollte sich nicht in die Gruppe der wehrhaften Bauern zwingen lassen, die neben den Söldnern die Burg zu verteidigen hatten. Die mussten regelmäßig den Kampf auf den Wällen oder in der Schildwand proben. Vorzugsweise wurden dazu freie Bauern und Pächter verpflichtet. Wahrscheinlich, weil sie ihr Land mit mehr Überzeugung verteidigten als Leibeigene. Nein, als Krieger sah er sich nicht. Außerdem würde ihm das zu viel von seiner Zeit in der Werkstatt stehlen.

Der Waffenmeister betrachtete ihn immer noch misstrauisch, aber dann fiel ihm etwas anderes ein. »Sag mal, kannst du eigentlich Speerköpfe schmieden?«

»Klar, warum nicht?« Arnulf hatte das zwar noch nie selbst versucht, aber dem Vater schon oft dabei zugesehen. »Wie viele braucht Ihr?«

»Nun, drei Dutzend haben wir in der Waffenkammer. Aber das würde ich gern verdoppeln. Und Beschläge für Schilde brauchen wir auch noch. Du oder dein Vater, wenn er wieder gesund ist, ihr werdet noch eine Weile zu tun haben.«

Arnulfs Augen leuchteten. Speerköpfe waren vielleicht eine Herausforderung, aber besser als das langweilige Nägelschmieden. »Ihr könnt Euch auf mich verlassen, Meister Meinhard.«

»Sie müssen nicht schön aussehen, aber solide sollen sie sein. Nicht, dass sie beim ersten Stoß gegen Brünne oder Schild zerbrechen, hast du verstanden?«

Roheisen war brüchig und enthielt Schlacken vom Schmelzen des Erzes, die das Werkstück schwächten. Nur durch sorgfältiges Schmieden erhielt man so etwas wie brauchbaren Stahl. »Keine Sorge, Herr«, sagte Arnulf bestimmt. »Ich weiß, was zu tun ist.«

»Und nicht zu schwer sollen sie sein. Ich bring dir nachher einen Speer als Vorlage. Die nötigen Schäfte besorge ich dir auch.«

»Glaubt Ihr denn wirklich, dass die Ungarn kommen?«

»Das weiß keiner. Aber es ist besser, sich darauf vorzubereiten. Ansonsten bete zu Gott, dass sie uns verschonen.«

»Meint Ihr, der Vogt und Eure Männer, Ihr könnt sie aufhalten?«

Meinhard zuckte mit den Schultern. »Aufhalten wohl kaum. Dazu bräuchten wir ein ganzes Heer. Ich denke aber, die Burg werden sie umgehen und weiterreiten, um leichtere Ziele auszuplündern. Auf dem Rückweg aber, wenn sie schwer mit Beute beladen sind, dann sind sie verwundbar, dann können wir sie in einen Hinterhalt locken.«

»Das heißt, Ihr lasst sie einfach durchziehen und Dörfer verwüsten?«

»Weißt du was Besseres, Bürschchen?«, knurrte Meinhard gereizt. »Warum denkst du eigentlich, dass wir die Wehrburg erweitern?«

»Als Zuflucht.«

»Ganz recht. Im Notfall, immer vorausgesetzt, wir bekommen früh genug Wind von ihrem Kommen, sollen so viele von euch Bauern untergebracht werden wie möglich. Sicher auch deine Familie. Und alle Männer, auch du, werden helfen müssen, die Burg zu verteidigen. Hast du verstanden?«

Arnulf senkte den Blick und nickte. »Natürlich.«

»Und dafür brauche ich Speere. Also mach dich an die Arbeit!«

Nun, dagegen war nichts einzuwenden, im Gegenteil. Jede Speerspitze würde ein Silberstück bringen. Und vielleicht würde er dann doch noch die edle Gisela zu Gesicht bekommen.

DIE TOCHTER DES VOGTS

Als Arnulf verschwitzt und schmutzig von der Arbeit nach Hause kam, dunkelte es bereits. Schon von Weitem beschlich ihn das Gefühl, dass etwas nicht stimmte. Auf dem Hof war es ungewöhnlich still. Auf einer Bank vor der Hütte saß sein Bruder vornübergebeugt und hatte den Kopf in die Hände gestützt. Arnulf erschrak. Das konnte nur eines bedeuten.

»Was ist los?«, fuhr er seinen Bruder an. »Vater ist doch nicht tot?«

Der sah auf und schüttelte den Kopf. »Nein, ist er nicht. Aber es geht ihm schlecht. Mutter macht sich große Sorgen.«

Arnulf war erleichtert und beklommen zugleich. Er betrat die Hütte. Im Inneren herrschte trübes Halbdunkel. Nur das Kochfeuer und ein Kienspan an der Schlafstatt der Eltern verbreiteten etwas Licht. Die schwangere Dorela stand am Feuer und rührte schweigend in einem Topf. Sie sah ihn an und hob hilflos die Schultern. Auf dem Lager lag Linard, nur mit einem Leinenhemd bekleidet. Braida und Jelscha hockten daneben. Seine Schwester warf ihm einen kurzen Blick zu, dann beugte sie sich vor und wischte dem Vater den Schweiß von der glühenden Stirn. Jelscha saß ganz still und hielt Linards Hand umklammert. Ihr Gesicht war nass von Tränen.

Arnulf hockte sich ans Fußende und betrachtete besorgt den Kranken. Linards Hemd war durchgeschwitzt. Die geschlossenen Augen lagen in dunklen Höhlen, die bärtigen Wangen waren so hohl, als habe das Fieber alles Fleisch weggebrannt. Das Atmen schien ihm große Mühe zu bereiten, denn in der Brust rasselte und pfiff es wie in einem alten Blasebalg. Einmal öffnete der Vater blinzelnd die Augen, nickte seinem Sohn zu, schloss sie wieder. Es war schrecklich, ihn so schwach zu sehen – Linard, der sonst nie krank war. Gerade deshalb fürchteten sie nun das Schlimmste.

Jelscha wischte sich mit dem Ärmel übers Gesicht, seufzte und kam so mühsam auf die Beine, als trüge sie eine schwere Last. Mit zitternden Händen machte sie sich daran, die Wadenwickel zu erneuern, mit der sie das Fieber ihres Mannes zu senken hoffte. Arnulf hatte sie noch nie so mutlos und niedergeschlagen gesehen.

»Lass mich das machen, Mutter.« Er stand auf und nahm ihr das feuchte Tuch aus der Hand.

Sie klammerte sich an ihn und begann zu schluchzen. »Ich ertrage es nicht«, flüsterte sie. »Nicht das.«

Er legte die Arme um ihren weichen Leib. Sie roch nach Holzkohle, Kuhmilch und ranziger Butter. Dazu der ganz eigene, süßliche Geruch, der ihm seit frühester Kindheit vertraut war. Schwach und klein kam sie ihm auf einmal vor. Sie, die immer die Starke gewesen war. Nie hatte er an ihrer unbändigen Kraft gezweifelt. Aber vielleicht war sie auch nur so stark gewesen, weil immer ein Kerl wie Linard an ihrer Seite gestanden hatte. Nun war ihre Welt erschüttert und ins Wanken geraten.

Er wollte ihr sagen, sie solle sich nicht sorgen, hatte sie doch Söhne, die sich immer um sie kümmern würden. Doch dann hielt er die Worte zurück. Denn noch lebte der Vater, und an den Tod zu denken war, als würde man ihn heraufbeschwören.

»Vater ist unverwüstlich«, flüsterte er ihr zu. »Mehr als wir alle zusammen. Bald erholt er sich, du wirst sehen.«

Mit rotgeweinten Augen sah sie zu ihm auf und nickte. »Ich hoffe es.«

Volkmar betrat die Hütte. Auch er umarmte seine Mutter. Die Gegenwart ihrer Söhne schien sie ein wenig aufzumuntern. Sie fasste beide bei den Händen und zog sie hinüber zu Linards Bett. »Kommt. Wir wollen beten.«

Sie knieten auf dem Boden, auch Dorela, trotz ihres schweren

Bauchs. Sie fassten sich an den Händen und flehten zu Gott, ihnen den Vater nicht zu nehmen. Jelscha versprach, noch am gleichen Abend eine Ziege zu schlachten und als Blutopfer darzubieten. Eine heidnische Tradition. Aber schaden würde es nicht, denn war nicht auch in der Bibel vom Opferlamm die Rede?

Die ganze Nacht über lösten sie sich ab, kühlten dem Vater die Stirn, wechselten die Wadenwickel, hoben seine Schultern, wenn er wieder einen dieser schrecklichen Hustenanfälle bekam, bei denen er fast zu ersticken drohte, und flößten ihm lauwarmen Kräuteraufguss ein, damit er nach all dem Schwitzen nicht austrocknete.

Am nächsten Morgen ging es Linard kaum besser, aber auch nicht schlechter. Das gab ihnen Hoffnung. Unausgeschlafen und mit Kummer im Herzen machte Arnulf sich auf den Weg zur Wehrburg. Er hätte daheimbleiben und der Mutter beistehen sollen, aber sie konnten es sich schlecht leisten, das Silber auszuschlagen, das seine Arbeit einbrachte, oder gar den Unmut des Vogts herauszufordern.

Das trübe Wetter der vergangenen Tage war davongezogen. Es war warm, und weiße Wölkchen segelten auf dem weiten Himmelsblau. Darunter prangten die Berge im lichten Grün des Laubwaldes oder im dunklen, fast schwarzen Grün der Tannen in den höheren Lagen. Ganz oben glitzerten die felsigen Spitzen des Gebirges in der Sonne. Ein wenig nagte das Schuldgefühl an ihm. Denn insgeheim war er froh, dem Krankenlager und den Sorgenmienen der Frauen entflohen zu sein und frische Luft zu atmen.

Unterwegs traf er auf Lole, die sich zu den Feldern der Vogtei begab, um ihren Frondienst zu leisten.

»Wo hast du gesteckt?«, fragte sie mit einem kecken Lächeln. »Hab dich seit der Johannisnacht nicht mehr gesehen.« Sie hatte wohlgeformte Waden und Brüste, die einen ständig zum Hinstarren verleiteten. Was ihn ärgerte, denn im Grunde lag ihm nichts an Lole.

»Ich arbeite auf der Burg. Muss Speerspitzen schmieden.«

Sie machte große Augen. »Wirklich? Erst weiten sie die Wehrburg aus, und jetzt sollst du Waffen schmieden? Dann ist es also wahr, dass die Ungarn kommen.«

Er zuckte mit den Schultern. »Vielleicht. Vielleicht auch nicht.«

Sie fasste ihn am Arm. »Müssen wir Angst haben?«

»Falls sie kommen, lauft so schnell wie möglich zur Wehrburg. Da seid ihr in Sicherheit. Oder versteckt euch im Wald.«

Sie sah ihn zweifelnd an. »Ach, ich glaube nicht, dass sie kommen. Hier waren sie doch noch nie. Überhaupt, was sollten sie hier schon stehlen?«

»Deine Jungfräulichkeit«, entfuhr es Arnulf, ehe er sich zurückhalten konnte. Warum zum Teufel hatte er das gesagt? Natürlich hatte man Geschichten gehört, dass sie angeblich alle Weiber schändeten. Aber darüber machte man keine Scherze. Am liebsten hätte er sich die Zunge abgebissen. »Entschuldige, Lole.«

Aber es schien sie nicht sonderlich zu kümmern. Im Gegenteil. Mit einem anzüglichen Grinsen trat sie ganz dicht an ihn heran. »Wenn schon, dann lass ich sie mir lieber von dir stehlen, Arnulf.«

Ihre unverblümte Annäherung machte ihn verlegen, und er trat einen Schritt zurück.

»Hab ich dich jetzt erschreckt?«, fragte sie und lachte ausgelassen.

»Ich muss gehen, Lole. Keine Zeit zum Reden.« Er nickte ihr kurz zu und nahm seinen Weg wieder auf.

»Lass dich mal wieder sehen«, rief sie ihm hinterher. Ihre Stimme klang enttäuscht.

Er hob nur kurz die Hand, ohne sich umzusehen. Blöd kam er sich vor. Volkmar hätte das bestimmt ganz anders gemacht. Der hätte die Gelegenheit genutzt und sich einen Kuss gestohlen.

Wenn nicht mehr. Aber Arnulf war nicht Volkmar. Er war zurückhaltender, was Mädchen anging. Überhaupt war er nicht so ein Heißsporn wie Volkmar, der oft loslegte, ohne nachzudenken.

Möchte wissen, warum die mir nachstellt, fragte er sich ärgerlich. Weiß sie denn nicht, dass es verboten ist, mit einer wie ihr zu liegen? Und eine Leibeigene zu heiraten kam schon gar nicht in Frage. Das ging nur mit Zustimmung ihres Herrn. In dem Fall würden auch die Kinder ihr Leben lang Leibeigene sein. Wer wollte denn so was?

Den ganzen Vormittag über war er nachdenklich und niedergeschlagen. Linard ging ihm nicht aus dem Sinn, wie er schweißgebadet auf dem Lager lag und sich die Seele aus dem Leib hustete. Mit seinem Vater hatte ihn schon immer viel verbunden. Mit ihm konnte er sich verständigen, ohne viel zu sagen. Sein Tod würde ein großes Loch in die Familie reißen. Und ohne Linard würden sie auch nicht die Arbeit schaffen, die Hof und Werkstatt ihnen abverlangten. Volkmar würde noch einen Knecht finden müssen, zumal Jöri langsam alt wurde.

Als Erstes schmiedete Arnulf noch mehr Nägel, denn die vom Vortag waren zur Hälfte aufgebraucht. Am frühen Nachmittag – er hatte nach seiner Brotzeit gerade wieder mit der Arbeit begonnen – bemerkte er, wie die junge Gisela ihr Pferd aus dem Stall zog. Ein hübscher Apfelschimmel, edel aufgezäumt. Einer der Pferdeknechte half ihr in den Sattel. Arnulf unterbrach für einen Augenblick die Arbeit. Sie musste ihn gesehen haben, schließlich machte sein Hämmern genug Lärm. Aber sie verschwendete keinen Blick an ihn und ritt ohne Begleitung zum Tor hinaus.

»Mach den Mund zu und starr dem Mädel nicht nach!«, knurrte plötzlich Meinhard neben ihm. »Wann fängst du endlich mit den Speerköpfen an? Wir brauchen jetzt keine Nägel mehr.«

»Sie reitet allein?«, fragte Arnulf. »Wohin?«

»Was weiß ich? Sie will ihr Pferd in Bewegung halten. Was geht's dich an?«

»Nur so. Ach, übrigens: Ich muss Holzkohle besorgen.«

»Dann geh in den Stall und lass dir ein Maultier geben.«

Der Pferdeknecht half ihm, eines der Tiere aufzuzäumen und geflochtene Tragekörbe auf dessen Rücken zu schnallen. Damit zog er los. Zwei Leibeigene aus dem Dorf wechselten ein paar Worte mit ihm, dann schritt er durchs Tor. Das Maultier folgte brav.

Ein vielbegangener Pfad führte zum Meilerplatz, der tief im Wald lag, ein Stück weit den Berghang hinauf. Arnulf war schon oft dort gewesen, um Holzkohle für die heimische Werkstatt zu holen. Der Weg führte zunächst zwischen hohen Buchen hindurch. Hier lag der Wald still. Nur das Hämmern eines Spechts war zu hören, und die rauen Schreie einer Krähe, die sich gestört fühlte. Später wurde das Unterholz dichter und der Weg steiler. Insgeheim hoffte er, dem adeligen Fräulein zu begegnen, aber sie war nirgends zu sehen.

Der Meilerplatz lag auf ebenem Grund und mitten auf einer kleinen Lichtung, hinter der sich ein dunkler Tannenwald den Berg hinaufzog. Das Plätschern eines Bachs war zu hören. Rauch stieg aus dem mit Erdreich bedeckten Meiler. Innen schwelte das Feuer, um Holz in Kohle zu verwandeln.

Der Köhler war ein rauer Kerl unbestimmten Alters. Hinter einem grauen Gewirr von Haar und Bart konnte man das Gesicht kaum erkennen. Sein Hemd war verdreckt und voller Löcher, die Hände klobige Pranken. Er war gerade dabei, ein Holzstück mit dem Eisenkeil und einem wuchtigen Hammer zu spalten. Auf dem Boden lag eine viel genutzte Axt. Ein paar Schritte weiter aalte sich ein Hund in der Sonne, genauso struppig und ungepflegt wie sein Herr.

Der Köhler deutete auf den offenen Schuppen, wo die Holzkohle untergebracht war, neben dem Verschlag, in dem er schlief. »Nimm dir, was du brauchst«, sagte er. »Ist es für Linard?«

»Nein, für den Vogt.«

»Wie geht es deinem Vater?«

»Schlecht. Ein Lungenfieber hat ihn erwischt.«

Der Köhler brummte missmutig. »Daran ist schon mancher verreckt.« Er betrachtete Arnulf aus triefenden Augen. »Nicht, dass ich es ihm wünsche. Dein Alter ist ein guter Mann.« Damit machte er sich wieder an seine Arbeit.

Arnulf füllte die beiden Körbe mit Kohle und machte sich auf den Weg zurück zur Burg.

Kaum hatte er den Buchenwald verlassen, hörte er hinter sich das Geräusch von Pferdehufen. Es war Gisela, die ihn einholte und eilig an ihm vorübertrabte. Erdklumpen flogen von den Hufen. Das Maultier scheute und zerrte am Halfter. Eingebildete Ziege, dachte Arnulf.

Als hätte sie ihn gehört, zog sie plötzlich am Zügel und wendete ihren Gaul. »Ach, du bist's«, rief sie und grinste. »Der freche Bauernlümmel vom Johannisfest.«

Arnulf blieb stehen. »Ich bin Schmied.«

»Das ist ja wohl kaum zu überhören, so viel Lärm, wie du machst.«

Ihm fiel keine Antwort ein. Überhaupt war seine Zunge wie gelähmt – jetzt, da er zum ersten Mal Gelegenheit hatte, sie richtig in Augenschein zu nehmen. Das Mädchen war eine himmlische Erscheinung. Schlank und feingliedrig, das Antlitz vom Reiten leicht gerötet, die blonden Haare zu einem langen Zopf geflochten, der ihr bis auf den Rücken fiel. Sie trug eine kurze Tunika aus feinem Gewebe über einer bauschigen Reithose. Die kleinen Füße steckten in kalbsledernen Stiefeln. In nichts glich sie auch nur im Entferntesten einer wie Lole.

Doch es war nicht das, was ihn unsicher machte, sondern der spöttische Blick aus blassblauen Augen, die wie Eis schimmerten. Plötzlich schämte er sich seiner schäbigen Kleider und der von der Kohle verdreckten Hände. Und es fiel ihm ein, dass er sich vor ihr hätte verbeugen sollen.

»Wie heißt du eigentlich?«

»Arnulf, Herrin.«

»Und hast du noch lange zu tun auf der Burg?«

Er nickte. »Noch eine Weile.«

»Dann sehen wir uns ja noch öfter.« Sie zwinkerte ihm lächelnd zu, wendete den Apfelschimmel und ritt davon.

Etwas benommen blickte er ihr nach. Was zum Teufel, war denn davon zu halten?

Am Nachmittag, nachdem das Feuer in der Esse die richtige Hitze entwickelt hatte, begann er mit den Vorbereitungen, um seine ersten Speerköpfe zu schmieden. Während zwei vierkantige Stangen aus Rohstahl so lange in der Glut lagen, bis sie hellrot leuchteten, besah er sich genau den Speerkopf, den Meinhard ihm gebracht hatte. Dann nahm er eine der Stangen heraus und fing an, das Ende auf dem Amboss flach auszuschmieden. Er bog es um und faltete es unter stetigen Hammerschlägen auf sich selbst. Erst brachte er das Werkstück in der Esse erneut zum Glühen, bevor er es mit schnellen Hammerschlägen zusammenfügte und schließlich wieder flachhämmerte. Danach kam es wieder in die Glut, und er machte mit dem anderen Stück weiter.

Zwischendurch musste er immer wieder Holzkohle nachlegen und den Blasebalg betätigen, um die Hitze hochzuhalten. Er arbeitete mit nacktem Oberkörper, denn die Arbeit war schweißtreibend. Einmal fühlte er sich beobachtet. Sofort kam ihm Gisela in den Sinn. Doch als er sich umdrehte, war es Meinhard, der zu ihm herüberblickte. In seiner Begleitung war ein gut gekleideter junger Mann, der älteste Sohn des Vogts. Meinhard winkte Arnulf kurz zu, dann gingen sie wortlos weiter.

Arnulf wandte sich wieder seinem Amboss zu. Warum kam ihm dauernd diese Gisela in den Sinn? Er sollte besser schmieden, als sich mit Mädchen zu beschäftigen – besonders nicht mit adeligen. Außerdem half die Arbeit, nicht über Vaters Zustand nachzugrübeln oder darüber, ob er den Tag überleben würde.

Das wiederholte Falten und Flachhämmern diente dazu, den Rohstahl geschmeidiger zu machen. Es trieb Schlacken und Rückstände heraus, die das Metall sonst schwächen würden. Erst wenn beim Hämmern keine Funken mehr sprühten, konnte er einigermaßen sicher sein, dass das Stück schlackenfrei war. So verwandelte sich das Eisen langsam in brauchbaren Stahl, wurde härter und zugleich elastischer.

Jetzt war es an der Zeit, das Ende der Stange zu einer langen, konischen Spitze mit abgeflachten Flügeln zu formen, der eigentlichen Speerspitze. Das Schwierigste kam zuletzt, nämlich die Tülle, in die der Speerschaft passen und in der er verankert werden musste. Dazu trennte er das Werkstück an entsprechender Stelle von der Stange ab, erhitzte es erneut und hämmerte das glühende Ende zu einem flachen Fächer, den er schließlich rund um einen Dorn bog, bevor er die Enden erneut verschweißte.

Das fertige Stück wurde noch einmal erhitzt, bis es glühte. Arnulf bohrte zwei Löcher in die Tülle für den Nagel, der den Schaft halten sollte, dann wurde die Speerspitze im Wassertrog abgeschreckt, um den Stahl zu härten. Fehlte noch der Schliff der scharfen Kanten, aber das würde er am nächsten Tag erledigen.

»Na ja«, brummte Meinhard, als er die beiden ersten Speerköpfe begutachtete. »Dieser hier ist viel zu dick und zu schwer. Und bei dem anderen ist die Tülle zu eng, meine ich.«

»Die nächsten werden besser«, sagte Arnulf verlegen. »Ich verspreche es.«

Meinhard sah ihn misstrauisch an. »Gib's zu, du hast mich belogen. Im Grunde hast du das noch nie gemacht, oder?«

Arnulf wurde rot. »Sind sie wirklich so schlecht?«

Mit drohend zusammengezogenen Brauen starrte der Waffenmeister ihn an. Aber dann entspannten sich seine Züge, und er grinste. »Nein, so schlecht sind sie nicht. Also mach weiter. Und morgen bringe ich dir die Eschenschäfte.«

Als Arnulf am Abend heimkam, war das Fieber des Vaters ungebrochen. Der Husten schien fast noch schlimmer geworden zu sein, obwohl er sich etwas zu lösen schien. Zumindest gelang es ihm, ein wenig von dem Brei zu schlucken, den Jelscha für ihn gekocht hatte. Sie wusch seinen ausgemergelten Leib und zog ihm ein trockenes Hemd an. Sie flößte ihm Wasser ein, denn es war stickig in der Hütte, und Linard schwitzte immer noch reichlich. Er ließ alles über sich ergehen und lächelte matt, als sie ihn zärtlich küsste.

Arnulf hatte einen seiner Speerköpfe mitgebracht, um die Arbeit dem Vater zu zeigen. Der schien jetzt ruhiger zu atmen. Er öffnete die Augen und besah sich das Werkstück, fuhr sanft mit den Fingern darüber und murmelte hier und da ein Wort der Beanstandung oder Empfehlung. Bis er wieder husten musste und die Mutter kam und Arnulf vor die Tür schickte.

Draußen hockten Volkmar und Dorela auf der Bank. Neben ihnen der Knecht Jöri. Seine grauweißen Haare standen im starken Gegensatz zu der wettergegerbten Haut. Die drei unterhielten sich leise und in gedrückter Stimmung. Es war ein heißer Tag gewesen, und die milde Abendluft war eine Erleichterung. Hinter den Bergen war die Sonne längst verschwunden, über dem Tal lag die Dämmerung, und nur die Gipfel des Gebirges glühten noch im letzten Licht. Sie redeten über die Ernte. Bisher hatte das Wetter gehalten. Trotzdem lagen Sorgenfalten auf Volkmars Stirn.

»In ein paar Tagen müssen wir das Korn mähen. Aber ohne Vater weiß ich nicht, wie wir es schaffen sollen. Unser Jöri ist nicht mehr der Jüngste, Dorela ist schwanger, und Mutter muss sich um

Vater kümmern. Du musst mir helfen, Arnulf. Selbst mit dir wird es kaum reichen.«

»Ich bin nicht krank!«, protestierte Dorela. »Natürlich werde ich euch bei der Ernte helfen.«

»Kommt nicht in Frage. Du bleibst bei Mutter, und keine Widerrede!« Er sah Arnulf an. »Also was ist, Bruder?«

»Ich kann die Arbeit auf der Burg nicht unterbrechen.«

»Nur für ein paar Tage. Bis alles geschnitten und die Garben zum Trocknen aufgestellt sind. Den Rest schaffen wir.«

»Und das Silber, das ich verdiene? Ist das nichts?«

Volkmar wurde ärgerlich. »Natürlich können wir das gebrauchen. Aber wenn das Wetter umschlägt und wir die halbe Ernte verlieren, dann hungern wir im Winter, verdammt nochmal!«

Arnulf nickte niedergeschlagen. »Ich weiß.«

»Ich könnte meinen Bruder fragen«, schlug Dorela vor. Sie war die Tochter eines freien Bauern. »Aber bei uns auf dem Hof ist es nicht anders. In der Erntezeit ist keiner abkömmlich.«

»Und ausgerechnet jetzt zieht der Eberlin auch noch die Leibeigenen ab, um seine verdammte Burg auszubauen. Ich wünschte, der alte Vogt wäre noch am Leben. Der hatte wenigstens ein bisschen Verständnis für uns Bauern.«

Tags darauf meldete sich Arnulf bei Meister Meinhard und bat ihn, der Familie für die kommende Ernte einen der Leibeigenen zu überlassen. Er würde sonst die Speerspitzen nicht schmieden können. »Mein Vater ist schwerkrank, und mein Bruder schafft es nicht alleine.«

»Was geht mich deine Ernte an?«, knurrte Meinhard ungehalten. »Da kann ja jeder kommen. Hier auf der Burg werden alle gebraucht. Und ich bezahle dich fürs Schmieden. Wenn du keine Zeit dafür hast, such ich mir einen anderen.«

Aber Arnulf ließ sich nicht so leicht abweisen. »Mein Vater und ich sind die einzigen Schmiede in der Gegend.«

Meinhards Miene verdüsterte sich. »Denkst du, du kannst mich erpressen, Freundchen? Drei Dörfer weiter flussabwärts ist auch ein Schmied. Dann holen wir uns den.«

»Ich bitte Euch, Herr, helft mir aus!«

»Und was hab ich davon?«

»Meine Mutter macht guten Käse. Davon kann ich Euch etwas abgeben.«

»Käse?« Meinhard kratzte sich am Bart. »Na gut. Dann gib mir dreißig Pfund. Den verteile ich unter meinen Männern. Aber gut gereift, hoffe ich.«

Arnulf schluckte. Dreißig Pfund! Das war eine ganze Menge und einiges wert. »Das ist zu viel. Ich kann Euch zehn Pfund überlassen.«

»Zehn? Dass ich nicht lache!«

Sie feilschten eine Weile und einigten sich schließlich auf zwanzig Pfund. Das waren etwa sieben oder acht Käselaibe nach der Größe, wie seine Mutter sie herstellte. Ein Laib entsprach der Tagesmenge Milch ihrer beiden Kühe. Jelscha würde wütend auf ihn sein, denn sie handelte mit dem Käse und mit ihrer Butter im Tausch gegen andere Notwendigkeiten wie Seife, Wolle, Leinen, Schuhe oder frischen Flussfisch. Manchmal wurden auch die Ausgaben der Werkstatt damit bezahlt, wenn Linard gerade kein Hacksilber mehr hatte für Roheisen oder Holzkohle. Doch was blieb Arnulf anderes übrig? Auf tatkräftige Hilfe für die Ernte konnten sie nicht verzichten.

»Einverstanden. Aber Ihr überlasst mir den Mann für die Dauer der Ernte.«

Meinhard nickte. »Den Käse bringst du mir aber schon morgen. Ich will sehen, wie er schmeckt. Nicht, dass du mir den letzten Dreck andrehst.«

Als Arnulf am Abend von dem Handel berichtete, murrte seine

Mutter wie erwartet. Aber Volkmar war zufrieden. »Gut gemacht, Arnulf. Aber ich will den Reto, sag ihm das. Der ist ein guter Arbeiter.«

Dem Waffenmeister war es egal, wen er für die Ernte abstellte, und der Käse mundete ihm auch.

Zur großen Erleichterung der Familie senkte sich in den folgenden Tagen Linards Fieber ein wenig, und auch der Husten löste sich langsam. Aber das war fast noch schlimmer, denn nun zerriss es ihm beim Husten fast die Brust. Zum Glück spuckte er kein Blut. Aber er war noch viel zu schwach, um aufzustehen. Außerdem bestand die Gefahr eines Rückfalls. Der Nachbar, ein kräftiger, noch junger Bauer, hatte sich im letzten Jahr nach einem solchen Lungenfieber viel zu früh wieder an die Arbeit gemacht. Keine Woche hatte es gedauert, und er war gestorben.

Dennoch nahm die Arbeit auf dem Hof langsam wieder den gewohnten Gang. Volkmar und Jöri besserten den Karren aus, den sie für die Ernte brauchten, sahen nach den Feldern, schärften die Sensen und misteten den Stall aus. Jelscha fütterte das Vieh, molk die Kühe, sammelte ihre Milch in einem großen Bottich und machte sich daran, wie jeden zweiten Tag, ihren Käse herzustellen. An den Tagen dazwischen mahlte sie Korn, knetete Teig und buk Brot mit den anderen Frauen im gemeinschaftlichen Backofen des Dorfes. Dorela und Braida kümmerten sich ums Waschen, um den Gemüsegarten, ums Essenkochen und um die Pflege des Kranken.

Mit Bangen beobachteten die Männer täglich den Himmel. Aber das Wetter hielt. Weiterhin blieb es warm und trocken.

Arnulf arbeitete weiter auf der Burg. Seine Speerspitzen wurden immer besser. Eines beunruhigte ihn jedoch, denn schon zweimal, wenn er mit dem Maultier an der Leine durch den Wald zum Köhler gewandert war, war die Vogttochter auf ihrem Apfelschimmel wie durch Zufall aufgetaucht und hatte darauf bestanden, sich mit ihm zu unterhalten. Diesmal saß sie sogar ab und ließ sich auf einem umgefallenen Baumstumpf nieder.

»Komm, setz dich her«, sagte sie.

Die Aufforderung war für Arnulf völlig unerwartet und irgendwie auch unerhört. Schließlich war sie die Tochter des Vogts. Ihm fielen die Worte seiner Mutter ein, sich von den Hochwohlgeborenen fernzuhalten.

»Ich glaube, das gehört sich nicht«, murmelte er verlegen.

»Ach was! Ich verspreche dir, ich beiße nicht.«

Nun, er wollte kein unhöflicher Klotz sein. Zumal sie ihn so einladend anlächelte. Vorsichtig blickte er sich um. Ihr Pferd stand am Wegrand und rupfte an den Gräsern. Daneben das geduldige Maultier. Nichts rührte sich im Wald. Sie waren allein. Das war einerseits gut, andererseits auch nicht. Mit Bedacht ließ er sich, vorsichtshalber drei Fuß von ihr entfernt, auf dem halb vermoderten Stamm nieder.

Gisela schien belustigt über seine Befangenheit. Sie wandte sich ihm unbekümmert zu, beugte sich etwas vor und betrachtete ihn so eingehend, als wollte sie sich sein Gesicht einprägen.

»Was seht Ihr mich so an, Herrin?«

»Na, warum wohl?« Sie lachte ausgelassen. Und ihre Zähne leuchteten weiß. »Weil du mir gefällst, du Dummkopf.«

»Was soll einer Dame wie Euch an mir gefallen?«

»Das verrate ich dir nicht. Könnte dir am Ende zu Kopf steigen.« Spitzbübisch blinzelte sie ihn an. Dann betrachtete sie seine Augen, als wollte sie diese genau untersuchen. »Seltsam. Leute, die blaue Augen haben, sind fast immer blond«, sagte sie. »Jedenfalls haben sie nicht so dunkle Haare wie du. Und doch hast du genauso blaue Augen wie ich. Nur nicht so hell.«

Unwillkürlich fasste Arnulf sich ans Haar. Unter ihrer Musterung fühlte er sich unwohl. »Darüber habe ich noch nie nachgedacht.«

»In meiner Familie gibt es nur Blonde. Aber ihr Welschen seid eben anders.«

Arnulf hätte ihr von seiner rothaarigen Schwester erzählen können, aber er fand es lächerlich, über so etwas zu reden. Stattdessen schwieg er lieber. Vielleicht sollte er jetzt besser aufstehen und gehen.

»In Regensburg war es lustiger als hier«, sagte sie. »Da hatte ich viele Freunde. Und es gab Feste. Am Sonntag nach der Messe traf sich alles am Dom. Regensburg ist eine Bischofsstadt, weißt du.« Darunter konnte sich Arnulf wenig vorstellen, doch fragen mochte er auch nicht. »Hier ist es so langweilig«, fuhr sie fort. »Nichts als Berge, Wald und Wiesen. Und Vaters Kriegsknechte. Ungehobelte Kerle alle.«

»Aber Ihr habt doch Eure Brüder.«

»Ach, die. Die reden nicht mit mir. Für die bin ich nur ein Mädchen. Für meine Brüder zählen allein Pferde und Waffen.«

Sie schwiegen eine Weile. Sicher erwartet sie, dass ich etwas sage, dachte er. Nur, worüber sollte er mit einer Adeligen reden? »Ich sitze gern abends am Fluss«, stieß er schließlich aus lauter Verlegenheit hervor. »Er fließt so ruhig dahin. Man hört die Frösche am Ufer oder schaut den Enten zu.«

»Wirklich?«, erwiderte sie gelangweilt.

Offensichtlich war das nichts für Gisela. Und so schwiegen sie wieder. Verstohlen blickte er sie von der Seite an. Ein Sonnenstrahl, der durch das Laubdach fiel, beleuchtete ihr Gesicht. Auf der Oberlippe waren winzige goldene Härchen zu sehen. Die Wangen waren leicht gerötet, und an dem milchweißen Hals pulste eine Ader. Arnulf ertappte sich dabei, dass er diese Stelle gern geküsst hätte.

Trotzdem, oder vielleicht gerade deshalb, fühlte er sich zunehmend unwohl. Mit diesem Mädchen zu plaudern, als seien sie Gleichberechtigte, das konnte nicht gutgehen. Noch einmal sah er sich verstohlen um. Hoffentlich sah niemand sie beide hier sitzen.

Gisela bückte sich und pflückte eines der Gänseblümchen, die im Gras wuchsen. Mit spitzem Finger zupfte sie an den kleinen Blütenblättern.

»Hast du eigentlich eine Liebste?«, fragte sie und sah ihn an.

Er hielt einen Moment den Atem an. Vielleicht hatte die Frage nichts zu bedeuten. Aber Arnulf war nicht auf den Kopf gefallen. Er wusste schon, was es hieß, wenn Mädchen so etwas wissen wollten. Er spürte sein Herz klopfen und ermahnte sich, auf der Hut zu sein.

Gisela begegnete seinem misstrauischen Blick mit Unschuldsmiene. »Nun sag schon! Hast du?«

»Warum wollt Ihr das wissen?«

»Nur so.« Sie lachte ihn an, aber um Mund und Augen lag etwas, das ihm nicht gefiel. »Bestimmt eine aus deinem Dorf. So ein Bauerntrampel.«

Das reichte. Arnulf erhob sich. »Ich geh wohl besser. Man wartet auf mich.«

»Wirklich?« Ihre schönen eisblauen Augen hielten ihn gefangen. »Morgen Nachmittag können wir uns ja wieder treffen«, sagte sie und lächelte. »Hier am gleichen Ort. Dann kannst du mir von deiner Liebsten erzählen. Und was ihr so treibt.«

Bei ihrer letzten Bemerkung war ihm das Blut ins Gesicht gestiegen. »Ich weiß nicht recht, Herrin. Euer Vater … Ich glaube, es ist besser …«

»Ich befehle es!«, sagte sie plötzlich in einem so herrischen Ton, dass er zusammenzuckte. »Ich erwarte dich hier um die gleiche Zeit.«

Arnulf nickte benommen. »Wie Ihr wünscht, Herrin.«

»Und behalt es gefälligst für dich! Muss nicht jeder wissen.«

Er griff nach dem Halfter seines Maultiers. Ohne sich noch einmal nach ihr umzudrehen, wanderte er eilig zurück zur Burg.

Ihr ist langweilig, dachte er, und ich soll wohl ihre Zerstreuung sein. Sie hat nichts Besseres zu tun, als mit mir zu spielen. Sollte er mit Meinhard darüber reden? Nein, lieber nicht. Sie sah zwar aus wie ein Engel, aber sie war bestimmt keiner. Adeligen war nicht zu trauen. Sie würde sich rächen, wenn er sie verriet. Aber vielleicht war seine Vorsicht auch übertrieben, und sie wollte sich nur ein bisschen die Zeit vertreiben. War nichts Schlimmes dabei. Außerdem hatte sie ihm einen Befehl erteilt, dem er sich schlecht verweigern konnte. Er würde eben vorsichtig sein müssen.

Arnulf hatte bereits mehr als ein halbes Dutzend von den geforderten Speerköpfen geschmiedet. Als er am Nachmittag vom Köhler zurückkam, setzte er sich an das Schleifrad, um sie zu schärfen. Das Schleifen erhitzte den Stahl, und zu viel davon würde ihm die Härte nehmen. Deshalb kühlte er das Werkstück immer wieder in einem mit Wasser gefüllten Bottich ab. Besonders mit der schmal zulaufenden Spitze ging er vorsichtig um, und am Ende glättete und schliff er den Stahl mit einem Ölstein zu mörderischer Schärfe. Er setzte den Speerkopf auf einen ausgesuchten, sechs Fuß langen Schaft aus Esche, steckte einen Stahlstift durch die Bohrung und hämmerte die Enden flach.

»Das ist Arnulf, unser junger Schmied«, hörte er Meinhard sagen und blickte von der Arbeit auf.

Neben dem Waffenmeister standen der Vogt und sein ältester Sohn. Der hieß Eberhard, wie Arnulf wusste, und war ein breitschultriger junger Kerl mit kalten, blauen Augen. Der Vogt warf nur einen flüchtigen Blick auf Arnulf und griff nach einem der neuen Speere, die an der Wand lehnten. Er prüfte, ob der Schaft gerade war, und betrachtete dann den stählernen Speerkopf. Mit dem Daumen fuhr er über die geschärften Kanten und besah sich die lange, konische Spitze.

»Hoffentlich brechen die nicht gleich«, brummte er.

»Nein, Herr«, erwiderte Arnulf, etwas verunsichert von der Gegenwart des Vogts. »Das ist gehärteter Stahl.«

Meinhard sprang ihm zur Seite. »Ich wette, die dringen mit Leichtigkeit durch jeden Kettenpanzer«, behauptete er.

Der Vogt nickte und stellte wortlos den Speer zurück. Anscheinend war er mit der Arbeit zufrieden.

»Na ja, Speerspitzenschmieden ist ja keine große Sache«, meinte Eberhard mit geringschätzigem Blick auf Arnulf, während sein Vater noch einen zweiten Speer zur Hand nahm. »Aber was ist mit einem Schwert? Einem richtig guten?«

»Ein Schwert?« Arnulf sah ihn erstaunt an.

Eberhard wandte sich an Meinhard. »Dein Bursche hier kann gewiss den Blasebalg bedienen und auf dem Amboss herumhämmern, aber richtige Schmiedekunst ist was anderes. Ich wette, der hat keine Ahnung, wie man ein Schwert zustande bringt, ohne dass es beim ersten Hieb zerbricht.«

Arnulf wurde rot vor unterdrücktem Zorn. Für den sind wir nur dumme Bauern, fuhr es ihm durch den Kopf. So ein eingebildeter Pinsel! Und doch, in einem hatte der Kerl recht: Ein gutes Schwert zu schmieden, das war etwas anderes als Speerspitzen. Die Klinge musste leicht sein und hart, und doch auch biegsam und geschmeidig. Das erforderte viel Zeit und Arbeit. Nicht umsonst waren Schwerter so teuer. Nur Adelige oder gut bezahlte Söldner konnten sie sich leisten. Die meisten, die in den Krieg zogen, hatten sich mit Speeren zu begnügen.

»Ich weiß sehr wohl, wie man ein Schwert schmiedet«, stieß er hervor und funkelte Eberhard trotzig an. Eine unüberlegte Bemerkung, denn obwohl sein Vater ihm die Sache schon mal erklärt hatte, hatte er natürlich keine eigenen Erfahrungen.

»Sieh an«, rief Eberhard und lachte. »Täusche ich mich, oder wurde ich gerade herausgefordert, Meister Meinhard?« Und zu Arnulf: »Versuch's. Ich nehme die Wette an. Wenn es dir gelingt, werde ich dich gut bezahlen.«

Arnulf bereute seine vorschnelle Behauptung. Aber dafür war es zu spät. »So ein Schwert schmiedet sich nicht an einem Tag«, sagte er. »Ich bräuchte mehrere Wochen, wenn es gut werden soll. Und vor allem besseren Stahl und nicht diesen minderwertigen Rohstahl hier.«

»Vielleicht kann ich dir welchen besorgen.«

Der Vogt, der bisher geschwiegen hatte, fuhr seinen Sohn jetzt an: »Schluss damit! Du hast schon ein Schwert. Wir haben keine Zeit für diesen Unsinn. Was wir dringend brauchen, sind noch mindestens zwei Dutzend Speerköpfe, wenn nicht mehr. Und dann sind da auch noch Gäule zu beschlagen. Also lass den Burschen gefälligst arbeiten.« Er wandte sich zum Gehen.

Eberhard zog zornig die Brauen zusammen und sandte seinem Vater einen unfreundlichen Blick hinterher. Dann zuckte er mit den Schultern und grinste. »Vielleicht ein andermal.« Er drehte sich um und folgte dem Vogt.

»Was sollte das denn werden?«, zischte Meinhard. »Halt deine vorlaute Zunge im Zaum und leg dich nicht mit Eberhard an. Bei dem kannst du nur verlieren.« Daraufhin stapfte auch er davon.

Meinhard meinte es meist nicht so, wie es sich anhörte, wusste Arnulf. Dennoch sollte ich diesem Eberhard wirklich aus dem Weg gehen, dachte er. Der hat einen so kalten Blick, dass es einem durch und durch geht.

Doch um ein Schwert schmieden zu dürfen, dafür würde er sogar umsonst arbeiten. An besten Stahl zu kommen war allerdings schwer. Und wahrscheinlich nur gegen sündhaft viel Silber. Er nahm sich vor, sich noch einmal jeden Arbeitsschritt genau vom Vater erklären zu lassen. Obwohl selbst Linards Erfahrungen darin bescheiden waren. Arnulf seufzte, nahm sich den nächsten Speerkopf vor und beugte sich wieder über den Schleifstein.

Während der Arbeit wollte ihm die Sache nicht aus dem Kopf gehen. Waffenschmieden war eine besondere Kunst. Schwerter, Helme, Kettenpanzer – das war schon was anderes als Hufe beschlagen und Pfannen schmieden. Aber wenn er wirklich Waffenschmied werden wollte, war hier im Dorf wohl kaum die Möglichkeit dazu gegeben. Er müsste in einer Stadt arbeiten, wo es genug Aufträge gab. Und natürlich Schmiedemeister, bei denen er in die Lehre gehen und alle Kniffe lernen konnte.

Gisela hatte von Regensburg geredet. Wie es da wohl sein mochte? Noble Häuser und Edelleute in feinen Gewändern, stellte er sich vor. Und dann hatte er noch von einem anderen Ort gehört, von einer Handelsstadt, ebenfalls nördlich des Gebirges. Augsburg hieß sie, oder so. Dort könnte ein guter Schmied seine Waffen an reisende Händler verkaufen und ein Vermögen machen. Das stellte er sich jedenfalls vor. »Meister Arnulf« würde man ihn nennen. Vor seinem inneren Auge sah er ein bemaltes Schild über der Werkstatt hängen mit Hammer und Amboss darauf.

Als er am Abend heimkam, herrschte großer Aufruhr auf dem Hof. Dorelas Wehen waren früher gekommen als erwartet. Jelscha hatte die Männer aus der Hütte verbannt, sogar Linard, obwohl er eigentlich noch zu schwach zum Aufstehen war. Der Knecht Jöri hatte ihm vor der Scheune ein Bett aus Heu gemacht. Und über einem kleinen Lagerfeuer briet er ein Huhn, denn zum Kochen hatten die Frauen keine Zeit.

Schlimm waren die markerschütternden Schreie, die in Abständen aus der Hütte gellten. Es hörte sich an, als ob Dorela mit einem glühenden Eisen gefoltert wurde. Besonders Volkmar zuckte jedes Mal zusammen, wenn er sie stöhnen oder schreien hörte.

Unruhig lief er auf und ab. »Hört ihr das?«, rief er, als Dorela sich wieder die Seele aus dem Leib brüllte. »Wir hätten verdammt nochmal die alte Giuanna rufen sollen. Wie alle im Dorf. Die kennt sich wenigstens aus.«

»Beruhig dich, Sohn«, sagte Linard. »Deine Mutter hat selbst genug Kinder zur Welt gebracht. Und Kälber. Sie weiß, was zu tun ist.«

Arnulf dachte an Miertas Geburt zurück. Er konnte sich nicht erinnern, dass Mutter so herzzerreißend wie Dorela geschrien hatte. Eine Zeitlang war es still. Nur leises Stöhnen drang aus der Hütte, und das beruhigende Gemurmel, mit dem Jelscha versuchte, der Schwiegertochter die Angst zu nehmen, denn es war Dorelas erstes Kind.

Braida kam mit einem Eimer heraus, um frisches Wasser aus dem Brunnen zu holen. Sie sah bleich aus.

»Was geht da drinnen vor?«, fragte Volkmar. »Ist es schlimm?«

Die Schwester sah ihn mit weit aufgerissenen Augen an. »Ich glaube, ich werde nie heiraten«, murmelte sie und ging zum Brunnen hinüber.

Und kurz darauf schrie Dorela wieder wie am Spieß. Es machte die Tiere unruhig. Der Hund sprang auf und bellte. Sogar die Kühe im Stall regten sich. Volkmar bekreuzigte sich und stürzte zum Eingang der Hütte, vor dem ein alter Sack als Vorhang diente.

Doch er zögerte, als habe er Angst, die Hütte zu betreten. »Mutter!«, brüllte er stattdessen. »Was ist mit ihr? Sie stirbt doch wohl nicht?«

»Verschwinde, Volkmar!«, hörte man Jelscha antworten. »Es geht ihr gut. Wenn ich Hilfe brauche, melde ich mich schon. Also trink dein Bier und lass uns verdammt nochmal in Ruhe!«

Zum Glück hatte Jelscha am Tag zuvor einen Bottich Bier gebraut. Volkmar tauchte einen Becher ein und leerte ihn in einem Zug. Gleich darauf noch einen. Nachdem er auch seinem Vater Bier gebracht hatte, ließ er sich zu Boden sinken und vergrub den Kopf in den Händen. Noch einmal stieß Dorela einen langen Schrei aus, danach wurde es wieder still.

Nach einer Weile hob Volkmar den Kopf und lauschte. Nichts zu hören. Hieß das, sie war tot? Eine Nachbarin hatte es im Frühjahr erwischt. Allerdings nicht bei der Entbindung, sondern einige Tage später. Wöchnerinnenfieber.

Arnulf ging es nicht viel besser als seinem Bruder. Als Jöri ihm etwas von dem gerösteten Huhn anbot, lehnte er dankend ab. Wer konnte in so einer Nacht an Essen denken? Die älteren Männer zeigten sich jedoch unbeeindruckt, tranken Bier und ließen es sich schmecken. Gebärende Weiber, das war ihnen so vertraut wie Sommer und Winter, Regen oder Hagel.

Er suchte sich eine stille Ecke in der Scheune und versuchte zu schlafen. Mit wenig Erfolg. Jedes Mal, wenn eine neue Wehe seine Schwägerin fest im Griff hatte, schreckte er auf. Nun kamen sie in immer kürzeren Abständen. Ob adelige Damen wohl auch so leiden mussten? Natürlich taten sie das. Denn in dieser Beziehung waren alle Weiber gleich, egal welchen Standes. Er versuchte, sich Gisela mit gewaltigem Bauch vorzustellen, wie sie sich wand und stöhnte. Doch es gelang ihm nicht, das Bild in den Kopf zu bekommen, obwohl er oft genug Kühe hatte kalben sehen. Mit so etwas Viehischem konnte er das edle Fräulein einfach nicht in Verbindung bringen.

»He, Arnulf! Es ist so weit.«

Er schreckte hoch. Linard hatte ihn gerufen. Hatte er doch geschlafen? Als Arnulf aus dem Heu kroch, stand seine Mutter auf dem Hof mit einem Bündel im Arm, aus dem es quäkte. Volkmar war aufgesprungen. Der flackernde Schein von Jöris Feuer beleuchtete ihre Gestalten.

Jelscha lachte übers ganze Gesicht. »Du hast einen Sohn, Volkmar.« Sie legte ihm das Bündel in den Arm. »Vorsicht mit dem Köpfchen. Jetzt sieh nach deiner Frau. Es geht ihr gut.«

Volkmar stand da und wagte kaum hinzusehen. Er hielt das Kind, als könnte es jederzeit zerbrechen. Mit einem glücklichen Grinsen verschwand er vorsichtig in der Hütte.

Jelschas grober Leinenrock war voller Blutflecken. Aber wen kümmerte das schon? Mit einem langen Seufzer legte sie sich zu ihrem Mann ins Heu und schmiegte sich an ihn. »Unser erstes Enkelkind«, sagte sie.

Linard legte den Arm um sie und lächelte. »Gut gemacht, mein Herz.«

»Für heute und morgen dürfen sie in unserem Bett schlafen. Hast du was dagegen?«

»Ganz und gar nicht.« Er küsste ihr die Stirn. »Volkmar hat gesagt, wenn's ein Junge wird, soll er Linard heißen.«

»Das hat dich gefreut.«

»Sehr sogar.«

GOTTES ZORN

Mit bangen Gefühlen machte Arnulf sich am nächsten Morgen auf den Weg zur Burg, denn am späten Vormittag stand ihm seine geheime Verabredung bevor. Das Herz schlug ihm jedes Mal heftiger in der Brust, wenn er daran dachte. Es war wie die Geschichte in der Bibel, die der Mönch ihnen oft genug als Warnung vorhielt, wenn er vom Genuss der verbotenen Frucht sprach und von der Vertreibung aus dem Paradies.

Und doch – sie war so schön, so zierlich. Haare wie Gold, rosige Wangen und blütenweiße Hände, die von keiner Arbeit gezeichnet waren. So ganz anders als die Mädchen im Dorf. Sie zu begehren war gewiss verboten, eine Sünde. Und natürlich war es völliger Unsinn, sich auch nur die leiseste Hoffnung zu machen. Aber wieso hatte sie dann auf dem Treffen bestanden? Was bezweckte sie damit? Es war verrückt und gefährlich, könnte schlimm ausgehen, wenn es herauskäme. Vor allem für ihn. Im Grunde sollte er gar nicht hingehen, das wusste er. Und doch würde ihn nichts davon abhalten.

Mit solchen Gedanken verbrachte er den Vormittag beim Schleifen der restlichen Speerköpfe, ohne so recht etwas zustande zu bringen. Einen hätte er um ein Haar ruiniert.

Schließlich war es so weit. Gisela hatte schon vor einer halben Stunde die Burg verlassen, um auszureiten. Natürlich hatte sie dabei nicht ein einziges Mal in seine Richtung geschaut.

Verstohlen wischte er seine Stiefel sauber, wusch sich sorgfältig Gesicht und Hände, zupfte an seinem Hemd und fuhr sich durch die Haare, um sie ein wenig zu glätten. Eigentlich war die Kohlenschütte noch halb voll. Aber falls einer nachfragte, konnte er wahrheitsgemäß sagen, dass er die nächsten Tage wieder ausschließlich schmieden würde und dafür einen Vorrat anlegen wollte. Mit Flattern im Bauch ging er zum Stall hinüber und belud sein Maultier mit den leeren Tragekörben. Niemand schenkte ihm einen zweiten Blick, als er zum Burgtor hinaus über die Felder und in den Wald wanderte. Zu gewöhnt war man inzwischen an den jungen Schmied auf seinem Weg zum Köhler.

Bald schon befand er sich mitten im Buchenwald. Der Weg stieg langsam an, über ihm die hohen Baumkronen, rechts und links dichtes Gebüsch, dazwischen die aufstrebenden Stangen junger Bäume, die sich dem Licht entgegenreckten. Hier im Wald herrschte sanftes Dämmerlicht. Es war kühler, nicht so warm wie auf den Feldern. Volkmar hatte beschlossen, am nächsten Tag mit der Getreideernte zu beginnen, bevor das Wetter umschlagen konnte. Arnulf hatte Reto Bescheid gegeben, sich bei ihm einzufinden.

Doch all das kümmerte Arnulf wenig in diesem Augenblick. Würde sie am Treffpunkt sein? Vielleicht hatte sie sich nur über ihn lustig machen wollen – über den armen Schmied, der für ihren Vater schuftete? Doch als er um die letzte Wegbiegung kam, sah er sie tatsächlich an gewohnter Stelle warten. Wie am Tag zuvor saß sie auf dem morschen Stamm. Reglos hielt sie ihre Augen auf ihn gerichtet, während er sich näherte, grüßte auch nicht, nickte ihm nicht einmal zu. Wie ein Tölpel kam er sich vor.

»Du kommst spät«, fuhr sie ihn vorwurfsvoll an und zog einen Schmollmund.

»Ich wollte nicht, dass es auffällt.«

»Ja. Besser nicht. Und dies ist auch kein guter Ort.«

Sie erhob sich, fasste die Zügel ihres Apfelschimmels und zog das Tier hinter sich her, tiefer zwischen die Büsche und an mächtigen Buchenstämmen vorbei. Arnulf folgte etwas zögerlich mit dem Maultier an der Leine. Sie bahnten sich einen Weg über altes Laub, durch Unterholz und an Felsbrocken und modernden Baumleichen vorbei, bis sich vor ihnen eine winzige Lichtung auftat. Auf einer Seite, im Schatten der Bäume, ragte ein flacher, halb von Moos bewachsener Fels aus dem Gras. Gisela ließ gleichgültig die Zügel ihres Pferdes fahren und setzte sich darauf.

»Hier sieht man uns nicht«, sagte sie.

Sie hatte immer noch nicht gelächelt, war seltsam ernst, nicht so unbekümmert wie am Vortag. Vielleicht waren ihr ebenfalls Zweifel gekommen. Das Pferd wanderte ein paar Schritte weiter und begann zu grasen. Arnulf band sein Maultier an einen jungen Baum und sah sich um. Kleine blaue Blumen wuchsen auf der Lichtung, und ein paar niedrige Heidelbeerbüsche. Es war still. Seltsamerweise waren kaum Vögel zu vernehmen, als ob die Natur den Atem anhielt. Nun, genauso fühlte er sich selbst.

Vorsichtig schielte er zu Gisela hinüber. Sie trug das Gleiche wie sonst zu ihren Ausritten, eine weite Hose, darüber eine leichte Tunika bis zum Knie, in der Taille von einem verzierten Gürtel gehalten. Diesmal hielt nur ein Band ihr Haar im Nacken zusammen. Ohne ihn anzusehen, löste sie es jetzt, so dass ihr das hüftlange Haar um die Schultern fiel und mit einem Schlag ihre ganze Erscheinung veränderte. Nun sieht sie wirklich wie ein Engel aus, dachte er andächtig.

Mit einem scheuen Lächeln blickte sie zu ihm herüber und wies auf den moosbedeckten Platz neben sich. »Willst du dich nicht zu mir setzen?«

So zielsicher, wie sie die Lichtung gefunden hatte, musste sie den Ort schon vorher ausgespäht haben. Und genau zu diesem Zweck. Der Gedanke ließ sein Herz höherschlagen. Sie rückte zur Seite, um ihm Platz zu machen. Vorsichtig ließ er sich neben ihr nieder. Sein Blick streifte die dichten blonden Strähnen, die ihr ins Gesicht fielen, die hellen Brauen über den Augen, die jetzt nicht mehr wie Eis schimmerten – eher wie der Himmel, wenn er sich an einem klaren Morgen im Fluss spiegelt. Neben ihrer zarten Erscheinung kam er sich klobig und unbeholfen vor.

»Mein Bruder ist letzte Nacht Vater geworden«, sagte er aus purer Verlegenheit, weil ihn die Stille des Waldes fast erdrückte. »Ein Junge.«

»Wirklich? Wie schön«, erwiderte sie. Es klang aber nicht so, als ob ihr die Neuigkeit etwas bedeutete. »Und kommst du gut voran mit deiner Arbeit?«

»Euer Vater scheint zufrieden zu sein.«

»Du kannst ruhig Du zu mir sagen, Arnulf. Zumindest hier im Wald.« Sie grinste verschwörerisch. »Und jetzt sag bitte meinen Namen. Ich will hören, wie er bei dir klingt.«

»Gisela.«

Sie runzelte die Brauen. »Nicht so steif, mein Gott! Ich bin doch kein Hund, den man ruft. Mit etwas mehr Gefühl. Komm, versuch es nochmal.«

Er wiederholte ihren Namen, und noch ein drittes Mal, diesmal inniger, ließ die Gefühle mitschwingen, die er im Herzen trug. Dabei blieb sein Blick an ihren Lippen hängen. Wie sich wohl ein Kuss anfühlen würde?

Sie merkte, wo seine Augen ruhten. Vielleicht konnte sie Gedanken lesen, denn sie wurde rot. »Nun, das war schon besser«, sagte sie und lachte unsicher. »Übrigens, du hast mir meine Frage noch nicht beantwortet.«

»Welche Frage?«

»Ob du eine Liebste hast.« Ein lauerndes Lächeln lag auf ihrem Gesicht. »Einem wie dir laufen doch bestimmt die Mädchen nach. Nun sag schon.«

Er dachte an Lole. Aber die zählte nicht. »Nein, keine Liebste.«

»Keine einzige? Nicht ein bisschen? Du enttäuschst mich.«

Doch ihr zufriedener Gesichtsausdruck strafte die Worte Lügen. Sie fasste nach seiner rechten Hand und betrachtete sie von allen Seiten, als wollte sie jedes Härchen, jede Schwiele und jede Ader prüfen.

»Du hast starke Hände.«

Unwillkürlich musste er lachen. »Ein Schmied kann kein Schwächling sein. Aber dein Bruder ist doch auch ein kräftiger Kerl. Er hat gestern mit mir gesprochen. Wollte, dass ich ihm ein Schwert schmiede.«

»Eberhard?« In ihrer Stimme klang Verachtung. »Der ist ein Raufbold. Deshalb behält Vater ihn in der Nähe. Damit er keinen Unsinn anstellt.«

»Du hast noch einen Bruder, oder?«

»Noch zwei. Unser Berthold ist mir der Liebste. Er ist vierzehn und dient als Knappe bei meinem Onkel.«

»Und deine Mutter?«

»Sie starb bei Bertholds Geburt. Ich habe keine Erinnerung an sie.«

»Und was ist mit dem dritten Bruder?«

Sie hielt immer noch seine Hand. »Gerhard? Der ist in Regensburg. Er versucht, sich beim Herzog lieb Kind zu machen. Vater hofft, dass Heinrich uns die Ländereien zurückgibt, die er uns genommen hat. Außerdem soll Gerhard einen Ehemann für mich finden.«

»Einen Ehemann?« Arnulf zog seine Hand zurück.

»Enttäuscht dich das?«

»Nein«, erwiderte er rasch. »Warum sollte es?«

»Es klang aber so.«

»Es geht mich doch gar nichts an.«

»Schade.« Sie schob die Unterlippe vor. »Ich dachte, du machst dir was aus mir.«

»Doch.« Er sah sie an. »Merkt man das denn nicht?«

Arnulf fühlte sich überrumpelt. Eigentlich hatte er so etwas nicht sagen wollen. Seine Gefühle zu zeigen, das stand ihm nicht zu. Verlegen starrte er auf den Waldboden vor seinen Füßen.

Sie blieben eine Weile stumm, dann spürte er plötzlich sanfte Finger an seiner Wange. Er blickte in ihre hellen Augen, die ihn ernst ansahen, und auf ihre leicht geöffneten Lippen.

Arnulf war kein Draufgänger wie sein Bruder Volkmar, aber er hatte genug Erfahrung, um zu wissen, wann ein Mädchen geküsst werden wollte. Noch einen winzigen Augenblick zögerte er, dann legten sich seine Hände wie von selbst um Giselas schlanke Hüften. Sie rückte näher, ließ es geschehen, dass er sie an sich zog. Ihre Lippen berührten sich ganz leicht, eher zögerlich. Dann sah sie ihm in die Augen und lächelte.

Arnulf fasste sich ein Herz und küsste sie von Neuem. Sanft zuerst, dann ein wenig drängender. Er spürte, wie sie seinen Kuss erwiderte, sich an ihn schmiegte, und hielt sie fester umschlungen. Ihre Lippen waren so unglaublich weich, auch ihr schlanker Leib in seinen Armen. Ein Schauer lief ihm über den Rücken, als er ihre Zungenspitze spürte. Für Momente war ihm, als ob die Baumkronen über ihren Köpfen sich im Kreise drehten. Sie war nicht das erste Mädchen, das er küsste, aber so wie jetzt hatte er sich noch nie dabei gefühlt.

Langsam löste er sich von ihr, um Atem zu holen. War es möglich? Hier saß er mit der Tochter des Vogts im Arm. Nicht zu glauben!

Auch Gisela war sichtlich erregt. Ihre Wangen hatten sich gerötet, ihre Brust hob und senkte sich. War dies ihr erster Kuss gewesen? Sie hielt sich immer noch an ihm fest und lehnte einen Augenblick lang die Stirn an seine Schulter. Dann blickte sie zu ihm auf und lächelte verträumt.

»Das war schön. Tu es nochmal!«

Arnulf hatte seine Scheu verloren. In diesem Augenblick war sie nur ein junges Mädchen und keine hochwohlgeborene Vogttochter mehr. Und wie ein Mädchen, das man begehrt, fasste er sie auch an. Wenn dies die verbotene Frucht war, von der sie in der Bibel sprachen, dann wollte er mehr. Gisela stöhnte unter seinen Berührungen, bog den Kopf zurück. Er küsste ihren Hals, während sich ihre Hände in seine Schultern krallten. Aber nur kurz, dann stieß sie ihn vor die Brust und sprang auf.

Ihre Augen glänzten feucht vor unterdrückter Erregung, und ihr Gesicht glühte, als ob eine innere Hitze von ihr Besitz ergriffen hätte. Sie holte tief Luft und strich sich das Haar aus dem Gesicht. Wie schön sie doch war.

»Ich werde jetzt besser gehen.«

Sie zupfte an ihrer Tunika, wischte sich mit der Hand über den Hosenboden, falls dort etwas von dem Moos hängengeblieben war, und band das lange Haar zu einem losen Nackenknoten.

»Sehen wir uns wieder?«, fragte Arnulf.

Sie zögerte. Schließlich nickte sie. »Morgen. Um die gleiche Zeit.« Sie ging zu ihrem Pferd, das sich mit gespitzten Ohren zu ihr umgedreht hatte, und zog sich in den Sattel.

»Warte. Ich begleite dich.«

»Lieber nicht«, rief sie über die Schulter und stieß dem Pferd die Fersen in die Seiten. »Morgen treffen wir uns wieder.«

Arnulf sah zu, wie sie sich unter Zweigen bückte und das Tier vorsichtig durch die Büsche lenkte. Schon bald waren beide im Wald verschwunden. Auch das dumpfe Geräusch von Hufen auf altem Laub verlor sich rasch.

Er blieb noch eine Weile auf dem Felsen sitzen. War es wirklich geschehen?

Als er am Abend heimkam, war es schon dunkel. Er hatte sich noch lange in der Schmiede beschäftigt, denn bei Tageslicht traute er sich nicht unter die Augen seiner Mutter, als könnte sie ihm ansehen, mit wem er sich im Wald herumgetrieben hatte. Beim Essen seiner Bohnensuppe redete er kein Wort, warf auch nur einen kurzen Blick auf Dorelas Säugling, um den alle so viel Aufhebens machten, und legte sich gleich schlafen.

»Was ist denn mit dem los?«, wollte Volkmar wissen, der dem Bruder gern von seinem Tagewerk erzählt hätte.

»Lass ihn!«, erwiderte Jelscha. »Wenn du den ganzen Tag am Amboss gestanden hättest, wärst du auch müde.«

»Ist die Ernte etwa keine Arbeit?«, brummte Volkmar. Aber dann ging er noch einmal vor die Tür, um zu sehen, ob das Wetter hielt.

Obwohl Arnulf Müdigkeit vortäuschte, gelang es ihm lange nicht einzuschlafen. Die verbotenen Zärtlichkeiten im Wald waren ihm noch allzu deutlich in der Erinnerung. Immer wieder erschien ihm Giselas Gesicht vor Augen. Er spürte ihre Lippen, ihren warmen Atem, den Duft ihrer jungen Haut. Noch ganz benommen war er von dem Gedanken, dass die Tochter des Vogts ausgerechnet einen wie ihn geküsst hatte. Nicht nur einmal. Sogar mit Leidenschaft, wie er sich einbildete. Einen Dörfler weit unter ihrem Stand.

Gleichzeitig sagte ihm der Verstand, dass es besser war, sich nichts darauf einzubilden. Gisela war jung und gelangweilt. Vielleicht einfach nur neugierig, wie es war, mit einem jungen Mann anzubändeln, sich seinen Küssen hinzugeben. Viel Gelegenheit dazu bot sich unter der strengen Aufsicht ihres Vaters sicher nicht.

Außerdem würde man bald einen noblen Bräutigam für sie finden, am besten eine möglichst nützliche Verbindung für den Vogt. Wie es sich eben gehörte für eine junge Dame von Rang. Ihn würde sie darüber im Nu vergessen. Was am Morgen geschehen war, war im Grunde nur ein flüchtiger Traum, noch dazu ein gefährlicher. Nicht auszudenken, wenn man sie erwischte. Gisela würde man zur Strafe einsperren. Ihm aber drohte die Peitsche am Schandpfahl, wenn nicht Schlimmeres. Und seiner Familie? Er dachte an Eberhards kalte Augen, und ihn schauderte. Nein, es musste bei diesem einzigen Mal bleiben. Morgen würde er ihr das erklären. Das nahm er sich fest vor.

Am nächsten Vormittag sah er sie mit ihrem Bruder ausreiten. Eberhard besaß einen prächtigen Rappen, den er hervorragend beherrschte. Er trug sein Schwert an der Seite. Wozu überhaupt? Gefahren gab es hier nicht.

Zu verabredeter Stunde wartete Arnulf am Treffpunkt vergeblich. Aber das hatte er schon erwartet. Trotzdem war er enttäuscht. Irgendwie aber auch erleichtert. Vielleicht hatte sich die Sache nun von selbst erledigt.

Doch tags darauf, am Nachmittag, schlenderte Gisela zu seiner Schmiede herüber und tat, als ob sie ihm bei der Arbeit zusehen wollte.

»Besser, du kommst nicht her«, murmelte er beunruhigt.

»Warum nicht? Mein Pferd muss bald neu beschlagen werden. Da darf ich doch wohl mit dem Schmied reden.«

Arnulf legte sein Werkstück in die Glut der Esse und wischte sich mit einem Leinenlappen, den er im Gürtel stecken hatte, den Schweiß von der Stirn. Dabei blieb ihm der Blick nicht verborgen, mit dem sie seine nackten Arme und Schultern bedachte.

»Aus dem Beschlagen wird vorerst nichts«, sagte er. »Nicht, bevor ich mit den Speerköpfen fertig bin. Und das dauert noch eine Weile.«

Sie blickte sich kurz um, aber niemand schien ihnen Beachtung zu schenken. »Tut mir leid wegen gestern«, sagte sie leise und schenkte ihm ein herzerwärmendes Lächeln. »Morgen können wir uns wieder treffen. Um die gleiche Zeit.«

»Vielleicht sollten wir das besser lassen«, gab er ebenso leise zurück. »Es ist zu gefährlich.«

Ihre Brauen zogen sich zusammen. »Hast du etwa Angst?«

»Hättest du keine an meiner Stelle? Dein Bruder trägt ein großes Schwert mit sich herum. Außerdem hat das Ganze doch überhaupt keinen Sinn. Du bist Vogt Eberlins Tochter, und ich …«

»Ach, so ist das«, zischte sie. »Da erlaube ich dir ein einziges Mal, mich zu küssen, und schon hast du genug von mir.«

Arnulf sah einen der Arbeiter eine Karre über den Hof schieben. »Nicht so laut, Gisela!«, flüsterte er. »Am Ende hört man uns noch. Und es ist überhaupt nicht so, wie du denkst. Ganz im Gegenteil.«

Ihre eisblauen Augen funkelten ihn wütend an. »Wehe, du kommst morgen nicht. Sonst sage ich meinem Bruder, dass du mich beleidigt hast. Du weißt, was dir dann passiert.«

Damit drehte sie sich um und stolzierte davon. Arnulf starrte ihr nach. So war das also. Dachte sie etwa, er wäre ihr völlig ausgeliefert?

Nun, in gewisser Weise war er das wohl. Außer er schmiss alles hin und verzichtete auf die Arbeit und den Lohn. Aber wie sollte er das seinen Eltern erklären? Hinschmeißen ging nicht. Und den Zorn ihres Bruders oder ihres Vater herauszufordern, das ging noch viel weniger. Sie wusste das natürlich. Missmutig holte er sein Werkstück aus dem Feuer und begann, wild darauf herumzuhämmern.

Doch sein Zorn legte sich bald wieder. Natürlich würde er sie treffen – aber nur, um mit ihr zu reden. Er musste sie davon überzeugen, dass alles Weitere blanker Irrsinn war.

Es regnete in der Nacht und noch einmal in den frühen Morgenstunden, so dass die Felder in der Morgensonne dampften, als Arnulf vor die Hütte trat. Die Feuchtigkeit würde schnell verschwinden und die Erntearbeiten nicht behindern. Volkmar schien gut voranzukommen. Jedenfalls beklagte er sich nicht mehr über mangelnde Hilfe.

Dorela hatte nur noch Augen für ihr Neugeborenes. Anscheinend hatte sie mehr Milch als nötig und klagte über Schmerzen in den geschwollenen Brüsten. Zumindest half sie beim Kochen und Backen. Auch Linard ging es besser. Er bot an, sich um die Tiere zu kümmern, während Jelscha mit den anderen Männern bei der

Ernte war. In ein paar Tagen würden sie die trockenen Garben aufladen und mit dem Ochsenkarren in die Scheune fahren. Dann konnte man durchatmen.

Als Arnulf am späten Vormittag die versteckte Lichtung betrat, war Gisela noch nicht da. Er band sein Maultier an einen Baum und ließ sich auf dem bemoosten Felsen nieder. Er hatte sie an diesem Morgen noch gar nicht zu Gesicht bekommen. Vielleicht hat sie es sich anders überlegt, dachte er mit Bedauern. Denn trotz der guten Vorsätze konnte er es kaum abwarten, ein wenig Zeit in ihrer Nähe zu verbringen. Dann wieder redete er sich selbst gut zu. Dies musste wirklich das letzte Mal sein. Er würde sie überzeugen.

Endlich hörte er Pferdehufe durchs Unterholz stapfen, und kurz darauf bog sie Zweige auseinander und führte ihr Pferd auf die Lichtung. Es anzubinden war ihr offenbar lästig. Sie ließ es frei grasen. Wieder hatte sie das Haar gelöst, und in der Sonne, die durchs Laub fiel, umgab es Haupt und Schultern wie eine helle Lohe. Ihr Anblick verschlug ihm die Sprache. Kaum hatte er sich von dem Felsen erhoben, da flog sie ihm an den Hals.

»Verzeih mir wegen gestern. Ich war gemein zu dir.«

Ihr weicher Leib in seinen Armen und die wohligen Laute, mit denen sie den ersten langen Kuss begleitete, ließ ihn die guten Vorsätze vergessen. Er ließ es geschehen, als sie ihn bei der Hand nahm und ins Gras zog, wo er sich neben sie legte. Ganz dicht schmiegte sie sich an ihn und küsste ihn mit Hingabe. Dann ließ sie sich auf den Rücken fallen und seufzte zufrieden. Arm in Arm lagen sie im Gras und starrten eine Weile in den Himmel. Er wollte mit ihr reden, aber es eilte ja nicht.

»Hast du eigentlich schon mal …«, fragte sie. »Du weißt schon.«

Verwundert erwiderte er: »Nein. Und du?«

»Ich? Bist du verrückt? Natürlich nicht. So was tut man nur, wenn man verheiratet ist.«

»Warum fragst du mich dann?«

»Ich dachte, bei euch Bauern nimmt man es nicht so genau. Gib's zu, auf dem Johannisfest ging es ziemlich wild zu.«

»Denkst du, wir rammeln wie die Tiere auf der Weide?«

»Etwa nicht?« Sie lachte ausgelassen. Sie starrte zu den Baumwipfeln auf. »Vielleicht sollten wir weglaufen, du und ich«, fabulierte sie verträumt. »Für dich stehlen wir Eberlins Pferd und reiten zusammen über die Berge nach Italien. Da ist es wenigstens warm.«

Arnulf lächelte über so viel Unsinn. »Und wovon leben wir?«

»Das ist mir gleich.« Sie rollte sich auf ihn und küsste ihn. Sie war leicht wie eine Feder, und doch erregte es ihn, ihren Leib auf sich zu spüren. »Mir graut davor, irgendeinen alten Kerl zu heiraten, nur weil mein Vater es so will«, murmelte sie und schlang ihre Arme um seinen Hals, schmiegte sich an ihn, so dass er durch sein Hemd die kleinen Brüste wie eine unerträglich süße Liebkosung spürte.

Mit einem Mal hörten sie einen Hund bellen.

Gisela fuhr hoch und lauschte erschrocken. Noch einmal ließ sich das Bellen vernehmen, diesmal näher, und dann Männerstimmen, die nach dem Tier riefen.

»O mein Gott! Der Jagdhund meines Vaters.« Sie war bleich vor Schreck geworden, kroch hastig ein paar Schritte weg von Arnulf, als hätte er plötzlich den Aussatz bekommen. »Er wird uns finden.«

Da brach der Hund auch schon durchs Gebüsch, ein großer, schlanker Jagdhund, und sprang schwanzwedelnd auf Gisela zu. Arnulf kam erschrocken auf die Füße. Schritte ließen sich hören, Männerstiefel, die durchs Herbstlaub stapften.

Giselas Gesicht war zu einer Maske der Furcht erstarrt. Plötzlich, zu Arnulfs Entsetzen, schrie sie laut um Hilfe, riss Gras aus, schmierte sich Dreck ins Gesicht und über ihre Tunika. Was zum Teufel tat sie da?

»Vater! Bist du das?«, rief sie mit weinerlicher Stimme. »Hilf mir! Der Kerl will mir Gewalt antun!« Jetzt zerrte sie auch noch an ihrer Tunika, bis der Kragen riss.

Arnulf stand einen Moment lang wie erstarrt, konnte nicht glauben, was er da sah und hörte. So eine feige, erbärmliche Lüge!

Aber da brach auch schon ihr Bruder durchs Unterholz. Er trug einen Speer in der Faust. Ausgerechnet einen, den Arnulf geschmiedet hatte. Und hinter ihm der alte Wildhüter.

»Eberhard!«, kreischte Gisela. »Eberhard, hilf mir!«

Der zögerte keinen Augenblick. Für ihn war die Lage mehr als eindeutig. Rot vor Wut schleuderte er den Speer. Kaum fünf Schritte trennten ihn von Arnulf. Die Waffe hätte den jungen Schmied unweigerlich getroffen, wenn er sich nicht gerade noch zur Seite geworfen hätte. Die Spitze verfehlte ihn um Haaresbreite und bohrte sich in den Stamm eines jungen Baumes.

Sofort riss Eberhard das Schwert aus der Scheide, um sich auf diesen verfluchten Dörfler zu stürzen, der es gewagt hatte, Hand an seine Schwester zu legen.

Für Arnulf ging es um sein Leben. Er wollte weglaufen, packte dann aber den Speerschaft, riss die Spitze aus dem Stamm und parierte im letzten Augenblick den Schwerthieb, der ihm sonst den Schädel gespalten hätte. Im Hintergrund hörte er Gisela kreischen und sah, wie sie sich in die Arme ihres Vaters warf, der nun ebenfalls aufgetaucht war. Es war ein unerwarteter, schrecklicher Albtraum, der über ihn hereingebrochen war. Er musste sich verteidigen, sonst würde er hier auf dieser Lichtung sterben.

Schon musste er Eberhards nächsten Hieb abwehren. Zumindest hatte er jetzt den Speerschaft wie einen Kampfstab gepackt und den richtigen Stand gefunden. Unbewusst ging er zum Gegenangriff über. Natürlich nur mit Schaft und stumpfem Ende, denn er wollte Eberhard nicht verletzen.

Der Wildhüter wich vor den beiden zurück. Giselas Pferd riss den Kopf hoch, wieherte ängstlich. Der Vater hielt die Tochter im Arm und feuerte seinen Sohn an. Er versuchte gar nicht erst einzugreifen, vollkommen überzeugt, dass Eberhard den verdammten Schmied rasch erledigen würde. Doch beide wurden eines Besseren belehrt, denn Arnulf ließ sich nicht so leicht besiegen. Im Gegenteil. Er teilte aus und drängte Eberhard zurück.

Jetzt fiel ihn der Hund an und riss ihm eine Wunde in die Wade. Doch ein schneller Speerstoß, und das Tier kroch jaulend und schwer getroffen außer Reichweite. Nun war Blut geflossen. Darüber erfasste Eberhard blinde Wut, und er stürmte vor, um Arnulf das Schwert in den Leib zu rammen. Doch der wich kühl zurück und schwang den Speerschaft hart gegen die Schläfe seines Gegners. Wie ein gefällter Baum brach Eberhard zusammen und rührte sich nicht mehr.

Aber noch war es nicht zu Ende. Denn nun stürzte sich der Vogt selbst mit blanker Klinge und wutverzerrtem Gesicht auf den vermeintlichen Peiniger seiner Tochter. Wie konnte dieser Bauer es wagen, auch noch seinen Sohn niederzuschlagen?

Arnulf war einen Augenblick lang vom Wildhüter abgelenkt, der seinen jungen Herrn beschützen wollte. Erst spät bemerkte er, dass der Vogt mit dem Schwert ausholte und auf ihn zugerannt kam. Die mörderische Klinge wäre ihm in die Schulter gefahren, hätte er sich nicht im letzten Moment geduckt und dem Vogt das stumpfe Ende des Speers gegen die Brust gestoßen, um ihn aufzuhalten. Vogt Eberlins Hieb ging ins Leere.

Doch leider war es das falsche Ende des Schafts gewesen, mit dem Arnulf zugestoßen hatte. Der scharfe Stahl bohrte sich so tief in des Vogts Brust, dass die Spitze am Rücken blutig wieder austrat. Zu seinem Entsetzen sah Arnulf, wie der Vogt mit Augen, die fast aus den Höhlen traten, zurückwankte, wie ihm die Waffe aus der Hand glitt und er ächzend, mit dem Speer in der Brust, auf den Rücken fiel.

»Vater!«, kreischte Gisela, wollte sich auf den tödlich Getroffenen stürzen, wich dann aber zitternd vor Arnulf zurück, der bestürzt vor ihr stand. Tränen schossen ihr aus den Augen. »Du hast sie umgebracht, du Bastard!«, schrie sie. »Du verdammter Mörder!«

Arnulf starrte auf den Vogt, dessen Augenlicht langsam brach. Das Herz schlug ihm wie wild im Hals – von der Anstrengung, noch mehr aber vor Schreck und vor Entsetzen. Aus den Augenwinkeln bemerkte er, wie Eberhard sich zu regen begann. Panik erfasste ihn. Er musste weg! Weg von diesem unseligen Ort. Doch sie würden ihn verfolgen. Er würde sich verteidigen müssen. Ohne nachzudenken, packte er den Speerschaft und zog daran, bis die Spitze sich mit einem schmatzenden Geräusch aus dem Fleisch des Toten löste.

Sein Blick fiel auf Giselas Apfelschimmel, der unruhig auf der Lichtung tänzelte. Das Pferd sah aus, als ob es jederzeit die Flucht ergreifen wolle. Auch das Maultier zerrte unruhig an seinem Strick. Arnulf packte die Zügel des Schimmels und schwang sich in den Sattel. Den Speer hielt er dabei fest umklammert. Der Gaul bockte und versuchte, ihn abzuwerfen, doch Arnulf hatte ihm schnell seinen Willen aufgezwungen.

Das Letzte, was er wahrnahm, bevor das Pferd lospreschte, war der Wildhüter, der versuchte, dem benommenen Eberhard aufzuhelfen, und Gisela, die sich schluchzend auf ihren Vater warf. Dann brachen Ross und Reiter durchs Gebüsch und suchten sich einen Weg zwischen Felsen und umgestürzten Bäumen.

Unter den hohen Buchen wurde die Gangart leichter, und der Schimmel beschleunigte. Arnulf legte den Kopf an den Hals des Tieres, um den Ästen auszuweichen, die über ihn hinwegpeitschten. Einmal hätte es ihn beinahe aus dem Sattel gefegt. Etwas riss ihm dabei die Wange auf. Warmes Blut lief ihm am Hals herab.

Aber schon hatten sie den Weg erreicht und galoppierten bergauf in Richtung Meilerplatz. Der Köhler starrte die plötzliche Erscheinung mit offenem Maul an, als sie an ihm vorbeigaloppierten und um die nächste Biegung verschwanden.

Immer höher wand sich der Weg, bis das Pferd müde wurde, mit Schaum vor dem Maul zu keuchen begann und schließlich nicht mehr konnte.

Arnulf saß ab, band die Zügel an einen Baum und ließ sich am Wegrand nieder, um irgendwie zur Besinnung zu kommen. Die Wange blutete noch. Auch das Bein tat weh, wo der verdammte Köter ihn erwischt hatte. Er ließ sich auf den Rücken fallen und starrte in die Baumwipfel.

Was für ein Albtraum! Er hatte einen Mann getötet. Nicht irgendeinen, ausgerechnet den Vogt. Nun war er vogelfrei. Sie würden ihn jagen bis ans Ende der Welt. Und natürlich würden sie ihn finden und am Hals aufhängen, bis er tot war. Wie hatte das nur geschehen können? Und vor allem, was sollte er jetzt tun?

In Arnulfs Kopf herrschten Panik und wirres Durcheinander. Ein Gedanke jagte den anderen. Immer wieder hatte er dieses schreckliche Bild vor Augen. Der Vogt, der mit dem Schwert ausholte, der nackte Stahl, der ihm in die Brust drang. Wie leicht er zwischen die Rippen gefahren war. Mitten ins Herz. Ausgerechnet die Speerspitze, die er eigenhändig geschmiedet hatte. Es hatte nicht einmal sonderlich geblutet. Nur aus dem Mund des Vogts war Blut gequollen, als er schon im Gras lag. O mein Gott im Himmel, er hatte den Vogt getötet!

Was würde Jelscha dazu sagen? Wie konnte er jemals wieder vor seine Mutter treten oder seinem Vater in die Augen sehen? Er dachte an Gisela, wie schmählich sie ihn verraten hatte. War es aus Angst vor dem Vater gewesen? Oder hatte er ihr im Grunde nichts bedeutet, war nur ihr Zeitvertreib gewesen? Wie dem auch sei, der Verrat schmerzte.

Wie hatte man sie überhaupt gefunden? Waren die Männer auf

der Jagd gewesen? Hatte der Wildhüter dem Vogt eine Hirschspur zeigen wollen? Der Hund musste Giselas Geruch aufgenommen haben und war der Fährte gefolgt.

Und jetzt war er zum Mörder geworden. Von der verbotenen Frucht hatte er kosten wollen, aber nun hatte Gott ihn für immer aus dem Garten Eden vertrieben. Als Gesetzloser würde er fortan leben müssen, ausgestoßen aus der Gemeinschaft der Menschen. Wenn es ihm überhaupt gelang, seinen Verfolgern zu entkommen. Besonders grausam war die Erkenntnis, dass er niemals mehr in sein Dorf zurückkehren, nie mehr seine Familie wiedersehen konnte.

Er wischte sich die Tränen aus dem Gesicht, stand auf und band das Pferd los. Mit dem Tier am Zügel wanderte er auf dem Bergsteig weiter, bis er an einen Felsvorsprung kam, der einen guten Blick ins Tal bot. Unten rechts lag sein Dorf. Es sah so klein aus von hier oben. Und so wohlgeordnet. Er konnte den Hof seiner Eltern erkennen. Links die Burg und ihre Umwallung. Auf halbem Weg dorthin ließen sich winzige Gestalten ausmachen, die ein beladenes Maultier hinter sich herzogen. Das mussten Gisela und Eberhard sein, ganz ohne Zweifel. Und der Wildhüter. Auf dem Maultier lag die Leiche des Vogts. Arnulf musste schlucken. Würde Gott ihn dafür in alle Ewigkeit verdammen?

Langsam klärte sich sein Hirn. Er musste überlegen, wie es nun mit ihm weitergehen sollte. Sobald Eberhard in der Burg angekommen war, würde er Männer um sich sammeln. Mit einem Dutzend Kriegsknechten und mit Bluthunden würde er ihn verfolgen, versuchen, seine Fährte aufzuspüren. Was war zu tun?

Er hätte gern das Pferd behalten. Schnell wie der Wind könnte es ihn an einen anderen Ort tragen. Doch das war eine falsche Hoffnung, denn in Wirklichkeit war es für ihn nutzlos. Im Gebirge war das Tier nicht zu gebrauchen. Und im Tal – selbst wenn er es schaffen sollte, sich unbemerkt an Dorf und Burg vorbeizuschleichen – würde jedermann gleich erkennen, dass ein so edles Tier nicht einem wie ihm gehören konnte. Man würde ihn als Pferdedieb aufgreifen.

Kurzerhand warf er dem Apfelschimmel die Zügel über den Hals und klatschte ihm mit lauten Gebrüll heftig auf die Kruppe. Erschrocken machte sich das Tier davon. An einer abschüssigen Stelle blieb es stehen und wandte den Kopf. Arnulf warf einen Stein nach ihm. Daraufhin trollte es sich, bis es im Wald verschwunden war. Es würde den Weg zum Stall schon finden.

Ihm wurde bewusst, dass er noch den Speer in der Hand hielt. Beim Anblick der blutverschmierten Klinge lief ihm ein Schauer über den Rücken. Mit weitem Schwung holte er aus und schleuderte das verdammte Ding ins Tal. Irgendwo, weit unten, verschwand die Waffe im Gebüsch des Hangs. Nun fühlte er sich besser.

Unter ihm lag das langgestreckte Inntal. Für ein paar Tage würde er sich hier auf dem Berg verstecken können. Aber was dann? Nach Innsbruck? Oder flussabwärts in Richtung Kufstein? Zu gefährlich. Eberhard würde nicht aufgeben. Seine Reiter würden in allen Dörfern nach ihm fragen.

Wenn er es genau betrachtete, durfte er sich überhaupt nicht ins Tal trauen, sollte vor allem die wichtigen Straßen vermeiden. Besser vielleicht übers Gebirge nach Italien. Aber nein, das würde er nicht schaffen. Durchs Hochgebirge ohne gute Kleidung, vernünftige Schuhe, Proviant und Feuerstein? Unmöglich. Er hatte keinen Bogen, um zu jagen, kein Zelt als Unterschlupf. Nichts als das Messer an seinem Gürtel.

Vielleicht nach Norden ins Achental. Aber auch das war gefährlich. Er würde den Inn überqueren müssen. Natürlich nachts. Schwimmen konnte er. Sollte er vielleicht bei dem Einsiedler Ratold Schutz suchen, der gegenüber auf dem Georgenberg eine Kapelle errichtet hatte? Der würde ihm Zuflucht gewähren. Aber auch dort würde er nicht lange bleiben können.

Da fiel ihm Augsburg ein. Sich in einer Stadt als Schmied niederzulassen, davon hatte er vor Kurzem erst geträumt. Das war vielleicht das beste Ziel. Er würde heimlich den Inn überqueren, über den Umlberg steigen, den er gut kannte, und entlang des Höhenkamms dem Bach des dahinter liegenden Seitentals bergaufwärts bis zur Quelle folgen. Dann über die Wasserscheide, wo ein anderer Bach entsprang, der nach Westen floss. Er war dort schon einmal gewesen. Ein Schäfer hatte ihm erzählt, dieser Quellbach würde sich zu einem großen Fluss ausweiten, der nach Norden in die Ebene floss, Isar genannt. Im Isartal würde niemand nach ihm suchen. Und der Weg nach Augsburg ließe sich von dort leicht erfragen.

Ein Weg voller Gefahren, aber doch der aussichtsreichste. Nur, diese Nacht würde er noch hier ausharren und irgendwo ein Versteck finden müssen. Vielleicht auch länger, bis sich alles ein wenig beruhigt hatte. Er würde sich von Beeren ernähren und von Wurzeln.

Arnulf folgte dem Pfad durch den Wald, der immer weiter anstieg, schmaler und steiniger wurde, manchmal fast ganz unter Farnkraut verschwand, um dann wieder zwischen Gras und Felsbrocken aufzutauchen. In dieser Gegend kannte er jeden Weg und Steg. Oft waren er und Volkmar hier auf verbotener Jagd unterwegs gewesen.

Unter dem Blätterdach des Waldes war es schwül und stickig geworden. Der Aufstieg brachte ihn ins Schwitzen. Nach einer Weile kam er an einen kleinen Bach, der sich sein Bett durch den bewaldeten Hang gegraben hatte und in kleinen Kaskaden talwärts floss. Arnulf stillte seinen Durst und ruhte sich etwas aus. Dann wanderte er wieder ein ganzes Stück talwärts, in entgegengesetzter Richtung, dafür aber im Bachbett, um die Spürhunde zu verwirren. Weiter unten verließ er den Bach und marschierte entlang des Hangs, bis er an einen anderen, ihm bekannten Bach kam. Von dort kletterte er wieder bergauf, ebenfalls im Wasser. Das waren die Schliche der Wilderer, um Verfolger ins Leere laufen zu lassen.

Nicht weit von hier, tief im Wald unter einem mächtigen Felsen, kannte er eine Höhle, die ihm gut als nächtliche Unterkunft dienen konnte. Sein Bruder und er hatten dort oft übernachtet, manchmal einen Hasen am Feuer gebraten, den sie mit der Schlinge gefangen hatten. Aber der Ort war zu bekannt. Also kletterte er weiter.

Es war immer noch schwül. Der Schweiß lief ihm in Strömen herab. Inzwischen war der Laubwald zuerst Fichten und dann Tannen gewichen. Nur spärlich drang noch Licht durch die Zweige. Hier gab es keinen Pfad, und der Hang wurde immer steiler. Arnulf kletterte über Felsen und Wurzeln, zog sich an Strünken hoch. Schließlich öffnete sich der dunkle Tannenwald zu einer halbwegs ebenen Alm, zu der man auch über andere Wege gelangen konnte. Manchmal graste hier Vieh im Sommer.

Unter den Tannen verborgen, blieb Arnulf hocken und ließ vorsichtig den Blick in alle Richtungen schweifen. Als er zum felsigen Gipfel des Berges aufsah, erschrak er. Denn der größte Teil des westlichen Himmels hatte sich schwarz zugezogen. Schon fegte ein scharfer Windstoß durch die Tannen. Offensichtlich war ein Gewitter im Anzug. Tiere waren nicht zu sehen. Auch kein Mensch. Sehr einsam war es hier oben, fast unheimlich. Besonders unter dem drohenden Himmel und den Windböen, die sich jetzt häuften.

Ohne die Deckung der Tannen zu verlassen, umging Arnulf die Lichtung und kletterte weiter bergauf. Auch hier gab es keinen Pfad – nur den mit Nadeln bedeckten Waldboden, Äste, die ihm den Weg versperrten, Felsen und Geröll, armdicke Wurzelstrünke, an denen er sich hochzog. Nun sah er Blitze zucken, und Donner grollte in der Ferne.

Immer unwegsamer wurde das Gelände, bis der Nadelwald ganz aufhörte und in mannshohes Latschengestrüpp überging. Ein kleines Rudel Gämse schreckte bei seinem Anblick hoch und galoppierte davon. Er kletterte weiter in der Hoffnung, irgendwo einen Unterschlupf zu finden. Unter ihm lag das Tal so dunkel, dass er außer ein paar winzigen Lichtern kaum noch etwas erkennen konnte. Er blickte zum Gipfel empor. Dort oben gab es nur Moos, Geröll und nackten Fels. Keine Höhle in Sicht. Er beschloss, zurückzugehen und sich ein geschütztes Fleckchen am Waldrand zu suchen.

Ein greller Blitz leuchtete so nah auf, dass es ihn blendete. Der gleichzeitige Donnerschlag zerriss ihm fast die Ohren. Der Himmel über ihm war schwarz. Nur im Osten war noch ein heller Streifen zu sehen. Jetzt zuckten überall Blitze, und eine gewaltige Sturmböe fuhr durch die Tannenwipfel, die sich gefährlich bogen. Im Gehölz weiter unten krachte es, als ob ein Baum umgefallen wäre. Es war mit einem Mal empfindlich kalt geworden. Der Wind auf freier Fläche hatte eine solche Kraft, dass es Arnulf fast umwehte und er den Hang hinunterzustürzen drohte. Abgerissene Latschenzweige wirbelten ins Tal, Staub peitschte ihm ins Gesicht.

Gewitter im Gebirge konnten gefährlich sein, das wusste er. Er musste sich beeilen, in den Schutz der Bäume zu gelangen. Im Unterholz, im Windschatten eines Felsens, würde er einigermaßen sicher sein.

Die ersten Tannen waren nicht mehr als hundert Schritt unter der Stelle, auf der er sich befand, als sich ein ungeheures Rauschen näherte und über die schwankenden Tannenwipfel heranraste. Zuerst hielt er es für Regen. Doch dann trafen ihn die ersten Hagelkörner. Sie waren groß wie Erbsen, manche sogar wie Taubeneier. Sie trafen ihn am Kopf, an den Schultern und den erhobenen Armen mit einer Wucht, dass er fürchtete, sein letztes Stündlein sei gekommen.

Er stolperte, wäre in seiner Hast, den Waldrand zu erreichen, fast den Hang hinabgestürzt. Blut tropfte ihm von der Stirn. Er hielt die Arme über dem Kopf, um sich gegen den Hagel zu schützen, konnte kaum etwas sehen. Blitze schlugen ein, Donner riss den Himmel in Stücke. Der Hagel sammelte sich an freien

Stellen, immer mehr, fast schon zu einer daumendicken weißen Schicht.

Es war eisig kalt geworden. Arnulf, der nur ein einfaches Hemd trug, fror erbärmlich. Fast hatte er die ersten Tannen erreicht, da schlug hangaufwärts der Blitz in eine einzeln stehende Tanne ein. Sie loderte plötzlich wie eine Fackel, brach in zwei Teile, von denen einer ihn auf dem Weg nach unten nur knapp verfehlte. Der Einschlag hatte Geröll gelöst, das krachend ins Tal donnerte.

Zuerst trafen ihn ein paar kleinere Steine schmerzhaft im Rücken, dann knallte ihm ein größerer Brocken an den Kopf. Ihm wurde schwarz vor Augen. Er stürzte und rutschte den Hang hinunter, wo er sechs Fuß vor dem dicken Stamm einer Tanne liegen blieb.

Während das Gewitter um ihn herum tobte, prasselten immer mehr Hagelkörner herab und bedeckten ihn schließlich mit einer weißen Eisschicht, bis sein regloser Leib auf dem unebenen Hang kaum noch als Mensch zu erkennen war.

HEDWIG

Der Abend dämmerte. Dies war Hedwigs liebste Stunde. Denn die Arbeit auf den Feldern war getan, die Bauern kehrten hungrig und müde ins Dorf zurück, die Weiber trieben Kühe und Ziegen in den Stall. Und die Jugend nutzte die Zeit bis zum Abendmahl, um am Gemeinschaftsbrunnen zu schwatzen. Hedwig, zum Leidwesen ihrer Mutter, war immer als Erste dabei, wenn die Mädchen nach der Feldarbeit nichts Besseres zu tun hatten, als den jungen Burschen schöne Augen zu machen.

In Wirklichkeit nannte niemand sie Hedwig. Für alle im Dorf war sie nur die Hedi. Allein ihre Mutter bestand darauf, sie bei ihrem vollen Namen zu nennen. »Hedwig, es wird Zeit, dass du aufstehst!« – »Hedwig, du hast die Tiere noch nicht gefüttert!« – »Hedwig, geh jetzt Unkraut jäten!« – so ging es von früh bis spät. Nein, sie war nicht die Fleißigste, das wusste sie selbst. Aber den ganzen Tag arbeiten, das war so öde.

Hedi war keine klassische Schönheit. Aber dennoch recht ansehnlich und vor allem beliebt bei dem jungen Volk, wegen ihres fröhlichen Wesens und ihrer Schwatzhaftigkeit. Und bei den jungen Männern, weil sie so etwas Appetitliches an sich hatte. Der liebe Gott hatte sie mit Gaben ausgestattet, die einem Kerl den Kopf verdrehen konnten, mit Rundungen an den rechten Stellen und Lippen, die zum Küssen taugten. An Festtagen tat sie nichts lieber, als im Tanz ihre Zöpfe fliegen zu lassen. Besonders wenn Heiner sie an den Hüften packte und im Kreis herumschwenkte.

Es gab aber auch Mädchen im Dorf, die Hedi ihre Beliebtheit bei den jungen Kerlen neideten und die einen wie Heiner gern für sich selbst gewonnen hätten.

Ihre Mutter sah es nicht gern, dass sie Umgang mit diesem Habenichts hatte. Denn Heiner war der Sohn einer verarmten Familie, die nicht mehr als ein paar winzige Äcker, einige Ziegen und Schafe ihr Eigen nannte. Im Grunde waren sie kaum mehr als Leibeigene, denn ihr Land gehörte dem fernen Kloster. Nicht einmal die Pacht konnten sie aufbringen, und sie mussten den Großteil ihrer mageren Erträge abliefern, noch dazu Frondienst leisten. Es war der Mildtätigkeit der Mönche zu verdanken, dass man sie nicht schon längst von ihrer dürftigen Scholle verjagt hatte. Neben Heiner, dem Ältesten, gab es noch sechs Geschwister in der Familie. Das bisschen Land, das die Eltern bewirtschaften, reichte kaum zum Leben, und so hatten sie die allergrößte Mühe, die Mäuler ihrer Kinder zu stopfen.

Heiner war also nicht gerade der Traum einer Schwiegermutter. Doch Hedi war verrückt nach ihm. Denn trotz seiner bescheidenen Herkunft war er der Anführer der Dorfjugend. Ein gutaussehender, selbstbewusster Bursche mit einem frechen Grinsen, das Mädchenherzen höherschlagen ließ, wo immer er auftauchte. Und natürlich wussten alle im Dorf, dass er im Wald häufig wildern ging, obwohl es verboten war. Er tat dies nicht allein aus Spaß an der Jagd, sondern um seinen Beitrag zu leisten, die Familie durchzubringen.

Natürlich war er nicht der Einzige, der den heimischen Kochtopf gelegentlich mit Reh oder Wildschwein füllte. Die Mönche, denen der Wald gehörte, beschäftigten zwar einen Wildhüter, aber ihnen lag es mehr an Pacht und Abgaben, als den gelegentlichen Jagdfrevel aufzuklären. Und so war das Leben in Hedis Dorf ganz erträglich. Das heißt, solange die Ernte nicht ausfiel. Aber darum musste man sich in diesem Jahr keine Sorgen machen. Das Korn stand gut und war zur Hälfte schon eingefahren. Bald würde es ans Dreschen gehen.

»Hedwig!«, klang plötzlich eine schrille Stimme über den Dorfplatz. »Komm sofort nach Hause!«

Hedi tat, als hätte sie die Mutter nicht gehört, und fuhr fort, mit ihren Freundinnen Trude und Oda über Trudes anstehende Heirat mit einem Bauern aus dem Nachbardorf zu schwatzen. Fest- oder Hochzeitsvorbereitungen waren wichtige Themen unter den Mädchen, nur noch übertroffen von Gerüchten über verbotene Liebschaften. Kein Wunder, dass sie sich nicht losreißen konnte.

»Hedwig! Komm jetzt endlich! Und vergiss das Wasser nicht!«

Hedi verdrehte genervt die Augen und machte sich mit einem Seufzer daran, den hölzernen Schöpfeimer in den Brunnen hinabzulassen.

»Lass mich das machen«, hörte sie eine Stimme hinter sich. Heiner war neben sie getreten und nahm ihr den Schöpfeimer aus der Hand.

Sie ließ ihn gewähren und sonnte sich in seinem Lächeln. Dabei entging ihr nicht Brunis neidischer Blick. Die dunkelhaarige Tochter des Dorfältesten war in allem ihre Konkurrentin und hätte ihr gerne den Heiner ausgespannt. Schon allein, um sie zu ärgern.

Heiner füllte ihre beiden Eimer mit frischem Brunnenwasser. »Soll ich dir tragen helfen?«, fragte er.

»Lieber nicht. Ich krieg schon genug Ärger.«

Er half ihr, die Holzstange, an der die vollen Eimer hingen, auf die Schultern zu heben, ohne dass etwas überschwappte. »Sehen wir uns nachher?«, raunte er ihr noch zu.

»Aber klar«, flüsterte sie. »Nach dem Essen.«

Mit einem letzten Blick auf Bruni trat sie den Heimweg an. Sie wusste, dass aller Augen ihr folgten, und gab ihren Hüften einen Extraschwung, während sie barfuß über den Dorfplatz schritt, trotzdem vorsichtig genug, um nichts zu verschütten. Aber darin war sie geübt, denn Wasserholen war eine ihrer vielen Aufgaben.

Hedi war siebzehn Jahre alt und das dritte Kind ihrer Eltern. Wie bei vielen Familien hatten nicht alle Geschwister überlebt, doch sie hatte einen älteren Bruder, der dem Vater bei der Feldarbeit half, und eine zwölfjährige Schwester.

Sie hockten um den Tisch und löffelten Bohneneintopf in sich hinein, als Hedi eintrat. Mal wieder Bohnen, seufzte sie innerlich und stellte die Wassereimer in eine Ecke.

»Wo bleibst du nur wieder, Kind?«, schalt die Mutter. Sie füllte Eintopf in einen Napf und schob ihn an Hedis gewohnten Platz. »Kannst du nicht einmal tun, was man dir sagt? Und am Tisch sitzen, wenn wir essen?«

»Soll sie doch die Reste aus dem Topf kratzen, wenn sie zu spät kommt«, sagte ihr Bruder Ulfbert nicht ohne ein hämisches Grinsen.

Hedi streckte ihm die Zunge raus und begann zu essen.

Die Mutter war knapp über vierzig, sah aber von der Arbeit so verhärmt aus, dass man sie mindestens zehn Jahre älter geschätzt hätte, und so hager, dass ihr Hals Falten warf und ihre müden Brüste unter dem groben Leinen des Kittels schlaff herunterhingen. Hedi fragte sich, wie sie so viele Kinder bekommen hatte, denn noch nie hatte sie gesehen, dass die Eltern so etwas wie Zärtlichkeiten ausgetauscht hätten.

So will ich nicht leben, schwor sie sich. Nur schuften von morgens bis abends und kein bisschen Freude. Keine Aufmerksamkeit, keine Zärtlichkeit. Nein, sie wollte einen Mann, der sie liebte, und dem auch sie alle Liebe schenken würde. Einen, den sie bewundern konnte, der sie zum Lachen brachte und ihre Fantasie beflügelte. Nicht wie ihr Vater, der kaum ein Wort sprach, und wenn, dann nur mürrische Anweisungen gab.

»Ich hab dich schon wieder mit diesem Jungen gesehen«, klagte die Mutter. »Das ist kein Umgang für dich. Schon hundertmal hab ich dir das gesagt. Wann hört das endlich auf?«

»Ach, der Heiner ist in Ordnung«, meinte Ulfbert, während er mit vollem Mund an einem Stück Brot kaute. »Der weiß immer, wo man am besten Fallen aufstellt, um ein paar fette Hasen zu fangen.«

»Ihr sollt nicht wildern. Eines Tages erwischen sie euch noch.«

Ulfbert lachte. »Mich bestimmt nicht, Mutter.«

»Besser, du meidest diesen Heiner. Der stiftet euch alle zu Unsinn an.«

Der Vater sagte wie immer nichts, sondern kratzte sorgsam seinen Napf leer. Dann goss er sich einen Becher Bier in die Kehle und rülpste laut. Er war ein großer Mann mit starken Armen. Früher hatte er mal Kriegsdienst für die Grafschaft geleistet. Aber das war lange her.

»Wolfram«, fuhr die Mutter ihn an. »Sag endlich auch was dazu. Oder willst du deine Tochter an diesen Hungerleider verschenken?«

Doch der Vater zuckte nur gleichmütig mit den Schultern.

»Hast du etwa vor, den Heiner zu heiraten?«, fragte Hedis Bruder erstaunt.

»Kümmere dich um deinen eigenen Kram.« Hedi schob ihren Napf zurück. Der Hunger war ihr vergangen. »Müsst ihr immer auf mir herumhacken?«

»Niemand hackt auf dir herum«, sagte ihre Mutter. »Aber es wird Zeit, dass du aufhörst, mit diesem Jungen herumzulaufen. Überhaupt mit deinen Träumereien. Im Dorf zerreißen sie sich schon das Maul über dich.«

»Wer zerreißt sich das Maul?«

»Dein Vater und ich werden dir bald einen vernünftigen Ehemann aussuchen. Einen mit einem guten Stück Land und einer Herde Rinder. Und bis dahin hör auf, dich wie eine Hure zu benehmen.«

»Wie bitte?« Hedi sprang auf.

»Du hast mich gehört«, ereiferte sich ihre Mutter. »Ich seh doch, wie du mit den jungen Kerlen schäkerst. Und besonders mit diesem Heiner.«

»Das muss ich mir nicht anhören«, rief Hedi und wandte sich zur Tür.

»Hiergeblieben!« Die Stimme der Mutter klang jetzt wirklich

erbost. »Wo willst du hin? Das ist keine Zeit, um noch draußen herumzustreunen.«

»Ich streune nicht herum.«

Zum Erstaunen der übrigen Familienmitglieder mischte sich zum ersten Mal der Vater ein. »Willst du dem Mädel jeden Spaß verderben?«, ließ er sich in seinem grollenden Bass vernehmen. »Lass sie gehen. Die Freude am Leben wird ihr noch früh genug vergehen.«

»Aber …« stammelte die Mutter überrascht.

Hedi nahm die Gelegenheit wahr, sich schnell davonzumachen, bevor man es sich anders überlegte.

Draußen war es dunkel geworden. Hedis Elternhaus war wie alle Bauernhütten im Dorf aus Holz und mit Stroh gedeckt, Wohnraum und Stall unter einem Dach. Gegenüber eine alte, wackelige Scheune und ein Geräteschuppen, der zur Hälfte als Verschlag für die Hühner diente. Daneben der Misthaufen. Das kleine Gehöft stand etwas abseits, aber nicht weit vom Dorfplatz entfernt.

Hedi schlüpfte zwischen Scheune und Stall hindurch in eine grasbewachsene Gasse, die zwischen anderen Hütten verlief. Eine Hure hat sie mich genannt, dachte sie wütend. Nur weil ich nicht so bin wie sie.

Wie war die Mutter nur so blass und freudlos geworden? So zänkisch. Und wie hielt der Vater es überhaupt mit ihr aus? Hedi träumte von einer schöneren Welt, denn ein Leben wie ihre Eltern wollte sie nicht führen. Heiner war kein wohlhabender Bauernsohn. Aber wer war das schon in einem Dorf, wo man nur mit harter Arbeit über die Runden kam? Heiner war eben Heiner. Und sie war verliebt.

Die Nacht war angenehm warm. Ein bleicher Halbmond war aufgegangen und beleuchtete schwach die Dächer. Hier und da drang Licht aus einer Tür. Ein Geruch von warmem Kuhmist lag in der Luft. Aus einem Stall drang das Grunzen eines Schweins, und irgendwo bellte ein Hund. Aber zu sehen war niemand.

Sie schlich sich um ein paar Gehöfte herum, bis sie sich von hinten wieder dem Dorfplatz näherte. Dort stand die große Gemeindescheune, in der die trockenen Garben fürs Dreschen lagerten. Niemand würde hier ein Stelldichein vermuten. Durch eine Hintertür gelangte sie hinein.

Im Innern war es so dunkel, dass man kaum die Hand vor Augen sehen konnte. Und es roch nach Heu und nach frischem Stroh. Fast hätte sie vor Schreck aufgeschrien, als jemand nach ihr griff. Aber es war Heiner. Sie spürte es gleich an der Art, wie er sie umarmte und an sich zog.

»Du riechst so gut«, murmelte er und küsste ihren Hals. Sein kurzer Bart kitzelte sie, und sie kicherte leise. Dann fuhr sie ihm mit den Händen durchs Haar und fand seine Lippen. Ein himmlischer Kuss. Sie verging vor Wonne.

»Komm«, sagte er und zog sie mit sich.

Sie folgte ihm vertrauensvoll. Langsam begannen ihre Augen sich an die Dunkelheit in der Scheune zu gewöhnen. Ein wenig Mondlicht, das durch eine Luke unter dem Giebel fiel, ließ sie ungefähr ahnen, wohin er sie führte: in eine rückwärtige Nische, wo er für sie beide ein Nest im Heu gemacht und mit einer alten Decke ausgelegt hatte. Mit einem glücklichen Seufzer ließ Hedi sich rückwärts ins weiche Heu sinken.

Bei Heiner fühlte sie sich wohl und geborgen. Trotzdem verspürte sie ein nervöses Kribbeln im Magen, eine ungewohnte Anspannung. Denn sie hatte sich kurzerhand entschlossen, heute alles mit sich machen zu lassen. Nicht nur aus Wut über ihre Mutter, sondern weil sie einfach nicht länger warten wollte. Es war nicht das erste Mal, dass sie sich heimlich trafen. Bisher hatte sie ihre Jungfräulichkeit tapfer verteidigt. Aber heute hatte sie genug davon. Heute wollte sie schwach sein, wollte sich gehen lassen, endlich spüren, was es hieß zu lieben. Und sollte sie ein Kind bekommen, umso besser. Denn dann konnte man ihr den Heiner nicht mehr nehmen. Sie würden heiraten und für immer vereint sein.

Heiner legte sich zu ihr, umarmte und küsste sie. Seine Küsse waren so leidenschaftlich. Sie spürte die Kraft seiner Arme, und der männliche Geruch seiner Haut erregte sie. Doch sie beherrschte sich und schob ihn von sich, obwohl es ihr schwerfiel.

»Liebst du mich?«, flüsterte sie in der Dunkelheit, die sie beide umfing.

»Das weißt du doch, Hedi.« Seine Stimme klang heiser. Auch er war erregt. Er drängte sich an sie, legte eine Hand auf ihre Brust.

Aber sie schob die Hand wieder weg. »Mehr als Bruni?«, fragte sie.

»Bruni, diese Schlange? Die kann doch keiner leiden.«

»Aber mich, mich kannst du leiden, oder?«

»Mehr als das. Viel mehr als das. Ich bin verrückt nach dir.«

»Verrückt genug, um mich zu heiraten?«

Sie spürte, wie er stutzte. Einen Augenblick lang schwieg er. »Heiraten?«, sagte er dann. »Aber ich bin arm, Hedi. Wovon sollen wir leben?«

Hedi wusste, wie es um seine Familie stand, dass er ihr nichts bieten konnte. Jedenfalls nichts, was eine Mutter für ihre Töchter erwartete. Aber daran wollte sie nicht denken. »Irgendwie wird es schon gehen«, flüsterte sie, legte ihren Arm um ihn und zog ihn an sich. »Wenn du mich nur liebst.«

Sie spürte, wie Heiner heftiger atmete. Er schien zu merken, wie anders sie heute war, so viel leidenschaftlicher. Sie umfasste sein Gesicht, sog an seinen Lippen und schob ihm sogar die Zunge in den Mund – etwas, was sie zuvor noch nie getan hatte. Sie griff nach seiner Hand, drückte sie auf eine ihrer Brüste. Ein Schauer fuhr ihr durch den Leib. Sie stöhnte leise, während sie den Unterleib an ihn presste. All das schien ihn ganz verrückt zu machen, so dass seine Hand nach ihrem Rocksaum suchte und er warme, nackte Haut zu fassen bekam.

»Warte«, flüsterte sie und riss sich das leichte Leinenkleid vom Leib, das sie in diesen warmen Sommertagen trug.

Dann ließ sie sich wieder aufs Heu zurücksinken und sah ihn mit großen Augen an, erwartungsvoll und ängstlich zugleich.

Da lag sie in ihrer ganzen nackten Schönheit vor ihm. Arme und Beine von der Arbeit wohlgeformt und kräftig, die Taille schlank, die Hüften breit, der Busen üppig. Heiner stockte der Atem, als er sie zum ersten Mal so sah. Ihre Schenkel zitterten ein wenig, als sie sich zaghaft für ihn öffneten. Sie fasste ihn am Arm, um ihn näher zu sich heranzuziehen.

»Bist du dir sicher?«, fragte er mit belegter Stimme. Heiner mochte ein Draufgänger sein. Aber er liebte seine Hedi und wollte nichts tun, was sie später bereuen könnte.

»Ja«, hauchte sie. »Du etwa nicht?«

»Doch.« Er streichelte ihre Brust und strich ihr fast andächtig über den nackten Leib. Sie erschauerte unter den Berührungen.

In der Ferne wurde ein Geräusch hörbar. Es klang wie dumpfe Hufschläge, die sich langsam näherten. Von mehreren Pferden, vielleicht einem Dutzend. Doch die beiden achteten nicht darauf, ja, bemerkten es nicht einmal, so gefangen waren sie in den Gefühlen dieses magischen Augenblicks, in dem sich ihre Liebe zum ersten Mal erfüllen sollte. Erst als die Hufschläge lauter wurden, begleitet vom Schnauben der Pferde und dem Klirren der Beschläge und den Stimmen von Männern, da schreckten sie hoch und lauschten.

Auf dem Dorfplatz schien der Teufel los zu sein. Pferde wieherten schrill, Männer riefen etwas in einer unverständlichen Sprache. Dazwischen die Bauern aus dem Dorf, die empört aus ihren Hütten gerannt kamen. Plötzlich ein seltsames Surren, gefolgt von Schmerzensschreien. Heiner ahnte gleich, was das war. Wer auch immer da draußen angekommen war, schoss mit Pfeilen auf die Dörfler.

»Was ist das?«, rief Hedi zutiefst erschrocken und tastete nach ihrem Leinenhemd.

Heiner sprang auf. Er zog hastig seine Hose hoch, die er schon fast abgestreift hatte. »Versteck dich im Stroh!«, raunte er und lief halbnackt zum Scheunentor, um zwischen den Latten hinauszuspähen.

Aber Hedi hörte nicht auf ihn, sondern streifte sich ihr Leinenhemd über und folgte ihm, starrte ebenfalls zwischen den Latten hindurch. Was sie sah, ließ ihr das Blut in den Adern gefrieren.

Krieger waren von ihren Gäulen gesprungen, hielten Fackeln in den Fäusten und blitzende Klingen. Aber es waren Krieger, wie sie sie noch nie gesehen hatte. Keine Baiern, das war klar. Sie trugen konische Helme, am Rand mit Pelz verbrämt, Lederpanzer und bauschige Hosen. Ihr dunkles Haar war zu Zöpfen geflochten, und sie trugen dicke Schnauzbärte im Gesicht. Ungarn? Ja, es mussten Ungarn sein.

Sie sah auch, dass drei der Bauern am Boden lagen. Pfeile ragten ihnen aus Brust und Rücken. Einer schrie erbärmlich und versuchte davonzukriechen. Eine Bäuerin, die vor Entsetzen kreischend zu ihm gelaufen kam, wurde von den Fremden zu Boden gerissen. Zwei von ihnen hielten sie fest, während ein dritter sich mühte, ihres Gestrampels Herr zu werden, damit er sie besteigen konnte.

Heiner hatte genug gesehen. »Schnell! Wir müssen weg. Durch die Hintertür.«

Hedi war schon auf halbem Weg, als das Scheunentor mit lautem Krachen aufflog. Erschrocken hielt sie an und drehte sich um. Einer der fremden Krieger, ein großer Kerl mit breiten Schultern, stand im Eingang, Fackel in einer Hand, Schwert in der anderen. Er runzelte die Stirn, als er Heiner vor sich sah, der ein paar Schritte zurückwich, aber stehen blieb, da er merkte, dass Hedi immer noch in der Scheune war. Als wollte er sie mit seinem Leib schützen.

Ein Grinsen flog über das Gesicht des Ungarn, als er im Hintergrund die halbnackte Hedi entdeckte. Er hielt die Fackel hoch, um besser sehen zu können, rief etwas in seiner Sprache nach draußen und trat einen Schritt vor.

Hedi hätte weglaufen sollen. Aber sie sah, wie Heiner nach einer Heugabel griff, die an der Wand lehnte. Im Grunde nur ein langer Ast mit einer gebogenen Gabelung am Ende. Es war Irrsinn, sich diesem Krieger entgegenzustellen, aber Heiner tat es. Er tat es für sie. Wie konnte sie ihn im Stich lassen? Sie blickte wild um sich und suchte selbst nach einer Waffe. Zwei Schritte weiter am Boden lag ein Dreschflegel. Sie bückte sich und packte ihn.

Als sie sich aufrichtete, sah sie Heiner unerwartet angreifen. Er hätte dem Ungarn fast ein Auge ausgestochen, wenn der nicht im letzten Augenblick den Kopf weggedreht hätte und zurückgesprungen wäre. Aber der Mann ließ sich von Heiner und seiner Heugabel nicht beeindrucken. Im Gegenteil, er grinste, als ob ihm die Herausforderung Spaß machte.

Mit einem fast lässigen Rückhandschwung schlug er die Heugabel zur Seite. Dann ließ er zu Hedis Horror die Klinge mit aller Wucht in Heiners Schulter fahren. Der schrie gellend auf. Blut spritzte aus der schrecklichen Wunde, die Heugabel fiel ihm aus den Händen. Er brach in die Knie. Und Hedi kreischte wie von Sinnen. Sie wollte auf den Ungarn losgehen, aber ihre Beine waren wie Blei.

Der Ungar lachte, holte erneut aus und stieß Heiner das Schwert in die Brust. Der packte die nackte Klinge mit beiden Händen, als wollte er sie herausziehen. Ein Blutschwall kam ihm über die Lippen, dann traf ihn ein Stiefel, der Stahl glitt aus seinem Fleisch, und er fiel röchelnd zur Seite.

Hedi war halb wahnsinnig vor Schreck und Schmerz und Grauen. Sie schrie gellend auf wie ein verwundetes Tier. Statt wegzulaufen, ließ sie den Dreschflegel fallen und warf sich neben ihrem sterbenden Geliebten auf die Knie. Sie umfing sein Haupt mit zitternden Händen, starrte ungläubig auf das viele Blut, das aus seiner Schulter pumpte. Heiners Augenlider flatterten, und seine Lippen bewegten sich, als wollte er etwas sagen.

Doch schon wurde sie brutal auf die Füße gezerrt. Ihre Wangen waren nass, sie war halb blind vor Tränen. Sie wollte sich wehren und war doch kaum fähig dazu, völlig überwältigt von dem plötzlichen Horror, der über sie hereingebrochen war. Sie konnte auch nicht verhindern, dass der Kerl, mit der Fackel in der Linken und dem blutigen Schwert unterm Arm, ihr mit einem Ruck das Hemd vom Ausschnitt bis zum Nabel aufriss. Vor ihr seine schrecklichen Augen, die gierig auf ihre nackten Brüste starrten. Offensichtlich gefiel ihm, was er sah, denn er grinste lüstern. Sie trat nach ihm und wollte sich befreien. Aber er hielt sie fest am Handgelenk gepackt und rief nach ein paar Kameraden.

Doch sie kamen nicht. Der Anführer der Ungarn rief ihm einen scharfen Befehl zu, dem sich der Krieger fast widersetzt hätte. Aber da keiner der Kameraden ihm zu Hilfe kam und sie stattdessen in aller Eile Hühner jagten und sich daran machten, Ziegen zu schlachten, ließ er Schwert und Fackel fallen, nahm ein Seil von der Scheunenwand und fesselte Hedi die Hände hinter dem Rücken. Sie schrie und strampelte und machte es ihm nicht leicht, aber am Ende siegte seine Stärke. Zuletzt legte er ihr eine Schlinge um den Hals und band sie an einen tragenden Pfosten.

Die Ungarn – es musste sich um einen Spähtrupp handeln – beeilten sich, schleunigst weiterzukommen. Vielleicht waren ihnen sogar bairische Reiter auf der Spur. Jedenfalls durchsuchten sie ein paar Hütten nach Wertvollem, doch viel war in so einem Dorf nicht zu holen. Im Grunde ging es ihnen nur um Proviant, denn sie waren offenbar seit Tagen unterwegs und ausgehungert. Hastig luden sie einige Säcke Korn und Bohnen auf den Rücken zweier Ersatzpferde, die sie mitführten. Dazu frisch geschlachtetes Fleisch, aus dem noch das Blut tropfte.

Die geschändete Bäuerin hatte sich ächzend davongeschleppt. Auch die meisten anderen Dörfler, die im ersten Moment versucht hatten, ihr Hab und Gut zu verteidigen, waren davongelaufen. Die wenigen Alten, die geblieben waren, standen schreckstarr dabei und sahen hilflos zu, wie man ihr Dorf plünderte.

Hedi konnte die Augen nicht von Heiners blutigem Leichnam wenden, der vor ihr auf dem Boden der Scheune lag. Ihrer Kehle entrangen sich Laute, als wäre sie selbst zu Tode verwundet. Sie flüsterte seinen Namen, als könnte er sie hören, als weigerte sie sich, zu begreifen, dass er tot war.

Die Ungarn stiegen auf ihre Pferde. Bevor er ebenfalls aufsaß, kam der Krieger, der Heiner erschlagen hatte, zurück in die Scheune und band Hedi vom Pfosten los. Ohne ihre Handfesseln zu lösen, zerrte er sie hinter sich her zu seinem Pferd und hob sie wie einen Sack Mehl bäuchlings über den Sattel. Hedi kreischte vor Angst. Dann stieg er hinter ihr auf und folgte seinen Kameraden, die das Dorf bereits verlassen hatten.

Hedis Mutter rannte fassungslos und tränenüberströmt ein paar Schritte hinter ihm her. Dann blieb sie stehen. Hinter ihr versuchte Ulfbert seinem Vater, der einen Schwertstreich am Arm abbekommen hatte, auf die Beine zu helfen.

Der Spähtrupp, der Hedi verschleppt hatte, ritt trotz Dunkelheit in westlicher Richtung weiter. Für Hedi war es eine Qual, wie ein Sack Korn über dem harten Sattel zu liegen. Bei jedem Ruck stöhnte sie auf, denn der Vorderzwiesel drückte ihr schmerzhaft in den Bauch. Langsam löste sich jedoch der Nebel in ihrem Hirn, und sie überlegte fieberhaft, wie sie sich aus ihrer Lage befreien könnte.

Sie waren noch nicht weit gekommen, da stemmte sie sich am Sattel hoch und ließ sich fallen. Sie schlug hart auf dem Boden auf und schrammte sich das Gesicht blutig. Sie rappelte sich auf und versuchte zu fliehen.

Doch ihr Peiniger setzte ihr nach und fing sie gleich wieder ein. Er nötigte sie, auf eines der Ersatzpferde zu steigen. All ihr Klagen und Weinen half nichts. Mit den Händen an den Sattel gefesselt, war sie völlig hilflos. Sie starb fast vor Angst, wusste nicht, was man mit ihr vorhatte, ahnte aber Schreckliches, wenn sie an die arme Frau dachte, die man vor ihren Augen vergewaltigt hatte. Sie war keine geübte Reiterin und fand es schwierig, sich den Bewegungen des Tiers anzupassen, schlug immer wieder unangenehm mit Steiß oder Becken auf. Sie hatte Angst, vom Pferd zu rutschen und dann an den gefesselten Händen mitgeschleift zu werden.

Bauernhöfe und Dörfer auf dem Weg mieden die Ungarn, sondern hielten sich ans flache Moos oder folgten einsamen Wegen durch die Wälder. In einer Waldlichtung hielten sie schließlich an. Sie machten Feuer und brieten etwas von dem geraubten Fleisch. Auch Hedi, die mit gefesselten Händen an einen Baum gelehnt saß, warfen sie ein Stück zu. Doch ihr Magen war nur ein einziger Knoten. Essen war unmöglich.

Schließlich erhob sich der große Kerl, der sie gefangen hatte, vom Lagerfeuer und kam auf sie zu. Sein Bart glänzte vom Bratfett, und er stank nach Pferd. Er zerrte an ihrem zerrissenen Hemd und griff grinsend nach ihren Brüsten. Als sie sich verweigern wollte, schlug er ihr mit der flachen Hand so hart ins Gesicht, dass ihr die Tränen kamen. Zitternd vor Angst ließ sie zu, dass er sich brutal an ihr vergnügte. Es tat weh und war so ganz anders, als sie es sich mit Heiner erhofft hatte.

Der Kerl grunzte, als er sich in sie ergoss. Sie fühlte sich besudelt. Sein Atem und überhaupt alles an ihm ekelte sie an. Sie spuckte ihm ins Gesicht, nur um erneut seine Faust zu spüren. Diesmal schlug er so hart zu, dass sie die Besinnung verlor.

Als sie wieder zu sich kam, lag ein anderer Kerl auf ihr. Und dann noch einer. Danach nahm sie kaum noch wahr, wie viele sich ihrer bedienten. Sie war zu schwach, um noch zu reagieren oder Widerstand zu leisten.

Irgendwann ließen sie Hedi in Ruhe und legten sich schlafen.

Sie rollte sich auf die Seite, krümmte sich zusammen und weinte bitterlich. Das Lachen der Kerle klang ihr noch in den Ohren. Die Nacht war kühl, so dass sie fror. Alles tat ihr weh – die Schwellungen im Gesicht, wo man sie geschlagen hatte, die Arme, an denen man sie rau vom Gaul gezerrt hatte, die gefesselten Handgelenke, ihr Steiß vom Reiten. Aber vor allem ihr Intimstes, das wie Feuer brannte.

Sie fühlte sich unendlich misshandelt und erniedrigt, wie ein wertloses Stück Fleisch. Besonders als ihr Peiniger sich am frühen Morgen noch einmal ihres geschundenen Leibes bediente. Was konnte sie anderes tun, als einfach dazuliegen und ihn machen zu lassen? Dabei sah sie immer wieder Heiner vor sich, wie er blutend in die Knie sank, seine brechenden Augen, als er versuchte, noch etwas zu sagen. Sie wusste nicht, was größer war: ihre Angst und Verzweiflung oder ihr Hass gegen diese Männer.

Bald ging es weiter. Mit der Sonne im Rücken, also nach Westen. Manchmal in scharfem Ritt, dann wieder gemächlicher. Dabei waren die Ungarn vorsichtig, achteten darauf, nicht gesehen zu werden. Hedi verstand, dass sie die Gegend ausspähten, wahrscheinlich nach Burgen und Befestigungen suchten, wo sich bairische Krieger aufhalten könnten. Dabei schien ihnen die Gegend nicht fremd zu sein. Hedi erinnerte sich, gehört zu haben, dass Ungarn schon häufiger das Land nördlich der Alpen heimgesucht hatten.

Inzwischen hatte sie gelernt, sich besser im Sattel zu halten. Sie fragte sich, wie lange die Kerle sie noch mitschleppen wollten. Aber vielleicht sollte sie froh sein, dass sie überhaupt noch am Leben war. In ihrem zerrissenen Hemd war sie halb nackt. Doch vor ihren Peinigern empfand sie keine Scham mehr. Warum auch? Das Einzige, was sie noch bewegte, war der Gedanke, wie sie diese Gefangenschaft und Tortur irgendwie überleben könnte.

Mittags stießen sie auf einen breiten, schnell dahinfließenden Fluss. Sein Bett war voller Kieselsteine wie ein Bergstrom, obwohl nicht besonders tief. Ohne Schwierigkeiten ließen die Ungarn ihre Pferde ans andere Ufer waten. Dann ging es weiter.

Am Abend fanden die Männer wieder eine abgelegene Stelle mitten im Wald, wo sie unbemerkt lagern konnten. Und alles vom Abend davor wiederholte sich.

Hedis Unterleib fühlte sich an wie rohes Fleisch. Schmerzen konnte sie noch spüren. Ansonsten aber war sie abgestumpft und teilnahmslos geworden, ließ alles über sich ergehen. Außerdem war sie nachher so übermüdet, dass sie wie tot in einen tiefen Schlaf fiel, trotz der Nachtkühle und des steinigen Bodens, auf dem sie lag.

Kaum graute der Morgen, waren die Männer auf den Beinen. Hedi hatte nicht mehr den Mut oder die Kraft aufzustehen. Inzwischen war ihr alles gleich. Mochten sie mit ihr tun, was sie wollten, sie hatte genug und würde sich nicht mehr rühren. Sollen sie mich doch umbringen, dachte sie. Alles war ihr gleichgültig geworden, selbst ihr eigenes Leben. Besser sterben, als noch einen einzigen Tag so weiterleben zu müssen.

Doch die Kerle ließen sie in Ruhe. Anscheinend hatten sie genug von ihr. Sie aßen von ihrem Proviant und stiegen auf die Gäule. Ohne sich umzublicken, ritten sie davon und ließen sie allein im Wald zurück.

Hedi blieb wie betäubt liegen. Stundenlang rührte sie sich nicht vom Fleck. Jede Bewegung fiel ihr unendlich schwer. Sie fühlte sich leer und im Innern tot. Sie dachte an Heiner und was sie hatte mitansehen müssen. Das Herz lag ihr starr und hart wie ein gewaltiger Felsbrocken in der Brust, so dass sie glaubte, ersticken zu müssen.

Sie versuchte zu schlucken, aber ihre Zunge war wie festgeklebt. Wenigstens der Durst half ihr, langsam wieder die Umgebung wahrzunehmen. Ein sanfter Wind rauschte in den Bäumen. Durch die Wipfel schimmerte Sonnenlicht. Vögel zwitscherten.

Doch der hässliche Schrei einer Krähe ließ sie sofort wieder zusammenzucken. Sie bekam es mit der Angst zu tun. Ihr wurde klar, dass sie mutterseelenallein war, irgendwo in einem Wald, und dass sie keine Ahnung hatte, wie sie nach Hause kommen sollte.

Vielleicht würde sie das Opfer wilder Tiere werden – von Bären oder Wölfen. Und was war mit Waldgeistern oder untoten nächtlichen Wanderern? Ihr schauderte. Fast wünschte sie sich die verdammten Ungarn zurück. Auch der Hunger machte sich jetzt bemerkbar. Was konnte sie essen? Sollte sie nach Beeren suchen? Sie versuchte, auf die Füße zu kommen, aber die Beine versagten ihr den Dienst. Erschöpft ließ sie sich gegen den Baumstamm sinken, neben dem sie gelegen hatte, und hielt sich den dumpf schmerzenden Leib.

Irgendwann, am Nachmittag, hörte sie Schritte im Laub. Da kam jemand durch den Wald. O Gott, ein Mann! Panik erfasste sie. Plötzlich war sie auf den Beinen. Bevor sie überhaupt einen vernünftigen Gedanken fassen konnte, rannte sie wie eine Besessene, stolperte auf nackten Füßen durchs Unterholz, zwängte sich durchs Gebüsch. Zweige und Dornen kratzten an den Armen. Nur weg, nur weg, bevor ihr noch einer etwas antun konnte.

Der Kerl verfolgte sie. Sie hörte ihn rufen, sie solle doch stehen bleiben, er wolle ihr nichts tun. Aber die Panik trieb sie weiter. Sie hörte seinen Atem, seine Schritte, die näher kamen. Hätte sie nur Schuhe an, dann würde sie schneller laufen können. Plötzlich stieß sie sich schmerzhaft den Fuß an einer Wurzel und stürzte mit einem Schrei zu Boden. Und bevor sie sich aufrappeln und weiterlaufen konnte, hatte der Verfolger sie am Bein gepackt.

Sie kreischte vor Angst, strampelte und stieß nach ihm, versuchte, ihn abschütteln, aber er ließ nicht los. »He!«, hörte sie ihn schreien. »Warum läufst du weg? Ich tu dir doch nichts.«

Als sie merkte, dass es zwecklos war, verließ sie plötzlich die Kraft, und sie hörte auf, sich zu wehren. Sie barg ihr Gesicht im

Laub und fing an zu schluchzen. Ihre Schultern zuckten, sie zitterte am ganzen Leib. Als sie spürte, wie der Fremde sie erneut berührte, schrie sie auf und zuckte zurück.

»Ganz ruhig«, hörte sie ihn sagen. »Ich tu dir nichts. Schon seit Stunden hab ich niemanden angetroffen. Ich wollte dich nur nach dem Weg fragen.«

Es war eine junge, nicht unangenehme Stimme. Langsam setzte sie sich auf, wischte sich die Tränen aus dem Gesicht, raffte ihr zerrissenes Hemd vor der Brust zusammen, um ihre Blöße zu bedecken, und blickte sich um.

Hinter ihr auf dem Waldboden hockte ein junger Mann. Er war schlank und doch kräftig, hatte dunkles Haar und blaue Augen, die sie freundlich anblickten. Um die Schultern trug er ein Schaffell, und an der Seite eine Tasche aus grobem Leder. Er lächelte sie an.

»Ich heiße Arnulf«, sagte er. »Und du?«

Arnulf betrachtete das Mädchen. Ängstlich hockte sie vor ihm auf dem Waldboden, mit einer Hand aufgestützt, die andere in den Stoff ihres zerrissenen Leinenkleids gekrallt. Hedi sei ihr Name, hatte sie gesagt. Wie ein Häuflein Elend sah sie aus. Auf der Wange eine blutige Schramme, die Lippe eingerissen, ihr linkes Auge rot und blau unterlaufen und zugeschwollen. Auch die Blutflecken auf dem Rock waren nicht zu übersehen.

»Wer hat dir das angetan?«, fragte er bestürzt.

Ihre Miene verzerrte sich. Statt zu antworten, senkte sie den Kopf, schluchzte auf und schlug sich die Hand vors Gesicht. Doch das ließ den Stoff ihres Hemdes auseinanderfallen und gewährte Arnulf einen kurzen Blick auf ihre Brüste – lang genug, dass er blaue Flecken auf der milchigen Haut bemerkte, bevor sie erschrocken nach den Fetzen griff, um ihre Blöße zu bedecken. Voller

Furcht blickte sie ihn an. Eine Träne lief ihr an der Nase entlang und tropfte auf ihre Hand.

»Vor mir musst du keine Angst haben«, beruhigte er sie.

Er nahm seinen Umhang aus Schaffell ab und legte ihn dem Mädchen um die Schultern. Erst zuckte sie zurück, doch dann ließ sie es geschehen. Am Hals und vor der Brust raffte er das Fell zusammen und verschloss es mit einer Hornfibel. »Ist ein bisschen alt, das Ding, und von Motten angefressen. Aber damit fühlst du dich bestimmt besser.«

Sie wischte sich die Nase. »Danke«, hauchte sie.

»Wer hat dir das angetan?«

Hedi antwortete nicht. Sie verspürte heiße Scham bei der Frage und schüttelte den Kopf. Unmöglich, darüber zu sprechen. Man hatte sie entehrt, erniedrigt und geschlagen, aus einem fröhlichen Mädchen eine für immer gebrochene Frau gemacht. So jedenfalls fühlte sie sich. Nie mehr würde sie sich davon erholen, davon war sie überzeugt. Sie weinte leise vor sich hin. Auch ihr Gegenüber blieb stumm, schien zu warten, dass sie sich beruhigte. Nach einer Weile blickte sie auf und war überrascht über das Mitgefühl in den Augen des jungen Mannes.

»Fremde«, flüsterte sie kaum hörbar. Er verstand nicht, und sie musste sich wiederholen. »Fremde Krieger. Ungarn, glaube ich. Sie haben unser Dorf überfallen. Es gab Tote.« Sie sah Heiner vor sich. Blutüberströmt. Und erneut liefen ihr die Tränen über die Wangen. »Und mich haben sie mitgenommen«, schluchzte sie.

»Ungarn? Dann sind sie also doch gekommen. Waren es viele?«

»Nein. Nur zehn oder so. Bei uns haben sie sich mit Nahrung versorgt. Aber sie hatten es eilig.«

»Und wo sind sie jetzt?« Arnulf sah sich beunruhigt um, als fürchtete er, sie könnten noch in der Nähe sein. Aber der Wald lag still. Es war niemand zu sehen.

»Weggeritten.«

»Wo liegt denn dein Dorf? Hier in der Gegend?«

Sie schüttelte den Kopf und deutete vage in eine östliche Richtung. »Weit von hier. Bestimmt zwei Tage Fußmarsch. Irgendwo am südlichen Rand vom Moos. Nicht weit von Erding.«

»Erding?« Das sagte ihm nichts.

»Und gestern sind wir über einen Fluss gekommen.«

Er nickte. »Das muss die Isar sein.« Dann griff er nach ihrer Hand und drückte sie. »Du musst schrecklich gelitten haben. Es tut mir leid.«

Sie nickte und dachte wieder an Heiner. Um ihre Mundwinkel zuckte es verdächtig, und ihre Augen füllten sich erneut mit Tränen. Aber dann bezwang sie sich und holte tief Luft. »Und woher kommst du?«, fragte sie schüchtern. »Du sprichst so komisch.«

Er grinste. »Findest du? Nun, damit du's weißt, ich bin Breone. Ihr Baiern nennt uns Welsche. Ich bin über die Berge gekommen.«

Viel mehr wollte Arnulf ihr nicht erzählen. Besonders nicht, dass er einen Vogt erschlagen hatte und auf der Flucht war. Ein Gesetzesbrecher, den man hängen würde. Auch nicht, dass er ins Gebirge gestiegen war und dass ein Gewitter ihn beinahe umgebracht hätte. Nur der schnelle Wetterumschwung hatte ihn gerettet, sonst wäre er bestimmt erfroren.

Sein Hinterkopf hatte geblutet, aber nicht allzu stark. Noch ziemlich benommen von dem Schlag, hatte er in der Nacht heimlich den Inn durchschwommen, war auf der Nordseite in die Berge geklettert und hatte die Quelle der Isar gefunden. Immer dem Gebirgswasser entlang, war er durch das Isartal hinabgestiegen und hatte schließlich die Voralpen erreicht. Ein Schäfer hatte ihm zu essen gegeben. Und dann war er ein paar Tage bei einem Bauern gewesen, hatte bei der Ernte geholfen. Das Schaffell, die lederne Tasche und etwas Proviant hatte er als Lohn dafür angenommen. Und eine alte Feldflasche, die zum Glück nicht leckte.

»Du hast doch bestimmt Durst«, sagte er und reichte ihr die Flasche.

Hedi trank. Nichts schmeckte so wunderbar wie dieses lauwarme Wasser. Aber sie nahm nur ein paar Schlucke, während er in seiner Tasche kramte. »Vielleicht bist du hungrig, Hedi.« Er zog einen Laib Brot hervor, nahm sein Messer vom Gürtel und schnitt ein großes Stück ab. »Da, iss. Und Ziegenkäse hab ich auch, wenn du möchtest.«

Sie dankte ihm und begann zu essen. Das grobe Bauernbrot schmeckte herrlich. Und der Käse noch viel mehr. Die wenigen Bissen reichten, um ihre Lebensgeister zu wecken. »Und was machst du hier, wenn du doch gar nicht aus der Gegend bist?«

»Ich will nach Augsburg. Ich bin Schmied, weißt du, und ich will dort bei einem Waffenschmied in die Lehre gehen.«

»Waffenschmied?«, wiederholte sie und sah ihn mit großen Augen an.

»Ja, das ist eine große Kunst. Ich kann Hufeisen schmieden, Pfannen und Nägel. Sogar Speerspitzen. Aber ein richtig gutes Schwert, das ist schon etwas ganz Besonderes.«

»Und das kannst du da lernen? In … wie, sagtest du, heißt der Ort?«

»Augsburg. Nicht weit von hier. Man muss nur bis zum Lech gehen und dann dem Fluss nach Norden folgen. Das hat man mir gesagt.«

»Ich bin noch nie aus meinem Dorf fort gewesen«, sagte Hedi.

Bei dem Gedanken an zu Hause überfiel sie wieder der Schrecken des nächtlichen Überfalls. Sie fragte sich, wie es wohl ihrer Familie ging. Mit der Mutter verstand sie sich zwar nicht gut, doch bei der Vorstellung, man hätte einem von ihnen etwas angetan, wurde ihr ganz schlecht. Aber sie wollte vor diesem Fremden nicht schon wieder heulen.

»Ich habe keine Ahnung, wie ich nach Hause finden soll«, sagte sie. »Die Schweine haben mich einfach hier sitzen lassen.«

Sie blickte ihn so trostlos an, dass er sie am liebsten in den Arm genommen hätte. Aber das hätte sie bestimmt falsch verstanden, nach dem, was sie durchgemacht hatte. Also ließ er es bleiben.

»Ich fürchte, da kann ich dir nicht helfen, Hedi«, sagte er. »Aber hier sitzen bleiben kannst du auch nicht. Und allein in der Gegend rumwandern, das würde ich dir nicht raten. Wer weiß, wem du da über den Weg läufst. Vielleicht noch mehr von diesen Ungarn.«

»Das könnte ich nicht ertragen«, flüsterte sie. »Lieber sterbe ich.«

Arnulf versuchte, sie mit einem zuversichtlichen Grinsen aufzumuntern. »Komm doch einfach mit nach Augsburg. Es soll eine große Stadt sein. Sogar einen Bischof haben sie da.«

»Aber ich muss doch zu meiner Familie zurück. Die machen sich Sorgen um mich.«

»Das ist wohl schwierig im Moment. Die Kerle, die dich entführt haben, müssen Kundschafter gewesen sein. Ich bin sicher, es kommen bald mehr. Vielleicht wollen sie Augsburg angreifen. Du musst den Leuten dort sagen, was du gesehen hast, und sie warnen.«

»Sie warnen?« Hedi sah ihn verständnislos an.

»Ja. Sonst sterben noch mehr. Und was sie mit Frauen machen …«

Er sprach den Satz nicht zu Ende. Aber sie hatte schon verstanden. Eine Welle von Hass überschwemmte sie. Ja, irgendjemand sollte diese Bastarde bekämpfen und sie wie räudige Hunde totschlagen. Und ihnen vorher am besten noch die Schwänze abschneiden.

»Wenn du mit mir kommst«, fuhr Arnulf fort, »dann kann ich dich unterwegs beschützen. In Augsburg finden wir bestimmt Arbeit. Vielleicht beim Bischof. Mit Glück geben sie uns sogar eine Belohnung dafür, dass wir sie warnen. Auf jeden Fall wärst du erstmal in Sicherheit. Später wird sich bestimmt ein Weg finden, in dein Dorf heimzukehren. Was meinst du? Ich würde mich freuen, wenn du mitkämst.«

Hedi antwortete nicht gleich. Sie war noch sehr verwirrt. Vor allem aber hatte sie Angst, allein im Wald zu bleiben. Trotzdem warf sie Arnulf einen misstrauischen Blick zu. Wer weiß, warum er mir das vorschlägt?, dachte sie ängstlich. Vielleicht hat er hinterhältige Absichten. Kann ich einem Mann jemals wieder trauen?

Aber im Grunde war sie ihm hilflos ausgeliefert. Was blieb ihr also anderes übrig? Allein durch Wald und Flur zu irren, das konnte sie sich nicht vorstellen. Nicht einmal die Männer daheim entfernten sich allzu weit vom Dorf. Es gab Räuber und wilde Tiere. Letzten Winter hatten Wölfe ein paar Schafe gerissen. Im Sommer davor hatte ein Bär die Gegend unsicher gemacht. Und eigentlich machte dieser Arnulf einen ganz verlässlichen Eindruck. Wenn er vorgehabt hätte, ihr etwas anzutun, hätte er es sicher längst getan.

Arnulf bemerkte auf einmal Blut an ihrem Fuß. »Oh, du hast dich verletzt«, sagte er. »Lass mal sehen.«

Sie streckte zögerlich den Fuß vor. Er besah sich die Wunde, die sie sich irgendwo im Gebüsch gerissen hatte. »Ist nicht so schlimm, denke ich. Aber wir sollten es auswaschen.«

Er riss ein Stück vom Saum seines eigenen Hemdes ab, nahm die Feldflasche zur Hand und goss etwas von dem restlichen Wasser über den Fetzen. Dann reinigte er mit sanfter Hand die Wunde. »So ist es besser«, sagte er und lächelte ihr zu.

In diesem Augenblick entschied sie sich. Seine Fürsorge hatte den Ausschlag gegeben. »Also gut. Ich komme mit nach Augsburg«, sagte sie schüchtern.

»Schön.« Er lächelte zufrieden. »Aber dann sollten wir uns gleich auf den Weg machen. Es ist noch hell, und ein paar Stunden können wir noch wandern.« Er streckte ihr die Hand hin und half ihr auf die Beine. »Vielleicht finden wir eine Bäuerin, die dir einen abgelegten Kittel schenkt. Und ein paar Holzschuhe wären auch nicht schlecht.«

Seine Zuversicht war ansteckend. Zum ersten Mal zeigte sich ein kleines Lächeln auf ihrem Gesicht. »Es macht mir nichts aus, barfuß zu gehen. Daran bin ich gewöhnt. Aber weißt du, in welche Richtung wir gehen müssen?«

»Wir folgen jetzt der Sonne nach Westen. Und wenn wir den Fluss gefunden haben, dann wird er uns nach Augsburg führen.«

Er bog Zweige eines Gebüschs auseinander und ging voran. Hedi folgte ihm.

BISCHOF ULRICH

Der Weg durch den finsteren Forst war mühsam. Dichtes Gebüsch und die moosbewachsenen Stämme umgefallener Bäume, die seit Jahrzehnten vor sich hin rotteten, zwangen sie immer wieder zu Umwegen. Mal mussten sie eine Anhöhe erklimmen, dann wieder eine morastige Senke überqueren. Arnulf hielt sich etwas nördlich von der untergehenden Sonne, bis diese schließlich hinter Baumwipfeln versank und es unter dem Blätterdach zu dunkel wurde, um weiterzugehen.

Sie hatten nichts dabei, um Feuer zu machen. Aber der Tag war warm gewesen, und auch die Nacht versprach nicht allzu kühl zu werden. Arnulf häufte trockenes Laub vom Waldboden zusammen und bereitete zwei einigermaßen bequeme Schlafstellen. Hedi hatte sich schon gefragt, wie sie die Nacht verbringen würden. Dass ihr Begleiter vorhatte, gebührenden Abstand zu wahren, beruhigte sie ein wenig.

Sie teilten sich etwas von seiner Wegzehrung und unterhielten sich. Arnulf blieb eher einsilbig, besonders was sein bisheriges Leben betraf. Dafür war Hedi umso redseliger. Schon allein, um ihre Furcht zu überspielen, dass sie die Nacht im dunklen Wald an der Seite eines wildfremden Mannes verbringen musste. Fast übertrieben gesprächig erzählte sie von ihrem Leben im Dorf, von ihrer Familie, von ihrer Kindheit. Nur an den Überfall wollte sie nicht rühren. Auch was mit Heiner geschehen war, vermied sie zu erzählen. Es war zu schrecklich, auch nur daran zu denken. Irgendwann wusste sie nichts mehr zu sagen und schwieg verlegen.

»Vielleicht sollten wir jetzt besser schlafen«, schlug Arnulf vor. »Morgen haben wir eine lange Wegstrecke vor uns.«

Beide versuchten, sich einigermaßen in der Schlafstelle einzurichten, ohne dass Zweige piekten oder Wurzeln drückten. Dann wünschte Arnulf ihr eine gute Nacht und drehte ihr den Rücken zu.

Zu ihrer Erleichterung dauerte es nicht lange, und sie vernahm seine gleichmäßigen Atemzüge. Dass er so schnell einschlafen konnte, wunderte sie. Sie selbst war noch viel zu aufgeregt. Aber sie war dankbar, dass er ihr das Schaffell überlassen hatte. Nach den schrecklichen Dingen, die sie hatte erleiden müssen, tat ihr diese kleine Geste der Menschlichkeit ganz besonders gut. Noch mehr als ihren Körper wärmte es ihr Herz. Dass jemand sich um sie kümmerte, freundlich genug war, ihr sein Fell zu überlassen, auch wenn es nur ein Fremder war. Sie fing an, diesen Arnulf zu mögen.

Der Schlaf aber blieb ihr lange verwehrt. Das Säuseln der Blätter im Nachtwind kam ihr unheimlich vor, Eulenrufe ließen sie erschauern. Selbst später in der Nacht wachte sie häufig auf. Jedes Rascheln im Wald ließ sie aufschrecken. Kein Wunder, dass sie sich am Morgen wie zerschlagen fühlte.

Es gab nur noch wenig zu essen. Das würden sie sich bis zur Mittagszeit aufsparen. Arnulf meinte, sie sollten sich beeilen, um Augsburg so schnell wie möglich zu erreichen. Schon zu ihrer eigenen Sicherheit. Denn vielleicht war ein großes Heer der Ungarn unterwegs, so wie letztes Jahr. Also machten sie sich beim ersten Tageslicht auf den Weg. Arnulf ging voraus, und Hedi folgte. Ab und zu bog er Zweige für sie zur Seite, zeigte, wo sie an schwierigen Stellen den Fuß sicher hinsetzen konnte, oder half ihr über eine moosbewachsene Baumleiche.

»Warum willst du denn unbedingt Waffenschmied werden?«, fragte sie irgendwann. »Gibt es nicht schon genug Waffen und Krieger in der Welt?«

»Ich stehe gern in der Schmiede«, erwiderte er. »Mein Vater hat mir alles beigebracht. Aber vielleicht hast du recht, und ich sollte mich damit begnügen, Kessel zu schmieden oder Pferde zu beschlagen. Aber für einen Schmied sind gute Waffen die größte Herausforderung. Man will sich doch verbessern im Leben. Das Beste leisten, wozu man fähig ist. Denkst du nicht?«

Sie zuckte mit den Schultern. »Weiß nicht. Über so was hab ich noch nie nachgedacht.«

Das Beste leisten? Warum sollte das wichtig sein? Die Bauern pflügten und säten, und Gott ließ es wachsen. Die Frauen kochten und wuschen und zogen Kinder groß. Was sollte daran zu verbessern sein? Es genügte doch, dass man es tat. Dass man irgendwie über die Runden kam. Dass man an Festtagen vielleicht ein Huhn im Topf hatte. Und für all die Plackerei ein wenig Liebe und Freundschaft bekam.

»Und was bringt dir das am Ende?«, fragte sie.

»Was mir das bringt? Befriedigung, denke ich.«

Befriedigung. Noch so ein Wort. Dass ausgerechnet Arbeit einem Befriedigung bringen könnte, das war etwas Neues für Hedi. Ihr Vater schuftete von morgens bis abends, um die Familie zu ernähren. Das war es, was ein Mann tat, was man von ihm erwartete. Es schien ihm aber keine besondere Befriedigung zu geben. Zumindest zeigte er das nicht. Zufrieden war er höchstens am Sonntag, wenn die Arbeit ruhte und er mit den anderen Bauern Bier saufen konnte. Und Mutter? Die schuftete nicht minder. Und war dabei meistens schlechter Laune.

Während sie durch den Wald wanderten, erklärte Arnulf ihr mit Begeisterung, wie man einen Schmelzofen baute, um guten Stahl zu herzustellen. Lebhaft unterstrich er seine Ausführungen mit den Händen. Seine Augen leuchteten dabei. Einmal stolperte er sogar über eine Wurzel, weil er nicht auf den Weg geachtet hatte. Er schien seine Arbeit wirklich zu lieben. Sie hörte aufmerksam zu, obwohl sie nur wenig von dem verstand, was er ihr da erzählte.

Bald ging der Wald in grüne Flussauen über, und sie stießen auf das schilfbewachsene Ufer des Lechs. Sie stillten ihren Durst an dem ruhig dahinfließenden Strom und wanderten dann auf einem breiten, gut ausgetretenen Pfad am Wasser entlang. Feuchte Wiesen wechselten mit Wäldern von Grauerlen, Eschen und Ulmen. Es war wieder ein warmer Tag, ungewöhnlich heiß sogar. Hedi nahm das Schaffell von den Schultern. Sie drehte Arnulf den Rücken zu und benutzte die Hornfibel, um ihr Kleid über den Brüsten zusammenzustecken. Das Fell schlang sie sich um die Hüften.

Auf dem Pfad am Fluss begegneten ihnen nun auch andere Wanderer, Bauern zumeist, auch ein paar Kaufleute mit ihren hochbeladenen Saumpferden. Sie machten erschrockene Gesichter, als Arnulf sie vor ungarischen Kundschaftern warnte. Ein Marsch über Land war schon gefährlich genug. Niemand verließ gern den Schutz seiner Gemeinschaft, ob Dorf, Burg oder Stadt. Besonders nicht in diesen unsicheren Zeiten. Es war schon schlimm genug, dass man sich vor gesetzlosen Wegelagerern fürchten musste. Dass jetzt auch noch marodierende Ungarn unterwegs waren, machte den Leuten Angst.

Auf den größeren Rodungen lagen Bauernhöfe. Mehrfach fragte Arnulf nach, ob man nicht einen alten, abgelegten Kittel für Hedi übrig hätte. Doch sie wurden jedes Mal wie lästige Bettler vom Hof gejagt. Bis Arnulf seine Bedenken überwand und irgendwo ein Kleidungsstück von der Wäscheleine stahl. Danach rannten sie davon, so schnell sie konnten.

Zum ersten Mal konnte Hedi wieder lachen. Das veränderte ihr Gesicht, gab ihr einen liebenswerten, kindlichen Ausdruck. Arnulf freute sich darüber. Für eine Baierin war sie ganz in Ordnung, fand er. Sie klagte nicht über den langen Fußmarsch und schritt trotz ihrer nackten Füße munter voran. Überhaupt war sie kein schwachbrüstiges Ding, sondern kräftig gebaut mit wohlgerundeten Waden. Ganz anders als die Vogttochter. Umso besser, dachte er grimmig.

An Giselas Verrat und an den ungewollten Mord, den er begangen hatte, wollte er gar nicht mehr denken. Das alles lag wie ein dunkler Schatten auf seiner Seele. Am liebsten hätte er jeden Gedanken daran verbannt, auch wenn es ihn ab und zu überfiel und ihn die Erinnerung daran am Hals würgte, dass es ihm fast den Atem nahm.

Nein, lieber unterhielt er sich mit Hedi. Sie plapperte viel, oft belangloses Zeug, aber er hörte gern zu. Beim Anblick ihrer blutigen Kratzer und blauen Flecke mochte er sich gar nicht vorstellen, was sie durchgemacht hatte. Der Schrecken würde ihr gewiss noch lange in den Knochen stecken. Trotzdem schien sie eine innere Stärke zu haben. Dass sie beide Schlimmes erlebt hatten und nun in der Fremde umherirrten, das hatten sie gemeinsam, fand er, das verband. Alles in allem gefiel ihm Hedi, nicht zuletzt ihre Stupsnase mit den Sommersprossen. Jedenfalls war er froh, nicht länger alleine unterwegs zu sein.

Wenn sie sich gerade mal nicht unterhielten und eine Weile schweigend nebeneinander her marschierten, musste Arnulf an sein Dorf denken. An seine Geschwister, Eltern und Nachbarn. An den neugeborenen Linard, Volkmars Sohn. Er sehnte sich nach ihnen. Dass er dazu verdammt war, für den Rest des Lebens in der Fremde zu bleiben, war eine schwer zu ertragende Vorstellung. Doch er würde sich daran gewöhnen müssen.

Am Nachmittag des nächsten Tages – sie waren inzwischen schon ziemlich ausgehungert – kamen in der Ferne die Dächer und Mauern von Augsburg in Sicht. Die Stadt lag auf dem Ende einer langgestreckten Anhöhe, die dem linken Lechufer folgte. Gegenüber, am rechten Flussufer, auf einer ebensolchen Erhebung, war die einsame Spitze eines Kirchturms zu erkennen: Kirche und Kloster der heiligen Afra, der Schutzpatronin von Augsburg. Das erklärte ihnen ein Bauer, der mit seiner Familie unterwegs war.

Als junges Mädchen sei sie für ihren Glauben von den Römern hingerichtet worden. Und nun kämen die Leute aus dem ganzen Land, um zu ihr zu beten und sich heilen zu lassen.

Der Bauer, genau wie seine Frau und seine zwei jungen Söhne, schleppte einen gut gefüllten Tragekorb auf dem Rücken. Zu ihrem Schutz hatte er einen alten, rostigen Speer, auf den er sich beim Gehen stützte. Zwei Ziegen zerrten sie hinter sich her. Ob sie zu Markte gingen, fragte Arnulf.

Der Bauer schüttelte den Kopf. »Habt ihr denn nicht gehört? Es heißt, die Ungarn kommen. Viele meinen, es ist nur ein Gerücht, und wollen ihren Hof nicht verlassen. Aber uns haben sie schon letztes Jahr ausgeplündert. Der Nachbar und seine Familie, die haben dabei ihr Leben gelassen. Wir bringen uns lieber in der Stadt in Sicherheit.«

»Wir haben die Ungarn gesehen«, sagte Arnulf. »Zwei Tage von hier.«

»Wirklich? Es ist also wahr.«

Arnulf nickte. »Es war ein Spähtrupp.«

»Verdammt«, fluchte der Bauer. »Dann kommen bald mehr.«

»Ich sehe, eure Körbe sind voll. Wir haben seit Tagen nichts mehr zu essen gehabt. Hättet ihr eine Kleinigkeit für uns? Ein paar Möhren vielleicht?«

Der Bauer blieb stehen. »Nur gegen Bares.«

Arnulf zuckte mit den Schultern. »Haben wir nicht.«

Der Mann zögerte, aber seine Frau machte ein verkniffenes Gesicht. »Wir haben nichts zu verschenken«, sagte sie. »Das bisschen hier brauchen wir selbst. Wer weiß, wie lange sie Augsburg belagern.«

Sie zerrte ihren Mann am Arm weiter, und auch die Söhne folgten ihr. Es war deutlich, wer bei denen das Sagen hatte. Nach ein paar Schritten blieb der Bauer stehen und wandte sich noch einmal um. »Geht zum Kloster. Die haben immer was für Hungerleider«, rief er ihnen zu und lief dann eiligst seinen Leuten hinterher.

Hedi und Arnulf beschlossen, den Rat zu befolgen. Unterwegs fielen ihnen auch andere Bauernfamilien auf, die nach Augsburg unterwegs waren. Manche trieben sogar eine Kuh oder ein Schwein vor sich her. Und dann sahen sie ein halbes Dutzend bewaffneter Reiter, die in die entgegengesetzte Richtung ausschwärmten. Nach Osten.

»Das müssen bairische Späher sein«, meinte Arnulf. Er dachte an sein Dorf im Inntal. An die Wallburg des Vogts. An Meinhard, der für die Verteidigung zuständig war. Ob die Ungarn dort wohl auch einfallen würden? Wie würde es dann seiner Familie ergehen? Plötzlich machte er sich große Sorgen. Aber was konnte er tun?

Das Kloster der heiligen Afra war nicht besonders groß. Aber die Mönche waren freundlich und spendeten ihnen etwas Brot, das sie beide gierig herunterschlangen. Auf die Frage, wer der Herr der Stadt sei, hieß es, Bischof Ulrich natürlich. Ein heiliger Mann. Ob sie denn noch nie von ihm gehört hätten? Arnulf erzählte von den Ungarn, die sie gesehen hatten, und dass sie beide gekommen waren, es zu vermelden. Dann seien sie beim Bischof genau richtig, hieß es. Es habe aber auch schon andere, ähnliche Meldungen gegeben, und in der Stadt sei man dabei, sich auf einen Ansturm vorzubereiten. Die Mönche erklärten ihnen, wo der Bischof zu finden war, und dass sie bald nachkommen würden, denn im Kloster sei es nicht mehr sicher.

Am Flussufer fanden sie Bootsleute, die ihnen die Überfahrt anboten. Doch nur gegen ein Stück Hacksilber, das sie nicht besaßen. Auf gute Worte wollten die Männer sich nicht einlassen, denn es gab genug zahlende Kunden, die sich an der Bootsanlegestelle drängten.

»Hätte nicht gedacht, dass die Leute hier so hartherzig sind«, murrte Hedi. »Bei uns im Dorf hilft einer dem anderen.«

Arnulf musste lächeln. Er wusste, dass dies selbst in einer Dorfgemeinschaft nicht immer so war. Er hatte da andere Erfahrungen.

Eigensucht und Hartherzigkeit gab es überall. Besonders Fremden gegenüber.

Etwas weiter flussabwärts trafen sie jedoch auf einen Mann, der dabei war, auf einem Nachen Gemüse zu seinem Sohn hinüberzurudern, der auf der anderen Seite mit einem Karren auf ihn wartete. Der ließ sich überreden, sie mitzunehmen.

Am anderen Ufer wanderten sie die steile Straße zum Stadttor hinauf. Sie waren nicht die Einzigen, denn auch hier waren schutzsuchende Familien unterwegs. Darunter Männer, die aufs Einfachste bewaffnet waren, mit Äxten oder Erntesicheln.

Arnulf starrte zu den Befestigungen hinauf. Er verstand nicht viel davon, aber es kam ihm so vor, als seien sie nicht im besten Zustand. An manchen Stellen waren Lücken in der Mauer, nur behelfsmäßig durch Palisadenpfähle ersetzt. Der Turm über dem Tor war eingestürzt, die Trümmer notdürftig weggeräumt, und das Tor selbst war beschädigt.

»Stammt noch vom letzten Jahr«, erklärte ein Kriegsknecht, der neben ihnen einherstapfte. Der Mann hatte einen Eisenhelm auf dem Kopf, eine Axt am Gürtel und einen schweren Schild über den Rücken geschlungen. »Um Augsburg wurde heftig gekämpft.«

»Aber warum?«, fragte Arnulf.

»Herzog Liudolf hatte sich gegen seinen Vater erhoben, gegen den König. Nichts davon gehört?«

»Nichts Bestimmtes.«

Der Mann verdrehte die Augen. »Mein Gott, wo kommst du denn her, dass du nichts davon weißt? Ganz Baiern war in Aufruhr. Überall wurde gekämpft.«

»Nicht bei uns.«

»Ach, ich höre, du bist Welscher«, sagte der Mann und grinste. »Ihr da in den Bergen habt's wohl besser. Hier hat der Bischof alle zu den Waffen gerufen. So wie jetzt auch. Wir haben natürlich den König verteidigt. Und der hat dann Regensburg eingenommen, wo sich die Rebellen verschanzt hatten. Am Ende musste

Liudolf aufgeben und sich dem Vater unterwerfen. Aber es hätte um ein Haar auch anders kommen können, und Otto wäre die längste Zeit König gewesen.«

»Um was ging's denn bei dem Aufstand?«

»Na, um was wohl? Weil der König eine neue Frau hat. Adelheid von Burgund. Und die hat durchgesetzt, dass ihr eigenes Söhnchen Thronerbe wird, und nicht der Liudolf. Natürlich wollte der sich das nicht gefallen lassen. Aber so ist das mit den Weibern – nichts als Scherereien. Und unsereins muss bluten.« Er zeigte auf eine frische Narbe im Gesicht.

»Du warst bei den Kämpfen dabei?«

»Na klar! Hab da oben auf der Mauer gestanden, als der verdammte Turm eingestürzt ist. Den haben sie tagelang mit Felsbrocken beschossen. Und jetzt geht's wieder los, wo doch die Ungarn kommen.«

Inzwischen hatten sie das Tor erreicht. Die Wachen ließen die Leute passieren, sagten dem fremden Volk, wohin sie gehen sollten, wo es Unterkünfte gab. »Ihr werdet euch wie die meisten mit einer Ecke im Stall zufriedengeben müssen«, sagte der Kriegsknecht. »Viel Glück!« Er winkte ihnen zum Abschied zu und entfernte sich.

»Und wir dachten, wir wären die Einzigen, die von den Ungarn wüssten«, sagte Hedi, »dabei ist es kein Geheimnis.«

»Wir gehen trotzdem zum Bischof. Einen Schmied können sie bestimmt auch gebrauchen.«

Beide hatten noch nie zuvor eine Stadt gesehen und waren von der schieren Größe überwältigt. So viele Häuser. Die Gassen so voller Menschen, dass kaum ein Durchkommen war. Tausende mussten hier leben. Ob Regensburg wohl auch so groß war? Sie sahen Bauern mit Tragekörben auf dem Rücken, wie die, die ihnen unterwegs begegnet waren, Kaufleute und Handwerker, Mönche, die eilig vorbeieilten, Bürgersfrauen mit Kindern an der Hand. Dazwischen kläffende Hunde, die sich um einen Bissen balgten, bepackte Maultiere, Enten und Hühner, die im Dreck scharrten. Und immer mehr Leute drängten sich durch die Tore.

Überall standen bewaffnete Krieger in Grüppchen herum, riefen den vorbeieilenden Weibern scherzhafte Bemerkungen zu oder tranken Bier in den Schänken, von denen es erstaunlich viele gab. Die meisten hatten ihren runden Schild zur Hand, trugen eine Lederkappe auf dem Kopf und als Leibschutz ein Wams aus gekochtem Rindsleder. Die üblichen Waffen waren Speer oder Axt. Einige wenige besaßen feine Helme, Kettenpanzer und Schwerter. Das waren sicher Adelige aus der Gegend, die mit ihren Männern dem Ruf des Bischofs gefolgt waren.

Schließlich erreichten Arnulf und Hedi im Norden der Stadt den Dom. Doch der lag zu ihrem Erstaunen in Trümmern. Das heißt, der Turm stand noch, aber das Dach war eingestürzt und hatte eine Seitenmauer mitgerissen. Man konnte den Altar mit dem Kreuz darüber im Inneren sehen.

»Was ist passiert?«, fragte Arnulf einen alten Mann auf dem kleinen Marktplatz vor der Kirche, wo Stände und Karren aufgestellt waren und Händler ihre Waren anboten.

»War letztes Jahr«, krächzte der Alte. »Ein Gewitter in der Nacht. Wahrscheinlich der Blitz. Ist einfach eingestürzt. Zum Glück ist niemand zu Schaden gekommen. Nur den Küster hat's erwischt.«

Hedi bekreuzigte sich. »Heißt das, Gott zürnt der Stadt?«, fragte sie ängstlich. »Vielleicht kommen deshalb die Ungarn. Vielleicht ist es Gottes Strafe.«

Der Alte sah sie aufmerksam an. Seine Augen trieften, und sein schiefer Mund war wie ein breiter Schlitz ohne Lippen. Zähne hatte er nur noch wenige. »Genau so ist es, Mädel«, murmelte er und nickte heftig. »Gott zürnt uns. Es ist das Ende der Welt. Seit Langem sagen es die Weisen voraus. Habt ihr nicht davon gehört? Das Ende der Welt ist nah, sag ich euch. Das Jüngste Gericht!«

Arnulf zog Hedi mit sich fort. »Glaub nicht solchen Unsinn. Der Blitz ist der Blitz. Dagegen ist niemand gefeit.«

Aber dann mussten sie zur Seite treten, denn ein Mann mit wilden Augen, der wie ein Bettelmönch gekleidet war, marschierte über den Platz. In den Händen hielt er ein großes Holzkreuz hoch in den Himmel gereckt. Viele folgten ihm und hingen an seinen Lippen. »Die Ungarn sind Gottes Strafe für eure Sünden, für eure Laster und eure Verruchtheit«, donnerte er mit lauter Stimme. »Bereut, bereut! Tut Abbitte im Angesicht des Herrn. Nur so kann diese Stadt gerettet werden.«

»Vielleicht hat er recht«, raunte Hedi besorgt.

Sind wir nicht alle Sünder?, fragte sie sich. Das sagen ja auch die Mönche, denen daheim das Dorf gehört. Sie erinnerte sich an die schreckliche Nacht, als sie sich ihrem Heiner hatte hingeben wollen. Wie eine Hure hatte sie sich aufgeführt. Das wurde ihr jetzt mit Scham bewusst. Vielleicht war ihr alles nur deshalb passiert. Gottes Strafe.

Doch Arnulf zog sie mit sich fort. Er hatte das große Haus des Bischofs entdeckt, das gegenüber dem beschädigten Dom lag. Hier gingen Menschen ein und aus, auch einige Bewaffnete. Neben der Tür versuchte ein Mönch einer Hochschwangeren zu helfen, die an der Mauer lehnte und stöhnte. Arnulf und Hedi drängten sich durch den Eingang.

Sie gelangten in einen großen Raum. Auch der war voller Menschen. Die meisten schienen Bittsteller zu sein. An der Rückwand saß der alternde Prälat an einem Tisch, kratzte mit Tinte und Gänsefeder auf einem Pergament und gab nebenbei Anweisungen. An seiner hageren Gestalt hing ein schmuckloses, dunkles Ornat, doch das von Furchen durchzogene Gesicht war das eines Mannes von Autorität. Das Haar, immer noch dicht, war ganz weiß und fiel ihm bis auf die Schultern. Er hatte buschige weiße Brauen und einen durchdringenden Blick. Die Hände auf dem Pult waren groß und knorrig, wie die eines Mannes, der zupacken konnte.

»Kommt mir nicht mit tausend Fragen«, fuhr er einen Mönch an. »Tut einfach, was nötig ist. Die Leute brauchen eine Schlafstelle, Brot und Wasser. Und kümmert euch um die Kinder. Vor allem um die Kinder.«

»Was mach ich mit der Gebärenden?«, fragte ein anderer. »Wir haben keinen Platz für sie gefunden.«

»Hat sie keinen Mann?«

»Sie ist ganz allein und kommt jeden Augenblick nieder.«

»Dann bringt sie in die Schänke nebenan und werft die zahlenden Gäste raus. Sagt dem Wirt, ich befehle es. Er soll obdachlose Frauen und Kinder unterbringen. Und ruft die Wehmutter, Herrgott nochmal! Muss ich mich denn um alles selbst kümmern?«

Die letzten Worte hatte er mit donnernder Stimme gerufen. Die Mönche huschten eingeschüchtert davon. Und der Bischof wollte sich schon dem nächsten Bittsteller zuwenden, als er plötzlich Arnulfs hoher Gestalt gewahr wurde. Irgendetwas an ihm schien seine Neugierde zu wecken.

»Wer zum Teufel bist du?«, knurrte er ungehalten. »Mach's Maul auf, aber verschwende nicht meine Zeit!«

Arnulf war im ersten Moment erschrocken. So hatte er sich einen Bischof nicht vorgestellt. Aber dann fasste er sich ein Herz. »Ich heiße Arnulf, Herr«, stieß er hervor. »Wir haben Kunde von den Ungarn. Wir haben sie gesehen. Das heißt, diese brave Magd hier. Ihr Name ist Hedwig. Die Ungarn haben ihr Dorf überfallen. Wir sind deshalb gekommen, um Euch zu warnen.«

»Dass die Ungarn auf Beutezug sind, ist uns bekannt, junger Mann. Aber wir wissen nicht, wohin sie sich als Nächstes wenden. Und ob sie vielleicht vorhaben hierherzukommen. Also erzähl mir mehr.«

»Hedwigs Dorf liegt weiter östlich. Auf der anderen Seite der Isar. Im Moos, sagt sie, bei einem Ort, der sich Erding nennt. Vor vier Tagen sind sie gekommen. In der Nacht. Etwa zehn Mann, wahrscheinlich Kundschafter.«

»Und warum ist die Magd jetzt hier und nicht in ihrem Dorf?«

»Sie haben die Arme verschleppt. Bis in einen großen Wald, südlich von hier, zwischen Isar und Lech. Dort hab ich sie gefunden.«

»Südlich von hier«, erwiderte der Bischof nachdenklich. »Letztes Jahr sind sie weiter nördlich dem Lauf der Donau gefolgt. Wenn sie sich diesmal in dieser Gegend herumtreiben, müssen wir das Schlimmste befürchten.« Er starrte Hedi an. »Verschleppt haben sie dich, mein Kind? Und was noch? Ich sehe, du hast Schrammen im Gesicht.«

Hedi erschrak über die plötzliche Aufmerksamkeit. Sie war ganz froh gewesen, dass Arnulf für sie beide sprach. Jetzt wand sie sich unter dem Blick des Kirchenmannes und wurde rot. Der Bischof schien ihr direkt ins Herz zu schauen, als läse er in einem Buch.

»Sie haben mich …«, stotterte sie und kam nicht weiter. Es war ihr schrecklich zuzugeben, was man ihr angetan hatte, besonders vor all diesen Fremden im Raum.

Zu ihrer Überraschung erhob sich der hohe Herr und trat hinter seinem Pult hervor. Mit wenigen Schritten war er bei ihr und griff nach ihrer Hand. Mit der Rechten hob er ihr Kinn an, um ihr besser ins Gesicht zu sehen. »Armes Kind«, murmelte er und strich ihr sanft übers Haar. »Der Herrgott möge diese Teufel bestrafen. Aber du bist jung und stark. Bete zum Herrn, dass er dir Kraft gibt.« Mit dem Daumen malte er ihr ein unsichtbares Kreuz auf die Stirn. Dann blickte er Arnulf an. »Und du, mein Sohn? Du siehst kräftig genug aus. Kannst du mit Schild und Speer umgehen? Wir brauchen Kämpfer.«

Arnulf sah sich nicht als Krieger, aber der strenge Blick des Bischofs ließ nur eine Antwort zu. »Ja, Herr. Ich kann kämpfen, wenn es sein muss. Aber eigentlich bin ich Schmied. Ich dachte, damit könnte ich mich nützlicher machen.«

»Soso! Ein Schmied bist du. Ich denke, wir können dich gebrauchen. Geh zu Meister Wolfhard in die Schmiedegasse und bestell ihm einen schönen Gruß von mir. Wir brauchen noch mehr Speere, damit wir das Bauernvolk bewaffnen können.«

»Und was ist mit Hedwig?«, fragte Arnulf.

Der Bischof starrte Hedi an, die ängstlich zu ihm aufsah. »Geh ins Wirtshaus nebenan, mein Kind, und kümmere dich um das schwangere Weib. Hilf ihr mit dem Säugling, wenn es so weit ist. Überhaupt kannst du dort zur Hand gehen. Und falls es später Verwundete geben sollte …«

Ein rüder Auftritt unterbrach ihn. Ein hochgewachsener junger Mann, die Stiefel kotbespritzt, in teurem Kettenpanzer und mit einem verzierten Helm unter dem Arm war eingetreten und schob die Leute, die ihm im Weg standen, grob zur Seite.

»Seid Ihr Bischof Ulrich?«, verlangte er lautstark zu wissen.

»Du bist unhöflich, mein Sohn«, knurrte der Bischof. »Wie heißt du überhaupt? Und was willst du von mir?«

»Ich bin Ewalt, Herr, aus dem Geschlecht der Billunger.« Er sagte es mit hochgerecktem Kinn und festem Blick auf eine Art, die keinen Zweifel ließ, dass diese Billunger eine bedeutende Adelsfamilie sein mussten. Allerdings war seine Mundart die der Leute aus dem Norden, nicht leicht zu verstehen. »Und ich komme vom König«, fügte er hinzu.

»Vom König?«

»König Otto.«

»Ich weiß, verdammt nochmal, wer unser König ist«, war die unwirsche Antwort des Bischofs. »Sag schon, was er von mir will!«

»Der König ist im Anmarsch, Bischof. Bei Bopfingen haben die Heere sich vereinigt. Wir sind gekommen, um die Ungarn zu schlagen. Und ich bin geritten wie der Teufel, um Euch die Kunde zu überbringen.«

Alle Anwesenden starrten ihn mit offenen Mündern an, dann brachen sie in Jubel aus, bekreuzigten sich und lobten Gott den Herrn. Ein Stimmengewirr füllte den Raum.

»Ruhe, zum Teufel!«, übertönte Bischof Ulrichs Stimme das freudige Geplapper. Er wandte sich an den fremden Krieger. »Dem Himmel sei Dank! Das ist die beste Nachricht, die du uns bringen konntest, mein Sohn. Und wer ist alles im Gefolge des Königs?«

»Krieger aus Sachsen, so wie ich. Fränkische Kämpfer vom Main. Dazu noch zwei *legiones* Schwaben aus dem Süden. Und von Regensburg sind drei *legiones* Baiern marschiert, an die dreitausend Mann. Immer an der Donau entlang. Sie sollen den Feind an der Überquerung hindern, aber größere Scharmützel vermeiden, bevor das gesamte Heer sich versammelt hat. Die Bischöfe von Eichstätt und Freising haben ebenfalls einige Hundert gepanzerte Kämpfer geschickt, die inzwischen in Bopfingen eingetroffen sind. Und bevor ich mich auf den Weg machen konnte, hat uns noch Konrad der Rote mit tausend fränkischen Panzerreitern erreicht.«

»Dann hat ihm der König die Beteiligung am Aufstand verziehen.«

»Er hat seinen Herzogtitel verloren. Aber davon abgesehen, haben sie sich versöhnt. Und mit Konrads schwerer Reiterei hätten wir jetzt ein schlagkräftiges Heer beisammen.«

»Aber wie sieht es im Osten aus? Wir hören Gerüchte, dass die Ungarn alles in den östlichen Grafschaften verwüsten.«

Ewalt nickte. »Zwischen Regensburg und Salzburg haben sie überall geplündert und gebrandschatzt, so wird berichtet. Niemand konnte sie daran hindern. Herzog Heinrich hat sich mit seinen Haustruppen in der Stadt verschanzt. Er ist schwer krank, heißt es. Deshalb ist er auch nicht selbst zu uns marschiert. Auch Salzburg wird immer noch verteidigt. Und in den Wallburgen im Land stehen wehrhafte Bauern auf den Wällen. Sie können nicht viel tun, aber wenigstens die Festungen halten, die in den letzten Jahren errichtet wurden. Herzog Heinrich hat den Kampf vermieden. Er hielt es für klüger, den Großteil seines Heeres seinem Bruder zu schicken, wie ich schon sagte. Und der König hat vor, die Ungarn einzukesseln und diesmal ein für alle Mal zu vernichten.«

Arnulf, der wie alle Anwesenden aufmerksam lauschte, hatte dennoch Schwierigkeiten, das Gesagte richtig einzuordnen. Wo Regensburg und Salzburg lagen, war ihm in etwa ein Begriff. Von der Donau hatte er gehört. Das war ein Fluss weiter nördlich. Anscheinend wollte der König die Ungarn zwischen der Donau und dem Gebirge halten. Und ihnen dann im Westen auflauern. Bei einer Stadt, die sich Ulm nannte. Zumindest befand sich dort jetzt sein Heer.

Der Bischof zog die Stirn in Falten. »Aber diese Reiterscharen sind schwer zu greifen. Man kann sie nicht stellen. Eher zerstreuen sie sich und fallen dann aus einem Hinterhalt über einen her. Ich habe es selbst schon erlebt.«

»Dieses Jahr ist es anders«, erwiderte Ewalt. »Sie ziehen nach Westen wie im letzten Jahr, kommen aber nur langsam voran. Denn diesmal sind es nicht nur Berittene, sondern ein großer Teil ihres Heeres besteht aus Fußkämpfern. Sonst wären sie schon längst hier. Anscheinend bringen sie sogar Belagerungsgerät. Wir nehmen an, dass sie es auf Augsburg abgesehen haben, denn Regensburg haben sie umgangen.«

»Herr im Himmel!«, rief der Bischof erschrocken. »Um unsere Befestigungen ist es schlecht bestellt. Wir müssen hoffen, dass euer Heer nicht auf sich warten lässt. Sonst ist es aus mit uns.«

»Ein paar Tage wird es noch dauern. Unsere Truppen haben Gewaltmärsche hinter sich und sind erschöpft. Müde Männer kämpfen schlecht. Außerdem wartet der König noch auf einen Heerhaufen aus Böhmen. Aber in etwa einer Woche sollte das Heer hier eintreffen. Falls inzwischen die Ungarn Augsburg angreifen, müsst Ihr bis dahin unbedingt aushalten.«

»Eine Woche?« Bischof Ulrich seufzte. »Ob es reicht, hängt davon ab, wie bald und in welcher Stärke die Ungarn uns angreifen. Wir werden jedenfalls alles daransetzen, die Stadt zu verteidigen, das kann ich versprechen. Und ich hoffe, Ihr werdet uns dabei helfen.«

»Selbstverständlich. Mein Schwert ist das Eure, Bischof.«

»Gut. Bis dahin sollt Ihr Gast in meinem Hause sein.« Er wies einen seiner Mönche an, dem jungen Reiter des Königs eine Kammer herzurichten und ihm Wein und etwas zu essen zu bringen. »Billunger, sagtet Ihr, ist Euer Geschlecht? Aus Lümborg, wenn ich mich recht erinnere.«

»So ist es. Nicht weit von der Elbe. Markgraf Hermann ist mein Oheim.«

»Dann habt Ihr, um uns zu helfen, einen wahrlich langen Weg hinter Euch. Und Hilfe werden wir brauchen. Seid also herzlich willkommen!«

Meister Wolfhard war ein griesgrämiger Kerl mit harten Augen und einem Doppelkinn, das von Bartstoppeln bedeckt war. Sein Kugelbauch bedeckte eine Lederschürze. Seine nackten Oberarme waren so dick wie anderer Männer Schenkel, Unterarme und Handrücken waren von kleinen Brandnarben übersät – winzige Verletzungen, die beim Schmieden des glühenden Eisens nicht ausblieben.

Da Arnulf mit Bischof Ulrichs Empfehlung gekommen war, nahm der Schmied ihn als Gehilfen an. Aber sichtlich widerwillig. An Arnulfs Sprache merkte Meister Wolfhard natürlich gleich, dass er einen Welschen vor sich hatte, und traute ihm deshalb wahrscheinlich nichts zu. Obwohl Arnulf versuchte, ihn zu überzeugen, dass er sein Handwerk durchaus beherrschte und wusste, wie man Speerspitzen schmiedete, teilte der Mann ihm nur minderwertige Arbeiten zu. Er musste Rohstahl sortieren, Kohle schleppen, die Glut in der Esse am Leben erhalten, die Werkstatt am Abend fegen, und was sonst noch an einfachsten Pflichten anfiel. Als wäre er der dümmste aller Lehrlinge. Auch die anderen Gehilfen behandelten ihn mit gönnerhafter Herablassung.

Arnulf ärgerte sich, aber es half nichts. Zumindest durfte er am Abend mit den Männern am Tisch sitzen und in den Bohneneintopf langen, den die Meisterin auf den Tisch stellte. Eine Schlafstelle fand sich ebenfalls.

Von Hedi bekam er in den nächsten Tagen nichts zu sehen. Er hätte sie gern besucht, aber der Meister erlaubte nicht, dass er sich von der Werkstatt entfernte. Erst am Spätnachmittag des dritten Tages sahen sie sich wieder. Sie selbst hatte nach ihm geforscht und ihn in der Schmiede aufgespürt. Trotz der bösen Blicke des Meisters stahl er sich einige Momente auf die Gasse vor der Werkstatt, um mit ihr zu reden.

»Geht es dir gut?«, fragte er.

»Einigermaßen«, erwiderte sie. »Es gibt zu tun. Aber man ist freundlich zu mir. Und was ist mit dir? Musst du viel arbeiten? Du siehst ganz schmutzig aus.«

Er lachte. »Das bringt der Beruf so mit sich.«

»Und? Hast du schon das Waffenschmieden gelernt?«

Er schüttelte den Kopf. »Später vielleicht.«

Scheu blickte sie zu ihm auf. »Alles hier ist mir fremd, Arnulf. Ich fühl mich so allein unter all den vielen Menschen. Im Grunde kenne ich nur dich. Du wirst mich doch nicht verlassen, jetzt, wo du Schmied bist? Wir sind doch immer noch zusammen?«

»Möchtest du denn, dass wir zusammen sind?«

Sie hatte feuchte Augen bekommen. »Ja«, hauchte sie. »Ja, das möchte ich.«

»He, ihr Turteltäubchen«, ließ sich die raue Stimme des Meisters vernehmen. »Zum Schnäbeln haben wir keine Zeit. Hier wird gearbeitet, verdammt nochmal! Beweg deinen Arsch, Junge, sonst mach ich dir Beine.«

Arnulf nahm noch schnell Hedis Hand in die seinen. »Sorg dich nicht. Du kannst dich auf mich verlassen.«

Abends machte ein Gerücht die Runde. Danach habe zwei Tage zuvor ein großes Heer ungarischer Reiter südlich von Augsburg den Lech überquert, in etwa dort, wo Arnulf Hedi begegnet war und wo ihre Kundschafter den Weg nach Westen erkundet hatten. Dieses Heer sei nun dabei, die ganze Gegend zwischen Lech und Iller zu plündern. Sie raubten das Korn in den Scheunen und die wenigen Wertsachen, die die Bauern besaßen, schlachteten ihr Vieh und brannten ganze Dörfer nieder. Flüchtlinge, die in Augsburg eintrafen, berichteten davon. Sie kamen mit nichts als den Kleidern auf dem Leib. Andere, so hörte man, hätten sich mit ihrem Vieh in das riesige Waldgebiet westlich von Augsburg gerettet, das man den Rauhen Forst nannte.

Die Menschen in der Stadt raunten und tuschelten über diese Kunde. Ein feindliches Reiterheer, das Augsburg umgangen hatte und nun weit nach Südwesten vorgestoßen war, um das Schwabenland zu verwüsten? Was hatte das zu bedeuten? Würden die Ungarn weiterziehen bis ins Rheinland und sie hier in Ruhe lassen? Aber wo waren die Fußtruppen, die sie diesmal angeblich mitführten? Vor allem: Wo war das versprochene Heer des Königs?

Was die Stimmung noch mehr drückte, war das heiße, schwüle Wetter. Jede Anstrengung wurde einem zu viel. Mensch und Tier bewegten sich schleppend durch die Gassen, und auch nur, wenn es sich nicht vermeiden ließ. Über den fernen Bergen lagen dichte Gewitterwolken. Das war aber auch alles. Die ersehnte Erlösung ließ auf sich warten.

An einem späten Vormittag klärte sich die Lage, wenn auch nicht zum Guten. Hornrufe hallten von den Wehrgängen, denn auf der Anhöhe auf dem Ostufer des Lechs waren feindliche Krieger aufgetaucht. Die Kunde davon lief in Windeseile durch die Stadt. Das mussten sie sein, die mit Bangen erwarteten Ungarn.

Diesmal war es nicht nur eine Handvoll Kundschafter, sondern ein ganzes Heer. Tausende und Abertausende. Und tatsächlich schien es sich in der Hauptsache um Fußtruppen zu handeln. Die

Ungarn hatten sich also aufgeteilt. Das Reiterheer war bis zur Iller vorgedrungen. Vielleicht nicht nur, um zu plündern, sondern um das Heer des Königs auf sich zu ziehen, während ihr Hauptheer Augsburg belagern sollte.

Männer griffen zu den Waffen. Die *militia* der Stadt wurde zusammengerufen und rüstete sich für den Kampf. Krieger der kleinen Reiterei des Bischofs, die aus hundert Panzerreitern bestand, holten ihre Pferde aus den Ställen und machten sich bereit. Mütter riefen ängstlich nach ihren Kindern, als wären die Ungarn schon in der Stadt, während Schaulustige zur Ostmauer strömten, um einen ersten Blick auf die fremden Teufel zu erhaschen, die nun auch Augsburg bedrohten.

Im Nu verbreiteten sich die wildesten Gerüchte, welch schreckliche Schicksal ihnen allen drohte, sollte es dem Feind gelingen, die Stadt zu erobern. Männer würden sie allesamt erschlagen. Vor allem die Mönche würden sie an Kreuze nageln. Natürlich wäre keine Frau vor ihrer rohen Gewalt sicher. Und ernähren würden sie sich von Säuglingen, die sie über dem Feuer rösteten. Selbsternannte Prediger gingen durch die Gassen und beschworen das Ende der Welt: Die Toten würden aus ihren Gräbern steigen, und Gott werde über sie richten.

In der Schmiede herrschte Hochbetrieb. Es wurde gehämmert und gefeilt. Speerspitzen und Äxte wurden geschärft. Meister Wolfhard zeigte auf zwei schwere, mit Lederriemen verschnürte Bündel von Speeren. »Hier, bringt die da zur Ostmauer«, befahl er Arnulf und einem anderen Gehilfen namens Odo. »Und macht, dass ihr schleunigst wiederkommt. Es gibt zu tun.«

Arnulf hievte sich eines der Bündel auf die Schulter und folgte Odo, der den Weg durch die Gassen besser kannte als er. Odo war schon länger im Dienst des Meisters. Er war kleiner als Arnulf, aber untersetzt und kräftig. Meist hatte er ein spöttisches Grinsen im Gesicht, als könnte ihm keiner etwas weismachen. Trotzdem war er der Einzige, der mit Arnulf redete.

Arnulf dachte an Hedi. Sie musste sich mehr als andere fürchten. Aber er konnte ihr jetzt nicht helfen. Als die beiden an der höchsten Stelle der Stadt ankamen, von wo aus man über die Krone der Stadtmauer blicken konnte, blieben sie stehen und starrten auf das Bild, das sich ihnen bot. Denn auf der gegenüberliegenden Anhöhe quollen hässliche dunkle Rauchwolken aus der Kirche der heiligen Afra, die lichterloh in Flammen stand. Rechts und links davon konnten sie ganze Scharen von Kriegern ausmachen. Die verteilten sich über den langgezogenen Hügel und waren so viele, dass man sie unmöglich zählen konnte. Anscheinend waren sie dabei, ein Lager zu errichten.

»Herr im Himmel, steh uns bei!«, entfuhr es Arnulf. Er nahm das schwere Bündel von der Schulter, um sich zu bekreuzigen. »Wie können wir gegen ein solches Heer bestehen? Die werden uns alle umbringen.«

»Erst müssen sie über den Fluss schwimmen und die Mauer erklimmen«, sagte Odo. »Ich sehe nicht, dass sie Belagerungsgerät haben.« Er sprach, als ob er sich auskannte.

»Belagerungsgerät? Was soll das sein?«

»Wurfmaschinen, um Feuertöpfe in die Stadt zu schleudern, Katapulte, Belagerungstürme. Siehst du so was? Ich nicht.«

»Aber es sind so viele.«

Hinter ihnen tönte eine laute Befehlsstimme. »Was steht ihr rum und gafft? Schafft mir lieber die verdammten Speere zur Mauer!«

Arnulf und Odo sahen sich um. Da stand ein Trupp Krieger der *militia*. Der Anführer war ein großer, mit Kettenhemd und Schild gewappneter Kerl. Von seiner Hüfte hing ein wuchtiges Schwert. »Los, steht nicht rum. Nehmt eure Speere und kommt mit.«

»Das ist Wolfram von Esche«, raunte Odo ihm zu und hob sich sein Bündel auf die Schulter. »Der ist Hauptmann der *militia*. Und keiner, dem man widersprechen sollte.«

Im Gefolge des Kriegertrupps erreichten sie das Osttor der

Stadt. Davor befand sich ein kleiner Platz, der jetzt Sammelpunkt der Verteidiger der Ostmauer zu sein schien. Nicht nur für die Männer der *militia*, sondern überhaupt für all jene jungen Kerle – ob Kaufmannsgehilfen, Handwerker oder Bauern –, die bereit waren, die Stadt zu verteidigen. Und das waren eine ganze Menge. Arnulf und Odo legten ihre Bündel ab und schnürten sie auf. Wolfram selbst händigte Speere aus.

»Habt ihr mehr davon?«, fragte er.

»Noch zwei große Bündel«, erwiderte Odo.

»Dann geht sie holen. Aber beeilt euch. Wir brauchen die verdammten Speere. Mit bloßen Händen können wir die Ungarn nicht besiegen. Und so wie's aussieht, haben die Bastarde nicht vor zu warten.«

Odo und Arnulf rannten zur Schmiede zurück. Als sie mit ihrer schweren Last wieder am Osttor ankamen, sahen sie, dass inzwischen auch andere Handwerker Waffen angeliefert hatten – Speere und Kriegsäxte. Ein Karren voll einfacher Holzschilde stand bereit. Ein anderer mit Bündeln von Pfeilen. Wolfram von Esche leitete die Verteilung.

»Ich denke zwar nicht, dass sie hier am Osttor angreifen«, hörte Arnulf ihn sagen. »Dafür ist der Hang zu steil. Aber man kann nie wissen. Besser, wir sind auf alles vorbereitet.«

Der steile Anstieg auf der Ostseite der Stadt war auch der Grund, warum das Tor dort noch nicht richtig instand gesetzt worden war, im Gegensatz zu anderen Stellen der Befestigungen. Denn warum sollte ein Feind sich ausgerechnet den schwierigsten Punkt für einen Angriff aussuchen?

Nach einer Weile zeigte sich aber, dass die Ungarn genau das vorhatten. Dass der Turm über dem Tor eingestürzt war, war ja nicht zu übersehen. Und dass das Tor selbst auch beschädigt war, hatten sie vielleicht unbemerkt ausgekundschaftet. Jedenfalls waren sie bis zum Ufer des Lechs vorgedrungen und trafen Vorbereitungen, den Fluss zu überqueren.

Die Reiter trieben ihre Gäule ins Wasser und ließen sie einfach ans andere Ufer schwimmen, um dort einen ersten Brückenkopf zu bilden. Sämtliche Nachen und Boote am Ufer brachten sie in ihren Besitz, spannten Dutzende von Seilen über den Fluss und zogen daran die mit Kriegern vollbesetzten Boote herüber. Hin und her gingen die Boote, so dass sich immer mehr feindliche Krieger auf dieser Seite des Lechs sammelten. Und es gab nichts, was man dagegen tun konnte.

»Wir müssen zur Schmiede zurück«, sagte Odo. »Der Meister zieht uns sonst das Fell über die Ohren.«

Sie waren kaum drei Schritte gegangen, als sie Wolframs Stimme hinter sich hörten. »Hiergeblieben, ihr beiden! Wir brauchen Kämpfer. Besonders hier am Osttor. Und ihr seht mir kräftig genug aus. Schnappt euch also Schild und Speer und klettert auf den Wehrgang. Und keine Widerrede!«

Eine hölzerne Treppe führte hinauf. Und bevor sie sich's versahen, standen sie nur wenige Schritte vom Tor entfernt und neben vielen anderen schildbewehrt und mit dem Speer in der Faust auf dem Wehrgang, der entlang der Mauer verlief. Auf ihrer Seite ragten noch Mauerreste des eingestürzten Turms in die Höhe, und die Tür, die den Wehrgang mit dem Turm verbunden hatte, führte jetzt ins Leere über dem Torweg. Unten lagen noch Trümmerteile, aber das meiste hatte man weggeräumt und hinter der dicken Festungsmauer aufgestapelt.

Unter den Verteidigern befanden sich Bogenschützen und erprobte Söldner, doch die meisten waren wie sie: junge Kerle ohne jede Kampferfahrung, denen man einfach Waffen in die Hand gedrückt hatte, in der Hoffnung, sie wüssten damit umzugehen. Und wenn nicht, dann würden sie zumindest Lücken füllen.

Ängstlich blickte Arnulf zum Fluss hinunter. Wenn er gedacht hatte, dass der Lech für den Feind ein Hindernis darstellen würde, so hatte er sich getäuscht. Ein Großteil des feindlichen Heeres hatte inzwischen übergesetzt und sich am Flussufer in Stellung gebracht. Neben Scharen von Kriegern hatten sie die frisch geschlagenen, schlanken Stämme junger Bäume über den Fluss geschafft und waren dabei, daraus Leitern zu fertigen.

Es war heiß und schwül. Oben auf der Mauerkrone waren die Männer der prallen Sonne ausgesetzt, einer unerbittlichen Sonne, die schon seit Tagen aus einem wolkenlosen, gleißenden Himmel herabbrannte. Arnulf konnte sich nicht erinnern, jemals einen so heißen Sommer erlebt zu haben. Seit Wochen hatte es keinen Regen gegeben. Stadt und Land schwelten förmlich unter dieser Augusthitze.

Schließlich – es musste jetzt früher Nachmittag sein – begannen die Ungarn vorzurücken.

»Lasst sie ruhig kommen, Jungs«, brüllte Wolfram. »Sobald ich den Befehl gebe, belegt ihr sie mit Pfeilen, was das Zeug hält. Aber nicht früher.«

Neben Arnulf und Odo war der junge Reiter des Königs aufgetaucht, der dem Bischof die Kunde vom Nahen des königlichen Heeres gebracht hatte. Ewalt hieß er, wie Arnulf sich erinnerte, aus dem Geschlecht der Billunger, wer auch immer diese Leute waren. Sein Gesicht war rot, und Schweiß tropfte ihm von den Brauen. Kein Wunder, denn der Mann trug eine schwere Rüstung. Auf dem Kopf den stählernen Helm mit Nasenbügel und Wangenschutz, am Leib einen Kettenpanzer über wattiertem Lederwams. Kampfhandschuhe mit aufgenähten Eisenplättchen schützten seine Hände und Beinschienen die Unterschenkel. Der längliche Schild, auf den er sich stützte, war aus Eschenholz, die Ränder mit Stahlblech verstärkt. An seiner Seite hing ein langes Schwert, und im Gürtel steckte ein Kurzschwert, das man Sax nannte, gut für den Nahkampf.

Im Vergleich dazu kam Arnulf sich nackt und verwundbar vor, denn zu seinem Schutz besaß er nur den einfachen, runden Schild, den man ihm in die Hand gedrückt hatte. Der hatte einen eisernen Buckel in der Mitte, in dessen Innenseite sich der Griff befand. Er packte den Speer fester – ein Werkstück, das aus Meister Wolfhards Schmiede stammte. Mit Ausnahme der Söldner der *militia* waren die meisten, die mit ihm auf dem Wehrgang standen, nicht besser ausgerüstet. Im Gegenteil, nicht einmal Schilde hatten alle abbekommen. Und wer keinen Speer hatte, hielt eine Axt in den Händen, mit der er gestern vielleicht noch Holz gespalten hatte, oder eine Sichel.

Arnulfs Hemd war schweißdurchtränkt, und der Durst plagte ihn. Ewalt sah sich zu ihm um und sagte etwas in seiner nordischen Mundart, das Arnulf nicht gleich verstand. Der junge Krieger deutete auf das Tor und wiederholte, was er gesagt hatte, diesmal langsamer.

»Das Tor. Das wird nicht lange halten.«

Er rief Ähnliches zu Wolfram von Esche hinüber, der sich ebenfalls auf dem Wehrgang befand, aber auf der anderen Seite des Torwegs, und deutete noch einmal kopfschüttelnd auf die Torflügel. Da der Turm eingestürzt war, fehlte der obere Teil des Torrahmens, um den Torflügeln Halt zu geben. Der linke hing außerdem nur notdürftig in einer verbogenen Angel, der rechte war mit aufgenagelten Bohlen ausgebessert worden. Dazu sicherte ein Querbalken das Tor. Aber war das genug?

»Ich weiß«, rief Wolfram zurück und zuckte mit den Schultern. »Damit müssen wir leben. Ist nicht mehr zu ändern.« Aber nach einigen Augenblicken, in denen er nachgedacht zu haben schien, rief er ein Dutzend Männer der *militia* zusammen: »Stellt euch zehn Schritte hinter dem Tor auf und bildet eine doppelte Schildreihe. Für alle Fälle. Falls die Bastarde durchbrechen.«

»Wenn das reicht«, brummte Ewalt unzufrieden.

Jetzt ließ sich unten am Fluss ein Hornstoß vernehmen. Daraufhin setzten sich die ungarischen Fußtruppen in Marsch. Sie kamen in zwei großen Haufen ohne besondere Ordnung, schleppten aber sechs lange Leitern mit sich. Damit wollten sie wohl auf die Mauer klettern.

»Zielt auf die Leiterträger«, brüllte Wolfram seinen Schützen zu. »Aber erst auf meinen Befehl!«

Arnulf starrte auf die fremden Krieger, die langsam den Hang heraufkamen und sich stetig den beiden Mauerabschnitten rechts und links vom Tor näherten. Vorne hatte sich noch eine dritte Gruppe gebildet. Diese Männer schienen besser bewaffnet zu sein. Sie hatten konische Helme, kleine runde Schilde und lange Schwerter mit leicht gebogenen Klingen. Sie trugen Leibschutz aus hartem, gekochtem Leder, soweit es sich erkennen ließ. Einige waren mit aufgenähten Stahlschuppen bewehrt, die in der Sonne glitzerten. Das mussten die Anführer sein.

Der Großteil der ungarischen Fußkämpfer besaß nur Speere als Bewaffnung. Die meisten hatten nicht einmal Schilde, auch keinen Leibschutz – nichts als Leinenhemden und weite Hosen am Leib. Kaum einer trug einen Helm. Manche gingen sogar barfuß. Sie sahen wie Bauern aus, die man zum Kriegsdienst gezwungen hatte. Nur die vordersten Reihen waren mit Schilden ausgestattet. Trotzdem machte die schiere Menge Eindruck. Sollte es ihnen mithilfe der Leitern gelingen, auf dem Wehrgang Fuß zu fassen, war die Gefahr groß, dass sie die Verteidiger überrannten.

Auf einen Befehl hin blieben sie plötzlich stehen. Gleich darauf preschten an die hundert Reiter bis an die hintersten Reihen ihres Fußvolks heran und hoben ihre Bögen.

»Aufgepasst und Schilde hoch!«, brüllte Wolfram.

Hundert Pfeile stiegen gleichzeitig in den Himmel. Es hörte sich an, als ob ein Schwarm Vögel aufflog. Arnulf riss den Schild über Kopf und Schultern. Und schon prasselten die Geschosse auf sie herab, schlugen hart auf und blieben in den Schilden wie auch in den hölzernen Planken des Wehrgangs stecken. Einige hatten ihr Ziel gefunden, denn die ersten Verwundeten schrien auf. Einer taumelte vom Wehrgang und stürzte in die Gasse dahinter. Arnulf hörte Ewalt fluchen und sah, wie er zwei Pfeile aus seinem Schild zog.

»Jetzt schießt zurück!«, brüllte Wolfram. »Und gebt's den Bastarden!«

Bogensehnen klangen auf dem Wehrgang, Pfeile surrten davon. Einige Reiter stürzten aus dem Sattel, aber nicht viele. Eine zweite Salve von Pfeilen stieg auf und prasselte auf die Verteidiger herab. Wieder wurden Männer getroffen. Odo schrie auf. Ein Pfeil hatte ihm den Fuß durchbohrt.

»Verdammte Scheiße!«, schrie er.

»Warte. Ich helf dir«, knurrte Ewalt. »Heb den Fuß hoch!«

Während Odo auf einem Bein balancierte, brach Ewalt den Pfeilschaft ab, packte die eiserne Spitze, die aus der Sohle ragte, mit seinen Kampfhandschuhen und riss den Pfeil mit einem Ruck heraus. Odo ließ den Speer und Schild fallen, umklammerte seinen blutenden Fuß und schrie vor Schmerzen.

Der junge Krieger hob den Speer auf und hielt ihn Odo hin. »Hör auf zu jammern und halt den verdammten Schild hoch. Sonst ist der nächste Pfeil dein Tod.«

Odo war bleich geworden. Aber er tat, wie ihm geheißen. Das überlegene Grinsen auf seinem Gesicht war fürs Erste verschwunden.

Wieder ertönte ein Befehl unten bei den Ungarn. Die Reiter zogen sich zurück, und auf beiden Seiten des Tors rannte das Fußvolk mit lautem Gebrüll heran, die Leiterträger als Erste.

Arnulf musste schlucken. Jetzt wurde es ernst. Er fühlte sich wie gelähmt und konnte die Augen nicht von den heranstürmenden Ungarn wenden. Von den Leiterträgern fielen die ersten den Pfeilen der bairischen Schützen zum Opfer. Auch andere stürzten zu Boden, als Pfeil um Pfeil in die Menge fuhr und jeder Schuss ein Opfer fand. Trotzdem gelang es dem Feind, mehrere Leitern bis an die Mauer zu tragen. Schon zogen sich die Ersten an den Sprossen hoch.

Das Trommeln herangaloppierender Pferde lenkte Arnulf ab. Ein Dutzend Reiter hatte sich unerwartet dem Tor genähert. Sie schleuderten eiserne Wurfhaken, an denen lange Leinen befestigt waren. Vier der Männer wurden von Pfeilen getroffen, bevor sie überhaupt ihre Haken werfen konnten. Den übrigen gelang es, ihre Wurfhaken über die Torflügel zu schleudern und am Sattelhorn festzuzurren. Noch einer stürzte dabei vom Pferd. Das hinderte die übrigen aber nicht daran, blitzschnell ihre Gäule zu wenden und sich gegen die angespannten Seile zu stemmen. Ein Fünfter bekam einen Pfeil in den Rücken, hielt sich aber trotzdem im Sattel.

Die Pferde warfen sich mit aller Kraft gegen die Seile. Die gemeinsame Anstrengung genügte, um einen der Torflügel aus der Angel zu reißen. Der Querbalken hielt noch einen Augenblick, dann brach auch er. Die Reiter – am Ende nur noch vier von ihnen, die unverletzt geblieben waren – hieben die Fersen in die Flanken der Tiere und stoben davon, gefolgt von den reiterlosen Gäulen ihrer verwundeten Kameraden.

Mit großem Geheul stürmten die Fußkrieger auf das Tor zu, allen voran die besser Bewaffneten. Einer der Torflügel lag schräg auf der Seite, und die ersten Ungarn zwängten sich hindurch. Andere schickten sich an zu folgen. Wolframs Schützen konnten dies nicht verhindern, obwohl sie unentwegt in die Menge vor dem Tor schossen. Im Innern standen schreckstarr die Männer der *militia*, Schilde vor den Leibern, Speere nach vorn gereckt, und wagten sich nicht vom Platz zu rühren. Auch die eingedrungenen Ungarn zögerten, als sie sich mit den Speeren der Schildwand konfrontiert sahen. Trotzdem drängten immer mehr nach.

Ewalt packte Arnulf am Arm. »Komm mit!«, brüllte er und sprang mit gezogenem Schwert von der Wehrmauer hinunter in den Torweg, mitten zwischen Ungarn und Schildwand. Sofort hieb er einem Kerl das Schwert in den Schädel, zerrte es heraus und schlitzte einem anderen die Kehle auf. Blut spritzte ihm über den Panzer.

Arnulf zögerte nur einen Herzschlag lang, dann folgte er

ihm. Warum, wusste er nicht. Irgendetwas in Ewalts Stimme hatte nichts anderes zugelassen. Jetzt fand er sich an seiner Seite und wurde gleich von einem gepanzerten Ungarn bedrängt, der ausholte, um ihm die Schwertspitze ins Gesicht zu stoßen. Er duckte sich unter der Klinge weg und rammte dem Kerl seinen Schildrand unters Kinn. Der Mann stolperte. Arnulf stieß zu und versenkte die messerscharfe Speerspitze in den Unterleib des Ungarn.

Ein anderer Gegner trat sofort an die Stelle des Getroffenen. Dann zwei und drei. Arnulf musste um sein Leben kämpfen. Er wirbelte den Speerschaft, zertrümmerte einem Kerl das Nasenbein, trat einem anderen zwischen die Beine und stach wieder zu. Diesmal in eine Kehle, dann in eine ungeschützte Brust. Immer wieder fand seine Speerklinge ein Opfer. Die Angst, die er im ersten Moment empfunden hatte, war von ihm gewichen. Schild und Speer taten ihr Werk wie von alleine. Fast wie im Rausch.

Es gelang den beiden, den ersten Ansturm aufzuhalten. Doch der Druck der nachdrängenden Gegner wurde stärker. Schritt für Schritt mussten sie weichen. Zumindest bekamen sie jetzt Hilfe von den Kämpfern der *militia*, die endlich aus ihrer Schreckstarre erwacht waren und halfen, ein weiteres Vordringen des Feindes zu verhindern.

Arnulf sah aus den Augenwinkeln, wie Ewalt einen wuchtigen Schlag auf den Helm abbekam, der ihm kurz das Bewusstsein raubte und ihn rücklings zu Boden stürzen ließ. Bevor er sich benommen aufrappeln konnte, holte ein großer Kerl aus, um ihm sein Schwert durch die Brust zu rammen. Ewalts Augen waren vor Schreck weit aufgerissen. Aus seiner Kehle löste sich ein Schrei.

Arnulf warf sich gegen den Mann. Der taumelte zurück. Arnulf stieß mit dem Speer zu. Die scharfe Klinge fand kaum Widerstand und glitt durch den Leib des Ungarn wie durch Butter. Der schrie gellend auf und stürzte. Arnulf riss an dem Speer, um ihn zu befreien, doch die Speerspitze hatte sich festgesaugt. Er musste den

Schaft loslassen, bevor er selbst erschlagen wurde, denn andere Ungarn stürzten auf ihn zu. Nur der Schild, den er gerade eben noch hochriss, verhinderte einen tödlichen Hieb. Aber da war Ewalt wieder auf den Beinen, um ihm zu Hilfe zu kommen und ihm Zeit zu geben, eine Streitaxt vom Boden aufzuheben.

Sie wandten sich erneut gegen ihre Feinde, als draußen vor dem Tor ein fernes Horn erklang, gefolgt vom Donnern vieler Hufe, das sich rasch näherte. »Im Namen Jesu Christi!«, ließ sich eine laute Stimme vernehmen.

Dann krachten Reiter in die Menge der Ungarn vor dem Tor. Waffen klirrten, Verwundete schrien, andere brüllten und fluchten, dazwischen das schrille Wiehern der aufgeregten Gäule und das Stampfen der Hufe.

Die ungarischen Kämpfer vor Arnulf und Ewalt zeigten sich plötzlich verunsichert und wichen zurück. Arnulf schlug einem von ihnen, die sich abwendeten, die Axt in den Hinterkopf. Auch Ewalt nutzte die Gelegenheit und fällte zwei weitere mit dem Schwert, bevor sich die Letzten durch die Lücke im Tor zurückzogen. Allerdings nur, um draußen von Bischof Ulrichs Panzerreitern erschlagen zu werden.

Als Arnulf und Ewalt blutbesudelt ins Freie traten, war das gesamte Angriffsheer der Ungarn auf dem Rückzug. Die Panzerreiter waren ihnen unerwartet in die Flanke gestoßen und wüteten immer noch schrecklich unter den Flüchtenden. Allen voran Bischof Ulrich. Sein weißes Haar und das dunkle Ornat waren nicht zu übersehen. Anscheinend hatte er nicht einmal Zeit gefunden, Helm und Kettenpanzer anzulegen. Aber seine Klinge war rot vom Blut der Erschlagenen, hob und senkte sich unermüdlich.

Unzählige Tote und Verwundete säumten den Weg bis zum Flussufer, wo es dem Feind gelang, eine Schlachtreihe zu bilden, um ihren Rückzug zu decken. Trotzdem stürzten sich viele in ihrer Panik in den Fluss, wo nicht wenige ertranken.

Bischof Ulrich und seine Reiter ließen von ihnen ab. Alle konnten sie nicht erschlagen. Es waren einfach zu viele. Zumindest hatten sie den Feind fürs Erste in die Flucht geschlagen und Zeit gewonnen.

»Hol mich der Teufel«, rief Ewalt bewundernd. »Der alte Mann hat eigenhändig die Stadt gerettet. Nicht zu glauben, wenn man's nicht gesehen hat.« Er zog den Kampfhandschuh von der Rechten und packte Arnulfs Hand. »Du kannst ja richtig kämpfen, Bursche. Und dann hast du mir auch noch die Haut gerettet. Ich muss dir danken.«

Arnulf versuchte zu grinsen. Doch beim Anblick der vielen Leichen um sie herum und der schrecklichen, klaffenden Wunden, die man ihnen geschlagen hatte, überkam ihn ein heftiges Zittern. Er musste sich übergeben.

DER MAUERSTURM

Die Ungarn zogen sich über den Fluss und hinauf zu ihrem Lager auf der Anhöhe zurück. Sie hinterließen eine blutige Spur von Toten und Verwundeten, die vom Tor bis zum Ufer reichte.

Das lockte die Ärmeren der Augsburger an. Sie schlichen sich vors Tor, um die Leichen auszuplündern. Verwundeten Ungarn, die zu schwach waren, sich davonzuschleppen, schnitten sie die Kehle durch und nahmen ihnen alles, sogar Kleider und Stiefel. Wolfram von Esche hatte es verboten, doch er bestand nicht darauf, das Verbot durchzusetzen. So war es schließlich immer auf Schlachtfeldern. Zuerst kamen die Plünderer, um die Leichen zu fleddern, Männer, Weiber, sogar Kinder. Später dann die Krähen, um den Toten die Augen auszupicken. Am Ende würden sich Hunde und Ratten um das verwesende Fleisch balgen.

Bischof Ulrich und seine Panzerreiter wurden in der Stadt mit großem Jubel empfangen. Doch der gute Prälat ließ sich keine Zeit, seinen Sieg zu feiern, sondern kümmerte sich sofort darum, dass die eigenen Verwundeten versorgt wurden. Es hatte viele Pfeilwunden gegeben. Manche weniger schlimm, so wie die von Odo. Andere hatten so schwere Verletzungen erlitten – besonders, als die Ungarn es an zwei Stellen kurzzeitig bis auf die Mauerkrone geschafft hatten –, dass sie es wohl nicht überleben würden. Man lud die schweren Fälle auf die gleichen Karren, die zuvor Waffen gebracht hatten, und fuhr sie zum Dom, wo unter einer großen Zeltplane für sie gesorgt wurde, soweit es möglich war.

Den Handwerkern wurde aufgetragen, noch zur selben Stunde damit zu beginnen, das Osttor instandzusetzen, es zumindest zu blockieren, damit sich ein Vorfall wie der am Nachmittag nicht wiederholen konnte.

Arnulf hatte mit dem verwundeten Odo, der sich inzwischen nur noch mühsam humpelnd bewegen konnte, in die Schmiede zurückkehren wollen. Doch der junge Ewalt hielt ihn zurück.

»Ich schulde dir mein Leben«, sagte er. »Ich möchte mich erkenntlich zeigen.« Er zog einen kleinen Beutel Silber aus der Gürteltasche und drückte ihn Arnulf in die Hand. »Hier, nimm. Das ist das Mindeste, was ich für dich tun kann.«

Arnulf wusste erst nichts zu sagen. Was er getan hatte, um Ewalt zu schützen, war ihm selbstverständlich erschienen. Das bedurfte keiner Erwähnung. Hacksilber oder gar Münzen mit dem Zeichen des Herzogs darauf waren ihm natürlich nicht unbekannt, aber viel davon hatte er in seinem Leben noch nicht zu sehen bekommen. Im seinem Heimatdorf am Inn herrschte eher Tauschhandel. Höchstens für Schmiedearbeiten auf der Burg gab es ein wenig Hacksilber. Benommen bedankte er sich.

»Noch was«, sagte Ewalt. »Ich habe dich heute kämpfen sehen. Wo hast du das gelernt?«

»Nirgendwo.«

»Dann bist du der geborene Krieger.«

»Ich?« Arnulf lachte verlegen. Er schüttelte den Kopf. »Nein. Ich will auch überhaupt kein Krieger sein. Das Töten liegt mir nicht.«

»Und doch hast du es getan.«

Ja, er hatte getötet. Im Augenblick des feindlichen Angriffs schien es das einzig Richtige gewesen zu sein. Er hatte nicht gezögert. Dann, im Kampf, war es wie ein Rausch über ihn gekommen. Er hatte zugeschlagen, Bäuche aufgeschlitzt. Erstaunlich leicht war es gewesen. Fast hatte er es genossen. Dabei waren die meisten seiner Opfer jung, so wie er. Wenn er jetzt daran dachte, schämte er sich. Hieß es nicht in der Bibel: Du sollst nicht töten? Aber verteidigen durfte man sich doch, oder nicht? Dass der Bischof selbst zum Schwert gegriffen hatte, beruhigte sein Gewissen. Aber nur ein wenig.

»Ich bin Schmied, Herr. Und das reicht mir.«

»Schmied bist du. Na wunderbar, dann kannst du ja meine Gäule beschlagen.« Als Arnulf ihn verständnislos ansah, lachte er. »Nein, im Ernst. Ich würde es gern sehen, wenn du mein Diener und Reitknecht würdest.«

»Euer Reitknecht?«

»Ja. Der meine hatte unterwegs einen Unfall. Ist vom Gaul gefallen und hat sich das Genick gebrochen. Du kannst doch reiten, oder?«

»Ein wenig schon.«

»Also gut. Du kümmerst dich um meine beiden Gäule und um meine Waffen. Und was sonst so anfällt. Beim Bischof finden wir auch ein Plätzchen für dich.«

»Aber ich muss beim Schmied Wolfhard arbeiten.«

Ewalt sah ihn fragend an. »Und? Bezahlt er dich?«

»Nein. Aber ich bekomme einen Schlafplatz und zu essen.«

»Bei mir bekommst du mehr als das. Ich zahle dir einen Sold. Nicht viel, aber immerhin. Und was das Essen anbelangt, so werde ich meines mit dir teilen. Ist bestimmt besser als bei deinem Schmied. Wir besorgen dir auch was Vernünftiges zum Anziehen. Nicht diese Lumpen, in denen du rumläufst. Also, was sagst du?«

Arnulf war verwirrt, völlig überrascht von diesem unerwarteten Angebot. Er dachte an Meister Wolfhard, und wie er dort behandelt wurde. Und an die dünne Suppe, die sein Weib ihnen vorsetzte. Er blickte in Ewalts Gesicht. Ein ehrliches Gesicht. Sollte er es wagen? Vielleicht nur für eine Weile.

»Ich weiß nicht, Herr. Ich muss darüber nachdenken.«

Ewalt nickte. »Überleg es dir. Du weißt, wo du mich findest.« Er klopfte Arnulf kurz auf die Schulter, schlang sich den Schild auf den Rücken und stapfte davon.

»Er hat dir angeboten, sein Reitknecht zu werden?«, fragte Odo.

»Ja, hat er.« Arnulf legte sich den Arm des Verwundeten um die Schulter, um ihn beim Gehen zu stützen, denn inzwischen war die Pfeilwunde so schmerzhaft geworden, dass der Arme kaum auftreten konnte.

»Und du zögerst noch?«

»Ich bin Schmied und kein Krieger.«

»Bei dem Wolfhard wirst du nie was, das kann ich dir schwören. Das ist ein mieser Kerl. Und sein Weib noch schlimmer. Die hassen euch Welschen. Überhaupt alle Fremden.« Odo biss stöhnend die Zähne aufeinander, während er auf Arnulf gestützt dahinhumpelte. Er blieb stehen, um einen Augenblick zu verschnaufen. »Mann, das ist doch die Gelegenheit. Wenn ich nicht verwundet wäre …«

»Du würdest es also machen?«

»Sofort. Da muss man überhaupt nicht nachdenken.«

Sie trafen sich in einem winzigen Seitengässchen, gleich um die Ecke zum Wirtshaus, wo Hedi beschäftigt war. Schild und Speer hatte Arnulf an die Wand gelehnt. Auf dem Platz davor hasteten Menschen vorbei. Aber hier waren sie ungestört.

»Du willst der Reitknecht dieses Kriegers werden?«, fragte sie besorgt. »Bist du verrückt? Das ist doch gefährlich.«

Ihr Blick fiel wieder auf die eingetrockneten Blutflecken auf seinem Hemd. Damit hatte er sie ganz fürchterlich erschreckt, als er so vor sie getreten war. Erst nachdem sie sich überzeugt hatte, dass es nicht sein Blut war, hatte sie sich beruhigt. Über den Kampf selbst hatte er nichts gesagt. Sie wollte auch gar nichts darüber wissen.

»Gefährlich ist im Augenblick alles«, sagte er. »Wir werden doch belagert. Wir müssen uns verteidigen.«

Sie nickte bekümmert. »Dabei dachten wir, in Augsburg wären wir sicher. Jetzt sitzen wir hier in der Falle. Die Frauen im Wirtshaus haben Angst. Sie reden über nichts anderes.«

In der Schankstube hatte sie Müttern mit kleinen Kindern geholfen. Darunter zwei Hochschwangere wie am ersten Tag. Bei einer hatten plötzlich ganz heftig die Wehen eingesetzt. Geburten waren für Hedi nichts Besonderes. Damit hatte sie auch schon daheim zu tun gehabt, wo sich die Weiber gegenseitig halfen, wenn es so weit war. Das tat sie auch hier. Sie hatte die Frau gestützt, sich bemüht, das Kind sanft aus ihrem Leib zu ziehen, sogar die Nabelschnur abgetrennt, weil die Wehfrau auf sich hatte warten lassen. Es schien, dass sich noch mehr Frauen ausgerechnet diese Stunde ausgesucht hatten, um ihre Blagen auf die Welt zu bringen. Vielleicht waren es die allgemeine Aufregung und das ängstliche Gerede der Weiber, die sich vor den Ungarn fürchteten, vor dem Kampf, der vor den Mauern tobte. Den Lärm hatte man bis hierher hören können.

»Vielleicht muss ich ja gar nicht kämpfen«, erwiderte Arnulf. Das war ein frommer Wunsch, er wusste es. Aber er wollte sie beruhigen. »Ewalt hat gesagt, ich muss mich nur um die Pferde kümmern. Um seine Waffen und Kleider. Es soll ja auch nur für eine Weile sein.«

»Aber der ist doch aus dem Norden. Hast du selbst gesagt. Vielleicht will er dich mitnehmen.« Ihre Stimme bebte. »Was wird dann aus mir?«

»Ich werde dir helfen, Hedi. Das hab ich versprochen. Aber wie soll ich das tun, wenn ich keinen Heller besitze? Ewalt hat mir Sold angeboten.« Er holte den kleinen Beutel Silber hervor und legte ihn in ihre Hand. »Das hat er mir gegeben, dafür, dass ich ihm das Leben gerettet habe.«

Sie machte große Augen. »Du hast ihm das Leben gerettet? Wie denn?«

»Erzähl ich dir ein andermal. Jedenfalls, das Silber ist jetzt deins. Davon wirst du monatelang leben können. Und wenn hier alles vorbei ist, kannst du in dein Dorf zurück.«

»Willst du mich loswerden?« Sie runzelte misstrauisch die Stirn.

»Nein, sag doch so was nicht! Auf keinen Fall. Im Gegenteil, ich will dir doch nur helfen. Mit dem Silber musst du dir erstmal keine Sorgen machen, falls ich länger wegbleibe. Oder falls mir etwas zustößt. Ich denke natürlich nicht, dass mir etwas passiert. Nur für den Fall.«

Sie starrte ihn an. Ihre Augen waren feucht geworden, denn sie musste plötzlich an Heiner denken. Den hatte sie auch verloren. Unter schrecklichsten Umständen. Und jetzt war dieser Welsche in ihr Leben getreten. Doch kaum hatte sie sich an ihn gewöhnt, da wollte der dumme Kerl so etwas Gefährliches tun, wie einem Krieger folgen. Und das, während die Ungarn die Stadt belagerten und es bestimmt noch viele Kämpfe geben würde. Erst recht, wenn der König mit seinem Heer kam.

»Willst du denn nicht mehr Schmied werden?«, fragte sie beschwörend.

»Ich bin schon einer. Aber bei diesem Wolfhard verliere ich meine Zeit. Der behandelt mich schlecht und bringt mir außerdem nichts Neues bei.«

Mit einem Mal überkam Hedi eine Wut über so viel männliche Unvernunft. Sie packte Arnulf an den Armen und schüttelte ihn, als wolle sie ihn zur Besinnung bringen. »Was fragst du mich dann überhaupt? Du hast dich doch schon entschieden. Ich will nur, dass dir nichts geschieht, verdammt nochmal!«

In ihren Augen standen Tränen. Sie wusste selbst nicht, wie ihr geschah, aber plötzlich nahm sie sein Gesicht in beide Hände und küsste ihn hart auf die Lippen. Dann schlang sie die Arme um ihn und legte den Kopf auf seine Brust. »Ich will nicht, dass dir was passiert. Ich würde es nicht ertragen. Nein, das könnte ich nicht ertragen.«

Er drückte sie an sich. »Mach dir keine Sorgen, Hedi. Es wird bestimmt alles gut.«

So standen sie eine Weile fest umschlungen. Hedi schien sich förmlich an ihn zu klammern. Dabei hörte er sie leise schluchzen. Er war überrascht, dass sie ihn geküsst hatte. Überrascht und doch froh. Es war schön, sie so zu halten, ihre Arme um sich zu spüren. Er beugte sich zu ihr und erwiderte den Kuss.

Doch kaum hatten sich ihre Lippen berührt, da machte sie sich frei. »Ich muss gehen«, raunte sie verlegen und doch sichtlich bewegt. »Ich muss im Dom helfen, wo sie die Verwundeten behandeln.«

Sie ließ ihn stehen, warf noch einen letzten Blick über die Schulter und war gleich darauf um die Ecke verschwunden.

Arnulf blieb zurück und versuchte zu verstehen, was gerade geschehen war. Hatte sie etwa Gefühle für ihn? Konnte es sein? Nach der Geschichte mit der Vogttochter war er vorsichtig geworden. Besser, er bildete sich nichts ein. Hedi war bestimmt ein ehrliches Mädchen. Aber sie war jetzt allein in der Welt, brauchte jemanden wie ihn. Einen Beschützer. Bestimmt hatte sie einfach nur Angst, ihre Stütze zu verlieren. Das wäre ja auch kaum verwunderlich nach alldem, was sie erlebt hatte.

Er machte sich auf den Weg zur Schmiede. Meister Wolfhard zuckte mit den Schultern, als Arnulf ihm mitteilte, dass er nicht mehr zu Diensten stünde. »Was soll man von einem Welschen schon erwarten?«, knurrte er und ließ ihn stehen. Arnulf ging zum Haus des Bischofs und fragte nach dem jungen Ewalt, um ihm seine Entscheidung mitzuteilen.

Er traf ihn im Hof, wo sich die Ställe befanden. Ewalt zeigte sich nicht besonders überrascht, als hätte er schon gewusst, dass Arnulf sein Angebot annehmen würde.

»Da, das hab ich für dich besorgt«, sagte er und deutete auf einen Lederpanzer. »Beutestück. Billig zu haben im Augenblick. Und hier ist ein Helm. Eigentlich nur eine Lederkappe, aber besser als gar nichts. Deinen Speer hast du ja noch. Fehlt nur noch ein vernünftiger Schild.«

»Ich hab doch schon einen.«

»Das Ding kannst du wegwerfen. Morgen kriegst du einen langen Reiterschild, damit auch die Beine geschützt sind. Und was zum Anziehen. Ich frage bei den Mönchen nach. Die werden dir was besorgen.«

»Werden wir wieder kämpfen müssen? Ich kann reiten, aber zu Pferde kämpfen …«

Ewalt zuckte mit den Schultern. »Die Ungarn haben heute eins auf die Nase gekriegt. Aber deshalb werden sie noch lange nicht abziehen. Und ich müsste eigentlich zurück zum König. Um ihm zu berichten, wie die Dinge hier stehen.«

Als die Augsburger am frühen Morgen über die Mauerkrone blickten, blieb ihnen der Jubel über den Erfolg des Vortages im Halse stecken. Südlich der Stadt, auf den weiten Fluren, die man das Lechfeld nannte, waren Scharen von Reitern zu sehen. Und zwar diesseits des Flusses. Und es waren auch nicht die erhofften Krieger des Königs, sondern ungarische Steppenreiter. Die mussten Schwaben verlassen haben und noch in der Nacht zurückgekehrt sein. Jetzt lagerten sie im Angesicht der Stadt, tränkten ihre Pferde und ließen sie grasen. Ein friedliches Bild. Und doch füllte es die Herzen der Leute mit eiskaltem Schrecken.

Noch mehr, als deutlich wurde, dass trotz der frühen Stunde die feindlichen Fußtruppen dabei waren, erneut über den Fluss zu setzen. Diesmal etwas weiter südlich, um sich mit ihrer Reiterei zu vereinen. Seit gestern schienen noch mehr dazugekommen zu sein. Das ungarische Fußvolk hatte zwar einiges an Verlusten einstecken müssen, doch im Vergleich zur Gesamtgröße ihres Heeres waren diese ohne Bedeutung.

»Was schätzt du, mit wie vielen wir es zu tun haben?«, hörte Arnulf seinen Herrn Ewalt fragen, der mit Wolfram von Esche ins Gespräch vertieft war.

Arnulf hatte neue Kleider bekommen und darüber seinen ledernen Panzer angelegt. Der passte sogar einigermaßen. Er bestand aus einer engen Weste und einem Schulterstück aus besonders dickem, knochenhartem Leder. Auf Brust und Rücken waren Eisenplättchen genäht. Das Ding war schwer und unbequem, schränkte seine Bewegungsfreiheit ein, gewährte vielleicht auch nur einen beschränkten Schutz gegen Axt oder Speer. In jedem Fall aber war es besser als gar nichts. Es fühlte sich seltsam und irgendwie unwirklich an, als er, gewappnet wie ein richtiger Krieger, auf der Mauer stand.

Sie befanden sich auf dem Wehrgang nahe dem Südtor und starrten hinaus in die Landschaft, die sich immer mehr mit Feinden füllte. Diesmal würde der Angriff von Süden kommen.

Wolfram hielt die Hand an die Stirn, um die Augen gegen die grelle Morgensonne abzuschirmen. »Wie viele, fragt Ihr? Schwer zu sagen. Ich hab versucht, sie in Hundertergruppen abzuschätzen. Dabei komme ich auf vielleicht sechstausend Reiter und über achttausend Fußkämpfer.«

Ewalt pfiff durch die Zähne, und Arnulf erschrak. Er hatte keine wirkliche Vorstellung von solchen Zahlen. Aber es genügte schon, einfach über die Mauer zu schauen, und man wusste, was es geschlagen hatte. Wie würden sie jemals gegen solche Massen bestehen können? Da nützten auch die Befestigungen nichts. Man konnte Hunderte von den Bastarden erschlagen, es würde keinen Unterschied machen.

»Ich glaube, diesmal helfen auch Bischof Ulrichs Panzerreiter nicht weiter«, meinte Wolfram. »Im Gegenteil, die sollte er sich aufsparen. Gestern haben wir Glück gehabt. Wir konnten sie überraschen und in Panik versetzen. Heute sieht die Sache ganz anders aus.«

Ewalt nickte. »Vielleicht. Aber lassen wir uns nicht beeindrucken. Ihre Reiter können nicht über die Mauer springen. Die werden vielleicht gar nicht direkt in den Kampf eingreifen. Und ihr Fußvolk besteht zur Hauptsache aus Bauern. Die haben gestern eher lustlos gekämpft. Ich frage mich, wie viele von denen wirklich Magyaren sind.«

Magyaren, so hatte Arnulf inzwischen gelernt, nannten sich die Ungarn selbst. Ewalt hatte ihm erklärt, dass dieses Reitervolk vor Generationen aus dem Osten gekommen war und sich in der großen ungarischen Ebene angesiedelt hatte, dort, wo ihre Pferde gutes Grasland hatten. Die Bauern, die dort schon vorher waren, hatten sie unterworfen.

Das Geschrei ganzer Schwärme von Krähen drang vom Osttor zu ihnen herüber. Die Leichen hatten sie angelockt. Zum Glück wehte ein leichter Wind aus Südwesten und trieb den Verwesungsgestank von der Stadt weg. Wie am Tag zuvor waren die Mauern mit Verteidigern besetzt. Diesmal lagen auch Haufen großer Steine auf dem Wehrgang, und lange Stangen, um Leitern wegzustoßen.

Mit bangen Herzen beobachteten die Männer den Feind, der dabei war, sich aufzustellen. Das schien sich schwieriger zu gestalten als erwartet. Entweder waren die Bauern zu dumm, eine Formation einzunehmen, oder die Anführer waren es nicht gewohnt, Fußtruppen zu befehligen. Und so dauerte es bis zur Mittagszeit.

Der Wind war eingeschlafen. Eine stickige Hitzeglocke hing über der weiten Landschaft. Die Luft über dem Fluss flimmerte. Der Himmel war mehr weiß als blau, und das Licht so grell, dass man ständig die Lider zukneifen musste. Der Schweiß lief in Strömen. Niemand sprach auf dem Wehrgang. Außer dem gelegentlichen Scharren von Füßen, dem hohlen Klang zweier sich berührender Schilde oder dem Gewieher eines Gauls draußen auf dem weiten Feld vor der Stadt herrschte bleierne Stille.

Und dann ein Hornstoß. Das Angriffssignal.

Zuerst brachten sich Reiter nahe genug in Stellung, um ihre

Pfeile abzuschießen. Salve um Salve stieg in die Höhe, ganze Schwärme von Pfeilen, so viele, dass sich der Himmel verdunkelte. Wie ein Hagelsturm prasselten sie auf die Verteidiger herab.

Doch die Männer auf den Wehrgängen waren vorbereitet, waren bemüht, sich keine Blöße zu geben. Sie hatten gelernt, rechtzeitig in Deckung zu gehen, bedeckten Kopf und Schultern mit ihren Schilden oder hockten hinter Zinnen, Brüstungen und hastig in der Nacht vorbereiteten Bretterverschlägen. Es gab Verwundete, aber nicht viele. Zwischen den Salven des Feindes schossen bairische Bogenschützen zurück. Sie waren weit weniger als die ungarischen, aber da diese ungeschützt im Feld standen, erlitten sie größere Verluste. Bis sie sich zurückzogen. Ihr Beschuss war ohnehin nur die Eröffnung der Schlacht um Augsburg gewesen.

Denn als Nächstes kam die erste Welle von Fußkämpfern. Sie trugen Leitern, weit mehr als zuvor. Die meisten waren Bauern wie am Vortag, aber angeführt und angefeuert von gut ausgerüsteten Kriegern. Mit lautem Gebrüll stürmte eine ganze Truppe dieser erfahrenen Kämpfer als Erste heran. Wahrscheinlich, um den leichter bewaffneten Bauern den Weg freizukämpfen. Sie legten Leitern gegen die alte Festungsmauer und begannen zu klettern. Etwas langsamer folgten die Bauernkrieger.

Von den Wehrgängen wurden sie mit Pfeilen beschossen, mit Felsbrocken und Wurfspeeren beworfen. Die Verteidiger benutzten lange Stangen, um die Leitern mitsamt den sich darauf befindlichen Kletterern von der Mauer zu stoßen. Sogar mit kochendem Wasser verbrühte man die Angreifer und mit heißem Pech, das man ihnen über die Köpfe schüttete. Es herrschte ein fürchterlicher Lärm. Die Augsburger feuerten sich gegenseitig an mit Schlachtrufen und Kampfgeschrei. Auch die Ungarn schrien und brüllten, aber es war eher das Gebrüll von Verwundeten, die mit einem Pfeil in der Brust oder von heißem Pech übergossen von den Leitern stürzten.

Unter den Ungarn griff Panik um sich. Sie hörten auf zu klettern, sprangen von den Leitern und suchten ihr Heil in der Flucht.

Aber auch unter den Baiern hatte es Verluste gegeben, denn an manchen Stellen hatten die Ungarn die Mauerkrone erreicht und unter den meist unerfahrenen Verteidigern gewütet, bevor sie überwältigt wurden. Arnulf und Ewalt hatten sich nicht geschont, wobei es Arnulfs vordringlichste Aufgabe war, seinem Herrn den Rücken zu decken.

Es trat eine Pause ein, von den Frauen genutzt, um Wasser auf die Wehrgänge zu schleppen. Die Männer wischten sich den Schweiß ab, stillten ihren Durst und gossen sich das kühlende Nass über Kopf und Brust. Arnulf hielt nach Hedi Ausschau, konnte sie aber nirgends entdecken. Wahrscheinlich war sie im Dom bei den Verwundeten.

Die Verteidiger merkten jetzt mit Bangen, dass sich die nächste Angriffswelle bereit machte. Doch diesmal waren die meisten Bauern. Und die kamen langsamer, zögerlicher. Auf halbem Weg blieben viele sogar stehen, was den Aufmarsch durcheinanderbrachte. Anführer brüllten Befehle, trieben sie an, stießen ihnen in den Rücken. Doch sie hatten Angst. Die Speere auf der Mauer, die bairischen Schützen mit ihren Bögen im Anschlag, die Leichen darunter und die Schreie der Schwerverwundeten hatten ihnen den Mut genommen.

Doch dann bot sich den Augsburger Verteidigern ein völlig unerwarteter Anblick. Reiter waren hinter den Fußkämpfern aufgetaucht und entrollten Ochsenpeitschen. Damit trieben sie die zögerlichen Bauern an. Lange Lederschnüre zischten durch die Luft und klatschten auf ungeschützte Rücken. Männer jaulten auf, brüllten vor Schmerz und Wut und stolperten voran. Wer trotzdem nicht in Richtung Mauer laufen wollte oder sich weigerte, an einer Leiter mitzutragen, bekam hinterrücks ein Schwert in den Leib. Für Arnulf war es ein Anblick wie aus einem Albtraum. Mit Peitschen wurden unwillige, unzureichend bewaffnete Bauern gegen den Feind und in den möglichen Tod getrieben, in der Hoffnung, dass ihre schiere Menge genügen würde, die Mauern zu überfluten.

Obwohl die Angreifer die Leitern nicht mit dem größten Kampfesmut erklommen, so hatten sie doch mehr Angst vor den eigenen Leuten als vor den Baiern. Vor allem aber waren es zu viele. Den Augsburgern fehlte es inzwischen an Steinen und Wurfspeeren und anderen Dingen, die sie den Gegnern an den Kopf schleudern konnten. Wäre der Bischof selbst nicht unter ihnen gewesen, um die eigenen Leute immer wieder mit lauter Stimme anzufeuern und ihnen Mut zu machen, dann wäre es dem Feind vielleicht gelungen, die Augsburger zu überwältigen. Dann hätte sich die Schlacht in die Gassen ergossen, hätte sich von Haus zu Haus verbreitet, von Platz zu Platz, noch mörderischer als auf der Mauer.

Aber Mut und Stimme des greisen Bischofs trieben die Männer an, nicht nachzulassen und ihr Letztes zu geben. Bogenschützen schossen ohne Unterlass. Auf der Mauerkrone wurde verbissen gerungen, Mann gegen Mann, Speer gegen Speer, Axt gegen Axt. Für jeden Augsburger, der fiel, starb ein Dutzend ungarische Bauern. Und trotzdem kamen immer mehr.

Doch am Ende – vielleicht war es auch die Hitze, die am Nachmittag noch schlimmer geworden war – fehlte es den Ungarn an der letzten Entschlossenheit. Sie wichen zurück, wurden auf dem Wehrgang niedergemetzelt oder sprangen in ihrer Verzweiflung von der Mauer, wobei sich manche verletzten, die meisten aber entkamen.

Ewalt und Arnulf hielten keuchend inne und starrten ihnen hinterher. Beide waren schweißgebadet, die Kehlen so trocken, dass sie kaum noch reden konnten. Arnulfs Arme waren schwer wie Blei, so dass er Mühe hatte, den Schild zu halten.

»Jesus und Maria«, schnaufte Ewalt. »Das war knapp. Wenn sie nochmal kommen, sind wir geliefert.«

Hedi war damit beschäftigt, mit aller Vorsicht den blutigen Verband am Arm eines jungen Burschen zu wechseln. Höchstens siebzehn oder achtzehn, älter konnte er nicht sein. Im Grunde nicht älter als sie selbst. Er starrte sie jedes Mal an, wenn sie sich um ihn kümmerte, als sei sie eine Schönheit und als könne er sich an ihr nicht sattsehen. Er hatte hübsche Augen. Wenn sein Gesicht nicht gerade vor Schmerzen verzerrt war. Er hieß Heinrich. Wie ihr Heiner, daheim im Dorf. Zum ersten Mal konnte sie an Heiner denken, ohne innerlich zusammenzuzucken.

In der Domruine, unter den Zeltplanen, die das eingestürzte Dach ersetzten, war es brütend heiß und stickig. Hier wurden die Verwundeten behandelt. Die meisten lagen auf Strohlagern. Mönche entfernten Pfeilspitzen, vernähten Schnittwunden und verabreichten Arzneien. Hedi war nicht die einzige Frau, die tatkräftig half. Einige der Verletzten waren so schwach, dass sie gefüttert werden mussten. Von denen würde so mancher die nächsten Tage nicht überleben. Ein Jammer, wenn man in ihre jungen Gesichter schaute. Das ganze Leben hatten sie vor sich gehabt. Und nun?

Dieser Heinrich saß nun auf einem Schemel neben ihr und bemühte sich, tapfer zu sein, nicht zu zeigen, dass er litt, obwohl ihm das Wasser in den Augen stand. Hedi ging sehr behutsam vor. Sie musste den Verband nass machen, um das getrocknete Blut aufzuweichen, damit sich der Stoff leichter lösen ließ. Seine Verletzung war schrecklich anzusehen. Ein Schwerthieb quer durch den Muskel des Oberarms bis zum Knochen. Es hatte fürchterlich geblutet. Sie hatte zugesehen, wie Bruder Gernot am Abend zuvor die Wunde ausgewaschen und dann die klaffenden Lippen des Schnitts mit Seide zugenäht hatte. Es war sehr schmerzhaft für den armen Kerl gewesen. Er hatte sich auf die Lippen gebissen, bis sie bluteten. Und ein paarmal hatte er es nicht ausgehalten und laut geschrien.

Sie entfernte vorsichtig den letzten Fetzen der alten Binde. Die Wunde lag nun frei. Die zugenähten Ränder waren rot und geschwollen. Der ganze Oberarm war geschwollen. Die Haut spannte sich darüber, fühlte sich heiß an. Es trat immer noch ein wenig Blut aus der Wunde. Und rosa Wundwasser.

Sie sah zu ihm auf. »Wie ist es jetzt?«

Er schluckte und wischte sich verlegen eine Träne von der Wange. Er war bleich, und seine Haut fühlte sich feucht an.

»Es tut weh«, sagte er. »Und es pocht bei jedem Herzschlag. Denkst du, ich verliere den Arm?«

»Ich hoffe nicht«, sagte Bruder Gernot, der hinzugetreten war. »Denn das überleben nur ganz wenige. Aber bis jetzt sieht es gut aus.« Er legte seine Hand auf Heinrichs Stirn. Dann nickte er befriedigt. »Kein Fieber. Jedenfalls noch nicht. Also hab Vertrauen, mein Sohn, und bete zu Gott.«

Hedi erhob sich und überließ dem Mönch ihren Platz. Der setzte sich, öffnete eine Dose, die er in einer Ledertasche bei sich trug. Darin befand sich eine grünliche Paste. Die trug er vorsichtig auf die Wunde auf. »Wir müssen versuchen, Wundbrand zu verhindern. Das hier ist eine Kräutersalbe. Die hilft gegen Entzündungen. Noch besser wären Spinnweben, aber die sind uns gerade ausgegangen. Morgen gibt es vielleicht mehr.« Er blickte zu Hedi auf. »Du kannst ihn jetzt wieder verbinden. Die alten Binden sollten ausgewaschen werden.«

»Ich weiß«, sagte sie.

Er lächelte. »Du bist uns eine gute Hilfe, Hedi. Ich weiß das sehr zu schätzen. Und unser junger Freund hier sicher auch.«

Hedi, die sonst nicht viel von mühsamer Arbeit hielt, kümmerte sich seit Tagen um Bedürftige. Vor allem half sie den kranken oder schwangeren Frauen, versorgte kleine Kinder, wo nötig. Und seit dem Vorabend ging sie den Mönchen bei der Pflege der Verwundeten zur Hand. Es lenkte sie ab von den beängstigenden Geschehnissen um sie herum, von den Erinnerungen an ihre Verschleppung. Vor allem aber von ihren Gedanken, die sich sonst nur im Kreis gedreht hätten.

Zu ihrem Erstaunen fand sie Befriedigung in dem, was sie tat. Da war ihr doch tatsächlich dieses Wort in den Sinn gekommen. *Befriedigung.* Ja, das war es wohl. Man konnte es nicht anders nennen. Arnulf hatte davon geredet. Vielleicht hatte er recht. Arbeit konnte Befriedigung schenken, besonders wenn man anderen Menschen helfen und ihnen Erleichterung verschaffen konnte. Die Belohnung war ein dankbares Lächeln. Obwohl es eigentlich keiner Belohnung bedurfte.

Während Bruder Gernot dem jungen Heinrich gut zuredete, sah Hedi sich um. Ein Mann, der auf einer Strohschütte lag und einen blutigen Verband um den Kopf trug, hatte im Halbschlaf aufgeschrien. Ein Albtraum wahrscheinlich. Überall lagen Männer mit verletzten Gliedern und klaffenden Wunden. Am Nachmittag hatte man immer mehr von ihnen hergeschleppt. Einem war die Wange und der halbe Kiefer abgetrennt, einem anderen die Hand abgehackt worden. Die würden wahrscheinlich daran krepieren, dachte sie. Und überall das Blut. Es stank entsetzlich nach Blut und Schweiß und Pisse.

Dazu die verdammte Hitze. Frauen schleppten Wasser heran, um den Durst der Männer zu stillen und Brauen zu kühlen. Nicht alle Frauen ertrugen den Anblick der schweren Verletzungen. Hedi war da nicht so empfindlich. Blut zu sehen machte ihr nichts aus. Schließlich war sie eine Bauerstochter und hatte selbst oft beim Schlachten geholfen. Aber dass so viele leiden mussten oder gar ihr Leben verloren, nur weil es diesen verfluchten Heiden in den Sinn gekommen war, das Land mit Krieg zu überziehen.

»Ich hasse sie«, murmelte sie.

Bruder Gernot blickte auf. »Hast du was gesagt?«

Hedi holte tief Luft. »Ich hasse diese Ungarn!«, stieß sie hervor. »Diese Schweine, die uns all das antun. Ich will, dass sie aufs Grausamste verrecken. Dass sie auf ewig in der Hölle schmoren!«

Der Mönch erhob sich und legte ihr die Hand auf die Schulter.

»Es sind Menschen wie wir, Hedi. Von Gott geschaffen, nach seinem Ebenbild. Wir dürfen sie nicht verdammen.«

Sie starrte ihn an. In ihren Augen standen Zorn und Empörung. »Wisst Ihr eigentlich, was sie mir angetan haben? Zu zehnt sind sie über mich hergefallen. Einer nach dem anderen. Und das nicht nur einmal. Gelacht haben sie dabei.« Es war das erste Mal, dass sie darüber sprechen konnte. Wahrscheinlich war es die unglaubliche Wut, die sie seit Tagen mit sich herumtrug und die jetzt aus ihr herauswollte. Besonders beim Anblick dieser armen Männer und überhaupt der vielen Toten. »Wie Tiere haben sie sich aufgeführt«, fuhr sie mit bitterer Stimme fort. »Ohne Scham und ohne Gnade. Im Grunde kann ich froh sein, dass ich überhaupt noch am Leben bin. Es hat Stunden gegeben, da wäre ich lieber tot gewesen.« Wütend starrte sie Bruder Gernot an. »Ich wünschte, ich wäre ein Mann. Dann nähme ich eine Axt und würde helfen, diese Hunde totzuschlagen!«

»Hedi, mäßige deinen Zorn«, sagte Bruder Gernot. »Ich war dabei, als du und dein Freund dem Bischof berichtet habt. Ich weiß also, was sie dir angetan haben. Das Schrecklichste, was man einer Frau antun kann. Und wahrscheinlich wirst du das niemals ganz vergessen können. Trotzdem musst du den Hass in deinem Herzen besiegen. Er wird dich sonst zerstören. Hass ist ein Gift, das die Seele zerfrisst.«

In diesem Augenblick machte sich ferner Lärm bemerkbar. Man hörte Männer brüllen, Hornstöße, das Wiehern von Pferden und das Klirren von Waffen, das hohle Dröhnen der Schilde. Gespräche verstummten schlagartig. Alle im Dom rissen erschrocken den Kopf hoch und lauschten mit bangem Herzen.

Hedi bekam es mit der Angst zu tun und packte den Mönch am Ärmel. »Es geht wieder los. Die stürmen die Mauern, und das zum dritten Mal heute. Irgendwann werden sie es schaffen. Dann bringen sie uns alle um. Dann blüht den Frauen hier das Gleiche wie mir. Wir sollten uns bewaffnen.«

Bruder Gernot legte seine Hand über die ihre. »Meinst du wirklich, das würde einen Unterschied machen? Beten wir lieber, dass Gott ein Erbarmen mit unserer armen Stadt hat.«

Doch eine der Frauen, die Hedis Worte gehört hatte, war anderer Meinung. Sie zog ein langes Messer aus dem Gürtel und fuchtelte damit in der Luft herum. »Ich werde mich verteidigen«, schrie sie. »Mich kriegen sie nicht. Lieber sterbe ich.«

»Ich auch«, sagte eine andere und hob eine Axt, die einem der Verwundeten gehörte, vom Boden auf. Auch andere Frauen nickten. Eine hatte plötzlich einen Speer in der Hand. Sie war ein schlankes, zierliches Weib, von der man es am wenigsten erwartet hätte. »Ja, wir müssen uns wehren«, rief sie. »Wenn unsere Männer kämpfen, dann auch wir.«

»Ganz ruhig!«, sagte Bruder Gernot. Seine Stimme, sonst so sanft, hatte plötzlich Autorität angenommen. »Wir sind nicht hier, um zu töten, sondern um zu helfen. Habt ihr das vergessen? Legt gefälligst diese Waffen weg. Damit nützt ihr niemanden, am wenigsten euch selbst.«

Die Frauen murrten, aber widersprachen nicht. Doch Waffen und Messer legten sie trotzdem nicht aus der Hand. Alle lauschten beklommen. Als könnten sie an den Geräuschen von der Mauer ihr eigenes Schicksal ausmachen. Was sicher richtig war. Ab und zu stöhnte ein Verwundeter, sonst hörte man nur den Lärm des erbitterten Kampfes am Südende der Stadt. Wieder würden viele sterben. Wieder würden sie Verwundete bringen. Obwohl es kaum noch Platz für sie gab.

Beim Gedanken an Arnulf schlug Hedis Herz bis zum Hals vor Sorge. Ob er überhaupt noch lebte? Seit dem Abend hatte sie ihn nicht mehr gesehen. Seit sie ihn geküsst hatte. War das klug gewesen? Vielleicht nicht. Aber sie spürte ein Band zwischen sich und ihm. Irgendwie schon seit dem Moment, als sie ihm im Wald begegnet war. Als hätte Gott es so entschieden. Ach, wenn er ihn doch nur beschützen wollte.

Plötzlich tönten wieder Hörner. Aber nicht von der Mauer. Von weiter entfernt. Vielleicht vom Feld draußen vor der Stadt. So hörte es sich jedenfalls an. Das mussten also feindliche Hörner sein. Doch dann erstarb langsam der Schlachtenlärm. Vereinzelt tönte Jubel herüber.

Hatten die unseren den Feind zurückgeschlagen? Wieder mal? Jedenfalls blieb es still. Die Waffen ruhten. Bruder Gernot stieß einen Stoßseufzer aus und bekreuzigte sich. »Gott hat uns Aufschub gewährt«, sagte er.

Später am Abend – es war noch hell – tauchte Arnulf auf. Er sah so anders aus in seinem Lederpanzer und mit der Helmkappe auf dem Kopf. Arnulf, ein Krieger? Sie wusste gar nicht, dass er das Zeug dazu hatte. Und wieder war er voller Flecken von eingetrocknetem Blut, hatte Blutspritzer im Gesicht und an den Händen. Doch er schien nicht verwundet zu sein.

Sie lief ihm entgegen und warf sich ihm in die Arme. »Warum bist du nicht früher gekommen? Ich dachte schon, du wärst tot!«

»Mir geht's gut«, murmelte er. Aber seine Miene sagte etwas anderes. Da waren eine Niedergeschlagenheit und ein Schmerz in seinen Augen, die sie vorher nicht gesehen hatte.

»Was ist dir?«, fragte sie.

»Nichts, Hedi.« Er schwieg einen Augenblick. »Ich bin müde. Es waren grausame Kämpfe. Dieses elende Gemetzel …« Er sprach nicht weiter.

Sie nahm seine blutverschmierte Hand und küsste sie.

»Ich muss gleich wieder fort«, sagte er. »Wollte dich nur kurz sehen.«

»Erwartet ihr einen neuen Angriff?«

»Nein. Im Gegenteil. Sie haben sich zurückgezogen. Ihre Reiter sind nach Nordwesten vorgerückt, bis fast an den Rand des großen Waldes. Und die Fußtruppen sind dabei, ihnen zu folgen. Ewalt sagt, das ist die Stelle, wo die Straße aus dem Rauhen Forst kommt. Er selbst ist vor Tagen von dort gekommen. Dass die Ungarn sich da aufstellen, kann nur bedeuten, dass sie Nachricht von der Ankunft des königlichen Heeres haben. Wahrscheinlich befindet es sich schon mitten im Forst.«

»Aber warum musst du dann fort?«

»Ihre Reiterei hat sich aufgeteilt. Mehrere tausend Mann sind weiter nach Norden geritten. Wie vermuten, dass sie den Wald umgehen wollen, um das königliche Heer von hinten anzugreifen. Dann hätten sie den König in der Falle. Ewalt will ihn warnen. Und ich soll mit ihm reiten.«

»Ihr beide ganz allein?«

»Zusammen mit den Panzerreitern des Bischofs.«

»Aber du bist doch erschöpft. Du musst dich ausruhen.«

»Geht nicht anders, Hedi.«

»O Gott«, murmelte sie. »Wann hört das endlich auf? Ich weiß nicht, um wen ich mehr Angst habe, um dich oder um mich. Werde ich dich jemals wiedersehen?«

Er grinste schief. »Ich stehe immer noch auf zwei Beinen. Mach dir keine Sorgen.«

OTTOS SCHLACHT

»Hier werden wir also kämpfen«, sagte Ewalt.

Er starrte über das Tal der Schmutter hinweg, wo die Ungarn sich in breiter Front aufgestellt und dem königlichen Heer den Weg versperrt hatten. Ein Tal konnte man es eigentlich nicht nennen. Nur eine sanfte Senke, durch die sich das seichte Flüsschen mit seinen grünen, schilfbewachsenen Ufern nach Norden schlängelte. Durch die langen Wochen der Trockenheit war der Wasserstand niedriger als sonst – kein Hindernis für Krieger. Weder für die des Königs auf dem Westufer, noch für die Ungarn gegenüber. Die Frage war nur, wer zuerst darübermarschieren und angreifen würde.

»Die hatten von Anfang an vor, uns hier zu stellen«, fuhr Ewalt fort. »Das war ihr Hauptzweck, da bin ich mir sicher. Sie wussten, wir würden der Stadt zu Hilfe eilen. Augsburg war der Köder, um uns anzulocken.«

»Sie hatten gar nicht vor, die Stadt einzunehmen?«, fragte Arnulf verwirrt.

»Vielleicht schon. Aber wenn es ihnen nur ums Plündern gegangen wäre, dann hätten sie auch Regensburg belagern können. Oder Salzburg. Da hätten sie genauso reiche Beute gemacht. Und wir wären nicht rechtzeitig zur Stelle gewesen. Sie hätten eine große Schlacht vermeiden können. Aber nein, sie haben sich Zeit gelassen, sind mit Fußkämpfern bis hierher marschiert. Vor allem haben sie sich die Gegend genau ausgesucht. Sieh dich um.« Ewalt machte eine Handbewegung, die die ganze Landschaft umfasste. »Weit und breit keine Berge und kein Wald, außer dem großen Forst hinter uns. Felder und vor allem Grasland, so weit das Auge reicht. Gutes Futter für ihre Pferde und gut geeignet für eine große Schlacht. Besonders für den Reiterkampf. Dafür haben sie uns hergelockt.«

Anfänglich hatte es Arnulf gewundert, dass ein Adeliger wie Ewalt sich herabließ, mit einem wie ihm mehr als das Nötigste zu reden. Noch dazu, ihm solche Dinge zu erklären, gelegentlich sogar mit ihm zu scherzen. Als wären sie Kameraden. Aber anscheinend redete Ewalt gern und viel. Dass Arnulf nur sein Knecht war, schien ihn nicht zu stören. Er hatte ihm von seiner Heimat erzählt. Von Lümborg, ganz weit im Norden. Und inzwischen hatte Arnulf sich sogar ein wenig an diese seltsame Mundart gewöhnt und verstand ihn besser.

»Aber warum eine Schlacht erzwingen?«, fragte Arnulf.

»Na, ist doch klar«, sagte Ewalt, während er weiter mit zusammengekniffenen Augen gegen das grelle Sonnenlicht zum Feind hinüberstarrte. »Wenn es ihnen gelingt, uns heute zu vernichten, dann haben sie für lange Zeit freies Feld. Dann können sie ganz Baiern einnehmen und ungestört rauben und plündern, wie es ihnen in den Sinn kommt. Sogar der Weg nach Würzburg und Worms wäre frei. Und darüber hinaus. Sie könnten sich überall ausbreiten. Vielleicht sogar niederlassen. Wer sollte ihnen dann noch widerstehen? Denn dies hier ist unser letztes Aufgebot. Mehr Truppen haben wir nicht. Und fällt der König, ist alles vorbei.«

Arnulf erwiderte nichts, aber er war sehr beunruhigt. Was zum Teufel hatte er hier zu suchen? Er kam sich wie ein Stäubchen vor in diesen Heeresmassen von Reitern und Fußkämpfern, von stampfenden Gäulen und speerstarrenden Schildreihen. Nichts hatte er hier zu suchen, und war doch gefangen inmitten dieser Krieger. Fliehen konnte er nicht. Man hätte ihn als Fahnenflüchtigen erschlagen. Außerdem hatte er Ewalt sein Wort gegeben.

»Dabei kann man's ihnen nicht mal verdenken«, fuhr der junge Krieger fort. »Nach den Unruhen und Aufständen gegen unseren König glauben sie, die Zeit sei reif, uns zu vernichten. Im Juni hatten sie noch Botschafter nach Magdeburg geschickt. Angeblich, um einen Frieden auszuhandeln. In Wahrheit wollten sie nur unsere Stärke ausloten, da bin ich mir sicher. Sie halten das Reich für zerrissen und Otto für geschwächt, ohne Rückhalt unter den Fürsten. Sie sind überzeugt, jetzt können sie uns schlagen. Und sollten sie wirklich heute siegen, dann fällt ihnen das halbe Reich wie eine reife Frucht in die Hände, davon kannst du ausgehen. Dann herrschen hier Ungarn, mein Lieber.«

»Ist der König denn wirklich geschwächt?«, fragte Arnulf erschrocken.

Ewalt nickte. »Zu viele Kämpfe in den letzten Jahren. Ein Aufstand nach dem anderen. Zuerst sein Bruder Heinrich, dann Liudolf, sein eigener Sohn. Deshalb konnten wir im letzten Sommer nichts gegen die Ungarn tun. Die sind ungestört an der Donau entlang bis über den Rhein gezogen. Ja, es stand schlecht um Otto und sein Reich. Sogar im Herbst wurde immer noch verbissen um die Herrschaft gekämpft. Es hätte nicht viel gefehlt, dann säße jetzt Liudolf auf dem Thron.«

»Wäre das so schlecht?«

»Vielleicht nicht. Aber ich bin Ottos Mann. Und er ist der rechtmäßige König. Und jetzt, seit dem Winter, seit dem Sieg über die Aufständischen, sieht die Sache anders aus. Die Fürsten stehen wieder auf Ottos Seite. Nur, die Ungarn, da bin ich mir sicher, die halten uns immer noch für leichte Beute.«

Vielleicht sind wir das ja auch, dachte Arnulf beim Anblick der gewaltigen gegnerischen Schlachtreihen – immer noch gewaltig, trotz der Verluste, die der Feind an den Mauern der Stadt hatte hinnehmen müssen. Im Angesicht dieser ungarischen Massen konnte man schon den Mut verlieren. Aber das wollte er nicht zeigen.

»Dann kann man ja froh sein, dass so viele dem Ruf des Königs gefolgt sind«, sagte er stattdessen.

»Recht hast du«, erwiderte Ewalt. »Als uns die Kunde vom Einfall der Ungarn erreichte, waren wir noch schlecht vorbereitet. Wir waren nicht mehr als tausend Reiter, als wir uns von Magdeburg aus auf den Weg machten. Unterwegs sind aber immer mehr zu uns gestoßen, dank der Boten, die Otto in alle Himmelsrichtungen geschickt hatte. Da wir annahmen, die Bastarde würden auch diesmal wieder südlich der Donau bis zum Rhein vorstoßen, wurde Ulm als Treffpunkt gewählt.«

»Es sind also alle aus Treue zum König hier«, sagte Arnulf beeindruckt.

Ewalt grinste spöttisch. »Ich würde eher sagen, aus Eigennutz. Die verdammten Ungarn sind schließlich eine Gefahr für das ganze Reich. Sogar Konrad ist gekommen, obwohl der selbst am Aufstand beteiligt war. Deshalb hat Otto ihm die Herzogswürde entzogen. Aber nun ist er trotzdem hier.«

Die Sonne stand hoch am Himmel, der Zenit war längst überschritten. Arnulf wischte sich den Schweiß vom Gesicht. Auch heute war es wieder unerträglich heiß. Vor allem schwül, die Luft zum Greifen dick. Seine Kehle war staubtrocken. Er bereute es, dass er nicht sparsamer mit dem Wasser in der Feldflasche umgegangen war, denn seit Stunden schon standen sie untätig auf diesen glühenden Wiesen. Wenn es doch nur schon endlich losginge!

Vor ihnen, auf der anderen Seite des Flüsschens und vielleicht tausend oder fünfzehnhundert Schritt entfernt, erstreckten sich die langen Schlachtreihen des feindlichen Heeres. Über den Köpfen der Ungarn flimmerte die Luft. Die mussten dort drüben genauso unter der Hitze leiden. Hinter ihren Reihen waren die Schilfdächer einiger Bauernkaten zu erkennen. Ein Dörfchen namens Niusazen. Und weiter rechts, auf dem fernen Hügelkamm, erhoben sich die Mauern von Augsburg in den blauen Himmel.

Die Ungarn bildeten eine beängstigend lange Front. Sie standen in drei oder vier Reihen, vielleicht sogar mehr. Besaßen sie alle Schilde oder nur die erste Reihe? Beim Sturm auf Augsburg waren die meisten nur schlecht bewaffnet gewesen. Obwohl in der

Überzahl, war das Fußvolk der Ungarn vielleicht das schwächere Glied in ihrem Aufmarsch. Deshalb sicherten sie beide Flanken mit einer Riesenmenge an Reitern, deren Helme im Sonnenlicht funkelten. Es waren Steppenreiter auf schnellen Pferden mit ihren gefürchteten Bögen. Die standen links wie rechts in einer Halbmondstellung, wie die Hörner eines Stiers, mit den Fußtruppen in der Mitte. Eine Umklammerungsformation, falls es Otto einfallen sollte, mit seinen *legiones* in die Mitte vorzustoßen. Und ein Flankenangriff wäre ebenfalls gefährlich. Schließlich war der Reiterkampf auf offenem Feld die erprobte Kampfweise des Gegners: Angriff, schneller Rückzug und erneuter Angriff.

»He, Osberth. Was denkst du, wie viele es sind?«, fragte Ewalt einen kampferfahrenen Graubart, der neben ihnen im Sattel saß und sich ein lauwarmes Schlückchen aus der Feldfalsche genehmigte. An seiner Seite ein junger Bursche, der den unbequemen Helm abgenommen hatte, darunter hellblondes, durchschwitztes Haar, noch keinerlei Bartflaum. Anscheinend sein Sohn.

Der Graubart stöpselte seine Feldflasche zu und hing sie sich wieder an den Gürtel. »Schwer zu sagen. Aber ich schätze, es sind an die sieben- oder achttausend Mann Fußvolk. Und mindestens sechstausend Reiter.«

Arnulf schwirrte der Kopf. Für einen wie ihn, der in seinem Inntal kaum jemals mehr als ein paar Hundert Menschen auf einen Haufen gesehen hatte, hatten die Zahlen wenig Bedeutung. Umso mehr dafür das greifbare Bild dieser Massen von Kriegern und Pferden vor seinen Augen. Allein die Reittiere der Ungarn würden in einer Woche die ganze Gegend leergefressen haben. Es hieß, südöstlich von hier, auf dem Lechfeld, hätten sie ein Lager, wo ihre Ersatzpferde grasten. Denn angeblich besaß jeder ihrer Reiter mindestens drei Pferde. Unvorstellbar!

Aber auch das Heer des Königs war nicht zu unterschätzen. Otto hatte den Weg durch den Rauhen Forst gewählt, um sich unterwegs nicht den Pfeilen feindlicher Reiter auszusetzen, die ihm auf freiem Feld arg zugesetzt hätten. Doch am Abend war es einer Abteilung ungarischer Reiter gelungen, den Forst zu umgehen und böhmischen Kriegern, die den Tross bewachten, in den Rücken zu fallen. Die Böhmen, müde von ihrem langen Marsch, waren zurückgefallen und hätten dem überraschenden Angriff nicht lange standgehalten. Eine ernste Sache, die das ganze Heer hätte in Gefahr bringen können, wäre es Ewalt und den Reitern des Bischofs nicht gelungen, den König rechtzeitig zu warnen. Auch darüber, dass das Hauptheer des Feindes an der Schmutter auf sie wartete.

Konrad der Rote und seine gepanzerten Reiter waren den Böhmen sofort zu Hilfe geeilt, hatten die Ungarn abgefangen und empfindlich geschlagen. Während so der Tross und die Marschkolonnen des Heeres verteidigt wurden, verzichtete Otto auf ein Nachtlager, sondern ließ die Männer noch in der Nacht in Eilmärschen quer durch den Forst marschieren. Im ersten Licht des neuen Tages hatten sie sich auf der Westseite der Schmutter und mit dem Rücken zum Wald in Stellung gebracht. Die Ungarn am gegenüberliegenden Ufer hatten dabei zugesehen. Auch bis jetzt rührten sie sich nicht. Offensichtlich warteten sie auf Ottos Angriff.

Konrad und seine tausend Reiter waren zurück und hielten den linken Flügel des königlichen Heeres besetzt, ihre eigene Flanke durch einen weiter nördlich gelegenen felsigen Hügel geschützt.

Ewalt war wieder in die Reiterei des Königs eingegliedert worden, die jetzt, verstärkt durch die Augsburger Panzerreiter, gut an die zweitausend Mann zählte. Sie standen in mehrreihiger Formation hinter den Fußtruppen und bildeten Ottos Reserve – die Besten des ganzen Heeres, hatte Ewalt behauptet. Wie Otto sie einsetzen würde, war ungewiss. Vielleicht würde er Konrad unterstützen oder die rechte Flanke schützen. Vielleicht auch nur auf eine Gelegenheit lauern, um im letzten Augenblick eine Schwäche des Feindes auszunutzen.

Jedenfalls sahen diese Männer ziemlich beeindruckend aus. Sie saßen auf ausgesuchten, kräftigen Gäulen. Fast alle trugen schwere Kettenpanzer über gepolsterten Lederwesten, sie hatten eiserne Helme und lange Schilde, die auch die Beine schützten. An der Seite hingen Schwerter oder Kriegsäxte, und in der Faust hielten sie lange Reiterspeere.

Dabei staunte Arnulf, wie jung so viele von ihnen waren. Gesichter ohne jeden Bartflaum, wie das blonde Jüngelchen neben seinem Vater. Manche konnten nicht älter als dreizehn oder vierzehn Jahre sein. Söhne von Söldnern oder adeligen Kriegern, hatte Ewalt gesagt. Die begannen ihren Waffendrill schon mit neun oder zehn Jahren. Die Jüngsten seien oft die Tapfersten. Sie hätten noch kein wahres Gespür für Gefahr oder für das Elend der Schlacht, dächten nur daran, Heldentaten zu vollbringen, sich hervorzutun. Arnulf aber fragte sich, wie viele von ihnen heute sterben würden.

Vor den Reitern war das Fußvolk aufgestellt. Drei bairische und zwei schwäbische *legiones*. Knapp unter fünftausend Mann in einer langen Schlachtreihe, jede zu drei Gliedern gestaffelt. Sie waren, genau wie die Reiterei, den Ungarn gegenüber in der Unterzahl. Aber alle waren mit Schild und Speer bewaffnet, die meisten trugen Helm und Lederpanzer. Manche sogar ein Kettenhemd.

»Ich hoffe, das Fußvolk hält heute stand«, knurrte Osberth.

»Gegen diese ungarischen Bauern schon, denke ich«, erwiderte Ewalt. »Du hättest sie gestern sehen sollen. Nur leicht bewaffnet und nicht gerade heiß auf einen Kampf. Zum Sturm auf die Mauern mussten sie mit Peitschen angetrieben werden, ob du's glaubst oder nicht.«

»Mit Peitschen? Du verarschst mich wohl.«

»Ich schwör's. Die unseren sind wenigstens erfahrene Krieger und besser ausgerüstet. Die werden schon ihren Mann stehen.«

»Vergiss nicht, die sind uns zahlenmäßig überlegen«, gab Osberth zu bedenken. »Außerdem sind unsere Männer müde. Wir haben einen langen Marsch hinter uns. Zum Schlafen ist auch keiner gekommen. Dazu diese Hitze, dass einem das verdammte Wasser im Arsch kocht.«

Vor allem nichts, um den Durst zu stillen, dachte Arnulf. Aber nach den grimmigen Mienen zu schließen, waren die Krieger um ihn herum ungeduldig, es endlich hinter sich zu bringen. Sie verfluchten den Feind, rissen zotige Witze über ungarische Weiber oder was ihnen sonst noch an Unflätigkeiten einfiel. Galgenhumor.

Kein Lüftchen regte sich. Fahnen und Wimpel hingen lustlos von den Lanzen der Bannerträger. Den Männern lief der Schweiß herunter. Auch die Pferde schwitzten. Sie spürten, dass etwas bevorstand. Sie schüttelten die Mähnen, hoben und senkten ungeduldig die Köpfe, schlugen mit den Schweifen nach den elenden Fliegen und scharrten unruhig mit den Hufen. Es stank nach ungewaschenen Leibern, nach Urin und Pferdekot.

Wie seltsam das Leben ist, dachte Arnulf. Vor nicht allzu langer Zeit war er in seiner Dorfgemeinschaft gewesen, hatte keine anderen Sorgen gehabt, als die Ernte einzufahren und gute Speerköpfe zu schmieden – nicht ahnend, dass er nur Wochen später auf einem unruhigen Pferd sitzen würde, bereit, neben dem König des Reiches in die Schlacht zu ziehen. Es wäre unvorstellbar gewesen.

Überhaupt der Gedanke, dass in Kürze beide Heere aufeinander losstürmen würden, Tausende und Abertausende, die nichts anderes im Sinn hatten, als sich gegenseitig umzubringen. Was für ein Gemetzel würde das geben, was für ein heilloses Durcheinander? Wer könnte da überhaupt noch die Übersicht behalten? Fast wurde ihm schwindelig bei der Vorstellung. Im Kampf um Augsburg hatte er nicht weiter nachgedacht, sondern einfach geholfen, die Stadt zu verteidigen. Und er hatte sich gut geschlagen. Aber das hier war noch etwas ganz anderes. Wie konnte man hoffen, eine solche Schlacht zu überleben?

Er versuchte, für sich im Stillen zu beten, konnte sich aber vor Aufregung und Müdigkeit kaum an die Worte des Vaterunsers erinnern. Irgendwie hatte er auch das dumpfe Gefühl, dass Gott keine Hilfe sein würde. Der Magen tat ihm weh, und sein Herz klopfte. Er musste sich eingestehen, dass er Angst hatte. Schreckliche Angst. Eigentlich war er nur Ewalts Reitknecht geworden, um etwas Sold zu verdienen, für sich und für Hedi. Und jetzt fand er sich plötzlich im Heer des Königs wieder, kurz vor einer gewaltigen Schlacht.

Aber zu kneifen brachte er auch nicht fertig. Er warf Ewalt einen besorgten Blick zu. Wie konnte der Mann nur so ruhig auf seinem verdammten Rappen sitzen? Den schien das alles nicht zu beunruhigen. Oder tat er nur so?

Arnulfs Blick wanderte über die Rücken und Köpfe der Reiter vor ihnen. In der vordersten Reihe konnte er den König ausmachen. Otto war etwas über vierzig Jahre alt und von mittlerer, aber kräftiger Statur. In seinem Bart war erster Frost zu erkennen. Seine Miene war ernst. Überhaupt schien er selten zu lächeln. Äußerlich unterschied er sich kaum von den anderen Männern, außer durch seinen silberverzierten Helm und den großen, herrlichen Schimmel, auf dem er saß. Neben ihm der Bannerträger mit dem Wappen des Reiches und ein Dutzend stämmiger Kerle, die königliche Leibwache.

»Was geschieht jetzt?«, fragte Arnulf besorgt. »Greifen wir nicht an?«

Ewalt zuckte mit den Schultern. »Wer weiß, was Otto vorhat.«

»Ich denke, der König will zuerst die Ungarn kommen lassen«, sagte Osberth, der Graubart. »Nicht übereilt handeln. Sich alle Möglichkeiten offen lassen.«

»Und inzwischen verrecken wir in der Hitze«, knurrte Ewalt. Dann zu Arnulf: »Ganz gleich, was nachher geschieht, halte dich am besten im Hintergrund. Bleib bei den anderen Reitknechten. Das Kämpfen kannst du Männern wie uns überlassen. Ich brauche dich nur, wenn mein Gaul krepiert.« Die reicheren Krieger besaßen Ersatzpferde. Arnulf war nicht der einzige bewaffnete Reitknecht, der seinem Herrn den Sattel warm halten sollte. »Behalt mich aber im Auge«, fuhr Ewalt fort. »Damit du rechtzeitig zur Stelle bist. Verstanden?«

Arnulf nickte. Obwohl ihm nicht klar war, wie das im Chaos der Schlacht möglich sein sollte. Aber er sagte nichts.

»Und noch was.« Ewalt nestelte an seinem Hals. Hervor kam ein kleines silbernes Kreuz mit einem roten Stein in der Mitte. Er band es los und reichte es Arnulf. »Das ist von meiner Mutter. Heb es für mich auf. Falls es mich erwischt heute, möchte ich, dass du nach Lümborg reitest und es meiner Mutter überbringst. Sag ihr, dass ich ehrenvoll gefallen bin.«

Arnulf kam es vor, als ob Ewalts Augen bei diesen Worten feucht schimmerten. Vielleicht irrte er sich, aber einen Augenblick lang, bevor Ewalt sich wieder abgewandt hatte, hatte er in seine Seele geschaut. Und darin die Angst erkannt. Die Angst vor dem jähen Tod. Irgendwie tat es Arnulf gut zu wissen, dass er nicht allein mit seiner Angst war. Auch wenn Ewalt alles tat, um seine Furcht nicht zu zeigen.

»Lümborg?« Arnulf runzelte die Stirn. »Ich weiß nicht mal, wo das ist.«

»Einfach zu finden«, sagte Ewalt und mied seinen Blick. »Liegt beim Elbfluss. Nicht weit vom Nordmeer. Meine Familie wird dich willkommen heißen und dich reich entlohnen.«

Arnulf schüttelte den Kopf. Er versuchte ein sorgloses Grinsen aufzusetzen. Wie er es bei Ewalt gesehen hatte. »Ich habe aber nicht vor, Euch sterben zu lassen, Herr«, sagte er. Und bereute es gleich. Was für ein dummer Spruch!

Ewalt grinste. »Nun, du hast mich ja schon mal gerettet. Ich denke, du bringst mir Glück.«

Die beiden Heere standen sich immer noch reglos gegenüber. Wie zwei Ringer, die sich gegenseitig belauerten. Wer greift zuerst an, wer gibt sich die erste Blöße? Das Wetter war, wenn das überhaupt möglich war, noch drückender geworden. Über den Feldern und den weiten Grasflächen flimmerte die Luft. Kein Windhauch kühlte die Gesichter. Kein Blatt regte sich. Unter der erbarmungslosen Sonne waren die Kettenpanzer der Männer unerträglich heiß. Alles am Leib klebte vor Schweiß. Die Pferde keuchten, schlugen mit den langen Schweifen nach Fliegen, ließen die Köpfe hängen.

Die meisten Männer hatten rote, schweißglänzende Gesichter. Drei waren mit Hitzschlag vom Pferd gestürzt. Einer war sogar daran gestorben. Daraufhin war eine Abteilung Fußkämpfer abgeordnet worden, um am Fluss die Wasserschläuche möglichst vieler aufzufüllen. Auch von den Ungarn trauten sich eine ganze Menge bis ans Ufer. Schon seltsam, dachte Arnulf. Hier stehen sich zwei Heere feindlich gegenüber, doch am Fluss schöpfen sie nur wenige Schritte voneinander entfernt friedlich Wasser, um den Durst ihrer Kameraden zu stillen.

Die armen Gäule hatten es am schwersten. Sie konnten den Fluss riechen, aber bekamen, wenn überhaupt, nur ein paar Tropfen ab, die ihre Reiter mit ihnen teilten. Trotz des wolkenlosen Himmels kam Arnulf die Fernsicht jetzt diesiger vor. Die Sonne war von einem leichten Hof umgeben, auch wenn es bei dem gleißenden Licht kaum auffiel. War das ein Anzeichen für Regen? Er warf einen Blick über die Schulter. Hinter ihnen brütete der endlose Wald unter dem gleißenden Himmel, schwül und dunkel. Schwalben jagten in der Luft nach Insekten. Hoch oben zog ein Bussardpärchen seine Runden. Doch hinter den Wipfeln der Bäume schien sich etwas Graues zu erheben.

»Gewitter im Anzug«, sagte er zu Ewalt.

Der drehte sich im Sattel um und nickte, nachdem er selbst den Himmel betrachtet hatte. »Verdammt, da zieht was auf. Das hat uns gerade noch gefehlt.« Aber dann lachte er. »Vielleicht hilft es sogar. Bei Regen sind ihre Bögen zu nichts nutze. Die bestehen nämlich aus verleimtem Holz, Horn und Sehnen. Und wenn der Leim nass wird, löst er sich gern auf.«

Kaum hatte Ewalt das erklärt, da zerriss ein Hornsignal die Stille, und zwei Meldereiter des Königs galoppierten hinter den Linien nach Norden, wo Konrads Panzerreiter standen. Der König musste die aufziehende Wetterfront ebenfalls bemerkt haben und hatte sich wohl entschlossen, nicht länger zu warten.

»Es geht los, Jungs«, knurrte Osberth neben ihnen. Er wischte sich den Schweiß von der Stirn. »Wird auch langsam Zeit. Komm mir langsam vor wie ein Flusskrebs im Sud.«

Tatsächlich verließen im Norden Konrads Reiter ihre Stellung neben den Felsen. In gemächlichem Schritt bewegten sie sich auf die Spitze des ungarischen Halbmondes zu.

»Ist das klug?«, fragte Arnulf. »Die werden sie mit Pfeilen zudecken. Da ist doch kein Durchkommen.«

Ewalt nickte. »Es wird Verluste geben. Ist nicht zu vermeiden. Sobald in Reichweite, müssen sie wie der Teufel durch den Pfeilhagel reiten und zum Nahkampf aufschließen. Man muss sie zu packen kriegen, sie nicht entkommen lassen. Mann für Mann sind wir den Bastarden überlegen. Besser gepanzert und bewaffnet.«

Ewalt und Arnulf hielten angespannt Ausschau. Doch fürs Erste geschah wenig. Konrads Männer rückten weiter vor, aber immer noch langsam und außerhalb der Reichweite der ungarischen Schützen. Dann rief Ewalt aufgeregt: »Habt ihr gesehen? Sie begradigen ihre Linie. Sie wollen Konrad nicht zu nahe kommen lassen.«

Arnulf starrte in die angedeutete Richtung. So genau konnte er nichts erkennen. Nur dass etwas Bewegung in die ungarische Reiterei gekommen war. Warum greifen sie nicht an?, fragte er sich. Sie sind doch viel zahlreicher. Aber Ewalt hatte es ihm erklärt. Die Stärke dieser leicht bewaffneten Reiter lag in ihrer Beweglichkeit, nicht im Kampf Mann gegen Mann. Sie beschossen den Feind aus der Ferne, waren immer bemüht, genügend Abstand zu lassen.

Wurden sie angegriffen, flohen sie meist, um sich an anderer Stelle neu zu gruppieren und dem Feind mit weiteren Pfeilhageln Verluste beizubringen. Konrad musste vorsichtig sein, um sich nicht umzingeln zu lassen.

Hinter ihnen erklang fernes Donnergrollen. Arnulfs Stute warf erschrocken den Kopf hoch und zerrte an den Zügeln. Er strich ihr beruhigend über den Hals. Dann wandte er sich noch einmal im Sattel um. Über den ganzen westlichen Himmel hinweg hatte sich eine schwarze Wolkenwand gebildet. Man konnte fast dabei zusehen, wie schnell sie höher stieg. Auch über die Sonne hatte sich schon ein dünner Schleier gezogen, der das Licht veränderte, die Schatten unschärfer werden ließ. Ein Windstoß fuhr durch die Baumwipfel. Die Luft schien plötzlich wie aufgeladen.

Dann ein weiteres Hornsignal des Königs. Arnulf riss den Kopf herum, um zu sehen, was jetzt geschah. Die Männer der fünf *legiones* zogen die Helmriemen fest und hoben ihre Schilde. Entlang der Schlachtreihe erschollen Befehle. Dann kam Bewegung in die königlichen Fußtruppen. Sie begannen in breiter Front und in gleichmäßigem Schritt auf den Feind loszumarschieren.

Wenig später folgte der Befehl an die Panzerreiter, ihnen zu folgen. Die Männer stießen ihren Gäulen in die Flanken, und der ganze Trupp setzte sich langsam in Bewegung.

Gegenüber, auf der ungarischen Seite, blieb die Antwort nicht lange aus. Signale ertönten, Reiter galoppierten entlang der gegnerischen Kampflinie und überbrachten Befehle. Auch dort hoben jetzt Krieger ihre Schilde vom Boden, schienen sich gegen den bevorstehenden Angriff zu stählen, rückten enger zusammen. Wo sich ihr Heerführer befand, war nicht zu erkennen. Wahrscheinlich bei den Reitern irgendwo am linken oder rechten Flügel.

Jetzt geht's um Leben oder Tod, dachte Arnulf. Links neben ihnen beugte sich der blonde Jüngling aus dem Sattel und entleerte geräuschvoll seinen Magen. Der Vater packte ihn rau am Nacken und knurrte, er solle sich zusammenreißen.

Dem geht's wie mir, sagte sich Arnulf, denn auch sein Magen war wie zu einem Eisklumpen erstarrt.

Als Ottos Fußkämpfer die Schmutter erreichten und durch ihr seichtes Bett plantschten, machten die zweitausend Panzerreiter auf Befehl des Königs einen Schwenk, verließen ihre Stellung hinter der Schlachtreihe und wandten sich in leichtem Trab nach Süden. Sie ließen die eigenen Reihen weit hinter sich und trabten stattdessen flussaufwärts. Dann überquerten sie ebenfalls das Gewässer. Die Pferde hätten gern ihren Durst gestillt, aber die Reiter trieben sie die gegenüberliegende Uferböschung hoch und weiter. Ewalt und Arnulf waren unter den Letzten, die über den Fluss setzen.

»Ich denke, wir machen das Gleiche wie Konrad«, rief Ewalt ihm noch zu, ließ Arnulf dann mit einem kurzen »Du weißt, was du zu tun hast« zurück und schloss zu den vorderen Reihen auf.

Der will wohl seine Tapferkeit unter Beweis stellen, fuhr es Arnulf durch den Sinn. Das würde seine eigene Aufgabe, Ewalt im Blick zu behalten, nicht gerade leichter machen.

Zweitausend Panzerreiter rückten in geordneter Formation vor. Der König ritt voran und setzte ein Beispiel für alle, die ihm folgten. Arnulf ließ sich vom Strom der Reiter mitreißen. Sein Pferd konnte er nur mit Schenkeldruck lenken. Er hielt zwar die Zügel in der Linken, aber die war durch den schweren Schild behindert. Und in der rechten Faust hielt er den Speer. Doch die braune Stute lief mit den anderen Gäulen mit, ohne dass er selbst etwas dazu beitragen musste.

Nachdem die Schmutter überquert war, beschrieben die Panzerreiter einen weiten Bogen nach Osten, schwenkten schließlich nach Nordosten ab und beschleunigten zu einem leichten Galopp. Hatten sie vor, dem Feind in den Rücken zu fallen? Die Gäule schnauften, das Zaumzeug klirrte. Die Hufe von zweitausend Pferden donnerten über kniehohes Gras. Ein Schwarm von Krähen erhob sich protestierend, Hasen flohen vor den Reitern. Die setzten über niedriges Buschwerk, dahinter ging es über ausgetrocknete

Äcker weiter. Sofort wirbelte Staub hoch, so dass man am hinteren Ende wie in einem gelben Nebel ritt. Die Männer blieben dicht beieinander – Schild vor dem Leib, Speer in der Faust, Gesicht angespannt. Ganz gleich, wie tapfer sie sich gaben, die Angst ritt mit. Arnulf spürte sie am ganzen Leib.

Dann waren sie wieder über Grasland, und der Staub legte sich. Arnulf hielt sich einigermaßen gut im Sattel, obwohl er kein geübter Reiter war. Über den Schildrand hinweg starrte er für Momente nach Norden und versuchte, an den Köpfen der anderen Reiter vorbei etwas vom Schlachtgeschehen zu erhaschen. Er sah die Männer der fünf *legiones* weiter auf den Feind zumarschieren. Sie hatten bereits den halben Weg zwischen Fluss und ungarischer Schlachtreihe zurückgelegt. Ihre Schildwand war unregelmäßig geworden, wies aber keine Lücken auf. Ganz im Hintergrund, im Norden, stieg Staub auf. Das mussten Konrads Reiter sein, die nun ebenfalls in selbstmörderischem Galopp auf den Feind zuhielten.

Der König beschleunigte das Tempo. Arnulf spürte, wie die Stute unter ihm die Beine streckte und neben den anderen Gäulen dahinjagte. Schaum flog ihr von Maul und Flanken. Lange würden die Tiere das nicht durchhalten. Besonders nicht nach dem stundenlangen Stehen in der prallen Sonne. Aber es war klar, was der König vorhatte. Durch die Angriffe der Panzerreiter auf beide Flügel sollte eine Umklammerung durch die ungarische Reiterei verhindert, die Hörner des Stiers zurückgedrängt werden. Damit die Fußtruppen ihr Werk verrichten konnten.

Aber sie würden direkt in den mörderischen Pfeilhagel der Ungarn reiten. Arnulf wusste, was das bedeutete. Nun war er fast sicher, dass er heute sterben würde. Mit Speer und Schild in den Fäusten war es nicht einmal möglich, sich zu bekreuzigen und den Frieden mit seinem Schöpfer zu machen. Plötzlich hatte er das Bild seiner Mutter Jelscha vor Augen. Ihr runder Leib in seinen Armen, die schwieligen Hände, mit denen sie ihm durchs Haar fuhr. Die Erinnerung an ihre Stärke machte ihm Mut.

Schon wurden neue Befehle gebrüllt, und Ottos Reiterschar schwenkte nach Norden und direkt auf die langen Linien der Steppenreiter zu. Die begannen sich zurückzuziehen, sich neu aufzustellen, um der Bedrohung zu begegnen, vor allem, um die Flanke ihrer Fußtruppen zu schützen. Dabei verloren sie die frühere Ordnung, knäuelten sich zu einer formlosen Masse von Reitern zusammen. Das hinderte sie aber nicht daran, erste Pfeilsalven in den Himmel steigen zu lassen.

Ottos Reiter rissen die Schilde hoch. Tausende von Pfeilen prasselten herab, schlugen in Schilde ein, trafen Männer und Pferde. Verwundete Tiere wieherten schrill und bockten. Männer stürzten aus den Sätteln und kamen schreiend unter die Hufe der nachfolgenden Pferde. Der Pfeilhagel schien nicht aufhören zu wollen. Männer brüllten, Gäule brachen in die Knie. Und doch ritten sie weiter an Verwundeten vorbei und neben reiterlos gewordenen Pferden einher, die kopflos in der Herde mitrannten.

Arnulfs Herz hämmerte wie wild. Er wunderte sich, dass er immer noch unversehrt im Sattel saß. Er hielt nach Ewalt Ausschau. Lebte er noch? Oder lag er schon irgendwo im Gras und verblutete? Und wieder prasselten Pfeile auf sie nieder. Nicht mehr so regelmäßig wie während der ersten Salven, dennoch fanden sie ihre Opfer. Zwei trafen seinen Schild, ein dritter streifte die ledergepanzerte Schulter. Wieder leerten sich Sättel, Männer stürzten ins Gras. Wie viele mochten sie auf diesem wilden Ritt schon verloren haben? Hundert? Zweihundert? Vielleicht noch mehr. Vor ihm hatten sich Lücken gebildet. Doch des Königs Banner flog weiter über den Köpfen der Angreifer.

Jetzt hatten die ersten Panzerreiter die Ungarn erreicht und krachten mit vorgehaltenen Speeren in ihre Reihen. Sofort hob ein gewaltiges Johlen und Lärmen, Hauen und Stechen an. Pferde wieherten schrill, Hufe stampften, Männer brüllten. Speere forderten ihren Blutzoll, Schwerter tanzten über den Köpfen, und Verwundete stürzten schreiend ins Gras.

Es flogen noch Pfeile, aber nur vereinzelt. Denn die ungarischen Reiter waren jetzt gezwungen, sich mit dem Schwert gegen den Ansturm der Panzerreiter zu verteidigen. Jede Ordnung hatte sich aufgelöst. Es war ein wildes Gewühl geworden, ein Kampf ohne Fronten. Steppenkrieger und Panzerreiter waren ineinander verkeilt, schlugen aufeinander ein, Ross gegen Ross, Mann gegen Mann. Blut spritzte in alle Richtungen, tropfte von Speer- und Schwertklingen, rann an Schilden und Sätteln herab. Pferde traten auf schreiende Leiber am Boden. Hatten Ottos Reiter anfänglich empfindliche Verluste hinnehmen müssen, so waren es jetzt die leicht bewaffneten Ungarn, die in den Zweikämpfen meist den Kürzeren zogen.

Arnulf versuchte sich zurückzuhalten, wie Ewalt es befohlen hatte, doch der Schwung des Angriffs hatte ihn neben anderen mit an den äußeren Rand des Kampfes getragen. Er schaute nach seinem Herrn aus, konnte ihn in dem Durcheinander aber nirgends entdecken. Stattdessen sah er den blonden Jüngling im Sattel wanken. Eine Klinge hatte ihm den Hals geöffnet. Blut sprühte über Kettenhemd und Sattel. Dann fiel er vom Pferd. Sein Vater Osberth sprang aus dem Sattel und kniete sich neben ihn, hielt seinen Kopf. Das war ein Fehler, denn schon bohrte sich ein Speer in seinen Rücken, als mehrere ungarische Reiter aus dem Knäuel der Kämpfenden hervorbrachen und nun direkt auf Arnulf zuhielten.

Es war nicht klar, ob sie ihn angreifen oder an ihm vorbei dem Gemetzel entkommen wollten. Er blickte ihnen entgegen, und auf einmal war sämtliche Angst von ihm gewichen. Stattdessen packte ihn eine wilde Wut über den Tod der beiden, Vater und Sohn, in diesem sinnlosen Gemetzel. Er spornte die Stute an und stach auf den ersten der Reiter mit dem Speer ein. Die Klinge fuhr an dessen Schildrand vorbei und bohrte sich tief in den Leib des Mannes. Der schrie und fiel rücklings aus dem Sattel. Dabei hatte der Speer sich festgesaugt und entwand sich Arnulfs Griff.

Schon hieb der nächste auf ihn ein. Gerade noch rechtzeitig

riss Arnulf den Schild hoch. Der Säbel des Ungarn glitt an seinem eisenverstärkten Schildrand ab und fuhr mit Wucht in den Nacken seiner Stute. Dann war der Mann auch schon an ihm vorbei.

Immer mehr ungarische Reiter lösten sich aus dem Kampf und wandten sich zur Flucht. Arnulfs Stute aber wankte, gab einen heiseren Schrei von sich, brach dann keuchend in die Knie und legte sich auf die Seite. Arnulf sprang rechtzeitig ab und suchte nach seinem Speer. Vor ihm lag ein Säbel, ein ungarisches Reiterschwert. Schlanke Klinge, leicht gebogen. Die Waffe musste dem Kerl gehören, der sich mit dem Speer im Leib schreiend am Boden rollte. Er hob sie auf.

Als er den Kopf wandte, sah er einen weiteren Angreifer mit erhobenem Säbel auf sich zugaloppieren, einen jungen Kerl mit langen, im Nacken zusammengebundenen Haaren. Den Helm musste er verloren haben. Arnulf hätte zur Seite springen und ihn vorbeilassen können. Aber die Wut hatte ihn immer noch im Griff. Wut über den Tod des Jünglings, über die arme Stute, die hilflos am Boden lag. Er riss den Schild hoch, wehrte den Hieb ab und schlug selbst mit dem Säbel zu. Er wusste, dass er den Kerl irgendwo getroffen hatte, doch der Schwung des Pferdes hatte ihn längst an Arnulf vorbeigetragen.

Er holte tief Luft und sah sich um. Er war allein zurückgeblieben. Die Panzerreiter hatten die Masse der Steppenkrieger einige hundert Schritt nach Norden abgedrängt und ihn zurückgelassen, allein unter Toten und Verwundeten, die überall im blutigen Gras lagen.

Immer mehr Ungarn gelang es, sich aus dem Gewühl zu lösen und ihr Heil in der Flucht zu suchen. Scharenweise galoppierten sie davon. Die Erde zitterte unter den donnernden Hufen ihrer Pferde. Ottos Krieger wollten ihnen nachsetzen, doch wiederholte Hornsignale hielten sie zurück. Sie sollten nicht auf die bekannte Taktik der Ungarn hereinfallen, zu fliehen, um die Verfolger im vollen Galopp aus dem Sattel zu beschießen oder sie in einen Hinterhalt zu locken. Deshalb ließ der König, der offensichtlich noch lebte, sie davonreiten.

Die überlebenden Panzerreiter hielten inne, um Atem zu schöpfen, um sich Blut und Schweiß aus dem Gesicht zu wischen, um sich nach Wunden abzutasten, die sie in der Hitze des Kampfes vielleicht noch nicht bemerkt hatten. Sie zogen ihre Helmriemen fester und beruhigten ihre Pferde, die schaumbefleckt dastanden und vor Erschöpfung keuchten. Manche stiegen ab, um gefallenen Kameraden zu helfen.

Doch man gönnte ihnen nur eine kurze Pause, dann gab es neue Befehle. Die ganze Truppe setzte sich in Bewegung, um den ungarischen Bauern, die sich in einiger Entfernung gegen die *legiones* der Baiern und Schwaben wehrten, in den Rücken zu fallen. Denn nachdem die Steppenreiter die eigenen Leute im Stich gelassen hatten, war dies die Gelegenheit, die Schlacht siegreich zu beenden.

Arnulf stand etwas verloren auf dem von Verwundeten und Toten übersätem Feld. Dass er noch lebte, kam ihm seltsam vor. Doch freuen konnte er sich nicht. Er war viel zu benommen von dem Erlebten, vom Anblick der schrecklichen Wunden, der offenen Schädel und blutüberströmten Gesichter, der schreienden Münder und aufgeschlitzten Bäuche. Es lagen nicht nur erschlagene Ungarn um ihn herum, auch Ottos Reiter hatten schwere Verluste hinnehmen müssen. Eine breite Spur von niedergestreckten und pfeilwunden Reitern führte bis hierher, wo er stand.

Aus einiger Entfernung ließ sich das Geschrei der ungarischen Bauern vernehmen, die jetzt von zwei Seiten bedrängt wurden, von den bairischen Fußtruppen und den Reitern des Königs. Eingekesselt wurden sie Opfer eines wahren Blutbads. Konrads Männer, denen es auf dem Nordflügel ebenfalls gelungen war, die Steppenreiter zu vertreiben, waren nun ihrerseits dabei, die Flanke der verbliebenen Ungarn aufzurollen.

Von ihren eigenen Reitern im Stich gelassen verfielen die Bauern der ungarischen Fußtruppen in Panik. Ihre Schlachtreihe löste sich auf. Die Männer der *legiones* fielen über sie her und zeigten keine Gnade. Arnulf konnte die Schreie der bedrängten Ungarn hören, als sie niedergemacht wurden. Wem es gelang, aus diesem Todeskessel zu fliehen, der wurde eingeholt und hinterrücks erschlagen. Die Panzerreiter auf ihren großen Pferden schienen sich einen Sport daraus zu machen, jeden Einzelnen dieser armen Kerle niederzustrecken, um sich gleich darauf ein neues Opfer zu suchen.

Arnulf sah benommen zu. Ein grausiger Anblick, dieses kaltblütige Morden. Warum hörten sie nicht endlich auf? Sie hatten doch gesiegt! Aber das Töten ging unvermindert weiter. Es war wie in einem Albtraum, der nicht enden wollte. Das Klirren der Waffen, die Schreie der Sterbenden. Das Triumphgeheul der Schlächter, die keinen Einzigen am Leben lassen wollten.

Ein Donnerschlag schreckte ihn auf. Das Gewitter. Er hatte es vergessen. Dabei war der Himmel im Westen tiefschwarz geworden. Grell zuckten die ersten Blitze. Ein kühler Windstoß fuhr über das Schlachtfeld und trug die Schreie der Sterbenden mit sich fort, wenn auch nur für Momente. Über dem Rauhen Forst näherte sich eine undurchdringliche graue Wand. Endlich Regen. Bald würde der Himmel die Schwerter anhalten, dem Schlachtfest ein Ende bereiten und alles Blut wegwaschen. Nie war ihm ein Gewitter willkommener gewesen.

Dann fiel ihm Ewalt ein. Was mochte aus ihm geworden sein? Sein Ersatzpferd war nutzlos geworden. Die Stute lag drei Schritte entfernt mit halb durchtrenntem Genick am Boden. Sie lebte noch, konnte sich aber nicht bewegen. Arnulf legte Schild und Säbel auf den Boden und ließ sich neben ihr nieder. Die Toten und Verwundeten um ihn herum blendete er aus, sah nur noch das arme Tier vor sich, wie es vor Angst die Augen verdrehte, und spürte, wie es litt.

Er streichelte der Stute sanft den Kopf, raunte ihr beruhigende Worte zu. Mit weit aufgerissenem, schaumbeflecktem Maul versuchte sie vergeblich, den Kopf zu heben. Der Schnitt im Nacken war tief und blutete heftig. Ich sollte sie endlich erlösen, dachte er. Es fiel ihm schwer, aber dann erhob er sich und zog sein Messer aus dem Gürtel. Mit einem schnellen Schnitt durchtrennte er die Halsschlagader und trat zurück. Der Kopf der Stute zuckte, ein Zittern lief über ihre Haut. Arnulf sah zu, wie ihr Blut aus der Wunde pumpte. Zuerst in einem breiten Strahl, dann immer langsamer, bis es versiegte.

Die Regenwand näherte sich rasch, und eine Dunkelheit brach über die Landschaft herein, als wäre es Abend. Wieder schlug irgendwo ein Blitz ein, gefolgt von lautem Donnergetöse. Es war Zeit, sich auf den Weg zu machen. Er trat an das tote Tier heran und schloss ihm die erschrockenen Augen. Vielleicht sollte er den Sattel mitnehmen. Der war sicher einiges wert. Aber der schwere Pferdekörper lag auf dem Gurt. Er beschloss, den Sattel liegen zu lassen.

Als er sich erhob, vernahm er ein Stöhnen hinter sich. Es war nicht das einzige Jammern und Stöhnen um ihn herum. Trotzdem erregte es für einen Augenblick seine Aufmerksamkeit. Er warf einen Blick über die Schulter. Zwanzig Schritte weiter sah er einen jungen Ungarn liegen und sich mit schmerzverzerrtem Gesicht das Bein halten. Er erkannte ihn. Das war doch der Kerl, dem er den Hieb mit dem Säbel verpasst hatte. Der musste vom Pferd gefallen sein. Und jetzt lag er hier. Hilflos. Sein Gaul hatte sich davongemacht.

Er ging zu ihm hinüber. Als der Bursche Arnulf über sich stehen sah, bekam er es mit der Angst zu tun. Er tastete nach seiner Waffe, aber die lag drei Schritte entfernt im Gras. Arnulf bückte sich und hob sie auf. Ein feingearbeiteter Säbel. Leicht und schlank, mit silbernen Verzierungen. Sicher wertvoll.

»Den behalten wir erstmal«, sagte er und schob sich den Säbel in den Gürtel. »Nicht, dass du mir damit gefährlich wirst.« Dann hockte er sich neben den jungen Mann. »Zeig mal her! Wo hab ich dich erwischt?«

Der Ungar verstand kein Wort. Er hatte Angst, das war deutlich. Aber der ruhige Ton und Arnulfs besorgte Miene schienen ihn zu beruhigen. Erst zuckte er zurück, dann ließ er es zu, dass Arnulf sich die Wunde ansah. Ein tiefer Schnitt oberhalb des Knies. Er musste schon eine Menge Blut verloren haben. Das Hosenbein war völlig durchtränkt. Und mehr quoll unablässig hervor und sickerte ins Gras.

»Wir müssen die Blutung stillen.« Arnulf deutete auf den Schwertgürtel des jungen Mannes. »Den brauche ich zum Abbinden.«

Der Ungar wusste nicht, was gemeint war, doch mit Hilfe von Zeichensprache und Gebärden erklärte Arnulf, was zu tun war. Schließlich verstand er und öffnete die Gürtelschnalle. Arnulf nahm die Schwertscheide und legte sie zu Seite. Dann band er das Bein oberhalb der Wunde ab und zog die Gürtelschnalle so fest, dass es nicht mehr blutete. Der Ungar schien ihm jetzt zu vertrauen, ließ es sogar zu, dass Arnulf vom unverletzten Bein den unteren Teil des Hosenbeins abschnitt und einen behelfsmäßigen Verband anlegte.

»Tut mir leid, dass ich dir dass angetan habe«, murmelte er. »Was machen wir jetzt mit dir? Du kannst hier nicht liegen bleiben. Leider ist aber mein Gaul krepiert.«

Plötzlich erhob sich ein solcher Wind, dass Arnulf fast umgeweht wurde. Staub, Gras und Blätter wirbelten durch die Luft. Es war empfindlich kühl geworden. Ein greller Blitz zuckte vom Himmel und schlug irgendwo im Wald ein, gefolgt von einem so mächtigen Donnerschlag, dass es den beiden fast die Ohren abriss. Kaum war der Donner verhallt, fiel das Gewitter mit einer solchen Wucht über sie her, dass es ihnen den Atem nahm. Zuerst fielen Hagelkörner, einige groß wie Taubeneier. Arnulf und der Ungar verschränkten die Arme über den Köpfen. Der junge Ungar schrie auf, als Hagelkörner seine Wunde trafen. Arnulf beugte sich darüber, um ihn zu schützen.

Das Feld um sie herum war plötzlich weiß geworden. Doch es dauerte nicht lange, dann verwandelte sich der Hagel in heftigen Regen. Mehr als das. Es war ein Sturzbach, eine gewaltige Sintflut, die jetzt vom Himmel auf sie niederging. So dicht, dass man kaum Luft bekam und glaubte, darin ertrinken zu müssen.

Arnulf hob den Kopf, schloss die Augen und öffnete den Mund. Die Tropfen trommelten so heftig herab, dass es schmerzte. Und doch war es wundervoll, den Durst zu stillen.

»Warte hier«, rief er und lief die wenigen Schritte bis zur Leiche seiner Stute. Etwas weiter lag der Kerl, dem er den Speer in den Bauch gerammt hatte. Der Mann war tot, wahrscheinlich verblutet. Aber das war kein Grund, einen guten Speer zurückzulassen. Arnulf riss die Waffe aus der Leiche, hob seinen Schild auf und lief gebückt zu dem jungen Ungarn zurück. Er hockte sich dicht neben ihn und hielt den Schild schützend über beide Köpfe. Es war, als säßen sie unter einem Wasserfall. Aber wenigstens blieben ihre Gesichter frei von der Flut, auch wenn sie bald knöcheltief im Nassen saßen. Der Regen fiel so heftig, dass der Boden das Wasser nicht mehr aufnehmen konnte.

So hockten sie eine Weile beieinander. Das ferne Schlachten schien immer noch anzuhalten, trotz des Gewitters. Doch die Todesschreie übertönten nur noch gedämpft das laute Rauschen des Regens. Dafür blitzte es ohne Unterlass, und der Donner hörte sich an, als ob ihnen Gottes Firmament auf den Kopf fallen würde.

Der junge Ungar zitterte vor Kälte. Er war sehr bleich, das konnte man trotz der Dunkelheit erkennen. Arnulf fiel sein warmes Schaffell ein, aber das hatte er bei Hedi gelassen. Er legte den Arm um die Schultern des anderen, um ihn zu wärmen. So saßen sie eng beieinander und starrten in den Regen.

Arnulf deutete auf die eigene Brust. »Ich heiße Arnulf«, sagte er. »Arnulf.«

Der Ungar verstand und nickte schüchtern. »Anuff.«

»Nein. Arnulf.«

»Anuff.«

»Na gut. Und du, wie heißt du?« Arnulf deutete auf ihn.

»Milan.«

»Milan?«

Der Ungar nickte und lächelte zaghaft.

»Das ist gut«, sagte Arnulf. »Milan.«

Nach einer Weile ließen die Blitze nach, und das Donnergrollen entfernte sich. Doch das Rauschen der Wassermassen, die vom Himmel fielen, hielt unvermindert an, auch wenn es wieder etwas heller wurde. Nur die Schreie hatten aufgehört. Waren die Ungarn jetzt alle tot? Aber ganz still war es nicht. Durch den Regen drangen gedämpfte Hornsignale, Pferdegewieher, Männerstimmen. Man konnte schemenhafte Gestalten über das Schlachtfeld wandern sehen – undeutlich zu erkennen in der Sintflut, die vom Himmel fiel.

Auf einmal hörte Arnulf jemanden seinen Namen rufen. Konnte es sein, dass er gemeint war? Oder hatte er sich geirrt? Er lauschte angestrengt. Zuerst war da nur das Stöhnen der Verletzten. Doch dann hörte er es wieder. Jemand rief seinen Namen. Auch viel näher diesmal. Er überließ seinem Schützling den Schild, stand langsam auf und horchte. Da war es wieder. Ganz deutlich. Und dann sah er aus dem grauen Regen eine Gestalt auftauchen, die ein Pferd am Zügel hinter sich herzog. Beide pitschnass und triefend.

»Ewalt!«, rief Arnulf. »Hier bin ich!«

»Arnulf!« Ewalt stapfte durch tiefe Pfützen. »Bist du's wirklich? Ich dachte schon, du wärst tot. Hatte aber gehofft, dich hier zu finden, wo wir zuerst auf die Ungarn gestoßen sind.« Er legte Arnulf den Arm um die Schulter. »Mann, bin ich froh, dass wir's beide überstanden haben. Ich war schon sicher, dich zwischen den Leichen zu finden. Du bist doch nicht verletzt, oder?«

»Ich nicht. Aber Eure Stute, die ist tot.«

»Macht nichts. Hauptsache, wir beide leben. Da kannst du Gott danken.«

Ewalt machte einen müden, niedergeschlagenen Eindruck. Er war bleich und hielt sich leicht gebückt und kraftlos. Helm und Panzer glänzten vor Nässe, als hätte man sie gerade poliert. Er musste sich am Abschlachten der Ungarn beteiligt haben. Doch davon war nichts mehr zu sehen. Der Regen hatte alle Spuren des Kampfes abgewaschen.

»Ihr seid verwundet, Herr.«

Ewalt fasste sich ans Gesicht und fühlte nach dem tiefen Schnitt auf der Wange. Es blutete noch, auch wenn der Regen das Blut schnell wegwusch. »Nicht so schlimm«, sagte er.

Arnulf holte das Kreuz hervor, das er für den jungen Krieger verwahrt hatte, und gab es ihm. »Nun könnt Ihr selbst Eurer Mutter von der Schlacht erzählen.«

Doch Ewalt schüttelte den Kopf. »So genau wird sie's nicht wissen wollen. Sie ist eine fromme Frau und hasst alles Kriegerische.«

Arnulf dachte an seine eigene Mutter. Die wäre gestorben vor Schreck, hätte sie ihn so gesehen, als Krieger auf einem Schlachtfeld. »Kehren wir jetzt nach Augsburg zurück?«

»Eigentlich sollten wir bei den Truppen des Königs bleiben. Die Sache ist noch nicht vorbei. Der Großteil der ungarischen Reiterei konnte sich ungeschlagen zurückziehen. Sie sind immer noch eine Bedrohung. Der Regen gibt uns eine Atempause, aber morgen werden wir ihnen folgen müssen. Für heute wird ein Lager aufgeschlagen. Das heißt, wenn der verdammte Tross endlich auftaucht. Und wenn der Regen aufhört. Man sieht ja kaum die Hand vor Augen.«

»Ich hab aber kein Pferd mehr.«

»Ach, da findet sich was. Es laufen genug reiterlose Gäule herum.«

»Ich will auch nicht mehr mit Euch reiten.«

Ewalt sah ihn erstaunt an. »Warum zum Teufel nicht? Jetzt, wo wir siegreich sind? Wir werden die Ungarn verfolgen und sie gewiss schlagen. Es gibt überall Wallburgen im Land mit Verstärkungen für unser Heer. Wir dürfen jetzt nicht nachlassen.«

»Mir hat's gereicht, Herr.«

Ewalt runzelte die Stirn. Aber dann nickte er. »Verstehe. Aber vergiss nicht, es wird noch eine Menge zu plündern geben. Du kannst dein Glück machen und reich werden.«

Arnulf schüttelte den Kopf. »Ich hab genug vom Töten.«

Ewalt sah ihn an und sagte nichts. Dann seufzte er. »Da ist was dran. Eine Freude ist es nicht. Wir haben wirklich viele gute Leute verloren. Vor allem junge. Halbe Knaben.«

»Außerdem seid Ihr verwundet«, fuhr Arnulf fort. »Es sollte genäht und behandelt werden, bevor es sich entzündet. Die Mönche in Augsburg können sich darum kümmern.«

Ewalt tastete noch einmal nach der Wunde. Seine Finger röteten sich kurz vom Blut, das daraus sickerte, bevor der stete Regen sie wieder sauber wusch. »Vielleicht hast du recht«, sagte er. »Vor dem Morgen tut sich eh nichts.« Er deutete auf den Säbel in Arnulfs Gürtel. »Was ist das für eine Waffe?«

»Sie gehört ihm.« Arnulf deutete auf den jungen Ungarn hinter ihm, der mit ängstlicher Miene einige Schritte weiter im nassen Gras hockte. »Den will ich mitnehmen. Der braucht Hilfe.«

Ewalt machte große Augen. »Einen Ungarn? Bist du verrückt? Schneid ihm lieber die Kehle durch, bevor er's bei dir tut.«

Doch Arnulf ließ sich nicht beirren. Irgendetwas hatte ihm die Entschlossenheit gegeben, sich selbst gegen einen adeligen Herrn wie Ewalt durchzusetzen. »Nein, den nehmen wir mit«, beharrte er. »Wir können ihn auf Euer Pferd setzen, Herr. Und wenn Ihr nicht wollt, dann werde ich ihn tragen.«

Ewalt schüttelte den Kopf. »Aber den wird doch keiner pflegen wollen. Diese verdammten Ungarn haben genug Augsburger auf dem Gewissen. Denkst du, irgendeiner hat noch einen Funken

Barmherzigkeit für einen von denen übrig? Lass ihn einfach liegen, wenn du ihn schon nicht töten willst.«

»Er ist mein Gefangener, mein Sklave«, sagte Arnulf trotzig. Das hatte er sich ausgedacht. Als Erklärung dafür, dass er einen verwundeten Ungarn pflegen wollte. »Ich habe ihn gefangen genommen. Also ist er meine Kriegsbeute. Ich habe ein Recht auf Kriegsbeute. Dieses Recht kann mir keiner nehmen.«

Ewalt sagte lange nichts. Dann musste er lachen. »Du bist mir ja einer. Was willst du überhaupt mit dem?«

»Wenn wir ihn gesund kriegen, kann er mir in der Schmiede helfen. Oder im Garten arbeiten. Was weiß ich? Zu irgendwas wird er schon nützlich sein.«

»Du hast doch gar keinen Garten. Und eine Schmiede auch nicht.«

»Noch nicht.«

»Und du hast keine Angst, dass er dich umbringt?«

»Warum sollte er? Ich helfe ihm doch. Ohne mich wäre er schon längst verblutet. Ohne mich würde er auch die Nacht nicht überleben.«

Ewalt schüttelte den Kopf. »Na gut. Dann hilf mir, den Burschen aufs Pferd zu hieven.«

Als Arnulf und sein von der Schlacht erschöpfter junger Herr endlich Augsburg erreichten, waren der König und einige Dutzend seiner Gefolgsleute und Leibwachen nur Augenblicke zuvor durch das Stadttor geritten und trotz des strömenden Regens von jubelnden Menschenmengen empfangen worden. In den überfüllten Gassen lief das Wasser in Sturzbächen. Und doch waren sie so voll begeisterter Augsburger, dass kaum ein Durchkommen war. Überall wurden die siegreichen Krieger gefeiert und mit Blumen beworfen. Mütter hielten dem König Säuglinge entgegen, Huren entblößten ihre Brüste, Matronen beteten und dankten Gott dem Herrn. Und selbst Männer weinten vor Freude.

»Sie sollen nicht zu früh jubeln«, sagte Ewalt. »Ihr Reiterheer ist noch nicht geschlagen. Die lauern irgendwo da draußen und werden sich neu sammeln.« Dann schnauzte er ein paar Leute an, die ihnen den Weg versperrten und dem Ungarn Milan böse Blicke zuwarfen. Sie sahen aus, als wollten sie ihn vom Pferd ziehen. »Hände weg! Noch nie einen verdammten Gefangenen gesehen?«

»Tote Ungarn sind uns lieber als gefangene«, rief einer in der Menge.

»Ja, hängt den Bastard auf«, echoten andere.

Ewalt zog sein Schwert. »Macht Platz! Sonst fließt gleich Blut.«

Er konnte sehr beeindruckend wirken in seiner Rüstung und mit der blanken Klinge in der Faust. Seine Miene erlaubte keinen Zweifel, dass er die Drohung ernst meinte. Murrend wichen die Leute vor ihm zurück. Nur eine alte Vettel schrie: »Totschläger! Kinderschänder!«, und spuckte in Milans Richtung, als Arnulf das Pferd, auf dem der Ungar saß, an den Leuten vorbeiführte. Der saß mit stoischer Miene im Sattel und blickte weder nach rechts noch nach links.

Schließlich erreichten sie den Domplatz, wo der König und sein Gefolge von den Pferden gestiegen waren und vom Bischof empfangen wurden. Beide Herren fielen sich in die Arme. Der König trug keinen Helm. Das nasse Haar klebte ihm am Kopf wie eine Kappe. Und trotz des Regens nahm der König sich die Zeit, den Bischof in aller Öffentlichkeit zu begrüßen und zu loben.

»Mein lieber Bischof«, hörte man ihn sagen, laut genug, dass alle es hören konnten. »Man hat mir berichtet, was Ihr und Eure Augsburger geleistet habt. Ich kann Euch und allen Bürgern nur danken für die tapfere Verteidigung der Stadt.«

»Dabei sind wir es, die Euch zu danken haben, Hoheit«, erwiderte Bischof Ulrich mit seiner tiefen Stimme. Er wandte sich den Leuten zu, die sich auf dem Platz drängten und die Ohren spitzten, um ja kein Wort zu verpassen. Auf dem Gesicht des alten Prälaten lag ein breites Grinsen. Er riss König Ottos Arm in die Höhe. »Gott hat uns erhört, Augsburg erlöst und unserem König den Sieg geschenkt! Der Herr sei gelobt, und dem König gedankt, und überhaupt allen tapferen Männern, die uns zu Hilfe geeilt sind!«

Die Leute schrien und tobten, und Weiber küssten ihre Männer. Dann skandierten sie den Namen des Königs und wollten gar nicht mehr aufhören. Otto stand neben dem Bischof und lächelte, fast ein wenig überwältigt von der Begeisterung der Menge. Doch dann hob er die Hände, um das Volk zu beruhigen. Es dauerte eine Weile, aber schließlich wurde es wieder still, denn jeder wollte hören, was er zu sagen hatte.

»Heute haben wir einen großen Sieg errungen. Doch freuen wir uns nicht zu früh, denn der Kampf ist noch nicht vorüber. Und bevor ihr guten Bürger gleich den Entsatz eurer Stadt feiert – und das habt ihr wahrlich verdient –, sollten wir doch einen Augenblick lang der vielen Gefallenen gedenken. Allen voran betrübt mich der Tod eines tapferen Mannes, ohne dessen Mut und Einsatz es diesen Sieg nicht gegeben hätte, und der heute auf dem Feld der Ehre gefallen ist – Herzog Konrad der Rote.«

Der König faltete die Hände und senkte einen Moment lang das Haupt. Er hatte den toten Konrad bei seinem aberkannten Titel genannt – ein Zeichen seiner Ehrerbietung. Dann winkte er der Menge noch einmal zu und folgte dem Bischof ins Haus.

»Wie ist Konrad umgekommen?«, fragte Arnulf. »Wisst Ihr das?«

»Anscheinend waren die Steppenreiter schon auf der Flucht«, erwiderte Ewalt, »da hat er unvorsichtigerweise Helm und Kettenhaube vom Kopf genommen. Und wie es der Teufel will, genau in diesen Augenblick durchbohrt ihm ein Pfeil die Kehle.«

Arnulf schüttelte betrübt den Kopf. »Aber auch der König hätte fallen können. Er war mitten im Gefecht, hat sich nicht geschont.«

Ewalt nickte. »Ja. Auch der König. Jeder von uns.«

In dem Gedränge auf dem Marktplatz und dem strömenden Regen, der nicht nachlassen wollte, achtete niemand mehr auf Arnulf und seinen Schützling, und so erreichten sie unbelästigt den Dom.

Die großen Planen, unter denen die Verwundeten lagen, hatte man mit Pfählen abgestützt. Trotzdem drohten sie unter der Last des Regenwassers, das sich darin sammelte, einzubrechen, wenn man sie nicht ab und zu leerte. Dann ergoss sich die Flut über die Steinplatten des Fußbodens. Überall tropfte und rann Wasser herunter, sammelte sich in großen Pfützen. Es war kaum noch ein trockenes Plätzchen zu finden. Und wenn man zum Himmel aufblickte, sah es nicht danach aus, dass diese Flut bald nachlassen würde.

»Arnulf!«, kreischte eine Mädchenstimme. »Mein Gott, du lebst!«

Hinter ihm stand Hedi, völlig durchnässt, mit Haaren, die ihr an den Wangen klebten, aber mit einem strahlenden Lächeln auf dem Gesicht. Er öffnete die Arme, und sie flog ihm an die Brust und küsste ihn stürmisch.

»Ich hatte mir schon das Schlimmste ausgemalt«, stöhnte sie und wollte ihn gar nicht mehr loslassen. Sie betastete sein Gesicht. »Aber du lebst. Und bist auch nicht verwundet. Gott im Himmel sei Dank!«

Ewalt hinter ihnen räusperte sich. »Ach, du hast also ein Mädel«, sagte er und grinste. »Jetzt verstehe ich so einiges.«

Arnulf machte sich los und stellte Hedi vor. Sie blickte schüchtern zu Ewalt auf. Schließlich war er ein adeliger Krieger. Aber als Arnulf gleich darauf ans Pferd trat, um Milan aus dem Sattel zu helfen, verdüsterte sich ihre Miene. »Ein Ungar? Was willst du denn mit dem?«, flüsterte sie.

»Er ist verwundet, Hedi. Wir müssen ihm helfen.«

Ewalt und Arnulf trugen Milan in den Dom, wo Bruder Gernot ihnen entgegeneilte. Hedi folgte ihm mit Hass im Blick.

»Was willst du mit dem?«, zischte sie Arnulf zu. »Diese Ungarn sollte man totschlagen wie tollwütige Hunde und nicht auch noch gesundpflegen. Schau dich doch um. All die armen Verwundeten hier. Nicht wenige sind schon an Wundfieber gestorben. Das ist deren Werk.«

Der Mönch machte ein Plätzchen frei und half ihnen, Milan auf eine feuchte Strohschütte zu legen. Der junge Ungar sah sich ängstlich um. Er fühlte sich sichtlich unwohl. Er musste sich fragen, was mit ihm geschehen würde. Ob er die nächsten Stunden überleben würde, bei all der Feindseligkeit, die ihm entgegenschlug. Doch Bruder Gernot lächelte ihm zu und sprach ein paar freundliche Worte mit ihm – die er natürlich nicht verstand, aber der Tonfall schien ihn zu beruhigen.

Arnulf wandte sich zu Hedi um. »Er heißt Milan, Hedi. Und seine Wunde ist mein Werk, verstehst du? Ich habe ihm das angetan. Ohne mich wäre er längst in Sicherheit bei seinen Kameraden. Also werden wir uns um ihn kümmern.«

In ihrem Gesicht stand der Zorn. Aber sie sagte nichts.

Ewalt ließ die Schnittwunde auf seiner Wange reinigen und nähen. Und nachdem Bruder Gernot versprochen hatte, sich um Milan und sein verletztes Bein zu kümmern und dass dem jungen Mann in der Obhut der Mönche nichts geschehen würde, führte Arnulf den Rappen seines Herrn hinter dem Haus des Bischofs in den Stall zu den anderen Pferden. Er war todmüde, gab sich aber Mühe, den Rappen trocken zu reiben und mit Wasser und frischem Heu zu versorgen.

Hedi lehnte an der Stalltür und sah ihm bei der Arbeit zu. »Was geht nur in deinem Kopf vor?«, fragte sie. »Die Ungarn sind unsere Todfeinde. Und ausgerechnet einem von denen willst du helfen, wenn so viele gute Christen es eher verdient hätten?«

Arnulf strich dem Rappen zärtlich über den langen Hals. Das Tier hatte vom Kampf ein paar Kratzer abbekommen. An der Brust blutete es sogar. Aber er war sicher, das würde bald heilen. Er drehte sich um, ging auf Hedi zu und legte ihr beide Hände auf die Schultern.

»Vergiss, dass er Ungar ist, Hedi. Er ist ein Mensch. So wie wir.«

Ihre Augen funkelten. »Das sind keine Menschen. Das sind Ungeheuer. Hast du vergessen, was sie mir angetan haben?«

»Das waren andere. Milan hat dir nichts getan.«

»Ich hoffe, dass er an seiner Wunde krepiert.«

»Nein, das hoffst du nicht. So böse bist du nicht.«

»Doch! Bin ich«, sagte sie bockig.

Aber er lachte nur und nahm sie in die Arme. »Jeder Mensch braucht manchmal Hilfe, das weißt du doch. Und wozu sind wir Christen, wenn wir nicht bereit sind, anderen zu helfen?«

Sie war nicht einverstanden. Aber sie mochte es, wie er sie in den Armen hielt. Er stank nach nassem Leder und Pferdeschweiß und Gras und Regen. Und dann war da noch etwas. Wenn sie so den Kopf an seine Brust legte, dann roch sie den herben Männergeruch seiner Haut. Das machte sie ein wenig schwindelig. Sie verschränkte die Arme hinter seinem Rücken und verharrte so eine Weile ganz unbeweglich.

Dann machte sie sich los. »Ich muss gehen.«

»Bleib doch hier.«

»Hier im Stall?«

»Ja. In der Herberge wird es vielleicht keinen Platz mehr für dich geben, mit all den hohen Herren dort. Und hier haben wir trockenes Heu. Wir machen es uns bequem.«

Sie kaute einen Augenblick unschlüssig auf der Unterlippe, dann grinste sie. »Also gut. Aber warte hier. Du musst doch Hunger haben. Ich hole uns etwas zu essen.«

Er nutzte ihre Abwesenheit, um sich den nassen Lederpanzer vom Leib zu reißen und sich im Pferdetrog zu waschen. Nachdem er das regennasse Hemd zum Trocknen aufgehängt hatte, setzte er sich fröstelnd an den Rand des Trogs. Nach der wochenlangen Hitze hatte es stark abgekühlt.

Hedi war bald zurück und brachte Brot und Käse und ein paar Möhren. Auch an Decken hatte sie gedacht. Damit machten sie es sich im Heu gemütlich. Draußen rauschte unablässig der Regen vom nachtdunklen Himmel, trommelte auf das Strohdach des Stalls und ergoss sich in den Hof, gurgelte durch die Gassen. Nur gut, das Augsburg auf einem Hügel lag. So konnte die Regenflut abfließen. Hier im Stall war es trocken und warm. Es roch angenehm nach Heu und Pferd. Hedi schmiegte sich an Arnulf und legte ihm den Kopf auf die Schulter.

Für den Augenblick hatte sie den Ungarn vergessen. Sie war überglücklich, dass ihr Arnulf überlebt hatte. Ein Gefühl der Dankbarkeit beseelte sie. Voller Zärtlichkeit küsste sie ihn. Sie glaubte, in ihm nun endlich ihre Liebe gefunden zu haben. Er war kein so frecher Draufgänger wie Heiner, der den Mädchen die Köpfe verdrehte, aber ein guter, ehrlicher Mann. Einer, auf den man sich verlassen konnte. Und gut aussehen tat er auch.

Was Arnulf betraf, so hatte er nachgedacht. Das Stadtleben gefiel ihm nicht. Zu viele Menschen. Jeder dachte nur an sich. Nach den Schrecken der Schlacht hatte er nur den einen Wunsch: diesem Ort zu entfliehen. Er sehnte sich zurück in sein Dorf am Inn. Dort war das einfache Leben oft hart. Aber es gab einem doch eine gewisse Geborgenheit. Man war vertraut miteinander, half sich gegenseitig aus, wenn nötig. Nun, dorthin würde er nie mehr zurückkehren können. Aber da war natürlich Hedis Dorf. Dort lebte es sich gewiss ähnlich.

»Wenn das hier vorbei ist, wandern wir zurück in dein Dorf«, sagte er. »Vielleicht können sie dort einen Schmied gebrauchen. Das heißt, wenn du mich haben willst.«

Sie schlang ihre Arme um ihn. »Das fragst du noch, du dummer Kerl?«

Er spürte ihren weichen Leib an seiner Seite, ihre vollen Brüste, den runden Schenkel, den sie über den seinen geschoben hatte. Es nahm ihm den Atem, und ein Begehren überfiel ihn. Wie sie wohl nackt aussehen mochte? Und wie es wäre, mit ihr zu schlafen?

Mit Mühe beherrschte er sich. Denn solche Gedanken machten es nur schwerer, untätig neben ihr zu liegen. Lieber versuchte er, sich ein zukünftiges Leben mit ihr vorzustellen. Sie würden Kinder haben, wie sein Bruder Volkmar, und eine Familie sein. Was konnte es Besseres geben? Er streichelte ihr Haar und ihre Schulter, während Hedi von ihrem Dorf erzählte, und dass sie es nicht abwarten könne heimzukehren.

Es war nicht die erste Nacht, die sie gemeinsam verbrachten, aber doch eine ganz andere als zuvor. Sie liebten sich nicht körperlich – dafür war es Hedi zu früh, obwohl sie spürte, was in Arnulf vorging. Sich einem Mann hinzugeben war ihr noch nicht möglich. Doch sie lagen Arm in Arm, küssten sich zärtlich und träumten von einem gemeinsamen Leben.

Später wollte Hedi wissen, was er erlebt hatte, wie es ihm in diesen wilden Tagen ergangen war. Er erzählte zögerlich, erinnerte sich nur ungern. Doch sie wollte alles erfahren, alles mit ihm teilen. Mit Schrecken lauschte sie seinem Bericht von der Schlacht. So viel Tod und Elend. Und die Ängste und das Entsetzen. Und so viel Mut, sich in ein solches Gemetzel zu stürzen. Ihr Herz zitterte bei der Vorstellung. Sie schlang ihre Arme ganz fest um Arnulf, der nun schwieg und nicht mehr darüber reden wollte. Sie dachte daran, wie sie selbst die Tage verbracht hatte, während er sein Leben aufs Spiel gesetzt hatte, und kam sich daneben mit ihrer Sorge für die Verwundeten ganz klein und unbedeutend vor.

»Du tust ein gutes Werk«, sagte er. »Stell dir vor, wie viele jetzt noch im Regen auf dem Feld da draußen liegen, und keiner kümmert sich um sie.«

»Aber es sind doch unsere Feinde.«

»Auch von den unseren sind viele verwundet worden. Ich hoffe, man nimmt sich ihrer an. Und dann die Toten. Halbe Kinder mit aufgeschlitzten Bäuchen. Das zu sehen ist schwer zu ertragen.«

»Aber wenn es so viele Verwundete da draußen gibt, warum hast du ausgerechnet diesen Milan hergebracht?«

Arnulf schwieg und dachte nach. Er hatte wieder die Bilder der Schlacht vor Augen, auch die während der Belagerung. Er sah sich kämpfen und Männer töten. Wie viele? Acht, fünfzehn? Er wusste es nicht. Nicht einmal die Zahl derer, die er getötet oder schwer verwundet hatte, war ihm geläufig. Es war wie ein Rausch gewesen. Sich wehren, um sich schlagen, töten – um nicht selbst getötet zu werden. Außerdem waren es Fremde gewesen, die ihm nichts bedeuteten. Und doch hatten sie Familien, Brüder, Schwestern, vielleicht sogar Kinder. Dabei konnte er nicht anders, als an seine eigene Familie zu denken. An seine Mutter, an die Geburt des kleinen Linard. Und an den Vogt, den er umgebracht hatte.

Was war nur aus ihm geworden? Das hatte er alles nicht gewollt. Wie war er nur in all dies hineingeraten?

»Warum Milan?«, fragte Hedi noch einmal.

»Um etwas gutzumachen.«

Hedi verstand nicht. Aber sie spürte, dass es ihm wichtig war. Sie fragte sich, was er noch alles in der Schlacht getan und erlebt hatte, das er ihr nicht erzählt hatte. Aus irgendeinem Grund schien er sich schuldig zu fühlen.

»Und was soll aus ihm werden?«, flüsterte sie nach einer Weile.

»Er kann nicht in seine Heimat zurück. Nicht jetzt. Er wird sicher lange humpeln. Er hat kein Silber und kein Pferd. Er spricht unsere Sprache nicht. Jeder würde ihn sofort als Ungarn erkennen und womöglich am nächsten Baum aufhängen. Also nehmen wir ihn mit, wenn wir zu deinen Leuten gehen. Er hat ein ehrliches Gesicht. Er wird mir in der Schmiede helfen. Und auf dem Feld.«

Hedi sagte nichts. Die Idee gefiel ihr ganz und gar nicht. Aber sie wollte sich nicht mit Arnulf streiten. Dass er mit ihr gehen würde, dass sie vielleicht eine Familie sein würden, überstrahlte alles. Daran wollte sie nicht rühren.

HEDIS DORF

Niemand wusste, was aus den vielen ungarischen Reitern geworden war. Oder aus dem Heer des Königs, das gleich am Morgen nach der Schlacht aufgebrochen war, um die Verfolgung des Feindes aufzunehmen. Sie schienen im heftigen Regen verschwunden zu sein, einem Regen, der tagelang anhielt, fast ohne Unterbrechung. Wege versanken im Schlamm. Da war kein Durchkommen für Boten.

Die Flüsse schwollen zu ungeahnten Höhen an. Der Lech wurde zum wilden Strom, riss Kähne und Baumstämme mit sich, trat weitflächig über die Ufer. Ihn zu überqueren wurde zu einem lebensgefährlichen Unterfangen. Auf der gegenüberliegenden Seite erinnerte die Ruine des Klosters zur heiligen Afra an die Belagerung durch die Ungarn. Sogar die kleine Schmutter, an der die Schlacht stattgefunden hatte, wälzte sich plötzlich breit dahin, riss Tierkadaver mit sich und die Leichen gefallener Krieger, um sie an anderer Stelle im Geäst der Büsche wieder von sich zu geben.

Augsburg selbst thronte wie eine Insel über den überschwemmten Auen und den durchweichten Weiden und Feldern.

Ein Glück, dass das Korn schon eingebracht war, auch wenn die Ungarn viel davon geraubt hatten, um ihre Kämpfer durchzufüttern. Es regnete und regnete, als wollte der grau verhangene Himmel die lange Trockenheit mit einem Schlag wiedergutmachen. Alles war feucht und nass. Brunnen quollen über, Vieh ersoff in der Flut, eine braune Brühe wälzte sich flussabwärts. Es war ein Wunder, dass keine Seuchen ausbrachen.

Die Menschen hatten Angst, die Ungarn könnten wiederkommen. Aber der andauernde Regen schien die beiden Heere verschluckt zu haben. Wo um Himmels willen waren sie? Was ging da draußen vor? Die haarsträubendsten Gerüchte machten die Runde. Es wurde wieder von Weltuntergang geredet. Gott habe die Sintflut geschickt, um die Welt von Unrat und Sünden reinzuwaschen. Bald würde der Tag des letzten Gerichts heranbrechen.

Bischof Ulrich versuchte immer wieder, die Leute zu beruhigen. Aber auch er konnte nicht sagen, ob Otto die Ungarn eingeholt hatte, ob es zu weiteren Kämpfen gekommen war. Bestimmt hatte es irgendwo eine Schlacht gegeben. Manche waren sich sicher, diesmal hätten die Ungarn gesiegt. Und sie wären jetzt auf dem Rückweg hierher, um sich Augsburg zu nehmen, um nachzuholen, was ihnen zuvor nicht gelungen war. Nichts zu wissen war fast noch schlimmer, als dem Übel ins Auge zu sehen.

»Ich denke, die Flüsse werden überall angeschwollen sein, so wie hier«, sagte Odo, dessen Fuß langsam heilte. »Bei dem Wetter ist doch kein Durchkommen. Man sieht den Feind nicht, und die Pferde versinken im Schlamm. Ich glaube nicht, dass es Kämpfe gegeben hat.«

Er hob einen Balken hoch, hievte ihn sich auf die Schulter und humpelte davon. Odo und Arnulf waren, wie viele andere Männer, damit beschäftigt, die Schäden an den Befestigungen auszubessern. Dafür gab es einen Laib Brot am Tag und angeblich sogar etwas Silber, wenn die Arbeit fertig war.

Am Morgen nach der Schlacht waren viele Augsburger trotz des Regens hinaus zu den Feldern vor der Schmutter geströmt. Mit Karren hatten sie Verwundete, die noch lebten, zurück in die Stadt gebracht. Aber der eigentliche Grund, das Schlachtfeld abzusuchen, war die Gelegenheit zu plündern. Dabei hatten die Soldaten des Königs das Wertvollste schon am Abend zuvor an sich genommen. Doch die Leichenfledderer gaben nicht auf, nahmen alles auch nur halbwegs Nützliche an sich. Die nackten Leichen überließen sie den Krähen und Hunden oder stießen sie in den Fluss.

Arnulf hatte nicht daran teilgenommen. Der Gedanke, die Toten nach ein paar Münzen zu durchsuchen, bereitete ihm Übelkeit. Obwohl er keine Bedenken hatte, Milans Wertsachen an sich zu nehmen. Aber das war etwas anderes. Schließlich hatte er ihn gefangen genommen, und die Kriegsbeute stand ihm zu. Außerdem hatte er ihm das Leben gerettet. Ohne ihn hätte der Ungar die Nacht nicht überstanden und wäre verblutet. Diese Schätze – Milans Schwert, einen edlen Dolch und etwas Hacksilber in einem Lederbeutel – versteckte er im Stall.

Milan selbst schien der Verlust nicht zu kümmern. Das war schließlich Kriegerschicksal und unvermeidlich. Umgekehrt hätte er ganz ähnlich gehandelt. Wichtiger war, dass er die Schlacht überlebt hatte. Dafür war er Arnulf dankbar, was er bei jeder Gelegenheit zeigte.

Dass er Ungar war, schienen seine Mitleidenden im Dom langsam zu vergessen. Die bösen Blicke wurden weniger, besonders nachdem Milan ein paar Brocken bairisch gelernt hatte. Wer in der Lage dazu war, versuchte, ein paar Worte mit ihm zu wechseln. Schließlich ging es allen hundeelend mit ihren Verletzungen, ihren Schmerzen, ihren eitrigen Ausflüssen. Glücklich konnte sich schätzen, wen der Wundbrand verschonte.

Aber im Grunde war es Milans Lächeln, das das Eis brach. Er war ein hübscher Kerl mit einem gut geschnittenen Gesicht, in dem kräftige dunkle Brauen und weiße Zähne einen lebhaften Kontrast bildeten. Ja, man hätte ihn mögen können, wenn er nicht so ein verdammter ungarischer Teufel gewesen wäre. Das musste sich selbst Hedi eingestehen, und sie beäugte ihn mit der Zeit etwas weniger feindselig als zuvor. Obwohl sie ihn kühler und brüsker behandelte als die anderen.

Die Wunde machte Milan jedoch zu schaffen. Das Bein schwoll an. Wundwasser und stinkender Eiter durchtränkten die Verbände. Die Mönche mussten sie häufig wechseln. Fieber schüttelte seinen Leib, und er magerte ab. Doch er ertrug all dies mit stoischem Gleichmut. Und nichts schien sein Lächeln besiegen zu können.

Arnulf setzte sich, so oft es ging, zu ihm, brachte ihm Worte bei. Manchmal mussten sie beide über seine Aussprache lachen. Dann vergaß Milan für Augenblicke die Schmerzen. Tatsächlich besserte sich langsam sein Zustand. Vielleicht war es Bruder Gernots Heilkunst oder Arnulfs Zuwendung oder einfach Milans heitere Zuversicht und sein Lebensmut, aber der Eiter hörte auf zu fließen, die Schwellung ging zurück, die Wunde begann zu heilen.

Was Hedi betraf, so entdeckte sie zu ihrem grenzenlosen Entsetzen, was sie längst insgeheim befürchtet hatte. Dass die Vergewaltigungen nicht ohne Folgen geblieben waren – sie war schwanger. Untröstlich schwankte sie zwischen unbändiger Wut und tiefer Niedergeschlagenheit. Am liebsten hätte sie sich die Frucht aus dem Leib gerissen. Wenn Arnulf nicht gewesen wäre, hätte sie sich womöglich in den Lech gestürzt. Fortan weigerte sie sich, auch nur das Geringste für Milan zu tun. Als wäre er schuld an ihrem Unglück.

Arnulf versuchte, sie zu beruhigen. Es sei doch vor allem ihr Kind, wüchse in ihrem Leib heran und gehöre niemand anderem. Ein Kind sei ein Kind, sagte er, und überhaupt ganz unschuldig. Sie würden es lieben und aufziehen und vergessen, wie es entstanden war.

Seine Worte halfen ein wenig, besonders, als er ihr versprach, sie nicht im Stich zu lassen, auch wenn das Kind nicht seines war. Sie legte den Kopf an seine Brust und war froh, dass es ihn gab. Aber wenn sie allein war, fühlte sie sich elend und beschmutzt und konnte die bitteren Tränen über ihre Erniedrigung nicht zurückhalten.

Das Wetter hatte sich gebessert. Die Sonne kam hervor, die Felder dampften. Nach Tagen begann auch der Wasserstand der Flüsse zu sinken, die Auen trockneten, obwohl stinkende Tümpel zurückblieben. Bauern verließen nach und nach die Stadt, um zu sehen, was von ihren Höfen übrig geblieben war. Nach zwei weiteren Wochen erreichten die ersten Nachrichten die Stadt: Des

Königs Heer lagerte in Regensburg, und anscheinend war nichts mehr von den Ungarn zu befürchten. Doch die Kunde über das wahre Ausmaß all dessen, was in den Wochen nach der Schlacht geschehen war, erreichte Augsburg erst mit der Rückkehr der bischöflichen Panzerreiter.

Unter ihnen war auch Ewalt. Neben seinem Rappen führte er noch zwei Pferde mit sich. Beutetiere, sagte er. Nachdem Arnulf sich um die Gäule gekümmert hatte, hockten sie im Stall zusammen, und Ewalt berichtete.

»Das stolze Heer der Ungarn ist nicht mehr«, sagte er. »Es wurde fast bis auf den letzten Mann vernichtet.«

»Mein Gott! Hat es denn noch so eine Schlacht gegeben?«

»Nein.« Ewalt schüttelte den Kopf. »Ich will die Verdienste des Königs nicht kleinreden, aber im Grunde war es das Wetter. So was hab ich mein Lebtag noch nicht gesehen. Am ersten Tag wurde trotz des Regens noch gekämpft, aber die Ungarn zogen sich jedes Mal zurück.«

»Sie sind geflohen?«

»Ihre Bögen waren aufgeweicht, denke ich. Vielleicht haben sie den Mut verloren. Jedenfalls sind sie jeder Schlacht aus dem Weg gegangen. Im Grunde wollten sie nur nach Hause. Was ihnen aber den Rückzug schwergemacht hat, waren die Flüsse. Alle Flüsse aus den Alpen waren zu reißenden Gewässern geworden, besonders die Isar. Die Ungarn hatten Schwierigkeiten überzusetzen. Ein Großteil schaffte es noch, obwohl dabei viele in der Strömung ertranken. Aber die, die zurückblieben, wurden bis auf den letzten Mann niedergemacht.«

Arnulf sagte nichts. Er wusste, wie gefährlich diese Bergflüsse bei Hochwasser waren, und konnte sich alles lebhaft vorstellen. Fast taten ihm die Ungarn leid.

»Wir hatten selbst auch Schwierigkeiten«, fuhr Ewalt fort. »An Verfolgung war nicht mehr zu denken, schon gar nicht mit den Fußtruppen. Aber selbst das half den Ungarn nicht. Denn am Inn wiederholte sich das Ganze. Eines muss man sagen, es war verdammt klug von Otto und seinem Bruder Heinrich, dass sie in den letzten Jahren überall Wallburgen errichtet haben.«

»Bei uns im Inntal auch«, sagte Arnulf.

»Ja. Das hat ihnen das Genick gebrochen. Außerdem waren sie bis dahin schon ziemlich verstreut. Sie versuchten ihr Glück in kleinen Gruppen, um unbemerkt zu entkommen. Aber an den Flussübergängen wurden sie aufgehalten. Und da sind dann die Besatzungen der Burgen über sie hergefallen. Ich glaube, das Land hat noch nie ein solches Gemetzel erlebt. Als unser Heer endlich aufgeholt hatte, fanden wir ganze Uferauen von Erschlagenen vor. Überall Leichen auf den Wiesen, und in den Flüssen trieben sie zu Hunderten. Kein schöner Anblick, sage ich dir. Grauenhaft.« Ewalt fuhr sich mit den Fingern übers Gesicht, als wollte er die Erinnerungen wegwischen. »Die letzte größere Truppe wurde dann von einem böhmischen Heer gestellt, das in Regensburg geblieben war, und Mann für Mann niedergemacht.«

Sie schwiegen eine Weile und dachten darüber nach. In ihrem gesamten Leben würden sie wohl nichts Ähnliches mehr erleben. Weit über zehntausend Ungarn hatten ihr Leben gelassen und einige tausend Königstreue. Konrad der Rote war gefallen, und viele seiner tapferen Mitstreiter.

Wozu das alles?, fragte sich Arnulf. Warum konnten die Menschen nicht in Frieden leben?

Zumindest war Baiern nun für lange Zeit gesichert. Das jedenfalls behauptete Ewalt. Es sei der Verdienst des Königs, der einen klugen Feldzug geführt hatte, und dem Mut seiner tapferen Krieger geschuldet. Vor allem der Panzerreiter.

Ewalt schien auf grimmige Weise befriedigt. »Von nun an wird niemand mehr im Reich Ottos Autorität infrage stellen«, sagte er. »Selbst die widerspenstigen Lombarden werden kuschen. Es heißt, der König habe vor, demnächst nach Rom zu ziehen, um sich zum Kaiser krönen zu lassen.«

»Zum Kaiser?«

»Ja, so wie Carolus Magnus. Von dem hast du vielleicht gehört.«

»Wer nicht?«

»Otto der Erste, Kaiser des Römischen Reiches. Stell dir vor! Der erste Kaiser seit Arnolf von Kärnten vor über fünfzig Jahren.«

»Werdet Ihr ihn nach Rom begleiten?«

»Vielleicht. Aber erst will ich nach Hause, nach Lümborg.« Er zwinkerte Arnulf zu. »Übrigens, einer der Gäule, die ich mitgebracht habe, ist für dich.«

»Für mich?«

»Ich hoffe immer noch, dass du mitkommst. Deshalb bin ich hier.«

»Nach Lümborg?«

»Das Leben ist gut bei uns. Reiches Ackerland. Manchmal kommen die Wenden über den Fluss, um zu plündern. Aber wir machen das Gleiche bei ihnen. Ansonsten kommen wir gut mit ihnen klar. Überleg es dir. Ich bilde dich zum Söldner aus. Du wirst mein Schildträger.«

»Aber ich bin Schmied und kein Söldner. Wenn ich ehrlich bin, hat mir dieser Krieg gereicht.«

»Krieger zu sein ist ein ehrenvolles Handwerk«, sagte Ewalt. Aber dann zuckte er mit den Schultern. »Na gut. Wenn nicht Krieger, dann eben Schmied. Wenn du willst, kannst du dein Mädel mitbringen. Ihr werdet es gut bei uns haben.«

»Ich danke Euch, Herr. Aber warum tut Ihr das?«

»Du hast mir das Leben gerettet, schon vergessen? Ich möchte etwas für dich tun. Außerdem mag ich dich. Du bist ein tapferer Bursche.«

Es war sicher gut gemeint. Und Arnulf schwankte einen Augenblick. Bevor Hedi ihm begegnet war, hätte er das Angebot vielleicht angenommen. Schließlich war er niemandem verpflichtet. Aber jetzt war Hedi in sein Leben getreten. Dazu war sie auch noch schwanger. Er hatte versprochen, ihr beizustehen. Und sie würde niemals einwilligen, in den Norden zu ziehen. Dazu war sie ihrem Dorf viel zu sehr verbunden. Und dann war da auch noch Milan. Drei Leben, um die er sich kümmern musste. Er konnte sie nicht einfach in eine fremde Welt verpflanzen. Außerdem würden ihm die Berge fehlen, auch wenn er sie meistens nur aus der Ferne sehen würde.

»Nein, Herr. Es ist wirklich großzügig von Euch. Aber ich habe Hedi versprochen, sie in ihr Dorf zu begleiten und eine Familie zu gründen.«

Es war nicht nur, weil er es versprochen hatte. Es war auch sein eigener Wunsch. Eine Dorfgemeinschaft, so wie sein Dorf am Inn. Arbeit als Schmied und ein Weib wie Hedi. Das war es, was er wollte.

Ewalt seufzte. »Nun, ich kann dich nicht zwingen. Aber nimm das hier.« Er steckte Arnulf einen ziemlich großen Beutel mit Silber zu. »Dein Beuteanteil«, sagte er. »Und ich gebe dir die graue Stute. Sie ist mir zugelaufen. Hat irgendeinem Ungarn gehört. Ein umgängliches Tier, noch jung. Sie wird dir Freude machen.«

Am nächsten Morgen begleitete Arnulf ihn noch bis vors Stadttor. Dort umarmten sie sich. »Solltest du es dir anders überlegen«, sagte Ewalt, »du bist immer willkommen.«

Von dem Silber, das Arnulf von Ewalt bekommen hatte, kaufte er das nötigste Werkzeug für seine zukünftige Schmiede. Es blieb noch genug übrig, um in Hedis Dorf ein Stückchen Land zu erwerben, und einen Zugochsen dazu. Die Zukunft sah also rosig aus. Milans Wunde war so weit geheilt, dass er mit Hilfe von Krücken laufen konnte. Es war Zeit, sich auf den Weg zu machen.

Arnulf hätte sich gern von Bischof Ulrich verabschiedet, aber man hätte ihn wahrscheinlich gar nicht vorgelassen. Außerdem war der hohe Herr viel zu beschäftigt. Seit Tagen war er zu Pferde unterwegs, um nach den Bauernhöfen zu sehen und die Schäden einzuschätzen, die die Ungarn hinterlassen hatten. Den besonders hart Getroffenen würde er den Zehnten erlassen, so hieß es. Und außerdem war er mit Baumeistern beschäftigt, um den Wiederaufbau der Kirche der Heiligen Afra zu planen. Und natürlich den des Doms. Das würde eine längere Aufgabe werden.

Arnulf legte seinen Lederpanzer an und gürtete sich mit Milans Schwert. Speer und Schild würde er ebenfalls mitnehmen – man konnte nie wissen, wann man eine Waffe brauchte. Er belud den Grauschimmel mit Schild und Werkzeug und half Milan in den Sattel. Hedi verabschiedete sich von den Mönchen, die ihr einen großen Beutel mit Wegzehrung mitgaben. Dann schritten sie durch die Gassen und zum Tor hinaus in ihr neues Leben.

»Hör zu, Milan«, sagte Arnulf, nachdem ein Fährmann sie über den Fluss gebracht hatte. »Ich habe bisher gesagt, du wärst mein Sklave, damit sie dich in Ruhe lassen. Aber eigentlich bist du ein freier Mann.«

Milan verstand nicht gleich und blickte ihn verwirrt an. Arnulf erklärte es noch einmal, bis der Ungar begriffen hatte. »Du wirst also in deine Heimat zurückkehren können. Ich gebe dir das Pferd. Du kannst ja noch nicht richtig laufen. Ja, und deine Waffen.«

Er nahm den Schwertgürtel ab. Hedi sah sprachlos zu, und auch Milan wusste vor Erstaunen nichts zu sagen.

Doch dann schüttelte er heftig den Kopf. »Ich will bei euch bleiben«, sagte er in seinem gebrochenen Bairisch. »Schick mich nicht weg. Zu Hause wartet nichts auf mich. Ich will bei euch bleiben, bitte!«, wiederholte er. Dabei schielte er besorgt zu Hedi hinüber, als hinge die Entscheidung allein von ihr ab. »Bitte!«

Beide Männer warteten, was sie sagen würde. Hedi starrte Milan lange mit gerunzelter Stirn an. Dann bedachte sie auch Arnulf mit einem gereizten Blick.

»Ach, macht doch, was ihr wollt, ihr Kerle!«

In Hedis Dorf war man ganz aus dem Häuschen, als die Totgeglaubte wieder auftauchte. Und dann auch noch mit zwei Männern, einer davon ein Ungar. Obwohl rasch klar war, dass Arnulf ihr Mann und Milan nur sein Kriegsgefangener und Knecht war, rankten sich lange Zeit Gerüchte um die drei. Es dauerte, bis man sich daran gewöhnte, dass Hedi mit zwei Männern unter einem Dach lebte. Männer, die nicht einmal aus dem Dorf waren.

Über ihre Verschleppung verlor sie kein Wort, obwohl jeder wusste, was geschehen war. Schließlich waren auch andere Weiber im Dorf vergewaltigt worden. Einige Männer hatten bei der Verteidigung der Frauen sogar ihr Leben gelassen. So wie Heiner. Aber Hedi wollte nichts mehr davon wissen und schwieg beharrlich zu allen Fragen.

Schon gleich nach ihrer Ankunft hatte Arnulf von den Mönchen des nahen Klosters ein Stück Land gepachtet. Es lag nahe am Wald in einiger Entfernung vom Dorf. Noch vor dem Winter hatte er darauf eine Hütte errichtet. Sie war nicht groß, aber es reichte fürs Erste. Im nächsten Frühjahr erweiterte er sie, baute Stallungen an, eine kleine Schmiede und auch einen eigenen Bereich für Milan. Er kaufte einen Zugochsen und begann, sein Feld zu bestellen. Milan, der inzwischen wieder recht gut laufen konnte, half ihm nach Kräften.

Hedis Familie war überglücklich, dass die Tochter wider Erwarten überlebt hatte. Der Vater hatte sie fest in die Arme geschlossen, etwas, was er noch nie getan hatte. Und die Mutter, sonst so griesgrämig, freute sich auf das zu erwartende Enkelkind, als würde es neues Glück in ihr Leben bringen. Es musste ein Ungarnbalg sein, darüber war sich jeder im Dorf einig. Aber für Hedis Mutter kam nur Arnulf als Vater in Frage. Sie schloss jede andere Möglichkeit aus. Und Hedi entschied, sie in diesem Glauben zu lassen, denn über ihre Schande wollte sie kein Wort mehr verlieren.

Noch im Herbst wurde geheiratet. Das ganze Dorf kam zur Feier.

Die Mutter behandelte ihren Schwiegersohn mit großem Respekt, hatte er doch im Kampf um Augsburg seine Tapferkeit bewiesen, besaß ein Pferd und sogar einen Knecht. Er hatte genug Silber, um Land zu pachten und einen Zugochsen zu kaufen. Außerdem war er Schmied und ein prächtiger Bursche dazu, der hart arbeitete und sich nicht zu schade war, ihrem Ehemann und ihrem Sohn zur Hand zu gehen, wenn sie Hilfe benötigten. Besser hätte man es nicht treffen können. Besser allemal als dieser Hungerleider Heiner, den Gott zur rechten Zeit zu sich genommen hatte. Auch dass Arnulf Welscher war, störte am Ende niemanden mehr.

»Jetzt hoffe ich nur noch, dass auch dein Bruder eine gute Frau findet«, sagte sie zu Hedi. »Dann können wir uns von Gott gesegnet preisen.«

Hedi fühlte sich alles andere als gesegnet, denn sie litt unter der elenden Schwangerschaft, die ihr so verhasst war. Besonders als ihr Leib schwerer wurde. Sie war schon immer ein kräftiges Mädchen gewesen, aber nun nahm sie zu und kam sich bald aufgedunsen und hässlich vor. Wenn das Kind in ihrem Bauch strampelte, sagte sie, es müsse der Teufel sein, der in sie gefahren war. Arnulf aber fand sie überhaupt nicht hässlich. Er liebte ihre üppigen Formen, legte gern sein Ohr auf ihren gewölbten Bauch und streichelte ihre geschwollenen Brüste.

Im Frühjahr gebar sie nach langem nächtlichem Kampf einen Sohn. Ein hübsches Kind, dunkelhaarig und kräftig. Kräftige Lungen hatte er allemal, wie sich bald herausstellte. Doch Hedi warf nur einen kurzen Blick auf den Säugling, dann weigerte sie sich, ihn anzunehmen. Arnulf und die Mutter versuchten, ihr gut zu-

zureden, aber sie stieß das Kind von sich, wollte es nicht stillen. Schließlich fand sich eine junge Mutter unter den Frauen im Dorf, die genug Milch für zwei hatte.

Arnulf war sehr betrübt über Hedis Weigerung. Aber wenn er daran dachte, was sie durchgemacht hatte, dann konnte er ihre Gefühle verstehen. Und da er sie liebte, musste er diese achten, auch wenn er ihr Verhalten nicht für richtig hielt. Als er sie fragte, wie sie den Jungen nennen wollte, bekam er nur die knappe Antwort, er solle doch gefälligst selbst einen Namen finden, ihr sei es gleich.

Das mutterlose Kerlchen tat ihm leid. Er beschloss, ihm für sein zukünftiges Leben zumindest ein Gefühl der Zugehörigkeit zu schenken, und gab ihm deshalb seinen eigenen Namen – Arnulf.

Fortan kümmerte er sich selbst um den Jungen, nachdem er nicht mehr gestillt werden musste, und tat alles, um ihm ein guter Vater zu sein. Und wie er gezeugt worden war, ging niemanden etwas an, schon gar nicht den Jungen. Noch bevor der Kleine richtig laufen konnte, nahm er ihn überallhin mit. Er trug ihn in einer Kiepe auf dem Rücken, ließ ihn in der Schmiede zuschauen, wie die Funken flogen, setzte ihn am Feldrain ab, wenn er mit Milan pflügte, gab ihm zu essen und brachte ihm die ersten Worte bei. Zwischen den beiden entwickelte sich ein enges Band, stärker als das zu Arnulfs eigenen Kindern, die später kamen, ein Mädchen und dann ein Bub. Der kleine Arnulf klebte an der Seite seines vermeintlichen Vaters und war stolz, ihm zu helfen, sobald die kleinen Hände es erlaubten. Er war mehr bei der Feldarbeit oder in der Schmiede zu Hause als beim Spielen mit seinen Geschwistern.

Die beiden folgenden Schwangerschaften fielen Hedi leicht. Die Neugeborenen purzelten ihr förmlich aus dem Leib, und sie kümmerte sich um sie mit einer Fürsorge und Aufopferung, als wollte sie nun aller Welt beweisen, dass sie eine gute Mutter war. Besser jedenfalls als ihre eigene.

Es mangelte ihr auch nicht an Liebe für ihren Mann. Sie war ihm ein gutes Weib und unterstützte ihn in allem, was er unternahm. Und sie gewöhnte sich an Milan. Sein Humor und seine fröhliche Art gewannen ihr Herz. Sie vergaß, dass er dem verhassten Volk angehörte, das ihr so viel Leid zugefügt hatte.

Was Arnulf betraf, so freute er sich, dass Hedi den jungen Ungarn mit der Zeit ebenfalls als Familienmitglied betrachtete. Auch im Dorf war Milan ein gern gesehener Mann, der aushalf, wo er gebraucht wurde. Über seine Vergangenheit verlor er kein Wort, als wäre etwas Unsägliches vorgefallen. Man munkelte, dass er etwas Schlimmes angestellt haben musste. Warum sonst redete er nie über seine Familie und hatte auch nicht vor heimzukehren, obwohl Arnulf ihm dies freistellte? Aber natürlich waren das nur Gerüchte. Niemand wusste etwas.

Arnulfs Ehrgeiz war es schon immer gewesen, ein Schwert zu schmieden, die hohe Kunst seines Handwerks. Aber es war irgendwie nie dazu gekommen. Mal fehlte der rechte Stahl, mal die Zeit. Es schien auch nicht mehr so wichtig zu sein. Er war zufrieden mit seinem Leben. Im Dorf war er ein geachteter Mann. Er hatte eine Familie, so wie er es sich gewünscht hatte.

Manchmal dachte er zurück an seine Jugend am Inn und fragte sich, wie es seinen Eltern und Geschwistern gehen mochte. Aber die Herausforderungen des täglichen Lebens ließen die Erinnerungen langsam verblassen. Auch an die Schlacht bei Augsburg erinnerte er sich nur noch ungern. Die Teilnahme an diesen Ereignissen hatte sein Leben verändert, im Grunde eher zum Guten als zum Schlechten. Doch es war ein so grausiges Erlebnis gewesen, dass er nicht mehr daran denken wollte.

Irgendwann drang Kunde bis ins Dorf vor, dass der König nach Italien gezogen war und sich in Rom zum Kaiser hatte krönen lassen. Im Geiste sah Arnulf noch den ernsten Mann auf seinem weißen Pferd vor sich, der seine Krieger in die Schlacht geführt hatte, an vorderster Front und tapfer bis zur Selbstaufgabe. Sein kluger und beherzter Einsatz hatte das Land gerettet und befriedet. Die Ungarn hatten sich seitdem nicht mehr blicken lassen. Es hieß, die meisten hätten ihr Kriegerleben aufgegeben und züchteten nun Schafe und Rinder statt Pferde. Und Otto selbst war nun römischer Kaiser, wie Ewalt es vorausgesagt hatte. Es hieß, ein neues Zeitalter habe begonnen.

Doch ob er Kaiser war oder nicht – im Grunde war dies alles so fern und so entrückt von ihrem Leben im Dorf, dass es keine Bedeutung hatte.

Milan war Arnulf ein wahrer Bruder geworden. Manchmal, eher zum Spaß und wenn sie nichts Besseres zu tun hatten, übten sie sich im Schwertkampf, so wie Arnulf und sein Bruder Volkmar es als Jungen getan hatten. Milan brachte ihm Tricks bei. Hedi sah ihnen dabei zu und feuerte sie wechselseitig an. Und wenn sie erschöpft innehielten, hatte sie einen kühlen Trunk für sie bereit – Bier, das sie am Vortag gebraut hatte.

Trotz der Mühsal der täglichen Arbeit war es ein fröhlicher Haushalt geworden, mit Kindern und Hühnern und Ziegen, inzwischen auch ein paar Kühen; mit zwei kräftigen Männern, die in der Schmiede genauso wie auf den Feldern arbeiteten und für das tägliche Auskommen sorgten; und mit einer emsigen jungen Frau, die sich um die Tiere kümmerte, Gemüse zog und allen den Haushalt führte. Hedi war wieder schwanger geworden, worüber Arnulf glücklich war, denn Kinder waren der Reichtum und die Zukunft einer Familie.

Alles hätte so weitergehen können, wenn eines Tages nicht das Schicksal erneut zugeschlagen hätte.

DAS MEER SEHEN

Es war an einem lichten Sommerabend. Die Arbeit war getan, das Vieh versorgt, und die Familie saß beim Mahl. Da hörte Arnulf fernen Hufschlag, der sich langsam näherte. Außer ihm besaß niemand im Dorf ein Pferd, denn Kühe und Zugochsen waren für einen Bauern nützlicher. Auch die Mönche des nahen Klosters hielten keine Pferde. Es musste also ein Fremder sein. Doch was tat ein Fremder in dieser stillen Gegend? Denn der Hof lag ziemlich weit außerhalb des Dorfs und halb im Wald versteckt.

Arnulf erhob sich und trat vor die Tür, um nachzusehen. Der siebenjährige kleine Arnulf sprang vom Tisch auf und lief hinter ihm her.

Ein einzelner Reiter näherte sich im Schritt. Der Mann war groß und breitschultrig und saß auf einem langbeinigen, edlen Tier. Silberbeschlagenes Zaumzeug blitzte in der untergehenden Sonne. Arnulf merkte gleich, dass der Fremde gut gekleidet war. Er trug eine lederne Weste über einer Tunika aus gutem Tuch und silberne Sporen an den Stiefeln. Von der Hüfte hing ein Schwert. Dies war ein Krieger, auch wenn er weder Helm noch Panzer trug. Jedoch kein einfacher Söldner, sondern ein reicher Landbesitzer oder ein adeliger Herr, so wie er ausgestattet war. Arnulf fragte sich, was so einer hier verloren hatte. Noch dazu ohne Begleitung.

In zwanzig Schritt Entfernung hielt der Mann sein Ross an und blickte zu ihm herüber. »He, Bauer!«, rief er in herrischem Ton. »Ich suche ein Kloster. Soll hier irgendwo sein.«

Arnulf wollte schon den Mund aufmachen, um ihm den Weg zu weisen, als ihn plötzlich die Erkenntnis traf, so heftig, als hätte man ihm mit einem Knüppel über den Schädel gehauen. Das Blut gefror ihm in den Adern.

Vielleicht war es die Stimme oder die Statur oder der kalte Blick – aber er wusste sofort, wen er vor sich hatte. Diesen Kerl hatte er gehofft, nie mehr im Leben wiederzusehen. Auch wenn der andere älter geworden war, es herrschte kein Zweifel. Es war Eberhard, leibhaftig vor ihm, hoch zu Ross und mit einem hochmütigen Ausdruck im Gesicht. Eberhard, der Sohn des Vogts aus dem Inntal, den er damals niedergeschlagen und dessen Vater er, ohne es zu wollen, getötet hatte. Wegen eines Mädchens, das ihn verraten und zu Unrecht beschuldigt hatte.

Einen Augenblick lang brachte Arnulf kein Wort hervor. Er war wie gelähmt, spürte kaum die kleine Hand seines Sohns, der an seinem Hosenbein zupfte. »Wer ist das, Vater? Kennst du den Mann?«

Als hätten die Worte des Kleinen etwas in ihm ausgelöst, riss Eberhard die Brauen hoch und starrte nun seinerseits Arnulf an. Zuerst etwas verdutzt. Doch dann verengten sich die Lider zu Schlitzen, und sein Gesicht nahm einen hässlichen Zug an. »Ich kenn dich doch!«, stieß er hervor. »Ja, natürlich! Jahrelang hab ich dich gesucht.« Er lachte grimmig. »Und ausgerechnet hier lauf ich dir Scheißkerl über den Weg.«

Er sprang aus dem Sattel und scheuchte den Gaul weg. Als er sich Arnulf zuwandte, hatte er das Schwert in der Hand. Eine lange, scharfe Klinge, die kurz in der Abendsonne aufblitzte. »Diesmal entkommst du mir nicht, du Bastard.«

Arnulf erwachte aus seiner Lähmung und schob hastig den Kleinen weg. »Geh, Junge! Lauf ins Haus!«

Sein Herz klopfte wie wild. Er schlüpfte aus den Holzschuhen, die er trug. Barfuß würde er einen besseren Stand haben. Er sah sich nach einer Waffe um, aber da war nichts. Kein Rechen, keine Heugabel, nicht einmal ein größerer Stein auf dem Boden. Er verfluchte im Stillen Hedi, die immer alles sauber halten musste.

Eberhard war langsam näher gekommen und grinste gefährlich. »Bete zu deinem Herrgott, Bursche«, sagte er. »Denn jetzt wirst du sterben.«

Arnulf wich zurück. Unbewaffnet war er hilflos gegen einen geübten Krieger wie Eberhard. Doch weglaufen konnte er nicht. Das wäre nicht nur feige gewesen, es würde auch wenig nützen, das war ihm sofort klar. Der Kerl würde sich seiner Kinder bemächtigen oder Hedi bedrohen und ihn zwingen, sich zu ergeben. Das durfte er nicht zulassen.

Eberhard sprang unverhofft vor und stach mit dem Schwert zu.

Aber Arnulf hatte es erwartet und rückte rechtzeitig zur Seite. Die spitze Klinge verfehlte ihn. Sein Gegner runzelte gereizt die Stirn. Es folgte ein Seitenhieb, der Arnulf schwer verletzt hätte, wenn er nicht wieder rechtzeitig ausgewichen wäre. Dann noch ein Schwertstoß, der knapp an seiner Kehle vorbeiging.

»Bleib stehen, du Bastard!«, knurrte Eberhard, grinste aber, als machte ihm das Katz-und-Maus-Spiel Spaß. Er war leicht vorgebeugt wie zum Sprung, das linke Bein etwas vorangestellt, das Schwert hinter seinem Rücken halbhoch in der Rechten, bereit, erneut zuzuschlagen.

Arnulf wich ein paar Schritte zurück, um den Abstand zu vergrößern und sich Raum zu verschaffen. »Hör zu!«, rief er. »Du und dein Vater, ihr habt mich damals ohne Warnung angegriffen. Ich habe in Notwehr gehandelt. Das weißt du genau. Ich wollte deinen Vater nicht töten.«

Eberhard rückte näher. »Notwehr? Du hast meine Schwester geschändet.«

Arnulf wich zur Seite. »Das hat sie dir erzählt? Es stimmt nicht. Sie war es, die mich verführen wollte. Aber dann hat sie Angst vor deinem Vater bekommen und hat mich zu Unrecht beschuldigt. Sie hat gelogen, verstehst du? Gelogen!«

»Red keinen Unsinn!« Eberhard drehte sich und trat wieder zwei Schritte näher. »Wegen dir hat sie einen armen Idioten heiraten müssen. Niemand wollte sie mehr haben. Du hast sie ruiniert.«

Geschieht ihr recht, dachte Arnulf nicht ohne Genugtuung. Und weil das Gerede um Gisela ihn abgelenkt hatte, passte er nicht auf und sprang einen winzigen Augenblick zu spät zur Seite, als Eberhard erneut die scharfe Klinge schwang. Und so erwischte es ihn am linken Arm. Nur knapp, aber er spürte einen scharfen Schmerz. Zum Glück schien der Schnitt nicht tief zu sein, aber es floss sofort reichlich Blut, das den Ärmel durchtränkte.

Eberhard lachte, als er das sah. »Hab ich dich erwischt! Wart's ab. Gleich schneide ich dich noch mehr. Stück für Stück, bis du hilflos am Boden liegst und um Gnade wimmerst.«

Hedi, die zusammen mit Milan vor die Tür gerannt war, schrie vor Entsetzen auf, als sie Arnulf bluten sah. Sein kleiner Ziehsohn stand mit großen Augen da und rührte sich nicht. Die beiden jüngeren Kinder waren der Mutter gefolgt, hingen ihr am Rock und fingen an zu weinen.

Beide, Hedi und Milan, hatten sofort erraten, wer der Fremde war. Sie wussten, worum es ging, denn Arnulf hatte ihnen alles schon vor Jahren erzählt. »Tu endlich was!«, schrie Hedi Milan an. »Er bringt ihn um.«

Sie machte einen Schritt nach vorn, als wollte sie sich zwischen Arnulf und den Fremden werfen. Wären die Kinder nicht gewesen, hätte sie es getan. Stattdessen blieb sie stehen, hielt die Kleinen fest an sich gepresst und wandte den Kopf, als Milan zu ihrem Unverständnis in der Hütte verschwand. »Milan!«, rief sie verzweifelt.

Arnulf spürte von der Verwundung wenig. Dafür war er zu erregt und darauf bedacht, den Schwertangriffen auszuweichen, zu überleben.

Wieder holte Eberhard aus und sprang vor, um die Sache endlich zu Ende zu bringen. Noch einmal gelang es Arnulf, rechtzeitig auszuweichen. Dabei bückte er sich, griff in den Dreck und schleuderte seinem Gegner eine Handvoll Sand ins Gesicht. Dann duckte er sich, bevor die Klinge ihn enthaupten konnte.

Eberhard brüllte wütend auf und rieb sich mit der Linken die Augen. Fast hätte Arnulf sich auf ihn gestürzt, um zu versuchen, ihm das Schwert zu entwinden, als er plötzlich Milan rufen hörte. »Arnulf, hier! Fang auf!«

Der Ungar warf ihm den Säbel zu. Arnulf schnappte die Waffe aus der Luft und riss sie aus der Scheide. Jetzt sah die Sache schon anders aus. Zumindest würde er sich wehren können.

Eberhard, dem die Augen tränten, wunderte sich, dass sein Gegenüber mit einem Mal eine lange Klinge in der Hand hielt. Doch ohne zu warten, ging er erneut zum Angriff über. Arnulf parierte, wehrte Eberhards Hieb zur Seite ab, gerade genug, um nicht getroffen zu werden. Aber fast zögerlich, so sah es aus. Selbst griff er nicht an.

Wieder stieß Eberhard zu, nur um erneut auf schwache Gegenwehr zu treffen. Da lachte er überheblich. War ja auch nur ein dreckiger, barfüßiger Bauer, der ihm gegenüberstand, schien er zu denken, so ungeschickt, wie der Kerl die Waffe führte.

So ging es eine Weile weiter. Eberhard griff an, und Arnulf wich zurück, wehrte Schwertstreiche ab, aber irgendwie unbeholfen. Hedi biss sich verzweifelt auf die Lippe. Man sah ihr an, dass sie ihm am liebsten zugebrüllt hätte, sich endlich zu wehren, den Kerl zu erledigen. Aber sie tat es nicht. Sie hatte wohl Angst, ihn abzulenken.

In Wahrheit war Arnulfs Ungeschicktheit vorgetäuscht. Um seinen Gegner in Sicherheit zu wiegen. Um auf eine Gelegenheit zu warten. Solches hatte er von Milan gelernt. Und um sich Zeit zu geben, nachzudenken.

Welches verfluchte Unglück hatte diesen Kerl ausgerechnet hierhergeschickt? Was sollte er tun? Er konnte versuchen, mit ihm zu reden, aber überzeugen würde er ihn nicht. Der Mann war zu verbohrt in seine Rachegelüste, wollte ihn auf der Stelle umbringen.

Und was, wenn es ihm gelänge? Würde er sich auch an den Kindern rächen? An Hedi? Zuzutrauen wäre es dem verdammten Kerl. Ich habe keine Wahl, dachte er. Der Bastard wird nie Ruhe geben. Er wird uns bis ans Ende der Welt verfolgen. Ich muss ihn unschädlich machen.

Wieder wehrte er einen Streich ab, der ihn fast das Leben gekostet hätte, wich zurück und ließ seinen Angreifer kommen, um noch mehr zurückzuweichen, ließ sich über den Hof treiben, als hätte er Angst. Im Hintergrund hörte er Hedi wimmern, die nicht verstand, warum er sich nicht energischer wehrte. Sie wusste doch, dass er dazu in der Lage war.

Ich habe keine Wahl, dachte er bei sich. Keine Wahl!

Als Eberhard sich sicher fühlte und mit überheblichem Grinsen zum entscheidenden Hieb ausholte, stach Arnulf blitzschnell zu. Die spitze Säbelklinge fuhr seinem Gegner tief in den Brustkorb. Nur ganz kurz, dann hatte Arnulf sie wieder herausgezogen und war außer Reichweite getänzelt.

Eberhard blieb stehen, fasste sich mit der Linken an die Stelle und konnte es nicht glauben, als seine Hand voller Blut war. Verwundet? Von diesem Bauerntölpel? Er brüllte wütend wie ein Stier und wollte sich auf Arnulf stürzen. Doch mehr als ein paar Schritte schaffte er nicht. Seine Beine waren plötzlich unsicher geworden. Er wankte noch einen Schritt vorwärts und blieb dann stehen. Der Schwertarm senkte sich. Die Waffe war ihm auf einmal schwer geworden. Er öffnete den Mund, aber heraus kam nur ein Ächzen.

Ich habe keine Wahl, dachte Arnulf und schlug zu. Mit voller Wucht.

Diesmal traf es Eberhard in den Nacken. Zwischen Schulter und Hals klaffte plötzlich eine tiefe Wunde. Eberhard fiel das Schwert aus der Hand, und er fasste dorthin, wo zwischen den Fingern ein ganzer Schwall von Blut herauspumpte.

»Du hast mir keine Wahl gelassen!«, schrie Arnulf. »Genau wie damals!«

Er stieß den Säbel tief in Eberhards Leib. Der starrte ihn an, die Augen groß vor Erstaunen, als könne er es nicht fassen, dass dieser lumpige Bauer ihn erledigt hatte. Er taumelte und fiel schließlich rücklings in den Staub.

Arnulf stand heftig atmend über ihm, mit dem blutigen Säbel in der Hand. Er sah zu, wie Eberhards Hand zitterte und zuckte, wie das Blut aus seinem Hals pulste und die Erde tränkte, wie seine Augen zum Himmel emporstarrten und schließlich brachen. Er gab noch einen langen Seufzer von sich. Dann war er tot.

Hedi stand da, mit der Hand vor dem Mund und mit entsetztem Blick. Obwohl sie in ihrer Angst nichts anderes gehofft hatte, als dass Arnulf diesen Kerl bezwingen würde, so wurde ihr jetzt beim Anblick der Leiche die ganze Tragweite bewusst.

»Was hast du getan?«, stammelte sie.

Er sah sie stumm an. Was hätte ich denn tun sollen?, sagte sein Blick. Dann warf er den Säbel zu Boden, senkte den Kopf und ließ die Schultern hängen. War sein Leben denn verflucht, dass er immer wieder töten musste?

Hedi lief zu ihm hin und schlang die Arme um ihn. Ihr ganzer Leib zitterte. Ihr war bewusst, welches Unglück über die Familie gekommen war. Man würde nach dem Fremden suchen. Man würde ihnen Arnulf nehmen, ihn richten. Und was würde dann aus ihr und den Kindern werden?

»Wir müssen sofort die Leiche verschwinden lassen«, sagte Milan mit erstaunlich ruhiger Stimme. »Falls jemand kommt, du verstehst. Komm, fass mit an.« Er packte den toten Eberhard am Kragen, um ihn zum Stall hinüberzuzerren. Arnulf half ihm, immer noch benommen von dem, was geschehen war. Dann fingen sie Eberhards Pferd ein und führten es ebenfalls in den Stall. Hedi stand immer noch da und starrte auf den großen, dunklen Erdfleck, den das versickerte Blut hinterlassen hatte.

»Und jetzt?«, fragte Arnulf.

»Jetzt setzen wir uns an den Tisch und denken nach«, erwiderte Milan.

Seine ruhige, unerschrockene Art half, dass Hedi nicht gleich durchdrehte. Sie beherrschte sich, nahm die weinenden Kinder bei der Hand und folgte den Männern in die Hütte. Drinnen riss sie ein Stück von dem Leinenstoff ab, aus dem sie Hemden für die Kinder hatte nähen wollen, und verband Arnulfs Wunde. Dann ließ sie sich am Tisch nieder. In ihren Augen stand Angst.

Milan entzündete am Herdfeuer einen Kienspan und steckte ihn in den eisernen Halter, der auf dem Tisch stand, denn es war dunkel geworden in der Hütte. Im flackernden Licht starrten die Kinder mit großen Augen und tränenverschmierten Gesichtern die Erwachsenen an, verstört über das, was sie gerade miterlebt hatten. Und unsicher, wie bedrohlich das war. Aber nach Mutters Miene zu schließen, musste es schlimm sein.

»Wir vergraben die Leiche irgendwo im Wald«, sagte Milan. »Auch das Pferd. Wir haben die ganze Nacht dazu. Es sollte zu schaffen sein. Ohne Leiche kann dir niemand etwas nachweisen. Der Mann ist nie hier gewesen.«

»Aber man wird nach ihm suchen«, sagte Arnulf.

»Na und? Niemand kann mit Bestimmtheit sagen, dass er ausgerechnet hier vorbeigekommen ist. Wenn jemand Fragen stellt, wissen wir von nichts.«

Hedi blickte ängstlich von einem zum anderen.

Arnulf aber sagte nichts. Er dachte nach. Eine ganze Weile lang, während Milans Blick auf ihm ruhte und Hedi auf den Nägeln kaute.

Dann schüttelte er den Kopf. »Nein. Es wird nicht gehen, Milan. Er hat zwei Brüder. Sie werden nach ihm suchen. Die werden wissen, wohin er unterwegs war. Er hat nach dem Kloster gefragt, erinnerst du dich? Vor allem sein Waffenmeister wird nach ihm suchen, ein gewisser Meinhard. Und der kennt mich. Der wird sich alles zusammenreimen, sobald er mich zu Gesicht bekommt.«

Hedi fasste sich an den Hals, als müsste sie ersticken. »Aber was sollen wir denn tun?«, fragte sie mit weinerlicher Stimme, aus der ihre ganze Verzweiflung sprach. Ihr Mann hatte einen Vogtsohn getötet. Herr im Himmel! Schlimmeres konnte ihnen gar nicht passieren. »Warum hat Gott uns so geschlagen?«, flüsterte sie.

Arnulf sah sie an, sagte aber nichts. Es war seine Schuld, dessen war er sich bewusst. Er hatte sie alle, ohne es zu wollen, in diese verfluchte Lage gebracht. Dabei war es allein seine Angelegenheit. Aber nun war die Familie betroffen. Hedi und die Kinder. Eberhards Brüder würden sich fürchterlich rächen. Er musste eine Lösung finden, sie alle beschützen.

»Wir müssen fort«, sagte er schließlich. »Noch heute Nacht. Etwas anderes sehe ich nicht. Du musst das Nötigste packen, Hedi. Wir nehmen die Stute. Die Kinder können auf ihr reiten.«

Entsetzt starrte sie ihn an. »Fortziehen?«, hauchte sie. »Aber wohin?«

»Wo uns niemand kennt. Wo sie uns nicht finden werden.« Er wandte sich an Milan. »Ich überlasse dir den Hof. Aber ich bitte dich, geh morgen zu den Mönchen und erklär ihnen alles. Du kennst meine Geschichte. Sag ihnen, dieser Eberhard ist gekommen, um mich umzubringen. Ich habe aus Notwehr gehandelt. Und dass wir es vorgezogen haben zu verschwinden. Ja, das ist das Beste für uns alle. Dir kann niemand etwas anlasten. Du hast den Hof – und wir, wir fangen irgendwo ein neues Leben an. Als Schmied kann ich überall meinen Lebensunterhalt verdienen.«

»Ich soll meine Heimat verlassen?«, flüsterte Hedi. »Mein Dorf, meine Familie?«

»Es geht nicht anders.«

Sie sah ihn mit großen Augen an, die sich langsam mit Tränen füllten. Sie blickte zu Milan hinüber, als suchte sie bei ihm Rat oder Unterstützung. Ihr Blick wanderte zurück zu Arnulf, und sie wurde plötzlich rot im Gesicht.

»Aber ich will nicht weggehen«, hauchte sie und schüttelte den Kopf. Dann brach es plötzlich aus ihr heraus. »Ich will bei Milan bleiben«, heulte sie und griff nach Milans Hand.

Es hatte wie ein Hilfeschrei geklungen. Eigentlich hatte sie nichts dergleichen sagen wollen. Hastig zog sie ihre Hand zurück. Aber jetzt war es heraus und konnte nicht mehr zurückgenommen werden.

Arnulf sah sie an und schwieg. Betretene Stille in der Hütte. Milan machte ein verlegenes Gesicht. Er wagte nicht, die Augen zu heben. Und auch Hedi senkte den Blick auf die Hände, die jetzt in ihrem Schoß lagen. Tränen rollten ihr von den Wangen. Ihr war, als ob mit einem Mal ihr ganzes Leben wie ein Kartenhaus in sich zusammenbrach. Nun würde alles herauskommen. Die kleinen Lügen, die heimlichen Treffen, die gestohlenen Momente.

Sie blickte auf. Ihre Augen waren rot gerändert und nass vor Tränen. Ihr Mund war vom Weinen verzerrt. »Es tut mir leid, Arnulf, aber ich kann mir nicht helfen. Du weißt, dass ich dich liebe, aber ihn liebe ich auch. Vielleicht noch mehr. Es zerreißt mich, dass du es jetzt erfahren musst. Ich habe das so nicht gewollt. Das musst du mir glauben.«

Arnulf betrachtete seine Frau. Ungerührt. Fast, als wäre sie eine Fremde. Vertraut und gleichzeitig seltsam fremd. *Vielleicht noch mehr*, hatte sie gesagt. Ja, das hatte er befürchtet.

»Ich weiß davon, Hedi«, sagte er leise. »Schon seit Langem.«

»Du wusstest es?«, flüsterte sie. »Und hast nichts gesagt? Die ganze Zeit?«

Sie tat ihm leid, wie sie so dasaß, wie ein Häuflein Elend. Ein Tropfen fiel ihr von der Nase. Sie wischte sich das Gesicht. Aber neue Tränen quollen hervor. Schon vor Jahren hatte er gemerkt, dass sie eine besondere Zuneigung zu Milan entwickelt hatte. Gesten, Blicke. So etwas blieb einem nicht verborgen. Zuerst war er wütend gewesen, fühlte sich zurückgesetzt, betrogen. Wie Gisela ihn betrogen hatte.

Aber natürlich war es nicht das Gleiche. Hedi war nicht Gisela. Und Betrug war das falsche Wort. Gefühle konnte man nicht unterdrücken. Hedi empfand eine besondere Zuneigung zu Milan, das war deutlich. Aber sie liebte auch ihn. Und sie hatte es ihm an nichts fehlen lassen. Sie alle drei waren mit ihrem Leben auf dem kleinen Hof glücklich gewesen.

»Was hätte ich sagen sollen?«, erwiderte er schließlich. Er blickte zu Milan hinüber. »Hätte ich dich etwa wegschicken sollen?«

Milans Miene war die eines Mannes, der körperliche Schmerzen verspürte. Er wand sich und brauchte einen Augenblick, bevor er sprechen konnte. »Ach, Arnulf«, sagte er leise. »Wir haben lange dagegen angekämpft, das kannst du mir glauben. Am Ende war es einfach stärker als wir.«

Arnulf nickte. »Ich kann mir vorstellen, wie so was ist.« Er deutete auf die beiden Kleinen, das dreijährige Mädchen und den Jungen, der erst zwei war. »Sind das nun meine oder seine?«, fragte er Hedi.

Sie schluchzte bei der Frage auf und barg ihr Gesicht in den Händen. »Ich weiß es nicht«, flüsterte sie. »Ich weiß es wirklich nicht. Ist es wichtig?«

Arnulf zuckte mit den Schultern. »Vielleicht nicht.« Er wandte sich wieder an Milan. »Deshalb bist du also geblieben damals. Wegen Hedi.«

Milan nickte. »Seit ich sie zum ersten Mal gesehen habe. Seit sie meine Wunde verbunden hat. Meine Gefühle habe ich lange verborgen. Schließlich bist du mein Freund. Und du hast mich gerettet. Aber ich konnte mich nicht dazu bringen, euch zu verlassen. Obwohl ich oft daran gedacht habe.«

Arnulf nickte. Er lächelte. »Es war gut, dass du geblieben bist. Darüber bin ich froh. Wir haben uns immer gut verstanden. Wir alle drei.«

»Und du trägst mir nichts nach?«

»Nein.«

Jetzt blieb es eine Weile still, nur von Hedis gelegentlichem Schluchzen unterbrochen. Die beiden Kleinen drängten sich an sie. Auch das Mädchen weinte. Weil die Mutter weinte. Sie waren beide dunkelhaarig, der Bub nur etwas heller. Natürlich waren Milan und er ebenfalls dunkel. Hedi hatte recht. Es war nicht wirklich wichtig, wer der Vater war. Sie hatten gut zusammen gelebt. Drei unter einem Dach, in Freundschaft und in Liebe.

Aber nun war es zu Ende.

Er stand auf. »Ich packe meine Sachen«, sagte er. »Nur das Nötigste. Und ich nehme natürlich die Stute. Und meine Werkzeuge.«

Schon war der kleine Arnulf bei ihm. »Ich will auch mit, Vater«, ließ er sich vernehmen. Der Junge schaute ihn aus großen Augen bettelnd an.

Er hockte sich zu ihm. »Aber ich gehe weit weg und komme nie mehr wieder. Besser, du bleibst bei deiner Mutter.«

Doch der Kleine schlang die Arme um seinen Hals, fing an zu weinen und wollte nicht loslassen. »Ich will nicht hierbleiben, Vater«, jammerte er. »Ich will bei dir bleiben. Bitte nimm mich mit.«

Arnulf warf einen Blick zu Hedi hinüber. Die zuckte hilflos mit den Schultern. »Also gut«, sagte er zu dem Jungen. »Dann hilf mir packen.«

Er beugte sich zu den beiden anderen Kleinen und küsste sie. Sie sahen ihn mit großen Augen an und verstanden nicht. Dann führten Milan und er das Pferd aus dem Stall und sattelten es. Arnulf lud seine schwere Satteltasche mit den Werkzeugen auf den Rücken der Stute. Dazu eine Bettrolle, eine Feldflasche mit Wasser, einen wollenen Mantel und warme Kleider für den Jungen. Arnulf selbst zog Stiefel an, streifte seinen alten Lederpanzer über und hing den langen Schild über den Sattelknauf. Besser er ritt als angeblicher Söldner statt als Bauer. Das würde keine Aufmerksamkeit erregen, denn Söldner waren oft unterwegs. Aber mit Kind? Nun, das war nicht zu ändern.

Milan trat zu ihm und reichte ihm seinen kostbaren Säbel samt Scheide und Schwertgürtel. Er hatte die Waffe gereinigt. »Ich schenk dir den Säbel. Er wird dir nützlich sein. Den Dolch behalte ich. Der ist von meinem Vater.« Dann sah er Arnulf mit einer Miene an wie ein geschlagener Hund. »Es tut mir leid, was soll ich sagen? Ich wollte dir nicht dein Weib stehlen. Schließlich hatte ich nie einen besseren Freund als dich. Vielleicht wirst du mir nicht verzeihen können. Das verlange ich nicht. Aber vielleicht kannst du es verstehen.«

Arnulf lächelte. »Ich bin dir nicht böse, Milan. Ja, zuerst, da war ich wütend. Ich gebe es zu. Aber mit der Zeit fand ich es gar nicht mehr so schlimm. Gefehlt hat mir nichts. Im Gegenteil. Und auch du warst mir ein guter Freund. Du hast dir nichts vorzuwerfen.« Er legte Milan die Hand auf die Schulter. »Was heute geschah, ist natürlich meine Schuld. Ich habe damals diesen verfluchten Vogt erschlagen. Damit hat es angefangen. Du und Hedi, ihr seid unschuldig mit hineingeraten. Ihr solltet nicht darunter leiden. Tu, was ich dir aufgetragen habe. Rede mit den Mönchen.«

»Ja. Gleich morgen früh.«

»Und gib gut Acht auf unsere Hedi und auf die Kinder.«

»Versprochen.«

Arnulf gürtete sich mit dem Schwert und hob seinen Sohn aufs Pferd. Als er sich noch einmal umdrehte, stand Hedi vor ihm. Ihr Gesicht war verquollen von all den Tränen. Wortlos schlang sie die Arme um ihn und legte den Kopf an seine Brust. Er hielt sie einen Augenblick lang fest umschlungen. Dabei wurden ihm selbst die Augen feucht. Nie mehr würde er sie so halten können.

»Werde glücklich, Hedi«, raunte er ihr ins Ohr.

Sie blickte zu ihm auf. In ihren Augen lagen Bedauern und Zärtlichkeit. »Gott sei mit dir, Arnulf«, sagte sie. Und dann mit einem schuldbewussten Blick zu dem Jungen: »Mit euch beiden.«

Er drückte sie noch einmal fest an sich, küsste sie auf die Stirn und machte sich schließlich los, griff die Zügel des Pferdes und begann den langen Marsch in die Nacht, ohne sich noch einmal umzudrehen.

Ein blasser Halbmond war aufgestiegen und leuchtete ihnen den Weg. Sie mieden das Dorf und fanden bald die Straße nach Norden. Arnulf hatte einen Kloß im Hals, und sein Herz war schwer.

»Wohin gehen wir, Vater?«, fragte sein kleiner Sohn. Sein Stimmchen klang dünn in der kühlen Nachtluft.

»Nach Lümborg.«

»Und was gibt es da?«

»Da ist ein großer Fluss in der Nähe. Und etwas weiter das Meer. Stell dir vor, wir werden das Meer sehen.«

»Und wie ist das Meer?«

»Riesengroß. Unendlich.«

TEIL II
Die Wenden

Wir befinden uns in Lüneburg, im Jahr 1146. Oder Lümborg, wie es zurzeit noch heißt. Dort, wohin Arnulf der Schmied mit seinem kleinen Stiefsohn gezogen war. Hier herrschten einst die Billunger als stolze Herzöge von Sachsen, bis die männliche Linie im Jahr 1106 mit dem kinderlosen Magnus ausstarb und die Herzogswürde auf Lothar von Supplinburg, den späteren Kaiser, überging. Inzwischen ist sie aber dem jungen Heinrich dem Löwen zugefallen.

Auf dem Kalkfelsen in nächster Nähe der Stadt thront die alte Burg der Billunger. Unterhalb der Burg bescheren die Salzwiesen den Bürgern von Lümborg einen sicheren Wohlstand. Hier lebt und arbeitet Arnulf der Schmied mit seiner Familie und seinem Bruder Gero.

Nur einige Meilen weiter nördlich fließt die Elbe dem Nordmeer zu, wo die Siedlung um die einstige Hammaborg sich zu einem wichtigen Handelshafen entwickelt hat. Kaufleute segeln von dort nach Flandern, Frankreich und England, aber leider weniger zu den Städten im Osten. Es fehlt ihnen der Zugang zur Ostseeküste. Denn nördlich und östlich der Elbe gehört das Land seit dem siebten Jahrhundert den slawischen Wenden, den Wagriern, Polaben und Obodriten.

Mitten im Wendenland, an der Mündung der Trave, wohnt Arnulfs Schwester Irmhild in der neu gegründeten und noch recht primitiven Siedlung Lubeke. Sie ist mit Erik verheiratet, einem sächsischen Fischerssohn, dessen Vater es einst an die Ostseeküste verschlagen hat. Erik sieht seine Zukunft als Seefahrer und Kaufmann. Er setzt große Hoffnungen auf das winzige Lubeke als zukünftigen Seehafen für den Ostseehandel. Und er möchte auf direktem Wege Salz aus Lümborg für die Heringskonservierung holen, statt über den langen Umweg um Jütland herum.

Die Wenden östlich der Elbe sind unabhängig, ihre Fürsten aber entrichten den sächsischen Herzögen einen jährlichen Tribut und genießen so den Schutz des Kaiserreichs der Deutschen gegen Machtansprüche aus dem Norden. Aber das genügt den Sachsen nicht. Sie haben begehrliche Blicke auf das Land der Wenden geworfen, wollen es in ihre Macht bringen und dort deutsche Bauern ansiedeln. Als Bernard de Clairvaux zum Kreuzzug gegen die Ungläubigen im Morgenland aufruft, nutzen Herzog Heinrich der Löwe und Markgraf Albrecht der Bär die Gunst der Stunde, um ihrerseits einen Kreuzzug gegen die heidnischen Wenden vorzubereiten.

Gero der Schmied ist beunruhigt, was das für sie alle bedeuten könnte, denn bisher haben sie in friedlicher Nachbarschaft mit den Wenden gelebt.

DIE SÖLDNER

Das Saufen wird nochmal sein Tod sein, dachte Gero. Missmutig sah er zu, wie sein Bruder auf einen Zug den ganzen Humpen leerte, kräftig rülpste und das Gefäß umgedreht auf den Holztisch krachen ließ. Arnulf wischte sich grinsend den Bierschaum von den Lippen, während ihm seine drei Trinkkumpane lachend auf die Schulter schlugen. Seine Wangen waren gerötet und die Augen glasig. Er wankte ein wenig auf der Bank.

»He, Gero!«, rief er. »Der nächste ist deiner.« Er winkte der Schankmagd zu. »Beeil dich, Weib. Lass meinen Bruder nicht verdursten!«

Gero hob die Hand und wehrte ab. »Nicht für mich, Hilde. Ich hab noch genug.«

Die Magd, eine abgehärmte Frau mit roten Händen, zog sich wieder hinter die Theke zurück und fuhr fort, Bierkrüge zu waschen, andere für eine neue Runde zu füllen.

Es gab drei Schänken in Lümborg. Dies war die schäbigste. Und die vier Männer waren die einzigen Gäste an diesem späten Nachmittag. Außer einem alten Bauern, der in der Ecke vor seinem Humpen saß und kaum aufblickte.

Arnulf runzelte unwirsch die Stirn. »Jetzt trink endlich, Gero! Wozu sind wir hier?«

Du bist natürlich zum Saufen hier, dachte Gero grimmig. Und ich, weil dein Weib sich Sorgen macht und mich geschickt hat, auf dich aufzupassen und dich zu holen, bevor du dich zum Narren machst. Weil du bald mehr Zeit in der verdammten Schänke verbringst als in der Schmiede oder bei deinen Kindern. Weil du streitsüchtig wirst, wenn du trinkst. Und weil deshalb immer weniger Leute in unsere Schmiede kommen.

Aber das sagte er nicht, sondern er richtete sein Augenmerk auf die drei Gesellen, die mit am Tisch saßen und seinen Bruder unermüdlich zum Saufen ermunterten. Wohl schon den halben Nachmittag ging das so. Gero hatte die Männer noch nie gesehen. Aber das war nicht verwunderlich. Nach Lümborg kamen oft Fremde. Wegen des Salzes. »Das weiße Gold« wurde es genannt und war der Reichtum der Stadt. Nur, wie ehrliche Händler sahen die drei nicht aus. Auch nicht wie Fuhrleute. Eher wie abgerissene Kriegsknechte, herrenloses Pack auf der Durchreise.

In letzter Zeit, seit es demnächst gegen die Wenden gehen sollte, waren immer mehr von solchen Kerlen unterwegs, um sich den Fürsten als Söldner für diesen sogenannten Kreuzzug anzudienen. Gegen die Slawen auf der anderen Seite der Elbe. Als ob wir einen Kreuzzug nötig hätten, dachte Gero. Aber für Kerle wie die hier am Tisch war das zweifellos ein gefundenes Fressen. Eine Gelegenheit zum Rauben und Plündern. Oder um ein paar hübsche Weiber zu fangen und als Sklavinnen zu verkaufen.

Was zum Teufel haben die Slawen den hohen Herren denn getan?, fragte sich Gero nicht zum ersten Mal, dass sie einen Kreuzzug auf die Beine stellen wollen? Er selbst hatte nichts gegen die Wenden. Die wollten auch nicht mehr, als ihre Äcker bestellen und ihre Kinder durchbringen. So wie andere Leute auch. Und Tribut zahlten die meisten wendischen Stammesfürsten ohnehin schon seit Langem. Angeblich sollten sie nun endlich zum Christentum bekehrt werden. Ein berühmter Klosterabt aus dem Frankenland hatte es gepredigt. Ein gewisser Bernhard von Clairvaux. Der hatte den König überzeugt, mit einem Heer ins Heilige Land zu ziehen, um dort die Ungläubigen zu vertreiben. Wie schon vor fünfzig Jahren.

Aber die Fürsten hier im Norden scheuten wohl die Mühen des weiten Weges und die Gefahren des Morgenlandes. Dafür hatten sie versprochen, Christus zu den Wenden zu tragen. Denn Abt Bernhard hatte gesagt, es wäre höchste Zeit, sie endlich zu bekehren. Und wenn sie sich weigerten, dann solle man sie gnadenlos erschlagen. Das ganze Volk – Mann, Weib und Kind. Jesses Maria, dachte Gero. Sind die denn verrückt geworden? Und Kerlen wie diesen hier am Tisch würde er es durchaus zutrauen. Die sahen alles andere als fromm aus.

Kräftige Burschen waren es. Und sie besaßen Schwerter. Aber die hatten sie beim Wirt abgeben müssen, die waren in der Schänke nicht erlaubt. Jeder von ihnen hatte einen Leibschutz aus gekochtem Rindsleder an und einen Sax im Gürtel, ein ellenlanges Kampfmesser. Besonders nützlich in der Schildwand, wie Gero wusste. Er und sein Bruder hatten in letzter Zeit nicht wenige von diesen Kurzschwertern geschmiedet. Und Speerköpfe. Und Schildbuckel. So ging es auch in anderen Schmieden zu. Die Sachsen rüsteten sich zum Krieg.

Der eine, anscheinend der Anführer der drei Fremden, hatte eine gebrochene Nase und ein kantiges, von Stoppeln übersätes Kinn, lange, speckige Haare und kleine, listige Augen. Er tat so, als wäre er betrunken, aber Gero glaubte das nicht. Dazu waren seine Augen viel zu wach. Der zweite war ein langer, sehniger Kerl mit einer hässlichen Narbe, die quer über Stirn, Braue und Wange verlief. Sah nach einer alten Schwertwunde aus. Und der dritte war ein untersetzter, bulliger Mann mit dicken Lippen, die schiefe Zähne entblößten, wenn er lachte. Was er oft tat.

Die drei waren Ende zwanzig bis Anfang dreißig, schätzte Gero. Der, den er für den Anführer hielt, schien der Älteste zu sein und hieß angeblich Eberhard. Er hörte sich an wie ein Friese. Wie die beiden anderen hießen, hatte Gero nicht mitbekommen, und er wollte es auch gar nicht wissen. Ihre Kleidung war schmutzig und zerschlissen, und sie rochen, als hätten sie sich seit Wochen nicht gewaschen. Ihre Waffen schienen gut gebraucht, und ihre Lederpanzer waren alt und abgewetzt. Es mussten Söldner sein, denen der Krieg nicht fremd war. Wahrscheinlich waren sie gegenwärtig ohne Herrn und schlugen sich eher schlecht als recht durch. Bestimmt nicht auf redliche Weise.

Doch Arnulf schien dies nicht zu stören, solange er Gesellschaft beim Trinken hatte. Statt zu arbeiten, verdammt nochmal. Denn an Aufträgen mangelte es im Augenblick nicht. Im Gegenteil, die Aussicht auf den Heerzug gen Osten ließ im Lande die Essen glühen. Und sie konnten es gut gebrauchen, so schlecht wie die Geschäfte in den letzten Jahren gewesen waren. Irgendwie hatte Arnulf es in zehn Jahren geschafft, Vaters schöne Schmiedewerkstatt herunterzuwirtschaften.

Aber vielleicht urteile ich zu harsch über ihn, dachte Gero. Er ist immerhin mein Bruder. Und im Grunde verstanden sie sich gut. Sie hatten hart gearbeitet in den letzten Wochen. Warum sollte Arnulf sich nicht eine Pause gönnen? Gero selbst hatte manchmal genug vom Einerlei der schweren Arbeit. Er hätte gern mal etwas anderes gesehen als die Gassen von Lümborg. Vielleicht sollte er die Schwester besuchen, die einen Seemann geheiratet hatte und an der Küste wohnte. Der Mann war ständig unterwegs, lernte fremde Länder kennen. So was könnte auch Gero gut gefallen.

Die Schankmagd schleppte vier volle Humpen an und stellte sie auf den Tisch. Der Kerl mit den schiefen Zähnen grapschte ihr an den Hintern. Sie zuckte zurück, und alle lachten. Aber sie verdrehte nur genervt die Augen, bevor sie ging, zu müde, um sich aufzuregen oder sich gar zu wehren. Sie kehrte zu ihrem Tresen zurück und steckte ein paar Talglichter an, die sie auf die Tische stellte, denn es begann zu dunkeln.

Es wird spät fürs Abendmahl, und wir sollten lieber gehen, dachte Gero, den das Gelage schrecklich langweilte. Er war überhaupt nur gekommen, um seiner Schwägerin Bruni einen Gefallen zu tun. Doch seinen Bruder loszueisen würde schwierig werden.

Man musste sich fragen, warum die drei so scheißfreundlich zu Arnulf waren. Denn wie freundliche Männer sahen sie nicht gerade aus. Gut, Arnulf hatte versprochen, die Zeche zu begleichen. Aber das war kein Grund, ihn wie ihren besten Kumpel zu behandeln. Vielleicht wollten sie ihn betrunken machen. Auch Gero hatten sie mehrmals aufgefordert, sich an dem Gelage zu beteiligen. Selbst aber tranken sie weniger, als sie vorgaben. Das war ihm aufgefallen. Irgendetwas ging hier vor. Hatten sie es auf die Geldbörse abgesehen, die Arnulf am Gürtel trug? Er lief immer mit mehr Silber in der Börse herum, als nötig war. Er solle sein weniges Geld lieber verstecken, als es zur Schau zu stellen, hatte Bruni ihm schon oft gesagt. Aber Arnulf hörte nicht auf sie. Manchmal war er wirklich ein verstockter Holzkopf, sein Bruder. Aber er war der Ältere und damit Vorstand der Familie. Und Gero wollte nicht mit ihm streiten.

Je länger Gero die drei Zecher beobachtete, wie sie seinem Bruder andauernd zuprosteten, umso misstrauischer wurde er. Im Grunde sahen die Kerle wie rechte Spitzbuben aus. Aber man musste sich vorsehen, denn sie waren bewaffnet. Und die Schänke war praktisch leer. Der Wirt hatte sich seit Stunden nicht mehr sehen lassen. Vielleicht nutzte er die Gelegenheit, um es in Ruhe seinem jungen Weib zu besorgen. Er hatte nämlich vor Kurzem zum zweiten Mal geheiratet, nachdem seine erste Frau verstorben war.

»Was starrst du so?«, knurrte ihn Eberhard an, der Wortführer der drei Söldner.

»Ich starre nicht. Ich sitze hier und trinke in Ruhe mein Bier.«

»Eben nicht. Du redest nicht, du trinkst nicht. Du starrst uns nur die ganze Zeit an. Gefällt dir was nicht an uns?«

»Was sollte mir nicht gefallen? Warum fragst du?«

»Weil mir an dir was nicht gefällt. Dein missbilligender Ton, zum Beispiel.«

»Was für ein Ton? Ich spreche ganz normal. So wie immer.«

Eberhard wandte sich an Arnulf. »Ist es wahr? Spricht der immer so abfällig mit Fremden?«

Die Stimmung schien sich plötzlich verändert zu haben. Selbst die Magd sah von ihrer Arbeit auf und warf ihnen einen forschenden Blick zu. Sie hatte genug erlebt, um ein Gespür für aufkommenden Ärger zu haben.

»Ach was«, lallte Arnulf, dem nichts aufgefallen war. »Mein Bruder ist in Ordnung. Auch wenn er nicht viel redet. Stumm wie ein Fisch.« Er lachte.

Aber nicht nur Eberhard, auch seine beiden Gefährten warfen Gero auf einmal feindselige Blicke zu. »Denkst du, du bist was Besseres, dass du nicht mit uns trinkst?«, fragte der mit der Narbe. »Was bist du überhaupt für einer? Ein Scheißhandwerker, würde ich sagen. So siehst du jedenfalls aus. Was ist das? Ruß unter den Nägeln?«

»Nichts gegen Handwerker«, protestierte Arnulf lautstark, wenn auch nicht mehr ganz deutlich. »Was wäre die Welt ohne Handwerker?« Er hob den Humpen und goss sich Bier in die Kehle.

»Wir sind Schmiede, wenn du's genau wissen willst«, sagte Gero immer noch ruhig. »Schon seit Generationen.«

»So, seit Generationen«, knurrte der Kerl mit den schiefen Zähnen. Sein Ton war verächtlich. »Hört sich an, als ob du auch noch stolz darauf wärst, Ackergäule zu beschlagen und Kochtöpfe auszubeulen.«

»Wir tun schon noch mehr als das.«

»Ach ja?« Jetzt war es wieder dieser Eberhard, der Gero zornig anfunkelte. »Und deshalb glaubst du, du kannst dir die große Backe mit uns erlauben? Nur damit du's weißt, wir sind erfahrene Kriegsleute. Wir haben in mehr Schlachten gedient, als du Weiber gevögelt hast, darauf will ich wetten. Einen wie dich zerquetschen wir mit der bloßen Faust.«

Gero war gut gewachsen und nicht gerade klein. Und kräftig dazu. Das blieb nicht aus, wenn man den ganzen Tag Eisen schmiedete. Er hätte dem Kerl gern eine passende Antwort gegeben, aber dann wurde ihm plötzlich klar, dass dieser Eberhard ihn mit Absicht herausforderte. Die Bastarde suchen Streit, sagte er sich. Ein abgekartetes Spiel. Sie versuchen, uns betrunken zu machen. Dann zetteln sie einen Streit an, der in einer Prügelei endet. Mit genug Bier im Leib sind wir leichte Beute, denken sie. Und im Gerangel wollen sie Arnulfs Geldbeutel stehlen und sich davonmachen. Das ist es, was sie vorhaben.

Besser, ihnen keine Gelegenheit zum Streit zu geben, denn jeder der drei trug einen Sax im Gürtel. Und die waren tödlich in der Hand eines geübten Kämpfers. Aber so ganz ungeübt waren sie beide auch nicht, Arnulf und Gero. Gemeinsam hatten sie schon so manchen Wirtshauskampf ausgefochten. Nur, in Arnulfs Zustand würde Gero wohl kaum auf ihn zählen können. Drei Bewaffnete gegen ihn allein. Und er hatte nicht mehr als einen Bierhumpen in den Händen.

Er trank einen Schluck. »Siehst du, ich trinke«, sagte er und lächelte. »Das war es doch, was du wolltest, oder?«

Aber dieser Eberhard fixierte ihn nur ärgerlich, und der mit der Narbe murmelte: »Scheißkesselflicker!«

»Ja, Kesselficker!«, gluckste der mit den schiefen Zähnen. »Ja, das seid ihr: verdammte Kesselficker!« Er wollte sich halbtot lachen.

»He, jetzt reicht's aber!«, knurrte Arnulf erzürnt. »Was ist auf einmal los mit euch?« Er packte Eberhard am Arm. »Wollt ihr uns beleidigen? Das lasse ich nicht zu! Wir lassen uns nicht beleidigen.« Seine Brauen zogen sich drohend zusammen, und seine Augen glitzerten wütend. Gero kannte die Zeichen. Sein Bruder konnte schnell zornig werden. Besonders wenn er betrunken war.

Eberhard riss sich los. »Was fällt dir ein, mich anzufassen?« Und zu seinen Kumpanen sagte er: »Habt ihr gesehen? Der hat mich angefasst.«

»Du kriegst gleich eine verpasst«, rief der mit der Narbe, erhob sich von seinem Hocker und ballte die Faust.

Der alte Bauer starrte herüber, und die Magd im Hintergrund

verließ fluchtartig den Schankraum. Wahrscheinlich, um den Wirt zu holen, bevor hier Tische und Bänke zu Bruch gingen.

»Beruhigt euch, Leute«, sagte Gero und setzte sich aufrechter, so dass er, falls nötig, schnell auf die Füße kommen konnte.

»Du hältst jetzt besser die Fresse!«, zischte der mit den schiefen Zähnen ihm zu. »Von dir wollen wir nichts mehr hören.«

»Wie sprichst du eigentlich mit meinem Bruder?«, rief Arnulf wütend und versuchte nun ebenfalls, auf die Beine zu kommen. Was ihm aber erst im zweiten Versuch gelang. Dabei stieß er seinen Hocker um. Nun stand er wankend da und hob die massigen, vom Funkenflug vernarbten Fäuste. Die hatte schon so mancher zu spüren bekommen und es bereut, sich mit Arnulf angelegt zu haben.

Nun sprang auch Gero auf. Aber nicht, um sich zu prügeln. Er zog Arnulf am Arm. »Komm, Bruder, wir gehen. Du hast genug getrunken.«

»Lass mich, verdammt nochmal!«, stieß Arnulf hervor und schob Gero von sich. Sein dunkles Haar hing ihm wild in die Stirn. Er schwitzte und stank nach Bier. »Willst du vor diesen Ratten weglaufen?«

»Ratten nennst du uns?«, schrie der Narbenmann.

Urplötzlich führte er den ersten Fausthieb. Aber Arnulf war noch wach genug, um den Schlag mit der Linken abzublocken. Dann schoss seine massige Rechte vor, um dem Narbenmann eins aufs Auge zu verpassen.

Aber der zog rechtzeitig den Kopf zurück, so dass der Schlag ins Leere ging und der Schwung Arnulf über den Tisch torkeln ließ. Er verlor für einen Augenblick das Gleichgewicht, hielt sich dann aber am Tisch fest. Als er sich aufrichten wollte, traf ihn ein schwerer Bierhumpen mit voller Wucht an der Schläfe.

Gero musste zusehen, wie sein Bruder wie ein gefällter Baum zu Boden ging. Dabei riss er den Tisch um. Tönerne Gefäße zerschellten am Boden. Bier spritzte über den Gefallenen, der benommen grunzte. Im Hintergrund war die Magd wieder aufgetaucht und schlug vor Schreck die Hand vor den Mund.

»Den hat's erwischt«, freute sich der Kleinere mit den schiefen Zähnen. Er war es gewesen, der den Streich geführt hatte.

Alle drei stießen ihre Hocker zur Seite. »Jetzt bist du dran, Kesselficker«, knurrte Eberhard mit einem gefährlichen Grinsen auf dem Gesicht. Er hob nicht einmal die Fäuste, stand nur da und fixierte Gero voller Geringschätzung. Offensichtlich erwarteten sie wenig Gegenwehr von ihm. Schließlich waren sie zu dritt.

Gero hielt den halb leeren Humpen in den Händen, den er bei Arnulfs Sturz noch hatte retten können. Das war seine einzige Waffe. Er war sich bewusst, dass er ihnen keine Gelegenheit geben durfte, ihn in die Zange zu nehmen. Gegen drei Mann gleichzeitig würde er nicht bestehen können. Noch weniger, wenn sie ihre Saxe gebrauchten. Deshalb ließ er ihnen nicht die Zeit, sich auf ihn zu stürzen.

Dem Anführer Eberhard schleuderte er das restliche Bier ins Gesicht und schlug im gleichen Schwung dem Kerl mit den schiefen Zähnen den Krug auf den Kopf. Beim Aufschlag brach der Henkel ab, aber die untere Kante des Humpens hatte mit voller Wucht die Stirn getroffen, wo die Haut aufplatzte und sofort Blut hervorquoll. Mit einem Schrei sackte der Getroffene in die Knie und fiel rückwärts zu Boden, wo er stöhnend liegenblieb.

»Scheiße, Mann! Bist du lebensmüde?«, brüllte der Anführer und zog seinen Sax.

Die scharfe Klinge funkelte im trüben Schein der Talglichter. Auch Narbengesicht griff nach der Waffe. Kampfbereit und leicht vornübergebeugt standen sie nur drei Schritte von Gero entfernt. Die langen Messer hielten sie vor sich im Unterhandgriff. Gero warf einen schnellen Blick auf den Kerl am Boden. Der hatte sich auf einen Ellbogen aufgestützt, fluchte fürchterlich und betastete benommen seine heftig blutende Stirn. Auch Arnulf lag noch am Boden und versuchte stöhnend auf die Beine zu kommen.

Gero zögerte keinen Augenblick länger. Er packte den umgestürzten Tisch, hob ihn in einem Schwung hoch und schleuderte ihn auf die beiden Söldner. Polternd gingen sie zusammen mit dem Tisch zu Boden. Narbengesicht verlor sogar seinen Sax, und die Waffe flog dem alten Bauern vor die Füße, der erschrocken aufgesprungen war. Eberhard war dabei, sich aufzurappeln, als Gero ihn mit einem Hocker, den er an einem Bein gepackt hatte, erneut zu Boden schlug. Ein zweites und ein drittes Mal schlug er zu, dann regte sich der Kerl nicht mehr.

Gero ließ den Hocker fallen und sprang vor, um das Messer vom Boden aufzulesen. Keinen Moment zu früh, denn auch Narbengesicht streckte den Arm danach aus. Gero trat ihm hart auf die Finger. Dann hielt er ihm das Messer an die Kehle.

»Das war's für euch, mein Junge«, sagte er grimmig. »Verschwindet aus der Stadt und lasst euch hier nicht mehr blicken.«

Dem Wirt, der hereingestürzt kam, übergab er den Sax und trug ihm auf, auch die anderen Waffen einzusammeln und nach der Stadtwache zu schicken. Dann hievte er mit einem Ruck seinen immer noch halb bewusstlosen Bruder auf die Füße, schlang sich dessen Arm um die Schultern und trat mit ihm den Rückzug an.

»Mein Gott! Was ist passiert?«, rief Bruni erschrocken, als sie ihren Mann mit Geros Hilfe durch die Tür stolpern sah. Sie sprang auf, rannte ihnen die fünf Schritte entgegen, nahm Arnulf beim Arm und geleitete ihn zum Küchentisch, wo er sich stöhnend niederließ. Im dürftigen Licht der brennenden Kienspäne, die den Raum erhellten, sah man, dass er verletzt war.

»Jesses Maria, er blutet.« Bruni bekreuzigte sich. Entsetzt starrten auch die Kinder auf ihren Vater. »Was ist mit dir, Arnulf?«, rief Bruni zutiefst beunruhigt. »Habt ihr euch geprügelt? Bist du verletzt?«

Aber Arnulf brummte nur benommen. Sein Kinn hing auf der Brust, und er hielt sich mit beiden Händen an der Tischkante fest, als würde er sonst vom Hocker fallen.

Bruni war bleich geworden. Sie schüttelte Arnulf am Arm. »Was ist los, Arnulf? Rede mit mir!« Und als sie immer noch keine Antwort bekam, wandte sie sich an Gero. »Gero! Was ist mit ihm?« Es klang wie ein Hilfeschrei.

»Halb so schlimm, Bruni«, sagte Gero ruhig. »Ein Kerl hat ihm eins übergebraten. Und er ist betrunken. Das ist alles. Morgen geht's ihm besser.«

Sie warf ihrem Schwager einen wütenden Blick zu. »Dabei hab ich doch gesagt, du sollst auf ihn aufpassen«, schrie sie ihn an. »Hab ich das nicht gesagt? Du weißt doch, wie er ist. Wenn er anfängt zu trinken, kann er nicht mehr aufhören.«

»Was ist denn los?«, ließ sich eine schwache Stimme vernehmen. Das war Hedwig, die kranke Mutter der Brüder, die in ihrer Kammer lag.

»Nichts, Mutter, nichts«, rief Bruni gereizt.

»Ich bin nicht sein Aufpasser«, knurrte Gero leise. »Und du solltest aufhören, ihn wie ein Kind zu behandeln. Er ist ein ausgewachsener Kerl und sollte wissen, was er tut. Selbst schuld, wenn er sich volllaufen lässt.«

»Aber er benimmt sich wie ein Kind«, jammerte Bruni. »Und wenn man nicht auf ihn achtgibt, passieren solche Sachen. Warum hab ich nur diesen Kerl geheiratet?«

Gero lachte. »Weil du ihn liebst, Bruni.«

Sie starrte ihn an und hatte plötzlich Tränen in den Augen. Sie wandte sich ab und wischte sich mit der Schürze über die Augen. Dann atmete sie tief durch und beugte sich über Arnulf, um die Wunde zu untersuchen. Alle fünf Kinder standen um sie herum und starrten ängstlich auf das Blut, das unter den Schläfenhaaren hervorgequollen und über die Wange in den Bart gelaufen war. Nur Volkmar, der Älteste – er war jetzt fünfzehn –, gab sich ungerührt. Er war ein kräftiger Junge, praktisch schon erwachsen. Und es war nicht das erste Mal, dass er seinen Vater in diesem Zustand sah. Es war deutlich, dass ihm das missfiel.

Seine Mutter versuchte etwas vom Blut mit dem Zipfel ihrer Schürze wegzutupfen, aber das meiste war schon eingetrocknet.

»Trude!«, rief sie. »Hol mir Wasser und ein sauberes Tuch.«

Vorsichtig teilte sie die blutverklebten Haare zur Seite, um sich die Wunde genauer anzusehen.

Arnulf zuckte zurück. »Vorsichtig, Bruni!«

»Halt still, du Ochse!«, rief sie ungeduldig. »Ich will dir ja nur helfen. Und bringt mir mal einer Licht.«

Gero nahm einen der brennenden Kienspäne aus dem Halter, um ihr zu leuchten. Sie legte vorsichtig die Wunde frei, die immer noch ein wenig blutete. »Eine ziemliche Platzwunde«, sagte sie. »Das muss genäht werden.«

»Willst du mich noch mehr quälen?«, grollte Arnulf, der plötzlich den Kopf hob. »Tut schon weh genug.«

Bruni stemmte die Fäuste in die breiten Hüften. »Stell dich nicht so an. Ich sage dir, es muss genäht werden.« Sie hatte ihre Fassung wiedergefunden und war jetzt ganz zürnende Gattin. »Ich bin es leid mit deiner Sauferei, Arnulf, das will ich dir jetzt mal sagen. Mit den Kerlen, mit denen du dich einlässt. Und wie du nach Hause kommst. Willst du auf dem Friedhof landen?«

»Hör auf zu meckern.« Er sah sie mit blutunterlaufenden Augen an. »Vom Keifen ist noch nie was besser geworden.« Er schien sich aber etwas erholt zu haben, denn er blickte mit einem breiten Grinsen zu seinem Bruder auf, der immer noch mit dem Kienspan in der Hand dastand. »Geht doch nichts über eine kleine Schlägerei unter Freunden – was, Gero? Du hast es ihnen aber gegeben.«

»Hast du das mitgekriegt?«

»Klar doch. Hab alles gesehen.«

Jetzt war die dreizehnjährige Gertrude mit einem Krug Wasser vom Brunnen zurück. Unter dem Arm hatte sie ein Küchentuch.

»Nein, nicht das«, sagte Bruni. »Schneid ein Stück von dem Ballen ab, den ich neulich gekauft habe.«

»Aber daraus wolltest du mir doch mein Kleid nähen«, entrüstete sich Trude.

»Dein Kleid muss warten. Schließlich geht dein Vater vor. Geh jetzt und hol mir ein ordentliches Stück davon. Und Nähnadel und Faden. Nimm den feinen Seidenfaden, den ich aufgehoben habe.« Es war nicht das erste Mal, dass sie Wunden vernähen musste. Seidenfaden war besser als jeder andere.

Sie wandte sich um, als sie die alte Hedwig aus der Kammer schlurfen hörte. »Mutter«, sagte sie. »Hilf dem Kind, Nadel und Faden zu finden.«

Hedwig nickte nur. Sie hatte schon erfasst, worum es ging, und warf ihrem Sohn einen missbilligenden Blick zu. Aber sie tat, wie ihr geheißen, und half Trude, die schon das Leinen aus einer Truhe geholt hatte, ein großes Stück davon abzuschneiden.

Bruni sah zu Gero auf, der den Kienspan wieder in den Halter gesteckt hatte und nun an die Wand gelehnt dastand. »Wieso habt ihr euch geprügelt? Und mit wem?«

»Es war nicht unsere Schuld. Man hat uns angegriffen. Drei Nichtsnutze. Söldnerpack. Die hatten es auf Arnulfs Silber abgesehen.«

»O mein Gott! Wie oft hab ich dir gesagt …«

Sie wurde von plötzlichem Kindergeschrei unterbrochen. Das kleine zweijährige Hildchen war gestolpert und auf die Nase gefallen. Jetzt schrie das Kind wie am Spieß. »Trine«, rief Bruni genervt. »Kümmere dich um deine Schwester!«

Trine war neun und ein ausgesprochen hübsches Kind. Sie hatte die dunklen Haare ihres Vaters und auch seine tiefblauen Augen. Liebevoll hob sie ihr Schwesterchen auf und half ihm wieder auf die Füße. Dann wischte sie dem Kind die Tränen von den Bäckchen.

»Das waren Söldner?«, fragte Volkmar. »Was suchen die hier?«

»Eine Anstellung, denke ich«, sagte Gero. »Vielleicht beim Vogt in der Burg. Kann sein, dass sie auch nur auf der Durchreise sind. Albrecht der Bär sucht kampferfahrene Krieger, heißt es. Und natürlich auch unser Herzog Heinrich.«

»Aber an dir sieht man nichts. Hast du sie verprügelt?«, fragte Volkmar.

Gero sagte nichts, zuckte nur mit den Schultern.

Zu Brunis Brut gehörte noch einer, der kleine sechsjährige Lothar. Der saß neben dem Vater am Tisch und hielt fürsorglich seine Hand. Und beobachtete alles mit großen Augen. »Is' nich' so schlimm, Lotharchen«, raunte Arnulf und strich dem Jungen über die Haare.

Inzwischen war Trude an den Tisch getreten, und Bruni nahm ihr das Leinen aus der Hand, tunkte einen Zipfel ins Wasser und begann, die Wunde zu säubern.

»Autsch!«, rief Arnulf. »Kannst du mal ein bisschen sanfter sein? Das tut weh.«

»Geschieht dir recht!«, schimpfte sie zurück. »Das soll dir eine Lehre sein, du unvernünftiger Kerl!«

Die alte Hedwig ließ sich stöhnend auf einem Hocker nieder. »Wie schlimm ist es?«, fragte sie.

»Halb so wild«, erwiderte Bruni. »Er hat Glück gehabt. Aber wenn Gero nicht gewesen wäre …«

»Ich lass euch dann mal allein«, sagte Gero.

»Was ist mit Essen?«, rief Bruni ihm nach, als er schon fast aus dem Haus war.

»Keinen Hunger.«

Hinter ihm schloss sich die Tür.

Gero betrat den Hof der Schmiede und setzte sich auf eine kleine Bank, die an der Wand des Hauses stand. Hier putzte Bruni gern ihr Gemüse oder rupfte Federn, wenn es Huhn im Kochtopf gab. Bruni war eine gutherzige Frau. Eigentlich hieß sie Brunhilde, aber keiner nannte sie so. Eine blonde Bauerstochter, stämmig und rund. Eine, die zupacken konnte. Gero mochte Bruni, auch wenn sie ihm zu viel redete. Mann, konnte das Weib den ganzen Tag quatschen! Er hörte sie jetzt noch ununterbrochen plappern. Sogar durch die Hauswand. Aber Arnulf und Bruni liebten sich, auch wenn sie sich bei jeder Gelegenheit stritten. Zum Glück konnte er sich dann in seine Hütte zurückziehen, einem Anbau der Schmiede.

Gero hatte keine Frau. War auch noch nie in die Verlegenheit gekommen, eine heiraten zu müssen. Wenn ihm danach war, ging er zu einer stadtbekannten Hure. Die war freundlich und stellte keine Ansprüche. Ihm reichte das. Arnulfs Ehe – so lieb ihm Bruder und Schwägerin und auch die Kinder waren – ermunterte ihn nicht gerade, sich ein Weib zu suchen. Zu viel Drama und Getöse. Er hatte lieber seine Ruhe.

Er liebte besonders die Sonntage, an denen die Arbeit ruhte und er tun und lassen konnte, was er wollte. Während die anderen in die Kirche gingen, bastelte er gern an irgendetwas herum. Der Pastor schimpfte ihn einen verdammten Heiden, weil er sich so selten beim Gottesdienst sehen ließ, aber das kümmerte ihn wenig. Natürlich war er gläubig. Aber er musste es nicht andauernd unter Beweis stellen.

In letzter Zeit war er damit beschäftigt, das alte Schwert wieder herzurichten. Kein gewöhnliches Schwert. Es war leicht gebogen, mit einer scharfen Spitze, aber nur an der äußeren Seite geschliffen. Am Klingenrücken entlang verlief eine Hohlkehle, um die Waffe leichter zu machen. Ein Reitersäbel. Gero hatte davon gehört, dass die Reiterkrieger im Osten solche Schwerter bevorzugten. Angeblich stammte die Waffe aus der Zeit der großen Schlacht bei Augsburg, als Kaiser Otto die Ungarn besiegt hatte. So wurde es jedenfalls in der Familie erzählt. Ob es stimmte, wusste er nicht.

Konnte aber sein, denn es hieß auch, dass ihr Ur-Ur-Ur-Urgroßvater von dort aus dem Süden gekommen war. Arnulf hatte er geheißen. Und seitdem hießen die Erstgeborenen der Familie meist so. Bruni hatte eine Ausnahme gemacht. Sie hatte darauf bestanden, dass ihr Ältester Volkmar hieß. Auch so ein Name, der in der Familie herumgeisterte.

Der Säbel war jedenfalls ein kostbares Stück, aus edlem Stahl geschmiedet. Gero hatte die Klinge vom Rost gesäubert, geschliffen und geschärft und auf Hochglanz poliert. In die Parierstange war Silber eingelegt. Und zu seiner Überraschung war auch der Knauf aus Silber. Er hatte alles sorgfältig gereinigt und wieder glänzend gemacht. Jetzt musste er nur noch das Griffleder erneuern und eine neue Scheide anfertigen, denn das Leder der alten war rissig und verwittert, zum Teil von Schimmel befallen. Sie bestand aus zusammengeleimten dünnen Hartholzplättchen, außen mit Leder und innen mit unbehandeltem Schaffell ausgekleidet. Schafwolle enthielt natürliches Öl, das die Klinge schützte. Mit der neuen Scheide würde er es genauso machen, und auch die ursprünglichen Verzierungen würde er außen an der Scheide anbringen.

Sein Bruder hatte über seine Begeisterung für die Waffe zuerst den Kopf geschüttelt. »Was willst du mit dem alten Stecher? Wir sind Schmiede und keine Kriegsleute. Verscherbel das Ding, wenn du es nicht wegwerfen willst.«

Aber jetzt, da der Säbel in neuem Glanz erstrahlte, hatte er seine Meinung geändert. Nun war er sogar stolz, so ein Erbstück in der Familie zu haben. »Glaubst du, unser Vorfahre, wer auch immer er war, hat damit gekämpft?«

»Einer muss damit gekämpft haben«, hatte Gero geantwortet. »Es waren feine Scharten in der Klinge, die ich aber ausbessern konnte. Und sieh mal, wie gut der Säbel in der Hand liegt. Es ist ein Prachtstück. Muss einem Adeligen gehört haben.«

»Einem Ungarn?«

»Natürlich. Unsere Schwerter sind nicht gebogen.«

Inzwischen war der Himmel über Lümborg dunkel geworden, und ein kühler Wind ließ Gero frösteln. Von Sternen war nichts zu sehen, denn es war schon den ganzen Tag bedeckt gewesen. Nur im Westen war ein heller, wolkenfreier Streifen am Horizont, davor die dunklen Umrisse der Burg auf dem Kalkberg. Ein einsames Licht leuchtete in einem der Türme. Das war die Burg der Billunger. Herzöge von Sachsen waren sie gewesen, aber die Hauptlinie war inzwischen ausgestorben. Es gab noch Verwandte in der Gegend, die aber keinen Anspruch auf das Herzogtum hatten. Den Herzogtitel hielt jetzt der junge Heinrich aus dem Hause der Welfen. Und über Burg wie Stadt herrschte seit seiner Ernennung ein entfernter Vetter der Welfen. Ein unangenehmer Kerl, der gelegentlich hoch zu Ross durch die Gassen ritt und verächtlich auf die Bürger herabblickte.

Gero fragte sich, ob die drei Halunken von der Schänke dem Vogt ihre Dienste angeboten hatten. Wenn ja, würden Arnulf und er sich auf einiges gefasst machen können. Die würden die Prügel, die sie bezogen hatten, nicht auf sich beruhen lassen. Es war sicher besser, seinen Säbel die nächsten Tage griffbereit zu halten. Aber vielleicht würden die Kerle ja auch weiterziehen. Das hoffte er jedenfalls.

Die Schmiede lag am Rande der Stadt, nicht weit von den Wehranlagen. Sie bestand aus vier einfachen, u-förmig angeordneten Holzhütten. Wenn man von der Gasse kam, lag linker Hand die größte – das strohgedeckte Haus der Familie mit seinem Hauptraum, in dem sich auch die Herdstelle befand, und zwei Kammern. In einer schlief seine Mutter, in der anderen Arnulf und Bruni, während die Kinder ihre Bettlager in einer Ecke des Hauptraums hatten. Trude bestand in letzter Zeit auf einem Vorhang. Sie war plötzlich scheu geworden und wollte sich vor niemandem zeigen.

Im Hof befand sich ein kleiner Brunnen mit einer rostigen

Handpumpe. Gegenüber lag die Werkstatt mit Amboss und Esse und allerlei Werkzeug, Zangen und schweren Hämmern. Sie war durch ein großes Doppeltor verschlossen, das tagsüber für gewöhnlich offen stand, sonst starb man bei der Arbeit schier vor Hitze. Zwischen Wohnhaus und Werkstatt lagen ein kleiner Ziegen- und ein Hühnerstall, und auf der anderen Seite der Werkstatt ein Schuppen für Rohstahl und Holzkohle, an dem außen ein großer Stapel Feuerholz aufgeschichtet war. Daran schloss sich ein weiterer Schuppen an, den die Brüder für Gero zu einer Wohnhütte ausgebaut hatten. Den Abschluss bildete das Tor, das sie jede Nacht sorgsam verschlossen. Das war ihr kleines Reich. Alles schon ziemlich verwittert und betagt. Niemand konnte sich daran erinnern, wann die Schmiede ursprünglich errichtet worden war. Es musste lange her sein. Sicher noch vor vielen der anderen Häuser, die auf ihrer Gasse zusammengedrängt standen. Denn die Stadt war in den letzten hundert Jahren dank des Salzhandels gewachsen.

Die Haustür öffnete sich, und Geros Mutter kam mit schlurfenden Schritten aus dem Haus. Seit einem Jahr war sie von Krankheit gezeichnet und nur noch ein Schatten ihrer selbst. Niemand wusste genau, was sie hatte, außer dass sie immer schwächer wurde. Sie klagte über Knoten in der Brust und in letzter Zeit auch über Schmerzen.

Mit einem leisen Ächzen ließ sie sich neben ihm nieder. »Was sitzt du hier allein im Dunkeln?«, fragte sie und lehnte sich an seine Schulter.

Gero antwortete nicht. Sie erwartete auch keine Antwort. Sie war an ihren wortkargen Sohn gewöhnt. »Er schläft jetzt«, sagte sie.

Sie schwiegen eine Weile. »War nicht seine Schuld«, sagte Gero schließlich. »Die wollten ihn bestehlen.«

»Dein Bruder trinkt zu viel. Ich wünschte, du könntest es ihm austreiben.«

»Wenn Bruni es nicht schafft, dann ich schon gar nicht.«

Hedwig seufzte. »Es ist ein Jammer, dass euer Vater schon so früh gestorben ist. Vieles wäre sonst anders. Und vielleicht hätte Irmhild uns dann auch nicht verlassen müssen.«

Gero sagte nichts dazu, denn solche Worte hörte man von ihr seit Jahren. Vaters Tod, obwohl schon lange her, hatte sie noch immer nicht verwunden. In ihren Augen war das der Anfang allen Übels, das die Familie befallen hatte – die anderen Schmiede, die sich in der Stadt angesiedelt hatten, die mangelnden Aufträge in den letzten Jahren, Arnulfs Schwäche fürs Bier. Ja, und auch Irmhilds Schande. Als wenn das jetzt noch Bedeutung hätte. Sie fehlt mir, dachte Gero. Und erneut schwor er sich, seine Schwester irgendwann zu besuchen.

»Ich wünschte, du würdest die Werkstatt führen«, sagte seine Mutter.

Gero schüttelte den Kopf. »Arnulf ist der Ältere. Es ist seine Schmiede. Und das weißt du. Außerdem macht er gute Arbeit. Darüber hat sich noch niemand beklagt.«

Und eigentlich hatte Gero auch keine Lust, sein ganzes Leben am Amboss zu stehen. Aber das sagte er nicht. Warum auch? Denn er war wie Arnulf in dieses Leben hineingeboren. Sie waren Schmiede. Wie Vater und wie Großvater vor ihm. Andere Möglichkeiten, ihren Lebensunterhalt zu verdienen, gab es nicht.

Er legte den Arm um Hedwigs dünne Schultern. »Wie geht es dir heute?«

Sie antwortete lange nicht. Dann seufzte sie. »Ich werde bald sterben, Gero.«

Er sagte nichts. Was gab es da zu sagen? Alle wussten, dass es so war. Er küsste sie zärtlich auf die Stirn.

Mitten in der Nacht wachte Gero auf. Vom Schlaf benommen, lag er in der Dunkelheit seiner kleinen Hütte. Er hatte etwas Wirres geträumt, war sich aber nicht sicher, was es gewesen war. Ein wenig drückte ihn die Blase. Vielleicht sollte er aufstehen und sich erleichtern. Aber er war zu träge dafür. Also schloss er wieder die Augen. Doch allmählich drang etwas anderes in sein Bewusstsein. Ein Geruch. Nach brennenden Holzscheiten. War es denn schon Morgen? Hatte Bruni das Herdfeuer entzündet? Dabei war es doch noch dunkel. Er beschloss weiterzuschlafen und drehte sich auf die Seite, mit dem Gesicht zur Schuppentür. Doch dann fiel ihm ein seltsames Rauschen auf, ein Knacken und Knistern. Und der Geruch von Herdfeuer war stärker geworden. Was zum Teufel war da los? Er öffnete die Augen.

Durch die Ritzen in der Tür fiel Licht. Flackerndes Licht. Licht auf dem Hof? Und mitten in der Nacht? Auf einmal wusste er, was es war. Mit einem Satz sprang er von seinem Lager, riss die Schuppentür auf und erstarrte beim Anblick, der sich ihm bot.

Vor ihm stand das Haus in Flammen. Für einen Augenblick blieb ihm fast das Herz stehen, und er war wie gelähmt. Oh, mein Gott, wie konnte das geschehen? In Panik sah er sich um. Auch die Werkstatt brannte. Und auf dem Strohdach des Schuppens züngelten die ersten Flämmchen. Auf nackten Füßen rannte er auf den Hof und sah Volkmar aus der Tür des brennenden Hauses taumeln.

»Onkel Gero!«, schrie der Junge außer sich. »Hilf uns!«

Gero zögerte keinen Augenblick und rannte hinter Volkmar ins Haus. Innen nichts als Rauch, der sich vom brennenden Dach herabsenkte und sofort schmerzhaft in die Lunge biss. Ein wilder Husten packte ihn, und für einen Augenblick brach er in die Knie. Den Rauch einzuatmen war tödlich, das wusste er. Über ihnen zuckte der Schein der Flammen wie durch einen dicken, roten Nebel. Das ganze Dach brannte, aber die Balken hielten noch. Doch der Rauch nahm ihm die Sicht.

Mein Gott, die Kinder! Er musste die Kinder retten. Er bückte sich tiefer, wo man noch atmen konnte, und tastete sich vor, um sie zu finden. Er hörte eines der Mädchen husten. Und dann war Trude vor ihm. »Raus mit dir!«, schrie er sie an und schob sie in Richtung Tür. »Lauf, Mädchen, lauf!«

Irgendwo hörte er Volkmar schrecklich husten. Was hatte der verdammte Bengel hier zu suchen, statt sich zu retten? Dann sah er ihn mit Hildchen in den Armen. Das Kind schrie vor Angst. »Bück dich, Volkmar!«, rief Gero. »Ihr dürft den Rauch nicht einatmen.« Dann musste er selbst wieder husten. Ätzend würgte es ihn in der Kehle. Jetzt nicht nachlassen! Um Gottes willen nicht nachlassen!

Er tastete sich weiter zu den Betten der Kinder vor. Eines von ihnen schrie, er wusste nicht, wer das war. Plötzlich hatte er einen kleinen Leib im Arm und hastete mit dem Kind nach draußen. Es war Trinchen, halb verrückt vor Angst.

Aber wo war Lothar? Gero stürmte wieder ins Haus. Über ihm tobte das Feuer. Die Hitze war schlimmer geworden. Sie schlug ihm ins Gesicht, schien ihn fast zu überwältigen. Es war kaum noch etwas zu sehen vor lauter Rauch. Er hielt die Luft an und bückte sich, kroch auf Knien. Auf einmal brach ein Teil des Dachs ein. Es krachte und knisterte, Funken sprühten, und das Feuer über ihm brüllte auf wie ein wildes Tier. Ein ganzer Funkenregen ging auf ihn nieder, peinigte seinen Nacken wie heiße Nadelstiche. Dann, im Schein des auflodernden Feuers, entdeckte er den Kleinen, der sich an sein Bett klammerte und vor Angst schrie. Er packte die kleine Hand und riss den Jungen zu sich. Dann hob er ihn auf und lief nach draußen. Die reine Luft im Hof war eine Erlösung. Er versuchte, tief einzuatmen, aber die Lunge brannte, und der Husten überwältigte ihn.

»Mama!«, kreischte Lothar. »Ich will meine Mama!«

»Unsere Eltern!«, schrie Volkmar und wollte wieder ins Haus.

Gero packte ihn rauh am Arm. »Du bleibst hier, verdammt

nochmal! Oder willst du umkommen? Pass auf deine Geschwister auf!«

Gero riss sich das Hemd vom Leib und lief zur Pumpe, um es nass zu machen. Alles um sie herum brannte, das Haus, die Werkstatt, der Schuppen. Eine riesige Feuerlohe stieg auf, riss Funken in den Nachthimmel.

»Untersteh dich, mir nachzukommen«, rief er dem Jungen zu, band sich das nasse Hemd um Mund und Nase, holte noch einmal tief Luft und rannte wieder ins brennende Haus.

Das Feuer fraß sich krachend und brüllend durchs Gebälk. Der Rauch war noch dichter geworden, der scharfe Brandgeruch und vor allem die glühende Hitze waren kaum zu ertragen. Ein Teil des Dachs schien eingestürzt zu sein, brennende Balken lagen am Boden. Durch diese rote Hölle tastete Gero sich zur Kammer der Eltern vor, stieg mit nackten Füßen über herabgefallenes, glühendes Stroh, achtete nicht darauf, dass er sich verbrannte.

Das Feuer hatte die Kammer noch nicht erreicht, aber der Rauch lag dick und musste die beiden im Schlaf überwältigt haben. Gebückt tastete Gero sich vor, bekam eine Hand und dann einen Arm zu fassen. Das war Bruni. Er versuchte sie gar nicht erst auf die Schulter zu heben, sondern zerrte sie umstandslos am Arm über den Boden ins Freie.

»Kümmere dich um sie!«, schrie er dem Jungen zu.

Nur einen winzigen Augenblick gönnte er sich, um Atem zu schöpfen, dann tauchte er wieder durch die Tür ins Innere des Hauses, in den immer dicker werdenden Qualm und die schon fast unerträgliche Hitze. Wieder tastete er sich bis in die Kammer vor und versuchte, seinen Bruder zu finden. Er hörte ihn husten. Vor ihm bewegte sich etwas. Arnulf war wach geworden, aber dank seines Bierrausches völlig verwirrt. Gero legte den Arm um ihn und zerrte ihn aus der Kammer. Arnulf hustete schrecklich und brach zusammen. Die letzten Meter schleifte Gero ihn über den Boden und durch die Tür.

Geros Lunge brannte. Er hatte zu viel von dem verdammten Rauch eingeatmet und hustete, ja kotzte sich die Seele aus dem Leib. Die nackten Fußsohlen und sein Rücken schmerzten, da, wo er sich verbrannt hatte. Als er den Blick hob, war der Hof plötzlich voller Menschen. Nachbarn waren herbeigeeilt, um zu helfen. Gero holte mühsam Luft und sah sich um. Eine Eimerkette hatte sich gebildet, vor allem, um die Nachbarhäuser zu retten, denn die Schmiede war verloren.

Auf einmal stutzte er, wischte sich die tränenden Augen. Hatte er richtig gesehen? Mitten unter den vom Feuerschein erhellten Menschen, die Eimer von einem zum anderen reichten oder mit Schrecken auf den Brand starrten, glaubte er einen der Kerle vom Nachmittag erkannt zu haben. Er war sich nicht ganz sicher, denn der Mann trug einen Verband um die Stirn, aber er sah ganz nach diesem Eberhard aus. Und neben ihm der mit der Narbe. Beide grinsten schadenfroh, schienen ihm sogar zuzuwinken.

Die Wut stieg in Gero auf. Er war drauf und dran, sich auf die Kerle zu stürzen, als Volkmar ihn am Arm packte. »Onkel Gero!«, schrie der Junge. »Großmutter ist noch da drin! Was sollen wir tun?«

Gott im Himmel, durchfuhr es Gero. Sein Herz verkrampfte sich. Mit einem Schlag waren die Söldner vergessen. Es gab nur noch einen Gedanken: Die Mutter, mein Gott! Ich muss sie holen!

Hastig band er sich das nasse Tuch vors Gesicht, um noch einen letzten Versuch zu unternehmen. Aber weiter kam er nicht, denn nun brach das ganze Dach in sich zusammen. Eine gewaltige Glutlohe stob in den Nachthimmel, Funken tanzten.

Es war zu spät. Niemand würde sie mehr retten können. Mit einem Schrei der Verzweiflung fiel Gero auf die Knie. Er bekreuzigte sich, während ihm Tränen über das rußgeschwärzte Gesicht liefen.

ERIK DER FISCHER

Seit Stunden wühlte ein kalter Westwind die Ostsee auf und trieb die Knorr vor sich her. Zwei Reffs hatten sie eingelegt, und noch immer bog sich der Mast in den Böen, und das kleine Schiff schlingerte gefährlich, wenn eine größere Welle es einholte und das Heck ruckartig anhob. Erik, eine dicke Wollmütze auf dem Kopf, stand am Ruder und hatte zu kämpfen, um die Knorr auf Kurs zu halten. Dass sie vollbeladen und entsprechend schwerfällig war, machte es nicht leichter.

Es war um die Mittagszeit. Trotz des scharfen Winds, der durch die Wanten pfiff, ließ sich zwischen sturmzerrissenen Wolken ab und zu die Sonne blicken, färbte dann jedes Mal das Meer tiefblau und brachte die weißen Schaumkronen der Wellen zum Leuchten.

Die Sicht war klar, kein anderes Schiff zu sehen. Steuerbords zeichneten sich die hohen Dünen der Halbinsel Hel ab. Vielleicht noch etwas mehr als eine Stunde, schätzte Erik, dann konnten sie endlich das Kap umrunden und den Bug nach Süden wenden. In der großen Bucht würde die See hoffentlich ruhiger werden.

Sie hatten Fisch geladen, Salzhering in Fässern. Tonnen davon. Und ihr Ziel war Gydanzik an der Mündung der Wisla. Dort wollte Erik den Fisch gegen Getreide, Wachs und Honig tauschen, aber vor allem gegen kostbare Felle und Bernstein. Die *Frida* samt ihrer Ladung, die im offenen Laderaum fest verzurrt unter einer geteerten Persenning lag, war so ziemlich alles, was Erik besaß. Außer dem kleinen Haus in Lubeke, das er vor Jahren mit eigenen Händen erbaut hatte, und wo seine Frau auf ihn wartete. Denn vom Ergebnis dieser Reise hing ihre gemeinsame Zukunft ab. Und Irmhild wollte er diesmal nicht enttäuschen. Sie hatten schon zu viele Rückschläge hinnehmen müssen. Ein Wunder, dass sie immer noch zu ihm hielt.

Erik war der Sohn eines Holstener Fischers von der Nordsee, der sich an die Ostsee zu den slawischen Wagriern verirrt und dort die Tochter eines sächsischen Söldners von der Wendenburg Liubice geheiratet hatte und geblieben war. Als Jüngster von sechs Kindern war Erik in der ärmlichen Fischerfamilie seiner Eltern aufgewachsen, war jeden Tag mit dem Vater hinaus aufs Meer gefahren, aber hatte sich genauso täglich geschworen, es eines Tages besser zu haben.

Erik war ein stattlicher Kerl, sechs Fuß groß mit breiten Schultern, gewitzten blauen Augen und den Händen eines Mannes, der zupacken kann. Obwohl alle Welt ihn Erik den Fischer nannte und die Kaufleute von Lubeke wegen seiner Herkunft auf ihn herabblickten, war er seit jeher entschlossen, es ihnen gleichzutun, ja, sie eines Tages zu übertrumpfen.

Vor vierzehn Jahren hatte er ein halbes Wrack, das verlassen auf dem Strand gelegen hatte, mühselig instand gesetzt und sich als Kaufmann versucht. Leider mit wenig Glück, obwohl er mehrmals nach Visby gesegelt war und nach Roskilde, und sogar bis nach Bjørgvin an der norwegischen Westküste. Aber er hatte nur wenig verdient, war von mächtigeren Wettbewerbern ausgebootet worden und auch sonst vom Pech verfolgt gewesen. Das Beste war noch, dass er während einer Reise die Elbe hinauf bis nach Lümborg seiner Irmhild begegnet war. Bei der Zerstörung von Liubice vor acht Jahren war leider auch sein bescheidenes Schiff abgebrannt. Wieder hatte er mit den Brüdern fischen gehen müssen, um die junge Familie zu ernähren.

Trotz aller Rückschläge hatte er seinen Traum nie aufgegeben. Er würde es schaffen, hatte er sich geschworen. Schon allein, um seinem Weib ein gutes Leben zu bieten. Denn Irmhild, obwohl nur die Tochter eines Schmieds, war für Besseres geschaffen als für die Hütte eines Fischers. Davon war er überzeugt. Eines Tages würde er ein angesehener Kaufmann sein und ihr alles bieten können, wonach ihr Herz begehrte. Und warum nicht, bei Gott? Er war ein erfahrener Seemann, konnte reden wie kein anderer, sprach Sächsisch, Dänisch und die wichtigsten Wendendialekte der südlichen Ostseeküste. Jahrelang war er bei anderen Kaufleuten mitgesegelt und hatte gelernt, wie die ihren Handel betrieben, hatte sich mit bescheidenen Beiträgen an der Ladung beteiligt und das verdiente Silber beiseitegelegt.

Und diesen Sommer endlich, nach Jahren, war es ihm gelungen, ein richtiges Schiff zu ergattern – eines, das den Namen Handelsschiff verdiente, auch wenn er sich dabei hatte verschulden müssen. Die *Frida*, nach seiner Mutter benannt, war schon etwas betagt, aber in gutem Zustand. Dafür hatte er mit eigener Hand gesorgt. Viele der reicheren Kaufleute bevorzugten jetzt die großen, breiten Koggen, wie sie seit einiger Zeit in Sleswig, an der Schleimündung, gebaut wurden. Die segelten zwar nur langsam und schwerfällig und konnten auch nicht gegen den Wind aufkreuzen, aber sie konnten wesentlich mehr laden. Das steigerte den Gewinn einer Reise. Aber eine Kogge hätte er sich nicht leisten können. Trotzdem war er nicht unzufrieden, denn die *Frida* war ein schnelles und solides Schiff und würde jeden Sturm überstehen, davon war er überzeugt.

Sie waren zu sechst an Bord, darunter auch sein zehnjähriger Sohn Ortwin. Irmhild war natürlich dagegen gewesen, ihn mitzunehmen, aber der Junge war alt genug, um das Leben auf See kennenzulernen. Erik selbst hatte schon mit acht Jahren dem Vater helfen müssen. Sein zweiter Mann an Bord war ein Kerl namens Ludger, ein erfahrener Steuermann, aber von zwielichtigem Ruf. Ein grobschlächtiger, pockennarbiger Enddreißiger mit einem obszönen Mundwerk. Nicht gerade gut für die Ohren des jungen Ortwin. Und die drei Halunken, die Ludger mit an Bord gebracht hatte, waren auch nicht viel besser. Besonders einer von ihnen, ein langer, dürrer Kerl namens Jeldrik, hatte ständig ein aufsässiges

Grinsen im Gesicht. Aber Erik hatte nicht wählerisch sein können. Denn mehr als ein Versprechen auf Gewinnbeteiligung am Ende der Reise hatte er nicht zu bieten gehabt, denn sein ganzes letztes Geld steckte in dieser Ladung.

Diese Reise war nicht ohne Risiko, denn die Ostsee war gefährlich. Nicht unbedingt, weil sie besonders wild war, sondern weil sich hier seit jeher Seeräuber tummelten. Deshalb fuhren die meisten sächsischen Kaufleute im Verband, von Hammaborg an der Elbmündung und in letzter Zeit auch von Lubeke, seit Graf Adolf die Stadt nach der Zerstörung des alten Liubice etwas weiter flussaufwärts wieder hatte aufbauen lassen. Das neue Lubeke war, was den Osthandel betraf, ein wesentlich günstigerer Standort als Hammaborg.

Erik hatte nicht mit anderen Kaufleuten im sicheren Verband segeln wollen. Zum einen, weil es schon spät war im Jahr. Hauptsächlich aber, weil er im Gegensatz zu den anderen zur baltischen Küste wollte, wo der Handel fest im Griff der Dänen und Schweden lag. Nicht zu vergessen die Slawen und Balten, denn die waren ebenfalls gut im Geschäft. Sie alle sahen es nicht gern, wenn Neulinge versuchten, ihnen den Markt streitig zu machen. Deshalb trauten sich sächsische Kauffahrer bisher nur bis Roskilde oder nach Visby auf der Insel Gotland, das zu einem wichtigen Handelszentrum geworden war, weit bedeutender als das alte Birka oder Sithun in Schweden.

In Visby fanden sich Waren aus dem gesamten Ostseeraum, aus Schweden und Finnland, von der baltischen Küste, aber auch aus dem Land der Rus und sogar aus dem Orient. Einigen sächsischen Kauffahrern hatte man erlaubt, dort Lagerhäuser zu errichten. Aber gerade die machten es jedem Neuling schwer, Fuß zu fassen. Sie hatten feste Abkommen mit den Schweden, kauften in Gruppen zu besseren Preisen ein und unterboten einen wie Erik bei jeder Gelegenheit.

Deshalb hatte er sich entschlossen, auf eigene Faust und ohne den Schutz anderer Kaufleute Neuland zu erschließen und die baltische Küste und die der Pomoranen und Pruzzen anzusteuern. Es war vielleicht gefährlicher, besonders für ein einzelnes, ungeschütztes Handelsschiff, aber die *Frida* würde den meisten Feinden davonsegeln können. Und eines hatte er denen aus Hammaborg, überhaupt den meisten sächsischen Händlern, voraus – er beherrschte die Sprache der Menschen an der Südküste der Ostsee. Denn er war schließlich mit dem Wendischen aufgewachsen, der Sprache seiner früheren Spielkameraden in Liubice.

»Der Scheißsturm lässt nach«, rief Ludger gegen den Wind, zog Rotz durch die Nase und spuckte leewärts über die Reling.

Erik nickte. Auch ihm kamen die Böen jetzt weniger heftig vor. Die See aber war immer noch aufgewühlt. Gerade hob eine besonders große Welle das Heck mit solcher Wucht, dass es ihm fast das Ruder aus der Hand schlug und er sich an der Bordwand festhalten musste. Zum Glück hatte die Ladung sich bei dieser unruhigen Fahrt nicht losgerissen. Rollende Heringsfässer mittschiffs im Laderaum, das hätte ihnen gerade noch gefehlt. Aber Ludger, der für die Sicherung der Fässer verantwortlich war, hatte gute Arbeit geleistet. Überhaupt konnte man sich nicht über seine Fähigkeiten als Seemann und Steuermann beklagen. Trotzdem schien im Laderaum irgendetwas nicht in Ordnung zu sein.

»Das ganze Schiff stinkt nach Fisch«, sagte Erik und schnupperte misstrauisch. »Selbst gegen Wind.«

»Was erwartest du? Wir haben verdammt nochmal Hering geladen«, knurrte Ludger. »Da riecht es schon mal ein bisschen.«

»Hoffentlich sind keine Fässer zu Bruch gegangen. Womöglich schwappt Salzlake in der Bilge.«

Ludger lachte. »Wir werden's früh genug erfahren.«

»Sieh mal lieber nach.«

»Bei dem Seegang? Warten wir ab, bis wir das Kap achtern haben.«

Erik zuckte mit den Schultern. »Meinetwegen.«

»Du hast lang genug am Ruder gestanden. Soll ich dich ablösen?«

»Geht schon noch. Wir sind ja bald da.«

Was nicht ganz stimmte, denn sie hatten noch vier oder fünf Stunden vor sich, wie Erik wusste, der schon einmal diese Küste besegelt hatte, wenn auch unter einem anderen Bootsführer. Aber er wollte es sich nicht nehmen lassen, sein neues Schiff selbst in den Zielhafen zu führen.

»War eigentlich keine schlechte Fahrt«, rief Ludger wieder laut gegen den Wind und grinste, dass man seine gelben Zähne sah. »Bisschen Sturm, aber sonst …«

»Keine Seeräuber, meinst du?«

Ludger lachte. »Die hätten uns allen die Kehle durchgeschnitten. Schon allein aus Wut, dass wir nur stinkenden Fisch an Bord haben.« Er musste sich an der Bordwand festhalten, als eine heftige Welle das Schiff zum Schlingern brachte.

Eine neue Böe erfasste die *Frida*. Der Wind pfiff durch die Wanten, der Mast knarrte, und der Bug scherte nach Steuerbord aus, so dass Erik zu kämpfen hatte, um sie wieder auf Kurs zu bringen.

»Wie ist das so in Gydanzik?«, fragte der kleine Ortwin, der sich an einem der Backstage festhielt, eingewickelt in gefütterte Jacken und mit einer Wollmütze auf dem Kopf. Auch er musste fast schreien, um das Heulen des Windes zu übertönen. »Warst du schon mal da, Vater?«

»War ich«, bestätigte Erik. »Sieht nicht viel anders aus als bei uns. Die Stadt ist nicht sehr groß. Liegt in einer Flussmündung. Große Dünen am Strand, Kiefernwälder dahinter. Eine Burg gibt es auch. Im Sommer tummelt sich dort allerlei Volk, um Handel zu treiben. Jetzt vielleicht weniger.«

Der Junge hatte sich trotz der rauen Fahrt gut gehalten. Hatte nur einmal kotzen müssen. Ist eben der Sohn eines Seemanns, dachte Erik stolz. Überhaupt war er ein guter Junge. Neugierig und immer gut aufgelegt. Half auch, wo er konnte. Alles wollte er wissen. Wie jede Leine an Bord hieß und wozu sie diente. Wie man Schoten und Brassen bediente und die Stage spannte, wie man nach den Sternen steuerte. Einmal, in einer klaren Nacht, waren sie durchgesegelt, ohne in einer Bucht zu ankern und am Strand zu übernachten. Sogar Ludger hatte sich herabgelassen und dem Jungen Dinge erklärt.

Erik nickte seinem Sohn aufmunternd zu. »Bald werden wir Felle und Bernstein kaufen. Dann wirst du das Feilschen lernen.«

Ludger grinste. »Hoffentlich mit Gewinn. Schließlich sind wir beteiligt.« Er legte die Hände zu einem Trichter an den Mund, um den Wind zu übertönen. »He, Jungs!«, rief er. »Bald gibt's Silber zu sehen!«

»Wird auch verdammt Zeit«, brüllte einer zurück und warf Erik einen stechenden Blick zu.

Die anderen drei Mannschaftsmitglieder, mit Wollmützen auf dem Kopf und in dicke, warme Jacken gepackt, hockten eng beieinander im schwankenden Vorschiff. Ab und zu mussten sie eine Hand ausstrecken, um sich festzuhalten. Meist aber hielten sie die Hände in den Taschen oder unter den Achseln versteckt, denn es war kalt im scharfen Herbstwind.

Es wird wohl die letzte Fahrt werden dieses Jahr, dachte Erik. In Lubeke waren einige schon dabei, die Schiffe winterfest zu machen.

Über ihnen schaukelten Möwen im Wind und folgten dem Schiff. Eine stieß aufs Meer herab, verschwand hinter einem graugrünen Wellenkamm und erhob sich wieder in die Luft mit etwas Silbrigem im Schnabel. Wind und Seegang schienen den Vögeln nichts auszumachen. Die mussten sich auch keine Sorgen um Schiff und Ladung, um Geld und Schulden machen. Unsereins dagegen muss sich das tägliche Brot hart verdienen, dachte Erik.

Er sah zu den dreien im Vorschiff hinüber. Die unterhielten sich und warfen ihm dabei ab und zu Blicke zu, die schwer zu deuten waren. Einer sah gerade wieder herüber und raunte dann den anderen etwas zu. Der hagere Jeldrik lachte gehässig. Erik hätte zu gern gewusst, was sie untereinander zu quatschen hatten. Aber bei dem Wind war nichts zu hören. Immerhin konnte er sich bisher nicht beklagen. Während der Reise hatten sie wortlos alle Anweisungen befolgt und mit geübten Handgriffen die Arbeit an Bord erledigt. Aber so ganz traute er den Burschen nicht. Auch Ludger nicht. Obwohl der sich, von seinen derben Ausdrücken abgesehen, freundlich gab.

Erik wusste, dass Ludger nicht unbewaffnet war. In seiner Seekiste hatte er einen langen Sax. Auch die anderen trugen Dolche am Gürtel. Aber das musste nichts bedeuten. Schließlich besaß jedermann ein Messer. Schon allein, um beim Essen den Speck zu schneiden. Und natürlich hatte auch Erik Waffen an Bord. Man konnte nie wissen, wer einem in fremden Häfen so über den Weg lief. Besonders in den Schänken und Kaschemmen ging es oft wild zu. Auch wenn es dabei meist bei Fäusten blieb. Und darin war Erik geübt. Er wusste, wie man sich verteidigt.

Aber neben dem Dolch, den er nie ablegte, hatte er auch ein Kurzschwert in einer Seekiste, die im Heck fest verstaut war. Eine einfache, schnörkellose Waffe, aber scharf und immer griffbereit. Er besaß auch einen Lederhelm mit eisernen Verstärkungen und eine schwere Dänenaxt, *Skeggöx* genannt. Der untere Teil der Schneide war zu einem Bart verlängert. Den konnte man über den Schild des Gegners haken und ihn herunterreißen, oder über die Reling eines fremden Schiffes, um es heranzuziehen. Erik hatte die Axt hauptsächlich an Bord, um in der Eile ein Tau zu durchtrennen, falls es nötig werden sollte. Ging im Sturm tatsächlich mal der Mast über Bord, musste man schnell handeln und Wanten und Stage kappen, um das Schiff vom treibenden Mast zu befreien.

Endlich passierten sie das Kap der Halbinsel, und vor ihren Augen öffnete sich die Bucht, in der Gydanzik lag. Erik orderte die Mannschaft an die Brassen und Schoten, um die Segelstellung anzupassen, und änderte vorsichtig den Kurs nach Süden.

Sofort lehnte sich das Schiff scharf nach Backbord, denn der Wind drückte jetzt von der Seite. Eine hohe Welle verstärkte für einen Augenblick die Schräglage, und die drei im Vorschiff mussten sich festhalten, um nicht nach Lee zu rutschen und womöglich über Bord zu gehen. Im Laderaum unter der Persenning rumpelte es verdächtig. Hatten sich die Fässer aus der Halterung gelöst? Aber die *Frida* richtete sich wieder auf. Die nächste Welle glitt harmlos unter dem Kiel hinweg, und nach einer Weile – sie segelten inzwischen im Schutz der Küste – beruhigte sich die See.

»Sieh mal nach«, sagte Erik.

Ludger nickte und machte sich daran, auf Steuerbord ein wenig von der Persenning loszubinden, mit der der Laderaum geschützt war. »Nichts zu erkennen«, sagte er. »Außer dass es nach Fisch stinkt.« Er schlug mehr von der Persenning zurück, um besser sehen zu können. Dann beugte er sich tief hinunter und langte in die Bilge unter den Fässern. Er steckte den Finger in den Mund, fluchte gleich darauf fürchterlich, hievte sich wieder aufs Achterdeck und spuckte angeekelt aus. »Scheiße, Mann! Du hattest recht. Da ist Salzlake in der Bilge. Ein paar Fässer müssen leckgeschlagen sein.«

Um den Fisch haltbar zu machen, wurde er für gewöhnlich zwei Wochen in Salzlauge gelegt und anschließend geräuchert. Aber das trockene Zeug, das dabei herauskam, schmeckte nicht besonders. Deshalb hatte Erik Fisch in Fässern voller Salzlake gekauft und auf das Räuchern verzichtet. War verderblicher, aber schmackhafter. Nur wenn die verdammte Lake ausgelaufen war … das war keine gute Nachricht.

»Hoffentlich sind's nicht zu viele Fässer«, sagte er. »Wir haben sie nicht gut genug gesichert.«

»Nicht meine Schuld!«, schwor Ludger. »Ich hab sie gut verzurrt. Muss der Sturm gewesen sein.«

»Ich hab dich nicht beschuldigt«, knurrte Erik und kniff verärgert die Lippen zusammen.

Im Vorschiff kam Jeldrik auf die Füße und rief: »Was ist los?«

»Die verdammte Ladung ist beschädigt«, brüllte Ludger zurück.

»Hab doch gesagt, bei dem Wetter hätten wir Zuflucht suchen sollen«, tönte Jeldrik zurück. »Aber Erik hatte es ja so eilig.«

Und wenn ihr Idioten die Ladung richtig gesichert hättet, wäre das nicht passiert, wollte Erik schon sagen. Aber er hielt sich zurück. Schließlich hatte er selbst nachgeschaut, bevor sie aufgebrochen waren. War also auch seine Schuld. Aber so etwas passierte eben auf See. Hoffentlich war es nicht so schlimm. Sicher nur ein paar Fässer.

Bei starkem Wind und trotzdem seltsam ruhiger See im Windschatten der Halbinsel segelten sie weiter. Nach einer Weile, je mehr sie sich vom Kap entfernten, um die weite Bucht zu überqueren, wurden die Wellen wieder steiler und rollten ruckartig unter der *Frida* hinweg. Aber der Wind von raumschots bekam ihr gut, und sie schoss dahin, dass es eine Freude war.

Die Mündung der Wisla kam rasch näher. Man konnte sie nicht verfehlen, denn die Masten der ankernden Schiffe und die strohgedeckten Dächer von Gydanzik hinter dem langen weißen Strand waren deutlich zu erkennen. Das Land dahinter war flach wie eine Flunder, mit Ausnahme einiger bewaldeter Hügel im Hintergrund.

Schon bald segelten sie in die breite Flussmündung, wo sich der Fluss seinen Weg durch die Dünen gebahnt hatte. Das Ufer rechts und links war von vereinzelten Fischerhütten gesäumt. Etwas weiter voraus, dort, wo die Motlawa in die Wisla floss, erhob sich eine von Palisaden umzäunte Wallburg, und gleich dahinter die Stadt selbst. Sie war nicht groß, aber ebenfalls befestigt. Es war nicht immer so gewesen, aber seit einiger Zeit herrschten hier polnische Herzöge und nahmen ihren Anteil am Warenumschlag.

Am Flussufer lagen Fischerboote. An einem langen, auf Pfählen ruhenden Holzkai waren Handelsschiffe vertäut – zwei von ihnen Koggen, ein weiteres halbes Dutzend aber waren Knorre, so wie die *Frida*, im Osten immer noch das bevorzugte Schiff für alle Zwecke. Erik hatte mehr Schiffe erwartet. Aber es war natürlich schon Herbst. In einigen Wochen würden es noch weniger sein.

Sie bargen das Segel und legten auf jeder Seite zwei Riemen aus. Dann stemmten sie sich gegen den träge dahinfließenden Strom, näherten sich einer freien Stelle am Kai und machten fest.

Als sie die Persenning zurückschlugen, um die Ladung zu begutachten, fanden sie mindestens fünf Fässer mit eingedrückten Dauben. Deshalb also stank das ganze Schiff nach Fisch. Aber fünf von insgesamt siebzig Fässern, das war zu verkraften.

Erik saß in einer Schänke beim Bier. Um ihn herum reges Stimmengewirr. Die Gastwirtschaft war gut besucht. Einheimische hockten hier genauso wie fremde Händler und Seeleute. Slawische Laute waren vorherrschend, aber auch der Singsang der Dänen und Schweden war zu hören. Eriks Gegenüber am Tisch war ein graubärtiger Balte, ein Händler der Stadt, den er von einer früheren Reise her kannte, als er auf einem dänischen Schiff hier gewesen war. Er hatte den Mann als freundlichen und vertrauenswürdigen Kaufmann kennengelernt. Ihm würde er daher als Erstem seine Ladung anbieten. Erik hatte in der Stadt nach ihm gefragt und ihn schließlich in dieser Schänke aufgespürt.

Dem Mann schien es gutzugehen. Sein knielanges, pelzverbrämtes Gewand war aus gutem Tuch, und an den Fingern trug er silberne Ringe. Sein gemütlicher Bauch, überhaupt sein ganzes Auftreten zeugte von einem, der es zu etwas gebracht hatte und der mit sich zufrieden war. Die beiden verständigten sich in einem slawischen, mit dänischen und schwedischen Brocken vermischten Dialekt, den die meisten entlang der südlichen Ostseeküste verstanden.

»So, das also ist dein Sohn«, sagte der Balte und deutete mit einem Kopfnicken auf Ortwin. »Netter Junge. Frag ihn mal, wie die Reise für ihn war. Ich spreche leider kein Sächsisch.«

»Aber ich kann wendisch«, war Ortwins kecke Antwort, der natürlich verstanden hatte. Schließlich war er an der Trave aufgewachsen, wo das Wendische vorherrschend war.

»Na, das ist ja gut«, sagte der Balte. »Und auf den Mund gefallen scheinst du auch nicht zu sein.« Er zwinkerte dem Jungen zu. »Und wie gefiel dir deine erste Seereise, junger Mann?«

»Gut«, erwiderte Ortwin. »Wir hatten Sturm.«

»Soso«, sagte der Balte und machte ein ernstes Gesicht. »Sturm hattet ihr. War es denn schlimm? Wie hast du den Sturm überstanden?«

»Ich hab mich festgehalten«, sagte Ortwin ungerührt, als wäre es das Normalste der Welt, durch einen Sturm zu segeln.

Die Männer lachten. »Gut so!« Der Balte nickte zustimmend. »Auf einem Schiff muss man sich immer gut festhalten. Sonst kann man schnell über Bord gehen. Und wie gefällt dir die Seefahrt?«

»Gut. Ich will Kaufmann werden, wie mein Vater.«

»Na, das lob ich mir.« Der Balte wandte sich wieder Erik zu. »Es ist eine Weile her, dass wir uns gesehen haben, Erik. Es scheint dir gut zu gehen. Vor Jahren warst du noch ein armer Schlucker. Jetzt hast du ein Schiff. Und eine Ladung. Segelst auf eigene Rechnung. Ich freue mich für dich. Und was bringst du uns Schönes? Wir könnten gutes Tuch aus Flandern gebrauchen. Oder zumindest Wolle. Rohstahl wär auch nicht schlecht. Und in Hammaborg brauen sie ausgezeichnetes Bier. Wie steht's damit?«

Erik schüttelte den Kopf. »Kein Bier. Wir haben Hering geladen. Frischen Hering in Salzlake.«

Der Balte runzelte die Brauen und strich sich sichtlich verlegen über den Bart. »Hering. Soso«, brummte er. »Das ist schade, denn ich fürchte, den wirst du nur mit Mühe losschlagen können.«

Erik glaubte, nicht recht gehört zu haben. »Wie meinst du das?«

»Wie ich es gesagt habe. Kein guter Moment für Hering.«

Erik war, als greife eine kalte Hand nach seinem Herzen. In der Schänke herrschte spärliches Licht. Deshalb konnte man nicht sehen, dass er bleich geworden war. Sein Mund war mit einem Schlag staubtrocken geworden. Er trank schnell einen Schluck Bier.

»Aber wieso? Ihr nehmt doch immer gern Hering.«

Der Balte nickte. »Das tun wir auch. Aber in den letzten Wochen hatten wir schon mehrere Lieferungen, stell dir vor. Erst vor drei Tagen ist da noch ein Däne mit einer großen Ladung gekommen.«

»Ein Däne?«

»Ganz recht. Sitzt übrigens da drüben beim Fenster. Der dicke Kerl mit dem Backenbart. Der kommt oft hierher. Ist praktisch Stammkunde. Hat auch sein eigenes Lagerhaus und ein paar Knechte, die sich darum kümmern. Der hat seinen Fisch jedenfalls noch unterbringen können, soviel ich weiß. Und auch nicht zum besten Preis. Aber jetzt ist Schluss.«

Wie in den meisten Handelsstätten unterhielten fremde Kaufleute oft kleine Lagerhäuser und beschäftigten Dienstleute, die in ihrer Abwesenheit Geschäfte abwickelten. Das war in Visby so und in Sithun und früher auch im dänischen Hedeby, bevor die Stadt vor knapp hundert Jahren von den Norwegern geplündert und zerstört worden war. Kein Wunder also, dass die Nordländer, die hier den Markt beherrschten, in Gydanzik ebenso verfuhren. Im Winter blieben die Lagerhütten dann meist verlassen zurück, bis die Geschäfte im Frühjahr wieder anliefen.

Starr und benommen von der bestürzenden Kunde des Balten, blickte Erik zu dem Dänen hinüber. Breit und gebieterisch saß der Mann da, in den fettigen Fingern eine Schweinerippe, auf der er kaute, und umringt von anderen Männern, mit denen er sich mit lauter Stimme unterhielt. Mit dem Ärmel wischte er sich über den Mund, dann nahm er einen tiefen Zug aus seinem Bierhumpen.

Der Kerl war ihm also zuvorgekommen. Der hatte sogar ein Lager hier. Und auf einmal kam ihm der Mann bekannt vor. Er musste ihn schon mal gesehen haben. In Liubice.

»Besitzt der nicht eine Kogge?«

»So ist es. Knut Larsson heißt er. Ist ganz wild auf Bernstein. Kauft alles auf, was er kriegen kann. Uns bringt er Fisch, Eisen, Tuch und Bier. Oft auch Waffen oder Wein aus Frankia. Und zurück fährt er mit Holz und Getreide. Aber wie gesagt, besonders verrückt ist er nach Bernstein und Pelzen. Muss wohl einen guten Markt dafür geben bei euch im Westen.«

Erik nickte. »Den gibt es.«

»Ich nehme an, er wird jetzt, bevor der Winter kommt, sein Lager ausräumen. Wie andere auch. Dann wird es hier still für eine Weile. Dann haben wir die Stadt wieder für uns.« Der Balte lachte und hob seinen Humpen an die Lippen. »Nicht, dass wir was gegen Fremde hätten«, fügte er hinzu, nachdem er sich einen guten Schluck gegönnt hatte. »Schließlich leben wir hier vom Handel.«

»Bernstein und Pelze«, sagte Erik. »Das hatte ich auch vor zu kaufen.«

»Kann ich dir gerne liefern. Hab ein paar schöne Stücke aufgehoben.«

»Aber dazu muss ich erst meinen Fisch an den Mann bringen.«

Der Balte zuckte mit den Schultern. »Tja. Tut mir leid, aber mein Lager ist bis oben voll. Man hat sich schließlich für den Winter eingedeckt. Und ich weiß, den anderen Händlern geht es nicht anders.«

»Du meinst, ich komme mit einer vollen Ladung Hering her, und ihr habt keinen Bedarf? Das kann ich einfach nicht glauben.«

»Was soll ich sagen, Erik? Aber so isses nunmal. Selbst wenn du noch einen findest, der dir den Fisch abnimmt, Gewinn machen wirst du dabei nicht. Eher das Gegenteil.«

Erik sah plötzlich das Gesicht seiner Frau vor sich. Was würde sie sagen, wenn er mit leeren Händen heimkäme? Verheiratet mit einem Kerl, der es einfach nicht schaffte, auf die Beine zu kommen. Er schwieg eine Weile und starrte wie geistesabwesend in die Ferne.

»Wenn ich den verdammten Fisch nicht loswerde, bin ich erledigt«, sagte er schließlich mit leiser Stimme.

Der Balte sah ihn betroffen an. »Aber es gibt doch noch andere Orte hier an der Küste. Versuch's doch mal im Samland oder in Memel, weiter nördlich an der litauischen Küste. Ist ja nicht weit von hier.«

»Meine Mannschaft ist unruhig. Die haben noch keinen Heller von mir gesehen, sie haben nur mein Versprechen. Im Augenblick kann ich den Kerlen nicht mal ein Bier spendieren. Wenn ich denen sage, dass es immer noch keine Bezahlung gibt und dass wir weitersegeln müssen, dann hab ich eine Meuterei an Bord.«

»So schlimm? Da hast du dich wohl ganz schön übernommen.«

Erik nickte. »Ich musste mich verschulden, um die *Frida* zu kaufen und instand zu setzen, verstehst du? Es war eine einmalige Gelegenheit, günstig an ein gutes Schiff zu kommen. Dies ist unsere erste Reise, und ich muss unbedingt Gewinn machen, denn mein Gläubiger daheim drückt mich mit den ersten Zinszahlungen.«

»M-hmm«, brummte der Balte. »Verstehe.«

Alles hatte Erik in diese Ladung gesteckt, sich ausgemalt, mit kostbaren Fellen und mit Bernstein heimzukommen. Denn der Balte hatte recht. Dafür gab es einen guten, fast nimmersatten Markt im Westen. Aber nun sollte er weitersegeln in der Hoffnung, irgendwo Abnehmer zu finden? Mit einer Mannschaft, die ihm misstraute und der er vielleicht noch mehr misstraute? Was würde Irmhild dazu sagen? Sie wusste meistens Rat. Obwohl … es war ihr Vorschlag gewesen, alles Geld in diese Ladung zu stecken und die Reise noch vor Wintereinbruch zu unternehmen, um für seine Verpflichtungen aufzukommen. Vielleicht hätte er nicht auf sie hören sollen.

»Ich war einfach sicher, ihr nehmt mir die Ladung ab«, sagte er.

Sein Gegenüber machte ein bekümmertes Gesicht und nahm einen tiefen Schluck aus dem Humpen.

»Kannst du dir den Fisch nicht wenigstens mal ansehen?«, bat Erik. »Ist bestimmt gute Ware.« Eigentlich sollte er nicht so betteln, das war ihm klar, aber er vertraute dem Balten.

Der aber seufzte und schüttelte bedauernd den Kopf. »Ich hab keinen Platz im Lager, selbst wenn ich wollte. Und viel zahlen kann ich auch nicht.«

Der junge Ortwin blickte verunsichert von einem zum anderen. Er war erst zehn, aber nicht dumm. Außerdem genügte ein Blick auf das Gesicht des Vaters, um zu wissen, dass die Lage ernst war.

Erik saß zurückgelehnt und starrte auf seine Hände, die vor ihm auf dem weiß gescheuerten Tisch lagen. Er und seine Frau waren so sicher gewesen, in Gydanzik ein gutes Geschäft zu machen, und nun das! Anscheinend hatten sie sich verrechnet. Es würde ihm nichts anderes übrigbleiben, als mit der Mannschaft zu reden. Die Kerle würden es schon schlucken müssen. Am Morgen würden sie also Segel setzen, um es weiter östlich zu versuchen. Erik seufzte und wollte schon aufstehen, als der Balte ihn zurückhielt.

»Warte noch«, sagte er. »Lass mich mal in Ruhe nachdenken.«

Erik sah ihn erwartungsvoll an, aber der Mann drehte sich erst einmal um und bedeutete einem der beiden Schankweiber, mehr Bier zu bringen. Dann lehnte er sich zurück und starrte eine Weile vor sich hin, während Erik fast den Atem anhielt.

Schließlich blickte der Balte auf. »Verflucht nochmal, Erik, ich will nicht derjenige sein, der zu deinem Unglück beiträgt. Im Gegenteil. Ich bau lieber darauf, dass wir beide in Zukunft noch viele gute Geschäfte miteinander machen. Wir Kaufleute müssen zusammenhalten, sag ich immer.«

Erik antwortete nicht, aber in seinen Augen glomm Hoffnung auf. »Und was heißt das?«

»Ich kann dir nichts versprechen, aber ich will mal sehen, ob ein paar Freunde von mir sich nicht beteiligen wollen. Auf jeden Fall komm ich morgen früh zum Kai und seh mir an, was du zu bieten hast.«

Als Erik und sein Sohn die Schänke verließen, fragte Ortwin: »Können wir uns nicht die Stadt ansehen?«

Das war das Letzte, auf das Erik gerade Lust hatte. »Morgen«, versprach er. »Es ist schon dunkel. Da kann man eh nichts mehr sehen.«

Gydanzik war nicht groß, die Gassen eng und ungepflastert. Rund um den Marktplatz gab es ein paar schöne Häuser von wohlhabenderen Händlern oder reichen Landbesitzern, aber die meisten Behausungen waren einfache, strohgedeckte Hütten. Hier und da brannte eine funzelige Laterne. Trotzdem musste man aufpassen, nicht über Unrat oder eine vom Regen ausgewaschene Rinne zu stolpern.

Nur wenig Leute waren unterwegs. Die meisten saßen wohl beim Abendessen. Dafür liefen streunende Köter herum. Viele der Hütten hatten einen kleinen angebauten Viehstall. Man hörte Schweine grunzen, Hühner gackern und Gänse schnattern. Irgendwo muhte eine Kuh. In den Gassen hinter der Umwallung war von der frischen Seeluft kaum noch etwas zu spüren, zumal der Wind nachgelassen hatte. Dafür stank es nach Schweinekot und Schlachtabfällen.

Sie hatten nicht weit zu gehen. Schon traten sie durchs Tor und hatten Fluss und Kai erreicht. Hier konnte man freier atmen. Ab und zu fuhr noch eine Böe durch die Schiffe am Kai, rüttelte an Fallen und Masten, ließ die Rümpfe an den Leinen zerren oder gegen Poller stoßen, um sich alsbald zu verflüchtigen. Ein Halbmond lugte zwischen zerrissenen Wolken hervor, bevor er wieder verschwand.

Zurück an Bord der *Frida*, wo sie auch diese Nacht ihr Lager aufschlagen würden, wartete Ludger auf sie. Seine drei Kumpane waren nicht zu sehen.

»Und? Hast du die Ladung verkauft?«, fragte er.

»Noch nicht«, knurrte Erik. »Scheint schwierig zu sein. Die haben sich schon ziemlich eingedeckt mit Hering.«

»Wie? Die wollen unseren Hering nicht?«

»Es waren anscheinend genug Schiffe mit Hering hier. Und vor ein paar Tagen hat ein Däne hier noch eine größere Ladung an den Mann gebracht. Jetzt haben sie die Lager für den Winter voll.«

»Ein Däne? Etwa der, dem die große Kogge da drüben gehört?«

»Ja, das muss er sein. Ein dicker Kerl mit hellem Haar. Der hat es sich gerade in der Schänke schmecken lassen.«

Ludger warf ihm einen durchdringenden Blick zu. »Aber das gibt's doch nicht, dass sie keinen Hering wollen. Oder verarschst du mich?«

»Warum sollte ich?«

»Verdammt nochmal. Da sind wir bis hierher gesegelt …«

»Wem sagst du's. Aber keine Sorge, ich kenne hier einen, der versprochen hat, uns den Fisch doch noch abzukaufen. Nur nicht zu dem Preis, den ich mir erhofft hatte.«

»Scheiße!«, knurrte Ludger.

»Der Mann kommt morgen Vormittag, um die Ware zu begutachten.«

»Mmmh«, brummte Ludger unzufrieden. »Du solltest uns schon mal etwas von dem versprochenen Geld aushändigen.«

»Wieso?«

»Wir hätten gern irgendwo in einer Gaststube geschlafen. Ist ziemlich kalt nachts auf dem Wasser.«

»Die ganze letzte Woche habt ihr an Bord geschlafen. Was soll heute anders sein? Außerdem regnet's nicht mal.«

»Du hast versprochen, in Gydanzik die Hälfte unseres Anteils auszuzahlen. Dann könnten wir uns wenigstens ein Wirtshaus leisten.«

»Ich kann erst etwas zahlen, wenn wir die Ladung verkauft haben«, knurrte Erik gereizt. »Ich denke, das wird ja wohl in dein Spatzenhirn gehen.«

»Rede nicht so mit mir.« Ludger machte ein finsteres Gesicht. »Nur damit du's weißt, die Jungs sind ziemlich ungeduldig. Die werden sich nicht mit schönen Worten abspeisen lassen. Wag es ja nicht, uns übers Ohr zu hauen.«

»Ich haue niemanden übers Ohr. Ich habe euch einen Gewinnanteil versprochen, du erinnerst dich. Aber dazu muss ich erst einen Gewinn machen, ist doch nicht schwer zu verstehen. Ihr werdet warten müssen, bis wir den Fisch an den Mann gebracht haben. Bis dahin lass mich verdammt nochmal in Ruhe.«

Ludger war nicht zufrieden, das konnte man sehen. Aber er sagte nichts weiter, hockte nur da und machte ein zorniges Gesicht.

»Wo sind eigentlich die anderen?«, fragte Erik.

»An Land. Einen Schluck trinken.«

»Ich dachte, ihr habt kein Geld. Dann kannst du jetzt auch gehen. Ich übernehme die Wache an Bord.«

Es war besser, die *Frida* nicht unbewacht zu lassen. Wer konnte sagen, was für Volk sich nachts herumtrieb? Ganze Schiffe waren schon auf Nimmerwiedersehen verschwunden.

Als sie allein waren, fragte Ortwin: »Sind wir in Schwierigkeiten, Vater?«

»Ach was, Junge.« Erik legte seinem Sohn den Arm um die Schultern. »Es ist jedenfalls nichts, was wir beide, du und ich, nicht meistern könnten.«

Ortwin liebte seinen Vater, aber seit dem Gespräch mit dem Balten war er trotz seiner Jugend klug genug, um zu wissen, dass sie ziemlich in der Klemme steckten, wenn sie den Fisch nicht loswurden. Daran änderte auch das beruhigende Grinsen seines Vaters nichts.

Und zu den vier Kerlen der Mannschaft hatte auch Ortwin nicht allzu viel Vertrauen. Nicht, nachdem sie eine Woche mit denen auf engstem Raum verbracht hatten. Am wenigstens traute er diesem Jeldrik. Der machte ihm regelrecht Angst. Der würde sicher vor nichts zurückschrecken. Was würde diese Männer daran hindern, Vater und Sohn bei nächster Gelegenheit über Bord zu werfen und mit dem Schiff davonzusegeln? Besonders nachdem sie die Ladung verkauft und Bernstein und Felle an Bord hatten. Ortwin beschloss, sich nie weit von Vaters Seekiste zu entfernen, wo er den Sax wusste. Und Vaters *Skeggöx.*

Erik verbrachte eine unruhige Nacht. Es war kalt und feucht auf dem Schiff. Aber er war Seemann. So etwas war er von Kindesbeinen an gewohnt. Für den Jungen hatte er gesorgt, damit er ein weiches Lager hatte, und ihn mit Schafsfellen warm zugedeckt. Bei Regen hätten sie eine Persenning über sich gespannt, aber die Nacht blieb klar.

Nein, es waren nicht die harten Deckplanken, die ihn am Schlaf hinderten, auch nicht die Mannschaft, die spätnachts lärmend an Bord torkelte. Offensichtlich hatten sie einiges getrunken. Es war eher die Anspannung seit dem Gespräch mit dem Balten, die ihn wach hielt, die Sorge, wie es in seinem Leben weitergehen sollte, falls es ihm nicht gelang, die Ladung zu verkaufen. Was könnte er unternehmen, um sein Schiff vor der Pfändung zu retten? Vielleicht Ladungen anderer Kaufleute übernehmen? Aber das hing vom Wohlwollen seines Gläubigers ab, einem reichen, habgierigen Kaufmann aus Hammaborg, der sich vor Kurzem in Lubeke angesiedelt hatte und sein Geld zu Wucherzinsen verlieh. Nein, der würde keine Gnade walten lassen.

Kurz vor dem Morgengrauen schlief Erik endlich ein. Aber lange Ruhe war ihm nicht vergönnt. Wenige Stunden später, von Möwengeschrei geweckt, stand er auf und verrichtete seine Notdurft über die Bordwand. Die Luft war würzig und frisch und der Himmel blau. Die Morgensonne spiegelte sich auf der Oberfläche der Wisla, die breit und gemächlich von Osten heranströmte, um sich nicht weit vom Liegeplatz der *Frida* mit dem Meer zu vereinen.

Über den Schiffen am Ufer und dem Meer weiter draußen kreisten ganze Scharen von Möwen. Wildgänse, die sich auf dem Weg nach Süden befanden, hatten hier Halt gemacht und tauchten ihre Schnäbel in den Uferschlick, um etwas Nahrung zu finden, bevor sie weiterflogen. Alles sah freundlich und friedlich aus, sogar die Palisade auf dem Festungswall der Stadt. Vielleicht war doch alles nicht so schlimm, wie es in der Nacht ausgesehen hatte. Sicher würde der Balte ihm die Ware abkaufen, auch wenn kaum Gewinn dabei herausspringen würde. Zumindest würde er seinen Verpflichtungen nachkommen können und genug übrig haben, um sich mit neuer Ware einzudecken. Bloß keinen Hering diesmal.

Auf dem Deck neben ihm lag sein Sohn. Aus Decken und Schaffellen lugte sein blonder Haarschopf hervor. Der Junge schlief noch tief und fest. Seltsam, dass sie nur dieses eine Kind zustande gebracht hatten. Trotz fleißigen Bemühens. Umso mehr liebte Erik den Jungen, kümmerte sich um ihn, versuchte ihm alles beizubringen, was er selbst wusste. Sein ganzes Tun war für Irmhild und für Ortwin. Sein Sohn würde es einmal besser haben als er und ein angesehener Kaufherr werden. Das war es, was er für ihn erreichen wollte, dahin ging sein ganzes Streben.

Nun ja, natürlich mühte er sich nicht nur für Ortwin, wenn er ehrlich war, denn der Ehrgeiz, es zu etwas zu bringen, brannte schon lange in seiner Brust. So viele Jahre hatte er sich abgerackert – es war Zeit, dass diese Anstrengungen endlich Früchte trugen. Und doch schien es, als ob heute alles wieder auf der Kippe stand. Es konnte so oder so ausfallen. Bei dem Gedanken krampfte sich sein Magen zusammen.

Erik holte tief Luft, um sich zu beruhigen. Dann erhob er sich und nahm den Deckel von dem Frischwasserfass, das sie an Bord hatten, tauchte die Hände ein und warf sich etwas von dem kalten Wasser ins Gesicht. Das belebte und verscheuchte die bösen Gedanken. Er kletterte zum Vorschiff hinüber und weckte die Mannschaft.

»Los, Männer«, rief er. »Aufstehen! Es gibt zu tun.«

Das ganze Schiff stank nach Fisch. Mehr noch als am Vortag. Die angebrochenen Fässer mussten entfernt und die Bilge gesäubert werden. Er begann, die Persenning aufzurollen, die über der Ladung lag. Widerwillig krochen die vier Männer aus ihren Decken, in denen sie auf dem Vorschiff genächtigt hatten, und rieben sich die Augen. Dann stellten sie sich in einer Reihe an die Bordwand und pinkelten in den Fluss. Es sah komisch aus, und Erik musste grinsen.

»Was lachst du?«, knurrte Jeldrik, nachdem er fertig war.

Erik sagte nichts.

Dieser Jeldrik war wohl schlechter Laune, denn er griff sich an den Kopf und fluchte fürchterlich. Auf das Schiff und die Reise und das schlechte Bier, das sie getrunken hatten. Geschieht dem Bastard recht, dass ihm der Schädel brummt, dachte Erik. Das ist jedenfalls das letzte Mal, dass der mit mir gefahren ist.

»Sollen wir nicht erst was essen?«, fragte einer der anderen. Auch der hatte gerötete und verquollene Augen.

»Essen könnt ihr später. Erst müssen wir Klarschiff machen. Nachher kommt der Käufer. Und das geht ja auch euch was an. Also ran an die Arbeit.«

»Ich hab gehört, den verfluchten Fisch will keiner kaufen«, tönte Jeldrik und warf Erik einen bösen Blick zu.

»Mein Käufer schon.«

»Das will ich dir auch geraten haben.«

Erik starrte ihn an. »Willst du mir drohen?«

»Nimm's, wie du willst«, war die Antwort. Und damit machte Jeldrik sich laut fluchend an die Arbeit.

Ich sollte dem frechen Hund eins mit dem Tauende überbraten, dachte Erik. Aber letztlich waren sie zu viert, und er war mit dem Jungen allein. Nur noch diese eine Fahrt, dann fliegen die verdammten Kerle von Bord.

Inzwischen war auch Ortwin aufgewacht und half den Männern. Sie lösten die Seile und Holzkeile, mit denen die Ladung gesichert war, und hoben die obersten Fässer auf den Kai, um die darunterliegenden freizulegen. Die kaputten Fässer hievten sie über Bord, denn so wie es stank, war der Fisch darin verdorben. Das wunderte Erik eigentlich, denn ein Salzhering sollte nicht gleich verrotten, auch wenn die Lake ausgelaufen war.

Aber er dachte nicht weiter darüber nach, denn nun holten sie eimerweise Wasser aus dem Fluss und gossen es über die Fässer und in die Bilge. Dann machten sie sich daran, es wieder über Bord zu pumpen. Zum Glück besaß die *Frida* eine einfache Kolbenpumpe, die die Sache erleichterte. Dreimal hintereinander füllten sie Flusswasser in die Bilge, dann pumpten sie es wieder heraus. Endlich hatte der Gestank nachgelassen. Es roch zwar immer noch nach Hering, aber nicht mehr so abscheulich.

»Ihr habt Hunger?«, fragte Erik nach getaner Arbeit. Er griff in seine Börse, die er am Gürtel trug, und holte zwei kleine Silberstücke hervor. »Hier. Ich spendiere euch ein Frühstück. Vor Mittag braucht ihr nicht wiederzukommen.«

»Wie nobel von dir«, sagte Jeldrik nicht ohne höhnisches Grinsen. »Sieh nur zu, dass du unseren Fisch gut verkaufst.«

Die vier Männer stiegen auf den Kai und machten sich auf den Weg in die nächste Kaschemme. *Unseren Fisch*, dachte Erik und schüttelte genervt den Kopf. Aber er war froh, dass die Kerle von Bord waren. Denn bei seinen Verhandlungen mit dem Balten wollte er ungestört bleiben. Er und Ortwin hockten sich auf eine Seekiste und teilten sich etwas Speck und trockenes Brot, das sie noch an Bord hatten.

»Wenn wir den Fisch verkaufen, bringen wir deiner Mutter was Schönes mit.«

»Was denn?«, fragte Ortwin mit vollem Mund.

»Vielleicht ein Schmuckstück aus Bernstein. Oder einen schönen Hirschhornkamm.«

Ortwin antwortete nicht, sondern deutete zum Kai hinüber. »Da ist der Mann«, sagte er leise. »Der von gestern.«

Tatsächlich stand dort der Balte und hob die Hand zum Gruß. »Einen schönen guten Morgen wünsche ich euch beiden. Über das Wetter kann man ja heute wirklich nicht klagen.« Er ließ seine Augen über die *Frida* wandern. »Schönes Schiff hast du da. Klein, aber fein.« Er nickte anerkennend.

Erik legte Messer und Speck weg, wischte sich die Finger an der Hose ab und stand auf. »Und? Wie sieht's aus?« Er versuchte, die Unruhe, die er im Innern verspürte, nicht an der Stimme erkennen zu lassen. »Hast du noch andere Käufer gefunden?«

Zu seiner Erleichterung nickte der Balte. »Drei von meinen Freunden wären bereit, einen Teil zu übernehmen. Ich selbst auch. Zusammen würdest du dann alles loswerden, denke ich. Das heißt, wenn die Ware gut ist. Aber natürlich können wir dir nicht den üblichen Preis zahlen. Ein wenig musst du uns schon entgegenkommen.«

Wahrscheinlich würde es mehr als nur ein wenig werden, dachte Erik. Aber er nickte. »Darüber lässt sich reden.«

Er nahm einen Hammer und ein Stemmeisen aus der Werkzeugtasche unter dem Sitz im Heck und kletterte über die Bordwand auf den Kai, wo sie zuvor ein Dutzend Fässer aufgestellt hatten. »Dann schauen wir mal«, sagte er und öffnete das erste Fass.

Als er den Deckel anhob, kamen darunter die silbrigen Fischleiber zum Vorschein, die ordentlich bis fast an den oberen Rand gepackt in ihrer Salzlake lagen. Sie sahen gut aus, so wie man es erwarten durfte. Erik trat zurück, um dem Balten einen Blick ins Fass zu erlauben.

Der sah hinein, nickte und brummte zustimmend. Dann steckte er zwei Finger in die Lake und anschließend in den Mund, um den Salzgehalt zu prüfen. Die Lake hatte zu einem Fünftel aus Salz zu bestehen. Nur so war sichergestellt, dass der Fisch zwar nicht unbegrenzt, aber doch für ziemlich lange Zeit haltbar blieb. Das war natürlich allen, die mit Fisch handelten, bekannt. Und so auch Erik.

Doch kaum hatte der Balte die Lake gekostet, da runzelte er die Stirn. Noch einmal wollte er probieren und schöpfte diesmal in der hohlen Hand etwas mehr von der Flüssigkeit heraus. Wieder kostete er aufmerksam. Dann schüttelte er den Kopf.

»Was ist los?«, fragte Erik.

»Die Lake«, sagte der Balte und wischte sich die Hand am Wams ab. »Viel zu dünn, mein Freund.«

»Was? Das kann nicht sein.«

»Koste selbst.«

Nun probierte auch Erik. Und tatsächlich. Zu seinem Entsetzen war die Lake nicht salzig genug. Es überlief ihn heiß. Da hatte jemand am Salz gespart, verflucht nochmal. Er steckte die Hand tiefer ins Fass, holte einen Fisch heraus und roch daran. Er roch nicht gut. Und außerdem, wenn man genauer hinsah, schien sich auch ein wenig vom Fleisch abzulösen. Wieder griff er hinein, nahm einen anderen Fischleib heraus. Das Gleiche!

»Vielleicht nur dieses Fass«, sagte er.

Erik griff nach seinem Werkzeug, um ein anderes Fass aufzumachen.

Aber das Ergebnis war das Gleiche. Während der Balte mitleidig zusah, stemmte Erik Fass um Fass auf, und in jedem war die Lauge zu dünn, der Fisch schon leicht verdorben. Erik schwitzte jetzt in der frühen Morgensonne. Und es war nicht die Anstrengung, die ihm den Schweiß auf die Stirn trieb. Was zum Teufel war hier los? Es konnte doch nicht die ganze Ladung verdorben sein.

»Wie lange liegt der Fisch denn schon in den Fässern?«, fragte der Balte.

Erik hielt inne und wischte sich den Schweiß von der Stirn. »Drei oder vier Wochen. Das heißt, wenn ich diesem Händler überhaupt noch glauben darf.«

»Dann ist er hinüber, Erik. Tut mir leid.«

»Verfluchte Scheiße! Das darf doch nicht wahr sein!« Wütend warf Erik sein Stemmeisen auf die Kaiplanken und starrte angewidert auf die offenen Fässer. »Der Hurensohn hat mich reingelegt.«

»Wer? Dein Händler?«

Erik nickte. »Ich verpack den Fisch ja nicht selber. Keine Zeit. Ich war mit dem Schiff beschäftigt. Und der Kerl hatte die Fässer im Lager stehen. Frischer Fang, hat er gesagt.«

»Nun, ob er so frisch war, wissen wir nicht. Jedenfalls hat er am Salz gespart. Hast du die Ware nicht geprüft?«

»Natürlich hab ich das. Fünf Fässer hab ich aufmachen lassen. Das müssen gute gewesen sein, die er mir untergeschoben hat.«

»Du hättest noch mehr Stichproben machen sollen.«

»Ja, ja. Das hätte ich. Verdammte Scheiße!«

Der Balte schüttelte den Kopf. »Tut mir leid, Erik, aber so kann ich dir nicht helfen. Vielleicht beim nächsten Mal.« Er wandte sich zum Gehen.

»Warte!«, rief Erik. »Vielleicht ist ja nicht die ganze Ladung verdorben.«

Aber der Balte hörte nicht mehr auf ihn und entfernte sich.

Erik stand da und starrte mit wildem Blick auf die Fässer. Dann stieß er zwei von ihnen mit dem Fuß um, so dass sich der verdorbene Fisch über die Planken des Kais ergoss, und brüllte und fluchte dazu wie ein verwundetes Tier.

Mit weit aufgerissenen Augen sah Ortwin zu, wie sein Vater tobte. Der hielt schließlich heftig atmend inne, kickte noch einen Fischleib in den Fluss und ließ sich dann geschlagen auf einen Poller sinken. Dass sein Sohn Zeuge dieser Niederlage war, tat am meisten weh.

ALLES ASCHE

An Rücken und Fußsohlen hatte Gero Blasen. Und seine Kehle tat weh vom beißenden Rauch. Aber das waren die kleinsten Übel. Die Schmiede ist zerstört, dachte er. Wahrscheinlich für immer. Das Ausmaß des Brandes ließ kaum einen anderen Schluss zu. Ein Feuerfunke hatte genügt, um Leben und Arbeitswelt von Generationen zu vernichten, auszulöschen, hinwegzufegen, als wären sie nie gewesen. Übrig waren nur noch rauchende Trümmer.

Seit er denken konnte, war das Dasein der Brüder mit diesem Haus, mit dieser Werkstatt verbunden gewesen. Hier waren sie aufgewachsen, hatten im Hof gespielt und vom Vater das Handwerk gelernt. Genauso, wie der es vom Großvater gelernt hatte. Das war jetzt alles vorbei. Schlimm genug, dass die Mutter ihr Leben gelassen hatte, aber der Brand war ein Schicksalsschlag, von dem sich die Familie nie mehr erholen würde. Die Vorstellung war vernichtend.

Und doch spukte da auch noch eine andere Stimme in Geros Kopf herum. Vielleicht ist es sogar gut so, flüsterte sie ihm zu. Weg mit dem alten Leben und dem alten Plunder! Weg mit den Familientraditionen. Endlich Platz für etwas Neues. Auch wenn er keine Ahnung hatte, was das Neue sein sollte. Schmied zu sein hatte ihn noch nie besonders erfüllt. Vielleicht sollte er weggehen und sein Glück woanders versuchen. Schließlich war er kein Leibeigener und an keine Scholle gebunden.

Aber jedes Mal, wenn sein Blick auf Arnulf und Bruni und die Kinder fiel, wie geschlagen und verloren sie in einer Ecke hockten, noch völlig unter dem Schock der schrecklichen Nacht und des Verlustes, dann überfiel ihn das schlechte Gewissen. Nein, so sollte er nicht denken. Im Gegenteil, sie durften sich nicht unterkriegen lassen, mussten irgendwie alles wieder aufbauen, neu anfangen. Und er musste ihnen dabei helfen, das war er ihnen schuldig.

Er fragte sich, ob noch etwas zu gebrauchen war. Viel bestimmt nicht. Das Haupthaus war bis auf den Grund niedergebrannt, ebenso die Ställe, in denen die Tiere qualvoll verendet waren. In der Hast und Panik, Menschen zu retten, hatte niemand daran gedacht, sie zu befreien. Am längsten hatte das Feuer in der Werkstatt gewütet, wo in einer Kiste ein großer Haufen Holzkohle gelegen hatte. Zwei ganze Tage hatte es gedauert, bevor die rauchenden Reste so weit ausgekühlt waren, dass man sich ihnen nähern konnte.

Allein Geros Hütte hatte den Feuersturm überstanden. Das Dach war zum Teil verbrannt und die Außenwand angekohlt, aber aus unerfindlichen Gründen hatten die Flammen sich nicht weiter vorgefressen. Vielleicht hatte es am Wind gelegen, an ein paar gut platzierten Eimern Wasser, oder einfach an Gottes Vorsehung. Im Innern lag eine feine Ascheschicht über allem, und es stank nach Rauch, aber zumindest mussten Bruni und die Kinder nicht im Freien schlafen.

Das Stadtviertel, in dem die Schmiede lag, hatte zum Glück wenig Schaden genommen, jedenfalls nichts, was man nicht in wenigen Wochen instand setzen konnte. Da die Schmiede mit der Rückwand der Werkstadt an den Stadtwall grenzte, und vor allem durch den eifrigen Einsatz der Nachbarn, die ihre eigenen Dächer mit Wasser besprengt hatten, war ein Großbrand verhindert worden. Nicht auszudenken, wenn sich das Feuer weiter ausgebreitet hätte. Ganz Lümborg hätte abbrennen können.

In der Nacht hatten Gero und Arnulf den Nachbarn in ihrem verzweifelten Bemühen geholfen, den Brand einzugrenzen, während Bruni und die Kinder nichts weiter hatten tun können, als in Hilflosigkeit zuzusehen, wie vor ihren Augen Heim und Werkstatt in Rauch aufgingen. Als endlich der Morgen graute, ragten nur noch die schwarzen Gerippe halb verbrannter Balken aus einem Meer von Schutt, Ruß und Asche. Alles war vom Feuer verzehrt worden. Wenn nicht ein Wunder geschah, würden sie bald an der Pforte des nahen Michaelis-Klosters um Almosen betteln müssen.

Sie waren alle dreckig, denn selbst die Handpumpe im Hof vor der Schmiede hatte gelitten. Bruni saß teilnahmslos an Geros Schuppen gelehnt, Ruß im Gesicht, die Haare wirr, die kleineren der Kinder um sich herum. Stundenlang konnte sie sich zu gar nichts aufraffen, schien verwirrt, fast schlafwandlerisch, als könnte sie noch gar nicht fassen, was geschehen war.

Es muss erst eine Katastrophe passieren, damit wir verstehen, wie lebenswichtig Nächstenliebe und nachbarschaftliche Hilfe sein können, dachte Gero. Die Familie war auf einen Schlag obdachlos geworden, war sogar auf Kleiderspenden angewiesen. Gero hatte noch ein paar Sachen in seinem Schuppen, aber das reichte bei Weitem nicht. Zum Glück halfen die Nachbarn mit Decken und abgetragenen Kleidungsstücken, damit sie in den kalten Herbstnächten nicht frieren mussten. Wie sie den Winter überstehen sollten, darüber wollte Gero noch gar nicht nachdenken. Auch etwas zu essen brachten freundliche Menschen. Eine Nachbarsfrau schleppte einen ganzen Kessel mit Bohneneintopf an, denn Bruni war noch zu verstört, um ans Kochen zu denken. Außerdem war nichts da, was man hätte kochen können.

Die erste und traurigste Aufgabe der Familie war, die menschlichen Überreste der Mutter zu bergen. Sobald die sich nur langsam abkühlende Ruine es ihnen erlaubte, machten sie sich an die traurige Arbeit. Was sie dort, wo Mutters kleine Kammer gewesen war, unter herabgestürzten Dachresten, die sie erst entfernen mussten, schließlich fanden, war nur noch ein verkohltes Skelett, schrecklich anzusehen. Die Knochen hielten nicht mehr zusammen und mussten einzeln eingesammelt werden. Besonders Arnulf fiel diese Arbeit schwer. Immer wieder überwältigte ihn der Schmerz, und er musste innehalten, tief Luft holen und sich die Tränen aus dem rußverschmierten Gesicht wischen.

»Glaubst du, sie hat sehr gelitten?«, fragte er leise.

Gero schüttelte den Kopf. »Es hat sie im Schlaf erwischt. Der Rauch hat sie getötet.« So hoffte er jedenfalls. Die Mutter hatte keinen Versuch gemacht zu entkommen, hatte auch nicht um Hilfe geschrien. »Ich denke, sie hat nichts gespürt.«

Viel war nicht von Mutter Hedwig übriggeblieben. Ein Kindersarg, den jemand stiftete, genügte vollauf. Darin legten Arnulf und Gero so sanft wie möglich, als könnte die Mutter es noch spüren, ihre zerbrechlichen Gebeine. Obenauf den verbrannten Schädel mit den schwarzen Augenhöhlen und den wenigen Zähnen, die ihr im Leben geblieben waren.

Der Anblick war zu viel für Bruni. Der Schrecken der Brandnacht holte sie mit einem Schlag wieder ein. Die Bilder des rasenden Feuersturms, die Todesangst um Mann und Kinder, die Schreie der Tiere und nichts, was sie hätten tun können, außer das nackte Leben zu retten. Und jetzt die verkohlten Trümmer um sie herum. Alles zerstört – Vorräte, Pfannen und Töpfe, Truhen und Krüge, die Kleider der Familie, das bisschen Schmuck, das sie besaß. All die Dinge, die einmal ihr Heim gewesen waren. Nun auch noch dieser zur Unkenntlichkeit verbrannte Schädel vor ihren Augen, kaum erkennbar, dass dies einmal ihre Schwiegermutter gewesen war oder überhaupt ein menschliches Wesen. Es war einfach zu viel. Bruni brach zusammen und bekam einen Weinkrampf. Die Kinder klammerten sich ängstlich an sie, nun selbst in Tränen. Auch Arnulf, der sanft die Arme um sie legte, konnte den Tränenstrom nicht zum Versiegen bringen.

Dabei ging es den beiden Brüdern kaum besser. Sie sahen aus wie Köhler – die Arme schwarz bis zu den Ellbogen vom Wühlen in der Asche, die Gesichter rußverschmiert, so hockten sie stumm vor dem noch offenen kleinen Sarg und konnten den Blick nicht von den Resten der Mutter wenden. Noch vor Kurzem hatte sie gelebt und geatmet, hatte mit ihnen geredet, den Kindern Geschichten erzählt, Bruni trotz ihrer Gebrechlichkeit beim Nähen oder beim Gemüseputzen geholfen, und nun war nichts von ihr geblieben als ein paar verkohlte Knochen in einer aus rauem Fichtenholz gezimmerten Kiste. Und das Schlimmste war, sie würden ihr nicht mehr bieten können als ein Armengrab auf einem Gottesacker außerhalb der Stadt.

Zusammen mit der alten Werkstatt hatten die Flammen auch vieles zerstört, was sie von Vater und Großvater geerbt und über die Jahre liebevoll bewahrt und gepflegt hatten. Die gemauerte Esse war zersprungen, die blecherne Verschalung verbogen. Das konnte man natürlich wieder herrichten, und auch der große eiserne Amboss hatte überlebt. Aber viele bewährte Werkzeuge waren in der Glut der Holzkohle unbrauchbar geworden, Schablonen und Zeichnungen verbrannt, angefangene Werkstücke verbogen, der Stahl ruiniert.

Wie sollten sie Haus und Werkstatt ohne Geld wieder aufbauen und einrichten? Denn Rücklagen besaßen sie keine. Das bisschen Silber, das Arnulf bei sich getragen hatte, war sicher in der Feuersbrunst geschmolzen. Vielleicht würden sie noch etwas davon finden. Und auch die Handvoll Münzen, die Bruni hinter der Herdstelle vergraben hatte. Aber das war herzlich wenig, nicht genug, um die Familie durch den Winter zu bringen oder gar eine neue Werkstatt zu errichten. Und selbst wenn ihnen jemand unter die Arme griff – wo sollten sie bis dahin schlafen, kochen, die Kinder versorgen? Die Zukunft kam ihnen genauso schwarz vor wie die Balkenreste der abgebrannten Schmiede.

Den mitfühlenden Seelen, die bereitwillig die erste Not gelindert hatten, waren sie dankbar. Und nahmen es ihnen dennoch fast ein wenig übel, auf diese Hilfe angewiesen zu sein, sich wie Bettler zu fühlen. Außerdem waren nicht alle in der Stadt so verständnisvoll und hilfsbereit. Es gab auch böse Stimmen, die wissen wollten, wie so ein Brand überhaupt hatte entstehen können. Schließlich war Feuer die größte Gefahr für eine Stadt, denn die strohgedeckten Häuser waren aus Holz und so dicht an dicht gebaut, dass ein Brand sich rasend schnell ausbreiten konnte.

Einige der reicheren Bürger kamen, um sich umzuschauen, darunter auch ein Abgesandter des Vogts, ein dienstadeliger Verwalter. Der bezichtigte Arnulf und Gero des fahrlässigen Leichtsinns. In einer Schmiede wurde schließlich mit Feuer hantiert. Schuld daran, dass es außer Kontrolle geraten war, konnten also nur die Schmiede selbst haben, denn es hatte ja kein Gewitter gegeben, keinen Blitzeinschlag.

Bei all ihrem Unglück mussten Arnulf und Gero sich auch noch Anschuldigungen und Beschimpfungen gefallen lassen. So etwas wie eine Handwerkszunft gab es nicht in Lümborg, deshalb war die Drohung des Verwalters, sie aus der Stadt zu verbannen, durchaus ernst zu nehmen.

Natürlich hatten Arnulf und Gero sich selbst gefragt, wie das Feuer hatte entstehen können. Und im ersten Augenblick hatte Bruni ebenfalls einen der beiden bezichtigt. Besonders ihren Mann. »Du warst bestimmt wieder betrunken und hast nicht aufgepasst«, hatte sie ihn angeschrien. »Das wäre doch schon einmal beinahe passiert. Im letzten Jahr. Was ist eigentlich los mit dir? Willst du uns alle umbringen?«

»Nichts dergleichen, ich schwör's! Wir waren doch gar nicht hier.«

»Ja, im Wirtshaus mal wieder. Und dabei hat hier ein Feuer geschwelt.« Sie barg ihr Gesicht in den Händen. »O Gott!«, schluchzte sie. »Wir wären jetzt alle tot, wenn Gero nicht gewesen wäre.«

»Dank lieber deinem Sohn«, sagte Gero. »Volkmar war es, der mich gerufen hat. Und er war es auch, der die Mädchen gerettet hat. Er ist ein tapferer Junge.«

»Wirklich?« Bruni starrte ihren Sohn mit weit aufgerissenen Augen an. »Du hast dich ins Feuer gewagt?« Schon füllten sich ihre Augen wieder mit Tränen, wie schon so oft in diesen Tagen. Sie nahm Volkmar in die Arme und drückte ihn mit großer Inbrunst an sich. »Das hast du getan?«, flüsterte sie und küsste ihn übers ganze Gesicht, bis er sich verlegen von ihr losmachte.

»Schon gut, Mutter. Lass mich!«

Sie ließ die Arme sinken und blickte zu Gero hinüber. »Dann sag du endlich was. Wie hat es dazu kommen können?«

»Nicht unsere Schuld«, sagte Gero. »Wir waren nicht nachlässig. Wir hatten an dem Morgen nicht mal Feuer in der Esse. Wir waren mit anderen Dingen beschäftigt.«

Arnulf nickte. »Wir haben an Axtschäften gearbeitet.«

»Kein Feuer? Aber wie ...«

Gero zuckte mit den Schultern. Er hatte einen Verdacht, aber er wollte ihn nicht gleich äußern. Erst waren ein paar Dinge zu überprüfen.

Zwei Tage später, nach dem Begräbnis der Mutter auf dem kleinen Gottesacker der Armen außerhalb der Stadtmauern, kam er wieder auf die Frage zu sprechen.

»Ich denke, ich weiß, wie das Feuer entstanden ist.«

»Du weißt es?«, fragte Arnulf. »Und wieso hast du's für dich behalten?«

»Ich wollte erstmal darüber nachdenken. Und ein paar Leute befragen.«

Brunis Stirn lag in Falten. Um ihren Mund bildete sich ein harter Zug. »Nun sag schon!«, rief sie gereizt. »Was ist passiert?«

»Die fremden Söldner sind passiert. Die Kerle, die uns in der Schänke angegriffen haben, Du erinnerst Dich?«

»Die Söldner? Du denkst, die haben das Feuer gelegt?«

»Ich bin mir sicher.«

»Aber wie kommst du darauf?«

»Ich hab sie gesehen, in der Nacht, als alles brannte. Nachdem wir euch aus dem Haus geholt hatten. Da war die Gasse voll von unseren Nachbarn. Alles lief, um Wasser zu holen, sie bildeten eine Eimerkette. Nur diese Kerle rührten keine Hand. Die standen da und grinsten zu mir herüber, als ob es ihnen Spaß machte, die Schmiede brennen zu sehen.«

Arnulf schüttelte den Kopf. »Aber das ist doch kein Beweis, nur eine Vermutung. Woher willst du wissen, ob die es waren?«

»Dann sag mir, wieso diese Kerle mitten in der Nacht noch unterwegs waren?«

»Vielleicht waren sie noch lange in der Schänke.«

»Ich habe nachgefragt, gestern, als ihr beim Pfarrer wart. Maria sagt, sie hätten die Schänke gleich nach unserer Prügelei geschlossen. Ich habe auch in den anderen Wirtshäusern nachgefragt. Dort sind sie nicht gewesen.«

Bruni runzelte die Stirn. »Und daraus willst du schließen, dass …«

»Sie hatten einen guten Grund, sich an uns zu rächen. Ich gebe zu, ich hab sie ziemlich übel zugerichtet. Aber drei gegen einen, was sollte ich machen? Außerdem waren sie bewaffnet und wollten uns ans Leder.«

Arnulf ballte die Fäuste. Er war rot vor Zorn geworden. »Verdammt nochmal, wenn das stimmt, dann bringe ich die Bastarde um.«

»Nichts da!«, schrie Bruni ihn an. »Willst du es noch schlimmer machen? Die bringen dich um, wenn du dich nochmal mit denen anlegst.«

Aber Arnulf wollte nicht hören. »Ich mach sie fertig, sage ich. Und du wirst mich nicht daran hindern. Diese Schweine, die verdammten!«

»Beruhig dich, Bruder«, sagte Gero. »Genau deshalb habe ich

nicht gleich von meinem Verdacht erzählt. Ich kenn dich doch. Du wirst wütend und bist dann nicht mehr zu halten.«

»Willst du etwa nichts tun? Willst du es einfach hinnehmen, dass die unser Leben zerstört haben? Dass wir beinahe im Feuer umgekommen wären?«

»Arnulf, diese Männer sind gefährlich. Die schrecken vor nichts zurück. Das hast du ja gesehen. Außerdem stehen sie unter dem Schutz des Vogts.«

»Woher willst du das wissen?«

»Der hat sie im Namen des Herzogs angeheuert. Schon vor Tagen. Du weißt doch, sie suchen Söldner gegen die Wenden. Im Frühjahr soll es losgehen. Die drei sind kein herrenloses Volk mehr. Wir können also nichts weiter tun. Außer du willst dich mit dem Vogt anlegen. Und das wird uns nur noch mehr Scherereien einbrocken, vor allem, da wir keine Beweise haben.«

»Du willst also, dass sie ungeschoren davonkommen?«

»Im Augenblick können wir nichts tun.«

»Verdammte Scheiße!«, fluchte Arnulf und trat mit dem Fuß gegen einen stiellosen Hammerkopf, der bei den anderen Werkzeugteilen lag, die man vielleicht noch verwenden konnte.

Bruni hatte wortlos zugehört, aber auf einmal blitzte es in ihren Augen vor Zorn. »Und alles nur wegen deiner verdammten Sauferei.« Wütend stieß sie ihren Mann vor die Brust. »Deshalb ist doch alles so gekommen. Weil du dauernd im Wirtshaus herumsitzt und dich betrinkst. Deshalb auch die Prügelei, gib's zu!«

Betroffen starrte er sie an.

»Ich weiß bei Gott nicht, wieso ich es noch länger mit dir aushalte«, schrie sie ihn an. »Ich sollte meine Kinder nehmen und zurück zu meinen Eltern gehen. Da sind sie wenigstens sicher vor Kerlen, mit denen du dich anlegst.«

Bei ihrem plötzlichen Angriff war Arnulfs Wut verraucht. »Aber Bruni«, sagte er. »Das wirst du doch nicht tun.«

Sie stemmte die Fäuste in die Hüften. »Und warum nicht?«

»Die haben absichtlich mit uns gestritten, Bruni«, verteidigte Gero seinen Bruder.

Sie drehte zu ihm um und funkelte ihn an. »Wärt ihr nicht in der Schänke gewesen, statt zu arbeiten, dann wäre das alles nicht passiert.«

Gero nickte. »Da ist was dran.«

»Ich tu's wirklich«, schrie sie. »Ich nehme die Kinder und verlass euch. Seht zu, wie ihr mit diesem Aschehaufen fertig werdet!«

»Aber Mutter!«, rief ängstlich Trude, die älteste Tochter. »Ich will nicht auf Großvaters stinkigen Hof. Ich will bei Papa bleiben.«

Gereizt fuhr Bruni sie an. »Hier willst du bleiben?« Sie machte eine Armbewegung, die die ganze abgebrannte Schmiede umschloss. »Hier in diesem verdammten Aschehaufen? Bei deinem Vater gibt's keine Zukunft.«

»Das meinst du doch nicht im Ernst«, versuchte Arnulf sie zur Vernunft zu bringen. Er fasste sie am Arm.

»Fass mich nicht an!« Sie riss sich los. »Und ob ich es ernst meine.«

Sie ist genauso ein Hitzkopf wie Arnulf, dachte Gero. Er hatte schon genug Erfahrung mit ihren Streitereien. Am besten mischte man sich nicht ein. Er ging ein paar Schritte zur Seite, griff nach einer Zange, die am Boden lag, und tat so, als würde er sie studieren.

»Mama«, meldete sich jetzt Trinchen zu Wort. Sie hatte Tränen in den Augen. »Ich will auch bei Papa bleiben. Bitte streitet euch nicht.«

Brunis Androhung hatte Arnulf sichtlich ernüchtert. »Aber Bruni, wir müssen doch zusammenhalten. Gerade jetzt!«

Sie fuhr herum. »Das hättest du dir vorher überlegen sollen.«

»Ich rühre auch keinen Tropfen mehr an, ich schwör's!«

»Das hast du schon öfter gesagt.«

»Diesmal meine ich es ernst.« Er holte tief Luft und seufzte. »Nach so einem Unglück ...« Jetzt sah er wirklich aus wie ein geschlagener Hund. Die Haare hingen ihm in die Stirn, er wirkte müde, hatte dunkle Ringe unter den Augen, und in den Poren steckte immer noch der schwarze Ruß, trotz aller Bemühungen, sich zu waschen. Auf seinem Gesicht lag ein Ausdruck der Zerknirschung. »Ich schwöre es bei Gott und allem, was mir heilig ist – keinen Tropfen mehr! Keinen Tropfen, hast du verstanden?«

Bruni hatte ihm den Rücken zugedreht und die Arme über der Brust verschränkt. Sie atmete heftig vor Zorn und Entrüstung. Sie schien etwas erwidern zu wollen, aber unterließ es. Lange stand sie so da, während die Kleineren weinten und ihr am Rock zerrten.

»Bruni«, sagte Arnulf schließlich. »Ich brauch dich doch. Ich verspreche dir, ich trink nicht mehr. Du kannst mir vertrauen.«

Ihre Züge, vor Augenblicken noch wütend und entschlossen, wurden mit einem Mal weich. Sie drehte sich um und sah ihn an. »Versprichst du's wirklich, Arnulf?«

»Ich verspreche es. Hoch und heilig.«

Er breitete die Arme aus, und nach kurzem Zögern warf sie sich an seine Brust.

»Ach, Arnulf«, seufzte sie. »Was mach ich nur mit dir?«

Er sagte nichts, hielt sie nur fest an sich gedrückt. Und sie hob ihr Gesicht und küsste ihn.

So standen sie eine Weile eng umschlungen. Bis Gero sich räusperte und sagte: »Wenn ihr jetzt mit Streiten fertig seid, kann man mal vernünftig miteinander reden?«

Bruni löste sich aus den Armen ihres Mannes und senkte verlegen die Augen. »Ich wollte dich nicht angreifen, Gero.«

»Weiß schon. Aber wir müssen jetzt überlegen, wie es weitergehen soll.«

Arnulf holte tief Luft. »Und? Was schlägst du vor?«

»Keine Ahnung. Aber wir haben keine Werkstatt mehr und kein Geld, um eine neue zu bauen. Wir haben auch kein Haus, keine trockene Unterkunft, außer meiner kleinen Hütte. Wir tragen die abgelegten Kleider anderer Leute. Zu essen haben wir auch nur, was uns die Nachbarn spenden. Und bald kommt der Winter. Wenn's ganz schlimm kommt, dann lässt uns der Vogt auch noch aus der Stadt jagen. Obwohl ich das nicht wirklich glaube. Aber es wird dringend Zeit, dass wir uns etwas überlegen.«

»Ich kann irgendwo als Magd arbeiten«, schlug Bruni zögerlich vor.

»Kommt nicht infrage!«, knurrte Arnulf sofort. »Du wirst nicht den Dreck anderer Leute wegmachen.«

Sofort blitzte es wieder in Brunis Augen. »Wenn ich den ganzen Tag deinen Dreck wegmache, kann ich es auch bei anderen tun.«

Arnulf runzelte die Brauen. »Nein, lieber geh ich bei den Salzsiedern arbeiten. Die können immer Leute gebrauchen.« Er blickte zu seinem Bruder hinüber. »Was denkst du, Gero?«

»Wir können da vielleicht Arbeit finden, aber wir haben immer noch kein vernünftiges Dach über dem Kopf. Und wenn wir Salz sieden, können wir nicht gleichzeitig hier alles aufräumen und ein neues Wohnhaus bauen. Dazu fehlt uns ohnehin das Geld.«

»Vielleicht können wir die Esse wieder einrichten und Schmiedeaufträge übernehmen.«

»Wenn wir welche kriegen. Und dann mit kaputten Werkzeugen?«

»Hast du 'ne bessere Idee?«

»Ich sage, wir gehen nach Lubeke, wo unsere Schwester wohnt. Zumindest über den Winter. Sie wird uns helfen. Sie hat ein Haus, in dem wir unterkommen können. Ihr Mann ist Seemann und Kaufmann. Er besitzt ein Schiff. Und sicher können wir bei ihm arbeiten, bis wir wieder auf die Füße kommen.«

»Nach Lubeke?«, fragte Bruni unsicher. »Ist das weit?«

»Nur ein paar Tagesmärsche.«

Arnulf runzelte die Stirn und dachte nach. »Bei Irmhild, sagst du. Warum nicht? Sie ist schließlich unsere Schwester. Aber nur für eine Weile. Bis wir die Schmiede wieder aufbauen können.«

Gero nickte. »Nur für eine Weile.«

»Und irgendwann kriegen wir die Kerle, die uns das eingebrockt haben.«

Gero glaubte zwar nicht, dass sie die Bastarde drankriegen würden, aber wenn Arnulf sich so besser fühlte, wollte er ihn in dem Glauben lassen. »Klar«, sagte er. »Irgendwann.«

Lange saß Erik auf einem der Poller, an dem die *Frida* festgemacht war. In tiefer Niedergeschlagenheit starrte er ins Wasser. Als wäre er in ein bodenloses schwarzes Loch gefallen, ohne Ausweg. Wie hatte ihm das nur passieren können? So hart hatte er gearbeitet, mit so viel Hoffnung die erste Reise der *Frida* unternommen. Und nun das!

Es war im Grunde seine eigene Schuld. Er hätte eben mehr Fässer überprüfen sollen. Dabei hatte er dem ehrlichen Gesicht des Händlers vertraut. Ehrliches Gesicht! So ein Gauner! Aber dem würde er es heimzahlen. Das würde zwar nichts an seiner verzweifelten Lage ändern, aber er würde sich wenigstens besser fühlen. Der Kerl verdiente eine saftige Abreibung. Seinen schamlosen Betrug werde ich überall bekanntmachen, dachte Erik zähneknirschend. Der wird nie mehr auch nur einen verdammten Hering verkaufen können.

»Vater?« Erik spürte Ortwins Hand auf der Schulter.

»Was ist?«, murmelte er, ohne den Jungen anzusehen. Wie konnte er jetzt noch in die klaren blauen Augen seines Sohnes blicken, ohne sich wie ein verdammter Verlierer zu fühlen?

»Was machen wir jetzt, Vater?«

Nach einem Augenblick des Schweigens zuckte Erik hilflos mit den Schultern und seufzte. »Ich fürchte, wir werden die ganze Ladung über Bord kippen. Den Fisch werden wir nirgends mehr los.«

Der Junge dachte nach. »Aber dann haben wir keinen Beweis«, sagte er schließlich.

»Was meinst du mit Beweis?«

»Sollten wir den Fisch nicht besser wieder mitnehmen? Dann könntest du Ersatz verlangen. Oder eine …« Ortwin suchte nach dem richtigen Wort.

Erik sah ihn an. »Eine Entschädigung, meinst du?«

Ortwin nickte. »Das würde doch helfen, oder?«

Erik lächelte müde. »Vielleicht. Aber ich glaube nicht, dass der Kerl unser Geld wieder rausrückt. Ich kann daheim natürlich allen zeigen, was für verdorbenen Fisch er mir angedreht hat und was für ein Rindviech dein Vater ist, sich von diesem Bastard übertölpeln zu lassen.«

Ortwin legte den Arm auf Eriks Schulter. »Du bist kein Rindviech, Vater. Du hast doch gesagt, wir werden alle Schwierigkeiten überwinden. Ich bin sicher, du schaffst es.«

Erik griff nach der Hand seines Sohnes. Er war gerührt. Der Glaube eines Kindes – sicher völlig unberechtigt. Und doch flößten ihm Ortwins Worte ein wenig Mut ein.

Er stand auf und strich dem Jungen durch den Blondschopf. »Du hast recht. Wir dürfen nicht aufgeben. Niemals aufgeben. Und ja, die Fässer nehmen wir natürlich wieder mit. Ob es hilft, weiß ich nicht, aber man kann nie wissen. Wir müssen es versuchen.« Er nahm sein Werkzeug zur Hand. »Komm, hilf mir mal. Wir machen die Dinger wieder zu.«

Sie waren noch bei der Arbeit, als die Schiffsmannschaft von ihrem Mittagsmahl zurückkehrte. »Na, wie isses? Den Fisch schon verkauft?«, rief Jeldrik mit erwartungsvollem Grinsen. »Kriegen wir jetzt endlich unser Silber zu sehen?«

Erik richtete sich von der Arbeit auf. »Leider nicht.«

»Und warum nicht?«, fragte Ludger erschrocken.

Erik zögerte. Es kostete ihn Mühe, vor diesen Männern zuzugeben, dass er sich hatte übertölpeln lassen. Er holte tief Luft, wie um sich zu stählen. »Der Händler hat mich betrogen. Die Lake in den Fässern ist lächerlich dünn. Salz ist verdammt teuer. Und daran hat er gespart. Und jetzt ist die ganze Ladung verdorben. Die nimmt uns keiner mehr ab.«

Entgeistert starrten die Männer ihn an. »Die ganze Ladung?«, fragte Ludger. »Das kann doch nicht sein.«

Erik nickte. »Ja, die ganze verdammte Ladung.«

Einen Augenblick lang herrschte ungläubiges Schweigen. Dann brüllte Jeldrik los: »Das gibt's doch gar nicht! Was bist denn du für ein Kaufmann, dass du dich so übers Ohr hauen lässt?«

»Rede nicht so mit meinem Vater«, rief Ortwin.

Jeldrik starrte den Jungen wütend an. »Halt die Klappe, du Zwerg!« Und zu Erik: »Ich will auf jeden Fall mein Geld, hast du gehört?« Nach einem kurzen Blick auf seine Kameraden fauchte er: »Wir alle wollen unser Geld. Du hast es uns versprochen, und jetzt musst du zahlen.«

Erik starrte ungerührt zurück. »Es ist kein Geld da. Wir haben nichts verdient, also ist auch nichts zu zahlen. Du hast einer Gewinnbeteiligung zugestimmt, keinem Lohn. Schon vergessen?«

»Du verfluchter Hund!«, brüllte Jeldrik. Er ballte die Faust und wollte schon auf Erik losgehen. Doch der hatte plötzlich seine Dänenaxt in der Hand. Beim Anblick der Waffe fuhr Jeldrik zurück.

Ludger trat zwischen die beiden und packte Jeldrik am Arm. »Beruhig dich, Mann! Denkst du, es hilft uns weiter, wenn wir uns prügeln? Oder uns die Köpfe einschlagen?«

Erik hatte nicht erwartet, dass Ludger ihn verteidigte. »Wir werden die Fässer wieder mitnehmen und den Händler in Lubeke zur Rede stellen. Er soll mir eine Entschädigung zahlen. Und *den* Kerl könnt ihr dann zusammenschlagen, falls er nicht zahlen will.«

Jeldrik starrte ihn einen Moment lang zornig an. »Worauf du Gift nehmen kannst«, knurrte er. »Dem schneide ich seinen lächerlichen Schwanz ab, wenn er nicht zahlt.«

»Gut«, sagte Erik. »Dann sind wir uns einig.«

»Einig sind wir uns noch lange nicht. Denn wenn der Bastard nicht zahlt, bist du dran, das schwör ich dir. Und bis dahin verweigere ich jede Arbeit an Bord.« Er kreuzte wie zur Bestätigung die Arme vor der Brust und blickte sich zu seinen Kumpels um. »Was ist mit euch?«

»Recht haste, Jeldrik«, murrte einer. »Wozu sich schinden, wenn man nicht bezahlt wird?«

Jeldriks zorniges Geschrei hatte Aufmerksamkeit erregt. Von den anderen Schiffen und vom Kai blickten Männer herüber, die beim Laden oder Ausladen waren oder Schäden ausbesserten. Einer kam jetzt näher. In ihm erkannte Erik den dicken Dänen. Der Mann sah wohlhabend aus. Bart und Haar waren sauber gestutzt und seine Kleidung von gutem Tuch. Mit in den Seiten gestemmten Fäusten pflanzte er sich vor der *Frida* auf.

»Na? Was ist denn los?« Er grinste spöttisch, als ob er genau wüsste, worum es ging.

»Geht dich nichts an«, knurrte Erik.

Der Däne lachte nur. Er zeigte auf die Fässer, die noch immer auf dem Kai standen. »Hab gehört, dein Fisch ist verdorben. Tut mir echt leid. Kann schon mal passieren. Ich hoffe nur, du wolltest den Leuten keinen verrotteten Fisch andrehen. Die mögen hier so was nicht.«

»Geh zum Teufel!«

Daraufhin lachte der Däne nur noch lauter als zuvor. »Na, dann gute Heimreise«, sagte er und wandte sich zum Gehen.

»Aufgeblasener Arsch«, brummte Ludger. »So einer hat uns gerade noch gefehlt. Sich über anderer Leute Unglück lustig zu machen.«

»Dem sollte man in seinen fetten Dänenhintern treten«, zischte Jeldrik.

Plötzlich hatte sich ihre Wut von Erik auf den Dänen verlagert. Was fiel dem Kerl ein, die Männer der *Frida* zu beleidigen?, schienen ihre Gesichter zu sagen.

»Ich weiß schon, wie wir's dem heimzahlen«, sagte Ludger und blickte die anderen mit einem verschwörerischen Grinsen an.

Jeldrik nickte. »Ja, lasst uns dem Kerl das Maul stopfen. Die verdammten Dänen stellen sich an, als gehörte ihnen die ganze Ostsee.«

»Die Schweden sind auch nicht besser«, fügte einer seiner Kumpel hinzu. »Benehmen sich, als wären sie die Herren der Meere.«

»Ich will keinen Ärger«, sagte Erik.

Ludger nickte. »Keine Sorge. Aber ich weiß jetzt, wie wir zu unserm Geld kommen.«

»Was soll das heißen?«

»Ich denke, erstmal verladen wir wieder die Fässer. Und dann setzen wir uns zusammen und beraten, was zu tun ist.«

»Ich will keinen Ärger«, wiederholte Erik. Aber er war froh, dass die schadenfrohen Bemerkungen des Dänen die Stimmung in der Mannschaft entschärft hatten und dass die Männer wieder bereit waren zuzupacken.

Den ganzen Nachmittag waren sie damit beschäftigt, die Fässer sorgfältig zu verladen und zu sichern. Zum Schluss spannten sie die Persenning über die Ladung und zurrten sie fest.

Erik streckte sich. »So, jetzt will ich endlich wissen, was du da vorhin angedeutet hast«, sagte er zu Ludger.

Sie standen auf dem Kai, und Ludger zog ihn zur Seite. »Dein Junge muss das nicht unbedingt hören. Lass uns ein paar Schritte gehen.« Er winkte Jeldrik zu, sich anzuschließen. Der schien zu wissen, worum es ging, und stieg ebenfalls auf den Kai.

»Wohin gehst du, Vater?«, rief Ortwin.

»Wir kommen gleich wieder.«

Die drei gingen ein Stück weit am Fluss entlang, bis sie außer Hörweite waren, und ließen sich dann auf dem Ufersand nieder. Wie Verschwörer, dachte Erik.

»Also sag schon, Ludger.«

»Dieser Däne ist ein reicher Fettsack«, begann Ludger. »Du hast ja gestern schon erwähnt, dass er uns mit einer ganzen Ladung Hering in seiner Kogge zuvorgekommen ist. Da hab ich mich mal ein bisschen umgeschaut, was der Kerl so treibt.«

»Davon hast du uns ja gar nichts erzählt«, sagte Jeldrik.

»Du musst ja nicht alles wissen.« Ludger sah Erik an. »Dieser Fettwanst hat ein Warenlager. Außerhalb der Stadt. Die Tür stand weit offen, als ich vorbeiging, so dass man gut hineinsehen konnte. Im Innern konnte ich eine Menge wertvolles Zeug sehen. Bündel von Pelzen, Honigfässer und ganze Stapel von Kisten. Ich hab ihn mit einem Slawen verhandeln sehen. Ich denke, es war ein Slawe. Die waren so vertieft, dass sie mich nicht bemerkt haben. Dabei ging es um Bernstein. Der Däne hob viele Stücke ans Licht, um sie zu beurteilen. Dann hat er einen ziemlich gewichtigen Beutel davon erworben. Eine Menge Silber ist er dabei losgeworden. Danach ist der Slawe gegangen. Der Däne hat noch mit seinem Wachmann gesprochen, sie haben dann das Lager zugeschlossen und sich zusammen entfernt. Ich sage euch, in dem Lager ist ein Vermögen angehäuft.«

»Und der Däne hat dich wirklich nicht gesehen?«, fragte Jeldrik, in dessen Augen ein erregtes Leuchten getreten war.

Ludger schüttelte den Kopf. »Die waren viel zu beschäftigt. Die haben auf nichts anderes geachtet.«

Erik schwante schon, was Ludger vorhatte, aber er fragte trotzdem: »Na und? Der Mann hat Bernstein gekauft. Und was soll das jetzt?«

Ludger hob erstaunt die Brauen. »Na, ist doch sonnenklar. Der hat den ganzen Sommer über eingekauft, und wir bedienen uns. Wir rauben sein verdammtes Lager aus. Noch heute Nacht. Und bevor die's merken, sind wir auf hoher See.«

»Das ist doch nicht dein Ernst«, sagte Erik. »Du willst in das Lager einbrechen? So was mach ich nicht.«

»Sei nicht blöd! Ich schwör dir, in dem Lager steckt viel mehr, als dein ganzes Schiff samt Ladung wert ist. Wir teilen uns die Beute, und du kommst mit mehr Gewinn nach Hause, als du je auf dieser Reise verdient hättest. Viel mehr sogar, würde ich sagen.«

Erik starrte auf den Fluss hinaus, wo gerade ein kleines Handelsschiff in Richtung Meer unterwegs war. Am Bug schäumte eine weiße Welle, denn aus Westen blies ein steter Wind. Die *Frida* war ein schnelles Schiff. Und wenn der Wind hielt, würden sie in der Nacht mit guter Fahrt entkommen. Die Kogge könnte sie niemals einholen.

Aber, Herr im Himmel, was denke ich denn da? Und mit was für Kerlen habe ich mich hier eingelassen? In das Lager eines anderen Kaufmannes einbrechen? Unmöglich. Das kann ich nicht tun. Ich bin doch kein Dieb, verdammt nochmal.

»Kommt nicht in Frage«, sagte er und schüttelte entschieden den Kopf.

Jeldrik bedachte ihn mit einem giftigen Blick. »Wenn du zu feige bist, dann machen wir es eben allein.«

»Und wenn ich die Büttel rufe?«

»Das wirst du nicht tun«, sagte Ludger. »Du brauchst eine Mannschaft. Und hier wirst du keinen finden, der ohne Lohn mit dir und deinem verdorbenen Fisch segelt. Allein mit deinem Bengel wirst du die *Frida* nicht heimsegeln können.«

»Und ihr braucht ein Schiff«, entgegnete Erik hitzig. »Sonst kommt ihr nicht weit mit eurer Beute.«

Sie schwiegen. Erik blickte wieder auf den Fluss hinaus, während Ludger eine Handvoll Ufersand durch die Finger rinnen ließ. Jeldrik starrte Erik an, als könnte er ihn mit Blicken töten. Und doch sagte er nichts.

»Wenn wir heimkehren, ohne die Ladung zu verkaufen«, sagte Ludger nach einer Weile, »dann wirst du dein Schiff verlieren. Dann bist du die längste Zeit Kaufmann gewesen.«

Erik fuhr herum. »Woher willst du das wissen?«

Ludger lächelte. »Liegt doch auf der Hand. Ich habe schließlich Augen im Kopf.«

»Und deshalb soll ich mich mit Dieben verbünden?«

Ludger lachte verächtlich. »Alle Kaufleute sind Diebe. Oder hast du schon vergessen, was dein Fischhändler dir angetan hat? Und sieh dir den fetten Dänen an. Möchte nicht wissen, wen der schon übers Ohr gehauen hat. Ist doch nur gerecht, die Bastarde ein bisschen um ihr Geld zu erleichtern.«

»Ich bin auch Kaufmann.«

Ludger grinste. »Seien wir ehrlich, du willst erst einer werden. Und wenn du so zart besaitet bist, wird's dir kaum gelingen.«

Erik schüttelte den Kopf. Dieser Ludger verdrehte alles so, wie es ihm gerade passte. Und doch rührten seine Worte an etwas in seinem Inneren. Sie rührten an seiner Wut und Enttäuschung, und vor allem an seiner Entrüstung über den Betrug des Fischhändlers – ein Betrug, der ihn mit einem Schlag ruiniert hatte. *Alle Kaufleute waren Diebe.* Und auch der fette Däne.

»Deine Sorgen wären mit einem Schlag erledigt«, fuhr Ludger fort. »Du müsstest vielleicht gar nicht mehr mit Fisch segeln, sondern könntest mit wertvolleren Waren handeln. Pelze aus dem Land der Rus gegen feine Tuche aus Flandern tauschen. Bernsteinschmuck für die edlen Damen.«

»So. Meinst du?«, gab Erik zurück. »Denkst du, so einfach ist das?«

»Ja, so einfach könnte es sein. Und im Grunde denkst du doch schon darüber nach.«

»Wie kommst du darauf?«

»Das sehe ich deinem Gesicht an. Sonst wärst du längst aufgestanden und auf dem Weg, den dicken Dänen zu warnen.«

»Vielleicht tu ich das ja noch.«

»Das glaube ich nicht.«

»Ach, halt doch dein verdammtes Maul, Ludger.«

Wütend starrte Erik wieder auf den Fluss hinaus, wo sich das kleine Schiff rasch entfernte. Und wieder hockten sie eine Weile schweigend auf dem Ufersand. Jeldrik war klug genug, den Mund zu halten. Wenn der sich eingemischt hätte, wäre Erik tatsächlich aufgestanden.

Doch er konnte sich nicht helfen – Ludgers Worte nagten an ihm. Was er gesagt hatte, war nicht von der Hand zu weisen. Aber es war die Einflüsterung des Teufels. Wie die Schlange im Paradies, die Eva den vergifteten Apfel darbot. Er durfte sich nicht überreden lassen.

Doch dann dachte er an seinen Sohn, der so fest an ihn glaubte. Und vor allem an Irmhild, die daheim auf ihn wartete. Seine liebe Irmhild. Wie sollte er ihr gegenübertreten? Mit nichts in der Hand. Alles verloren. Auch sein schönes Schiff, wenn er den Wucherer nicht bezahlen konnte.

»Ich will nicht, dass mein Sohn etwas davon mitbekommt«, sagte er schließlich.

Ludger lächelte zufrieden. »Du bleibst mit ihm auf dem Schiff. Und während der Junge schläft, erledigen wir das. Du selbst musst dich um nichts kümmern.«

»Ich will die Hälfte der Beute«, sagte Erik.

»Die Hälfte?«, fuhr Jeldrik auf. »Bist du verrückt? Wir machen die ganze Arbeit, und du willst …«

»Einverstanden«, unterbrach ihn Ludger. »So machen wir es. Und du hältst die Klappe, Jeldrik.«

LUBEKE

Ich bin müde«, quengelte der kleine Lothar. »Meine Füße tun weh.«

»Meine auch«, maulte Trine.

»Jetzt reißt euch mal zusammen!«, fuhr Trude die jüngeren Geschwister an. »Und geht ein bisschen schneller. Ihr schleicht ja wie die Schnecken.«

»Selbst 'ne Schnecke!«, entgegnete Trinchen trotzig. Ihre Unterlippe zitterte. Sie war den Tränen nahe.

»Können wir nicht Pause machen?« Lothar sah bettelnd zu seiner Mama auf.

»Das haben wir doch schon vor einer Stunde«, erwiderte Bruni. »Bist du denn schon wieder müde?«

Lothar nickte. »Bin ich.«

Arnulf bückte sich zu ihm. »Na komm, dann trag ich dich ein Stück.« Er hob sich den Kleinen auf den Rücken.

»Ich will auch getragen werden«, hob Trinchen sofort an.

»Du bist zu groß dafür«, schalt die Mutter.

»Der Lothar ist aber auch schon groß«, klagte Trinchen.

Aber Bruni schüttelte nur den Kopf. Sie war zu müde, um zu antworten. Ihre Wangen, sonst so rosig, wirkten bleich und eingefallen. Ihr blondes Haar fiel ihr ungekämmt und in verschwitzten Strähnen bis weit über die Schultern. Sie hatte es aufgegeben, sie zu bändigen, und auf ihre Haube hatte sie ebenfalls verzichtet. An den Füßen hatte sie Blasen. Sie war es gründlich leid, im Freien zu schlafen und im Wald zu scheißen, wie die wilden Tiere. Sie fühlte sich hässlich und schmutzig, denn in den letzten Tagen hatten sie kaum Gelegenheit gehabt, sich zu waschen. Ihre Kleider stanken nach Schweiß und nach dem Rauch vom Brand der Schmiede. Ab und zu wurden ihr die Augen feucht über dem, was geschehen war, auch wenn sie sich tapfer bemühte, die Tränen herunterzuschlucken.

Sie marschierte leicht vorgebeugt, denn auf dem Rücken in einem Tuch, das sie sich um den Leib geschlungen hatte, trug sie ihr Jüngstes, das kleine Hildchen. Das Kind war zum Glück eingeschlafen. Nur sein blonder Schopf lugte hervor.

»Noch ein kleines Stück hier am See entlang, Trinchen, dann suchen wir uns ein Plätzchen zum Übernachten«, sagte Arnulf. »Und morgen haben wir es nicht mehr weit bis nach Lubeke.«

»Machst du dann schnell Feuer?«, fragte Trine. »Mir ist kalt.«

»Natürlich. Volkmar und Onkel Gero kümmern sich darum, so wie gestern. Diesmal machen wir ein großes Feuer. Dann haben wir es alle warm.«

Seit vier Tagen waren sie unterwegs. Am ersten Tag, als sie noch frisch und ausgeruht waren, hatten sie ein gutes Wegstück hinter sich bringen können und auf einem Fährboot sogar die Elbe überquert. Aber mit fortschreitender Entfernung von Lümborg waren die Kinder, ganz besonders die Kleinen, immer schlapper geworden. Diese langen, täglichen Wanderstrecken waren sie nicht gewohnt. Genauso wenig wie Bruni. Sie mussten häufig Pausen einlegen. Außerdem war es Herbst und schon recht kühl. Tagsüber hielt die Bewegung sie noch einigermaßen warm, aber in den Nächten war es kalt. Zumal es ihnen an Mänteln mangelte und sie sich vier dünne Decken teilen mussten.

Einmal hatte der Regen sie erwischt, und sie waren pitschnass geworden. Danach hatte Hildchen zu niesen angefangen. Inzwischen hatte sie einen handfesten Schnupfen und machte beim Schlafen gurgelnde Geräusche. Bruni war besorgt, ob das Kind sich was Schlimmes geholt hatte. Kleine Kinder waren doch so empfindlich und starben oft an Lungenfieber. Sie hatte die Kleine in extra Tücher gewickelt und ihr den eigenen Schal umgelegt, um sie warm zu halten. Und bei jeder Rast hatte sie ihr die Stirn befühlt. Aber Fieber schien sie gottlob nicht zu haben. Noch nicht.

Die Landschaft nördlich der Elbe, durch die sie wanderten, hatte nicht viel zu bieten. Das Land war flach, hauptsächlich von Wald bedeckt. Hier und da sah man gerodete Flächen mit Viehweiden und abgeernteten Feldern und ein paar strohgedeckte Bauernkaten. Dann wieder Wald. Die wendischen Bauern, denen sie begegnet waren, hatten die kleine Schar neugierig angestarrt. Aber beim Anblick der Kinder waren sie freundlich gewesen, hatten ihnen etwas zu essen zugesteckt und sie an ihren Brunnen trinken lassen.

In der Nähe dieser winzigen Siedlungen, wo die Bauern im nahen Forst alles an Fallholz für ihr Herdfeuer auflasen und wo das Vieh die jungen Schösslinge fraß, da war der Wald lichter. Weiter entfernt von den menschlichen Behausungen verdichteten sich Baum und Strauch zu einem unberührten Urwald, der um diese Jahreszeit in allen Farben leuchtete. Inmitten undurchdringlicher Dickichte vermoderten die von Moos und Pilzen überwucherten Stämme gefallener Baumriesen. An anderen Stellen standen hohe Buchenstämme wie die Säulen einer Kathedrale.

Außer in der Nähe der Dörfer waren ihnen nur selten Menschen begegnet. Auch hier am Seeufer war es nicht viel anders. Gelegentlich trafen sie auf einen bewaffneten Händler, der ein paar bepackte Maulesel führte, und mit dem sie Worte über die vor ihnen liegende Wegstrecke wechselten. Und einmal auf einen Bettelmönch, der ihnen Gottes Segen wünschte. Ansonsten marschierten sie allein. Die meisten Menschen entfernten sich nur ungern von Haus und Hof, denn Reisen war nicht ungefährlich. Marodierende Krieger, Wegelagerer, wilde Tiere, Unwetter, Blitz und Donner – wer wusste schon, was einem alles widerfahren mochte. Da blieb man lieber in seiner Dorfgemeinschaft oder im Schutz einer Burg.

Gero und der junge Volkmar waren den anderen weit voraus.

Die stille Wasserfläche rechts neben dem Weg, in der sich der Himmel spiegelte, war nach den endlosen Wäldern eine willkommene Abwechslung. Hier war der Himmel nicht von Baumkronen verdeckt. Man hatte freie Sicht bis zum gegenüberliegenden Seeufer. Ganz in der Nähe waren ein paar Fischerboote zu sehen, und im seichten Uferwasser tummelten sich Enten und Wildgänse.

Die beiden unterhielten sich. Volkmar sagte: »Wenn das hier alles Wendenland ist, sind wir dann nicht in Feindesland?«

»Wie kommst du darauf?«

»Die Herzöge wollen doch gegen die Wenden ziehen. Das erzählt man sich jedenfalls in Lümborg. Unser Heinrich und auch Albrecht der Bär, sie werben Söldner an. Die Kerle, mit denen ihr euch geprügelt habt, waren doch auch Söldner. Du hast gesagt, der Vogt hat sie in seine Kriegerschar aufgenommen.«

»Das stimmt«, entgegnete Gero. »Die Herzöge sammeln ihre Heere. Angeblich sollen die Wenden endlich bekehrt werden. Das hat der König so entschieden.«

»Mit dem Schwert?«

»Na ja. Es ist zu erwarten, dass sie sich wehren. Besonders wenn man vorhat, ihre Heiligtümer zu zerstören. Du weißt doch, die Wenden haben ihre eigenen Götter. Und von denen wollen sie nicht lassen. Trotz der Bemühungen frommer Männer. Die Bischöfe schicken schon seit Ewigkeiten Mönche zu ihnen. Aber die Wenden halten immer noch an ihrem alten Glauben fest. Die meisten jedenfalls.«

»Aber findest du es richtig, ihre Heiligtümer zu zerstören? Wenn die Wenden zu uns kämen, um Kirchen niederzubrennen, würden wir uns doch auch wehren, oder?«

»Ich denke schon.« Gero zuckte mit den Schultern. »Aber die hohen Herren werden schon wissen, was richtig ist.«

»Aber ist es dann nicht gefährlich für uns, durch ihr Land zu wandern? Wenn sie wissen, dass bald Krieg kommt?«

Gero lachte. »Ach was. Die Wenden sind doch unsere Nachbarn. Sie kommen ja auch nach Lümborg, um Tauschhandel zu treiben. Und ihre Fürsten zahlen unseren Herzögen Tribut. Schon seit Ewigkeiten. Außerdem sind bereits viele Christen aus dem Westen gekommen, um hier nördlich der Elbe Wald zu roden und sich niederzulassen.«

»Und die Wenden erlauben das?«

»Hier gibt's genügend Land. Was stört's, wenn ein paar Siedler kommen?«

»Freies Land scheint's wirklich genug zu geben. Mehr Wald als alles andere.«

Unterwegs war es dem Jungen manchmal unheimlich vorgekommen, durch diese stillen, endlosen Wälder zu wandern. Über Wege, die sich durch den Forst schlängelten, wo man nicht wusste, was sich hinter der nächsten Biegung, dem nächsten Dickicht verbarg.

Volkmar war kein Feigling, das hatte er auch schon beim Brand bewiesen. Aber ganz gleich, was Onkel Gero von friedlichen Wenden sagte, man hörte auch anderes. Geschichten von wilden Kriegern, die über die Elbe kamen, um zu rauben und zu plündern. Die Wagrier hatten vor Jahren die Dörfer der Holsten angegriffen. Und sogar die Siegesburg. Was, wenn ihnen so ein Kriegertrupp über den Weg lief – einer unbewaffneten Familie mit Kindern? Nun ja, Onkel Gero hatte seinen Säbel dabei. Das einzige wertvolle Stück, das den Brand überlebt hatte. Trotzdem, was war ein Säbel gegen eine Bande bewaffneter Reiter?

»In Sachsen leben weit mehr Menschen als im Wendenland«, fuhr Gero fort. »Bauernsöhne, die nicht erbberechtigt sind, haben hier Gelegenheit, sich ein Stückchen Land zu suchen und urbar zu machen. Viele tun sich dabei zusammen und gründen ein Dorf. Es gibt hier einfach eine Menge einsamer Gegenden. Die großen Rodungen der wendischen Bauern nehmen sich wie Inseln im Wald aus, ziemlich abgeschnitten vom Rest der Welt.«

»So wie Ratzborg?«

Am Morgen waren sie an Ratzborg am Südende des Sees vorbeigekommen. Eine Inselsiedlung, gut gesichert, da nur durch einen schmalen Damm erreichbar. Der Ort hatte sogar eine mit Palisaden befestigte Wallburg.

»Ratzborg ist eine schon etwas bedeutendere Siedlung. Ursprünglich war es nur eine Burg, von einem Herrscher der Polaben gegründet. So nennen sie sich hier in der Gegend. Eine Insel ist immer leicht zu verteidigen. Mit der Zeit ist um die Burg herum die Siedlung gewachsen.«

»Die Reiter, die uns dort begegnet sind, waren aber Sachsen.«

Gero nickte. »Hier sind oft Dänen eingefallen, um zu plündern. Deshalb haben die Polaben sich unter den Schutz des Reiches gestellt. Heinrich von Bodwide ist hier jetzt Graf und sichert das Gebiet gegen Einfälle. Und er kümmert sich auch darum, dass die Polaben ihren jährlichen Tribut entrichten und Frieden halten. Eine Kirche hat er auch schon bauen lassen, wie man hört, und Priester hergeholt. Aber mit den Bekehrungen scheint es noch so eine Sache zu sein.«

»Aber wenn das Land von einem sächsischen Grafen beherrscht wird und die Wenden Tribut zahlen, warum dann noch Krieg gegen sie führen?«

Gero lachte. »Gute Frage. Den Bischöfen reicht es eben nicht, dass sie Tribut zahlen und im Grunde irgendwie zum Kaiserreich gehören. Sie sollen vor allem gute Christen werden. Hier in Polabien und auch in Wagrien weiter nördlich wurden, glaube ich, schon viele getauft. Ich denke mal, der Feldzug richtet sich besonders gegen die Wenden weiter östlich, wo der König der Obodriten herrscht.«

»Obodriten?«

»So nennt man alle Wenden nördlich und östlich der Elbe. Und Niklot ist ihr Fürst. In Wahrheit bestehen sie aber aus mehreren Stämmen.«

»Woher weißt du das alles überhaupt?«

»Denkst wohl, dein Onkel Gero ist dumm? Ich bin zwar noch nie nördlich der Elbe gewesen, aber es kommt doch so manches fahrende Volk nach Lümborg. Händler, Fuhrleute. Die sitzen in den Schänken. Manchmal auch ein paar Wenden, um ihr Pferd beschlagen zu lassen oder Tauschhandel zu treiben. Du hast sie doch schon oft genug gesehen. Und die, die nahe der Elbe wohnen, sprechen meist ein wenig Sächsisch. Da kriegt man so einiges mit.«

Weit hinter ihnen ertönte Arnulfs Stimme. »He, ihr beiden! Wartet auf uns! Ihr lauft uns ja davon.«

Gero und Volkmar blieben stehen. An dieser Stelle trat der Wald etwas zurück, und eine kleine Wiese erstreckte sich bis zum Ufer, wo eine Lücke im Schilf die Sicht auf einen kleinen Sandstrand freigab.

»Eigentlich ein guter Lagerplatz für die Nacht«, sagte Gero, als die anderen sie endlich erreicht hatten. »Für heute ist es genug. Lasst uns hierbleiben.«

Arnulf blickte sich um. »Du hast recht.« Er ließ den kleinen Lothar vom Rücken gleiten. »Hier richten wir uns ein, Kinder. Wer hilft beim Holzsammeln?«

»Ich nicht«, murrte Trine und ließ sich erschöpft ins Gras plumpsen.

Gero nahm seinen schweren Rucksack ab. Darin hatte er alles Werkzeug verstaut, das noch in einigermaßen brauchbarem Zustand war, auch wenn man Holzteile ersetzen musste. Es war nicht viel, was er da gepackt hatte, aber es würde sich vielleicht als nützlich erweisen.

Auch Volkmar ließ seinen Rucksack sinken. Darin befanden sich der Rest ihres Proviants und die paar dürftigen zusammengerollten Decken, die Nachbarn ihnen überlassen hatten. Nicht genug für alle, aber besser als gar nichts. Zumindest die Kinder sollten nicht frieren.

Gero sah zu, wie Arnulf, zusammen mit Volkmar und Trude,

den beiden Ältesten, am Waldrand trockene Äste und Zweige einsammelte. Er fand seinen Bruder seit dem Brand wie verwandelt. Arnulf hatte tatsächlich keinen Tropfen Bier mehr angerührt – weder das, was Nachbarn ihnen aus Freundlichkeit angeboten hatten, noch das übliche Dünnbier, das viele statt Wasser tranken. Denn bei dem Wasser in der Stadt konnte man nie ganz sicher sein, ob man sich nicht was holte.

Diese neue Nüchternheit schien ihm ausgesprochen gut zu bekommen. Seine Augen waren klar, und trotz der Katastrophe, die über die Familie gekommen war, schien Arnulf guten Mutes, kümmerte sich um die Kinder und ließ keine Gelegenheit aus, sie aufzumuntern. Und mit Bruni, die am meisten unter dem Verlust ihres Heims litt, ging er besonders fürsorglich um. Vielleicht aus einem Schuldgefühl heraus. Aber sie dankte es ihm, indem sie ihre scharfe Zunge im Zaum hielt und ihn nicht länger für das Unglück verantwortlich machte. In den letzten drei Tagen hatten sie sich nicht ein einziges Mal gestritten. So lange hatten sie es noch nie ohne Streit ausgehalten.

Während Arnulf und Volkmar dabei waren, ein Feuer zu entzünden, hockte Gero allein am Seeufer und beobachtete eine Schar Enten, die am Rande des Schilfs nach Nahrung suchte. Die Vögel, dachte er, wie überhaupt die Tiere in der Wildnis, finden in der Natur alles, was sie brauchen. Ihr Fell oder Federkleid hält sie warm, sogar im Winter. Sie müssen keine Äcker bestellen und brauchen kein Geld, um zu überleben. Was sind wir Menschen doch für armselige Kreaturen, dass wir ohne ein schützendes Dach, ohne Geld und ohne Wintervorräte und ohne warme Kleidung nicht leben können?

Und all das war ihnen mit einem Schlag genommen worden. Gero versuchte, es nicht zu zeigen, aber er war über diesen Schicksalsschlag doch sehr niedergeschlagen. Er wunderte sich, wie gut Arnulf damit zurechtkam. Sein Bruder schaffte es, alle irgendwie bei Laune zu halten. Er erfand kleine Spiele für die Kinder, hatte unterwegs mit ihnen gesungen und die Kleinen getragen, wenn sie müde waren.

Gero fragte sich, ob es wirklich die drei Söldner gewesen waren, die ihnen das Dach über dem Kopf angezündet hatten. Sicher konnte man nicht sein, aber er hatte trotz langen Kopfzerbrechens keine andere Erklärung gefunden. Natürlich hantierten sie mit Feuer in der Schmiede, das war schließlich ihr Handwerk. Aber gerade deshalb waren sie immer besonders vorsichtig. Und an jenem Morgen hatte in der Esse überhaupt kein Feuer gebrannt. Auch in der Feuerstelle im Haus war am Abend die Glut erloschen. Bruni hatte danach gesehen. Wie also hatte das Feuer entstehen können? Nur wenn jemand es mutwillig gelegt hatte. Etwa jemand aus der Nachbarschaft? Kaum denkbar. Jedenfalls würde Gero das grinsende Gesicht jenes Eberhard in der Brandnacht so schnell nicht vergessen.

»Worüber denkst du nach?« Arnulf hockte sich neben seinen Bruder.

»Über Mutter.«

Arnulf nickte betrübt. »Ja, schrecklich. Sie fehlt mir. Mehr, als du denkst. Sie war immer der feste Anker der Familie. Aber mach dir keine Vorwürfe. Du hast getan, was du konntest. Wir alle verdanken dir unser Leben.«

»Ich hoffe nur, sie hat nichts gespürt.«

Das Volk der Wagrier, in dessen Gebiet die alte Königsburg Liubice nahe der Travemündung lag, war in den letzten Jahren von Pech und Unglück heimgesucht worden. Als nach dem Tod Kaiser Lothars im Jahre 1137 Machtkämpfe in Sachsen ausgebrochen waren, hatte der wagrische Fürst Pribislaw versucht, sich von seiner Tributpflicht gegenüber dem Reich zu befreien, und führte einen unglücklichen Angriffskrieg gegen die Sachsen. Nachdem er die

Holsteiner Siegesburg, das dortige Konvent und die umliegenden Dörfer zerstört hatte, sammelte Heinrich von Bodwide, der damals kurzfristig Graf von Holstein war, ein Heer und zerstörte die Dörfer der Wagrier, schlachtete ihr Vieh und vernichtete sämtliche Vorräte. Dies war der gleiche Heinrich von Bodwide, der fünf Jahre später vom Welfenherzog Heinrich zum Grafen von Polabien ernannt werden sollte. Die Bevölkerung der Wagrier floh in die Burgen, wo prompt Hungersnöte ausbrachen.

Als dann im folgenden Sommer die Saat aufging, kamen die sächsischen Holsten wieder und verwüsteten die Felder. Viele Wagrier verhungerten elendig, andere flohen in fremde Gebiete, so dass das Land halb entvölkert zurückblieb. Pribislaw war geschlagen, und Wagrien wurde zu Holstein gelegt und verlor seine Selbstständigkeit.

Noch im gleichen Jahr nutzten die slawischen Ranen von der Insel Rügen die Schwäche der Wagrier, um deren Burg Liubice zu zerstören. Es war ein Rachefeldzug gegen die Herren der Burg, die Jahre zuvor Rügen, wo sich das Heiligtum der Ranen befand, belagert hatten. Neben der Burg ging auch die kleine Handelssiedlung von Liubice in Flammen auf und wurde vollständig zerstört. Die Überlebenden suchten Zuflucht etwas weiter flussaufwärts bei der Burg Bucu, die auf einer Halbinsel zwischen der Trave und der Wakenitz lag, und begannen dort in ihrer Not eine neue Siedlung anzulegen, die anfänglich aus nicht mehr als ein paar schlecht gezimmerten Notunterkünften bestand.

Nachdem der neu gewählte deutsche König Konrad den jungen Welfen Heinrich im Jahre 1142 zum Herzog von Sachsen ernannt hatte, vergab dieser den Grafentitel über Holstein, Stormarn und Wagrien an Adolf von Schauenburg, dessen Vater den Titel zuvor schon innegehabt hatte. Heinrich von Bodwide wurde, wie erwähnt, mit Polabien entschädigt.

Der junge Graf Adolf war bei seiner Ernennung erst vierzehn Jahre alt und entweder über seine Jahre hinaus klug, oder er hatte gute Berater. Denn um die vertriebenen Wagrier zu ersetzen, holte er unter großen Anstrengungen Friesen, Westfalen und Niederländer ins Land und siedelte sie in den westlichen und südlichen Teilen Wagriens an. Sie sollten das Land bewirtschaften und die von den Holsten geschlagene Lücke in der abgabepflichtigen Bevölkerung schließen.

In der noch kläglichen Siedlung der Flüchtlinge von Liubice, eng umschlossen von den Armen zweier Flüsse, erkannte er die Möglichkeit, hier eine prosperierende Handelsstadt mit Zugang zur Ostsee aufzubauen. Die Halbinsel ließ sich gut befestigen. Sie hatte nur einen schmalen Landzugang an ihrer Nordseite, wo die alte Wallburg Bucu stand, war nicht weit vom Meer entfernt und bot am Flussstrand genügend Platz für hölzerne Stege, Kais und Hafenanlagen. Graf Adolf schickte Handwerker, um Burg und Siedlung auszubauen, und behielt auf Bitten der überlebenden Wagrier sogar den Namen Liubice bei. Allerdings machten sächsische Zungen daraus Lubeke.

Eriks Haus lag inmitten ähnlich ärmlicher Behausungen am Südende der neuen Siedlung. Er hatte es mit eigenen Händen gebaut, nachdem sie damals mit nichts als dem Kind auf dem Rücken aus der alten, abgebrannten Siedlung von Liubice geflohen waren. Zuerst war es kaum mehr als ein Bretterverschlag gewesen. Mit der Zeit aber hatte er es verbessert und ausgebaut.

Und doch war das Haus bescheiden – eher eine große Hütte, ganz aus gesägten Holzplanken mit einem strohgedeckten Dach darüber. Es bestand aus einem Gemeinschaftsraum mit Rauchabzug über der Feuerstelle und zwei winzigen Schlafkammern. An das Haus lehnten sich ein kleiner Geräteschuppen und der Latrinenverschlag über einer Sickergrube. Gegenüber standen die Anfänge eines sich noch im Bau befindlichen Lagerschuppens. Wasser holte man aus einem Brunnen in der Nachbarschaft, und Kleider wurden im Fluss gewaschen. Zumindest war das Grundstück, das Erik sich gesichert hatte, groß genug, um das Haus später erweitern zu können, oder um es abzureißen und ein neues zu bauen.

Hier hatten sie die letzten acht Jahre gelebt. Aber im Grunde hasste Irmhild das Haus. Selbst ihr einfaches Elternhaus in Lümborg war besser gewesen als diese ungemütliche Hütte. Im Winter zog es, ganz gleich, was man tat, um die Ritzen zu stopfen. Und bei schlechtem Wind erwies sich der Rauchabzug als nutzlos. Dann musste man die Tür öffnen, bis der Qualm sich verflüchtigt hatte. Außerdem war allerlei Ungeziefer zur Plage geworden. Irmhild hatte sich eine Katze besorgen müssen, um Ratten und Mäuse zu bekämpfen, die sich durch alle Vorräte fraßen.

In der neuen Siedlung von Lubeke standen noch viele ähnlich hastig errichtete Hütten in engen Gassen, die sich bei jedem Regen in Schlammkuhlen verwandelten. Ihren Dreck kehrten die meisten vor die Tür. Niemandem schien daran gelegen, den Ort sauber zu halten. Es waren einfach zu viele Neuankömmlinge hier, die sich erst einmal um das Nötigste kümmerten, wie eine Unterkunft zu zimmern, einen Gemüsegarten anzulegen und Arbeit zu finden. Ordnung und Reinlichkeit gehörten vorerst nicht zu ihren Sorgen.

Und dann der verdammte Lärm. Den ganzen Tag lang wurde in Lubeke gehämmert und gesägt. Ab und zu trafen neue Siedler ein und zimmerten Behausungen. Kaufleute aus Hammaborg bauten Lagerhäuser. Und die Handwerker des Grafen trieben Pfähle in den Ufersand, um Stege und Kais anzulegen. Andere arbeiteten an den Befestigungen. Lubeke war eine einzige verdammte Baustelle.

Wenigstens lag die schützende Hand des jungen Grafen über der neuen Siedlung. Eine Abteilung Söldner hatte die Burg besetzt, die den Landzugang schützte. Das war beruhigend. Denn schließlich war Wagrien jetzt so eine Art Grenzmark. Man konnte nicht wissen, ob die Wenden nicht vorhatten, es zurückzuerobern.

Nein, ihr Heim war wirklich nicht das, was Irmhild sich für ihr Leben gewünscht hatte. Dabei hatte Erik sie von Anfang an mit seinen Plänen überzeugt – damals, als er in Lümborg aufgetaucht war. Mit seinen Träumen, eines Tages ein großer Handelsherr zu werden. Er war nach Lümborg gekommen, um Salz zu kaufen. Er hatte darüber geklagt, dass die dortigen Salzsieder nicht unternehmungslustiger waren. Salz wurde doch überall gebraucht, auch an der Ostseeküste. Aber sie verfrachteten ihr Salz fast ausschließlich zum weiter nördlich gelegenen Bardowieck, von wo aus es erst über die Elbe nach Hammaborg und dann, wenn überhaupt, den langen Weg über die Nordsee und das Kattegat in die Ostsee fand. Natürlich zu überteuerten Preisen.

Wusste er denn nicht, hatte Irmhild ihn gefragt, dass Lümborg im Gegensatz zu Bardowieck kein Marktrecht hatte? Außerdem lag sein heimatliches Liubice auf der anderen Seite der Elbe tief im Wendenland. Da verkaufte man doch lieber nach Bardowieck und Hammaborg. Dort war die Nachfrage groß, und die Leute redeten nicht dieses wendische Kauderwelsch.

Aber so hatten sie sich kennengelernt. In Erik hatte Irmhild die einmalige Gelegenheit gesehen, endlich aus Lümborg zu entkommen, wo man sich die Mäuler über sie zerriss. Wegen ihres Fehltritts. Sie hatte sich von dem jungen Vogtsohn verführen lassen und war schwanger geworden. Das Kind war bei der Geburt gestorben. Es hatte gedauert, bis sie darüber hinweggekommen war. Aber dann war Erik aufgetaucht, ein gut aussehender Kerl voller Zuversicht. Was hatte er ihr nicht alles mit seiner beredten Zunge versprochen! Irmhild hatte nicht gezögert, ihn in aller Eile zu heiraten. Noch mehr Grund für die Lümborger, sich die Mäuler über sie zu zerreißen. Aber das war ihr gleich gewesen.

Und so war sie mit ihm gegangen. Ins Wendenland. Ein wenig von der Sprache hatte sie bereits gelernt, obwohl sich hier in Lubeke das Sächsische bereits durchgesetzt hatte.

Leider hatten sich Eriks Versprechungen nicht erfüllt, auch wenn sie die Hoffnung nicht aufgegeben hatten. Als die Ranen das alte Liubice niedergebrannt hatten, waren sie nur knapp dem

Tod entkommen und mit anderen Überlebenden zur Burg Bucu geflohen, wo der Burgherr ihnen Schutz und Hilfe gewährt hatte.

Eines musste man sagen – Erik war keiner, der sich so schnell entmutigen ließ. Er hatte beherzt angepackt, um ihnen ein Dach über dem Kopf zu ermöglichen. Aber für viel mehr hatte es lange Zeit nicht gereicht. Immer wieder mussten sie Rückschläge einstecken, obwohl ihr Mann hart gearbeitet hatte. Erst als Fischer, dann als Seefahrer und bescheidener Teilhaber an Schiffsladungen. Alles, was er verdiente, hatten sie zurückgelegt.

Und jetzt, angelockt vom jungen Grafen Adolf, waren Kaufleute nach Lubeke gekommen, die Geld hatten und Schiffe besaßen und sich viel vom Ostseehandel versprachen. Männer wie diese brachten Seeleute mit und Knechte, stolzierten wichtigtuerisch umher, gaben Befehle, ließen Warenlager und feste Häuser errichten. Vor allem blickten sie auf die immer noch armen Teufel der ersten Stunde herab. Und zu denen gehörte in ihren Augen auch Erik, der Sohn eines Fischers.

Doch Irmhild glaubte weiter an ihren Mann. Sie hatte ihn all die Jahre aufgemuntert, wenn er niedergeschlagen nach Hause gekommen war, und seine Sorgen mit ihm geteilt, war ihm mit Rat und Tat zur Seite gestanden. Beide glaubten immer noch an ihren Traum, Irmhild fast noch mehr. Sie sah sich als Herrin über ein schönes Haus, über Vorratslager und Gesinde. Und ihren Erik als bedeutendes Mitglied der jungen Gemeinde von Lubeke. Schließlich hatte sie ihn ermutigt, ein Risiko einzugehen, sich genügend Geld bei einem dieser Kaufleute zu borgen, um die *Frida* zu erwerben und instand zu setzen.

Erik war der Redegewandtere, Geschwätzigere von beiden. Er konnte laut werden und sich aufregen, wenn die Gefühle überhandnahmen. Schwierigkeiten im Leben begegnete er mit gesteigerter Energie, als müsse man nur noch mehr tun, um alle Hindernisse zu überwinden. Auch wenn hinter diesem Tun nicht immer der beste Plan stand. Irmhild dagegen verlor selten die Fassung.

Sie blieb kühl und dachte nach, wenn die Lage schwierig wurde. Und es war gut, dass er auf sie hörte. Zusammen waren sie stark.

Aber diesmal war auch sie nervös. Sie hatten sich verausgabt, hatten alles auf eine Karte gesetzt. Es durfte einfach nichts schiefgehen. Aber wie konnte es denn überhaupt schiefgehen?, versuchte sie sich zu beruhigen. Hering wurde immer und überall verzehrt. Gerade deshalb hatten sie auf diese und keine andere Ware gesetzt.

Irmhild war nicht nur wegen der Ladung beunruhigt. Andauernd fragte sie sich, wie es wohl ihrem Kleinen ging. Er war doch erst zehn Jahre alt. Der Arme musste schrecklich frieren, jetzt im Herbst, auf einem offenen Schiff. Am späten Nachmittag hatte sich der Himmel zugezogen, und wenig später hatte es heftig zu regnen angefangen. Steckte Ortwin jetzt auch im Regen? Vielleicht sogar in einem Sturm. Er musste sich zu Tode ängstigen auf dem stampfenden Deck, Wind und Wellen ausgesetzt. Auch um Erik machte sie sich jedes Mal, wenn er auf See war, Sorgen. Aber Erik war Seemann. Der war das gewohnt, der wusste sich zu helfen. Doch was den Jungen anging, bereute sie es, ihm erlaubt zu haben, mit an Bord zu gehen. Gerade im Herbst tobten oft die schlimmsten Stürme auf der Ostsee. An Seeräuber mochte sie gar nicht erst denken.

Irmhild zündete einen Kienspan an und steckte ihn in einen eisernen Halter. Die Flamme verbreitete nur schummriges Licht, aber besser, als im Dunkeln zu sitzen. Das Herdfeuer war zur Glut heruntergebrannt. Es wurde kühl in der Hütte. Sie legte ein paar Scheite nach und sah zu, wie die Flammen daran züngelten. Dann wärmte sie Milch über dem Feuer und gab Honig dazu. Immer ein gutes Mittel, um die Nerven zu stärken. Sie legte sich einen Schal um die Schultern, setzte sich mit dem dampfenden Becher an den Tisch und lauschte auf das Rauschen des strömenden Regens. Tropfen fielen vom Rauchabzug und verdampften zischend in der Glut. Ihre grau getigerte Katze sprang ihr auf den Schoß und rollte sich dort zusammen. Und schnurrte behaglich, als ihre Herrin sie streichelte.

Irmhild war keine Frau, die ständig Menschen um sich haben musste. Sie kam ganz gut mit sich allein zurecht. Darin war sie wie ihr Bruder Gero. Doch wenn Erik unterwegs war, dann fühlte sie sich einsam. Besonders jetzt, da sie auch noch den Jungen vermisste und sich Sorgen um ihn machte. Die See war gefährlich. Jedes Jahr hörte man von ertrunkenen Seeleuten, von Männern, die nicht zurückgekommen waren. Plötzlich wurde sie von einem schrecklichen Bild heimgesucht – die bleichen, toten Gesichter ihrer beiden Männer am Meeresgrund tief unter den tobenden Wellen. Und was würde dann aus ihr? Sie wäre nicht die erste Seemannswitwe, die betteln gehen musste.

Ein Windstoß rüttelte am Strohdach des Hauses und riss sie aus den düsteren Gedanken. Die Gassen draußen mussten schon voller Schlamm und Pfützen sein. Wenigstens war kein Hämmern mehr zu hören. Das Wetter und die frühe Dunkelheit hatten die Arbeiten zum Stillstand gebracht. Wahrscheinlich hockten die Handwerker jetzt in den drei Schänken des Ortes, um sich volllaufen zu lassen. Zwei von diesen sogenannten Schänken waren nicht mehr als klapprige Buden, die aussahen, als würde der nächste Sturm sie davontragen. Warum mussten Männer sich bei jeder Gelegenheit besaufen, sich das Hirn benebeln, bis sie nicht mehr laufen konnten? In dieser Hinsicht war ihr Erik vernünftig. Dafür war sie dankbar. Überhaupt war er ein guter Mann. Sie bereute nicht, ihn geheiratet zu haben. Ihre Liebe für ihn war selbst nach den harten Zeiten, die sie durchgemacht hatten, nicht erloschen.

Mit einem Mal hörte sie im Rauschen und Prasseln des Regens Stimmen vor dem Haus. Dann das Geräusch schwerer Schritte auf dem Holzdeck, auf dem sie bei gutem Wetter gern saß, gefolgt von ungeduldigem Hämmern an der Tür.

»Irmhild!«, hörte sie einen Mann rufen. »Irmhild, mach auf! Wir sind's.«

Wer mochte das sein? Erschrocken schob sie die Katze vom Schoß und erhob sich. Ihr Herz klopfte bis zum Hals. Sie war allein und schutzlos. Unter den Neuankömmlingen in Lubeke waren ziemlich rauhe Gesellen, Männer, die einem Angst machen konnten. Besser nicht aufmachen, dachte sie.

Aber dann hörte sie da draußen im Regen ein Kind jammern und eine Frauenstimme, die es zurechtwies. Sie schlich sich zur Tür, zog vorsichtig den Riegel zurück und öffnete. Aber nur einen kleinen Spalt.

Zuerst konnte sie kaum etwas sehen, denn draußen war es schon fast dunkel. Aber dann erkannte sie das vom Regen triefende Gesicht ihres Bruders Arnulf. Sofort riss sie die Tür weiter auf.

»Arnulf!«, rief sie erstaunt. »Was tust du denn hier?«

Ihr Bruder grinste und wies auf seine Brut, die draußen im Regen stand. »Wir sind nass, Schwester. Die Kinder frieren. Lass uns ein.«

Bruni mochte ihre Schwägerin nicht besonders. Ja, sie hatten Irmhild ohne Ankündigung überfallen, sich pitschnass in ihr Haus gedrängt und sich seitdem überall breitgemacht. War eben nicht viel Platz in der verdammten Hütte. Und ja, Trinchen quengelte, und dem Hildchen lief der grüne Rotz aus der Nase, und Lothar ging einem auf die Nerven mit seinen ewigen Fragen. Und ja, sie fraßen Irmhilds Vorräte auf, hielten sogar noch ihr weniges Münzgeld zusammen, statt sich an den Kosten zu beteiligen. Aber deshalb musste die Frau nicht durch ihr eigenes Haus schleichen wie eine Fremde und mit missbilligenden Blicken um sich werfen.

Irmhild war eine ausgesprochen hübsche Frau, schlank und hochgewachsen, mit eleganten Bewegungen. Sie fluchte nicht wie Bruni, blieb meist sachlich und hob selten die Stimme, selbst wenn ihr etwas gegen den Strich ging. Aber das gab ihr nicht das Recht, auf ihre Verwandtschaft herabzuschauen. Denn das tat sie, davon war Bruni überzeugt. Dabei war ihre Behausung doch eher ärmlich. Da hatte Bruni weit mehr erwartet. Hatte Arnulf nicht geschwärmt, ihr Schwager sei jetzt Kaufmann, besäße ein Handelsschiff und würde das Silber geradezu scheffeln? Davon war aber nichts zu sehen.

Und trotzdem kam sich Bruni neben der Schwägerin wie ein Bauerntrampel vor. Was sie im Grunde ja auch war. Ihr Kleid war von der Wanderschaft verschmutzt und hatte gewaschen werden müssen. Irmhild hatte ihr eines der ihren leihen wollen, aber da passte sie nicht hinein. Sie kam sich hässlich vor, mit ihrem strähnigen Haar und ihrer üppigen Figur und dem verdammten Tuch, das sie sich um den Leib geschlungen hatte, bis ihr Kleid endlich trocken war. Und dabei hatte sie den ganzen Tag am Herdfeuer gestanden, um die hungrigen Mäuler mit Essen zu versorgen, während die liebe Schwägerin mit den Männern plauderte. Ja, ich bin ein Bauerntrampel, dachte Bruni zornig, mit zu kräftigen Waden und mit Brüsten, die zu viele Kinder gesäugt haben. Na und? Die andere war auch nur die Tochter eines Schmieds, auch wenn sie sich für was Besseres zu halten schien.

Gero merkte, dass Bruni kurz davor war, mächtig Dampf abzulassen. Kein Wunder bei der Enge in der Hütte, den Kindern, die ständig etwas verlangten, und dem Gefühl, vielleicht nicht willkommen zu sein, praktisch von Almosen abhängig zu sein, und sich zu fragen, wie es jetzt überhaupt weitergehen sollte. Er wunderte sich, wie beherrscht Irmhild mit der Lage umging, mit ihnen, den ungebetenen Gästen. Na ja, schließlich war sie seine und Arnulfs Schwester, und man konnte schon erwarten, dass sie ihnen half. Aber Bruni schien es schwerzufallen, die Hilfe der Schwägerin anzunehmen. Ihre finstere Miene war kein gutes Zeichen.

Er nahm ihr das Messer aus der Hand, mit dem sie gerade Rüben schälte. »Lass mich das machen«, sagte er und lächelte ihr zu.

Sie ließ es geschehen und sah ihm dabei zu. Dann fuhr sie sich mit der Hand über die Augen, die plötzlich feucht geworden waren.

»Ist schon gut, Bruni«, sagte er. »Wir werden schon wieder auf die Beine kommen.«

Ihre Mundwinkel zogen sich nach unten, als könnte sie es nicht glauben. Sie zupfte an dem Tuch, das sie um den Leib trug. »Wie ich aussehe!«, murmelte sie von sich selbst angewidert. »Nackt und fett wie eine gerupfte Gans.«

Gero nickte. »Aber eine leckere Gans!«, sagte er trocken, musste aber gleich darauf laut lachen.

Auch Bruni konnte sich das Lachen nicht verkneifen. »Benimm dich, Schwager, sonst kriegst du die Pfanne auf den Kopf.« Doch ihr Zorn schien für den Augenblick verraucht zu sein. »Weißt du, Gero, wenn ich den Arnulf nicht hätte, würde ich dich heiraten.«

»Heiraten?« Er hob in gespieltem Entsetzen die Hände. »Ich will mir doch kein Weib ans Bein binden.«

»Na, dann ist es ja gut, so wie es ist«, sagte sie und lächelte.

»Was habt ihr beiden da zu lachen?«, rief Arnulf.

Aber bevor sie antworten konnten, flog die Tür auf, und Erik trat in die Hütte, seinen Sohn vor sich hereinschiebend. Erstaunt riss er die Augen auf, als er die Familie seiner Frau erkannte.

»Was macht ihr den hier?« Doch gleich darauf breitete sich ein fröhliches Grinsen auf seinem Gesicht aus. »Das ist aber eine schöne Überraschung!«

Er schien es wirklich zu meinen, denn er ging reihum, umarmte seine beiden Schwager, lachte über Brunis Aufzug und nahm die Kinder in die Arme. Dann bewunderte er Volkmar und Gertrud, wie erwachsen sie schon waren. Es war, als ob in der Hütte das Licht angegangen war, so guter Laune schien er zu sein. Zuletzt nahm er sein Weib in die Arme und küsste sie herzlich auf den Mund.

»Gibt es Schöneres, als zu einem liebenden Weib heimzukommen?«, rief er und gab ihr gleich noch einen Kuss.

»Ist alles gutgegangen?«, fragte Irmhild leise.

»Mehr als das«, flüsterte er ihr zu. »Aber davon später.«

Irmhild hockte sich vor ihren Sohn und nahm auch ihn in die Arme. »Und?«, fragte sie. »War es nicht zu schlimm an Bord?«

Ortwin machte sich von seiner Mutter los. Offensichtlich war ihm die Umarmung peinlich. »Überhaupt nicht, Mutter.« Seine Augen leuchteten. »Auf der Rückreise durfte ich sogar steuern.«

»Wirklich?«

»Das Wetter war zuletzt gut«, sagte Erik und legte die Hand auf die Schulter des Jungen. »Und aus Ortwin wird bald ein tüchtiger Seemann.«

Vor Freude strahlend über das Lob blickte der Junge zu seinem Vater auf.

»Was gibt's zu essen?«, fragte der. »Wir haben einen Mordshunger.«

Bruni hatte einen großen Eintopf gekocht. Irmhild half ihr, die Suppe in Näpfe zu löffeln und zu verteilen. Dann hockten sich alle irgendwohin, wo Platz war, und begannen zu essen. Und Arnulf erzählte Erik, was ihnen in Lümborg widerfahren war.

»Die ganze Schmiede ist abgebrannt?«, rief Erik. »Herr im Himmel! Und jetzt?«

»Wir haben weder Haus noch Bett und sind gekommen, weil wir Hilfe brauchen. Ich habe noch etwas Silber im Beutel, aber nicht mehr viel …«

»Keine Sorge, Schwager«, sagte Erik sofort. »Natürlich helfen wir euch. Und ich habe da auch schon eine Idee.«

Erstaunt blickte Irmhild ihren Mann an. »Was für eine Idee?«

»Na schau sie dir doch an, deine Brüder. Zwei kräftige Kerle. Die kommen mir gerade recht. Ihr könnt für mich arbeiten, bis ihr so weit seid, eure Schmiede wiederaufzubauen. Ich zahle euch einen angemessenen Lohn.«

»Klar arbeiten wir für dich«, sagte Arnulf. »Genau das hatten wir uns erhofft.«

»Na bestens!«, sagte Erik. »Zuerst helft ihr mir, hier auf dem Grundstück das Lagerhaus fertigzustellen. Im Augenblick lasse ich meine Waren unter Verschluss bei einem anderen Kaufmann. Aber das ist natürlich keine Lösung. Ich habe vor, mein Geschäft zu vergrößern, und da brauche ich Lagerraum.«

Irmhild wunderte sich immer mehr. Aber sie sagte nichts.

»Sollten wir nicht erstmal eine Unterkunft für uns bauen?«, fragte Bruni. »Euer Haus ist zu eng für uns alle. Und wir wollen euch doch nicht zur Last fallen.«

»Du hast recht. Damit fangen wir an. Ich weiß auch, wo wir gutes Bauholz kriegen. Sicher findet sich ein Grundstück für euch. Oder gleich hier bei uns. Da ist noch Platz.«

Und so machten sie Pläne, während Irmhild auf glühenden Kohlen saß, denn sie konnte gar nicht verstehen, was ihr Ehemann da faselte. So viel konnte er doch gar nicht mit dem Hering verdient haben, um all die Vorhaben zu bezahlen, von denen er redete. Außerdem musste er ja auch noch die erste Zinszahlung seines Darlehens auf den Tisch legen. Aber es war ihr peinlich, vor all den anderen danach zu fragen.

»Wie ihr seht, wird hier überall gebaut«, sagte Erik. »Die Stadt blüht geradezu auf. Wir machen aus Lubeke einen wichtigen Handelshafen. Das hat uns Sachsen nämlich an der Ostsee gefehlt. Der Graf gibt den Bewohnern alle Hilfe, die sie brauchen. Als Erstes, denke ich, sollten wir uns um regelmäßige Salzfuhren aus Lümborg bemühen. Das ist doch eure Stadt. Ihr kennt euch aus. Salz wird immer gebraucht, besonders für den Hering. Wir werden die Ersten sein, die das Zeug direkt aus Lümborg herbeischaffen, statt über den langen Weg per Schiff von Hammaborg. Wir werden blendend daran verdienen.« Seine Augen leuchteten vor Begeisterung.

»Wir sollen Fuhrleute werden?«, fragte Arnulf.

»Na ja, ihr könnt euch ja auch an dem Handel beteiligen.«

»Aber ich bin Schmied.«

»Bring mir Salz«, erwiderte Erik. »Wenigstens für eine Weile. Ich stelle auch Maultiere dafür und Karren. Später kannst du ja auch hier eine Schmiede bauen. Ich helfe dir. Für einen Schmied gibt es in Lubeke immer Arbeit. Schon allein für die Schiffsbeschläge. Was sagst du dazu?«

»Klar. Hört sich gut an.« Arnulf blickte zu seiner Frau hinüber. »Bist du einverstanden?«

Bruni nickte. Zum ersten Mal seit Tagen lag ein wenig Hoffnung in ihrer Miene.

»Und was denkst du, Gero?«, fragte Erik.

»Ich bin dabei. Aber ich würde auch gern mal mit dir segeln, Erik, wenn du nichts dagegen hast.«

Arnulf sah ihn erstaunt an. »Du willst zur See fahren?«

»Warum nicht? Ich wollte schon immer mehr von der Welt sehen.«

Während die anderen redeten, kümmerte Irmhild sich um ihren Sohn. In seiner Kammer, in der auch Volkmar und Lothar ihr Lager aufgeschlagen hatten, goss sie Wasser in eine Schüssel und sah zu, dass er sich wusch.

»Dein Vater hat den Fisch also bestens verkauft«, sagte sie leise.

Ortwin schüttelte den Kopf. »Nein, Mutter. Den haben wir wieder mitgebracht.«

»Was erzählst du denn da? Das kann doch nicht sein.« Spielte Erik ihnen allen etwas vor? Aber wieso?

»Der Fisch war schlecht. Und Vater will Ersatz von dem Händler verlangen.«

»Der Fisch war schlecht?«

»Ja. Die Lake war zu dünn. Der Händler hat uns betrogen.«

»Das versteh ich jetzt nicht. Dein Vater redet, als ob er das Geschäft seines Lebens gemacht hätte.«

Ortwin zuckte mit den Schultern. »Das hat er auch, glaube ich.«

Die Mutter sah ihn streng an. »Was für ein Geschäft?«

Ortwin machte plötzlich ein verlegenes Gesicht. »Ich weiß es auch nicht. Aber wir hatten eine große Kiste an Bord. Die war aber verschlossen. Vater wollte mir nicht verraten, was drin ist.«

Irmhild war klar, dass der Junge mehr wusste, als er zuzugeben bereit war. Aber sie wollte ihn nicht weiter unter Druck setzen. Stattdessen nahm sie ihn in den Arm und küsste ihn. »Leg dich jetzt hin und mach die Augen zu. Du musst müde sein.«

Später in der Nacht, nachdem sich alle schlafen gelegt hatten, knöpfte Irmhild sich ihren Ehemann vor. »Was geht hier vor?«, flüsterte sie. »Du führst dich auf, als hättest du einen Topf mit Gold gefunden. Dabei sagt Ortwin, ihr hättet den Fisch wieder mitgebracht.«

»Das stimmt. Das Schwein von Händler hat am Salz gespart. Aber ich werde ihn mir zur Brust nehmen. Gleich morgen früh.«

»Du weichst mir aus. Sag mir endlich, was los ist.«

Erik schwieg eine Weile. »Das willst du besser gar nicht wissen«, sagte er schließlich.

»Wieso? Was hast du getan?«

»Manchmal muss man eben Dinge tun. Frag mich nicht weiter.« Damit drehte er sich auf die Seite.

DAS WEISSE GOLD

Was niemand wusste oder auch jemals erfahren durfte, war, dass Erik auf der Heimfahrt Unannehmlichkeiten mit diesem Hund Jeldrik gehabt hatte. Der hatte seine Kumpane heimlich zur Meuterei angestachelt, um Schiff und Diebesbeute an sich zu bringen. Was dabei mit Erik und Ortwin geschehen sollte, konnte man sich denken.

Bei ruhiger See und einem kalten Nordwind hatte die *Frida* ihre Furche durchs nachtdunkle Meer gezogen. Zu tun gab es nichts an Bord. Ludger steuerte das Schiff nach den Sternen, während sich Erik nach langen Stunden am Ruder hingelegt hatte. Auch Ortwin, eingewickelt in warme Decken, schlief tief und fest.

Die drei Halunken hatten ihr Nachtlager wie gewohnt im Vorschiff. Als an Bord alles ruhig war, hielten sie den Augenblick für gekommen, um zuzuschlagen. Jeldrik, gefolgt von den beiden anderen, schlich sich mit blankem Sax zum Achterdeck. Wahrscheinlich war er sich sicher, Ludger würde mitmachen. Dass er von dem Anschlag gewusst haben könnte, verneinte Ludger später. Auf jeden Fall stieß er Erik vorsichtig mit dem Fuß an, um ihn zu wecken, raunte ihm aber gleich zu, so zu tun, als ob er noch schliefe.

Erik sah ein langes Messer aufblitzen, als die Kerle an der Bordwand entlang nach Achtern krochen, und verstand sofort. Vorsichtig langte er in die Backkiste nach der Dänenaxt. Auch Ludger zog heimlich sein langes Messer aus der Scheide, hielt es aber hinter dem Rücken verborgen.

Jeldrik kam als Erster in Reichweite. »Machen wir ihn fertig«, flüsterte er Ludger zu und hob sein Messer, um es Erik in den Leib zu rammen.

Doch der fuhr hoch und schwang in der gleichen Bewegung die Axt. Sie traf Jeldriks Schulter und durchtrennte ihm das Schlüsselbein. Erik riss die Axt gleich wieder zurück, um erneut zuzuschlagen. Doch das war nicht nötig, denn Jeldrik ließ aufjaulend das Messer fallen und fasste nach der Wunde. In diesem Augenblick hob eine größere Welle das Schiff, und Jeldrik taumelte gegen die Bordwand. Ludger sprang vor und stieß ihn so kräftig gegen die Brust, dass er mit einem erschrockenen Schrei über Bord ging und laut klatschend ins Meer fiel.

Als er ein Stück weit hinter ihnen im Kielwasser auftauchte, hörten sie ihn wieder schreien. Doch die verzweifelten Rufe wurden rasch leiser und verloren sich im Heranrauschen der Wellen und dem Geräusch des Windes, der über das Segel strich. Ohne ein weiteres Wort griff Ludger nach der Ruderpinne, denn die *Frida* drohte vom Kurs abzukommen. Das Messer aber behielt er in der Faust. Auch Erik stand kampfbereit mit der blutigen Axt auf dem Achterdeck.

Doch da verließ die anderen beiden Halunken der Mut, und sie zogen sich zurück.

All dies war, mit Ausnahme von Jeldriks Schrei, fast lautlos abgelaufen. Trotzdem musste Ortwin etwas gehört haben, denn er öffnete kurz die Augen. Aber da alles an Bord wieder ruhig war und das Schiff wie gewohnt die nächtliche See durchpflügte, schlief er sofort wieder ein.

»Danke, Mann«, murmelte Erik, nachdem er mit einem Lumpen das Blut von der Axt gewischt hatte. »Das vergesse ich dir nicht.«

Ludger ließ ein leises Lachen hören. »Den Bastard ist die Welt los.«

Erik war erstaunt, wie gleichmütig Ludger den Tod eines Mannes hinnehmen konnte. Ihm selbst zitterten die Hände, als er sich an die Bordwand hockte. Es dauerte eine Weile, bis er sich beruhigte.

Am Morgen wunderte sich Ortwin, wo Jeldrik war. Erik erklärte ihm, in der Nacht wäre ein Unglück geschehen. Bei einem Segelmanöver habe er sich mit dem Fuß in einer Schot verheddert und sei dabei über Bord gerissen worden. So was käme vor, sagte er, man müsse immer aufpassen und sich gut festhalten. Sie hätten nach ihm gesucht, ihn in der Dunkelheit aber nicht mehr finden können.

»Der konnte wohl nicht schwimmen, denke ich, und ist gleich untergegangen. Das sollte dir eine Lehre sein, Ortwin. Es wird Zeit, dass du selbst schwimmen lernst.«

»Ja, Vater.«

Ortwin machte ein ernstes Gesicht. Wahrscheinlich stellte er sich den Schrecken vor, nachts über Bord zu fallen und mutterseelenallein im Meer zurückzubleiben. Selbst wenn man schwimmen konnte. Aber er stellte keine weiteren Fragen. Und Erik war erleichtert.

Die beiden anderen Gauner grinsten spöttisch über diese Erklärung zu den nächtlichen Ereignissen, aber sie sagten auch nichts Gegenteiliges, denn er hatte versprochen, ihnen trotz allem einen – wenn auch kleinen – Teil der Beute auszuhändigen, wenn sie den Mund hielten. Schließlich war niemandem daran gelegen auszuplaudern, wieso Jeldrik umgekommen war, und dass es um Diebesbeute gegangen war. Am Tag nach der Ankunft in Lubeke händigte Erik ihnen ihren Anteil aus. Danach verschwanden die beiden aus Lubeke. Das war ebenfalls Teil der Abmachung gewesen.

Ludger dagegen bekam zum Dank für seine Hilfe mehr als das ursprünglich Vereinbarte, und Erik bot ihm obendrein eine feste Stellung an – ein Angebot, das Ludger annahm. Natürlich war der Mann ein Schlitzohr, aber er war ein guter Seemann und hatte sich als treu erwiesen. Und Erik konnte einen handfesten Kerl wie Ludger gut gebrauchen, besonders jetzt, da er mit seinem auf unehrliche Weise erworbenen Hort einiges vorhatte.

Es war nicht so, dass Erik ohne Skrupel war. Im Gegenteil, er hatte durchaus ein schlechtes Gewissen. Ihm war schmerzlich bewusst, dass sie unrecht getan hatten. Aber das Wasser hatte ihm bis zum Hals gestanden. Er wäre für immer ruiniert gewesen. Und so redete er sich ein, mit dem Hort des fetten Dänen hätte Gott ihm ein rettendes Seil zugeworfen, damit er sich aus dem Sumpf ziehen konnte. Ja, so war es. Gott hatte ihm geholfen. Und dass dieser Jeldrik dabei den Tod gefunden hatte, war dessen eigener mörderischer Habgier geschuldet. In Zukunft sollte so etwas natürlich nicht mehr vorkommen. Das schwor er sich.

Und Irmhild? Sie hatte schon verstanden, auch wenn er ihr gegenüber kein Wort über den Raub verlor. Sie war ehrgeizig wie ihr Ehemann und betrachtete den plötzlichen Gewinn als Glücksfall, den sie nach den Jahren der Mühen mehr als verdient hatten. Dass ein Diebstahl dahintersteckte, wollte sie gar nicht wissen. Und so sprach auch sie die Sache nicht mehr an und wurde seine stillschweigende Komplizin.

Die Kaufleute von Lubeke hatten im letzten Jahr bereits eine Art Vereinigung gegründet, eine Gilde, wie es sie auch schon in anderen Handelsstädten gab. Die Gilde hatte den Zweck, die gemeinsamen Belange der Kaufleute zu fördern und auch gegenüber dem Grafen zu vertreten. Sie diente dem Schutz des Warentransports zu Lande und zu Wasser, indem sich die Kaufleute, wenn sie auf Reisen gingen, möglichst zu bewaffneten Fuhrgemeinschaften und Flotten zusammenschlossen. Einen wie Erik hatten sie bisher nicht aufnehmen wollen. Die Gesellschaft eines einfachen Fischersohns war ihnen nicht angenehm.

Trotzdem sprach Erik sofort nach seiner Ankunft bei einer ihrer Versammlungen vor, um sich über den Fischhändler zu beschweren, der ihn betrogen hatte. Er bat sie, sich als Beweis den verdorbenen Fisch anzusehen, den er wieder mitgebracht hatte, und den verdammten Betrüger zu zwingen, ihm die Kaufsumme zu erstatten oder den Kerl aus der Stadt zu jagen.

Doch seine Bitten fielen auf taube Ohren. Also beauftragte Erik seinen Mann Ludger, sich um die Angelegenheit zu kümmern. Und dem war Erfolg beschieden. Zwar trug der Fischhändler ein paar Schrammen und eine gebrochene Nase davon, aber Erik hatte sein Geld wieder.

Irmhild war nicht gerade begeistert, dass ihr Mann einen wie Ludger beschäftigte. Aber sie sah ein, dass ein Kerl fürs Grobe von Nutzen sein konnte. Denn für einen Kaufmann gab es Gefahren genug. Zumal Ludger klug genug war, die Frau seines Herrn mit besonderer Zuvorkommenheit zu behandeln. Und auch das Fluchen unterließ er in ihrer Gegenwart.

Und so begann Eriks langsamer Aufstieg in der Welt des Handels. Er fing gleich damit an, die Idee, die er schon vor Jahren gehabt hatte, in die Tat umzusetzen, nämlich das Lümborger Salz – das weiße Gold, wie man es nannte – auf direktem Wege zur Ostsee zu bringen. Jetzt, da Lubeke sächsisch geworden war, stand dem nichts mehr im Wege. Lümborg besaß reichhaltige Salzlager, die wie ein dicker Mantel den Lümborger Kalkberg umschlossen. Das salzhaltige Grundwasser trat an mehreren Stellen hervor und musste nur gesiedet werden, um das Salz zu gewinnen. Dampfwolken stiegen auf und zeigten jedem, wo die Sieder zugange waren.

Während Erik und Arnulf mit einem Dutzend Maultieren nach Lümborg wanderten, errichteten Gero und Ludger eine einfache Unterkunft für die Familie. Danach machten sie sich daran, das kleine Warenlager fertigzustellen, was ihnen gelang, bevor der Winter Einzug hielt und Schnee die Stadt zudeckte.

Da Erik einer der Ersten war, der Salz auf direktem Wege von Lümborg nach Lubeke brachte, konnte er es dort äußerst gewinnbringend verkaufen. Er war auch der Erste, der noch mitten im Winter dem kalten Wetter trotzte und Lümborger Salz zu den Dänen nach Skaane und nach Roskilde brachte, wo es reißenden Absatz fand. Denn auch dort wurde Hering eingesalzen. Die *Frida* war ständig unterwegs, und Erik konnte jetzt Seeleute und weitere Gehilfen für ihre Arbeit entlohnen, Maultiertreiber und Lagerarbeiter.

Als der Frühling nahte, war die Lubeker Gilde schließlich bereit, Erik aufzunehmen. Da es in den letzten Jahren, besonders auch in Nordfrankreich und England, nicht unüblich geworden war, sich einen Familiennamen zuzulegen, ließ Erik sich stolz als Erik Fischer in die Mitgliederliste eintragen, gerade um zu zeigen, dass einer von bescheidener Herkunft wie er es geschafft hatte, in den Stand ehrbarer Kaufleute aufzusteigen.

»Ihr werdet sehen«, sagte er zu seinen Schwägern, als sie eines Abends in der Schänke saßen, »diese Stadt hat eine große Zukunft. Lubeke wird der größte Hafen an der westlichen Ostsee werden, noch wichtiger als das dänische Schleswig, davon bin ich überzeugt. Der ganze Ostseeraum ist von hier aus leicht zu erreichen. Wir werden mit Schweden, Balten und Pruzzen Handel treiben, mit Finnen und mit den Rus. Bald werden wir sogar Hammaborg ausstechen. Und unsere Familie wird an alldem teilhaben und zusammen mit Lubeke wachsen.«

»Wir sind hier aber immer noch im Wendenland«, gab Arnulf zu bedenken.

Er hatte sich tatsächlich an sein Versprechen gehalten, kein Bier mehr anzurühren, und trank stattdessen Wasser, Apfelsaft oder frische Kuhmilch. Es war nicht immer leicht, auf Bier zu verzichten, aber er war stark geblieben. Der Brand der Schmiede, und dass er wegen seiner Trunkenheit vielleicht sogar eine Mitschuld daran gehabt haben könnte, hatte ihn tief erschüttert, auch wenn er es sich meist nicht anmerken ließ.

»Es sind zwar viele aus dem Süden und Westen gekommen, sogar aus Holland, um sich hier anzusiedeln, aber ich frage mich, wie lange die Wenden noch stillhalten und einfach zuschauen, wie ihr Land gestohlen wird.«

»Mach dir mal keine Sorgen darüber«, erwiderte Erik. »Graf Adolf hat mit dem Bau von Befestigungen angefangen, wie du weißt. Außerdem ist die alte Burg jetzt ausgebaut. Da sind zweihundert Söldner untergebracht. Die Burg nimmt so schnell keiner ein. Und die schützt den Zugang zur Stadt.«

»Gut und schön. Aber hält Adolf sich hier auf? Nein, er sitzt sicher auf seiner Siegesburg. Was ist, wenn die Wenden uns hier angreifen? Die Befestigungen sind noch lange nicht fertig. Und zweihundert Söldner sind kaum genug, um uns zu schützen.«

»Vergiss nicht, es gibt einen Friedenspakt mit dem Fürsten Niklot. Der herrscht schließlich über alle Obodriten.«

»Und du meinst, das bedeutet was?«, zweifelte Arnulf.

»Niklot braucht die Freundschaft der Sachsen und den Schutz des Reichs. Und auch Adolf will sich gut mit den Obodriten stellen. Schon allein, weil die Holsten ständig Aufruhr gegen ihn schüren. Vor allem braucht er die Einnahmen hier in Wagrien. Also holt er Siedler ins Land. Auch denen hat er Schutz versprochen. Da will er sich doch nicht die Wenden zum Feind machen. Warum, denkst du, hat er sogar ihre Sprache gelernt? Er und Niklot verstehen sich gut. Keiner von beiden will einen Krieg vom Zaun brechen.«

»Das mag sein. Aber was ist mit diesem sogenannten Kreuzzug? Es heißt, die Heere sollen sich bald in Magdeburg sammeln. Wenn die tatsächlich nach Osten marschieren, was ist dann mit der lieben Freundschaft?«

Erik machte eine wegwerfende Handbewegung. »Ach was, das ist doch nur Gerede. Wer weiß, ob es wirklich dazu kommt.«

»Vielleicht willst du's nicht wahrhaben, aber ich habe in der Kirche diesen Bischof Vizelin gehört. Der meint es verdammt ernst damit. Sogar die Dänen sollen sich beteiligen.«

»Ach ja, die Pfaffen.« Erik grinste spöttisch. »Die wollen alle Wenden bekehren. Sollen sie doch. Aber ich denke nicht, dass die Herzöge vorhaben, ihr Land zu verwüsten. Die werden doch die eigene Gans nicht schlachten wollen, schließlich zahlen die Wenden Tribut.« Erik wandte sich an Gero. »Und? Was denkst du, Gero? Du hast bis jetzt noch gar nichts gesagt.«

Gero zuckte mit den Schultern. »Ich kann den Herzögen nicht ins Hirn schauen. Aber wenn du mich fragst, würde ein Krieg nur Unheil bringen.«

Erik nickte. »Das denke ich auch.« Er hob seinen Humpen und nahm einen kräftigen Schluck. Dann rülpste er genüsslich und winkte der Schankmagd zu nachzufüllen.

»Reden wir von was anderem«, sagte Arnulf und machte plötzlich ein ernstes Gesicht. »Ich muss euch beiden etwas sagen. Ich habe mit Bruni geredet. Und wir haben beschlossen, nach Lümborg zurückzukehren.«

Überrascht sah Erik ihn an. »Aber wieso denn? Gefällt's euch hier nicht? Ich weiß, eure Unterkunft ist nicht gerade bequem. Aber wir können im Sommer was Neues für euch bauen. Und wenn du wieder als Schmied arbeiten willst, dann helfe ich dir. Hier gibt's genug zu tun.«

»Das ist es nicht, Erik. Ich weiß, du denkst anders darüber, aber hier ist es uns zu unsicher. Sollte Krieg ausbrechen, dann könnte er auch nach Wagrien und Polabien getragen werden. Wir wollen nicht noch einmal unser Heim verlieren. Und schon gar nicht unsere Kinder einer solchen Kriegsgefahr aussetzen. Außerdem haben wir Heimweh. Du hast uns sehr geholfen, und dafür sind wir dir wirklich aus ganzem Herzen dankbar. Ich hoffe, wir können es dir eines Tages vergelten.«

»Da gibt's nichts zu vergelten. Du und Gero, ihr habt gut gearbeitet. Ohne euch wäre es auch mir schwergefallen. Wenn ihr wollt, kann ich euch in Zukunft an allen Geschäften beteiligen. Ihr wärt meine Teilhaber. Was hältst du davon?«

Arnulf schüttelte lächelnd den Kopf. »Ein schönes Angebot. Aber nein. Ich will unsere alte Schmiede wiederaufbauen. Generationen haben dort gelebt und gearbeitet. Das bedeutet mir viel. So was gibt man nicht einfach auf. Außerdem wird es Zeit, dass ich mich wieder um Volkmars Ausbildung kümmere. Der soll schließlich die Schmiede einmal weiterführen.«

Erik runzelte die Stirn und nickte. »Verstehe. Und was ist mit dem Salzhandel? Ich brauche da jemanden vor Ort.«

»Du kennst doch inzwischen die Leute in Lümborg, bei denen du einkaufst. Mich brauchst du nicht mehr dazu.« Er sah seinen Bruder an. »Und was ist mit dir, Gero? Kommst du mit? Ich kann wie immer deinen starken Arm gut gebrauchen.«

Gero starrte in seinen Bierkrug, als wäre die Antwort darin zu finden. Es dauerte eine Weile, bis er aufsah und den Kopf schüttelte. »Nein, Bruder. Ich will in Lubeke bleiben. Ich bin ein paarmal mit Erik gesegelt, und es gefällt mir.«

Arnulf sah ihn betroffen an. »Aber ich bin immer davon ausgegangen, dass wir zusammenarbeiten. Es ist doch auch deine Schmiede.«

»Das war sie mal«, erwiderte Gero. »Ich weiß, du wirst sie wieder aufbauen, aber dann ist es eine neue Schmiede und nicht mehr die alte. Alles Alte ist verbrannt, für immer dahin.«

Sie schwiegen. Den Brüdern war klar, dass sie an einer Wegscheide angekommen waren. Vielleicht auch schon früher, nämlich, als die Schmiede abgebrannt war. Gero suchte etwas anderes im Leben, als tagtäglich am Amboss zu stehen. Was genau, wusste er selbst nicht. Aber ihre Wege würden sich trennen.

Trotzdem bekam Gero bei dem Gedanken einen Kloß im Hals. Am Gesicht seines Bruders konnte er ablesen, dass es Arnulf vielleicht noch stärker berührte als ihn selbst. Arnulf hatte sich immer auf ihn verlassen können. Und nun sollte es anders sein? Ein wenig kam Gero sich wie ein Verräter vor. Er würde seine Familie verlassen. Aber Irmhild war schließlich auch Familie. Und auf den Reisen mit Erik hatte er dieses Gefühl von Freiheit entdeckt, die Neugier auf fremde Welten. In das enge Lümborg wollte er nicht mehr zurück. Nein, er würde in Lubeke bleiben, auch wenn die Trennung wehtat.

»Scheiße, Mann«, murmelte Arnulf schließlich. »Dass du uns jetzt im Stich lässt, wo ich deine Hilfe so gut gebrauchen könnte.«

»Aber es ist doch deine Schmiede, Arnulf. Eigentlich schon immer seit Vaters Tod. Ich war doch nur dein Gehilfe. Und einen Gehilfen wirst du schon finden. Außerdem hast du Volkmar. Der ist schon fast erwachsen. Er wird dir zur Hand gehen. Und natürlich Bruni, die immer zu dir gehalten hat.«

Arnulf nickte betrübt. »Ich weiß. Ist aber nicht dasselbe.«

Da jetzt Frühling war, würde der Weg nach Lümborg um einiges leichter sein als die Hinreise vor Monaten, die inzwischen eine Ewigkeit zurückzuliegen schien. Arnulf hatte zwei Maultiere erworben, auf die sie ihre bescheidene Habe luden. Dazu Wegzehr für die Reise, hauptsächlich aber Werkzeug, das er sich in Lubeke besorgt hatte: Schmiedewerkzeug, aber auch einiges, was Zimmerleute verwendeten. Es blieb aber immer noch genug Platz, die beiden Jüngsten abwechselnd reiten zu lassen, wenn sie müde wurden.

Der Abschied ging nicht ohne Gefühle ab, besonders bei den Frauen. »Ihr werdet mir fehlen«, sagte Irmhild. »Ganz besonders die Kinder.« Sie nahm jedes der Kleinen in die Arme, sogar den großen Volkmar, der es etwas verlegen über sich ergehen ließ.

»Sie sind ja nicht aus der Welt«, sagte Erik. »Lümborg ist nur ein paar Tagesreisen entfernt. Ich werde dort vielleicht ein kleines Lager einrichten. Für den Salzeinkauf. Du könntest mir helfen, einen verlässlichen Gehilfen zu finden.«

»Denkst du eigentlich immer nur ans Geschäft?«, fragte Bruni.

»Na ja, der Mensch muss sich ernähren.« Er lachte verlegen und küsste seine Schwägerin zum Abschied auf die Wangen.

Auch Bruni, obwohl sie Irmhild noch immer nicht besonders mochte, hatte feuchte Augen, als die beiden Frauen sich verabschiedeten. Schließlich hatten sie mehr als ein halbes Jahr lang das gleiche Haus geteilt. Nachdem sie sich von Ortwin verabschiedet hatte, umarmte sie endlich auch Gero und beschwor ihn, auf sich aufzupassen. »Wer weiß, wohin dieser wilde Seemann dich entführt? Nicht, dass du ins Meer fällst und ertrinkst.«

Erik zuckte bei dem Satz innerlich zusammen. Aber das bemerkte niemand. Gero aber lachte. »Wer weiß, vielleicht finde ich dann eine hübsche Meerjungfrau.«

Auch die Brüder umarmten einander, beide sichtlich bewegt. »Ich komm euch besuchen«, sagte Gero. »Das ist versprochen.«

Schließlich brachen sie auf. Bruni drehte sich noch einmal um und winkte. Auch die Kinder. Dann marschierten sie durch die Gassen zum Nordtor und an der Burg vorbei und folgten dem Ufer der Wakenitz nach Süden, in Richtung Ratzborg. Volkmar führte die Maultiere, und Arnulf trug Hildchen auf dem Rücken.

Bruni hatte ihre Abschiedstränen weggewischt und fing an, laut Pläne zu schmieden, was sie alles tun würden, wenn sie wieder zu Hause waren. Welches Zuhause?, fragte sich Arnulf. Da ist nichts als eine verdammte Ruine. Aber er sagte nichts und ließ Bruni reden. Die Vorstellung, bald wieder in Lümborg zu sein, schien sie glücklich zu machen.

»Lass uns ein größeres Haus bauen«, sagte sie. »Die Kinder wachsen heran. Wir brauchen noch ein paar Kammern. Und du eine größere Werkstatt. Die alte war so beengt. Glaubst du, wir haben noch genug Platz für meinen Gemüsegarten? Vergiss nicht, dich um eine neue Pumpe für den Brunnen zu kümmern. Eigentlich gleich als Erstes. Ich hab keine Lust, durch halb Lümborg zu laufen, um Wasser zu holen. Außerdem solltest du uns eine bessere Feuerstelle mauern mit einem guten Rauchabzug.« Plötzlich blieb sie stehen und sah ihn an. »Du sagst ja gar nichts. Hörst du mir überhaupt zu?«

Arnulf lächelte. »Natürlich höre ich zu. Und wie ich sehe, hast du dir schon alles ausgedacht. Was soll ich da noch sagen?«

Sie nickte. »Das stimmt. Ich hab alles im Kopf. Schon seit Wochen.« Sie grinste fröhlich und nahm ihren Fußmarsch wieder auf, hüpfte sogar ein- oder zweimal im Überschwang.

»Nicht so schnell«, rief er ihr hinterher. »Sonst bist du gleich müde.«

»Ach was«, warf sie über die Schulter und lachte. »Ich wette, du holst mich nicht ein, du lahme Schnecke von Ehemann!«

Und damit rannte sie los. Etwas, was sie seit Jahren nicht mehr getan hatte – wie ein junges Mädchen durch blumenübersäte Wiesen zu laufen und sich ins frisch geschnittene Heu zu werfen. Dies hier war natürlich nur ein Saumpfad und keine Wiese, und Heu gab es auch noch nicht, doch am Wegrand mangelte es nicht an Frühlingsblumen. Die Sonne schien, und es duftete so gut nach Feld und Wiesen, nach Wald und Erde und Blüten, dass einem das Herz überlief.

»Mama!«, kreischten Lothar und die Mädchen begeistert und rannten hinter ihr her.

»Na wartet!«, rief Arnulf und nahm ebenfalls die Beine unter die Arme, sehr zur Freude Hildchens, die ihm auf den Rücken schlug, als wollte sie ihn anfeuern. Zurück blieb ein kopfschüttelnder Volkmar, der sich über seine Eltern wunderte.

Nach einer Weile blieb Bruni prustend stehen und schloss die Kinder in die Arme, die sie inzwischen eingeholt hatten. Und als Arnulf bei ihnen angekommen war, schlang er einen Arm um ihre Leibesmitte und drückte ihr einen Kuss auf den lachenden Mund. Schließlich schloss Volkmar mit den Maultieren zu ihnen auf, und sie wanderten gemächlicheren Schrittes weiter.

Am Nachmittag des vierten Tages tauchte in der Ferne über den Feldern die Burg auf dem Kalkberg auf. Nun hatten sie es nicht mehr weit. Erschöpft und fußmüde nahmen sie die letzte Wegstrecke in Angriff. Beim Anblick der Dächer von Lümborg legte sich jedoch eine gewisse Beklemmung auf Arnulf und Bruni. Denn sie wussten ja, in welchem Zustand sie die Schmiede wiederfinden würden und wie viel Arbeit vor ihnen lag.

Als sie dann endlich vor den schwarzen Trümmern standen, ließ Bruni sich auf einem Hackklotz nieder, der ausgerechnet den Brand überstanden hatte, und fing bitterlich zu weinen an. Mit der Zerstörung vor Augen war plötzlich die schreckliche Nacht wieder gegenwärtig geworden, die Erinnerung an die Wut der Flammen, in denen sie beinahe umgekommen wären. Alles sah so trostlos und unwiederbringlich verloren aus, dass sie sich fragte, was für einen Sinn es überhaupt hatte, an einen Neuaufbau zu denken.

Auf einmal stand die alte Nachbarin neben ihr und legte ihr tröstend die Hand auf die Schulter. Es war die Frau, die ihnen damals Eintopf gekocht hatte. »Es wird schon wieder, Kindchen«, sagte sie.

Arnulf nahm vorsichtig die kleine Hilde vom Rücken und reichte das eingeschlafene Kind seiner Mutter. Dann überquerte er den Hof und fand den alten Amboss, dort, wo einmal die Werkstatt gewesen war. Er wischte Ruß und Asche weg und fuhr liebevoll über das dunkle Eisen. Auf diesem Amboss hatten sein Vater und sein Großvater und wahrscheinlich auch sein Urgroßvater gearbeitet. Und bald würde auch er es wieder tun, und sein Sohn Volkmar und dessen Sohn. Diesen Amboss konnte niemand zerstören. Und auch nicht ihre Familientradition.

Er drehte sich zu Bruni um. »Morgen fangen wir an!«

DIE BRENNENDE STADT

Irmhild wachte auf und räkelte sich. Durch die Läden fiel frühe Morgensonne. Aber sie hatte noch keine Lust aufzustehen, obwohl es nach herrlichem Wetter aussah. Endlich Sommer. Vor zwei Tagen hatten sie den Johannistag gefeiert, das Fest des Täufers. Sie war mit Ortwin in der Kirche gewesen, um wie so oft der Messe beizuwohnen. Eine besonders feierliche Messe war es gewesen. Lubeke war jetzt gottlob christlich, im Gegensatz zum alten Liubice, wo man schief angesehen wurde, wenn man sich bekreuzigte.

In der Nacht vor dem Johannistag hatte außerhalb der Stadt ein großer Scheiterhaufen gebrannt. Kaum jemand, der nicht da gewesen war. Die Leute hatten gesungen und getanzt, immer rund ums Feuer. Ortwin war begeistert gewesen. Es gab ja so wenig Unterhaltung für einen Jungen seines Alters. Gelegentlich ein paar Gaukler oder Liedermacher, sonst nichts.

Sie lauschte. War Ortwin schon wach? Es war nichts von ihm zu hören. War er schon aus dem Haus? Sicher wieder bei Ludger im Lager nebenan. Seit Erik eine neue Mannschaft hatte und Gero mit ihm segelte, kümmerte sich Ludger um das Lager. Erik hatte nichts dergleichen gesagt, aber Irmhild vermutete, der Mann war nicht nur hier, um das Lager zu bewachen, sondern auch zu ihrem Schutz. Denn Lubeke mit seinen vielen Neuankömmlingen war immer noch ein Ort, in dem das Faustrecht herrschte. Trotz oder vielleicht sogar wegen der Söldner auf der Burg waren Prügeleien an der Tagesordnung. Und natürlich stellten die jungen Kerle den Weibern nach, besonders wenn sie getrunken hatten. Deshalb ging sie selbst nie bei Dunkelheit vor die Tür.

Vom Lager nebenan war nichts zu hören. Die beiden Gehilfen,

die Erik inzwischen beschäftigte, waren mit Maultieren unterwegs nach Lümborg, um Salz herzuschaffen. Auf dem Dach gurrten Tauben. Und vom Fluss drang das heisere Geschrei der Möwen herüber. In der Nachbarschaft hörte sie jemanden heftig husten. Sonst war es still.

Sie drehte sich auf die Seite und schloss noch ein wenig die Augen. Es gab ja nichts zu tun, außer für Ortwin das Morgenmahl zu bereiten. Und der hatte sich noch nicht gemeldet. Was diesen Ludger betraf, so versorgte der sich morgens selbst. Erst am Abend brachte sie ihm etwas zu essen. Wenn Erik zugegen war, aß auch Ludger mit am Tisch. Aber nicht, wenn sie mit Ortwin allein war. Das wäre nicht schicklich gewesen.

Erik und Gero waren mal wieder auf hoher See. Skaane oder Gothland, so genau hatte sie nicht hingehört. Gero schien es zu mögen. Schon seit gut zwei Wochen waren die beiden diesmal weg. Überhaupt bekam sie ihren Mann in letzter Zeit kaum noch zu sehen. Eine Fahrt reihte sich an die andere. Aber das Geschäft gedieh. Das Darlehen für die *Frida* war abbezahlt, und Erik spielte mit dem Gedanken, sich ein zweites Schiff anzuschaffen. Vielleicht sogar eines bauen zu lassen. Es gab zwei neu gegründete Werften am anderen Ende der Stadt.

Ortwin hatte natürlich wieder mitfahren wollen. Gelegentlich erlaubte sie es, aber nicht, wenn Erik eine längere Reise vorhatte. Der Junge liebte die Seefahrt. Und er verstand sich gut mit Ludger. Wieso, war ihr ein Rätsel. Der Mann war ein ungehobelter, rauer Kerl, fluchte wie ein Fuhrmann und sah aus, als ob man ihm nicht zu nahe kommen sollte. Besonders nicht im Dunkeln. Aber vielleicht täuschte sie sich in ihm. Ihr gegenüber benahm er sich höflich. War sogar äußerst hilfsbereit, wenn sie etwas benötigte. Und Ortwin behandelte er, als wäre der Junge sein Lieblingsneffe. Wahrscheinlich, weil er selbst keine Familie hatte. Ja, das musste es sein. Der ruppige Kerl hat uns adoptiert. Über den Gedanken musste sie lächeln.

Irmhild war im Grunde immer gut allein zurechtgekommen, aber seit Bruni und ihre umfangreiche Familie davongezogen waren, fehlte ihr etwas. Es war nicht immer einfach mit Bruni gewesen. Das Weib hatte eine spitze Zunge und war der Überzeugung, sie wisse alles besser. Zumindest, was den Haushalt betraf. Und doch hatte Irmhild sich an sie gewöhnt. Bruni war ein Gefühlsmensch, sagte frei heraus, was ihr gerade in den Sinn kam. Was ja nicht unbedingt schlecht war. Aber vor allem vermisste Irmhild die Kinder. Und dass sie seit Jahren auch wieder ihre beiden Brüder um sich gehabt hatte, das hatte ihr gefallen. Nun fehlte etwas. Und sie langweilte sich.

Ja, das war's. Sie langweilte sich. Mit Nachbarinnen zu tratschen war nicht nach ihrem Geschmack. Überhaupt war sie keine, die sich mit jedem gleich anfreundete. Und nur für Ludger, Ortwin und sich selbst zu kochen und ein bisschen Wäsche zu waschen, war auf die Dauer nicht sehr befriedigend. Sogar das wollte Erik ihr abnehmen und eine Dienstmagd anstellen. Nun ja, warum nicht? Die Magd könnte im Anbau schlafen, den Arnulf und seine Familie für sich gezimmert hatten. Ach nein, da schlief doch schon Gero, wenn er an Land war, fiel ihr ein. Und natürlich Ludger. Der würde die Magd zu Tode erschrecken, wenn er nachts aus der Schänke nach Hause kam.

Aber wenn sie eine Magd beschäftigten, wie sollte sie selbst dann ihre Zeit verbringen? Besser mit irgendwas Nützlicherem, als nur den Tag zu verträumen. Vielleicht sollte sie schreiben lernen. Daran hatte sie schon seit Langem gedacht. Und rechnen. Dann könnte sie Erik helfen. Es wurde Zeit, dass er etwas Ordnung in seine Geschäfte brachte. Sie wusste von einer Nachbarin, mit der sie sich gelegentlich unterhielt, dass andere Kaufleute Bücher über Ein- und Ausgaben führten. Erik aber sagte immer, er hätte alles im Kopf. Musste es wohl, denn bei ihm liefen die Geschäfte allein über die Geldbörse, die er am Gürtel trug. Mal hatte er mehr, mal weniger. Und wenn genug übrig war, steckte er es in einen

Topf und vergrub es. So hatten sie es immer gehalten. Außer ihm kannte nur sie selbst sein Versteck.

Aber das war längst nicht mehr die Art, wie man ein Handelsunternehmen führte. Denn das war Eriks Geschäft inzwischen geworden, ein kleines Handelsunternehmen. Außerdem gab es so etwas wie Wechsel, hatte sie erfahren. Da zahlte man gar nicht mehr mit Gold oder Silber, sondern mit Schuldscheinen. Und in den Büchern wurde alles aufgeschrieben und verrechnet. Das hatte man in Italien erfunden. Oder bei den Muslimen. So genau wusste sie es nicht. Sie hatte Erik davon berichtet. Doch der hatte nur gelacht und gemeint, er vertraue doch lieber auf echtes Silber in der Hand statt auf Papier. Dabei musste man doch mit der Zeit gehen, fand sie.

Je mehr sie darüber nachdachte, umso entschlossener wurde sie, sich über diese Dinge kundig zu machen. Zuerst Lesen und Schreiben. Durfte doch nicht so schwierig sein. Und dann das sorgfältige Aufschreiben von Einkäufen und Verkäufen, also die Arbeit im Kontor, wie man das nannte.

Mit diesen Gedanken im Kopf sprang sie aus dem Bett und kleidete sich an. Sie öffnete die Fensterläden, um frische Luft hereinzulassen, und blickte zum Lager hinüber, das nicht mehr als zwanzig Schritte entfernt war. Aber da war niemand zu sehen. Auch nichts zu hören. Wo waren die beiden? Sie blickte zum Himmel auf. So schön die Sonne immer noch schien, im Westen zeigte sich eine Wolkenbank. Es kam ihr auch etwas schwül vor. Hoffentlich würde es nicht wieder regnen, denn sie hatte noch Wäsche im Hof hängen.

Es war Zeit, sich um das Morgenmahl zu kümmern. Sie kehrte die Asche von der Herdstelle und machte Feuer. Dann hing sie einen Topf darüber, warf zwei Handvoll Hirse und eine Prise Salz hinein und goss Wasser dazu, um den morgendlichen Brei zu kochen. Sie knackte Walnüsse auf, die noch vom letzten Herbst übrig waren, zerkleinerte den Inhalt und gab ihn dazu. Von einem Brett an der Wand holte sie den Honigtopf herunter, nahm den Deckel ab und steckte den Finger hinein. Jetzt nasche ich schon genau wie Ortwin, dachte sie, und leckte den Honig ab.

In diesem Augenblick hörte sie einen seltsamen Laut. Es dauerte einen Augenblick, bis ihr bewusst wurde, was es war. Ein Hornstoß. Und jetzt noch einer. Vom Nordende der Stadt kam es her. Was konnte das sein? Dann dämmerte es ihr. Das kam von der Burg. Und jetzt noch einmal. Das war ein Warnruf. War irgendwo Feuer ausgebrochen?

Besorgt rannte sie vor die Tür und sah sich in der Gasse um, an der ihr Haus lag. Nichts zu sehen, außer dass auch andere vor die Tür getreten waren. Ihre Nachbarin wandte sich kurz um und zuckte mit den Schultern. Die Frau war genauso ratlos wie Irmhild.

Wieder ertönte das Horn. Er wolle mal nachsehen, rief ein Schreiner, der etwas weiter die Straße hinunter seine Werkstatt hatte, und machte sich auf den Weg zur Stadtmitte hin, wo die kleine Kirche stand. Die war genauso hastig entstanden wie die meisten der Häuser. Bald sollte es eine größere geben.

Irmhild wartete eine Weile, aber nichts geschah. Auch keine Hornrufe mehr. Achselzuckend kehrte sie zu ihrem Herdfeuer zurück, wo es ziemlich angebrannt roch. Rasch nahm sie den Topf vom Feuer. Verdammt! Jetzt war ihr Hirsebrei verdorben. Sie wollte gerade den Topf auskratzen, als Ortwin hereinstürmte, gefolgt von Ludger.

»Mama!«, rief der Junge aufgeregt. »Die Wenden kommen!«

Irmhild fuhr herum. »Was sagst du da?«

»Die Wenden greifen uns an!«

Irmhilds Herz schlug ihr mit einem Mal bis zum Hals. Sofort wurde sie von Erinnerungen überflutet, von damals, als die Ranen Liubice überfallen hatten und Erik und sie nur mit aller Not das eigene Leben und ihr Kind hatten retten können. Bilder von Tod und Zerstörung lösten einen Anflug von Panik in ihr aus.

»Sag doch so was nicht«, stieß sie hervor. Und hoffte, dass es nur ein böser Scherz war.

»Es ist wahr«, sagte Ludger, der ebenfalls eingetreten war. »Sie nähern sich auf der Trave in vielen Schiffen. Und ihr Heer wurde auch gesichtet. Sie marschieren auf die Landenge zu, um unsere Halbinsel zu besetzen.«

»Woher willst du das wissen?«

»Ich wollte ein paar Werkzeuge besorgen, und wir waren gerade in der Nähe des Nordtors, da haben wir sie selbst gesehen. Das Tor wurde gleich verrammelt. Und auf der Burg bereiten sie sich vor. Überall rufen sie zu den Waffen. Hast du die Hornrufe nicht gehört?«

»Doch. Aber ich hab mir nichts dabei gedacht. Mein Gott, was sollen wir denn jetzt tun?«

»Wir müssen sofort weg. Pack was zu essen ein und ein paar warme Sachen, und dann verschwinden wir.« Ludger, der sonst so zuvorkommend zu ihr war, hatte plötzlich einen dringenden, befehlenden Ton angeschlagen.

»Wir können doch hier nicht alles im Stich lassen.«

»Wenn dir dein Leben wert ist, dann schon!«

»Aber der Graf hat Krieger auf der Burg. Und was ist mit den Befestigungen? Solltest du nicht auch bei der Verteidigung helfen?«

»Für die Stadt kämpfen? Ich bin doch nicht blöd«, sagte Ludger. Seine Miene wurde grimmig. »Die Burg kann vielleicht standhalten. Der Rest nicht. Außerdem hat Erik mir aufgetragen, mich um euch zu kümmern. Also beeil dich. Wir haben nicht viel Zeit. Ich hol jetzt meine eigenen Sachen.«

Irmhild zögerte nicht länger. Zu tief saß ihr noch der Schrecken von Liubice in den Knochen. »Lösch das Herdfeuer!«, rief sie Ortwin zu. Gleichzeitig dachte sie, was soll's? Die werden ja doch die ganze Stadt abbrennen. Aber ein offenes Feuer im Haus zurücklassen, das war ihr unmöglich.

Sie warf sich einen Wollumhang um, raffte auch für Ortwin etwas warme Kleidung aus den Truhen, nahm einen Lederbeutel von der Wand und stopfte alles hinein. Auch etwas Käse, Speck und einen Laib Brot. Ein Küchenmesser und die Zunderbüchse, um Feuer zu machen.

»Nimm du auch ein Messer mit«, sagte sie zu ihrem Sohn, der inzwischen Wasser auf das Feuer gekippt hatte.

»Ich hab doch meinen Dolch«, erwiderte der Junge. Ja, ein Geschenk seines Vaters. Das hatte sie vergessen.

Was noch? Was brauchen wir noch?, überlegte Irmhild fieberhaft. Da erinnerte sie sich an ihren Schmuck. Es war nicht viel – ein Bernsteinamulett, ein paar Silberketten und schöne Hornkämme. Rasch lief sie in die Kammer, um die Sachen zu holen. Mein Gott, was ist mit unseren Rücklagen? Mit Eriks Silber? Wir werden alles verlieren!

»Bist du so weit?«, hörte sie Ludgers ungeduldige Stimme. »Los, los! Wir müssen uns beeilen.«

Also gut. Sie konnte nur hoffen, dass die Wenden das Silber nicht fanden. Was Ludger vorhatte, wohin er mit ihnen fliehen wollte, wusste sie nicht. Aber sie vertraute ihm – musste ihm vertrauen. Was blieb ihr anderes übrig? Sie schlang sich ihren Beutel über die Schulter und wandte sich zum Gehen.

Auch Ortwin war nicht untätig gewesen. Er hatte sich seine Schaffelljacke angezogen und noch einen Leinenbeutel mit etwas Gemüse gefüllt, das Irmhild in einem Korb liegen hatte. In der Tür stand Ludger. Er hatte sein Bündel unter dem Arm, einen Sax im Gürtel und einen Speer über der Schulter. Gott im Himmel! Hoffentlich müssen wir nicht um unser Leben kämpfen.

»Also gut«, rief sie atemlos, nachdem sie einen letzten Blick hinter sich geworfen hatte. »Gehen wir.«

Irmhild hastete hinter Ludger und Ortwin her. Sie folgten nicht der Hauptgasse, die nach Norden zum Haupttor führte und inzwischen voller Menschen war, sondern bogen um eine Ecke und rannten durch ein schmales Gässchen. Dabei mussten sie über Hundekot und Gerümpel steigen, aber zumindest war hier niemand, und sie kamen gut voran. Noch um zwei Ecken, und dann waren sie plötzlich am Ufer der Trave, nicht weit vom Ende des Kais, wo die *Frida* meist lag, wenn Erik in Lubeke war.

»Was hast du vor?«, rief sie Ludger zu.

»Hoffentlich hat noch niemand unser Boot geklaut«, warf er über die Schulter zurück. »Sonst heißt es schwimmen.«

Schwimmen? Panik stieg in ihr hoch. Sie konnte doch gar nicht schwimmen. Aber dazu kam es nicht, denn neben dem Kai lag das Boot auf dem Ufersand und war am letzten der Pfeiler festgemacht. Sie kletterten die Uferböschung hinunter. Ludger warf sein Bündel und seinen Speer ins Boot. Dann kroch er unter den Kai, wo er die Riemen verborgen hatte. Die steckte er in die Dollen und schob das Boot ins Wasser.

»Steigt ein«, brummte er und hielt Irmhild die Hand hin, um ihr zu helfen.

Sie zögerte einen Augenblick. Sie waren dabei, sich diesem Mann auszuliefern, ohne zu wissen, was er überhaupt mit ihnen vorhatte. Aber dann warf sie ihre Tasche ins Boot und ließ sich hineinhelfen. Ortwin folgte, wesentlich behänder als sie selbst. Das Boot schwankte, als Ludger es anschob und dann selbst an Bord kletterte. Er hockte sich auf die Bank, packte die Riemen und begann zu rudern.

»Wohin?«, fragte Irmhild.

»Zum Westufer hinüber. Und dann so weit wie möglich weg. Irgendwo im Wald suchen wir uns ein Versteck. Ich denke, da sollten wir sicher sein. Die Wenden kommen von Osten. Ich glaube nicht, dass sie Flüchtlinge verfolgen werden. Nicht auf dem Westufer.«

Irmhild sah, dass sie nicht die Einzigen waren, die über den Fluss flohen. Auch andere Boote setzten sich vom Ufer der Stadt ab. Aber weit weniger, als sie erwartet hätte.

»Wir haben Glück, dass unser Boot noch da war«, sagte Ludger. »Ich hatte schon Angst, jemand hätte es genommen.«

Noch ein paar Riemenschläge, und sie erreichten das andere Ufer. Alle drei stiegen aus. Irmhild bekam nasse Füße, als sie sich durchs Uferschilf zwängen musste. Ludger zog das Boot so weit wie möglich an Land. Die Riemen versteckte er etwas weiter weg in einem Gebüsch. Dann schlug er einen Weg quer über die angrenzenden Äcker ein. Hier war das Korn schon geschnitten und das Stroh in Garben zum Trocknen aufgestellt. Irmhild und Ortwin folgten ihm.

Bevor sie im nahen Wald verschwanden, blickte Irmhild sich noch einmal um. Die Stadt lag friedlich auf der anderen Seite der Trave. Von Krieg war nichts zu sehen. Noch nicht.

»Bist du sicher, die greifen die Stadt an?«

Ludger antwortete nicht direkt auf die Frage, sondern brummte nur: »Tut mir leid, dass ich so drängeln musste. Aber sei froh, dass wir rechtzeitig weg sind.«

Sie marschierten weiter, tief in den Wald hinein. Hoch über ihnen verdeckten die Kronen schlanker Buchen den Himmel. Hier und da fiel ein Sonnenstrahl auf die zarten, jungen Bäume darunter und auf das Unterholz, durch das sie sich zwängten. Irmhild unterdrückte einen Schmerzschrei, als ihr ein Dornenzweig ins Gesicht schlug und einen blutigen Kratzer auf der Wange hinterließ. Sie biss die Zähne aufeinander. Ludger hatte es bemerkt und bemühte sich, Zweige für sie zu halten, damit sie leichter hindurchschlüpfen konnte, und sie zu warnen, wo sie besser nicht hintreten sollte.

Am Rande einer winzigen und von Büschen umstandenen Lichtung hielt er an. »Hier sind wir sicher genug. Ich glaube nicht, dass die Bastarde den Wald durchkämmen, falls sie doch die Trave überqueren. Nein, die werden vollauf damit beschäftigt sein, die Stadt zu plündern.«

Er nahm sein Bündel von der Schulter, ließ sich auf dem Waldboden nieder und lehnte sich gegen einen gefallenen Baumstamm. Verloren stand Irmhild da und blickte den Weg durch den Wald zurück, den sie gekommen waren. Es war niemand zu sehen. Würden die Wenden wirklich die Stadt abbrennen? Aber das war es doch, was man im Krieg immer machte: plündern, vergewaltigen und alles niederbrennen. Dann hätten Erik und sie mal wieder alles verloren. Es war zum Verzweifeln. Kaum hatten sie sich aufgerappelt und meinten, sie hätten nun endlich eine Zukunft, da geschah schon wieder so ein Unglück.

Sie musste an Arnulf und Bruni denken. Vielleicht hätten sie besser daran getan, mit ihnen zu gehen. Aber Erik hätte dem niemals zugestimmt. Wenigstens würden sie noch die *Frida* haben. Das hieß, falls Erik nicht in eine Falle segelte. Plötzlich hatte sie Angst um ihren Mann. Und um Gero.

»Was ist, wenn Erik nichtsahnend heimkehrt und sie sein Schiff kapern?«

»Keine Sorge. So dumm ist er nicht.«

»Das sagst du so«, erwiderte sie und legte die Arme um sich, als wäre ihr kalt. Dabei war es eher warm.

»Setz dich doch, Mama«, sagte Ortwin und zog sie an der Hand.

Langsam ließ sie sich mit gekreuzten Beinen nieder, achtete darauf, dass der Rock ihre Knie bedeckte, und stützte das Kinn in die Hände. Niedergeschlagen starrte sie auf den Waldboden, wo geschäftige Ameisen sich einen Weg durch altes Laub bahnten. Bruni hätte jetzt geweint. Aber ihre eigenen Augen blieben trocken. Sie hatte nur dieses elende Gefühl von Trostlosigkeit im Herzen. Wahrscheinlich würden die Wenden Eriks Versteck finden. Die wussten doch bestimmt, wo Leute für gewöhnlich ihr Silber vergruben. Bestand das Leben denn nur aus Rückschlägen? Sie barg das Gesicht in den Händen.

»Nimm's nicht so schwer«, sagte Ludger mit ungewohnt sanfter Stimme. »Alles kann man ersetzen, nur nicht das Leben.«

Sie nickte, immer noch mit dem Gesicht in den Händen. Sie

spürte eine kleine Hand, die ihr fürsorglich übers Haar strich. Ein rechter Beschützer, mein Sohn, dachte sie. Sie schaute auf, schenkte Ortwin ein Lächeln und versuchte, eine zuversichtliche Miene aufzusetzen. Schon allein für ihn. Dabei sah er aus, als hätte er weniger Angst als sie.

Auf einmal hörten sie ein Knacken im Wald. Irmhild zuckte zusammen. »Da geht jemand«, flüsterte sie.

Sie lauschten. Dann sahen sie ein paar Leute durch den Wald laufen. »Die haben sich auch dünngemacht«, sagte Ludger.

»Warum nicht mehr? Warum laufen nicht alle weg?«

Ludger kratzte sich am Bart. »Gibt nicht genug Boote. Und schwimmen können die wenigsten. Ich wette, durch die Landenge kommt jetzt keine Maus mehr durch. Die Männer werden versuchen, die Stadt zu verteidigen. Was bleibt ihnen anderes übrig? Und die Weiber verstecken sich in den Häusern. Kriechen wahrscheinlich unters Bett.« Er grinste spöttisch. Als ob es da was zu grinsen gab.

»Das ist nicht zum Lachen«, sagte sie.

»Nein. Ist es nicht.« Er wurde wieder ernst.

Wie kann der Mann nur so kalt und ungerührt bleiben?, fragte sie sich, bei all dem Elend, das jetzt auf die Stadt zukommt? »Und die Söldner auf der Burg? Kämpfen die etwa nicht für die Stadt?«

Ludger hob geringschätzig die Schultern. »Die werden sich in der Burg verbarrikadieren, und das war's. Um die ganze Stadt zu halten, dazu sind sie zu wenige.«

Lange Zeit geschah nichts. Einmal hörten sie Stimmen etwas weiter entfernt, irgendwo im Wald, aber nichts Auffälliges aus der Richtung der Stadt. Dafür aber jede Menge Vogelgezwitscher. Als gäbe es nichts Besseres, als ihren dämlichen Gesang in den Himmel zu schmettern. Ab und zu raschelte es irgendwo im Unterholz. Jedes Mal zuckte Irmhild zusammen. Aber es war nichts, nur irgendwelche Tiere.

Dann, mit einem Mal, hörten sie fernes Brüllen. Es hörte sich jedenfalls an wie Brüllen. Aus vielen Kehlen.

»Was ist das?«

»Es geht los«, sagte Ludger. »Der Angriff.«

Betroffen starrte Irmhild auf Gräser und altes Laub um sie herum, ohne das Geringste wirklich wahrzunehmen. Sie lauschte angestrengt, versuchte, die einzelnen Geräusche zu unterscheiden, herauszufinden, was es sein mochte. Nach einer Weile gab sie es auf. Und dann veränderte sich das, was zu ihnen herüberscholl. Weniger Gebrüll, mehr Schreie, einige spitze Schreie. Manchmal verebbte es, und man hörte gar nichts. Dann auf einmal wieder mehr. Was ging da vor in der Stadt?

»Hör nicht hin«, sagte Ludger. »Ist nicht schön, was da jetzt passiert.«

»Oh, Gott im Himmel«, murmelte Irmhild und holte tief Luft, denn sie wusste aus eigener Erfahrung, was diese Geräusche bedeuteten.

»Gott wird sich da nicht einmischen«, sagte Ludger verächtlich. »Der hält sich bei so was immer fein raus.«

Ludger und Ortwin unterhielten sich leise. Der Junge hatte Fragen zu den Wenden, wie sie kämpften und ob sie wohl die Burg einnehmen würden. »Jetzt haltet endlich den Mund«, schnappte Irmhild gereizt, die nichts dergleichen mehr hören wollte.

Nach einer schieren Ewigkeit schien es auch in der Stadt still zu werden. Nur noch gelegentlich hörten sie einen dünnen Schrei irgendwo auf der anderen Seite des Flusses. War der Kampf zu Ende? Plünderten sie jetzt die Häuser aus? Bestimmt auch die Lagerhäuser. Sie hatten ja Schiffe gebracht. In Eriks Lager befanden sich noch Tonnen von Salz. Sollten sie es ruhig nehmen, solange sie nicht das Silber fanden.

Auf einmal hörten sie Geräusche, die ihnen das Blut in den Adern gefrieren ließ. Pferdeschnauben, das Klirren von Zaumzeug, unverständliche Worte.

»Legt euch flach hin!«, raunte Ludger.

Zitternd tat Irmhild, wie befohlen. Auch Ortwin duckte sich, während Ludger vorsichtig durch die Zweige der Büsche spähte.

»Was ist?«, flüsterte Irmhild.

»Reiter.«

»Du hast gesagt, die kommen nicht hierher.«

»Sei still!«

Sie hörten das Stampfen von Pferdehufen. Es schien näher zu kommen. Gleich werden sie uns entdecken, dachte Irmhild. Sie kniff die Augenlider zusammen und wagte kaum zu atmen. Aber dann schienen sich die Geräusche wieder zu entfernen. Schließlich war nichts mehr zu hören. Irmhild atmete auf.

»Die sind weg«, sagte Ludger. »Ihr könnt euch wieder hinsetzen.«

»Waren das Wenden?«

Ludger nickte. »Ein Spähtrupp. Die müssen mit ihren Pferden durch den Fluss geschwommen sein.«

»Hoffentlich kommen sie nicht den gleichen Weg zurück.«

Die Stunden verrannen unendlich langsam. Immer wieder hörten sie ferne Schreie aus der Stadt. Jedes Mal lief Irmhild dabei ein eisiger Schauer über den Rücken. Aber sie versuchte, sich nichts anmerken zu lassen. Ihr Sohn sollte doch nicht denken, dass sie eine feige Memme war.

Langsam begann es zu dämmern. Oder war es nur die dicke Wolkenschicht, die sich über den Himmel geschoben hatte? Ludgers Kopf war auf seine Brust gesunken. Er war eingeschlafen. Wie brachte der Kerl es fertig, in dieser Lage zu schlafen? Irmhild sah sich um. Die Lichtung war winzig. Etwas Gras, eine Menge altes Herbstlaub. Würden sie hier übernachten? Mitten im Wald? Sie hätte Decken mitbringen sollen. Warum hatte sie nicht daran gedacht? In der Eile hatte sie alles vergessen. Nein, nicht alles – wenigstens hatten sie zu essen.

»Hast du Hunger?«, fragte sie ihren Sohn.

Der nickte. Irmhild begann, Käse, Brot und Schinken auszupacken. Ein Feuer wollten sie lieber nicht riskieren. Das könnte auf sie aufmerksam machen. Sie schnitt von allem und für jeden etwas ab. Ortwin weckte Ludger, und dann aßen sie schweigend.

Als sie ihr karges Mahl beendet hatten, fragte Irmhild, was ihr schon den ganzen Tag im Kopf herumspukte: »Warum tun die das?«

»Was?«

»Warum kommen die her und wollen alles zerstören? Wir haben denen doch nichts getan. Ich dachte, es herrscht Frieden. Der Graf hatte doch ein Abkommen mit dem Wendenfürsten. Wie heißt der noch?«

»Niklot.«

»Ja, Niklot. Warum greift der uns jetzt an?«

»Wohl um Stärke zu zeigen. Die haben doch gemerkt, dass Herzog Heinrich und Herzog Albrecht in Magdeburg ihre Heere sammeln. Und die Wenden wissen auch, warum. Das war ja schon Ende letzten Jahres bekannt gemacht worden. Unser Graf musste mit seinen Truppen natürlich ebenfalls hin, ob er wollte oder nicht. Denk ich jedenfalls mal. Herzog Heinrich ist schließlich sein Lehnsherr. Wenn der ruft, muss Adolf springen.«

»Ja, und?«

»Dann hätte Adolf sein Abkommen mit Niklot gebrochen. Und der will ihm heute wohl eine Lehre erteilen. Mit dem Grafen in Magdeburg ist ja niemand da, um ihn dran zu hindern. So jedenfalls sieht es für mich aus. Dieser Niklot will einfach zeigen, dass er nicht alles mit sich machen lässt.«

»Und deshalb müssen die armen Leute da drüben sterben? Nur damit er Adolf zeigen kann, was für ein Kerl er ist?«

Ludger zuckte mit den Achseln. »Wenn mir einer blöd kommt, hau ich ihm auch auf die Fresse.«

Irmhild schüttelte angewidert den Kopf. »Könnt ihr Männer an nichts anderes denken, als euch zu messen und zu prügeln?«, fragte sie zornig.

Ludger hob beschwichtigend die Hände. »Ich will die Wenden ja gar nicht verteidigen. Aber es sind die unseren, die den Streit vom Zaun gebrochen haben. Mit ihrem verdammten Kreuzzug.«

Nachdem sie gegessen hatten, fühlte Irmhild sich ein wenig besser. Es war finster im Wald, aber neben Ludger mit seinen Waffen fühlte sie sich einigermaßen sicher. Solange die Reiter nicht zurückkamen. Denn gegen einen Reitertrupp würde er nichts ausrichten können. Aber die würden ja nicht ausgerechnet nach ihnen suchen. Sie müssten schon wirklich durch Zufall über sie stolpern.

Und dann, noch bevor das letzte Tageslicht schwand, machte sich ein wohlbekannter Geruch bemerkbar. Irmhild schreckte hoch. »Es riecht nach Feuer«, stieß sie hervor. »Hat hier jemand ein Lagerfeuer gemacht?«

Ludger schüttelte den Kopf und deutete nach Osten. Zwischen den Bäumen schimmerte ein breites Band von blass rötlichem Licht.

»Lubeke brennt.«

Und als er das sagte, hörte Irmhild auch wieder Stimmen, dünne Schreie in der Nacht. Sie bekreuzigte sich. Sie wusste, was das war und wie das war. Sie hatte es selbst erlebt. Krieger warfen Fackeln auf die strohgedeckten Dächer, nachdem sie die Häuser ausgeplündert hatten. Manche waren trunken vor Mordlust, trunken vom Bier, das sie gefunden hatten, manche konnten kaum so viel schleppen, wie sie gestohlen hatten, andere vergewaltigten immer noch Frauen, während es über ihren Köpfen schon lichterloh brannte. Blutige Leichen in allen Gassen, schreiende Weiber und weinende Kinder. Überall dieser Brandgeruch, die Hitze, die man auf dem Gesicht spürte. Funken, die in den Himmel stoben. Flammen, die alles verzehrten, was man sich in Jahren mühevoll aufgebaut hatte. Irmhild sah alles deutlich vor sich, erlebte es ein zweites Mal, wenn auch nur im Geist.

Endlich kamen ihr die Tränen. Sie nahm ihren Sohn in die Arme und konnte gar nicht mehr aufhören zu weinen.

Und dann, als teilte der Himmel ihren Schmerz, begannen die ersten Regentropfen zu fallen.

In der Abenddämmerung war die *Frida* auf dem Heimweg gewesen und hatte fast schon die Travemündung erreicht, als die Männer an Bord einen fernen Lichtschein am Horizont entdeckten – dort, wo Lubeke lag. Erik war ein fürchterlicher Schrecken in die Glieder gefahren, denn was konnte es anderes sein, als dass ein Brand in der Stadt wütete? Schreckliche Gedanken bestürmten ihn. Er bangte um Irmhild und Ortwin. Er musste ihnen helfen und retten, was zu retten war. Auch Gero starrte immer wieder mit sorgenvoller Miene landeinwärts, wo der Feuerschein zuzunehmen schien.

Trotz hereinbrechender Nacht und dicker Wolkendecke zögerte Erik nicht, die Mündung zu passieren, denn er kannte den Fluss gut genug, um sich auch im Dunkeln zurechtzufinden. Nach knapp zwei Meilen entlang der Halbinsel Priwall hatten sie die Traveförde erreicht, das große brackige Seengebiet. Je näher sie Lubeke kamen, umso deutlicher wurde, dass tatsächlich die ganze Stadt in Flammen stand. Im Feuerschein konnten sie riesige Rauchwolken ausmachen, die in den Himmel stiegen.

»Mein Gott!«, murmelte Erik und bekreuzigte sich.

Nachdem sie das offene Wasser der Wiek verlassen hatten und wieder dem Flusslauf folgten, mussten sie scharf gegen den Westwind ansegeln und am Ende gar das Segel bergen und mühselig gegen Wind und Strom rudern. Auf der Höhe der Ruinen des alten Liubice schwante ihnen, dass es nicht einfach ein Feuer war, sondern dass die Stadt angegriffen und mit Sicherheit erobert worden war. Denn überall am Ufer lagen kleine und große Schiffe, manche eindeutig Kriegsschiffe. Und aus der Stadt selbst und besonders von der Burg her drang schwacher Waffenlärm zu ihnen herüber.

Erik wollte trotzdem näher heran. Aber Gero, der genauso viel Angst um seine Schwester und ihren Sohn hatte, überzeugte ihn davon, sich nicht weiter zu nähern. Es habe keinen Zweck, auch noch Schiff und Mannschaft zu riskieren, und es sei besser, irgendwo in einiger Entfernung abzuwarten, bis sich die Lage klären würde – auch wenn es schwerfiel, nichts tun zu können und zusehen zu müssen, wie alles in Flammen aufging, und nicht zu wissen, ob Irmhild und Ortwin überhaupt noch am Leben waren.

Sie wendeten den Bug, setzten Segel und kehrten zur Traveförde zurück, wo sie hinter einer Landzunge versteckt ankerten. Und dann fing es heftig an zu regnen. Das erschien ihnen wie ein Geschenk Gottes, denn nach und nach wurde der Feuerschein über der Stadt schwächer und verschwand schließlich ganz.

»Diese verdammten Obodriten«, fluchte Erik.

»Aber warum?«, fragte Gero. »Ich dachte, es sind unsere friedlichen Nachbarn.«

»Daran ist dieser elende Kreuzzug schuld. Und unser Herzog. Achtzehn Jahre alt ist das Bübchen und schimpft sich Heinrich der Löwe. Dabei stammt sein Geschlecht nicht mal aus der Gegend. Und was für ein verdammter Löwe will er überhaupt sein?« Erik starrte in die Ferne und versuchte, sich vorzustellen, wie es jetzt in der Stadt aussehen mochte. Ganz sicher wurde geplündert und geschändet. So wie in Liubice. O Gott, mach, dass Irmhild nichts geschehen ist.

»Und dann dieser andere«, fuhr er fort. »Nennt sich Albrecht der Bär. Hübsche, ruhmreiche Namen geben die sich. Und jetzt wollen sie sich mit Ruhm bedecken, indem sie Wendendörfer ausrauben. Und wir hier müssen es ausbaden.«

»Du glaubst, das ist ein Erstschlag der Obodriten? Weil ihnen Krieg droht?«

»Was denn sonst?«

»Aber das macht es doch nur noch schlimmer.«

»Was weiß ich, was dieser Niklot sich dabei denkt?«

Einen Tag und eine weitere Nacht mussten sie warten. Einmal hatte Erik schon über Land marschieren wollen, weil er die Ungewissheit nicht mehr ertrug. Aber dann waren sie doch geblieben. Immer wieder waren Erik und Gero an den Wanten hochgeklettert, um von dort Ausschau zu halten. Viel war nicht zu entdecken gewesen, außer dass die Burg unbeschädigt schien und es in der Stadt nicht mehr brannte.

Schließlich, am Morgen des dritten Tages, sahen sie eine lange Marschkolonne die Stadt verlassen und sich nach Osten wenden. Auch die feindlichen Schiffe begannen, flussabwärts zu segeln und Kurs aufs Meer zu nehmen.

»Jetzt machen sie sich davon, die Hunde«, knurrte Erik. »Ich wette, ihre Schiffe sind bis zur Reling mit Diebesgut gefüllt.«

Als das Wendenheer nicht mehr zu sehen war und auch keines ihrer Kriegsschiffe, lichteten sie Anker und ruderten schweren Herzens den Fluss hinauf, voll böser Ahnungen, was sie zu sehen bekämen. Und tatsächlich wurde es schlimm. Erik war in gewisser Weise schon vorbereitet. Er wusste aus eigener Erfahrung, was sie erwartete. Aber Gero trafen die Eindrücke mit ungekannter Wucht und Härte.

An der Burg waren Zeichen des Angriffs unübersehbar – umgestürzte Sturmleitern, angebrannte Palisaden, Leichen vor dem Wall. Aber sie schien standgehalten zu haben. Das Banner des Grafen von Schauenburg wehte immer noch vom höchsten Wachturm, und Söldner besetzten den Wehrgang. Einer von ihnen winkte, als die *Frida* vorüberglitt. Eine verloren wirkende Geste im Angesicht der schrecklichen Zerstörungen, die sich dem Auge boten.

Denn der Nordteil von Lubeke war fast völlig abgebrannt. Ein Bild des Grauens. Aus Schutt und Asche ragten nichts als Mauerreste und verkohlte Balken. Aaskrähen waren in Scharen über die Ruinen hergefallen, denn überall lagen Leichen – in den von Trümmern übersäten Gassen, am Ufer, auf den Kais. Auch auf dem Fluss trieben übel zugerichtete Leiber mit von Verwesung aufgeblähten Bäuchen. Manche hatten sich im Schilf verhakt, darunter Männer mit zerhackten Gliedern, halbnackte Frauen mit durchschnittener Kehle; selbst vor Kindern hatten die fremden Krieger nicht haltgemacht. Beim Anblick einer besonders übel zugerichteten Leiche, der eine Krähe gerade die Augen auspickte, musste Gero sich übergeben.

Aber es gab auch Überlebende – wandelnde Schatten mit hängenden Schultern, die Leichen aufsammelten und auf Karren luden. Söldner von der Burg halfen dabei. Wahrscheinlich wartete ein Massengrab auf die Opfer, am besten weiter weg von der Stadt, um Seuchen zu vermeiden.

Der Südteil von Lubeke schien weniger unter dem Brand gelitten zu haben. Dort war bei manchen Häusern nur das Dach zerstört, während die Wände noch standen. Andere schienen gänzlich unversehrt – immer mehr, je weiter südlich sie kamen.

»Unser Haus steht vielleicht noch«, rief Erik in wilder Hoffnung. »Das Feuer muss sich von Norden nach Süden gefressen haben. Bis der Regen kam. Der Regen hat es gelöscht.«

Sie machten am Kai fest, und Erik sprang als Erster von Bord. Er überließ es seinen Männern, sich um das Schiff zu kümmern. Gero folgte ihm auf den Fersen. Er war ganz benommen vom Werk der Zerstörung und keines klaren Gedankens fähig. Es war, als ob er durch einen Albtraum wandelte. Noch nie hatte er Ähnliches gesehen oder erlebt. Nicht in diesem Ausmaß und nicht in dieser menschenverachtenden Brutalität.

Der Wind spielte mit grauschwarzen Ascheflocken und trieb sie wie schmutziges Schneegestöber durch die verwüsteten Gassen. Raben und Krähen ließen ihr gieriges Gekrächze hören und zankten sich um die besten Stücke. Man musste aufpassen, nicht auf Leichenteile zu treten. Überall stank es nach Verbranntem, nach Kot und Verwesung.

Hier, am südlichen Stadtrand, standen die Häuser zum Glück noch. Aber man sah ihnen an, dass geplündert worden war. Eingetretene Türen, Hausrat in den Gassen verstreut, aufgeschlitzte Bettlager, wo die Plünderer nach versteckten Münzen gesucht hatten. Auch hier wurden Leichen geborgen und auf Karren gehievt. Männer, die sich gewehrt haben mussten, dazwischen die nackten Füße zweier Weiber. Wahrscheinlich vergewaltigt und dann erschlagen. Obenauf eine alte Frau mit einer blutverkrusteten Wunde auf der Brust und einem Holzkreuz in der Faust, das sie wohl selbst im Tod nicht hatte loslassen wollen.

Und dann standen sie vor Eriks Haus.

Von außen sah es ganz normal aus. Nur die Tür stand halb offen. Erik stürmte ins Haus und sah sich um. Gero folgte mit klopfendem Herzen. Auch hier hatten die Wenden wild gehaust. Bretter waren von den Wänden gerissen, Krüge zerbrochen, Truhen durchwühlt und der Inhalt auf dem Boden verstreut, Kissen und Matratzen aufgeschlitzt. In den Ecken hatten sie nach verstecktem Silber gegraben. Sogar unter der Feuerstelle.

Aber im Haus war niemand. Erik schossen Tränen in die Augen. »Irmhild!«, brüllte er verzweifelt. »Ortwin!« Und dann zu Gero. »O Gott! Sie sind nicht hier.«

Er rannte auf den Hof und sah plötzlich Ludger, der aus dem Lager kam. Und dann entdeckte er Irmhild, die neben der Latrine stand. Und seinen Sohn.

»Vater!« Ortwin rannte ihm entgegen und warf sich ihm in die Arme.

»Oh, mein Junge! Ich hatte solche Angst um euch!«

Und plötzlich war Irmhild in seinen Armen und klammerte sich fest an ihn.

»Ihr lebt!«, flüsterte er immer wieder. »Ihr lebt!«

Beide weinten vor Erleichterung. Schließlich wischte Irmhild sich die Tränen von den Wangen. »Ludger hat uns gerettet. Ohne ihn …«

Erik sah zu Ludger hinüber, der ihm grinsend zunickte. »Danke, Mann! Danke!«, murmelte Erik sichtlich ergriffen. »Das werde ich dir nicht vergessen.«

»Und unser Silber ist sicher, Erik«, flüsterte Irmhild ihm zu. »Die Bastarde haben es nicht gefunden.«

Erik hielt sie eng umschlungen. »Was schert mich das Silber, wenn ich nur euch beide wiederhabe!«

Dann küsste er Irmhild mit ungewöhnlicher Inbrunst.

STURM AUF DIE WENDENBURG

Dass Ludger Eriks Familie gerettet hatte, verstärkte noch das Band zwischen beiden – Erik, dem aufstrebenden Kaufmann mit dem Kopf voller luftiger Ideen, und Ludger, dem Mann fürs Grobe, wenn ein starker Arm vonnöten war, um Schwierigkeiten zu beseitigen.

In den folgenden Wochen halfen die Männer bei den Aufräumarbeiten in der Stadt. Auch die Schiffsmannschaft der *Frida*. Es war nicht klar, wie viele bei dem Überfall gestorben waren. So genau zählte man die Toten nicht. Aber es waren erschreckend viele. Darunter Reiche und Arme, Menschen allen Alters und beiderlei Geschlechts. Am meisten aber Männer, die versucht hatten, die Stadt oder wenigstens ihre Familie und ihr Hab und Gut zu schützen. Sie alle fanden ihre letzte Ruhe in einem langen Massengrab auf dem Festland und außerhalb der Stadtgrenze. Von den Söldnern hatten kaum welche den Tod gefunden. Ein Umstand, der nicht wenige gegen sie aufbrachte. Aber was hätten sie anderes tun sollen, als die Burg zu verteidigen? Sie waren zu wenige gewesen, um die Stadt zu retten.

Warum hielten die Überlebenden trotz allem an Lubeke fest?, fragte sich Gero. Warum verließen sie nicht diesen Ort des Grauens, so wie sie vor Jahren das alte Liubice verlassen hatten? Oder wie die Menschen weiter nördlich das blühende Hedeby aufgegeben hatten, nachdem die Norweger es vor hundert Jahren niedergebrannt hatten? Warum mühten sich Männer und Frauen im Schweiße ihres Angesichts, von Ruß und Asche bedeckt, die Trümmer wegzuräumen? Was nährte ihren Glauben an eine Zukunft für diesen Ort? War es die Burg, die dem Ansturm widerstanden hatte? War es Hilfe, die sie sich von Graf Adolf erhofften, oder der angekündigte Feldzug gegen die Obodriten, der ihnen Rache für das Angetane versprach? Jeder hatte seine eigenen Gründe, aber wahrscheinlich wusste es niemand so genau. Nur, dass sie sich jeden Tag verbissen daranmachten, Lubeke wieder bewohnbar zu machen.

Allerdings würde von »bewohnbar« auf absehbare Zeit noch keine Rede sein. In den ersten Wochen übernachteten viele im Freien oder fanden Zuflucht bei Nachbarn, deren Häuser noch standen. Auch Erik und Irmhild boten Platz an für zwei Mütter mit kleinen Kindern, die beide Haus und Ehemann verloren hatten. Überall sprangen Zelte wie Pilze aus dem Boden. Wenn man es Zelte nennen konnte, denn die meisten bestanden nur aus alten Stofffetzen, die den Brand überdauert hatten. Oder die Leute bauten sich Buden aus Trümmerteilen.

Zum Glück war es Sommer und das Wetter einigermaßen trocken. Man wusch sich im Fluss, aber es fehlte an Seife, und der schwarze Dreck unter den Nägeln und in den Poren der Haut war kaum wegzubekommen. Nun, als Schmied war Gero Dreck gewohnt, das schreckte ihn nicht. Niederdrückend waren die schier unfassbare Zerstörung und seine Zweifel, ob diese Stadt jemals wieder aus den Ruinen auferstehen konnte.

Umso erstaunlicher war es, was die Arbeit vieler Hände tatsächlich zustande bringen konnte. Auch die Söldner halfen nach Kräften. Und nach sechs Wochen waren die Gassen von Schutt und Asche befreit, die vielen betroffenen Grundstücke einigermaßen von Mauerresten und halb verkohlten Balken geräumt, und an manchen Stellen war man schon dabei, erste, einigermaßen solide Unterkünfte zusammenzuzimmern.

Dabei fehlte es vor allem an Baumaterial und an Geld. Selbst wer nicht sein ganzes Silber verloren hatte, hätte kein Bauholz erwerben können. Das musste erst geschlagen und zu Brettern und Balken zersägt werden. Auch hierbei halfen sich die Männer gegenseitig. Wobei grünes Holz natürlich nicht gerade das beste Material zum Bauen war. Aber trockenes, abgelagertes gab es einfach nicht. So blieb es zunächst bei behelfsmäßigen Unterkünften und der Hoffnung, in den kommen Jahren Solideres zu bauen.

Zumindest musste man nicht hungern, denn die Bauern aus der Gegend, auch die wendischen, brachten Nahrung in die Stadt. Die meisten hatten ein Einsehen und bestanden nicht gleich auf Bezahlung.

Immer wieder war Gero überrascht, wie sehr sich die Leute gegenseitig unterstützten, sich regelrecht anfeuerten, nicht den Mut zu verlieren und allen Widerständen zum Trotz die Stadt neu entstehen zu lassen. Arbeit hält den Geist wach, dachte er. Dabei kommt man nicht auf trübselige Gedanken. Und die gemeinsame Not schafft Zusammenhalt. Gero musste vor allem seinen Schwager bewundern, der tatkräftig zupackte und sich von nichts entmutigen ließ.

Natürlich bedrückte auch Erik das Leid seiner Nachbarn, und deshalb half er mit seinen Männern, wo er konnte. Aber er machte auch keinen Hehl daraus, in der gegenwärtigen Lage einen Vorteil für sich zu sehen. Denn viele seiner Konkurrenten, wenn sie denn überlebt hatten, würden noch lange nicht in der Lage sein, ihre Geschäfte wiederaufzunehmen. Besonders die, die auch noch ihr Schiff verloren hatten.

»Ich sage dir, Gero, das ist Glück im Unglück. Mir haben die Plünderer natürlich auch so einiges gestohlen. Eine Menge Honig von der baltischen Küste zum Beispiel und meinen Vorrat an Stockfisch. Aber eine ganze Schiffsladung Salz haben sie nicht angerührt, und auch nicht das schwere Roheisen, das ich im Lager hatte. Dazu kommt das, was wir von der letzten Reise mitgebracht haben.«

»Du bist also bald wieder im Geschäft«, erwiderte Gero.

»Ich kann sogar noch dazukaufen, denn die haben mein Silber nicht gefunden.«

»Wo hattest du es denn versteckt?«

Erik trat näher an ihn heran. »Du bist mein Schwager, dir kann ich es ja erzählen«, raunte er Gero zu. »In der Scheiße hab ich's versteckt.« Er lachte. »In der Sickergrube unter dem Latrinenverschlag. Darauf sind sie nicht gekommen.«

Ja, Erik war guten Mutes. Eines Abends beim Essen sagte er: »Die Stadt wird sich eher erholen, als ihr denkt. Wenn Adolf von seinem Wendenfeldzug zurück ist, wird es schnell aufwärtsgehen. Die Lage hier an der Trave ist einfach zu gut. Lubeke wird größer und reicher werden als zuvor. Uns allen wird es gut gehen. Und unseren Kindern noch besser.«

»Was ist, wenn sie wiederkommen?«, fragte Irmhild tief besorgt.

»Das werden sie nicht.«

»Das hast du das letzte Mal auch gesagt. Was, wenn doch?«

»Ich hab mit den Bauern geredet, die uns mit Gemüse versorgen. Die meisten sind ja auch Wenden, und die hören so einiges. Es heißt, Niklot habe die Mikelenborg aufgegeben und schon im Frühjahr damit angefangen, die große Wallburg Dobin auszubauen.«

»Dobin? Wo ist das?«, fragte Gero.

»Etwa zwei Tagesreisen von hier. Die Burg liegt auf einer schmalen Landzunge zwischen zwei Seen. Soll schwer zu erobern sein. Dorthin hat er sich anscheinend zurückgezogen. Mit all seinen Kriegern hat er sich verbarrikadiert. Und Heinrichs Heer müsste längst im Anmarsch sein. Unser Herzog wird die Burg belagern und einnehmen, da habe ich keine Zweifel. Die Obodriten werden uns in Zukunft nicht mehr bedrohen können.«

»Ich wünschte, ich hätte deine Zuversicht«, erwiderte Gero. »Ich bin ganz ehrlich zwiegespalten, was diesen verdammten Kreuzzug angeht. Eigentlich war ich immer dagegen. Du selbst hast gesagt, dass die Wenden uns nur deshalb überfallen haben. Der Angriff auf Lubeke ist wahrscheinlich erst der Anfang. Wir werden noch Schlimmeres erleben. Vergiss nicht, der Boden, auf dem wir bauen, ist eigentlich Wendenland. Wir haben es ihnen weggenommen.«

»Wir haben niemanden vertrieben«, protestierte Erik.

»Ja, aber wer jetzt hier das Sagen hat, das sind wir Sachsen.«

»Na schön, das stimmt. Aber was ist mit dem Kreuzzug? Du hast gesagt, du *warst* dagegen. Heißt das, jetzt nicht mehr?«

Gero starrte lange ins Herdfeuer, ohne zu antworten. Früher hatte er weiß Gott nichts gegen die Wenden gehabt. Ganz gleich, ob sie Wagrier, Polaben oder Obodriten waren. Im Gegenteil. Er hatte sie als Nachbarn betrachtet, mit denen man freundlichen Umgang hatte. Menschen wie er. Mit den gleichen Sorgen und Nöten, wie das einfache Volk überall in der Welt. Aber der Überfall auf Lubeke aus heiterem Himmel hatte ihn schockiert. Die Gewalt und die Grausamkeit, mit der sie hier gewütet hatten, die vielen Toten, die geschändeten Leiber, deren Anblick er kaum ertragen hatte und nicht vergessen konnte, das alles hatte ihn zutiefst empört.

Hinzu kamen der Verlust der Schmiede und der Feuertod seiner Mutter. Auch das steckte ihm noch in den Knochen. Das war mit Sicherheit das Werk dieser drei Söldner gewesen. Und nun hatten die Wenden ein noch viel größeres Unglück angerichtet. An unschuldigen Menschen, die nur in Frieden leben und Handel treiben wollten. Das schrie nach Rache und Vergeltung. Möge Gottes Strafgericht über sie kommen! Und wenn Gottes Werkzeug dazu das Heer des Herzogs war, umso besser. Niklot gehörte bestraft. Am besten am Galgen. Und seine gewissenlosen Kriegsknechte mit dazu.

Gero ballte die Faust. In seinen Augen funkelte die Wut, als er jetzt zu Erik hinüberblickte. »Ich kann nur hoffen, dass die Bastarde, die uns das angetan haben, zur Rechenschaft gezogen werden, und dass man ihre verdammte Burg dem Boden gleichmacht. Damit wir hier ein für alle Mal in Frieden leben können.«

Irmhild nickte. »Etwas Besseres kann man sich nicht wünschen.«

Erik zuckte mit den Schultern. »Wir leben im Krieg. Und im Krieg passieren solche Dinge. Ich bin nur froh, dass wir selbst nicht zu Schaden gekommen sind.«

Drei Tage später unternahmen sie die erste Handelsreise seit dem Überfall der Obodriten. Das Getreide, das die *Frida* noch an Bord gehabt hatte, ließen sie in Lubeke zurück, wo es gebraucht wurde. Dafür luden sie Salz und Roheisen, um es bei den Dänen an den Mann zu bringen. Möglichst gegen gedörrten Dorsch oder Hering, vielleicht auch gegen Waffen, die in diesen Zeiten sicher noch mehr Absatz finden würden als sonst. Irmhild war dagegen, dafür zusätzlich zu den mitgeführten Waren auch noch ihr gespartes Silber einzusetzen, aber Erik ließ sich nicht umstimmen. In schweren Zeiten ließe sich am meisten Gewinn machen, behauptete er.

Gero war Eriks Geschäftssinn schon fast unheimlich. Und er fand es auch ein wenig abstoßend. Aber er war froh, fürs Erste aus Lubeke wegzukommen. Die notdürftigen Unterkünfte und die Mienen der leidgeprüften Familien waren schwer zu ertragen. Dagegen hatten Sonne, Wind und Meer eine heilsame Wirkung auf jede düstere Gemütsanwandlung. An Bord war das Leben einfach, geprägt von vertrauten Aufgaben und Handgriffen. Die Männer verstanden sich, wechselten sich mit der Wache ab, aßen und arbeiteten zusammen und erzählten sich Geschichten. Manch einer öffnete bei einer Nachtfahrt seine Seele. Auf See kam man sich näher als an Land.

Wie Erik seine Dänenaxt, so hatte Gero den Säbel immer dabei. Man konnte nie wissen, was einem unterwegs widerfuhr. Aber die See war ruhig, und von Seeräubern blieben sie verschont. Nach Trelleborg segelten sie und nach Helsingborg, wo sie ihre Waren gegen Dörrfisch eintauschten. In Roskilde luden sie Waffen und flandrisches Tuch.

Und dort erfuhren sie, dass man dabei war, in Odense auf Fünen eine Flotte zusammenzustellen, die nach Wyszemir aufbrechen würde. Der Dänenkönig Erik hatte im Jahr zuvor, kurz vor seinem Tod, versprochen, sich am Wendenkreuzzug zu beteiligen. Seine Nachfolger stritten sich zwar um die Krone, stellten aber das der Kirche gegebene Versprechen nicht infrage. Während Albrecht der Bär vorhatte, weiter nach Osten bis zu den Pomoranen und Pruzzen zu ziehen, würden die Dänen Heinrich den Löwen unterstützen und gegen Niklots Wallburg Dobin marschieren. Man versprach Erik einen guten Lohn, wenn er half, dänische Krieger überzusetzen, denn die Flotte würde in wenigen Tagen segeln.

Erik zögerte noch. Im Grunde hatte er keine Lust, sich in mögliche Kriegshandlungen einzumischen. Es bestand immer die Gefahr, von slawischen Kriegsschiffen angegriffen zu werden. Aber Gero überredete ihn.

»Es ist kein großer Umweg. Und wir segeln ja nicht allein. So können wir wenigstens etwas tun, um uns für Lubeke zu rächen.«

Also fuhren sie nach Odense. Dort konnten sie einen Teil der Waffen mit Gewinn verkaufen und nahmen acht Mann an Bord, samt ihrer Kriegsausrüstung. Eine Woche später, bei Anbruch des Tages, stach der Großteil der Flotte in See. Darunter auch die *Frida*. Mindestens zweitausend Mann, so schätzte Erik, die sich aufmachten, gegen Niklot ins Feld zu ziehen.

Einer der Dänen an Bord war noch ein halbes Kind. Alle waren gut ausgerüstet mit ledernem Leibschutz, Helm und Schild. Der Anführer der kleinen Truppe trug einen Ringpanzer und an der Seite ein Schwert statt der Äxte seiner Kameraden. Er hieß Björn und sprach ein wenig sächsisch, so dass man sich verständigen konnte.

»Wie weit von Wyszemir bis Dobin?«, wollte Björn wissen.

»Zwei leichte Tagesmärsche«, erklärte Erik, der sich auskannte.

»Gut«, brummte der Mann.

»Warum wollt ihr eigentlich gegen die Wenden kämpfen?«, fragte Gero.

Der Däne zuckte mit den Schultern. »Herr ruft, wir kämpfen.«

Mehr war aus ihnen nicht herauszukriegen, obwohl sie viel unter sich sprachen. Aber Sächsisch war diesem Björn wohl zu unbequem, um eine längere Unterhaltung zu führen.

Die *Frida* war eines der schnelleren Schiffe, so dass sie unter den Ersten waren, die am Mittag des zweiten Tages bei leichtem Nieselregen die Bucht von Wyszemir erreichten, wo sie das Schiff sanft auf den Strand auflaufen ließen. Die Bewohner des Fischerdorfs machten ängstliche Gesichter, als mehr und mehr Schiffe in die Bucht einliefen und Krieger an Land wateten.

Einige der Dänen meinten, sie müssten schon gleich hier anfangen, mit den Wenden aufzuräumen, und machten sich daran, das Dorf zu bestehlen. Mit versteinerten Mienen standen die Dörfler dabei und sahen zu, wie die Krieger in ihre Hütten drangen, den Hausrat durchwühlten, Hühnern den Hals umdrehten und ein paar Ziegen schlachteten. Bis ein Anführer der Dänen kam und Weiteres verbot. Es musste sich um einen bedeutenden Jarl handeln, denn seine Kampfausrüstung war von bester Qualität. Er hatte sogar ein Schlachtross mitgebracht, das seine Leute nur mit Mühe dazu bewegen konnten, vom Schiff ins seichte Wasser zu springen.

Dieses Schlachtross war nicht das einzige. Auch andere Anführer hatten Pferde dabei. Dazu eine Menge an Maultieren, um Proviant und Kriegsgerät zu tragen.

»Mein Gott, Erik, hast du gesehen, wie groß das Heer ist?«, staunte Gero.

»Na ja. Es gibt größere Heere.«

Aber Gero hatte noch nie eine solche Menge an Kriegern auf einem Haufen gesehen und beobachtete neugierig, wie sie sich auf dem schmalen Strand unter ihren einzelnen Bannern und Wimpeln zu Kampfeinheiten sammelten. Dann schlugen sie hinter dem Strand ihr Lager auf, denn die Anführer wollten wohl auf Nachzügler warten und erst am Morgen abmarschieren.

Das kriegerische Getümmel, die Waffen und Helme, die Banner, die im Wind wehten, all das war irgendwie aufregend. Gero verspürte nicht wenig Lust, am nächsten Morgen mit ihnen zu gehen, um zu sehen, wie so ein Feldzug ablief und wie sie es den Wenden heimzahlen würden. Denn dass es ihnen bei so vielen Kriegern gelingen musste, stand für ihn außer Frage.

Erik und Gero hatten sich gerade von Björn und seinen Kameraden verabschiedet, als sie eine laute Stimme hinter sich vernahmen: »Hab ich dich endlich erwischt, du verdammter Bastard! Ich wusste, dass ich dich eines Tages finden würde.«

Als sie sich umdrehten, sahen sie einen dicken, gut gekleideten Kerl wutschnaubend auf sich zukommen. Er sprach sächsisch, wenn auch mit starker dänischer Einfärbung, und deutete mit dem Finger auf Eriks Brust. »Du wirst mir alles ersetzen, bei Gott!«

Erik war rot geworden. Offensichtlich kannte er den Mann. Aber er gab sich entrüstet. »Was zum Teufel willst du von mir? Wovon redest du überhaupt?«

»Tu nicht so unschuldig, du mieser Kerl! Mein Verwalter in Gydanzik hat deine Kerle gesehen, wie sie sich nachts aus meinem Lagerhaus geschlichen haben. Er hat sie gleich erkannt. Und mich hat er geweckt, aber da war's schon zu spät. Von deinem verdammten Kahn war nichts mehr zu sehen. Pelze, Bernstein, Silber, alles habt ihr mir gestohlen. Aber du wirst es mir ersetzen, das schwöre ich!«

Letzteres hatte er laut gebrüllt. Schon sahen sich einige der Krieger um, die in der Nähe standen.

»Du willst mich beschuldigen?«, schnauzte Erik zurück. »Was fällt dir eigentlich ein? Wenn dich einer bestohlen hat, dann waren es nicht meine Jungs. Das müsste ich ja wissen.«

»Willst du mich verscheißern? Natürlich weißt du es!«

»Dein Verwalter muss was an den Augen haben, sag ich dir. Der hat uns mit irgendwelchen Halunken verwechselt.«

»Der Halunke bist du.«

»Willst du mich beleidigen?«

Gero war natürlich auf Eriks Seite. Der Däne schien ein unangenehmer Kerl zu sein. Aber irgendetwas in Eriks Unschuldsbeteuerungen klang nicht ganz sauber – zu schrill, zu angriffslustig, wenn es sich doch angeblich nur um eine Verwechslung handelte. Und warum sollte dieser wildfremde Däne ausgerechnet Erik für einen Einbruch in seinem Lagerhaus verantwortlich machen?

Und dann erinnerte sich Gero an den Tag, als sie nach langer Wanderung in Lubeke angekommen waren und auch Erik von seiner Reise heimgekehrt war. Den Fisch war er nicht losgeworden. Und doch war er in bester Laune gewesen. Tage darauf hatte er mit Silber um sich geworfen, hatte Maultiere besorgt und war mit Arnulf nach Lümborg aufgebrochen, um Salz zu kaufen. Gero hatte sich nichts dabei gedacht. Schließlich hatten sie selbst genug Sorgen gehabt.

Der Däne packte Erik am Kittel. »Ich werde jetzt zu unserem Jarl gehen und mit Verstärkung wiederkommen. Dann geht es dir an den Kragen. Ich werde dein Schiff beschlagnahmen lassen.« Er drehte sich zu einer Handvoll Krieger um und redete auf sie ein. Er schien von ihnen zu verlangen, Erik gleich festzunehmen. Die Söldner aber zuckten nur mit den Schultern, machten ein paar Bemerkungen und lachten. Sie sahen nicht aus, als ob sie Lust hatten einzugreifen. Wütend stapfte der Mann davon.

Gero wandte sich an seinen Schwager. »Sag mal, ist es wahr, was der Kerl da behauptet?«

»Natürlich nicht!«, knurrte Erik, jedoch ohne ihn anzusehen.

»Aber der erfindet doch so was nicht. Habt ihr ihn bestohlen?«

»Nein! Ich schwör's dir.«

»Schwör lieber nicht. Mir fällt's jetzt nämlich wieder ein. Irmhild war damals ganz aufgeregt und verwundert, dass deine Reise so erfolgreich gewesen war.«

»War sie ja auch.«

»Obwohl du den Hering überhaupt nicht verkauft hast. Womit hattest du denn so gute Geschäfte gemacht?«

»Herrgott nochmal! Hör auf, mich mit Fragen zu löchern!«

Gero holte tief Luft. »Also doch.«

Sein Schwager war ein Dieb. Wer hätte das gedacht? Für Gero, einen ehrlichen Handwerker aus dem kleinen Lümborg, kam Diebstahl gleich nach Mord und Gotteslästerung. Für einen Augenblick schwiegen sie sich gegenseitig an. Gero starrte auf das Meer hinaus, Erik auf seine Füße.

»Verdammte Scheiße!«, zischte Gero schließlich. »Ich war immer der Meinung, unsere Schwester hätte einen ehrenwerten Kerl geheiratet. Und jetzt merke ich, ich bin die ganze Zeit mit einem Dieb unterwegs gewesen. Das ist doch wohl nicht zu fassen!«

Erik muckte auf. »Stell dich nicht so an. Du weißt, wie schwer wir es hatten. Und immer noch haben. Mein Fisch war verdorben. Was sollte ich denn tun? Dieser Fettwanst hat genug Geld. Denkst du, dem hat das besonders geschadet?«

Gero trat ganz dicht an Erik heran, so dass sich ihre Nasenspitzen fast berührten. »Und du wagst dich zu beklagen, dass die Wenden Lubeke ausgeplündert haben, während du selber ein Dieb bist?«, zischte er.

»Das ist nicht das Gleiche.«

»Für mich schon! Am besten verschwindest du sofort mit deinem Schiff, bevor sie kommen und es beschlagnahmen. Der Fettwanst, wie du ihn nennst, sah ziemlich entschlossen aus.«

»Und du?«

»Ich bleibe hier.« Er rief einem der Seeleute auf der *Frida* zu, ihm sein Bündel und seinen Säbel zu reichen.

»Du bist verrückt. Was willst du hier?«

»Ich gehe mit den Dänen. Die sind mir verdammt lieber als deine Gesellschaft.«

Erik blickte ihn einen Moment lang ungläubig an. Dann drehte er sich um und murmelte: »So ein verrückter Kerl!«

Er rief seinen Leuten zu, das Schiff sofort seeklar zu machen. Kurz darauf sah Gero zu, wie sie die *Frida* in tieferes Wasser stemmten, an Bord kletterten und die Riemen auslegten. Langsam entfernte sich das Schiff, während drei Männer der Mannschaft die Reffleinen lösten. Und als der Däne endlich mit einem halben Dutzend Söldner im Schlepptau zurückkam, war die *Frida* schon weit draußen in der Bucht und zog mit gesetztem Segel davon.

»Hurensohn!«, fluchte der Däne. Dann drehte er sich zu Gero um. »Und wer bist du eigentlich?«

»Was starrst du mich so misstrauisch an?«, fragte Gero ungehalten. »Ich kenne den Kerl überhaupt nicht. Hab ihn nur für die Überfahrt bezahlt. Ich bin hier, um mich der Truppe anzuschließen. Also geh mir aus dem Weg.«

Nach einigem Suchen fand Gero die Männer wieder, die mit ihnen auf der *Frida* gekommen waren. Sie hatten nichts dagegen, dass er sich ihnen anschließen wollte. Auch dass er nicht vorhatte, sich an den Kämpfen zu beteiligen, störte niemanden. Er war ja keinem Herrn verpflichtet und konnte tun und lassen, was er wollte. Sie teilten sogar bereitwillig ihr Essen mit ihm.

»Ist genug hier. Wir holen morgen mehr von irgendwelchen Bauern. Vielleicht fette Gans«, sagte Björn und lachte.

Björn war nicht wirklich ihr Anführer, sondern nur der Älteste der kleinen Gruppe. Sie kamen aus dem gleichen Dorf und gehörten zur Kampfeinheit eines Jarls von der Insel Fünen. Das war ein anderer Jarl – der mit dem prächtigen Schlachtross hatte wohl den Oberbefehl über das gesamte Heer.

Die jungen Kerle hockten ums Lagerfeuer und unterhielten sich. Sie tranken Bier und wurden immer lustiger. Gero war erstaunt, dass man auf den Schiffen Bier mitgebracht hatte. Leider verstand er kein Wort von ihrer Sprache und legte sich nach einer Weile ein paar Schritte abseits neben einen Busch. Sein Bündel benutzte er als Kopfkissen. Darin hatte er warme Sachen, denn auf See war es meist kühl. Aber hier an Land mitten im Sommer war es warm genug.

Hatte er eine Dummheit begangen, sich mit Erik anzulegen und so mir nichts, dir nichts die *Frida* zu verlassen? Es war einfach über ihn gekommen. Denn wie konnte er nach Eriks Eingeständnis noch weiter mit ihm segeln? In einer Gemeinde wie Lümborg, wo er aufgewachsen war, kannte jeder jeden. Das Leben in der Gemeinschaft beruhte auf gegenseitigem Vertrauen. Und einer, der stahl, wurde für immer geächtet. Deshalb hatte Eriks Verfehlung ihn schwer schockiert.

Inzwischen hatte er sich etwas beruhigt. Vielleicht sah er die Sache zu einseitig. Erik war in Not gewesen. Gero fragte sich, wie er selbst sich in einer solchen Lage verhalten hätte. Hieß es nicht im Vaterunser: Und führe uns nicht in Versuchung? Sollte er Erik nicht besser vergeben? Im Augenblick fiel ihm das jedoch schwer. Aber er würde darüber nachdenken.

Und jetzt war er also hier ganz ungeplant an dieser fremden Küste gestrandet, neben einem Fischerdorf der Obodriten, und ausgerechnet in einem dänischen Heer. Ziemlich verrückte Sache, das. Nicht nur verrückt, sondern auch furchteinflößend. Er hatte natürlich sein Schwert dabei. Aber keinen Helm und auch keinen Leibschutz und keinen Schild. Außer dem Schwert hatte er nur noch den Dolch, mit dem er sich das Fleisch schnitt. Natürlich hatte er nicht vor zu kämpfen. Aber da er schon mal hier war, wollte er das Weitere beobachten. Vor allem auf die Belagerung von Dobin war er neugierig. Das wollte er sich nicht entgehen lassen.

Die Gefahren, die ihm dabei drohen könnten, beunruhigten ihn ein wenig, reizten ihn gleichzeitig aber auch. Es war ein Abenteuer. Die meiste Zeit seines Lebens war er nicht aus Lümborg rausgekommen. Deshalb hatte ihm auch die Seefahrerei gefallen. Und nun war er hier, mitten im Wendenland unter Dänen, die in den Krieg zogen. Das war aufregend. Er würde versuchen, das Beste daraus zu machen.

Zum ersten Mal fühlte er sich wirklich frei. Keine Arbeit, keine Verpflichtungen, keine Familienzwänge, keine Rücksichtnahmen. Er konnte tun und lassen, was er wollte, wandern, wohin er wollte.

Aber wovon sollte er sich ernähren? Einen Augenblick lang machte ihm das Sorgen. Doch dann beschloss er, sich keine Gedanken darum zu machen. Es war ja Sommer. Da gab es Früchte und Beeren. Und vielleicht eine Gans, wie Björn sagte. Nur – das war natürlich wieder Stehlen. Doch im Krieg schien so was erlaubt zu sein. Im Krieg schien überhaupt alle Ordnung zusammenzubrechen, und Männer taten Dinge, zu denen sie sonst nicht fähig waren. Dafür war Lubeke das beste Beispiel.

Die Dänen waren inzwischen ziemlich angeheitert und fingen an zu singen. Erst spät in der Nacht wurde es still im Lager. Gero zog sich seine Lammfelljacke über, denn es war nun doch etwas kühl geworden. Und auf dem harten Boden schlief es sich schlecht.

Aber irgendwann musste er eingeschlafen sein, denn er fuhr erschrocken hoch, als jemand ihm im Morgengrauen in die Seite trat. Es war Björn.

»Aufstehen. Wir essen, dann marschieren.«

Eine nach der anderen machten sich die einzelnen Kampfeinheiten auf den Weg nach Süden. Björns Truppe war die vierte, angeführt von einem bärbeißigen Kerl auf einem Rappen. Das war wohl ihr Jarl. Der warf ihm einen misstrauischen Blick zu. Aber Björn redete mit ihm. Danach achtete der Jarl nicht weiter auf Gero.

So begann Geros erster Tag im Land der Obodriten.

Er war gespannt, was ihn erwartete, und sah sich neugierig um. Die Gegend war flach. Viel Wald. Endloser Wald sogar. Dann wieder Rodungen, Felder, Bauernkaten. Manche Stellen waren sumpfig. Ab und zu ein Teich oder kleiner See mit Scharen von Wasservögeln. Im Grunde sah es hier nicht viel anders aus als weiter westlich. Das war irgendwie enttäuschend. Er hatte eine andere Welt erwartet. Was genau, hätte er nicht sagen können. Nur anders. Aber dann musste er über sich selbst lachen. Was sollte schon groß anders sein, außer dass die Leute hier in einer Sprache redeten, die er nicht verstand? Sogar das Dänisch klang irgendwie vertrauter. Und dass sie keinen Christus anbeteten. Weshalb man sie mit Zwang bekehren wollte.

Vor allem hatte er Widerstand erwartet. Hinterhalte, Krieger, die über die lange Marschkolonne herfielen, sie am Vormarsch hindern würden. Aber nichts dergleichen geschah. Alles blieb friedlich. Bauernhöfe, an denen sie vorbeikamen, lagen wie ausgestorben, die Bewohner geflohen, mitsamt dem Vieh. Sie mussten von dem Dänenheer gehört haben. Aus Björns Gans würde fürs Erste wohl nichts werden. Dann, am Nachmittag, erreichten sie eine große Wallburg, umgeben von weiten Ackerflächen und wesentlich mehr Bauernhöfen, als sie bisher zu Gesicht bekommen hatten.

Björn deutete auf die Burg. »Mikelenborg«, sagte er. »War Fürstensitz. Aber jetzt nicht mehr. Jetzt Dobin.«

Dies war also die berühmte Mikelenborg. Er hatte von ihr gehört. Sie sah ganz anders aus als die ihm so vertraute Burg von Lümborg. Die saß auf einem Felsen, dem Kalkfels, und war daher sicher leichter zu verteidigen. Aber hier war das Land flach. Kaum Erhebungen, geschweige denn so etwas wie ein Burgfelsen. Wie Gero wusste, war man es hier gewohnt, Wall und Graben in einem großen Rund anzulegen, innen die Herrenhäuser und Unterkünfte für die Besatzung sowie Ställe und Vorratsschuppen. Solche Anlagen waren nicht nur Herrschaftssitze, sondern dienten auch als

Fluchtburgen für die Bauern. Der Wall wurde nicht selten mit Baumstämmen verstärkt. Auf der Krone erhob sich eine Palisade, dahinter die hölzernen Wehrgänge.

Und ganz ähnlich sah auch die Mikelenborg aus. Ein tiefer Graben und ein hoher Wall mit Palisade umschlossen eine recht große Fläche, nur unterbrochen von zwei gegenüberliegenden Toren, die von mächtigen Wachtürmen gesichert waren. Nicht leicht zu erstürmen, dachte Gero. Trotzdem hatte Niklot die Burg nicht für sicher genug befunden und sich nach Dobin zurückgezogen.

Es war später Nachmittag, als sie ganz in der Nähe ihr Nachtlager aufschlugen. Auf den Wehrgängen der Burg waren Helme und Speerspitzen zu erkennen, aber die Besatzung vermied es, das dänische Heer zu belästigen. Und umgekehrt hatten auch die Dänen keinen Angriff vor. Stattdessen schwärmten die wenigen Berittenen des Heeres aus, um bei den Bauern Vieh und Korn einzusammeln. Mit Gewalt, verstand sich, denn freiwillig würde niemand etwas hergeben.

Trotzdem war die Ausbeute bescheiden – nur etwas Korn und Geflügel, denn auch hier schienen die Bauern ihr Vieh weggetrieben zu haben. Vielleicht aus Enttäuschung darüber verhielten sich die Dänen nicht mehr so zurückhaltend wie in Wyszemir, denn in der näheren Umgebung stiegen bald überall die Rauchsäulen brennender Höfe in den Himmel. Wir Christen beherrschen es also auch, dachte Gero grimmig, das Niederbrennen friedlicher Behausungen. Wer konnte da noch unterscheiden, wer recht oder unrecht hatte?

Am Morgen ging es weiter. Gero trug sein Bündel auf dem Rücken, seinen Säbel an der Seite. Die Kameradschaft unter Björn und seinen Männern gefiel ihm. Er hatte ein Stück Speck ergattert, an dem er unterwegs kaute. Wieder ging es durch viel Wald, unterbrochen von gelegentlichen Viehweiden, die aber seltsam leer waren. Offensichtlich hatte man auch hier das Vieh rechtzeitig in Sicherheit gebracht.

Der Weg, auf dem sie marschierten, war breit und ausgetreten. Nur von den Wenden sah man nichts. Die Landschaft lag wie ausgestorben. Am frühen Nachmittag jedoch stockte die Kolonne.

»Was ist los?«, fragte Gero, nachdem sie schon eine Weile gewartet hatten.

»Sind fast da, ich glaube«, erwiderte Björn. »Aber vor uns sind feindliche Krieger.«

Doch es schien kein Überfall zu sein. Es kam kein Befehl, auszuschwärmen oder eine Schildreihe zu bilden. Und bald ging es auch schon weiter.

»Wahrscheinlich nur Späher«, meinte Björn.

Dann stießen sie auf einen schmalen See, der in der Nachmittagssonne glitzerte und ein wunderschönes Bild abgab. Kein Lüftchen kräuselte die glatte blaue Wasserfläche, umgeben von dichtem Wald, der sich darin spiegelte. Als sie weitermarschierten, merkte Gero, dass es zwei Seen waren. Der zweite hatte eine ähnlich längliche Form, war aber kleiner und schmaler. Das Land dazwischen sah aus, als ob es erst vor wenigen Jahren gerodet worden war. Nichts als freies Feld, das wie eine schmale Brücke zwischen beiden Seen lag, an der engsten Stelle sicher nicht mehr als zweihundert Schritt. Und genau dort stand die Burg Dobin und versperrte den Durchgang.

Die Burg war nicht rund, sondern bildete ein ungefähres Viereck, sah ansonsten aber nicht anders aus als die Mikelenborg. Außer dass der Wall noch höher und mächtiger und mit mehr Türmen bestückt war, von denen aus man jeden Angriff mit Pfeilen beharken konnte. Und vor der Burg waren über eine Strecke von mindestens fünfhundert Schritt sämtliche Büsche und Sträucher entfernt worden, um den Verteidigern freies Schussfeld zu sichern. Hier also hat sich Fürst Niklot mit seinen Leuten verkrochen, dachte Gero. Er selbst war ja kein Krieger, aber dass diese Festung schwer einzunehmen war, davon war er überzeugt.

In sicherer Entfernung errichteten die Dänen ihr Lager. Wie am Vortag schwärmten Reiter aus, um für Proviant zu sorgen. Zelte wurden aufgebaut, Kochfeuer in Gang gesetzt. Vor dem Lager hoben die Krieger einen flachen Graben aus und platzierten entlang des so entstandenen, niedrigen Erdwalls zwei Kampfeinheiten, um sich vor einem nächtlichen Überfall zu schützen. All dies beobachtete Gero mit Neugier. Und auch, dass die Dänen am nächsten Morgen junge Fichten fällten und daraus lange Leitern fertigten. Damit hatten sie wohl vor, den Wall zu stürmen.

»Dein Herzog Heinrich ist gekommen«, sagte Björn zwei Tage später. »Auf andere Seite von Burg.« Er lachte. »Nun Wenden sitzen in der Falle.«

Vom Lager aus war vom sächsischen Heer allerdings nichts zu sehen. Die Burg verhinderte die Sicht. Gero kletterte auf einen Baum, um über den hohen Wall hinwegschauen zu können, und entdeckte in der Ferne eine ganze Zeltstadt, größer noch als die der Dänen. Er fragte sich, ob Graf Adolf, dem jetzt Wagrien gehörte, sich mit seinen Kriegern ebenfalls dort aufhielt. Ganz sicher musste er von dem Überfall auf Lubeke gehört haben. Aber seine vorrangige Pflicht war, Heinrich dem Löwen bei diesem Feldzug zu dienen. Gero überlegte, ob er sich nicht besser den Sachsen anschließen sollte. Aber sich an den Seen vorbei durch Wald und unbekanntes Gelände zu schleichen war ihm dann doch zu gefährlich.

Mit den beiden Heeren war Dobin nun tatsächlich eingekesselt, Fluchtwege schien es nicht zu geben. Allerdings waren die Flanken der Burg von Wasser geschützt. Dobin konnte nur von Norden und Süden angegriffen werden.

Von Geros Baum aus war es möglich, ins Innere der Anlage zu sehen. Zumindest einen Teil konnte man überblicken. Darin befanden sich einfache, strohgedeckte Häuser. Wahrscheinlich Unterkünfte für die vielen Krieger, die die ausgedehnten Wehrgänge besetzt hielten. Wie viele es genau waren, ließ sich nur schwer abschätzen. Vermutlich waren dies die Männer, die auch Lubeke überfallen und dort so viel Leid angerichtet hatten. Nun würde es ihnen selbst an den Kragen gehen, dachte Gero nicht ohne Befriedigung, denn einem Angriff von zwei Seiten würden sie sicher nicht standhalten können.

Aber im Augenblick schien noch niemand an einen Angriff zu denken. Die Dänen ließen sich Zeit. Auch von Herzog Heinrichs Seite machte man keine Anstalten, gegen die Wälle der Festung anzurennen. Mehrmals am Tag kletterte Gero auf seinen Baum und schaute hinüber, aber das Lager der Sachsen lag friedlich in der Ferne. Ob man dort ebenfalls Leitern anfertigte, oder was die da drüben überhaupt trieben, ließ sich von hier aus nicht erkennen.

Am Morgen des fünften Tages der Belagerung waren die Dänen dann endlich so weit. Die Leitern lagen bereit, Schwerter und Äxte waren geschärft. Das Wetter hatte sich eingetrübt, doch nach Regen sah es zum Glück nicht aus. Gero hatte angenommen, dass die Dänen sich mit den Sachsen abstimmen würden, aber das schien nicht der Fall zu sein. Als wollte der dänische Heerführer bewusst auf die Unterstützung der Sachsen verzichten und die Ehre einer Erstürmung für sich allein verbuchen.

Die Gesichter der Männer waren angespannt. Die älteren, erfahrenen Krieger kümmerten sich um ihre jüngeren Kameraden, begutachteten deren Kampfausrüstung, gaben Ratschläge, machten ihnen Mut. Eine Festung wie diese zu stürmen war weiß Gott kein Honigschlecken. Jeder musste mit Tod oder Verwundung rechnen. Es gab Priester im dänischen Heer. Die hielten einen kurzen Gottesdienst ab und segneten die Waffen der Männer. Auch nach dem Gottesdienst sah Gero so manchen abseits niederknien und beten.

Doch nach einer Ansprache des Heerführers mit der prächtigen Rüstung schien die Stimmung gut zu sein. Die Männer trommelten auf ihre Schilde und feuerten sich gegenseitig an. Gero wünschte Björn und seinen Kameraden Erfolg und Gottes Segen. Ob er nicht doch mitkämpfen wolle, fragte Björn halb im Scherz. Aber Gero lehnte dankend ab und kletterte wieder auf seinen Baum, von wo aus er alles bestens überblicken konnte.

Zwei Angriffsreihen mit Leiterträgern wurden gebildet, eine hinter der anderen. Jeweils zwölf Mann trugen eine der langen Leitern. Direkt hinter ihnen folgte eine dritte Reihe ohne Leitern. Diese Männer sollten die Leiterträger schützen, Lücken füllen und Gefallene ersetzen. Unter ihnen befanden sich auch Bogenschützen. Zuletzt die größte Gruppe von etwa dreihundert Mann, deren Aufgabe es war, dort nachzustoßen, wo man es bereits bis auf die Wehrgänge geschafft hatte, um das Gewonnene zu halten und zu erweitern. Zu diesen gehörten auch Björn und seine Männer, wie Gero wusste, obwohl er sie in der Menge nicht ausmachen konnte. Die andere Hälfte des Heeres stand ebenfalls kampfbereit, wurde aber als Reserve zurückgehalten. Erst nachdem man einen Durchbruch geschafft hatte, sollten sie eingesetzt werden.

Die Leiterträger waren die Tapfersten, hatte Gero sich sagen lassen. Denn ihre Aufgabe war die schwierigste und gefährlichste. Sie mussten das offene Gelände vor der Burg überqueren, sich dann im Laufschritt dem Wall nähern, immer dem Pfeilhagel der Wenden ausgesetzt, an den Leitern hochklettern, die Verteidiger zurückdrängen und die Stellung halten, bis andere nachrücken konnten. Ich möchte nicht in ihrer Haut stecken, dachte Gero. Aber das Heer der Dänen war groß. Sie hatten gewiss genug Männer, um die Wenden auf dem Wall zu überwältigen.

Gero spähte zum Lager der Sachsen hinüber. Aber da schien sich nichts zu rühren. Wussten die da drüben überhaupt, dass hier ein Angriff bevorstand? Ein Hornstoß ließ ihn wieder zu den Dänen blicken. Es ging los. Die erste Reihe setzte sich in Bewegung, dicht gefolgt von der zweiten und dritten. In kurzem Abstand folgte der Rest der Angreifer.

Die Männer marschierten langsam, fast gemächlich, eine Hand hielt den Schild, die andere die Leiter. So bewegten sich die Reihen vorwärts, krochen über das Feld und näherten sich langsam dem Wall. Als sie in Reichweite der Bogenschützen waren und erste Pfeile auf sie niederprasselten, versuchten sie, die letzte Strecke im Laufschritt zu nehmen. Schon fielen die Ersten, von Pfeilen getroffen. Andere rückten sofort nach und nahmen ihren Platz an den Leitern ein. Trotz der Verluste stürmten sie weiter auf den Wall zu. Es sah ganz so aus, als würden sie es schaffen, die Leitern zu platzieren und daran emporzuklettern.

Doch dann geschah etwas, was niemand erwartet hatte. Der Vormarsch der Leiterträger verlangsamte sich plötzlich und geriet ins Stocken. Was war da los? Zu seiner Bestürzung sah Gero, dass die Männer bis zu den Waden und an manchen Stellen sogar bis zum Knie in Morast versanken und die größte Mühe hatten voranzukommen. Anscheinend war es sumpfig vor der Burg. Kein Wunder, dass der Angriff an Schwung verloren hatte. Man konnte deutlich sehen, wie die Männer sich anstrengten und doch nur langsam vorankamen.

Und natürlich boten sie in dieser Lage, hundert Schritt vor dem Wall, ein leichtes Ziel für die Wenden. Unablässig zischten Pfeile von der Brustwehr auf die Dänen herab, die im Sumpf steckten. Die ließen unter dem mörderischen Beschuss die Leitern fallen und versuchten, sich mit ihren Schilden zu schützen. Immer mehr fielen den Pfeilen zum Opfer. Schließlich wandten sich die noch Unversehrten zur Flucht. Aber natürlich war das Fortkommen in entgegengesetzter Richtung nicht minder schwer.

Gero saß wie gelähmt auf seinem Baum und beobachtete, wie ein Mann nach dem anderen von den Dänen von Pfeilen getroffen wurde und verwundet oder tot im Morast liegen blieb. War das das Ende des Angriffs?

Doch der Heerführer gab nicht auf. Die zweite Welle von dreihundert Mann wurde losgeschickt. Ungläubig sah Gero von seiner Höhe aus zu, wie auch diese Männer im Sumpf steckenblieben und schwere Verluste hinnehmen mussten. Nicht einmal ein Viertel von ihnen schaffte es unversehrt zurück.

Vor der Burg lagen die Leichen ihrer Kameraden. Trotz der Entfernung hörte Gero die Verwundeten um Hilfe schreien und sah, wie sie versuchten, sich humpelnd oder kriechend in Sicherheit zu bringen. Wie konnte es sein, dass die Dänen den Boden vor der Burg nicht erkundet hatten? Eine sträfliche Nachlässigkeit. Und dass sie es jetzt so sinnlos noch ein zweites Mal versucht hatten, konnte Gero nicht verstehen. Wie war es überhaupt möglich, dass Männer bereit waren, so in ihr Verderben zu laufen?

Doch mit diesem Fehlschlag war das Elend noch nicht zu Ende. Denn plötzlich tauchten ganze Scharen von Wendenkriegern auf – sie mussten irgendwo durch ein verstecktes Tor gekommen sein. Sie umgingen das sumpfige Gelände und stürmten mit Geheul auf das dänische Lager zu. Selbst die Truppen der Reserve waren so überrascht, dass sie kaum eine vernünftige Verteidigung aufbauen konnten. Die fliehenden Kameraden trugen noch zum allgemeinen Durcheinander bei. So begann ein wildes Gemetzel, bei dem auch Wenden starben, jedoch weit mehr Dänen.

Schließlich zogen sich die Wenden ebenso schnell wieder zurück, wie sie aufgetaucht waren, und hinterließen einen völlig geschockten und verwirrten Gegner, der in so kurzer Zeit mehr als ein Drittel seiner Stärke eingebüßt hatte.

All dies hatte sich vor Geros Augen abgespielt, der kaum glauben konnte, was er da gesehen hatte. Zutiefst betroffen kletterte er von seinem Baum und suchte nach Björn und dessen Freunden. Überall lagen Tote und Verwundete. Entsetzen und Wehklagen, blutverschmierte Gesichter und klaffende Wunden. Manche der

Überlebenden stützten sich humpelnd auf ihre Schilde, andere rangen erschöpft nach Luft.

In diesem Chaos dauerte es eine Weile, bis er Björn fand. Der hatte überlebt, wenn auch mit einer Pfeilwunde im Arm. Er hockte auf dem Boden und weinte. Nicht wegen der Wunde, sagte er, sondern wegen der toten Kameraden. Drei seiner Jungs hatten es nicht zurück geschafft. Darunter der Jüngste von ihnen. Ein Knabe, nicht älter als vierzehn. Er wisse nicht, auf wen er wütender sei, auf den Feind oder auf seinen unfähigen Heerführer. Aber auch der war beim Ausfall der Wenden schwer verwundet worden und würde den Tag vielleicht nicht überleben.

Die Wenden hatten nicht nur den Sturm auf ihre Festung abgewehrt, sondern wider Erwarten den ersten, vielleicht sogar entscheidenden Gegenschlag geführt. Es sah nicht so aus, als ob von den Dänen noch Großes zu erwarten war, besonders nicht nach dem Verlust ihres Heerführers. Außer dass sie vielleicht noch eine Weile die Stellung halten würden. Oder schlimmer, dass sie von den Wenden überrannt wurden.

Gero musste um seine eigene Sicherheit fürchten. Einen solchen Ausgang des Geschehens hatte er nicht erwartet. Er hatte auf Sieg gesetzt. Und nun dies. Das Stöhnen und die Schreie der Verletzten und der Anblick ihrer blutigen Wunden setzten ihm heftig zu. Was zum Teufel hatte er hier zu suchen?

Deshalb hielt er es nun doch für besser, sich zu den Sachsen durchzuschlagen. Denen würde es sicher eher gelingen, Dobin einzunehmen. Und im Gefolge des herzoglichen Heeres waren seine Aussichten auch besser, irgendwann heil nach Hause zu kommen. Er schlang sich sein Bündel auf den Rücken, verabschiedete sich von Björn und machte sich auf den Weg.

Er wandte sich nach Osten, um den kleineren der beiden Seen zu umgehen. An dessen Südende müsste er auf das Sachsenlager stoßen. Aber es war sicher klüger, den See möglichst weitläufig zu umgehen, um nicht einer wendischen Patrouille in die Arme zu laufen. Besser, sich zunächst östlich zu halten und vor allem nicht die Deckung des Waldes zu verlassen.

Bald befand er sich in einem dichten, fast urwaldähnlichen Forst. Man musste aufpassen, wohin man trat, denn auch hier gab es sumpfige Stellen. Nach einer Weile ließ er sich auf einem mit Moos überwachsenen Stamm nieder, um sich zu sammeln, denn er stand immer noch unter den schrecklichen Eindrücken dieser unerwarteten Niederlage. Wie hatte das geschehen können? War die Burg vielleicht doch uneinnehmbar? Würden die Dänen jetzt abziehen? Und was würden die Sachsen unternehmen? Herzog Heinrich würde sich doch gewiss nicht entmutigen lassen.

Nach einer Weile fiel ihm auf, wie still es im Wald war. Auch vom Lager der Dänen hörte er nichts mehr. Er war schon zu weit entfernt. Das Stöhnen und die Hilferufe der Verwundeten lagen längst hinter ihm. Nur gelegentlich war ein Vogelruf zu vernehmen.

Gero bereute es inzwischen, sich dem Heer der Dänen angeschlossen zu haben. Er hätte sich nicht so blöd anstellen und die *Frida* nicht verlassen sollen. Was zum Teufel sollte es ihn kümmern, ob Erik in der Not einen reichen Kaufmann bestohlen hatte? Wenigstens wäre er jetzt zurück in Lubeke und nicht in diesem verwunschenen Wald. Ja, verwunschen kam ihm der Wald vor. Mit uralten Bäumen, von Kletterpflanzen überwuchert, mit dichtem Gestrüpp und feuchtem Boden, an manchen Stellen mit schleimigen Tümpeln, in denen Frösche quakten.

Nun wusste er, was Krieg bedeutete. In Lubeke hatte er Leichen auf Karren geladen. Aber heute hatte er miterlebt, wie kampferfahrene Männer in kürzester Zeit dahingemetzelt worden waren.

Er musste sehen, dass er weiterkam. Er raffte sich auf und nahm die Wanderung wieder auf. Die Richtung war ihm nicht ganz klar. Bei dem verhangenen Himmel war nicht einmal die Sonne zu sehen. Und in diesem Urwald konnte man sich leicht verirren. Er zwängte sich durchs Unterholz weiter nach Osten –

oder was er für Osten hielt. Sicher sein konnte er nicht. Vielleicht ging er im Kreis. Sagte man nicht, dass Verirrte sich meist im Kreis bewegen? Aber gleichwohl, er musste weiter.

Stunden später sagte er sich, nun müsste er sich weit genug von Dobin entfernt haben, um keinen Spähern in die Arme zu laufen. Jetzt würde er sich nach Süden wenden, oder nach Südwesten, um das Lager der Sachsen zu finden. Er hoffte, auf einen Weg zu stoßen, der dorthin führte. Im Lager hatten sie vielleicht eine tragbare Esse und würden einen Schmied gebrauchen können.

Plötzlich hörte er ein Rascheln in einem Dickicht. Erschrocken blieb er stehen, legte die Hand an den Schwertgriff und zog langsam die Klinge aus der Scheide. Sprungbereit und halb gebückt suchte er mit Blicken die Büsche ab und bemühte sich, kein Geräusch zu machen. Zunächst geschah gar nichts. Dann trat ein Reh aus dem Dickicht, starrte ihn einen Augenblick lang aus dunklen Augen an und stob schließlich davon. Mit einem Seufzer der Erleichterung richtete sich Gero wieder auf und ließ das Schwert zurück in die Scheide gleiten.

Er wanderte weiter. Es war schwer einzuschätzen, wie spät es schon war, aber es musste bereits früher Abend oder noch später sein, als sich der Wald etwas zu lichten begann und Gero sich plötzlich auf einer Schneise befand, durch die ein Weg führte. Wahrscheinlich nach Westen. Hoffentlich zum Lager des Herzogs. Also folgte er dem Weg, der sich an alten Eichen und Ulmen vorbei durch den Wald schlängelte.

Allmählich plagte ihn der Hunger. Durst hatte er auch. Er war an mehreren Teichen und Tümpeln vorbeigekommen, aber auf fast allen schwamm grüner Schleim. Besser, nicht daraus zu trinken. Er konnte nur hoffen, bald auf einen Bach mit sauberem Wasser zu stoßen.

Gero hatte den Weg noch nicht lange beschritten, als er hinter sich dumpfe Hufschläge vernahm, die sich in gemächlichem Trab näherten. Schnell verbarg er sich zwischen Sträuchern am

Wegrand. Vielleicht war es ein Bote oder ein Späher der Wenden. Hoffentlich entdeckte der Kerl ihn nicht.

Kurz darauf tauchte der Reiter hinter einer Wegbiegung auf. Es war tatsächlich ein bewaffneter Krieger. Der Mann trug Helm und Kettenpanzer und einen bemalten Schild am linken Arm. Gero duckte sich. Plötzlich durchfuhr es ihn. Das Zeichen auf dem Schild kannte er doch. Er kannte es von Lümborg her. Das war kein Wende.

Kurzentschlossen trat er auf den Weg.

»Hoh, hoh!«, rief der Reiter erschrocken, als er Gero sah. Er zügelte sein Pferd und griff zur Waffe.

Gero hob beschwichtigend die Hände. »Keine Sorge, Herr. Ich bin Sachse, und ich bin allein.«

Das Pferd tänzelte nervös. Der Reiter sah sich misstrauisch um, ob es sich um einen Hinterhalt handeln könnte, aber als er außer Gero niemanden sah, strich er dem Gaul beruhigend über den Hals.

»Du bist Sachse?«, fragte er.

»Ja. Ich bin Schmied und komme aus Lümborg.«

»Ein Schmied aus Lümborg? Wieso hast du dich ausgerechnet hierher verirrt?«

»Lange Geschichte. Ich bin dem Heer der Dänen gefolgt. Die haben heute die Burg Dobin angegriffen.«

»Die Dänen haben die Burg angegriffen?«

»Mit Sturmleitern haben sie's versucht. Aber sie haben sich eine blutige Nase geholt. Viele Verluste. Jetzt bin ich auf der Suche nach dem sächsischen Lager.«

Der Ritter nickte. »Die Burg ist nicht leicht zu nehmen. Wir haben uns deshalb zurückgehalten.« Er bedachte Gero mit einem misstrauischen Blick. »Aber für einen, der zu unserem Lager will, bist du viel zu weit davon entfernt. Bist du wirklich aus Lümborg? Oder vielleicht doch ein Wende, der unsere Sprache beherrscht?«

»Nein, ich lüge nicht, Herr. Ich muss mich nur verlaufen haben.« Gero deutete auf den Schild des Reiters. »Und ich erkenne euer Wappen. Ihr gehört zu den Billungern und müsstet Lümborg eigentlich gut kennen.« Er zählte einige Einzelheiten auf, die nur den Ortsansässigen bekannt sein konnten. Das schien den Ritter zu überzeugen.

»Also gut, ich glaube dir«, sagte der und setzte ein freundlicheres Gesicht auf. »Und was die Billunger betrifft, wir sind Vettern. Eine Nebenlinie. Unser Wappen ist ähnlich, aber nicht gleich, wenn du genau hinschaust. Und du? Hast du einen Namen?«

»Ich heiße Gero.«

»Gero der Schmied also. Wenn du willst, kannst du dich uns anschließen. Ich bin nur vorausgeritten, um zu sehen, ob die Luft rein ist. Keine Lust, einem Spähtrupp der Wenden in die Arme zu laufen. Bis zum Lager des Herzogs ist es aber noch weit. Heute Nacht werden wir wohl irgendwo hier im Wald lagern. Ich heiße übrigens Ewalt.«

»Ihr seid nicht allein?«

»Ich habe einige meiner Männer dabei. Wir waren unterwegs, um Proviant zu sammeln. Das Heer braucht was zu essen. Ein bisschen Silber haben wir auch erbeutet.« Er lachte und schlug dabei auf einen großen Beutel, der vom Sattelknauf hing. Darin schepperte es verdächtig. Schien sich nicht nur um Hacksilber, sondern auch um Becher und Kelche zu handeln. »Meine Jungs müssten gleich hier sein.«

Tatsächlich dauerte es nicht lange, und drei Bewaffnete tauchten hinter der Biegung auf. Sie gingen zu Fuß und führten ihre Pferde am Halfter, denn die Tiere waren schwer beladen mit Säcken von Proviant. Wahrscheinlich Korn und Bohnen. Aus einigen der Säcke tropfte das Blut von Schlachtstücken. Und neben ihnen ging seltsamerweise eine Frau.

Plötzlich stockte Gero der Atem, denn den ersten der Neuankömmlinge erkannte er sofort. Kein Zweifel! Diese hässliche Fratze mit der gebrochenen Nase würde er sein Lebtag nicht vergessen.

Es war eindeutig Eberhard – der Mann, der ihnen in Lümborg die Schmiede über dem Kopf angezündet hatte. Und seine beiden Kumpel waren auch dabei: der lange, dünne Kerl mit der Narbe im Gesicht und der Untersetzte mit den schiefen Zähnen.

Einen Augenblick lang zögerte Gero, ob er auf das Angebot des Ritters verzichten sollte. Aber dann überkam ihn die Wut. Er würde sich den Bastarden stellen.

DER SAMARITER

Erik war nicht sofort nach Lubeke heimgekehrt, sondern noch in Sleswig gewesen, um den Rest seiner Waffen gegen mehr Getreide zu tauschen – Nahrung, die daheim dringend benötigt wurde. Ludger nahm die Frida in Empfang und half der Mannschaft, die Ladung zu löschen und alles in Eriks Lagerhaus zu tragen. Danach sahen sie sich in der Stadt um. Jeden Tag schien es Fortschritte zu geben. Nur noch vereinzelt standen Ruinen, und überall wurde gebaut.

»Nächstes Jahr wird man von dem Brand kaum noch was sehen«, sagte Erik. »Noch ein paar Reisen wie die letzte, und ich kann bald ein zweites Schiff in Auftrag geben.«

»Dafür fehlt es an gutem Holz«, gab Ludger zu bedenken.

»Wir holen es uns. Bei den Obodriten gibt's genug. Jetzt, wo die Fürsten das Land erobern, wird es nachher billig zu haben sein.«

»Hab gehört, Albrecht der Bär will noch weiter nach Osten. Dann gehört uns bald die ganze Küste.«

Erik schlug seinem Mann auf die Schulter. »Ich seh's kommen: Wir werden die Dänen und Schweden verdrängen und beste Geschäfte machen.«

»Bisher hatten wir Glück, aber es gibt immer noch eine Menge Seeräuber. Vielleicht in Zukunft sogar noch mehr. Krieg bringt unruhige Zeiten.«

»Das stimmt. Aber am Krieg kann man auch verdienen. Meine Stimme hat jetzt mehr Gewicht im Rat der Kaufleute. Wenn wir zusammenhalten, werden wir uns schützen können.«

Am Abend stellten die Männer im Hof eine lange Holztafel auf

Böcke und ließen sich zum Abendessen nieder. Auch Ortwin saß bei ihnen und lauschte, was sie von der letzten Reise zu erzählen hatten. Irmhild hatte für alle gekocht und tischte auf. Ein junges Mädchen aus der Nachbarschaft half ihr dabei. Irmhild hatte vor, sie auf Dauer einzustellen, damit sie mehr Zeit hatte, Lesen und Schreiben zu erlernen. Der Priester der Gemeinde hatte sich gegen eine großzügige Spende erboten, sie zu unterrichten.

Mit einem Mal fiel ihr auf, dass ihr Bruder gar nicht an der Tafel saß. »Wo ist Gero?«, fragte sie ihren Mann.

»Gero?« Erik machte ein verlegenes Gesicht. »Der ist in Wyszemir von Bord gegangen.«

»Von Bord gegangen? Aber was will er da?«

»Weiß der Teufel. Er wollte sich den Dänen anschließen.«

»Was für Dänen? Nun rede schon. Muss ich dir alles aus der Nase ziehen?«

»Die Dänen haben dort ein ganzes Heer gelandet, um gegen die Wenden zu ziehen, gegen die Burg Dobin. Wir haben sogar ein paar von denen dahin befördert. Die haben uns gut bezahlt. Für die Überfahrt, meine ich.«

Erik wollte nicht den wahren Grund nennen, wieso Gero von Bord gegangen war. Und Irmhild konnte kaum glauben, was sie da hörte. »Mein Bruder bei einem dänischen Heer? Das darf doch nicht wahr sein.«

»Doch, doch! Es ist so, wie ich dir sage.«

»Aber das ist doch verrückt! Du hättest es ihm verbieten sollen.«

Erik zuckte mit den Schultern. »Was sollte ich denn tun? Du kennst doch deinen Bruder. Der redet nicht viel und tut am Ende, was er will. Und ein bisschen verrückt war er ja schon immer. Schleppt diesen blöden Säbel mit sich rum und behauptet, es wäre ein altes Erbstück.«

»Ist es ja auch«, erwiderte Irmhild.

»Vielleicht denkt er, er kann damit eigenhändig die Wenden besiegen.« Erik lachte und zwinkerte seinen Männern zu.

»Das ist nicht witzig«, gab Irmhild scharf zurück. Aber dann schüttelte sie den Kopf und seufzte. »Ein Eigenbrötler war er schon immer, das ist wahr. Aber jetzt mache ich mir richtig Sorgen. Wie kommt er nur auf so was? Das ist doch gefährlich. Du hättest ihn zurückhalten sollen, Erik. Ihr müsst wieder hinsegeln und nach ihm suchen.«

»Nach ihm suchen? Wie stellst du dir das vor? Nein, Irmhild, dein Bruder ist ein gestandener Mann und wird schon wissen, was er tut.«

Damit tunkte Erik sein Brot in die Suppe und begann zu essen.

Weiter südlich in Lümborg war man mit anderen Dingen beschäftigt, als sich um Gero Gedanken zu machen, zumal sie von seinem seltsamen Abenteuer gar nichts wussten. Arnulf hatte gleich nach ihrer Heimkehr mit einigen der Salzsieder eine Abmachung getroffen, einen Großteil ihres Salzes künftig nach Lubeke zu liefern. Sein Schwager würde es ihnen abkaufen. Sie zahlten ihm einen kleinen Anteil bei dem Geschäft. Und durch die Maultiertreiber, die jetzt öfter zwischen Lümborg und Lubeke unterwegs waren, hatten er und Bruni von dem Unglück erfahren, das die Obodriten über die Stadt gebracht hatten. Sie waren erleichtert zu hören, dass Schwester Irmhild und ihr Sohn die Feuersbrunst überlebt hatten und ihr Haus unversehrt geblieben war.

Arnulf hatte angefangen, ihr neues Heim zu bauen. Zuerst nur ein Zimmer, in dem die ganze Familie beengt schlafen musste. Dann hatte er die Werkstatt notdürftig zum Leben erweckt und Schmiedearbeiten angenommen, die Geld einbrachten. Sein Sohn Volkmar half ihm und noch zwei junge Burschen aus der Nachbarschaft. Sie arbeiteten von früh bis spät, sowohl in der Schmiede wie auch am Haus der Familie, das langsam Form annahm. Es würde größer und schöner werden als das alte. Und Arnulf hielt weiterhin an seinem Versprechen fest und mied die Schänke wie der Teufel das Weihwasser.

Eines Abends zog Bruni ihren Mann zur Seite und küsste ihn, inniger und länger, als er es gewohnt war. »Was ist?«, fragte er erstaunt. »Womit hab ich denn das verdient?«

»Wieso meinst du, du hättest es nicht verdient?« Sie blinzelte ihn schalkhaft an. »Hast du etwa was ausgefressen?«

»Nicht, dass ich wüsste.«

»Na, dann ist ja alles gut.« Sie küsste ihn noch einmal. »Ich bin schwanger«, flüsterte sie ihm ins Ohr. »Ist das nicht schön?«

»Was? Schon wieder? Und wie soll ich die ganze Brut ernähren?«, fragte er in gespielter Entrüstung.

»Durch harte Arbeit, du Faulpelz!«, sagte sie und lachte.

»Das muss ich mir sagen lassen? Na warte!« Er schlang seine kräftigen Arme um sie und küsste sie noch viel länger als zuvor, bis beide lachend nach Luft schnappen mussten.

Der Söldner Eberhard erkannte Gero sofort.

»Du hier?«, rief er und runzelte die Brauen. Er drehte sich zu seinen beiden Kumpels um. »He, Jungs! Ihr werdet's nicht glauben, aber der verdammte Schmied aus Lümborg ist hier.«

»Was? Der Kesselficker aus Lümborg? Mich trifft der Schlag!«, erwiderte der mit den schiefen Zähnen und bedachte Gero mit einem zornigen Blick. Auf der Stirn hatte er eine schlecht verheilte Narbe. Die muss der Humpen hinterlassen haben, den ich ihm auf den Kopf gehauen habe, dachte Gero nicht ohne Schadenfreude.

»Ihr kennt den Kerl?«, fragte Ritter Ewalt.

»Klar doch«, entgegnete Eberhard grimmig. »Mit dem haben wir noch 'ne Rechnung offen. Und wie geht's deinem Bruder, Schmied? Immer noch besoffen?«

»Ist wohl eher umgekehrt. Ich bin es, dem ihr was schuldet, ihr verdammten Brandstifter!«

»Brandstifter?« Eberhard gab sich entrüstet. »Solche Worte solltest du lieber nicht in den Mund nehmen. Das könnte dir schlecht bekommen.«

»Willst du uns beleidigen, du Bastard?«, knurrte der Dritte, der lange Hagere mit der Narbe im Gesicht.

»Lasst den Mann in Ruhe«, fuhr der Ritter dazwischen. »Eure Querelen gehen mich nichts an. Aber gut, dass ihr ihn kennt. Er ist also kein Spion der Wenden.« Er wandte sich im Sattel um, um sich die Gegend anzusehen. »Nichts als verdammter Wald«, knurrte er. »Im Grunde ist es gleich, wo wir lagern. Dahinten scheint eine kleine Lichtung zu sein.« Er gab seinem Gaul die Fersen und lenkte das Tier durch die Büsche und tiefer in den Wald hinein.

Geros Blick folgte ihm. Tatsächlich, zwischen Baumstämmen hindurch konnte man eine lichte Stelle ausmachen. Das musste es sein, was der Ritter gesehen hatte.

»Na los, du wendische Hexe«, sagte Eberhard und schubste die junge Frau vor sich her. »Du hast den Mann gehört.«

Erst jetzt fiel Gero auf, dass die Hände der Frau gefesselt waren. Und dass sie einen langen Lederriemen um den Hals trug, dessen Ende sich der Söldner um die Faust geschlungen hatte. *Wendische Hexe*. Die Frau war also eine Slawin, die die Kerle verschleppt hatten. Sie war jung, vielleicht zwanzig. Ihr hellbraunes Haar hing ihr bis auf den Rücken. Sie trug ein schlichtes Leinenkleid aus feinem Stoff und gute, lederne Stiefel. Eigentlich zu gut für eine einfache Bauernmagd. War sie von Rang? Ausgesprochen hübsch war sie auf jeden Fall. Aber man musste sie geschlagen haben, denn ihre linke Wange war geschwollen, und unter dem Auge bildete sich ein Bluterguss. Sie hatte Angst vor Eberhard, das war offensichtlich.

»Was starrst du das Weib an?«, hörte er hinter sich den Hageren mit der Narbe sagen. »Beeil dich. Mir tun die Füße weh. Wir wollen uns endlich ausruhen.«

Gero machte sich daran, Eberhard zu folgen. Beim Gehen wandte er sich um. »Was habt ihr mit dem Mädchen vor?«

»Na, was wohl?«, gluckste der Hagere.

»Bist du dämlich, Mann?«, fragte der mit den Zähnen. »Weiber sind zum Spaß da. Und sie bringen Geld.«

»Ihr wollt sie verkaufen?«

»Unser Ewalt will sie dem jungen Herzog schenken. Will sich bei ihm einschmeicheln.«

»Dabei sollten wir sie im Lager meistbietend versteigern«, grollte der Hagere. »Wozu braucht der Herzog eine Wendenhure? Dem wird's doch wohl nicht an Weibern mangeln.«

Als sie die Lichtung erreichten, war der junge Ritter schon abgestiegen, hatte seinen Schild an einen Baum gelehnt, den Beutel mit Silber vom Pferd genommen, wie auch seine Satteltaschen. »Hier gibt's sogar Gras für die Gäule«, sagte er und breitete eine Decke aus.

»Aber keinen Bach«, murrte der Hagere. »Die Pferde brauchen Wasser.«

»Eine Nacht werden sie's schon aushalten. Nehmt ihnen die Lasten ab und lasst sie grasen. Und sucht Holz für ein Feuer.«

Hinter seinem Rücken warf Eberhard dem Ritter einen giftigen Blick zu. Aber sie taten, was er ihnen aufgetragen hatte, wenn auch mit verdrießlichen Gesichtern. Die junge Frau schob Eberhard vor sich her zu einem Baumstamm am Rande der Lichtung und band sie mit dem Riemen, den sie um den Hals trug, an einen Baum. Das gab ihr etwas Bewegungsfreiheit, aber fliehen konnte sie sicher nicht. Den Knoten um ihren Hals würde sie mit gefesselten Händen nicht lösen können.

Gero nahm seinen Beutel von der Schulter und suchte sich, nicht weit von Ritter Ewalt entfernt, ein ebenes Plätzchen ohne Steine oder Baumwurzeln, wo er einigermaßen bequem liegen würde. Er hätte die Einladung des Ritters, sich ihnen anzuschließen, natürlich ausschlagen können. Aber weglaufen vor den Halunken, die den Mann begleiteten, das wollte er nicht.

Ewalt nahm derweil einen tiefen Schluck aus seiner Feldflasche. Dann blickte er zu Gero hinüber. »Hast du Durst?«

Gero nickte dankbar, und der Ritter verstöpselte die Flasche und warf sie ihm zu. »Trink, so viel du willst. Wir haben noch einen gut gefüllten Wasserschlauch dabei.«

Gero trank. »Was ist mit der da?«, fragte er und deutete auf das Mädchen.

»Verdammte Wendin«, knurrte Eberhard. »Die braucht kein Wasser.«

»Halt's Maul, Eberhard.« Der Ritter warf dem Söldner einen gereizten Blick zu und wandte sich dann an Gero. »Gib ihr zu trinken. Sie wird durstig sein.«

Gero erhob sich und ging zu der Gefangenen hinüber. »Willst du Wasser?«, fragte er leise.

Als sie nickte, hielt er ihr die Feldflasche an die Lippen. Sie legte den Kopf in den Nacken und nahm einen vorsichtigen Schluck. Dann noch einen und noch einen.

»Danke«, flüsterte sie.

»Du sprichst unsere Sprache?«

»Ein wenig.«

»Möchtest du noch mehr?«

Sie schüttelte den Kopf. Gero zog sich zurück und setzte sich im Schneidersitz neben sein Bündel. Sie spricht sächsisches Deutsch, dachte er. Wo sie das wohl gelernt hat?

»Ein richtiger Samariter, unser Kesselficker«, grunzte der mit den schiefen Zähnen.

Die drei Söldner hatten den Pferden inzwischen Lasten und Sättel abgenommen, Holz gesammelt und sich selbst auch einen Platz zum Schlafen ausgesucht. Der mit den schiefen Zähnen brach Zweige in kleine Stücke und häufte sie an einer freien Stelle auf, um Feuer zu machen. Eberhard hatte sich daneben ins Gras gelegt und starrte auf die junge Frau. Er verschlang sie geradezu mit den Augen. Sie bemerkte es, wurde rot und wandte ängstlich den Blick ab. Über so eine herzufallen, das würde dem Schwein wohl gefallen, dachte Gero.

Das Mädchen sollte also ein Geschenk für den Fürsten sein. Oder zu Geld gemacht werden. Der Handel mit Menschen war Gero nicht unbekannt. Auch in Lümborg waren schon Sklaven verkauft worden. Junge Burschen, meist als Arbeiter für einen reichen Grundbesitzer. Und das Mädchen? Sie konnte einem wirklich leidtun. Es war klar, was ihr blühte. Wenn der Fürst mit ihr fertig war, würde sie im Lager herumgereicht werden. Wenn er doch nur etwas für sie tun könnte.

»Was ist das für ein komisches Schwert, Kesselficker?«, fragte der Hagere mit der Narbe. »Das ist ja ganz verbogen.«

»Da hat sich wohl einer draufgesetzt«, lästerte der mit den Zähnen.

Gero zog es vor, nicht zu antworten. Am liebsten hätte er das Schwert gezogen und es ihnen heimgezahlt. Für die Schmiede und für den Tod seiner Mutter und ein bisschen auch für das arme Mädchen, das da an den Baum gefesselt saß. Aber er beherrschte sich. Vielleicht würde sich noch eine Gelegenheit bieten.

»Ich hab dich was gefragt«, zischte der Hagere.

»Jetzt lasst den Mann endlich in Ruhe!«, sagte Ewalt scharf. »Ist ja nicht zum Aushalten, euer verdammtes Gestänker.«

Die ersten Flämmchen flackerten auf, und nachdem der mit den schiefen Zähnen Aststücke nachgelegt hatte, brannte bald ein kleines Feuer.

»Ist es nicht gefährlich, Feuer zu machen?«, fragte Gero den Ritter. »Wir sind doch hier in Feindesland.«

Ewalt schüttelte den Kopf. »Wir sind jetzt seit zwei Tagen unterwegs und haben keinen Einzigen ihrer Krieger angetroffen. Die haben sich alle in ihrer Burg eingeschlossen.«

Die Söldner holten etwas Wegzehr aus den Satteltaschen und machten sich daran zu essen. Der Ritter schnitt auch für Gero etwas Speck und ein Stück Brot ab. Das Brot war schon leicht vergammelt, aber Gero war hungrig und schlang es herunter.

»Erzähl mir von dem Angriff der Dänen«, sagte Ewalt mit vollem Mund.

Gero berichtete, was er gesehen hatte.

»Was für Schlappschwänze!«, spottete der mit den schiefen Zähnen, als Gero geendet hatte. »Lassen sich von diesen Wenden fertigmachen.«

»Ich würde das Maul nicht so weit aufreißen«, erwiderte Ewalt. »Die Wenden sind keine schlechteren Kämpfer als wir.«

»Und der Herzog?«, fragte Gero. »Was hat der vor?«

Ewalt zuckte mit den Schultern. »Jedenfalls keinen Leiterangriff. Die Burg wollen wir auch nicht zerstören. Eigentlich soll das Volk hier ja nur getauft werden. Die Priester stehen schon bereit. Es wird Massentaufen geben.« Er schüttelte lachend den Kopf. »Was das bringen soll, weiß ich auch nicht.«

»Die Wenden werden sich bestimmt nicht dazu überreden lassen. Und wenn Ihr die Burg nicht stürmen wollt …«

»Natürlich könnten wir sie stürmen, wenn wir das wollten. Würde uns sicher auch gelingen, aber ziemliche Verluste kosten. Warum sollten wir das tun? Warum sollten wir unsere Männer dafür opfern und das Land und die schöne Burg zerstören? Wir könnten natürlich auch sämtliche Scheunen abfackeln. Die Leute würden verhungern. Wie in Wagrien vor einigen Jahren. Aber warum? Wir würden uns doch nur selbst schaden.«

»Wie meint Ihr das?«

»Im Grunde gehört uns doch schon alles. Die Obodriten entrichten dem Reich seit Langem ihren Tribut. Herzog Heinrich ist ihr Lehnsherr. Gewissermaßen, meine ich. Die Wenden denken, sie sind unabhängig. Aber das sind sie nicht. Der Kreuzzug hat den Vorteil, dass er uns das Recht gibt, nicht nur den Tribut einzufordern, sondern härter durchzugreifen und uns das Land endlich anzueignen. Um ihre Seelen zu retten und Christen aus ihnen zu machen.« Er grinste spöttisch, als ob er selbst nicht dran glaubte. Dann fuhr er fort: »Wenn wir diesen Niklot in die Knie zwingen, können wir unsere eigenen Grafen einsetzen. Herzog Heinrich wird Bauern aus dem Westen holen und hier ansiedeln. Dann werden dieser elende Wald gerodet und die Sümpfe ausgetrocknet. Genau wie Graf Adolf das schon in Wagrien tut. Ich hätte selbst auch nichts dagegen, mir ein Stück Land zu nehmen. Einen Wald zum Jagen, ein kleines Dorf, das genügend abwirft.«

»Es geht also gar nicht um den Glauben.«

»Doch, das sagte ich doch. Aber nicht nur.«

Einen Augenblick lang herrschte Schweigen. Die drei Söldner saßen am Feuer und kauten an ihrem Speck. Sie hatten zugehört, aber nichts gesagt. Für sie war ein Stück Land gewiss nicht drin. Mehr als ihren Sold würden sie wohl nicht bekommen.

»Niklot wird das nicht mit sich machen lassen«, sagte Gero. »Wie wollt Ihr ihn in die Knie zwingen, wenn Ihr nicht die Burg stürmt?«

»Mit Geduld«, erwiderte Ewalt. »Wir können sie aushungern. Außerdem können wir Geiseln nehmen. Von bedeutenden Familien. So wie die da.« Er deutete zu dem Mädchen hinüber.

»Sie ist eine Geisel? Ich dachte …«

Ewalt lachte. »Hast du gedacht, sie ist ein Bauerntrampel zum Vergnügen der Männer? Nein, das ist ein Mädchen aus gutem Hause. Tochter eines Adeligen aus der Gegend. Die Obodriten haben auf Dobin zwar ihre Krieger versammelt, aber nicht ihre Familien. Überall im Land haben wir Reiter unterwegs. Und das nicht nur, um Proviant zu sammeln. Der Vater der Kleinen sitzt wahrscheinlich mit seinen Gleichgesinnten auf der Burg und wartet auf unseren Angriff. Mal sehen, was sie sagen, wenn wir ihm und anderen ihre Weiber und Töchter zeigen. Ob sie dann immer noch gegen die Taufe sind.«

Das Mädchen hatte ihn gehört und wohl auch verstanden, denn sie warf ihm einen wütenden Blick zu.

So ist das also, dachte Gero. Die Religion ist ein Vorwand – in Wirklichkeit geht es um Macht. Um die Macht der Fürsten. Um die gute Gelegenheit, ihren Herrschaftsbereich zu erweitern, sich Land anzueignen, das ihnen eigentlich nicht gehört. Die Priester sollen getaufte Wenden bekommen, damit sie still sind, die Fürsten das Land und den Reichtum. Je mehr Siedler sich hier einnisten, angeführt von Adeligen wie Ewalt, umso besser, denn die füllen mit ihren Abgaben die Säckel der Herren.

Gero konnte sich vorstellen, wie es ablaufen würde. Zuerst würden die Wenden ihrer Eigenständigkeit und ihres Landes beraubt, dann ihrer Götter, und zuletzt auch noch ihrer Sprache. Was nicht ausbleiben würde, wenn in Zukunft immer mehr deutschsprachige Siedler kamen. Sein Schwager Erik hatte den dänischen Kaufmann bestohlen. Aber war das hier etwas anderes? Dass Herzöge es taten und die Kirche es für gut befand, machte es nicht besser.

»Nehmt ihr mal die Handfesseln ab«, befahl Ewalt seinen Männern. »Das arme Ding soll schließlich auch was zu essen kriegen.«

Eberhard erhob sich betont langsam, ging zu der jungen Frau hinüber und kniete sich vor ihr auf den Boden. Plötzlich griff er ihr an die Brüste. Sie zuckte zurück und schrie. Eberhard lachte.

»Hör auf, an ihr rumzufummeln, du Bastard!«, brüllte Ewalt und sprang auf.

Der Söldner hob beide Hände und grinste schmierig. »Schon gut, schon gut. Wollte nur mal sehen, was sie unter dem Hemd hat.«

»Mir reicht's langsam mit dir. Gero, mach du das. Und hier, schneid ihr was von dem Speck ab.« Er reichte ihm die Speckseite.

Gero nahm den Speck und ging zu ihr hinüber. Er löste ihr die Handfesseln. Die Hände waren fast blau angelaufen. Die Kerle hatten sie viel zu eng geschnürt. Das Mädchen stöhnte vor Schmerzen, als das Blut wieder fließen konnte.

»Wenn ihr sie weiter so fesselt, werden ihr bald die Hände absterben«, sagte Gero. Er schnitt ihr ein dickes Stück Speck ab. Ohne ein Wort nahm sie es entgegen und biss gierig hinein. Sie hatte kräftige, gesunde Zähne.

»Ist es wahr, du bist von Adel?«

Sie zuckte mit den Schultern.

»Es wird schon alles gut für dich werden«, sagte er.

Auch jetzt antwortete sie nicht, sondern kaute nur weiter auf ihrem Speck.

»Was quatscht du mit der?«, rief der Hagere. »Du hast doch gehört, wir sollen sie in Ruhe lassen.«

Gero antwortete nicht, gab dem Ritter den Rest der Speckseite zurück und setzte sich an seinen Platz.

Es war schon ziemlich dunkel geworden. Er legte sich auf den Rücken, streckte sich aus und starrte zum Himmel empor. Die Wolken hatten sich verzogen, und die ersten Sterne waren zu sehen. Der Mond war dabei aufzugehen, obwohl man ihn hinter dem Blätterwald noch nicht sehen konnte.

Nachdem das Mädchen den Speck verzehrt hatte, ging Ewalt selbst zu ihr und fesselte ihr wieder die Hände. Aber weniger fest als vorher. Dann ordnete er an, dass Eberhard als erster Wache halten sollte, und befahl den anderen, sich aufs Ohr zu legen. Er selbst tat das Gleiche.

Gero konnte und wollte noch nicht schlafen. Die Nähe der drei Halunken machte ihn nervös. Was sollte sie daran hindern, ihm in der Nacht die Kehle durchzuschneiden? Aber würden sie das wagen? In Gegenwart des Ritters? Wahrscheinlich nicht. Trotzdem war ihm nicht nach Schlafen zumute, obwohl er nach seinem langen Marsch eigentlich müde war. Der Ritter und Eberhards zwei Kameraden hatten sich in ihre Decken gewickelt, und bald konnte man ihr leises Schnarchen hören.

Nach einer Weile hob Gero den Kopf. Eberhard saß am Feuer und starrte zu der Wendin hinüber, die mit dem Rücken an den Baum gelehnt saß und den Kopf hängen ließ. Niemand hatte ihr eine Decke gegeben. So weit schien die Fürsorge des Ritters nicht zu gehen. Vielleicht sollte ich ihr meine Jacke geben, dachte Gero. Aber es war nicht wirklich kalt. Vielleicht später.

Irgendwann musste er doch eingenickt sein, denn plötzlich schreckte er aus tiefem Schlaf auf. Das Mädchen hatte geschrien, so kam es ihm vor. Gero fuhr hoch. Das Feuer war fast heruntergebrannt, aber inzwischen stand der Mond hoch am Himmel und warf seinen bleichen Schein über die Lichtung. Am Waldrand bewegten sich Schatten. Wieder hörte er das Mädchen, aber es klang diesmal eher wie gurgelndes Stöhnen, gefolgt von einem angestrengten Keuchen. Und dann sah er es. Es war Eberhard, der sich auf sie gestürzt hatte und mit ihr rang.

»Willst du wohl leise sein!«, hörte er ihn fluchen. »Und halt endlich still, du verdammte Hure. Sonst dreh ich dir den Hals um.«

Dann hörte Gero einen Schlag und ein Wimmern. Es war klar, was da vor sich ging. Er fasste nach dem Schwert an seiner Seite. Aber sollte er wirklich eingreifen? Er allein gegen vier Mann? Doch die Entscheidung wurde ihm abgenommen, denn er sah, wie der Ritter mit einem Fluch auf den Lippen von seinem Lager aufsprang. In wenigen Schritten war er bei Eberhard, packte ihn an den Schultern und riss ihn von der Gefangenen weg.

»Wer hat dir das erlaubt, du Schwein?«, schrie er Eberhard an.

Doch das waren die letzten Worte, die er in diesem Leben von sich geben würde. Denn Eberhard, der inzwischen ebenfalls aufgesprungen war, hatte plötzlich seinen Sax in der Faust. Gero konnte die Klinge im Mondlicht blitzen sehen, als sie dem Ritter in einem Schwung die Gurgel durchtrennte. Der fasste sich an den Hals, wollte schreien, brachte aber nur ein nasses Röcheln zustande und brach in die Knie. Eberhard stieß mit dem Stiefel nach ihm. Der Ritter fiel ins Gras, zuckte noch ein paarmal und lag dann still.

Im ersten Augenblick war Gero wie gelähmt. Doch dann rissen ihn die Schreckensschreie des Mädchens aus seiner ungläubigen Starre – Schreie des Entsetzens über das dunkle Blut, das aus der Kehle des Ritters sickerte. Da gab es für ihn kein Halten mehr.

Er sprang auf und riss in der gleichen Bewegung sein Schwert aus der Scheide. Er hatte sich schon öfter mit Fäusten geprügelt, besonders wenn sein Bruder Arnulf in Schwierigkeiten steckte, aber noch nie mit einer blanken Klinge in der Faust.

Doch das war ihm in diesem Augenblick nicht bewusst. Die plötzliche Wut, die über ihn gekommen war, ließ ihn alle Vorsicht vergessen. Wut über dieses Verbrechen, Wut über den Verlust der Schmiede und den Tod der Mutter. Und an allem war dieser Bastard Eberhard schuld.

Gero stürzte auf ihn zu und schwang den Säbel. Aber er verfehlte den Mann, denn der war einen Schritt zur Seite gesprungen und stieß jetzt mit dem langen Messer zu. Aber auch der Stoß ging knapp daneben, als Gero sich im letzten Augenblick duckte. Er schwang erneut die Waffe, diesmal mit einem schlecht gezielten Rückhandhieb, und traf dabei nur Eberhards Schläfe mit dem Schwertknauf. Doch der Schlag war hart genug, dass der Mann für einen Augenblick das Bewusstsein verlor und in die Knie sackte.

Sofort war Gero an der Seite des Mädchens, fummelte in der Dunkelheit nach dem Lederriemen, mit dem sie an den Baum gefesselt war, durchtrennte ihn mit der scharfen Klinge, und gleich darauf auch die Handfesseln.

»Lauf!«, schrie er ihr zu. »Lauf und versteck dich im Wald!«

Das ließ sie sich nicht zweimal sagen. Sie sprang auf und rannte in panischer Angst davon. Er hörte sie durchs Unterholz hetzen. Einmal schrie sie auf, musste sich den Fuß gestoßen haben oder gegen einen Baum gerannt sein. Dann hörte er sie weiterrennen.

Gero holte tief Luft. Aber viel Zeit blieb ihm nicht, denn inzwischen waren die beiden anderen Kerle aufgewacht. Sie sahen Eberhard auf den Knien liegen und benommen wanken, und Gero, der mit blankem Säbel in der Faust über ihm stand. Fluchend griffen sie zu ihren Schwertern. Auch Eberhard regte sich, bemüht, wieder auf die Beine zu kommen.

Gero hätte ihn mit einem Hieb töten können. Aber dazu war er nicht imstande. Nicht, nachdem die erste Wut verraucht war. Und drei kampferfahrene Söldner gegen ihn allein, der kaum wusste, wie man mit einem Schwert umging, das war schierer Wahnsinn.

Also rannte er lieber. Genau wie das Mädchen. Er stürzte sich in die Nachtschwärze des Waldes, zwängte sich durchs Unterholz, stieß sich den Kopf an einem Ast und stürmte weiter. Eberhard musste sich von dem Hieb erholt haben, denn er hörte ihn seinen beiden Kameraden zubrüllen, sie sollten bei den Pferden bleiben und das Silber bewachen. Er würde sich den verdammten Schmied holen.

Gero lief, so schnell es in der Dunkelheit möglich war. Auf der Lichtung hatte man dank des Mondscheins gut sehen können. Aber hier im tiefen Wald war es finster. Mehrmals krachte er schmerzhaft gegen einen Baum, stolperte über Wurzeln, verfing sich im Dickicht. Lief er eigentlich in die gleiche Richtung wie das Mädchen? Das wäre nicht gut. Eher sollte er Eberhard von ihr weglocken, denn er hörte ihn kommen. Das Knacken von Zweigen und sein wütendes Schnauben und gelegentliches Fluchen kamen näher. Gero wollte weiterrennen. In seiner Hast passte er nicht auf und lief direkt gegen einen Baumstamm. Der Aufprall schmerzte, und er konnte einen Schrei nicht unterdrücken.

Eberhard musste ihn gehört haben, denn seine Schritte kamen auf ihn zu.

»Hab ich dich, du Bastard!«, hörte er seine raue Stimme.

Der Kerl war direkt vor ihm. Und jetzt konnte er auch seinen Schatten ausmachen. Gero hob den Säbel, um sich zu wehren, und spürte dabei ein scharfes Zwicken unter dem Rippenbogen. Blindlings schlug er zu und traf auf etwas Weiches. Kein Baum jedenfalls. Sofort hörte er Eberhard aufstöhnen. Ohne genaues Ziel stach Gero mit der scharfen Spitze zu, dorthin, wo er seinen Gegner vermutete. Tief drang die Klinge in einen Körper. Eberhard stieß einen entsetzlichen Schrei aus. Gero spürte, wie er nach der Klinge griff, als wolle er sie ihm entreißen.

Gero zog sie aus dem saugenden Fleisch und schlug noch zweimal zu, zuletzt auf den bereits am Boden liegenden Mann, der nun keinen Laut mehr von sich gab.

Zitternd und heftig atmend stützte Gero sich mit einer Hand gegen den Baum. Auch wenn es Notwehr gewesen war und der Kerl es verdient hatte – es war ein Schock, als ihm klar wurde, dass er einen Menschen erschlagen hatte.

Von der Lichtung her hörte er die beiden anderen nach Eberhard rufen. Vielleicht würden sie ihn verfolgen. Er nahm seinen ganzen Mut zusammen und brüllte ihnen entgegen: »Euer Eberhard ist tot! Und genauso tot werdet ihr auch gleich sein. Kommt nur her in den Wald, damit ich euch genauso massakriere wie ihn.«

Da herrschte Stille. Er lauschte, ob das Knacken von Zweigen zu hören war, ob sie kamen, um ihn zu töten. Aber nichts. Nur das leise Säuseln des Nachtwindes in den Baumkronen. Er wartete eine ganze Weile. Aber nichts geschah. Sie mussten es aufgegeben haben, nach ihm zu suchen.

Vorsichtig tastete er sich weiter durch den Wald. Die Seite tat ihm weh, als habe er vom Laufen Seitenstechen. Das kommt von meiner wilden Flucht durch den Wald, dachte er.

Plötzlich hörte er es rascheln. Und dann die leise Stimme der jungen Frau. »Ich bin's«, raunte sie. »Ich hab gesehen, wie du den Kerl erschlagen hast.«

Er konnte die Umrisse ihrer schlanken Gestalt ausmachen. »Das hast du gesehen?«

»Ja. Ich bin vor Angst fast gestorben. Danke, dass du mir geholfen hast.«

»Üble Burschen, das. Die haben das Haus meiner Familie in Brand gesteckt. Meine Mutter ist dabei umgekommen.«

»Oh«, murmelte sie. »Wie schrecklich.«

»Wir sollten nicht stehen bleiben. Besser, wir gehen weiter.«

»Glaubst du, sie verfolgen uns?«

»Sieht nicht so aus. Oder hörst du was?«

Sie lauschten angestrengt. »Nein, nichts«, sagte das Mädchen schließlich.

»Sie haben das Silber«, sagte Gero. »Das ist ihnen wichtiger, als uns hier im dunklen Wald zu verfolgen. Die wollen nicht wie Eberhard enden.«

»Aber sie haben den Ritter umgebracht. Wie wollen sie das erklären?«

»Sie können behaupten, sie wären von Niklots Kriegern überfallen worden.« Gero ging weiter, bog ein paar Zweige zur Seite und duckte sich unter einen dicken Ast. »Komm«, sagte er. »Mir ist wohler, wenn wir uns von hier entfernen. Bei Tagesanbruch sollten wir besser weit weg sein.«

»Weißt du eigentlich, wohin du gehst?«

»Nicht wirklich. Ich hoffe, nach Osten.« Er fasste sich an die Seite. Es tat jetzt doch ziemlich weh. Besonders beim Atmen. Und seine Finger fühlten sich nass an und klebrig. Vielleicht war er verwundet. Aber darüber wollte er jetzt nicht nachdenken. »Wie heißt du eigentlich?«, fragte er. »Oder soll ich ›Ihr‹ sagen?«

»Ich heiße Olga. Und ›du‹ ist genug. Schließlich hast du mich gerettet.«

»Und ich bin Gero. Vielleicht finden wir dein Dorf, Olga.«

»Es liegt zwischen zwei kleinen Seen. Warin.«

»Was?«

»Warin. So heißt unser Dorf. Meine Familie besitzt da ein Herrenhaus. Aber jetzt werden sie uns wohl alles wegnehmen.«

»Vielleicht nicht. Wenn ihr euch taufen lasst.«

»Ich bin getauft.«

»Du bist Christin?«

»Ja. In unserem Dorf wohnt ein Christenprediger. Der hat schon viele getauft. Bei ihm hab ich auch deine Sprache gelernt.«

»Ah, hab mich schon gewundert.«

Sie waren an eine Stelle gekommen, wo ein moosbewachsener Felsen vor ihnen aufragte. »Setzen wir uns einen Augenblick«, sagte Gero. Mit einem Ächzen ließ er sich nieder.

»Was ist dir?«, fragte Olga. »Bist du verwundet?«

»Vielleicht. Ist aber bestimmt nicht schlimm.«

»Zeig mir, wo du verwundet bist.«

Er nahm ihre Hand und hielt sie an seine Seite.

»Oh, mein Gott!«, rief sie. »Es ist ja voller Blut.«

»Es ist nichts.«

»Wie fühlst du dich?«

»Ein bisschen schwach. Aber das vergeht gleich wieder. Dann wandern wir weiter.«

Erstaunt nahm er wahr, wie sie den Arm um ihn legte und ihr Gesicht sich dem seinen näherte. »Ich hoffe, es geht dir bald besser, Gero. Ich hatte solche Angst. Und du hast mich gerettet. Aber jetzt bist du verwundet. Es tut mir so leid. Ruh dich ein wenig aus. Dann gehen wir weiter. Bei uns gibt es eine weise Kräuterfrau. Die wird dir helfen.«

Sie küsste ihn auf die Wange. So wie man ein Kind küsst. Oder einen Kranken, um ihm Mut zu machen. Er konnte den Duft ihrer Haare wahrnehmen, die Nähe ihres warmen Körpers spüren.

Er hatte sich nie binden wollen. Diese junge Frau aber hatte etwas in ihm angerührt. Das war seltsam und verwirrend. Vor Tagen noch hatte er die Wenden gehasst. Dafür, was sie den Menschen in Lubeke angetan hatten. Und jetzt saß er hier mit einem Mädchen ihres Volkes. Er fühlte sich mehr als wohl damit, dass sie den Arm um ihn gelegt hatte, dass er ihr Herz an seiner Brust spürte. Olga. Der Name gefiel ihm.

Er spürte jetzt eine innere Schwäche, die an ihm zog. Sein Kopf wurde schwer und sank ihm auf die Brust. Wie durch einen Nebel hörte er Olgas ängstliche Stimme.

»Was ist, Gero? Geht es dir nicht gut? Mein Gott, was kann ich für dich tun?«

»Ich muss mich nur etwas ausruhen«, murmelte er. »Ich bin müde.«

Er hörte den Ruf eines Käuzchens im Wald. Er erschrak. Käuzchen brachten Unheil, waren Hexenvögel. Und hieß es nicht auch, dass sie den Tod brachten? Vielleicht war er wirklich schwer verwundet, und es ging zu Ende mit ihm. Er raffte sich auf, nahm Olgas Hand und legte sie sich auf die Brust.

»Ich wünschte, ich hätte jemanden wie dich früher kennengelernt.«

»Hast du denn keine Frau?«

Er schüttelte schwach den Kopf. »Und jetzt ist es zu spät.«

»Es ist nie zu spät.«

»Ich glaube, ich sterbe.«

»Ach, bitte, sag das nicht.« Sie zog ihn fester an sich und legte ihre Wange an die seine. Er spürte etwas Nasses. Weinte sie?

»Es geht dir bestimmt bald besser, Gero«, hörte er sie sagen. »Und dann hilfst du mir, mein Dorf zu finden. Vielleicht kannst du ja eine Weile bei uns bleiben. Wir werden dich pflegen.«

»Ja, das wäre schön«, murmelte er.

Er begann, an seinem Schwertgürtel zu fummeln. Aber die Anstrengung war zu groß. »Hilf mir, das blöde Ding abzunehmen.«

»Wozu?«

»Ich will es dir schenken. Es ist ein ungarischer Reitersäbel. Ein schönes Erbstück unserer Familie.«

»Aber was soll ich damit?«

»Ich möchte, dass du ihn an dich nimmst. Du wirst ihn brauchen. Um dich zu verteidigen. Denn ich fürchte, ich werd's nicht schaffen bis zu deinem Dorf.«

Jetzt hörte er Olga schluchzen. »Du darfst nicht sterben«, flüsterte sie.

»Nimm den Säbel. Und behalt mich in guter Erinnerung.«

Sie hielt ihn fest umschlungen und wiegte ihn, wie man ein Kind in den Armen wiegt. Dabei fiel ihr nichts Besseres ein, als ein altes Wiegenlied für ihn zu singen, das sie von der Mutter kannte. Sie hatte eine schöne Stimme.

Gero wurde ganz warm ums Herz. Und er merkte kaum, wie er langsam hinwegdämmerte, bis sein Herz das Schlagen aufgab.

Olga blieb lange an seiner Seite, spürte, wie er langsam erkaltete.

Als die ersten Vögel ihre Stimmen erschallen ließen und der Tag graute, wischte sie sich die Tränen von den Wangen und bettete seinen Leichnam unterhalb des moosbewachsenen Felsens auf den Waldboden.

Sie brachte es nichts übers Herz, ihn einfach so liegen zu lassen, sondern schloss ihm die Augen und häufte altes Herbstlaub und Zweige über seinen Leib. Mit einem Fetzen ihres Gewandes band sie ein Kreuz aus dünnen Ästen, das sie zu seinem Haupt in den weichen Boden steckte. Sie sprach ein Gebet und bat Gott, ihn in sein Himmelreich aufzunehmen. Dann saß sie noch eine Weile still neben dem Laubhügel.

Schließlich erhob sie sich, nahm den Säbel samt Schwertgürtel an sich und wanderte durch den Wald der aufgehenden Sonne entgegen.

TEIL III
Der große Krieg

Wir schreiben das Jahr 1647. Als wären die vier Reiter der Apokalypse über die deutschen Lande gekommen, so tobt ein schrecklicher, nicht enden wollender Krieg nun schon seit fast dreißig Jahren. Ein Krieg, der unbeschreibliches Leid über die Menschen gebracht hat und immer noch riesige Landstriche verwüstet. Denn jedes Heer, das irgendwo durchzieht, ganz gleich ob Freund oder Feind, hinterlässt eine breite Schneise des Schreckens und des Elends, als wäre die biblische Heuschreckenplage über das Land gekommen. Zur Verpflegung zehntausender Söldner und des gewaltigen Trosses an Weibern und Kindern, an Knechten und Mägden, Marketendern und Huren, den jedes Heer hinter sich herzieht, wird immer wieder das umliegende Land ausgeplündert und den Bauern alles genommen, sogar die Saat fürs nächste Jahr.

»Furagieren« ist das Wort dafür, erst kürzlich aus dem Französischen entlehnt. Dörfer werden niedergebrannt, Menschen entführt, andere gefoltert, um das Versteck ihrer mageren Ersparnisse herauszupressen. Wer sich wehrt, wird ermordet, Frauen werden geschändet und Kinder erschlagen. Es brennen die Felder, um dem Feind zu schaden. Überall hungern und verhungern Menschen. Oder sie sterben an Seuchen, denn Ruhr und Cholera haben sich breitgemacht, sogar die Pest hat an manchen Orten wieder Einzug gehalten. Es gibt Gegenden, in denen kaum ein Viertel der Einheimischen überlebt hat. Man kommt durch Geisterdörfer, in denen kein Mensch mehr lebt, verlassene Äcker, die verwildern, Hunde, die sich gegenseitig zerfleischen. Selbst das Wild scheint aus den Wäldern verschwunden zu sein.

Aber nicht nur das Landvolk ist betroffen. Mehr Soldaten gehen an Hunger, Kälte und Seuchen zugrunde als an den eigentlichen Kriegshandlungen. Besonders in den harten Wintern, die es seit einigen Jahr-

zehnten gibt. Männer erfrieren in ihren armseligen Zelten, müssen sich erfrorene Zehen abnehmen lassen oder sterben selbst bei kleinen Verletzungen an der stümperhaften Behandlung durch Wundärzte. Oft ist in den Heerlagern das Wasser verseucht, es grassieren Gonorrhöe und Syphilis. Und kaum jemand, den nicht die Läuse plagen. Und doch ist der Kriegsdienst für viele die einzige Möglichkeit zu überleben. Wer seinen Hof verloren hat, dem bleibt nur die Wahl, sich Räuberbanden anzuschließen oder die paar Gulden Laufgeld der Werber einzustecken. Dabei ist es gleich, auf welcher Seite man dient.

Unter den Machtkämpfen der Fürsten leidet das Volk. Wer überhaupt von diesem Elend profitiert, das sind die Kriegsunternehmer, die auf eigene Kosten Regimenter und Heere aufstellen, an die Mächtigen vermieten und sich noch dazu reich mit Titeln und Grafschaften belohnen lassen: Kriegsherren wie die Wallensteins und Tillys, die Mansfelds und Melanders, die sich auch nicht scheuen, die Seiten zu wechseln, wenn es ihnen passt.

Was als deutscher Zwist zwischen protestantischen Fürsten und dem katholischen Kaiser begann, hat sich zu einem europäischen Krieg ausgeweitet, in dem alle mitmischen, um sich ein Stück aus dem Kuchen zu schneiden. Spanier finanzieren katholische Heere, kämpfen gegen Niederländer. Franzosen gegen Spanier. Dänen und Schweden wüten im Norden. Tillys Eroberung von Magdeburg kostet zwanzigtausend Menschen das Leben. Dann verwüsten die Schweden ganz Deutschland. Tilly fällt, Wallenstein wird ermordet. Die »Katholischen«, die anfänglich noch erfolgreiche Schlachten schlagen konnten, werden immer mehr geschwächt und zurückgedrängt. Doch dann kommen auch den Schweden die protestantischen Verbündeten abhanden. Sie halten aber weiterhin die Elblinie, und die mit ihnen verbündeten Franzosen besetzen den Rhein bis hinein nach Württemberg und Bayern.

Das Land ist ausgelaugt, die Heere erschöpft. Die Kontrahenten taumeln wie Faustkämpfer, die kaum noch auf den Beinen stehen können und sich doch weigern, das Handtuch zu werfen. Besonders der Kaiser will nicht aufgeben, glaubt immer noch, das Reich wieder unter habs-

burgische Kontrolle bringen zu können, obwohl Spanien längst bankrott ist und kein Geld mehr schickt und auch unter den Katholischen die Verbündeten wanken.

Und doch gibt es einen Hoffnungsschimmer. Seit drei Jahren wird in Münster und Osnabrück über einen Friedensschluss verhandelt – obwohl es dabei mehr um persönliche Eitelkeiten zu gehen scheint als um Fortschritt. Nur wenige glauben an einen glücklichen Abschluss, denn der Krieg tobt unvermindert weiter. Dennoch sind manche Fürsten zum Einlenken bereit. Der junge Kurfürst von Sachsen hat sich mit den Schweden auf einen Waffenstillstand geeinigt. Auch Kurfürst Maximilian von Bayern, sonst immer treu an des Kaisers Seite, fürchtet um sein Land, das von Franzosen und Schweden hart bedrängt wird. Im März 1647 hat Bayern daher in Ulm in langen Verhandlungen mit der Gegenseite und dem protestantischen Hessen-Kassel einen Waffenstillstand vereinbart. Sehr zum Missfallen des Kaisers.

Anfang Juli lagert das kurfürstlich-bayerische Heer über mehrere Dörfer verteilt östlich des Lechs, nicht weit von Augsburg entfernt. Die meisten sind froh über den Waffenstillstand. Besonders, da es so aussieht, als haben sich die Franzosen tatsächlich zurückgezogen. Lediglich Feldmarschall-Leutnant Johann von Werth, der den Oberbefehl hat, ist mit dem Alleingang des Kurfürsten alles andere als zufrieden.

Von Werth ist von niederer Herkunft – ein Bauernsohn, der bis heute nicht schreiben gelernt hat. Aber er ist ein brillanter Reitergeneral, der eine steile Karriere hinter sich hat; ein Ehrgeizling, der nach Besitz und Titeln lechzt. Wird er dem Kurfürsten die Treue halten?

Unsere Geschichte beginnt an einem lauen Sommerabend. In der Nähe eines Dorfes hat sich eine Schwadron Dragoner auf einem Bauernhof einquartiert, ein wilder, abgerissener Haufen von etwa achtzig Mann. Das Gras der umliegenden Wiesen ist gut für ihre Gäule, auch wenn es den Männern an Proviant mangelt. Deshalb haben sie nicht auf das Wehklagen des Bauern geachtet und die einzige ihm noch verbliebene Kuh geschlachtet.

Feldhauptmann und Eigner der Truppe ist Ewalt Freiherr von Bil-

lung, Anfang vierzig, ein abgebrühter Kriegsmann aus dem Norden, der selbst ein paarmal die Seiten gewechselt hat, der alles gesehen und erlebt hat und den nichts mehr schrecken oder überraschen kann. Die Schwadron hatte schon einmal mehr als doppelte Stärke, als von Billung sie vor Jahren aufgestellt und auf eigene Kosten ausgerüstet hat. Den Großteil seines väterlichen Erbes hat er darauf verwendet.

Aber das ist lange her. Inzwischen ist die Truppe heruntergekommen. Besonders das letzte Jahr war schlimm. Sie mussten sich im Südwesten mit den Franzosen herumschlagen, haben dabei Männer verloren, einige auch durch Krankheit. Vor allem Beute hat es keine gegeben. Und von Werth, der Bastard, hält das Geld zurück, das er Ewalt schuldet. Mehr als ein Jahr Bezahlung steht aus. Im Augenblick ist Ewalt so pleite, dass er seinen Leuten keinen Heller Sold zahlen kann. Und doch halten sie immer noch zu ihm. Vielleicht, weil sie gemeinsam viel durchgemacht haben. Das schweißt zusammen.

Aber es rumort in der Truppe. Nicht nur in von Billungs Schwadron, sondern besonders in der Infanterie. Doch noch mehr rumort es in Ewalts Herz. Er hat von allem genug – vom Krieg, von seinen Vorgesetzten, von den Bayern, von diesem Leben. Er hätte nicht übel Lust zu desertieren, wenn nötig, mit der ganzen Truppe. Auch wenn sie alle am Galgen enden würden, sollte man sie erwischen.

FELDMARSCHALL VON WERTH

Mit einem Ruck schreckte Feldhauptmann Ewalt von Billung von seinem Lager hoch. Schweiß stand ihm auf der Stirn, und sein Herz klopfte. Wieder dieser verdammte Albtraum. Bilder, die er nicht loswerden konnte. Der Kopf schmerzte, die Kehle war ausgetrocknet. Einen Augenblick lang war er verwirrt.

Dann nahm er den Geruch von gebratenem Fleisch wahr und wusste wieder, wo er war. Auf einem Hof. In der Kammer des Bauern. Dort hatte er es sich eingerichtet. Etwas beengt war es, die Strohmatratze nicht sehr bequem. Wahrscheinlich voller Ungeziefer. Aber hier hatten der alte Bauer und sein Weib ihr Leben lang geschlafen, Kinder gezeugt und zur Welt gebracht.

Obwohl, junge Erwachsene oder gar Kinder hatten sie auf dem Hof nicht angetroffen. Nur die beiden Alten. Und wo die jetzt schliefen, kümmerte von Billung im Augenblick wenig. Wahrscheinlich im Kuhstall. Da war schließlich Platz, seit ihr letztes Stück Vieh da draußen über dem Feuer röstete.

Die beiden hatten lamentiert, aber schließlich mussten seine Männer etwas zwischen die Zähne kriegen. Und mehr als die magere Kuh und einige Säcke Haferkörner hatten sie auf dem Hof nicht finden können. Sogar auf den Feldern war nichts zu holen, denn im Frühjahr hatten die Franzosen die junge Saat vernichtet. Im Grunde sollten der Bauer und sein Weib froh sein, dass sich Dragoner einquartiert hatten und nicht das Gesindel aus dem Tross. Die hätten die beiden wahrscheinlich schon umgebracht.

Es war das Ende eines schönen, warmen Frühsommertages. Von Billung hatte ein Stündchen geschlafen. Die letzten Sonnenstrahlen warfen ihr Licht auf eine Spinne, die an ihrem silbernen

Faden von der Decke hing. Der Bratengeruch von draußen ließ seinen Magen knurren, der sich wie ein riesiges Loch anfühlte. Ein gewohntes Gefühl, denn Hunger war der ständige Begleiter des Soldaten. Und von Billung war ein Offizier, der aus Prinzip nicht besser aß als seine Männer. Nicht wie andere Vorgesetzte, die von allem nur das Beste für sich herauspickten. Sie nahmen sich auch die hübschesten Weiber im Tross und ließen es sich umsonst machen mit dem Versprechen auf Schutz und sonstige Vorteile.

Reiter hatten es im Allgemeinen besser als Fußtruppen. Reiter konnten beim Furagieren weiter ausschwärmen und ein größeres Gebiet durchstöbern. Aber seit hier vor einer Weile Schweden und Franzosen gewütet hatten, war die ganze Gegend so ziemlich leer geplündert. Die Bauern hatten selbst kaum was zu fressen. Im Grunde war das hier ein schlechter Lagerort für das bayerische Heer. Wahrscheinlich würden sie bald weiterziehen müssen.

Überhaupt war in diesen Jahren das Taktieren weniger davon bestimmt, den Feind auszumanövrieren oder zur Schlacht zu zwingen, als davon, Gegenden zu finden, in denen man die eigene Truppe noch einigermaßen ernähren konnte. Dazu die doppelte und dreifache Menge an Mitläufern, die wie Zecken im Pelz des Heeres saßen. Eheweiber oder Geliebte mit ihren Kindern, Frauen, die ihre Männer verloren hatten und sich als Huren oder Wäscherinnen durchs Leben schlugen, Marketender, Handwerker, Knechte und andere Kreaturen, die irgendwie versuchten, vom Heer und mit dem Heer zu überleben. Denn mit den Soldaten zu ziehen war besser, als in einer ausgeplünderten Gegend schutzlos zurückzubleiben und vor Hunger umzukommen.

Ist eben auch hier wie überall im Land, dachte Ewalt. Jeder schlägt sich durch, wie er kann, ohne Rücksicht auf andere. Man selbst handelt auch nicht anders. Was ist nur aus uns geworden? Was aus Gottesfurcht und Nächstenliebe? Leider füllen solche Tugenden nicht den Magen. Sie wärmen auch nicht, wenn einem im Winter die Zehen abfrieren. Und sind noch weniger hilfreich, wenn einem die Musketenkugeln um die Ohren fliegen.

»Gerstmair!«, brüllte er.

Nichts rührte sich. Wo blieb der verfluchte Bengel nur wieder? Er brüllte nochmal nach seinem Burschen. Diesmal lauter.

Schließlich hörte er Schritte auf dem Holzboden. Alois Gerstmair, dünn und abgemagert, mit vierzehn noch ein halbes Kind, steckte den Kopf zur Tür herein. »Herr Feldhauptmann haben gerufen?«

»Sag mal, sitzt du auf den Ohren? Ich schrei mir die Kehle heiser.«

»Tut mir leid, ich war …«

»Egal! Sieh zu, dass die Bande da draußen nicht alles auffrisst und mir noch was vom Rinderbraten übriglässt.«

»Jawohl, Herr Feldhauptmann!«

»Abmarsch! Und mach die Tür hinter dir zu.«

»Jawohl, Herr Feldhauptmann!«

Damit verschwand der Junge. Und das mit dem Türzumachen nahm er so wörtlich, dass es knallte und die Wände wackelten.

Ewalt seufzte. Ein Schusselkopp, dieser Gerstmair Alois. Aber wenigstens bemühte er sich. Er hatte ihn vor einem halben Jahr irgendwo auf der Straße aufgelesen. Weil er einen Burschen brauchte – dem Vorgänger hatte eine Kanonenkugel den Kopf abgerissen – und weil der Junge ihm leidtat. Beide Eltern waren grausam gefoltert und dann umgebracht worden. Wegen ein paar Silbermünzen.

An einem Haken an der Wand hing sein schwerer Ledermantel. So etwas besaßen alle Dragoner. Das dicke Rindsleder stellte einen gewissen Schutz gegen Schwertklingen dar. Was die Männer darunter trugen, war jedem selbst überlassen. Die Franzosen hatten angefangen, ihre Söldner mit Uniformen auszustatten. Nicht so die Kurfürstlichen. Auch die Kaiserlichen nicht.

In einer Ecke lehnte sein Karabiner, eine kurzläufige Muskete.

Dragoner waren im Grunde Musketiere, die auf ihren Pferden die feindlichen Linien umgingen, dann absaßen und zu Fuß kämpften. Aber nicht immer. Ziemlich oft wurden sie auch als leichte Kavallerie eingesetzt. Auf dem Boden in der Ecke lagen Reiterhelm und Brustharnisch. Der Harnisch hatte schon einiges hinter sich. Das gute Stück war von Schwerthieben zerkratzt, an den Rändern angerostet, und über der linken Brust war eine ziemliche Delle zu sehen. Ich sollte die mal ausbeulen lassen, sagte er sich. Oder mir überhaupt einen neuen Harnisch zulegen. Bei den Marketendern im Tross würde sich sicher was Passendes finden.

Nun, es war langsam Zeit zum Aufstehen. Mal sehen, was der Abend so bringen würde. Vielleicht ein bisschen Würfelspielen im Dorf, wo das Regimentshauptquartier sich eingenistet hatte. Einen Beutel Gulden besaß er noch. Der war unter dem Hemd an einer Lederschnur um den Hals gebunden, damit ihm keiner sein letztes Geld klauen konnte. Im Grunde sollte er es nicht beim Würfeln aufs Spiel setzen. Aber was gab es denn sonst an Unterhaltung? Vielleicht war Fortuna ihm heute hold.

Von Billung schwang die Beine über den Bettrand und stellte die nackten Füße auf den Bretterboden. Er gähnte und reckte sich, fuhr sich mit den Händen übers Gesicht, wie um die Spinnweben aus dem Kopf zu wischen. Dann schlüpfte er in die schweren Stulpenstiefel und stand auf. Er las sein Wams vom Boden auf und zog es über das Leinenhemd mit den weiten Ärmeln. Dann legte er sich den Schwertgürtel mit Dolch und Degen um die Hüften. Moretti sagte immer, er solle sich doch endlich ein richtiges Reiterschwert besorgen. Der Degen sei vielleicht gut zum Duellieren, aber nutzlos in einer Schlacht. Aber es war ein schöner Degen. Ein Beutestück. Lag gut in der Hand. Von Billung hatte nicht vor, sich davon zu trennen.

Er steckte seine zwei Pistolen in die Holster am Gürtel und stülpte sich den breitkrempigen Hut auf den Kopf. Er war schon immer der Meinung gewesen, ein Mann brauchte einen Hut. Ohne

Hut war man nur ein halber Mensch. Leider hatte der seine im Regen und Schnee des letzten Winters gelitten. Die schönen Straußenfedern, die ihn einst zierten, hatte von Billung längst weggeworfen. Die verdammten Dinger störten nur. Auf Schönheit und Mode kam es ihm weiß Gott nicht an. Deshalb trug er auch keinen Knebelbart wie so viele Offiziere. Alle paar Tage die Stoppeln abschaben, das war einfacher.

Er öffnete die Kammertür und trat in die bescheidene Stube. Die Wände der Bauernkate waren mit Lehm verputzt. Fenster gab es nur zwei, und die waren klein, damit es im Winter nicht zu kalt wurde. Entsprechend düster war es im Innern, besonders jetzt in der Abenddämmerung. In einer Ecke der große, offene Kamin, rußgeschwärzt von jahrzehntelanger Nutzung. Dort hockte eine Katze und beobachtete misstrauisch die Männer, die gegenüber an einem aus unbearbeitetem Holz gezimmerten Tisch saßen.

Eine funzelige Laterne erhellte die Gesichter. Moretti hatte seine gestiefelten Füße auf einem Schemel liegen und schmauchte ein Pfeifchen. Neben ihm der junge Leutnant Schmidhofer, seit Kurzem Stellvertreter und zweiter Mann in der Schwadron. Und der Hüne Kaffenberger, von Billungs Leibgardist. Der war wieder mal mit Schnitzen beschäftigt. Ewalt fragte sich, was es diesmal werden sollte. Sah nach einer Flöte aus.

»Na?«, fragte Moretti und blies einen Rauchring an die niedrige Decke. »Haben Hochwohlgeboren endlich ausgeschlafen und erweisen uns die Ehre?«

Federigo Moretti – Fredo für seine Freunde – war ursprünglich Florentiner. Man hörte es an seiner Aussprache. Er war bei der Belagerung von Mantua in kaiserlichen Diensten gewesen und später mit dem Heer nach Norden gekommen. Er war nicht besonders groß, eher ein untersetzter und etwas krummbeiniger Mann. Aber kräftig und zäh, nicht umzubringen. Ein gepflegter dunkler Knebelbart zierte sein Kinn, und ein gewaltiger Schnauzbart die Oberlippe. Überhaupt legte Moretti viel Wert auf sein Äußeres. Es war

Ewalt ein Rätsel, wie er es schaffte, immer wie aus dem Ei gepellt auszusehen. Er trug weite, gestreifte Pumphosen über Stulpenstiefeln aus feinem Leder. Sogar ein weißer Spitzenkragen bedeckte seine Schultern. Italiener eben. Denen war so etwas wichtig. In seiner eleganten Erscheinung sah Moretti eher aus wie ein Offizier als wie ein Feldwaibel.

Aber ein guter Feldwaibel war für die Truppe wichtiger als so ein Grünschnabel wie Schmidhofer. Moretti achtete auf die Disziplin der Männer, stauchte sie zusammen, wenn nötig, und kümmerte sich um ihre Waffen, aber auch um ihr Wohlbefinden und ihre Wehwehchen. Zu ihm kamen sie, wenn sie etwas auf dem Herzen hatten. Und er war seit vielen Jahren von Billungs Freund.

»Wo hast du den Tabak her?«, fragte von Billung.

»Aufgespart. Für besondere Anlässe. Willst du was abhaben? Gutes Kraut.«

Von Billung schüttelte den Kopf. »Nein, nein. Behalt es nur. Aber was soll denn heute der besondere Anlass sein?«

Moretti faltete die Arme über der Brust und grinste. »Dass wir am Leben sind, mein Freund. Was sonst? Vielleicht kommt ja auch bald Frieden.«

Von Billung lachte spöttisch. »Glaub doch an so was nicht. Das versprechen sie schon seit Jahren.« Er angelte mit dem Fuß nach einem Schemel und ließ sich nieder. Aber so, dass ihn der Degen nicht behinderte.

»In Münster verhandeln sie«, meldete sich Schmidhofer zu Wort.

Volkmar hieß der Mann mit Vornamen und kam aus dem Inntal. Sohn eines Schmieds. Noch jung, Mitte zwanzig oder so. Gutaussehend, mit den leuchtendsten blauen Augen, die von Billung jemals untergekommen waren. Irgendein Obrist hatte ihn wegen Tapferkeit zum Leutnant befördert. Obwohl ihm eigentlich noch der rechte Schliff fehlte. Von Billung hatte ihn übernommen, nachdem sein altgedienter Leutnant bei einem ihrer Reiterangriffe gefallen war.

»Ja, ja. Auch das tun sie seit Jahren«, erwiderte von Billung. »Von den hohen Herren will doch in Wirklichkeit keiner Frieden. Sonst hätten wir ihn längst.«

Moretti zog an seiner Tonpfeife und ließ genüsslich den Rauch durch die Nase entweichen. »Vielleicht hast du recht. Trotzdem, im Augenblick haben wir Waffenstillstand. Dagegen ist nichts einzuwenden.«

Von Billung nickte. »Nein, dagegen ist nichts einzuwenden. Aber wenn sie wirklich Frieden machen, was wird dann aus uns? Dann brauchen sie uns nicht mehr. Dann können wir uns ins Heer der Hungerleider einreihen und betteln gehen.«

»Was machst du dir für Sorgen, Ewalt?«, erwiderte Moretti und lächelte. »Irgendwo gibt's doch immer Krieg.«

Der junge Gerstmair tauchte auf und setzte seinem Feldhauptmann einen Löffel und einen nicht ganz sauberen irdenen Napf vor, in dem ein angekohltes Stück Fleisch lag. Dazu etwas, was wie Hafergrütze aussah. Nicht sehr appetitanregend.

»Was zum Teufel ist das?«, rief von Billung. »Eine halb verbrannte Haxe?«

»Mehr ist nicht mehr da, Herr Feldhauptmann.«

»Ich hab dir doch gesagt, du sollst mir was zurücklegen.«

»Wer den ganzen Nachmittag pennt, sollte sich nicht beklagen«, sagte Moretti ungerührt. »Aber da hängt doch noch 'ne Menge Fleisch dran.«

Von Billung knurrte gereizt, packte den Knochen mit der Linken und biss ein Stück von dem Fleisch ab. »Hol mir was zu trinken«, befahl er dem Jungen.

»Ist nur noch Wasser da«, erwiderte der eingeschüchtert. »Aus dem Brunnen.«

»Na gut, dann Wasser. Und sattle unsere beiden Pferde. Wir reiten nachher zum Dorf hinüber.« An die anderen gewandt fuhr er fort: »Ich verlange weiß Gott keinen Wein, aber nicht mal Dünnbier haben wir. Ich sag's ja nicht vor den Männern, aber wir sind unter uns: Was ist das für ein Scheißleben, das wir führen? Schon mal drüber nachgedacht?«

Moretti grinste. »Die Freuden des Soldatenlebens«, sagte er und zog an seiner Pfeife. »Aber ich sehe, du bist schlecht aufgestanden. Haben dich die Flöhe gebissen?«

Von Billung tat, als hätte er nicht gehört. »Wie alt bist du jetzt, Fredo?«, fragte er stattdessen mit vollem Mund.

»Fünfunddreißig.«

»Und ich zweiundvierzig. Kaffenberger hat auch schon ein paar Jährchen auf dem Buckel. Wir sind also nicht mehr die Jüngsten. Nicht wie unser Schmidhofer hier.« Er schlug dem Leutnant auf die Schulter. »Der hat noch alles vor sich. Aber wir, Fredo, was haben wir Alte vorzuweisen in unserem Leben?« Er biss noch ein Stück Fleisch ab, kaute und schluckte es herunter.

Moretti paffte an seiner Pfeife und schwieg. Von Billung nahm einen Schluck von dem Wasser, das der Bursche ihm gebracht hatte. »Nichts haben wir vorzuweisen, sage ich euch, rein gar nichts. Macht man mal ein bisschen Beute, zerrinnt es einem gleich zwischen den Fingern. Wir leben wie elende Hunde. Wie elende Hunde. Und wenn's Frieden gibt, geht's uns noch schlechter.«

Moretti sagte: »Aber du hast dieses Leben gewählt. Wie wir alle.«

»Das stimmt. Im Krieg ist es immer noch besser, ein Wolf zu sein als ein Lamm. Aber es muss sich etwas ändern.«

Schmidhofer nickte. »Die Männer halten zu Euch, Herr Feldhauptmann, da bin ich mir sicher. Aber es herrscht Unzufriedenheit in der Truppe.«

»Das weiß ich. Und nicht nur, weil mir das Geld ausgegangen ist.«

Moretti nahm die Pfeife aus dem Mund. »Was soll sich denn ändern? Wollt ihr, dass die Heilige Jungfrau vom Himmel steigt, die Hände ausbreitet und Frieden verkündet? Und uns für alle, die wir umgebracht haben, einen Sack Golddukaten spendet, damit wir unseren Lebensabend in Wohlstand verbringen können?«

Von Billung schob den Napf von sich und grinste. »Das wär schon mal gar nicht schlecht, Fredo. Nur, an Jungfrauen glaube ich schon lange nicht mehr, welcher Art auch immer. Schon gar nicht an eine, die Maria heißt. Und auch nicht an Gold scheißende Esel.«

Moretti lachte ausgelassen. »Ja, ja, spotte nur. Ihr Protestanten werdet über kurz oder lang allesamt in der Hölle schmoren.«

»Wer sagt das?«

»Der Papst natürlich.« Moretti zwinkerte schalkhaft mit einem Auge.

»Na, der muss es ja wissen.« Von Billung grunzte verächtlich. »Komm mir bloß nicht mit dem Papst. Der Kaiser ist schon schlimm genug. Und was unseren edlen Feldmarschall angeht, der soll mit dem Waffenstillstand nicht zufrieden sein, hab ich gehört. Der möchte lieber weiterkämpfen.«

Zu dieser Bemerkung ließ Kaffenberger ein unwirsches Knurren hören. Dann blies er ein paar Schnipsel von seinem Schnitzwerk. Sonst sagte er nichts. Er war ein übergroßer, kräftiger Kerl mit dunklen Augen und einem dichten schwarzen Bart. Unter dem Hemd zeichneten sich die Muskeln seiner Arme ab. Er war ein abgeklärter Mann, den nur wenig erschüttern konnte. Alles Hässliche, was dieser Krieg zu bieten hatte, hatte er gesehen, und deshalb war seine Sicht auf die Dinge entsprechend zynisch. Aber er war der beste Schütze in der Truppe. Und ein gewaltiger Kämpfer. Von Billung verdankte ihm mehr als einmal sein Leben.

»Weiterkämpfen?« Moretti schüttelte den Kopf. »Will er etwa den Franzosen nachjagen? Die sind besser ausgerüstet als wir. Und sie haben mehr Kanonen, wie du weißt. Außerdem können wir die Waffenruhe wirklich gut gebrauchen. Ein paar neue Rekruten könnten auch nicht schaden. Wir sind noch nicht mal auf halber Stärke.«

»Dazu fehlt mir das Geld.«

»Ich weiß«, sagte Moretti, klopfte die Pfeife am Stiefelabsatz aus und zertrat den Rest der Glut. »Genau darüber sollten wir reden. Unsere Männer haben seit Monaten keinen Taler Sold mehr gesehen. Und du weißt, wie teuer alles im Tross ist. Für die macht's keine Hure umsonst.«

»Umso besser«, erwiderte von Billung. »Bei den Trossweibern holen sie sich eh nur die Krätze. Oder Schlimmeres.«

»Nimm's nicht auf die leichte Schulter. Wenn wir nicht bald etwas Sold rausrücken, gehen uns die Jungs von der Fahne.«

Von Billungs Brauen zogen sich zusammen. »Das weiß ich verdammt nochmal selbst. Aber zu deiner Beruhigung, ich reite nachher ins Dorf und rede mit unserem edlen Feldmarschall. Der Bastard schuldet mir ein Vermögen.«

Dass er so über ihren Feldherrn redete, überraschte die anderen nicht. Sie wussten schon, was er von diesem von Werth hielt. Ein guter Stratege mochte der Mann sein, aber als Mensch ein Schwein. Und das war nicht nur von Billungs Meinung.

»Gut«, sagte Moretti. »Und halt dich von den Spielern fern. Oder willst du den Rest deines Geldes auch noch verplempern?«

»Sag mal, jetzt reicht's mir aber!«, fuhr von Billung ihn an. »Du bist mein Feldwaibel und nicht meine verdammte Mutter.«

Moretti lachte. »Ich bin die Mutter der Schwadron. Schon vergessen?«

»Mit so einem Schnauzbart?«, rief von Billung in gespielter Entrüstung. »Gott behüte uns!«

Alles lachte. Gut, wenn sie noch lachen konnten.

»Keine Sorge, Fredo, ich werde den Bastard mal wieder unter Druck setzen. Aber ob's was bringt, kann ich euch nicht versprechen.« Während er den Rest seines Wassers austrank, kam ihm ein irrer Gedanke. »Und wenn nicht, dann sollten wir uns vielleicht selbst bedienen.«

»Wie meinst du das?«

»Seine verdammte Regimentskasse muss doch prall gefüllt sein.«

Moretti machte große Augen. »Das ist doch wohl nicht dein Ernst.«

Von Billung lachte. »Nein, natürlich nicht. Nur ein blöder Spruch.«

Aber als er etwas später seinen Gaul bestieg und sich in Begleitung seines Burschen auf den Weg zum Dorf machte, dachte er: Warum eigentlich nicht?

Das Dorf lag nur ein paar Meilen weiter östlich, hinter einem sanften Hügel, umgeben von Wiesen und Feldern. Die waren in großem Umkreis von Mensch und Tier zertrampelt. Aber das war im Dunkeln nicht zu sehen. Schon von Weitem funkelten Lichter herüber.

Als von Billung in Begleitung seines Burschen in die Hauptgasse einritt, war vom Dorfplatz her das Grölen angetrunkener Männer zu hören. Es schien ja mal wieder hoch herzugehen. Da musste also noch Bier oder Wein zu haben sein.

Man konnte sich nur wundern, wo die Marketender ihr Zeug herbekamen. Auch wenn Schmalhans Küchenmeister war, zu saufen gab es meist immer noch. Von Frankreich war die Mode herübergekommen, aus Wein Branntwein zu brennen. Inzwischen verwendeten sie nicht nur Wein, sondern alles Mögliche. Angeblich waren manche von dem Zeug schon blind geworden. Besser, man ließ die Finger davon.

Feldmarschall-Leutnant Johann von Werth hatte den Oberbefehl über die gesamte kurfürstliche Streitmacht, die hier in der Gegend über mehrere Dörfer verstreut lagerte. In diesem Dorf, das etwas größer war als die anderen, hatte er sich selbst einquartiert, mitsamt seinem Leibregiment von Dragonern, zu dem auch von Billungs Schwadron gehörte. In der weiteren Nachbarschaft lagerte der Tross des Heeres. Dazu zwei Bataillone Fußtruppen – Infanterie, wie man sie jetzt nannte. Die bestanden aus Pikenieren mit ihren langen Lanzen und jeweils einer Kompanie Musketiere. Die Schweden hatten sogar noch mehr Musketiere in den Reihen des Fußvolks. Die schossen ihre Salven ab und zogen sich dann hinter den Wald von Piken zurück.

Schweden und Franzosen besaßen auch mehr Geschütze. Kanonen waren teuer, schwerfällig zu transportieren, und das Laden dauerte eine Ewigkeit. Aber eine geballte Salve auf kurze Distanz konnte eine verheerende Wirkung erzielen. Besonders nützlich waren Geschütze bei Belagerungen, um eine Festungsmauer zu zertrümmern. Nur so hatten die Türken Konstantinopel einnehmen können. Das hatte von Billung mal gelesen. Mit einer gewaltigen Kanone hatten sie in die sonst so unüberwindbaren Befestigungen eine Bresche schießen können.

Der Dorfplatz war von Fackeln erhellt. Es herrschte ein ziemliches Treiben von Soldaten, Knechten und Weibern. Die Kleider der meisten Söldner waren verschlissen und vielfach geflickt. Es gab aber auch welche – meist Offiziere –, die aus der Menge hervorstachen und in bunten Pumphosen und feinen Stiefeln einherstolzierten, federgeschmückte Hüte auf dem Kopf, und die breite, silberverzierte Gürtel trugen, in denen Schwerter oder Pistolen steckten. Am hinteren Ende des Dorfes drängten sich viele Männer um einen Karren mit Bierfässern. Anscheinend gab es auch Stärkeres zu trinken. Nicht wenige, die sich um diese Quelle scharten, waren schon ziemlich angeheitert. Ein paar stimmten grölend ein Spottlied an, ausgerechnet auf den Papst. Aber niemand störte sich daran.

In der Mitte des Platzes standen dicht an dicht die Planwagen der Marketender, die jetzt als Verkaufsbuden herhalten mussten. Hier gab es alles zu kaufen, was ein Soldat jemals brauchen konnte. Manches in gutem Zustand, vieles abgetragen. Mäntel oder Wämser mit Kugellöchern und schlecht ausgewaschenen Blutflecken. Hüte, Stiefel, Waffen, Munition, lederne Feldflaschen, erbeutete Reiterschwerter, französische Pistolen. Auch von Billung besaß zwei solcher fein gearbeiteten Beutestücke, die er vor ein paar Jahren für teures Geld erstanden hatte. Es gab Gedrucktes zu kaufen, Bücher zur geistigen Erbauung – vor allem die Lutherbibel –, Pamphlete und Nachrichtenblätter, die über die Lage im Reich berichteten. Vieles wurde überteuert angeboten. Besonders Dinge, von denen man in diesen Tagen eher träumte – herrlich gereifter Schinken, guter Käse, Brot aus reinem Mehl, das man nicht mit zerriebenen Eicheln gestreckt hatte. Das waren Luxusartikel, eher für die Küche des Heerführers als für den gemeinen Soldaten.

Aber es wurde auch viel billiger und überflüssiger Ramsch angeboten – Berge von erbeuteten Frauenkleidern etwa, oder bescheidener Schmuck zu Spottpreisen. Trinkgefäße aus Zinn, abgetragene Stiefel, mottenzerfressene Decken. Hier versuchten Männer loszuwerden, was sie auf ihren Märschen in den Dörfern geplündert hatten. Wertvolles wurde gegen Profanes getauscht. Ein Goldring für ein Fässchen Bier. Ein feiner Dolch für einen halben Schinken. Von Billung entdeckte ein Schachspiel mit feingeschnitzten Figuren. Dafür hätte er vielleicht geboten, doch leider war der Figurensatz unvollständig.

Weiber liefen umher und suchten Freier. Mit entblößten Brüsten boten sie ihren Körper feil, drängten sich förmlich auf. Für ein paar Kreutzer konnte man sich schnelle Befriedigung in einer dunklen Gasse kaufen, für ein gutes Essen eine ganze Nacht. In einem der Bauernhäuser, die direkt am Dorfplatz lagen, hatte ein findiger Kerl ein vorübergehendes Freudenhaus eingerichtet. Davor standen die Männer Schlange.

Von Billung fragte sich, wo die Dörfler geblieben waren. Wie ein Bauer sah hier niemand aus. Wahrscheinlich hatten sie beim ersten Anblick der Soldateska Reißaus genommen und alles Wertvolle, das sie tragen konnten, mitgenommen. Und jetzt hockten sie in den umliegenden Wäldern und warteten, bis die Landplage endlich weiterzog.

Er stieg vom Pferd und warf seinem Burschen die Zügel zu. »Pass auf die Gäule auf, Alois. Sollte es Schwierigkeiten geben … na, du weißt schon.«

Damit reichte er dem Jungen eine geladene Pistole. Er hatte ihm beigebracht, wie man damit schoss. Der Alois war zwar kein guter Schütze, aber Pistolen waren ohnehin nur auf kürzeste Entfernung von Nutzen.

Von Billung drängte sich in die Menge. Er kam an einer kleinen Gruppe seiner eigenen Männer vorbei, die sich am Trubel der Menge vergnügten, auch wenn sie kein Geld in der Tasche hatten. Er wechselte ein paar Worte mit ihnen und wanderte dann an den Planwagen vorbei, achtete weder auf die Auslagen noch auf aufdringliche Angebote, die man ihm entgegenbrüllte. Eine grell bemalte Hure, die ihn am Arm festhalten wollte, schob er beiseite, und halb abwesend grüßte er ein paar bekannte Gesichter.

Fast hätte er einen großen Kerl angerempelt, der plötzlich vor ihm aufgetaucht war. Der trug ebenfalls das Abzeichen eines Feldhauptmanns an der Schulter.

»He, von Billung!«, rief der Mann laut genug, um den Lärm der Menge zu übertönen. »Gut, dass ich dich treffe. Du schuldest mir eine Revanche. Schon vergessen?«

Der Mann hieß Eberhard von Falkenberg und war ebenfalls Anführer einer Dragonerschwadron. Sogar im gleichen Regiment. Beim letzten Würfelspiel hatte von Billung ihm ein gutes Stück Geld abgenommen. Er mochte den Kerl nicht besonders. Der Mann hatte etwas Grausames im Blick. Außerdem war er ein hochmütiger Popanz – aber anscheinend von Werths Liebling. Jedenfalls kroch er dem Feldherrn förmlich in den Arsch, war mehr in dessen Nähe zu finden als bei seinen Reitern. Aber der Mann war auch ein guter Soldat, das musste man ihm lassen. Und alles andere als ein Feigling.

»Revanche?«, murmelte von Billung. »Weiß nicht. Vielleicht später. Hast du von Werth gesehen? Ich muss ihn sprechen.«

»Willst du ihn wieder um Geld anhauen?« Von Falkenberg grinste gehässig. »Musst wohl Spielschulden begleichen, was?«

»Was geht dich das an?«

»Wenn du Geld willst, beißt du bei dem auf Granit. Der hält seine Dukaten mit eiserner Faust zusammen. Gibt keinen Heller raus.«

»Das hab ich schon gemerkt. Aber wieso?«

»Hast du nicht gehört, was er vorhat?«

Von Billung schüttelte den Kopf. »Was soll er denn vorhaben?«

Von Falkenberg beugte sich näher, damit nicht jeder hören konnte, was er zu sagen hatte. »Der hat genug vom Kurfürsten und seinem Waffenstillstand. Er will die ganze Truppe zu den Kaiserlichen überführen.«

»Was? Bist du sicher?«

»Wenn ich es doch sage.«

»Ich hab so was läuten hören, dass er nicht glücklich über den Waffenstillstand sein soll. Aber das ganze Heer mitnehmen? Das ist doch Landesverrat.«

»Ich weiß. Aber genau das hat er vor. Der Kaiser hat ihm eine bedeutende Grafschaft angeboten. Und eigentlich ist es ja nicht wirklich Verrat. Er kämpft dann ja immer noch auf der katholischen Seite.«

»Aber damit macht er Maximilians Waffenfrieden zunichte.«

»Das ist wohl wahr. Er hat aber mit den meisten Hauptleuten schon gesprochen. Wieso eigentlich nicht mit dir?«

Von Billung zuckte mit den Schultern. »Wahrscheinlich weil er weiß, dass ich ihn nicht ausstehen kann, diesen raffgierigen Emporkömmling.«

»Pass auf, was du sagst. Solche Worte können einen schnell in Schwierigkeiten bringen.«

»Willst du mich etwa anschwärzen?«

»Natürlich nicht. Aber von Werth erwartet, dass sich ihm alle Offiziere anschließen. Und dass sie ihre Männer vollständig mitbringen. Deshalb hält er auch den Sold zurück und die Zahlungen an uns Feldhauptleute, bis das geklärt ist.«

»Du meinst, wir kriegen unser Geld erst, wenn wir zusammen mit ihm den Kurfürsten verraten?«

Von Falkenberg nickte bedeutungsvoll. »Ja, so ähnlich.«

»Was für ein Schweinepriester! Ich weiß nicht, wie deine Leute darüber denken, aber von meinen wird da keiner mitmachen wollen. Die sind über die Waffenruhe mehr als froh. Und wer will schon Landesverrat begehen? Nicht für einen Schinder wie von Werth, der auch noch den Sold zurückhält. Meine Jungs sind verdammt schlecht auf den Kerl zu sprechen. Wer weiß, ob wir das Geld überhaupt jemals in die Finger kriegen. Wahrscheinlich baut er sich ein Schloss damit, auf seiner neuen Grafschaft. Ich glaube nicht, dass ich da mitmache.«

»Das solltest du dir aber gut überlegen. Sonst kannst du dein Geld wirklich in den Wind schreiben. Oder noch Schlimmeres.«

»Was soll er mir denn noch antun können?«

»Dich der Befehlsverweigerung anklagen.«

»Befehlsverweigerung? Soll das ein Witz sein? Und was ist mit dir? Machst du etwa mit? Das kann uns Kopf und Kragen kosten. Ich denke nicht, dass der Kurfürst das so einfach hinnimmt.«

Von Falkenberg zuckte mit den Schultern. »Wenn alle mitmachen, was soll er dann tun? Uns ein Heer hinterherschicken? Ich denke, die meisten meiner Leute werden am Ende einverstanden sein, auch wenn sie nicht gerade begeistert sind. Die Kaiserlichen werden uns jedenfalls mit offenen Armen empfangen. Da kannst du sicher sein.«

Von Billung schüttelte den Kopf. »Das ist doch verrückt. Ich muss mit dem Mann selbst reden. Weißt du, wo er sich aufhält? Du schleichst doch immer um ihn herum.«

»Ich schleiche nicht«, erwiderte von Falkenberg pikiert.

»Dann sag, wo ich ihn finde.«

»In seinem Quartier. Wo sonst?«

»Also gut. Wir sehen uns.« Von Billung schob sich an ihm vorbei.

»Denk an die Revanche«, hörte er ihn noch sagen.

Feldmarschall Johann von Werth hatte sich auf einem der größeren Bauernhöfe einquartiert. Der lag am Rande des Dorfs. Ein Halbmond ließ die Umrisse des Anwesens erkennen. Aus den Fenstern und der halb offen stehenden Tür der Wohnstube drang Licht, als von Billung sich näherte. Männerstimmen waren zu hören. Vor dem Haus taten zwei Wachposten Dienst. Behelmte Kerle, mit Hellebarden bewaffnet, Schwerter an der Seite.

Von Billung sah sich kurz um, bevor er die Wachen ansprach. Der Wohnbereich und der große Viehstall des Gehöfts waren unter einem Dach vereint. Einen Pferdestall schien es nicht zu geben, denn die Gäule des Feldherrn und seiner Offiziere standen angebunden im Hof. Neben dem Eingang zum Viehstall lag ein großer Misthaufen. Dahinter ein Hühnerstall, jetzt leer. Und gegenüber eine Scheune. Hinter der Scheune begann ein Feld, das von abgebrannten Stoppeln bedeckt war. Die Franzosen hatten vor ihrem Abzug und trotz des schon beschlossenen Waffenstillstands Feuer an die Feldfrucht gelegt – wahrscheinlich Winterweizen, der jetzt ruiniert war. Hinter dem Feld waren die dunklen Wipfel eines Waldes zu erkennen.

Auch vor der Scheune standen Wachen. Vier Mann sogar. Wieso eigentlich? Und warum hatten sie die Pferde nicht in der Scheune untergebracht? Aber dann wurde ihm klar, warum. Bestimmt stand da drin der Wagen mit der Regimentskasse. Ein Gefährt mit einem rechteckigen Aufbau. Es sah fast wie ein Sarg aus, nur höher. Es wurde von einem Doppelgespann gezogen und immer von einem Dutzend bis an die Zähne bewaffneter Reiter eskortiert.

»Ich muss den Feldmarschall sprechen«, sagte von Billung zu den beiden Wachen. Sie erkannten ihn als einen der Offiziere des Regiments und nahmen eine strammere Haltung an.

»Die sind beim Essen, Herr Feldhauptmann«, sagte der Kleinere von ihnen. »Die wollen nicht gestört werden.«

»Geht mir aus dem Weg, es ist wichtig.«

»Das sagen alle.«

Von Billung starrte den Mann durchdringend an. »Lasst ihr mich jetzt durch, oder muss ich erst heftig werden?«

Der Wachmann zögerte und gab schließlich nach. »Also gut. Aber nicht zu lange.« Er trat einen Schritt zur Seite.

Von Billung ging an ihnen vorbei auf die Tür zu.

»Und bring uns 'ne Hammelkeule mit«, rief der andere Wachmann hinter ihm her. Beide gluckten.

Von Billung drehte sich um und warf ihnen einen kalten Blick zu. »Wohl 'n Witzbold, was?«

»'tschuldigung, Herr Feldhauptmann.«

Von Billung trat ein. Von innen war die Bauernstube weniger geräumig, als es von außen den Anschein hatte. Und äußerst bescheiden eingerichtet. Unter dem eisernen Rauchfang loderte ein Feuer, das eine fast unangenehme Wärme verbreitete. Die Decke war niedrig. Öllampen, die an den Stützpfosten hingen, warfen ein funzeliges Licht auf den von Soldatenstiefeln verdreckten Holzboden. Die Wände mussten einmal weiß getüncht gewesen sein. Mit den Jahren war daraus ein hässliches Grau geworden. An einigen Stellen bröckelte der Putz ab.

Das Mobiliar bestand aus einfachen, klobigen Stühlen und einem großen Tisch, an dem die Bauernfamilie für gewöhnlich ihr Essen einnahm. Nur, in diesen Tagen waren die Zeiten alles andere als gewöhnlich. Die Familie war mit Sicherheit vor den Soldaten geflohen, und um den Tisch lümmelten sich von Werth und eine

Gruppe Offiziere. Sie sprachen dem Wein aus einem Fässchen zu. Auf dem Tisch lagen die Reste eines Gelages. Gänse- oder Fasanenbraten, so genau ließ sich das nicht erkennen, dazu Brot, Butter, Käse. Anscheinend lebte es sich gut bei der Heerführung, während die Truppe darbte.

Die fröhliche Unterhaltung brach abrupt ab, als man von Billung auf der Türschwelle bemerkte. Die fünf Offiziere, die um den Tisch saßen, mussten schon einiges getrunken haben, denn ihre Augen glänzten glasig im Licht der Öllampen. Neben dem Feldmarschall waren zwei Adjutanten zugegen, der Obrist eines Regiments der schweren Kavallerie und der Befehlshaber eines Bataillons Infanterie.

»Von Billung!«, donnerte von Werth, als er ihn erkannte. »Was zum Teufel hat er hier zu suchen? Kann mich nicht erinnern, ihn eingeladen zu haben.«

Der Feldmarschall war schlicht, aber gut gekleidet. Und trotz seines Alters von Mitte fünfzig war sein Knebelbart noch gänzlich ohne Grau. Das dichte, gewellte Haar fiel ihm bis auf die Schultern, die ein weißer Spitzenkragen bedeckte, der selbst Moretti Ehre gemacht hätte. An der linken Hand, die einen Zinnbecher hielt, funkelten goldene Ringe. Das Gesicht selbst aber war wettergegerbt und von Furchen gezeichnet, die Miene hart, die Augen wässrig blau.

Und diese Augen waren nicht gerade wohlwollend auf von Billung gerichtet. Auch dass er ihn in der dritten Person ansprach, als habe es mit einem Pferdeknecht zu tun, verhieß nichts Gutes. Dass von Werth ihn nicht mochte, war von Billung durchaus bewusst. Beim letzten Gefecht gegen die Franzosen hatte der General einen taktischen Fehler begangen, der viele das Leben und von Billung fast ein Drittel seiner Schwadron gekostet hatte. Dass ein unbedeutender Feldhauptmann ihn unverblümt zur Rede gestellt hatte, war dem Feldherrn übel aufgestoßen. Seitdem ließ er ihn bei jeder Gelegenheit seinen Unmut spüren.

Von Billung nahm den Hut ab. »Ich will nicht lange stören«, entschuldigte er sich.

»Dann spuck er gleich aus, was er zu sagen hat.«

Von Billung holte tief Luft, wie um sich Mut zu machen. »Ich möchte nur Klarheit haben, ob es wahr ist, dass Ihr zu den Kaiserlichen überlaufen wollt«, sagte er dann ziemlich unverblümt.

»Wer redet hier von Überlaufen, verdammt nochmal? Wir haben schließlich schon immer für die katholische Seite gekämpft. Daran ändert sich nichts. Rein gar nichts.«

»Aber Ihr kehrt dem Kurfürsten den Rücken.«

»Es ist doch wohl eher der Kurfürst, der abtrünnig geworden ist. Er hat den Kaiser verraten mit diesem verdammten Waffenstillstand. Ich aber habe nicht vor, ihn bei diesem Unsinn weiter zu unterstützen.«

»Ihr wollt also das ganze Heer den Kaiserlichen unterstellen?«

»So ist es«, knurrte von Werth und starrte von Billung herausfordernd an. »Was dagegen? Muss ich mir bei ihm etwa die Erlaubnis holen?«

Einer der Adjutanten fand von Werths Spott lustig und lachte. Aber von Billung ließ sich nicht beeindrucken. »Ich denke, dagegen gäbe es eine ganze Menge zu sagen«, erwiderte er ungerührt. »Aber ich bin nicht hier, um zu disputieren.«

»Dann soll er endlich das Maul aufmachen und sagen, warum er unsere Zeit verschwendet.«

»Anscheinend weiß alle Welt über Eure Pläne Bescheid, Herr Feldmarschall, nur mir ist nichts gesagt worden.«

»Muss ich denn jedem kleinen Hauptmann meine Pläne erklären?«

»Meine Männer haben genauso das Recht wie andere zu wissen, was hier gespielt wird.«

»Gespielt wird?« Von Werth stieg die Röte ins Gesicht. »Pass er auf, wie er mit mir redet. Hier wird nichts gespielt. Wir sind kaisertreu. Das ist alles. Er selbst ist ja ein verdammter Protestant.

Da kann er wohl nicht verstehen, was kaisertreu heißt. Weiß gar nicht, warum wir überhaupt solche Kerle wie ihn im Heer haben.«

Auch bei von Billung regte sich langsam der Zorn. Das machte ihn leichtsinnig. »Weil es Euch egal ist, wer für Euch die Knochen hinhält, solange wir's tun. Und hinter Eurer Kaisertreue steckt ein schöner Grafentitel, nach allem, was man so hört. Und dafür sollen wir den Kurfürsten verraten.«

Kaum hatte er das gesagt, war es von Billung klar, dass er zu weit gegangen war. Aber nun war es eben so. Er konnte die Worte nicht mehr zurücknehmen. Wie erwartet lief von Werth rot an und sah aus, als ob ihn der Schlag getroffen hätte. Er stand auf, wenn auch etwas wankend. »Was erfrecht er sich?«, brüllte er. »Das lasse ich mir nicht bieten. Ich hab dich noch nie gemocht, du gottloser Bastard.« Aha. Jetzt war er beim Du angelangt.

Von Billung trat einen Schritt zurück. Aber von Werth war noch nicht mit ihm fertig. »Hiermit bist du aus meinen Diensten entlassen. Nimm deine lächerliche Schwadron und verschwinde. Bleib meinetwegen beim Kurfürsten, wenn du willst. Oder schließ dich gleich den Franzosen an, du … du verfluchter Protestant.«

Von Billung war für einen Augenblick sprachlos. Dass der Kerl ihn aus dem Regiment werfen würde, hatte er nicht erwartet. Und da er der Eigner der Schwadron war, waren damit auch seine Männer entlassen. So weit hatte er es natürlich nicht kommen lassen wollen.

Aber er fasste sich wieder. »Und was ist mit dem Geld, das Ihr mir schuldet? Mehr als ein Jahr Sold für mich und meine Leute.«

»Jetzt will der Kerl auch noch Geld von mir!« Von Werth spuckte förmlich vor Wut. »Ich schulde dir keinen roten Heller! Und jetzt raus mit dir, bevor ich die Wache rufe!«

Von Billung war geschockt. »Ihr wollt mich um mein Geld prellen?«

»Raus!«, brüllte von Werth. »Bevor ich mich vergesse.«

Auch die anderen Offiziere waren aufgesprungen. Der Infanterieobrist zog sogar sein Schwert. »Du hast den Feldmarschall gehört«, zischte der Mann. »Verschwinde endlich!«

»Gut. Ich gehe«, sagte von Billung. »Aber ich glaube nicht, dass sich irgendjemand im Heer Eurem Verrat anschließen wird. Außer diesen Lackaffen hier.«

Das Gebrüll hatte die Wachen draußen alarmiert. Sie kamen zur Tür gerannt. Von Billung aber schob sie beiseite und verließ das Haus.

»Und? Was ist jetzt mit dem Sold?«, fragte Moretti, als von Billung am späten Abend zurückkehrte. »Hast du was erreicht?«

Von Billung antwortete zunächst nicht, sondern stellte eine Karaffe Wein auf den Tisch, die er im Dorf aufgetrieben hatte.

»Gerstmair!«, rief er. Und als der Junge erschien, trug er ihm auf, saubere Becher zu besorgen.

»Trinken wir erstmal, Fredo«, sagte er, als die Becher gefüllt waren und Gerstmair sich wieder zurückgezogen hatte.

Sie hockten allein in der kargen Bauernstube. Auf dem Tisch neben der Karaffe stand eine Öllampe. Draußen auf dem Feld brannten die Lagerfeuer der Schwadron und warfen einen flackernden Lichtschein auf die Zelte. Und auf die Pferde, die etwas weiter auf der Wiese grasten. Ein paar Männer sangen ein altes Landsknechtlied, begleitet von einem Dudelsack.

»Na los! Rede schon«, sagte Moretti.

Von Billung schüttelte niedergeschlagen den Kopf. »Nichts hab ich erreicht. Im Gegenteil. Rausgeschmissen hat er uns.«

»Wie ›rausgeschmissen‹?«

»Wie sich es sage. Mich und die ganze Schwadron.«

Moretti starrte ihn erschrocken an. »Wie kommt er dazu?«

Von Billung zuckte verlegen mit den Schultern. »Weil ich ihm frech gekommen bin, deshalb. Ich hab ihn einen Verräter am Kurfürsten genannt, weil er zu den Kaiserlichen will. Das hat er mir nämlich bestätigt. Und dass er das nur tut, weil sie ihm eine Grafschaft geboten hätten.«

»Madonna! War das klug?«

»Natürlich nicht. Es war sogar saudumm von mir.«

»Und das Geld?«

»Keinen Taler werden wir davon sehen. Aber ich wette, das war nicht nur wegen meiner frechen Bemerkungen.«

Moretti riss die Augen auf. »Aber das kann er doch nicht machen! Wir haben den Sold verdient. Er kann uns doch nicht bestehlen.«

»Doch. Kann er.«

»*Porca miseria!* Und jetzt?«

Von Billung schwieg und starrte vor sich hin. Auch Moretti sagte nichts. Was zum Teufel sollten sie jetzt tun, ohne Geld und ohne Brotherr? Dazu kam, dass ein Drittel ihrer Dragoner Frauen und Kinder hatten. Drüben im Tross, wo sie dieser Tage auch schliefen. Und für diesen Familienanhang waren sie irgendwie auch verantwortlich. Die konnten sie nicht im Stich lassen. Sollten sie jetzt wie diese Banden von verarmten Bauern und herrenlosen Soldaten durchs Land ziehen und das Volk ausrauben, Kirchen und Klöster überfallen? Wenn es da überhaupt noch was zu holen gab. Oder vielleicht zum Feind überlaufen? Wäre nicht das erste Mal, dass eine Truppe die Seiten wechselte.

»*Que puttanata!*«, murmelte Moretti. »Jetzt könnte ich wirklich was zu saufen vertragen.«

Dann herrschte langes Schweigen. Auf einmal ballte von Billung die Faust und haute sie krachend auf den Tisch. »Verdammt nochmal, Fredo, wir werden uns das nicht gefallen lassen. Wir werden uns an dem Schwein rächen!«

»Was hast du vor?«

»Wir klauen ihm die Kriegskasse!«

»Das ist nicht dein Ernst.«

»Vorher war's nur 'n Witz. Aber jetzt ist es mir ernst. Ich sage dir, Fredo, ich hab genug von allem. Seit siebzehn Jahren stecke ich in diesem Scheißkrieg. Das ist eine ganze Generation, verdammt nochmal. Und dir geht es nicht anders. Dabei haben wir nichts vorzuweisen für all die Mühen, für die Verluste und das ganze Elend. Fürs Hungern und Frieren in den Winterlagern. Für unsere Blessuren. Zweimal bin ich angeschossen worden. Und den verdammten Schwertstich im Schenkel spüre ich immer noch. Und die Kameraden, die wir verloren haben – wie viele waren es, Fredo? Fünfzig? Hundert? Und die armen Schweine, die wir im Namen der feinen Herren umgebracht haben. Ja, auch wir haben gewütet, das weißt du. Dafür sollten wir in der Hölle brennen. Und das für Scheißkerle wie diesen von Werth, dem seine eigenen Leute völlig egal sind, solange er sich selbst bereichern kann. Eine Grafschaft! Da muss ich doch wirklich kotzen.«

»He, Mann! Beruhig dich«, murmelte Moretti.

»Ich will mich gar nicht beruhigen. Und ich meine es ernst. Wir holen uns unsere Belohnung für all die verlorenen Jahre. Wir schnappen uns seine verdammte Kriegskasse.«

Moretti war nicht überzeugt, ob das eine gute Idee war. Vor allem war die Sache gefährlich. Wenn man sie erwischte, würden sie baumeln, so viel war sicher. Wenn man sie vorher nicht noch mit glühenden Eisen zwicken würde. Aber von Billung war sein Hauptmann. Ihm hatte er sich verschworen. Und der hatte ihm schon des Öfteren den Arsch gerettet. Er erinnerte sich an einen Angriff auf eine feindliche Geschützstellung. Moretti hatte einen Schlag abbekommen, war ohnmächtig vom Pferd gestürzt und liegen geblieben. Von Billung war zurückgekommen und hatte dem Kugelhagel getrotzt, um ihn rauszuholen.

Ja, es war eine verrückte Idee, was er da vorhatte, aber Moretti konnte ihn verstehen. Und er würde ihn nicht im Stich lassen.

Wenig später machten sie sich auf den Weg, um die Dunkelheit zu nutzen und das Gehöft, in dem von Werth sich einquartiert hatte, auszukundschaften. Auch Kaffenberger nahmen sie mit. »Wo wollt ihr hin?«, hatte Schmidhofer gefragt. »Einen Schluck trinken«, war von Billungs Antwort gewesen. »Sieh zu, dass du Wachen aufstellst.«

Unterwegs klärte von Billung seinen Leibwächter auf. Nachdem er geendet hatte, fragte er: »Bist du dabei?«

Kaffenberger lachte. »Worauf du dich verlassen kannst.«

»Wisst ihr beiden eigentlich, dass ihr völlig verrückt seid?«, fragte Moretti. »Was ist, wenn was schiefgeht?«

»Wir haben schon ganz andere Dinger gedreht«, sagte von Billung. »Erinnere dich, als wir den Schweden ein halbes Dutzend Kanonen unterm Hintern weg geklaut haben.«

»Und du denkst, unsere Jungs machen mit?«

»Klar doch. Die können das Geld genauso gut gebrauchen.«

»Sie werden uns verfolgen.«

»Deshalb müssen wir's klug anstellen.«

»Und wenn es klappt, was dann?«

»Dann hast du die Wahl. Entweder schlägst du dich bis in dein geliebtes Italien durch. Oder du kommst mit uns nach Norden. Du weißt doch, ich hab da ein kleines Schloss. Na ja, Schloss ist übertrieben. Ein Herrenhaus mit 'ner Mauer drumrum. Und 'ner Menge Land. Das heißt, wenn die Schweden noch was für mich übrig gelassen haben.«

»Du willst mich an die Ostsee verschleppen?«

»Es gibt Schlimmeres.«

»Na gut. Ich überleg's mir«, brummte Moretti, aber nicht ohne ein Kopfschütteln. »An die verdammte Ostsee!«

Bevor sie das Dorf erreichten, stiegen sie von den Pferden und banden die Tiere an ein paar Sträuchern am Wegrand fest. Dann marschierten sie zu Fuß weiter und machten einen weiten Bogen um das Dorf, bis sie sich an dessen Nordseite vorsichtig dem Gehöft genähert hatten. Auf fünfzig Schritt Entfernung hockten sie sich hinter eine Gruppe dunkler Büsche und nahmen alles genau in Augenschein.

Im Mondlicht ließen sich die Einzelheiten gut erkennen. Im Haupthaus brannte kein Licht mehr. Von Werth schien sich schlafen gelegt zu haben. Wahrscheinlich mit der derzeitigen Geliebten der Woche. Es war bekannt, dass er häufig die Weiber wechselte. Soll er sich doch die Syphilis holen, dachte von Billung.

Von der Dorfmitte her klang noch das Gegröle einiger Zecher herüber. Sonst war es still. Der Wachtposten vor dem Bauernhaus war nicht länger besetzt. Dafür standen zwei Mann vor dem Scheunentor, und zwei weitere machten regelmäßig die Runde um das ganze Anwesen. Die drei warteten lang genug, um den Wachwechsel zu beobachten. Jeweils vier Mann hatten Wachdienst, die anderen acht schliefen derweil im leeren Kuhstall. Sie mussten sich Stroh aus der Scheune geholt haben.

»Das Scheunentor ist mit Kette und Schloss gesichert«, flüsterte Moretti.

»Ein guter Hammerschlag sollte genügen«, murmelte Kaffenberger.

»Die werden sich wehren.«

»Wir machen jeden nieder, der sich uns in den Weg stellt«, raunte von Billung. »Aber vielleicht geht's auch ohne. Ich muss nachdenken.«

Sie blieben noch eine weitere Stunde. Dann spähten sie die nähere Umgebung aus und entschieden sich für den besten Fluchtweg. Schließlich kehrten sie zu den Pferden zurück.

DER ÜBERFALL

Am Morgen wurde offiziell verkündet, dass das Heer den Kaiserlichen überstellt werden würde. Die Einheiten sollten sich in drei Tagen marschbereit machen. Für viele kam die Nachricht überraschend. Gerüchte flogen von Mund zu Mund, wahrscheinlich werde es nach Böhmen gehen. Gegen die Schweden.

Schon bald regte sich wütender Widerstand. Die Männer waren erschöpft und kriegsmüde. Schon wieder marschieren, dem Feind entgegenziehen? Dabei hatten viele im Heer gehofft, der Waffenstillstand würde vielleicht doch zum Frieden führen. Außerdem hatten die Kaisertruppen in letzter Zeit ziemlich Federn gelassen. Und es war bekannt, dass kein Geld mehr aus Spanien kam. Spanien war am Ende. Wie würde es dann mit ihrem Sold aussehen?

Im Laufe der nächsten Tage wurde immer klarer, dass von Werth sich verrechnet hatte. Kameraden aus von Billungs Schwadron, die die Nächte im Tross bei ihren Familien verbrachten und mit Männern aus den anderen Einheiten Berührung hatten, berichteten, dass sich unter der Truppe einiges zusammenbraute. Bei einem der Infanterie-Bataillone war es regelrecht zum Aufstand gekommen. Auch die schwere Reiterei unter ihrem Obristen – erstaunlicherweise dem gleichen, den von Billung an jenem Abend bei von Werth angetroffen hatte – verweigerte von Werth die Treue. Und am frühen Nachmittag des zweiten Tages wussten Moretti, Schmidhofer und von Billung, nachdem sie selbst im Heer die Runde gemacht hatten: Es konnte kein Zweifel mehr bestehen, dass nur von Werths eigenes Dragonerregiment mit ihm ziehen würde. Natürlich um die Schwadron ärmer, die von Billung unterstand.

Umso besser, dachte er, dann muss ich mit diesem Falkenberg nicht mehr um seine blöde Revanche knobeln. Er zog Moretti zur Seite. »Hör zu, Fredo. Wir beide wissen, unser feiner Feldmarschall wird sich bald aus dem Staub machen. Und die Kriegskasse wird er natürlich mitnehmen. Wir müssen also noch in dieser Nacht zuschlagen. Schick ein paar Männer los. Sie sollen unsere Jungs zusammentrommeln, damit ich ihnen erklären kann, was wir vorhaben.«

»Willst du die ganze Schwadron mit auf die Flucht nehmen? Was ist mit den Weibern und Kindern?«

Von Billung schüttelte den Kopf. »Nein. Die würden uns nur behindern. Für den Überfall genügen zwanzig Mann, uns inbegriffen. Und nur die Besten. Vor allem Männer ohne Anhang. Der Rest bleibt beim Heer und verhält sich wie gewöhnlich.«

»Sollen die etwa leer ausgehen?«

»Natürlich nicht. Wir stecken ihnen einen Gutteil der Beute zu. Das Vielfache ihres ausstehenden Solds. Damit sollten sie zufrieden sein. Aber wir müssen uns von ihnen trennen. Sie werden, wie die anderen Einheiten, bei den Bayern bleiben können.«

Später am Nachmittag ließ Moretti die gesamte Truppe antreten und meldete von Billung, dass alle präsent waren. Sie hockten im Kreis auf der Wiese vor dem Bauernhaus. Von Billung trat vor die Männer und erklärte ihnen die allgemeine Lage. Von Werth habe vor, zu den Kaiserlichen zu stoßen, sagte er. Der Großteil des Heeres weigere sich aber. Deshalb sei es um ihrem Sold schlecht bestellt. Besonders jetzt, da von Werth sich davonmachen werde. Aber ganz sicher werde bald ein neuer, vom Kurfürsten ernannter Oberbefehlshaber zum Heer stoßen.

Die Männer murrten, vor allem was ihren Sold betraf. »Wie sollen wir unsere Weiber und Kinder ernähren?«, rief einer. »Das Land gibt kaum noch was her. Und was es bei den Marketendern gibt, ist unbezahlbar geworden.«

»Genau darum hab ich euch zusammengerufen.« Er verpflichtete sie zu strikter Verschwiegenheit und erklärte ihnen dann in allen Einzelheiten, was er vorhatte. Und dass er denen, die zurückblieben, einen Gutteil der Beute überlassen würde, viel mehr, als ihnen an verloren gegangenem Sold zustand.

»Aber was ist, wenn sie herausfinden, dass Ihr es wart und Männer aus unserer Schwadron?«, fragte einer von ihnen. »Das Geld gehört doch dem Kurfürsten.«

»Nein, nein, das meiste davon ist dem Heer geschuldet. Vor allem gehört es nicht von Werth. Der hat nämlich auch anderen Einheiten ihren Sold vorenthalten.«

»Trotzdem. Wir könnten in Schwierigkeiten geraten.«

»Ihr müsst nur sehen, dass ihr euer Gold gut versteckt«, erwiderte von Billung. »Tut unschuldig. Ihr habt von dem Überfall nichts gewusst, seid nicht beteiligt gewesen. Ihr könnt mich gern zum Teufel wünschen. Oder noch besser, streut das Gerücht, dass ich mit unserem Feldmarschall unter einer Decke stecke. Es sei nur ein Trick gewesen, um die Kriegskasse nicht den zurückbleibenden Offizieren zu überlassen.«

Die Idee fand Anklang. Aber nun stand einer auf, der seit vielen Jahren in der Schwadron gekämpft hatte. Willem hieß er. Ein bei allen beliebter Mann. »Ich bin nicht gegen Euer Vorhaben, Herr Feldhauptmann«, sagte er. »Und ich vertraue Euch auch, dass Ihr uns einen gerechten Anteil abgebt. Aber müssen wir uns wirklich trennen? Soll das der Abschied sein? Nach so vielen Jahren? Können wir nicht als Schwadron zusammenbleiben und mitkommen, wohin auch immer Ihr vorhabt zu gehen? Vielleicht sollten wir uns den Weimarern anschließen oder den Hessen. Meinetwegen auch den Schweden. Zusammen waren wir doch immer eine gute Truppe.«

An den Gesichtern um ihn herum konnte von Billung sehen, dass die meisten ähnlich dachten. Ihm war ebenfalls das Herz schwer geworden bei dem Gedanken, die Meisten seiner Schwadron zurückzulassen, die Kameraden vieler Jahre.

»Ja, das waren wir, Willem«, erwiderte er. »Auf euch Jungs war immer Verlass. Ich hätte mir keine bessere Schwadron wünschen können. Aber nach dem Überfall wird man uns verfolgen. In dem Fall können wir keine Frauen und Kinder gebrauchen. Nur mit einer kleinen, schnellen Truppe haben wir eine Chance zu entkommen.«

»Und wo wollt Ihr hin?«

Von Billung zuckte mit den Schultern. »Ich will einfach nach Hause. Ob mein Elternhaus noch steht, weiß ich nicht. Vielleicht ist es nur noch eine Ruine und meine Äcker sind zerstört, genau wie diese hier. Aber es sind eben meine Äcker. Die will ich ab jetzt verteidigen und nicht länger für die Belange von Habsburgern oder Brandenburgern, Bayern, Schweden oder Franzosen kämpfen. Ich kann euch versichern, mir fällt es genauso schwer, mich von euch zu trennen. Ihr verdammten Kerle seid mir alle ans Herz gewachsen. Ich glaube, das wisst ihr. Aber nun muss es ein Ende haben, so leid es mir tut. Für mich ist der Krieg jedenfalls aus.«

Er schwieg einen Augenblick und ließ dabei den Blick von einem zum anderen schweifen. »Wenn ihr eine Erklärung wollt, warum ich so denke, hier ist sie: Ich bin nicht länger bereit, für Hurensöhne wie von Werth die Knochen hinzuhalten. Und auch nicht mehr bereit, Männer wie euch als Kanonenfutter zu verfeuern. Wir plündern Bauern aus, rauben ihnen das letzte Brot vom Mund und dazu noch ihre magere Habe, nur um selbst zu überleben. Im Sommer sterben wir an Seuchen, im Winter frieren uns die Zehen ab. Schaut euch selbst doch mal an. Abgemagert, mit ausgehöhlten Wangen, mit Geschwüren am Arsch, mit alten Wunden, die nicht heilen wollen. Wir leben im Dreck. Wir teilen unser Nachtlager mit Ungeziefer, trinken verseuchtes Wasser. Kaum einer, den nicht die Läuse plagen. Oder die Kratze. Und immer sitzt uns der Tod im Nacken. Wer sich nicht das Lungenfieber holt, den erwischt der nächste Lanzenstich oder die nächste Musketenkugel. Das ist unser Leben. Und dann prellen sie uns auch noch um unseren Sold. Was ist ein Söldner ohne Sold?«

Die Männer nickten. Ja, das war ihr Leben. Und schon seit viel zu langen Jahren. Aber was gab es denn anderes für sie? Wie sollten sie sonst überleben in dieser grausamen, verrückten Welt? Besonders die unter ihnen, die Frauen und Kinder hatten. Ein Söldner lebte immer noch besser als ein Landmann, trotz der Gefahren, die Schlachten und Scharmützel mit sich brachten.

Man musste sie nur sehen, die traurigen, zerlumpten Gestalten, die von einem Ort zum anderen wanderten, mit nichts als Hoffnung im Magen. Flüchtlinge, die Haus und Hof verloren hatten, Greise und Kranke, Frauen mit Kindern auf dem Rücken, Blinde, Einbeinige auf Krücken – so irrten sie umher auf der Suche nach Almosen, nach einer mitleidigen Seele. Selbst in den Städten war es kaum besser. An vielen Orten herrschte die Pest. Das nahe Augsburg hatte in den letzten Jahren sechzigtausend Einwohner verloren – drei Viertel seiner Bevölkerung. Auch Ulm war es nicht anders ergangen.

»Und wenn ihr meint«, fuhr von Billung fort, »es ginge euch besser, wenn ihr die Seiten wechselt, dann lasst euch sagen, dass die armen Schweine auf der anderen Seite auch nicht besser dran sind. Es ist ein ungerechter Krieg, der schon viel zu lange wütet und der seinen Sinn verloren hat. Wozu kämpfen wir überhaupt? Niemand kann uns die Frage beantworten. Ich wollte mal die protestantische Seite verteidigen und habe mich deshalb den Schweden angeschlossen. Ist schon Ewigkeiten her. Bei Lützen war ich dabei, als Gustav Adolf gefallen ist. Aber es schert sich doch niemand mehr um Religion. Ich also auch nicht. Und so bin ich bei den Katholischen gelandet, weil sie besseres Geld boten. So ist es vielen ergangen. Eigentlich geht es nur um die Macht der Fürsten, um Geld und Pfründe der Heerführer und ihrer Handlanger. Wir schlagen uns die Köpfe für sie ein. Dabei sprechen wir doch alle die deutsche Sprache. Sind wir im Grunde nicht ein Volk? Aber über unser gequältes Land trampeln Spanier, Franzosen, Dänen und Schweden. Sind wir denn blöd? Sind wir denn von allen guten Geistern verlassen? Es ist einfach genug, sage ich. Heute und hier bietet sich uns die einmalige Gelegenheit, ein wenig Gerechtigkeit zurückzuholen, wenigstens für uns. Packen wir's also an!«

Dass der Raub der Kriegskasse nicht nur von Werth, sondern auch andere im Heer schädigen würde, sagte er nicht. Aber alle wussten es natürlich. Doch es kümmerte sie nicht. In Zeiten wie diesen nahm sich jeder, was er kriegen konnte. Von Billungs Worte hatten die Männer aufgewühlt und überzeugt. Die Sache war gefährlich, aber sie kannten ihren Feldhauptmann. Es würde ihm schon gelingen.

Trotzdem waren sie plötzlich von einer gewissen Niedergeschlagenheit erfasst – sowohl die, die ausgewählt worden waren, den Raub mit durchzuführen, wie auch die anderen, die zurückbleiben würden. Jahrelang waren sie Kameraden gewesen, hatten Seite an Seite gekämpft, sich gegenseitig geholfen, hatten Freunde verloren, ob in der Schlacht oder durch Krankheit. Bald würde ihnen nur noch die Erinnerung bleiben, die vielen Geschichten von Freundschaft und Aufopferung, von gemeinsamen Raubzügen auf den Tross des Feindes, von Kameraden mit zerfetzten Gliedern, die sie unter Feuer aus der Schlacht getragen hatten. Geschichten, die man nie vergessen würde. Aber die Hoffnung auf von Werths Dukaten wog die Schwere des Abschieds auf.

Schließlich teilten sie sich das letzte gemeinsame Mahl. Einige von ihnen waren am Nachmittag weit in der Gegend herumgestreift und hatten noch ein paar versprengte Schafe erwischt. Die wurden geschlachtet und über dem Feuer geröstet. Dazu die elende Hafergrütze. Etwas Vernünftiges zu trinken gab es noch immer nicht. Aber das würde sich hoffentlich bald ändern, wenn sie wieder Gold im Säckel haben würden.

Als es Nacht wurde, bereiteten sich von Billung und seine ausgewählten Mitkämpfer vor. Darunter natürlich Moretti und Kaffenberger. Auch Schmidhofer wollte bei dem Überfall dabei sein. Die vier saßen unter einer Öllampe am Küchentisch und prüften ihre Waffen. Alle Dragoner besaßen einen Karabiner – die kurze Muskete, die, wenn sie zu Pferde waren, in einer Lederhalterung am Sattel hing und jederzeit einsatzbereit war.

Von Billung hatte schon vor Jahren, als es ihnen noch besser ging, die alten Karabiner mit ihren Luntenschlössern abgeschafft. Lunten waren einfach zu unpraktisch. Stattdessen hatten ihre Waffen die moderneren Steinschlösser, einfach zu handhaben, immer schussbereit und vor allem verlässlich, und eben ohne brennende Lunten, die sie nachts verraten konnten. Die vier am Tisch besaßen jeder auch Pistolen. Sie reinigten sie, überprüften den Mechanismus, rammten Pulver und Kugeln in den Lauf und schütteten Zündkraut auf die Pfanne, die durch die Metallklappe regensicher verschlossen war.

»Das war ja eine lange Ansprache eben«, sagte Moretti. »Wusste gar nicht, dass du so große Reden halten kannst.«

»Weißt du, ich denke schon lange über diese Dinge nach. Hab nur nichts gesagt. Alle Soldaten maulen natürlich gern. Das ist man schon gewohnt. Und am Ende machen sie weiter, egal wie. Und so war es auch bei mir jahrelang. Aber irgendwann fängt man an, alles infrage zu stellen. Geht euch das nicht so?«

»Klar«, erwiderte Moretti. »Die Frage stelle ich mir jeden Morgen beim Aufstehen, wenn mir das verdammte Kreuz wehtut.«

Alle mussten lachen.

»Nein, im Ernst«, sagte von Billung. »Ich hab hier einen Text.« Er ging in die Schlafkammer und kam mit einem schmalen Büchlein zurück. Es machte einen etwas zerfledderten Eindruck, als hätte er schon oft darin gelesen. Er schlug es an einer markierten Stelle auf und hockte sich neben die Lampe. »Ich les euch das mal vor: *Vom größten Teil des Volkes wird der Krieg verflucht, man betet um Frieden. Einige wenige nur, deren gottloses Glück vom allgemeinen Unglück abhängt, wünschen den Krieg. Beurteilt selbst, ob es recht und billig sei oder nicht, dass deren Unredlichkeit mehr gilt als der Wille aller Guten.*« Er ließ das Büchlein sinken. »Was denkt ihr? Ist das nicht genau das, worum es hier geht?«

»Ist das eine deiner Schriften, die du immer mit dir herumschleppst?«, fragte Moretti.

»Ganz recht. Erasmus von Rotterdam. Besser kann man es doch kaum sagen, oder? Und hier.« Er deutete mit dem Finger auf eine andere Stelle. »*Wo denn ist das Reich des Teufels, wenn es nicht im Krieg ist? Warum schleppen wir Christus hierhin, zu dem der Krieg noch weniger passt als ein Hurenhaus?*«

»Meint er den Krieg um die Religion?«, fragte Schmidhofer.

»Ganz genau. Ist doch völliger Unsinn, wenn man denkt, wofür Christus eigentlich steht.«

Moretti hob die geladene Pistole. »Und mit dem Ding hier willst du heute Nacht Frieden stiften?«, fragte er spöttisch.

»Du hast recht. Das ist ein Widerspruch. Unser ganzes verdammtes Söldnerleben ist ein Widerspruch.«

»Ohne Waffen wären wir aber jedem Wegelagerer ausgeliefert«, sagte Schmidhofer.

»Und mit Waffen gilt das Faustrecht des Stärkeren«, widersprach Moretti.

»Das gilt leider immer«, brummte Kaffenberger, sonst eher schweigsam. »Hab noch nie gesehen, dass einer die andere Wange hinhält, wie es in der Bibel heißt. Ich wette, auch die Pfaffen nicht.«

»*Per amore di Dio!*«, rief Moretti. »Der Kaffenberger spricht. Ist denn heute Weihnachten?«

Das führte zu Gelächter.

Der Einsatz in der Nacht würde gefährlich werden, darüber waren sich alle klar. Und da half ein wenig Humor, um die Anspannung zu lösen. Von Billung war ihr Anführer, der im Grunde keine Schwäche zeigen sollte. Aber war es denn Schwäche, dass er sich in der Gesellschaft dieser Männer aufgehoben fühlte? Sicher nicht. Das war es, was Kameradschaft ausmachte, der vertraute Umgang miteinander. Dennoch war er für diese Männer verantwortlich.

Er beugte sich zu Schmidhofer. »Hast du dir das gut überlegt? Du musst nicht unbedingt mitmachen.«

Schmidhofer sah ihn erstaunt an. »Aber so ein Abenteuer werde ich mir doch nicht entgehen lassen«, sagte der Leutnant aufgekratzt, als könne er es gar nicht abwarten.

»Du bist aber noch jung. Überleg dir das. Wir werden Deserteure sein, die einen Feldmarschall bestohlen haben. Es wird auch keinen Unterschied machen, dass von Werth das Geld selbst stehlen wollte. Vielleicht setzen sie ein Kopfgeld auf uns aus. Und sollten sie uns erwischen, hängen sie uns an den nächsten Baum.«

»Sie werden uns nicht erwischen«, sagte Schmidhofer überzeugt. Ein bisschen zu unbekümmert und zu leichtfertig. »Sobald wir über die Donau sind, haben wir gewonnen.«

»Es ist ein langer Weg bis in den Norden. Und den Schweden schließen wir uns auch nicht an. Für uns ist der Krieg zu Ende, Schmidhofer. Du bist dann kein Leutnant mehr.«

Schmidhofer lachte. »Das ist mir egal, Herr Feldhauptmann. Ich bin dabei. Wie auch immer.«

»Dann hör auf, mich Herr Feldhauptmann zu nennen. Denn das bin ich seit zwei Tagen nicht mehr. Ich heiße Ewalt.«

Er hielt ihm die Hand hin, und Schmidhofer schlug ein.

Es musste gegen Mitternacht sein. Ein Dunstschleier verklärte den Mond. Vielleicht war für morgen schlechtes Wetter im Anzug. Aber es war immer noch hell genug, um sich zurechtzufinden. Vorsichtig kamen sie zu Fuß über die Felder, führten die Pferde am Halfter. Zwei Männer und der junge Gerstmair blieben bei den

Tieren, hinter Sträuchern versteckt und in Rufnähe des Gehöfts, in dem sich die Kriegskasse befand. Nach Wochen der Rast waren die Pferde gut genährt. Besser als ihre Reiter. Auch genug Wasser hatten sie bekommen. Von Billung hatte lange überlegt, ob er Gerstmair mitnehmen sollte, denn er würde sie in seiner Schusseligkeit vielleicht mehr behindern als ihnen nützen. Aber er fühlte sich verantwortlich für den Jungen. Also musste er mitkommen.

In den Bauernhäusern herrschte tiefe Dunkelheit. Nur in der Nähe des Dorfplatzes waren ein paar Lichter zu sehen. Späte Zecher wahrscheinlich. Ihre Karabiner und Schwerter ließen die Männer bei den Pferden. Die würden sie nur behindern. Pistolen und Kurzschwerter, seit Landsknechtzeiten Katzbalger genannt, mussten genügen. Dann schlichen sich von Billung, Kaffenberger und sechs weitere Dragoner die letzten zweihundert Schritt an das Gehöft an.

Wie schon zwei Abende zuvor erkundeten sie erst einmal die Lage. Im Hof standen diesmal keine Pferde. Die hatte man auf eine nahe Koppel gebracht. Vor dem Hauseingang waren keine Wachen zu sehen. Wahrscheinlich waren sie nur tagsüber im Einsatz und schliefen jetzt im Viehstall mit dem Rest der Wachmannschaft. Heute schienen nur drei Mann Wachdienst zu haben. Zwei von ihnen patrouillierten mit geschulterter Hellebarde um das Gehöft herum. Der dritte saß auf einem Hackklotz neben dem Scheunentor und gähnte. Seine Hellebarde lehnte an der Scheunenwand. Wie seine Kameraden trug er Helm, Brustharnisch und ein Schwert an der Seite. Musketen waren nicht zu sehen.

Sie warteten auf den verabredeten Einsatz, den der Rest der Truppe unter Schmidhofers und Morettis Führung erledigen sollte. Eine Ablenkung.

Aber es geschah nichts. Wo zum Teufel blieben sie? Zweimal waren die beiden Wachleute schon ihre Runden um das Gehöft gegangen. Zuletzt blieben sie bei ihrem Kameraden vor der Scheune stehen, lehnten die Hellebarden ebenfalls an die Wand und unterhielten sich. Gemurmel und leises Lachen drang von ihnen herüber. Aber wo war der vierte? Es waren doch vier gewesen, die nachts Wachdienst hatten.

Auf einmal ließen sich vom anderen Ende des Dorfes Schüsse vernehmen, dumpfes Hufgetrappel und Geheul, als würde der Feind über das Dorf herfallen. Sogar ein Hornstoß, der zum Angriff zu blasen schien. Kurz darauf machte sich Feuerschein bemerkbar. Eines der Strohdächer stand in Flammen. Noch ein Hornstoß, Schüsse. Und dann aufgeregte Rufe, als die Zecher aus der Dorfschänke taumelten, um das Dorf zu verteidigen.

»Das sind unsere«, raunte von Billung.

Kaffenberger nickte.

Schmidhofers Scheinangriff sollte verwirren, Verfolger auf eine falsche Fährte lenken, damit sie unterdessen ungestört von Werths Gehöft überfallen konnten. Man würde sich später an einem verabredeten Ort treffen. Die Soldaten, die in den verlassenen Bauernhöfen der Nachbarschaft schliefen, rührten sich noch nicht. Doch die drei Wachen waren auf den Weg vor dem Gehöft gerannt, um vielleicht etwas zu sehen und um zu horchen. Ihre Hellebarden hatten sie in der Aufregung vergessen.

»Los!«, zischte von Billung.

Kaffenberger schlich sich, zusammen mit zwei Kameraden, links um das Haupthaus herum, damit sie von den Wachen nicht gesehen wurden. Sie würden zur rechten Zeit das Bauernhaus stürmen und den Feldmarschall in Geiselhaft nehmen. Aber zuerst mussten die Wachen überwältigt werden. Von Billung und die vier übrigen Männer nahmen den Weg um die Scheune herum. Er hatte allen eingeschärft, leise vorzugehen und Blutvergießen möglichst zu vermeiden.

Als er um die Ecke der Scheune spähte, standen die drei Wachleute mit dem Rücken zu ihm in der Gasse und redeten aufgeregt miteinander. Sie fragten sich gewiss, was am anderen Ende des Dorfes los war. Auch in einem der kleinen Fenster des Haupthauses flackerte jetzt Licht auf. Von Werth musste von dem Lärm aufgewacht sein und sich das Gleiche fragen.

Jetzt oder nie, sagte sich von Billung, bevor noch mehr Wachen auftauchen.

Er zog seinen Katzbalger aus der Scheide, bedeutete seinen Männern, ihm zu folgen, und huschte mit schnellen Schritten auf die nichtsahnenden Wachleute zu. Er packte einen am Haar, riss ihn rücklings von den Beinen und legte ihm das lange Messer an die Kehle. »Ganz still«, raunte er ihm ins Ohr. »Keinen Mucks, oder ich schneide dir die Kehle durch!«

Der Mann war starr vor Schreck und wagte sich nicht zu rühren. Den beiden anderen ging es nicht anders. Einer wollte protestieren und bekam dafür eine Faust an die Schläfe, was ihm für einen Augenblick die Besinnung raubte. Schnell fesselten sie die drei mit Lederschnüren an Händen und Füßen, stopften ihnen Lumpen ins Maul und zerrten sie von der Gasse weg, um sie hinter einer alten Karre halbwegs zu verstecken. Einer der Dragoner bewachte sie mit der Pistole im Anschlag. Kaffenberger und seine zwei Kameraden waren inzwischen im Haupthaus verschwunden.

Keine Zeit zum Verschnaufen, denn jetzt mussten sie das Stalltor verschließen und den Rest der Wachmannschaft einsperren.

Bevor er den Befehl geben konnte, nahm er Bewegung in der Gasse wahr. Eine Handvoll Männer, von den fernen Hornstößen geweckt, kamen schlaftrunken aus den benachbarten Bauernkaten. Schnell wurden es mehr. Sie liefen halb bekleidet und mit Waffen in den Händen die Gasse hinunter und dem anderen Ende des Dorfes entgegen, wo sie den Angriff vermuteten, obwohl die Kampfgeräusche inzwischen abgeflaut waren. Moretti und Schmidhofer mussten sich zurückgezogen haben.

Mit zwei Mann im Gefolge rannte von Billung zur Stalltür hinüber, als ein wildes Kreischen aus dem Inneren des Hauses sie aufschreckte. Eindeutig eine Frauenstimme. Gleichzeitig polterte es, als ob Möbel umgestoßen würden, und ein Mann brüllte Unverständliches. Da schien ein Kampf zu toben. Doch mit einem Mal brach das Geschrei ab. Dafür ließen sich die ersten verschlafenen Stimmen aus dem Viehstall vernehmen. Die Kerle wachten auf. Von Billung fluchte.

Er war schon fast am Stalltor angekommen, da sah er eine der Wachen mit der Muskete in den Händen aus dem Stall kommen. Das musste der vierte Wachmann sein! Der Mann hob den Lauf und legte auf von Billung an. Doch der war schneller. Er riss die Pistole aus dem Holster, spannte in der gleichen Bewegung den Hahn und feuerte. Mit langem Feuerblitz und lautem Knall entlud sich die Waffe. Die Kugel traf den Mann mitten im Gesicht und schleuderte ihn in den Misthaufen, wo er wie eine zerbrochene Puppe liegenblieb. Dunkles Blut mischte sich mit der stinkenden Gülle.

Jetzt warf einer der Kameraden – Hermann hieß er – eiligst das Stalltor zu und sicherte es mit dem Querbalken. »Ich dachte, wir sollten leise sein«, sagte er spöttisch.

»Das war verdammt knapp!«, knurrte von Billung. »Jetzt seht zu, dass keiner von denen rauskommt!«

Er steckte zwei Finger in den Mund, um den Kameraden bei den Pferden das verabredete Signal zu pfeifen, und rannte zum Hauseingang, in Sorge darüber, was im Haus selbst vor sich ging. Da ging hinter ihm ein Schuss los. Der musste aus dem Innern des Viehstalls gekommen sein. Er fuhr herum und sah, wie Hermann mit einem Aufschrei in die Knie ging und umfiel. Die Kugel hatte die Viehstalltür durchschlagen und ihn getroffen.

»Verfluchte Scheiße!«, entfuhr es von Billung. »Kümmert euch um ihn«, rief er den anderen zu. »Und sagt den Bastarden im Stall, sie sollen sich ruhig verhalten. Sonst zünden wir ihnen das Dach über dem Kopf an.« Die Männer zerrten den getroffenen Hermann, der laut stöhnte, zur Seite.

Inzwischen waren Gerstmair und die Kameraden mit den Pferden angekommen. Nun fehlte nur noch Kaffenberger. Wo zum

Teufel blieb der Mann? Hoffentlich hatte er nicht vergessen, den Durchgang zum Stall zu schließen. Sonst fielen ihm die Wachen noch in den Rücken.

Aber da tauchte Kaffenberger auch schon auf. Er stieß einen barfüßigen Feldmarschall im Nachthemd vor sich her. Sie hatten von Werth die Hände gefesselt und ein Bettlaken um den Kopf gewickelt, denn er sollte sich keine Gesichter merken können.

Von Werth protestierte lautstark, als sie ihn in die Knie zwangen, versuchte sich aus Kaffenbergers Griff zu befreien, bis einer der Männer ihm das Kurzschwert an die Kehle legte. »Schnauze, Mann! Noch ein Laut, und du bist tot!«

Danach gab von Werth das Gebrüll auf, auch wenn er weiter Verwünschungen ausstieß.

»Was war da drinnen los?«

»Das verdammte Weib wollte keine Ruhe geben. Hat mich sogar gebissen.«

»Ist sie tot?«

»Nur bewusstlos.«

»Und der Durchgang zum Stall?«

»Fest verrammelt. Für eine Weile jedenfalls. Die Tür ist aber nicht allzu sicher.«

In dem Augenblick ließ sich eine besorgte Stimme von der Gasse her vernehmen: »He! Was ist los bei euch? Greifen sie hier auch an?«

Wer auch immer das war, musste den Schuss gehört haben, vielleicht auch von Werths Geschrei. Von Billung trat vor. Mitten auf dem Weg stand eine dunkle Gestalt mit einem langen Spieß auf der Schulter. Ein Infanterist. »Nichts ist los«, rief von Billung und ließ ein unbekümmertes Lachen hören. »Der Feldmarschall hat Leute eingeladen. Da ist einem aus Versehen ein Schuss losgegangen.« Was Besseres war ihm auf die Schnelle nicht eingefallen.

»Ach so. Na, solange der Schuss nicht in die Hose geht …«

Der Mann gluckste. »Aber im Dorf ist irgendwas los. Habt ihr das gehört? Hörte sich an, als ob wir angegriffen werden.«

»Scheint sich wieder beruhigt zu haben. Mach dir keine Sorgen, Kamerad. Vielleicht ein Freudenfeuer. Unsere Jungs feiern den Waffenstillstand.«

Plötzlich versuchte von Werth von Neuem, sich loszureißen und auf die Beine zu kommen. »Hilfe!«, brüllte er. »Glaub dem Schweinehund nicht! Das ist ein Überfall. Hol Hilfe, Mann! Schnell!«

Kaffenberger versetzte dem Gefangenen einen so heftigen Hieb, dass es ihm fast den Kopf abriss. »Noch ein Wort, und es ist dein letztes!«, zischte er.

Aber es war zu spät. Der Kerl mit dem Spieß hatte verstanden. Ohne ein weiteres Wort rannte er davon. Sie hörten ihn laut um Hilfe rufen und an mehrere Türen hämmern. Am Ende der Gasse drehten sich einige um, die auf dem Weg zur Dorfmitte waren. »Ein Überfall!«, brüllte der Mann und winkte sie herbei. Doch die Kerle zögerten, wussten nicht, wohin sie zuerst laufen sollten.

Durch das wilde Gerangel war das Laken, das Kaffenberger dem Feldmarschall um den Kopf gewickelt hatte, heruntergerutscht. Die Unterlippe blutete, wo Kaffenberger ihn getroffen hatte. Er war noch benommen von dem Hieb, aber dann erkannte er, wer vor ihm stand.

»Von Billung? Hab ich mir doch gedacht, dass ich diese Stimme kenne. Was zum Teufel hast du vor?«

»Was denkst du wohl? Wir sind hier, um unser Geld zu holen.«

Da standen sie sich gegenüber, der Bauernsohn, der nicht lesen konnte, es aber zum Feldmarschall gebracht hatte, und der heruntergekommene Freiherr, der in seiner Verzweiflung zum Räuber geworden war. Jede Höflichkeit der Anrede zwischen ihnen war verschwunden. Man war beim Du des Volkes angelangt.

»Die Kriegskasse?« Von Werth grunzte verächtlich. »Nur zu, du Idiot. Dafür wirst du am Galgen baumeln, das schwör ich dir!«

»Vielleicht. Aber bestimmt nicht heute. Befiehl deinen Männern, sich ruhig zu verhalten und den Schlüssel für die Scheune rauszurücken.«

»Geh zum Teufel! Ich sag gar kein Wort.«

»Die Schlüssel hat er um den Hals hängen«, rief Kaffenberger ungeduldig. Er griff von Werth in den Halsausschnitt des Hemdes und durchschnitt die Lederschnur, an der zwei Schlüssel hingen. Damit rannte er zum Scheunentor.

»Beeil dich!«, rief von Billung, denn er hörte schon die Männer am Ende der Gasse, die sich nun doch entschieden hatten nachzusehen, was im Hauptquartier des Feldmarschalls los war.

Ein Dutzend von ihnen kam gelaufen. Von Billung rannte in die Gasse und feuerte seine zweite Pistole auf sie ab. Das ließ die Kerle erschrocken stehenbleiben, besonders als noch einer der Dragoner auf sie feuerte. Niemand wurde getroffen, dazu waren sie noch zu weit entfernt. Aber nun hielten sie erstmal respektvoll Abstand. Fragte sich nur, für wie lange.

»Was ist mit Hermann?«, rief von Billung über die Schulter.

»Die Kugel hat den Harnisch durchschlagen und sitzt wahrscheinlich in der Schulter. Aber er ist bei Bewusstsein.«

»Kann er reiten?«

»Ich denke schon.«

»Dann packt ihn auf seinen Gaul.«

Kaffenberger hatte endlich das Vorhängeschloss aufbekommen. Er schlug die beiden Torflügel weit zurück. Im Innern stand wie erwartet der vierrädrige Wagen mit der Kriegskasse. Sie zogen ihn an der Deichsel in den Hof und schirrten zwei der Gäule an, die sie zu diesem Zweck mitgebracht hatten.

»Denkt ihr wirklich, ihr könnt damit entkommen?«, fragte von Werth. »Der hält euch nur auf. Ich schicke euch eine Schwadron

Reiter auf den Hals. Die haben euch im Nu eingeholt. Besser, ihr lasst das Ganze bleiben und ergebt euch.«

Von Billung antwortete nicht, bedeutete aber zwei kräftigen Kerlen, den Feldmarschall auf eines der beiden angeschirrten Pferde zu heben. Von Werth blickte sich erschrocken nach ihm um. Dass sie ihn mitnehmen würden, hatte er nicht erwartet. Sie fesselten ihm die Hände an den Sattelknauf und schlangen ihm wieder das Laken um den Kopf, damit er nicht mitbekam, wohin sie sich wenden würden.

Von der Gasse her tönte noch ein Schuss. Dann kam der Dragoner gelaufen.

»Die lassen sich nicht länger aufhalten«, rief er und schwang sich auf sein Pferd. Auch der Rest der Kameraden stieg eiligst in die Sättel. Nicht früh genug, denn jetzt wurden sie von der Gasse her beschossen. Eine Kugel durchschlug die Bretter der Scheunenwand und erschreckte die Pferde. Eine zweite Kugel zischte so dicht an von Billung vorbei, dass er den Lufthauch spürte. Er setzte den Fuß auf den Steigbügel und zog sich auf sein Pferd. Auch der verwundete Herman saß aufrecht im Sattel. Konnte also nicht so schlimm sein.

»Also los, Jungs«, rief er. »Ab die Post!«

Einer der Reiter führte die Pferde, die sie vor das Gefährt gespannt hatten. Die beiden Gäule stemmten sich ins Geschirr, und der Wagen rollte vom Hof aufs offene Feld hinaus.

Kaffenberger ritt voraus. Von Billung wartete noch, bis alle vom Hof waren, und verließ als Letzter das Gehöft, kurz bevor die wütende Menge es stürmte. Noch zwei Musketenkugeln jagten sie hinter ihm her, aber ohne zu treffen.

Zum Glück war das Feld nicht frisch gepflügt, sonst wäre der Wagen womöglich steckengeblieben. So rumpelte er, von den beiden Pferden gezogen, zügig voran. Von Werth, den Kopf verhüllt, hielt sich am Sattelknauf fest.

Kaffenberger führte sie bis zum Ende des Feldes, wo sie auf

einen schmalen Weg stießen. Bei der Wende wäre der Wagen beinahe umgekippt. Aber dann ging es weiter.

Nach einer Meile gelangten sie in einen Wald. Hier kamen sie nur langsam voran, denn unter dem Blätterdach war es stockdunkel und der Weg schwer zu erkennen.

Doch schon bald sahen sie ein Licht vor sich. Denn hier waren sie mit vier Dragonern ihrer Schwadron verabredet – alle vier gehörten zu denen, die zurückbleiben würden und nur hier waren, um den Anteil für den Rest der Truppe in Empfang zu nehmen. Einer von ihnen stand mitten auf dem Weg und hielt die Laterne hoch. Der Wagen hielt an, und von Billung stieg vom Pferd.

»Es hat also geklappt, Herr Feldhauptmann.«

Von Billung hielt den Zeigefinger vor die Lippen. »Kein Wort«, raunte er und deutete auf den Gefangenen.

Kaffenberger band sein Pferd an einen Baum und machte sich am Schlüsselloch des kastenförmigen Wagens zu schaffen. Der Schlüssel passte, und bald schwang der schwere Deckel zurück. Von Billung winkte den Mann mir der Lampe heran, und sie starrten in gespannter Erwartung in die große, rechteckige Kiste.

Sie war innen mit Kupferblech ausgekleidet. Und zu von Billungs Erleichterung war sie nicht leer, sondern tatsächlich über und über mit bedruckten, aus schwerem Sackleinen genähten Beuteln gefüllt. Er hob einen davon heraus. Wog bestimmt mehr als zwei Pfund. *Hundert Reichstaler* stand darauf, in Worten. Und darunter *Kurfürstliche Münze Bayern.* Herrgott nochmal, sie hatten es tatsächlich geschafft!

Zum Zählen war keine Zeit. Aber in der Kiste mussten weit über hundert solcher Beutel stecken. Vielleicht sogar zweihundert. Und wenn man bedachte, dass der Jahressold für einen Soldaten fünf Taler betrug – für Offiziere natürlich mehr –, dann war dies ein gewaltiges Vermögen.

»Gib jedem der vier Kameraden drei Beutel«, flüsterte von Billung Kaffenberger zu. Er wollte vermeiden, dass von Werth mitbekam, dass außer ihnen auch andere Männer der Schwadron beteiligt waren. »Das sind tausendzweihundert Taler, ein vierfacher Jahressold für die sechzig Mann, die zurückbleiben. Die werden zufrieden sein. Alles andere verteil auf unsere eigenen Satteltaschen.«

Von Billung lud vorsichtshalber seine Pistolen nach. Dann ließ er den Feldmarschall vom Pferd holen. »Lasst seine Hände gefesselt, und lasst ihm auch die Augen verbunden.«

»Bist du nun zufrieden mit deiner Beute?«, knurrte von Werth. Seine Stimme klang gedämpft unter dem doppelt gefalteten Laken, das sie ihm um den Kopf gebunden hatten.

»Mehr als das.«

»Du wirst keinen Spaß daran haben, das schwör ich dir.«

»Wer soll mir denn den Spaß verderben?«

»*Ich* werd ihn dir verderben, du Hurensohn. Ich schick dir das ganze Regiment auf den Hals. Sie werden euch verfolgen und aufspüren, darauf kannst du dich verlassen.« Von Werth lachte gehässig. »Dabei hätte ich nie gedacht, dass ausgerechnet du dich als lausiger Dieb entpuppst.«

»Wenigstens bestehle ich nicht meine eigenen Männer.«

»Ach so. Du meinst, da liegt der Unterschied zwischen uns beiden? Jetzt bist du auch noch selbstgerecht. Wie alle ihr verfluchten Protestanten. Die Calvinisten sind am schlimmsten. Bist du Calvinist?«

»Lutheraner.«

»Im Grunde alles dasselbe. Ihr glaubt, die Moral gepachtet zu haben. Dabei raubt und plündert ihr in diesem verfluchten Krieg wie alle anderen auch.«

»Du gibst also zu, dass du selbst die Kasse stehlen wolltest?«, erwiderte von Billung. »Anscheinend bin ich dir nur einen Tag zuvorgekommen.«

»Na, dann sind wir wohl beide Gauner. Ein katholischer und ein protestantischer.«

Von Billung lachte spöttisch. »Möge Gott uns vergeben.«

Jetzt mischte sich Kaffenberger ein, dem das Gerede zu viel geworden war. »Erschieß den Bastard«, sagte er, »Der weiß jetzt, dass wir es waren. Schieß ihm eine Kugel in den Kopf und lass ihn hier verrotten. Bis sie ihn finden, sind wir über alle Berge.«

Ja, das wäre vielleicht das Beste, dachte von Billung. Der Kerl war ihnen jetzt nicht mehr nützlich. Und einen Zeugen konnten sie nicht gebrauchen. Er nahm die Pistole aus dem Holster und zog mit einem vernehmlichen Knacken den Hahn zurück. Von Werth hörte es und zuckte kurz zusammen. Aber dann stählte er sich gegen das, was kommen musste.

»Na los, Billung. Erschieß mich«, sagte er mit fester Stimme.

Ein Feigling war der Kerl nicht. Aber das wusste von Billung schon. Johann von Werth, der unerschrockene Reitergeneral, der Held vieler Schlachten.

»Erschieß ihn, Ewalt«, knurrte Kaffenberger ungeduldig. »Der Sauhund kann uns schaden.«

Von Billung hob die Waffe. Aber dann kamen ihm Zweifel. Er war gewiss nicht zimperlich. Nicht nach so vielen Jahren Krieg. Wie viele Männer er schon getötet hatte, daran konnte er sich gar nicht mehr erinnern. Und er hasste diesen verdammten Kerl. Der würde ihn und die anderen aufs Grausamste betrafen, sollte er sie erwischen. Es war also nur vernünftig, ihm eine Kugel in sein schwarzes Herz zu schicken. Und doch – einen Mann kaltblütig und mit Vorsatz ermorden … das widerstrebte ihm.

»Traust du dich nicht, deinen Feldmarschall zu erschießen?«, höhnte von Werth. »Es wird euch ohnehin nichts nützen, ihr Halunken. Sobald man merkt, dass eure Schwadron verschwunden ist, wird man wissen, wer es war.«

Von Billung ließ die Pistole sinken. »Du hast mich aus dem Regiment entlassen, schon vergessen? Niemand wird sich wundern, wenn sich unsere Schwadron nicht mehr im Lager befindet. Man wird denken, wir haben uns den Franzosen angeschlossen.«

»Also gut, dann schieß endlich!«

In diesem Augenblick hörten sie das Getrappel von Pferdehufen. Und zwischen den Bäumen waren die Lichter von Fackeln zu erkennen. Von Billung befahl zehn Mann, mit ihren Karabinern Stellung zu beziehen. Dem Rest der Männer trug er auf, sich zu beeilen und die Geldbeutel zu verstauen.

Aber dann sahen sie, dass es nur drei Reiter waren, die sich im Trab näherten, den Blick auf den Boden geheftet, in der Hoffnung, Spuren zu erkennen. Natürlich. Sie verfolgten die Radspuren. Und jetzt hatten sie den Lichtschein der Laterne entdeckt. Wohl auch den Wagen, der mitten auf dem Weg stand. Sie hielten an.

Von Billung hob die Hände an den Mund, um einen Trichter zu formen. »Keinen Schritt weiter!«, rief er. »Hier sind zehn Musketen auf euch gerichtet.«

Die drei Reiter redeten kurz miteinander. Sicher überlegten sie, wie sie sich verhalten sollten. Im Licht der Fackeln, die sie in Händen hielten, konnte man sie gut sehen. Einer von ihnen war von Falkenberg. Von Werths Lieblingsoffizier des Regiments.

»He, Billung«, rief von Falkenberg herüber. »Ich weiß, dass du's bist. Man hat dich erkannt. Lass den Feldmarschall gehen. Dann geschieht euch nichts.«

»Und das soll ich dir glauben?«

»Bist du das, Eberhard?«, brüllte von Werth. »Auf dich ist doch immer Verlass. Hol mich hier raus, mein Junge.«

»Wir sind leider nur zu dritt, Herr Feldmarschall. Ich konnte in der Eile meine Schwadron nicht zusammentrommeln. Aber wir lassen Euch nicht im Stich, das ist versprochen.«

»Wir nehmen ihn mit«, rief von Billung. »Was hältst du davon?«

»Nein, gib ihn frei, Billung. Wir werden euch nicht verfolgen, das schwöre ich. Zumindest nicht jetzt. Ab morgen ist das natürlich was anderes. Dann werde ich dich bis in die Hölle jagen. Aber jetzt lass den Feldmarschall gehen.«

»Ich wette, der ist genauso hinter dem Geld her«, murmelte Kaffenberger. »Der Bastard hier muss ihm einen Anteil versprochen haben.«

»Das hab ich gehört«, sagte von Werth. »Und seinen Anteil wird er sich auch holen. Er wird vor nichts zurückschrecken, das schwör ich euch. Der Falkenberg ist nämlich genau der richtige Mann dafür. Du kennst ihn ja, Billung. Der Kerl ist klug, das musst du zugeben. Und der lässt nie locker. Außerdem kann er dich nicht leiden. Er sagt, du schuldest ihm was.«

»Falkenberg macht mir keine Angst.«

»Sollte er aber. Ein Bluthund, wie es je einen gegeben hat.«

Von Billung wusste, dass von Werth recht hatte. Bei diesem Vermögen? Wer würde da nicht alles tun, um den Schatz in die Finger zu kriegen? Er ging zu den vier Reitern hinüber, die zu ihren Leuten zurückwollten.

»Hört zu«, sagte er leise. »Ich wollte es geheim halten, dass wir dahinterstecken, aber nun ist es herausgekommen. Verschwindet am besten gleich mit euren Weibern und den anderen. Das Geld, das wir euch gegeben haben, sollte für alle ein paar Jahre reichen. Vielleicht sogar für ein Häuschen. Ihr dürft euch nur nicht erwischen lassen. Und grüßt alle nochmal von uns.«

Sie nickten. »Danke, Herr Hauptmann«, sagte einer. »Und viel Glück.« Sie wendeten ihre Pferde und sprengten eilig davon.

»Und was machen wir jetzt mit dem hier?«, fragte Kaffenberger und deutete auf den Feldmarschall.

»Wir lassen ihn hier. Den Wagen auch.«

Sie nahmen die beiden Pferde aus dem Geschirr des Wagens. Die würden sie als Ersatzpferde mitnehmen. Dann machten sie die Laterne aus und saßen auf. Von Billung gab seinem Gaul die Sporen und ritt voran. Die anderen folgten ihm – als letzter Kaffenberger, der den Feldmarschall am liebsten erschossen hätte. Stattdessen gab er ihm noch einen Tritt, bevor er in den Sattel stieg und seinem Pferd die Sporen gab.

»Wir werden euch kriegen«, hörten sie von Werth noch hinter ihnen herbrüllen.

Die Jagd hat begonnen, dachte von Billung, als sie durch den nächtlichen Forst trabten. Spätestens ab morgen würde von Falkenberg ihnen auf den Fersen sein. Wenn nicht früher.

AUF DER FLUCHT

Sie ritten die ganze Nacht hindurch und gönnten sich nur zweimal eine kurze Rast, um die Pferde zu schonen. Noch am Tag zuvor war von Billung unschlüssig gewesen, wohin er sich mit seinen Männern wenden sollte. Mit der reichen Beute hatten sie genug Geld, um sich überall niederzulassen und ein äußerst bequemes Leben zu führen.

Er hatte sogar mit dem Gedanken gespielt, diesem so gequälten und misshandelten Deutschland für immer den Rücken zu kehren. Hier war doch nichts mehr heil. Städte zerschossen, ganze Landstriche verödet. Das Land war am Ende und würde Generationen brauchen, um sich zu erholen. Und was immer die Fürsten mit ihren Vertretern in Münster verhandelten, es sah nicht so aus, als ob sie den verdammten Frieden jemals hinkriegten. Es wurde ja immer noch weitergekämpft. Jeder hoffte, sich schnell noch ein besseres Stück aus dem Kuchen zu schneiden, falls es demnächst doch noch zu einem Friedensabkommen kommen sollte. An das aber niemand wirklich glaubte.

Was war also besser, als über die Alpen nach Italien zu ziehen? Es war Sommer, und die Pässe schneefrei. Dort im Süden herrschte kein Krieg, abgesehen von lokalen Auseinandersetzungen. Auch das Wetter war besser als hier im Norden. Moretti kannte sich bestens aus, beherrschte die Landessprache. Von Billung könnte ein Gut erwerben, in der Romagna oder der Toskana, und Wein anbauen.

Andererseits lockte auch das Land der Eidgenossen als Refugium. In einem stillen Tal in den Bergen würden sie ein ruhiges Leben führen können.

Doch in Wirklichkeit zog es ihn heimwärts. Seine Eltern lebten schon lange nicht mehr, auch die einzigen beiden Geschwister waren in zartem Alter gestorben. Irgendwo gab es vielleicht noch ein paar Verwandte, an die er sich aus Kindertagen erinnerte. Zu viele Jahre war er nicht mehr in der Heimat gewesen. Sein Herrenhaus musste heruntergekommen sein, wenn es überhaupt noch stand, die Dienerschaft geflüchtet, die Äcker verwahrlost. Wahrscheinlich hatten sich dort Leute eingenistet, die es erst einmal zu vertreiben galt. Außerdem war es im Norden windig, kalt und feucht. Und doch zog es ihn dorthin, zu den Wäldern und den vielen Seen, den grünen Wiesen und den weiten weißen Stränden der Ostsee.

Es würde allerdings eine lange und gefährliche Reise werden. Der einfachste und schnellste Weg, um nach Vorpommern zu gelangen, war, nach Nordosten in Richtung Ingolstadt zu reiten, entlang der Donau bis nach Regensburg, von dort nach Norden, zwischen Frankenwald und Erzgebirge bis in die weite Flussebene, dann ein Stück an der Elbe entlang, um schließlich über Mecklenburg in die Heimat zu gelangen.

Aber Eberhard von Falkenberg wusste natürlich, woher von Billung stammte. Er würde richtig vermuten, dass es ihn in den Norden ziehen würde. Er würde den gleichen Weg nehmen, sie vielleicht überholen, ihnen auflauern und über sie herfallen, wenn sie es am wenigsten erwarteten.

Deshalb hatte von Billung beschlossen, eine andere Richtung einzuschlagen und sich zunächst nach Westen zu wenden und den Lech zu überqueren, um dann erst bei Ulm auf die Donau zu stoßen. Von dort weiter über Würzburg nach Norden und Hessen-Kassel, das zum Glück protestantisch war. Und wohin von Falkenberg sich vielleicht nicht wagen würde. Dann weiter über das zerstörte Magdeburg nach Brandenburg und Mecklenburg. So hatten sie es mit den anderen verabredet. Moretti hatte sich schließlich doch entschieden, mitzukommen und im Norden eine neue Heimat zu finden. Schmidhofer war sich noch nicht sicher, aber zumindest würde er sie bis zur Ostsee begleiten und dann sehen, was er mit seinem Leben anfangen wollte. Kaffenberger hatte nur gemeint: »Warum nicht?« Er habe verdammt nochmal nichts Besseres vor.

Am Morgen erreichten sie nördlich von Augsburg den kleinen Ort Langweid am Lech, wo eine alte Brücke über den Fluss führte. Von Billung war hier vor fünfzehn Jahren mit den Schweden gewesen. Die hatten den Ort fast völlig zerstört. Auch jetzt lag der größte Teil noch in Schutt und Asche, doch die Brücke war unbeschädigt geblieben. Am Ufer aßen sie vom mageren Proviant in ihren Satteltaschen und warteten auf die Kameraden, die nach dem nächtlichen Scheinangriff zuerst einen weiten Bogen nach Norden hatten schlagen sollen, um Verfolger in die Irre zu führen.

Am späten Vormittag trafen sie endlich ein.

»Wie ist es gegangen?«, fragte Moretti sofort, kaum, dass er vom Pferd gestiegen war.

Von Billung grinste übers ganze Gesicht. »Bestens, mein Freund. Hätte gar nicht besser gehen können.«

Als er ihnen die ungefähre Summe nannte, die sie erbeutet hatten, brachen die Männer in ein Freudengeheul aus. »*Madonna!*«, schrie Moretti. »Ist das zu fassen? Jetzt sind wir alle reich! Was seid ihr doch für Teufelskerle!«

Sie schlugen sich gegenseitig auf die Schulter und redeten aufgeregt durcheinander. Schmidhofer konnte sich gar nicht einkriegen, während Kaffenberger dasaß und glücklich grinste – ein Gesichtsausdruck, den man eher selten bei ihm sah.

Aber von Billung wurde gleich wieder ernst. »Mit diesem Geld können wir alle ohne Sorgen bis ans Ende unserer Tage leben. Aber machen wir uns nichts vor. Dies war nur der erste Schritt. Jetzt müssen wir den verdammten Schatz auch noch heil nach Hause bringen. Sie werden wie Bluthunde hinter uns her sein, das kann ich euch versprechen. Wir sind Fahnenflüchtige und Diebe.

Von Werth wird außerdem auf das Geld nicht verzichten wollen. Und von Falkenberg will auch seinen Anteil.«

»Wohin soll's denn gehen?«, fragte einer der Männer.

»Unser Ziel ist Vorpommern an der Ostseeküste. Das gehört eigentlich zu Brandenburg, wird aber seit Jahren von den Schweden beherrscht. Dort sind wir in Sicherheit, denn bis dahin werden uns weder die Bayern noch die Kaiserlichen folgen. Ist schließlich Feindesland. Wir können uns dort niederlassen, Land erwerben und hoffentlich in Frieden leben. Das ist jedenfalls mein Vorschlag. Seid ihr alle damit einverstanden? Wer seiner eigenen Wege gehen will, soll es jetzt sagen. Dann zahle ich ihm seinen Anteil aus.«

Die Männer tauschten Blicke. Aber einer – ein vierschrötiger Kerl mit einem gewaltigen Schnauzbart, Rudolf Schulze hieß er – brachte am Ende zum Ausdruck, was alle dachten: »Es ist besser, wir bleiben zusammen, Herr Hauptmann. Das ist sicherer.«

»Schulze hat recht«, sagte von Billung. »Es ist ein langer und gefährlicher Weg. Keinen Augenblick dürfen wir in unserer Wachsamkeit nachlassen. Von Falkenberg ist nicht zu unterschätzen. Aber es lauern auch andere Gefahren. Wer uns zu fassen kriegt oder von dem Schatz erfährt, wird ihn uns nehmen wollen. Und wenn wir uns wehren, werden sie uns umbringen. Das heißt also, dass wir einen weiten Bogen um alle Heere machen, auch um die Städte und die üblichen Heerstraßen. Wir werden uns vom Land ernähren, zur Not Beeren fressen. Und wenn nötig hungern.«

»Also wie gewohnt«, rief ein Witzbold, ein kleiner, drahtiger Bursche namens Willie Fischbach.

Die Männer lachten. Auch von Billung. »Ja, wie gewohnt, Willie. Ich hab euch schließlich ausgesucht, weil ihr harte Burschen seid. Die besten der Schwadron.« Er ließ seinen Blick von einem zum anderen wandern. »Einen Kameraden hat es leider schon erwischt. Josef Hermann ist verwundet. Die Kugel hat den Panzer durchschlagen und steckt in der Schulter. Wie tief sie sitzt, wissen wir nicht.«

Moretti winkte Hermann zu sich. Alle sahen, dass er Schmerzen hatte, so wie er sich bewegte. »Wie fühlst du dich, Mann?«

»Geht schon, Feldwaibel.« Er versuchte, stramm zu stehen.

»Du siehst aber bleich aus. Wie ausgekotzt.«

»Is' nur die Müdigkeit.«

»Komm, ich helf dir, den Harnisch abzunehmen. Der muss doch auf der Wunde scheuern.«

Zusammen mit zwei anderen half Moretti ihm aus dem Reitermantel. Sie lösten die Riemen an der Seite des Brustpanzers und nahmen ihn vorsichtig ab. Als der von der Wunde freikam, zuckte Hermann zusammen und konnte sich ein Stöhnen nicht verkneifen. Das Wams darunter war über und über mit Blut durchtränkt.

»*Cazzo!*«, murmelte Moretti bei dem Anblick. »Du hättest dich schon früher melden sollen.«

Hermann holte zaghaft Luft. »Fühlt sich besser an ohne Panzer.«

»Kannst du reiten?«

»Klar kann ich reiten.«

»Die Kugel muss aber raus. Wir brauchen einen Wundarzt.«

»Jetzt geht's aber schon besser, Feldwaibel«, sagte Hermann.

Moretti sah ihn zweifelnd an. Aber wo sollten sie einen Wundarzt auftreiben, wenn sie Heere und Städte vermeiden wollten? Vielleicht hatten sie Glück, irgendwo in den Dörfern.

Moretti bestand darauf, ihm aus Wams und Hemd zu helfen und die Wunde mit sauberem Flusswasser auszuwaschen. Sie blutete immer noch ein wenig. Vom Rücken des Hemdes riss er Streifen ab und legte ihm einen behelfsmäßigen Verband an. Dann halfen sie ihm, das durchlöcherte Wams und seinen Mantel wieder anzulegen.

Moretti besah sich das Kugelloch in dem abgelegten Brustharnisch. »Glatt durchgegangen«, sagte er und schüttelte den Kopf. »Ließe sich vielleicht noch ausbeulen, wenn wir einen Schmied hätten. Willst du das Ding behalten?«, fragte er Hermann.

Aber der verneinte, und Moretti warf den Harnisch kurzerhand in den Fluss. Hermann sah jetzt besser aus, hatte etwas mehr Farbe im Gesicht.

»Danke, Feldwaibel.«

»Keine Ursache. Wir müssen sehen, dass du wieder gesund wirst.«

»Zwei Stunden Rast für die Gäule«, sagte von Billung. »Dann geht's weiter.«

Sie überquerten den Fluss und ritten durch Langweid. Kaum jemand war zu sehen. Nur ein paar hohlwangige Gesichter, die die Dragoner aus Fensterlöchern anstarrten, wie immer ängstlich, wenn Soldaten in der Nähe waren.

Die Männer folgten einem Weg nach Westen, und der führte bald in einen riesigen Wald, der Rauhe Forst genannt. Von Billung erinnerte sich, einmal gelesen zu haben, dass hier Kaiser Ottos Heer durchgezogen war, auf dem Weg nach Augsburg, wo es zur Schlacht gegen die Ungarn gekommen war. Ein seltsames Gefühl, durch diesen Wald zu reiten. Natürlich schützte er sie vor den Augen feindlicher Späher, aber andererseits konnte man nie wissen, was sich hinter der nächsten Wegbiegung verbarg. Der Forst war so groß, dass sich darin ein ganzes Heer hätte verstecken können, und selbst nach Tagen hätte man es nicht gefunden.

Sie ritten Meile um Meile, ohne eine Menschenseele anzutreffen. Still und einsam lag der Wald. Außer dem Säuseln des Windes in den Blättern, den Vogelrufen und dem Stampfen der Pferdehufe war nichts zu hören.

Am Abend suchten sie sich weitab vom Weg eine Lagerstatt. Sie fanden eine geeignete Lichtung in der Nähe eines Baches, mit genug Gras für die Pferde. Das Wetter war gut. Und so verbrachten sie zwei Tage an dieser Stelle, um zu jagen und ihren Proviant aufzufüllen.

Wenn es ihnen im Heer an einem nie gemangelt hatte, dann waren das Pulver und Blei. So auch jetzt. Sie erwischten einen Hirsch und drei Fasane. Zum ersten Mal seit Wochen konnten sie sich richtig satt essen. Und hatten immer noch genug übrig für die nächsten Tage.

Sie ließen den Wald hinter sich und ritten durch Bauernland in Richtung Ulm. Die Äcker waren verwildert, die Wiesen ohne Vieh, die Dörfer, durch die sie kamen, meist verlassen. Kein Wunder, denn hier hatten Kämpfe stattgefunden, waren mehrmals große Heere durchgezogen. Soldaten hatten alles geplündert, was man essen konnte oder was noch irgendeinen Tauschwert besaß.

Von Billung hielt seine Leute an, aufmerksam zu sein, besonders Ausschau nach Spähern der Franzosen zu halten, die sich vielleicht noch in der Gegend befanden. Aber außer abgemagerten Bauern, die eine Karre mit ihrer Habe schoben und die Hand aufhielten, um etwas Brot zu erbetteln, trafen sie kaum jemanden an.

In der Nähe von Ulm bot sich ihnen am Wegrand ein grausiges Bild. Scharen von Krähen flogen krächzend auf, als die Reiter sich näherten. An einer alten Eiche hingen sieben Leichen. Fünf waren in Lumpen gehüllt, zwei dagegen nackt. An denen konnte man trotz fortgeschrittener Verwesung noch die Anzeichen von Folter erkennen. Fliegenschwärme saßen auf offenen Stellen von fauligem Fleisch, graue Hautfetzen hingen herunter, wo Krähen gepickt hatten. Maden krochen aus leeren Augenhöhlen, und es herrschte ein ekelerregender Gestank. Im Grunde kein seltener Anblick in diesem Krieg. Und doch jedes Mal verstörend. Besonders Gerstmair, von Billungs Bursche, war bleich geworden und bekreuzigte sich.

»Banditen, schätze ich«, meinte Moretti.

»Oder hungernde Bauern.«

In manchen Gegenden hatten Bauern sich zu Banden zusammengerottet. Die überfielen Reisende auf den Straßen und konnten sogar für furagierende Truppen gefährlich werden.

»Vielleicht Fahnenflüchtige«, sagte Kaffenberger spöttisch. »So wie wir.«

Ein beklemmender Gedanke.

Sie ritten weiter. Auf Straßen, auf denen früher Händler und Fuhrleute, Reisewagen, Pilger oder wandernde Mönche verkehrt hatten, trafen sie nur wenige Menschen an. Und wenn, dann waren es wie überall in der Gegend zerlumpte Gestalten, Bettler oder verzweifelte Weiber, die ihren Leib für ein Stück Brot anboten. Einmal kam ihnen ein von bewaffneten Reitern begleitetes Gefährt entgegen, in dem eine verschleierte Frau saß. Wer mochte das sein? Und wohin war sie unterwegs?

Die Stadt Ulm umgingen sie. Dort vermuteten sie noch eine feindliche Garnison. Außerdem hatte die Pest in der Stadt gewütet – nicht gerade ein einladender Gedanke. An einer seichten Stelle überquerten sie die Donau und wandten sich nach Norden, mieden aber die belebteren Straßen in den Flusstälern, folgten einsamen Wegen durch Wälder und über die Berge der Schwäbischen Alb.

In einem abgeschiedenen Tal kamen sie an eine grüne Au, durch die ein Bach floss. Hier gab es saftiges Gras für die Pferde. Sie schlugen ihr Nachtlager auf, machten Feuer und verzehrten das letzte Fleisch, das ihnen geblieben war. Am nächsten Tag würden sie wieder auf Nahrungssuche gehen müssen.

»Unserem Hermann geht es immer schlechter«, sagte Moretti. »Er will es nicht zugeben, aber er hat Fieber und kann sich kaum noch im Sattel halten.«

Von Billung nickte. »Ich hab's bemerkt. Wahrscheinlich hat die Kugel Fetzen vom Hemd in die Wunde gerissen. Und die hat sich entzündet. Was können wir tun?«

»Das verdammte Ding muss raus. Sonst verreckt er uns.«

»Der verreckt uns eh«, knurrte Kaffenberger, zum Glück außer Hermanns Hörweite. »Ich tu's jedenfalls nicht.«

»Ich auch nicht«, pflichtete Moretti ihm bei.

Von Billung runzelte die Stirn. »Ihr seid wohl zu feige. Aber einer muss es machen.«

»Und was ist mit dir?«

Wie den anderen beiden schauderte es von Billung bei dem Gedanken, ins lebende Fleisch eines Kameraden zu schneiden. Aber wenn es sein musste … Doch bevor er antworten konnte, bot sich Schmidhofer an.

»Ich mach das«, sagte der Leutnant forsch. »Ihr müsst ihn nur festhalten. Aber ich brauche ein schmales, scharfes Messer.«

Schmidhofer war jung und manchmal etwas naiv und übereifrig, als hätte er es nötig, sich zu beweisen. Aber er war kein Hasenfuß und scheute vor nichts zurück. Von Billung ging zu Hermann hinüber, der an seinen Sattel gelehnt im Gras saß. Der Mann sah wirklich schlecht aus, bleich wie ein Laken, die bärtigen Wangen eingefallen. Die Wunde schien zu eitern, denn sein Wams stank davon.

Von Billung hockte sich zu ihm.

»Ich weiß, was ihr vorhabt«, sagte Hermann mit wildem Blick.

»Wir müssen das Scheißding rausschneiden.«

Aber Hermann schüttelte heftig den Kopf. »Nein! Lieber sterbe ich. Lasst mich einfach hier liegen, wenn ihr morgen weiterzieht. Es ist schön hier. Und ich hab meinen Frieden mit Gott gemacht. Niemand kann ewig leben.«

»Kommt nicht in Frage, Josef. Wir schneiden das Ding raus, ob du willst oder nicht. Und dann geht es dir besser, du wirst sehen. Der Leutnant will's machen. Der ist jung und hat eine ruhige Hand.«

»Ach, Herr Hauptmann, es ist zu spät. Ihr wisst doch, wie so was endet. Wir haben es oft genug erlebt. Wenn einmal der Wundbrand drin ist, ist jede Hoffnung verloren.«

»Ob du Wundbrand hast, wissen wir noch gar nicht. Du darfst dich nicht so schnell aufgeben. Du bist doch immer ein tapferer Kerl gewesen. Willst du jetzt kneifen? Vor ein bisschen Schmerz?«

Es dauerte eine Weile, bis Hermann antwortete. Aber dann nickte er. »Aber einer soll mich vorher bewusstlos hauen. Am besten der Kaffenberger. Der hat den kräftigsten Schlag.«

Und so nahmen sie es in Angriff. Moretti und der junge Gerstmair halfen dem Verwundeten aus Mantel und Wams und legten die Wunde frei. Sie lag eine Handspanne unter dem Schlüsselbein und sah ziemlich bösartig aus, auch wenn es noch nicht nach Wundbrand roch. Die Kugel musste aber die Lunge verfehlt haben, denn sonst hätte Hermann längst Blut gespuckt. Die Ränder der Wunde waren rot angeschwollen und von einer eitrigen Schorfschicht bedeckt, aus der Wundwasser sickerte.

Einer der Männer – Gebhard Pfeiffer mit Namen, ein alter Haudegen aus Franken, ein sehniger Kerl mit langen Armen und einem struppigen Bart – bot seinen Dolch an, der lang und dünn war, eine Art Stilett. Das Ding habe er von einem toten Spanier, sagte er, und es sei so scharf, dass man sich damit rasieren könne.

»Und warum rasierst du dich dann nicht?«, fragte Moretti.

»Weil ich zu faul dazu bin. Aber das Messer ist scharf, ich schwör's.«

Schmidhofer wusch sich im Bach die Hände, und auch Pfeiffers Dolch. Seife hatten sie leider nicht. Gerstmair suchte auf Morettis Anweisung nach einem zweiten Hemd in Hermanns Satteltaschen und riss es in Stücke. Jemand stiftete Nadel und Faden.

»Katzendarm wäre besser«, brummte Moretti.

»Haben wir nicht.«

»Und hinterher sollten wir die Wunde ausbrennen.«

»Lieber nicht«, meinte von Billung. »Das macht es bestimmt noch schlimmer. Lasst einfach das Blut fließen. Das reinigt die Wunde noch eher.«

Und dann waren sie so weit. Alle standen um den Verletzten herum. Keiner wollte etwas von dem Schauspiel verpassen. Moretti nahm sich den Spitzenkragen ab und zog sich sein schönes Wams aus. Beides legte er sorgfältig gefaltet auf einen Felsbrocken.

Dann krempelte er sich die Ärmel seines blütenweißen Hemdes hoch. Es war neu. Er hatte es kurz vor ihrem Kassenraub im Tross erworben. Musste mal einem feinen Herrn gehört haben.

Josef Hermann hatte natürlich die ganze Zeit zugehört, und das Gerede stärkte nicht gerade sein Vertrauen in den bevorstehenden Eingriff. »Um Gottes willen, seid vorsichtig!« In seinen Augen stand pure Angst.

Er wollte noch etwas sagen, aber Kaffenberger, der bereits über ihm stand, schlug ihm mit voller Wucht gegen die Schläfe, so dass Hermanns Kopf zur Seite flog und er sich nicht mehr rührte.

»Hoffentlich hast du ihn nicht totgeschlagen«, sagte Moretti.

Kaffenberger fühlte nach Hermanns Halsschlagader. Dann stand er auf. »Der Josef lebt. Und jetzt ist der Leutnant dran.«

Vorsichtshalber packten zwei kräftige Kerle den Verwundeten an den Armen, sollte er unverhofft aufwachen. Schmidhofer hockte sich rittlings auf ihn, mit dem Stilett in der Faust. Er hatte ein Halstuch um die Klinge gewickelt, damit er sie packen konnte, ohne sich zu verletzten. Er wollte schon ansetzen, doch dann zögerte er. Alle sahen, dass ihn seine Forschheit verlassen hatte und dass ihm die Hand zitterte.

»Nun mach schon«, sagte von Billung. »Bevor er aufwacht.«

Schmidhofer fasste sich ein Herz, setzte vorsichtig das Messer an und kratzte erst einmal den Schorf weg. Dicker gelber Eiter trat hervor. Dann holte er nochmal tief Luft und stach schließlich entschlossen in die Wunde, um nach der Kugel zu suchen. Sofort quoll noch mehr Eiter hervor, und dann eine Menge Blut. Beides lief Hermann an der nackten Brust herunter.

»Wisch mal einer das Blut weg«, rief Schmidhofer, schon halb in Panik. »Ich kann sonst nichts sehen.«

Moretti tat ihm den Gefallen, aber es kam immer noch mehr Blut nach. Einiges davon spritzte auf Morettis schönes Hemd. »*Mama mia!*«, fluchte der. »Jetzt blutet der Kerl mir noch mein Hemd voll.«

Schmidhofer stand der Schweiß auf der Stirn. Er war nervös, das sah man. Aber dann riss er sich zusammen. Mit der Linken hielt er die Wundränder auseinander, die er mit dem Stilett erweitert hatte, und mit der Rechten stocherte er vorsichtig mit der schlanken Klinge darin herum, um die Kugel zu finden. Er war ziemlich bleich geworden.

»Ich spür sie«, murmelte er. »Aber ich bräuchte eine Zange, um sie zu packen.«

»Wir haben keine verdammte Zange«, fuhr Moretti ihn an. »Mach einfach den Schnitt länger und hol sie mit den Fingern raus. Und beeil dich! Sonst wacht uns der Kerl noch auf.«

»Jesses Maria! Ich soll ihn noch mehr schneiden? Das bringt ihn um!«

»Mach schon! Es geht nicht anders.«

Plötzlich stöhnte Hermann laut auf, und Schmidhofer fuhr erschrocken zurück. Aber der Verwundete war nicht wirklich zu Bewusstsein gekommen. Trotzdem war Eile geboten. Schmidhofer holte noch einmal tief Luft, bekreuzigte sich und legte das Messer an. Mit einem Ruck schnitt er seinem Kameraden tief ins Fleisch. Sofort quoll ein ganzer Schwall von Blut hervor. Moretti versuchte es wegzuwischen, aber es kam immer mehr. Hatte Schmidhofer eine größere Ader getroffen? Wenn ja, dann war es jetzt nicht mehr zu ändern. Schmidhofer wechselte das Messer in die Linke und zwängte Daumen und Zeigefinger in die Wunde.

Es dauerte einen Augenblick, in dem er vor Anspannung keuchte, dann rief er: »Ich hab sie!« Er hob die blutbesudelte Hand. Zwischen Daumen und Zeigefinger hielt er etwas Rundes.

»Na also«, sagte Moretti und wischte sich selbst den Schweiß von der Stirn. »Ist sie ganz raus? Oder ist noch was drin?«

»Weiß nicht. Die Kugel ist plattgedrückt, aber sie ist ganz, glaube ich«, erwiderte Schmidhofer schwach. Damit ließ er das blutige Bleistück in Morettis Hand fallen und erhob sich. Sein Gesicht hatte die Farbe von Asche angenommen. »Scheiße, ich muss kotzen.«

Wankend schleppte er sich die wenigen Schritte bis zum Bach und übergab sich. Dann steckte er die blutverschmierten Hände ins Wasser und wusch sie, als ob sein Leben davon abhinge.

Kaffenberger lachte spöttisch. »Keine Nerven, die jungen Kerle.«

»Der hat sich wenigstens nicht gedrückt«, sagte Pfeiffer und steckte seinen Dolch in die Scheide, nachdem er ihn vom Blut gesäubert hatte. »Nicht wie einige andere hier.« Dabei starrte er Kaffenberger an. Der zuckte nur mit den Schultern und grinste.

Seit dem Raub schienen die militärischen Ränge nicht mehr viel Bedeutung zu haben. Ob Schmidhofer Leutnant war oder Moretti der Feldwaibel – im Grunde waren sie jetzt alle Kameraden, die nur ein Ziel hatten, nämlich mit der Beute davonzukommen.

»Und wer näht ihn zu?«, rief Moretti.

»Du!«, hieß es im Chor.

»Also gut.«

Moretti machte sich an die Arbeit. Es war nicht einfach, denn aus der Wunde quoll immer noch Blut. Mit einem Schrei wachte Hermann auf, noch bevor Moretti fertig war. Sie mussten ihn festhalten und beruhigen.

»Ist die Kugel raus?«, japste er schweißgebadet.

Moretti nickte. »Sie ist raus, mein Junge. Dank unserem tapferen Wundarzt hier, Leutnant Schmidhofer.«

Dann steckten sie Hermann ein Stück Holz zwischen die Zähne, auf das er beißen sollte, bis die krude Naht fertiggenäht war. Zuletzt wischte Moretti noch das Blut weg und legte ihm einen neuen Verband an.

»Bald bist du so gut wie neu«, sagte er. »Die Kugel kannst du aufheben und später mal deinen Enkelkindern zeigen.« Er blickte angewidert auf seine blutverschmierten Hände und sein schönes, jetzt ruiniertes Hemd. »Eines will ich dir mal sagen, Josef, du blutest wie 'ne Sau!«

Der Eingriff war gelungen, aber die Wunde nässte. Hermann war totenbleich und hatte heftige Schmerzen, auch wenn er versuchte, es sich nicht anmerken zu lassen. Sie entschieden, ihn zu schonen und ein paar Tage zu bleiben, wo sie waren. Moretti ließ Wachen am Eingang des Tals patrouillieren, um nicht überrascht zu werden.

Von ihrem Proviant war nichts mehr übrig. Es hieß also wieder auf die Jagd gehen. Doch diesmal war die Ausbeute mehr als bescheiden. Einen Hasen und einen unglücklichen Fuchs hatten sie erwischt, mehr nicht. Das ergab für jeden nicht mehr als ein paar Bissen. Aber wenigsten hatten sie frisches Wasser.

Zum Glück regnete es nicht. Das Wetter blieb sommerlich warm. Am nächsten Tag stellte Moretti noch einmal eine Jagdgruppe zusammen. Die schwärmte in die umliegenden Wälder aus. Nach Stunden erlegten sie schließlich einen Rehbock, den sie ausnahmen und an einen Baum hingen, um ihn ausbluten zu lassen. Die Stücke brieten sie dann auf drei Feuern gleichzeitig. Schmeckte etwas fade ohne Salz, aber es füllte den Magen.

Kaffenberger schnitzte wieder an seiner Flöte. Moretti sah ihm dabei zu. »Wann wird das Ding eigentlich fertig?«

»Wart's ab.«

»Kannst du überhaupt spielen?«

Kaffenberger antwortete nicht, warf ihm nur einen vernichtenden Blick zu.

Am Abend saßen sie noch lange am Feuer, redeten über ihre bisherige Flucht und mutmaßten, ob es dem Falkenberg gelungen war, die Spur aufzunehmen. »Wenn ja, hätte er uns schon am Wickel«, sagte von Billung. »Ich wette, er ist in Richtung Regensburg geritten. Das hoffe ich wenigstens.«

Der Franke Pfeiffer meldete sich zu Wort. »Wie ist dieser Falkenberg überhaupt?«

»Guter Offizier«, erwiderte von Billung. »Und ein scharfer Hund.«

Schmidhofer nickte. »Ich kenne ihn gut. Von früher.«

Moretti hob die Brauen. »Du kennst ihn?«

»Der ist aus unserem Tal am Inn. Seine Familie bewohnt eine alte Burg. War mal eine Vogtei des Bistums Bozen. Ist aber schon lange her.«

»Und?«

»Ziemlich hochnäsiges Volk, diese von Falkenbergs. In Wirklichkeit sind sie verarmter Adel. Die Burg ist halb zerfallen. Jedenfalls sind sie bei den Bauern nicht sehr beliebt.«

Moretti warf den Holzsplitter weg, mit dem er sich in den Zähnen herumgestochert hatte. »Ich frag mich, warum der Falkenberg und sein verdammter Feldmarschall so wild drauf sind, zum Kaiser überzulaufen.«

Von Billung hob die Hand und rieb Daumen und Zeigefinger aneinander. »Du weißt doch, von Werth bekommt eine fette Grafschaft, und dem Falkenberg wird er einen Teil der Kriegskasse versprochen haben. Das ist auch der Grund, warum der Kerl nicht lockerlassen wird. Der will an sein Geld kommen.«

»Aber ich meine, warum überhaupt weiterkämpfen? Warum ist der Kaiser so erpicht darauf? Im Grunde sind doch alle Parteien kriegsmüde.«

»Der Kaiser muss das Reich zusammenhalten«, sagte Schmidhofer.

»Das Reich?« Moretti musste lachen. »Das Reich ist doch nur noch eine wandelnde Leiche, eine leere Hülle, wenn du mich fragst. In tausend Stücke zerrissen – im Grunde nichts als Beute für fremde Legionen.«

»Und wer ist daran schuld?«, erregte sich Schmidhofer. »Die Protestanten. Wenn die nicht angefangen hätten, damals in Böhmen, wäre es nicht zum Krieg gekommen.«

»Weil sie den Pfälzer zum Winterkönig gewählt haben?«

»Genau deshalb.«

»*Per amore di Dio!* Das war vor dreißig Jahren! Wer denkt heutzutage noch daran?«

Einer aus Brandenburg meldete sich zu Wort. »Der Kaiser will uns alle nur wieder katholisch machen. Dabei sollte jeder das Recht haben, seine Religion so auszuüben, wie er es will. Dafür haben wir gekämpft.«

»Jeder, sagst du?« Moretti schüttelte den Kopf. »In Wirklichkeit bestimmen es die Fürsten. Und die drücken es ihren Untertanen aufs Auge. *Cuius regio, eius religio.* Augsburger Friede, mein Lieber. Wer regiert, bestimmt die Religion.«

»So ist es«, sagte Pfeiffer. »Meine Familie musste schon dreimal die Religion wechseln. Erst waren wir katholisch, dann wurden wir durch Fürstenheirat protestantisch, und schließlich durch Kriegsglück wieder katholisch. Wenn die Schweden am Ende die Kaiserlichen niederringen, wird's wieder andersherum gehen. Ist im Grunde auch egal.«

»Mir ist es nicht egal«, sagte Schmidhofer. »Ich bin Katholik, und das ist mir wichtig.«

»Vergiss es, Mann«, knurrte Kaffenberger. »Dein Paradies gibt es nicht. Dein Fegefeuer auch nicht. Alles Einbildung. Du hast doch kürzlich die Kerle an der Eiche hängen sehen. Sahen die aus, als ob sie im Paradies wären? Oder überhaupt irgendwo anders als an dem verdammten Baum?«

»Aber ihre Seelen …«

»Hör bloß mit dem Seelengesülze auf. Wer tot ist, wird von Würmern gefressen. Da is nix mit Seele.«

»Du glaubst also nicht an ein Himmelreich? Nicht an Gott? Wofür hast du dann gekämpft?«

»Um mir den Magen zu füllen, verdammt nochmal. Bei uns in Hessen gab's nix mehr zu fressen. Da bin ich zu den Soldaten.«

Moretti grinste. »Und da hast du dann auch nix mehr zu fressen gekriegt.« Alles lachte.

Aber Schmidhofer wollte sich nicht geschlagen geben. »Ich kann nicht glauben, dass wir dreißig Jahre Krieg geführt haben … für nichts. Der Grund war doch der Religionsstreit.«

»Fragen wir Hermann«, sagte Kaffenberger. »Hast du dich für deine Religion anschießen lassen? Oder für was?«

»Lass mich mit blöden Fragen in Ruhe«, erwiderte Hermann mit matter Stimme. »Ich hab Durst. Kann mir einer Wasser geben?«

Gerstmair füllte eine Feldflasche am Bach und reichte sie ihm.

»Jetzt mal ehrlich«, sagte Moretti. »Es kämpft doch schon lange keiner mehr für irgendeine Scheißreligion? Ich bin katholisch getauft. Aber mir ist es scheißegal, in welcher Kirche ich bete. Und so geht's doch den meisten, selbst den Fürsten. Die Sachsen haben bis vor Kurzem für den Kaiser gekämpft, dabei sind sie Protestanten. Und die katholischen Franzosen sind mit den Schweden verbündet. Wer soll das noch verstehen? Außer dass sie sich Teile des Reichs unter den Nagel reißen wollen.«

»Die Schweden auf jeden Fall«, sagte von Billung. »Und die Franzosen wollen die Spanier fertigmachen und sie aus Flandern vertreiben.«

Kaffenberger blies versuchshalber in seine Flöte. Sie gab einen schönen, weichen Ton von sich. »Siehst du, Moretti«, sagte er mit einem Lächeln. »Wenigstens etwas Schönes in diesem Scheißleben.«

Und dann versuchte er sich an einer kleinen Weise.

Sie konnten nicht länger bleiben, obwohl es Hermann nicht besser ging. Im Gegenteil. Seine Wunde war stark geschwollen und pochte. Er hatte Fieber und redete wirres Zeug. Außerdem war er sehr schwach. Sollten sie ihn zurücklassen, wie er zuvor verlangt hatte? Aber von Billung war nicht bereit, ihn aufzugeben. Also hievten sie ihn in den Sattel. Und der junge Gerstmair bekam die Aufgabe, immer dicht bei ihm zu reiten und aufzupassen, dass er nicht vom Gaul fiel.

Unterwegs hielt sich Schmidhofer an von Billungs Seite. Das Gerede über Religion ließ ihn wohl nicht los.

»Ist es wahr, dass der Kaffenberger nicht an Gott glaubt?«, fragte er.

»Vielleicht wollte er dich nur ärgern. Du weißt doch, wie er ist. Aber eines ist sicher, in diesem verdammten Krieg fängt man an zu zweifeln. Wenn es einen gerechten Gott gibt, warum erlaubt er dann dieses Elend und diese Gräuel? Trifft doch meist Unschuldige.«

»Wir kennen seinen Plan nicht.«

»Ja, ja, das sagen sie gern, die Herren Geistlichen. Ich denke, dieser Gott hat überhaupt keinen Plan. Wir leben in einer Welt des Chaos. Man könnte auch sagen, in einer gottlosen Welt. Ja, verdammt, das ist es. In einer Welt ohne Gott!«

»Und was ist mit unserer Seele? Ist doch schrecklich zu denken, dass nichts bleiben soll.«

»Du meinst, dass wir nicht in den Himmel kommen, dass der Tod das unwiederbringliche Ende sein soll?« Von Billung lächelte. »Seele, Himmelreich und Fegefeuer – diese Dinge gehören alle in den Bereich des Glaubens. Im Grunde wissen wir es nicht.«

»Aber es glaubt doch alle Welt daran.«

»Das muss aber nicht heißen, dass es wahr ist. Der Glaube hat uns Menschen schon oft genarrt. Besonders die heilige Religion. Denk an Kopernikus. Und an diesen Italiener, der dessen Behauptungen bewiesen hat. Wie hieß er noch gleich … Jetzt hab ich's: Galileo Galilei. Ist vor ein paar Jahren gestorben.«

»Du meinst, dass die Erde eine Kugel ist und um die Sonne kreist? Ich finde das schwer zu glauben. Aber nehmen wir an, es stimmt, dann beweist es doch noch lange nicht, dass es keine Seele gibt, oder kein Paradies.«

»Nein, das tut es nicht. Aber es zeigt, dass die genaue Beobachtung das Wissen über die Dinge in der Welt erweitert und uns am Ende zur Wahrheit führt. Dinge hingegen, die man weder beobachten noch messen kann, sind nichts als Annahmen und möglicherweise Vorurteile. Und dazu gehört die Magie, die Alchimie, der Aberglaube, aber auch der blinde Glaube, den die Kirche lehrt.«

»Du meinst, die Welt besteht nur aus Dingen, die man anfassen und messen kann? Wo bleibt da der Geist, die Inspiration, die Muse der Dichter oder die Liebe?«

»Tja, mein Lieber, das werden wir wohl nie erfahren.«

»Ich weiß nicht.« Schmidhofer schüttelte den Kopf. »An irgendwas muss der Mensch doch glauben.«

»Wenn du willst, leihe ich dir bei Gelegenheit ein Büchlein, das ich bei mir habe. Ein Traktat eines gewissen Francis Bacon. Ein kluger Mann. Der erklärt es besser, als ich das kann.«

»Ich lese kein Latein.«

»Es ist eine Übersetzung.«

»Woher hast du eigentlich diese Schriften, die du mit dir herumschleppst?«, fragte Moretti, der zugehört hatte.

»Ich hab sie gefunden. Du erinnerst dich, vor drei Jahren in Böhmen, da hatten die Unseren eine alte Villa ausgeplündert. Die Besitzer hatten sie ermordet. Ich konnte sie gerade noch daran hindern, das schöne Haus abzufackeln. Dann hab ich es mir angeschaut. Es war wirklich ein schönes Haus. Und es gab darin eine Bibliothek. Ich hatte nicht viel Zeit, mir alles anzuschauen, aber ein paar Büchlein habe ich mitgenommen.«

NÄCHTLICHER SCHUSSWECHSEL

Der Weg, dem die Männer folgten, führte durch schmale Täler und über dicht bewaldete Berge. Eine einsame Gegend. Sie wussten nicht mehr genau, wo sie sich überhaupt befanden, und hielten sich an die Sonne, um eine nördliche Richtung beizubehalten und aus den Bergen in ein Tal mit einer Straße zu gelangen, die nach Würzburg führte.

Schließlich kamen sie in ein Tal, das aber keine Durchgangsstraße enthielt und das auf wundersame Weise offenbar vom Krieg unberührt geblieben war. Ein kleiner Fluss schlängelte sich durch saftige grüne Wiesen, auf denen Kühe weideten. Auf gemähten Weizenfeldern standen Garben zum Trocknen, und am Ende des Tals waren die Strohdächer eines Dorfes zu sehen. Sie trauten kaum ihren Augen. Gab es denn solche Paradiese noch?

Als sie das Dorf erreichten, hatten die Bauern ihr Herannahen schon entdeckt. Männer waren vor die Häuser getreten. In den Händen hielten sie alte Jagdmusketen, Sicheln und Sensen, Heugabeln und lange Messer – was sie in der Eile zu fassen bekommen hatten. Misstrauisch starrten sie die fremden Reiter an.

Von Billung stieg vom Pferd und ging langsam und mit erhobenen Händen auf sie zu. »Wir kommen in Frieden«, sagte er und lächelte freundlich. »Ihr müsst keine Angst vor uns haben. Wir würden euch gern etwas zu essen abkaufen. Das heißt, wenn ihr es erübrigen könnt.«

»Wir wollen euer Geld nicht. Besser, ihr reitet gleich weiter«, sagte ein Mann mit wettergegerbtem Gesicht und fast weißen Haaren. Wahrscheinlich der Dorfälteste.

»Ich verstehe«, sagte von Billung. »Ihr habt Angst vor Leuten wie uns, vor Soldaten, die den Bauern alles stehlen. Aber wir wollen euch nichts stehlen. Wir kommen in Frieden.«

»Das hast du schon gesagt. Trotzdem …«

»Und wir haben einen Verwundeten, der Pflege braucht. Der Mann hat Fieber und kann sich kaum noch auf dem Pferd halten. Vielleicht habt ihr eine weise Frau unter euch, etwas Leinen für einen neuen Verband und Kräuter für die Wunde?«

Das Gesicht des Alten blieb verschlossen. »Eure Verwundeten gehen uns nichts an. Wir können euch nicht helfen.«

»Auch nicht, wenn wir euch gut bezahlen?«

»Auch dann nicht.«

»Herrgott, Heinrich!«, erscholl plötzlich eine weibliche Stimme. »Sei kein so verstockter Esel und erinnere dich lieber an deine Christenpflicht.«

Eine kleine alte Frau drängelte sich zwischen den Männern hindurch. Sie trug ein unförmiges Gewand mit langem Rock und einer blutbefleckten Schürze davor. Um den Kopf trug sie ein Tuch. Nur die Unterarme waren unbekleidet, und daran klebten ein paar Daunenfedern. Sie war wohl gerade beim Gänseschlachten und -rupfen gewesen.

»Werte Frau«, sagte von Billung und verbeugte sich höflich. »Wir wollen auch nicht lange stören. Das ist versprochen.«

Die Verbeugung schmeichelte der Alten. Sie lächelte. Ihr fehlten ein paar Zähne. Und doch war es ein schönes Lächeln.

Sie deutete auf eine Koppel am Wegrand. »Dort könnt ihr eure Pferde grasen lassen. Und in der Scheune da drüben werdet ihr ein Plätzchen zum Übernachten finden.« Zu den Dörflern sagte sie ungehalten: »Steckt endlich die dummen Waffen weg. Meint ihr wirklich, ihr könnt damit Soldaten vertreiben? Kümmert euch lieber um den armen Verletzten und macht ihm ein weiches Lager in der Scheune. Und ruft die Else, dass sie sich die Wunde ansieht!«

Der, den von Billung für den Dorfältesten gehalten hatte, zuckte mürrisch mit den Schultern. »Also gut, Hilde. Heute Nacht können sie meinetwegen bleiben. Aber morgen früh sollen sie weiterziehen.«

»Wir danken euch«, erwiderte von Billung.

»Siehst du«, sagte er später zu Schmidhofer. »Auch die Barmherzigkeit ist nicht leicht zu messen. Aber man kann sie wahrnehmen und am eigenen Leibe spüren. Und dass es sie noch gibt in diesem Land, das wärmt einem das Herz.«

Von Billung hatte sich die Kräuterfrau Else als ein altes Weib vorgestellt. Aber sie war recht jung und genauso energisch wie Hilde. Anscheinend war das Dorf von Weibern beherrscht. Else schüttelte den Kopf über Hermanns Wunde und über die stümperhafte Naht, die Moretti zustande gebracht hatte.

»Wer hat denn das verbrochen?«, schimpfte sie.

Moretti deutete auf Schmidhofer. »Er hat die Kugel rausgeholt, und ich hab ihn zugenäht.«

»Herr im Himmel! Ihr könnt froh sein, dass er noch lebt.«

»Werde ich sterben?«, murmelte Hermann mit schwacher Stimme.

»Wer weiß?«, sagte sie. »Deine Kameraden haben jedenfalls alles versucht, um dich umzubringen.«

Sie wusch die Wunde zuerst mit Essig und stach dann mit einem winzigen Messer hinein. Als Hermann vor Schmerzen schrie, herrschte sie ihn an, nicht so zimperlich zu sein. Dann führte sie einen ebenfalls in Essig gewaschenen Strohhalm ein, um den Eiter abfließen zu lassen. Schließlich packte sie einen Umschlag mit Kräutern darauf und ordnete Ruhe an.

»Wenn es in drei Tagen besser aussieht, könnt ihr weiterziehen«, sagte sie. »Bis dahin lege ich ihm täglich einen frischen Kräuterumschlag auf die Wunde. Und vor allen Dingen soll er stillliegen und sich nicht rühren.«

Also blieben sie drei Tage und hatten Gelegenheit, sich zum ersten Mal seit Langem wieder rundum satt zu essen – mit Gemüseeintopf, gutem Brot, Wurst und Schinken. Sie schwelgten. Es war wie im Paradies.

Die kleine Gemeinde hatte keinen Priester, dafür war das Dorf zu abgelegen. Aber es gab eine Kapelle, wo die Bauern am Sonntag beteten. Auch einige der Dragoner knieten mit den Dörflern vor dem Altar, darunter Moretti und Schmidhofer.

»Es tut einfach gut, mal wieder in einer Kirche zu beten«, sagte Schmidhofer nachher etwas verlegen zu von Billung.

»Dafür musst du dich nicht entschuldigen. Ich täte es selbst. Aber im Augenblick ist mir nicht danach.«

Die Rast hatte Hermann gutgetan. Seine Stirn war zwar immer noch heiß, aber nicht mehr ganz so wie bei ihrer Ankunft im Dorf. Nachts schlief er ruhiger. Es lief zwar immer noch Wundwasser aus der Wunde, aber kein Eiter mehr. Sie sollten aber den Strohhalm noch drin lassen, meinte Else. Sie händigte Moretti ein Leinensäckchen mit den Kräutern aus, die sie verwendet hatte, und die alten Verbände, die sie inzwischen ausgewaschen hatte. Die Bauern gaben ihnen großzügig zu essen mit. Vielleicht weil sie froh waren, die fremden Reiter endlich loszuwerden. Von Billung dankte es ihnen mit einer Handvoll Reichstaler.

Hermann war noch zu wackelig auf den Beinen, um es alleine in den Sattel zu schaffen. Als er endlich auf dem Gaul saß, behauptete er, sich großartig zu fühlen.

»Wer's glaubt, wird selig«, murmelte Moretti. »Aber schauen wir mal, wie's geht.«

Sie verabschiedeten sich und verließen das Dorf.

Der Weg führte in einen finsteren Tannenwald. Nach einigen Meilen ging es steil nach oben. Als sie endlich auf der Höhe angekommen waren, lichtete sich der Wald und bot eine Aussicht über eine weite Landschaft von Hügeln und Tälern. Sie hielten an und blickten in die Ferne. Am westlichen Horizont zogen Wolken auf.

Weit im Norden stieg eine dünne Rauchsäule auf, kaum zu erkennen. Ein Herdfeuer? Oder ein brennendes Bauernhaus?

Von Billung drehte sich im Sattel um. »Wie sieht's aus, Hermann, hältst du durch?«

»Alles bestens«, kam die Antwort.

Moretti runzelte die Stirn. »Lass uns hier eine kleine Rast einlegen. Er sagt immer, es geht ihm gut. Aber er quält sich, glaub mir.«

Gerstmair deutete ins Tal unter ihnen. »Da sind Soldaten, Herr Feldhauptmann«, rief er aufgeregt.

Sie stiegen von den Pferden. Moretti und von Billung wagten sich ein paar Schritte vor auf den Felsabsatz, auf dem der Junge stand. Dahinter fiel der Hang scharf ab. »Wo hast du Soldaten gesehen?«, fragte von Billung.

Gerstmair zeigte nach Westen, wo in einiger Entfernung die Wiesen des Talgrunds in Wald übergingen. Dort lagerte eine Gruppe von Reitern. Ihre Pferde grasten dicht daneben. Man musste schon gute Augen haben, um sie zu sehen.

»Jetzt sehe ich sie auch«, sagte von Billung. »Aber ob es wirklich Soldaten sind?«

»Was sollen die sonst sein als Kavallerie?«, war Morettis Urteil. »Gut gemacht, Junge!«

Gerstmair errötete über das Lob.

»Dann müssten es Franzosen sein«, meinte von Billung. »Leichte Kavallerie wie wir, wahrscheinlich beim furagieren.«

»Oder Weimarer.« Die Fürsten von Sachsen-Weimar waren Verbündete der Franzosen.

»Ich denke nicht. Die liegen doch im Elsass. Wir warten besser, bis sie sich verziehen.«

Ein paar Stunden später halfen sie Hermann wieder aufs Pferd. Dann ging es weiter. An einer Weggabelung hielten sie sich östlich und trafen am Abend auf eine bedeutendere Straße, die nach Norden führte. Ein Mönch, den sie trafen, bestätigte, dass es die Hauptverbindung von Ulm nach Würzburg war.

Bisher hatten sie eine andere als die übliche Route nach Norden genommen. Aber was, wenn von Falkenberg auf den gleichen Gedanken gekommen war und die Leute in der Gegend befragte, ob sie einen Trupp Dragoner auf dem Weg nach Norden gesehen hätten? Deshalb hatten sie die großen Straßen gemieden. Doch so kamen sie natürlich nur langsam voran.

»Es wird bald dunkel«, sagte von Billung. »In der Nacht wird wohl kaum jemand unterwegs sein, der uns später verraten könnte. Also nutzen wir die nächsten Stunden, um endlich eine gute Wegstrecke hinter uns zu bringen.«

Der Mond war im Begriff abzunehmen, spendete aber ausreichend Licht, so dass die Straße, die vor ihnen lag, gut zu erkennen war. Meile um Meile ritten sie in stetem Trab. An einer Brücke hielten sie an, um die Tiere saufen zu lassen, dann ging es weiter. Natürlich konnte man in der Nacht nicht viel sehen, aber die Dörfer, durch die sie kamen, schienen unter dem Krieg nicht gelitten zu haben – Oasen in einer Wüste der Verheerung.

Es musste eine Stunde vor Mitternacht sein, als sie sich einer Dorfschänke näherten, in der noch Licht brannte. Schon von Weitem hörten sie die Stimmen der Zecher. Vor der Schänke standen eine Menge Pferde. Ein Knecht führte gerade drei der Gäule zur Tränke. Die Pferde waren noch gesattelt. Plötzlich durchfuhr es von Billung. Das waren die Reittiere einer Dragonertruppe, genauso ausgerüstet wie ihre eigenen. Und der Kerl, der jetzt aufblickte, war überhaupt kein Stallknecht. Das Mondlicht ließ einen Brustharnisch erkennen. Außerdem trug der Mann ein Schwert an der Seite und ein Bandolier um die Schultern geschlungen. Und als sie vorbeitrabten, starrte er sie plötzlich an, als habe er eine Erscheinung.

»He!«, schrie er und fuchtelte mit den Armen. »Anhalten. Sofort anhalten!« Dann brüllte er nach seinem Hauptmann und rannte in die Schänke.

Von Billung wartete nicht länger, sondern gab seinem Pferd

die Sporen. Die anderen folgten. Mit donnernden Hufen jagten sie in vollem Galopp durch die Nacht. Sie konnten nur hoffen, dass keines der Pferde in ein Schlagloch treten und sich das Bein brechen würde.

So ein verdammtes Pech, ihren Verfolgern in die Arme zu laufen. Genau das hatten sie vermeiden wollen. Falkenberg hatte also doch erraten, dass sie sich westlich halten würden. Und natürlich hatte Hermanns Wunde sie aufgehalten. Das hatte ihren Verfolgern Zeit gegeben, ein größeres Gebiet abzusuchen.

Als von Billung merkte, dass sein Brauner müde wurde, zügelte er das Pferd und hielt an.

Auch Moretti kam neben ihm zum Stehen. »Denkst du, das waren sie?«, rief er außer Atem.

»Kein Zweifel. Ich habe Falkenbergs Grauschimmel erkannt. Und die rote Decke, die er unter dem Sattel trägt.«

»Scheiße! Was machen wir jetzt?«

»Die sind uns auf der Spur und werden nicht mehr lockerlassen.«

Bestenfalls haben wir eine Viertelstunde Vorsprung, dachte von Billung. Wie viele Reiter von Falkenberg hatte, war in der Eile nicht zu erkennen gewesen. Dreißig Mann vielleicht. Sicher nicht mehr. Sollten sie weiter fliehen? Doch dabei würden sie nur die Gäule zuschanden reiten. Oder es hier an der Straße ausfechten? Nein, auch nicht gut. Im offenen Gelände würden sie Kameraden verlieren. Sie mussten eine Deckung finden.

Von Billung sah sich um. Der Mond warf sein silbriges Licht über die Landschaft. Gegen Osten und in einiger Entfernung zeichneten sich die dunklen Umrisse eines Waldes ab.

»Wir verschanzen uns da drüben am Waldrand.«

Er gab seinem Braunen die Fersen und verließ den Weg. Es war offenes Brachland, von Gras und gelegentlichen Sträuchern bedeckt. Von Billung ritt in einem vorsichtigen Trab voran, an unübersichtlichen Stellen sogar nur im Schritt. Die Truppe folgte ihm. Schließlich erreichten sie den Waldrand. Hier war das Gestrüpp dichter. Dahinter der finstere Forst. Sie stiegen von den Pferden.

»Bringt die Gäule tiefer in den Wald und nehmt eure Karabiner. Verteilt euch hier am Waldrand in den Büschen. Aber haltet gut Abstand voneinander.«

»Ihr habt den Mann gehört«, brüllte Moretti. »Verstecken wir zuerst die Gäule. Und lasst die Helme zurück. Die glänzen im Mondlicht. Dann drei Gruppen nebeneinander in einer Linie. Ich links, Schmidhofer rechts, und der Hauptmann in der Mitte.«

Gerstmair nahm von Billungs und sein eigenes Pferd beim Zügel und verschwand mit ihnen im Wald. Man hörte es knacken und den einen oder anderen der Männer fluchen, als sie sich im Dunkeln den Weg durchs Unterholz bahnten. Von Billung lauschte in die andere Richtung, zur Straße hin, und glaubte fernes Pferdegetrappel zu hören. Das mussten sie sein.

Die Männer kamen mit Karabinern in den Händen zurück. »Nutzt die Büsche als Deckung«, rief Moretti. »Salven auf Kommando, so wie immer. Jeder Schuss muss treffen. Und wechselt beim Nachladen den Standort.«

Der Standortwechsel war wichtig, denn Falkenbergs Männer würden beim Zurückschießen auf ihr Mündungsfeuer zielen. Dann musste der Schütze sich schon woanders befinden. Auch von Billung hatte seinen Karabiner in der Hand.

Sie lauschten in die Nacht. Tatsächlich, von der Straße her hörte man jetzt ganz deutlich galoppierende Pferde, die sich näherten.

»Vielleicht merken sie gar nicht, dass wir den Weg verlassen haben«, sagte Schmidhofer. Aber die Hoffnung erfüllte sich nicht, denn auf einmal erstarb das wilde Getrappel.

Moretti fluchte leise. »Die haben unsere Spuren im Feld entdeckt. Da, wo wir abgebogen sind.« Dann rief er halblaut: »Macht euch bereit, Leute.«

In den Büschen vor ihnen hörten sie das gewohnte Klicken, als die Männer an den Karabinern die Hähne spannten.

Zunächst geschah nichts. Vermutlich untersuchten von Falkenbergs Männer erst einmal die Hufspuren und überlegten, was sie tun sollten. Schließlich war es gefährlich, dem Gegner in unbekanntes Gelände zu folgen, das Deckung bot. Noch dazu in der Nacht.

Doch dann sah man sie kommen. Falkenberg musste fürchten, den Anschluss zu verlieren, sollte von Billung die Dunkelheit nutzen, um zu verschwinden. Was der natürlich vorhatte. Aber nicht, ohne Falkenberg einen Denkzettel zu verpassen.

Auf dem vom Mondlicht erhellten Feld waren die dunklen Umrisse der Falkenberger und ihrer Pferde klar zu erkennen. Sie kamen langsam und vorsichtig, führten die Gäule am Zügel, mit Karabinern im Anschlag. Von Billung hatte vor, ihnen einen heißen Empfang zu bereiten und sich dann im Pulverdampf zurückzuziehen. Dragoner waren im Grunde berittene Infanterie. Sie waren es gewohnt, zu Fuß zu kämpfen. Üblicherweise schoss die erste Reihe eine Salve auf den Feind und begann sofort nachzuladen, während die zweite schoss, und dann die dritte. So konnten sie ein durchgehendes Feuer aufrechterhalten. Auch das Nachladen im Dunkeln war kein Problem. Die Handgriffe waren den Männern so vertraut, dass sie sie mit geschlossenen Augen durchführen konnten.

Von Billung rief leise Schmidhofer und Moretti zu sich. »Drei gut platzierte Salven sollten genügen, dann verschwinden wir im Wald. Sagt allen Bescheid.«

Die beiden begaben sich an ihren Platz, Moretti mit sechs Mann auf der linken Flanke. Sie würden zuerst schießen, dann von Billungs Gruppe in der Mitte und schließlich Schmidhofer ganz rechts außen. Während die Schützen in den Büschen lagen, stand von Billung aufrecht neben einem dicken Baumstamm, um die Übersicht zu behalten. Auch er zog jetzt den Hahn seiner Muskete zurück.

Wahrscheinlich konnten von Falkenbergs Leute die Spur im Gras trotz der Dunkelheit gut genug erkennen, denn sie marschierten langsam, aber stetig auf die Verteidigungsstellung am Waldrand zu. Ihre Helme glänzten im Mondlicht. Sie waren deutlich zu sehen. Und natürlich die größeren Schatten ihrer Reittiere. Ein paarmal hielten sie an, wie um zu lauschen. Oder um sich zu beraten. Sie mussten sich fragen, ob es klug war, weiter vorzudringen, oder ob sie nicht doch in eine Falle liefen. Schließlich konnten sie nicht wissen, ob von Billung längst geflohen war oder am dunklen Waldrand auf sie wartete.

Doch jedes Mal setzten sie ihren Weg fort. Von Billung stellte sich vor, was in Falkenbergs Kopf vorging. Tagelang hatte er die Flüchtenden gesucht und alles riskiert, indem er die westliche Route verfolgt hatte. Und nun hatte er recht behalten, hatte sie tatsächlich gefunden. Der gestohlene Schatz war zum Greifen nahe. Jetzt durfte er sie nicht entkommen lassen. Und die Gier nach dem Gold besiegte am Ende die militärische Vorsicht.

Allerdings waren sie klug genug, sich auf breiter Front zu verteilen, um kein kompaktes Ziel zu bieten. Näher und näher kamen sie. Doch von Billung wartete. Musketen waren nicht besonders treffsicher. Und Karabiner streuten, wegen der kürzeren Läufe, noch mehr. Nur auf kurze Entfernung konnte man einigermaßen sicher sein, sein Ziel zu treffen. Über fünfzig Schritt hinaus war es Glücksache.

Man hörte das leise Stampfen der Hufe im Gras, das Klirren von Zaumzeug und das gelegentliche Schnauben eines der Pferde. Von Billung versuchte, unter den Männern von Falkenberg selbst auszumachen. Aber vergeblich.

Sie waren schon ziemlich dicht heran, vielleicht auf sechzig oder siebzig Schritt, als jemand einen Befehl rief und sie alle stehen blieben. Hatten sie etwas gehört? Oder waren sie doch misstrauisch geworden? Von Billung beschloss, nicht länger zu warten.

»Erste Reihe Feuer!«, brüllte er.

Sofort krachten Musketen, und lange Blitze stachen in die Dunkelheit. Vor ihnen schrien Männer auf. Wie viele getroffen waren, war schwer zu erkennen. Schrilles Wiehern. Ein Gaul bockte, riss sich los und galoppierte davon. Auf der linken Seite raschelte es im Gebüsch. Morettis Männer wechselten die Stellung und begannen nachzuladen.

»Zweite Reihe Feuer!«

Wieder krachten die Karabiner. Diesmal in der Mitte. Und wieder hörte man die Schreie von Verwundeten. Auch Pferde waren wieder getroffen worden. Eines brach in die Knie und schrie jämmerlich. Die ersten Falkenberger waren aus ihrer momentanen Starre erwacht, warfen sich ins Gras und feuerten zurück. Kugeln zischten durch die Büsche und Blätter des Waldes. Aber die Mehrheit warf sich auf die Pferde, um zu fliehen.

»Dritte Reihe Feuer!«

Die dritte Salve riss Männer von den Pferden, mindestens drei oder vier. Der Rest galoppierte davon. Ihnen folgte eine Handvoll zu Fuß. Morettis Leute, die nachgeladen hatten, erwischten noch zwei von ihnen. Dann wurde es still.

Am Waldrand stank es nach Salpeter. Langsam verzog sich der Pulverdampf.

Einer der Reiter, jetzt mehr als hundert Schritt entfernt, hatte angehalten. »Billung!«, tönte es herüber. »Glaub nicht, dass du mir davonkommst! Ich hab jetzt deine Spur. Ich krieg dich zu fassen, das schwör ich dir!«

Von Billung hob den Karabiner, zielte sorgfältig und schoss. Aber der Schuss ging daneben, und der Reiter stob ungeschoren davon.

»Denen haben wir's gezeigt«, sagte einer der Männer, gefolgt von beifälligem Gemurmel.

»Ja, gut gemacht, Jungs!«, ließ Moretti sich vernehmen.

Dann Schmidhofers Stimme: »Den Schulze hat's erwischt.«

»Verwundet?«

»Kopfschuss.«

»*Merda!*«, fluchte Moretti.

Der Verlust eines Kameraden ernüchterte die Männer mit einem Schlag. Natürlich waren sie an den Tod gewöhnt. Und doch schmerzte es, einen aus ihrer Mitte zu verlieren. Und dann auch noch Schulze. Der war beliebt gewesen. Aber für lange Trauer blieb keine Zeit.

»Wir müssen verschwinden«, rief von Billung. »Gerstmair, wo bist du?«

»Hier, Herr Feldhauptmann.«

»Du kümmerst dich um Schulzes Pferd, hast du verstanden?«

»Jawohl, Herr Hauptmann.«

Vor ihnen im Feld lagen Verwundete. Man hörte sie stöhnen. »Was machen wir mit denen?«, fragte Schmidhofer.

»Die Falkenberger werden sich um sie kümmern. Und Schulzes Leichnam müssen wir auch zurücklassen. Nehmt seine Waffen, und dann nichts wie weg.«

DIE WEGELAGERER

Etwas unbeholfen, über Wurzeln stolpernd, zogen sie die Pferde hinter sich her und wanderten durch den nächtlichen Wald. Hermann war der Einzige, der ritt, musste sich aber häufig bücken, um tiefhängenden Ästen auszuweichen. Das Gelände stieg langsam an. Sie hätten natürlich im Tal bleiben können, aber es war sicherer, sich von den Straßen fernzuhalten, auch wenn ihr Fortkommen immer beschwerlicher wurde.

Schnaufend erreichten sie schließlich den Sattel zwischen zwei Hügeln, und danach ging es wieder bergab, bis sie nach zwei Stunden auf einen Pfad stießen, der nach Norden führte. Sie hielten eine kurze Rast.

»Wie viele waren es eigentlich?«, fragte von Billung.

»An die dreißig Mann«, antwortete Moretti.

Kaffenberger wusste es besser. »Fünfunddreißig. Hab sie genau gezählt.«

»Ich denke, sechs oder sieben haben wir erwischt.«

»Mit den Verwundeten werden sie nur noch langsam vorankommen«, sagte von Billung.

»Ich bin sicher, die lässt der Bastard liegen«, meinte Kaffenberger. »Der ist so versessen auf das Geld, da lässt er sich doch nicht von ein paar Verwundeten aufhalten.«

Moretti nickte. »Damit müssen wir rechnen.«

»Und wie steht's mit dir, Hermann?«, fragte von Billung. »Hältst du durch?«

»Ich schaff das schon«, war die Antwort. Doch seine Stimme klang nach allem anderen als nach einem Kerl, dem es besser ging.

»Hast du Fieber?«

»Glaub schon. Aber es geht.«

»Gut. Und fall nicht vom Pferd, denn ab jetzt werden wir nicht mehr trödeln.«

Sie saßen auf und setzten ihren Weg fort.

Drei Tage ritten sie und gönnten sich kaum Schlaf und nur stundenweise Rast, bis deutlich wurde, dass die Pferde nicht mehr konnten. Vor allem aber war Hermann am Ende seiner Kräfte. Als sie ein einsames Gehöft erreichten, hielten sie an. Es war niemand zu sehen, nicht einmal ein Hund. Mitten im Hof stand ein gemauerter Brunnen.

»Pfeiffer, sieh mal nach, ob das Wasser genießbar ist«, sagte Moretti.

Es kam vor, dass Soldaten Kadaver in Brunnen warfen, um das Wasser für den Feind zu verseuchen. Pfeiffer stieg vom Pferd und ging zum Brunnen hinüber. Er ließ einen Eimer in die Tiefe und holte ihn wieder hoch. Er roch daran, steckte die hohle Hand hinein und kostete vorsichtig.

»Frisch und süß«, war sein Urteil.

»Gut, dann bleiben wir erstmal hier«, entschied von Billung. Er nahm seinen Hut ab und trocknete sich die Stirn mit einem Sacktuch.

Sie durchstöberten den Hof und fanden menschliche Überreste. Eine ganze Sippe war hier ermordet worden. Schon vor langer Zeit. Nur noch die in Lumpen gehüllten Gerippe waren Zeugen dieser Tragödie. Vor dem Haus waren es zwei Männer, einer mit eingeschlagenem Schädel, der andere mit zerschossenem Brustbein. In der Stube das Skelett einer Frau, wahrscheinlich vergewaltigt und erwürgt. In der Ecke die Überreste eines Kleinkinds. Und in der Scheune lagen noch zwei Kinderskelette. Sie mussten versucht haben, sich zu verstecken.

Nun, sie würden nicht im Haus übernachten, sondern auf der Wiese. Wichtig war, dass sie Wasser hatten, für sich und die Pferde. Einer der Männer fand in der Scheune einen Sack Korn, das noch genießbar war. Das konnte man zerquetschen und zu Brei kochen.

Sie hatten gehofft, dass Hermann sich erholen würde. Besonders die Behandlung mit den Kräutern hätte die Entzündung besiegen müssen. Aber der lange Ritt hatte ihm nicht gutgetan. Jetzt war das Fieber zurückgekehrt. Aber wie sollte ein Mensch auch gesund werden bei dem Leben, das sie führten? Sie mussten sich nur selbst anschauen, hohlwangig und abgemagert, mit Läusen in den verfilzten Bärten.

Sie holten Matratzen aus der Bauernkammer, legten sie in die Scheune und betteten ihren Kameraden darauf. Der Schüttelfrost hatte ihn gepackt, und er zitterte trotz der Decken, mit denen sie ihn warm zu halten versuchten. Moretti wechselte den Verband und sah sich die Wunde an. Sie war rot und wieder angeschwollen, aber wenigstens nicht eitrig, und sie roch auch nicht faul.

»Er braucht nur ein bisschen Ruhe«, sagte Moretti, nachdem er Kräuter für einen Umschlag eingeweicht und auf die Wunde gelegt hatte. »Das wird schon wieder.«

Alle sorgten sich um ihren Josef Hermann. Am Anfang war er ihnen ein wenig zur Last gefallen, wenn sie ehrlich waren. Aber jetzt war er zum Symbol ihrer Flucht geworden, wenn man so etwas von einem Menschen überhaupt sagen konnte. Als ob ihr Schicksal davon abhing, dass er überlebte. Besonders nachdem sie Schulze verloren hatten.

Am Morgen, nach einer guten Nachtruhe, ging es Hermann tatsächlich besser. Seine Augen waren klarer, und das Fieber schien sich gelegt zu haben, auch wenn sein Körper immer noch gegen die Entzündung ankämpfte. Das machte den Männern Mut. Trotzdem bestanden sie darauf, noch einen ganzen Tag und die nächste Nacht auf dem Hof zu bleiben. Moretti nutzte die längere Rast, um sein Hemd auszuwaschen. Aber ganz gleich, wie sehr er daran rieb, die Blutflecken waren immer noch zu sehen.

»Ruiniert, das gute Stück«, murrte er ärgerlich.

»Hör auf zu jammern«, sagte Kaffenberger. »Mit deinem Anteil an der Beute kannst du dir in Zukunft ganze Wagenladungen von Hemden leisten. Sogar aus bester Seide.«

»Kann sein, aber ich mochte eben dieses.«

»Wie kann ein Mann nur so eitel sein?«

Moretti warf ihm einen wütenden Blick zu. »Nicht jeder will rumlaufen wie du, wie so ein verdammter Bettler.«

Kaffenberger lachte ausgelassen. »Bettler sind wir jetzt nicht mehr. Die Zeiten sind vorbei.«

»Da wir gerade von der Beute sprechen«, sagte von Billung, »ich denke, wir sollten sie aufteilen. Falls die Falkenberger uns doch wieder erwischen und wir uns vielleicht trennen müssen. Ich will keinem seinen Anteil vorenthalten.«

Sie sammelten sämtliche Geldbeutel von den Satteltaschen. Ein Drittel behielt von Billung für sich. Ein Fünftel teilten sich Moretti, Schmidhofer und Kaffenberger. Der Rest wurde unter den übrigen Männern aufgeteilt. Sogar Gerstmair erhielt einen vollen Anteil. Und Hermann bekam einen extra Beutel von tausend Talern, als Entschädigung für seine Wunde.

Einige der Kameraden hatten den Tag genutzt, um ein Wildschwein aufzuspüren. Sie brieten das Fleisch, aßen davon und hoben den größeren Rest für die nächsten Tage auf.

Nach dem Essen hockten sie am Lagerfeuer und unterhielten sich.

Moretti hatte sich ein Pfeifchen angesteckt und schmauchte den Rest seines kostbaren Tabaks. »Jetzt sagt mal, Leute, was habt ihr vor mit eurem neuen Wohlstand?«, fragte er die Männer.

Einige meinten, sie würden Land erwerben und sich irgendwo niederlassen, vielleicht heiraten. Vorausgesetzt, dass der Krieg endete.

»Und wenn er nicht endet? Es sieht ja nicht gerade danach aus.«

»Dann vögeln wir uns durch alle Hurenhäuser an der Ostseeküste. Und danach fressen und saufen wir uns zu Tode«, sagte Willie Fischbach unter allgemeinem Gelächter.

Dann fragten sie Moretti, was er selbst denn vorhätte. »Ich hab mir schon immer gewünscht, Pferde zu züchten«, sagte er. »Und wenn das nicht geht, bleib ich bei unserem Hauptmann. Der wird sicher Verwendung für ein paar von uns haben.«

Von Billung nickte. »Worauf ihr euch verlassen könnt. Meine Familie besitzt eine Menge Land. Ich weiß zwar nicht, was die Schweden damit angefangen haben. Die wollen ja Vorpommern behalten, so wie's aussieht. Ich werde wohl ein paar Leute vertreiben müssen, die sich bei mir eingenistet haben. Wer also bei mir bleiben will, ist willkommen.«

Die meisten der Männer nickten. Der Vorschlag gefiel ihnen. Sie waren es schon so lange gewohnt, Befehle auszuführen, dass es ihnen besser erschien, beim Hauptmann zu bleiben, als sich in unsicheren Zeiten allein durchs Leben zu schlagen.

»Und du, Kaffenberger?«, fragte Moretti.

Der überlegte nur kurz. »Ich denke, ich bau mir eine Hütte im Wald. Hab nämlich die Schnauze gestrichen voll von der Menschheit.«

In gewisser Weise ging es von Billung ähnlich. Und vielleicht auch Moretti, obwohl der sich eigentlich selten die Laune verderben ließ. Sie hatten Dinge gesehen, die ihnen schon vor langer Zeit den Glauben an die Menschheit genommen hatten. Boshaftigkeit, Gier und Grausamkeit schienen keine Grenzen zu kennen. Wie die Tiere hatte man in Deutschland gewütet. Nein, im Grunde tat man den Tieren damit Unrecht. In Wirklichkeit gab es nichts Schlimmeres als den Menschen. Und das in einem Krieg, in dem es um Religion ging, um die richtige Auslegung von Gottes Wort. Das war der größte Hohn. Was bedeutete überhaupt noch Gottes

Wort, wenn man solche Gräuel beging? Und zwar auf beiden Seiten. War es im Sinne Gottes, Menschen in ihre Kirche zu sperren und diese dann anzuzünden, nur weil sie anders beteten? Welchen Sinn hatte es, überhaupt noch von Jesus zu reden?

Das Wetter hatte sich über Nacht verschlechtert, und sie mussten sich in die Scheune flüchten. Von Billung konnte nicht mehr schlafen, sondern lauschte dem Regen, der auf das Dach trommelte.

Es war die richtige Entscheidung, dem Militär den Rücken zu kehren, dachte er. Ich hätte es schon viel eher tun sollen. Aber man trifft gewisse Entscheidungen im Leben, folgt einem Pfad, und dann wird es zur Gewohnheit, man kommt nicht mehr raus aus der gewohnten Rinne, sinnierte er. Vielleicht sollte er von Werth dankbar sein. Das war schließlich der Anstoß gewesen, den er gebraucht hatte, um ein neues Kapitel in seinem Leben aufzuschlagen.

Und doch überkam ihn auch ein seltsames Gefühl, wenn er daran dachte, dass für ihn der Krieg nun zu Ende sein sollte. Wie würde seine Zukunft aussehen? Was würde er mit sich selbst anfangen? Würde er sich von allem zurückziehen wie Kaffenberger? Oder würde er einen Neuanfang wagen, vielleicht sogar eine Familie gründen? War es dazu nicht schon zu spät? Und wie viele Jahre würde es noch dauern, bis er die verfluchten Albträume los wäre?

Bei Tagesanbruch sattelten sie die Pferde. Die Männer trugen jetzt wieder ihre ledernen Mäntel. Die Helme hingen am Sattelknauf, dafür hatten sie ihre breitkrempigen Hüte auf dem Kopf, damit ihnen das Wasser nicht in den Nacken lief. Hermann gelang es, ohne fremde Hilfe aufs Pferd zu steigen, was man als gutes Zeichen wertete. Mit Sicherheit musste man jetzt auch von Falkenberg nicht mehr fürchten. Sie waren ihm entkommen.

Am späten Vormittag stießen sie auf drei Planwagen, die den Weg versperrten. An einem der Wagen war das Hinterrad gebrochen. Männer waren dabei, es auszuwechseln. Als sie die Reiter nahen sahen, ließen sie von ihrer Arbeit ab und nahmen Waffen zur Hand. Zwei von ihnen hatten Musketen, drei andere Hellebarden. Diese Männer waren keine Bauern. Zuerst hielt von Billung sie für Soldaten, aber aus den Planwagen lugten die Köpfe von Frauen. Auch diese hielten schussbereite Musketen in den Händen. Eine wehrhafte Reisegesellschaft.

Als von Billung Hilfe anbot, entpuppten sich die Leute als Franzosen. In seiner Jugend hatte von Billung einige Jahre lang einen Hauslehrer gehabt und etwas Latein und Französisch gelernt. Während er versuchte, sich mit den Leuten zu verständigen, raunte Schmidhofer Moretti zu: »Wusste gar nicht, dass Ewalt Französisch spricht.«

»Tja. Er hat viele Seiten, unser guter Hauptmann.«

»Und was haben Franzosen hier zu suchen?«

»Eine neue Heimat, nehme ich an. Wie viele dieser Tage.«

Die Franzosen steckten ihre Waffen weg, und die Dragoner halfen, den Wagen anzuheben, während das Ersatzrad auf die Achse gesteckt wurde. Die Frauen schauten neugierig zu, und auch ihre Kinder waren von den Wagen gesprungen und starrten die fremden Reiter an. Nach getaner Arbeit bedankten sich die Franzosen mit viel Lächeln und einem gewaltigen Wortschwall, von dem von Billung nur die Hälfte verstand. Er verabschiedete sich, und sie setzten ihre Reise fort.

»Was hast du so lange mit denen geredet?«, fragte Moretti.

»Sie wollen ins protestantische Brandenburg. Ich hab ihnen meinen Namen genannt und sie nach Vorpommern eingeladen, falls sie Hilfe brauchen.«

»Das waren Hugenotten, oder nicht?«

Von Billung nickte. »Eine Familie Bouchard, so nannten sie sich jedenfalls. Eine ganze Sippe, Onkel und Tanten und Vettern.«

»Die haben Glück, dass man sie noch nicht ausgeraubt hat«, sagte Kaffenberger. »Frage mich, was sie sich davon versprechen hierherzukommen.«

»In Frankreich hat man sie vertrieben«, erwiderte von Billung.

»Aber ausgerechnet zu uns? Das ist doch wohl 'n Witz.«

»Sie sagen, sie sind über Flandern und Lüttich gekommen. Daheim wurden sie als Ketzer angeklagt. Man hat ihren Besitz konfisziert und sie vertrieben. In Brandenburg hoffen sie freundlicher aufgenommen zu werden.«

»Na, dann viel Glück«, raunte Kaffenberger spöttisch.

Am Nachmittag hatten sie die Berge des Frankenwaldes hinter sich gelassen und überquerten einen kleinen Fluss – die Saale, wie sie vermuteten. Auch andere Flüsse strömten in nördliche Richtung. Ein Zeichen, dass das Land sich nach Norden zu senkte.

Nur selten trafen sie auf Rodungen mit Dörfern oder Bauernhöfen. Die meiste Zeit ritten sie durch ausgedehnte Wälder. Es hatte inzwischen zu regnen aufgehört, und die Sonne ließ die Wiesen dampfen.

»Glaubt ihr, die verfolgen uns noch?«, fragte Schmidhofer, als sie nachmittags an einem Bach lagerten.

»Wer? Von Falkenberg?«

Schmidhofer nickte. »Woher will er wissen, welchen Weg wir genommen haben? Es müsste doch mit dem Teufel zugehen, wenn sie uns jetzt noch finden. Außerdem sind wir bald in Sachsen. Hat Kurfürst Johann Georg nicht einen Waffenstillstand mit den Schweden vereinbart?«

»Ja. Vor zwei Jahren. Und es kostet ihn eine hübsche Stange Geld.«

Kaffenberger hob spöttisch die Brauen. »Glaubt ihr wirklich, der Falkenberg lässt sich von einem Waffenstillstand aufhalten?«

»Sollte er sich wirklich nochmal sehen lassen, dann ballere ich ihm den Schädel weg«, versprach von Billung.

»Dann solltest du lieber mal mich schießen lassen«, sagte Kaffenberger und lachte. »Deine Schießkunst lässt zu wünschen übrig.«

Alle wussten, dass er der bessere Schütze war.

Moretti stand auf. »Auf, Jungs!«, rief er. »Es geht weiter.«

Am frühen Abend – die Sonne stand schon tief und färbte die Baumwipfel golden – traten vor ihnen unerwartet Männer aus dem Wald und versperrten den Weg. Finstere, zerlumpte Gestalten, aber mit Waffen in den Händen. Vermutlich eine Bande verzweifelter Bauern. Insgesamt an die fünfzig Mann, schätzte von Billung. Er und seine Männer zügelten die Pferde und blieben zehn Schritt vor den Wegelagerern stehen, die ihnen die Straße versperrten.

»Hinter uns sind auch welche«, rief Pfeiffer.

Von Billung drehte sich kurz im Sattel um. Tatsächlich. Fast so viele wie die vor ihnen. Der Ort des Überfalls war gut gewählt. Linker Hand war der Wald so dicht, dass er für Reiter praktisch undurchdringlich war. Und auf der rechten Seite stieg das Gelände ziemlich steil an und war ebenfalls schwer passierbar. Auch auf diesem Hang hatten sie Männer postiert.

Die Kerle mochten keine Soldaten sein, aber sie sahen durchaus gefährlich aus. Sie mussten von Billungs Truppe schon von Weitem gesichtet haben und hatten ihnen diese Falle gestellt. Sie hielten Äxte, Schwerter und Sensen in den Händen. Einige hatten sogar Musketen auf sie gerichtet. Mit brennenden Lunten, wie von Billung bemerkte.

Was tun? Am besten erst einmal Zeit gewinnen. Zum Glück hatten sie nach dem Regen die Pistolen und Karabiner sorgfältig überprüft und sichergestellt, dass trockenes Pulver auf den Pfannen lag und dass die Feuersteine festsaßen.

»Was wollt ihr?«, rief von Billung.

Ein Kerl trat vor. Ihr Anführer? Der Mann war groß und hager.

Seine langen, struppigen Haare hätten Kamm und Schere gebrauchen können, und ein gewaltiger Bart fiel ihm bis auf die Brust. Er hatte eine Hakennase, und seine Augen saßen in tiefen Höhlen. Ein hässlicher Kerl. Er mochte ein armer Bauer sein, aber zu unterschätzen war er sicher nicht. Besonders nicht die erbeutete Pistole, mit der er auf von Billung zielte.

»Was wir wollen?« Der Kerl grinste spöttisch. »Na, was wohl? Ist doch nicht schwer zu erraten. Wir wollen eure Gäule, eure Waffen, das Geld in euren Taschen und vielleicht sogar eure Stiefel.«

»Und wenn wir uns wehren?«

»Das würde ich euch nicht raten.« Der Kerl drehte sich halb um und wies auf seine Leute, die im Halbkreis hinter ihm standen. »Wir sind zu viele für eure kleine Truppe. Und wie du siehst, haben wir Musketen auf euch gerichtet, den Finger am Abzug. Eine falsche Bewegung, und wir schießen euch aus dem Sattel.«

»Könnt ihr überhaupt schießen?«

»Möchtest du's drauf ankommen lassen?«

»Nein, vielleicht besser nicht.«

Von Billung hörte ein leises Knacken hinter sich. Irgendjemand hatte den Hammer seiner Pistole gespannt. Hoffentlich nicht nur einer, denn er zählte auf die Geistesgegenwart seiner Kameraden. Schließlich hatte er nicht die Absicht, sich von diesen Bauern ausrauben zu lassen. Er ritt ein paar Schritte vor.

Sofort hob der Mann die Hand. »Halt! Was soll das?«

»Du willst doch mein Pferd. Ich will es dir geben.« Und dann ließ er den Braunen noch ein paar Schritte gehen, um den Abstand weiter zu verkürzen.

»Das reicht, verdammt nochmal. Bleib sofort stehen!«

»Kaffenberger, Moretti!«, rief von Billung mit ruhiger Stimme und drehte sich im Sattel zu ihnen um. Dabei zog er den Mantel etwas zurück, um den Griff an die Pistole an seiner linken Seite zu erleichtern. »Die Herren wollen unsere Pferde. Und unsere Stiefel, habt ihr gehört? Sie sind in der Überzahl. Was sollen wir machen?« Dabei machte er eine winzige Bewegung mit dem Kopf, die Moretti sofort verstand.

Daraufhin schloss auch der Rest seiner Männer auf. Das lenkte die Wegelagerer für einen Augenblick ab. Von Billung nutzte es, um die Linke zum Pistolenholster gleiten zu lassen.

»Nicht näher, hab ich gesagt.« Der Anführer zog zornig die Brauen zusammen. »Am besten steigt ihr jetzt von …«

Von Billung riss die Pistole aus dem Holster, spannte den Hahn und schoss dem Mann in den Kopf. Aus so kurzer Entfernung durchschlug die Kugel den Schädel, sprühte Blut und Hirn in alle Richtungen und schleuderte den leblosen Körper gegen seine überraschten Gefährten. Und sie erwischte sogar noch einen in der Schulter, der hinter dem Mann gestanden hatte.

Sofort krachten weitere Schüsse. Pulverdampf umnebelte die Reiter. Der Mann mit der Muskete fasste sich an die Brust und ließ die Waffe fallen. Auch andere der Wegelagerer wurden getroffen.

Doch sie schossen zurück. Von Billung spürte eine Kugel an sich vorbeizischen. Er schlug seinem Pferd die Fersen in die Seite und zog den Degen. Sein Brauner machte einen Satz auf die Männer zu, die ihnen im Weg standen. Ängstlich sprangen sie zur Seite. Im Vorbeireiten schlitzte er einem die Wange auf, dann galoppierte er, gefolgt von seiner gesamten Truppe, den Weg entlang. Hinter ihnen krachte noch ein einzelner Schuss.

Eine Viertelmeile weiter rief Willie Fischbach, sie sollten anhalten.

»Ist einer verwundet?«, fragte von Billung besorgt.

»Ich glaube nicht«, erwiderte Moretti.

»Mein Gaul hat eine Kugel abbekommen«, rief Fischbach. »In der Kruppe.«

»Dann nimm Schulzes Pferd.«

Während Fischbach Sattel und Taschen auf das andere Pferd

schnallte, blickten sie zurück, wo die Bauern in der Ferne sich um ihre toten und verwundeten Kameraden scharten.

»Nochmal gut gegangen«, murmelte Moretti.

»Hornochsen!«, knurrte Kaffenberger verächtlich und wischte mit Daumen und Zeigefinger das Blut von seinem Schwert, bevor er es wieder in die Scheide gleiten ließ. »Ich meine, die blöden Hunde können einem schon leidtun. Haben bestimmt alles verloren. Aber einen Trupp Dragoner anzugreifen …« Er schüttelte den Kopf.

Fischbach streichelte sein verwundetes Pferd, um es zu beruhigen. Sie hatten in ihrem Soldatenleben schon viele Pferde verloren. Und doch verwuchs man irgendwie mit seinem Reittier, und der Verlust war jedes Mal schmerzhaft. Er hob die Pistole, nachdem er sie nachgeladen hatte, und erschoss das Tier, um ihm langes Leiden zu ersparen.

»Ich hoffe, diesen Bouchards passiert nichts«, sagte von Billung.

»Den Franzosen?«

Von Billung nickte. »Kann gut sein, dass sie dem Gesindel direkt in die Arme laufen.«

Moretti zuckte mit den Schultern. »Wir können uns nicht um alle kümmern, die Hilfe gebrauchen könnten. Sonst kommen wir nie an. Und erinnere dich, wir werden selbst verfolgt.«

»Recht hast du«, sagte von Billung, wenn auch zögerlich.

Als sie am nächsten Morgen das Feuer austraten und sich bereitmachten weiterzuziehen, wollten drei der Männer mit von Billung sprechen. Sie drucksten verlegen herum, bis einer das Wort ergriff. »Das ist doch jetzt Weimar hier, Herr Hauptmann. Da haben wir gedacht, weil wir nicht weit von hier zu Hause sind, dass wir uns vielleicht verabschieden möchten. Mit Eurer Erlaubnis.«

»Nun, das kommt überraschend«, erwiderte von Billung.

»Aber ich habe natürlich nichts dagegen. Geht mit Gott. Ich hoffe, ihr habt von jetzt an ein besseres Leben als bisher.«

Alle drei grinsten. »Mit Sicherheit. Dank Euch sind wir jetzt reich.«

An der nächsten Kreuzung nahmen die drei schmerzlichen Abschied von den Kameraden. Einen von ihnen, ein noch junger Kerl, hatten sie vor zwei Jahren nach einer Verwundung hochgepäppelt. So, wie sie das jetzt mit Hermann taten. Der Älteste der drei, ein Veteran vieler Kämpfe, hatte vor Jahren Moretti das Leben gerettet, als man dem Italiener in der Schlacht den Gaul unter dem Hintern weggeschossen hatte. Und der dritte hatte alle genervt mit seinen rührseligen Geschichten von zu Hause.

Jetzt winkten die drei den Kameraden ein letztes Mal zu und wandten sich dann nach Osten, während der Rest der Männer zusah, wie sie davontrabten.

Von Billung hatte so etwas natürlich erwartet. Die Truppe würde nicht ewig zusammenbleiben, zumal sie jetzt nicht mehr von seinem Sold abhängig waren. Sie hatten sich ja auch schon vom Großteil seiner Schwadron verabschieden müssen. Aber die drei jetzt so ziehen zu sehen traf ihn doch heftiger als erwartet. Vielleicht weil sie zusammen diesen Überfall auf die Regimentskasse ausgeführt hatten.

Nun, so ist das im Leben, dachte er. Einmal ist alles zu Ende. Auch die Kameradschaft zwischen Männern, mit denen man jahrelang Freud und Leid geteilt hat.

»Was starrt ihr so blöde?«, rief Moretti den Männern zu. »Schluss mit Trödeln. Wir haben noch einen langen Weg vor uns.«

Aber auch seine Augen waren feucht geworden.

Die verbliebenen sechzehn Reiter unter von Billungs Führung hatten es nicht mehr besonders eilig, fürchteten ihre Verfolger jetzt weniger als fremde Truppen, denn sie glaubten nicht mehr daran, dass von Falkenberg noch hinter ihnen her war. Mit Sicherheit würde er sich nicht so weit hinter feindliche Linien wagen. Denn der ganze Norden war protestantisch und wurde nördlich der Elbe von schwedischen Verbänden und ihren Bundesgenossen gehalten.

Aber denen wollte von Billung ebenfalls nicht in die Arme laufen, genauso wenig wie den Franzosen oder den Kaiserlichen. Man würde sie befragen, als Spione verdächtigen und wahrscheinlich durchsuchen. Dann wären sie ihre Beute los, wenn ihnen nicht gar Schlimmeres blühte. An den Poststellen hätten sie erfahren können, wo sich Truppenlager befanden, denn dort gab es alles Mögliche an Neuigkeiten zu hören. Sogar gedruckte Blätter mit Nachrichten aus aller Welt waren für ein paar Kreuzer zu haben. Aber wo Poststellen waren, gab es oft auch eine Garnison, die zu meiden war.

Es blieb ihnen also nichts anderes übrig, als sich, wie auch bisher, auf eigene Beobachtungen zu verlassen. Nicht nur größere Ortschaften oder Städte mieden sie, auch Gegenden, in denen furagierende Soldaten oder Trossanhänger unterwegs waren. Das hatte ihre Reise verlangsamt und ihnen oft Umwege aufgezwungen.

Einmal hatten sie Glück und trafen auf einen Postreiter, der auf einer Nebenstrecke von Leipzig nach Frankfurt unterwegs war. Seit Gustav Adolf hatten die Schweden die Reichspost übernommen. Jetzt erfuhren sie, welche Städte noch schwedische Besatzungstruppen hatten. In dem Nachrichtenblatt, das der Reiter ihnen überließ, lasen sie, dass der kaiserliche Gesandte die Verhandlungen in Münster abgebrochen hatte. Möglicherweise hatte das mit von Werths Boykott des bayerischen Waffenstillstands zu tun. Aber die allgemeine Meinung, die in dem Blatt zum Ausdruck kam, war hoffnungsvoll. Vielleicht würde es ja doch bald zum Frieden kommen. Von Billungs Heimat würde fürs Erste jedoch schwedisch bleiben. Es sah ganz so aus, als würde sich der Kurfürst von Brandenburg darein fügen müssen.

»Mit den Schweden kann man leben«, sagte von Billung mit einem Achselzucken. »Die sind auch nicht schlechter als andere.«

In Sachsen waren sie besonders vorsichtig, um keinen Truppen zu begegnen, obwohl Johann Georg, der Kurfürst von Sachsen, inzwischen einen Waffenstillstand mit Schweden geschlossen hatte. Den »Bierjörge« nannte man ihn im Volksmund, weil er täglich angeblich Unmengen von Bier in sich hineinschüttete und einen entsprechenden Bauch vorzuweisen hatte. Am Anfang des Krieges hatte er noch den Kaiser unterstützt, sich aber 1631 nach Tillys Gräueltaten in Magdeburg den Schweden angeschlossen, um nach der im Jahre 1635 für die Schweden verlorenen Schlacht von Nördlingen erneut die Seiten zu wechseln. Als der Kaiser schließlich in Böhmen empfindlich geschlagen wurde, hatte er wieder sein Fähnchen nach dem Wind gedreht und mit der katholischen Seite gebrochen. Zwar blieben seine Regimenter noch unter kaiserlichem Befehl, durften aber nicht gegen Schweden eingesetzt werden.

Trotzdem schienen die Schweden ihm nicht recht zu trauen, denn an vielen Orten, darunter auch Leipzig, ließen sie weiter ihre Besatzungstruppen einquartiert. Außerdem musste der Bierjörge ihnen monatlich elftausend Taler zahlen, was seine Staatskasse enorm belastete.

Inzwischen hatte von Billungs kleine Truppe sächsisches Gebiet verlassen und war nun im Brandenburgischen unterwegs. Magdeburg hatten sie weitläufig umgangen, und die Elbe hatten sie schwimmend überquert, nachts an einsamer Stelle und an die Sättel ihrer Pferde geklammert.

Der junge Kurfürst Friedrich Wilhelm von Brandenburg hatte sich schon vor Jahren, seit dem Tod seines Vaters, mit den Schweden arrangiert. Und doch war es auch hier erschreckend, was sie auf ihrem Ritt, genauso wie in Sachsen, zu sehen bekamen. Das

Elend der Landbevölkerung war im Nordosten Deutschlands noch schlimmer als im Südwesten. Anscheinend hatte der Waffenstillstand kaum etwas daran geändert, wie schlimm die fremden Truppen immer noch hausten. Natürlich mussten sie ihre verstreuten Heeresteile ernähren, dazu den gewaltigen Tross, der meist den Soldaten folgte und noch viel gefräßiger war als das Heer selbst.

Viele Menschen kannten in ihrem Leben kaum etwas anderes als Krieg mit den herumziehenden Heeren, der Brutalität der Söldner, der Raffgier ihres Gefolges. Was die Lage aber noch verschlimmerte, war, dass Gott seit Jahren das ganze Land mit katastrophalem Wetter schlug. Die Winter waren außergewöhnlich streng – Eis und Schnee und klirrender Frost bis weit in die Frühlingsmonate, gefolgt von nicht enden wollendem Regen, der das Korn auf den Halmen verfaulen ließ.

Ganze Landstriche waren infolgedessen entvölkert, Menschen verhungert, an Seuchen elendig zugrunde gegangen. Oder sie waren von ihrer mageren Scholle geflohen, die nichts mehr hergab. Täglich kamen von Billung und seine Männer an ausgeplünderten Höfen vorbei, viele von ihnen niedergebrannt. Sie trafen auf Menschen, die alles verloren hatten und in Lumpen gehüllt und mit Verzweiflung in den Augen um Almosen bettelten. Abgemagerte Kranke säumten die Straßen, manche mit schrecklichen Geschwüren oder schlecht verheilten Wunden. Einbeinige Kriegsveteranen, die die Stümperei der Feldschere überlebt hatten. Frauen schleppten ausgemergelte Kinder auf dem Rücken. Männer schoben Karren mit ihrer letzten Habe vor sich her, oder mit Großeltern, die nicht mehr laufen konnten. Wenn man sie fragte, wohin sie unterwegs waren, wussten sie es selbst oft nicht. Irgendwohin, wo es besser war, wo man etwas zu essen finden würde.

Auch von Billungs kleiner Trupp hatte die größte Mühe, sich zu ernähren. Einmal überfielen sie eine Kolonne von fünf Wagen, furagierende Marketender einer schwedischen Einheit. Sie entwaffneten die eskortierenden Reiter, nahmen sich, was sie für die nächsten Tage brauchten, und verschwanden, bevor Verstärkung eintreffen konnte.

Obwohl es Sommer war, war es doch ziemlich kühl, und es regnete auch dieses Jahr mehr als gewöhnlich. Meist schliefen sie in verlassenen Scheunen. Einige Kameraden hatten Furunkel am Hintern vom langen Reiten. Schließlich waren sie jetzt, mit kleinen Pausen, seit fünf Wochen ununterbrochen im Sattel. Zwei von ihnen litten unter Zahnschmerzen. Einem riss Moretti den verfaulten Zahn aus dem Maul.

Hermann aber ging es besser. Er hatte wohl das Schlimmste überstanden.

Trotz allem waren sie guten Mutes, denn inzwischen hatten sie Mecklenburg erreicht. Nur noch ein paar Tagesritte, und sie wären am Ziel. Von Billungs Besitz würde ihnen Unterkunft bieten. Dort würden sie hoffentlich ein neues Leben in Frieden beginnen. Obwohl so mancher sich fragte, ob das vielleicht doch nur ein Traum war – ob es je wieder so etwas wie ein normales, friedliches Leben geben würde.

»Glaubt ihr, dieses verdammte Land wird sich je erholen?«, fragte Kaffenberger. »Ich hab da so meine Zweifel.«

»Keine Sorge, wir werden uns unsere eigene Insel schaffen«, erwiderte von Billung. »Der Krieg kann uns gestohlen bleiben.«

»Ich würde mal gern wieder ein Bad nehmen«, brummte Pfeiffer.

»Ein Bad?«, rief Fischbach erschrocken. »Das soll nicht gut für die Gesundheit sein. An zu viel baden ist schon so mancher gestorben.«

»Witzig«, knurrte Pfeiffer. »Du könntest nämlich auch 'n Bad vertragen. Dich riecht man Meilen gegen Wind.«

»Mir wäre ein saftiger Schweinebraten mit Blaukraut lieber«, rief einer aus dem Süden.

»Nix da mit diesem bayerischen Fraß!«, bekam er zur Antwort. »Ich will Grünkohl mit fetten Würsten. Und ein gutes Bier dazu.«

»Hört auf!«, stöhnte Moretti. »Ich wär schon froh, einfach mal aus den dreckigen Kleidern zu kommen. Da geb ich Pfeiffer recht.«

»Bald kannst du dir so viele feine Spitzenkragen kaufen, wie du willst«, spottete von Billung. »Du wirst der gutaussehendste und eleganteste Herr der ganzen Küste sein. Die feinen Damen werden sich um dich reißen.«

»Du meinst, da gibt's noch welche?«

Und so witzelten sie weiter. Im Grunde aber konnten sie es nicht abwarten, endlich ihre verdreckten Ledermäntel, Helme und Harnische abzulegen, ihre Waffen an die Wand zu hängen, statt sie mit sich herumzutragen, und ein normales Leben zu führen.

Von Billung wandte sich an seinen Burschen. »Na, Alois, was sind deine Pläne?«

»Meine?« Der Junge blickte ihn verlegen an. »Ich weiß nicht.« Er leckte sich unsicher über die Lippen. »Ich bleib bei Euch, Herr Hauptmann. Wenn ich darf.«

Von Billung fuhr ihm durchs Haar. »Natürlich darfst du. Wir machen einen echten Norddeutschen aus dir.«

»Mit einem Namen wie Alois?«, spottete Kaffenberger. »Der muss erstmal sein Bayerisch verlieren.«

»Und du dein Hessisch«, sagte Moretti.

»Na, da hör sich einer an, was uns der Italiener zu sagen hat«, grunzte Kaffenberger. »Ausgerechnet er hat was an meinem Deutsch auszusetzen.«

Moretti lachte. »Und wie heißt *porca miseria* auf Hessisch?«

»Schweinescheiße!«

»Danke! Ich werd's mir merken.«

OLGA

An einem Nachmittag – der Himmel war grau verhangen – ritten sie durch eine flache Landschaft von Wäldern und Seen, feuchten Wiesen und leeren Feldern, als ihnen in der Ferne ein Reitertrupp entgegenkam. Sie hielten vorsichtshalber an.

»Sieht nach schwedischer Kavallerie aus«, meinte Moretti und zerrte nervös an seinem Schnauzbart. »Ich würde sagen, zwei Dutzend Reiter. Wir sollten uns besser verdrücken.«

Von Billung sah sich um. In dieser Gegend gab es kaum Deckung. In westlicher Richtung war ein Wald zu erkennen, davor die grauen Wasser eines Sees. Nach Osten zu Felder und Wiesen, die zu einem sanften Hügel anstiegen, auf dessen Höhe ein einsamer Gutshof stand. Kein Bauernhof, eher ein Herrenhaus, von einer hohen Mauer umgeben.

Von Billung kaute auf der Unterlippe. Bisher hatten sie jede Berührung mit Militär vermeiden können. Auch jetzt war eine Begegnung mit den Schweden nicht geraten. Natürlich kämpften auch Deutsche im schwedischen Heer. Viele sogar. Aber von Billung hatte keine Papiere, die bewiesen, dass sie zu einer ihrer Einheiten gehörten. Man würde sie gefangen nehmen. Und Flucht war auch nicht ratsam. Denn sie waren mit Sicherheit bereits gesehen worden. Eine Flucht würde sie überdies verdächtig machen. Man würde sie verfolgen.

»Das sind keine Schweden«, hörte er Gerstmair hinter sich sagen.

Von Billung fuhr herum. »Keine Schweden? Was denn sonst?«

Der Junge starrte auf die nahenden Reiter. »Die Schweden haben selten diese langen Mäntel, so wie wir.«

»Du willst es an den Mänteln erkennen?«

»Ich weiß nicht, aber ich glaube, das sind von Falkenbergs Leute.«

Das schlug ein wie eine Mörsergranate.

»Und das sagt der Bursche so ruhig!« Moretti tippte sich an die Stirn. »Spinnst du eigentlich? Das kann ja wohl nicht sein.«

»Der Junge hat scharfe Augen«, meinte Kaffenberger. »Kann gut sein, dass er recht hat. Ist das nicht dieser Grauschimmel ganz vorn, den von Falkenberg immer reitet?«

»Es gibt auch noch andere Grauschimmel in der Welt.«

»Ja, und der Fuchs daneben«, rief Gerstmair aufgeregt. »Das ist sein Feldwaibel. Seht, sie kommen jetzt im Galopp!«

»Das heißt, sie haben uns auch erkannt.«

»*Que puttanata!*«, fluchte Moretti und bekreuzigte sich im gleichen Atemzug.

Was tun, zum Teufel? Wenn es wirklich die Falkenberger waren, dann waren sie selbst in der Unterzahl. Die hatten mindestens ein Dutzend Männer mehr. Ein Kampf wäre nicht ratsam – man würde nur den Kürzeren ziehen –, und wenn, dann bestimmt nicht hier, wo kaum ein Baum oder Strauch wuchs, um Deckung zu bieten.

Von Billung starrte wieder zu diesem Herrenhaus hinüber. Eine Mauer. Ringsum freies Schussfeld. Und vielleicht lag der Hof sogar nah genug, um ihn noch vor dem Gegner zu erreichen.

Er zögerte nicht länger und gab seinem Braunen die Sporen. »Mir nach!«, brüllte er, verließ die Straße und galoppierte auf offener Wiese zu dem Herrenhaus hinüber.

Seine Leute setzten ihm im Galopp nach. Die Wiese war feucht und stieg außerdem zu dem Anwesen leicht an. Hier hatten die Pferde mehr Mühe als auf der trockenen Straße. Ihre Hufe trommelten dumpf, Erdklumpen flogen. Würden sie es rechtzeitig schaffen?

Das Haus kam näher. Doch ein Blick über die Schulter zeigte, dass die Falkenberger nun ebenfalls die Straße verlassen hatten und diagonal auf das Haus zuhielten, um ihnen den Weg abzuschneiden. Ein Schuss krachte. Und noch einer. Doch niemand wurde getroffen. Die Verfolger waren noch zu weit entfernt. Und vom Sattel eines galoppierenden Pferdes zu schießen erhöhte nicht gerade die Treffsicherheit.

Vor ihnen plötzlich ein Graben. Von Billungs Brauner streckte sich und flog hinüber. Hinter dem Graben ein Weg, der direkt zum Anwesen führte. Das machte es den Pferden leichter. Mit letzter Anstrengung und donnernden Hufen jagten sie auf das offene Tor zu. Von Billung erreichte als Erster den Hof, packte seinen Karabiner und ließ sich vom keuchenden Pferd fallen.

Im Hof war niemand zu sehen. Wahrscheinlich eines der vielen verlassenen Gehöfte. Es sah ziemlich heruntergekommen aus, aber jetzt war wirklich keine Zeit, sich das näher anzusehen.

Er rannte zur Mauer, die ihn um Haupteslänge überragte und das gesamte Anwesen umschloss. Eine richtige kleine Festung, dieses Gehöft. Ein paar leere Kisten standen in einer Ecke. Er zerrte eine davon an die Mauer und kletterte hinauf. Er stützte den Karabiner auf die Mauerkrone und spannte den Hahn.

Inzwischen war auch der Rest der Truppe angekommen. Die Pferde schnaubten und keuchten, Schaum troff von den Mäulern, Männer sprangen von den Sätteln, rissen Karabiner aus den Halterungen.

»Schließt das verdammte Tor!«, brüllte Moretti. Er schnappte sich ebenfalls eine der Kisten und kletterte, die Waffe schussbereit, hinauf. Krachend fiel das Hoftor zu und wurde mit dem Querbalken gesichert.

Draußen auf dem Feld stürmten die Verfolger heran. Mit Hieben und Flüchen hatten Falkenberg und seine Männer ihre Gäule angetrieben in der Hoffnung, die Flüchtenden noch einzuholen, so dass die Tiere ziemlich ausgepumpt aussahen. Jetzt merkten ihre Reiter, dass das Hoftor verschlossen und über der Mauer

Köpfe und Musketenläufe aufgetaucht waren. Sofort zügelten sie ihre erschöpften Tiere.

Von Billung zielte und schoss. Einer der Reiter griff sich mit einem Schrei an die Schulter und stürzte vom Pferd. Die anderen wendeten hastig ihre Gäule. Jetzt schossen Moretti und noch zwei andere. Auch sie trafen.

Danach war es zwecklos, weiter Pulver und Blei zu verschwenden, denn die Falkenberger hatten sich schnellstens weit genug entfernt. Drei reiterlose Pferde jagten hinter ihnen her. Auf dem Feld lag einer, der sich nicht mehr regte. Zwei Verwundete kamen mit Mühe auf die Beine und folgten wankend ihrem Trupp, der in etwa zweihundert Schritt Entfernung zum Stehen gekommen war.

Von Billung schob seinen Ladestock in die Karabinermündung, um Pulverrückstände zu entfernen. Er fasste in die Munitionstasche, die er am Gürtel trug, und fischte eine Kartusche heraus, als ihn eine entrüstete Frauenstimme aufschrecken ließ.

»Was zum Teufel geht hier vor? Wer seid ihr überhaupt?«

Von Billung fuhr herum.

Auf den Stufen vor der offenen Doppeltür des Hauses stand eine wütend um sich blickende Frau. Sie hielt ein blankes Schwert in der Hand, als wolle sie damit jemanden erschlagen. Hinter ihr ein alter Mann mit einer Muskete im Anschlag, schussbereit mit brennender Lunte. Die Frau war jung, vielleicht Mitte bis Ende zwanzig, dunkelhaarig, mittelgroß und schlank, eher auf der zarten Seite. Sie trug ein abgetragenes graues Gewand, das ihr wie ein Sack bis zu den bloßen Füßen hing. Der Saum war ausgefranst und verschmutzt. Und doch, trotz des schäbigen Äußeren, strahlte sie Autorität aus. Oder war es die Empörung, die ihr diese Kühnheit verlieh? Jedenfalls schien sie keine Angst zu haben.

»Was habt ihr hier zu suchen?«, rief sie entrüstet. »Dies ist mein Haus. Verschwindet gefälligst!«

Von Billung stieg von seiner Kiste und wollte auf sie zugehen, als sie das Schwert hob und in Kampfstellung ging. Ihre Augen funkelten ihn an.

»Komm bloß nicht näher!«, rief sie. »Sonst spieß ich dich auf.«

Hinter seinem Rücken konnte sich jemand ein Kichern nicht verkneifen. Das schien sie noch wütender zu machen. In der Tat wirkte sie alles andere als lächerlich – schon eher so, als wüsste sie mit dem Ding umzugehen. Dass sich im Hof mehr als ein Dutzend Männer mit geladenen Karabinern befanden, schien sie nicht zu beeindrucken.

Dennoch vermutete von Billung, der sich damit auskannte, hinter der unerschrockenen Fassade eher einen Menschen, der die eigene Angst zu überspielen bemüht war. Denn ihr Atem ging zu schnell, ihr Blick war zu unstet.

Er versuchte sie einzuschätzen. Sie hatte nicht die Hände einer Magd, war also eine Dame, vielleicht sogar eine Edelfrau. Und sie war hübsch. Die Haut so hell wie chinesisches Porzellan, die Wangen vor Zorn gerötet. Vielleicht war es ihr herrisches Auftreten oder ihre Schönheit, jedenfalls besann von Billung sich plötzlich seiner Kinderstube, riss den Hut vom Kopf und verbeugte sich.

»Es tut mir leid, Euch zu inkommodieren, Verehrteste. Aber wir werden verfolgt und suchen Zuflucht. Gewährt uns die Gnade Eures Schutzes.«

Selbst erstaunt über eine Höflichkeit, die er in den langen Jahren seines Soldatenlebens schon fast vergessen geglaubt hatte, richtete er sich verlegen wieder auf. Außerdem, welchen Schutz konnte eine junge Frau ihnen schon gewähren?

»Ihr werdet verfolgt?« Sie ließ ihr Schwert sinken.

Bevor von Billung antwortete, erinnerte er sich, dass im Augenblick eigentlich andere Dinge wichtiger waren, als mit einer adeligen Damen höfliche Floskeln auszutauschen, ganz gleich wie hübsch sie war oder ob ihr das Anwesen gehörte, in das sie gerade eingefallen waren. Er sah sich nach seinen Männern um, die die Mauer besetzt hielten und das Gespräch neugierig beobachteten.

»Augen nach vorn, verdammt nochmal«, rief er ihnen zu. »Lasst sie nicht zu nahe kommen. Aber vergeudet nicht euer Pulver. Jeder Schuss zählt.« Und zu Gerstmair: »Bring die Pferde in den Stall, Junge, damit sie uns nicht im Weg stehen. Und schau nach, ob Heu da ist.«

»Kommt nicht infrage! Was fällt Euch ein?«, fuhr die Frau ihn an und hob erneut ihr Schwert. »Dies ist keine verdammte Herberge. Und Heu haben wir schon gar nicht. Wenn Eure Gäule fressen wollen, da draußen ist eine Wiese.«

Von Billung wandte sich ihr wieder zu. Er hob lächelnd die Brauen. »Mmmh, ja. Nur leider ist uns die im Augenblick verwehrt.«

»Das ist mir gleich. Nehmt Eure Männer und packt Euch.«

In diesem Augenblick knallte draußen ein Schuss. Und noch einer. Und dann eine ganze Salve. Kugeln zischten, und es klirrte über ihnen, als Scheiben aus einem der Bleiglasfenster herausgeschossen wurden. Unwillkürlich duckte sich die junge Frau.

»Was war das? Werden wir angegriffen?«

Ihre Stimme klang plötzlich gar nicht mehr so tapfer. Wahrscheinlich war sie viel zu sehr mit den Männern im Hof beschäftigt gewesen und hatte darüber die Bedrohung da draußen nicht recht wahrgenommen. Die Mauer war ja auch zu hoch, um darüber hinwegzuschauen.

»Das versuche ich Euch doch die ganze Zeit zu erklären«, erwiderte von Billung. Seinen Männern rief er zu: »Feuert nur, wenn sie zu nahe kommen. Ansonsten spart die Munition auf. Wer weiß, wie lange sie uns belagern.«

»Belagern?«, rief die Herrin des Hauses ernsthaft alarmiert. »Die haben vor, uns zu belagern? Wer auch immer Ihr seid, ich will, dass Ihr sofort verschwindet! Und nehmt Eure verdammten Belagerer gleich mit. Ich will nichts damit zu tun haben!«

Von Billung grinste entwaffnend. »Aber dann werden sie uns umbringen, Gnädigste. Wollt Ihr das auf Euer Gewissen laden?

Dass man uns da draußen erschießt? Dann müsstet Ihr uns begraben. Habt Ihr genug Knechte dafür?«

»Was gehen mich Eure Leichen an?«, war die trotzige Antwort. »Die da draußen können Euch begraben, wenn sie Euch schon erschießen müssen.«

»Nur damit Ihr's wisst: Diese Männer sind schlimmer als wir, das kann ich Euch versichern. Ich kenne die Halunken. Das sind richtige Halsabschneider. Die schrecken vor nichts zurück. Die werden nicht so höflich mit Euch umgehen wie wir. Leider bleibt uns vorerst nichts anderes übrig, als uns hier zu verteidigen. Und Euch natürlich gleich mit. Es wäre daher für alle am besten, wenn wir uns vertragen und uns gegenseitig unterstützen.«

»Wollt Ihr etwa sagen, ich habe keine Wahl?«

»Genauso wenig wie ich, Verehrteste. Wir müssen jetzt zusammenhalten. Vielleicht könnten wir damit anfangen, dass Ihr schon mal die Waffe aus meinem Gesicht nehmt. Dann plaudert es sich angenehmer. Und sagt Eurem werten Gemahl, dass meine Männer ziemlich nervös werden, wenn jemand eine schussbereite Muskete auf sie richtet.«

»Das ist nicht mein Gemahl, sondern mein Verwalter.« Sie starrte von Billung noch einen Augenblick wütend an, ließ dann aber doch das Schwert sinken und wies auch den Alten an, seine Waffe zu sichern. Sie wandte sich wieder von Billung zu. Er fand, sie hatte schöne Augen, blassblau und dunkel umrandet. Überhaupt ein ausdrucksstarkes Gesicht. Wenn auch die Wangen ein wenig zu hohl waren. Aber das ging ihnen allen ja so.

»Also, was geht hier vor? Wer seid Ihr überhaupt?«, fragte sie.

Er lüftete den Hut. »Ewalt Freiherr von Billung, zu Diensten, Gnädigste.«

Er bemerkte, dass sie ihn genauer musterte. Ihr Blick wanderte von den kotbeschmutzten Stiefeln über seine verblichenen Reithosen, den zerschlissenen Ledermantel, den angerosteten und verbeulten Brustpanzer bis hinauf zu seinem Stoppelbart und den blauen Augen. Dort blieb er hängen. Von Billung fragte sich, was sie wohl von ihm hielt. Er musste ihr wie ein abgerissener Vagabund vorkommen. Zum ersten Mal wünschte er sich, mehr auf sein Äußeres geachtet zu haben. Gleichzeitig ärgerte es ihn, dass ihm das plötzlich wichtig war.

»So, ein Freiherr seid Ihr. Dann solltet Ihr eigentlich wissen, dass es sich nicht gehört, hier hereinzuspazieren und so zu tun, als gehöre Euch alles.«

»Da habt Ihr recht.« Von Billung lächelte.

»Und die da draußen? Wer sind die?«

»Deserteure. Banditen. Die verfolgen uns seit Bayern.«

»Seit Bayern? Ihr seid aus Bayern? Seid ihr etwa Papisten? Mit Papisten will ich nichts zu tun haben.«

Von Billung hielt die Hand aufs Herz. »Mit Verlaub, Gnädigste, ich bin kein Papist, sondern guter Protestant, und ich stamme aus Vorpommern. Allerdings will ich nicht leugnen, dass es auch ein paar Papisten unter meinen Männern gibt. Aber keine besonders eifrigen. Was es mit der Verfolgung auf sich hat, das ist eine lange Geschichte. Vielleicht darf ich Euch die später …«

»Sie ziehen ab«, rief Moretti von der Mauer. »Fürs Erste jedenfalls.«

»Umso besser«, sagte die Frau. »Dann verlasst jetzt gefälligst meinen Hof, bevor es diesen Kerlen einfällt wiederzukommen.«

Aber von Billung hatte ein wenig die Geduld mit ihr verloren. »Wir sind jetzt nun mal hier, Gnädigste. Ihr werdet uns ertragen müssen, ob Ihr wollt oder nicht. Ich habe Euch meinen Namen genannt. Wie ist der Eure?«

Aber sie antwortete nicht, warf ihm nur einen wütenden Blick zu, bevor sie abrupt kehrtmachte und im Haus verschwand.

Der alte Verwalter mit der Muskete unter dem Arm räusperte sich. »Meine Herrin heißt Olga von Warin«, sagte er. »Ihr müsst ihr schroffes Verhalten entschuldigen. Wir haben Schreckliches durchgemacht in den letzten Jahren. Sie misstraut allen Fremden.«

»Das kann ich nur zu gut verstehen. Von uns habt ihr nichts zu befürchten, das verspreche ich.«

Der Alte nickte und folgte seiner Herrin ins Haus. Aber es dauerte nicht lange, da tauchte sie oben in jenem Fenster auf, das von Kugeln durchlöchert worden war.

»Überall Scherben«, schrie sie erbost. »Und der Fensterrahmen ist kaputt.«

»Ich würde mich besser nicht im Fenster zeigen«, rief von Billung zu ihr hinauf. »Außer Ihr wollt freiwillig aus dem Leben scheiden.«

»Dass eines klar ist«, rief sie ihm zu. »Ich will keinen Eurer Männer in meinem Haus sehen! Und im Garten wird nicht gewildert.«

Nach einem weiteren zornigen Blick verschwand sie im Haus.

Moretti lachte. »Eine richtige Wildkatze, unsere liebe Wirtin.«

Auch von Billung schmunzelte. »Du hast sie gehört. Dies ist keine Herberge. Dabei fühl ich mich schon ganz wohl hier.«

Er sah sich um. Das Haupthaus war aus Stein gemauert und recht groß, hatte zwei von Efeu überwucherte Stockwerke und an beiden Enden einen verzierten Erker, darüber ein hohes, von Fensterluken unterbrochenes Ziegeldach. Zu den Doppelflügeln der von Säulen flankierten Haustür führten drei breite Stufen. Dies war, wie schon vermutet, kein Bauernhaus, dafür aber ziemlich heruntergekommen. Und es war nicht zum ersten Mal beschossen worden, denn auf den freien Flächen der Fassade waren Einschusslöcher zu sehen. Überhaupt bröckelte an vielen Stellen der Putz. Die Tür sah so verwittert aus, als ob sie schon Jahrhunderte hinter sich hatte, und auf dem Dach fehlten hier und da Ziegel.

Der große Stall auf der einen und die Scheune auf der anderen Seite waren aus Backstein und sahen solide aus. An der äußeren Stallwand war ein Viehtrog angebracht, und ein paar Schritte weiter befand sich ein gemauerter Brunnen. Hinter dem Haus gab es einen einstöckigen Anbau – wahrscheinlich Vorratskammern und Unterkünfte fürs Gesinde – und einen Gemüsegarten mit Rüben, Kohlrabi, Kohl und Bohnen. Im Gegensatz zum Haus waren die Beete liebevoll gepflegt.

Um das ganze Anwesen herum verlief eine übermannshohe Mauer. An ihr hatte Moretti die Hälfte der Dragoner mit Karabinern im Anschlag postiert, um jeden Angriffsversuch, gleich von welcher Seite, zu unterbinden. Die übrigen Männer kümmerten sich um die Pferde, die etwas beengt im Stall standen, und durchsuchten die Scheune nach Nahrung. Denn was sie noch in den Satteltaschen hatten, würde bald zur Neige gehen. Aber sie fanden nichts außer etwas Stroh für die Tiere. An den Garten durften sie nicht rühren, hatte es geheißen, aber von Billung hatte vor, mit der Hausherrin darüber zu reden, falls sie mehr als eine Nacht bleiben mussten. Die Männer hatten schließlich Hunger. Und irgendwelche Vorräte musste sie doch haben.

Eberhard von Falkenberg da draußen schien nicht vorzuhaben, die Sache aufzugeben. In einiger Entfernung rund um das Anwesen patrouillierten sechs seiner Reiter. Der Rest der Truppe war dabei, außer Sichtweise der Straße ein behelfsmäßiges Lager einzurichten, Fallholz im einem nahen Wald zu suchen und zwei Kochfeuer in Gang zu bringen. Die Pferde ließen sie grasen, nahmen ihnen aber nicht die Sättel ab. Auch Zelte bauten sie nicht auf. Sie wollten wohl jederzeit bereit sein, die Verfolgung aufzunehmen, sollte es von Billung einfallen, zu fliehen oder einen plötzlichen Ausfall zu wagen.

»Auf dass ihnen heute Nacht der Regen aufs Haupt pinkelt«, brummte Fischbach. »Sollen sie sich richtig miserabel fühlen.«

Von Billung stellte sich auf eine Kiste und blickte über die Mauer. »Wie viele sind es?«

»Siebenundzwanzig«, meinte Moretti. »Darunter die zwei Verwundeten, die es zurückgeschafft haben.«

»Das heißt, fünfundzwanzig fähige Kämpfer gegen uns sechzehn. Wobei wir die bessere Stellung haben.«

»Wir könnten sie in der Nacht überfallen«, schlug Schmidhofer vor.

Moretti schüttelte den Kopf. »Nicht so hastig, junger Mann! Warum, zum Teufel, sollten wir das tun? Hier sind wir gut geschützt. Ein Angriff würde uns nur Verluste einbringen.«

»Wird sich zeigen, wie gut geschützt wir hier sind«, meinte Kaffenberger. »In der Nacht werden sie die Mauer stürmen. Darauf könnt ihr euch verlassen.«

»Wir bleiben hier in Stellung«, sagte von Billung. »Sollen sie doch kommen. Wir müssen nur kampfbereit und wachsam bleiben. Wie sieht's mit Munition aus?«

»Wäre gut, Kugeln nachzugießen«, erwiderte Moretti. Das war keine große Sache, denn die meisten Dragoner hatten das Nötige in ihrer Ausrüstung. »Und irgendwas für den Magen wäre auch nicht schlecht. Meiner hängt mir schon bis auf die Knie.«

Von Billung hämmerte an die Tür des Hauses. Kurz darauf erschien Olgas Kopf am Fenster über ihm.

»Was wollt Ihr?«

»Wir haben kaum noch Proviant. Dürfen wir ein paar Rüben aus Eurem Garten ziehen?«

»Wir können nichts erübrigen«, war die brüske Antwort. Doch nach einiger Überlegung schien sie sich zu erbarmen. »Ich will mal sehen, ob wir noch etwas Korn entbehren können.«

»Warum fragen wir die überhaupt?«, raunte Kaffenberger Moretti zu. »Nehmen wir uns doch einfach die Scheißrüben, ob sie will oder nicht.«

Moretti beugte sich zu ihm und erwiderte leise: »Hast du's noch nicht gemerkt? Sie hat Eindruck auf ihn gemacht.«

Kaffenberger grinste. »Na ja, hässlich ist sie jedenfalls nicht.«

Von Billung starrte derweil zu Olga hinauf, die immer noch am geöffneten Fenster stand. »Ich habe dann noch ein Anliegen,

Gnädigste. Es kann gut sein, dass wir in der Nacht angegriffen werden. Ich möchte im oberen Stockwerk vier Mann mit Musketen postieren. Sie werden auch nicht stören, das verspreche ich.«

Nun witzelte auch Fischbach hinter vorgehaltener Hand: »Sie werden ja auch nur ihre verdammten Karabiner abballern. Aber nur ganz leise. Ansonsten werden sie überhaupt nicht stören.« Schmidhofer und Kaffenberger kicherten.

»Das kann ich nicht zulassen«, rief Olga von oben.

»Es ist auch zu Eurer eigenen Sicherheit.«

Sie zögerte. »Zeigt mir erstmal, was Ihr vorhabt«, sagte sie dann und zog sich vom Fenster zurück.

Von Billung musste einen Augenblick warten, dann öffnete der alte Verwalter die Tür. »Nur Ihr, sonst niemand.«

Von Billung trat ein.

Olga stand in der Diele, einige Schritte entfernt, als wolle sie sicheren Abstand halten. Sie hatte sich umgezogen und trug jetzt ein einfaches Gewand mit langem Rock, hoher Taille und bauschigen Ärmeln. Es war mehrfach geflickt, aber es stand ihr gut. Die dunklen Haare hatte sie am Hinterkopf zu einem losen Knoten gebunden.

»Was starrt Ihr mich so an?«

»Verzeiht.« Von Billung verbeugte sich leicht und lächelte. »Man trifft nicht alle Tage auf eine Edelfrau. Noch dazu von solcher Schönheit.«

»Schmeicheleien könnt Ihr gefälligst lassen«, sagte sie schroff.

Doch sie war rot geworden wie ein junges Mädchen. Sie hielt immer noch das ungewöhnliche Schwert in der Hand. Es war leicht gebogen und ziemlich spitz – kein Schwert, wie man es kannte. Ein Säbel eher. Er hatte so etwas im Kaiserheer bei den kroatischen Reitern gesehen. In jedem Fall war es keine moderne Waffe. Nach Knauf und Parierstange zu urteilen kam sie ihm ziemlich altertümlich vor.

»Was ist das für ein Schwert?«, fragte er. »Ein Säbel, oder?«

Olga zuckte mit den Schultern. »Ein Erbstück.« Sie wandte sich an ihren Verwalter. »Friedrich, zeig ihm die oberen Räume.«

Der Verwalter ging voran und stieg die Treppe hinauf, die von der Diele nach oben führte. Mehrere Stufen knarrten auffällig laut. »Da müssten wohl ein paar Stufen ersetzt werden«, sagte von Billung.

Der Alte seufzte. »Das Haus ist nicht mehr, was es mal war.«

Oben erreichten sie einen langen Flur mit Türen zu beiden Seiten. Von Billung betrat einen der Räume an der Vorderseite des Hauses. Es war der mit dem zerschossenen Fenster. Man hatte eine gute Sicht zu von Falkenbergs Lager hinüber. Von Billung trat dichter ans Fenster. Von hier oben war auch die Mauer gut zu überblicken.

Er sah sich im Zimmer um. In der Ecke lag ein zusammengerollter Teppich, von einer dicken Staubschicht bedeckt. Die Wände mussten früher mit bemaltem Leinen bedeckt gewesen sein. Jetzt zeugten davon nur noch ein paar herabhängende Fetzen.

»Keine Möbel?«, fragte er.

»Keine Möbel«, bestätigte der Alte. »Die sind im Kamin gelandet. Soldaten haben sie verfeuert.«

»Ich habe Schusslöcher in der Fassade gesehen. Das Haus wurde also angegriffen?«

»Mehrmals.«

»Und deine Herrin? Sie wird die Angreifer doch nicht mit ihrem lächerlichen Säbel in die Flucht geschlagen haben.«

Der Mann antwortete nicht, zuckte nur mit den Schultern. »Wollt Ihr noch mehr Räume sehen?«

»Ich möchte einen Mann an jeder Ecke des Hauses postieren, von wo aus man einen guten Überblick hat. Die Zimmer mit den Erkern wären am besten.«

Sie betraten andere Räume. Von Billung sah sich sorgfältig um. Überall fehlte es an Möbeln, bis auf ein leeres Bettgestell und einen verloren wirkenden Waschtisch in einem der Zimmer. Dort waren der Holzboden beschädigt und die Wände beschmutzt, als hätten hier Plünderer gehaust. Von Billung beugte sich aus einem der Fenster. Vielleicht sollte er noch einen Mann auf dem flachen Stalldach postieren.

»Wieso gibt es hier keine Knechte und Mägde?«

»Einige mussten wir begraben«, sagte der Alte und deutete auf eine Ecke im Garten hinter dem Stall. »Zusammen mit den Herrschaften. Die anderen sind geflohen. Ich weiß nicht, was aus ihnen geworden ist.«

»Die Herrschaften?«

»Die Eltern der Herrin. Schwedische Soldaten haben hier eine Weile gehaust. Die haben sie umgebracht.«

»Aber du bist geblieben.«

»Einer muss sich doch um die Herrin kümmern. Ich kannte sie schon, da war sie noch so klein.« Er hielt die flache Hand ans Knie und lächelte zum ersten Mal.

»Und wie habt ihr überlebt? So ganz allein?«

Der alte Friedrich zuckte mit den Schultern. »Wie man so überlebt in schlechten Zeiten. Mit Gottes Hilfe und ein paar Freunden.« Mehr wollte er nicht sagen.

»Was ist unterm Dach?«

»Nur ein paar Zimmer für Hausmädchen. Sind alle leer.«

»Wo schläfst du?«

»Im Anbau hinter der Küche.«

»Und deine Herrin? Wir möchten sie nicht stören.«

»Im ehemaligen Speisezimmer. Nur ein paar Schritte von meiner Schlafstätte. Sie hat manchmal Albträume in der Nacht.«

»Albträume.«

»Die hättet Ihr auch, nach dem, was sich hier abgespielt hat.«

»Und wie lange lebt ihr schon so?«

»Ich weiß nicht. Vielleicht ein Jahr oder mehr. Die Herrin hofft auf Frieden. Damit man wieder pflügen und aussäen kann.« Aber dann schüttelte er den Kopf. »Aber ich glaub nicht dran. Dieser

Besitz war mal ein schönes Landgut. Aber jetzt ist alles verkommen. Wir hatten Pächter, aber die sind fast alle weg.«

Von Billung dachte an sein eigenes Anwesen ein paar Tagesritte weiter nördlich. Es war bestimmt in ähnlichem Zustand. Aber wenigstens hatte er jetzt Geld. Jede Menge Geld sogar. Er konnte alles neu herrichten lassen. Wenn sie nur diesen verdammten Falkenberg abschütteln konnten. Nein, abschütteln würde nicht genügen. Umbringen müsste er den Kerl, denn von allein würde er nicht aufgeben. Von Billung war überzeugt, dass die Männer da draußen schon längst nicht mehr aus Pflichtgefühl hinter ihnen her waren. Für einen von Werth hätten sie sich nicht so weit nach Norden gewagt. Von Falkenberg war jetzt wahrscheinlich auf eigene Rechnung hinter dem Geld her. Gut möglich, dass er seinen Leuten einen Anteil versprochen hatte. Das machte sie umso gefährlicher.

Sie stiegen die Treppe wieder hinunter. Der Alte führte von Billung durch eine Doppeltür, die von der Diele abging. Sie betraten einen wunderschönen Saal mit hoher Decke und großen Bleiglasfenstern, die auf den Garten blickten, auf einen Teich hinter der Mauer und auf ein kleines Wäldchen etwas weiter weg. Auch hier gab es nur wenige Möbel. In einer Ecke standen ein durchgesessenes Sofa und ein alter Schrank, von dem man die Türe abgerissen hatte. Von den Stuckleisten hingen Spinnweben, und auf den kahlen Wänden waren in Abständen helle Flächen zu sehen, wo einmal Gemälde gehangen hatten. Linker Hand ein großer Kamin und daneben ein Haufen trockener Äste, die jemand im Wald gesammelt hatte. Vor dem Kamin standen ein paar Stühle.

In einem saß die junge Hausherrin, immer noch mit dem blanken Säbel auf dem Schoß, und blickte mit ausdruckslosem Gesicht zu von Billung herüber.

Der versuchte, ihr ein Lächeln zu entlocken. »Legt doch den Säbel weg, Verehrteste. Sonst verletzt Ihr Euch noch.«

Aber sie blieb ernst. »Ich verletze mich nicht. Vielleicht kann ich sogar besser damit umgehen, als Ihr mit dem Degen an Eurer Seite. Was ist das? Eine Duellierwaffe? Viel zu leicht für einen ernsthaften Kampf.«

»Soso«, sagte er. »Ihr versteht Euch also aufs Fechten.«

»Habt Ihr oben alles gesehen?«

Er nickte. »Ich hoffe, Ihr erlaubt die Anwesenheit meiner Männer. Sie werden Euch nicht stören.«

»Ihr seid sicher, dass man uns angreifen wird?«

»Sehr wahrscheinlich.«

»Also gut. Vier Mann, habt Ihr gesagt. Auf keinen Fall mehr.«

»Ich danke Euch. Allerdings habe ich noch eine Bitte. Wir müssen Bleikugeln gießen, und dazu brauchen wir Feuerholz. Leider haben wir nichts gefunden.«

Sie lächelte bitter. »Soldaten wie Ihr haben alles verfeuert. Ich kann von Glück reden, dass wir noch ein paar Stühle besitzen.«

»Es tut mir leid, dass man Euren Besitz so zerstört hat. Es muss einmal ein schönes Haus gewesen sein. Ich habe selbst ein ähnliches. Vielleicht sogar etwas größer. Aber ich war seit Jahren nicht mehr dort.«

»Wo?«

»Etwas weiter nördlich. In Küstennähe. Ich hoffe, es steht noch.« Er wandte sich zum Gehen.

»Ihr habt mir noch immer nicht gesagt, warum man Euch verfolgt. Seid Ihr ein Fahnenflüchtiger, ein Verbrecher? Oder ist es eine persönliche *Vendetta?*«

»Eher etwas Persönliches«, erwiderte er, tippte mit dem Zeigefinger an die Hutkrempe und verließ das Haus.

Als er vor die Tür trat, sah er Hermann mit schussbereitem Karabiner an der Mauer stehen. »Fredo!«, rief er und winkte Moretti zu sich, der gerade zugesehen hatte, wie die Pferde, eines nach dem anderen, getränkt wurden.

»Was ist?«

»Ich will nicht, dass Hermann Wachdienst tut. Der soll sich noch schonen.«

Hermann hatte ihn gehört und drehte sich um. »Mir geht es gut, Herr Hauptmann.«

»Und wenn sie angreifen? Kannst du dann kämpfen?«

»Ich werde doch wohl noch meine Pistolen abfeuern können.«

Hermann war ein braver Kerl, immer bereit, seine Pflichten zu erfüllen. »Na gut«, erwiderte von Billung. »Wenn du meinst.« Aber zu Moretti, der nähergetreten war, raunte er: »Pass auf, dass dem Hermann nichts passiert. Wir haben ihn den ganzen Weg bis hierher durchgepäppelt …«

Moretti nickte. »Weiß schon. Ich hab ein Auge auf ihn.«

Der alte Friedrich tauchte mit einem kleinen Sack Weizenkörner auf und mit einer Speckseite. Beides legte er auf der Treppe ab. »An das Gemüse sollt ihr aber nicht gehen«, sagte er.

Die Körner konnte man in Wasser aufweichen und zu Brei zerquetschen. Mit etwas Salz waren sie genießbar. Am besten aber war der Speck.

»Danke«, sagte von Billung. »Sehr großzügig. Kompliment an deine Herrin.«

Der Alte verschwand wieder im Haus.

Moretti freute sich. »*Dio mio!* Wie hast du's geschafft, das Eis zu brechen?«

»Mein angeborener Charme.«

»Ha! Dass ich nicht lache. Wohl eher meine Kerle mit ihren Karabinern.«

»Deine Kerle?«

»Na, was denn sonst? Bin ich nun die Mutter der Schwadron oder nicht?«

»Die Schwadron war einmal.« Von Billung schüttelte den Kopf und ging hinter den Stall, um zu pinkeln.

Dort fand er einen zerbrochenen Pflug und eine alte Leiter, die an der Wand lag und halb von Unkraut überwuchert war. Er hob sie auf und trug sie in den Hof. »Etwas Brennholz«, sagte er. »Ist nicht viel. Aber vielleicht reicht's fürs Bleigießen.«

Sobald die Glut heiß genug war, schmolzen sie Blei in einem kleinen Tiegel. Die meisten von ihnen hatten noch etwas Material übrig, das sie beitragen konnten. Das flüssige Metall wurde in eine Kugelform gegossen, die man wie eine Schere schließen und öffnen konnte. Das überschüssige Blei wurde beim Öffnen durch ein Eisenplättchen an der Form abgetrennt und die Kugel zum Abkühlen in einen Eimer Wasser geworfen. Das ging einigermaßen schnell, und nach einer Stunde hatten sie eine gute Menge an Kugeln gegossen, die sie untereinander verteilten. Kartuschen hatten die meisten nicht mehr, aber es ging auch ohne. Man musste nur etwas Pulver in den Lauf schütten, die Kugel hinterherschieben und mit etwas Papier feststopfen oder mit einem Fetzen Stoff. Was auch immer gerade zur Hand war.

Nach dem Kugelgießen luden sie Karabiner und Pistolen, prüften Feuerstein und Pulver auf der Pfanne. Mehr konnten sie jetzt nicht tun. Alles Weitere hing vom Gegner ab.

Als die Dämmerung einsetzte, blickte von Billung noch einmal über die Mauer zum gegnerischen Lager hinüber. Dort flackerten die Lagerfeuer, aber sonst rührte sich nicht viel. Außer dass immer noch Reiter in der Ferne Wache hielten. Auch auf der Straße unterhalb des Hügels war nichts zu sehen. Schon den ganzen Tag lang nicht. Nicht gerade eine Durchgangsstraße. Umso besser. Schwedische Truppen waren das Letzte, was von Billung sich wünschte.

Den anderen da drüben im Lager ging es wohl ähnlich. Sie würden die Sache sicher möglichst schnell hinter sich bringen wollen und dann verschwinden.

Moretti teilte die Männer zum Wachdienst ein. Vier an der Mauer und vier Mann oben im Haus. Von den Letzteren hatte jeder drei geladene Karabiner bei sich. Die übrigen vier Karabiner behielten die Wachen an der Mauer. Natürlich besaßen alle Pistolen und ihre Reiterschwerter und Dolche. Sollte ein Angriff kommen, würden sie sich schon zu wehren wissen.

Fischbachs Wunsch nach Regen erfüllte sich zum Glück nicht. Wer also keinen Wachdienst hatte, rollte sich im Hof, mit seinen Waffen griffbereit, in eine Decke und versuchte, ein wenig Schlaf zu finden.

So auch von Billung. Obwohl es ihm heute nicht leichtfiel einzuschlafen. Das bleiche Licht eines Halbmondes lag auf dem Hof und ließ die Umrisse der Wachen an der Mauer erkennen, die sich ab und zu rührten und sich die Beine vertraten. Draußen auf dem Feld zirpten Grillen, neben ihm schnarchten Kameraden, und selbst die Pferde im Stall schienen unruhig zu sein.

Seine Gedanken wanderten zu der jungen Herrin des Hauses. Er fragte sich, was sie durchgemacht haben musste. Die Eltern ermordet, sicher auch Knechte, die sich gewehrt hatten. Hatte man die Frauen des Hauses vergewaltigt, vielleicht auch Olga? Wie hatte sie selbst überlebt, wenn so viele ermordet worden waren, wie der Verwalter angedeutet hatte? Und wovon ernährten sie sich überhaupt, wenn die Felder nicht bestellt wurden? Nur vom Gemüsegarten?

Trotz ihres schroffen Benehmens hatte die Frau Eindruck auf ihn gemacht. Vielleicht gerade wegen ihres furchtlosen Verhaltens. Sie versuchte sich nicht einschüchtern zu lassen, auch nicht von Schwertern und Musketen. Dies war keine gewöhnliche Frau. Sie hatte Charakterstärke. Schon allein, dass sie mit ihrem alten Verwalter in diesem verlassenen Haus lebte! Als lauerten nicht schon genug Gefahren da draußen. Jede andere hätte den Besitz fluchtartig verlassen. Sie schien daran festhalten zu wollen. Olga hieß sie. Ein wendischer Name. War sie Wendin? Er stellte sie sich unter anderen Umständen vor, in glücklicheren Tagen. Sie vielleicht lachen zu sehen. Oder in seinem Bett?

Ewalt von Billung war kein Mann von Traurigkeit. Er hatte Frauen zur Genüge gekannt. Huren aus dem Tross, mehrere Geliebte, die ihn längere Zeit begleitet hatten. Eine von ihnen war eine Adelige gewesen, die alles verloren hatte. Auch eine Bürgersfrau, eine Witwe aus Regensburg. Er hatte etwas an sich, das Frauen gefiel.

Aber genauso, wie sie in seinem Leben aufgetaucht waren, waren sie auch wieder verschwunden. Wahrscheinlich hatte er sie nicht wirklich geliebt. Und natürlich sprachen die Umstände dagegen – ein Soldatenleben war nicht gerade geeignet, eine Ehe zu führen oder gar eine Familie zu gründen. Auch wenn so mancher Söldner Weiber und Kinder im Tross mit sich herumschleppte. Diese Frauen konnte man nur bemitleiden. Ein solches Leben war nichts für ihn gewesen. Und das wollte er auch keiner Ehefrau zumuten.

Jetzt war natürlich alles anders. Mit dem Geld, das sie gestohlen hatten, würde er sich zur Ruhe setzen können. Vorausgesetzt, dass es ihm gelang, den verdammten Falkenberg loszuwerden. Dann könnte ihm eine Frau wie diese Olga schon gefallen. Sie hatte Charakter und Auftreten, schien auch nicht dumm zu sein. Sie musste Bildung genossen haben, so wie sie sprach.

Aber an so etwas war wohl nicht zu denken. Die Begegnung war rein zufällig und flüchtig, eigentlich erzwungen. Was sollte sie sich mit einem Kerl wie ihm abgeben – einem Soldaten, dessen Gegenwart ihr ein Graus sein musste? Außerdem würde sie ihr Haus nie verlassen.

NACHTANGRIFF

Von Falkenbergs Angriff erfolgte gegen Mitternacht. Natürlich nicht unerwartet.

Von Billung hatte damit gerechnet, dass sie sich im Schutz der Dunkelheit anschleichen und versuchen würden, möglichst unbemerkt über die Mauer zu klettern. Zum Glück herrschte ausreichend Mondlicht, um ihre Schatten erkennen zu können. Die Wachen im oberen Stockwerk hatten die beste Sicht und würden rechtzeitig warnen.

Aber gerade weil es schwierig war, sich ungesehen zu nähern, griff sein Gegenspieler zu einer ganz anderen Taktik. Die Männer, die Wachdienst hatten, hörten plötzlich dumpfes Hufgetrappel, das sich rasch näherte. Was war das? Was hatten die Bastarde vor? Wollten sie etwa ihre Gäule über die Mauer springen lassen? Aber das war unmöglich. Die Wachen beobachteten erschrocken, wie Reiter herannahten. Zuvorderst eine Gruppe von zehn Mann. Dahinter in einigem Abstand der Rest der Falkenberger. Die Wachen im oberen Stockwerk beugten sich aus den Fenstern, um die Kameraden zu warnen, dann legten sie die Karabiner an.

Von Billung hatte nicht schlafen können. Jetzt ließ ihn das Trommeln sich nähernder Hufe hochfahren, fast noch bevor die Wachen sich meldeten. Er packte seine beiden Pistolen und kam auf die Füße.

Da krachten schon die ersten Schüsse aus den Fenstern des Hauses. Lange Mündungsblitze stachen in die Nacht. Ein Pferd wieherte schrill. Dann der dumpfe Aufprall eines schweren Körpers.

Von Billung sprang auf eine der Kisten an der Mauer. Neben

ihm ein Kamerad, der mit seinem Karabiner in die Dunkelheit feuerte, auf die Schatten der nahenden Reiter. Von Billung hob seine Pistolen, aber er wartete noch, bis sich ihm ein deutliches Ziel bot.

Wieder zwei Schüsse von oben. Die Männer in den Fenstern hatten die bessere Sicht. Nicht umsonst hatte er jedem von ihnen drei schussbreite Karabiner zugeteilt. Aber jetzt waren die Reiter schon sehr nahe. Man konnte sie nicht mehr verfehlen.

Aber auch die Angreifer feuerten. Drei, vier, fünf Schüsse direkt vor seinen Augen. Ein Gewitter von krachenden Feuerblitzen, begleitet vom Donnern der Hufe der zweiten Welle, die sich ebenfalls rasch näherte.

Von Billung zielte auf die Schatten der Reiter vor ihm und feuerte erst eine Pistole ab, dann die zweite. Er hörte Schreie, jemand stürzte ins Gras. Wieder ein Schuss. Den Kameraden neben ihm riss es rückwärts und zu Boden. Von Billung achtete nicht auf ihn. Er ließ die leeren Pistolen fallen und zog den Degen. Hufe stampften. Gäule wieherten. Noch mehr Reiter ballten sich vor der Mauer zusammen und schossen mit Karabinern. Die oben im Haus feuerten ihrerseits. Schreie gellten, Pferde stürzten.

Im Licht der zuckenden Mündungsblitze bot sich ein wildes Durcheinander. Mehrere Gäule waren zu Boden gegangen, einer lag halb auf der Seite und versuchte vergeblich hochzukommen. Ein Mann war unter einem Pferdeleib eingeklemmt und schrie. Noch einen der Angreifer traf ein Schuss. Die Wucht der Kugel riss ihn vom Pferd. Er stürzte und geriet unter die Hufe der ängstlichen Gäule. Und er war nicht der Einzige. Mindestens drei weitere Schatten lagen am Boden.

Dessen ungeachtet drängten sich immer mehr Reiter an die Mauer. Und mit einem Mal verstand von Billung die Absicht des Gegners. Die erste Gruppe hatte die Wachen ausschalten sollen, um der zweiten, größeren Angriffswelle Gelegenheit zu geben, die Mauer zu stürmen.

»Passt auf, Leute!«, brüllte er. »Sie kommen über die Mauer.«

Pulverdampf hing schwer in der Luft, da waren die Gegner dicht heran, stemmten sich aus den Sätteln und zogen sich auf die Mauer. In kürzester Zeit waren sechs, acht, zehn Mann auf der Mauerkrone, Pistole in der einen, Schwert in der anderen Faust. Die Pferde, plötzlich reiterlos, preschten davon. Schüsse krachten und Blitze zuckten, als mehrere Angreifer in den Hof feuerten.

Aber von dort kam Gegenfeuer. Auch von oben aus dem ersten Stock. Zwei der Angreifer wurden sofort getroffen. Dann noch einer, der kopfüber in den Hof stürzte. Dafür kletterten noch mehr auf die Mauerkrone. Fast ein Dutzend sprangen jetzt in den Hof. Dabei hatten sie den Nachteil, dass sie ins Dunkle und Ungewisse sprangen – und oft direkt in die Schwerter der Verteidiger. Es war ein tollkühner, schon fast verzweifelter Angriff, der sich nur mit ihrer Gier auf das Geld erklären ließ.

Aber auch die Verteidiger kämpften verbissen. Es wurde ein wildes, unerbittliches Handgemenge, in dem man im schwachen Mondlicht kaum Freund von Feind unterscheiden konnte. Nur noch wenige Schüsse fielen. Dafür kamen Katzbalger und Schwerter zum Einsatz. Die schlugen ebenfalls tödliche Wunden, auch wenn die Brustharnische der Gegner einiges abfingen. Funken sprühten, als Klingen auf Stahl trafen. Männer brüllten, Getroffene schrien und brachen in die Knie.

Von Billung stach einem Kerl den Degen in den Unterleib und entwand ihm das Schwert. Mit zwei Waffen in den Händen ging er den Nächsten an, parierte einen Angriff, stach erneut zu. Eine Kugel verfehlte ihn um Haaresbreite, dafür traf ihn ein Schwerthieb, aber nur auf den Brustpanzer. Von oben krachten noch zwei Schüsse, ebenso wie von den Angreifern draußen, die noch im Sattel saßen und auf die Fenster feuerten.

Doch mit einem Mal wurde es ruhiger. Die Falkenberger ließen vom Kampf ab und flohen. Drei oder vier schafften es zurück über die Mauer. Viele lagen jedoch am Boden, einige tot, andere verwundet, denn man hörte sie stöhnen. Noch einer versuchte, die

Mauer zu erklimmen, und wurde von hinten erschlagen. Draußen ertönte ein Befehl, und dann waren wieder die dumpfen Hufschläge der Pferde zu hören, deren Reiter sich davonmachten.

Pulverdampf hing über dem Hof. Es stank nach Salpeter und Schwefel.

»*Porca miseria!*«, hörte man Moretti fluchen. »Holt mal Licht her, damit man was sehen kann. Und dann entwaffnet die Bastarde. Müller und Pfeiffer, haltet die Mauer besetzt. Wer weiß, ob sie wiederkommen.«

Der Feldwaibel lebt also noch, dachte von Billung. Gott sei Dank. Aber sie hatten Verluste erlitten. Ihm bangte davor zu erfahren, wie viele.

Von oben klang Olgas ängstliche Stimme. »Was ist passiert?«

»Ein verdammter Überfall«, knurrte von Billung.

Einer der Männer steckte einen trockenen Zweig in die sterbende Glut des Feuers, wo sie am Abend neben der Scheune ihren Brei gekocht hatten. Ein Flämmchen flackerte auf, aber viel konnte man noch immer nicht sehen. Erst als der alte Friedrich mit einer Öllampe auftauchte und sie hochhielt, bot sich ihren Augen eine deutlichere Sicht.

Ein Bild wie auf einem Schlachthof.

Von denen, die über die Mauer geklettert waren, lagen fünf tot in ihrem Blut, vier waren verwundet. Einer blutete so stark am Hals, dass es wie eine Fontäne hervorquoll. Mit dem Katzbalger gab Moretti ihm den Gnadenstoß. Ein zweiter hatte einen Bauchschuss, den er wohl nicht überleben würde. Bei einem dritten klaffte eine Schwertwunde quer durchs Gesicht, und der vierte hatte eine tiefe Stichwunde im Oberschenkel davongetragen. Der hielt noch sein Schwert in der Hand, um sich zu wehren. Moretti nahm einem seiner Leute die noch geladene Pistole ab und erschoss den Mann.

Aber auch unter den eigenen Leuten gab es Verluste. Einem klaffte ein tiefer Schnitt in der Wange. Das konnte genäht werden und war nicht so schlimm. Einer der Jüngeren hatte eine Schwertwunde am Oberarm, die heftig blutete. Und dann entdeckten sie Josef Hermanns leblosen Körper. Eine Kugel hatte sein Auge durchbohrt und ihm beim Austritt den ganzen Hinterkopf weggerissen. Er musste es gewesen sein, den es neben von Billung an der Mauer erwischt hatte.

Entsetzt starrten sie auf seine Leiche. So hart und an den Tod gewöhnt diese Männer waren, schon fast abgestumpft von den vielen Kämpfen, von Leichen auf dem Schlachtfeld oder von Kameraden, die an Ruhr oder Cholera gestorben waren – aber dass nun Josef Hermann vor ihnen lag, das machte sie alle mehr als betroffen. Gerade ihm hatten sie gewünscht, dass er überleben und mit ihnen ans Ziel ihrer Reise kommen würde. Er war nicht einmal besonders beliebt gewesen – kein beeindruckender Kerl, nur ein einfacher Soldat, der still und verlässlich seinen Dienst getan hatte. Aber um ihn hatten sie sich den ganzen Weg von Bayern bis hierher gekümmert, ihn gepflegt, seinen Verband gewechselt, die Stirn nach Fieber befühlt. Und am Ende war alles umsonst gewesen.

»Zumindest hat er nichts mehr gespürt«, sagte von Billung.

»Trotzdem Scheiße«, murmelte Kaffenberger.

Fischbach hatte es auch erwischt. Eine Kugel mitten durch die Brust. Er lag auf dem Rücken, die Arme weit von sich geworfen, und starrte in den Nachthimmel. Der kleine Fischbach, immer gut aufgelegt und voller Scherze. Kaffenberger schloss ihm die Augen.

»Dein Bursche ist verwundet«, hörten sie Moretti sagen.

Von Billung fuhr herum. »Gerstmair? Wo ist er?«

»Da an der Hausecke.«

Im Mondlicht sah von Billung den Schatten des jungen Gerstmair an der Hauswand lehnen. Mit wenigen Schritten war er bei ihm. »Leuchte mal einer mit der Lampe!«

Der alte Friedrich kam und hielt die Lampe. Gerstmairs Wams auf der linken Seite war voller Blut. Er schien am Hals oder an der Schulter verwundet zu sein. Und er war erschreckend bleich.

»Ein Schwerthieb, Herr Hauptmann. Tut mir leid.«

»Es tut dir leid?« Von Billung bekam feuchte Augen. »Es soll dir verflucht nochmal nicht leidtun, Junge. Aber wieso warst du im Hof? Ich dachte, du bist bei den Pferden.«

»Ich wollte helfen. Die sind doch in der Überzahl.«

»Jetzt nicht mehr, Alois. Jetzt nicht mehr.« Er strich ihm übers Haar. »Wir flicken dich wieder zusammen. Das ist versprochen.«

Plötzlich hörte er das Rascheln von Röcken, und dann hockte sich Olga von Warin neben ihn. »Der ist ja noch ein Kind«, sagte sie leise. Es klang vorwurfsvoll.

»Mein Bursche.«

»Friedrich«, rief sie. »Komm mal etwas näher mit der Lampe.«

Als sie besser sehen konnte, zupfte sie an Gerstmairs Hemdkragen und legte die Wunde frei. Zwischen Hals und Schulter war ein tiefer Schnitt zu sehen, aus dem Blut quoll. Aber nicht so heftig, als wenn eine Hauptader verletzt worden wäre. Auch das Schlüsselbein schien unversehrt.

»Ich glaube, er hat Glück gehabt«, sagte Olga. »Ich werde mich um ihn kümmern. Lasst ihn ins Haus bringen.«

Damit erhob sie sich. Und dann, im Licht der Laterne, fiel ihr Blick auf das Elend im Hof. Gefallene mit klaffenden Wunden, und so viel Blut, dass es kaum zu ertragen war. Sie wurde bleich, wankte plötzlich, drohte umzufallen.

Von Billung griff nach ihr und hielt sie fest. »Was ist Euch?«

Sie hob die Hand an die Stirn. »Mir ist nicht gut.«

»Ich bring Euch ins Haus.«

Sie rang um Beherrschung und holte tief Luft. »Es geht schon. Nur eine vorübergehende Schwäche.« Sie stützte sich auf ihren Verwalter, der die Lampe zurückließ und sie fürsorglich ins Haus geleitete.

Die Männer waren dabei, ihre Karabiner und Pistolen nachzuladen.

»Bringt die Verwundeten in die Scheune, wenn ihr so weit

seid«, sagte von Billung. »Auch den Jungen.« Olga hatte zwar angeboten, sich um ihn zu kümmern, aber sie schien kaum in der Lage dazu zu sein. »Schmidhofer, sieh mal nach, ob da draußen noch einer lebt.«

Der Leutnant nahm zwei Männer mit. Sie öffneten das Tor und gingen hinaus. Man hörte ein verwundetes Pferd wiehern, dann einen Schuss – und nichts mehr. Die drei kamen zurück und verschlossen das Tor.

»Drei Leichen da draußen«, sagte Schmidhofer. »Einer hat sich zu Fuß davongemacht, so wie's aussieht. Man kann die Blutspur erkennen.«

Kaffenberger pfiff durch die Zähne. »Mann! Die haben aber richtig Federn gelassen. Fast 'ne Verzweiflungstat, dieser Angriff.«

»Die wollten uns mit aller Macht überrumpeln«, erwiderte von Billung.

»Und? Was machen wir mit all den Toten?«, fragte Moretti, der inzwischen schon wieder die Wachen eingeteilt hatte. Ein zweiter Angriff war nicht zu erwarten, aber man konnte nie wissen.

»Bringt sie in den Garten. Dort können wir sie morgen bestatten, wenn die Gräfin es erlaubt.« Ob sie eine Gräfin war, wusste er zwar nicht, aber das war ja auch egal.

Pfeiffer und ein anderer hoben den jungen Gerstmair hoch, der sich vor Schmerzen auf die Lippe biss, und trugen ihn in die Scheune. Auch Schmidhofer und von Billung waren sich nicht zu schade, die übrigen Verwundeten in die Scheune zu tragen. Der mit dem Bauchschuss jammerte über fürchterliche Schmerzen und flehte um Wasser.

»Und wer kümmert sich jetzt um die Wunden?«, fragte Schmidhofer.

»Na, du natürlich«, brummte Moretti. »Du bist doch jetzt geübt. Und ich hab noch was von dem Kräuterzeugs übrig. Beim Hermann hat's geholfen.«

Von Billung schüttelte niedergeschlagen den Kopf. »Zwei Tote und drei Verwundete. Wir werden immer weniger.« Er holte tief Luft, wie um sich selbst Mut zu machen. »Ich geh jetzt ins Haus und frage nach sauberem Leinen und was sie sonst noch haben.«

In der Diele war es dunkel. Aber ein schwacher Lichtschein zeigte ihm den Weg. Die Tür zum Speisezimmer war nur angelehnt. Er klopfte leise, aber niemand schien es zu hören. Dann vernahm er Stimmen. Eine davon war Olgas. Er schob die Tür auf und trat ein.

Er hatte eine lange Speisetafel erwartet, aber die gab es nicht mehr. Wahrscheinlich im Kamin gelandet, wie so viele andere Möbelstücke. Ein paar Stühle waren noch vorhanden, und an der hinteren Ecke des großen Zimmers stand ein einfaches Bett. Es war wohl von oben heruntergebracht worden. Darauf war Olga auf Kissen gebettet, aber ohne Bettdecke. Die lag sorgfältig gefaltet über einem Stuhl. Daneben lehnte der Säbel an der Wand. Der alte Friedrich stand über seine Herrin gebeugt und reichte ihr einen Becher mit Wasser. Neben dem Bett stand ein Tischchen mit gedrechselten Beinen, darauf eine brennende Kerze in einem einfachen Halter aus Ton. Was immer in diesem Haus mal an Silber vorhanden gewesen war, man hatte es mit Sicherheit gestohlen.

Von Billung räusperte sich. »Ich will nicht stören, aber wir brauchen Verbandsstoff.«

Olga wandte ihm das Gesicht zu. Ihre Wangen waren nass von Tränen.

»Es tut mir leid«, sagte er. »Ich komme später wieder.«

»Bleibt!«, hörte er sie sagen. »Friedrich wird Euren Männern das Nötige bringen.«

»Danke.«

Er wollte schon gehen, als sie ihn bat, sich zu ihr zu setzen. Erstaunt rückte er einen Stuhl neben das Bett und ließ sich darauf nieder. Der alte Friedrich zog einen Kerzenstummel aus der

Tasche, entzündete ihn an der Kerze auf dem Beistelltisch und verschwand durch eine Tür, die wahrscheinlich in den Küchenbereich und den Anbau führte.

»Wie geht es dem Jungen?«, fragte Olga und wischte sich die Tränen von den Wangen.

»Das wird schon wieder, denke ich.«

»Ich muss seine Wunde versorgen.« Sie machte Anstalten, sich zu erheben.

Aber von Billung legte ihr die Hand auf den Arm. »Ihr müsst das nicht tun«, sagte er. »Unser Feldwaibel und der Leutnant kümmern sich um ihn. Die kennen sich aus. Auch das lernt man bei den Soldaten.«

Natürlich war das gelogen, aber er glaubte nicht, dass ein edles Fräulein einen besseren Medicus abgeben würde. Besonders nicht nach ihrem Schwächeanfall. Wahrscheinlich hatte sie wenig gegessen. Besser, sie überforderte sich nicht.

Sie sank zurück auf die Kissen. »Ihr müsst mich für ein schwaches Weib halten«, sagte sie und fuhr sich mit dem Handrücken über die Stirn.

»Nein, das tue ich nicht.«

»Etwas Blut, und ich bekomme weiche Knie.«

»Nicht jeder kann den Anblick ertragen.«

»Aber Ihr, Ihr könnt es.«

»Das bringt es so mit sich, wenn man Soldat ist.«

»Werden sie wiederkommen?«

»Ich denke nicht. Sie haben ziemliche Verluste erlitten.«

»Auch Ihr habt Männer verloren.«

Von Billung nickte. »Ja, leider. Gute Kameraden.«

»Aber warum sind die da draußen so erpicht darauf, Euch gefangen zu nehmen? Oder wollen sie Euch töten?«

»Tot oder lebendig. So heißt es doch.« Billung lächelte grimmig.

»Aber warum? Was habt Ihr getan?«

»Nichts haben wir getan. Aber wir besitzen etwas, was sie unbedingt an sich bringen wollen. Deshalb verfolgen sie uns.«

»Und Ihr wollt mir nicht sagen, worum es sich handelt?«

Von Billung grinste verlegen. »Nicht unbedingt«, sagte er.

»Muss wertvoll sein, dass sie so viel riskieren.«

Von Billung zuckte mit den Schultern. »Jedem das Seine.«

Er sah ein, das war eine dumme Bemerkung, aber er war nicht bereit, ihr von dem Raub der Regimentskasse zu erzählen. Das ging niemanden etwas an. Außerdem waren schon genug wegen des verdammten Geldes gestorben. Besser, sie wusste nichts davon.

Sie schwiegen eine Weile. Sie lag an die Kissen gelehnt und starrte geradeaus. Trotz der nächtlichen Stunde trug sie noch das Gewand, das sie am Abend angehabt hatte. Nur ihre abgetragenen Schuhe standen vor dem Bett. Ihre nackten Füße waren schlank.

Von Billung wunderte sich, dass ihre Einstellung ihm gegenüber sich geändert zu haben schien. Man konnte mit ihr reden. Er betrachtete ihr Gesicht. Im warmen Licht der Kerze sah sie nicht mehr so bleich aus. Sie hatte ein feines Profil, eine hohe Stirn, eine gerade Nase und volle Lippen. Ihr dunkles Haar war zerzaust. Wahrscheinlich hatte sie geschlafen, bevor der Lärm da draußen angefangen hatte. Sie beide waren Fremde, die durch unerwartete Umstände zusammengeführt worden waren. Und doch spürte von Billung eine Verbindung zu dieser Frau. Als kenne er sie schon. Auch ohne Worte.

»Ich leide unter Albträumen«, sagte sie leise, ohne ihn anzusehen. »Schreckliche Albträume. Und die Wunden Eurer Männer haben alles in mir wieder aufgewühlt. Dann erfasst mich plötzlich panische Angst, und mein Herz rast wie wild. Ich dachte, ich hätte es schon überwunden. Aber anscheinend nicht. Es tut mir leid.«

»Ihr müsst Schlimmes durchgemacht haben. Ihr habt Familie verloren, das Haus ist ausgeplündert worden.«

Sie nickte. Ihre Augen wurden feucht. Sie drehte das Gesicht zur Wand und hielt den linken Handrücken an die Stirn gepresst. Er hörte sie leise aufschluchzen. Ihre Rechte lag neben ihr auf dem Bett, schlank mit feingliedrigen Fingern. Sie trug keinen Ring, das hatte er schon zuvor bemerkt.

Plötzlich überkam ihn das Bedürfnis, ihre Hand in die seine zu nehmen. Als er es tat, zuckte sie ein wenig zurück, ließ es dann aber zu, erwiderte sogar den sanften Druck. Ihre Hand fühlte sich weich und zerbrechlich an.

In dieser Haltung verblieben sie eine Weile. Schließlich legte sie mit einem Seufzer den Kopf zurück auf die Kissen und starrte an die Decke. Aber nicht lange. Dann drehte sie ihm das Gesicht zu. Das Licht der Kerze spiegelte sich in ihren noch feuchten Augen. So wie sie ihn ansah, schien sie in seiner Seele forschen zu wollen.

»Wer hat Euch geschickt?«, flüsterte sie. »War es Gott oder der Teufel? Was bringt Ihr uns? Den Untergang? Noch mehr Leiden und Tod? Ich bin so müde. Es ist nichts mehr da. Alle sind fort. Alle sind tot. Das Haus ist leer. Nur noch der alte Friedrich und ich sind übrig geblieben. Aber bald sind auch wir verloren.«

Er hielt ihre Hand ein wenig fester und beugte sich vor. »Vielleicht bin ich hier, um Euch zu retten, Olga«, sagte er leise.

Erstaunt starrte sie ihn an. »Wie meint Ihr das?«

Er antwortete nicht, sondern strich ihr eine Locke aus der Stirn. Dann beugte er sich noch etwas weiter vor und küsste sie sanft auf die Lippen. Sie ließ es zu, sah ihn nur fragend an.

»Wenn du es erlaubst«, sagte er, »dann will ich deine Rettung aus diesem Elend sein. Und du meine. Für immer.«

Er strich ihr über die Wange und küsste sie noch einmal.

Niemand schlief mehr in dieser Nacht. Auf Morettis Anweisung trugen sie die Toten, auch die vor der Mauer, zu einer von Unkraut überwucherten Stelle des Gartens hinter der Scheune. Dort nahmen sie ihnen alles Wertvolle ab und teilten es untereinander auf. Am Morgen würden sie die Leichen bestatten.

Während die Männer damit beschäftigt waren, verrichteten Moretti und Schmidhofer ihre Aufgaben als Feldscher, säuberten und vernähten die Wunden und legten Verbände an. Langsam bekamen sie tatsächlich Übung darin. Natürlich ging das nicht ohne Jammern und Klagen der Betroffenen ab, denn Laudanum hatten sie nicht, um die armen Kerle zu betäuben, und Branntwein auch nicht. Dem Mann mit dem Bauchschuss konnte keiner mehr helfen. Er litt eine Weile unter großen Schmerzen, dann verstarb er. Gerstmairs Wunde war zum Glück ein sauberer Schnitt. Mit Gottes Hilfe würde sie gut verheilen. Höchstens, dass ihm eine leichte Behinderung des linken Arms bleiben würde.

Ihnen waren, von Billung eingeschlossen, noch elf einsatzfähige Männer geblieben. Die Verluste auf der Gegenseite waren wesentlich größer. Viel mehr als ein Dutzend Kämpfer hatte von Falkenberg nicht mehr zur Verfügung. Vermutlich hockten sie jetzt im Lager und leckten sich die Wunden. Noch ein Angriff auf die Mauer wäre wirklich purer Wahnsinn. Trotzdem war weiter Vorsicht geboten. Besonders jetzt, in der zweiten Hälfte der Nacht, nachdem der Mond sich verabschiedet hatte, und man bei jedem Geräusch und jedem Schatten das Schlimmste befürchtete.

Und so blieben die Männer wachsam und starrten mit geladenen Karabinern hinaus in die Dunkelheit.

»Möchte wissen, wie's jetzt weitergehen soll«, murrte Kaffenberger. »Die da drüben sind zu wenige, um uns nochmal anzugreifen. Und wir, mit unseren Verwundeten, können auch nicht ausbrechen.«

»Was quatschst du von Ausbrechen?«, erwiderte Moretti. »Willst du noch mehr Tote in Kauf nehmen?«

»Und wie lange sollen wir hier ausharren? Bis wir verhungern?

Oder bis uns eine schwedische Patrouille entdeckt? Dann geht's uns genauso an den Kragen.«

»Tja.« Moretti hob ratlos die Schultern und seufzte. Er hatte auch keine Lösung. Sie saßen fest.

Von Billung verbrachte den Rest der Nacht bei Olga. Sie hatte ihn gebeten zu bleiben.

Beiden war nicht nach schlafen zumute. Sie saßen eng beieinander, flüsterten in der Dunkelheit. Dabei waren Männer gestorben, draußen lauerte der Tod. Man sollte meinen, dies war wirklich nicht der Augenblick. Aber sie hatten sich viel zu sagen. Als ob die Zeit drängte und alles in dieser Nacht gesagt werden musste. Alles Wichtige. Und auch so einiges Unwichtige. Von Billung erzählte ihr, wieso er zu den Soldaten gegangen war. Das hatte nicht nur, aber auch, mit einer unglücklichen Liebe zu tun. Lange her und halb vergessen. Und warum er den Alois von der Straße aufgelesen hatte und der Bengel ihm wichtig war.

»Erzähl mir von deinen Eltern«, sagte er.

»Ich bin ein Einzelkind. Mein Vater wollte einen Sohn, aber musste leider mit mir vorliebnehmen.«

»Hast du darunter gelitten?«

Sie schüttelte den Kopf. »Nein. Ich war seine Tochter, und er liebte mich. Aber manchmal behandelte er mich, als wäre ich tatsächlich ein Sohn. Ich musste alles lernen. Er brachte mir sogar bei, mit dem Säbel zu kämpfen.«

»Man muss sich also vor dir in Acht nehmen.«

Sie lächelte. »Ganz recht.«

Olga berichtete von ihrer Kindheit, als die Welt noch in Ordnung war. Besser gesagt, als der Krieg noch nicht bis zu ihrem Elternhaus vorgedrungen war, als Vater und Mutter noch lebten, ebenso das Gesinde und die Knechte. Als alle jedes Jahr, nach dem Einbringen der Ernte, auf der Tenne getanzt hatten. Die schlimmen Dinge, die später kamen, die ließ sie aus, die waren zu schmerzhaft. Manchmal kamen ihr die Tränen, wenn sie an ihre Kindheit zurückdachte. Dann nahm von Billung sie in die Arme und versprach ihr ein besseres Leben.

»Ich soll mit dir ziehen?«, fragte sie.

»Natürlich. Es fehlt mir nicht an Geld. Ich will mein Anwesen wieder herrichten, sehen, ob meine Pächter noch leben. Den Krieg vergessen. Eine Familie gründen.«

»Mit mir?«

»Mit wem sonst?«

»Aber du kennst mich doch gar nicht.«

»Du bist die Frau, die mir bestimmt war.«

Sie sah ihn mit großen Augen an. »Mein Gott, wie du das sagst. Dabei läuft mir ein Schauer über den Rücken. Bist du sicher?«

»Todsicher.«

Darüber musste sie nachdenken. Und während sie dies tat, schmiegte sie sich an seine Schulter. Es waren breite, kräftige Schultern. Seltsam, da war keine Fremdheit zwischen ihnen. Es kam ihr ganz natürlich vor, neben diesem Mann zu liegen, an seiner Schulter zu ruhen, seinen Arm um sich zu spüren.

Gleichzeitig schien ihr alles völlig unwirklich, wie in einem Traum. Sie fühlte sich wie in jenem Märchen, als habe sie hundert Jahre in ihrem alten Schloss geschlafen, nur um von diesem Mann erweckt zu werden. Jedes Mal, wenn er sie küsste oder sie an sich zog, schien sie lebendiger zu werden, aus den Tiefen ihrer trostlosen Abgeschiedenheit aufzutauchen, als hauchten seine Lippen ihr neues Leben ein. War es Lust auf Liebe oder einfach nur Hunger nach Leben, nach einem besseren Leben, nach Geborgenheit, nach etwas, wofür zu kämpfen sich wieder lohnte?

»Aber wenn du dein Haus nicht verlassen willst«, sagte er, »können wir später wiederkommen und alles so herrichten, wie es einmal war.«

Sie fuhr hoch. »Um Gottes willen, nein! Hier sind zu viele Gespenster. Und viel zu viele böse Erinnerungen. Niederreißen sollte man das verdammte Haus. Was hat es mir gebracht? Nichts als Unglück!«

Sie lehnte wieder den Kopf an seine Schulter. Zuerst hatte sie sich fürchterlich erschrocken, als diese Männer so überraschend in ihrem Hof aufgetaucht waren. Wütend war sie gewesen, hatte sie vertreiben wollen. Lächerlich eigentlich. Man hätte sie mit Leichtigkeit umbringen können. Aber das war ihr in jenem Augenblick schon fast egal gewesen. Besser sterben, als noch mehr Erniedrigungen zu erleiden.

Doch dann war alles anders gekommen. Nun vertraute sie auf einmal diesem Mann, begehrte ihn sogar, wollte mit ihm wer weiß wohin fliehen. War sie verrückt? Ein bisschen schon. Und er auch. Obwohl er sich seiner so sicher war. Aber die ganze Welt war verrückt und aus den Fugen geraten. Und das schon lange. Wie konnte man selbst da anders als verrückt sein? Nur einer stand ihnen im Weg. Ein gewisser von Falkenberg da draußen. Wer auch immer der Mann war.

»Also gut«, flüsterte sie und griff nach seiner Hand. Eine raue, kräftige Männerhand. »Aber meinen Friedrich, den nehmen wir mit.«

»Natürlich.«

Als der Morgen graute, trennten sie sich. Vorübergehend. Selbst das fiel ihnen schwer. Aber von Billung musste nach seinen Männern sehen, besonders nach den Verwundeten. Der mit der Schnittwunde im Gesicht hatte am meisten zu leiden. Alles war geschwollen und schmerzte bei jeder Bewegung. Er konnte kaum Wasser trinken – nur mit einem Strohhalm. Der junge Gerstmair schlief. Er hatte kein Fieber. Das war ein gutes Zeichen.

Von Billung blickte über die Mauer. »Regt sich was?«, fragte er Schmidhofer, der zusammen mit Pfeiffer Wachdienst hatte. Offiziersränge hatten dieser Tage keine Bedeutung mehr. Gemeinsam teilte man sich die Aufgaben.

»Alles ruhig«, erwiderte Schmidhofer.

Es war ein besonders schöner Morgen. Zur Abwechslung schien die Sonne, und die hatte die trüben Wolken des Vortags vertrieben. Vogelgezwitscher hing in der Luft. Wenn nicht die zwei Pferdekadaver draußen vor der Mauer gewesen wären, hätte man kaum vermutet, dass sie in der Nacht einen brutalen Überfall überstanden hatten.

Moretti hockte auf einer Kiste, hielt sich einen winzigen Spiegel vors Gesicht und schnippelte mit einer kleinen Schere, die er immer bei sich trug, an seinem Knebelbart herum.

Von Billung wusch sich an der Pferdetränke. Er beschloss, dass es ein guter Morgen zum Rasieren war. Während er mit nacktem Oberkörper dastand und sich den Bart abschabte, trat Moretti zu ihm.

»Schon überlegt, was wir jetzt tun sollen?«

»Wir warten ab«, erwiderte von Billung.

»Wir sitzen ziemlich in der Scheiße. Ist dir das klar?«

»Ich weiß. Aber irgendwas wird sich schon ergeben.«

»Du meinst, weil du jetzt dein Mädchen gefunden hast, kann uns nichts mehr passieren?«

»Ah, du hast es also mitgekriegt.«

»Wer nicht?«

Von Billung lächelte versonnen. »Unglaublich, was? Aber ich sage dir, die ist die Richtige, Fredo.«

»Auf einmal, nach so vielen Jahren? Wie willst du das wissen?«

»Ich weiß es einfach.«

Moretti starrte seinen Freund an, als ob der nicht ganz richtig im Kopf war. »Nun, wenn du alles weißt, dann sag mir, wie wir hier mit heiler Haut wieder rauskommen. Der Falkenberg ist ein hartnäckiger Hund. Den ganzen verdammten Weg von Bayern haben wir ihn nicht abschütteln können. Der wird uns auch jetzt nicht ziehen lassen.«

Von Billung nickte. »Er ganz gewiss nicht. Aber was ist mit seinen Männern? Die müssen doch langsam die Schnauze voll haben. Mehr als die Hälfte sind bis jetzt draufgegangen. Ohne dass sie was erreicht hätten.«

»Die wollen die Beute. Genau wie er.«

»Was bedeutet schon Geld, wenn man tot ist?«

»Das kannst du dich selber auch fragen.«

Von Billung lachte. »Mach kein so miesepetriges Gesicht, Fredo. Es wird sich was ergeben. Sieh lieber zu, dass die Jungs irgendwas in den Magen kriegen. Nicht, dass sie uns schlappmachen.«

Er hat natürlich recht, dachte von Billung, nachdem sein Feldwaibel in der Scheune verschwunden war. Ich bin glücklich. Obwohl ich bei der gegenwärtigen Lage überhaupt keinen Grund dazu habe. Wir haben Kameraden verloren und werden immer noch bedroht. Werden vielleicht die nächsten Tage nicht überleben. Ich bin glücklich, weil mir eine Olga über den Weg gelaufen ist. Oder eher ich ihr. Was für ein verdammter Zufall!

In normalen Zeiten hätte er einer Frau wie ihr monatelang den Hof machen müssen, bevor sie ihm vielleicht den ersten, verstohlenen Kuss gewährt hätte. Aber dies waren keine normalen Zeiten. Es war Krieg und wenig Zeit für Konventionen. Man musste das bisschen Glück am Zipfel packen, wenn es sich einem bot. Und das war selten genug. Jetzt hatten sie nur noch mit dem Gegner da draußen fertigzuwerden. Alles andere als eine leichte Aufgabe. Aber es würde sich etwas ergeben. Es ergab sich doch immer etwas.

Und das tat es auch wenig später. Zwei Reiter lösten sich aus dem gegnerischen Lager und kamen im Schritt näher. Einer von ihnen hielt so etwas wie eine weiße Fahne hoch. Wahrscheinlich nur ein Hemd, aber es erfüllte den Zweck. Sie wollten also verhandeln. Als die beiden näher kamen, erkannten sie von Falkenberg selbst. Der zweite, der mit der weißen Flagge, war sein Feldwaibel.

Auch Olga, die oben am Fenster stand, hatte die beiden kommen sehen. Der Warnruf der Wachen unten hatte sie aufgeschreckt. Einer der Reiter saß auf einem Grauschimmel. Das musste dieser Dragonerhauptmann sein, von dem Ewalt erzählt hatte. Für sie war er jetzt nicht mehr von Billung, sondern Ewalt – ihr Ewalt, besser gesagt.

Wie schnell man sich an so was gewöhnen kann, dachte sie. Aber Ewalt hatte ihr Herz berührt, etwas in ihr geweckt, das lange geschlummert hatte. Die Heftigkeit ihrer Gefühle hatte sie überrumpelt. Sie konnte es sich selbst nicht erklären, aber sein Blick, seine Stimme, sein Lächeln, seine kleinen Zärtlichkeiten, alles gefiel ihr. Nein, viel mehr als das, es entflammte sie. Sie war hungrig nach seiner Liebe. Vielleicht weil sie so lange in diesem elenden Haus gedarbt hatte. Ja, alles zurücklassen, das wollte sie. Mit ihm gehen, das Leben mit ihm teilen. Was hatte sie zu verlieren?

Da draußen aber war der Mann, der in der Nacht den Angriff befohlen hatte, der sie alle bedrohte und der ihnen im Wege stand. Dieser Mann war jetzt auch ihr Feind. Und Olga wusste sich ihrer Haut zu wehren. Dafür hatte sie schon viel zu lange überlebt.

Sie rannte zur Treppe, rief leise nach Friedrich und sagte ihm, was er ihr bringen sollte. Dann kehrte sie zum Fenster zurück. Sie hatte keine Angst mehr, war zu allem entschlossen, um ihre Zukunft mit Ewalt zu verteidigen.

In gebührender Entfernung hielten die beiden Unterhändler an. Von Billung gab ihnen ein Zeichen, dass er einer Verhandlung zustimmte und sie sich nähern sollten. Zehn Schritt vor der Mauer blieben sie stehen. Von Falkenberg trug den linken Arm in einer blutbefleckten Schlinge.

Er ist verwundet, dachte von Billung, nicht ohne Genugtuung.

»Was wollt ihr?«, rief er ihnen zu.

»Wir wollen Frieden schließen«, sagte von Falkenberg.

»Gerne. Du musst uns nur ziehen lassen und nicht weiter verfolgen.«

»Du weißt, dass ich das nicht tun werde.«

»Wozu dann das Gerede?«

»Spielst du Schach?«

»Natürlich.«

»Dann weißt du, was ein Patt ist. Du sitzt gut geschützt auf diesem verdammten Anwesen, kannst aber nicht weg. Und ich kann deine Stellung nicht stürmen. Dabei haben wir beide schon zu viele Männer verloren.«

»Das ist wahr. Und was schlägst du vor?«

»Dass wir uns gütlich einigen. Wir teilen uns die Beute. Halbe, halbe. Was hältst du davon?«

»Warum sollte ich das tun?«

»Die Hälfte ist immer noch eine Menge. Wir teilen, und danach geht jeder seiner Wege. Das ist doch besser, als hier zu verrecken.«

»Du gibst also zu, dir ging es die ganze Zeit überhaupt nicht darum, von Werth die Kasse zurückzubringen? Du hast uns von Bayern bis hierher nur verfolgt, um dich selbst zu bereichern.«

Von Falkenberg lachte. »Es war eine gute Idee von dir, die Kasse zu klauen. Was geht mich von Werth an? Wenn der sich am Krieg bereichern kann, können wir es auch. Außerdem hat der Kerl sich doch längst abgesetzt. Und die Bayern? Die werden das Geld verschmerzen können. Also was ist, Billung? Lass uns teilen, und jeder ist zufrieden.«

Warum nicht, dachte von Billung, wenn das die Lösung war. Eine friedliche Lösung. Jetzt, da Olga in sein Leben getreten war, musste er auch an sie denken. Er durfte sie nicht länger einer Gefahr aussetzen.

Und doch stieß es ihm übel auf, diesem Bastard die Hälfte der Beute auszuhändigen. Nicht, nachdem Hermann wegen dem Kerl gestorben war. Und Fischbach und Schulze. Und die Verwundeten. Alois, der künftig seinen linken Arm nur mit Mühe würde heben können. Sie hatten das alles nicht auf sich genommen, gekämpft und Opfer gebracht, um mit Falkenberg zu teilen.

»Ich trau dem Hundesohn nicht«, knurrte Kaffenberger. »Sieh dich vor, Ewalt, der will uns reinlegen. Du gibst ihm das halbe Geld, und dann überfällt er uns trotzdem.«

Auch das war möglich. Zuzutrauen wär's dem Falkenberg. Er hatte den Mann nie gemocht. Ein hinterhältiger Schleimscheißer. Aber ein guter Offizier. Wenn auch ein ziemlich rücksichtsloser, der Männer gnadenlos ins Feuer schickte.

Von Billung blickte zu Moretti hinüber. Der sagte nichts. Aber seine Miene war finster.

Von Falkenberg wartete auf eine Antwort. Sein Gaul bewegte sich unruhig, schlug mit dem Schweif nach Fliegen.

In diesem Augenblick, in der Stille des Morgens, krachte ein Schuss.

Von Billung fuhr herum. Oben am Fenster, mit rauchender Muskete an der Wange, stand Olga. Es war eindeutig, sie hatte geschossen. Was zum Teufel tat sie da?

Für einen kurzen Augenblick waren die Männer an der Mauer wie gelähmt.

Dann sahen sie von Falkenberg im Sattel wanken. Er fasste sich an die Brust, Blut lief ihm über die Hand. Die Kugel musste den Harnisch durchschlagen haben. Er hob den Kopf und riss den Mund auf, um etwas zu sagen. Stattdessen neigte sich sein Oberkörper vor, dann zur Seite, und schließlich fiel er aus dem Sattel ins grüne Gras. Dort blieb er reglos liegen.

Von Falkenbergs Feldwaibel traute seinen Augen nicht. »Seid ihr verrückt?«, schrie er. »Nicht schießen!«

Dann ließ er die Fahne fallen und riss die Hände hoch, wie um sich zu ergeben. Und von Billung sah auch, warum. Denn oben im Fenster hatte Olga mit dem alten Friedrich die Muskete getauscht, auch diese mit brennender Lunte, und zielte auf den Mann.

»Nicht schießen!«, rief der schon wieder. »Wir sind unter weißer Flagge gekommen. Um zu verhandeln, verdammt noch-mal.«

»Was geht mich eure Flagge an?«, rief sie zurück. Ihre helle Stimme klang fest und zu allem entschlossen. »Hier gibt's nichts zu verhandeln. Wer meinen Besitz angreift und die Meinen tötet, hat nichts Besseres verdient als eine Kugel. Nehmt Eure Männer und macht Euch davon, bevor ich Euch ebenfalls erschieße.«

»*Madre di Dio!*«, murmelte Moretti.

Von Falkenbergs Feldwaibel ließ die Hände sinken und starrte auf den Leichnam seines Hauptmanns.

Dann nickte er. »Das hätten wir schon lange tun sollen.« Es war nicht klar, was er meinte – den Falkenberg erschießen oder sich davonmachen. Oder beides. Er blickte zum Fenster hinauf, wo Olga immer noch mit angelegter Muskete stand. »Ich glaube, Gnädigste, Ihr habt uns alle einen Dienst erwiesen.« Der Mann klang echt erleichtert.

Damit tippte er an seine Hutkrempe, griff nach den Zügeln des Grauschimmels und ritt, das zweite Pferd hinter sich herziehend, langsam davon.

Einen Augenblick lang herrschte Stille, als hätte es allen vor Erstaunen die Sprache verschlagen.

»Wer hätte das gedacht?«, murmelte Kaffenberger schließlich. Dann grinste er übers ganze Gesicht. »Wer zum Teufel hätte das gedacht?«

Schmidhofer starrte zu Olgas Fenster hoch. »Sie hat ›die Meinen‹ gesagt. Habt ihr das gehört? Damit meint sie uns.«

Moretti runzelte die Stirn. »Sie hätte das nicht tun dürfen«, sagte er betroffen. »Die beiden kamen als Unterhändler.«

Die Männer sahen sich an. Kaffenberger zuckte mit den Schultern. Ihm war es egal, ob es richtig gewesen war oder nicht. »Seid froh, dass der Bastard tot ist.«

»Du hast recht, Fredo«, sagte von Billung. »Sie hätte es nicht tun sollen. Aber sie ist ja nicht vom Militär. Was weiß eine Frau schon von weißen Flaggen und anderen Gepflogenheiten des Krieges? Sie hat nur ihr Anwesen verteidigen wollen. Das ist ihr gutes Recht. Und nun ist es geschehen. Sollen wir darüber Tränen vergießen?«

Da grinsten alle, auch Moretti, und schlugen sich gegenseitig vor Erleichterung auf die Schultern. Pfeiffer und Schmidhofer führten gar ein Tänzchen auf. »Wir haben's geschafft!«, rief Pfeiffer, ganz aus dem Häuschen.

»Jetzt beruhigt euch mal«, sagte Moretti. »Es hat schließlich verdammt vielen das Leben gekostet.«

Mit einem Mal tauchte Olga unter ihnen auf. Sie war immer noch aufgeregt, ihr Gesicht gerötet. Auf ihrer rechten Wange war ein schwarzer Fleck, Pulverrückstand. War ihr bewusst, dass sie einen Mann getötet hatte?

»Das war doch ihr Hauptmann, oder?«, fragte sie. »Glaubt ihr, die ziehen jetzt ab?«

»Bestimmt«, erwiderte Kaffenberger. »Ihr habt den Feldwaibel gehört. Die haben genug.«

»Dann bin ich froh«, erwiderte sie, von Schuldbewusstsein keine Spur. Im Gegenteil. Sie schien plötzlich voller Energie. »Zeit, dass wir alle was Vernünftiges zu essen bekommen«, rief sie. »Nehmt, was ihr braucht, aus dem Garten. Und da draußen liegt gutes Pferdefleisch. Hat einer was gegen Pferdefleisch?«

Nein, keiner hatte etwas gegen Pferdefleisch, solange es den Magen füllte.

»Und wir brauchen Proviant«, sagte von Billung. Er sah Olga an. »Für unsere Reise, Olga.«

Jetzt hielt sie nichts mehr zurück. Sie warf sich ihm in die Arme und schämte sich auch nicht, ihn vor allen Männern zu küssen.

Moretti schüttelte den Kopf. »Was für ein Teufelsweib!«, murmelte er, nicht ohne bewunderndes Grinsen. »Und schießen kann sie auch.«

»Vergesst nicht die Toten«, sagte Schmidhofer. »Wir müssen noch die Toten begraben.«

Das dämpfte die Stimmung. Aber nicht für lange.

TEIL IV
Napoleon und Preußen

Januar 1813. Napoleon hat eine empfindliche Niederlage erlitten. Vierhunderttausend Mann der Grande Armée sind im Schnee erfroren, verhungert oder den russischen Partisanen zum Opfer gefallen. Es war der russische Winter, der Napoleons Heer das Rückgrat gebrochen hat. Und doch ist der Mann, dem es in wenigen Jahren gelungen ist, ganz Europa zu unterwerfen, noch längst nicht am Ende. Er ist zurück in Frankreich und dabei, neue Divisionen aus dem Boden zu stampfen. Napoleon, das Monster der Revolution, der unbesiegbare General der Franzosen, der die Landkarten Europas neu gezeichnet und sich zum Kaiser erhoben hat.

Das stolze Preußen ist nicht nur militärisch geschlagen, sondern auch im Frieden erniedrigt. Der Tilsiter Friedensvertrag kostet König Friedrich Wilhelm III. die Hälfte seines Landes, massive Kriegsentschädigungen und den verhassten Status eines unfreiwilligen Vasallen.

Doch in den sieben Jahren seit der Schlacht von Jena und Auerstedt ist einiges im Land geschehen. Unter Männern wie Heinrich von und zu Stein und August von Hardenberg wurde ein gewaltiges Reformprojekt in Angriff genommen. Aus der Niederlage wurden Lehren gezogen, wie auch aus den Erfahrungen mit der Französischen Revolution. Niemand denkt daran, die Monarchie abzuschaffen, und doch muss sie erneuert werden. Der König verspricht sogar eine freiheitliche Verfassung. Die Leibeigenschaft wird abgeschafft, die Gewerbefreiheit eingeführt, eine neue Universität gegründet. Und unter den fähigen Generälen Wilhelm von Scharnhorst und August Neidhardt von Gneisenau wird die preußische Armee völlig neu organisiert. Auch wenn sie auf Napoleons Anweisung nicht mehr als vierzigtausend Mann haben darf, werden ständig neue Rekruten ausgebildet, die man zu den Waffen rufen kann, wenn der Tag kommt, sich gegen die Fremdherrschaft zu erheben und den Despoten zu vertreiben. Nach dem Desaster des Russlandfeldzugs im letzten Winter scheint dieser Tag endlich gekommen.

Doch der König zögert. Wenn er jetzt falsch entscheidet, könnte er sein ganzes Land verlieren. Dann gäbe es kein Preußen mehr.

DAS GEHEIME DINER

Hedwig wehrte sich gegen das Erwachen, versuchte den Traum festzuhalten, in dem jemand seine kräftigen Arme um sie gelegt hatte. Eine Hand hielt ihre nackte Brust umfangen. Sie wandte den Kopf, um seinen herben Duft einzuatmen. Ihr ganzer Körper bebte. Doch der Traum verflüchtigte sich viel zu rasch. Wer dieser Mann gewesen sein sollte, wusste sie nicht. Wäre es doch nur Wirklichkeit! Sie hielt die Augen geschlossen und räkelte sich unter der warmen Daunendecke, befühlte mit sündigem Erschauern ihre Brust, wo der Mann sie berührt hatte. In der Schlafkammer war es kalt, und nur ihre Nasenspitze lugte unter den warmen Daunen hervor. Sehnlichst wünschte sie sich zurück in die Arme des Unbekannten.

Doch dann hörte sie das vertraute Hämmern in der Schmiede hinter dem Haus. Sie riss die Augen auf. Herr im Himmel! Wenn die schon bei der Arbeit waren, dann hatte sie verschlafen. Ausgerechnet am Montagmorgen. Um diese Uhrzeit müsste sie längst bei den Buschardts sein. Denn nur den Sonntag verbrachte sie bei den Eltern. Mit einem Ruck riss sie die Decke weg und sprang aus dem Bett. Der Holzboden unter den nackten Füßen war eisig, und in der kalten Luft des Zimmers zogen sich ihre Brustwarzen zusammen. Es war Januar. Und ein ziemlich kalter dazu. Sie suchte nach den Pantoffeln und fand sie endlich halb unter dem Bett versteckt.

»Hedwig!«, hörte sie unten die Mutter rufen. »Wird Zeit, dass du –«

Der Rest des Satzes ging in einem trockenen Husten unter. Sie hustet ja immer noch, dachte Hedwig. Schon den ganzen Winter. Gebe Gott, dass es ihr bald besser geht.

»Ich komme, Mutter!«

Sie riss sich das Nachthemd vom Leib und stand einen Augenblick frierend in der eisigen Luft. Dann gab sie sich einen Ruck, goss etwas Wasser in die Waschschüssel, die auf der Kommode stand, tauchte einen Waschlappen ein und unterzog sich einer schnellen Katzenwäsche.

Danach fror sie noch mehr. Zitternd vor Kälte trocknete sie sich ab, öffnete den Kleiderschrank und begann sich hastig anzuziehen. Lange Wollstrümpfe, warme Unterwäsche bis zu den Knien, leinener Unterrock und darüber ein einfaches graues Wollkleid, dessen Rocksaum bis auf die Schuhe fiel, in die sie jetzt schlüpfte. Wenigstens war ihr jetzt nicht mehr ganz so kalt. Rasch bürstete sie ihr Haar aus, band es zu einem Knoten im Nacken und legte sich ein bunt besticktes Schultertuch um. Ein Geschenk ihrer Herrin, Madame Buschardt, wie dieselbe sich nach französischer Art gern nennen ließ.

Noch ein kritischer Blick in den kleinen Spiegel an der Wand, wobei Hedwig sich mit angefeuchtetem Zeigefinger über die Brauen strich, um sie glatt zu ziehen. Sie fand ihre Brauen zu kräftig und hätte sie am liebsten dünn gezupft, wie die feinen Damen es taten. Aber zusammen mit ihrem ebenso dunklen, fast schwarzen Haar bildeten sie einen hübschen Kontrast zu den strahlend blauen Augen, einem Merkmal der Familie.

Sie hängte sich noch schnell das kleine Handtäschchen um. Darin steckte etwas Kleingeld. Für alle Fälle. Sie ging nicht gern ohne ein paar Groschen in der Tasche aus dem Haus.

Heute blieb ihr keine Zeit, das Bett zu machen. Stattdessen polterte sie die Treppe hinunter. Brunhilde, ihre Mutter, saß am Esstisch und blickte auf, als Hedwig hereingestürmt kam. Liesel, das pausbackige Hausmädchen, war dabei, den Frühstückstisch zu decken. Sie hatte auch schon Feuer gemacht, denn der alte Kachelofen bullerte und begann Wärme zu verbreiten. Die Geräusche aus der nahen Werkstatt sagten ihr, dass die Männer längst bei der Arbeit waren – ihr Vater Arnulf, ihr Bruder Gero, erst kürzlich aus Russland heimgekehrt, und drei Gesellen. Sie würden ihr Frühstück erst später einnehmen.

Brunhilde bedachte ihre Tochter mit einem gereizten Blick. »Schon wieder verschlafen, Hedi? Pass auf, dass sie dir nicht kündigen.«

Hedwig eilte zu den Kleiderhaken in der angrenzenden Diele. Sie band sich die Haube um, wickelte sich einen dicken Schal um den Hals und schlüpfte in ihren wollenen Umhang.

»Wenn ich Glück habe, ist die Herrin noch nicht aufgewacht.«

»Aber so setz dich doch erstmal hin und iss was, Kind. So viel Zeit muss sein.« Die Mutter hielt sich die Hand vor den Mund und hustete.

Hedwig schüttelte den Kopf. »Nein. Ich muss sofort los.«

Hedwig trat zu ihrer Mutter. Brunhilde war fünfzig, wirkte in letzter Zeit aber älter. Sie sah bleich aus, war viel zu dünn, fast abgehärmt. Auf den eingefallenen Wangen glühten rote Flecken. Hatte sie Fieber? Hedwig beugte sich über sie und gab ihr einen schnellen Kuss auf die Wange. Brunhildes Haut war kühl. Fieber schien sie nicht zu haben. Aber seit dem Herbst kränkelte sie. Manchmal ging es ihr gut, und dann wieder gab es Tage wie diesen, da kam sie einem matt und schwächlich vor. Sie hatte dunkle Ringe unter den Augen, und ihre Haut war weiß wie Meißner Porzellan. Dazu dieser Husten. Ein trockener Husten, der sich nicht lösen wollte.

»Ruh dich aus, Mutter. Leg dich am besten gleich wieder hin. Du darfst dir nicht zu viel zumuten, hörst du?«

»Ach, es geht schon. Ich fühl mich nur ein bisschen schwach heute. Aber ich weiß wirklich nicht, warum du unbedingt bei diesen Leuten arbeiten musst, wenn du dich im Grunde hier nützlich machen solltest. Dein Vater könnte Hilfe gebrauchen.«

Dass Mutter schon wieder damit anfing. Hedwig versuchte es

mit einem Lachen abzutun. »Soll ich etwa in der Schmiede arbeiten? Den Hammer schwingen?«

»Red keinen Unsinn! Du weißt schon, was ich meine«, erwiderte Brunhilde in scharfem Ton. Dann musste sie wieder husten.

»Kümmere dich um sie, Liesel«, sagte Hedwig, an das Hausmädchen gewandt. »Sieh zu, dass sie genug isst. Und dass sie es warm hat.«

Die Magd, ein junges Mädchen von fünfzehn Jahren, nickte eifrig. »Ja, Hedwig. Ich will gleich noch mehr Holz reinholen.«

Aber Hedwig hörte ihre Antwort schon nicht mehr. Sie hatte Handschuhe angezogen und war aus dem Haus gestürmt, bevor Brunhilde sie in weitere Diskussionen verwickeln konnte.

Jeden Montagmorgen musste sie sich das Gleiche anhören. Warum sie bei fremden Herrschaften die Dienstmagd spielte, während man hier zuhause die Liesel bezahlen musste. In Wahrheit war Hedwig froh, dass sie jetzt wieder für eine ganze Woche dem polternden Vater und der scharfen Zunge ihrer Mutter entfliehen durfte. Außerdem war sie bei den Buschardts kein Hausmädchen, sondern Madames persönliche Dienerin. Die Buschardts gehörten zu den ersten Familien der Stadt. Der Hausherr war Doktor der Jurisprudenz und ein in ganz Preußen bekannter Anwalt. Hedwig konnte sich glücklich schätzen, dort eine Anstellung zu haben.

Draußen im Hof lag niedergetrampelter, schmutziger Schnee. Die Werkstatt grenzte mit dem Rücken an die Spree, wo ein großes Wasserrad den mechanischen Hammer antrieb. Das Tor zur Werkstatt stand halb offen, und sie sah das rote Feuer in der Esse und den breiten Rücken des Vaters, der mit dem in regelmäßigen Abständen herunterkrachenden Hammer ein Werkstück bearbeitete.

Hedwig wandte sich ab. Von der Holzmarktstraße bis zum Gendarmenmarkt, in dessen Nähe die Buschardts wohnten, war es nicht mehr als eine halbe Stunde. Weniger, wenn sie sich sputete. Sie grüßte die Nachbarin, die den Schnee vor der Haustür kehrte,

Frau Kramer, Witwe eines kleinen Beamten im Justizministerium. Eine unangenehme Frau, die in alles, was sie nichts anging, ihre neugierige Nase stecken musste.

»Wat hastes denn so eilig?«, hörte sie Frau Kramer hinter sich sagen.

Hedwig achtete nicht weiter auf sie, sondern marschierte forsch in Richtung Innenstadt davon. Die Holzmarktstraße lag außerhalb des Stadtkerns, aber immer noch im Bereich der Akzisemauer, der Berliner Zollmauer. Linker Hand standen Häuser, deren Gärten oder Hinterhöfe an die Spree grenzten, rechts ausgedehnte Gemüsegärten. Trotz ihrer Eile achtete Hedwig darauf, wo sie hintrat, denn die Straße war stellenweise spiegelglatt. Sie wich einem alten Mann aus, der sich bückte, um mit einem Kehrblech Pferdekot von der Straße aufzusammeln. Gut getrocknet war das ein begehrter Brennstoff bei den Armen.

Die scharfe Januarluft rötete die Wangen, und Hedwigs Atem bildete winzige Wölkchen. Bei der Kälte musste sie an ihren zwei Jahre älteren Bruder Gero denken. Was musste der Arme im russischen Winter gelitten haben! Nach einem Riesenstreit mit dem Vater hatte der dumme Kerl sich freiwillig zum französisch-preußischen Korps gemeldet und war mit Napoleon nach Russland gezogen. Nur weil er angeblich ein begeisterter Freund der Revolution war. Wahrscheinlich auch, um den Vater zu ärgern. Jedenfalls war sie heilfroh, dass er nicht umgekommen war wie so viele andere. Beim Rückzug hatte der größte Teil des französischen Heeres in Schnee und Eis den Tod gefunden. Kameraden waren reihenweise erfroren, hatte er erzählt. Dazu die ständigen Partisanenangriffe. Und zuletzt die Schlacht an der Beresina. Die Mutter hätte es nicht überlebt, wenn Gero gefallen wäre. Besonders nachdem schon Arnulf, ihr Ältester, bei Auerstedt sein Leben gelassen hatte.

Hedwig fragte sich nicht zum ersten Mal, was ihre Brüder daran fanden, Soldat zu spielen. Besonders da sie wegen ihres Berufstands nicht einmal gezwungen waren, Heeresdienst zu leisten.

Denn die Schmitts waren eine Handwerkerfamilie, die kriegswichtige Dinge herstellte, unter anderem Kavalleriesäbel. Meister Arnulf, Hedwigs Vater, herrschte wie ein Patriarch über die Familie und über die Gesellen in der Werkstatt, wenn auch gelegentlich von der scharfen Zunge seiner Gemahlin herausgefordert. Er war ein ausgezeichneter Handwerker, seine Arbeiten waren geschätzt, es mangelte nicht an Aufträgen, jedenfalls nicht in Kriegszeiten. Sie hatten es besser als andere Erwerbszweige, die seit der französischen Besatzung gelitten hatten. Besonders unter den Webern hatten Tausende ihr Auskommen verloren.

Trotzdem waren die Schmitts nicht eben reich. Hedwig vermutete, dass es dem Vater an Geschäftssinn mangelte. Vor allem war er kein Mann, der Neuerungen schätzte, und lehnte meist ab, was sein Sohn Gero an Verbesserungen einführen wollte. Auch jetzt, seit Gero aus dem Krieg zurück war, stritten sie häufig. Noch ein Grund, warum Hedwig froh war, dass sie eine Anstellung hatte und fast die ganze Woche der Familie den Rücken kehren durfte.

Sie folgte der Stralauerstraße, lief über die Brücke, die den alten Befestigungsgraben überspannte, und hastete an der Nikolaikirche vorbei. Dann bog sie in die Poststraße ein, überquerte eilig die Lange Brücke, auf der hoch über ihr das Reiterstandbild des Großen Kurfürsten thronte, und erreichte den Schlossplatz.

Da warteten eine Menge Pferdekutschen, deren Besitzer im Schloss zu tun hatten. Die Kutscher standen in Grüppchen zusammen und versuchten sich warm zu halten, indem sie sich um einen eisernen Ofen scharten, den man für sie hingestellt hatte, und in die steifen Hände bliesen. Vor den beiden von hohen Säulen umrahmten Eingängen des Schlosses hielten Soldaten mit aufgepflanzten Bajonetten Wache. Die Männer taten Hedwig leid. Sie mussten stundenlang unbeweglich vor den Wachhäuschen stehen. Und das bei der Kälte. Das erinnerte sie wieder an ihren Bruder im russischen Winter. Nicht mal Zelte hatten sie gehabt, nur ihre langen Mäntel. Morgens waren sie neben den steif gefrorenen Leichen ihrer Kameraden aufgewacht. Durch beißenden Wind und Schneewehen hatten sie sich heimwärts geschleppt, hungrig und mit Frostbeulen, immer von Partisanen bedroht. Jeden Tag hatten sie Männer verloren. Es musste schrecklich gewesen sein. Man mochte es sich gar nicht vorstellen.

Aber wenigstens waren es wieder preußische Soldaten in ihren blauen Uniformen, die vor dem Schloss Wache standen. Nach der verlorenen Doppelschlacht bei Jena und Auerstedt im Jahre 1806 waren es zwei Jahre lang Franzosen gewesen. Hunderttausende von Napoleons Truppen mussten von den Berlinern einquartiert und versorgt werden. Preußen hatte die Hälfte seines Gebiets verloren und war zu einem Vasallenstaat Napoleons verkommen. Festungen waren übergeben worden, das Heer auf vierzigtausend Mann beschränkt, und obendrein mussten auch noch Reparationen an Frankreich gezahlt werden. Der Alte Fritz würde sich im Grabe umdrehen, wenn er wüsste, dass sein stolzes Preußen diesem Emporkömmling huldigen und sogar Truppen für seine verdammten Kriege liefern musste. Eine Erniedrigung für das Königreich.

Es gab zwar immer noch eine Garnison französischer Truppen in der Stadt, aber ein paar Jahre nach dem Tilsiter Friedensvertrag, den der König unter Zwang hatte schließen müssen, gaben sie sich etwas zurückhaltender und blieben meist in der Kaserne. Besonders in den letzten Wochen. Trotzdem wurde gemunkelt, dass der König vielleicht nach Breslau übersiedeln werde. In Berlin fühlte er sich nicht mehr sicher, denn seit Napoleons Niederlage führte Preußen Verhandlungen mit den Russen. Das könnte die Franzosen veranlassen, die königliche Familie in Geiselhaft zu nehmen. Noch war Napoleon nicht besiegt.

Doch an solche Dinge dachte Hedwig in ihrer Eile nicht. Sie hastete über eine weitere Spreebrücke und näherte sich dem Gendarmenmarkt. Das war der schönste Platz Berlins, mit dem Nationaltheater in der Mitte und den beiden Kirchen mit identischen, überdimensionierten Türmen zur Rechten und zur Linken, dem französischen und dem deutschen Dom. Um den Platz herum befanden sich staatliche Behörden und Wohnhäuser hoher Beamter. Vielleicht war es hier deshalb schon zu früher Stunde so belebt. In Mäntel, Schals und Mützen vermummte Gestalten hasteten vorbei, deren Geschäfte sie trotz des kalten Wetters aus dem Hause getrieben hatten.

Hedwig bog in die Französische Straße ein. Hier war das Viertel der Hugenotten, die der Große Kurfürst einst ins Land geholt hatte, nachdem der Dreißigjährige Krieg die Bevölkerung Brandenburgs fast halbiert hatte. Zwanzigtausend französische Protestanten waren gekommen, allein sechstausend nach Berlin. Sie hatten die Stadt geprägt, und viele ihrer Nachkommen waren zu ihren ersten Bürgern aufgestiegen.

So auch die Buschardts. Der Name war offensichtlich eingedeutscht. Vermutlich hatten sie vormals Bouchard geheißen. Ihr dreistöckiges Stadthaus lag in der vornehmen Französischen Straße. Ein hoher Torbogen führte unter dem Haus hindurch in den gepflasterten Innenhof. Hier befanden sich das Kutschenhaus und der Pferdestall. Aber auch eine Latrine mit Sickergrube und, weit genug davon entfernt am entgegengesetzten Ende, ein Brunnen und ein überdachtes *Lavoir*, ein Waschhaus. Nicht jedes Haus hatte eine eigene Wasserquelle. Das war bequemer, als das Wasser von einem der öffentlichen Brunnen herzuschleppen.

Noch im Innern des Torbogens befand sich die große Eingangspforte des Hauses mit seiner aus solider Eiche gefertigten Tür und dem mächtigen, aus Bronze gegossenen Klopfer.

Hedwig betrat den Hof, nickte Johann, dem Knecht, zu, der dabei war, Holz aufzustapeln, und schlüpfte durch den Dienstboteneingang ins Haus. Im dahinter liegenden Flur legte sie Umhang, Schal und Haube ab und wollte schon zur Treppe eilen, als die Köchin ihr den Weg verstellte.

»Meen Jott, Kind, wo bleibste denn? Die Madame hat schon nach dir jefragt.«

Die Köchin Else war eine gewichtige Person unter den Angestellten des Hauses. Und zwar in mehr als nur körperlicher Hinsicht. Trotz ihres Leibesumfangs war sie flink auf den Beinen und scheute sich auch nicht, dem Kammerdiener des Herrn, einem gewissen Wilhelm Kröger, der auch das Zepter über das Gesinde schwang, gehörig die Meinung zu sagen, wenn sie es für nötig befand. Obwohl Hedwig, als Leibdienerin der Madame, zur oberen Etage gehörte, hatte Else sie von Anfang an unter ihre Fittiche genommen und war so etwas wie ihre Freundin und Vertraute geworden. Wenn Hedwig gerade nichts zu tun hatte, saß sie oft in der Küche, schwatzte mit Else und sah ihr bei der Arbeit zu. Es gab auch ein Küchenmädchen, die Frida, den Droschkenkutscher Gebhard Pfeiffer und zwei Hausmädchen, die fürs Putzen und Aufräumen zuständig waren.

Hedwig umarmte Else rasch. »Ich hab so was von verschlafen! Meine Mutter hat auch schon geschimpft.«

»Dann loof und zieh dir rasch um.«

Hedwig erklomm eilig die Stiege im hinteren Teil des Hauses, an den drei Etagen der Familie Buschardt vorbei, wo die beiden Hausmädchen sicher schon eifrig werkelten. Etwas atemlos erreichte sie die Mansarde. Dort lag ihre Kammer. Hastig schlüpfte sie aus ihrem Kleid und legte das hellgraue Hauskleid an, das ihre Uniform darstellte. Auch die Schuhe tauschte sie aus und band sich schließlich eine lange, farblich abgestimmte Schürze um. Sie prüfte noch einmal ihren Haarknoten und verließ die Kammer.

Das Haus war groß und dem Wohlstand der Familie angemessen. Im hinteren Teil des Erdgeschosses befanden sich die Küche und diverse Vorratsräume. Vorne, zur Straße hin, lag die Anwaltskanzlei des Herrn, selbstverständlich mit getrenntem Eingang. Darüber im ersten Stock der große Salon, in dem Madame nachmittags ihre Gäste empfing, der Speisesaal und eine Bibliothek.

Dieses Stockwerk war das prunkvollste des Hauses. Die Bibliothek war in dunklem Holz getäfelt und mit Bücherregalen vom Fußboden bis zur Decke ausgestattet. Dazwischen feine Kupferstiche und einige Jagdtrophäen. Im Speisezimmer dominierte ein gewaltiger, polierter Tisch. Ansonsten war der Raum eher schlicht, fast spartanisch gehalten, außer dem feinen Porzellan in den dunklen Vitrinen und einigen Gravuren an den Wänden. Der Salon dagegen war leicht und luftig, fast ein wenig Rokoko in seiner Erscheinung. Helle Farben überwogen, die Decken waren mit wunderschönem Stuck verziert, schöne gerahmte Landschaften zierten die mit Seide bespannten Wände, zierliche Sofas und Stühle luden zum Sitzen ein, und in einer Ecke stand ein Flügel für musikalische Einlagen, denn gelegentlich lud man Künstler der Königlichen Oper ein.

Im zweiten Stock lagen die getrennten Appartements des Ehepaars Buschardt, beide sehr komfortabel möbliert. Es gab ein Nähzimmer, eines zum Bügeln und ein weiteres, in dem die Wäsche für das ganze Haus aufbewahrt wurde. Im dritten Stock darüber belegte Julian, der Sohn des Hauses, zwei geräumige Zimmer, eines zum Schlafen, das andere zum Studieren. Hedwig war ihm noch nie begegnet, denn er hielt sich in Königsberg auf, wo er studierte. Neben den seinen gab es noch zwei Gästezimmer. Alles in allem eine Menge Räume zum Beheizen, und eine der ersten Aufgaben des Knechts am Morgen war, die Kamine in den bewohnten Räumen mit ausreichend Holz zu versorgen.

Hedwig klopfte an die Tür ihrer Herrin und trat, nachdem sie dazu aufgefordert wurde, in den Hauptraum. Madames Appartement war weit mehr als ein Schlafzimmer. Im Grunde bestand es aus einem kleinen Salon mit einer bequemen Sitzgruppe, einigen Kommoden und Beistelltischchen. Auch hier Bilder an den Wänden und ein Bücherregal – die Buschardts waren fleißige Leser –, und in der Ecke neben einem großen Fenster stand eine Staffelei. Henriette Buschardt hielt sich für eine Künstlerin und griff gelegentlich zum Pinsel. Ein Durchgang führte ins eigentliche Schlafgemach mit anschließendem *Boudoir*, dem Ankleidezimmer. Daneben, in einer Nische hinter einem *Paravent*, befanden sich der Leibstuhl, eine Waschkommode und eine kleine, gusseiserne Badewanne, gerade groß genug, um darin zu sitzen. Zum Glück badete Madame nicht jeden Tag, denn es war eine verdammte Plackerei für die Hausmädchen, das heiße Wasser hochzuschleppen.

Im Kamin loderte ein lebhaftes Feuer. Es war angenehm warm im Zimmer. Madame Buschardt saß mit einem Buch auf dem Schoß in einem der bequemen Sessel und blickte von ihrer Lektüre auf. »Hedwig, meine Liebe. Wo warst du nur heute Morgen? Ich habe dich vermisst.« Es klang nicht gerade ärgerlich, aber doch ein wenig vorwurfsvoll.

»Es tut mir leid, Madame«, erwiderte Hedwig, »aber meine Mutter ist krank, und ich musste ihr schnell etwas Arznei besorgen.« Erstaunlich, wie leicht ihr die Lüge über die Lippen gekommen war. Aber es war ja nur zur Hälfte gelogen.

»Was hat sie denn, die Arme?«

»Einen wirklich hartnäckigen Husten. Es ist die Jahreszeit, vermutlich.«

»Ja, ein schrecklich kalter Winter dieses Jahr. Ich hab hier schon ordentlich Feuer machen lassen. Man sollte vielleicht nach ihr sehen. Möchtest du, dass ich euch einen Arzt schicke?«

»Vielen Dank, Madame. Aber ich denke, das ist nicht nötig. Es wird ihr bestimmt bald besser gehen.«

Henriette lächelte. »Aber du, mein Kind, siehst aus wie das blühende Leben.«

Hedwig legte sich verlegen beide Handflächen an die Wangen. »Es ist die Kälte da draußen. Da bekommt man ganz rote Wangen.«

»Oh nein. Nicht nur deshalb. Du bist einfach sehr hübsch, meine Liebe. Eigentlich sollte ich dich malen. Irgendwann musst du mir Modell sitzen.«

»Ach, Madame, es gibt doch gewiss bessere Modelle als mich.«

»Nein, nein. Demnächst werden wir das in Angriff nehmen. Das ist versprochen.«

Das hatte sie schon öfter gesagt, aber nie in die Tat umgesetzt. Es war klar, dass sie es nicht wirklich vorhatte. Madame Buschardt sagte oft Dinge, um anderen zu schmeicheln. Vielleicht war sie gerade deshalb bei den Leuten beliebt, die regelmäßig ihren Salon beehrten. Es war nicht, dass sie log. Es war einfach ihre freundliche Art, andere für sich einzunehmen. Man fühlte sich wohl in ihrer Gegenwart. Henriette war ein Gemütsmensch, aß gerne gut, was man auch ihrer üppigen Figur ansehen konnte, war überhaupt den guten Dingen des Lebens zugetan. Im Gegensatz zu ihrem eher preußisch-spartanischen Ehemann. Und doch schienen sie einander gut zu ergänzen.

Hedwig fühlte sich wohl in diesem Haus. Die Herrin war freundlich, das Haus bequem, voller schöner Gegenstände, so dass man leicht die Wirklichkeit da draußen vergessen konnte – die arbeitslosen Handwerker und Kriegsversehrten, die Mütter, die Mühe hatten, ihre Kinder durchzubringen, die Alten, die sich im Winter um Pferdeäpfel stritten.

»Ich schau mal nach, ob hier alles in Ordnung ist«, sagte Hedwig und betrat das Schlafgemach.

Die Mädchen hatten das Bett schon gemacht. Trotzdem schüttelte sie noch einmal die Kissen auf und glättete die seidene Tagesdecke. In der Waschnische hob sie den Deckel vom Leibstuhl und notierte zufrieden, dass der Topf ausgewechselt worden war, so wie es sich gehörte. Auch der Korb mit schmutziger Wäsche im *Boudoir* war geleert worden.

Auf der Frisierkommode befand sich immer noch Madames Perücke auf ihrem Stand. In letzter Zeit wurde sie aber nicht mehr benutzt, seit Joséphine de Beauharnais natürliche Kurzhaarfrisuren in Mode gebracht hatte. Hedwig ordnete die vielen Parfümflakons, Salbentöpfchen, Brennscheren und Haarbürsten und erhaschte dabei einen Blick von sich selbst in dem darüber hängenden Spiegel. War sie wirklich so hübsch, wie Madame behauptete? Vielleicht. Aber zu hübsch zu sein war nicht gut für eine Angestellte. Und gemalt zu werden schon gar nicht.

Sie nahm kurz einen der Flakons zur Hand und roch daran. Was für ein Duft! Sofort fiel ihr wieder der Traum ein, mit dem sie am Morgen erwacht war. Fast spürte sie noch die warme Hand auf ihrer Brust. Sie hatte Lust, sich ein Tröpfchen von diesem himmlischen Parfüm hinters Ohr zu reiben. Aber nein, das durfte sie nicht. Schuldbewusst stellte sie den Flakon wieder an seinen Platz und kehrte in den kleinen Salon zurück.

Auf einem Tischchen neben Madame Buschardts Sessel stand ein Teeservice. Die Tasse war leer.

»Möchten Madame noch etwas Tee?«, fragte sie. »Ich hole ihn gern.«

Henriette nickte. »Eigentlich sollte ich keinen mehr trinken«, sagte sie. »Der ist so sündhaft teuer seit der Blockade. Aber ein Tässchen darf ich wohl noch. Und bring auch etwas von dem süßen Gebäck.« Sie strich sich kurz über den Leib und seufzte. »Eigentlich sollte ich mich auch damit zurückhalten.«

Napoleons Kontinentalsperre war wirksam. Englische Waren, wie feiner indischer Tee, kamen nur noch auf Schmuggelpfaden ins Land und waren entsprechend schwer zu bekommen. Und teuer. Hedwig bückte sich, hob das Tablett mit dem Service auf und wandte sich zur Tür.

»Vergiss nicht, mein Kleid von der Schneiderin zu holen«, sagte Madame. »Morgen Nachmittag haben wir die üblichen Gäste. Die Else soll eine Torte backen. Ich hoffe, wir haben noch genug Champagner. Und am Mittwochabend findet ein besonderes Diner statt. Das möchte ich mit dir nachher besprechen.«

»Ja, Madame.« Hedwig schloss die Tür hinter sich und stieg zur Küche hinunter.

Eigentlich gehörte die Organisation eines Diners in den Verantwortungsbereich des Kammerdieners. Aber Madame mochte Wilhelm Kröger nicht besonders. Doch der Mann war empfindlich, was seinen Geltungsbereich anging, und Hedwig würde mal wieder diplomatisch vorgehen müssen.

Seit dem Großen Friedrich blühte das kulturelle Leben in Berlin. Der König war nicht nur ein nimmersatter Leser und Freund der Philosophen gewesen, sondern selbst auch Verfasser bedeutender Werke. Obwohl seine Ideale von Bescheidenheit und militärischer Zucht, von Fleiß und Ordnung in vielen Bereichen, nicht zuletzt im Beamtentum, zum absoluten Vorbild geworden waren, so war Preußens Hauptstadt doch ganz besonders auch ein Hort der Aufklärung, der religiösen Toleranz, der Bildung und der schönen Künste. Hatte Friedrich noch die französische Sprache und Kultur bevorzugt, so hatte sein Neffe und verschwenderischer Nachfolger Friedrich Wilhelm II. die deutsche Kultur gefördert, besonders Musik, Literatur und Theater.

Und auch der jetzige König, Friedrich Wilhelm III., sah sich als Mäzen der Architektur, der Kunst und der Wissenschaften. Unter seiner Herrschaft und Wilhelm von Humboldts Leitung war die Friedrich-Wilhelm-Universität zu Berlin gegründet worden. Der König liebte unter anderem das Theater, er mischte sich dabei gern unters Volk und besuchte sowohl das Berliner Schauspielhaus wie auch das Königsstädtische Theater, die er beide hatte erbauen lassen.

Es gab an die dreißig Buchhändler in Berlin, eine entsprechende Anzahl Verlage und Buchdrucker, dazu unzählige Zeitschriften. Die Zensur war nicht allzu streng. Die wichtigsten Blätter waren die *Spenersche Zeitung* und die *Vossische Zeitung*. Letztere war so verbreitet, dass sie im Volksmund »Tante Voss« genannt wurde. Neben den beiden großen öffentlichen Bibliotheken, der

Königlichen Bibliothek und der Bibliothek der Akademie der Wissenschaften, gab es an die zwanzig weitere Bibliotheken von Schulen, Kirchen und Gesellschaften. Es wurde viel gelesen in Preußen. Und die neuesten literarischen Erzeugnisse wurden ausgiebig diskutiert, meist in den Salons führender Damen, der *Salonnièren*, wie sie genannt wurden.

Zwar war Madame Henriettes Salon nicht so berühmt wie der von Rahel Varnhagen, einer stadtbekannten Jüdin und reichen Bankierstochter, die selbst schrieb, oder wie der von Henriette Herz, die mit dem Arzt und Schriftsteller Marcus Herz verheiratet war. Auch die Herz entstammte einer jüdischen Familie. Und doch versammelte sich auch bei Madame Buschardt ein loser Kreis einflussreicher Persönlichkeiten: hohe Beamte des Königs, ein paar Militärs, zwei Professoren der neuen Berliner Universität. Den berühmten Alexander von Humboldt, Bruder des Universitätsgründers, hätte Madame natürlich auch gern in ihrem Salon gesehen, aber der hatte bisher all ihren Einladungen widerstanden.

Dafür kamen Maler und einige junge, hoffnungsvolle Schriftsteller. Werke der frühen Romantik waren am beliebtesten. Bei Gebäck und Champagner wurde rezitiert, diskutiert und der neueste Klatsch ausgetauscht. Ab und zu bot sich Gelegenheit zu einer Klaviersonate, oder es trat eine Sängerin der Oper auf, um eine Mozartarie vorzutragen oder die Vertonung eines Goethe-Liedes. Madame Henriettes ganzer Stolz war, dass vor Jahren der göttliche Goethe selbst ihr Haus einmal beehrt und sogar Hegel, der Philosoph, sich auf einer Reise nach Berlin zu ihr verirrt hatte.

Man traf sich im Hause Buschardt an Dienstag- und Donnerstagnachmittagen, meist zu zwanglosen Zusammenkünften ohne besondere Einladung. Man erschien, wenn man Zeit und Lust hatte, brachte auch jemanden mit, blieb eine Stunde oder zwei und verabschiedete sich wieder. Madame Henriette begrüßte jeden ihrer Gäste persönlich und mit der Versicherung ihrer wärmsten Freundschaft. Sie war selbst sehr belesen und wurde als liebenswürdige, charmante und geistreiche Gastgeberin geschätzt. Sie animierte die Nachmittage, achtete darauf, dass jeder zu Worte kam, unterband jedoch allzu hitzige Streitgespräche. »Meine liebe Henriette«, pflegte ihr Gatte zu sagen, »wärest du in der Politik, du würdest eine steile Karriere machen.«

Friedrich Buschardt, inzwischen über fünfzig, war recht groß, aber ziemlich hager, immer etwas gebeugt, als trage er die Last des Staates auf seinen dünnen Schultern. Er hatte schütteres Haar – man trug ja nicht mehr Perücke –, pflegte einen grau melierten Backenbart, und um die Mundwinkel hatte er tiefe Furchen. Ansonsten war sein Gesicht eher unscheinbar. Ein Mann, den man in einer Gesellschaft kaum wahrnehmen würde. Doch sobald er das Wort ergriff, änderte sich dieser Eindruck. Seine Stimme hatte einen tiefen, sonoren Klang, sein Blick forderte Aufmerksamkeit, und auch die Hände waren nicht selten in Bewegung, um seine meist klugen Ausführungen zu unterstreichen.

Gelegentlich, wenn es die Geschäfte erlaubten, beehrte er Madames Salon mit seiner Anwesenheit. Doch er blieb meist stiller Beobachter. Bei seinen Verträgen und Gerichtsakten schien er sich wohler zu fühlen als in großer Gesellschaft. Er arbeitete viel. Morgens war er oft bei Gericht oder hatte einen Termin im Ministerium, am Nachmittag studierte er Akten oder diktierte seinen beiden Anwaltsgehilfen. Selbst nach dem gemeinsamen Abendessen mit der Gemahlin brannte in der Kanzlei oft noch bis spät in die Nacht das Licht. Kanzlei und Salon schienen sich jedoch gegenseitig zu befruchten. Friedrichs Kontakte zu reichen Bankiers und hohen Beamten erweiterten Henriettes Freundeskreis. Und umgekehrt brachte sie ihm von Zeit zu Zeit einen neuen zahlungskräftigen Mandanten.

Für gewöhnlich, besonders wenn sehr viele Besucher den Salon bevölkerten, half Hedwig den beiden Hausmädchen aus, um die Gäste zu bedienen. Aus der Küche wurden Backwaren geholt, auf Teller verteilt und mit silbernem Besteck herumgereicht. Dazu wurde französischer Champagner angeboten, das heißt, wenn er beim Weinhändler zu haben war, was in diesen Zeiten nicht immer der Fall war. Andernfalls gab es Wein für die Herren oder süßen *Liqueur* für die Damen. Bier war verpönt. Für die späten Gäste gab es manchmal auch salzige Häppchen, kaltes Fleisch oder geräucherten Fisch.

Hedwig schnappte oft Gesprächsfetzen auf. Kluge Ausführungen über literarische Werke verstand sie weniger und hörte meist gar nicht zu. Bei Politik schon eher, denn ob schon bald wieder Krieg drohte, ging schließlich alle Berliner etwas an. Aus den Kommentaren über die Lage in Europa, über Napoleons verzweifelte Rekrutierungsmaßnahmen nach der Niederlage in Russland, über des Königs Haltung zu den Ereignissen, oder was die Österreicher möglicherweise vorhatten, daraus versuchte sie zu erkennen, was die nächsten, angeblich entscheidenden Monate bringen würden. Manche sagten, Napoleon sei am Ende, andere behaupteten das Gegenteil.

An den Sonntagen nach der Kirche traf Hedwig sich manchmal im Kaffeehaus mit Jakob Grünbaum. Jakob war ein Schreiberling bei der *Vossischen Zeitung* und unglaublich klug, wie sie fand. Er wohnte in einem winzigen Dachzimmer bei den Schmitts zur Untermiete. Die Mutter sah es nicht gern, dass sie sich mit ihm traf. Weil er ein armer Schlucker, und vielleicht auch, weil er Jude war, obwohl sie nichts dergleichen sagte. Aber Hedwig mochte ihn. Nicht als Mann, aber als Freund. Er ordnete für sie die Bruchstücke, die sie während der Woche aufgeschnappt hatte, setzte sie ins rechte Licht, erklärte Zusammenhänge. Und sicher profitierte er auch von dem einen oder anderen Gerücht, das Hedwig aufgeschnappt hatte, für seine Arbeit bei der Zeitung. Jedenfalls schien es ihm Spaß zu machen, ihr die Welt zu erklären. Und er freute sich über ihren regen, neugierigen Geist.

»So eine wie du sollte auf die Universität gehen«, sagte er manchmal. »Statt deine Zeit als Magd zu vergeuden.«

»Red keinen Unsinn, Jakob«, gab sie ihm zur Antwort. »Erstens war ich nur beim Pfarrer auf der Volksschule, wo man kaum was lernt. Und zweitens nehmen sie keine Frauen an der Universität.«

»Weil sie zu blöd sind«, sagte Jakob dann und lachte.

Kürzlich hatte er ihr ein schon ziemlich zerlesenes Exemplar der *Leiden des jungen Werthers* geliehen. Steckte eine Absicht dahinter?, fragte sich Hedwig, denn sie wusste, dass es sich um eine Liebesgeschichte handelte. Jedenfalls hatte sie sich immer bemüht, Jakob keine Gelegenheit zu geben, auf falsche Gedanken zu kommen. Ihre Mutter würde sicher etwas dagegen haben, dass sie solche Bücher las. Dass sie überhaupt ihre Zeit mit Lesen verschwendete.

Deshalb lag das Buch in ihrer Kammer bei den Buschardts. Sie hatte darin geblättert, aber noch nicht damit angefangen. Sie fürchtete sich ein wenig davor. Mein Gott, sie sollte Goethe lesen, den größten Dichter Deutschlands? Sie würde bestimmt nichts verstehen, schließlich war sie keine gebildete Dame. Aber neugierig war sie schon. Das Buch war berühmt und wurde nicht selten in Madame Buschardts Kreisen erwähnt, obwohl es schon vor Jahren erschienen war. Irgendwann würde sie es in Angriff nehmen, nahm Hedwig sich vor.

Am Spätnachmittag des angekündigten Diners saß sie in der Küche und sah Else bei der Arbeit zu. Eine große Gans lag gerupft und gewaschen auf dem Küchentisch. Else, die ein wenig gehetzt wirkte – wie immer, wenn ein großes Abendessen anstand –, hatte den Vogel gesalzen und war gerade dabei, ihn mit Füllung zu stopfen. Erna, eines der Hausmädchen, schälte Kartoffeln, und die andere, Trude, putzte Gemüse. Mit den Kartoffeln hatte es in Preußen eine Weile gedauert, bis sie sich durchgesetzt hatten, aber inzwischen aß man sie fast täglich. Im großen, gusseisernen Ofen bullerte ein lebhaftes Feuer. Es war warm in der Küche und duftete nach dem Kuchen, den Else früher am Nachmittag gebacken hatte.

Die Hintertür zum Hof öffnete sich, und sofort strömte eiskalte Winterluft herein. »Johann!«, kreischten die Mädchen. »Mach de olle Tür zu!«

»Seid nich' so zimperlich«, brummte der Knecht und lud die Scheite neben dem Ofen ab, die er hereingetragen hatte. Er ging zur Tür zurück und machte sie endlich zu. Dann setzte er sich neben den Ofen und holte sein Pfeifchen raus.

»Nich' hier drinne!«, rief Else. »Hier wird nich' jeraucht.«

Wilhelm Kröger, der Kammerdiener des Herrn, kam in die Küche. »Ich brauch mal Hilfe«, sagte er. »Das Silber muss geputzt werden.« Kröger sprach Hochdeutsch. Einen feinen Pinkel nannte Johann ihn deshalb. Aber schließlich war der Mann ja Kammerdiener.

Hedwig stand auf. »Ich mach das. Die Mädchen haben zu tun.«

Sie folgte Kröger in den ersten Stock. »Wer kommt eigentlich heute Abend?«, fragte sie.

»Hoher Besuch«, erwiderte er etwas von oben herab. »Niemand, den du kennst.«

»Nun sag schon!«

»Hardenberg.«

Sie riss die Augen auf. »Der Staatskanzler?«

»Du weißt, wer das ist?«

»Alle Welt weiß, wer das ist. Und wer noch?«

»Ein wichtiger Militär. Oberst von Bülow und sein Adjutant.«

»Was haben wir mit dem Militär zu tun?«

»Unser Herr hat doch bei der Militär-Reorganisationskommission mitgearbeitet. Als juristischer Berater. Wusstest du das nicht? Du scheinst doch sonst alles zu wissen.«

»Nein, das wusste ich nicht.«

»Ist alles sehr geheim. Deshalb sollen nur wir beide heute bei Tisch bedienen, und nicht die Mädchen.«

»Was gibt es denn so Geheimes?«

»Das sollte ich dir gar nicht sagen«, war die Antwort. Aber

das Bedürfnis, mit seinem Wissen zu prahlen, siegte am Ende doch. »Es geht wohl um die allgemeine Wehrpflicht. Die versucht Hardenberg durchzusetzen. Der König war immer dagegen, aber jetzt …«

»Dann gibt's also wieder Krieg«, sagte Hedwig besorgt.

Kröger zuckte mit den Schultern. »Wer weiß? Jetzt ist vielleicht eine gute Gelegenheit, wo Napoleon doch am Boden ist.«

»Mein Gott! Hört das denn nie auf?«

Kröger legte sich den Finger auf die Lippen. »Kein Wort nach außen. Weder jetzt noch später.«

Während Hedwig im Speisesaal das Silber putzte, gingen ihr die Worte nicht mehr aus dem Kopf: *eine gute Gelegenheit.* Als wenn das so einfach wäre. Sie würden Hunderttausende einziehen. So viel war schon durchgesickert. Denn mit einer Vierzigtausend-Mann-Berufsarmee konnte man die Franzosen nicht schlagen. Wie viele würden dabei den Tod finden? Denn so schnell würde Napoleon sich nicht ergeben. Der würde sich doch nicht wie ein besiegter Hund auf den Rücken legen und die Pfoten heben.

Jakob hatte gesagt, der König sei viel zu zögerlich, gegen Napoleon vorzugehen. Hedwig dagegen fand, dass der König weise handelte. Er hatte recht, zögerlich zu sein. Sie betete innerlich, dass es nicht wieder zum Krieg kommen würde. Und vor allem, dass sie nicht ihren Bruder einziehen würden. Der hatte schon genug gelitten. Außerdem war er Schmied. Ein kriegswichtiges Handwerk. Da müsste er doch eine Dispensation erwirken können.

Hedwig hatte sich umgezogen. Für Gelegenheiten wie das heutige Diner trug sie ein schwarzes Kleid mit langen Ärmeln und einer weißen Schürze. Die Haare hatte sie wie immer im Nacken zu einem Knoten gebunden, und auf dem Kopf trug sie eine weiße

Spitzenhaube. Madame hatte sie noch einmal begutachtend gemustert und ihr dann zufrieden die Wange getätschelt. Sie selbst würde nicht teilnehmen. Es sei schließlich nur ein bescheidenes Arbeitsessen unter Männern, hatte ihr Gemahl gesagt.

Ganz so bescheiden würde es wohl nicht ausfallen. Schließlich kam es nicht alle Tage vor, dass der Staatskanzler zu Besuch kam.

Kröger, in seiner schwarzen *Livree* – langschößiger Rock, Weste, Kniebundhose, Strümpfe und weiße Handschuhe – inspizierte den Speisesaal, ob alles zu seiner Zufriedenheit war. Desgleichen die Bibliothek, wohin die Herren sich später zurückziehen würden. In der Küche war alles bereit, die Hausherrin selbst hatte nach dem Rechten geschaut, die Gans war gebraten und lag in der Röhre zum Warmhalten.

Ziemlich spät, so gegen acht Uhr abends – die Köchin Else war in Panik und fürchtete schon, ihr Vogel sei verbrutzelt und zäh geworden –, tauchte endlich eine Droschke vor der Haustür auf. Aus dem Gefährt stiegen Staatskanzler Hardenberg und sein Sekretär, in dunkle Umhänge gehüllt, die Hüte tief ins Gesicht gezogen. Man sollte sie wohl nicht erkennen.

In der Diele half Kröger ihnen aus den Mänteln. Der Hausherr trat in Erscheinung, begrüßte seine Gäste – man kannte sich ganz offensichtlich – und führte die Herren in den festlichen Speisesaal. Hedwig hatte den Tisch für fünf Personen gedeckt. Blendend weißes Tischtuch, geschliffene Kristallgläser, edles Porzellan und poliertes Silber, in dem sich die Kerzen des Kronleuchters spiegelten.

Karl August von Hardenberg nahm den Ehrenplatz am Kopfende der Tafel ein. Der Mann war makellos gekleidet: schlichter dunkelblauer Rock, weiße Weste, hoher Kragen. Er war schon über sechzig und weißhaarig, aber trotz seines Alters ein gutaussehender Mann, schlank, aufrecht, mit hoher intelligenter Stirn und einem freundlichen Lächeln auf den Lippen. Hedwig bemerkte, dass Krögers Hand ein wenig zitterte, als er dem hohen Gast, der auf Wein verzichtete, aus der Wasserkaraffe einschenkte. Kein Wunder, denn über dem Staatskanzler stand nur noch der König.

Sein Sekretär war ein beflissener, aber unscheinbarer junger Mann, der wohl gekommen war, um Notizen zu machen. Er verbeugte sich mehrmals vor dem Gastgeber, bevor er sich als Letzter niederließ. Kröger schenkte auch ihm etwas Wasser ein. Niemand schien an diesem Abend Wein trinken zu wollen.

Die Herren hatten kaum Platz genommen, als man von unten den Türklopfer durchs Haus hallen hörte. Kröger eilte aus dem Speisesaal die Treppe hinunter. Hedwig hielt derweil die Stellung. Mit auf dem Rücken verschränkten Händen stand sie neben der großen Anrichte und versuchte sich unsichtbar zu machen, wobei sie aber auf jede Regung des Hausherrn achtete, falls man sie brauchte. Doch niemand beachtete sie, denn Hardenberg erzählte gerade eine amüsante Anekdote aus der Staatskanzlei.

Die Neuankömmlinge waren in der Tat die erwarteten Offiziere. In der Diele hatten sie sich ihrer Mäntel entledigt und wurden nun ebenfalls in den Speisesaal geführt. Die bereits Anwesenden erhoben sich, um sie zu begrüßen.

Oberst von Bülow war mittleren Alters mit ergrautem Schnurrbart und einem kleinen Kugelbauch, den er hinter militärisch strammer Haltung zu verbergen suchte. Er begrüßte die Anwesenden mit einer knappen Verbeugung. Der hohe Uniformkragen, der ihm fast bis zu den Ohren reichte, schränkte seine Bewegungsfreiheit ein, so dass es wirkte, als hätte er einen steifen Hals. Man begrüßte sich per Handschlag. Alle Herren schienen einander zu kennen. Auch der Adjutant, Leutnant eines Dragonerregiments, schien den Anwesenden kein Unbekannter zu sein, denn der Hausherr hieß auch ihn mit einer gewissen Vertrautheit willkommen.

Hedwig versuchte, sich ihre Neugierde nicht anmerken zu lassen, aber sie konnte nicht umhin, den jungen Offizier verstohlen zu mustern. Er war schlank und hochgewachsen, und die Uniform passte ihm wie angegossen. Kurze, preußisch-blaue Uniformjacke mit goldener Achselschnur, goldverziertem, rotem Kragen und Schulterstücken, die seinen Rang belegten, darunter eine enge dunkelgraue Hose mit roten Zierknöpfen entlang der Naht. Seit dem Desaster von Jena und Auerstedt war nicht nur das Heer reformiert, sondern auch die Uniformen waren modernisiert worden. Den Tschako mit Federbusch hatte er wohl in der Garderobe gelassen. Seine etwas wirren blonden Haare waren hinten zu einem traditionellen Zopf gebunden. Nicht gerade die neueste Mode, aber es stand ihm. Er blickte kurz zu Hedwig herüber und setzte sich dann.

Wer er wohl sein mochte?, fragte sie sich.

Aber für solche Gedanken blieb keine Zeit, denn Kröger gab ihr einen verstohlenen Wink. Zeit, die Vorspeise zu servieren. Das Haus besaß einen mit Flaschenzug betriebenen Speiseaufzug, den man vor einigen Jahren hatte installieren lassen. Hedwig zog an der Klingelschnur, um der Köchin unten Bescheid zu geben. Und es dauerte nicht lange, da rumpelte es leise im Aufzugsschacht. Ein Klicken sagte ihr, dass der Aufzug angekommen war. Sie öffnete die Schiebeklappe, entnahm die Terrine mit heißer Gemüsebouillon und stellte sie auf die Anrichte neben den Tellerwärmer. Während sie die Teller füllte, trug Kröger einen nach dem anderen zum Speisetisch. Das unterbrach für einen Augenblick das Gespräch der Herren. Der Hausherr wünschte *Bon appétit*, und man machte sich daran, die Suppe zu löffeln.

Während des Abendessens, und wenn sie nicht gerade beschäftigt war, schnappte Hedwig immer wieder Gesprächsfetzen auf. Vieles verstand sie nicht. Aber es ging zumeist um die neue Heeresordnung und um die unerlässliche Erneuerung des Staates, wenn man jemals Napoleon besiegen wollte. Auch in Frankreich sollte möglichst wieder die Monarchie eingesetzt werden. Dennoch lobte man auch gewisse Fortschritte, die durch die Revolution ermöglicht worden waren und die man in den letzten

Jahren in Preußen durchgesetzt hatte, vor allem die Abschaffung der Leibeigenschaft, die Gewerbefreiheit, die Stärkung der Bürgerechte, die kommunale Selbstverwaltung und vieles mehr.

Man fragte sich, wo Österreich wohl stehe. Genau wie Friedrich Wilhelm zögerte auch der österreichische Staatsminister Fürst Metternich, gegen Napoleon vorzugehen, obwohl dem Korsen inzwischen selbst in Paris ein rauer Wind ins Gesicht blies. Zu viele Menschenleben hatte sein letztes Abenteuer in Russland gekostet. Besonders Oberst von Bülow schimpfte auf den preußischen Monarchen, der noch nicht bereit war, sich aus dem erzwungenen Bündnis mit Frankreich zu lösen. Es sei eine Schande, dass der König so feige sei.

Die anderen Herren zuckten bei seinen Worten zusammen und warfen einen besorgten Blick auf die Dienerschaft, denn das war Majestätsbeleidigung. Der Staatskanzler beruhigte den Offizier, der König sei klug beraten, vorsichtig zu sein. Bei einer erneuten Niederlage wäre Preußen schließlich endgültig verloren. Dagegen aber wetterte der Oberst, dass die besten Offiziere den Dienst quittiert hätten und jetzt im siegreichen russischen Heer dienten. Er nannte Namen, darunter von Boyen, von Clausewitz und andere.

»Ich will Ihnen sagen, meine Herren, was jetzt passieren sollte«, sagte der Oberst. »Im Grunde sollten sich endlich alle deutschen Staaten zusammenschließen, diesen Franzosen verjagen und ein einziges Deutschland gründen.«

Das war ja noch radikaler. Entsprechend betroffen sahen Hardenberg und Buschardt einander an. »Nun, ich denke kaum, dass der König einem solchen Plan jemals zustimmen würde«, sagte Hardenberg. »Es geht schließlich um Preußen, und nicht um irgendein nebulöses Deutschland, wie auch immer das geartet sein soll.«

»Das mag sein«, erwiderte der Oberst. »Aber es wird Zeit, dass endlich etwas geschieht. Dieses ewige Zögern ist ja nicht zum Aushalten.«

Aber gerade deshalb sei man ja heute zusammengekommen, versuchte nun auch der Hausherr zu beschwichtigen, um die letzten Ergänzungen an einem möglichen Geheimabkommen mit Russland zu überprüfen, bevor man es dem König unterbreitete. Man konnte nur hoffen, ihn zu überzeugen, dass der rechte Zeitpunkt für eine Volkserhebung gekommen sei, für eine Allianz mit dem Zaren und hoffentlich auch mit Österreich.

Der junge Offizier hörte aufmerksam zu, beteiligte sich aber wenig an der Diskussion. Nur ab und zu schien er Hedwig einen verstohlenen Blick zuzuwerfen, aber vielleicht bildete sie sich das auch nur ein.

Nach dem Abendessen begaben sich die Herren in die Bibliothek, wo Friedrich Buschardt diverse Unterlagen und Dokumente bereitliegen hatte, die man durchzusehen beabsichtigte. Hedwig ließ Kaffee aus der Küche kommen, und Kröger servierte Cognac.

Dann entließ er Hedwig, die in ihre Kammer zurückkehrte, erleichtert, dass alles gut gegangen war und sie keinen Fehler gemacht hatte. Nicht auszudenken, wenn sie oder Kröger dem Staatskanzler Suppe auf die Weste geschüttet hätten!

Bevor sie einschlief, tauchte noch einmal das Bild des schmucken Offiziers in ihrem Geist auf. Was für ein stattlicher Mann! Sie erlaubte sich, ein wenig zu träumen.

DER UNERWARTETE GAST

Am Sonntag ruhte die Arbeit in der Schmiede. Kein Fauchen des Blasebalgs, kein Knarren und Knirschen, wenn das große Wasserrad den mechanischen Hammer hob, kein Getöse, wenn er auf den Amboss krachte, keine Stimmen von Männern bei der Arbeit, kein Zischen, wenn ein Werkstück im Wassertrog gehärtet wurde. Stattdessen wunderbare Ruhe. Und vor allem: Man musste nicht gleich um sechs Uhr aus den Federn. Hedwig genoss es, länger im Bett zu liegen.

Gegen acht rief man sie zum Frühstück. Sonntags war der einzige Tag, an dem die gesamte Familie gemeinsam das Frühstück einnahm, eine geheiligte Einrichtung. Vater Arnulf hatte Feuer gemacht, und die große Küche war angenehm warm, als Hedwig sie betrat.

Die Männer hatten sich rasiert, was sie während der Woche nicht für nötig befanden. Die Liesel hatte frei, dafür stand die Mutter am Herd und briet Speck und Eier. Hedwig ging ihr zur Hand, schnitt Brot, stellte Besteck und Teller, Butter und Honig auf den blank gescheuerten Tisch. Gero braute Kaffee. Natürlich keinen echten, sondern Gerstenkaffee. Richtiger Bohnenkaffee war seit der Kontinentalsperre kaum noch zu bekommen. Mutter trank lieber Milch mit Honig, schon allein wegen ihres Hustens. Obwohl er sich die letzten Tage gebessert hatte. Sie sah auch besser aus, schien munterer zu sein.

Vater Arnulf saß am Kopfende des Tisches. Er war ein großer, kräftiger Mann von fünfzig Jahren mit breiten, vom Funkenflug vernarbten Händen und dicken Fingern. Wie Hedwig war er dunkelhaarig, und er hatte die gleichen blauen Augen. Seine Stimme war laut, die Tischmanieren nicht die besten, seine Miene meist mürrisch. Dabei war er gutherziger, als er zu sein vorgab. Und er machte sich Sorgen um seine kränkliche Frau.

»Nun lass mal Hedwig machen«, sagte er zu ihr, »und setz dich her zu mir.« Sie gehorchte widerstrebend und hockte sich neben ihn, schenkte ihm ein kleines Lächeln. Er grinste zurück und tätschelte ihre Hand. »Du siehst aber besser aus«, sagte er. »Nicht mehr so käsebleich.« Er lachte.

»So! Für dich war ich also käsebleich«, sagte sie etwas spitz.

»Oder wie 'n Leichentuch.«

»Vater!«, rief Hedwig entsetzt. »So was sagt man nicht.«

Er grinste verlegen. »Nichts für Ungut, Bruni. Ich freu mich doch, wenn's dir besser geht.«

»Schon gut, du altes Raubein«, sagte Brunhilde und gab ihm einen Kuss auf die Wange.

Gero schob noch einen Holzscheit in den Ofen und ließ sich dann ebenfalls am Tisch nieder. Er war fast so groß wie sein Vater, dabei wesentlich schlanker, jedoch nicht weniger kräftig. Und ein guter Arbeiter dazu, das musste selbst sein Vater zugeben. Gero hatte Mutters blonde Haare geerbt, allerdings gingen sie bei ihm mehr ins dunklere Aschblond. Und seit seiner Zeit beim Militär hatte er sich einen Schnauzbart wachsen lassen, dessen Spitzen er gerne zwirbelte. Besonders wenn er nachdenklich war.

Hedwig teilte Speck und Eier aus, während Brunhilde für alle Brot mit Butter versah. Sie begannen zu essen und tranken ihren Gerstenkaffee dazu, Mutter ihre heiße Milch. Man redete vom Wetter, das nicht mehr ganz so kalt war, vom anstehenden Kirchgang und von Unruhen, die im französisch besetzten Hamburg ausgebrochen waren.

»Wird Zeit, dass das Franzosenpack verschwindet«, knurrte Vater Arnulf. »Der Alte Fritz hätte diesen *Empereur*, wie er sich nennt, längst vertrieben.«

Hedwig blickte besorgt zu Gero hinüber. Über solche Bemerkungen begannen sie oft zu streiten. Denn für Arnulf kam der Große Friedrich gleich nach Gott, während Gero am liebsten mit all dem alten Mief und Krempel aufgeräumt hätte. Er war ein Mann des Fortschritts. Am besten sollten gleich alle Adelsprivilegien abgeschafft und die Macht des Königs beschränkt werden. Worte wie Freiheit, Gleichheit, Brüderlichkeit hatten einen besonderen Nährboden in seinem Herzen gefunden. Hedwig erwartete, dass er auffahren und widersprechen werde. Aber er sagte nichts, aß nur still sein Spiegelei.

Es ist der verlorene Russlandfeldzug, dachte Hedwig. Der hat ihm die Maßlosigkeit Napoleons vor Augen geführt, ja, sogar am eigenen Leib spüren lassen. Und dass dieser Mann nichts als ein machtgieriger, beutehungriger Despot war, der sich in seinem Hochmut überschätzte und für den eigenen Ehrgeiz Hunderttausende in den Tod trieb. Ein kluger Mann und ein begnadeter General, aber ein Monster. Jedenfalls in ihren Augen.

Gero schob seinen Teller zurück und sah den Vater an. »Wir müssen mal ernsthaft über was anderes reden«, sagte er.

Arnulf blickte misstrauisch auf. Aber er ließ Gero sprechen, der mit steigender Begeisterung sein neuestes Projekt erklärte. Sein Hauptanliegen war, den mechanischen Hammer zu überholen und zu erweitern.

»Das alte Ding bricht uns bald auseinander«, sagte er.

Arnulf schüttelte den Kopf. »Da übertreibst du aber. Schon dein Großvater hat damit gearbeitet. Funktioniert doch gut. Muss nur ab und zu mal repariert werden.«

»Eben. Das gute Stück ist noch aus Großvaters Zeiten. Ich sage dir, der Hammer hält nicht mehr lange.«

Arnulf runzelte die Stirn, sagte aber nichts.

»Und wenn wir schon dabei sind, das alte Ding zu ersetzen«, fuhr Gero fort, »sollten wir gleich mehrere Hammerwerke einbauen. Zwei oder drei statt nur einem einzigen. Dann könnten wir viel mehr gleichzeitig erledigen und mehr Aufträge übernehmen.

Gerade jetzt, wo es danach aussieht, dass das Heer erweitert werden soll.«

»Das geht nicht«, grollte der Vater. »Und du weißt es.«

»Nenn mir einen vernünftigen Grund.«

»Die Spree fließt zu langsam. Die hebt keine drei Hämmer.«

»Dann lassen wir eben ein breiteres Rad bauen. Oder ein größeres. Das sollte kein Problem sein. Ich hab mich erkundigt.«

»Und soll die Werkstatt stillliegen, während du hier alles umbaust?«

»Natürlich nicht. Alle Teile können beim Zimmermann gefertigt werden, während wir normal weiterarbeiten. Er sagt, für den Austausch braucht er nur eine Woche.«

»Eine Woche«, brummte Arnulf. »Wer's glaubt, wird selig. Außerdem kostet das ein Vermögen. Wo willst du das Geld hernehmen?«

»Der König hat doch davon geredet, dass das Handwerk unterstützt werden soll. Wir könnten ein Darlehen aufnehmen. Dafür gibt es schließlich Banken.«

Jetzt wurde Arnulf wütend. »Ich leihe mir kein Geld bei diesen verdammten Wucherern. So was hatte ich noch nie nötig.«

»Vielleicht könnte ich mal bei Herrn Buschardt nachfragen«, sagte Hedwig, die Geros Idee prima fand. »Der kennt eine Menge Bankiers.«

Arnulf haute auf den Tisch. »Untersteh dich! Kommt nicht infrage. Und Schluss jetzt mit diesem dämlichen Gerede! Alles bleibt so, wie es ist.«

Einen Augenblick herrschte Stille. Die Männer zogen finstere Mienen. Arnulf schaufelte lustlos den Rest seines Frühstücks in sich hinein, Gero saß zurückgelehnt mit verschränkten Armen am Tisch und zwirbelte mit der Rechten an seinem Schnurrbartende.

»Das ist ja schrecklich mit euch beiden«, klagte Brunhilde. »Der Junge ist gerade erst aus dem Krieg zurück. Und da müsst ihr unbedingt streiten und uns den Sonntagmorgen verderben?«

Plötzlich brach sie in Tränen aus.

»Was ist, Mutter?«, fragte Hedwig besorgt und legte ihr die Hand auf die Schulter.

»Ach, wär doch nur unser Arnulf wieder bei uns.«

Sie meinte natürlich Hedwigs ältesten Bruder. Der war vor sieben Jahren bei Auerstedt gefallen. Wie und unter welchen Umständen, wussten sie nicht. Mehr als eine kurze Mitteilung von seinem Regimentskommandeur hatten sie nicht erhalten. *Heldentum fürs Vaterland* und so weiter.

Gero und Hedwig sahen sich betroffen an. Auch ihnen fehlte der Bruder. Hedwig und ihre Eltern hatten damals alle befürchtet, dass auch Gero nicht mehr heimkehren würde.

Der Vater saß mit steinerner Miene am Tisch und sagte nichts. Doch dann beugte er sich vor, legte den Arm um seine Frau und zog sie an sich. Bruni barg den Kopf an seiner Schulter und schluchzte.

Jakob bestellte Kaffee. Der Kaffeehausbesitzer nickte und sah Hedwig fragend an.

»Was ist es diesmal? Wieder geröstete Gerste? Oder zur Abwechslung mal gebrannte Eichel?«

»Gerste für den schmaleren Geldbeutel, Werteste.«

»Nein, danke. Den hatte ich schon heute Morgen.«

»Es ist auch noch eine kleine Reserve Bohnenkaffee vorhanden, aber den hebe ich für besondere Gäste auf.« Der hochmütige Unterton war nicht zu verkennen.

Jakob fühlte sich in seiner Männlichkeit herausgefordert. »Nun komm schon, Mann. Gönnen wir der Dame was Vernünftiges.«

Der Besitzer musterte ihn abschätzend. Vielleicht fragte er sich, ob Hedwig wirklich eine Dame war, und ob Jakob überhaupt das nötige Kleingeld besaß. Schließlich nannte er den Preis.

»Aber das ist fünfmal der normale Preis«, entrüstete sich Hedwig.

Der Mann zuckte mit den Schultern. »Ist nicht billiger zu haben. Beklagt Euch bei den Franzosen.«

»Wir nehmen deinen guten Kaffee«, sagte Jakob großzügig.

»Bist du verrückt?«, zischte Hedwig. »Das kannst du dir doch gar nicht leisten.« Zum Wirt sagte sie: »Apfelsaft für mich.«

Nach kurzem Zögern ließ Jakob sich überzeugen. »Also gut. Für mich das Gleiche.«

Dies war die Stunde zwischen dem sonntäglichen Kirchgang und dem Mittagessen. Gero grollte dem Vater und war zu Hause geblieben. Hedwig hatte ihre Eltern zur Nikolaikirche begleitet und sich dann nach dem Gottesdienst verabschiedet, um Jakob hier in diesem Kaffeehaus zu treffen. Es war nur ein kleiner Laden an einer Ecke mit nicht mehr als zehn winzigen Tischen, hauptsächlich von Leuten aus dem Viertel frequentiert, von Handwerksmeistern, Ladenbesitzern und anderen Leuten aus der Nachbarschaft, eher solchen mit kleinem Einkommen. Jakob kam gerne her, weil man hier Zeitungen umsonst lesen konnte.

Wie so oft war Hedwig unter den Anwesenden die einzige Frau. Dass Frauen, vor allem unverheiratete, sich mit fremden Männern in Kaffeehäusern herumtrieben, wie ihre Mutter es nannte, war nicht schicklich. Aber Hedwig hatte eine genauso rebellische Ader wie ihr Bruder Gero, auch wenn sie meist das brave Mädchen hervorkehrte. Der Sonntag war ihr freier Tag, und den wollte sie verbringen, wie und mit wem es ihr passte.

Sie dankte dem Wirt, der zwei Gläser Apfelsaft auf den Tisch gestellt hatte. »Sag mal, Jakob, ist es wahr, in Hamburg wüten Aufstände?«

»Nicht nur in Hamburg. Auch in Bremen und Lübeck. ›Aufstände‹ ist vielleicht übertrieben, aber die Leute protestieren gegen die Besatzung. Und gegen die Seeblockade. Die Städte leben doch vom Seehandel.«

»Und? Ist es schlimm?«

»Wie man's nimmt. Es sind ja hauptsächlich junge Burschen. Werfen Steine, verbrennen die Trikolore, prügeln sich ein bisschen mit den Soldaten. Du weißt doch, wie so was abläuft. Sie stecken ein paar von denen ins Gefängnis, und drei Tage später lassen sie sie wieder laufen.«

»Ich hoffe bloß, das schwappt nicht nach Berlin über.«

»Ich denke nicht.«

Ganz so harmlos waren die Unruhen in Norddeutschland allerdings nicht. Es war zu massiven Zusammenstößen zwischen französischen Besatzungstruppen und der Bevölkerung gekommen. Sogar Tote hatte es gegeben. Aber Jakob wollte Hedwig nicht beunruhigen.

Jakob, ein junger Mann von Mitte zwanzig, war ausgesprochen dünn. Die Kleider schienen nur lose an ihm zu hängen. Er war nicht der hübscheste Kerl, seine Nase zu groß, seine Lippen zu fleischig, die Haare zu lang. Aber er hatte ein schelmisches Zwinkern in den Augen, das Hedwig gefiel.

Jakobs Vorfahren gehörten zu den fünfzig jüdischen Familien, die der Große Kurfürst aus Österreich hatte kommen lassen. Ähnlich wie die Hugenotten. Von diesen ersten Juden hatten einige Familien prosperiert, waren zu Kaufleuten, Bankiers oder Wissenschaftlern aufgestiegen. Nicht so Jakobs Familie. Sein Vater war ein einfacher Schneidermeister, und die Familie hatte sich krummgelegt, um dem einzigen Sohn eine gute Bildung zu ermöglichen. Aber zu so etwas wie Mediziner oder Beamter bei Hofe hatte es nicht gereicht. Und so war er Schreiber bei der Tante Voss geworden. Eine schlecht bezahlte Stelle, aber die Arbeit gefiel ihm, und er hoffte, mit der Zeit aufzusteigen. Er musste irgendwie sehen, dass er sich einen Namen machte.

Hedwig mochte Jakob. Er war intelligent und spritzig, wusste viel, hatte amüsante Geschichten zu erzählen und lachte gern. Und er war verliebt in Hedwig. Das merkte man gleich an der

Art, wie liebevoll er mit ihr umging, wie er sie ansah, wenn er sich unbeobachtet fühlte. Aber er wusste auch, dass sie seine Gefühle nicht erwiderte. Und er respektierte das. Er war schon froh, dass sie seine Gesellschaft schätzte und sich sonntags mit ihm traf, wenn sie doch anderes mit ihrer Zeit hätte anfangen können. Das wollte er nicht ruinieren. Und so freute er sich die ganze Woche auf Sonntag, wenn er sie wiedersehen würde.

»Rate mal, wer die Woche bei uns war«, sagte sie.

Er sah sie fragend an und hob die Schultern.

»Hardenberg.«

Er beugte sich vor. »Der Staatskanzler? Im Salon deiner Herrin?«

»Nein. Auf Einladung ihres Gemahls. Ein Diner unter Männern.«

Jakob witterte sofort einen Beitrag für die Zeitung. »Wer war denn noch dabei?«

»Ein Oberst von Bülow.«

»Ah. Reorganisationskommission. Ich kenne den Mann.«

»Und was machen die da?«

»Das läuft schon lange. Seit 1809. Das ganze Heer wird auf den Kopf gestellt und neu organisiert. Nach der Schlappe gegen Napoleon haben sie ihre Lektion gelernt.«

»Was gibt es denn da zu lernen?«

»Größere Heere. Wehrpflicht. Andere Zusammenstellung der Armeekorps. Modernisierung der Bewaffnung. Bessere Artillerie, vor allem mehr davon. Moderne Kampfweise. Früher wurde nur in Linie gekämpft, heutzutage oft in Kolonnen. Und mit Voltigeur- oder Plänklereinheiten.« Er versuchte, ihr zu erklären, was mit alldem gemeint war. »Du hast bestimmt gemerkt, dass auch die Uniformen geändert wurden. Die Offiziere tragen keinen Zopf mehr.«

Einer schon, dachte sie.

»Was haben sie denn geredet?«, wollte Jakob wissen.

»Der Bülow hat geschimpft, dass der König zu zögerlich sei. Er hat ihn sogar feige genannt.«

Jakob pfiff durch die Zähne. »Und was noch? Warum haben sie sich eigentlich getroffen? Doch wohl nicht, um über den König zu schimpfen?«

Plötzlich fiel ihr ein, dass sie doch gar nichts sagen durfte. Das hatte Kröger ihr eingeschärft. »Warum willst du das wissen? Du willst doch wohl nicht darüber schreiben, oder?«

»Nein. Ich bin nur neugierig.«

»Das ist streng geheim! Ich darf nichts sagen, und du darfst nichts schreiben. Nichts über diesen Besuch. Kein Wort, hast du gehört?«

Er hob abwehrend die Hände. »Natürlich nicht.«

»Schwörst du's mir?«

»Ich schwöre es.«

»Kein Wort. Sonst verlier ich meine Stelle. Oder sie klagen mich sogar an. Geheimnisverrat oder so was.«

»Mach dir keine Sorgen. Ich schweige wie ein Grab.«

»Und wenn nicht, dann landest nämlich du im Grab. Das schwör ich dir.«

Jakob lachte. »Oh weh. Ich zittere schon.«

»Das solltest du auch«, erwiderte sie ernsthaft.

Doch dann musste sie ebenfalls lachen.

Ende Januar wurde bekannt, dass der König Familie und Hof nach Breslau verlegt hatte, wie schon nach dem Desaster in Auerstedt, als er es vorgezogen hatte, in Königsberg zu residieren. Die Berliner fühlten sich im Stich gelassen. Was war Berlin ohne den König? Mit dreißig Wagen war er abgereist. Vorsichtshalber, hieß es.

»Warum vorsichtshalber?«, fragte Hedwig.

»Weil er von Napoleon nicht in Geiselhaft genommen werden will«, erklärte ihr Jakob.

»Aber warum sollte Napoleon das tun? Bisher hat er es doch auch nicht getan. Ist Preußen denn nicht mit Frankreich verbündet?«

»Offiziell schon, aber das Bündnis wackelt. Sämtliche Generäle sind dagegen, wollen am liebsten gegen Napoleon losschlagen. Besonders nach der Russland-Niederlage. Inzwischen auch so wichtige Leute wie von Stein und Hardenberg. Nur der König kann sich nicht entschließen.«

Hedwig dachte an den Abend des geheimen Diners zurück. Gott sei Dank kann er sich nicht entschließen, überlegte sie. Soll es denn nur immer Krieg geben?

Preußen war pleite, so hieß es. Warum dann wieder Krieg führen? Sie erinnerte sich an die schöne Zeit, als die Königin noch gelebt hatte. Alle Welt hatte Königin Luise geliebt und verehrt. So schön und liebreizend, wie sie gewesen war, so natürlich und freundlich zu jedermann! Hedwig hatte mit anderen Berlinern oft begeistert am Straßenrand gestanden, wenn Luise mit ihrem Gemahl zum Theater oder zur Oper gefahren war und man einen Blick auf sie erhaschen konnte. So ein schmuckes Paar. Und sie hatten sich geliebt. Zehn Kinder hatte sie ihrem Friedrich Wilhelm geboren, sieben davon lebten und erfreuten sich guter Gesundheit. Sogar Napoleon hatte sie in Tilsit mit ihrem Charme beeindruckt. Vielleicht lägen die Dinge anders, wenn sie noch lebte. Vielleicht wäre es ihr gelungen, aus dem Despoten einen Freund der Preußen zu machen.

Leider war sie vor zweieinhalb Jahren gestorben, erst vierunddreißig Jahre alt. An einer plötzlichen Lungenentzündung. Das war eine Tragödie für das ganze Land gewesen. Berlin hatte geweint. Die Wiederkehr ihres Todestags, der neunzehnte Juli, war ein Tag der Trauer für das ganze Volk. Viele gingen am Morgen mit schwarzem Flor in die Kirche, gedachten der verstorbenen Königin, bedauerten die armen Kinder, die ihre Mutter verloren hatten, und den König, der, wie es hieß, noch immer untröstlich war.

In Berlin riefen inzwischen immer mehr Stimmen nach Volkserhebung und Widerstand gegen Napoleon. In den Kaffeehäusern wurde diskutiert, Menschen gingen auf die Straße, die Soldaten der französischen Garnison trauten sich kaum noch aus der Kaserne.

Und Anfang Februar erzählte Jakob ihr, dass es nicht nur in Berlin, sondern auch in Breslau gärte, wohin der König sich zurückgezogen hatte. Ein gewisser Henrich Steffens, ein Philosoph und Hochschulprofessor, habe vor Studenten und Bürgern eine flammende Rede gehalten. Als Erster wolle er freiwillig in die Landwehr eintreten, und er fordere alle Patrioten auf, es ihm gleichzutun. Der Ruf nach den Waffen verbreitete sich wie ein Lauffeuer, sagte Jakob, und sei unüberhörbar geworden. Auch der König dürfe nicht länger die Ohren verschließen.

»Wusste gar nicht, dass du für den Krieg bist«, sagte Hedwig.

»Nein, ich bin nicht für den Krieg, Hedi. Aber wie soll man anders einen rücksichtslosen Despoten vertreiben, der sich fast ganz Europa einverleibt hat und immer noch mehr will?«

»Du warst doch auch für die Ideale der Revolution. Genau wie mein Bruder Gero.«

»Ich bin immer noch dafür. Und diese Ideale haben ja auch bei uns zu Veränderungen geführt. Aber was ist denn aus der gefeierten Freiheit und Brüderlichkeit geworden unter Napoleon?«

An einem Donnerstag kamen ungewöhnlich viele Leute, um Madames Salon mit ihrer Anwesenheit zu beehren. Natürlich die Üblichen, aber auch mehrere Herren aus den Ministerien am Gendarmenmarkt, einige Offiziere und sogar ein Geheimrat des Königs. Hedwig fragte sich, ob dies vielleicht mit der Arbeit des

Hausherrn zu tun hatte. Vielleicht hoffte man, bei ihm Neues zu erfahren. Obwohl Friedrich Buschardt sich gar nicht zeigte. Er hatte einen wichtigen Termin, und Kröger, sein Kammerdiener, war damit beschäftigt, die Schuhe seines Herrn auf Hochglanz zu polieren, einen seiner feinen Anzüge auszubürsten und ihm die Krawatte zu binden. Also half Hedwig wie so oft im Salon aus, achtete darauf, dass die Mädchen die Gäste gebührend versorgten, und legte selbst Hand an, wo es nottat.

Die Stimmung im Salon war anders als sonst. Während an anderen Tagen locker geplaudert wurde, man sich gegenseitig Komplimente machte – besonders den Damen –, genüsslich den neuesten Klatsch vom königlichen Hof herumerzählte oder den letzten Eheskandal einer von Soundso, und zur allgemeinen Ergötzung ein paar Gedichte vortrug, Eichendorff zum Beispiel oder Goethes Liebesgedichte – die waren immer sehr beliebt –, oder auch Zitate aus einer Erzählung von Heinrich von Kleist, gefolgt vom Ständchen einer zweitklassigen Sopranistin … nun, an diesem Tag war irgendwie alles anders. Eher angespannt, aufgeregt, und gleichzeitig etwas gedrückt.

Es wurde geraunt und gemunkelt, die anwesenden Offiziere machten ernste Gesichter, schienen die Brust jedoch noch heldenhafter herauszustrecken als sonst. Die Damen schienen besorgt, und die Bankiers führten stille, vertrauliche Gespräche, die abrupt unterbrochen wurden, wenn ein Dritter hinzutrat, der nicht zu ihrem Kreis gehörte. Es war wie vor einem heraufziehenden Gewitter, die Atmosphäre drückend, die Luft knisternd aufgeladen, als wartete alles auf eine mächtige Entladung.

In diesem Augenblick hallte von unten der Türklopfer.

Hedwig fuhr zusammen. Es hatte irgendwie ominös geklungen. Da der Kammerdiener anderweitig beschäftigt war, lag es an ihr, Ankommenden die Tür zu öffnen, ihnen die Mäntel abzunehmen und sie nach oben zu führen, wenngleich die Stammgäste den Weg natürlich kannten. Sie eilte die Treppe hinunter, blickte kurz in den Spiegel in der Diele, um zu sehen, ob ihre Haube noch ordentlich saß, dann öffnete sie die schwere Haustür.

Und da stand plötzlich ER vor ihr!

Das war so unerwartet. Natürlich hatte sie des Öfteren an diesen Mann gedacht, aber gemeint, sie würde ihn nie wiedersehen. Das geheime Abendessen lag jetzt mehr als zwei Wochen zurück und begann in ihrer Erinnerung zu verblassen. Und nun stand er auf einmal vor ihr in seiner schönen Uniform, den Mantel lose um die Schultern gehängt, auf den Lippen ein Lächeln, das ihr Herz schmelzen ließ. Das Blut pochte ihr so heftig in Hals und Schläfen, dass es kaum zu ertragen war. Sie schlug die Augen nieder.

»Wollen Sie mich nicht einlassen?«, fragte er leise.

»Oh, Entschuldigung«, hauchte sie und trat verlegen zur Seite, sich peinlich bewusst, dass ihr die Röte ins Gesicht gestiegen war.

Er trat ein, nahm den Mantel von den Schultern und den Tschako vom Kopf und übergab ihr beide Kleidungsstücke. Während sie damit zur Garderobe eilte, spürte sie, wie sein Blick ihr folgte. Jetzt reiß dich zusammen, du dummes Huhn, fuhr es ihr durch den Sinn. Das ist nur ein Bekannter deines Herrn und hat rein gar nichts mit dir zu tun.

»Ich hatte gehofft, Sie wiederzusehen«, hörte sie ihn sagen.

Langsam drehte sie sich um. »Mich?«

Er nickte. »Ja. Fräulein … Ihr Name ist mir leider nicht bekannt.«

»Hedwig«, erwiderte sie spontan. Doch sofort war es ihr peinlich, dass sie ihren Vornamen genannt hatte. Schicklicher wäre es gewesen, ihren Familiennamen anzugeben.

»Fräulein Hedwig also.«

Sie merkte erstaunt, dass er genauso verlegen war wie sie, ja, sogar etwas rot geworden war. Sprachlos starrten sie einander an. Sie hatte Mühe, sich von seinen blauen Augen und dem aufrichtigen Lächeln zu lösen.

Doch endlich brach der Bann. Nein, nein, dachte sie, er ist

nicht rot geworden. Das ist die Kälte draußen. So ein Mann wie dieser wird doch nicht rot werden. Nicht vor einer Zofe.

»Wen darf ich melden?«, fragte sie schließlich.

»Melden? Ach ja!« Etwas fahrig, als hätte er vergessen, warum er hier war, griff er in die Westentasche und suchte nach einer Visitenkarte. »Wenn Sie gestatten.« Er reichte ihr die Karte. »Ich würde Madame Henriette gern meine Aufwartung machen.«

Immer noch benommen von dieser Begegnung, blickte Hedwig auf die Karte. *Freiherr Ewalt von Billung* stand darauf. Sonst nichts. Sie sagte: »Madame wird sich freuen. Wenn Ihr mir gnädigst folgen würdet.«

Sie stieg vor ihm die Treppe hinauf und hielt dabei die Karte zwischen den Fingern, als wäre es ein glühendes Eisen. Ein Freiherr war er also, ein Mann aus einer anderen Welt. Natürlich verkehrten Adelige bei Madame Henriette, und Hedwig begegnete ihnen häufig genug. Aber immer nur als Dienerin. Niemand beachtete sie, wenn sie Gebäck oder Champagner reichte. Überhaupt redeten solche Leute vor den Dienstboten, als wären sie unsichtbar oder gar nicht zugegen. Als wären die Herren selbst höhere Wesen, als gehörten sie zu einer anderen Art.

Hedwig wusste natürlich, dass das Unsinn war. Und doch, in diesem Land herrschte der Adel oft eingebildet und selbstgerecht. Nach dem Adel kamen die Geistlichen und das Bürgertum. Erst dann die Schicht, der sie selbst angehörte – die Handwerkerfamilien, die Krämer und die einfachen Leute. Der Abstand zu Männern wie Freiherr von Billung war einfach zu groß. Und nun behauptete er, ausgerechnet sie habe er wiedersehen wollen. Wollte er sich über sie lustig machen? Sie mochte nur eine Dienerin sein, aber das gehörte sich nicht. Schließlich hatte auch sie ihren Stolz. Plötzlich war sie wütend auf ihn.

Am Eingang zum Salon ließ sie ihn kurzerhand stehen und eilte voraus, um ihrer Herrin den Besuch zu melden. Der junge Offizier trat einen halben Schritt in den Salon, blieb dann stehen und sah sich um. Er fing von einigen der Anwesenden neugierige Blicke auf. Hedwig versuchte derweil Madames Aufmerksamkeit zu erhaschen.

Aber Henriette hatte den Neuankömmling bereits bemerkt und bewegte sich auf ihn zu. Im Vorbeigehen steckte Hedwig ihr die Karte zu. Henriette warf nur einen kurzen Blick darauf, dann begrüßte sie den Gast mit einem strahlenden Lächeln.

»Willkommen, mein Lieber«, säuselte sie. »Mein Gatte hat mir von Euch erzählt. Nur Gutes, möchte ich Euch versichern, nur Gutes. Ich habe mich schon gefragt, wann Ihr uns einmal beehrt.«

Er beugte sich vor und küsste ihr flüchtig die dargebotene Hand. »Ich wäre schon früher gekommen, Madame, aber die Pflicht … Ihr versteht.«

»Natürlich. Besonders in diesen Tagen.« Sie seufzte, als laste die Schwere der Stunde auf ihren runden Schultern. »Aber kommt, ich möchte Euch einigen unserer lieben Freunde vorstellen.«

Mit ihrer gewichtigen Gestalt pflügte sie wie ein Linienschiff unter vollen Segeln durch das Meer der versammelten Gäste, den jungen Offizier im Kielwasser hinter sich herziehend. Ab und zu blieb sie stehen, um ihn vorzustellen, dann zerrte sie ihn weiter.

Hedwig hätte gern zugehört, was sie mit ihm redeten, aber ein alter Herr, der auf einem der Sofas saß, hielt ihr sein leeres Champagnerglas entgegen, so dass sie zur Anrichte eilte, um ihm ein neues, gefülltes zu bringen. Dann geschah jemandem ein Missgeschick, und sie musste ein Tuch holen, um verschütteten Kaffee aufzuwischen. Als sie sich erhob, bemerkte sie Ewalt von Billungs Blick auf sich gerichtet. Er lächelte ihr zu, aber beschämt drehte sie sich weg und tat, als hätte sie es nicht gesehen.

Die Hausherrin bat um Ruhe. Jemand sollte aus einem Buch rezitieren. Während die Gespräche erstarben und der Mann mit einer überaus langweiligen und eintönigen Stimme vorlas, stand Hedwig neben der Anrichte mit den Tabletts voller *Canapés* und versuchte unsichtbar zu bleiben. Sie starrte eine Weile auf ein

Landschaftsgemälde an der gegenüberliegenden Wand. Doch einmal konnte sie sich nicht helfen und blickte zu dem jungen Offizier hinüber. Schnell sah sie wieder weg, denn er schien sie unentwegt anzustarren. Jetzt wurde sie auch noch rot. Wie peinlich.

Der Vorleser hatte geendet, man applaudierte höflich, und sofort begannen die Gespräche von Neuem.

Plötzlich stand Madame neben ihr. »Was geht hier vor?«, flüsterte sie leise, aber nicht weniger aufgebracht.

»Was meint Ihr, Madame?«

Henriette beugte sich vor. »Der junge Offizier. Er starrt dich die ganze Zeit an. Was läuft da zwischen euch?«

»Nichts, Madame. Ich schwör's.«

Henriette musterte sie misstrauisch. »Damit eines klar ist: Nicht in meinem Haus.«

»Nein, Madame.«

»Und jetzt geh nach oben. Der Kröger soll kommen und hier endlich weitermachen.«

Rot vor Scham floh Hedwig vom Salon und erklomm die Hintertreppe. Kröger löste sie ab, und Hedwig kümmerte sich um Madames Wäsche, räumte ihr Appartement zum dritten Mal an diesem Tag auf, schlug das Bett auf und legte ihr seidenes Nachthemd bereit. Auf den Nachttisch stellte sie eine Dose mit Madames Lieblingspralinen.

Einen Augenblick lang starrte sie auf das Bett. Schliefen Madame und ihr Ehemann überhaupt noch miteinander? Es war schwer, sich die beiden in amouröser Haltung vorzustellen. Sie waren so verschieden. Er so lang und schlank wie eine Bohnenstange und Henriette von strotzender Üppigkeit. Hedwig hatte auch noch nie ein männliches Gewand oder überhaupt einen Beweis der Gegenwart des Herrn in Henriettes Appartement entdeckt. Und doch kümmerte Madame sich jeden Abend mit größter Sorgfalt um ihre Toilette, bevor sie ins Bett ging, als ob sie jemanden erwartete. Sie wusch sich, ließ sich ausgiebig das Haar bürsten, cremte ihre Wangen, schminkte sich die Lippen und rieb sich ein Tröpfchen verführerischen Parfüms zwischen die großen Brüste. Einen Liebhaber hatte sie nicht, das hätte Hedwig gewusst. Musste also doch der Hausherr sein.

In dieser Nacht schlief Hedwig unruhig. Ob sie wollte oder nicht, der junge Offizier kam ihr immer wieder in den Sinn. Wütend über sich selbst wälzte sie sich im Bett, schalt sich eine dumme Gans und presste sich das Kissen aufs Gesicht, als könne sie so das Bild seines lächelnden Gesichts verbannen, bis sie Angst hatte zu ersticken. Dann stand sie auf, um einen Schluck Wasser zu trinken. In der Kammer war es kalt. Das schien sie zu ernüchtern. Erneut legte sie sich ins Bett. Und dann war er wieder da, dieser verdammte Freiherr, um sie zu quälen und am Schlafen zu hindern.

»Wat is'n los?«, fragte Else am Morgen. »Is' dir nich' jut?«

»Wieso?«

»Siehst so bleich aus, Kind.«

»Ich hab schlecht geschlafen. Weiß auch nicht, warum.«

»Pass nur uff. Da jeht wieda wat um. Alle Welt scheint sich erkältet zu haben. Soll ick dir 'ne heiße Milch mit Honig machen?«

»Nein, nein! Ich bin nicht erkältet.«

Bei Erwähnung der heißen Milch musste sie an ihre Mutter denken, deren Husten sich wieder verschlimmert hatte. Der Vater hatte geklagt, er könne nicht schlafen, so sehr hustete sie angeblich die ganze Nacht hindurch. Aber keines der anderen Familienmitglieder war erkältet. Es musste etwas anderes sein. Sie erzählte Else von ihrer Besorgnis.

»Die braucht 'n Arzt, Kind. Du musst dir drum kümmern.«

»Ich kenne keinen Arzt. Bei uns waren bisher alle gesund.«

»Geh zur Charité. Da sind die besten Ärzte.«

»Aber die sind doch sündhaft teuer. Das können wir uns nicht leisten.«

»Die ham jetzt 'ne Tajesklinik für Arme. Der Leibarzt vom König hat se eenjerichtet.«

»Wirklich? Vielleicht hast du recht. Es geht ihr wirklich nicht gut.«

Am Samstagnachmittag verließ Hedwig, wie gewöhnlich so gegen fünf Uhr, das Haus der Buschardts und lenkte ihre Schritte in Richtung der elterlichen Schmiede. Es war großzügig von Madame, ihr den freien Samstagabend und Sonntag zu gewähren. Ein Zeichen ihrer Gunst. Eines der Hausmädchen kümmerte sich in Hedwigs Abwesenheit um das Nötigste.

Sie bog gerade in den Gendarmenmarkt ein, als plötzlich jemand auf sie zueilte. »Da sind sie ja, Fräulein Hedwig. Ich hab lange auf sie gewartet.« Vor ihr stand Ewalt von Billung und strahlte sie an.

»Woher wisst Ihr …«, stammelte sie erschrocken.

Er lachte. »Ich habe jemanden bestochen. Daher weiß ich, dass Sie um diese Zeit frei haben.«

»Bestochen? Wen?«

»Den Hausknecht. Aber keine Sorge, er wird nichts verraten.«

»Aber das gehört sich nicht. Das hättet Ihr nicht tun dürfen.«

Ein wenig zerknirscht sah er sie an. »Ich weiß. Ist nicht die feine Art. Aber ich wollte mich bei Ihnen entschuldigen.«

»Wofür denn?«

»Ich habe Sie letztens in Verlegenheit gebracht. Das tut mir schrecklich leid. Es war unhöflich von mir, Sie so anzustarren. Ich kann nur hoffen, Madame Henriette war nicht zu streng mit Ihnen.«

Hedwig schüttelte den Kopf. »Nein, nicht zu streng. Sie ist eine freundliche Dame. Aber jetzt muss ich gehen.«

»Darf ich Sie begleiten?«

»Ich denke, besser nicht. Guten Abend, der Herr.« Sie ging um ihn herum und begann, den Platz zu überqueren.

Aber er folgte ihr. »So warten Sie doch. Ich würde mich gern ein wenig mit Ihnen unterhalten.«

Sie blickte kurz zu ihm auf. »Aber wozu?«

Mit langen Schritten ging er neben ihr her. »Damit wir uns kennenlernen.«

Sie blieb stehen. »Ich denke, das führt zu nichts. Ihr seid aus edlem Hause, mein Herr, und ich bin nur eine Magd.«

Er lächelte. »Liebes Fräulein, das lass ich nicht gelten. Sie sind viel mehr als eine Magd. Ich habe Sie beobachtet.«

»Was gibt es da zu beobachten?«

»Madame Henriette hält große Stücke auf Sie. Das hat mir der Knecht gesagt. Außerdem, die Zeiten ändern sich. Mir ist dieser ganze Standesdünkel zuwider. Ich hoffe, Ihnen auch.«

»Standesdünkel? Es gibt eben Unterschiede«, erwiderte sie. »Für jemanden wie Euch ist es leicht, so zu tun, als gäbe es sie nicht. Für andere weniger. Menschen wie ich werden jeden Tag daran erinnert, wo unsere Stellung im Leben ist.«

Er nickte betroffen. »Sie haben recht. Es tut mir leid. Ich wollte Sie nicht kränken. Dabei möchte ich mich nur mit Ihnen unterhalten. Vielleicht einen Kaffee mit Ihnen trinken. Was denken Sie? Da drüben ist ein nettes Kaffeehaus. Ich bitte Sie, tun Sie mir den Gefallen.«

Sie sah wieder zu ihm auf. So ein gutaussehender Mann. Der kurze Bart stand ihm gut. Er hatte freundliche, aufrichtige Augen, die sie bittend ansahen. Ihr Herz begann zu klopfen. Nur zu gern wäre sie mit ihm gegangen. Und wäre auch beinahe schwach geworden. Doch dann fiel ihr Madame Henriettes Warnung ein. Sie konnte nicht ihre Stelle aufs Spiel setzen. Und überhaupt. Es gab genug Geschichten von jungen Männern wie diesen Freiherrn, die sich an naive Mädchen heranmachten und sie später sitzenließen. Besser, man gab sich gar nicht erst die Blöße.

»Ich danke für die Einladung«, sagte sie entschieden. »Aber … nein!«

Sie nickte ihm zu und setzte ihren Weg fort. Diesmal ließ er sie gehen und folgte ihr nicht weiter.

DER ALTE ZOPF MUSS AB

Als Hedwig nach Hause kam, herrschte dort großer Aufruhr. »Sie haben den Grünbaum verhaftet«, sagte Gero, kaum dass Hedwig ihren Mantel an den Haken gehängt hatte.

»Was haben sie?«

»Die Polizei war hier. Hier, sieh selbst.« Er legte die Morgenausgabe der *Vossischen Zeitung* vor ihr auf den Tisch.

»Verdammter Schmierfink«, knurrte Vater Arnulf.

Auch die Mutter war aufgebracht. »Und so was beherbergen wir unter unserem Dach.«

»Nenn ihn nicht Schmierfink, Vater«, sagte Gero. »Der Grünbaum hat völlig recht. Auch wenn die da oben nicht mögen, was er schreibt.«

»Und das sagst du? Du hast doch sogar für diesen Napoleon gekämpft. Und jetzt gibst du diesem Schreiber recht?«

»Ja, ich hab für ihn gekämpft. Aber es war eine Dummheit.«

»Ach, jetzt war es plötzlich eine Dummheit! Was hat denn deine Meinung geändert?«

»Hört auf zu streiten!« Hedwig nahm die Zeitung in die Hand. Gleich auf der ersten Seite sprang ihr eine große Überschrift ins Auge: DIE EHRE PREUSSENS. Sie begann den Artikel zu lesen.

Wo ist der König, wenn das Land ihn braucht? Wo ist Friedrich Wilhelm, wenn es an der Zeit ist, das unerträgliche Joch dieses Unterdrückers der Völker Europas abzuwerfen und ihn endlich zu vertreiben? Aber nein, stattdessen versteckt sich unser König in Breslau. Warum ruft er nicht endlich zur Volkserhebung auf? Bedeutet die Ehre Preußens denn so wenig, dass wir uns von spanischen Bauern beschämen lassen, denen es gelingt, ihr Land zu befreien, während Preußen sich immer noch gängeln lässt und es nicht wagt, dem französischen Despoten zu widersprechen? Russland hat uns gezeigt, wie man mit Napoleon umgeht. Nun ist es an Preußen, das Gleiche zu tun.

Hedwig ließ das Blatt sinken. »Mein Gott!«, sagte sie.

»Kein Wunder, dass sie ihn abgeholt haben. So den König zu beleidigen«, sagte Arnulf. »Ich war von Anfang an gegen diese verdammte Revolution in Frankreich. Nicht wie unser Sohn hier, der meinte, es wäre der Aufbruch in ein neues Zeitalter. Diese Franzosen haben es gewagt, ihren rechtmäßigen König zu ermorden. Wird Zeit, dass damit Schluss ist und dass man diesen Napoleon vor die Tür setzt.«

»Aber das sagt doch der Artikel«, erwiderte Gero. »Warum regst du dich dann so über den Grünbaum auf?«

»Er mag ja recht haben. Aber es steht ihm nicht an, den König zu beleidigen. Ich bin immer noch für Recht und Ordnung in diesem Land.«

Gero schüttelte den Kopf. »Ja, ja! Königstreu bis zum Umfallen.«

»Du etwa nicht? Willst du jetzt auch ein Revoluzzer werden?«

»Wenn's sein muss«, erwiderte Gero hitzig. »Damit ihr Alten endlich mal kapiert, dass sich die Dinge ändern müssen.«

»Gero!«, rief die Mutter. »Red nicht so mit deinem Vater.« Aber dann musste sie wieder husten. Diesmal dauerte es lange, bis sie sich wieder beruhigte. Erschöpft ließ sie sich auf einen Stuhl sinken.

»Wie geht es dir, Mutter?«, fragte Hedwig besorgt.

»Es geht schon, Kind. Die ganze Woche hab ich kaum gehustet. Es war jetzt nur die Aufregung heute.«

»Du musst zum Arzt«, sagte Gero. »Gleich am Montag gehen wir mit dir zum Arzt.«

»Nein, ich will keinen Arzt. Keinen von diesen Quacksalbern. Bei denen wird man erst richtig krank. Nein, mir geht es gut. Also mach dir keine Sorgen.«

Warum weigert sie sich, zum Arzt zu gehen?, fragte sich Hedwig. Hat sie Angst, dass man bei ihr etwas Ernstes finden könnte? Vielleicht hat sie die Schwindsucht, wie so viele. Das wäre wirklich schlimm. Aber nein, sie sagt ja, es geht ihr besser.

Und dann dachte Hedwig an den armen Jakob, den sie abgeholt hatten. Hatten sie ihn in eine Zelle gesteckt? Mit irgendwelchen schlimmen Verbrechern?

»Wir müssen etwas für ihn tun«, sagte sie.

»Für wen?«

»Na, für den armen Jakob.«

»Ach, ist er jetzt schon der Jakob?«, fragte die Mutter. »So weit bist du schon mit ihm?«

»Mutter, hör auf!«, sagte Gero. »Der Grünbaum ist ein anständiger Kerl. Vielleicht hat er sich heute nur etwas im Ton vergriffen. Wundert mich eigentlich, dass sein Herausgeber den Artikel so abgedruckt hat. Aber daran seht ihr, dass nicht nur der Jakob so denkt. Auch in Berlin sammeln sich die Leute auf der Straße, um zu protestieren. Gestern sind sie zur Kaserne der Franzosen gezogen und haben Steine geworfen.«

»Randalierer sind das«, sagte der Vater. »Nichts als Randalierer. Kein Wunder, dass sie den Grünbaum einsperren, wenn er das Volk aufhetzt.«

»Das ganze Land hat eben genug vom Zaudern des Königs. Und mit Recht. So kann es nicht weitergehen.«

»Der König wird schon wissen, was er tut.«

»Weißt du, was sie von ihm sagen? Des Königs liebste Zeit ist die Bedenkzeit.« Gero lachte bitter. »Der wartet so lange, bis nichts mehr übrig ist von Preußen.«

»Aber sie wollen doch ein Bündnis mit Russland schließen«, platzte Hedwig heraus. Eigentlich durfte sie das gar nicht preisgeben, aber sie hatte nicht an sich halten können.

»Wer will das?«, fragte Gero erstaunt.

»Der Staatskanzler Hardenberg. Und die Generäle.«

Gero machte große Augen. »Woher willst du das wissen?«

»Ich hab ihnen zugehört. Sie hatten ein geheimes Abendessen bei meinem Herrn. Eigentlich darf ich das gar nicht erzählen.«

»Hast du dem Jakob davon berichtet?«

»Nein. Kein Wort.«

Gero setzte sich und starrte Hedwig an. »Dann hat der Jakob vielleicht unrecht mit seinem Artikel. Dann unternehmen die doch was, ohne dass wir's wissen. Und es geht bald los. Fehlt nur noch Österreich im Bunde.«

Die Mutter bekreuzigte sich. »Ich bete zu Gott, dass sie dich nicht einziehen, Junge. Das könnte ich nicht ertragen.«

»Gero«, sagte Hedwig. »Wir müssen zur Polizei gehen und für ihn sprechen. Dass er ein ordentlicher Mensch ist und königstreu. Vielleicht lassen sie ihn dann wieder gehen.«

Aber Gero schüttelte den Kopf. »Denkst du, die hören ausgerechnet auf uns? Außerdem weißt du gar nicht, wo sie ihn hingebracht haben, und wer der Richter ist, der das angeordnet hat. Oder ob es die geheime Polizei war, die ihn geholt hat. Von denen erfährst du nichts.«

Die geheime Polizei. Das Wort beschwor düstere Vorstellungen herauf, von nächtlichen Verhaftungen und Verhören in dunklen Verliesen. Hedwig biss sich auf die Unterlippe und überlegte. »Vielleicht sollte ich mit Herrn Buschardt reden«, sagte sie dann. »Der ist doch Anwalt. Der kennt sich aus.« Sie stand auf und wollte schon ihren Mantel anlegen.

»Hiergeblieben!«, donnerte der Vater. »Kommt gar nicht infrage, dass du im Dunkeln da draußen herumläufst. Das ist zu gefährlich.«

Er hatte recht. Nachts trieb sich in den Straßen allerlei Gesindel herum. Es gab in Berlin einfach zu viele Leute, die in den Armenvierteln unter unsäglichen Bedingungen hausten, in Enge und Dreck, in Brutstätten für Krankheiten aller Art. Kein Wunder, dass an solchen Orten das Verbrechen blühte. Taschendiebe, Einbrecher, Mörder und Vergewaltiger.

Sie hing ihren Mantel wieder auf und setzte sich.

»Du kannst nichts für ihn tun«, sagte Gero. »Und vielleicht lassen sie ihn ja auch bald wieder laufen. So schlimm ist der Artikel nicht. Vielleicht wollen sie ihm nur einen Denkzettel verpassen, damit er demnächst vorsichtiger ist.«

Hedwig schief schlecht in dieser Nacht. Sie wurde von wirren Träumen gequält. Sie träumte von beiden, von Jakob Grünbaum und von Ewalt von Billung. Sie schienen ein und dieselbe Person zu sein. Aber wieso hatte Jakob blaue Augen? Und diese kräftigen Hände? Und wieso hämmerten plötzlich Männer in dunklen Umhängen an der Tür, packten ihn und zerrten ihn mit sich? Und sie selbst konnte gar nichts tun. Schweißgebadet wachte sie auf und riss die Daunendecke weg. Aber es war eiskalt in der Kammer, und nach einer Weile fror sie, rollte sich zitternd wieder in die Decke.

Sie schloss die Augen. Am Montag würde sie mit Herrn Buschardt sprechen. Der wusste sicher Rat.

Als sie am Montagmorgen das Haus verließ, war der Schnee auf den Straßen geschmolzen. Es war deutlich wärmer geworden. Fast schon frühlingshaft, viel zu früh für die Jahreszeit. Bestimmt eine trügerische Wärme.

Als sie die Brücke über den alten Befestigungsgraben erreichte, erkannte sie schon von Weitem den jungen Offizier, der auf sie zu warten schien. Er trug einen nachtblauen Umhang über der

Uniform, und am Zügel hielt er ein aufgezäumtes Pferd, einen hübschen Braunen mit einer Blesse auf der Stirn.

Ewalt tippte an den Schirm seines Tschakos. »Guten Morgen, Fräulein Hedwig«, sagte er gut gelaunt.

Sie blieb vor ihm stehen. »Und was soll das werden, mein Herr? Verfolgt Ihr mich etwa?«

Er lächelte spitzbübisch. »Keineswegs. Ich wollte mich nur gefällig erweisen.«

Sie runzelte die Stirn. »Gefällig?«

»Es ist ein langer Weg bis zu den Buschardts. Deshalb hab ich mein Pferd gebracht. Vielleicht möchten Sie es bequemer haben und reiten.«

Jetzt musste Hedwig lachen. Was für eine blödsinnige Idee war das denn? »Denkt Ihr etwa, ich steige auf Euer Pferd?«

»Warum nicht?« Er deutete auf den Sattel. »Für Sie habe ich extra einen Damensattel gewählt. Wenn Sie möchten, helfe ich Ihnen auf.«

»Na, Sie sind ja drollig!«

»Jetzt haben Sie mich gesiezt und nicht geihrzt. Das ist doch schon mal ein Fortschritt.«

Sie hielt sich die Hand vor den Mund, um vor Lachen nicht laut herauszuprusten. »Ich fasse es nicht. Bringt der Mann mir ein Pferd! Ich kann doch gar nicht reiten. Wollen Sie, dass alle Welt mich auslacht?«

»Das Pferd ist ganz zahm. Sie müssen keine Angst haben.«

In seinen Augen zwinkerte es belustigt. Hedwig merkte, dass Vorübergehende neugierig herüberblickten. Zum Glück war es niemand, der sie kannte.

»Sie glauben doch wohl nicht im Ernst, ich steige auf Ihr Pferd.«

Er grinste wie ein kleiner Schelm, der sich einen Streich geleistet hat. »Nein, nicht wirklich. Aber Sie sahen gestern so ernst aus. Wenigstens hab ich Sie zum Lachen gebracht.«

»Das stimmt. Und dafür danke ich Ihnen.« Sie lächelte zu ihm auf. »Aber jetzt muss ich gehen. Ich komme sonst zu spät.«

»Gut. Dann gehen wir gemeinsam.«

Sie konnte ihn schlecht abweisen, und so marschierten sie über die Brücke und dann die Straße entlang, während das Pferd brav und mit klappernden Hufen folgte.

»Müssen Sie nicht zum Dienst?«, fragte Hedwig.

»Noch nicht. Ich bin im Kriegsministerium beschäftigt.«

»Bei Herrn Oberst von Bülow.«

»Ganz recht. Wir gehören zur Kommission von General von Scharnhorst. Aber sicher nicht mehr lange.«

»Wie meinen Sie das?«

»Na ja, die Neuorganisation des Heeres ist eigentlich abgeschlossen. Und vielleicht gibt es ja bald eine Mobilmachung. Dann muss ich zu meinem Regiment zurück.«

Betroffen sah sie ihn an. »Glauben Sie wirklich?«

»Lesen Sie Zeitungen?«, fragte er. Und als sie bejahte, sagte er: »Vielleicht haben Sie den Artikel in der *Vossischen* gelesen, DIE EHRE PREUSSENS.«

Sie blieb stehen. »Der Journalist, der das geschrieben hat, mietet ein Zimmer bei uns zu Hause.«

»Welch ein Zufall! Der Mann hat natürlich recht. Wir haben uns viel zu lange demütigen lassen.«

»Sie haben ihn verhaftet. Ich glaube, es ist wegen des Artikels.«

»Ah. Das ist dumm. Dabei sagt er nicht mehr als das, was alle Welt denkt.«

»Mein Vater glaubt, der Artikel habe den König beleidigt.«

»Nun ja, er ist kritisch, aber keine Beleidigung. Eher sollte sich der König vorsehen.«

»Wie meinen Sie das?«

»Es gibt nicht wenige, die würden ihm lieber heute als morgen nahelegen abzudanken, wenn nicht bald etwas geschieht.«

Sie sah ihn mit großen Augen an. »Abdanken? Aber das ist doch unmöglich.«

»Vieles ist möglich. Wir leben in Zeiten des Umbruchs. Machen Sie sich keine Sorgen um Ihren Schreiber.«

»Er ist ein guter Mensch. Gefängnis hat er nicht verdient.«

»Ich denke, sie werden ihn bald wieder gehen lassen.«

»Wie können Sie da so sicher sein?«

Er lächelte sie beruhigend an. »Weil ich es bin. Nur sagen darf ich nichts.«

Sie dachte nach. »Die Verhandlungen mit Russland«, flüsterte sie dann.

Er lächelte geheimnisvoll. »Ich sehe, Sie haben letztens abends zugehört. Der König hat lange gezögert. Aber nun, denke ich, geht es in die richtige Richtung.« Er legte sich verschwörerisch den Finger auf den Mund. »Aber erzählen Sie's nicht weiter.«

»Dann gibt es wieder Krieg?«

Er nickte, grinste jedoch unbekümmert. »Dann dürfen Sie sich um mich Sorgen machen, statt um Ihr Schreiberlein.«

Sein leichter Ton veranlasste auch Hedwig zu einer spöttischen Bemerkung. »Über Sie mache ich mir schon die ganze Zeit ernsthafte Sorgen. Besonders um Ihren Geisteszustand. Mit einem Pferd anzukommen!«

Er lachte. »Hat es Ihnen nicht gefallen? Dann muss ich mir das nächste Mal was Besseres ausdenken.«

»Unterstehen Sie sich!«

Hedwig beichtete Madame Henriette die Geschichte mit dem Zeitungsartikel und ihrem Freund, dem Schreiber Jakob Grünbaum. Die Herrin zeigte sich verständnisvoll und versprach, darüber mit ihrem Mann zu reden und ihn zu bitten nachzuforschen, was mit Jakob geschehen war und was man ihm zur Last legte.

Die ganze Woche, während Hedwig ihre Arbeit tat, war sie unruhig und wartete auf eine Nachricht. Aber nichts geschah.

Während sie Madames Zimmer aufräumte, ihre Kleider aufhing und die Wäsche sortierte, fragte sie sich immer wieder, wie es dem armen Jakob ergehen mochte. Ob sie ihn schlecht behandelten, ob er genug zu essen hatte und wie lange sie ihn festhalten würden. Würden sie ihm wirklich den Prozess machen? Der König war sicher kein Unhold, aber Majestätsbeleidigung … das könnte Jakob teuer zu stehen kommen.

Doch dann erinnerte sie sich daran, dass Ewalt von Billung die Sache nicht so ernst gesehen hatte. Für ihn war es keine Majestätsbeleidigung. Sie würden den Jakob schon wieder gehen lassen, hatte er gesagt. Wenn sie an Ewalts Worte dachte, fühlte sie sich besser. Überhaupt, stellte sie schuldbewusst fest, dachte sie viel öfter an den jungen Freiherrn als an Jakob. Verrückter Kerl, dieser Leutnant! Dabei wäre es besser, er würde ihr nicht nachstellen. Nichts Gutes konnte dabei herauskommen. Sie wünschte, sie hätte ihn nie kennengelernt. Und doch konnte sie es kaum abwarten, ihn wiederzusehen, das war das Schlimme. Etwas geschah mit ihr, wenn ihre Gedanken wanderten und sie ihn im Geiste vor sich sah. In seiner schmucken Uniform. Es zog an ihrem Herzen und ließ sie seufzen. Würde er wieder auf sie warten? Oder war sie zu schroff gewesen? Hör jetzt endlich auf, an diesen Mann zu denken, du dummes Huhn!, ermahnte sie sich. Aber das war leichter gesagt als getan.

Als sie im Hof das Nachtgeschirr ausleerte, trat Johann, der Knecht, zu ihr. »Hab mit deinem Freund jesprochen«, sagte er mit unzweideutigem Grinsen. »Der wollte alles üba dir wissen.«

Sie fuhr herum. »Er ist nicht mein Freund. Und halt bloß die Klappe darüber, Johann!« Sie blitzte ihn an. »Sonst bereust du's, das schwör ich dir.«

Er hob die Hände. »Schon jut, schon jut! Ick sach ja nüscht!«

Wütend trat Hedwig in die Küche.

»Wat machste denn für'n Jesicht?«, fragte Else, als sie ihrer ansichtig wurde.

»Nichts, nichts!« Hedwig stürmte an ihr vorbei und erklomm die Treppe.

»Na so wat!« Else schüttelte den Kopf. »Weeßte vielleicht, wat mit der los is'?«, fragte sie Johann, der hinter Hedwig ebenfalls in die Küche getreten war.

»Wenn de mich fragst …«, erwiderte der mit einem hämischen Grinsen. Er sah sich um, aber sie waren allein. Die Frida half gerade oben beim Putzen. »Wenn de mich fragst, die Hedwig is' verliebt.«

»Verliebt? Doch wohl nich' in dich, du Banause.«

»Schön wär's. Eener wie icke ist nich' jut jenug für unsere edle Hedwig. Ick sach dir, die will hoch hinaus.«

»Wat quatschte da für 'n Unsinn?«

Johann grinste und machte ein Gesicht, als wüsste er mehr.

»Nu red schon«, fuhr Else ihn an. »Wenn de Andeutungen machst, musste ooch es Maul uffmachen.«

Verschwörerisch beugte er sich vor. »Die Hedi hat 'n Grafen an de Angel.«

»Woher willste dit nu wissen?«

»Een Offizier. Hat mich nach ihr ausjefragt.«

Die Köchin starrte ihn an. »Wat faselste da für dummes Zeug?«

»Doch, doch! Hat mir sojar Geld jegeben, damit ick ihm alles über die Hedwig erzähle.«

Else schüttelte ungläubig den Kopf. »Und wat is dit für eener?«

»Een Adeliger. Sach ick doch. Der is' Leutnant, da bin ick mir sicher wie dit Amen in de Kirche. Hab ja selbst jedient. Da weeß ick schon, wie 'n Leutnant aussieht.«

»Und woher kennt der die Hedi?«

»Hat er nich' jesagt. Hat mir nur Geld jegeben und jemeint, ick soll den Mund halten.«

»So!«, rief Else wütend. »Den Mund sollste halten. Und wat zerreißte dir dann dit Maul über die Hedi? Ausjerechnet in meener Küche? Scher dir raus, du Taugenichts. Ab in deinen Stall!«

»Heh, wie redeste eijentlich mit mir?«

»Raus, aber dalli!« Sie ergriff eine hölzerne Teigrolle, die gerade auf dem Tisch lag. »Oder muss ick dir Beene machen?«

Johann ergriff die Flucht. »Ihr seid doch alle gleich, ihr Schlampen«, rief er noch, bevor er die Tür hinter sich zuknallte.

Am Nachmittag – Madame war in ein Buch vertieft und wollte nicht gestört werden – saß Hedwig bei Else in der Küche. Sie waren allein, denn die Frida war auf dem Markt, um ein paar Dinge zu kaufen, die Else am Morgen vergessen hatte.

»Sach mal, Kindchen, ick hab da wat jehört, wat dir betrifft.«

Hedwig hob die Brauen. »Mich? Was soll das sein?«

»Von 'nem jewissen Offizier, den de an de Angel hättest.«

Hedwig wurde rot. »Das hast du von Johann. Ich bring den Kerl um.«

»Wat willste? Solche wie Johann quatschen eben. Hat er dit nu erfunden, oder is' wat dran?«

»Nichts ist dran.« Hedwig starrte auf den gekachelten Fußboden.

»Mir kannste's ja verraten. Der denkt sich so wat doch nicht aus. Dazu is' er zu dumm, der verdammte Bauernlümmel.«

Aber Hedwig sagte nichts. Die Sache war ihr peinlich. Sie fühlte sich in den Dreck gezogen, ausgerechnet von diesem Johann, den sie verachtete. »Es ist nichts dran«, wiederholte sie trotzig.

Auch Else schwieg jetzt, rollte nur ihren Teig aus und stäubte etwas Mehl darüber. Dabei war klar, dass sie eine Erklärung erwartete. Doch Hedwig wollte nicht darüber reden. Es gab ja im Grunde auch nichts zu berichten. Aber Else war immerhin ihre Freundin und meinte es gut mit ihr.

»Dieser Offizier«, sagte sie schließlich, »ein Leutnant, glaube ich, war letztens beim Abendessen zu Gast. Du weißt schon, als der Hardenberg hier war. Jedenfalls scheint er einen Narren an mir gefressen zu haben. Frag mich nicht, warum.«

Else warf ihr einen Blick zu. »Weil de ’n hübsches Ding bist, darum.«

»Was kann ich dafür? Ich hab ihn jedenfalls nicht ermutigt.«

»Und?«

»Anscheinend hat er den Johann nach mir ausgefragt.«

Else runzelte die Stirn. »Een Offizier? Een Graf soll er sein, sagt Johann.«

»Der ist kein Graf.«

»Aber adelich.«

»Er ist Freiherr. Mehr weiß ich nicht über ihn.«

»Und wie is’ der so?«

»Eigentlich ist er ganz nett.«

»So, so. Janz nett.« Else zog die Brauen hoch und machte ein Gesicht, als ob es besonders verdächtig wäre, ganz nett zu sein.

»Es ist nichts, Else. Ich schwör’s.«

»Sieh dir vor, Kindchen. Du weeßt, wie die Kerle sind. Die Adelichen sind am schlimmsten. Mehr will ick dazu nicht sagen.«

»Ich schwör dir, ich hab mit dem nichts vor. Ich hoffe nur, der Johann erzählt es nicht überall herum.«

»Keene Sorje. Den knöpf ick mir vor.«

Am Freitagnachmittag ließ der Hausherr Hedwig in die Kanzlei rufen. Schüchtern betrat sie sein großes Arbeitszimmer. Es war in dunklem Holz getäfelt, ähnlich wie die Bibliothek im Stockwerk darüber, und roch nach Tabak und Leder. In Ermangelung schmückender Elemente, außer ein paar Kupferstichen mit Stadtansichten von Berlin, kam ihr der Raum düster und irgendwie einschüchternd vor. In hohen Regalen stapelten sich gelehrte

Schriften, Gesetzesbücher und juristische Abhandlungen. Und auf dem großen, eichenen Schreibtisch des Herrn türmten sich die Akten.

Herr Buschardt hob den Kopf. »Hedwig, mein Kind, komm her und setz dich.« Er deutete auf einen von drei Ledersesseln vor seinem Schreibtisch.

Die Dielen knarrten ein wenig, als sie nähertrat. Etwas unsicher ließ sie sich auf der Kante des Sessels nieder. Herr Buschardt nahm seinen *Pince-nez* von der Nase und lächelte freundlich.

»So«, sagte er. »Du bist also mit Jakob Grünbaum, diesem frechen Schreiber, bekannt.«

»Er wohnt bei meinen Eltern zur Untermiete. Wie schlimm ist es denn?«

»Nun, es ist schon mehrfach aufgefallen, dass er kein Blatt vor den Mund nimmt, wenn er König und Regierung kritisiert. Er ist den Behörden durchaus bekannt.«

»Das wusste ich nicht.«

»Im Grunde kann er froh sein, dass wir nicht in Frankreich leben, denn trotz der so berühmten *liberté* ist es nicht weit her damit. Unter Napoleon ist die Zensur in Paris weit schlimmer als bei uns. Aber auch für preußische Verhältnisse ist der Grünbaum etwas zu weit gegangen. Deshalb hat man ihm wohl ins Gewissen reden wollen. Ein paar Tage Haft sollten ihn darüber nachdenken lassen, wo seine Loyalität zu liegen hat.«

»Dann ist es also nicht so schlimm?«, fragte Hedwig atemlos. »Kommt er bald frei?«

»Ich denke, seit heute Morgen sollte er schon auf freiem Fuß sein. Das wurde mir jedenfalls berichtet. Und sag ihm, wenn du ihn siehst, er soll doch bitte in Zukunft etwas vorsichtiger sein. Zumindest die Dinge diplomatischer ausdrücken. Ansonsten mag ich seine Artikel.« Er steckte sich seinen *Pince-nez* auf die Nase und begann, sich wieder in die Papiere zu vertiefen, die vor ihm lagen.

Hedwig erhob sich. »Ich danke Euch von ganzem Herzen, dass Ihr Euch für ihn eingesetzt habt.«

Er blickte auf. »Oh, im Grunde hab ich gar nichts getan. Mich nur erkundigt.«

»Trotzdem vielen Dank.« Hedwig wandte sich zum Gehen.

»Ach, noch was«, sagte Herr Buschardt. »In ein paar Tagen wird der König die allgemeine Wehrpflicht verkünden. Oder er hat es vielleicht schon getan. Ich hab heute die Zeitung noch nicht gelesen. Sag das deinem Hitzkopf. Vielleicht wird es ihn freuen.« Er schüttelte den Kopf. »Weiß der Teufel, wieso man sich darüber freuen soll.«

Dass der Jakob wieder frei sein sollte, erfüllte Hedwig mit großer Freude. Sie stürmte aus der Kanzlei und wäre am liebsten gleich nach Hause gelaufen, um mit ihm zu reden, aber es war ja erst Freitag.

Zum Glück war heute kein Salon, und sie musste dort nicht aushelfen. Madame war ausgegangen. Hedwig nahm die Gelegenheit wahr und putzte in Henriettes Appartement Staub, räumte auf und bezog das Bett mit frischem Leinen. Nach getaner Arbeit zog sie sich in ihre Kammer zurück.

Morgen würde sie Jakob treffen und sich alles von ihm erzählen lassen. Das mit der angekündigten Wehrpflicht hatte sie zwar gehört, aber die Bedeutung war ihr nicht recht aufgegangen. Sie machte sich deshalb keine Gedanken. Stattdessen nahm sie aus der Nachttischschublade die Lektüre, die Jakob ihr empfohlen hatte, Goethes *Werther*, und begann zu lesen.

Hedwig hatte keine besondere Bildung. Die vom Pfarrer geführte Volksschule – Kinder allen Alters in einem einzigen überfüllten Klassenzimmer – hatte außer Bibellesen und ein bisschen Rechnen nicht viel zu bieten gehabt. Doch gerade Rechnen hatte ihr Spaß gemacht. Vor allem war sie schon als Kind ziemlich neugierig gewesen. Und im Hause Buschardt hatten die Gespräche der Gäste ihren Geist noch weiter erweckt, so dass sie angefangen hatte, Zeitungen zu lesen. Im Salon und auch in Madames Appartement lagen immer genug herum.

Goethes Buch war jedoch ihr erster Roman. Zunächst war sie verwirrt, dass es sich um Briefe zu handeln schien, die jemand an einen Freund schrieb, doch dann erinnerte sie sich, dass Jakob von einem Briefroman geredet hatte. Sie vertiefte sich in das Buch, fand es weniger schwierig als erwartet, und vergaß die Zeit darüber. Seltsam, dass jemand seine Gedanken und Gefühle so freimütig dem Papier anvertraute. Der Verfasser schien direkt zu ihr zu sprechen, als säße er ihr gegenüber.

Sie fand gleich zu Anfang eine Stelle, die sie berührte: *»Die Einsamkeit ist meinem Herzen köstlicher Balsam in dieser paradiesischen Gegend, und diese Jahreszeit der Jugend wärmt mit aller Fülle mein oft schauderndes Herz. Jeder Baum, jede Hecke ist ein Strauß von Blüten, und man möchte zum Maienkäfer werden, um in dem Meer von Wohlgerüchen herumschweben und alle seine Nahrung darin finden zu können.«*

Das hatte sie auch schon so empfunden, im Frühling in Mutters Garten, wenn alles blühte. Ach, und die Maikäfer. Die hatte sie als Kind gesammelt und gehütet und ihnen Blätter zum Fressen gegeben und sie irgendwann wieder fliegen lassen, bevor Gero sie ihr wegnehmen konnte. Gero hatte sie oft gehänselt und geärgert. Und trotzdem liebte sie ihn. Mehr als den sieben Jahre älteren Bruder Arnulf. Der war ihr immer ein wenig fremd gewesen.

Sie las weiter, wurde nach einer Weile aber ungeduldig, wollte endlich zu der versprochenen Liebesgeschichte kommen, doch das dauerte. Schließlich wurde sie der langatmigen Beschreibungen und Gedanken des jungen Werthers überdrüssig und legte das Buch zur Seite.

Sie starrte an die Decke. Er hatte etwas von Einsamkeit geschrieben. Auch sie fühlte sich manchmal einsam. Als einziges Mädchen in einer Familie von Männern aufgewachsen, mit niemandem zum Reden, außer ihrer Mutter. Und mit der konnte ein junges Mädchen genauso wenig ihre geheimsten Gedanken und Sehnsüchte teilen wie mit ihren Brüdern. Vielleicht sollte sie ebenfalls Briefe schreiben. Aber an wen? Oder ein Tagebuch führen. Manche Damen taten das, wie Madame ihr einmal erzählt hatte. Doch gleich darauf verwarf sie den Gedanken. Es war doch sicher alles dumm, was sie zu sagen hatte.

Natürlich träumte sie, wie alle jungen Frauen, von der Liebe. Aber die war ihr noch nicht begegnet. Sie hatte ihre Familie, ein paar Freundinnen in der Nachbarschaft, natürlich die Else und die anderen Mädchen im Hause Buschardt. Doch das war nicht genug. Das Leben, wie sie es sich wünschte, hatte gewiss mehr zu bieten.

Einsamkeit war für sie, im Gegensatz zum Autor des *Werther*, alles andere als ein köstlicher Balsam. Eher etwas Eintöniges, Quälendes, das tägliche Allerlei ihres Daseins als Zofe, immer zur Stelle, wenn Madame sie brauchte. Wie es wohl wäre, selbst eine Zofe zu haben, sich bedienen zu lassen, wann immer sie wollte? Sie dachte an Ewalt. Der Frau eines Freiherrn würde es gewiss an nichts fehlen. Sie würde sich in schönen Kleidern zeigen, wie Madame Henriette charmante Gäste empfangen, sich an einen reich gedeckten Tisch setzen und die besten Gerichte genießen. Doch alsbald verscheuchte sie solche Gedanken. Niemals würde sie die Frau eines Freiherrn sein. Eher ginge die Welt zugrunde.

Es klingelte in ihrer Kammer. Das Haus hatte versteckte Seilzüge, die bis in die Kammern der Dienstboten führten. Die Klingel erinnerte sie daran, dass es Zeit war, den Tisch für das Abendessen des Ehepaars Buschardt zu decken. Sie stand auf und legte das Buch zurück in die Schublade, richtete ihr Haar und band sich eine frische Schürze um. Dann stieg sie die Treppe hinunter.

Endlich war es so weit, und ihr Dienst für diese Woche war beendet. Hedwig brachte Madame noch einen Tee und verabschiedete sich dann von ihr. Fröhlich stieg sie die Treppe hinunter, schlüpfte im Flur in ihren Mantel, legte sich den Schal um den Hals und band sich die Haube um. Sie betrat die Küche, um Else bis zum Montag Lebewohl zu sagen.

»Na, du siehst aber vergnügt aus«, sagte Else und wischte sich die Hände an der Schürze ab. »Kannste's wohl nich' abwarten, nach Hause zu kommen.«

»Ich bin gespannt, was Jakob mir zu erzählen hat.«

»Wennde mich fragst, der Mann hat recht. Kannste ihm ausrichten. Und Mut hat er ooch. Dit kann ihm keener absprechen.«

Hedwig hatte ihr von Jakobs Verhaftung berichtet. Alle im Haus hatten daraufhin den bewussten Artikel gelesen, außer Frida, die konnte nicht lesen. Aber sie hatte zugehört, als in der Küche darüber geredet wurde.

Die Berliner waren froh, die Franzosen endlich loszuwerden. Besonders in den zwei Jahren nach Jena und Auerstedt hatte die Stadt schwer unter der Besatzung gelitten. Zweihunderttausend Mann hatte Napoleon einquartiert. Alle Bürger, ob reich oder arm, hatten Soldaten unterbringen und verpflegen müssen. Dass die sich nicht immer vorbildlich benommen hatten, wen hätte es gewundert? Es waren eben Soldaten, und dazu noch Besatzer.

Der König war außerdem gezwungen gewesen, der preußischen Bevölkerung harte Steuern aufzuerlegen, um die von Napoleon geforderten Reparationsleistungen aufzubringen. Das hatte den Staat beinahe in den Bankrott getrieben. Die Wirtschaft des ganzen Landes hatte gelitten, und das Heer der Armen hatte sich mehr als verdoppelt. Obdachlose schliefen unter den Brücken. Im Winter hatte man morgens die Erfrorenen einsammeln müssen. Nach der Russlandniederlage war für die meisten nun endlich der Augenblick gekommen, sich zu wehren und das elende Joch abzuwerfen, auch wenn es Opfer kosten würde.

»Ich muss los«, sagte Hedwig und küsste Else auf die Wange.

»Und sei uff de Hut, Kindchen!«, hörte sie die Köchin noch rufen, als sich die Tür schon hinter ihr schloss.

In der Stalltür stand Johann und grinste zu ihr herüber. Hedwig wandte sich ab und rannte über den Hof und unter dem Torbogen hindurch auf die Französische Straße.

Sei auf der Hut! Hedwig wusste schon, was Else gemeint hatte. Vor einem gewissen Offizier sollte sie sich in Acht nehmen. Das war sicher das Vernünftigste. Aber so fürchterlich vernünftig wollte sie gar nicht sein. Oder doch besser? Sie war hin- und hergerissen. Am besten lief sie schnell nach Hause und dachte nicht mehr an ihn. Und vielleicht wartete er ja gar nicht auf sie. Bestimmt hatte er schon genug von ihrer abweisenden Art.

Und doch hoffte sie, ihn wiederzusehen, wenn auch nur für einen kurzen Augenblick. Nur um ein paar Worte zu wechseln. Ja, das versprach sie sich, nur für einen Augenblick. Um später davon zu zehren und sich auszumalen, was wäre, wenn …

Sie betrat den Gendarmenmarkt und sah sich um. Und war prompt enttäuscht. Weit und breit kein Freiherr von Billung zu entdecken. Nun ja, vielleicht war er in einer Besprechung. Oder er war abkommandiert worden. Oder er hatte genug von dem dummen Spiel, ihr aufzulauern.

Auf einmal war ihre gute Laune verflogen. Ein graues, tristes Gefühl hatte sich in ihr Herz geschlichen. Sollte sie warten? Nein, das war dann doch zu blöd. Wenn er nicht hier war, dann eben nicht. Sie überquerte den Platz in Richtung Schloss, um den Heimweg einzuschlagen.

»Na, so was«, hörte sie eine Stimme hinter sich. »Da läuft sie doch tatsächlich an mir vorbei.«

Ein süßer Schreck durchfuhr sie. Die Stimme war unverwechselbar. Hedwig blieb stehen und drehte sich langsam um. Fünf Meter hinter ihr stand eine Droschke mit dunklem, verschlossenem Verdeck. Sie war daran vorbeigegangen, ohne näher hinzusehen. Und diesem Gefährt entstieg nun ein spöttisch grinsender Ewalt von Billung. Unwillkürlich musste sie lachen. Zu ihrer Überraschung war er gar nicht in Uniform, sondern ganz gediegen in bürgerliches Gewand gekleidet, vollständig mit Krawatte, Gehstock und hohem Kastorhut, den er höflich lüftete. Mit wenigen Schritten war er bei ihr.

»Fräulein Hedwig, kennen Sie mich denn nicht mehr?«

»Wie soll ich Sie ohne Uniform erkennen?«

»Ja bin ich denn nur eine Uniform für Sie? Das betrübt mich, ehrlich gesagt. Ich weiß schon, für euch Zivilisten sehen wir alle gleich aus.«

Er machte ein gespielt trauriges Gesicht mit melancholischen Hundeaugen. Aber nur kurz, dann grinste er schon wieder. Er wirkte aufgeräumt und forsch. Aber etwas war anders an ihm.

»Was ist mit Ihren Haaren?«, fragte sie.

Er fuhr sich mit der Rechten in den Nacken. »Ach, der dumme Zopf. Der musste weg. Sonst denken Sie noch, ich gehöre zum alten Eisen.«

»Na so was«, sagte sie lächelnd. »Wobei altes Eisen gar nicht so schlecht ist. Mein Vater verwendet es in der Schmiede recht gern.«

»Dann soll er sich mal an meinem alten Herrn versuchen. Ein zäher, alter Preuße.« Er lachte und nahm sie jetzt sogar bei der Hand. »Da Sie mein Pferd verschmäht haben, dachte ich, eine Droschke wäre besser. Wir warten hier schon seit einer geschlagenen halben Stunde. Steigen Sie ein, Fräulein Hedwig. Ich fahre Sie nach Hause. Im Wagen können wir uns unterhalten.«

»Mit Ihnen allein in eine Droschke steigen?« Sie runzelte misstrauisch die Stirn. »Noch dazu mit zugeklapptem Verdeck? Nein danke, mein Herr Offizier. So weit geht mein Vertrauen nun doch nicht. Ich habe gesunde Beine und gehe gern zu Fuß.«

»Auch gut«, erwiderte er gleichmütig. »Dann bitte ich nur um einen Augenblick Geduld. Ich muss den Kutscher bezahlen.«

Er tat's, und dann gingen sie zusammen durch die Gassen in Richtung Spreebrücke.

»Wie kommt es, dass Sie nicht in Uniform sind?«, fragte Hedwig. »Nicht, dass Sie denken, es gefiele mir nicht. Das Gewand steht Ihnen gut. Aber so eine Uniform macht schon was her.«

»Kann sein, aber in dem bunten Tuch ist man zu auffällig. Ich dachte, Sie ziehen es vielleicht vor, wenn ich mich diskreter kleide. So wie andere Berliner. Des Königs Rock in allen Ehren, aber schließlich ist man ja auch noch Mensch.«

»Und all diese Umstände nur für mich?«, fragte sie mit einem koketten Augenaufschlag. »Zuerst das Pferd, dann eine Droschke. Jetzt auch noch in Zivil und ohne Zopf.«

»Für Sie, meine Liebe, jederzeit und noch viel mehr.«

Sie hatten den Schlossplatz erreicht. Ewalt blieb stehen. »Da drüben, am alten Stechplatz, ist das Café Josty. Die haben die besten Kuchen und Pralinen in ganz Berlin. Darf ich Sie einladen? Es würde mir die größte Freude bereiten.«

Hedwig zögerte. Sie dachte an Elses Warnung. Eigentlich sollte sie solche Einladungen ausschlagen. Aber er bat sie so herzlich, dass es ihr schwerfiel, Nein zu sagen. Was soll schon dabei sein?, fragte sie sich. Zu Hause erwartete sie nichts Besonderes. Natürlich Jakob, aber der würde ja nicht weglaufen. Ansonsten nur das gleiche Abendessen mit der Familie, so wie jeden Samstag. War sie überhaupt gut genug gekleidet für dieses stadtbekannte Kaffeehaus? Mantel und Kleid waren schlicht, aber von bestem Tuch und gut geschnitten. Sie hatte die Sachen selbst geschneidert. Und seit der Kindheit hatte Mutter ihr eingebläut, auf ihre Kleidung zu achten. Nein, schämen musste sie sich nicht.

Sie lächelte ein wenig schüchtern. »Also gut. Gehen wir.«

Sie hakte sich bei ihm unter, und so überquerten sie den Platz, fast so, als wären sie ein vertrautes Paar. Wobei ihr das Herz klopfte, denn es war schon ein seltsames Gefühl, so selbstverständlich am Arm dieses Mannes zu gehen. Seltsam und aufregend. Sie sagte kein Wort, bis sie im Kaffeehaus angelangt waren und an einem freien Tisch Platz genommen hatten.

Ewalt musste schon öfter hier gewesen sein. Die Bedienung schien ihn zu kennen, verbeugte sich mehrmals, rückte Stühle und brachte ein handschriftliches Menü. Ewalt schlug irgendwelche Sahnetörtchen vor. Und ein Kännchen Kaffee. Oder doch lieber heiße Schokolade? Hedwig entschied sich für Kaffee, nickte ansonsten zu allem. Sie genoss es, wie eine Prinzessin bedient zu werden. Besonders hier, an der Seite dieses Mannes, dem so manche Damen einen verstohlenen Blick zuwarfen. Was ihr keinesfalls entging.

»Erzählen Sie mir von Ihrer Familie«, sagte sie, als die Bedienung sich zurückgezogen hatte.

»Da ist nicht viel zu sagen. Wir sind aus Vorpommern. Das ist ja immer noch schwedisch. Aber wir haben auch Ländereien hier in Preußen. Eigentlich bin ich in Berlin aufgewachsen. Wir haben ein Haus Unter den Linden. Ich wohne dort mit meiner Schwester. Unsere Eltern und mein älterer Bruder leben die meiste Zeit auf einem Gut, nicht weit von hier. Mein Bruder ist ein passionierter Jäger.«

»Und Sie sind Offizier geworden.«

»Familientradition. Mein Bruder verwaltet den Besitz, und ich diene dem König. So halten wir es schon seit Generationen. Mein Großvater war Offizier beim Alten Fritz. Im Schlesienkrieg. Wurde schwer verwundet.«

Eine alte, traditionsreiche Familie also, dachte Hedwig. Mit Ländereien und einem Jagdrevier. Sicher mit vielen Bediensteten. Sie schwiegen eine Weile, während Hedwig von den köstlichen Törtchen kostete und einen Schluck Kaffee zu sich nahm. Es war schön, hier zu sitzen, die feinen Leute um sich herum zu beobachten, das leise Stimmengewirr, die Damen in edlen Pelzen und eleganten Hüten, die Herren in dunklen Anzügen und gestärkten Hemdkragen mit goldenen Krawattennadeln, auch ein paar Uniformen in der Menge. Die Kellner, die hin und her liefen und Tabletts voller Köstlichkeiten trugen. Ja, es war schön.

Sie wunderte sich, dass überhaupt so viele Damen anwesend waren. Die meisten Kaffeehäuser wurden eher von Männern frequentiert, die Wirtshäuser fast ausschließlich. In Preußen traten Frauen in der Öffentlichkeit nur wenig in Erscheinung. Auf dem Lande noch viel weniger als in Berlin. Die feinen Salons, so wie bei Madame Henriette, bildeten da eine Ausnahme. Sie boten zumindest den reicheren Frauen eine Gelegenheit, gesellschaftlich in Erscheinung zu treten, sich zu Wort zu melden, Meinungen zu äußern und andere zu beeinflussen. Doch das war den oberen Schichten vorbehalten. Wie den Damen hier im Café Josty.

Plötzlich fragte sich Hedwig, ob jemand sie vielleicht erkannte – jemand, der bei Madame zu Gast gewesen war, der wusste, dass sie nur eine Zofe war. Denn im Grunde gehörte sie gar nicht hierher. Das wurde ihr mit einem Mal schmerzlich bewusst.

Jäh wandte sie sich Ewalt zu. »Was wollen Sie eigentlich von mir, Herr von Billung?«

Sie merkte, dass ihn die Frage überraschte. Vor allem ihr angriffslustiger Ton, der ihr im gleichen Moment schon wieder leidtat.

»Wie meinen Sie das?«, fragte er.

Hedwig holte tief Luft. »Ich bin doch nur die Tochter eines Handwerkers. Warum bestehen Sie darauf, sich mit mir zu treffen? Ich gebe zu, ich fühle mich geschmeichelt, aber es kommt mir so unwirklich vor. Ich gehöre nicht in Ihre Welt.«

Betroffen sah er sie an. »Ich hätte nicht von meiner Familie reden sollen. Das war ungeschickt. Es tut mir leid.«

»Oh nein. Es muss Ihnen überhaupt nicht leidtun. Niemand kann etwas für den Stand, in den er hineingeboren wurde. Weder Sie noch ich.«

»Aber das ist genau der Punkt. Wir können nichts dafür. Wir sind einfach Menschen. Das ganze Standesgerümpel ist doch zu vergessen. Wir sollten es endlich über Bord werfen. Die Franzosen hatten völlig recht, damit aufzuräumen.«

»Sie meinen, Leuten wie Ihnen den Kopf abzuschneiden?«

Er lachte. »Nun ja, vielleicht nicht ganz so drastisch.«

»Und außerdem haben sie den Adel gleich wieder eingeführt.«

»Leider ja.«

»Das sollte Ihnen zu denken geben.«

Er zuckte mit den Schultern, als sei das alles unwichtig. »Können wir das nicht vergessen?«

»Was denn?«

»Den sogenannten Standesunterschied? Können wir uns nicht einfach wie zwei Menschen begegnen, die sich mögen?«

Sie sah ihn an. »Mögen wir uns denn?«

»Ich für meinen Teil mag Sie sehr. Und ich würde mich glücklich schätzen, wenn Sie mich ebenfalls nicht ganz unsympathisch finden würden.«

Hedwig lächelte scheu. »Nein. Unsympathisch sind Sie mir nicht.«

»Na, wunderbar. Das ist doch schon mal ein Anfang.«

Daraufhin schwiegen sie eine Weile. Hedwig blickte auf ihre halb leere Kaffeetasse. Seit sie das Café betreten hatten, war ihr bewusst, um wie viel teurer und besser die meisten Frauen hier gekleidet waren, feine Seidenschals um die Schultern geworfen, Schmuck, elegante Hutkreationen auf kunstvoll frisierten Locken. Im Vergleich dazu kam sie sich wie eine graue Maus vor. Und doch hatte dieser Mann an ihrer Seite nur Augen für sie. Fast war es ihr peinlich.

»Sie starren mich an«, murmelte sie verlegen.

»Das stimmt. Ich bitte um Entschuldigung.«

Daraufhin öffneten beide gleichzeitig den Mund, um etwas zu sagen. »Verzeihung«, sagte Ewalt sofort. »Ich wollte Sie nicht …?«

Hedwig wehrte ab. »Nein, Sie zuerst.«

»Nun …« Er sah sie an und zögerte. »Ich starre Sie an, weil …«

»Sie müssen mir keine Komplimente machen«, sagte sie schnell.

»Oh nein. Mit billigen Komplimenten würde ich Sie niemals beleidigen. Aber ich wünschte, ich wäre ein Künstler und könnte Sie in einem Gemälde festhalten. Genauso, wie Sie mich jetzt anschauen, etwas von der Seite, mit einer leicht erhobenen Braue, ein wenig misstrauisch …« Er lächelte.

Warum nur wollte alle Welt sie malen? Als so schön empfand sie sich selbst gar nicht. Ja, sie hatte eine gerade Nase, makellose Haut und eine frische Gesichtsfarbe. Na und? Was war daran so besonders?

»Ein Gemälde? Wozu ein Gemälde von mir?«

»Ich würde es in mein Zimmer hängen, damit ich Sie jeden Tag anschauen kann.«

»Sie beschämen mich«, sagte Hedwig und wurde tatsächlich ein wenig rot. Sie starrte wieder auf ihre Tasse. »Aber seien Sie mir nicht böse«, sagte sie schließlich und sah ihn an, »Sie und ich, wir kommen aus unterschiedlichen Verhältnissen. Auch wenn Sie es nicht wahrhaben wollen. Das kann man nicht so einfach vom Tisch wischen. Es ist wahr, ich empfinde Sympathie für Sie. Sonst säßen wir ja nicht hier. Aber es macht mir auch Angst. Was soll daraus denn werden?« Sie konnte nicht weiterreden, sondern schlug die Augen nieder.

Da spürte sie seine Hand auf der ihren. Bei der Berührung durchfuhr sie ein seltsames Kribbeln, den ganzen Arm entlang bis in ihr Innerstes. Doch sie zog die Hand nicht zurück. Denn es war kein unangenehmes Gefühl. Ganz im Gegenteil.

»Ich weiß, wovor Sie sich fürchten, Hedwig«, hörte sie ihn sagen. »Vielleicht geht es mir ja ebenso.«

»Wie meinen Sie das?«

»Ich habe Angst, Sie gleich wieder zu verlieren. Jetzt, wo ich Sie gefunden habe.«

»Aber …«

»Ich weiß, es klingt verrückt, doch vom ersten Augenblick an …« Auch er hatte plötzlich Mühe, die richtigen Worte zu finden. »Ich hatte sofort so eine Gewissheit, dass wir uns verstehen. Dass uns etwas verbindet.« Er zögerte. »Dass wir uns vielleicht sogar lieben könnten.«

Sie fuhr zurück. »Woher wollen Sie das wissen? Wir kennen uns kaum.«

Lieben? Das Wort hatte sie erschreckt. Das hörte sich nach diesem schönen Gerede an, vor dem Else sie gewarnt hatte, süße Worte, mit dem Männer wie Ewalt unerfahrene Mädchen einzuwickeln versuchten.

»Haben Sie mich etwa hierher eingeladen, um mich zu beeindrucken? Und jetzt auch noch mit schönen Worten?«

Er nahm die Hand von der ihren, und Hedwig vermisste sie sofort. Sie sah, dass sie ihn verletzt hatte.

»Es tut mir leid, wenn ich Ihnen zu nahegetreten bin«, sagte er leise und lehnte sich zurück. Er spielte mit der Gabel in seinen Kuchenresten. Dann legte er sie weg.

»Ach, vielleicht bin ich einfach nur eine dumme Gans«, sage sie zerknirscht. »Verzeihen Sie.«

»Es waren nicht nur schöne Worte. Ich empfinde etwas für Sie, Hedwig. Leider bin ich nur ein dummer Soldat und kann mich nicht so gut ausdrücken, wie ich möchte.«

Sie blickte in Ewalts Augen. Aus ihnen sprach Ernsthaftigkeit. Sie wünschte sich die Wärme seiner Hand zurück. Es hatte sich nicht nur gut angefühlt, sondern so, als ob sie dahin gehörte.

»Sie haben schöne Hände«, sagte sie spontan.

Er lächelte verlegen. »Das hat mir noch nie jemand gesagt.«

»Sie verzeihen mir also?«

»Wie könnte ich anders?«

Ermutigt fasste sie nach seiner Rechten, die vor ihr auf dem Tisch lag, und betrachtete sie von allen Seiten. Es war eine kräftige Männerhand. Und doch auch elegant, mit langen Fingern. Mit einem Mal überfiel sie die Erinnerung an jenen Traum, den sie eigentlich längst vergessen hatte. Die Arme eines Mannes, die sie hielten, die Hand, die ihre Brust umfing. Bei dem Gedanken wurde ihr heiß. Was, wenn er merkte, woran sie dachte?

Sie ließ seine Hand los, als könnte sie sich daran verbrennen. Um ihre Gefühle zu verbergen, fragte sie in nüchternem Ton: »Sie haben Schwielen. Woher kommen die?«

»Vom Umgang mit Waffen. Vom Säbelfechten.«

Sie nickte, senkte die Augen, trank einen Schluck Kaffee und wusste nichts zu sagen. Ihr Herz klopfte heftig, und sie spürte, wie sie feuchte Hände bekam.

Mein Gott! Was geschieht mit mir?

»Es tut mir leid, Hedwig.« In seiner Stimme klang Verlegenheit. »Ich weiß, es geht Ihnen zu schnell. Und ich möchte Sie auch gar nicht mit meinen Gefühlen überrumpeln. Aber wir haben so wenig Gelegenheit, uns zu sehen. Außerdem steht der Krieg vor der Tür. Da möchte ich keine Minute verlieren. Können Sie das verstehen?«

»Ja«, sagte sie leise. »Das kann ich verstehen.«

»Dann geht es Ihnen ähnlich?«

»Merken Sie das denn nicht?«

Sie saßen noch lange im Café Josty. Mit jeder Minute, die verstrich, schienen sie sich näherzukommen. Hedwig verlor ihr Misstrauen, ihre Furcht vor einer billigen Verführung. Sie fasste Vertrauen zu diesem Mann, der zwar eindringlich, doch keinesfalls aufdringlich um sie warb, respektvoll und aufmerksam für jede ihrer Regungen. Sie begann, sich zu verlieben. Wenn sie nicht schon längst verliebt war. Erst als sich das Kaffeehaus langsam leerte, fiel ihr ein, dass man daheim auf sie wartete.

»Ich muss gehen, Ewalt«, flüsterte sie erschrocken. Sie hatten das *Sie* abgelegt wie ein zu eng gewordenes Kleidungsstück und sich längst an das ungezwungene Du gewöhnt.

Er rief sofort die Bedienung, um zu zahlen. »Ich begleite dich.«

»Nein, das musst du nicht.«

»Keine Widerrede, liebe Hedwig. Ich werde dich doch nicht im Dunkeln allein durch die Straßen wandern lassen.«

»Nenn mich doch einfach Hedi«, sagte sie. »So heiße ich in der Familie. Außer bei meiner Mutter. Die besteht auf Hedwig.«

Er lächelte. »Hedi. Das gefällt mir.«

Ewalt bezahlte. Sie standen auf, er half ihr in den Mantel, dann traten sie in die kalte Februarnacht hinaus.

Sie hakte sich bei ihm unter. Dieses Mal fühlte es sich ganz anders an. Nicht mehr so fremd und seltsam, sondern irgendwie innig und vertraut. Sie nahm ihre Haube ab, löste den Knoten im Nacken und schüttelte ihr langes Haar aus. Ach, wie gut sich das anfühlte! So frei und ungebunden. Wäre doch nur das ganze Leben so! Ewalt bewunderte ihr schönes Haar, strich ihr eine Locke aus der Stirn. Auf der Spreebrücke, im Schatten des Reiterdenkmals des großen Kurfürsten, blieben sie stehen.

Er küsste sie. Erst ganz zart, dann schon ungestümer. Für Hedwig war es das erste Mal, dass ein Mann sie küsste, so ganz anders als die flüchtigen Schmatzer in der Familie. Der Kuss wühlte sie auf, machte ihr Herz klopfen, ließ sie im Innern erbeben. Ein Gefühl der Seligkeit überschwemmte sie, und noch etwas anderes, ein plötzliches Verlangen, das ihren ganzen Leib erschauern ließ.

Es war gut, dass Ewalt sie festhielt, denn für einen Augenblick schienen ihr die Knie zu versagen. Er hielt inne, betrachtete ihr Gesicht im Mondlicht und flüsterte ihren Namen. Sie schlang die Arme um ihn und legte ihre Wange an seine Brust. Dann hob sie den Kopf und suchte erneut seine Lippen.

Sie blieben eng umschlungen auf der Brücke stehen und betrachteten den Mond, der sich im Spreewasser spiegelte. Nach einer Weile gingen sie Arm in Arm weiter und hatten sich noch viel zu sagen. Manchmal auch gar nichts, dann wollten sie nur die Nähe des jeweils anderen spüren. Sie schienen immer langsamer zu gehen, zögerten den Moment der Trennung hinaus, blieben oft stehen, um sich zu küssen. Zum Glück blieben sie unbeobachtet, denn um diese Uhrzeit waren die Straßen leer. Und selbst wenn nicht, es hätte sie nicht gestört. Die Welt konnte ihnen gestohlen bleiben.

»Bis morgen, Ewalt«, sagte sie zuletzt, als sie schon vor der Schmiede standen. Er schaute ihr nach, bis sie im Haus verschwunden war.

Ja, bis morgen. Denn morgen war Sonntag, und sie würde Zeit für ihn haben. Danach kam eine elendig lange Woche geduldigen Wartens.

DER KRIEG KOMMT NÄHER

Kaum war Hedwig im Flur und hatte die Tür hinter sich geschlossen, da hörte sie die vorwurfsvolle Stimme ihrer Mutter. »Kind, wo bleibst du nur? Wir dachten schon, es wär was passiert.«

Hedwig hängte Haube, Schal und Mantel auf und betrat die Küche. Ihre Mutter saß am Tisch und strickte. »Nichts ist passiert, Mutter. Ich musste nur länger arbeiten.« Sie schämte sich für die Lüge, aber die Wahrheit hätte ihre Mutter nur schockiert und eine lange Tirade ausgelöst.

Brunhilde blickte zu ihrer Tochter auf. »Was ist denn das? Trägst du dein Haar jetzt offen? Sind das die Moden, die du bei deiner Madame aufschnappst?«

»Natürlich nicht. Mir ist nur der Knoten aufgegangen. Wo sind Vater und Gero?«

»Dein Vater sitzt in der Stube und liest die Zeitung. Gero ist mit Freunden unterwegs. Ich denke mal, im Wirtshaus um die Ecke.« Sie sah Hedi missbilligend an. »Es ist nicht recht, dass deine Herrin dich so lange arbeiten lässt, dass du im Dunkeln allein durch die Stadt musst.«

»Es macht mir nichts aus, Mutter. So gefährlich ist es nun auch nicht. Außerdem kann ich froh sein, dass sie mir sonntags frei gibt. Du gibst der Liesel nicht frei.«

»Die schläft ja auch nicht bei uns.«

Das Hausmädchen wohnte in der Nachbarschaft bei seinen Eltern, nur ein paar Straßen weiter. Nachdem Liesel abends der Mutter beim Kochen zur Hand gegangen war, verließ sie für gewöhnlich das Haus. Frühmorgens kehrte sie zurück, meist mit frischem Brot vom Bäcker in der Nachbarschaft. Sie ging auch öfter auf den Markt, wenn Mutter sich nicht wohlfühlte. Und es gab einen Lehrling in der Schmiede, den vierzehnjährigen Hannes. Der half beim Tragen.

Brunhilde schob ihr Strickzeug beiseite, legte die Hände auf die Tischplatte und stemmte sich hoch. »Ich wärm dir jetzt dein Essen auf«, sagte sie, musste aber plötzlich heftig husten. Sie wurde rot im Gesicht und beugte sich vor, ihr ganzer Körper krampfte sich zusammen, wollte loswerden, was auch immer da in ihrer Lunge steckte. Hedwig war sofort bei ihr und legte den Arm um die schmalen Schultern der Mutter.

Endlich schien sich etwas zu lösen. Brunhilde richtete sich auf, atmete langsam durch und entspannte sich.

»Setz dich, Mutter. Du musst mir nichts warm machen. Ich hab schon bei den Buschardts gegessen.« Nun hatte sie schon wieder lügen müssen.

Brunhilde ließ sich auf den Stuhl sinken und lehnte sich zurück. Sie faltete die Hände vor dem Bauch. Im schwachen Licht zweier Öllampen wirkten ihre Wangen hohl. Aber sie atmete jetzt ruhiger.

»Wie ist es dir in der Woche ergangen?«, fragte Hedwig.

Brunhilde seufzte. »Wie soll's mir ergangen sein, Kind? Man lebt von Tag zu Tag. Ich wünschte, du wärst zuhause und würdest dich ein wenig um mich kümmern.«

»Aber du hast doch die Liesel.«

»Ach, die Liesel. Das ist ein dummes Gör. Nicht so wie du.«

»Aber es geht dir doch besser, oder etwa nicht?«

Brunhilde zuckte müde mit den Schultern. »Es ginge mir besser, wenn du hier zuhause bliebest. Vielleicht wirst du's nochmal bereuen, dass du dich nicht um mich kümmerst. Wenn ich auf dem Friedhof liege.«

Hedwig nahm den Arm von Mutters Schultern. Im Verteilen von Schuldgefühlen war Brunhilde Meisterin. »Sag doch so was nicht. Bald klingt der Husten ab, und dann ist alles wieder gut.« Sie stand auf und wandte sich zur Tür.

»Wo willst du hin?«

»Sehen, wie's dem Jakob geht. Bin gleich zurück.«

»Der Grünbaum«, murrte Brunhilde. »Das ist auch so einer. Ein Revoluzzer, wie dein Vater sagt. Mit dem wird es noch schlimm enden.«

Mit einem inneren Stoßseufzer trat Hedwig in den Flur. Kaum war sie zu Hause, wäre sie am liebsten schon wieder gegangen.

Im hinteren Teil des Hauses führte eine Stiege in die zweite Etage eines Anbaus. Unten war ein großer Schuppen für Holzkohle, Rohstahl und andere Materialien. Darüber mehrere einfache Kammern, in denen zwei von Vaters Gesellen hausten. Und eben auch Jakob. Es war kalt da oben, schwer zu beheizen. Aber Jakob zahlte nur wenig Miete, und er schien es in der engen Kammer auszuhalten.

Sie erklomm die Stiege und fragte sich, ob man ihr ansah, dass sie einen Mann geküsst hatte. Einen Mann, den sie begehrte und der sie liebte. Dass sie immer noch aufgewühlt war, dass ihre Augen leuchteten und ihre Wangen glühten. Und ihre Lippen. Ihr ganzes Leben war plötzlich auf den Kopf gestellt, so anders. Sie fühlte sich wacher und lebendiger, zappelig vor Glück. Das musste man ihr doch ansehen, dachte sie, nicht ohne Schuldgefühl. Besonders vor Jakob war ihr das peinlich. Sie würde sich zusammennehmen müssen.

Leise klopfte sie an seine Tür. Und als sie ein *Herein* hörte, trat sie in die Kammer.

»Mein Gott! Was ist passiert?«, rief sie sofort, als sie ihn sah.

In seinen Mantel gewickelt und an einem Kissen gegen die Wand gelehnt, lag Jakob auf dem nicht mehr ganz sauberen Laken, das die billige Rosshaarmatratze bedeckte. Es war kalt in der Kammer. Er hatte sich nicht die Mühe gemacht, ein Feuer in dem kleinen Eisenofen zu machen. Und Hedwig verstand sofort, warum.

Denn im trüben Licht einer Ölfunzel sah er zum Fürchten aus. Die Augen waren dunkel unterlaufen, eines ganz zugeschwollen. Die Nase schien gebrochen zu sein, und in seiner Unterlippe war ein blutiger Riss. Sie fiel vor seinem Bett auf die Knie und fasste nach seiner Hand.

Sofort schrie er auf vor Schmerz. »Fass mich nicht an!«

Erschrocken ließ sie los. Tränen schossen ihr in die Augen. »Was haben sie mit dir gemacht?«

Jakob stöhnte. »Zusammengeschlagen haben sie mich. Das siehst du doch.« Er hatte Mühe, die Worte deutlich zu formulieren. Die geschwollenen Lippen machten es nicht leichter. Mit der Linken tastete er vorsichtig im Mund herum. »Zwei Zähne sind locker. Aber wenigstens hab ich sie noch.«

»Was ist mit deiner Hand?«

»Weiß nicht. Vielleicht gebrochen.«

»Aber warum? Nur wegen dem dummen Artikel?«

»Wegen dem, und weil ich Jude bin.«

»Weil du Jude bist? Niemand hat was gegen Juden. In Preußen herrscht Religionsfreiheit. Bei Madame Henriette verkehren mehrere bekannte Juden.«

»Manche hassen uns trotzdem. Und du weißt das.«

»Dann sag mir, wer das war! Wir müssen sie anzeigen, die Schweine!«

Er versuchte ein spöttisches Lächeln. »Willst du Polizisten bei der Polizei anzeigen? Na, dann viel Glück.«

Sie wischte eine Träne weg, die ihr über die Wange gelaufen war. »Irgendwas müssen wir doch tun können. Hast du überhaupt gegessen? Soll ich dir was bringen?«

»Denkst du, mir ist nach essen zumute?«

»Dann mach ich wenigstens Feuer für dich. Man friert sich ja hier zu Tode.« Sie erhob sich und öffnete die Klappe des Eisenofens, fand altes Papier und Holzspäne, die sie hineinstopfte. »Wo ist deine Zunderbüchse?«

»Da oben.« Jakob deutete auf das Regal über dem Bett, wo er seine Bücher aufhob.

Sie fand das Ding und schlug Funken mit dem Stahl, bis sich ein Flämmchen zeigte, das sie ans Papier hielt. Sie legte ein paar Scheite nach, regulierte die Luftzufuhr und beobachtete, wie das Feuer wuchs. Dann schloss sie die Klappe.

»Jetzt wirst du's bald warm haben. Und vergiss nicht nachzulegen.« Sie stand auf. »Es tut mir so leid, Jakob. Ich wünschte, ich könnte was für dich tun.«

Er versuchte zu lächeln, doch mehr als eine mitleiderregende Grimasse wurde nicht draus. »Setz dich noch ein bisschen zu mir. Mit deinem offenen Haar siehst du hübsch aus. Dich zu sehen tut meiner Seele gut.«

Die Worte machten sie verlegen. Sie mochte Jakob und wollte ihm nicht wehtun. Sie hoffte, es war nicht zu offensichtlich, wie es um sie stand. Oder konnte er es ihr am Gesicht ablesen? Sie zog einen Schemel heran und ließ sich darauf nieder.

»Armer Jakob«, sagte sie.

»Ach was. Sind nur blaue Flecken. Die vergehen wieder.«

»Ich soll dir ausrichten, dich in Zukunft doch bitte etwas diplomatischer auszudrücken.«

»Wer hat das gesagt?«

»Mein Herr, Anwalt Buschardt. Er sagt, er mag deine Artikel. Er hat sich bei den Behörden nach dir erkundigt. Und ich glaube, er hat auch ein gutes Wort für dich eingelegt.«

»Hast du ihn darum gebeten?«

Hedwig nickte. »Natürlich hab ich das.«

»Du bist ein Goldstück!« Er deutete auf die Zeitung, in der er gelesen hatte. »Vielleicht hat's ja doch was genützt.«

»Dein Artikel?«

»Der allgemeine Aufruhr. Das Volk auf der Straße. Und die Generäle. Jedenfalls hat der König gestern die allgemeine Wehrpflicht ausrufen lassen. Hier steht's geschrieben.«

»Ja, ich hab so was gehört. Und? Was bedeutet das?«

»Jeder Mann zwischen siebzehn und vierundzwanzig wird eingezogen. Und zwar sofort. Wer sich nicht innerhalb der nächsten acht Tage meldet, wird von der Polizei abgeholt.«

»Oh, mein Gott!« Hedwig bekreuzigte sich.

»Mich betrifft's nicht. Ich hätt' mich freiwillig gemeldet, aber Juden wollen sie nicht haben. Dein Bruder Gero aber, der wird sich melden müssen.«

»Aber er ist doch gerade erst aus Russland heimgekehrt!«

»Das wird ihm nicht helfen.«

Ihr Bruder war dreiundzwanzig. Er würde sich nicht drücken können, das war ihr sofort klar. Auf einmal stieg Hass in ihr auf. Auf Napoleon, auf die Generäle, sogar auf den König. Gero würde wieder in den Krieg ziehen müssen. Zum zweiten Mal. Und natürlich – ihr stockte fast der Atem – auch ihr Ewalt. Kaum hatte sie ihn gefunden, da würden sie ihn ihr wieder entreißen. Ihr stiegen plötzlich heiße Tränen in die Augen.

Jakob sah es sofort. »Es tut mir leid, Hedi.«

»Warum muss die Welt nur so hässlich sein?«, flüsterte sie. »Warum lassen sie einen nicht in Frieden leben?«

Jakob sah sie betroffen an. Im Eisenofen knisterte das brennende Holz. Etwas Wärme breitete sich aus. Hedwig wischte sich mit der Hand über die Augen und stand auf. »Ich geh jetzt besser«, sagte sie. »Mutter wartet auf mich.«

»Morgen wird es wohl nichts mit unserem Sonntagstreffen«, sagte er.

Natürlich nicht. Sie war ja mit Ewalt verabredet. Aber das durfte sie ihm nicht sagen. Ewalt war ihr Geheimnis. »Du musst dich erstmal erholen, Jakob. Ein andermal. Lies nicht so viel, und versuch zu schlafen.«

Sie beugte sich über ihn, gab ihm einen flüchtigen Kuss auf die Stirn und verließ die Kammer.

Auf der Stiege blieb sie einen Augenblick stehen, um die Spuren ihrer Tränen wegzuwischen und sich zu sammeln. Der verdammte Krieg! Wusste Gero schon, was ihm blühte? Am härtesten würde es Mutter treffen. Und Ewalt … mein Gott, der schien so ruhig, wenn er vom Kriegsdienst sprach. Als wäre es das Normalste der Welt. Vielleicht war es das für ihn auch, als Offizier aus einer Familie von Offizieren. Aber es war ganz und gar nicht normal. Bei Jena und Auerstedt waren schon so viele gefallen. Dann in Russland. Und jetzt wieder? Und Ewalt und ihr Bruder mittendrin im Kugelhagel und im Donner der Kanonen. Erneut kamen ihr die Tränen.

Sie biss sich auf die Lippen. Heulen half nicht. Man musste tapfer sein. Was blieb einem anderes übrig?

Als sie sich wieder beruhigt hatte und unten in die Küche trat, sah sie die Mutter wie zuvor über ihre Stricknadeln gebeugt. Brunhilde versorgte die ganze Familie mit Mützen, langen Schals und Handschuhen. Hinter ihr stand Vater Arnulf am Herd, auf dem ein Wasserkessel summte. Er drehte sich um und las sofort am Gesicht der Tochter ab, dass sie Bescheid wusste. Auch er musste es in der Zeitung gelesen haben. Genau wie Jakob. Der Vater sah sie bittend an und legte den Finger auf die Lippen.

Hedwig verstand. Die Mutter sollte es noch nicht erfahren. Wahrscheinlich wollte er es so lange wie möglich hinauszögern, bevor sie ihr die schlimme Nachricht eröffneten. Hedwig nickte unmerklich und ging ihm dann zur Hand, um einen Gerstenkaffee aufzugießen. Für die Mutter mit viel Milch und Honig.

Ihre Tasse nahm Hedwig mit in die Schlafkammer. Sie stellte die brennende Kerze ab, die sie ebenfalls nach oben getragen hatte, entkleidete sich rasch und zog ihr Nachthemd über. Dann schlüpfte sie zitternd unter die kalten Daunen und schlürfte ihren heißen Kaffee. Der schmeckte bitter wie angebrannte Schuhsohlen. Nicht wie der wunderbare Bohnenkaffee, den sie im Café Josty genossen hatte. Stark und süß war er gewesen, mit einem dicken Klacks Schlagrahm darauf.

Sie seufzte. Was für ein Tag!

Es war fast zu viel, um alles zu verdauen. Der arme Jakob. Fast konnte sie die Schmerzen am eigenen Leibe spüren, wenn sie an ihn dachte. Wer tat denn so etwas? Nur weil Jakob Jude war? Er musste vorsichtiger sein. Aber wie sie ihn kannte, würde er bei nächster Gelegenheit Ähnliches schreiben. Er mochte nur ein dünner, schwacher Kerl sein, und doch hatte er den Mut eines Löwen. Und dann natürlich Gero. Der hatte inzwischen sicher auch schon erfahren, dass er sich melden musste. Ihr lieber Gero, wieder in den Krieg. Könnte er nicht eine Dispensation bekommen, weil er doch Schmied war? Ja, das mussten sie versuchen. Vielleicht gab es Hoffnung.

Sie stellte die leere Tasse ab, blies die Kerze aus und rutschte tiefer zwischen die Kissen. Sie schloss die Augen und dachte an Ewalt. An das Café Josty und an alles, was sie sich gesagt hatten. Und an seine wunderbaren Küsse. Ach, könnte sie doch für immer in seinen Armen liegen!

Am Morgen, als Brunhilde ihren Sohn, der in der Nacht spät nach Hause gekommen war, zum Frühstück rief, kam dann doch heraus, was der Vater noch hatte verheimlichen wollen. Verdrießlich war Gero heruntergekommen und hatte sich ziemlich verkatert an den Küchentisch gesetzt. Brunhilde setzte ihm sein Rührei mit Speck vor.

»Iss was«, sagte sie. »Und dann wird es Zeit für die Kirche.«

»Lass mich in Ruhe mit deiner verdammten Kirche!«

Brunhilde war zu erstaunt über die Heftigkeit der Worte, als dass ihr eine scharfe Rüge eingefallen wäre. Die Familie war nicht übertrieben gläubig, aber der sonntägliche Kirchgang war Pflicht. Schon allein der Nachbarn wegen.

Sprachlos blickte sie ihren Mann an. »Arnulf, so sag doch was!«

Doch der zuckte nur betrübt mit den Schultern.

»Aber Junge«, versuchte sie nun ihrem Sohn ins Gewissen zu reden. »Es ist Sonntag. Da gehen wir doch immer in die Kirche.«

Zornig blickte er sie an. »Soll ich auch noch Gott auf Knien danken, dass er mich ins Kanonenfeuer schickt?«

Sie runzelte die Stirn und verstand nicht.

»Es herrscht allgemeine Wehrpflicht, Mutter. Noch nicht gehört?«

Sie riss die Augen auf und schlug sich entsetzt die Hand vor den Mund. »Und was bedeutet das?«, flüsterte sie, plötzlich voller Furcht.

»Ich muss mich melden. Innerhalb von acht Tagen. Heute inbegriffen. Und dann geht's ab ins Heer. Auf in den Kampf gegen den großen Korsen.«

»O Gott!« Brunhildes Gesicht verzerrte sich in plötzlichem Schmerz. Sie legte sich die Hand vor die Augen und begann zu schluchzen. »Das können sie doch nicht tun! Nicht auch noch unseren Gero!«

Vater Arnulf legte den Arm um seine weinende Frau, die den Kopf an seiner Schulter barg. »Beruhige dich, Bruni. Vielleicht kommt es ja gar nicht dazu. Der König hat noch nicht den Krieg erklärt. Ist bestimmt nur eine Vorsichtsmaßnahme.«

»Schöne Vorsichtsmaßnahme«, knurrte Gero. Er stand auf. »Ich leg mich nochmal hin.« Sein Rührei ließ er stehen.

Hedwig rannte hinter ihm her und die Treppe hinauf bis zu den Schlafkammern. »Du musst sagen, dass du Schmied bist, Gero, dass wir Säbel schmieden. Das ist doch kriegswichtig. Dann ziehen sie dich vielleicht nicht ein.«

»Das wird diesmal nichts nützen, Hedi. Die haben in den letzten Jahren genug Waffen gehortet. Aber den Franzosen können sie nur besiegen, wenn sie ein Massenaufgebot hinbekommen. Der mit der größeren Armee gewinnt.«

»Aber seine Armee wurde doch in Russland besiegt. Es hieß, auf der Flucht hätten nur wenige überlebt.«

»Das stimmt. Geschlagen ist er trotzdem noch lange nicht. Die Franzosen sollen neue Truppen aufgestellt haben. Und die größte Schande ist: Ein wichtiger Teil seines neuen Heeres besteht aus Deutschen.«

»Bist du sicher?«

»Ja. Die Rheinbundfürsten haben große Kontingente gestellt. Deutsche gegen Deutsche. Ist das zu fassen?«

»Oh, Gero!«

Hedwig schlang die Arme um ihn und sah mit feuchten Augen zu ihm auf. Als Kinder hatten sie sich oft gestritten. Wie Katz und Hund waren sie manchmal gewesen. Und doch liebte sie ihren Bruder wie keinen anderen auf der Welt.

Auch Gero hielt sie fest an sich gedrückt. »Mach dir keine Sorgen«, flüsterte er. Seine Stimme war heiser von den Gefühlen, die ihn überwältigt hatten. »Es wird mir schon nichts passieren.«

Hedwig ging zurück in die Küche. Heute hatte wirklich niemand Lust auf den Kirchgang. Auch die Eltern nicht. Brunhilde saß in der guten Stube und heulte in ein Taschentuch. Ab und zu musste sie husten. Der Vater legte im Kamin ein paar Scheite nach. Dann ließ er sich schwer aufs Sofa sinken, mit den Ellbogen auf den Knien, und starrte niedergeschlagen auf seine großen Hände.

Liesel hatte ihren kleinen Bruder geschickt. Sie könne heute nicht kommen, sie sei stark erkältet und habe Fieber. Hedwig bezweifelte es. Aber vielleicht war bei denen ebenfalls Trauer und Sorge ausgebrochen, wie in unzähligen Familien in der Stadt. Überall, wo junge Männer zu den Waffen gerufen wurden.

Hedwig machte sich daran, Liesels Arbeit zu erledigen. Sie räumte den Küchentisch ab, wusch und trocknete das Frühstücksgeschirr und stieg dann nach oben, um dort für Ordnung zu sorgen. Außer natürlich in Geros Kammer. Den ließ sie schlafen. Als sie dabei war, das Bett ihrer Mutter zu machen, fiel ein

Stück Leinen zu Boden. Sie hob es auf und erschrak, denn es war voller eingetrockneter Blutflecken. Was konnte das sein? War es Monatsblut? Aber so sah es nicht aus. Sie roch daran. Es hatte keinen Geruch. Und es sah auch eher nach frischem Blut aus, wie aus einer Wunde. Und dann wusste sie zu ihrem Entsetzen, was es war.

Mit dem blutigen Leinenfetzen in der Hand stieg sie die Treppe hinunter. Unten steckte sie den Kopf durch die Stubentür. Die Mutter achtete nicht auf sie. Sie saß mit den Händen im Schoß in einem Sessel und starrte abwesend und mit roten Augen zum Fenster hinaus. Hedwig winkte ihrem Vater zu, in den Flur zu treten.

»Was ist denn?«, fragte Arnulf in der Küche, wohin er Hedwig gefolgt war.

Sie hielt ihm das befleckte Leinentuch unter die Nase. »Sie hustet Blut«, flüsterte sie aufgeregt.

Der Vater nickte betrübt.

»Schon lange?«

»Seit ein paar Wochen. Sie versteckt es, damit ihr euch keine Sorgen macht. Nachts ist es am schlimmsten. Deshalb schläft sie so schlecht. Du siehst doch, wie sie aussieht.«

»Warum bringst du sie nicht zum Arzt?«, fauchte sie ihn an.

Hilflos hob er die Schultern. »Ich hab's oft genug versucht, Hedi. Sie will keinen Arzt. Du weißt doch, wie dickköpfig sie sein kann. Ich sag nichts mehr. Ich will nicht mit ihr streiten.«

»Weil sie Angst davor hat, was der Arzt herausfindet. Sie will es nicht wahrhaben.« Sie hob das Tuch hoch. »Aber du weißt, was das bedeutet, oder?«

Ihr Vater ließ den Kopf hängen. »Nur zu gut.«

Zwischen Ihnen stand das schreckliche Wort *Schwindsucht*. Aber sie sprachen es nicht aus. Als fürchteten sie, dadurch das Schlimmste heraufzubeschwören. Im Berlin dieser Tage starben jährlich Tausende an dieser schrecklichen Krankheit. Besonders in den Armenvierteln. Die Wohlhabenden schienen seltener davon betroffen zu sein.

Hedwig schossen die Tränen in die Augen. »O Gott! Was geschieht mit uns?«, flüsterte sie.

Der Vater versuchte, sie zu umarmen, aber mit einem Schluchzer floh sie aus der Küche und rannte die Treppe hinauf, um sich in ihrer Kammer einzusperren.

Tief betrübt warf sie sich aufs Bett und ließ die Tränen fließen, die sie bisher zurückgehalten hatte. Sie machte sich heftige Vorwürfe. Seit Wochen dieser Husten. Seit Winteranfang. Sie hätte es sich eigentlich denken können, was die Ursache war. Warum war sie so blind gewesen? Hatte sie es nicht wahrhaben wollen? Genau wie Mutter es noch immer nicht wahrhaben wollte? Aber Brunhilde war krank, schwerkrank sogar. Man musste etwas dagegen tun. Wenn es nicht schon zu spät war.

Es tat ihr leid, dass sie den Vater angefaucht hatte. Im Grunde hätte sie selbst längst etwas unternehmen müssen. Aber sie hatte sich jeden Montagmorgen in die schöne Welt bei Madame Henriette geflüchtet. Ihr Elternhaus war ihr zu bieder, zu beengt und zu beschränkt geworden. Die schönen und gebildeten Menschen im Salon hatten ihr den Kopf verdreht. Dabei war das nur glitzernde Oberfläche und hatte nichts mir ihr und ihrem Leben zu tun.

Und Ewalt? War auch das nur ein flüchtiger, unwirklicher Traum? Was bildete sie sich da überhaupt ein? Er war ein Freiherr, mein Gott! Vielleicht würde sie morgen aufwachen, und dann war der Spuk vorbei, und sie würde in ein tiefes Loch der Enttäuschung fallen. Und überhaupt. Wie konnte sie so selbstsüchtig sein und nur an ihr eigenes Glück denken, wenn Mutter todkrank war und Gero in den Krieg musste? Und da war ja auch noch Jakob, der Arme. Nun gut, der würde sich wenigstens wieder erholen. Und auf ihn konnte man sich verlassen. Sie war sicher, Jakob würde immer ihr Freund bleiben.

Nachdem sie sich ausgeweint hatte, wurde sie ruhiger. Was

nutzte das Wehklagen? So kam man nicht weiter. Vor den Dingen wegzulaufen war keine Lösung. Gero musste in den Krieg. Das ließ sich nicht ändern. Und er war ja nicht der Einzige. Was blieb ihnen anderes übrig, als zu beten, dass ihm nichts geschah? Was Mutter anging, würde sie sich ab jetzt um sie kümmern müssen. Vater schien der Sache nicht gewachsen zu sein. Sie selbst würde einen Arzt ausfindig machen und Mutter zu ihm schleifen, ob sie wollte oder nicht.

Und Ewalt? Nun, sie würde herausfinden müssen, was diese plötzliche Liebschaft bedeutete. Ob sie überhaupt etwas bedeutete. Sie erhob sich, wusch sich das Gesicht und kleidete sich in ihr bestes Gewand. Denn es wurde Zeit für ihre Verabredung. Sie bürstete ihr Haar und steckte es hoch. Heute würde sie auf die Haube verzichten.

Es war früher Nachmittag. Sie hatten sich an der Nikolaikirche verabredet. Um diese Zeit war der Gottesdienst längst vorbei. Hedwig würde also keinem aus der Nachbarschaft in die Arme laufen. Trotzdem waren die Straßen belebt. Spaziergänger im Sonntagskleid. Eltern, die ihre Kinder ausführten. Aber auch armes Volk, verhärmte Bettler, die den Leuten ihre Blechbüchse hinhielten, um ein paar Münzen für eine warme Mahlzeit zu ergattern. Straßenmusikanten, vor denen die Leute kurz stehenblieben, während sie auf der Fiedel kratzten.

Das Wetter war das übliche Grau der Jahreszeit, nicht besonders kalt, aber bedeckt. Vielleicht drohte sogar Regen. Ewalt hatte am Abend vorgeschlagen, einen kleinen Ausflug in den Tiergarten zu machen. Sie sollte nach der Kutsche seiner Familie Ausschau halten. Hedwig entdeckte sie auch gleich, denn Ewalt hatte sie beschrieben. Ein vierrädriges, schwarz lackiertes Gespann mit zwei Rappen davor. An den Türen das diskrete Wappenzeichen der von

Billung. Auf dem Bock saß der Kutscher, ebenfalls ganz in Schwarz gekleidet, in einem Wintermantel aus feinem Tuch und mit einem hohen Hut auf dem Kopf.

Hedwigs Herz klopfte. Vielleicht war es der Anblick der herrschaftlichen Kutsche, der sie zögern ließ, und die Unwirklichkeit, dass sie mit einem jungen Adeligen verabredet war. Unbewusst fragte sie sich, ob heute noch Gültigkeit hatte, was gestern so natürlich erschienen war. Doch dann überwand sie ihre Scheu und trat näher.

Der Kutscher sprang vom Wagen, als er ihrer gewahr wurde, zog den Hut und verbeugte sich tief. Er öffnete den Schlag. Aus dem Innern blickte Ewalt ihr entgegen und streckte die Hand aus, um ihr in den Wagen zu helfen. Sein strahlendes Lächeln wärmte ihr das Herz und ließ die Unsicherheit verfliegen. Er machte ihr Platz, und sie ließ sich neben ihm nieder.

»Das ist übrigens Hermann«, sagte er. »Schon seit Jahren bei uns.« Er nickte dem Mann zu. »Also fahren wir, Hermann. Er weiß ja, wo's hingeht.«

Der Kutscher verbeugte sich noch einmal und verschloss mit sanftem Druck den Verschlag. Der Wagen schaukelte ein wenig, als er auf den Bock kletterte. Dann hörte man die Zügel auf den Rücken der Pferde klatschen, und der Wagen setzte sich in Bewegung.

»Ich denke, wir fahren in den Tiergarten, wenn du einverstanden bist. Dort ist es schön. Sogar bei trübem Wetter. Vielleicht schauen wir bei der Fasanerie vorbei. Das wird dir bestimmt gefallen.« Er beugte sich mit einem verschwörerischen Grinsen zu ihr. »Oder wir finden ein einsames Plätzchen, wo uns nicht jeder anstarrt.«

Im Augenblick gefiel ihr vor allem, dass er für sie entschieden hatte. Denn sie selbst war kaum in der Lage, einen klaren Gedanken zu fassen. Die Angelegenheiten zuhause, die Kutsche einer reichen Familie, innen mit edlem Holz und ledernen Sitzen ausgestattet, der Mann neben ihr, dessen Gegenwart sie betörte … Es war alles ein bisschen viel. Sie blickte aus dem Fenster auf die Menschen, die an ihnen vorüberglitten, und spürte, wie er ihre Hand nahm.

»Was ist?«, fragte er. »Du bist so still.«

Sie wandte ihm das Gesicht zu. Im Hals steckte ihr ein Kloß. War es denn wahr? Liebte dieser Mann sie wirklich, wie er behauptete? Würde es eine Zukunft für sie beide geben? Oder war es nur ein flüchtiges Abenteuer?

Sie schüttelte den Kopf. »Es ist nichts.«

Er beugte sich zu ihr und küsste sie sanft auf die Lippen. Sein Bart kitzelte. Sie atmete seinen Männerduft ein. Fast wurde ihr schwindelig dabei. »Hör auf! Sonst wird mir ganz heiß«, sagte sie lachend und schob ihn von sich. »Außerdem kann uns jeder sehen.«

»Durch diese kleinen Fenster?« Grinsend lehnte er sich zurück, hielt aber weiter ihre Hand in der seinen. »Ist es nicht wunderbar, dass wir den Nachmittag für uns haben? Auch wenn das Wetter schlecht ist. Dich anzusehen ist mir tausendmal mehr wert als jeder Sonnenschein.«

Misstrauisch schielte sie zu ihm hinüber. Meinte er das wirklich? Aber dann beschloss sie, alle Vorbehalte in den Wind zu schlagen. Mit einem Seufzer lehnte sie sich an seine Schulter.

Ewalt legte den Arm um sie und zog sie dichter an sich. Hedwig begann, sich zu entspannen und die Fahrt zu genießen.

So fuhren sie durch Berlin und überquerten die Spree. Dann ging es am Zeughaus vorbei und an der Oper und der Universität, und schließlich fuhren sie auf der langen Allee Unter den Linden. Die Pferde liefen jetzt im Trab. Im Vorbeifahren deutete Ewalt auf sein Haus. Es sah groß und beeindruckend aus. Aber schon waren sie daran vorbei und fuhren wenig später über den Pariser Platz und durchs Brandenburger Tor zur Stadt hinaus und in die grüne Welt des Tiergartens.

»Der ganze Wald war mal umzäunt, um das Wild am Weglaufen zu hindern«, erklärte Ewalt. »Der Tiergarten war ursprünglich das private Jagdrevier des Großen Kurfürsten. Der Alte Fritz hielt nichts vom Jagen und hat ihn zu einem schönen Park machen lassen. Damit alle was davon haben.«

Sie fuhren auf der schnurgeraden sandigen, aber gepflegten Chaussee, die zur Charlottenburg führte. Ab und zu, besonders an den Kreuzungen mit Waldwegen, gab es kleine runde Plätze oder Buchten zum Verweilen, mit Bänken und Brunnen. Auch andere Kutschen waren unterwegs und vereinzelt Spaziergänger.

Hedwig schaute aus dem Fenster, blieb die meiste Zeit aber still und in sich gekehrt. Ewalt merkte es. Er rief dem Kutscher zu, den nächsten Seitenweg zu nehmen. An einem schilfumrahmten Weiher, umgeben von Büschen und hohen Bäumen, befahl er anzuhalten. Hier war niemand mehr zu sehen.

»Am besten erzählst du mir jetzt, was dich bedrückt«, sagte er. »Ich seh doch, dass es dir nicht gut geht. Also sprich.«

Sie setzte sich aufrecht und rückte etwas von ihm ab. Ihre Augen wurden feucht. »Ich mach mir Sorgen um meine Mutter. Sie ist sehr krank. Wir haben es lange Zeit nur für eine hartnäckige Erkältung gehalten. Aber heute habe ich entdeckt, das sie beim Husten Blut spuckt. Schon seit einer Weile.«

Ewalts Miene wurde ernst. »Das hört sich nicht gut an. Hat sie einen Arzt?«

»Eben nicht. Bei uns im Viertel gibt es nur so einen alten Hausarzt. Dem trau ich nichts zu. Und sonst kenne ich keinen.«

Ewalt dachte nach. »Am besten sollte sie zur Charité gehen.«

»Das ist mir auch schon geraten worden. Aber zu einer Armenklinik wird sie nicht gehen wollen. Es ist schwer, sie zu überreden, überhaupt einen Arzt aufzusuchen.«

»Ich weiß, da gibt es eine Armenklinik, aber die Charité ist hauptsächlich ein Militärkrankenhaus. Man hat dort eine Akademie eingerichtet, wo jetzt die besten Ärzte ausgebildet werden.

Mein Vater ist gut bekannt mit dem Leiter der Charité. Hufeland heißt der Mann. Er ist sogar Leibarzt des Königs. Vielleicht kann ich es einrichten, dass er deine Mutter untersucht.«

»Der Leibarzt des Königs?« Hedwig sah ihn mit großen Augen an. »Wirklich? Das wäre möglich?«

»Versprechen kann ich's nicht. Er ist ein vielbeschäftigter Mann. Aber ich will's versuchen.«

»Oh, Ewalt«, stieß sie hervor, schlang ihre Arme um ihn und küsste ihn überschwenglich. »Ich wäre dir so dankbar.«

»Na ja, wie gesagt, versprechen kann ich nichts.« Er öffnete den Schlag. »Komm, lass uns ein paar Schritte gehen.«

Sie stiegen aus. »Warte hier«, rief Ewalt dem Kutscher zu.

Sie gingen ein Stück und fanden einen kleinen Weg, der sich am Weiher entlangschlängelte. Bald waren sie von der Kutsche aus nicht mehr zu sehen. Die Bäume und Büsche um sie herum waren kahl. Feuchtes Laub lag zwischen Sträuchern und Baumwurzeln. Eine Krähe flog heiser krächzend über die Baumwipfel. Hedwig schmiegte sich an ihren Liebhaber. Sie bezog Stärke aus dem Arm, der fest und besitzergreifend um ihre Taille lag. Vielleicht war doch nicht alles so schlimm, und Mutter konnte geheilt werden. Sie würde gutes Essen und viel Ruhe brauchen. Soll ich meine Anstellung aufgeben?, fragte sie sich. Nein, noch nicht gleich. Erstmal sehen, was der Arzt sagt.

Sie kamen an eine Bank, die zwischen Sträuchern am Ufer stand. Sie setzten sich. Hedwig fröstelte es ein wenig, denn die Luft war kühl. Die Stämme und Äste des entlaubten Waldes am gegenüberliegenden Ufer spiegelten sich im Weiher. Zwei Enten paddelten vorüber. In Ufernähe ragten gelbe Schilfstängel aus dem Wasser. Sie saßen Arm in Arm auf der Bank, ohne viel zu sagen, ganz umgeben von Natur. Eine etwas melancholische Natur, still und einsam.

Hedwig lehnte den Kopf an Ewalts Schulter. »Wie viel Zeit bleibt uns beiden noch?«, fragte sie mit leiser Stimme.

Er antwortete nicht gleich. »Wegen des Aufrufs zur Wehrpflicht?«, fragte er schließlich. Und als sie nickte, sagte er: »Es ist ja noch nichts entschieden.«

»Mein Bruder wird sich melden müssen.« Beim Gedanken an Gero hätte sie Ewalt beinahe gefragt, ob er nicht auch etwas für ihn tun könnte. Schließlich war er im Kriegsministerium beschäftigt. Aber dann schämte sie sich, so etwas von ihm zu verlangen. »Was ist mit dir? Wann musst du dich dem Heer anschließen?«

»Keine Sorge, Hedi. Ich bleibe noch eine Weile in Berlin. Meine Arbeit im Ministerium ist noch nicht beendet.«

»Aber irgendwann werden sie auch dich abkommandieren.«

»Ja, das werden sie wohl.«

»Macht dir das nichts aus? Du scheinst das so gelassen hinzunehmen. Ich wäre verrückt vor Unruhe.«

»Ich bin Offizier. Das ist mein Beruf. Ich habe einen Eid auf den König geschworen. Und außerdem geht es ja ums Vaterland. Da sollte sich niemand drücken.«

Schon wieder wurden ihr die Augen feucht. Was war nur los mit ihr heute? »Ich würde mir aber wünschen, dass du dich drücken könntest.«

Ewalt lächelte versonnen. »Das wär schön, nicht wahr? Wir würden einfach verschwinden. Du und ich. Wir wandern aus. Nach Virginia. Dort bauen wir Tabak an und kriegen einen Stall voll Kinder. Das heißt, du kriegst sie. Und wir sind glücklich und lieben uns bis ans Ende unserer Tage.«

»Du machst dich über mich lustig.«

»Ein bisschen schon.«

Sie seufzte. »Schön wär's trotzdem.«

Sie versuchte, sich Virginia vorzustellen. Weites Land, bestimmt sonniger als hier, Hügel am Horizont und Felder voller Tabakpflanzen. Im Hintergrund ein Häuschen, Kinder, die im Hof spielten, und natürlich Ewalt, der mit ihnen herumtollte. Abends würden sie die Kinder ins Bett bringen. Und dann gab es nur noch sie zwei. Ein Schauer durchfuhr sie, und sie rückte näher an Ewalt heran.

»Woran denkst du?«, fragte er.

»An Virginia.«

Aber der Traum dauerte nur Momente. Dann glaubte sie plötzlich Kanonendonner zu vernehmen, die Stiefel tausender marschierender Soldaten. Und mittendrin ihr Ewalt. Hoch zu Ross, den Säbel in die Luft gereckt.

Sie hob den Kopf von seiner Schulter und starrte ihn lange an, als müsste sie sich sein Antlitz genau einprägen. Augen, Mund und Nase, jede Falte und jedes Barthaar. Sie nahm sein Gesicht in beide Hände und küsste ihn mit einer Inbrunst, als wäre es das letzte Mal.

DAS MUTTERSÖHNCHEN

Am Sonntagabend, als Hedwig nach Hause kam, hatte sie wegen ihres späten Heimkommens Streit erwartet, oder zumindest Fragen. Aber die Eltern waren von der Nachricht, dass der Sohn ihnen schon in den nächsten Tagen entrissen würde, noch so niedergeschlagen, dass sie gar nicht auf Hedwig achteten.

Sie saßen in der Stube und redeten. Der Vater machte sich Sorgen um die Schmiede, die im Augenblick nicht so gut lief. Was, wenn nun auch noch der Sohn fehlte? Die Mutter bangte um ihren Jungen. Abwechselnd weinte sie und strickte dann weiter an warmen Socken für ihn.

»Ich halt das nicht mehr aus«, sagte Gero in der Küche. »Den ganzen Tag schon das Gejammer. Ich geh jetzt einen trinken.« Er band sich den Schal um den Hals und setzte sich seine Mütze auf den Kopf.

»Wann kommst du wieder?«

»Erst spät, denke ich.«

»Dann sehen wir uns ja gar nicht mehr«, sagte Hedwig. »Ich muss doch ganz früh raus.« Das ist der Abschied, fuhr es ihr durch den Sinn. Gleich fang ich an zu heulen.

»Verdammt, ja. Das hätte ich fast vergessen.«

Gero nahm sie in die Arme und hielt sie fest an sich gedrückt. Er ist so stark geworden, dachte sie. Und nun zieht er in den Krieg. Werde ich ihn jemals wiedersehen? Gott, gib, dass er nicht stirbt! Und dass sie ihm nicht die Knochen zerschießen!

»Pass auf dich auf«, schnüffelte sie an seiner Brust, denn jetzt konnte sie die Tränen nicht mehr zurückhalten. »Komm wieder, hörst du?«

»Fängst du jetzt auch noch an?«, murmelte er. In Wirklichkeit hatte er selbst feuchte Augen bekommen. »Natürlich komm ich wieder. Und dann mischen wir den Laden hier auf. Wir machen alles neu. Du und ich. Ich in der Schmiede, und du achtest aufs Geld. Du kannst doch gut rechnen.«

Sie nickte heftig, nicht ohne ein zittriges Schluchzen. »Ja. Das tun wir.«

»Und pass auf Mutter auf. Versprich es.«

Sie nickte noch einmal. Dann machte er sich abrupt los und war aus dem Haus, bevor sie noch ein weiteres Wort sagen konnte.

»Ich verspreche es«, murmelte sie und ließ die Schultern hängen. *Du und ich*, hatte er gesagt. *Wir machen hier alles neu.*

Als Hedwig am Montagmorgen das Haus der Buschardts erreichte, fand sie sämtliche Angestellten in der Küche versammelt. Aufgeregt redeten sie über die allgemeine Wehrpflicht und die befohlene Einberufung.

»Mein Bruder Gero muss sich auch melden«, sagte Hedwig.

»Unsa Johann ooch.« Else deutete auf den Knecht, der auf seinem Lieblingsplatz neben dem Ofen hockte.

»Hab nüscht dajegen«, behauptete der. »Dann kommt unsereener endlich mal hier raus. Soll doch lustig sein bei de Soldaten.«

»Lustig wird dir bald verjehen«, knurrte Else. »Wart's ab, wenn de erstmal von morjens bis abends marschieren und nachts im Freien pennen musst.«

»Bessa, als mir von dir rumkommandieren lassen.«

»Dafür kriegste dann 'nen Feldwebel zum Rumkommandieren. Dajegen bin ick een sanftes Kätzchen.«

»Der is' wenigstens 'n Kerl und keen anmaßendes Weib!«

»Du kriegst gleich auf dein freches Maul. Von wejen anmaßendes Weib! Wer kocht dir denn den Fraß, he? Bei den Soldaten musste dir selbst versorjen. Wenn's überhaupt wat jibt.«

»Muss der Julian denn ooch zum Militär?«, fragte Frida.

»Der wohl nich'«, murrte Else. »Muttersöhnchen!«

»Woher willst du das wissen?«, fragte Hedwig. »Der ist doch im rechten Alter, soviel ich weiß.«

»Im rechten Alter issa schon. Aber der hat ooch den richtijen Vater. Meister Buschardt hat ihm 'ne Anstellung beim Justizministerium besorgt. Da issa erstmal freijestellt. Der Kröger hier hat's erzählt.«

Kröger nickte. »Ich hab's aus dem Mund unseres Herrn. Ihr wisst doch, der hat gute Verbindungen. Sogar zum Hardenberg selbst.«

»Eine Anstellung in Berlin?«, fragte Hedwig. »Aber ich dachte, der Julian ist in Königsberg? Der studiert doch da.«

Else schüttelte den Kopf. »Jestern Abend issa mit de Postkutsche anjekommen. Die Mama war janz aus dem Häuschen. Die Mädels mussten ihm gleich dit Bad richten. Die haben dit janze Wasser hochschleppen müssen. Und mich hamse aus dem Bett jeholt, damit ick ihm wat koche. Hatte wohl Angst, dit Söhnchen stirbt vor Hunger.«

»Kiek eens. Freijestellt issa«, maulte Johann. »Da siehste mal wieda. Unsereens muss de Knochen hinhalten, und de Söhne von de feine Herren können sich drücken.«

»Die Welt is' unjerecht«, sagte Else. »Jewöhn dich dran.«

»Wie ist denn der Julian so?«, fragte Hedwig. »Ich kenne ihn ja nicht.«

Else zog die Mundwinkel runter. »Jeh dem lieba aus'm Weg, Schätzchen. Mehr will ick dazu nich' sagen.«

Nun, das war leichter gesagt als getan. Denn schon am Nachmittag wurde Hedwig aufgetragen, dem Sohn des Hauses Tee zu bringen.

»Das kann doch eines der Mädchen«, sagte sie.

»Er hat aba nach dir verlangt.« Else warf ihr einen bedeutungsvollen Blick zu. »Muss von dir jehört haben.«

»Was soll denn das nun wieder heißen?«

»Dit wirste schon sehn.«

Hedwig trug das beladene Tablett nach oben und klopfte an die Zimmertür. Fast hätte sie vor Schreck alles fallen gelassen, so schnell wurde die Tür aufgerissen. Vor ihr stand ein junger Mann, mittelgroß und dunkelblond, das Haar kurz geschnitten, etwa so alt wie Gero, mit rundem, bartlosem Gesicht – ein wenig wie das von Madame –, in Hemdsärmeln und enger Hose.

»Ah, Fräulein Hedwig.« Er musterte sie von oben bis unten aus wasserblauen Augen. Hedwig fühlte sich dabei nackt, so unverhohlen, wie er ihren Körper mit Blicken abtastete. »Komm rein.« Mit einem Lächeln trat er zur Seite, um sie einzulassen.

Hedwig vermied seinen Blick und trat ins Zimmer. »Wo möchtet Ihr den Tee?«

»Dort auf dem Schreibtisch«, sagte er und beeilte sich, einige Papiere zur Seite zu räumen.

Hedwig setzte das Tablett ab, stellte Teekanne, Tasse, Milchkännchen und Zuckerdose auf den Tisch und begann, Tee einzuschenken.

»Zucker und Sahne?«

»Beides«, erwiderte er und sah ihr beim Hantieren zu.

»Du hast anmutige Bewegungen, Hedwig. Hat dir das schon mal jemand gesagt?«

Hedwig zog es vor, nicht darauf zu antworten. »Hätten der Herr sonst noch einen Wunsch?«, fragte sie stattdessen.

»Warum setzt du dich nicht einen Augenblick zu mir? Damit wir uns kennenlernen. Schließlich werde ich jetzt hier wohnen.«

»Vielleicht ein andermal«, sagte sie betont reserviert. »Eure Frau Mutter erwartet mich.«

Er lachte. »Du erinnerst mich an Jeanne d'Arc. Mit hochgezogener Zugbrücke.«

»Ich muss jetzt gehen.«

»Nun gut.« Er lächelte spöttisch. »Ein andermal also. Aber ich werde dich daran erinnern.«

Hedwig nahm das leere Tablett und floh aus dem Zimmer.

»Na, wie war's?«, fragte Else, als sie wieder in der Küche ankam. Die Köchin war zusammen mit Frida dabei, einen Hammelbraten fürs Abendessen vorzubereiten.

Hedwig zog eine Grimasse. »Das wird nicht so einfach werden.«

Else lachte. »Der Julian war schon als Fünfzehnjähriger schlimm. Det nächste Mal schicken wa lieba die Frida mit seinem Tee.«

Frida stemmte die Fäuste in die Hüften. »Ach nee! Denkste, ick bin hässlich jenug, dat der mich nich' anpackt?«

»Nu beruhije dich mal«, erwiderte Else. »Keener hat jesagt, dat de hässlich bist. Aber bei der Hedwig fallen den Kerlen doch gleich die Oogen ausse Birne.«

»Ach, Else, was redest du für dummes Zeug?«, fragte Hedwig.

»Nu tu mal nich' so! Wat is' eijentlich mit dem Freiherrn? Hat der dir nu am Samstag uffjelauert oder nich'?«

»Een Freiherr?« Frida machte große Augen.

»Else!«, schimpfte Hedwig. »Du sollst doch den Mund halten.«

»Dann isset also wahr, wat der Johann erzählt«, sagte Frida.

Else zuckte mit den Schultern. »Da siehste, Hedi, in dem Haus hier jibt's keen Jeheimnis.«

»Also gut.« Hedwig gab sich geschlagen. Denn Else hätte sonst keine Ruhe gegeben. »Er hat mir aufgelauert, wie du sagst, und wir haben einen Kaffee getrunken.«

»Und? Sonst nüscht?«

»Sonst nichts.«

Else warf ihr einen spöttischen Blick zu. »Wer's gloobt …«

Frida starrte Hedwig an, als wär sie eine Heilige. »Een Freiherr«, murmelte sie in großer Bewunderung.

»Hört auf mit dem Getratsche!« Wütend stürmte Hedwig aus der Küche.

Sie war ziemlich ungehalten über Elses Verhalten. Sie hatte sie ausdrücklich gebeten, die Sache mit Ewalt für sich zu behalten. Jetzt wusste auch noch die Frida davon. Sie beschloss, in Zukunft mit niemanden mehr darüber zu reden, auch nicht mit Else. Die Leute verstanden einfach nicht. Johann sah etwas Schmieriges darin, Else versuchte sie ständig zu warnen, und Frida dachte wohl, es wäre das Größte, sich einen Adeligen zu angeln. Wie dumm sie alle waren! Zwischen Ewalt und ihr war etwas Kostbares entstanden, was nur ihnen gehörte und was man behüten musste. Ein Kleinod der Liebe.

Beim Abendessen der Familie bediente für gewöhnlich Kröger. Hedwig räumte derweil Madame Henriettes Appartement auf. Dabei nahm sie das Buch, das Henriette gerade las, vom Sofa, wo sie es liegen gelassen hatte, und blätterte darin. Ein Gedichtband, wie es schien. Von einem gewissen Novalis. Im Salon hatte man darüber gesprochen, sie erinnerte sich. Der Autor war jung gestorben. An der Schwindsucht. Mein Gott, die Schwindsucht! Sofort musste sie an ihre Mutter denken und legte das Buch ganz schnell wieder auf Henriettes Nachttisch, als könnte sie sich daran verbrennen.

Dann schlug sie das Bett auf, sah sich noch einmal um, ob alles in Ordnung war, und begab sich in ihre Kammer. Dort zog sie sich noch nicht aus, legte sich nur aufs Bett, denn manchmal rief Madame sie noch spätabends zu sich, bevor sie sich schlafen legte.

Um sich die Zeit zu vertreiben, rückte sie die Kerze näher und nahm Goethes Roman aus der Schublade. Inzwischen hatte Werther seine Lotte kennengelernt, und die Sache begann, spannender zu werden. Die Tanzszene gefiel ihr besonders. Die konnte sie sich gut vorstellen, denn sie war mit Gero schon ein paarmal in so einem Tanzsaal gewesen. Und dort hatte sie nicht nur mit ihrem Bruder getanzt.

Im Buch hieß es:

Nun ging's an, und wir ergetzten uns eine Weile an mannigfaltigen Schlingungen der Arme. Mit welchem Reize, mit welcher Flüchtigkeit bewegte sie sich!

Der Autor meinte natürlich Lotte, die er bewunderte.

… und da wir nun gar ans Walzen kamen und wie die Sphären umeinander herumrollten, ging's freilich anfangs, weil's die wenigsten können, ein bisschen bunt durch einander. Wir waren klug und ließen sie austoben, und als die Ungeschicktesten den Plan geräumt hatten, fielen wir ein und hielten mit noch einem Paare, mit Audran und seiner Tänzerin, wacker aus. Nie ist mir's so leicht vom Flecke gegangen. Ich war kein Mensch mehr. Das liebenswürdigste Geschöpf in den Armen zu haben und mit ihr herumzufliegen wie Wetter, dass alles ringsumher verging, und – Wilhelm, um ehrlich zu sein, tat ich aber doch den Schwur, dass ein Mädchen, das ich liebte, auf das ich Ansprüche hätte, mir nie mit einem andern walzen sollte als mit mir, und wenn ich drüber zugrunde gehen müsste.

Ach, das Walzen. So ein schöner Tanz. Der war in den letzten Jahren immer beliebter geworden. Besonders bei den jungen Leuten. Die Älteren schimpften zwar oft, der Tanz sei schamlos und vulgär, verführe dazu, sich mit dem Unterleib aneinanderzureiben, das gehöre sich nicht. Aber gerade das machte Spaß, die Berührung erhitzter Leiber, der Schwung und die Harmonie der Bewegungen im Takt der Musik. Plötzlich hatte Hedwig Lust, mit Ewalt tanzen zu gehen, sich in seinen Armen im Kreis zu drehen, bis sie die Besinnung verlor. Es gab keinen schöneren Tanz für ein Liebespaar, und sie konnte Werther verstehen, wenn er nicht wollte, dass sein Mädchen mit einem anderen walzte.

Beim Gedanken an Ewalt blätterte sie ein paar Seiten zurück zu einer anderen Stelle, in der Lotte und Werther sich kurz zuvor kennengelernt hatten und nun mit anderen auf dem Weg zum Tanzlokal waren:

> *Wie ich mich unter dem Gespräche in den schwarzen Augen weidete – wie die lebendigen Lippen und die frischen, muntern Wangen meine ganze Seele anzogen – wie ich, in den herrlichen Sinn ihrer Rede ganz versunken, oft gar die Worte nicht hörte, mit denen sie sich ausdrückte – davon hast du eine Vorstellung, weil du mich kennst. Kurz, ich stieg aus dem Wagen wie ein Träumender, als wir vor dem Lusthause stille hielten, und war so in Träumen rings in der dämmernden Welt verloren, dass ich auf die Musik kaum achtete, die uns von dem erleuchteten Saal herunter entgegenschallte.*

Ja, so war es auch ihr ergangen, als sie zum ersten Mal Ewalt begegnet war. Oder war es beim zweiten Mal gewesen, als er unerwartet zum Salon erschien? Wie im Traum hatte sie sich gefühlt, wie in einer Art Trance. Sie hatte Dinge erledigt, und war doch nicht recht bei sich selbst gewesen. Um sie herum waren Menschen gewesen. Und doch hatte sie nur ihn gesehen. War es ihm ebenso ergangen? Musste es wohl, denn er hatte den Blick nicht von ihr wenden können. Und sonst hätte er wohl nicht so hartnäckig um sie geworben.

Sie legte das Buch zur Seite, stand auf und stellte sich vor den kleinen Spiegel an der Wand. Sie betrachtete ihr Gesicht. Die zu kräftigen Brauen, den kecken Schwung der Nase, den etwas zu breiten Mund. Lange starrte sie auf ihr eigenes Antlitz. Was sah er in ihr? Warum hatte er sich in sie verliebt? War es ihr Aussehen? Oder ihr Geist? Dabei gab es sicher geistreichere Frauen als sie. Aber diese Lippen hatte er geküsst, unter dem Denkmal des Kurfürsten und im Tiergarten am Weiher. Bei der Erinnerung wanderte ihre Hand unbewusst zum Busen. Auch dort hatte er sie berührt. Und sie hatte es zugelassen. Hedwigs Finger strichen sanft über die Brustwarzen unter dem dünnen Stoff. Die stellten sich sofort auf wie zwei kleine Soldaten, und sie erschauerte. Es war, als ob es eine direkte Verbindung gab zwischen ihnen und einem anderen Ort, tief unten in ihrem Leib.

Am Dienstagnachmittag kamen nur ganz wenige zu Madames Salon. Eine alte Hofdame, ein bisher erfolgloser, junger Schriftsteller und der Pfarrer vom französischen Dom. Sie unterhielten sich besorgt, wie überall in Berlin, über die politische Lage, über den drohenden Krieg. Der Schriftsteller erwähnte mehrmals seinen neuen Roman, aber niemand achtete auf ihn. Der Pfarrer zitierte aus der Zeitung. Die alte Hofdame sagte, sie würde die Welt nicht mehr wiedererkennen. Madame nickte betrübt, und Hedwig versorgte die Gesellschaft mit geschmuggeltem Kaffee und Tee, denn Kröger hatte heute frei und war nach Potsdam gefahren, um etwas in der Verwandtschaft zu regeln.

Der Sohn des Hauses zeigte sich kurz und prahlte über seine Studien in Königsberg. Der Pfarrer fragte ihn, zu welchem Regiment er gehöre, worauf Julian antwortete, er sei im Ministerium leider unabkömmlich. Dann verabschiedete er sich, zwinkerte Hedwig beim Hinausgehen vielsagend zu und verschwand wieder in seinen Räumen.

Was denkt sich der Kerl eigentlich?, fragte sich Hedwig. Von Herrn Buschardt hatte sie noch nie gehört, dass er irgendeiner Angestellten zu nahegetreten wäre. Aber dieser Julian war widerlich.

Vor dem Militär drückte er sich, aber gegenüber dem weiblichen Personal schien er sich für unwiderstehlich zu halten.

Am Abend – Kröger war immer noch abwesend – bediente sie bei Tisch. Man musste auf den Hausherrn warten, der sich mal wieder verspätete.

»Friedrich«, rügte Henriette, als er endlich eintraf. »Du weißt doch, wir speisen um sieben. Kannst du dich nicht ein bisschen früher von den Akten trennen?«

»Tut mir leid, meine Liebe«, sagte er und entfaltete eilig seine Serviette.

»Du kannst jetzt die Suppe auftragen, Hedwig«, sagte Madame.

Hedwig, die bei der Anrichte gewartet hatte, begann Teller zu füllen und zuerst Madame und dann den Hausherrn zu bedienen. Als sie neben Julian trat und den gefüllten Teller vor ihn stellen wollte, spürte sie plötzlich seine Hand über ihren Po streichen. Vor Schreck verschüttete sie ein wenig von der Suppe auf das blütenweiße Tischtuch. Sie zuckte zurück und wurde dabei rot vor Scham.

»Was ist denn los heute?«, fragte Henriette mit erhobenen Brauen.

»Verzeihung, Madame. Soll ich Wasser und ein Tuch holen?«

»Ach was!«, rief Julian und lachte. »Sind doch nur ein paar Tropfen.«

Meister Buschardt schien den Vorfall kaum bemerkt zu haben. Tief in Gedanken löffelte er seine Suppe. Und auch Madame achtete nicht weiter auf Hedwig und fing an, ihren Sohn über Königsberg auszufragen. Hedwig stand neben dem Speiseaufzug und fluchte innerlich. Bei den weiteren Gängen bemühte sie sich, Julians Nähe, so gut es ging, zu vermeiden. Diesmal begrapschte er sie nicht, zwinkerte ihr nur einmal frech zu, als Madame damit beschäftigt war, ihrem Mann das Gemüsesoufflé zu reichen.

Später half sie in der Küche, das Geschirr abzutrocknen.

»Kannst du mir verraten, wie ich es hier mit diesem Kerl aushalten soll?«, fragte sie Else, der sie von dem Vorfall berichtet hatte.

Die zuckte mit den Schultern. »Von solchen jibt's mehr, als de denkst, Schätzchen. Einfach nich' drum kümmern. Aber sieh zu, dass er dir nich' alleene im Zimmer erwischt.«

»Na, das sind ja schöne Aussichten.«

Tags darauf sollte sie wieder Tee zum Herrn Sohn hinaufbringen.

»Die Frida soll das machen«, sagte Hedwig. »Oder hier die Erna. Die scheint grad nichts zu tun zu haben.«

»Wenn's sein muss.« Erna erhob sich vom Küchentisch, wo sie gerade an einem Brot gekaut hatte, und wischte sich die Hände an der Schürze ab.

»Er hat aber extra nach Hedwig jefragt«, sagte Trude, die oben bei Julian aufgeräumt hatte.

Else sah Hedwig an und hob bedauernd die Schultern. »Dann musste jehen, Schätzchen. Sonst jibt's Ärger.«

Wenig später trug Hedwig das beladene Tablett nach oben und klopfte an Julians Tür. Auf sein *Herein!* drückte sie die Klinke und betrat das Zimmer. Julian lümmelte sich auf einem Sofa und schien in ein Buch vertieft zu sein. Er nickte ihr kurz zu und beachtete sie dann nicht weiter. Erleichtert stellte sie das Tablett auf dem Schreibtisch ab und machte sich daran, den Tee einzugießen und wie tags zuvor etwas Milch und Zucker zuzugeben. Sie rührte um, brachte ihm die dampfende Tasse und stellte sie neben dem Sofa auf einen Beistelltisch.

Als sie das Zimmer verlassen wollte, rief er ihr zu: »Ach, Hedwig, meine Koffer sind erst halb ausgepackt.« Er deutete auf einen großen, mit Metallecken beschlagenen Reisekoffer, der an der Wand stand. »Das verdammte Ding ist außerdem im falschen Zimmer gelandet. Kannst du den mal aufmachen und nachschauen, ob sich mein grauer Anzug darin befindet? Wenn ja, nimm ihn zum Bügeln mit. Ich muss nachher ausgehen und würde ihn gern anziehen.«

Am liebsten hätte sie ihm geraten, es doch gefälligst selbst zu tun, aber das konnte sie natürlich nicht. Sie legte den schweren Koffer auf die Seite, kniete sich davor, öffnete die Verschlüsse, klappte den Deckel hoch und begann in einem Gewühl von Hemden, Socken und anderen Wäscheteilen zu suchen. Nicht gerade sehr ordentlich, der junge Herr. Nur einen grauen Anzug fand sie nicht.

Nach einer Weile gab sie es auf und wollte sich gerade erheben, als sie ihn hinter sich spürte. Noch bevor sie ganz stand, schlangen sich seine Arme um ihren Oberkörper. Sie schrie auf und wollte sich umdrehen, aber er hatte sie fest im Griff. Eine Hand packte ihre Brust, die andere fuhr ihr zwischen die Beine. Und am Hals spürte sie feuchte Lippen.

»Na komm schon, du kleine Schlampe, mach es mir! Als ich dich das erste Mal gesehen habe, war ich gleich verrückt nach dir.« Sie spürte, wie er sein Becken gegen sie drückte. Und noch etwas anderes spürte sie.

»Lasst mich los«, schrie sie und hieb ihm mit Wucht den Ellbogen in die Seite.

Er zuckte zurück, und der Griff an ihrer Brust lockerte sich. Es gelang ihr, sich zu drehen und ihn von sich zu stoßen. Doch er grinste, als würde ihm der kleine Kampf Spaß machen. Da kam eine solche Wut über Hedwig, dass sie ihm, ohne zu zögern, mit voller Wucht die flache Hand ins Gesicht schlug. So heftig, dass ihm das Wasser in die Augen schoss.

Erstaunt hielt er sich die Wange. »He, was soll das?«, fluchte er.

»Wenn du mich nochmal anfasst, bring ich dich um!«, fauchte sie und rauschte aus dem Zimmer. Nicht ohne die Tür zuzuknallen.

Auf dem Weg nach unten klopfte ihr Herz bis zum Hals, und

sie bereute es schon, ihn geschlagen zu haben. Das konnte böse Konsequenzen nach sich ziehen. Immerhin war er der Sohn des Hauses. Vor Scham und Erniedrigung traten ihr Tränen in die Augen.

Als sie die Küche erreichte, bedurfte es nur eines Blickes, und Else wusste Bescheid.

Sie nahm Hedwig in die Arme und stieß einen tiefen Seufzer aus. »Ach, Schätzchen. Et war hier alles jut, solang der Mistkerl nich' hier war.«

Hedwig wischte sich eine Träne von der Wange. »Das lass ich mir nicht gefallen, Else. Ich werd es seiner Mutter sagen.«

Aber Else riet ihr ab. »Wat immer du sagst, et steht sein Wort jegen deines. Und zu wem wirdse wohl halten? Zum lieben Söhnchen? Oder zu 'ner Minna, die se leicht ersetzen kann? Ick sach dir, Mädel, uff ihren Julian lässtse nüscht kommen. Auf dem Ooge isse blind.«

»Und wenn er mir wieder auflauert?«

»Tja, dit weeß ick ooch nich'.« Else schwieg einen Augenblick und sagte dann: »Vielleicht red ick selbst mal mit Madame. Zumindest, dat du nich' mehr in sein Zimmer musst.«

»Da wär ich dir dankbar, Else.«

Abends im Bett dachte sie über den Vorfall nach. Inzwischen hatte sie sich wieder etwas beruhigt. Sie fragte sich, was Ewalt wohl tun würde, wenn er das erführe. Besser, ihm nichts zu sagen. Das würde alles nur noch schlimmer machen. Männer duellierten sich wegen so etwas. Bei dem Gedanken stellte sie sich Julian im Hemd und zitternd vor Kälte im Morgennebel vor, unsicher und mit einem Degen in der Hand. Ihm gegenüber ein im Fechten geübter Ewalt. Der würde ihn in einer Minute abstechen, da war sie sich sicher. Sie sah Julian blutend am Boden, um Verzeihung flehend, bevor er den Geist aufgab. Natürlich wünschte sie ihm nicht den Tod. Aber sich seine Demütigung vorzustellen verlieh ihr Befriedigung.

Wie seltsam der Mensch doch war! Von Ewalts Zärtlichkeiten konnte sie nicht genug bekommen. Aber was sie sich von dem einem wünschte, war der Horror von einem anderen. Schlimmer als der Tod, so kam es ihr vor. Besonders von diesem Fiesling Julian.

Sie sprach ein Gebet für Gero und für ihre Mutter. Und für Ewalt. In dieser Reihenfolge. Zuletzt auch für ihren Vater. Dann nahm sie ihren *Werther* aus der Schublade und las weiter.

Am nächsten Morgen, so gegen neun, klopfte Hedwig an Madames Tür, um ihr Kaffee zu bringen und frische Butterhörnchen, die Frida vom Bäcker geholt hatte. Als sie eintrat, war Henriette noch im Morgenrock und dabei, die Post auszusortieren, die Kröger ihr kurz zuvor hochgebracht hatte.

Hedwig stellte ihr Tablett auf das Tischchen neben dem Sofa, auf dem Madame eine Handvoll Briefe studierte. Einige hatte sie schon geöffnet und überflogen. In der Linken hielt sie gerade ein kleines versiegeltes *Billet*, das sie mit gerunzelten Brauen betrachtete. Sie nahm ihr *Lorgnon* zur Hand, um genauer hinzusehen, denn ihre Augen waren nicht mehr die besten, auch wenn die Eitelkeit es ihr nicht erlaubte, wie ihr Mann mit einem *Pince-nez* auf der Nase herumzulaufen. Daher benutzte sie gelegentlich das *Lorgnon*, besonders bei kleiner oder undeutlicher Schrift.

Sie studierte die Anschrift und schüttelte missbilligend den Kopf. Dann drehte sie den Brief um. Doch auf der Rückseite stand nichts geschrieben.

»Kein Absender. Und aus dem Siegel wird man auch nicht schlau.« Henriette legte das *Lorgnon* zur Seite und lehnte sich im Sessel zurück. Dabei sah sie Hedwig scharf an, als hätte sie sie bei einer Missetat ertappt. »Wieso bekommst du ausgerechnet hier bei uns Post? Kannst du mir das erklären?«

»Post? Für mich?«, fragte Hedwig erstaunt.

»Ganz genau.« Henriette hielt das Brieflein mit einer Miene hoch, als handele es sich um das Beweisstück eines Vergehens. »Das hier ist an dich gerichtet.« Dann betrachtete sie das *Billet* noch einmal eingehend. »Bestes Papier, Wasserzeichen, wie mir scheint, aber kein Absender. Wer könnte das sein? Wer sollte ausgerechnet dir schreiben?«

»Ich weiß es nicht, Madame.«

»Nun gut«, sagte Henriette und hielt ihr den Brief hin mit einem Ausdruck tiefster Missbilligung. »Nimm! Aber ich hoffe, du lässt es nicht zur Gewohnheit werden. Wir sind schließlich nicht deine Poststelle.«

»Nein, Madame.« Hedwig nahm den Brief entgegen und wandte sich zum Gehen.

»Ach, noch was«, sagte die Herrin, als Hedwig schon an der Tür war. »Mein Sohn sagt, du hast dich ihm gegenüber ungebührlich verhalten.«

»Wie bitte?« Hedwig schoss sofort das Blut ins Gesicht. Die Ohrfeige. Und der verdammte Kerl verschwieg natürlich, was wirklich passiert war.

»Ich sehe, du bist verlegen. Es ist also wahr.«

»Nein, Madame, ist es nicht. Das würde ich mir nie erlauben.«

»Behauptest du etwa, mein Sohn lügt?«

»Nein, Madame.« Hedwig zögerte. Besser den Mund halten. *Es steht Wort gegen Wort.* Das hatte Else gesagt, und natürlich hatte sie recht. Aber sollte sie die Anschuldigung einfach so hinnehmen und sich dafür runterputzen lassen, ohne ein Wort zu ihrer Verteidigung zu sagen?

»Eigentlich war es umgekehrt, Madame. Ihr Sohn hat sich *mir gegenüber* ungebührlich verhalten.«

»Was sagst du da?« Madame hatte plötzlich kleine, hässliche

Augen. »Das will ich nicht gehört haben, hast du mich verstanden?«

»Aber …«

»Hast du mich verstanden?«, fauchte Henriette giftig.

»Ja, Madame.«

»Unser Sohn verdient den größten Respekt. Nicht weniger als ich und mein Mann. Ist das klar?«

»Ja, Madame.«

»Und jetzt geh und lies deinen dummen Brief.«

Wie ein begossener Pudel verließ Hedwig den Raum. Beim Hinausgehen hörte sie noch so etwas wie: *Briefe ans Gesinde. Wo kommen wir denn hin?*

Mit dem *Billet* in der Hand eilte sie die zwei Treppen zu ihrer Kammer hinauf. Ihr Herz schlug wie wild. Vor Ärger über die Abfuhr, aber auch vor Erwartung, was in dem Brief stehen mochte. Und wer um alles in der Welt ihr geschrieben hatte. War es vielleicht … hoffentlich keine schlechte Nachricht!

In ihrer Kammer erbrach sie das Siegel und entfaltete den Brief. Sofort erkannte sie das Wappenzeichen der von Billungs auf dem Briefkopf. Mein Gott, er war von Ewalt! Mit bebendem Herzen begann sie zu lesen.

Meine allerliebste Hedi,
ich kann Dir gar nicht beschreiben, wie sehr ich am Sonntag die gemeinsamen Stunden genossen habe. Leider sind sie so schnell verflogen. Und leider muss ich für ein paar Tage zu meinem Regiment. Doch in spätestens einer Woche bin ich zurück. Was Deine Frau Mutter angeht, so habe ich Dr. Hufeland geschrieben. Ich warte, dass er uns mitteilt, wann es ihm möglich ist, sie zu untersuchen.
In aller Eile (mein Bursche hat schon das Pferd gesattelt)
Dein Dich liebender
Ewalt

Hedwig drückte den Brief an ihre Brust und schloss für einen Augenblick die Augen. Am kommenden Sonntag würden sie sich also nicht sehen können. Das war die schlechte Nachricht. Aber er hatte *Dein Dich liebender* geschrieben. Dein Dich liebender! Sie lächelte. Das wog alles auf. Mit diesen Worten im Herzen würde sie die Wartezeit ertragen können.

Doch der Rest der Woche schlich dahin und schien gar nicht enden zu wollen. Zum Glück ließ Julian sie in Ruhe. Vielleicht hatte die Ohrfeige ja doch gewirkt. Oder Madame hatte ihn zur Rede gestellt, auch wenn sie dies vor Hedwig nicht zugeben wollte. Abends war Julian meist außer Haus und kam erst spätnachts und betrunken heim. Morgens schlief er lange und ging dann angeblich ins Ministerium. Auch Madame Henriettes Salon beehrte er nicht mehr mit seiner Anwesenheit.

Es kamen überhaupt wenig Leute. Die Berliner hatten im Augenblick ganz andere Sorgen. Henriette erwog sogar, bis auf Weiteres den Salon zu schließen.

Am Donnerstagmorgen war Hedwig unterwegs zu Madames Schneiderin, um zwei ihrer Kleider auszulassen. Anscheinend hatte sie wieder zugenommen. Die Modistin, eine der ersten Damen ihrer Zunft in Berlin, schüttelte seufzend den Kopf. Sie würde es versuchen, aber da es bei den Kleidern um die Taille an Material mangelte, könne sie nichts versprechen.

Als Hedwig das Schneideratelier verließ, hatte sie plötzlich den verrückten Einfall, sich ebenfalls eine schöne Robe nähen zu lassen. Geld genug besaß sie, denn sie hatte ihren ganzen Verdienst gespart. Natürlich nicht bei Madames Schneiderin. Das wäre unschicklich. Außerdem war diese Modistin zu teuer.

Aber sie kannte eine andere Werkstatt, die sie nun aufsuchte. Dort ließ sie Maß nehmen, suchte Schnittmuster und passende

Stoffe aus und ging danach beschwingt zurück in die Französische Straße.

Unterwegs, als sie am Zeughaus vorbeikam, traf sie auf eine lange Kolonne von jungen Männern, die, von Soldaten begleitet, durch die Straßen marschierten. Sie blieb stehen, um zu sehen, ob sie vielleicht Gero oder Johann unter ihnen entdecken könnte. Aber alle Gesichter waren ihr fremd. Sie blickte den Männern nach, die über eine der Spreebrücken marschierten und dann zwischen den Häusern verschwanden. Da gehen sie dahin, dachte Hedwig schweren Herzens und bekreuzigte sich.

Zurück im Haus setzte sie sich zu den anderen Angestellten, die dabei waren, ihr Mittagessen einzunehmen. »Was geschieht jetzt mit den Rekruten?«, fragte sie Pfeiffer.

Der Kutscher war ein älterer, ergrauter Herr, der nach eigenen Angaben einst selbst im Heer gedient hatte. Er hatte Familie, zu der er abends heimkehrte. Ein schweigsamer Mann, den man selten im Haus sah. Wenn er nicht Madame oder Herrn Buschardt fuhr, hielt er sich in einem kleinen Anbau neben dem Pferdestall auf. Doch nun, da Johann nicht mehr zur Verfügung stand, hatte Pfeiffer dessen Arbeiten übernehmen müssen, und man sah ihn öfter in der Küche.

»Wat soll schon jeschehen?«, erwiderte er und wischte sich den Mund mit einer Serviette ab. »Man wird ihnen erstmal 'ne Uniform verpassen und sie mit Waffen ausrüsten. Dann werden se wohl nach Schlesien marschieren, wo sich anjeblich dit Heer sammelt. Dort werden se Tag und Nacht jedrillt.«

»Du meinst Schießübungen?«

»Ooch dat. Zunächst aber müssen se marschieren, bis ihnen dit Blut aus den Stiefeln läuft. Dann wird tajelang das Manövrieren im Feld jeübt, Uffmarsch in Linie oder Kolonne, Schwenken der Schützenlinie, Flügelverteidijung. Und wie man 'nen Karree bildet.«

»Ein Karree? Was ist das?«

»Man stellt sich im Viereck uff. Um sich jegen Reiterangriffe zu schützen. In drei Reihen. Schussbereit und mit uffjepflanztem Bajonett.«

»Und das müssen sie alles lernen.«

Pfeiffer nickte. »Vor allem den Umjang mit der Muskete. So schnell wie nur möglich laden und uff Befehl in Salven feuern. Mindestens drei Schuss in der Minute. Dat verlangt 'ne Menge Übung und Disziplin. Der Stock vom Feldwebel wird ihnen uff dem Rücken tanzen, dit sach ick euch, bis sie's im Schlaf beherrschen.«

»Sie werden geschlagen?«

»Wie soll'n se es denn sonst lernen? Beim Alten Fritz gab's noch Spießrutenlaufen. Aber dit hamse jetzt abjeschafft.«

Die Frauen sahen sich betreten an und schwiegen. Hedwig stellte sich ihren armen Gero vor, in preußisch-blauer Uniform, Tornister auf dem Rücken, Muskete mit aufgepflanztem Bajonett in den Händen, wie er mit anderen in langer Reihe ins feindliche Feuer marschierte.

»Und wie ist das so in einer Schlacht?«, fragte sie.

»Die Hölle, Kindchen, die Hölle. Kameraden fallen rechts und links. Man scheißt sich in de Hosen vor Angst. Trotzdem musste weitermarschieren. Manche Bataillone werden völlig uffjerieben. Andere kommen gar nich' zum Einsatz. Ob man überlebt, ist Glücksache. Reine Glücksache.«

Pfeiffer erzählte von seinen eigenen Erfahrungen. Seine Worte waren brutal, machten den Frauen Angst. Und doch war es gut, die Wahrheit zu hören. Und nicht nur das dumme, verklärte Gerede von Heldentum und Vaterland, vom süßen Tod auf dem Feld der Ehre. Nein, im Kanonenlärm, im Dreck und im Pulverdampf starben die Männer, aus schrecklichen Wunden blutend, nach ihren Müttern schreiend. Da war nichts Ehrenvolles an ihrem Tod. *Sinnlos* wäre das bessere Wort gewesen.

Als Hedwig am Samstagabend nach Hause kam, stand Brunhilde am Herd.

»Wie geht es dir, Mutter?«, fragte sie besorgt.

»Schön, dass du zuhause bist, Kind«, sagte Brunhilde mit einem Lächeln auf dem blassen Gesicht, das eher gezwungen als ehrlich aussah. »Mir geht es gut. Mach dir keine Sorgen. Das Essen ist gleich fertig.«

Ihren Vater fand Hedwig in der Stube, wo er wie gewohnt in seine Zeitung vertieft war. Sie gab ihm einen Kuss auf die Wange und setzte sich zu ihm. »Mutter sagt, es ginge ihr gut.«

Arnulf legte die Zeitung zur Seite und sah seine Tochter an. In seinen Augen stand die Sorge. »Ja, das sagt sie so. Dabei spuckt sie immer noch Blut. Und gestern war sie so schwach, dass sie kaum aus dem Bett gekommen ist.« Bekümmert schüttelte er den Kopf. »Dass sie den Gero eingezogen haben, hat sie schwer mitgenommen. Vielleicht ist das der ganze Grund für ihre Krankheit. Erst der Arnulf und nun sogar Gero. Du weißt doch, er war immer ihr Liebling.«

Hedwig schoss das Wort *Muttersöhnchen* durch den Kopf. Wie bei Madame Henriette. Aber nein, Gero war kein Muttersöhnchen. Doch Mütter hatten wohl immer ein besonderes Herz für ihre Söhne.

»Hat sie Fieber?«

»Nein. Komischerweise nicht.«

»Ich hoffe, wir stecken uns nicht an.«

»Das hoffe ich auch. Hast du dich nach einem Arzt erkundigt? Du wolltest dich doch darum kümmern.«

Sie nickte. »Hab ich. Jemand macht für mich einen Termin an der Charité. Ich warte auf Nachricht.«

Der Vater fragte nicht, wer der Jemand war, sondern seufzte, als trage er eine schwere Last auf dem Rücken.

Hedwig legte ihm die Hand auf die Schulter. »Und wie läuft es in der Schmiede?«

»Viel zu tun. Jetzt, wo einer der Gesellen fehlt, und nun auch noch der Gero, da ist es kaum zu schaffen.«

Am Sonntag nach der Kirche traf Hedwig sich wieder mit Jakob Grünbaum in seinem bevorzugten Kaffeehaus. Es ging ihm besser. Die Blutergüsse an den Augen waren zu einem hässlichen Grüngelb verblasst, die Nase schien zu heilen, auch die Hand war nicht gebrochen, nur verstaucht. Die Rippen auf der rechten Seite schmerzten allerdings, wenn er sich unbedacht bewegte.

»Die Wunden meines Privatkriegs«, versuchte er zu scherzen.

»Nicht witzig«, erwiderte Hedwig. »Du hast mich zu Tode erschreckt. Ich möchte dich nicht noch einmal so sehen.«

»Zu Befehl, Gnädigste!« Er lachte. Dabei taten ihm gleich wieder die Rippen weh, und er verzog das Gesicht vor Schmerz. »Du hast recht. Ich werde mich zurücknehmen, versprochen. Außerdem scheint der König ja endlich seinen Mut wiedergefunden zu haben.«

»Ich hasse euren verdammten Krieg.«

»Aber Hedi, es geht doch nicht nur um Preußen, sondern um ganz Deutschland. Dieser Napoleon ist ein Ungeheuer, der uns alle verschlingen will. Um ihn zu bekämpfen, sollten sich die Deutschen endlich vereinen. Und ich meine, *alle* Deutschen. Nicht nur die Preußen.«

»Sieht aber nicht so aus. Der Rheinbund und die Bayern …«

»Stimmt. Aber wenn wenigstens Preußen und Österreich sich verbündeten, wäre schon viel gewonnen. Ich glaube, die meisten wünschen sich ein einiges Deutschland. Mit einer gemeinsamen Verfassung.«

»Hatte das Reich nicht so eine Verfassung?«

Er nickte. »Aber das Reich gibt es nicht mehr. Kein deutscher Kaiser mehr, nur noch ein österreichischer. Auch das ist dem wilden Korsen zum Opfer gefallen. Obwohl, die alte Reichsverfassung hätte uns auch nichts genutzt. Die war für die heutige Zeit völlig veraltet. Ich sage dir, wenn nur nicht die Fürsten wären mit ihrem Eigennutz und ihrer Engstirnigkeit. Man müsste sie alle zum Teufel jagen. Und den ganzen Adel gleich mit.«

»Fängst du schon wieder an?«

Er lächelte schuldbewusst und legte seine Hand auf die ihre. »Du hast recht. Es lohnt sich nicht zu träumen. Die Herren Fürsten werden nicht abdanken. Wir müssen sie ertragen. Zumindest noch für eine Weile.«

»Ich hab sie marschieren sehen.«

»Wen?«

»Unsere Männer. Die Rekruten. Es sind doch unsere Männer, unsere Nachbarn, unsere Jungs. Mein Bruder.«

»Du hast Gero gesehen?«

»Nein. Aber andere wie ihn.«

Jakob schüttelte den Kopf. »Ich sollte auch dabei sein.«

»Sei froh, dass du's nicht bist.«

Sie schwiegen eine Weile. Hedwig trank ihren elenden Gerstenkaffee. Mit viel Zucker, damit er nicht so bitter schmeckte.

»Reden wir von was anderem«, sagte Jakob schließlich und lächelte. »Wie kommst du mit dem *Werther* voran?«

Erstaunt blickte Hedwig auf. »Mit dem *Werther*? Gut eigentlich. Bin schon halb durch.«

»Und?«

»Und was?«

»Wie gefällt er dir?«

Sie musste nachdenken. »Ganz gut. Aber eines finde ich nicht richtig: Wieso läuft er dieser Lotte hinterher, wenn sie doch verlobt ist? Sie hat es ihm von Anfang an gesagt.«

»Er hat sich halt in sie verliebt. Und er denkt, sie liebt ihn auch.«

»Aber es ist nicht richtig. Sie hat doch ihren Verlobten. Er sollte sie in Ruhe lassen.«

»Aber darum geht es doch in dem Buch. Weil er es nicht tut und an dieser Liebe zerbricht. Die Liebe ist die Liebe. Man kann nicht bestimmen, wann und wie sie einen trifft. Man kann sich auch nicht einfach so ›entlieben‹, wie man möchte.« Bei diesen Worten sah Jakob sie plötzlich irgendwie seltsam an. Fast flehentlich.

Hedwig glaubte zu wissen, was in ihm vorging, und errötete. Es war nicht recht, dass sie die Dinge im Unklaren ließ. Er war ihr Freund, und es war an der Zeit, ihm reinen Wein einzuschenken. »Ich weiß nicht, warum du mir dieses Buch gegeben hast, Jakob. Du bist nicht Werther, und ich bin nicht deine Lotte.«

Jakob fuhr zurück und starrte sie an. »Ist es das, was du denkst?«

»Ich denke, dass du dich in mich verliebt hast.«

Er sah zum Fenster hinaus und sagte nichts. Dann lächelte er scheu. »Nun ja. Ein bisschen schon. Bist du mir deshalb böse?«

»Du bist mein Freund. Wie könnte ich dir böse sein? Und unsere Freundschaft ist mir wichtig. Aber solche Gefühle kann ich nicht erwidern.«

Er senkte den Blick auf seine Kaffeetasse. »Ich weiß das«, murmelte er. »Aber das Herz hofft. Was kann man tun?«

»Ach, Jakob«, sagte sie leise und legte ihre Hand auf die seine.

Er sah zu ihr auf. »Ich weiß, dass du einen anderen liebst.«

»Was?«, fragte sie erschrocken. »Woher willst du das wissen?«

»Ich weiß nicht, wer es ist. Aber ich denke, da gibt es jemanden. Seit einiger Zeit bist du anders.«

»Wie anders?«

»Schwer zu erklären. Du wirkst irgendwie aufgeblüht, lächelst manchmal ohne Grund. Oder schaust wie sehnsüchtig in die Ferne und seufzt. Das tun doch nur Verliebte. Und jetzt wirst du auch noch rot. Also gib es endlich zu.«

»Ist es denn so offensichtlich?«, fragte sie verlegen.

»Wer ist der Glückliche, damit ich ihn umbringen kann?« Er grinste spöttisch. »Degen oder Pistole?«

Hedwig musste lachen. »Degen, glaube ich. Er ist ein guter Fechter.«

»Gut zu wissen. Dann erschieß ich ihn vielleicht doch besser. Morgen kauf ich mir eine Pistole.«

»Untersteh dich!« Lachend bedrohte sie ihn mit der Kuchengabel.

Er hob abwehrend beide Hände. »Also gut! Ich gebe mich geschlagen. Aber Freunde bleiben wir trotzdem, oder?«

»Für immer, Jakob. Für immer.«

Hedwig war sich schmerzlich bewusst, dass seine kleinen Späßchen im Grunde nur Selbstschutz waren. Sie war nur froh, dass ihre Offenheit nicht zum Bruch geführt hatte.

DER BESUCH

Am Dienstag traf für Hedwig ein zweiter Brief bei den Buschardts ein. Madame hielt ihr daraufhin eine lange Strafpredigt. »Ich dachte, ich hätte mich beim letzten Mal deutlich genug ausgedrückt«, sagte sie äußerst ungehalten.

»Es tut mir leid, aber ich kann den Absender nicht erreichen.«

»Und wieso nicht?«

»Er ist irgendwo im Feld bei den Truppen.«

»Ein Soldat also. Du hättest ihm nicht unsere Adresse geben sollen.«

»Ich hab ihm überhaupt keine Adresse gegeben.«

»Wie? Der schreibt dir einfach so?«

»Ich sagte schon, Madame, es tut mir leid.«

»Nun rede endlich! Wer ist dieser mysteriöse Schreiber? Ein einfacher Soldat scheint er ja nicht zu sein, nach der Qualität des Papiers zu urteilen.«

Hedwig wurde rot. Und nicht nur aus Verlegenheit. »Ich denke, das ist privat, Madame.«

Henriette starrte sie an. »So, denkst du. Aber hier lebst du in meinem Hause. Da ist es nicht privat. Lass dir deine Briefe gefälligst woandershin schicken, wenn dir meine Fragen nicht gefallen.«

»Ja, Madame.«

Henriette steckte sich eine Praline in den Mund und nahm wieder das Buch in die Hand, in dem sie gelesen hatte. »Und heute Nachmittag gehst du meine Kleider abholen.«

»Die Schneiderin sagte Mittwoch.«

»Na schön. Dann eben Mittwoch.«

Hedwig verließ Madames Appartement und hastete nach oben, um in Ruhe Ewalts Brief zu lesen. Die Dinge hätten sich verzögert, schrieb er, er könne auch diesen Sonntag noch nicht zurück sein. Aber danach ganz bestimmt. Er sehne sich nach ihr und schicke ihr hundert Umarmungen und tausend leidenschaftliche Küsse.

Hedwig war enttäuscht. Nun würde er wieder nicht kommen. Wie abhängig sie doch geworden war. Bevor sie Ewalt kennengelernt hatte, war sie mehr oder weniger zufrieden mit ihrem Leben gewesen. Mit ihm war alles anders geworden. Jede Minute, die sie nicht zusammen waren, erschien ihr als eine endlos verlorene Zeit. Sie sehnte sich nach den wenigen Stunden, die ihnen vergönnt waren. Dass sie diesen Sonntag schon wieder auf ihn verzichten musste, betrübte sie sehr.

Ihr Verhältnis zu Madame Henriette schien gelitten zu haben. Lag es an ihr selbst? War sie weniger dienstbeflissen gegenüber der Herrin? Hatte dieser Julian sie vielleicht angeschwärzt? Oder waren tatsächlich Ewalts Briefe der Grund für Madames Verstimmtheit?

Am Tag darauf ging Hedwig zuerst zu ihrer eigenen Anprobe. Sie war begeistert. Das Kleid war wunderschön. Eine lange fliederfarbene Robe aus dünnem Stoff, mit einem schönen Dekolleté, unter dem Busen leicht geschnürt, so wie es jetzt Mode war. Es war ärmellos. Fast ein wenig zu gewagt, denn es zeigte Figur. Ganz gewiss kein Kleid für die Straße, auch wenn für die Nachtkühle ein weinroter, bestickter Schulterumhang dazugehörte. Der reichte bis zu den Ellbogen, blieb vorn aber offen. Mit dem Kleid wollte Hedwig ihren Ewalt überraschen. Vielleicht hatte er vor, sie einmal ins Theater auszuführen. Oder in die Oper. Für solche Gelegenheiten brauchte man etwas Passendes. In zwei Tagen würde die Robe fertig sein, sagte die Schneiderin.

Mit Madames geänderten Kleidern über dem Arm kehrte sie in die Französische Straße zurück. Sie kam an einem Zeitungsverkäufer vorbei, der mit lauter Stimme seine Ware anbot.

»Aufstand in Hamburg!«, rief er. »Aufstand in Hamburg! Es wird gekämpft. Auf den Straßen fließt Blut! Aufstand in Hamburg!«

Sie kaufte ihm ein Exemplar der *Vossischen* ab und eilte zu den Buschardts.

»Habt ihr gehört?«, rief sie den anderen in der Küche aufgeregt zu. Else buk gerade einen Kuchen und hatte die Arme bis zu den Ellbogen mit Mehl bestäubt. Frida schlug die Sahne. Auch Pfeiffer, der Kutscher, saß dabei und trank seinen Gerstenkaffee. Hedwig warf die Zeitung auf den Tisch. Sie legte vorsichtig Madames Kleider über einen Stuhl und setzte sich zu Pfeiffer, um gemeinsam mit ihm zu lesen.

Im Hamburger Hafen war es zu Zusammenstößen mit französischen Soldaten gekommen. Die Unruhen hatten sich rasch ausgebreitet und die ganze Stadt erfasst. Die Franzosen hatten den Aufstand unterdrücken wollen, und dabei war es zu Gewalttätigkeiten gekommen. Angeblich gab es zwanzig Tote und viele Verwundete. Auch unter den Franzosen. Und am Vortag, so lasen sie, hatte es in Lübeck ebenfalls Unruhen gegeben, sogar in Lüneburg.

»Wenn et man nich' bald auch in Berlin losjeht«, sagte Pfeiffer. »Die Leute wollen endlich die Garnison loswerden. Kannste denen nich' verdenken.«

Es gab immer noch einige französische Truppen in Berlin. Auch wenn die sich inzwischen kaum mehr auf die Straße wagten. Durch die Wehrpflicht waren zumindest die jungen Kerle von der Straße. Sonst wäre es ohne Zweifel auch hier zu Zusammenstößen gekommen.

In den folgenden Tagen war die Stimmung in der Stadt aufgeladen und von nervöser Erwartung geprägt. Jeden Tag hatten die Zeitungen Neues zu verkünden. In den Kaffeehäusern wurde heftig diskutiert. Allerorts kursierten Gerüchte. Napoleon habe neue Truppen ausgehoben, und die seien schon im Anmarsch. Die Österreicher hielten sich weiter neutral, so hieß es. Wenn das so bliebe, wäre es schlecht für Preußen. Allein konnte man Napoleon nicht schlagen.

Dann plötzlich jubelte es an allen Straßenecken, denn der König hatte sich mit dem Zaren geeinigt. Ein Abkommen hatten sie geschlossen und einander brüderliche Waffenhilfe geschworen. Die Russen seien schon im Anmarsch, hieß es. Und in Pommern und Ostpreußen seien die Franzosen dabei, preußische Festungen zu räumen. Plötzlich schien Bewegung in die Befreiungsbemühungen gekommen zu sein.

Hedwig holte ihre neue Robe ab und versteckte sie in ihrer Schlafkammer.

Am Samstagabend nahm sie das schön verpackte Kleid mit nach Hause und war froh, dass es ihr gelang, das Paket an ihrer Mutter vorbeizuschmuggeln und es heimlich die Stiege hinaufzutragen. Sie war noch nicht bereit, ihre neueste Errungenschaft der Kritik der Familie auszusetzen.

Am Sonntag kümmerte sie sich zusammen mit Liesel um den Haushalt und das Essen, denn Brunhilde klagte über Kopfschmerzen und schien zu schwach, um aufzustehen. Bei der kleinsten Anstrengung werde ihr schwindelig, sagte sie, und Schmerzen habe sie auch. In der Brust.

Sie kommt mir schon wieder dünner vor, sagte sich Hedwig besorgt. Oder bilde ich mir das ein? Ich muss sie unbedingt zum Arzt bringen. In seinem letzten Brief hatte Ewalt noch nichts von Doktor Hufeland erwähnt. Vielleicht war es ihm nicht gelungen, einen Termin zu bekommen. Oder hatten sie ihn etwa schon zum Heer abkommandiert wie die anderen?

Sie bekam plötzlich Angst, sie könnte ihn nicht mehr sehen, bevor er in die Schlacht zog. Panik trieb ihr das Blut ins Gesicht, und sie musste sich setzen. Aber nach ein paar Minuten beruhigte sie sich. In jedem Fall musste Mutter endlich zum Arzt. Wenn nötig, würde sie mit ihr auch ohne Einladung zur Charité gehen und sich in der Klinik anstellen, bis man sie drannahm.

Am Dienstag darauf klopfte es unten in der Diele an der Tür der Buschardts – so laut, dass es durch das ganze Haus hallte. Als Kröger nach unten lief und öffnete, stand Ewalt Freiherr von Billung draußen und verlangte, die Dame des Hauses in aller Eile zu sprechen. Kröger sagte, er wisse nicht, ob Madame schon empfange. Aber da Ewalt darauf bestand und sagte, es sei äußerst eilig, ließ er ihn eintreten, bat ihn, in der Diele zu warten, und eilte die Treppe herauf. Oben auf dem Treppenabsatz stand Hedwig.

»Um was geht es denn?«, flüsterte sie alarmiert.

Kröger musterte sie kurz mit vor Verwunderung hochgezogenen Brauen. »Weiß nicht. Hat aber irgendwas mit dir zu tun.« Er ging an ihr vorbei und stieg weiter zu Madames Appartement hinauf.

Hedwig zögerte einen Augenblick. Dann lief sie die Treppe hinunter. In der Diele stand Ewalt und wippte ungeduldig mit dem Fuß. Er war in Uniform und blitzblank gewienerten Reitstiefeln. Er sah so gut aus. Der schönste Mann in ganz Preußen!

»Ah, da bist du ja«, rief er erfreut.

Sie flog in seine Arme und küsste ihn überschwänglich vor Freude, ihn endlich wieder leibhaftig vor sich zu haben. Doch schnell machte sie sich los. »Es darf uns niemand sehen«, flüsterte sie. »Ich bekomm sonst Ärger. Warum bist du hier?«

»Deine Herrin muss dir erlauben, jetzt sofort mit mir zu kommen.«

»Aber warum denn?«

»Weil der Hufeland uns einen Termin gegeben hat. Ich bin gerade erst nach Hause gekommen, da war die Bestätigung da. Wir müssen uns beeilen und sofort deine Mutter abholen. In einer Stunde müssen wir in der Charité sein.«

»Aber Ewalt, ich kann nicht weg. Ich hab Dienst.«

»Lass das mal meine Sorge sein. Ich rede mit deiner Herrin. Es ist eine einmalige Gelegenheit. Die dürfen wir nicht verpassen. Also lauf bitte und zieh dich schon mal um!«

Einen Augenblick lang starrte sie ihm forschend ins Gesicht und rang mit sich. Es könnte sie die Anstellung kosten, wenn sie sich einfach so davonmachte.

Doch Ewalt grinste beruhigend. »Sie wird schon nichts dagegen haben«, sagte er ziemlich selbstsicher.

Und wenn schon, dachte sie. Zum Teufel mit den Konsequenzen. Es geht schließlich um meine Mutter.

Sie stellte sich auf die Zehenspitzen, um ihn kurz auf die Lippen zu küssen, und rannte dann die Treppen hoch zu ihrer Kammer, wo sie außer Atem ankam und sich hastig umzog.

Als sie endlich zurück in die Diele kam, sagte Ewalt: »Alles geregelt, Hedi. Draußen steht meine Kutsche. Wir können los.«

Sie warf noch einen fragenden Blick auf Kröger. Der nickte, aber seine Miene war ernst. Bevor sie aus der Tür war, raunte er ihr noch zu: »Du weißt, das wird ein Nachspiel geben.«

»Dann kann ich es nicht ändern«, rief sie und rannte hinter Ewalt her, der schon auf dem Weg zur Straße war.

Der Kutscher ließ die Peitsche knallen und trieb die Pferde an. Fußgänger sprangen schimpfend aus dem Weg, als das Gespann vorbeirasselte.

Zu Hause angekommen, raste Hedwig die Treppe hinauf in Brunhildes Kammer, um sie zu überreden, sich sofort anzukleiden und mit ihnen zur Charité zu fahren.

»Zur Charité? Was soll ich da?«

»Mutter, der Leibarzt des Königs persönlich will dich untersuchen!«

»Der Leibarzt des Königs? Du machst Scherze.«

»Kein Scherz. Es stimmt, was ich sage.«

»Aber wieso? Er kennt mich doch gar nicht.«

»Ein Bekannter hat es für mich arrangiert.«

»Was für ein Bekannter?«

»Frag nicht so viel, Mutter, und zieh dich an!«

»Aber ich hab nichts Gutes anzuziehen.«

»Unsinn! Du hast genug schöne Sachen.« Hedwig ging zum Kleiderschrank. »Hier, das Blaue. Das ist passend, denke ich.«

Schließlich schafften sie es aus dem Haus. Brunhildes Augen wurden noch größer, als sie die Kutsche und den jungen Mann in Uniform sah, der ihr höflich lächelnd den Schlag öffnete und ihr in den Wagen half. Und dann kam auch noch Vater Arnulf aus der Werkstatt gerannt und wollte wissen, was zum Teufel eigentlich los war.

»Wir fahren Mutter in die Klinik«, sagte Hedwig.

»Ach so«, sagte Arnulf und blickte mit großen Augen auf den jungen Offizier. »Und wer ist das?«

»Verzeih, Vater. Das ist Ewalt Freiherr von Billung.«

Ewalt verbeugte sich leicht und tippte an den Schirm seines Tschakos. »Habe die Ehre, Herr Schmitt. Leider haben wir es eilig.«

Hedwig stieg in den Wagen, nach ihr Ewalt. Er schloss den Schlag und rief: »Los, Hermann!«

Die Pferde zogen an, und davon raste die Kutsche. Arnulf stand völlig verdattert da und blickte dem Gefährt kopfschüttelnd nach.

»Wat war denn dit?«, rief Frau Kramer, die neugierige Nachbarin von gegenüber. Sie hatte das Ganze vom Fenster aus beobachtet.

Arnulf blickte unwirsch zu ihr hinüber. »Geht Sie nix an, Frau Kramer!«

Worauf die Frau ärgerlich das Fenster schloss.

»Freiherr …?«, flüsterte Brunhilde im Wagen und verschluckte fast ihre Zunge an dem Wort.

Die ganze Fahrt über sagte sie kein weiteres Wort, beäugte nur ab und zu den jungen Leutnant, der ihr in dem schaukelnden Gefährt gegenübersaß und ihr freundlich zunickte. Auch Ewalt und Hedwig schwiegen. Und doch merkte Brunhilde, dass sie sich auch ohne Worte verstanden.

Ihre Hedi und ein Freiherr. Und dann die Fahrt zum Leibarzt des Königs. Das war alles ein bisschen viel für Brunhilde. Ihre hohlen Wangen waren bleich. Einmal hustete sie schrecklich und wollte gar nicht mehr aufhören. Hedwig legte den Arm um ihre Mutter und hielt sie fest, bis sie sich beruhigt hatte und wieder zu Atem kam.

»Verzeihung, der Herr«, murmelte Brunhilde. Es war ihr sichtlich peinlich. Mit fahrigen Händen zerknäulte sie das Taschentuch, in das sie gehustet hatte. Musste ja nicht jeder die Blutflecken sehen.

»Da gibt es nichts zu verzeihen, gnädige Frau«, sagte Ewalt. »Ich hoffe nur, dass Sie bald wieder gesund werden. Doktor Hufeland ist ein großer Arzt. Er wird Ihnen bestimmt helfen.«

Brunhilde nickte benommen.

Und dann waren sie an der Charité angekommen, einem großen, langgestreckten Gebäude am Stadtrand. Sie stiegen aus, und Ewalt erkundigte sich an der Pforte, wo Doktor Hufeland zu finden sei. Man erklärte ihm den Weg.

Sie betraten einen dunklen Korridor, in dem eine lange Reihe Wartender standen, stiegen zum ersten Stock hinauf, folgten einem weiteren Korridor und klopften schließlich an die Tür des privaten Kabinetts des berühmten Arztes. Brunhilde war völlig außer Atem und wankte vor Erschöpfung. Hedwig musste sie stützen.

Die Untersuchung dauerte eine volle Stunde. Ewalt wartete draußen in der Kutsche auf die beiden Frauen. Er machte sich

Sorgen. Brunhilde war ihm natürlich fremd, aber sie war Hedwigs Mutter und damit auch für ihn zu einer wichtigen Person in seinem Leben geworden. Sie hatte schlecht ausgesehen, mager und zerbrechlich, als ob ein inneres Feuer sie verzehrte. Jedenfalls nicht wie jemand, der sich so bald wieder erholen würde.

Die Mienen der beiden, als sie endlich wieder aus dem Gebäude traten, bestätigten seinen Verdacht, dass keine große Hoffnung bestand.

Hedwig half ihrer Mutter über den kurzen Weg bis zur Kutsche. Brunhildes Gesicht war aschfahl. Sie schien mit den Tränen zu kämpfen. Ewalt half beiden in den Wagen und wies den Kutscher an, zurück zur Schmiede zu fahren. Diesmal aber langsamer. Hedwig hatte feuchte Augen. Sie hielt den Arm um ihre Mutter gelegt. In ihrem Herzen wühlten die Gefühle. Ewalt hatte zum Glück genügend Taktgefühl, um keine Fragen zu stellen.

So fuhren sie zur Schmiede, ohne ein Wort zu wechseln. Vor der Haustür angekommen ließ Brunhilde sich von Hedwig aus dem Wagen und die Stufen hinauf bis in ihre Kammer helfen. Dort legte sie sich aufs Bett und schloss die Augen. Zwei Tränen quollen daraus hervor. Hedwig hielt ihre Hand und hatte zu kämpfen, um nicht auch zu weinen.

»Geh!«, flüsterte ihr die Mutter zu. »Geh zu deinem Geliebten. Er scheint ein guter Mensch zu sein.«

Hedwig lief die Treppe hinunter und vors Haus. Ihr Gesicht war nass vor Tränen. »Möchtest du ins Haus kommen?«, fragte sie Ewalt.

Er schüttelte den Kopf. »Jetzt ist nicht der rechte Augenblick.«

Sie nickte. »Ich muss jetzt bei ihr bleiben. Aber ich danke dir für alles, was du für uns getan hast.«

»Darf ich fragen, was der Arzt gesagt hat? Ist es die Schwindsucht?«

Hedwig schüttelte den Kopf. »Nein«, flüsterte sie. »Schlimmer noch. Der Doktor nannte es ein Karzinom. Eine Geschwulst in der

Lunge, die ständig wächst und sie von innen langsam auffrisst.« Sie warf sich schluchzend in seine Arme. »Er sagt, es sei schon weit fortgeschritten. Lange habe sie nicht mehr zu leben. Ein paar Monate höchstens.«

Ewalt hielt sie fest an sich gedrückt, während ihre Schultern zuckten. Als Arnulf aus der Schmiede kam, sah er sie so stehen. Nun wurden auch seine Augen feucht, denn er verstand sofort.

Als Hedwig am Nachmittag zu den Buschardts zurückkehrte, ließ Else sie gleich wissen, dass Madame sie in ihren Gemächern erwartete. »Und sei jewarnt. Dit sieht nich' jut aus. Eher nach 'nem Donnerwetter.«

»Hab nichts anderes erwartet«, erwiderte Hedwig, während sie aus ihrem Mantel schlüpfte.

»Wie konnteste zulassen, dat dein Leutnant dich ausjerechnet hier abholt? Nich' besonders klug, wenn de mir fragst.«

»Es ging um meine Mutter. Mein Freund konnte kurzfristig einen Termin beim Leibarzt des Königs erwirken. Sie ist sehr krank. Und wir mussten uns beeilen, nicht zu spät zu kommen.«

Else machte große Augen. »Beim Leiter von de Charité?«

Hedwig nickte. »Bei Doktor Hufeland.«

»Na, dit nennt ma Beziehungen.«

Hedwig hob in einer hilflosen Geste die Schultern. »Hat leider nichts genützt. Meine Mutter wird bald sterben.« Als sie das sagte, stieg ihr erneut das Wasser in die Augen.

»Oh mein Jott! Wat hat se denn?«

»Eine bösartige Geschwulst in der Lunge.«

»Ach, Schätzchen. Dat tut mir aber leid!« Else legte beide Arme um sie und drückte sie ganz fest an ihren weichen Leib. »Ick weeß ja, wie dit is', Kind. Hab meene Mutter ooch früh verlor'n. Kann man denn jar nüscht machen?«

»Anscheinend nicht. Mehr als ein paar Monate gibt der Doktor ihr nicht mehr. Ich weiß nicht, wie wir es ertragen sollen, sie langsam sterben zu sehen.« Sie machte sich aus Elses Umarmung frei und wischte eine Träne von der Wange. »Ich geh jetzt mal lieber nach oben.«

Sie verzichtete darauf, sich umzuziehen, und stieg in den zweiten Stock hinauf. An Madames Tür angekommen klopfte sie und trat ein.

»Ah! Fräulein Hedwig.« Henriette blickte auf. Ihre Miene war alles andere als freundlich. »Wie schön, dass du uns mal wieder beehrst.«

»Es war ein Notfall heute Morgen.«

»So, so, ein Notfall. Und der junge Freiherr? Ist das auch ein Notfall?«

»Wir sind miteinander bekannt.«

»Offensichtlich. Sieh nur zu, dass aus dem Notfall kein Unfall wird.«

Hedwig wurde rot. Was fiel der blöden Kuh eigentlich ein? Bis vor Kurzem hatte sie sich mit Madame gut verstanden, aber in letzter Zeit …

»Ich denke, das geht Euch nichts an.«

»Wie bitte?« Henriette fixierte sie mit einem wütenden Blick. »Wie redest du mit mir? Und was fällt dir ein, diesen Mann herkommen zu lassen? Der ist wohl auch dein Briefeschreiber, nehme ich an. Ich hatte dir doch unmissverständlich klargemacht, dass ich keine Techtelmechtel in meinem Hause dulde. Besonders nicht mit einem meiner Gäste.«

»Freiherr von Billung ist kein Gast des Hauses«, erwiderte Hedwig, jetzt schon etwas aufsässig. »Er war auch vorher nur wegen mir hier.«

Das verschlug Henriette für einen Augenblick die Sprache. Dann fand sie ihre Zunge wieder und äußerte in scharfem Ton: »Ich sage dir, Hedwig, das ist meine letzte Warnung. Und auch nur, weil ich sonst mit dir nicht unzufrieden bin. Aber treib es nicht zu weit!«

»Ich kündige, Madame!«

So. Da war es raus.

Verblüfft starrte Henriette sie an. Das hatte sie nicht erwartet. Eine Hausangestellte, die kündigt? Hat man denn so was schon gehört?

»Du kündigst? Wie kommst du dazu?«

»Damit Ihr's wisst, Madame, ich bin kein Mädchen aus den Armenvierteln. Mein Vater ist ein ehrbarer Handwerker. Ich habe es nicht nötig, mich von Euch anschnauzen zu lassen. Ich habe es auch nicht nötig, mich von Eurem Sohn begrapschen und zur Unzucht zwingen zu lassen. Und als ich mich gewehrt habe, hat er mich eine Schlampe genannt. In so einem Haus diene ich nicht länger. Guten Tag, Madame!«

Damit drehte sie Henriette den Rücken zu und ging zur Tür.

»Von mir bekommst du keine Empfehlung, damit du's weißt!«, kreischte Henriette hinter ihr her.

Hedwig drehte sich noch einmal um. »Und Ihr von mir auch nicht!«

Sie schloss die Tür hinter sich und blieb einen Augenblick stehen. Ihr Herz klopfte heftig. Sie musste ein paarmal tief durchatmen, um sich zu beruhigen. Da bemerkte sie Kröger auf dem Treppenabsatz.

»Du verlässt uns?«, fragte er.

»Sieht ganz so aus, oder?«

»Das tut mir leid. Ich hab dich immer sehr geschätzt, Hedwig.«

»Gleichfalls. Aber nun wirst du dich an eine andere gewöhnen müssen.«

Sie stieg hinauf in ihre Kammer. Aus dem Schrank nahm sie eine große Tasche. In die packte sie die wenigen Sachen, die sie bei den Buschardts hatte. Zuletzt nahm sie den *Werther* aus der Schublade und legte ihn ebenfalls in die Tasche. Dann sah sie sich noch einmal im Zimmer um und machte schließlich die Tür von außen zu. Da ging unwiederbringlich ein Abschnitt ihres Lebens dahin, fuhr es ihr durch den Sinn. Doch dann zuckte sie mit den Schultern und stieg die Hintertreppe hinunter.

Als sie in die Küche trat, waren dort alle Angestellten versammelt. Es hatte sich also schon herumgesprochen. Sie verabschiedete sich von ihnen. Zum Schluss nahm sie die dicke Köchin in die Arme.

»Du wirst uns fehlen«, sagte Else mit feuchten Augen.

Hedwig lächelte. »Aber du weißt doch, wo ich wohne. Komm mich besuchen.« Sie blickte in die Runde. »Das gilt für euch alle.«

»Hatse dir denn de letzte Wochenlohn jegeben?«

»Ich pfeife drauf.«

»Zu stolz, wa'?«

Hedwig umarmte noch einmal alle, sogar Kröger und den alten Pfeiffer. Dann verließ sie das Haus.

Am Nachmittag kümmerte Hedwig sich fürsorglich um ihre Mutter, machte es ihr im Bett bequem, brachte ihr zu essen, obwohl Brunhilde alles von sich wies. Für beide war es schwer, mit diesem Todesurteil umzugehen. Tröstliche Worte fanden sich nicht. Sie hätten mehr als hohl geklungen. Brunhilde weinte viel, hustete, spuckte Blut und starrte jedes Mal mit Entsetzen auf die Flecken in ihrem Taschentuch, bevor ihr erneut die Tränen kamen. Doch nach einer Weile wurde sie ruhiger, starrte an die Wand, ohne ein Wort zu sagen, schickte schließlich ihre Tochter aus der Kammer, wollte allein sein.

»Ich hab gekündigt, Mutter«, sagte Hedwig. »Von jetzt an kümmere ich mich nur noch um dich. Damit du's weißt.«

Brunhilde nickte. »Danke, Kind.«

Hedwig ging auf Zehenspitzen die Treppe hinunter und setzte

sich in die Küche. Der Liesel hatte sie für den Rest des Tages frei gegeben. Ratlos und wie gelähmt saß Hedwig stundenlang am Küchentisch, während sie Brunhilde ab und zu husten hörte. Das Hämmern draußen in der Schmiede klang wie immer, als hätte sich nichts in ihrem Leben geändert. Und doch war jetzt alles anders geworden. Sie machte sich heftige Vorwürfe, dass sie ihre Mutter nicht schon früher zu einem Arzt gebracht hatte. Aber nun war es zu spät und nicht mehr zu ändern.

Auch der Vater litt wie ein Hund, obwohl er versuchte, seinen Kummer zu verbergen. Abends nach dem Abendessen verbrachte er Stunden an Brunhildes Seite, unterhielt sich leise mit ihr oder las ihr aus der Zeitung vor, um sie abzulenken. Für die Nacht richtete er sich in einer der anderen Kammern ein, damit sie sich nicht gegenseitig störten. Denn auch Arnulf brauchte seinen Schlaf. Die Arbeit in der Schmiede musste getan werden. Es gab eilige Aufträge zu erfüllen und fertige Werkstücke abzuliefern.

Am nächsten Morgen beschloss Hedwig, gegen die eigene Niedergeschlagenheit anzukämpfen. Sie stürzte sich mit Liesels Hilfe in den Haushalt. Das lenkte ein wenig ab. Einkaufen, aufräumen, kochen. Nicht nur die Familie musste verköstigt werden, sondern auch der ältere Geselle in der Schmiede, der nicht eingezogen worden war. Und der Lehrling. Vor allem holte Hedwig nach, was Brunhilde wegen ihrer Krankheit vernachlässigt hatte, und putzte das ganze Haus.

Am Abend schlich sie sich für ein paar Stunden davon, um sich mit Ewalt zu treffen.

»Mach dir keine Vorwürfe«, sagte er zu ihr. »Du hättest gar nichts ausrichten können. Es ist einfach Schicksal. Ich habe mich erkundigt. Bei so einem Karzinom hätte ihr kein Arzt der Welt helfen können.«

Das machte es nicht besser, aber linderte zumindest ihre Schuldgefühle.

Hedwig zehrte wie immer von den gestohlenen Momenten mit

ihm. Seine Arme um sich zu spüren, meist irgendwo im Tiergarten auf einer Bank oder bei Regen in seiner Kutsche, seine Nähe und seine Wärme, das half ihr über den Kummer hinweg. Allein schon seiner Stimme zu lauschen, wenn er ihr von seinem Tag im Ministerium erzählte, tat ihr gut.

Nach ein paar Tagen kam sie zu dem Schluss, dass man nichts anderes tun konnte, als sich irgendwie mit Mutters nahendem Tod abzufinden, so schrecklich es auch war. Das Wichtigste war, ihr die verbleibende Zeit so angenehm wie möglich zu machen. Hedwig achtete darauf, dass sie sich nicht überanstrengte und die meiste Zeit im Bett blieb, half ihr beim Waschen, bezog das Bett mit sauberem Leinen, brachte ihr Milch mit Honig oder eine nahrhafte Gemüsesuppe, oder sie buk ihr einen Kuchen und versuchte, ihr jeden Wunsch von den Augen abzulesen.

Sogar Brunhilde wurde ruhiger, als ob sie sich mit ihrem Schicksal abzufinden schien. Zumindest weinte sie seltener. Dafür lag sie stundenlang auf dem Bett und dachte über ihr Leben nach. Ab und zu, wenn Hedwig bei ihr saß, erzählte sie Geschichten aus der Jugend oder aus der Zeit, als die Kinder noch klein gewesen waren. Arnulfs Milchzähne, Gero, der einmal beinahe in der Spree ertrunken war, und Hedwig, wie sie als Vierjährige lernte, das Vaterunser aufzusagen.

Trotz der Pflege, die die Tochter ihr angedeihen ließ, schien sie weiter an Gewicht zu verlieren, wirkte hohlwangig, zerbrechlich, ja fast schon greisenhaft, obwohl sie gerade erst fünfzig geworden war. Gegen die Schmerzen, über die sie immer häufiger klagte, hatte Doktor Hufeland ihr Laudanum verschrieben, ein Gemisch aus Mohnsaft und Rotwein. Dreimal am Tag verabreichte Hedwig ihr einen Löffel davon. Es schien ihr gutzutun, sie zu entspannen.

Da Hedwig nicht mehr bei den Buschardts arbeitete, traf sie

öfter auf Jakob, wenn er morgens das Haus verließ, oder sie hörte ihn die Treppe hinaufsteigen, wenn er abends heimkam. Sie redeten gelegentlich miteinander, und Jakob hörte zu, wenn sie über Mutters Zustand berichtete, aber irgendwie war es nicht mehr wie früher. Beide waren seltsam befangen. Der leichte Ton, die scherzhafte Kameradschaft zwischen ihnen hatte einen gehörigen Knacks bekommen. Wohl verständlich, dachte Hedwig, jetzt, da er weiß, dass ich einen anderen liebe.

Brunhilde dachte oft an ihren Sohn und daran, wie es ihm im Feldlager ergehen mochte. Ob er genug zu essen bekam, ob er in den kalten Nächten frieren musste. »Die schlafen doch im Freien, sogar in Regen und Schnee. Da holt man sich den Tod.«

»Mach dir keine Sorgen«, sagte Hedwig. »Gero ist es gewöhnt. Das Soldatenleben ist nichts Neues für ihn.«

Brunhilde seufzte. »Wie soll ich mir denn keine Sorgen machen? Außerdem hatte ich gehofft, dass er uns vielleicht mal schreibt.«

»So lange ist er doch noch gar nicht weg. Er wird beschäftigt sein. Ich habe gehört, die werden so fürchterlich gedrillt, dass sie abends schon beim Essen einschlafen.«

»Der arme Junge.«

»Und die Feldpost soll auch nicht sehr verlässlich sein.«

»Ja«, seufzte Brunhilde. »Das ist bestimmt der Grund. Ich hoffe nur, dass ich ihn noch einmal sehe, bevor ich sterbe.«

Bei den Worten lief ihr eine Träne die Wange hinunter. Und dann musste sie wieder husten. Hedwig legte ihr den Arm um die schmalen Schultern und reichte ihr ein sauberes Leinentuch. Dass sie immer häufiger Blut spuckte, tat Hedwig in der Seele weh, aber es schreckte sie jetzt weniger als zuvor. Wie seltsam, dachte sie. Man gewöhnt sich irgendwie an alles.

»Ich mach dir einen Kamillentee«, sagte sie und stieg hinunter in die Küche, wo Liesel mit der Vorbereitung fürs Abendessen beschäftigt war.

Hedwig legte Holz im Herd nach und setzte einen Kessel mit Wasser auf. Auf einem Tablett trug sie Tassen und die dampfende Teekanne nach oben, schüttelte Mutters Kopfkissen auf und half ihr, sich bequemer hinzusetzen.

»Bleib ein bisschen bei mir«, bat Brunhilde. Und als Hedwig sich am Bettrand niederließ, fasste die Mutter ihre Hand. »Ich bin so froh, dass du wieder zu Hause bist, Hedi. Und wie lieb du dich um mich kümmerst. Söhne tun so was nicht. Ich kann froh sein, eine Tochter zu haben. Ich danke dir, mein Kind.«

»Ich tu's gern, Mutter.« Hedwig küsste sie auf die Wange. »Ich hoffe, es macht dir nichts aus, wenn ich nachher für eine Stunde oder zwei weggehe. Ich treffe mich mit … na, du weißt schon, mit wem.«

Brunhilde lächelte. In ihren Augen blitzte es plötzlich schelmisch. »Mit deinem Prinzen?«

Hedwig nickte. »Aber sag Vater nichts. Er mag es nicht, dass ich mich mit ihm verabrede.«

Arnulf machte jedesmal ungehaltene Bemerkungen, wenn sie ausging. Sie solle auf ihre Ehre achten und sich nicht von so einem adeligen Leichtfuß verführen lassen. Man kenne doch solche Geschichten zur Genüge und wisse auch, wie sie für gewöhnlich endeten.

»Ach, Kind. Kümmere dich nicht darum. Mir gefällt dein Ewalt. An deiner Stelle hätte ich mich auch in ihn verguckt. Außerdem halte ich ihn für einen Ehrenmann. Er hat sich rührend um mich bemüht, das wollen wir nicht vergessen. Und du wirst schon am besten wissen, was sich gehört. Schließlich haben wir dich gut erzogen.«

»Danke, Mutter.«

Seit Hedwig wieder zuhause war, verstanden sie sich besser, waren sich nähergekommen, wie nur Mutter und Tochter sich nahestehen können. Die eine hatte ihr Leben noch vor sich, die andere würde es bald beenden. Zeit, alten Streit zu vergessen, sich auszutauschen, sogar Intimes miteinander zu teilen. Wann sollten sie es denn sonst tun, wenn nicht jetzt?

Brunhilde nahm noch einen Schluck Kamillentee und reichte Hedwig die Tasse zurück. Mit einem Seufzer ließ sie sich in die Kissen sinken. Einen Augenblick lang herrschte Stille im Zimmer, dann wandte Brunhilde den Kopf und sah ihre Tochter mit einem Lächeln auf den Lippen an.

»Lass deinen Vater reden. Er weiß es nicht besser. In Wahrheit freu ich mich für dich, dass du die Liebe gefunden hast, egal, was daraus wird. Mir ist sie nie zuteilgeworden.«

»Aber du hast doch Vater«, sagte Hedwig überrascht.

Brunhilde nickte. »Ja, ich habe deinen Vater.«

»Aber?«

»Man hat uns nicht dazu gezwungen, aber irgendwie hat jeder damals erwartet, dass wir heiraten. Er ist ein guter Mann. Hat sich immer um die Familie und um mich gekümmert. Wir haben hart gearbeitet. Die Schmiede, der Haushalt, ihr Kinder. Dabei vergisst man manchmal sich selbst. Wir verstehen uns, dein Vater und ich. Ich kann mich nicht beklagen. Aber es war nicht die große Liebe. Nicht für mich.«

Sie musste wieder in ihr blutbeflecktes Leinentuch husten.

»Vielleicht solltest du nicht so viel reden«, sagte Hedwig besorgt.

Aber der Anfall war schnell vorüber. »Ach Kind, lass nur. Es tut mir gut, das alles mal loszuwerden«, sagte Brunhilde, als sie wieder ruhiger atmen konnte. »Vor Monaten hätte ich nicht einmal darüber nachgedacht. Aber jetzt, da mir bewusst wird, wie kurz das Leben ist, wie kostbar jede Minute, da kommt man doch ins Grübeln. Ich bereue nichts, besonders nicht euch, meine Kinder. Aber man fragt sich doch, was hätte sein können, verstehst du? Dein Vater ist kein starker Mann. Er hat mich gebraucht. Und ich war ihm eine Stütze all die Jahre. Aber er hätte sicher mehr verdient als das. Vielleicht hätte ich mir mehr Mühe geben sollen.« Sie sah Hedwig an, die der Beichte überrascht zugehört hatte. »Schockiert es dich, was ich dir da erzähle?«

»Nein. Ein bisschen vielleicht … Nein, nicht wirklich. Ich weiß nur, dass du uns immer eine gute Mutter warst. Und dass Vater sich bestimmt keine bessere Frau gewünscht hätte.«

Trotzdem musste Hedwig zugeben, dass sie selten Zärtlichkeiten zwischen den beiden bemerkt hatte. Fürsorge ja. Aber viel mehr auch nicht. Doch sie hatte nie darüber nachgedacht. Kinder sind selbstsüchtig. Solange sie bekommen, was sie brauchen, ist die Welt in Ordnung, dachte sie. »Bereust du, dass du ihn geheiratet hast?«, fragte sie.

»Vielleicht ein bisschen.« Brunhilde lächelte schmerzlich. »Aber ich war nicht unglücklich, das musst du nicht denken. Nur war es nicht das, was du gerade erlebst.«

»Was meinst du damit?«

»Man kann dir doch an der Nasenspitze ablesen, wie du dich fühlst. Deine Wangen glühen, wenn du von deinem Ewalt sprichst, und deine Augen leuchten. Und ich sehe, wie aufgeregt du bist und wie du dich hübsch machst, wenn du mit ihm verabredet bist.«

Hedwig lachte. »So deutlich ist das?«

Brunhilde lächelte. »Natürlich. Jeder kann das sehen. Das beunruhigt wohl deinen Vater. Der ist ja nicht blind, auch wenn er manchmal so tut. Aber ich freue mich für dich. Du kannst ein Stück Glück erleben, das mir im Leben gefehlt hat. Deshalb sage ich: Zögere nicht, genieß die Liebe mit deinem Prinzen! Und kümmere dich nicht darum, was dein Vater sagt.«

Hedwig hatte feuchte Augen bekommen. Sie legte die Arme um ihre Mutter und küsste sie zärtlich auf die Stirn. »Danke, danke«, sagte sie. »Du kannst dir nicht vorstellen, wie viel es mir bedeutet, dass du mich verstehst. Es hört sich verrückt an, aber Ewalt ist für mich wie die Luft zum Atmen geworden. Ich bin glücklich und fast wie berauscht, wenn ich bei ihm bin, und halb verloren, wenn er fern von mir ist. Und ich gebe zu, es macht mir auch ein bisschen Angst.«

Brunhilde sagte: »Ich glaube, es ist immer ein Risiko, wenn man sein Herz verschenkt. Aber soll man es deshalb etwa bleiben lassen?«

Hedwig seufzte. »Besonders, wenn man sich gar nicht dagegen wehren kann.«

Brunhilde riet ihr, Ewalt doch einmal einzuladen, damit der Vater sich selbst ein Bild von ihm machen konnte.

Arnulf war zuerst dagegen, als sie ihm den Vorschlag machten. Aber als seine beiden Frauen darauf bestanden, gab er sich geschlagen.

»Vielleicht ist es ihm zu einfach bei uns«, sorgte sich Hedwig ein paar Tage später. »Du müsstest mal sein Haus unter den Linden sehen.«

»Wir müssen uns nicht schämen«, erwiderte Brunhilde. »Unser Haus ist solide und gut eingerichtet. Dass du keine reichen Eltern hast, weiß er doch längst.«

Die Küche war wirklich einfach, aber die mussten sie ihm ja auch nicht zeigen. Die gute Stube dagegen konnte sich sehen lassen. Gediegene Eichenmöbel, bequeme Stühle, in der Ecke eine Standuhr, die zwar nachging, aber gut aussah, sogar ein paar gerahmte Stiche an der Wand und Mutters ganzer Stolz, ihre Vitrine mit schönem Porzellan. Hedwig putzte alles, bis es glänzte.

Und dann war es so weit. Sonntägliche Stille. Kein Hämmern in der Schmiede, kein Ächzen und Klappern des alten Wasserrads. Um auf Mutter Rücksicht zu nehmen, verzichtete man auf den Kirchgang. Nach dem Mittagessen bereitete man sich auf Ewalts Besuch vor. Hedwig war schrecklich aufgeregt. Einen Augenblick lang spielte sie mit dem Gedanken, die neue Robe anzulegen.

Aber dann besann sie sich. Das schöne, aber doch etwas freizügige Kleid war nicht gerade passend für den Nachmittag und hätte ihrem Vater wahrscheinlich einen Herzanfall beschert. Sie kleidete sich bescheidener, verwandte aber viel Sorgfalt auf ihr schönes Haar, das sie offen ließ, und um den Hals trug sie ein feines Goldkettchen mit Kreuz.

Liesel hatte einen Kuchen gebacken. Hedwig achtete darauf, dass die Magd ein sauberes Kleid anhatte und eine frisch gebügelte weiße Schürze umband. Und da auch Brunhilde trotz ihres schwachen Zustands darauf bestand, mit am Kaffeetisch zu sitzen, half Hedwig ihr, sich anzukleiden und das Haar zu einem lockeren Knoten im Nacken zu binden. Sogar etwas Rouge kramte die Mutter aus einer Schublade hervor und trug es sich auf die bleichen Wangen auf. Hedwig hatte gar nicht gewusst, dass sie so etwas besaß.

»Du unterschätzt deine Mutter«, sagte Brunhilde. »Ich war auch mal so ein hübsches Ding wie du. Auch wenn es lange her ist.«

Hedwig hatte befürchtet, dass Ewalt und Jakob sich begegnen könnten. Das wäre ihr peinlich gewesen, aber sie hatte Jakob schon früh aus dem Haus gehen hören. Als es dann endlich an die Haustür klopfte, rannte Liesel aus der Küche, um zu öffnen.

Aber Hedwig kam ihr zuvor. »Ich mach das«, raunte sie. »Und mach die Küchentür zu.« Sie holte tief Luft und machte auf.

Und da stand er vor ihr. »Bin ich hier richtig bei der Familie Schmitt?«, fragte er und grinste schalkhaft.

»Nun komm schon rein«, erwiderte sie lachend und zog ihn am Arm. »Und keine Küsserei«, fügte sie rasch flüsternd hinzu.

»Um Gottes willen, nein!«

Beide mussten lachen.

Ewalt war nicht wie üblich in seiner beeindruckenden Uniform, sondern trug Zivil, wie jeder andere bürgerliche Berliner auch. Er brachte keine teure Torte mit oder gar Champagner, und er hatte auch die herrschaftliche Kutsche zu Hause gelassen, ganz so, als wolle er niemanden mit seinem Reichtum beeindrucken. Einzige Ausnahme war eine kleine Schachtel ausgesuchter Pralinen vom Café Josty für Brunhilde und zu Hedwigs Freude ein Säckchen echten Bohnenkaffees.

Dem Vater schüttelte Ewalt ernst die Hand und bedankte sich für die Einladung. Er legte Hut und Mantel ab und ließ sich von Hedwig in die gute Stube führen. Dort war schon der Tisch gedeckt. Und dort wartete auch Brunhilde in ihrem besten Sonntagskleid. Ewalt beugte sich zum Handkuss und ließ sich dann ihr gegenüber auf dem Platz nieder, den Vater Arnulf ihm anbot.

»Willkommen in unserem Haus«, sagte Brunhilde und lächelte. Der Vater nickte dazu, aber er sah eher aus wie einer, der erstmal sehen wollte, wie die Dinge so liefen.

Hedwig eilte in die Küche, um Liesel das Päckchen mit dem Bohnenkaffee zu bringen. »Den trinken wir heute«, flüsterte sie. »Und mahl ihn fein.«

Ewalt hatte noch etwas anderes mitgebracht, was er dem Vater zeigen wollte. Es war ein alter Säbel in einer schon ziemlich abgewetzten und zum Teil beschädigten Lederscheide.

»Ich wollte Sie diesbezüglich um Rat ersuchen, Herr Schmitt«, sagte er. »Ich weiß, Sie stellen Kavalleriesäbel her und sind daher Fachmann. Dies hier ist ein altes Erbstück der Familie. Leider nicht mehr im besten Zustand. Ich frage mich, ob man das gute Stück wieder herrichten und zu altem Glanz bringen kann.«

Die Frage schmeichelte Arnulf, und er war sofort bereit, sich die Waffe anzusehen.

»Sollen wir nicht erst Kaffee trinken?«, fragte Brunhilde und bemühte sich, einen Hustenreiz zu unterdrücken, was ihr nur mit Mühe gelang. Trotz ihrer gerougten Wangen sah sie müde aus.

»Ich seh mal nach, ob er schon fertig ist.« Hedwig erhob sich und eilte wieder in die Küche, um Liesel zu helfen.

Als die beiden mit voller Kaffeekanne und dem angeschnittenen Kuchen zurückkehrten, merkte Hedwig, dass sie sich umsonst Sorgen gemacht hatte. Die Stimmung war gut, und besonders Vater Arnulf unterhielt sich angeregt mit Ewalt. Der hatte viele Fragen zur Arbeit in der Schmiede gestellt, und Arnulf war im vollen Fluss, ihm alles zu erklären. Brunhilde saß dabei, hatte Schatten unter den Augen und sagte nicht viel, vor Angst, husten zu müssen, aber sie folgte aufmerksam der Unterhaltung, und ihre Augen ruhten mit Wohlwollen auf dem jungen Mann an ihrem Tisch.

Es wurde ein angenehmer Nachmittag, der alle für eine Weile Brunhildes Schicksal vergessen ließ, auch wenn sie gelegentlich husten musste und sich dabei ängstlich das Taschentuch vor den Mund presste. Ewalt tat, als bemerke er es gar nicht.

Nachdem sie Kuchen gegessen und den guten Kaffee genossen hatten, nahm Arnulf erneut den mitgebrachten Säbel zur Hand. »Sieht ziemlich alt aus«, sagte er, nachdem er die Klinge aus dem zerschlissenen Futteral gezogen hatte.

»Der ist zur Zeit des Großen Kurfürsten in meine Familie gekommen, soviel ich weiß«, erklärte Ewalt. »Und ist wohl auch nicht immer mit dem gebührenden Respekt behandelt worden.« Er deutete auf Rostflecke, diverse Kratzer und eine ziemliche Scharte acht Zoll unterhalb der gebogenen Spitze. Eigentlich mehr als eine Scharte. Ein fingernagelgroßes Stück war herausgebrochen.

»Lässt sich das reparieren?«, fragte Ewalt.

Arnulf wiegte den Kopf. »Der Rost und die Kratzer schon. Die Scharte …« Er runzelte die Stirn. »Man kann sie sicher verschwinden lassen, aber das würde unter Umständen den Stahl schwächen.«

Ewalt lachte. »Na ja, kämpfen will ich damit nicht. Es ist eher ein Museumsstück.«

Arnulf fasste den alten Säbel beim Griff und wog die Waffe

in der Hand. »Gute Gewichtsverteilung«, sagte er fachmännisch. »Nicht so perfekt, wie wir heutzutage schmieden, aber immerhin, eine edle Waffe. Der Knauf ist aus Silber, denke ich. Kann man reinigen. Das ist ein Leichtes. Ich frag mich, wem der mal gehört hat.«

»Mein Vater und ich haben alte Historienbücher studiert. Wir vermuten, der Säbel muss einem ungarischen Reiter gehört haben. Die Form der Klinge und auch die des Knaufs und der Parierstange deuten darauf hin.«

»Ungarn?«

Ewalt nickte. »Wenn es stimmt, was wir vermuten, dann ist das Stück über achthundert Jahre alt. Damals hat es doch jahrelang Überfälle ungarischer Reiter gegeben, in Bayern und sogar in Sachsen. Bei Augsburg wurde das ungarische Heer dann vernichtet. Beim Pflügen haben Bauern oft ähnliche Waffen gefunden. Deshalb vermuten wir, dass der Säbel daher stammt.«

Arnulf war beeindruckt. Vorsichtig schob er die Klinge zurück in ihre Scheide. »Ein schönes Stück. Und bestimmt etwas wert. Jetzt, wo man angefangen hat, alte Dinge zu sammeln.« Er meinte gewisse Herren, wie zum Beispiel Goethe und natürlich Wilhelm von Humboldt, die ganz vernarrt in alte Dingen waren. Vor allem aus der Antike.

»Würden Sie den Säbel für mich instand setzen, Herr Schmitt?«, fragte Ewalt. »Zu altem Glanz bringen?«

Arnulf antwortete nicht gleich, sondern überlegte. Ewalt missdeutete sein Zögern. »Ich will auch gut dafür bezahlen«, sagte er.

»Es geht nicht ums Geld«, erwiderte Arnulf. »Es ist nur, dass wir im Moment ziemlich viel zu tun haben. Und so eine Waffe verdient es, dass man sich Zeit für sie nimmt.«

»Ich hab's nicht eilig damit. Nehmen Sie sich alle Zeit der Welt. Ich bin sicher, bei Ihnen ist der Säbel in den besten Händen.«

Arnulf lächelte. »Also gut. Aber Geld nehme ich nicht dafür. Schließlich sind Sie ein Freund der Familie.«

Später, als sie mit Ewalt an der Spree spazieren ging, sagte Hedwig: »Du bist mir ja ein ganz schön ausgekochter Schlaufuchs.«

»Wieso?«

»Bei Ihnen ist der Säbel in den besten Händen«, äffte sie ihn nach. »Damit hast du meinen Vater rumgekriegt. Der frisst dir jetzt aus der Hand.« Sie lachte.

»Wirklich?«, fragte Ewalt unschuldig. Doch dann musste auch er grinsen. »Man tut, was man kann«, sagte er und gab Hedwig einen Kuss.

Es war kühl an der Spree, wo ein frischer Wind wehte. Aber der Himmel war klar, und über den Dächern der Stadt lag die goldene Sonne eines schönen Spätnachmittags.

»Der Frühling kann nicht mehr weit sein«, sagte Hedwig.

Ewalt nickte grimmig. »Du weißt, was das bedeutet, oder?«

»Du musst zum Heer stoßen?« Da war er wieder, der verdammte Krieg. Oder zumindest die Drohung davon. Wie die dunklen Wolken eines Gewitters, die am Horizont heraufzogen.

»Ich warte täglich auf den Befehl.«

»Ach, Ewalt.« Sie legte den Kopf an seine Schulter. »Wie soll ich es nur aushalten ohne dich? Mutter siecht dahin. Gero ist schon im Feld. Bald gibt es nur noch meinen Vater und mich zu Hause.«

»Wer hatte eigentlich die Idee, mich heute einzuladen?«

»Meine Mutter. Sie mag dich.«

»Dann sag ihr, ich bedanke mich dafür. Und am Mittwoch kommst du zu mir. Versprochen? Ich will dich meiner Schwester vorstellen.«

Erstaunt sah sie zu ihm auf. »Wirklich?«

»Natürlich. Gehört sich doch. Nachdem ich bei euch zuhause war.«

»Aber vielleicht mag sie mich gar nicht. Hast du daran gedacht?«

»Ich mag dich. Das genügt doch.«

»Ewalt, du machst mich ganz nervös.«

Er zwinkerte ihr zu. »Außerdem, sie muss doch meine Verlobte kennenlernen.«

»Verlobte?« Hedwig blieb stehen und machte große Augen. »Was soll das heißen? Wir sind doch gar nicht verlobt.«

»Das stimmt«, sagte er und grinste breit. »Ich hab dich ja auch noch nicht gefragt. Aber ich hab's vor.«

Hedwig riss die Augen noch weiter auf. »Du meinst ...«

Er nickte. »Jawohl, ich meine. Und solltest du einverstanden sein – was ich mir sehnlichst wünsche –, dann hab ich das hier für dich.« Er griff in die Manteltasche und holte eine winzige Schmuckschachtel hervor, die er für sie öffnete. Innen war sie mit dunklem Samt ausgelegt, und darauf lag ein zierlicher Goldring, auf dem ein blassblauer Stein gefasst war, umgeben von winzigen Diamanten.

»Oh, mein Gott!«, flüsterte Hedwig und starrte den Ring an. »Was für ein wunderschöner Ring!«

»Der gehörte meiner Großmutter. Ein Familienerbstück hat doch immer mehr Bedeutung als so ein Ring vom Juwelier. Probier ihn mal an.«

Wie benommen hob sie die Hand. Vorsichtig schob er ihr den Ring auf den Finger. Seine Hand zitterte ein wenig dabei. »Er scheint zu passen. Da hab ich ja verdammt Glück gehabt. Aber wenn nicht, können wir ihn ändern lassen.«

Ihre Augen schimmerten feucht, als sie zu ihm aufsah. »Der ist für mich? Meinst du es wirklich, Ewalt?«

Er legte seine Arme um sie und zog sie fest an sich. »Darf ich dich heiraten, Hedwig Schmitt? Nimmst du mich zum Mann?«

Jetzt strahlte sie ihn an. »Krieg ich Bedenkzeit?«

»Oh, du brauchst Bedenkzeit?«

»Liebst du mich bis in den Tod?«

»Ich liebe dich bis in den Tod.«

»Bist du sicher?«

»Todsicher. Ich schwör's bei meiner Seele!«

»Dann sag ich Ja!«

»Ich dachte, du brauchst Bedenkzeit.«

»Die ist schon vorbei.« Sie suchte seine Lippen und küsste ihn lang und innig.

DER AUFRUF DES KÖNIGS

Als Hedwig am Abend heimkehrte, wollte ihr Herz schier überlaufen vor Glück. Und doch war sie unschlüssig, ob sie der Mutter ihr Geheimnis verraten sollte, und entschied sich schließlich dagegen. Der wundervolle Ring, die anstehende Verlobung, das war zu neu, zu überraschend und zu überwältigend, um darüber zu reden. Sie musste sich erst einmal selbst darüber klar werden, dass es kein Traum war.

Bevor sie das Haus betrat, nahm sie deshalb den Ring vom Finger, steckte ihn zurück in die kleine Schachtel und ließ sie in die bestickte Handtasche gleiten, die sie immer bei sich hatte, wenn sie ausging. Sollte sie wirklich Ewalts Frau werden? Es war zu fantastisch, um wahr zu sein. Mit klopfendem Herzen betrat sie das Haus.

Die Eltern hatten schon gegessen. Vater Arnulf hatte seiner Frau ins Bett geholfen und sich dann mit seiner Zeitung in die Stube gesetzt, wo ein Feuer im Kamin knisterte. Hedwig steckte kurz den Kopf durch die Tür und fragte, ob alles in Ordnung sei. Mehr als ein Brummen und ein etwas abwesendes Kopfnicken bekam sie nicht zur Antwort. Sie wollte ihn schon fragen, wie sein Eindruck von Ewalt gewesen war, unterließ es aber. Stattdessen nahm sie ihre Tasche und ging nach oben.

Auf dem Weg zu ihrer Kammer schaute sie bei ihrer Mutter vorbei. Auf dem Nachttisch brannte eine Öllampe, die ihren Schein auf das Bett warf. Brunhilde lag mit geschlossenen Augen da. Sie war bis zur Nasenspitze zugedeckt und regte sich nicht. Plötzlich bekam Hedwig es mit der Angst zu tun. War Mutter etwa schon tot?

Aber dann sah sie erleichtert, dass Brunhildes Brust sich unmerklich hob und senkte. Sie schlief also nur.

Hedwig wollte schon leise die Tür schließen, als sie Brunhildes Stimme vernahm. »Bist du zurück, Hedi?«

»Ja, Mutter. Schläfst du? Ich will dich nicht stören.«

»Du störst mich nicht.« Mühsam richtete Brunhilde sich auf. »Ich war nach dem Essen nur etwas erschöpft. Komm, setz dich zu mir.«

Hedwig nahm sich einen Stuhl, rückte ihn ans Bett und setzte sich. Sie befühlte Brunhildes Stirn, aber die war kühl. Kein Fieber. Trotzdem sah sie schlecht aus. »Der Besuch heute Nachmittag hat dich ermüdet«, sagte Hedwig.

»Ein wenig. Aber ich hätte es nicht missen wollen. So ein stattlicher Mann, dein Ewalt. Und freundlich. Er gefällt mir.«

Hedwig lächelte. »Und Vater? Was denkt der?«

Brunhilde seufzte. »Er macht sich Sorgen um dich.«

»Um mich?«

»Er denkt, Ewalt ist ein netter Mann. Aber er ist ein Adeliger. Er sagt, am Ende wirst du enttäuscht sein. Und er möchte dich nicht leiden sehen.«

»Aber Ewalt liebt mich.«

Brunhilde nickte. »So, wie er dich anschaut, hast du bestimmt recht.«

»Ich schwör's, Mutter! Hier ist der Beweis.«

Ihr Entschluss, Ewalts Antrag vorerst noch geheim zu halten, war vergessen. Sie kramte in ihrer Handtasche, zog das kleine Etui hervor und öffnete es. »Schau her! Ist der nicht herrlich?«, sprudelte sie mit leuchtenden Augen hervor. »Der hat mal seiner Großmutter gehört. Und jetzt mir! Was sagst du dazu?«

Brunhilde machte große Augen. »Ein Ring? Heißt das …?«

»Ja, Mutter. Er will mich heiraten. Stell dir vor!«

Brunhilde nahm den Ring aus dem Etui und betrachtete ihn. Die kleinen Diamanten glitzerten im Licht der Lampe. »Oh, mein

Gott! Ich glaube es nicht.« Und dann begann sie vor Schreck zu husten, bekam kaum Luft und wollte gar nicht mehr aufhören. Doch den Ring hielt sie dabei fest, als hinge ihr Leben davon ab.

Schließlich ließ der Anfall nach, und Brunhilde ließ sich auf die Kissen sinken. Hedwig nahm das Taschentuch vom Nachtschrank und tupfte ihr die Blutstropfen von der Unterlippe.

»Ach, Mutter«, sagte sie und legte die Arme um sie. »Wenn du doch nur gesund wärst.«

»Hauptsache, du bist glücklich, Kind. Ich bin so froh für dich.«

»Das bin ich. Ich kann es gar nicht fassen. Ewalt möchte in der Dorfkapelle heiraten, wo seine Familie ein Gut besitzt. Vorher soll ich natürlich noch seine Eltern kennenlernen, die dort leben. Und in den nächsten Tagen auch seine Schwester hier in Berlin.«

»Er meint es also wirklich ernst.«

Hedwig strahlte. »Ja, Mutter. Er meint es ernst.«

Brunhilde schüttelte den Kopf, als könne sie es kaum glauben. »Unsere Tochter heiratet einen Freiherrn. Aber eigentlich hätte er heute deinen Vater fragen müssen. Das gehört sich doch so.«

»Keine Sorge, das hat er auch vor. Glaubst du, Vater wird es erlauben?«

»Der soll sich unterstehen, was dagegen zu haben.«

Sie lachten beide. Und Brunhilde musste wieder husten. Aber nicht lange, dann atmete sie wieder ruhiger. In ihren Augen glitzerte es feucht. »Du wirst die schönste Braut sein, die die Welt je gesehen hat. Und wann soll die Hochzeit sein?«

»Noch nicht so schnell. Ewalt wartet täglich auf seinen Einsatzbefehl. Dann muss er nach Schlesien, wo sich inzwischen sein Regiment befindet. Aber wir heiraten, sobald die Lage sich klärt.«

Brunhilde fragte: »Glaubst du, es wird wirklich Krieg geben?«

»Man weiß es nicht. Aber Ewalt rechnet damit.«

Das ließ die beiden für eine Weile verstummen. Die Drohung, dass es Krieg geben könnte, war wie ein Gespenst, das in den Ecken lauerte, um sie jederzeit zu überfallen. Gero bei den Soldaten. Und bald auch Ewalt. Wenn man wenigstens Genaueres wüsste. Die Unsicherheit war das Schlimmste.

»Vielleicht gibt es ja keinen Krieg«, sagte Hedwig schließlich. »Der König war doch immer dagegen.«

Brunhilde seufzte. »Hoffentlich hast du recht.« Sie betrachtete den Ring, den sie immer noch in der Hand hielt. »Der Ring seiner Großmutter«, murmelte sie. »Darauf kannst du dir was einbilden. Ach, Hedi, ich bin so stolz auf dich.«

Etwas später riefen sie den Vater und teilten ihm die frohe Neuigkeit mit.

Erst war er skeptisch, aber als er den Ring sah, änderte sich seine Meinung. »Niemand verschenkt so ein Juwel, wenn er es nicht ernst meint«, sagte er überzeugt und schloss seine Tochter in die Arme. »Ich wünsche dir von ganzem Herzen, dass du glücklich wirst.«

Drei Tage später fand die Begegnung mit Olga, Ewalts Schwester, statt. Ewalt hatte Hedwig am Nachmittag im Hause seiner Familie zum Tee eingeladen. Sie legte ihr bestes Sonntagsgewand an und machte sich sorgfältig zurecht. Sie verzichtete auf die Brennschere, denn Ringellöckchen an den Schläfen fand sie lächerlich. Stattdessen band sie ihr schönes Haar im Nacken zu einem losen Knoten, wie sie es gewohnt war, hübschte ihre schlichte Erscheinung mit einem Schal auf und mit einem Damenhut, den sie am Tag zuvor in der Stadt gefunden hatte. Sie legte auch Rouge auf, aber nur ganz zart, denn sie war zu jung, um Schminke nötig zu haben. Dann betrachtete sie sich lange im Spiegel, drapierte sich einen anderen Schal um die Schultern und zupfte an den Brauen, bis sie mit sich zufrieden war.

Obwohl sie noch nicht formell verlobt waren, hatte Ewalt darauf bestanden, dass sie den Ring trug, den er ihr geschenkt hatte. Hedwig war nervös. Für sie war es eine große Sache, Ewalts Schwester kennenzulernen, auch wenn er das Treffen als einfachen Höflichkeitsbesuch abgetan hatte.

Die Nachbarin gegenüber hing im Fenster und machte Stielaugen, als Ewalt sie mit der Kutsche abholte. Er flüsterte ihr zu, sie sehe großartig aus, und half ihr in den Wagen. Der Kutscher knallte mit der Peitsche, und der Vater stand in der Tür und blickte dem Wagen nach, bis er um die nächste Ecke verschwand.

Das Haus Unter den Linden war nicht das schönste auf der langen Prachtstraße, aber es war groß. Die Kutsche, mit der Ewalt sie abgeholt hatte, fuhr durch den Torbogen in die Auffahrt und hielt vor einer Treppe, die zum Eingangsportal hinaufführte. Der Kutscher Hermann sprang vom Bock, öffnete den Schlag und reichte Hedwig die Hand, um ihr beim Aussteigen zu helfen. Unwillkürlich wanderte ihr Blick an der Fassade empor.

»Stör dich nicht an dem hässlichen Kasten«, sagte Ewalt, der hinter ihr ausgestiegen war. »Innen ist es ganz nett.«

Hässlich fand Hedwig den Bau nicht, eher schlicht. Und ›ganz nett‹ war nicht gerade die passende Beschreibung für das imposante Foyer, in das sie jetzt trat. Spiegelblanker Marmorfußboden im Schachbrettmuster, eine hohe Decke, von der ein mächtiger Kronleuchter hing, im Hintergrund eine geschwungene Treppe, die zu den oberen Etagen führte. Darüber hing das große Gemälde einer alten Dame mit hoher Rokoko-Perücke. Ewalts Großmutter. Jene Frau, der der Ring gehört hatte.

Hedwig blieb keine Zeit, das Bild zu betrachten. Denn kaum waren sie eingetreten, begrüßte ein befrackter Kammerdiener sie würdevoll und nahm ihnen Mäntel und Kopfbedeckungen ab.

»Er soll meiner Schwester Bescheid sagen, dass wir da sind«, rief Ewalt dem Diener zu und nahm Hedwig beim Arm, um sie in den angrenzenden Salon zu führen.

Es war ein großer, rechteckiger Raum. Im Augenblick etwas dunkel, da die Vorhänge halb zugezogen waren, aber sehr bequem ausgestattet, wenn auch alles ein bisschen abgenutzt aussah. An der rechten Längsseite ein gewaltiger Kamin. Davor dicke Teppiche auf gewachstem Parkett und schwere Sitzmöbel. Es gab ein Piano und zwei Spieltische und eine ganze Batterie von zierlichen, gepolsterten Stühlen. An den mit Seidentapeten bedeckten Wänden hingen ebenfalls Portraits. Diese zeigten ernst dreinblickende Männer aus vergangenen Zeiten.

Ewalt ging zu einem der hohen Fenster und zog den Vorhang auf, um mehr Licht einzulassen. Er bemerkte, wie Hedi sich mit großen Augen umsah und vor allem die Gemälde fast ehrfürchtig studierte.

Er nahm sie bei der Hand und lächelte. »Lass dich von den alten Bildern nicht beeindrucken. Der da, zum Beispiel, ist einer meiner Großonkel.« Er zeigte auf das Portrait eines besonders würdevollen Mannes mit hochmütiger Miene. »Der Bursche da hat sein ganzes Erbe am Spieltisch verplempert und sich hinterher erschossen. Es wird gemunkelt, es habe auch noch andere Gründe gehabt als den Verlust des Geldes. Man wird es nie wissen, denn er hat sein Geheimnis mit ins Grab genommen. Und der Dicke da drüben mit der eleganten Perücke war mein Urgroßvater. Hatte zwölf Kinder. Fünf mit seiner Ehefrau und den Rest mit drei Mätressen.« Er lachte. »Du siehst, alles keine Heiligen.«

Ewalt hatte ihr mal erzählt, woher das Familienvermögen stammte. Einer seiner Vorfahren hatte sich als Söldnerführer während des Dreißigjährigen Kriegs enorm bereichert. Dabei soll es nicht ganz mit rechten Dingen zugegangen sein. Aber wer wollte heute noch danach fragen? Jede reiche Familie hat wahrscheinlich einen Piraten als Gründer, hatte er lachend gesagt. Woher soll es schließlich kommen? Auf ehrliche Weise bestimmt nicht. Es wunderte Hedwig, dass er den Reichtum seiner Familie so auf die leichte Schulter nahm, als wäre es gar nichts. Ihrer eigenen Familie ging es besser als manch anderer, aber dafür hatten sie immer kämpfen müssen.

Auf den großen Sofas vor dem Kamin ließen sie sich nieder. Ewalt war der Jüngste von dreien, und seine Schwester war vier Jahre älter. Er hatte Hedwig gewarnt, Olga könne manchmal, wenn sie in der Laune war, brutal direkt sein und scharfe Bemerkungen ablassen. Aber davon dürfe man sich nicht einschüchtern lassen, denn Hunde, die bellen, beißen nicht, wie es so schön heißt. Und im Grunde sei sie ganz in Ordnung. Er verstehe sich gut mit ihr. Außer dass sie dauernd versuche, ihn zu erziehen.

Kein Wunder, dass Hedwig nach solchen Warnungen nervös war. Und dann dieser Salon mit den Portraits ehrwürdiger Ahnen, die sie missbilligend anzustarren schienen. Am liebsten wäre sie gleich wieder gegangen.

Sie hatten kaum Platz genommen, als eine junge Frau den Salon betrat. Sie war schlank und hochgewachsen und trug ein elegantes Kleid mit hoher Taille, darüber, der kühlen Jahreszeit geschuldet, eine kurze, eng anliegende Jacke. Um den schlanken Hals lag ein durchsichtiger weißer Seidenschal. So einer, wie ihn Königin Luise oft getragen hatte. Olgas blondes Haar war hochgesteckt, an den Schläfen lagen kleine Locken, das Ergebnis sorgfältiger Arbeit mit der Brennschere. Ohne Zweifel war Olga eine schöne Frau. Und die Ähnlichkeit mit Ewalt war unverkennbar, auch wenn man nicht hätte sagen können, woran es genau lag. Es war wohl einfach die Gesamterscheinung.

Hedwig und Ewalt erhoben sich. Hedwigs Herz klopfte, während Ewalt sie als seine Verlobte vorstellte.

Olga zeigte sich nicht überrascht. Er musste es ihr also schon mitgeteilt haben. Mit einem halb neugierigen, halb spöttischen Blick musterte sie Hedwig von oben bis unten. »Freut mich, Sie kennenzulernen, Fräulein Schmitt«, sagte sie mit nicht mehr als der Andeutung eines Lächelns, ohne ihre Hand anzubieten, aber mit besonderer Betonung auf dem profanen Namen Schmitt, als sei damit alles gesagt. Hedwig begann, sich unwohl zu fühlen.

Und dann fiel Olgas Blick auf den Ring am Hedwigs Finger.

»Ach, da ist er ja, Großmutters Ring. Unser Ewalt hat schon wirklich manchmal drollige Einfälle.«

Selbst Ewalt blieb bei diesen Worten die Luft weg. Und bevor er antworten konnte, fügte seine Schwester hinzu: »Ich muss mich leider entschuldigen. Ich habe noch eine andere Verabredung. Fräulein Schmitt …« Sie nickte Hedwig kurz zu und rauschte davon.

Sprachlos blieben die beiden zurück und blickten ihr nach. Hedwig war das Blut ins Gesicht gestiegen. Sie fühlte sich behandelt und entlassen wie eine Dienstmagd. Und auch Ewalt machte ein bestürztes Gesicht.

»Tut mir leid, Hedi. Ich weiß nicht, was heute in sie gefahren ist. Gestern war sie noch ganz erfreut, dich kennenzulernen. Manchmal ist sie wirklich unausstehlich.«

»Ein Fräulein Schmitt in der Familie, das passt ihr wohl nicht«, fauchte Hedwig. »Eine, für die Großmutters Ring zu schade ist.«

Sie zerrte an dem Ring und ließ ihn achtlos auf den Teppich fallen. Dabei kamen ihr die Tränen. Sie versuchte, sie herunterzuschlucken, sich keine Blöße zu geben, aber das gelang ihr nicht. Trotzdem marschierte sie wütend und entschiedenen Schrittes aus dem Salon und in die Eingangshalle, wo sie sich von dem Diener, der herbeigeeilt kam, in den Mantel helfen ließ. Energisch wandte sie sich zur Tür, um diesem Haus für immer den Rücken zu kehren.

Ewalt war hinter ihr hergelaufen und fasste sie am Arm. »Hedi, um Gottes willen! Natürlich behältst du den Ring.« Er versuchte, ihn ihr wieder auf den Finger zu stecken, aber sie zog die Hand weg und mied seinen Blick.

»Olga kann so eine Kuh sein«, sagte er und holte ein Sacktuch aus der Tasche, das er ihr reichte. »Aber was sie sich da gerade erlaubt hat, das hab ich wirklich nicht erwartet. Es tut mir schrecklich leid.«

Hedwig tupfte sich die Zornestränen von den Wangen. »Damit du's weißt: Auch wer Schmitt heißt, hat seinen Stolz!«

»Natürlich. Und mit Recht.« Er versuchte die Arme um sie zu legen, aber ihr Körper war steif wie ein Brett. Sie trat sogar einen Schritt zurück und weigerte sich immer noch, ihn anzusehen.

»Aber Hedi, ich liebe dich. Und daran wird sich nie im Leben etwas ändern. Alles andere ist ohne Bedeutung. Du wirst sehen, Olga wird sich entschuldigen. Dafür sorge ich.«

»Ich möchte jetzt gehen«, sagte Hedwig.

Er zog sich seinen Mantel über und begleitete sie.

Sie flüchteten sich in ein nahgelegenes Kaffeehaus. Es dauerte, bis sich Hedwig einigermaßen beruhigt hatte.

»Wahrscheinlich wird es mir mit dem Rest deiner Familie genauso ergehen«, sagte sie bitter.

»Auf keinen Fall, ich schwöre es. Meine Eltern sind nicht so hochnäsig wie Olga. Und mein Bruder schon gar nicht. Der fühlt sich nur auf dem Lande wohl, unter seinen Bauern und Jagdgehilfen. Und er hat Humor. Er wird dir gefallen.«

Hedwig bedachte Ewalt mit einem skeptischen Blick. »Ich weiß nicht. Reden wir jetzt nicht mehr so viel. Ich muss erstmal nachdenken.«

Er sah sie bekümmert an, als spüre er, dass seine Liebe bedroht war, schwieg aber für eine Weile. Wofür sie ihm dankbar war.

Die Begegnung mit Olga war eine kalte Dusche gewesen. Begleitet von der bitteren Erkenntnis, dass Hedwig eben doch nur die Tochter eines Handwerkers war und nicht in diese Familie passte. Zumindest Olga schien ganz offensichtlich dieser Meinung zu sein. Und in Wahrheit, wenn Hedwig ehrlich mit sich war, war dies kaum überraschend. Was hatte sie denn erwartet? Dass sie wie eine Prinzessin empfangen würde? Wer war sie denn, dass sie meinte, in diese Familie einheiraten zu können? Trotzdem tat es weh, wenn sie an Olgas spöttische Bemerkung dachte. Die erste Wut darüber war zwar verflogen, doch der Stachel saß tief. War es nicht Selbstbetrug, an ein Leben mit Ewalt zu glauben? War es nicht besser, das Ganze hier und jetzt zu beenden?

»Wir sollten uns das nochmal überlegen …«, begann sie zögernd.

Aber Ewalt unterbrach sie sofort. Er schien zu spüren, was in ihr vorging, wollte nicht zulassen, dass sie einen solchen Gedanken auch nur aussprach. »Sag jetzt nichts, Hedi. Da gibt es nichts zu überlegen. Wir gehören zusammen, du und ich. Du weißt das. Wir werden glücklich sein. Ich verspreche dir, es wird alles gut.«

Er nahm ihre Hand in die seine. Es erinnerte sie an den Abend im Café Josty, als er sie genauso berührt hatte. Und wie sie sich dabei gefühlt hatte. In seinen Augen war nichts als Aufrichtigkeit und Zärtlichkeit zu erkennen.

Das versöhnte sie. Und ihr Herz lief über, wenn er sie so ansah. Am liebsten hätte sie sich jetzt in seine Arme geworfen und ihren Kopf an seine Schulter gelegt. Und doch nagte der Zweifel an ihrer Seele. War sie nicht im Grunde unvernünftig, an diese Liebe zu glauben? Belog sie sich selbst? Würden sie wirklich zusammen glücklich sein können? Unschlüssig und mit Tränen in den Augen sah sie ihn an.

Ewalt, der spürte, was in ihr vorging, beugte sich zu ihr. »Wir lieben uns, Hedi. Keiner kann uns das nehmen. Keiner kann uns trennen.«

Und als er sie mitten im Kaffeehaus küsste, kam ein solches Gefühl über sie, dass ihr Widerstand schmolz, dass sie bereit war, alle Zweifel in den Wind zu schlagen. Bei ihm war sie glücklich, das wusste sie. Und er bei ihr. Ja, sie wollte diesen Mann. Mehr als alles in der Welt. Olgas dumme Bemerkung sollte nichts daran ändern. Auch wenn es nicht immer leicht sein würde. Sie durfte sich nicht entmutigen lassen. Zur Not musste sie um ihn kämpfen. Zum Teufel mit der Schwester!

Als Hedwig ein paar Tage später einkaufen gehen wollte und den Vater um Geld bat, ermahnte er sie, nicht so viel auszugeben. Wurst und Speck könnte sie ja vielleicht mal weglassen. Kohl und Bohnen täten's auch. Es war nicht das erste Mal, dass sie so etwas von ihm hörte.

»Müssen wir jetzt am Essen sparen?«, fragte sie. »Du und dein Geselle, ihr habt doch Hunger. Nicht zu vergessen dein Lehrling. Ich muss euch was Vernünftiges vorsetzen. Wie wollt ihr sonst die schwere Arbeit leisten?«

»Ich weiß«, erwiderte er. »Aber es muss ja nicht gleich das Teuerste sein. Geh vorsichtig mit dem Geld um.«

»Was ist los? Sind wir in Schwierigkeiten?«

Arnulf seufzte. »Wir haben ein bisschen Ebbe in der Kasse.«

»Aber du hast doch genug Aufträge. Die Schmiede steht nicht still.«

Er zuckte mit den Schultern. »Ich weiß auch nicht. Es kommt nicht genug Geld rein.«

Hedwig wusste, dass das Geschäftliche ihrem Vater nicht besonders lag. Er war ein ausgezeichneter Schmied, ein Künstler in seinem Fach, aber schludrig mit seinen Rechnungen und Büchern. Sie vermutete, dass da der Hase im Pfeffer lag.

»Ich werde mal deine Aufträge durchgehen«, sagte sie.

»Nein, nein! Das musst du nicht. Wir kommen schon klar.«

Sie warf ihm einen strengen Blick zu. »Kümmere dich um die Schmiede, Vater. Ich kümmere mich ab jetzt um deinen Papierkram.«

»Na gut. Wenn du meinst«, sagte er irgendwie erleichtert.

Und so kam es, dass Hedwig neben der Pflege ihrer kranken Mutter und dem Haushalt an den Nachmittagen auch mit Vaters Abrechnungen und Zahlungseingängen beschäftigt war. Sie tat es gerne. Rechnen war ihr in der Schule leichtgefallen. Und zum Glück hatte sie Liesel.

Sie ging sämtliche Aufträge der letzten sechs Monate durch.

Richtige Rechnungen hatte Arnulf für viele seiner Arbeiten nicht gestellt. Das waren oft einfach nur kurze Einträge in seinem Auftragsbuch. Mit wenig Erklärungen, mit dem Namen des Kunden versehen, einem Datum und dem geschuldeten Betrag. Bezahlungen hatte Arnulf mit einem Häkchen versehen. Und gerade das fehlte bei vielen. Die hatten einfach noch nicht bezahlt, und wie sich herausstellte, scheute Vater davor zurück, sie zu mahnen. Als Hedwig alles zusammenzählte, kam ein erheblicher Fehlbetrag heraus.

»Das muss sich ändern«, sagte sie zu ihm. »Ab jetzt gehen wir abends jeden Posten durch, du erklärst mir, wer die Kunden sind und worum es bei den Aufträgen ging, und ich kümmere mich darum, dass das Geld reinkommt.«

»Aber nicht die Kunden verärgern«, sagte er. »Sonst bleiben sie weg.«

»Solche, die nicht zahlen, nützen uns nichts.«

Sie schrieb Mahnbriefe, die der Lehrling für sie ablieferte. Und die wichtigeren Kunden besuchte sie persönlich. Zwei von ihnen verloren sie tatsächlich. Sie fühlten sich ungebührlich unter Druck gesetzt. Aber alle anderen zahlten. In wenigen Tagen kam mehr Geld herein, als Arnulf je in seiner Kasse gehabt hatte.

»Wie machst du das bloß, Hedi?«, sagte er verwundert.

»Wenn du einverstanden bist, helfe ich dir auch weiterhin. Ich hab gemerkt, dass einer deiner Lieferanten zu viel für seinen Rohstahl verlangt.« Sie nannte den Namen.

Arnulf kratzte sich am Schädel. »Wirklich? Ich hab nicht drauf geachtet.«

Sie nickte grimmig. »Ja, du achtest nicht darauf. Das ist der Grund, warum nicht genug Geld da ist. Du lässt dich reinlegen.«

Er muckte auf. »Sag mal, wie redest du denn mit mir?«

»Es ist wahr, Vater. Du lässt dich übers Ohr hauen. Lieferanten verlangen zu viel, und Kunden bezahlen ihre Rechnungen nicht. Es ist ein Wunder, dass wir noch nicht pleite sind.«

Arnulf wischte sich mit der Hand durchs Gesicht. Dann sah er sie schuldbewusst an. »Du hast ja recht. Ich bin Schmied und kein Kaufmann.«

»Dann bin eben ich jetzt dein Kaufmann. Jedenfalls fürs Erste.«

Es war ihm peinlich, dass ausgerechnet seine Tochter ihm diese Arbeit abnehmen sollte. Aber er sah ein, es würde ihm helfen. »Also gut. Wenn du meinst.«

An Ewalts Verhalten hatte sich seit dem Besuch bei seiner Schwester nichts geändert. Höchstens, dass er Hedwig gegenüber noch aufmerksamer war. Er habe mit Olga geredet, sagte er, und sie entschuldige sich.

Ob das wohl ehrlich gemeint war?, fragte sich Hedwig. Aber inzwischen war sie entschlossen, sich nicht entmutigen zu lassen, solange Ewalt zu ihr hielt.

Der Mutter ging es einige Tage lang besser. Sie schien weniger zu husten, wollte auch nicht den ganzen Tag im Bett liegen. Trotzdem war sie sehr schwach und ziemlich ausgezehrt. Ihre Haut war so durchsichtig wie Porzellan, aber sie war nicht mehr ganz so blass. Hatte der Arzt sich geirrt, würde sie vielleicht doch wieder gesund werden? Hedwig betete täglich zu Gott, dass er sie heilen möge.

Eines Vormittags – es war inzwischen Mitte März – klopfte es heftig an der Küchentür. Als Hedwig öffnete, stand Jakob da. Sein Gesicht glühte vor Aufregung. »Der König hat den Krieg erklärt«, stieß er hervor.

»Ist das wahr?«, rief Hedwig erschrocken.

Er hob eine Zeitung hoch, die er in der Hand hielt. »Hier steht's.«

»Komm erstmal rein, Jakob.«

Etwas verlegen trat er ein. Am Küchentisch saß Brunhilde. Sie war zum Mittagessen aufgestanden und hatte sich noch nicht wieder hinlegen wollen. »Guten Tag, Frau Schmitt«, sagte er und verbeugte sich höflich. »Ich will auch nicht lange stören.«

Sie nickte ihm zu. »Herr Grünbaum. Wie geht es Ihnen?«

»Ich sollte lieber fragen, wie es Ihnen geht.«

»Ach, wissen Sie …«

»Möchtest du Tee, Jakob?«, fragte Hedwig. »Ich habe welchen auf dem Markt bekommen. Wir wollten uns gerade eine Tasse machen.«

»Gerne. Und danke.«

Er setzte sich an den Tisch und legte die Zeitung neben sich. Brunhildes Gegenwart machte ihn beklommen. Er hatte sie seit Wochen nicht gesehen und war erschrocken über ihren Zustand. Plötzlich wusste er nichts zu sagen, beobachtete nur Hedwig, wie sie Wasser aufsetzte.

»Jetzt erzähl schon«, sagte sie.

Jakob schlug die Zeitung auf. »Es steht hier in der *Breslauer Zeitung*. Auf der ersten Seite. Du weißt ja, der König hält sich derzeit in Breslau auf. Es ist die Ausgabe von gestern, dem 20. März, gerade in Berlin angekommen.«

Hedwig musste husten und hielt sich ein Taschentuch vor den Mund. »Entschuldigung«, murmelte sie heiser, als der Anfall vorüber war. »Und was schreiben sie?«

»Es ist ein Aufruf unseres Königs, Frau Schmitt. Soll ich mal vorlesen?«

»Ja, bitte«, sagte Hedwig und goss heißes Wasser auf die Teeblätter in der Kanne. Dann stellte sie Tassen auf den Tisch.

Jakob räusperte sich. »Der Aufruf ist betitelt: *An Mein Volk!* Was an sich schon sehr erstaunlich ist. Noch nie hat der König sich persönlich an sein Volk gerichtet.«

»Nun lies schon!«, sagte Hedwig ungeduldig. Denn ihr Herz bebte bei dem Gedanken an Krieg, und was es für sie bedeuten würde. »Spann uns nicht länger auf die Folter.«

Jakob leckte sich kurz über die Lippen und begann vorzulesen:

So wenig für Mein treues Volk, als für Deutsche, bedarf es einer Rechenschaft über die Ursachen des Krieges, welcher jetzt beginnt. Klar liegen sie dem unverblendeten Europa vor Augen. Wir erlagen der Übermacht Frankreichs. Der Friede, der die Hälfte Meiner Untertanen Mir entriss, gab uns seine Segnungen nicht; denn er schlug uns tiefere Wunden als selbst der Krieg. Das Mark des Landes ward ausgesogen, die Hauptfestungen bleiben vom Feinde besetzt, der Ackerbau ward gelähmt, sowie der sonst so hoch gebrachte Kunstfleiß unserer Städte. Die Freiheit des Handels ward gehemmt und dadurch die Quellen des Erwerbs und des Wohlstandes verstopft. Das Land ward ein Raub der Verarmung. Durch die strengste Erfüllung eingegangener Verbindlichkeiten hoffte Ich Meinem Volk Erleichterung zu bereiten, und den französischen Kaiser endlich zu überzeugen, dass es sein eigener Vorteil sei, Preußen seine Unabhängigkeit zu lassen. Aber Meine reinsten Absichten wurden durch Übermut und Treulosigkeit vereitelt, und nur zu deutlich sahen wir, dass des Kaisers Verträge mehr noch wie seine Kriege uns langsam verderben mussten.

Jakob ließ die Zeitung sinken. »Das ist genau der Punkt. Jetzt scheint er endlich verstanden zu haben, dass es so nicht weitergeht.«

»Mein Gott! Das ist ja ellenlang«, rief Hedwig ungeduldig. »Kannst du für uns nicht einfach das Wichtigste zusammenfassn?«

Jakob hob wieder das Blatt. »Na gut, ich kürz ein bisschen ab.« Sein Finger glitt langsam an den Zeilen herunter. »Hier zum Beispiel ruft er alle Völker unter seiner Herrschaft auf, die Brandenburger, Preußen, Schlesier, Pommern, Litauer. Und er redet vom Großen Kurfürsten und von Friedrich dem Großen. Er erinnert an das Beispiel der tapferen Russen, die Napoleon geschlagen haben, die Spanier und die Niederländer. Und dass wir alle Opfer bringen müssen, um den Sieg zu erringen. Und dass es eine Sache der Ehre ist. Hier am Schluss sagt er: › … weil ehrlos der Preuße und der Deutsche nicht zu leben vermag. Allein wir dürfen mit Zuversicht vertrauen: Gott und unser fester Wille werden unserer gerechten Sache den Sieg verleihen, mit ihm einen sichern, glorreichen Frieden und die Wiederkehr einer glücklichen Zeit.‹«

Jakob legte die Zeitung auf den Tisch und schaute die beiden Frauen an.

»Das war's?«, fragte Hedwig.

Jakob nickte. »So in etwa.«

»Jetzt wird es also ernst.«

»Ich versteh nicht«, murmelte Brunhilde. »Was bedeutet das alles?«

»Es bedeutet Krieg, Mutter. Krieg gegen Napoleon.«

»Oh, mein Gott! Es kommt also doch dazu.« Brunhilde bekreuzigte sich. »Wir müssen beten«, sagte sie. »Für Gero müssen wir beten. Dass er heil wieder nach Hause kommt.«

Nicht nur für Gero, dachte Hedwig und fasste sich ans Herz.

Nun war es also so weit. Das preußische Heer stand in Schlesien. In einer Größenordnung wie nie zuvor. Zweihundertachtzigtausend Mann, ein Zehntel der Gesamtbevölkerung. Und der König hatte Napoleon den Krieg erklärt. Am Tag darauf marschierten russische Truppen unter dem Jubel der Berliner ein und belegten die gleichen Kasernen, die zuvor von den Franzosen geräumt worden waren.

»Was bedeutet das?«, fragte Hedwig besorgt. »Werden wir jetzt von Russen beherrscht?«

»Nein. Der Zar ist doch Verbündeter«, erwiderte Jakob. »Die Russen sind hier, um Berlin zu schützen.«

»Bist du sicher?«

Er zog die Schultern hoch. »Na ja, ich weiß auch nicht. Dieser Tage scheint alles ein bisschen durcheinander zu sein.«

Ihr Verhältnis hatte sich wieder gebessert. Jakob wusste von Ewalt, wusste, wer er war und was er darstellte. Und falls es ihn schmerzte und fall er diese Liebschaft missbilligte, so zeigte er es mit keinem Wort.

Am späten Nachmittag brachte Hedwig der Mutter einen Kamillentee mit Honig und unterhielt sich mit ihr. Dabei ging es hauptsächlich darum, Brunhilde zu beruhigen, dass dem Gero schon nicht geschehen würde. Anschließend erklärte Hedwig der Magd, was sie zum Abendessen kochen sollte, und zog sich um, um auszugehen. Sie war mit Ewalt im Café Josty verabredet. Als sie das Kaffeehaus erreichte, fing er sie schon vor dem Eingang ab.

»Lass uns zu mir gehen«, sagte er. »Wie müssen uns heute nicht hier auf den Stühlen herumdrücken.«

»Aber ich habe keine Lust, deiner Schwester zu begegnen.«

»Eben. Sie ist nämlich gar nicht da. Sie ist mit allen Bediensteten abgereist, aufs Land, zu meinen Eltern. Da sind nur noch mein Bursche, eine Magd und unsere alte Köchin.«

»Aber warum?«

»Komm, wir gehen. Ich erklär's dir unterwegs.«

Seine Schwester habe die Flucht ergriffen, weil sie befürchtete, in Berlin könnte bald wieder so ein Chaos herrschen wie damals, als die Franzosen die Stadt besetzt hielten. Seit der Kriegserklärung und nachdem plötzlich fremde Truppen aufgetaucht waren, habe sie hier nichts mehr gehalten.

»Aber die Russen sind doch unsere Verbündeten.«

»Das hab ich ihr auch gesagt. Trotzdem hat sie heute Mittag packen lassen und ist in aller Eile abgereist. Hermann kommt in den nächsten Tagen wieder und fährt dann auch die Köchin und die Magd zu unserem Gut. Wir schließen das Haus.«

»Ihr schließt das Haus? Aber was ist mit dir?« Eigentlich hätte sie fragen sollen: *Was ist mit uns?*, denn sie ahnte schon, worum es ging.

Er blieb stehen und zuckte mit den Schultern. In seinen Augen lag eine traurige Hilflosigkeit. »Tja, da hilft wohl kein Drumherumreden. Ich habe jetzt endlich meinen Befehl erhalten. Morgen in aller Frühe muss ich reiten, um mich dem Heer anzuschließen.«

Sie hatte es erwartet. Und doch traf es sie wie ein Hammerschlag. Dass sie beide schon lange wussten, dass es dazu kommen würde, machte es nicht weniger schmerzhaft.

Ihre Augen wurden feucht. »Oh, Ewalt.« Schluchzend warf sie sich ihm an die Brust und klammerte sich fest, als wollte sie ihn nie mehr loslassen. Auch er umschlang sie mit beiden Armen. So blieben sie lange stehen, ohne etwas zu sagen. Es war ihnen gleich, wie viele auf der Straße zusahen.

»Wir werden uns lange nicht sehen«, murmelte er schließlich.

Vielleicht nie mehr, durchfuhr es sie. Pfeiffer hatte ja erzählt, wie es im Kanonenfeuer war, wie die Männer in den Salven der Musketen niedergemäht wurden und blutend liegen blieben, sterbend oder zu Krüppeln geschossen. Würde ihr Ewalt umkommen, wie so viele? Der Gedanke war unerträglich, brachte ihre Knie zum Zittern. Ein Stöhnen entrang sich ihrer Kehle. Es war gut, dass er sie festhielt.

»Wenigstens heute können wir ungestört zusammen sein.« Seine Stimme war heiser von seinen überquellenden Gefühlen. »Ich bitte dich um diesen Abend, bevor ich morgen aufbreche.«

Sie nickte benommen. Ja, natürlich. Ihm noch einmal ganz nahe sein, bevor sie Abschied nehmen mussten. Alles andere war unwichtig an diesem Abend.

Er legte den Arm um sie, und sie marschierten weiter. Hedwig lief an seiner Seite wie in Trance. Ihre Beine bewegten sich fast willenlos. Sie achtete nicht auf den Weg. Vor ihren Augen lag ein Schleier, durch den sie weder Straßen noch Häuser noch

Menschen wahrnahm. Einmal stolperte sie, und Ewalt fing sie auf, bevor sie zu Boden ging.

Wie sie zu dem Haus Unter den Linden kamen, hätte sie nachher nicht sagen können. Aber mit einem Mal waren sie da, betraten den leeren Salon, ließen ihre Mäntel achtlos zu Boden fallen und endeten auf einem der Sofas vor dem Kamin, Hedwig zurückgelehnt in den Kissen, Ewalt ihr zu Füßen, den Kopf in ihrem Schoß. Immer wieder glitten ihre Finger durch sein Haar. Was war da zu reden? Nur beisammen sein, den anderen spüren, das genügte.

Eine lange Weile blieben sie so, fast reglos, ohne ein Wort zu sagen. Das Haus lag still, nichts war zu hören außer dem Knistern des Feuers im Kamin. Später leise Stimmen irgendwo, wahrscheinlich in der Küche. Sonst war niemand da, der sie gestört hätte.

Schließlich erhob sich Ewalt und legte sich zu ihr, schlang seine Arme um sie und küsste sie. Ihre Finger glitten über sein Gesicht, als wollten sie sich einprägen, wie seine Haut, seine Wangen, seine Brauen sich anfühlten.

»Ich liebe dich«, flüsterte sie und schmiegte sich an seine Brust. Das Herz wollte ihr zerspringen, so überwältigt war sie von ihren Gefühlen. Sie hatte nicht gewusst, dass man so lieben konnte. Und dass es gleichzeitig so weh tun konnte.

Er zog sie enger an sich. Sie spürte deutlich seinen Körper, der sie ganz und gar zu umfangen schien. Darin lag sie geborgen wie in einem Nest. Und gleichzeitig war es aufregend, seine Wärme, seinen Duft zu spüren. Es machte etwas mit ihr, benebelte ihre Sinne.

»Wir hätten gleich heiraten sollen«, raunte er in ihr Haar. »Auch ohne Hochzeit, ohne Gäste und das ganze Theater. Nur wir zwei vor einem Priester.«

Sie nickte und spielte mit den Knöpfen an seinem Hemd. Jetzt, dachte sie. Dieser Augenblick gehört uns. Er wird vielleicht nie wiederkommen. Auf einmal spürte sie einen unstillbaren Hunger in sich, einen Hunger nach Zärtlichkeit, nach Berührung, nach seiner Haut, nach seinen Muskeln, seinen Lippen. Was hatten sie zu verlieren? Sie blickte zu ihm auf.

»Wir brauchen keinen Priester, Ewalt«, sagte sie leise. »Mach aus mir deine Frau.«

Er zog sie an sich und streichelte ihr noch einmal zärtlich über Haar und Rücken. Dann stand er auf und reichte ihr die Hand. Wie selbstverständlich folgte sie ihm aus dem Salon und die Treppe hinauf bis in sein Zimmer.

Obwohl es einige Tage lang so ausgesehen hatte, als würde Brunhilde sich erholen, verschlechterte sich ihr Zustand bald wieder. Sie hustete weniger, doch bei jedem Atemzug rasselte und pfiff es in der Lunge. Sie hatte Angst zu ersticken, besonders wenn sie sich aus irgendeinem nichtigen Grund erregte. Dann musste Hedwig sie wie ein Kind in den Armen wiegen, um sie zu beruhigen.

Es war schrecklich anzusehen, wie sie immer schwächer und zerbrechlicher wurde. Das Monster, das sie von innen auffraß, hatte von ihrem ganzen Körper Besitz ergriffen. Sie litt unter Schmerzen, in der Brust, in den Gelenken, im Leib und sogar im Rücken. War sie vorher noch häufig aufgestanden, um Hedwig und Liesel in der Küche bei der Arbeit zuzuschauen, so lag sie jetzt nur noch im Bett und verbrachte Stunden in einem von Laudanum erzeugten Dämmerzustand. Immer mehr hatte Hedwig die Dosis erhöhen müssen, damit ihre Mutter etwas Ruhe fand.

Wenn Geschäft und Haushalt es erlaubten, saß Hedwig bei ihr und versuchte, es ihr so bequem wie möglich zu machen, wusch sie, wechselte die Laken, zog ihr von Zeit zu Zeit ein frisches Nachthemd über und half ihr, ihre Notdurft zu verrichten. Sie kochte Brühe für sie und zartes Hühnerfleisch, auch wenn Brunhilde kaum etwas zu sich nehmen wollte. Nachrichten über den Krieg erwähnte Hedwig nicht, denn das regte sie nur unnötig auf. Sie versuchte, ihr von schönen Dingen zu erzählen.

Brunhilde selbst sprach nicht mehr viel. Aber sie hörte zu. Und wenn Hedwig von Ewalt redete, lächelte sie, als wäre er ihr eigener Liebhaber.

In den Nächten lag Hedwig oft wach, die Arme um den eigenen Leib geschlungen, während sie an ihn dachte. Und an die Nacht in seinem Zimmer. Zum hundertsten Mal durchlebte sie jede Umarmung und jede Berührung, und dabei liefen ihr Schauer über den Rücken. Das also war die Liebe zwischen Mann und Frau. Was für ein wunderbares Geschenk. Die Erinnerung erfüllte sie mit heimlicher Lust, ließ ihre Finger dorthin wandern, wo er gewesen war. Aber es war nicht das Gleiche. Es steigerte nur die Sehnsucht nach ihm ins Unerträgliche.

Sie fragte sich oft, was er jetzt wohl gerade tat, mit wem er sprach, wo er sich aufhielt. Von Kampfhandlungen hatten sie noch nichts gehört. Ob er ihr schreiben würde? Konnte man sich überhaupt auf die Feldpost verlassen?

An den Nachmittagen vertiefte Hedwig sich immer mehr in die kaufmännische Seite der Schmiede. Es waren Stunden, in denen sie nicht zusehen musste, wie ihre Mutter jeden Tag dem Tod einen Schritt näherkam. Und sie war dem Vater dankbar, wenn er sie abends ablöste. Dann setzte sie sich, in einen dicken Schal gewickelt, in die Stube neben dem Kaminfeuer und las in Goethes *Werther*.

Der Roman löste widersprüchliche Gefühle in ihr aus und ließ sie doch nicht los. Die Sehnsüchte und Liebesqualen fanden ein so starkes Echo in ihr, dass sie die Lektüre oft unterbrechen musste. Dann saß sie still da und forschte in ihrem eigenen Herzen. So zu lieben war wunderschön und schrecklich zugleich. Einer solchen Liebe war man ausgeliefert, konnte sie nicht aus der Brust reißen, selbst wenn man es gewollt hätte. Aber sie zuzulassen, sie zu leben und sich ihr hinzugeben war der Himmel auf Erden, auch wenn man nachher leiden musste.

Doch der Schluss des Romans enttäuschte sie. Mehr als das: Er machte sie wütend. Wie konnte man sich umbringen? Selbst wenn einem die Liebe versagt blieb? Das war ein Verbrechen gegen Gott und gegen sich selbst. Doch was, wenn Ewalt …? Nein, nein, das mochte sie nicht denken. Und überhaupt, ganz gleich, was geschah, man machte weiter, man drückte sich nicht vor dem Leben.

Hedwigs Bemühungen um den Erhalt der Schmiede trugen Früchte. Es kam Geld in die Kasse, sie führte ordentlich Buch und handelte bessere Preise mit den Lieferanten aus. Diese Beschäftigung machte ihr Freude. Besonders, wenn sie die Fortschritte beobachten konnte. Vater Arnulf ließ sie gewähren, auch wenn einige seiner Geschäftspartner es zuerst befremdlich fanden, mit seiner jungen Tochter zu verhandeln. Im Grunde war er heilfroh, dass sie sich um den lästigen Kram kümmerte. Umso mehr Zeit blieb für seine Arbeit in der Schmiede. Denn auch er litt unter dem Zustand seiner Frau. Aber wenn die Esse glühte und der Hammer die Funken sprühen ließ, dann fand er Trost und Ablenkung.

Eines Morgens brachte der Bote einen Brief von Gero. In etwas krakeliger und ungeübter Schrift ließ er sie wissen, dass es ihm gut ging und dass er jetzt, statt bei den Grenadieren zu dienen, zu den Handwerkern im Tross versetzt wurde. Das habe er den Beziehungen eines jungen Offiziers zu verdanken. Angeblich, weil er mit Hedwig verlobt sei. Von einer Verlobung habe er, Gero, gar nichts gewusst, aber immerhin müsse er jetzt nicht länger fürchten, in der Schützenlinie zu stehen. Und für Hedwig freue es ihn natürlich. *Ansonsten liebe Grüße, Gero.*

»Dein Leutnant«, murmelte Brunhilde lächelnd und mit dankbaren Tränen in den Augen. »Hab ich nicht gesagt, er ist ein guter Mann? Dass so einer dich heiraten will …« Sie unterbrach sich, um Luft zu holen. »Du hast mehr Glück als Verstand.«

»Ja, Mutter. Das hab ich.« Für einen Augenblick sah sie Ewalt vor sich in seiner schönen Uniform, und sie spürte, wie ihre Augen feucht wurden. Aber sie beherrschte sich. »Wenigstens müssen wir uns jetzt weniger Sorgen um Gero machen.«

Tage später bekam sie auch von Ewalt Post. Mit dem Brief versteckte sie sich in ihrer Kammer, um ihn ungestört zu lesen. In aller Hast erbrach sie das Siegel und entfaltete die Seiten. Sie bewunderte seine schöne Handschrift. Es war ein langer Brief. Ganz zart, und zwischen den Zeilen versuchte er auszudrücken, wie glücklich ihn die gemeinsame Nacht gemacht hatte und wie sehr seine Gedanken bei ihr weilten. Er träume von dem Tag, an dem sie zusammenleben würden. Nicht in dem alten Klotz seiner Eltern, sondern in einem kleinen, gemütlichen Haus, nur für sie beide. Über den Standort des Regiments dürfe er nichts schreiben, sie hätten noch keine Feindberührung gehabt, aber er sei guten Mutes. Er erwähnte Gero, den er getroffen hatte und der jetzt beim Tross sei, schrieb aber nicht, dass er dabei selbst die Hand im Spiel gehabt hatte. Er ließ die Familie grüßen und schickte ihr tausend Umarmungen und Küsse und ewige Liebe.

Und ganz zum Schluss hatte er noch hinzugefügt: *Und denk an Virginia!*

Während Hedwig las, konnte sie die Tränen nicht zurückhalten. Am Ende tropften sie sogar auf das Papier und verwischten seine Unterschrift. Virginia war ihr kleiner gemeinsamer Traum von einer Familie. Ach, wenn sie doch nur zu ihm fliegen könnte.

Anfang April – die Narzissen blühten im Garten, und auf den Bäumen zeigte sich erstes Grün –, läuteten plötzlich die Glocken in ganz Berlin, und in den Straßen schrien die Zeitungsjungen die Neuigkeit aus voller Kehle. Ein Sieg der Preußen! Bei Möckern habe General Ludwig zu Sayn-Wittgenstein die Franzosen geschlagen.

Die Kunde verbreitete sich in Windeseile in der ganzen Stadt. In den Werkstätten, auf den Plätzen, in den Wirtsstuben und Kaffeehäusern jubelten die Menschen, reichten die Zeitungen von Hand zu Hand und konnten nicht genug erfahren. Unsere Jungens haben Napoleon besiegt!, so riefen sie und schlugen sich gegenseitig auf die Schulter.

Als Jakob am Abend heimkam, bestürmte Hedwig ihn. »Wir haben gesiegt! Hast du gehört? Ist der Krieg jetzt aus?«

Aber er lächelte. »Nicht so schnell, Hedi. Das war nur ein Etappensieg gegen französische Verbände unter Eugène de Beauharnais. Das ist Napoleons Stiefsohn. Er selbst und das französische Hauptheer waren gar nicht beteiligt. Nichts ist entschieden, Hedi. Aber ermutigend ist es schon.«

Hedwig war enttäuscht. »Wo liegt denn dieses Möckern?«

»Ganz in der Nähe von Magdeburg.«

»Denkst du, wir sind hier sicher in Berlin? Vielleicht besetzen sie wieder die Stadt, und dann geht das Elend von vorne los.«

»Wer weiß? Ich wünschte, die Österreicher würden sich endlich entschließen, der Allianz beizutreten. Ohne ihre Hilfe könnte es schwierig werden. Aber dieser verdammte Metternich will mit dem Franzosen verhandeln. Als wenn das was nützen würde.« Genervt schüttelte er den Kopf. »Das ist das Elend dieses verdammten Deutschlands. Im Grunde gibt es überhaupt kein Deutschland. Nur Fürstentümer. Und jeder Fürst will sein eigenes Süppchen kochen. Wir sind zersplittert und deshalb schwach. Wer sich darüber freut, das ist Napoleon.«

Während Berlin den Sieg feierte, fragte sich Hedwig beklommen, ob Ewalt an den Kämpfen teilgenommen hatte. Vielleicht war er verwundet worden. An Schlimmeres mochte sie gar nicht denken.

Aber Tage später kam ein Brief von ihm. Am Sieg bei Möckern war sein Regiment nicht beteiligt gewesen. Hedwig war erleichtert.

Und eine Woche später brachte der Bote gleich drei Briefe auf einmal. Sie mussten sich irgendwo angesammelt haben. Sie waren so liebevoll und herzlich geschrieben wie der erste. Ewalt erzählte vom Einerlei des Soldatenlebens und beschrieb einige seiner Offizierskameraden. Er sehne sich nach einem Gruß von ihr, aber leider könne sie ihm nicht schreiben, da seine Dragoner ständig unterwegs waren. Und wo, das dürfe er ihr nicht verraten, denn es bestünde die Gefahr, dass Spione des Feindes die Post abfingen. Und immer endete er mit: *Virginia!*

Sie schrieb ihm trotzdem, abends, in ihrer Kammer. Zuerst war es ungewohnt, ihre Gedanken zu Papier zu bringen. Doch bald fiel es ihr leichter, und sie goss all ihre Gefühle und Gedanken in diese Briefe. Hinterher versteckte sie sie unter der Matratze. Eines Tages würde er sie lesen können.

Um den zwanzigsten April herum stand in den Zeitungen, dass Napoleon mit Divisionen von frisch ausgehobenen Truppen in Mainz aufgetaucht war und nun den Kampf gegen die verbündeten Russen und Preußen aufnehmen werde. Nicht nur Franzosen dienten in seinem Heer, auch Deutsche vom Rheinbund. Das Zittern ging also weiter.

Brunhilde aß kaum noch und war inzwischen ganz ausgezehrt. Sie atmete nur mit Mühe und war zu schwach, um zu reden.

Eines Morgens, als Hedwig vom Einkauf zurückkam und ihre Kammer betrat, lag sie reglos da. Ihr Mund stand halb offen, die Augen blickten an die Decke, doch ihr Brustkorb bewegte sich nicht. Sie hatte ihren letzten Atemzug getan.

Hedwig hatte es erwartet. Und doch, ihre Mutter jetzt so steif und leblos liegen zu sehen war ein Schock. Es fühlte sich an, als ob eine eisige Faust ihr Herz gepackt hätte. Ihr schwindelte, so dass sie sich an dem Stuhl festhalten musste, der neben dem Bett stand.

Als sie wieder ruhiger atmen konnte, setzte sie sich ans Bett und betrachtete ihre Mutter. Sie starrte lange auf ihr Gesicht, auf die ausgemergelten Züge, die wirren Haare, die knöchernen Hände, in denen blaue Adern hervorstanden. Sie streckte die Hand aus, um Brunhilde die Augen zu schließen, zögerte aber dann doch, wagte nicht, sie zu berühren, jetzt, da sie tot war.

Sie spürte tiefe Trauer und konnte doch nicht weinen. Denn im Grunde war sie froh für ihre Mutter, dass das lange, qualvolle Leiden ein Ende hatte. Sie bedauerte nur, dass sie sich nicht hatten verabschieden können. Es war, als ob ihr Gespräch im unrechten Augenblick unterbrochen worden wäre. Das Gespräch zwischen Mutter und Tochter.

Sie hätte ihr noch mehr sagen müssen. Vor allem, dass sie jetzt schwanger war. Schon seit einiger Zeit war sie sich dessen sicher. Die Monatsblutung war schon seit einigen Wochen ausgeblieben, ihre Brüste fühlten sich anders an. Ihr ganzer Körper schien sich zu verändern, sie spürte es.

Warum nur hatte sie es der Mutter verschwiegen? Die hätte sich gefreut, hätte ihr Ratschläge für die Zeit der Schwangerschaft gegeben, wie Mütter es eben tun. Nun lag sie leblos da. Und während ihre Seele zu Gott im Himmel eilte, reifte neues Leben auf Erden im Leib der Tochter.

Hedwig stand auf. Sie streckte die Hand aus, strich ihrer Mutter zum letzten Mal über die Wange und schloss die ins Leere starrenden Augen. Dann stieg sie die Treppe hinunter, um Liesel und dem Vater Bescheid zu sagen. Und auf einmal kamen doch die Tränen.

Es wurde eine stille Beerdigung. Nachbarn kamen, die neugierige Witwe Kramer, der Geselle und der Lehrling aus der Schmiede, Liesel und ihre Eltern, und natürlich Jakob Grünbaum. Der Pfarrer sprach tröstende Worte. Vater Arnulf stand mit steinerner Miene am Grab. Nachdem die Erde auf den Sarg gefallen war, schüttelte er wie abwesend Hände, ohne ein Wort zu sagen.

Später saßen die Gäste in der Stube beim Leichenschmaus und tranken ein Glas auf Brunhilde.

Das war's also, dachte Hedwig. Brunhilde hatte alles für ihre Familie gegeben, und nun lag sie unter der Erde. Keine Fanfaren und keine Engelschöre. So sang- und klanglos ging ein Leben zu Ende.

Nach einer Weile standen die Trauergäste auf und ließen Arnulf und Hedwig allein.

»Jetzt gibt's nur noch uns beide«, sagte Arnulf. Zum ersten Mal seit Brunhildes Tod füllten sich seine Augen mit Tränen. Er senkte den Kopf in die Hände, und seine Schultern zuckten.

Hedwig legte die Arme um ihn. »Wir haben ja auch noch Gero«, sagte sie.

Er nickte. »Ja, Gero. Wenn die Franzosen ihn nicht umbringen.«

»Sag so was nicht, Vater.«

Er lehnte sich an sie und schluchzte. Er ist kein starker Mann, hatte die Mutter gesagt. Er hatte ihre Stütze gebraucht. Und die war nicht mehr da. Nun musste Hedwig den Vater stützen. So gut sie konnte. Und auf Ewalt warten.

Mit sechs Armeekorps in einer Gesamtstärke von über 140000 Mann zog Napoleon von Mainz über Erfurt in Richtung Leipzig. Am 29. April erreichte er Naumburg, am 30. April Weißenfels, und am 1. Mai Lützen. Dort, wo der Schwedenkönig Gustav

Adolf während des Dreißigjährigen Krieges gefallen war, hatte man einen Gedenkstein errichtet. Dem großen Schwedenkönig erwies Napoleon die Ehre und verbrachte ganz in der Nähe und umgeben von seinen Truppen die Nacht.

Er hatte vor, weiter auf Leipzig vorzurücken, wo, wie er annahm, sich die Hauptmacht des Gegners befand. Eine genaue Aufklärung war nicht möglich gewesen, aber man vermutete auch einige preußische und russische Verbände auf dem östlichen Ufer der Weißen Elster. Diese wären in der Lage gewesen, Napoleons Vormarsch auf Leipzig zu bedrohen. Deshalb gab er Marschall Ney die Order, mit seinem Armeekorps die Dörfer Großgörschen, Kleingörschen, Rahna und Kaja südlich von Lützen als rechte Flankensicherung zu besetzen.

Tatsächlich waren es mehr als nur ein paar Verbände der Verbündeten. Denn südlich der Franzosen standen fast 90000 Mann einer russisch-preußischen Armee, angeführt von Blücher und Sayn-Wittgenstein. Während Napoleon dies nicht ahnte und am 2. Mai mit seiner Hauptarmee in Richtung Leipzig abmarschierte, griffen die Alliierten Neys Stellungen an. Dabei tat sich besonders die preußische Kavallerie hervor. Ney musste die vier Dörfer räumen.

Als Napoleon die Lage erkannte, kehrte er mit seiner Hauptmacht um und befahl Marschall Marmont und dessen VI. Armeekorps, das sich am nächsten befand, den Angriff auf die vier Dörfer. Es gelang Marmont, die Alliierten zu vertreiben. Doch dann konnte Blücher mit Hilfe seiner Reservetruppen die vier Dörfer zurückerobern.

Inzwischen aber trafen immer mehr Kräfte der Hauptarmee Napoleons ein, so dass die Franzosen bald in der Überzahl waren. Der erbitterte Kampf um die Dörfer zog sich bis in die Abendstunden hin. Am Ende konnte nur Großgörschen von den Verbündeten gehalten werden.

Am Morgen überzeugte Wittgenstein den Zaren und den preußischen König, dass es klüger war, den Franzosen das Feld zu überlassen. Man trat den Rückzug nach Osten an.

Diese Schlacht war nicht kriegsentscheidend und hatte doch erhebliche Verluste gekostet. Auf französischer Seite gab es 22000 Tote und Verwundete, bei den Alliierten 11000, davon über 8000 Preußen.

Unter den Toten war auch der junge Dragonerleutnant Ewalt Freiherr von Billung. Er hatte tapfer gekämpft, bis eine Kugel ihn am Hals verwundet hatte. Er war vom Pferd gestürzt, und ein französisches Bajonett hatte sein Leben beendet.

Hedwig erfuhr von seinem Tod erst Wochen später, als sie sich überwand und Olga besuchte, denn Ewalts Briefe waren ausgeblieben.

Die Nachricht traf sie wie ein Keulenschlag. Fast hätte sie das Kind verloren. Eine Woche lang lag sie wie todkrank im Bett und wollte nichts essen, wollte nur sterben. Was sie am Ende am Leben erhielt, waren das Kind in ihrem Leib und Vater Arnulf, der sich rührend um sie kümmerte.

Jakob Grünbaum, der sie liebte und sich um ihre Zukunft sorgte, bot ihr die Ehe an. Sie dankte ihm unter Tränen, aber nach ihrem Ewalt könne sie es nicht übers Herz bringen, einen anderen zu lieben. Und eine Ehe ohne wirkliche Liebe wollte sie nicht führen. Jakob verstand, auch wenn es ihm das Herz brach. Ein paar Tage später zog er aus und verschwand aus ihrem Leben.

Napoleons Erfolg bei Großgörschen war kurzlebig. Im Juni wurde ein Waffenstillstand verabredet, der bis Anfang August andauerte. Es kam sogar zu einem Friedenskongress in Prag, auf dem Österreich im Gegenzug für seine Neutralität Forderungen stellte, die Napoleon allerdings entschieden zurückwies. Daraufhin erklärte Österreich am 12. August Frankreich den Krieg und schloss sich dem Bündnis der Russen und Preußen an.

Mitte Oktober kam es zur entscheidenden Völkerschlacht bei Leipzig, die den Alliierten einen schwer erkämpften Sieg schenkte.

Dies war der Anfang vom Ende Napoleons. Er zog sich zurück, und die Verbündeten verfolgten ihn bis nach Paris. Preußen war die Befreiung gelungen. Es erhielt die gestohlenen Territorien zurück und stieg zur Großmacht auf.

Gero war bei Leipzig am Oberschenkel verwundet worden. Keine große Sache, außer dass er für den Rest des Lebens ein wenig das Bein nachzog. Das hinderte ihn jedoch nicht daran, die Schmiede seines Vaters zu übernehmen und mit der tatkräftigen Hilfe seiner geschäftstüchtigen Schwester umwälzende Neuerungen einzuführen.

Im Dezember gebar Hedwig einen Sohn, den sie Ewalt nannte. Den Verlobungsring trug sie für den Rest ihres Lebens. Und sie gab auch den ungarischen Säbel, den ihr Vater restauriert hatte, nicht an die Familie zurück, sondern bewahrte ihn für ihren Sohn auf. Als Erinnerung an seinen Vater.

TEIL V
Revolution

Wir befinden uns im Februar des Jahres 1848, fast fünfunddreißig Jahre nach der entscheidenden Völkerschlacht bei Leipzig. Hedwig Schmitt ist unverheiratet geblieben, denn ihren Geliebten konnte sie lange Zeit nicht vergessen. Trost fand sie in der gemeinsamen Arbeit mit ihrem Bruder Gero und der Erziehung ihres Sohnes, der inzwischen ein fähiger Ingenieur geworden ist.

Damals, nach dem endgültigen Sieg der alten Mächte über Napoleon im Jahre 1815, waren die reaktionären Kräfte und die gekrönten Häupter Europas aus den Verhandlungen des Wiener Kongresses gestärkt hervorgegangen. Die meisten der Gebietsänderungen Napoleons sowie anderer revolutionärer Umwälzungen waren rückgängig gemacht worden. Selbst in Frankreich hatte man die Monarchie wieder eingeführt. Es war, als ob man die geistigen Errungenschaften der Französischen Revolution bewusst in die Schublade stecken und am besten auch gleich den Schlüssel wegwerfen wollte.

Doch die Ideen über Demokratie und Freiheit sind nicht so leicht zu unterdrücken, ganz gleich wie sehr die Fürsten in den deutschen Landen sich immer noch bemühen, dies zu tun. Dichter wie Georg Büchner, Georg Herwegh und andere schreiben aufwühlende Verse gegen die Macht der Paläste. Heinrich Heines liberale Schriften dürfen in Deutschland nicht aufgelegt werden, Linke prangern den sozialen und politischen Stillstand an, Radikale sprechen von Revolution. Dagegen tauschen die Behörden schwarze Listen von verdächtigen Liberalen und Demokraten untereinander aus, ordnen Bespitzelungen und Verhaftungen an.

Trotzdem kommt es in diesen Jahren immer wieder zu großen Versammlungen freiheitlich gesinnter Bürger und zu Aufmärschen der Burschenschaften, die ihre schwarz-rot-goldenen Fahnen schwenken. Denn so unterschiedlich die politischen Strömungen auch sind, in einem sind sich die meisten Deutschen einig – sie fordern ein Ende der Kleinstaaterei und ein geeintes Vaterland unter einer gesamtdeutschen demokratischen Verfassung.

Preußen unter Friedrich Wilhelm IV. gehört zu den Großmächten Europas, befindet sich auf industriellem Gebiet jedoch im Rückstand, besonders gegenüber England, wo Dampfmaschinen und Eisenbahnen die Wirtschaft revolutioniert haben. Aber auch in Preußen ist Bewegung in die wirtschaftlichen Verhältnisse gekommen. Immer mehr Eisenbahngesellschaften haben sich in den letzten Jahren gegründet. Sie treiben den Schienenbau voran, um die wichtigsten Städte miteinander zu verbinden. Fabriken wachsen aus dem Boden und verdrängen die kleinen Handwerksbetriebe. Das führt für viele zu Arbeitslosigkeit und zu Niedriglöhnen, die kaum zum Überleben reichen. Schlechte Ernten verschlimmern die Lage. Landarbeiter ziehen in die Städte, wo sie in Elendsvierteln hausen.

Auf der einen Seite erlebt Deutschland einen enormen technischen Fortschritt und die wachsende Bedeutung von Unternehmertum, Banken und Kapital. Das erstarkende Bürgertum fordert liberale Gesetze und politische Mitsprache. Gleichzeitig sorgen Hungerlöhne und die Ausbeutung der arbeitenden Klasse für haarsträubende soziale Verhältnisse, unter denen der Großteil der Bevölkerung zu leiden hat. Insgesamt ein politisches Pulverfass.

Gero und Hedwig, dank ihrer Energie und Umsicht, gehören zu den Gewinnern der industriellen Entwicklung. Aus der kleinen Hammerschmiede ihres Vaters haben sie die Schmitt-Werke entstehen lassen und sich auf den Bau von Dampfmaschinen und Gleisen konzentriert. Sie liegen im Trend der wirtschaftlichen Entwicklung der letzten zehn Jahre, sehen sich aber einem scharfen Wettbewerb ausgesetzt. Ihr Unternehmen ist bei Weitem noch nicht finanzkräftig genug, um gegen Rückschläge gefeit zu sein, die ihnen in den nächsten Monaten drohen. Besonders seit ein Ruf nach Revolution durch das Land geht.

ENTLASSUNGEN

Die Lage ist ernst, Gero«, sagte Hedwig. »Wir müssen dringend etwas unternehmen, sonst geht's uns an den Kragen.« Sie saßen im holzgetäfelten Konferenzraum der Villa Schmitt, wo sie beide auf Ewalt, Hedwigs Sohn, warteten. Denn für diesen Nachmittag war eine Besprechung anberaumt.

Die Villa lag dort, wo die alte Schmiede einst gestanden hatte. Wasserrad und Werkstatt, Hammerwerk und Lagerschuppen und auch das alte Haus der Familie waren einem großzügigen und mehrstöckigen Wohnhaus gewichen, einem komfortablen Heim, das von Wohlstand zeugte.

»Die Lage ist immer ernst«, knurrte Gero. »Wann war sie mal nicht ernst? Uns ist doch noch nie was in den Schoß gefallen.«

Hedwig nickte. Gero hatte recht. Von einer Krise zur anderen hatten sie sich eisern hochgekämpft. Damals, nach dem Sieg über Napoleon, war Preußen förmlich aufgeblüht. Von diesem Aufschwung hatten die Schmitts profitiert. Gero mit seinem Erfindergeist und seinem Unternehmertum und Hedwig an seiner Seite mit ihrem Gespür für Zahlen und ihrer strengen Kontrolle der Finanzen. Die Schmiede war rasch gewachsen und hatte sich durch geschickte Spezialisierung einzelner Arbeitsschritte von einem Handwerksbetrieb in eine erfolgreiche Manufaktur verwandelt, und schließlich in eine moderne Fabrik, die in der Lage war, Dampfmaschinen herzustellen.

Anfang der Dreißiger Jahre waren sie in die Oranienburger Vorstadt umgezogen, wo sich seit einiger Zeit auch andere metallverarbeitende Betriebe ansiedelten. Hatten die Schmitts früher hauptsächlich Waffen hergestellt, so lag die Zukunft bei den

Eisenbahnen, deren Linien sich in den letzten Jahren immer weiter über Deutschland zogen und die Städte miteinander verbanden. Die Schmitt-Werke, wie sie sich inzwischen nannten, hatten ein Walzwerk errichtet, um Schienen herzustellen. Auch im Waggonbau hatten sie sich versucht, wenn auch erst mit mäßigem Erfolg.

Gero leitete die Fabrik. Seiner Energie und seinem unternehmerischen Geist war es zu verdanken, dass sie es zu Wohlstand gebracht hatten. Vater Arnulf, leider schon einige Jahre nach seiner Frau verstorben, wäre stolz auf ihn gewesen. Hedwig handelte Lieferverträge aus, mahnte säumige Zahler, sparte, wo es nur ging, und verabredete, wenn nötig, Überbrückungskredite mit den Bankiers. Die hatten sich anfangs sehr gewundert, dass eine Frau die Finanzen der Schmitt-Werke verwaltete. Aber inzwischen war man daran gewöhnt.

Doch leicht war es für sie nie gewesen. Ganz im Gegenteil.

»Wir müssen die Kosten senken, Gero.«

Ihr Bruder verdrehte die Augen. »Schon wieder? Wie sollen wir Qualitätsarbeit leisten, wenn du dauernd an der Kostenschraube drehst?«

»Und wie sollen wir Gewinne erwirtschaften, wenn du keine neuen Aufträge reinholst?«

»Verdammt, Hedi, du weißt, wie schwer es im Augenblick ist. Die wirtschaftliche Lage des Landes ist nicht gerade hilfreich. Ich tu, was ich kann!«

Sie tauschten gereizte Blicke aus. Dann sagte Hedwig: »Ich weiß das, Gero. Tut mir leid.«

»Wo bleibt eigentlich Ewalt?«, murrte ihr Bruder ungeduldig. »Ich kann nicht so lange bleiben. In der Gießerei gibt's Probleme. Dein Sohn sollte sich mal an Pünktlichkeit gewöhnen.«

Kaum hatte er das gesagt, ging die Tür auf. »Bin schon da, Onkel«, sagte Ewalt, und trat in den Raum, unter dem Arm eine Zeichenrolle.

Er war in seinem Zimmer beschäftigt gewesen. Dort oben war

es ruhiger als im Werk. Nach Abschluss des Gymnasiums hatte Ewalt einige Jahre an der Seite seines Onkels gearbeitet. Es folgten der obligatorische Militärdienst und ein Studium der Mechanik und des Maschinenbaus am Königlich Preußischen Gewerbe-Institut. Danach trat er dem Verein ehemaliger Schüler bei, *Die Hütte* genannt, wo man sich regelmäßig traf, um technische Neuerungen zu besprechen, denn es war eine aufregende Zeit für junge Ingenieure. Dampfmaschinen trieben Bänder, Räder und Pumpen, neue Webstühle wurden entworfen, man experimentierte sogar mit dampfgetriebenen Karossen für die Straße.

Ewalt hatte sich als begabter Ingenieur entpuppt. In der Fabrik kannte er alle Abläufe der Fertigung, verstand sich mit den Vorarbeitern und Schmiedegesellen und hatte noch einen besseren Blick für Verbesserungen als Gero selbst. Er war der Kronprinz, der eines Tages das Unternehmen leiten würde, darin waren sich Gero und Hedwig einig, denn Gero hatte nur Töchter.

Ewalt legte die Zeichnungsrolle auf den Tisch. »Ich denke, das mit dem Hochdruckventil ist gelöst«, sagte er zu Gero und rollte seine Zeichnung auf, um sie ihm zu zeigen.

Beide beugten sich darüber. Dabei fiel Ewalt eine Locke seines dichten blonden Haares in die Stirn. Mit einer ungeduldigen Geste strich er sie beiseite und deutete mit dem Finger auf das Blatt. Er ist so gutaussehend, dachte Hedwig. Wie sein Vater. Sie betrachtete ihren Sohn mit Liebe und Stolz.

Ewalt arbeitete hart. Und er war begeisterungsfähig. Alles, was er anpackte, schien ihm zu gelingen. Sein Herz aber schlug für Lokomotiven. Er hatte zwei Jahre in England verbracht, um den Eisenbahnbau zu studieren. Bei keinem Geringeren als dem berühmten George Stephenson, dem Erfinder der ersten wirklich leistungsfähigen Dampflokomotive, der »Rocket«, aus dem Jahre 1829. Inzwischen schon veraltet. Seit er aus England zurück war, hatte er sich in den Kopf gesetzt, ebenfalls Lokomotiven zu bauen. Bessere und schnellere als alles, was es derzeit gab.

»Hier«, sagte Ewalt. »Siehst du, was ich meine?«

Gero studierte die Zeichnung und brummte zustimmend. »Könnte funktionieren.«

»Könnte? Das funktioniert garantiert. Viel besser als die üblichen Ventile. Und leichter herzustellen.«

Interessiert hörte Hedwig den beiden zu. Eisenbahnen waren die Zukunft. Überall wurden Schienen gelegt. Die Potsdamer Eisenbahn-Gesellschaft hatte 1836 den Verkehr aufgenommen, die Berlin-Anhaltische 1841, die Stettiner Bahn folgte im Jahre 1842 und im gleichen Jahr auch die Bahnlinie Richtung Frankfurt an der Oder. Im letzten Jahr war noch die Berlin-Hamburger Eisenbahn dazugekommen. Alles in allem eine rasante Entwicklung, die das Reisen und den Güterverkehr völlig auf den Kopf zu stellen versprach. Jetzt wurde sogar davon geredet, die einzelnen Kopfbahnhöfe dieser Bahnlinien durch eine Berliner Ringbahn zu verbinden. Es hieß, der König selbst setze sich für dieses Projekt ein und habe versprochen, es aus der Staatskasse zu finanzieren.

Nach einer Weile erhob sich Hedwig und trat zum Tischende, wo Tassen und eine dampfende Kaffeekanne auf sie warteten. Und eine Schale mit Gebäck. Sie schenkte ein und reichte die Tassen weiter an ihre Männer. Dann bediente sie sich selbst und schob Milchkännchen und Zuckerdose in die Mitte des Tisches.

»Jetzt räumt mal die Zeichnung weg«, sagte sie und setzte sich. »Dafür ist heute keine Zeit. Wir müssen endlich ernsthaft über die Lage der Firma sprechen.«

»Deine Mutter hat was auf dem Herzen«, sagte Gero.

»Na gut.« Ewalt rollte seine Zeichnung zusammen. »Wir können ja später nochmal darüber reden.«

Gero blickte Hedwig stirnrunzelnd an. »Die Lage ist so beschissen wie im letzten Monat. Was gibt es da viel zu reden?«

Hedwigs Bruder war jetzt siebenundfünfzig, ein beeindruckender Mann mit seinem Wohlstandsbauch, seiner von zu viel Bier geröteten Nase und dem dichten Schopf grauer Haare – aber einer, der immer noch zupackte, wenn Not am Mann war, einer, dem die Arbeiter in der Fabrik nichts vormachen konnten. Ein Mann voller Ideen und Tatkraft, der für seine Arbeit lebte.

Hedwig schlug die Seiten eines Berichts auf, den einer der Buchhalter für sie zusammengestellt hatte, und warf einen Blick auf die Zahlen.

»Mach dich auf was gefasst, Ewalt«, knurrte Gero. »Wenn deine Mutter diesen Blick hat …«

»Uns fehlt der versprochene Auftrag von der Anhaltischen«, sagte Hedwig, jetzt ganz geschäftsmäßig. »Wenn wir wenigstens den hätten, könnte ich einen Kredit bekommen, der uns über die nächsten sechs Monate hilft.«

Gemeint war die Berlin-Anhaltische Eisenbahngesellschaft, für die die Herstellung von zwanzig Kilometer Schienen im Gespräch war, für die Streckenerweiterung von Jüterbog über Falkenberg nach Riesa. Und danach winkte die Fortsetzung der Strecke bis zur Linie Leipzig-Dresden. Die Auftragserteilung war jedoch immer wieder verschoben worden. Die Anteilseigner waren vorsichtig geworden. Vielleicht hatte es mit den Unruhen zu tun. Nein, keine wirklichen Unruhen. Aber es lag etwas in der Luft. Überall in Deutschland reklamierten Burschenschaften ein einig Vaterland, von Demokratie wurde geredet, von einer gesamtdeutschen Verfassung. Es war schon öfter zu Prügeleien und Auseinandersetzungen mit der Polizei gekommen. Und politische Unsicherheiten waren nicht gerade gut fürs Geschäft.

»Ich kümmere mich darum«, sagte Gero. »Diese verdammten Bürohengste kriegen den Hintern nicht hoch.«

»Sieh nur zu, dass uns nicht wieder die Fischers den Auftrag vor der Nase wegschnappen.«

Erich Fischer & Söhne – Eisengießerei und Maschinenbau-Anstalt, das war ihr Hauptkonkurrent. Und ein ziemlich rabiater obendrein, dreimal größer und geführt von einem skrupellosen

Halunken. Diesem Erich Fischer war alles zuzutrauen. Das war jedenfalls ihre Erfahrung. Söhne gab es nur im Firmennamen. Der gute Herr Fischer war Alleinherrscher über mindestens dreitausend Arbeiter, die er mit ziemlicher Härte führte, nach allem, was man so hörte. Seine Leute schufteten oft fünfzehn Stunden am Tag. Nicht einmal sonntags gab er ihnen frei. Und zehnjährige Knaben mussten für seine Öfen Kohle schaufeln.

Auch er hatte seine Anlagen an der Chausseestraße, wo er genau wie die Schmitts Schienen walzte. Aber ein wichtiger Teil seines Geschäfts lag seit einigen Jahren im Bau von Waggons und Lokomotiven, Letztere nach der bewährten Technik der Engländer. Die hatten 1835 die »Adler« für die Strecke zwischen Nürnberg und Fürth geliefert, die erste Bahnstrecke überhaupt in Deutschland. Fischers Lokomotiven waren inzwischen besser und ausgereifter, aber Ewalt war sich sicher, er würde ein ganz neues Konzept zur Reife bringen. Tagsüber hielt er sich im Werk auf, um Teile für seine erste Versuchslok fertigen zu lassen. Und nach dem Abendessen hockte er in seinem Zimmer am Zeichentisch, sehr zum Unmut seiner Mutter, die sich gewünscht hätte, er würde mal ausgehen und Freunde treffen, statt Abend für Abend an seinen Zeichnungen zu sitzen.

»Von der Anhaltischen abgesehen«, sagte Hedwig, »möchte ich mit euch über Grundsätzliches reden.«

Gero starrte sie misstrauisch an. »Kann mir schon denken, um was es wieder geht«, sagte er. »Du willst, dass wir uns verkleinern.«

»Ich hab alles durchgerechnet. Es geht nicht anders, Gero. Wir müssen die Belegschaft reduzieren.«

Gero stieg sofort das Blut ins Gesicht. »Kommt nicht infrage! Ich hab die Männer schließlich ausgebildet. Und wenn sie ihr Handwerk gelernt haben, soll ich sie rauswerfen?«

»Mir fällt es genauso schwer. Aber wir müssen die Kosten senken.«

»Ja. Und sobald wir die nächsten Aufträge kriegen, brauchst du sie wieder.«

»Dann stellen wir sie eben wieder ein.«

»Wenn wir die guten dann noch kriegen. Die sind dann wahrscheinlich schon beim Fischer.«

»Das glaube ich nicht. Dem geht es nicht besser als uns. Ich habe Gerüchte gehört, dass da auch Kürzungen anstehen.«

»So, Gerüchte hast du gehört.« Gero schüttelte den Kopf.

»Es geht überall schlecht. Wir haben eine Handelskrise, die weit über Preußen hinausgeht, und du weißt das. Alles ist teurer geworden, auch unser Rohmaterial. Kunden halten Aufträge zurück. Der König redet mit schönen Worten von der Ringbahn. Aber wann wird sie gebaut? Geld hat er noch nicht locker gemacht.«

Gero seufzte. »Ja, ja. Du hast ja recht. Und was genau schlägst du vor?«

Hedwig wusste, nun würde es schwierig werden. So sehr Gero für Neuerungen war, so trennte er sich doch ungern von liebgewonnenem Althergebrachten. Loslassen fiel ihm schwer. Es war, als schneide man ihm ins eigene Fleisch.

»Hör zu, Gero. Wir stellen immer noch Kavalleriesäbel her. Das bringt uns wenig Geld, bindet aber eine Menge Leute. Da steckt zu viel Handarbeit drin.«

»Aber das ist unsere Familientradition!«, rief Gero empört. »Damit hat schon Vater angefangen. Es hat uns groß gemacht. Sogar unser Firmenzeichen stellt einen Säbel dar. Den Säbel deines Ewalt. Schon vergessen?«

Hedwig biss sich auf die Lippe. »Ich weiß«, flüsterte sie und dachte an den alten ungarischen Reitersäbel, liebevoll von ihrem Vater restauriert. Er prangte auf dem Firmenschild, auf dem Briefkopf der Schmitt-Werke und auf Visitenkarten. Der Säbel war das Einzige, was ihr von Ewalts Vater geblieben war. Nein, nicht ganz. Sie besaß auch noch den Verlobungsring. Den trug sie noch immer am Finger. Auch sie konnte sich von gewissen Dingen nicht trennen.

»Das ist, als ob wir unsere Seele aufgeben«, schnaubte Gero.

Hedwig blieb entschlossen. »Das Firmenzeichen wird natürlich bleiben. Aber die Säbelherstellung sollten wir vorläufig einstellen. Und die Produktion von Bajonetten gleich mit.«

Gero starrte sie an. »Willst du jetzt einen verdammten Kahlschlag machen?«

»Nein. Ich möchte nur, dass wir uns auf unser Hauptgeschäft konzentrieren. Die Gießerei, die Dampfmaschinen und die Schienenproduktion.«

»Du hast doch gerade beklagt, dass wir nicht genug Schienenbestellungen haben.«

»Im Augenblick. Aber langfristig wird das ein gutes Geschäft für uns bleiben.« Hedwig sah zu ihrem Sohn hinüber. »Und was dich betrifft, Ewalt, ich weiß, du willst die Lokomotive des Jahrhunderts bauen. Aber deine Basteleien kosten uns zu viel Geld.«

»Basteleien?« Jetzt hatte sie es geschafft, auch noch ihren Sohn wütend zu machen. »Das sind keine Basteleien, Mama. Das ist die Zukunft der Firma. Wir werden der größte Fabrikant für Lokomotiven werden.«

»Na ja, vielleicht. Bis jetzt aber hauptsächlich auf dem Papier. Denkst du, das Ding wird irgendwann mal fahren? Du bastelst schon seit zwei Jahren daran herum.«

»Jetzt nennst du das schon wieder basteln! Natürlich wird sie fahren. Hältst du so wenig von meiner Arbeit?«

»Tut mir leid, mein Junge. Ich halte sogar sehr viel davon. Aber ich kann noch keinen Umsatz erkennen. Im Augenblick bindest du mindestens zehn Arbeiter mit deinen Experimenten. Nicht zu reden von den Materialkosten.«

»So ist das eben«, erwiderte Ewalt wütend. »Ohne gewisse Dinge auszuprobieren, kann man nichts Neues bauen. Willst du denn gar nicht in die Zukunft investieren?«

Genervt warf Hedwig die Hände in die Luft. »Ich denke an nichts anderes als an die Zukunft. Merkt ihr beide denn nicht, dass ich versuche, die Firma am Leben zu halten? Wir können uns im Augenblick nicht erlauben, Steckenpferde zu finanzieren. Irgendetwas muss zurückgefahren werden. Sonst gehen wir unter.«

»Steckenpferde!«, murmelte Ewalt empört.

»Entschuldige. Ein blödes Wort. Ist mir so rausgerutscht. Wenn es uns besser geht, kannst du weiter an deiner Lokomotive arbeiten.«

Jetzt herrschte angespannte Stille im Raum. Immer noch wütend starrte Ewalt vor sich hin. Hedwig hätte sich am liebsten woandershin gewünscht. Für einen Augenblick lang hasste sie sich selbst und hätte ihren Sohn am liebsten in den Arm genommen. Es war immer schwer, jemandem etwas zu nehmen, an dem sein Herzblut hing. Und besonders ihm.

Nach einer Weile ließ Gero geräuschvoll die Luft aus der Lunge entweichen. Es klang, als würde sich ein Blasebalg entleeren. »Also gut, Schwester«, sagte er zerknirscht. »Du hast wie immer recht. Es fällt einem nur verdammt schwer.«

»Ich weiß, Gero.«

Aber Ewalt gab sich noch nicht geschlagen. Er setzte sich auf und funkelte beide an. »Macht, was ihr wollt«, sagte er mit Bestimmtheit, »aber mein Projekt muss bleiben. Das ist unsere Zukunft. Und das lass ich mir nicht ausreden. Denkt ihr etwa, ich bin der Einzige, der an einer besseren Lok arbeitet? Ich bin sicher, dass tun sie bei Fischers auch. Und bei anderen im Land. Das ist ein verdammtes Wettrennen, Mutter! Wer zuerst kommt, hat den Markt. Ist dir das nicht klar?«

»Der Junge hat recht«, sagte Gero. »Meinetwegen bauen wir ein paar Dampfkessel weniger, aber an der Lok soll er unbedingt mit Hochdruck weiterarbeiten.«

Hedwig nickte schließlich. »Also gut. Aber nächste Woche machen wir ernst mit den Entlassungen. Jedenfalls genug, damit wir keine Verluste mehr machen.«

Nachdem Gero in die Fabrik geeilt war und Ewalt sich wieder seinen Zeichnungen widmete, trat Hedwig in den Salon und blickte durch die Terrassenfenster in den Garten.

Hinter dem Haus erstreckte sich eine Rasenfläche bis hin zum Spreeufer. Zu beiden Seiten des Gartens wuchsen Rhododendron und Hortensien. Neben einem Rosenbeet stand ein kleiner Pavillon, in dem die Familie an schönen Sonntagnachmittagen ihren Tee einnahm, und in Ufernähe eine schmiedeeiserne Bank, auf der Hedwig bei gutem Wetter gerne verweilte, um zu lesen. Oder um die Boote zu beobachten, die auf dem Fluss verkehrten. Nicht, dass sie sehr oft Muße dazu hatte. Außerdem war es noch zu kalt, um draußen zu sitzen.

Hedwig war stolz auf die Villa Schmitt. Sie war der beste Beweis dafür, dass sie etwas erreicht hatten. Auch die gegenwärtigen Schwierigkeiten in der Firma würden sie wieder in den Griff bekommen. Denn die Vorstellung, dieses Haus jemals aufgeben zu müssen, war unerträglich.

Das Grundstück war von einer hohen Mauer umgeben. Das vergitterte Tor führte in einen kleinen, mit Zierpflanzen geschmückten Innenhof, von dem aus eine kurze Treppe zur Eingangstür führte. Rechter Hand befanden sich der Pferdestall und ein überdachter Stellplatz für zwei Wagen – eine leichte, offene Droschke und eine geschlossene Kutsche.

In der Villa wohnte die ganze Familie. Im ersten Stock Gero mit seiner Frau und seinen beiden jungen Töchtern, darüber im zweiten Stock teilten sich Hedwig und ihr Sohn eine geräumige Wohnung. Ewalt war vierunddreißig und noch unverheiratet, was seiner Mutter Sorgen machte. Ein Mann in seinem Alter ohne

Frau? Aber vielleicht lag es in der Familie. Denn Gero hatte auch erst spät geheiratet. Ewalt behauptete immer, er hätte keine Zeit für solche Dinge. Er sei viel zu beschäftigt mit seinen Projekten für die Firma.

In den unteren Räumen befanden sich zum Garten hin der geräumige Salon, in dem sie jetzt stand und aus dem Fenster blickte, und ein Speisesaal. Beide Räume waren mit schönen, bürgerlichen Möbeln in der Biedermeiermode ausgestattet. Etwas versteckt und zur Straßenseite hin lag Hedwigs kleines Kontor mit den wichtigsten Unterlagen, Verträgen und Rechnungen. Zwei Buchhalter hockten dort an hohen Pulten und führten die Bücher.

Hedwig arbeitete lieber hier in der Villa als in der lärmigen Werkhalle draußen an der Chausseestraße. Dort gab es in einem Anbau ein größeres Büro für die Ausgabe und den Empfang von Waren, für die Verwaltung der Belegschaft und die wöchentlichen Lohnauszahlungen an die Arbeiter. Auch Gero und Ewalt hatten dort ihre Arbeitsräume. Nein, sie selbst hielt sich lieber hier in angenehmer Umgebung auf, und in Kontakt mit ihren beiden Nichten und mit Ute, Geros Frau.

Sie drehte an dem Ring an ihrem Finger, jenem Verlobungsring, den Ewalts Vater ihr einst geschenkt hatte, ein Erbstück seiner Großmutter. Den Verlust ihres Geliebten hatte sie nur schwer verwinden können. Niemand hatte sie damals benachrichtigt. Erst als seine Briefe ausblieben, hatte sie Angst bekommen und war zu seiner Schwester Olga gegangen. Die hatte bestätigt, dass er bei einem Kavallerieangriff den Ehrentod gefunden hatte. Eine Woche lang war Hedwig daraufhin krank gewesen, hatte beinahe das Kind verloren. Erst langsam hatte sie sich an den Gedanken gewöhnen können, dass er für immer von ihr gegangen war. Nicht einmal zu wissen, wo er begraben lag, machte es besonders schwierig, die Trauer zu überwinden.

Sie hatte nie geheiratet und den Gedanken daran längst aufgegeben. Jetzt war sie Mitte fünfzig, aber immer noch eine attraktive Frau. Natürlich hatten Männer um sie geworben. Doch kaum einer hatte neben dem verklärten Bild, das Hedwig sich von ihrer großen Liebe im Herzen bewahrt hatte, bestehen können. Sie trug immer noch das Schwarz einer Witwe, obwohl sie streng genommen keine war, denn der Kriegsausbruch hatte die Eheschließung mit dem jungen Freiherrn verhindert.

Der Schmerz war mit den Jahren vergangen. Sie war nicht unglücklich. Da war ihr Sohn, auf den sie stolz war. Und ihre Aufgabe in der Firma.

Entlassungen. Was für ein hässliches Wort, dachte Ewalt. Natürlich wusste er, was das für die Betroffenen bedeutete. Und erst für die Familien. Das Heer der Arbeitslosen war schon groß genug in Berlin, ohne dass sie selbst noch dazu beitragen mussten. Die Not in den Mietskasernen der Armen war schlimm. Man wagte sich kaum in solche Viertel. Es stank nach Kohlsuppe und Unrat und mangelnder Hygiene. Faulige Abwässer rannen in den Gassen. Kinder und Hunde spielten in diesem Dreck. Zerlumpte und abgemagerte Gestalten begegneten einem auf Schritt und Tritt, die Weiber verhärmt mit hängenden Brüsten, Kinder am Rock. Die Männer nicht selten betrunken, ohne Hoffnung auf eine bessere Zukunft.

Gut ein Drittel der Berliner lebte so. Ein weiteres Drittel hatte das Glück, noch eine Anstellung zu haben. Wenn auch zu mehr als miesen Wochenlöhnen. Denen ging es nur wenig besser. Die Viertel der Armen waren Brutstätten für Krankheiten, für Tuberkulose und Ruhr. Aber auch für Kriminalität. Junge Menschen ohne Zukunft wuchsen zu Taschendieben und Einbrechern heran. Aus Mädchen wurden Huren, von denen sich manche ihren Freiern aus Not sogar hochschwanger anboten. Und wenn sie aufmüpfig waren, wurden sie von ihren Zuhältern ermordet. Dann fand man ihre Leichen morgens in der Spree treiben. Im Grunde war das alles eine himmelschreiende Schande. Aber was konnte man tun?

Ewalt selbst hatte noch nie Armut am eigenen Leib spüren müssen. Aber die Familie war nicht immer wohlhabend gewesen. Die alten Geschichten kamen ihm in den Sinn, aus Zeiten, in denen die Großeltern hart arbeiten und um das tägliche Brot hatten kämpfen müssen. Deshalb stählte er sich vor dem, was heute bevorstand.

Siebzig Mann sollten entlassen werden. Ewalt hätte die Sache gern seinem Onkel überlassen, aber die Mutter hatte darauf bestanden, dass er an dieser unangenehmen Aufgabe persönlich teilnahm. »Wer ein Firmenchef sein will, darf sich nicht drücken«, hatte sie gesagt. »Der muss auch den Mut haben, Arbeiter zu entlassen, wenn es nötig ist. Und den Mut, ihnen dabei in die Augen zu sehen.«

Die ganze Belegschaft war in der Werkhalle um sie versammelt. Mehr als siebenhundert Mann in mehreren Reihen. An ihren besorgten Mienen konnte man sehen, dass sie etwas ahnten. Dass für einige der Tag nicht gut enden würde.

Gero stand vor ihnen und hielt eine kurze Ansprache. »Männer«, sagte er in die Stille hinein, denn jeder schien den Atem anzuhalten. »Wir haben in den letzten Monaten Schwierigkeiten gehabt. Ach, was sage ich? Schon das ganze letzte Jahr. Wir mussten um jeden verdammten Auftrag kämpfen. Und doch war es nicht genug. Die allgemeine Wirtschaftslage ist schlecht. Es geht auch anderen Firmen so. Also, ich mache es kurz. Wir müssen heute einige von euch entlassen.«

Ein Stöhnen ging durch die Reihen. Panik flackerte in vielen Augen. Die Männer sahen einander an. Wen von ihnen würde es treffen?

»Ich zahle den Betroffenen noch zwei Wochen Lohn. Mehr geht nicht. Und natürlich könnt ihr wieder bei uns arbeiten, sobald die Lage sich gebessert hat.«

Zwei Wochen Lohn war mehr, als sie zu zahlen verpflichtet waren. Und trotzdem herzlich wenig. »Kapitalistenschweine!«, schrie einer im Hintergrund. Das sorgte für eine kurze Unruhe.

»Wer war dat?«, brüllte Schulze, der langgediente Vormann. Ein großer Kerl mit breiten, muskelbepackten Schultern und eisernen Fäusten. Er war seit mehr als zwanzig Jahren in der Firma, hatte alle Entwicklungen mitgemacht und tatkräftig dabei geholfen. Er kannte Abläufe und Verfahren im Schlaf und führte den Laden, wenn Gero nicht da war.

»Wer hat dat jerufen?«, wiederholte er und ballte die Fäuste.

»Lass man, Schulze«, sagte Gero und ließ sich auf seinem Stuhl neben Ewalt nieder. Die Liste mit den Namen der Unglücklich lag vor ihm auf dem Tisch, den sie in der Halle aufgestellt hatten. »Ruf jetzt einen nach dem anderen auf.«

Schulze starrte auf die Liste. Dann hob er das Kinn. »Müller!«, brüllte er.

Der Gerufene schreckte hoch. Die anderen rückten zusammen und traten einen Schritt von ihm zurück. Mitleidige Blicke folgten ihm, als er sich endlich aufraffte und heranschlurfte, als wären seine Beine aus Blei. Vor dem Tisch blieb er stehen, hielt die Mütze vor dem Bauch und den Blick zu Boden gesenkt. Er war ein sehniger Kerl mit wirrem, dunklem Haar und unrasiertem Kinn. Eine gefütterte Jacke, mehrfach geflickt, hing um seine Schultern.

»Tut mir leid, Müller«, sagte Gero und händigte ihm die Lohntüte aus. »Hab deine Arbeit immer geschätzt. Wenn's hier wieder bergauf geht, darfst du dich bei uns melden. Hast du gehört?«

Der Mann hob den trostlosen Blick und nickte benommen. Er schien etwas sagen zu wollen, aber bekam nichts heraus. Schließlich nickte er noch einmal, drehte sich um und wanderte zum Ausgang der Werkshalle. Die Blicke der anderen Arbeiter folgten ihm. Niemand sprach ein Wort.

Rudi Schulze starrte wieder auf die Liste und rief den Nächsten auf. Auch der schlich mit hängendem Kopf heran, als handele es sich um ein Todesurteil. Ein Mann mittleren Alters. Er sah Ewalt an. In seinen Augen standen Tränen.

»Warum icke?«, flüsterte er. »Ick hab sechs Blagen. Warum ausjerechnet icke?«

Ewalt fühlte sich beschissen.

»Auch andere haben Kinder«, sagte Gero ruhig. »Du bist nicht der Einzige. Hier, dein Lohn.« Er reichte ihm die Tüte mit den erbärmlichen zwei Wochen Lohn. Die würden schnell aufgebraucht sein. »Für dich gilt das Gleiche wie für Müller. Wenn neue Aufträge da sind, bist du uns willkommen.«

»Danke, Chef«, murmelte der Mann ergeben und wischte sich mit dem Handrücken über die Augen. Dann wandte auch er sich zum Ausgang.

So ging es weiter. Einer nach dem anderen wurde aufgerufen und erhielt sein letztes Geld, während der Großteil der Belegschaft dabeistand und jeder inständig hoffte, dass er nicht zu den Entlassenen gehörte. Einer brach beim Nennen seines Namens zusammen und bekam fast so etwas wie einen Weinkrampf. Es war beschämend anzusehen. Andere halfen ihm auf die Beine, nahmen sein Geld in Empfang und stopften es ihm in die Tasche.

Zwei Stunden dauerte das Ganze. Für Ewalt waren es die bisher schlimmsten Momente seines Lebens. Es war das erste Mal, dass er so etwas hatte tun müssen. Schließlich kannte er einige dieser Männer persönlich, hatte mit ihnen gearbeitet, litt jetzt mit ihnen. Wie konnte Mutter nur so unerbittlich sein?

Aber natürlich hatte sie recht. Es half schließlich niemandem, wenn die Firma unter die Räder kam. Die ganze Zeit musste er Gero bewundern, der immer ruhig blieb und den Männern trotz allem Mut zusprach. Für jeden hatte er ein freundliches Wort.

Und dann war es endlich vorbei. Die Leute gingen auseinander und nahmen ihre Arbeit wieder auf.

Ewalt saß in seinem kleinen Büro auf dem Werksgelände und starrte vor sich hin. Auf dem Tisch vor ihm lagen Skizzen von Maschinenteilen. Aber er konnte sich nicht konzentrieren. Von der Werkshalle her tönten Hammerschläge herüber, gelegentlich auch Männerstimmen. Dazu das Rumpeln der schweren Walzen, die die Bahnschienen formten, und das Zischen der Dampfmaschine, die die Energie dazu lieferte. Der Lärm, die Stimmen – es war wie immer. Und doch schien heute alles anders zu sein.

Gero betrat sein Büro. Er griff sich einen klapprigen Stuhl, der in der Ecke stand, und setzte sich. Ewalt mied seinen Blick.

»Nimm's nicht so schwer«, sagte Gero.

Ewalt erwiderte nichts, starrte nur weiter vor sich hin.

»Manchmal ist so was nötig«, sagte Gero. »Lässt sich nicht vermeiden.«

»Hast du die Gesichter gesehen? Ich komm mir vor, als hätten wir Todesurteile verteilt.«

»Ach was! Die kommen schon klar.«

»Du weißt, was das für die Familien bedeutet.«

Gero nickte. »Harte Zeiten.«

»Und das macht dir nichts aus?«

»Natürlich macht mir das was aus. Ich kenne die meisten länger als du. Viele sind vor Jahren mal Landarbeiter gewesen, Tagelöhner. Die sind vor einem harschen Gutsherrn geflohen. Oder vor dem Hunger nach einer miesen Ernte. Die dachten, in der Stadt fänden sie ihr Glück. Ist aber nicht so. Es sind einfach zu viele. Wir haben nicht für alle Arbeit.«

»Ich weiß.«

»Die meisten, die hier angestellt sind, hab ich selbst ausgebildet. Die hatten vorher keine Ahnung, was eine Drehbank ist. Ich hab ihnen alles beigebracht. Aber es sind gute Männer. Ich lass sie wirklich ungern gehen, du weißt das.«

Ewalt sagte nichts.

»Außerdem behandeln wir die Leute besser als die meisten anderen Fabrikherren, das kannst du mir glauben. Mehr als zwölf Stunden am Tag verlangen wir nicht. Und sonntags haben sie frei. Außerdem hab ich schon oft den Lohn weitergezahlt, wenn einer mal krank wurde.«

Ewalt sah seinen Onkel an. »Ich mach dir keine Vorwürfe.«

»Manchmal muss man solche Entscheidungen treffen, Ewalt. Es ist gut, wenn du dich daran gewöhnst. Man muss immer das Ganze im Auge behalten.«

»Ich glaube nicht, dass ich mich daran gewöhnen werde.«

»Nein, ›gewöhnen‹ ist das falsche Wort. Gewöhnen sollst du dich natürlich nicht daran. Wir sind ja keine Unmenschen. Aber als zukünftiger Firmenchef werden dir solche Entscheidungen nicht erspart bleiben.«

Gero stand auf, legte seinem Neffen kurz die Hand auf die Schulter und ließ ihn dann allein.

Ewalt wusste, dass sein Onkel recht hatte. Die sozialen Verhältnisse in Preußen waren mies. Nicht nur in Preußen, in ganz Deutschland. Kein Wunder, dass viele, wenn sie noch ein bisschen Geld hatten, auswanderten. Nach Amerika. Oder nach Brasilien.

Das war das Seltsame. Auf der einen Seite erdrückende Armut. Und gleichzeitig Aufbruch in eine neue technische Welt. Eine Erfindung jagte die andere. Das versprach neuen Wohlstand. Aber vielleicht nur für einige wenige. Die Maschinen ersetzten den Menschen. Wie bei den Webern, die sich plötzlich auf der Straße wiederfanden. Die Handwerker, deren Arbeit jetzt in den neu entstehenden Fabriken erledigt wurde. Oder die Kutscher, die niemand mehr brauchte, wenn die Leute Eisenbahn fuhren. Trug er selbst zu dieser Misere bei?

Einer der Männer, mit denen er an seiner Lok arbeitete, klopfte an die offene Tür des Büros. Albers hieß der Mann. Ewalt wurde plötzlich bewusst, dass er nicht mal seinen Vornamen wusste, obwohl er täglich mit ihm zu tun hatte.

»Was ist, Albers?«

»Wollt nur sehen, ob's so recht is'.«

Ewalt schob die Skizzen beiseite, und Albers legte ein Werkstück auf den Tisch. »Wie Sie jesacht ham, hab ick de Kanten abjeschliffen. Is' so recht?«

Ewalt nickte. »Besser. Und jetzt polieren. Die Oberfläche muss glatt sein.«

Albers nahm das Werkstück vom Tisch und machte sich daran, das Büro zu verlassen.

»Sag mal, Albers«, rief Ewalt. »Wie ist eigentlich dein Vorname? Mit welchem Namen hat man dich getauft?«

Erstaunt drehte Albers sich um. »Friedrich, Herr«, sagte er.

»Friedrich Albers also.«

»Aber alle nennen mich nur Albers. Sojar meene Frau.«

»Du bist also verheiratet.« Ewalt wurde bewusst, dass er im Grunde gar nichts über die Männer wusste, mit denen er täglich zu tun hatte. »Hast du Kinder?«

»Zwei. Junge und Mädel. Und die Frau is' wieder schwanger.«

»Glückwunsch!«

Der Mann zuckte ergeben mit den Schultern. »Is' wohl Jottes Wille. Aber im Grunde kann sich doch keener Kinder leisten.«

»Verstehe«, sagte Ewalt betroffen.

Albers stand immer noch in der Tür. Er hatte etwas auf dem Herzen, das war offensichtlich, schien sich aber nicht zu trauen.

»Was ist?«, fragte Ewalt.

»Äh … wollt nur fragen … Ick hoffe, der Herr is' mit mir zufrieden.«

Ewalt verstand sofort. »Du musst dir keine Sorgen machen. Ich brauche dich hier. Du verstehst von meiner Maschine fast mehr als ich.«

Albers tat einen tiefen Atemzug und grinste erleichtert. »Danke, Chef.«

Nachdem Albers gegangen war, fand Ewalt die Atmosphäre in seinem Büro irgendwie erdrückend. Er musste raus an die frische Luft. Heute würde er ohnehin nichts Vernünftiges zustande bringen. Besser, er ging nach Hause. Er zog seinen Mantel über. Den Hut ließ er auf dem Kleiderständer hängen. Es war zwar erst Februar, aber nicht besonders kalt. Und die frische Luft würde ihm guttun. Er schaute kurz bei Gero vorbei, um sich für heute abzumelden.

Der Weg vom Werksgelände bis zur Villa Schmitt entsprach einem strammen Fußmarsch von einer halben Stunde. Aber Ewalt beschloss, unterwegs noch am Stettiner Bahnhof vorbeizuschauen. Vielleicht gab es etwas Neues zu sehen. Zügen konnte er einfach nicht widerstehen. Und es war nur ein kleiner Umweg.

Die Stettiner Bahn hatte vor sechs Jahren mit einem feierlichen Festakt und unter Beisein des Königs den regelmäßigen Betrieb aufgenommen. Berlin mit dem Stettiner Hafen zu verbinden war von strategischer Bedeutung. Das Projekt hatte sich als durchschlagender Erfolg erwiesen. Von jährlich dreißigtausend Personenbeförderungen war in der ehrgeizigen Planung die Rede gewesen. Und von zwanzigtausend Tonnen Güterverkehr. Die Zeitungen hatten die Zahlen natürlich angezweifelt. Aber inzwischen sah es ganz danach aus, als ob man die gesteckten Ziele bald erreichen würde, besonders wenn in den nächsten Jahren das zweite Gleis gelegt war.

Ewalt warf einen Blick in das Bahnhofsgebäude, einen langen, flachen Holzbau, zweckmäßig und schmucklos. Eigentlich nur behelfsmäßig errichtet, denn in den nächsten Jahren sollte an seiner Stelle ein prächtiges Gebäude entstehen, mit einer großen Halle und einer Überdachung der Gleise, damit die Fahrgäste nicht im Regen stehen mussten.

An den Fahrkartenschaltern drängten sich die Leute. Die meisten waren gut gekleidet. Bahnreisen waren schließlich nichts für arme Leute. Viele fuhren einfach zum Vergnügen, um einen Ausflug zu machen. Die Fahrt mit der Dampfbahn war immer noch neu und aufregend, besonders die rasante Geschwindigkeit, mit der man durch die Landschaft brauste. Jeder wollte es mal erleben.

Ewalt sah sich die Gleise an. Die waren noch aus Gusseisen und damit anfälliger. Heutzutage walzte man Gleise.

Ein Zug mit zehn Wagen stand bereit. Einige Leute stiegen schon ein. Ein Schaffner in dunkler Uniform lief am Gleis entlang und erinnerte die Fahrgäste daran, dass man in zehn Minuten abfahren werde. Ewalt wanderte an den Wagen entlang. Die waren gelb gestrichen und sahen aus wie jeweils drei aneinandergeschweißte Postkutschen. Jeder dieser Wagen bot Platz für ein Dutzend Fahrgäste.

Am vorderen Ende keuchte und schnaufte die fahrbereite Maschine. Ein langer schwarzer Kessel auf sechs Rädern, dahinter der offene Fahrstand des Zugführers mit Hebeln und Griffen, und im Anschluss der Kohletender. Vorn der hohe Schornstein, aus dem ein wenig Dampf entwich. Das war eine der Lokomotiven von Fischer & Söhne. Die schaffte bis zu fünfzig Stundenkilometer, wie Ewalt wusste. Allerdings nicht mit zehn vollbesetzten Wagen. Und auch mit Steigungen hatte sie zu kämpfen.

Er trat näher, um sich die Kraftübertragung auf die Räder anzusehen, und studierte alles aus nächster Nähe. Aber da war nichts Neues zu entdecken. Im Grunde kannte er das alles schon. Er würde es besser machen. Mehr direkte Kraft auf die Räder, ein verbesserter Schub. Sein Konzept würde auch weniger Energie verbrauchen. Also weniger Kohle. Und eine kleine Kabine für den Lokführer hatte er auch geplant, um ihn vor dem Wetter zu schützen. Besonders wichtig bei den höheren Geschwindigkeiten, die Ewalt mit seiner neuen Lok erreichen wollte.

Er trat einen Schritt zurück.

Erst jetzt bemerkte er zwei Damen, die genau wie er die Lokomotive begutachteten. Eine blickte zu ihm herüber. Sie war jung, teuer und elegant gekleidet mit einem lässig um die Schultern geworfenen, bedruckten Seidenschal und einem Hut auf dem Kopf, der ein Vermögen gekostet haben musste. Die andere war etwas älter und schlichter angezogen. Eine Freundin? Oder eine Zofe? Ganz offensichtlich musste die Jüngere eine Adelige oder eine reiche Bürgerstochter sein.

»Verzeihen Sie, der Herr«, richtete sie zu seiner Überraschung das Wort an ihn. »Ich hätte da eine Frage.«

Ewalt trat ein paar Schritte näher und lächelte. »Nur zu.«

»Sind Sie zufällig Ingenieur?«

»Woraus schließen Sie das?«

»So, wie sie eben die Maschine betrachtet haben, scheinen Sie sich auszukennen.«

Ewalt nickte. »Doch, das könnte man sagen.«

Sie stieß ihre Begleiterin an. »Hab ich's nicht gesagt?«

Eines war Ewalt gleich aufgefallen. Ihre Stimme war eine Tonlage tiefer als bei den meisten Frauen. Eine wohlklingende Altstimme. Sehr angenehm. »Sie verwirren mich, gnädigstes Fräulein«, sagte er. Aber fügte rasch hinzu: »Oder ist es gnädige Frau?«

Sie lachte. »Nein, nein. Sie haben schon recht. Verheiratet bin ich noch nicht. Und nun will ich Sie auch nicht länger an der Nase herumführen, mein Herr. Denn ich erinnere mich, Sie schon einmal gesehen zu haben.«

»Sie kennen mich? Das erstaunt mich.«

Er betrachtete sie genauer. Ihr aschblondes Haar war unter dem Hut hochgesteckt, wobei sich ein paar eigenwillige Löckchen im Nacken kräuselten. Einem äußerst hübschen Nacken. Sie war keine Schönheit im klassischen Sinne. Und doch war ihr Gesicht ungemein anziehend. Dunkle Brauen über eisblauen Augen, mit denen sie ihn spöttisch lächelnd anblickte, hohe Wangenknochen in einem etwas zu runden Gesicht, und volle Lippen. Sie schien ziemlich selbstbewusst zu sein. Ja, sie war mehr als einen zweiten Blick wert. Trotzdem war er überzeugt, ihr noch nie begegnet zu sein.

»Sie wissen also nicht, wer ich bin?« Sie zog einen Schmollmund.

»Sollte ich?«

»In Ihrer Branche schon.«

Ewalt hob lachend die Schultern. »Ich gebe mich geschlagen. Sie werden mich schon aufklären müssen.«

»Vor ein paar Wochen waren Sie im Café Josty. Da hat mir jemand erklärt, wer Sie sind. Sie seien der brillanteste Student des Gewerbe-Instituts gewesen, hat er gesagt. Einer, der die Welt der Eisenbahnen revolutionieren wird.«

»Oh, da hat er bestimmt maßlos übertrieben.«

»Ich denke nicht, denn auch mein Vater hat ein Auge auf Sie.«

»Ihr Vater?«

»Mein Vater ist Erich Fischer. Fischer & Söhne. Sie wissen schon.«

Nun hatte es Ewalt die Sprache verschlagen. Aber nur für einen Augenblick. »Dann sind Sie also …«

Sie hielt ihm die behandschuhte Hand hin. »Gisela Fischer. Und ich freue mich, Sie kennenzulernen, Herr Schmitt.«

Er beugte sich galant über die dargebotene Hand. »Und Ihre charmante Begleitung?«

»Oh, das ist Madame Durieux, meine Französischlehrerin.«

»Madame.« Ewalt verbeugte sich ein zweites Mal. »Nur eines hätte ich gern gewusst, Fräulein Fischer. Wer ist dieser mysteriöse Jemand, der mich verraten hat?«

»Eberhard, mein Verlobter. Er hat mit Ihnen studiert, sagt er.«

»Eberhard …« Ewalt versuchte sich zu erinnern. »Und wie weiter?«

»Von Falkenberg.«

»Ah, ja, natürlich. Der Falkenberg. Ein Junker. Eigentlich tendieren die Herren Adeligen ja eher zum Offizier. Aber der Falkenberg wollte Ingenieur werden. Ungewöhnlich.«

»Er ist Offizier der Reserve.«

»Natürlich. Das hatte ich vergessen.«

»Und jetzt arbeitet er in Vaters Firma.«

»Ach so.« Ewalt grinste. »Dann hat er es also geschafft. Arbeit in einer renommierten Firma und Verlobter der Tochter des Hauses. Und noch dazu so einer hübschen, wenn ich das sagen darf. Was kann man sich Besseres wünschen?«

»Höre ich da ein wenig Spott in Ihrer Stimme?«

»Keineswegs, gnädiges Fräulein. Es ist mein völliger Ernst.«

»Dann kein Wort mehr über meinen Verlobten. Spendieren Sie uns lieber eine Tasse Kaffee. Muss doch hier wohl irgendwo aufzutreiben sein.«

»Mit größtem Vergnügen, die Damen. Ich kenne da ein nettes kleines Etablissement. Nicht weit von hier.«

REVOLUTION IN PARIS

Auf wen an diesem Tag ebenfalls eine unerwartete Begegnung wartete, war Ewalts Mutter Hedwig. Bei ihr war es ein Wiedersehen. Aber nicht weniger überraschend.

Geros Frau Ute war am Nachmittag ausgegangen. Die Töchter, sechzehn und achtzehn, schienen sich in ihrem Zimmer zu vergnügen, denn ab und zu hörte man gedämpftes Mädchenlachen von oben. Hedwig saß unten im Salon, wo das Feuer im Kamin den Raum angenehm wärmte, und war mit der Durchsicht von Unterlagen beschäftigt.

Da trat der Hausdiener ein, um einen Besucher anzukündigen.

»Wer ist es denn, Johannes?«, fragte sie abwesend, ohne den Kopf von ihren Papieren zu heben.

»Ein älterer Herr, gnädige Frau. Er sagt, er heißt Grünbaum.« Johannes hielt ihr ein Silbertablett hin, auf dem eine Visitenkarte lag.

Hedwig stockte der Atem. Konnte es denn sein? Rasch nahm sie die Karte vom Tablett und las: Jakob Grünbaum, Journalist, *Spenersche Zeitung*. Da begann ihr Herz wie verrückt zu klopfen.

Mein Gott, es ist Jakob! Nach all den Jahren!

»Lauf, Johannes!«, rief sie. »Nimm ihm Hut und Mantel ab und bring ihn zu mir. Und dann bestell in der Küche Tee.« Sie nahm die Lesebrille von der Nase und eilte zu einem Spiegel an der Wand.

Mein Gott! Wie seh ich denn aus? Da kommt der Jakob, und ich … ich bin eine alte Frau geworden. Was wird er denken?

Ihr Haar war grau, aber immer noch dicht und voll. Ihre Figur hatte nicht gelitten, war vielleicht etwas fülliger geworden – und ihr Gesicht um einige Falten reicher. Wie die Hedwig aus jungen Jahren sah sie nicht mehr aus, aber schämen musste sie sich auch nicht.

»Da bist du ja!«, hörte sie die vertraute Stimme hinter sich.

Sie wirbelte herum. »Jakob! Ich habe dich so vermisst!«, sprudelte sie spontan hervor. Aber es stimmte. Das wurde ihr plötzlich machtvoll bewusst. Sie hatte ihn vermisst. Seinen Geist, seinen Humor, seine spöttischen Bemerkungen, seine klugen Augen.

»Und du, meine liebe Hedwig, bist so schön wie eh und je!«

»Ach, Jakob!« Sie flog in seine Arme. »Ich hab so oft an dich gedacht. Warum hast du mir nie geschrieben? Wo hast du dich überhaupt herumgetrieben, du untreuer Schlingel?«

Er lachte. »Einen Schlingel nennst du mich? So wird man empfangen in deinem Haus?«

Sie gab ihm einen Kuss auf die bärtige Wange und löste sich aus seinen Armen. »Komm, setz dich her, mein Lieber.« Sie deutete auf zwei Sessel, die nebeneinander vor dem Kamin standen, und räumte von dem einen ihre Papiere weg. »Johannes bringt uns gleich Tee. Du trinkst doch noch Tee, oder?«

»Gerne alles, was mich vom Schlafen abhält, liebe Hedwig.«

Sie nahmen Platz. Die Flammen im Kamin warfen einen sanften Schein auf sein Gesicht. Er war ebenfalls gealtert, wie Hedwig bemerkte, aber immer noch fast übertrieben schlank. Er hatte jetzt markante Falten im Gesicht, besonders um den Mund, und sein Haar war schütter und grau geworden, genauso wie sein Bart. Aber in den Augen funkelte der alte Schalk wie eh und je. Er sah sie an und lächelte.

Und plötzlich war alles wieder da, was sie je füreinander empfunden hatten – das Gefühl der vertrauten Nähe, ihre Kameradschaft, und vielleicht noch einiges mehr.

»Nun bist du wieder hier«, sagte sie und strich ihm zärtlich über die Hand. »Ich kann dir gar nicht sagen, wie sehr mich das freut.«

»Und dir geht es blendend.« Er sah sich im Salon um, die feinen Möbel, die Gemälde an den Wänden. »Wenn man das hier so sieht …«

Sie lächelte. »Gero hat etwas gemacht aus der alten Schmiede.«

»Wie geht es ihm?«

»Er arbeitet zu viel. Ansonsten geht es ihm gut. Er ist verheiratet und hat zwei liebe Töchter.«

»Und du hast einen prächtigen Sohn.«

Sie nickte. »Hört sich bestimmt wie das übliche Gesülze von Müttern an, aber er ist mein ganzer Stolz.«

»Das freut mich für dich, Hedwig.«

»Er ist Ingenieur geworden.«

»Das hab ich gehört.«

»Das hast du gehört? Seit wann bist du denn wieder in Berlin?«

Er machte ein verlegenes Gesicht. »Eigentlich schon seit zwei Jahren.«

Entrüstet starrte sie ihn an. »Und da kommst du Lump erst jetzt?«

»Ich wusste nicht, ob ich willkommen bin. Ich bin ja damals etwas überstürzt aus deinem Leben verschwunden.«

»Ich weiß. Weil ich deinen Antrag abgelehnt habe.«

»Na ja, ich hab gesehen, wie du gelitten hast. Dein Ewalt war tot, und du warst schwanger. Tagelang hast du in der Kammer gelegen und wolltest niemanden sehen. Das hat mir fast das Herz gebrochen. Und dann mache ich Idiot dir auch noch einen Antrag. Als wenn ich deinen Ewalt hätte ersetzen können. So grässlich peinlich. Danach dachte ich, ich geh dir besser aus dem Weg.«

Hedwig hatte plötzlich feuchte Augen. »Aber es war gar nicht peinlich. Und dann hast du mich mit meiner Trauer allein gelassen.«

Jakob seufzte. »Es tut mir leid.«

»Es war hart für mich. Die Mutter war gestorben. Der Vater selbst ziemlich mitgenommen von ihrem Tod. Und ich dazu noch schwanger.« Hedwig holte tief Luft. Die Erinnerung brachte vergessen geglaubte Gefühle wieder hoch.

»Wieso hat dein Vater dir eigentlich keine Vorhaltungen gemacht? Er hat sich nicht mal aufgeregt, wenn ich mich recht erinnere.«

»Was sollte er sich aufregen über die Einzige in der Familie, die ihm geblieben war? Wir wussten ja gar nicht, ob Gero überhaupt zurückkommt. Und Mutters Tod war ein Schlag für ihn gewesen. Wir haben uns aneinandergeklammert, gemeinsam getrauert. Die Nachbarn haben sich natürlich die Mäuler über mich zerrissen. Für die war ich ein gefallenes Mädchen, wenn nicht gar eine Hure. Aber das war mir egal.«

»Du warst immer stark. Das hab ich an dir bewundert«, sagte Jakob.

»Irgendwann hab ich mich aufgerafft und bin nochmal zu Ewalts Schwester, dieser hochmütigen Kuh.«

»Ich erinnere mich. Olga hieß sie, nicht wahr?«

Hedwig nickte. »Ich wollte erfahren, wie er gestorben ist. Vielleicht seine letzten Worte. Aber das war natürlich Unsinn. Wie hätte sie das wissen können?«

»Und sie hat dich abblitzen lassen?«

»Nicht sofort. Zuerst war sie ganz verständnisvoll. Sie war ja selbst in Trauer um ihren Bruder. Und was meine Schwangerschaft betraf, konnte sie sich denken, wer der Vater war. Sie hat mir Geld geboten, damit ich das Kind hergebe, damit es ein Billung wird.«

»Das hast du mir gar nicht erzählt.«

»Ich war zu stolz, Jakob. Ich fand ihr Benehmen erniedrigend. Der Hintergrund war, dass Ewalt seiner Schwester einen Brief hinterlassen hatte. Er betrachte mich als sein Eheweib, hatte er geschrieben, auch ohne Trauschein, und falls ihm etwas zustieße, sollte die Familie mir eine lebenslange Rente zahlen.«

»Großzügig von ihm. Und dir hat er gar nichts davon gesagt?«

Hedwig dachte an jene Nacht, bevor er überstürzt hatte aufbrechen müssen. Sie konnte nicht weitersprechen. Plötzlich war alles wieder so gegenwärtig. Die Bilder dieser letzten Stunden übermannten sie für einen Augenblick. Doch dann fasste sie sich. Es war schließlich lange her.

»Er musste weg. Es ging alles so schnell«, sagte sie. »Ich denke, er hat diesen Brief erst später geschrieben, aus dem Feldlager. Und Olga hätte die Sache ja auch gar nicht erwähnen müssen. Für sie war ich doch nicht mehr als eine Dienstmagd. Warum sollten die Billungs mir eine Rente zahlen?«

»Sie wollten dein Kind.«

»Ja, sie wollten mein Kind. Die Rente sollte ich nur bekommen, wenn ich ihnen meinen Sohn überlasse. Das hat Olga mir unverblümt zur Auswahl gestellt.«

»So ein Miststück!«

»In gewisser Weise kann ich sie verstehen. Olga und Ewalt standen sich sehr nahe. Sie und ihre Familie wollten sein Kind nicht einer Fremden überlassen. Aber ich hab auf ihre verdammte Rente verzichtet.«

»Das heißt, hättest du Olga nachgegeben, dann wäre dein Sohn jetzt preußischer Junker.«

Hedwig lächelte. »Zweifellos. Stattdessen ist er Ingenieur geworden und erbt später einmal die Firma. Auch nicht schlecht.«

»Du warst schon immer ein Dickkopf«, sagte Jakob. »Und du hast dich durchgesetzt. Gut so!«

»Was sollte ich denn anderes tun? Man gibt doch nicht sein Kind her! Als Ewalt geboren wurde, war es ein Geschenk des Himmels für mich. Ich habe geweint vor Freude.«

Hedwig schwieg einen Augenblick und starrte ins Feuer. Sie erinnerte sich an jene Nacht. Die Wehen, die Hebamme, die fürchterlichen Schmerzen, als würde es sie zerreißen … Dann der erste Schrei des nackten Säuglings, und plötzlich hielt sie das winzige Bündel im Arm, ihren Sohn! Von dem Augenblick an waren alle Schmerzen vergessen.

»Entschuldige, wenn ich heule«, sagte sie und wischte sich eine Träne von der Wange. »Aber es ist, als wär's erst gestern gewesen.«

Jakob lächelte, aber er sagte nichts.

»Ja, und dann kam Gero zurück«, fuhr sie fort. »Was für eine Erleichterung! Er hatte überlebt. Und mit ihm begann das Leben von Neuem.«

In diesem Augenblick betrat Johannes den Salon mit einem großen Tablett und servierte Tee.

»Vergessen wir die alten Geschichten«, sagte Hedwig, als er gegangen war. »Nun bist du wieder hier. Und jetzt lass ich dich nie mehr gehen.«

Jakob grinste. »Das nächste Mal sag ich Bescheid, bevor ich verschwinde.«

»Untersteh dich, jemals auch nur daran zu denken!« Sie runzelte die Stirn. »Wieso hab ich eigentlich nicht schon früher gemerkt, dass du in Berlin bist?«

Jakob deutete auf die Zeitung, die auf einem Tischchen lag. »Weil du immer noch die Tante Voss liest. Und ich schreibe jetzt in der *Spenerschen*.«

»Ah. Das erklärt es. Und wieso bekomme ich deinen Besuch ausgerechnet heute und nicht schon früher?«

»Wie gesagt, ich wusste nicht, ob du mich überhaupt wiedersehen willst, nachdem ich so sang- und klanglos verschwunden war. Aber heute hatte ich auf einmal wieder den *Werther* in der Hand, den ich dir damals geliehen hatte.«

Sie lächelte. »Ich erinnere mich. Und da ist dir plötzlich deine alte Liebe wieder eingefallen.«

»Du musst nicht denken, dass ich dich jemals vergessen habe. Aber mit dem Buch in der Hand hat es mich plötzlich angefallen … dieses unwiderstehliche Bedürfnis, dich wiederzusehen. Ich habe Hut und Mantel vom Haken gerissen und bin einfach hergerannt.«

»Dann war der *Werther* also doch noch für etwas gut.«

»Ich weiß, ich hätte schon früher kommen sollen, Hedwig.«

»Egal! Und jetzt erzähl mir endlich, was du so getrieben hast, wie es dir in den Jahren ergangen ist.«

»Da gibt's nicht viel zu berichten. Ich war lange Zeit in Königsberg. Später in Breslau. Und zwischendurch war ich auch mal verheiratet.«

»Was heißt zwischendurch?«

»Sie ist früh gestorben, meine Sarah. Da war Aaron noch klein, erst zehn Jahre alt.«

»Du hast einen Sohn?«

»So ist es. Er ist ein paar Jahre jünger als dein Ewalt und studiert noch. Hier in Berlin.«

»Was studiert er denn?«

Jakob lachte. »Philosophie und Geschichte. Was Besseres ist ihm nicht eingefallen. Damit kann man weiß Gott kein Geld verdienen.«

»Er kann Journalist werden, so wie du.«

Jakob lächelte schmerzlich. »Der Fluch der Familie. Mein Vater war ein armer Jud. Genauso wie ich. Und der Junge geht in die gleiche Richtung.«

»Vielleicht wird mal ein bedeutender Mann aus ihm.«

»Ach, ich weiß nicht. Er macht mir Sorgen. Er ist ein Linker geworden, ein Kämpfer für die besitzlosen Massen.«

»Wie sein Vater. Du hattest doch auch mal revolutionäre Ideen.«

»Das ist lange her. Seitdem bin ich geläutert. Ich schreibe seriöse Artikel, aber immer so, dass sie die Zensur passieren. Aaron verachtet mich dafür. Wir haben häufig Streit.«

»Väter und ihre Söhne. Das kennt man doch. Gero hat sich auch dauernd mit unserem Vater gestritten.«

»Ich fürchte, es ist mehr als das. Du weißt doch, was in Deutschland los ist, oder?«

»Du meinst die Einheitsbestrebungen? Diese Burschenschaften, die mit ihren schwarz-rot-goldenen Fahnen grölend durch die Straßen laufen?«

»Unterschätz das nicht. Daraus ist eine gewaltige Bewegung geworden, die ganz Deutschland erfasst hat. Und das in allen Gesellschaftsschichten.«

»Davon hast du damals schon viel geredet. Die deutsche Einheit und die Abschaffung der Kleinstaaterei.«

»Das ist inzwischen aktueller denn je. Hast du von dem Offenburger Programm gehört? Da geht es um weit mehr als um nationale Einheit. Die Selbstregierung des Volkes nach dem Vorbild der amerikanischen Verfassung wird gefordert. Pressefreiheit, Lehrfreiheit, Glaubens- und Gewissensfreiheit.«

»Und? Wäre das so schlimm?«

»Natürlich nicht. Aber die Fürsten werden solche Ideen mit allen Mitteln bekämpfen. Die lassen das nicht mit sich machen. Die stecken doch alle unter einer Decke und haben überall ihre verdammten Spitzel. Die Demokraten und die Linken werfen sie ins Gefängnis. Aber es brodelt überall, sage ich dir. Diese Ideen sind nun mal in der Welt und nicht mehr wegzudenken.«

Hedwig lächelte spöttisch. »Friede den Hütten! Krieg den Palästen! Wer hat das nochmal gesagt?«

»Georg Büchner. Und mach dich nicht darüber lustig. Das haben sich inzwischen ganz viele auf die Fahne geschrieben.«

»Ich weiß das, Jakob. Steht ja überall in den Zeitungen. Aber trotzdem ändert sich nichts. Und es wird sich auch in hundert Jahren nichts ändern.«

»Da sei dir mal nicht so sicher. Gestern hab ich erfahren, dass der badische Landtag vor zwei Tagen ganz offiziell ein gesamtdeutsches Parlament gefordert hat. Das sind nicht mehr einzelne Hitzköpfe, Hedwig, sondern der Landtag von Baden.«

Da waren sie wieder bei ihren politischen Gesprächen angelangt, bei ihren manchmal hitzigen Debatten. So wie früher. Damals war es um Napoleon und den zögerlichen König gegangen, der nicht gegen den korsischen Despoten kämpfen wollte. Das war der dritte Friedrich Wilhelm von Preußen gewesen. Nun hatten sie seinen Sohn als König, den vierten dieses Namens. Ein Romantiker des Deutschtums. Wie der König von Bayern mit seinem Walhalla an der Donau. Außen wie ein griechischer Tempel, innen eine Büstensammlung großer Deutscher. Ja, auch die Fürsten hatten ein verklärtes Bild von Deutschland und vom Deutschtum, von der Wacht am Rhein, der schwertschwingenden Germania. Doch deshalb waren sie nicht bereit, auch nur einen Zentimeter von ihrer Macht abzugeben.

»Und was hat das mit deinem Sohn zu tun?«

»Es geht nicht nur um Demokratie, sondern auch um das Los der Arbeiter. Das betrifft auch dich und Gero. Ihr Fabrikanten ruiniert die kleinen Gewerbe, sagen sie. Was natürlich stimmt. Sie wollen die Macht des Kapitals beschränken, das nach ihren Worten den Arbeiter zu einem Sklavendasein verdammt, zur Abhängigkeit und Misere.«

»Dummes Zeug«, sagte Hedwig. »Ich weiß, die sozialen Verhältnisse sind nicht die besten. Aber wir behandeln unsere Arbeiter anständig. Und wir haben es selbst schwer genug. Wir mussten heute Leute entlassen, weil es an Aufträgen fehlt.«

»Ich glaube dir. Ich will nur sagen, die Stimmung im Land ist kurz vor dem Hochkochen. Da sind die Linken und die Demokraten, und ihnen gegenüber die Königstreuen. Und dann die Radikalen. Irgendwann schlagen die sich alle gegenseitig die Köpfe ein. Und mein Sohn steckt mittendrin. Das macht mir höllische Angst.«

»Gehört er etwa zu den Radikalen?«

Jakob nickte. »Hast du schon mal von einer Gruppe gehört, die sich Kommunisten nennen? Zu denen bekennt er sich. Ein gewisser Karl Marx ist ihr Idol.«

»Marx und Engels. Ich hab über sie gelesen. Aber das sind doch weltfremde Spinner. Ich bin sicher, auch die werden bald im Gefängnis landen. Dann ist Schluss mit diesen sogenannten Kommunisten.«

»Vielleicht. Ich hoffe nur, dass meinem Sohn nicht das gleiche Schicksal blüht. Gefängnis, meine ich.«

»Ach Jakob, reden wir von was anderem. Du hast ja deinen Tee noch gar nicht getrunken. Und danach zeig ich dir das Haus und den Garten.«

Das Wiedersehen mit Jakob wurde einige Tage später bei einem Abendessen im Kreise der Familie gefeiert. Jakob brachte seinen Sohn mit, einen sympathischen jungen Mann mit dunklen Locken und lebhaften braunen Augen, der sich gleich für den alten Säbel interessierte, der an der Wand des Speisezimmers prangte.

Hedwig erklärte ihm den Ursprung der Waffe. »Das Einzige, was mir von Ewalts Vater geblieben ist.«

»Eigentlich hättest du ihn zurückgeben müssen«, sagte Gero.

»Ach woher. Diese Familie hat uns alles vorenthalten. Wenigstens haben wir als Erinnerung dieses eine Erbstück. Nicht wahr, Ewalt?« Sie lächelte ihrem Sohn zu.

Aaron war zuerst etwas schüchtern in der Gegenwart von Hedwig und Gero, taute aber im Laufe des Abends zunehmend auf. Daran waren nicht zuletzt Geros hübsche Töchter schuld, die ihn mit Fragen nach seinem Studium beschäftigten. Die Jüngere hieß Katrin. Sie war zurückhaltender und ergriff selten das Wort. Ihre ältere Schwester Gertrud, von allen Trude genannt, war, was das betraf, eher das Gegenteil. Es war jedenfalls deutlich, dass Papa Gero stolz auf seine beiden Mädchen war, denn er ermutigte auch Katrin, etwas zum Gespräch beizutragen, und ließ sogar Trudes Redeschwall freien Lauf.

Nicht so Geros Frau Ute. Sie war fast zwanzig Jahre jünger als er, eine handfeste, etwas üppig geratene Frau, die Humor hatte und kein Blatt vor den Mund nahm. »Jetzt seid mal ein bisschen still, ihr beiden Plappermäulchen«, schalt sie ihre Töchter. »Vor allem du, Trude. Die Erwachsenen am Tisch wollen sich auch noch unterhalten.« Sie hob ihr Glas und prostete Jakob und seinem Sohn zu. »Ich hoffe, wir werden uns ab jetzt öfter sehen«, sagte sie.

»Das hoffe ich auch«, stimmte Gero ihr zu. »Wir haben uns damals gut verstanden, als du noch bei uns wohntest, nicht wahr, Jakob?«

Jakob grinste. »Obwohl, bei euren Eltern hatte ich so meine Zweifel.«

»Ja, Mutter war ziemlich schockiert, als plötzlich die Polizei auftauchte und dich ins Gefängnis gesteckt hat.«

Aaron sah seinen Vater erstaunt an. »Du warst im Gefängnis? Davon weiß ich ja gar nichts.«

»Tja, mein Junge. Du musst ja nicht alles wissen.«

»Ihr Vater hat damals ziemlich scharfe Artikel gegen den König geschrieben«, erklärte Hedwig. »Irgendwann hatten sie genug davon und haben ihn abgeholt.«

»Na sowas!« Aaron machte große Augen. »Das ist ja eine Seite an dir, die ich noch gar nicht kenne.«

Jakob lachte. »Du siehst, ich war nicht immer so ein gehorsamer Untertan wie heute. So ein angepasster Langweiler, wie du mich genannt hast.«

»Das hab ich nicht so gemeint«, erwiderte Aaron verlegen.

»So schlimm war es damals nicht«, sagte Hedwig. »Nach einer Woche haben sie Ihren Vater wieder gehen lassen.«

»Aber erst, nachdem sie mich nach Strich und Faden verprügelt haben. Dass sie mich überhaupt so schnell entlassen haben, hab ich nur unserer lieben Hedwig zu verdanken.«

Hedwig lachte. »Jetzt übertreibst du aber.«

»Aber du hast doch diesen Anwalt auf sie gehetzt. Wie hieß er noch?«

»Dr. Buschardt.«

»Ganz recht, der große Anwalt Buschardt. Gibt es die Kanzlei eigentlich noch?«

»Sein Sohn führt sie jetzt. Julian Buschardt. Der scheint wie sein Vater recht erfolgreich zu sein.« Sie erinnerte sich nur zu gut an die unangenehme Begegnung mit diesem Julian. »Er vertritt inzwischen auch die Fischers. Nur als Anmerkung.«

»Meinst du Fischer & Söhne?«, fragte Ute.

»Wen sonst?«, brummte Gero. »Der Kerl braucht auch einen guten Anwalt. Hat doch jede Menge Dreck am Stecken.«

Ewalt sagte: »Ob ihr's glaubt oder nicht, ich bin bei den Fischers eingeladen.«

»Wie bitte?« Hedwig sah ihren Sohn erstaunt an. »Wie kommst du denn dazu?«

»Ich habe zufällig seine Tochter kennengelernt. Und die hat mich eingeladen. An den Sonntagnachmittagen empfangen sie immer. Zwanglose Treffen angeblich.«

»Und du willst in die Höhle des Löwen?«

»Warum nicht? Ich fand die Tochter eigentlich ganz sympathisch.«

»So. Sympathisch«, sagte Hedwig. »Was willst du denn mit der?«

»Gar nichts, Mutter. Sie ist ohnehin verlobt.«

Einen Augenblick lang herrschte verlegenes Schweigen. Fischer & Söhne war der Konkurrent, der ihnen die Aufträge stahl. Und zwar selten mit lauteren Methoden. Gero vermutete, dass sogar Bestechung im Spiel war.

Schließlich sagte Gero: »Geh ruhig hin. Soll ja nicht so aussehen, als ob wir Angst vor dem Bastard hätten. Aber sei vorsichtig. Der Fischer ist ein gewiefter Halunke.«

»Der weiß wahrscheinlich gar nichts davon. War doch seine Tochter, die mich eingeladen hat. Und ihr Verlobter ist ein Studienkollege von mir.«

»Trotzdem.«

»Halunke ist das richtige Wort!« Plötzlich beugte Aaron sich vor. »Der Fischer beutet seine Arbeiter schamlos aus. Er behandelt sie schlecht und zahlt nur Hungerlöhne. Der Kerl ist einer der schlimmsten Kapitalisten in Deutschland. Und das will was heißen!«

»Nun fang nicht wieder damit an«, versuchte Jakob ihn zu bremsen. »Deine radikalen Ideen gehören nicht hierher.«

»Aber Aaron hat recht«, sagte Gero. »Ich bin weiß Gott kein Linker, aber was der Fischer mit seinen Leuten treibt, das ist eine Schande. Dadurch drückt er natürlich die Kosten. Und das erlaubt ihm, uns und andere zu unterbieten.«

»Das ist das Ergebnis der Überkapazitäten«, sagte Aaron. Er schien in seinem Element zu sein. »Zu viele Fabriken sind entstanden. Und zu schnell. Es herrscht Überproduktion. Die Bourgeoisie kann dem nur durch die Erschließung neuer Märkte begegnen, aber vor allem durch massiven Druck auf die Löhne der Arbeiter. Deren Misere ist vorgezeichnet.«

»Die Bourgeoisie?«, fragte Hedwig. »Wer soll das sein?«

»Na, Leute wie Sie. Fabrikanten, Kapitalisten.«

»Jetzt reicht's langsam, Aaron«, sagte sein Vater.

»Lass nur, Jakob«, beschwichtigte Gero. »Eine gute Diskussion hat noch niemandem geschadet. Was den Fischer betrifft, der ist tatsächlich zu schnell gewachsen. Und jetzt hat er sich übernommen.«

»Woher willst du das wissen?«, fragte Hedwig.

»Ach, du weißt es noch nicht? Gestern wurde bekannt gegeben, dass er fast tausend Arbeiter entlassen muss.«

»Ein Drittel seiner Belegschaft?«

»Das passt ja mal wieder«, sagte Aaron grimmig. »Die Kosten werden runtergeschraubt, die Leute verlieren ihre Arbeit und müssen wahrscheinlich hungern, nur damit der Kapitalist sich seinen Profit erhalten kann.«

Etwas verunsichert sahen die anderen ihn an.

»Aber so ist das nun mal«, sagte Gero schließlich. »Wir mussten auch Leute entlassen. Was ist denn die Alternative? Sollen wir pleitegehen? Hilft das etwa dem Arbeiter?«

»Das ganze System muss sich ändern«, erwiderte Aaron.

»Und wie stellen Sie sich das vor, junger Mann?«

»Wir befinden uns in einem Kampf der gesellschaftlichen Klassen. Und den gewinnen immer noch die Mächtigen. Früher war es ein Kampf der Barone gegen die Leibeigenen. Nun, die Leibeigenschaft haben wir abgeschafft, dafür haben wir jetzt Tagelöhner, arme Landarbeiter. Sie werden von den Junkern immer noch ausgenutzt. Und nun haben wir in den Städten den Kampf der Patrizier gegen die Plebejer. Die Patrizier bereichern sich, die Massen leben im Elend.«

Ewalt, der sich bisher mit seiner Meinung zurückgehalten hatte, sagte: »Ich weiß nicht, wie es früher war, aber es heißt, die Ungleichheit habe in den letzten Jahrzehnten stark zugenommen.«

»Das hat sie«, erwiderte Aaron. »Früher gab es noch einen größeren Mittelstand – die Handwerker –, die von ihrem Beruf gut leben konnten. Ein Handwerker stellte ein Gut oder eine Ware – sagen wir, einen Schuh – in Gänze her. Das verlangt Wissen, Erfahrung und Können. Ihr Fabrikanten habt die Arbeit aufgeteilt in einzelne Stücke. Ein Arbeiter in der Schuhfabrik macht den ganzen Tag lang nur eine Sache. Einer macht nichts als Sohlen zuzuschneiden. Ein anderer klebt Lederstücke zusammen. Ein dritter legt die immer gleiche Naht an. Jedes Teilstück der Arbeit ist einfach zu erledigen und erfordert keine besonderen Kenntnisse oder Fähigkeiten. Und entsprechend wird die Arbeit schlecht bezahlt. Der Handwerker wird nicht mehr gebraucht, die Löhne sinken.«

»Da ist was dran«, brummte Gero. »Aber Sie haben immer noch nicht gesagt, wie Sie das ändern wollen.«

Aaron nahm einen Schluck Wein, bevor er antwortete. »Es geht nur durch den gewaltsamen Umsturz der bisherigen Gesellschaftsordnung. Zuerst muss die alte feudale Ordnung hinweggefegt und die Gesellschaft demokratisiert werden.«

»Dagegen hätte ich nichts«, sagte Ewalt. »Es wird Zeit, eine demokratische Grundordnung zu etablieren. Wahrscheinlich so eine Art konstitutionelle Monarchie. So wie in England.«

»Das genügt nicht«, sagte Aaron. »Der nächste Schritt …«

»Er will auch noch das Kapital abschaffen«, unterbrach Jakob seinen Sohn. »Die Produktionsmittel sollen den Arbeitern selbst gehören.«

»Wie bitte?«, fragte Gero ungläubig.

»Ja, so was in der Art. Aber jetzt Schluss damit! Wir wollen nicht den schönen Abend verderben. Du, mein Sohn, hältst dich jetzt gefälligst zurück.« Er hob sein Glas. »Ich möchte stattdessen auf Hedwig und Gero und Ute trinken, unsere Gastgeber, und ihnen zu ihren Erfolgen im Leben gratulieren. Und auf unser glückliches Wiedersehen!«

Alle hoben ihre Gläser, auch Aaron. Letzterer jedoch nicht ohne ein säuerliches Lächeln.

Nachdem die Gäste verabschiedet waren, begleitete Ewalt die beiden noch vor die Tür. »Ich fand das interessant, Aaron«, sagte er. »Wir sollten uns bald mal wieder treffen. Ich bin mit diesen Ideen nicht unbedingt einverstanden. Trotzdem würde ich gern mehr erfahren.«

»Demnächst wird ein Manifest der Kommunisten erscheinen«, sagte Aaron. »In England, nicht hier. Da ist so was noch erlaubt. Aber es legt die Richtung der Bewegung fest. Und ich habe eine Vorauskopie. Ich kann sie Ihnen gern mal zu lesen geben.«

»Sieh lieber zu, dass sie dich damit nicht erwischen«, sagte sein Vater. »Könnte dich teuer zu stehen kommen.«

In den folgenden Tagen – es war inzwischen Ende Februar – erreichten Berlin täglich beunruhigende Nachrichten aus Frankreich. Die politische Lage dort schien sich zuzuspitzen. Am 21. Februar hatte König Louis-Philippe die geforderte Reform des Zensuswahlrechts verboten, wonach nur Begüterte zur Parlamentswahl zugelassen waren. Darüber erbosten sich die Bürgerlichen im ganzen Land, die gehofft hatten, dieses veraltete Gesetz endlich abzuschaffen. Es kam zu öffentlichen Protesten und gar zu Unruhen, die sich rasch auszuweiten schienen. Das berichteten die Berliner Zeitungen, natürlich immer mit zwei bis drei Tagen Verspätung. Und zunächst noch mit zögerlichen Berichten, denn auch die Zeitungsschreiber wussten noch nicht, was davon zu halten war, und die preußische Zensur war streng.

Doch die Ereignisse in Paris waren ein paar Tage später in aller Munde und erregten die Gemüter. Es ließ sich nicht länger leugnen, dass es in Frankreich erneut zu einer Revolution gekommen war. Die Arbeiter, mit ihrer eigenen Misere ebenfalls zutiefst unzufrieden, hatten sich mit den Bürgerlichen zusammengeschlossen, gemeinsam Barrikaden errichtet und dem Militär die Stirn geboten. Am 24. Februar war es zu blutigen Straßenkämpfen gekommen. Der verhasste Ministerpräsident François Guizot sah sich am Ende zum Rücktritt gezwungen. Und kurz darauf dankte auch der König ab und floh nach England. Auf der Place de la Bastille verbrannte die johlende Menge seinen Königsthron.

In Berlin schlug diese Nachricht wie eine Mörsergranate ein. Der französische König abgedankt und außer Landes gejagt. Das war ungeheuerlich! Und jetzt hatten sie gar die Republik ausgerufen. Die Republik! Wer hätte das gedacht?

»Die Franzosen machen es uns mal wieder vor«, jubelten die Linken und die Demokraten. Daran sollte man sich ein Beispiel nehmen. Schluss mit Metternichs elender Weltordnung! Denn seit dem Sieg über Napoleon hatten sich die Fürsten in ganz Europa bemüht, liberales Gedankengut zurückzudrängen, die Freiheit zu unterdrücken und stattdessen zur alten feudalen Ordnung zurückzukehren. Umso mehr machte das Beispiel des Aufstands in Paris Mut, dass es auch in Deutschland mit der Willkür der Fürsten bald ein Ende haben könnte.

Die Konservativen und die Royalisten dagegen erschraken über das, was sie da in den Zeitungen lasen. Aufstand, Barrikadenkämpfe, und nun gar die Republik in Frankreich? Wo sollte das hinführen? Etwa zur Schreckensherrschaft der Guillotine? Mit allen Mitteln musste man verhindern, dass solche Zustände auf Deutschland übergriffen. Die polizeiliche Überwachung suspekter Elemente wurde verschärft, die Zensur noch rigoroser.

Aber die Nachrichten ließen sich nicht unterdrücken. Sie flogen von Mund zu Mund, Flugblätter wurden verteilt, Reisende berichteten, was sie in Frankreich gesehen hatten. Überall in Deutschland fühlten sich die Liberalen ermutigt, standen in den Landtagen auf und forderten Wahlen und eine freiheitliche Verfassung. Es war wie ein Brand, der sich unaufhaltsam weiterfraß, angetrieben von diesem revolutionären Wind aus dem Westen.

»Glaubt ihr, das greift auf Preußen über?«, fragte Hedwig besorgt. Es war Sonntag, und die Familie saß beim Frühstück.

»Ich hätte nichts gegen eine Republik«, sagte Ewalt.

»Du willst die Monarchie abschaffen?«

»Ich bin gegen die Willkür, die Selbstherrlichkeit dieser Monarchie.«

»Aber das führt doch nur zu Chaos.«

»Warum sollte es zu Chaos führen? Meinetwegen behalten wir die Monarchie, aber der König soll sich ordentlichen Gesetzen unterwerfen, die von einem frei gewählten Parlament beschlossen werden. Gemäß einer Verfassung. Wenn nicht einer gesamtdeutschen, dann wenigstens einer preußischen.«

»Ich wusste gar nicht, dass du so denkst«, sagte Hedwig.

»Ich denke wie alle fortschrittlichen Deutschen.«

»Und wer soll dieses Parlament wählen?«, fragte Trude.

»Aber Kind, seit wann interessierst du dich für Politik?« Ute blickte ihre Tochter erstaunt und etwas missbilligend an.

»Trudes Frage ist durchaus angebracht«, sagte Ewalt. »Lässt man nur die Besitzenden wählen oder alle? In Frankreich hat man jetzt ein Wahlrecht für alle eingeführt.«

»Auch für Frauen?«, fragte Trude.

»Wie kommst du auf so was?«, erwiderte ihre Mutter scharf. »Was wissen wir Frauen schon von solchen Dingen? Und du solltest dein Köpfchen ebenfalls nicht damit belasten. Wird langsam Zeit, dass wir nach einem Mann für dich Ausschau halten.«

»Warum sollte der's besser wissen?«, fragte Trude patzig.

»Weil es eben so ist.«

Trudes Miene zeigte, dass sie alles andere als einverstanden war. »Denkst du, Frauen sind nur zum Kinderkriegen da? Und zum Hausputz? Tante Hedwig kümmert sich auch um mehr.«

Gero lachte. »Da hast du's, Ute. Das ist die Jugend. Die meinen, sie wüssten alles besser.«

»Du hast mit Großvater auch gestritten«, sagte Trude. »Du hast es selbst erzählt.«

»Das reicht jetzt, junge Dame!«, rief Ute scharf.

Trude zog einen Schmollmund, aber sie sagte nichts. Besser, ihre Mutter nicht länger herauszufordern. Denn das ging selten gut.

Gero grinste. »Dabei hat Trude sogar recht. Vater und ich haben uns regelmäßig in die Wolle gekriegt. Er hat an allem herumgemäkelt, was auch immer ich vorhatte. Alles Neue war ihm verdächtig.«

»Dabei kann ich ihn durchaus verstehen«, sagte Ute. »Manchmal denke ich, die Welt ist verrückt geworden. Ich bin auch eher dafür, dass alles so bleibt, wie es ist. Diese Revoluzzer bringen doch nur Unruhe. Müssen die dauernd von Umsturz reden, das Volk aufwiegeln? Die zünden uns noch das Dach über dem Kopf an. Vor allem ist es schlecht fürs Geschäft. Oder etwa nicht?«

Gero nickte und machte nun selbst ein besorgtes Gesicht. »Du hast recht, fürs Geschäft ist das eher Gift.«

»Nicht unbedingt«, wendete Ewalt ein. »Stellt euch vor, wir hätten ein geeintes deutsches Reich. Besonders jetzt, da sich die Eisenbahnen überall verbreiten. Keine Schlagbäume mehr, keine Zölle, und dazu noch einheitliche Gesetze und Verordnungen, gleiche Maße. Das wäre doch eine grandiose Belebung für den Handel. Das würde auch uns zugutekommen.«

Gero seufzte. »Auch das ist wahr. Aber ob es jemals so weit kommt? Auf friedliche Weise jedenfalls nicht.«

Gesellschaftliche Veränderungen schienen in den letzten Jahrhunderten immer von Frankreich auszugehen oder zumindest beeinflusst zu sein. So kam es Ewalt jedenfalls vor, während er alle Zeitungsberichte über Neuigkeiten aus Frankreich verschlang. Alle Welt schaute nach Paris. Jeden Tag gab es Neues zu berichten.

Natürlich war alles Französische seit Langem prägend gewesen. Besonders in der Mode, in der Kunst und im Theater. Gebildete Menschen sprachen Französisch. Der Alte Fritz hatte sogar wenig für die deutsche Sprache übriggehabt, noch weniger für deutsche Literatur. Das hatte sich unter seinen Nachfolgern geändert. Nach dem Sieg über Napoleon war das Deutschtum aufgeblüht wie nie zuvor. Der König förderte die Fertigstellung des Kölner Doms, und in romantischen Versen wurde die Sehnsucht nach einem geeinten Deutschland befeuert. Im Theater herrschten Stücke deutscher Dichter vor, und die Berliner Universität war zum Vorbild für das akademische Leben weit über Preußen hinaus geworden. Was die Philosophie betraf, so fand man Voltaire und Rousseau ein wenig angestaubt. Man bekannte sich zu Kant und Hegel.

Aber politisch war Frankreich immer noch maßgebend. Seit der Revolution von 1789 hatte französisches Gedankengut auch rechtsrheinisch einen fruchtbaren Nährboden gefunden, auch wenn es das Bestreben der deutschen Fürsten gewesen war, die Zeit im nach-napoleonischen Deutschland zurückzudrehen und sämtliche liberalen und nationalen Tendenzen zu unterbinden. Wie die Bekundungen auf dem Hambacher Fest, auf dem Zehntausende ihren Wunsch nach nationaler Einheit zum Ausdruck gebracht hatten.

Zur Unterdrückung solcher Bestrebungen dienten die Karlsbader Beschlüsse von 1819 über koordinierte Maßnahmen zur Überwachung und Verfolgung von radikalen Agitatoren. Genauer gesagt, wen die Fürsten dafür hielten. Gustav Struve und Friedrich Hecker gehörten dazu, aber auch Dichter wie Georg Büchner oder Georg Herwegh und seine Frau Emma. Solche Leute wurden überwacht und bespitzelt. Es gab deutschlandweit schwarze Listen von bekannten Aufrührern und angeblichen Volksverhetzern. Wer von denen es zu bunt trieb, der musste in die Schweiz oder nach Frankreich fliehen, um einer Verhaftung zu entgehen. Schriften von Heinrich Heine, der in Paris lebte, wurden in Deutschland verboten.

Und nun war zu alledem in Frankreich erneut die Revolution ausgebrochen. Selbst einen Louis-Philippe, der ein bürgerlicher und vom Parlament gewählter König gewesen war – was ihm nicht gerade die Achtung der Erbfürsten eingebracht hatte –, hatte man vertrieben. Ein ungeheuerlicher Vorgang, der den Adel in ganz Deutschland aufschreckte und die Liberalen in ihrem Bestreben nach nationaler Einheit und parlamentarischer Demokratie ermutigte.

Und so ließ die Reaktion auf die Pariser Ereignisse nicht lange auf sich warten. Schon am 27. Februar kam es zu einer Volksversammlung in Mannheim, einberufen von radikalen Liberalen, allen voran dem Mannheimer Juristen, Journalisten und Revolutionär Gustav Struve. Die Versammlung verabschiedete eine Petition an die badische Regierung mit Forderungen, die schon in wenigen Tagen ein begeistertes Echo in ganz Deutschland fanden. Darunter die Auflösung der stehenden Heere, stattdessen eine allgemeine Volksbewaffnung mit freier Wahl der Offiziere. Im Weiteren Pressefreiheit und Aufhebung der Zensur, Schwurgerichte nach englischem Vorbild und die sofortige Einrichtung eines deutschen Nationalparlaments. Nicht zu vergessen Bürgerrechte und die Forderung nach einem deutschen Nationalstaat auf Grundlage einer einheitlichen, demokratischen Verfassung.

Wie überall wurde auch im Hause Schmitt heftig darüber diskutiert. Für Geros Frau Ute war dieser ganze Aufruhr schrecklich. Wozu brauchte man Demokratie? Es ging ihnen doch gut. Und sie fürchtete sich davor, was aus solchen Agitationen werden könnte. Hedwig und Gero dagegen konnten sich mit den Mannheimer Forderungen durchaus einverstanden erklären, außer vielleicht mit dem Nationalstaat. Das hätte die Abschaffung der Fürstenherrschaft bedeutet. Ein Preußen ohne König? Das war zu radikal. Das konnte nur zu Blutvergießen führen. Ewalt dachte dabei an Aaron. Er und seine Freunde hatten noch viel Radikaleres vor.

Bei all den Neuigkeiten fiel es Ewalt schwer, sich auf seine Arbeit zu konzentrieren. Denn auch unter den Arbeitern rumorte es, obwohl sie im Werk nur heimlich und in kleinen Grüppchen miteinander tuschelten und gleich wieder auseinandertraten, wenn Gero oder einer der Vorarbeiter auftauchte. Vermutlich konnten viele von ihnen die Zeitung nicht lesen und hatten sicher gar nicht das Geld dafür. Und trotzdem wussten sie Bescheid, dass etwas in Gang gekommen war. Das Wort *Revolution* lag in der Luft, auch wenn die Arbeiter etwas anderes darunter verstanden als das gebildete Bürgertum. Mit Demokratie konnten auch sie nichts anfangen. Sie wollten einfach mehr Lohn und bessere Arbeitsbedingungen. Es wurde über Streik wie in England gemurmelt, aber man traute sich nicht. Der König hatte das Eingreifen des Militärs angedroht.

Neben den politischen Debatten spukte aber noch etwas anderes in Ewalts Kopf herum. Das war der Gedanke an Gisela Fischer. Sie hatte mehr Eindruck auf ihn gemacht, als ihm lieb war. Dabei war sie doch die Tochter seines schärfsten Konkurrenten. Außerdem auch noch verlobt. Mit einem Kerl, den er nicht einmal besonders mochte. Von Falkenberg entstammte einer verarmten Adelsfamilie. Deshalb hatte es nur zum Offizier der Reserve gereicht, und er hatte einen Beruf ergreifen müssen. Durch die Verbindung mit Gisela würde er in eine reiche Familie einheiraten, und Gisela würde sich zukünftig Freifrau von Falkenberg nennen dürfen. Na, dann viel Glück!

Trotzdem fand er es schwer, sich Gisela aus dem Kopf zu schlagen. Er versuchte sogar, sie völlig nüchtern zu betrachten, wie man ein Werkstück beurteilen würde. Denn was zum Teufel war eigentlich an ihr so Besonderes, dass sie dauernd in seinem Geist herumspukte? Sie war nicht einmal eine überragende Schönheit.

Und doch hatte sie etwas Faszinierendes, das er gar nicht beschreiben konnte. Und sie war alles andere als dumm. Das hatte er im Gespräch in jenem Kaffeehaus schnell bemerkt. Vor allem hatte sie Charme. Ja, das ließ sich nicht abstreiten. Sie hatte Charme.

Aber vielleicht war das nur der erste Eindruck gewesen, der sich bei näherer Betrachtung wieder verflüchtigen würde. Eigentlich sollte er sich gar nicht weiter mit ihr beschäftigen. Trotzdem war er entschlossen, am nächsten Sonntag ihrer Einladung zu folgen. Er hatte ja nichts zu verlieren. Und schließlich war dies eine gute Gelegenheit, ihren Vater, diesen Erich Fischer, mal aus nächster Nähe kennenzulernen. Das war sicher einen Besuch wert.

Doch heute war erst Mittwoch. Ewalt traf sich am Abend mit Aaron in einer beliebten Gastwirtschaft, die hauptsächlich von jungen Männern besucht war, von Arbeitern und Studenten. Der Laden war gerammelt voll. Viele trugen Mützen in schwarz-rot-goldenen Farben. Es ging hoch her. Reden wurden gehalten, Parolen gegrölt. Das Bier floss in Strömen.

»Unter dem ganzen Trubel um die Revolution in Paris ist die

Veröffentlichung des Manifests irgendwie untergegangen«, sagte Aaron. »Kaum eine Zeitung hat davon berichtet.«

»Was sagst du?« Ewalt versuchte, den Lärm zu übertönen.

»Das Manifest!«, brüllte Aaron ihm ins Ohr.

»Was für ein Manifest?«

»Na, das der Kommunisten. Ich hab doch davon erzählt.«

»Ach ja. War mir im Moment entfallen.«

Diesmal hielt sich Aaron die Hand ans Ohr. »Was sagst du? Es ist zu laut hier.«

Ewalt beugte sich vor. »Ich hab's vergessen«, rief er, um den Lärm zu übertönen. »Aber im Augenblick gibt's wohl Wichtigeres. Freie Wahlen und eine Verfassung, darauf kommt's jetzt erstmal an.« Er hob seinen Humpen und nahm einen kräftigen Schluck.

Aaron nickte. »Natürlich. Die bürgerliche Revolution ist der erste Schritt. Weitere werden folgen.«

In der Kneipe fingen sie an zu singen. Bekannte Lieder der Burschenschaften. Jetzt verstand man überhaupt kein Wort mehr. Auch ein paar junge Weiber waren unter den Zechenden. Ab und zu hörte man eine vor Lachen kreischen. Der Wirt hatte alle Hände voll zu tun, Bierkrüge zu füllen und über die Köpfe der Menge zu reichen. Einer hatte zu viel getrunken und schaffte es gerade noch bis zur Tür, bevor er sich übergab.

Langsam wurde es etwas ruhiger.

Ewalt beugte sich vor. »Sag mal, Aaron, wollt ihr wirklich den Privatbesitz abschaffen?«

»Nur die Produktionsmittel und das Großkapital. Banken und so. Der Reichtum des Landes soll schließlich allen zugutekommen. Vor allem den arbeitenden Massen. Güter und Werte entstehen schließlich durch ihrer Hände Arbeit, durch ihren Schweiß.«

»Du meinst, die Arbeiter sollen die Fabriken übernehmen.«

»Warum nicht?«

»Aber das ist doch illusorisch.«

»Ist es nicht! Du wirst sehen, es wird so kommen. Denn so wie jetzt kann es nicht weitergehen.«

Ewalt grinste belustigt. Was Aaron da sagte, kam ihm mehr als unwirklich vor. »Du würdest also auch meine Familie enteignen?«

»Wenn nötig, ja!«

Ewalt schüttelte den Kopf. »Aber wozu sollte ich dann weiter Lokomotiven entwerfen? Eines kann ich dir sagen, mein Vorarbeiter ist ein guter Mann, aber ein Ingenieur ist er nicht. Wenn du willst, dass die Arbeiter herrschen, dann wird alles zusammenbrechen. Das kann doch überhaupt nicht funktionieren.«

»Deshalb muss auch der Staat den Arbeitern gehören. Dann gibt es Schulen und Bildung für alle.«

»Mein Gott! Auch noch der Staat. Ist das nicht ein bisschen viel?«

Ewalt fand Aarons Ideen völlig unpraktisch. Und wenn er ehrlich war, auch irgendwie lächerlich. Eine irre Utopie, die es in der Realität nie würde geben können. Arbeiter, die Fabriken kontrollierten, über Produktionsmittel bestimmten und gar über den Staat. Wer dachte sich denn so was aus? Diese Kommunisten träumten wohl. Aber er mochte Aaron. Der hatte einen scharfen Verstand, und es machte Spaß, mit ihm zu diskutieren.

»Am besten zeige ich dir, was wir bei uns eigentlich machen. Wie das so läuft in einer Fabrik. Damit du das mal in der Praxis siehst.«

»Gerne«, sagte Aaron, und sie verabredeten sich für den nächsten Tag.

Sie trafen sich am Nachmittag vor dem Werkstor. Nach einem kurzen Besuch in Geros Büro begann Ewalt, seinen neuen Freund herumzuführen. Aaron war von dem, was er sah, sichtlich beeindruckt, auch wenn er es zuerst nicht zeigen wollte. Die Hitze in der Eisengießerei, wenn das flüssige Metall in die Formen floss, die Männer mit ihren dicken Handschuhen und schweren Lederschürzen, die Walzstraße, auf der der glühende Stahl geformt wurde, der Lärm, der Qualm der Öfen. All das war mehr als beeindruckend. Und die Arbeit sah nicht ungefährlich aus.

»Passieren hier manchmal Unfälle?«, fragte Aaron.

Ewalt nickte. »Gelegentlich schon. Lässt sich nicht immer vermeiden. Vor einem Jahr ist einem eine glühend heiße Schiene auf den Fuß gefallen.«

»Und?«

»Musste amputiert werden. Zum Glück hat er überlebt.«

»Und was wird dann aus so einem Mann?«

Ewalt hob die Schultern. »Keine Ahnung.«

»Findest du das richtig?«

»Was sollen wir denn machen?«

»Ihm vielleicht eine Rente zahlen. Ihr profitiert doch von der Arbeit dieser Männer. Aber ich will dich nicht in Verlegenheit bringen. Gehen wir weiter.«

Aaron stellte eine Menge Fragen, besonders was den Bau von Dampfmaschinen betraf, der in einer anderen Halle angesiedelt war. Hier wurde gehämmert und geschraubt, es wurden Werkstücke zurechtgefeilt und an Drehbänken bearbeitet. Die Schmitt-Werke stellten Dampfmaschinen für die unterschiedlichsten Anwendungen her, als Antrieb für mechanische Webstühle, für Mühlen, Sägewerke, Pumpen, Hammerschmieden und vieles mehr. Aus diesem Fertigungsbereich stammte auch die handwerkliche Erfahrung für Ewalts Projekt, eine moderne Lokomotive.

»Aber die ist ja schon fertig«, sagte Aaron erstaunt und sah sich das schwarze, achträdrige Ungetüm aus der Nähe an. Die Lok stand auf einem Gleisstück, das durch ein Seitentor aus der Halle ins Freie führte.

»Nein, noch nicht«, sagte Ewalt. »Wir haben noch ein paar technische Probleme zu lösen.«

»Und sie hat keinen Schornstein?«

»Doch, natürlich. Wir haben ihn nur noch nicht aufgesetzt. Möchtest du mal auf den Führerstand klettern?«

Aaron fasste nach der Griffstange an der Seite der Kabine, setzte den Fuß auf das Trittbrett und schwang sich hoch in die überdachte Führerkanzel. Kleine, verglaste Bullaugen erlaubten den Blick nach von. Vor ihm die schwere Ofenklappe, rechts und links diverse Hebel, unter den Bullaugen ein paar Druckanzeigen.

»Im Tender wird die Kohle mitgeführt. Und natürlich das nötige Wasser. Der Wassertank ist um den Kohlespeicher herumgebaut.«

»Bist du schon mit der Lok gefahren?«, fragte Aaron, als er wieder heruntergestiegen war.

»Nur ein kurzes Stück. Diese Schienen hier enden nach hundert Metern. Wir müssen noch den Anschluss zum Stettiner Gleis legen. Die Erlaubnis haben wir.«

»Und? Funktioniert die Lok?«

Ewalt lächelte. »Sie funktioniert. Aber wie gesagt, es sind noch einige Probleme zu lösen. Ich hoffe, dass wir in vier oder fünf Wochen eine längere Probefahrt machen können. Wenn du willst, lade ich dich dazu ein.«

Aarons Augen leuchteten plötzlich. »Oh ja! Da wär ich sofort dabei!«

»Also abgemacht.«

»Und da drüben? Was wird dort hergestellt?« Aaron zeigte auf den hinteren Bereich der Maschinenbauhalle.

»Waggons. Aber das haben wir im Moment eingestellt. Du weißt, wir mussten Arbeiter entlassen. Komm, ich zeig dir noch etwas anderes.«

Ewalt führte ihn zu dem Gebäude, in dem die Büros untergebracht waren. In einem kleinen Vorzeigesaal hingen Waffen an den Wänden, Reitersäbel, Bajonette, sogar Vorderladermusketen.

»Das war mal unser Hauptgeschäft«, sagte Ewalt. »Damit hat

alles angefangen. Mein Großvater war Schmiedemeister. Hauptsächlich Messer und Säbel. Später dann auch die Musketen. Die Werkstatt war früher dort, wo jetzt unser Haus steht.«

»Und wie habt ihr das alles finanziert, diese ganzen Einrichtungen?«

»Aus eigenen Mitteln. Alles, was wir verdient haben, haben wir wieder in den Betrieb gesteckt. Selbst unser Haus gehört zur Hälfte der Bank. Da liegt eine Hypothek drauf. Du siehst, wir sind keine reichen Kapitalisten, wie du sie nennst. Alles selbst über Jahre hinweg erarbeitet.«

Aaron grinste. »Aber jetzt willst du der König der Lokomotivenbauer werden.«

»Mach dich nur lustig über mich.«

»Ich mach mich gar nicht lustig. Im Grunde bin ich beeindruckt.«

BEI DEN FISCHERS

Am Sonntag lieh sich Ewalt die Familienkutsche aus, ließ anspannen und fuhr in Richtung Oranienburger Tor. Aber nicht zum Werk, sondern weiter aus der Stadt hinaus, wo auf einem sanften Hügel und mitten in einem kleinen Park das Anwesen der Fischers lag. Mehrere Kutschen standen in der Einfahrt.

Die Schmitts waren berechtigterweise stolz auf ihr schönes, bürgerliches Haus an der Spree. Aber was Ewalt hier zu sehen bekam, war um einiges prächtiger. Fast schon ein Schloss, mit marmornen Skulpturen klassischer Schönheiten entlang der herrschaftlichen Auffahrt und einer breiten Treppe zum säulenflankierten Portal. Das Haus selbst war aus hellem Stein, dreistöckig, mit hohen Fenstern und verspielten Verzierungen entlang des flachen Dachs. Schwierig zu sagen, welcher Stilrichtung man es zuordnen sollte. Die gotisch anmutenden Verschnörkelungen wollten nicht recht zu den klassischen Säulen des Portals passen. Das Haus kam Ewalt ein bisschen vor wie ein opulentes Tortenstück.

An der hohen Flügeltür wartete ein befrackter Diener auf ihn. Ewalt reichte ihm seine Visitenkarte und sagte, er käme auf Einladung der Tochter des Hauses.

»Sehr wohl, mein Herr. Darf ich Ihnen den Mantel abnehmen?«

»Vielleicht hätten Sie auch eine Erfrischung für meinen Kutscher.«

»Natürlich, Herr Schmitt. Ich werde ihn gleich nachher zu uns in die Küche bringen. Da gibt es Kaffee. Und die Köchin hat einen Kuchen für die Angestellten gebacken.«

»Danke. Sehr freundlich.«

Der Mann führte Ewalt zur Doppeltür des Salons, wo er ihn bat, kurz zu warten, und ging voran, um ihn anzumelden.

Der Salon war genauso opulent wie das Haus. Schwere Vorhänge, knöcheltiefe Teppiche, Polstermöbel, in denen man schier versinken konnte, Seidentapeten in dezenten Farben, und an der hinteren Wand ein Kamin, in dem ein Feuer züngelte. Die dunklen Gemälde in ihren vergoldeten Rahmen sollten wohl so etwas wie Tradition und Ehrbarkeit vermitteln, genauso wie die alten, kostbaren Möbel. Aber es war von allem zu viel für Ewalts Geschmack und wirkte insgesamt erdrückend.

Auf den verschiedenen Sitzgelegenheiten saßen mehr als ein Dutzend Gäste. Ein Dienstmädchen in Schwarz mit einer weißen Schürze ging gerade reihum und reichte Torte und Gebäck. Der Diener, der ihn empfangen hatte, steuerte, die Visitenkarte in der Hand, auf eine ältere, etwas korpulente Dame zu, die in einem Lehnstuhl in Kaminnähe saß, beugte sich vor und flüsterte ihr seinen Namen ins Ohr. Etwas irritiert blickte sie zu Ewalt herüber, als frage sie sich, was er hier zu suchen habe.

»Ist schon gut, Mutter«, ließ sich jetzt Giselas schöne Altstimme vernehmen. »Herr Schmitt ist meinetwegen hier.«

Er entdeckte sie an einem der Fenster stehend, wo sie sich mit einem Herrn mittleren Alters unterhalten hatte. Mit einer Entschuldigung ließ sie den Mann stehen und kam auf Ewalt zu, während alle im Salon neugierig herübersahen. Aber nur kurz, dann nahmen sie ihre Gespräche wieder auf. Besucher schienen in diesem Haus zu kommen und zu gehen. Es war wohl nichts Ungewöhnliches.

Strahlend lächelnd streckte Gisela ihm die Hand entgegen. »Wie schön, dass Sie gekommen sind. Ich hatte es fast nicht erwartet.« Ihre eisblauen Augen hielten ihn einen Augenblick gefangen.

»Aber wieso?« Er beugte sich zum Handkuss. »Nachdem Sie mich so herzlich eingeladen haben, wie konnte ich da widerstehen?«

»Na, da bin ich aber froh!«

Gisela sah umwerfend aus in einer hellbeigen, unter dem Busen hochgeschnürten Robe, die bis auf den Boden fiel. Das Kleid war fast ein wenig zu offenherzig für den Geschmack der Zeit, denn es war aus schierer schimmernder Seide und ließ ihre schlanke Figur erahnen, wenn sie sich bewegte. Das aschblonde Haar trug sie diesmal in einem losen Nackenknoten, was ihr ausgezeichnet stand. Um den Hals ein fliederfarbenes Samtband. Seinen bewundernden Blick quittierte Gisela mit einem schalkhaften Augenaufschlag, der ihn verwirrte und erröten ließ.

»Kommen Sie«, sagte sie und hakte sich bei ihm unter. »Ich möchte Sie mit allen bekannt machen.«

Zuerst stellte sie ihn ihrer Mutter vor, die ihn neugierig, aber etwas zurückhaltend musterte, während er ihr die Hand küsste. Gisela schien im Aussehen wenig von ihrer Mutter geerbt zu haben. Vor allem war sie schlanker. Und sie schien auch kein Korsett nötig zu haben.

»So. Sie sind also Gero Schmitts Neffe«, sagte Frau Fischer. »Freut mich, Sie kennenzulernen.« Die Freude war ihrer Miene jedoch nicht anzumerken.

Dann machten Gisela und Ewalt die Runde unter den restlichen Anwesenden. Da waren ein freundlicher Pfarrer und seine Frau, zwei Industrielle mit ihren Damen, ein Professor der Universität und ein junger, etwas schüchtern wirkender Mann, der ihm als Ingenieur im Dienste der Firma vorgestellt wurde. Dann der Herr, mit dem Gisela sich zuvor unterhalten hatte und der sich als Julian Buschardt herausstellte, Fischers gewiefter Anwalt. Nach ihm schüttelte er die Hand eines adeligen Politikers namens Otto von Bismarck, der etwa in seinem Alter sein musste. Ewalt hatte schon von ihm gehört. Königstreu und ein ziemlich scharfer Hund.

»Sie sind also ebenfalls Industrieller«, sagte von Bismarck – ein wenig von oben herab. Er hatte eine näselnde Stimme.

»Ingenieur im Betrieb meiner Familie«, erwiderte Ewalt bescheiden.

»Das ist gut. Preußen braucht tatkräftige Männer, die das Land voranbringen. Was stellen Sie denn her?«

»Hauptsächlich Eisenbahngleise und Dampfmaschinen für den Antrieb von Industrieanlagen.«

»Sehr gut. Die Industrie schreitet voran und bringt dem Land den nötigen Fortschritt.«

Für Ewalt klang das wie die üblichen, nichtssagenden Plattitüden von Politikern.

»Wir bemühen uns, Herr von Bismarck.«

»Ewalt Schmitt war einer der Besten unserer Klasse«, hörte Ewalt jemanden neben sich sagen und erkannte Eberhard von Falkenberg, der ihm freundlich grinsend die Hand hinhielt.

»Na, wie geht es denn so, altes Haus?«, fragte Eberhard.

Sein ehemaliger Kommilitone war mittelgroß, schlank und gutaussehend, wenn man von einigen alten Aknenarben absah, die er unter einem kurzen dunklen Bart zu verstecken suchte. Er hatte sich kaum verändert seit ihrer Studienzeit, hatte immer noch die gleiche steife Haltung und das etwas hochmütig wirkende Lächeln, das oft auf seinem Gesicht lag. Aber vielleicht durfte er sich das leisten. Immerhin war er Freiherr. Oder Baron, wie man auch sagte.

Ewalt schüttelte seine Hand. »Gut, gut! Und dir? Lange nicht gesehen.«

»Mir geht es bestens. Und was treibt ihr Schmitts so? Hast du was Interessantes erfunden? Du warst doch immer so ein Tüftler.«

»Nichts von Bedeutung. Eigentlich nur Verbesserungen an unseren Dampfmaschinen.«

»Und das soll ich dir glauben?«

»Das wirst du wohl müssen.«

Ewalt hatte keine Lust, von Falkenberg einzuweihen, woran

er arbeitete. Schließlich waren sie Konkurrenten. Außerdem hatte er den Kerl nie besonders gemocht. Immer ziemlich ironisch und von sich eingenommen. Warum er jetzt so freundlich tat, war Ewalt ein Rätsel. Vielleicht wollte er ihn aushorchen.

»Heute wird nicht über Maschinen geredet«, sagte Gisela mit Bestimmtheit und fasste Ewalt am Ellenbogen. Sie zog ihn mit sich und blieb vor einem der Sofas stehen, in dem eine ältere, sehr gepflegt aussehende Dame saß. Sie hatte einen gefüllten Kuchenteller in der Linken und wollte ihre Gabel gerade in ein Totenstück stecken.

»Frau von Billung«, sagte Gisela, »darf ich Ihnen Ewalt Schmitt vorstellen, den Juniorchef der Schmitt-Werke? Es ist mir gelungen, ihn zu uns zu locken.«

Ewalts Herz klopfte plötzlich heftig. Olga Freifrau von Billung. Er hatte sie noch nie im Leben gesehen, und doch wusste er genau, wer sie war – seine leibliche Tante.

Auch sie war bei der Erwähnung seines Namens sichtlich zusammengezuckt. Es musste ihr ähnlich gehen, denn sie starrte Ewalt mit weit geöffneten Augen an, als könne sie nicht glauben, ihn plötzlich vor sich stehen zu sehen. Aber sie fing sich schnell wieder, stellte den Kuchenteller samt Gabel auf den Seitentisch, zwang ein vorsichtiges Lächeln auf ihre Lippen und reichte ihm die Hand.

»Freut mich, Ihre Bekanntschaft zu machen, Herr Schmitt. Man hört viel Gutes über Ihr Unternehmen.«

Bevor er antworten konnte, fragte Gisela: »Möchten Sie ein Glas Champagner, Herr Schmitt? Ich hol es Ihnen gern.« Und als Ewalt nickte, eilte sie davon.

Etwas beklommen fragte er sich, ob diese Begegnung arrangiert gewesen war, ob Gisela von seiner Verwandtschaft zu Olga von Billung wusste. Um nicht unhöflich zu sein, blieb ihm nichts anderes übrig, als sich zu ihr zu setzen. »Sie gestatten?«, fragte er und ließ sich nach ihrem Kopfnicken neben ihr nieder.

Die Freifrau beugte sich ein wenig zu ihm herüber. »Sie wissen, wer ich bin?«, fragte sie leise.

»Natürlich. Die Schwester meines Vaters.«

Im Grunde hatte er nicht so steif und zurückhaltend klingen wollen. Aber es fiel ihm schwer, in Gegenwart dieser Frau unbefangen zu bleiben. Seine Mutter hatte immer mit verhaltener Wut über sie gesprochen.

»Ist es Ihnen peinlich, mit mir zu reden?«, fragte Olga.

»Nein, natürlich nicht.«

»Sie sehen aber so aus. Ihre Mutter hat den Kontakt mit uns immer gemieden. Eigentlich schade.«

»Sie sagt, Sie hätten nichts übrig für einen Bastardsohn wie mich.«

Harsche Worte, die Olga zu treffen schienen, denn sie blickte verlegen zu Boden und brauchte eine Weile, bevor sie sich ihm wieder zuwandte. In ihren Augen schimmerte es feucht. Sie seufzte.

»Sie sehen das völlig falsch«, sagte sie. »Ich weiß, Ihre Mutter und ich hatten eine hässliche Auseinandersetzung. Und das tut mir leid. Aber die Billungs sind nicht so schlimm, wie Sie vielleicht denken. Mein Bruder und ich, wir standen uns sehr nahe. Sein Tod war schrecklich für die ganze Familie. Und natürlich ganz besonders für Ihre Mutter. Ich weiß, ich war damals wenig einfühlsam. Junge Menschen sind oft so. Umso mehr freue ich mich, dass aus Ihnen ein so prächtiger Mann geworden ist.« Sie lächelte zaghaft. »Und dass wir uns endlich einmal kennenlernen.«

Ewalt forschte in ihren Augen. Waren das nur höfliche Floskeln? Immer waren die Billungs so etwas wie der Feind gewesen. Eine Einstellung, die sich nicht von heute auf morgen abschütteln ließ. Und doch, in Olgas Miene glaubte er Aufrichtigkeit zu erkennen. Hatten sie sich all die Jahre in ihr getäuscht? Er wusste, dass Olga selbst Kinder großgezogen hatte. Sie musste fünf Jahre älter sein als Mutter, sah aber mit ihrem grau melierten blonden Haar immer noch attraktiv aus. Hatte sein Vater ihr geähnelt? Mutter hatte nichts von ihm, außer ein paar Briefen und diesen seltsamen Säbel. Und den Ring, den sie immer trug.

»Hat Ihr Mann sie nicht begleitet?«, fragte er aus Verlegenheit.

»Mein Mann ist gestorben. Schon vor Jahren.«

»Das tut mir leid.«

»Muss es nicht. Ich bin drüber weg. Sie sollten mich einmal besuchen kommen. Gern auch mit Ihrer Frau Mutter. Vielleicht können wir uns irgendwann mal so benehmen wie eine Familie. Wäre das zu viel verlangt? Was meinen Sie?«

Ewalt wusste nicht, was er sagen sollte. Er fühlte sich von dieser Begegnung überrumpelt. Und Olga merkte es. »Sie müssen sich nicht gleich entscheiden, Ewalt. Darf ich Sie so nennen? Denken Sie einfach darüber nach. Jedenfalls würden Sie einer alten Frau eine große Freude machen.«

»So alt sind Sie doch gar nicht.«

Sie lächelte. »Nett, dass Sie das sagen. Aber die Jahre gehen dahin, und man bereut so manches, das man nicht mehr zurückholen kann.«

Gisela kam mit zwei gefüllten Champagnergläsern zurück. Eines reichte sie Ewalt. »Verzeihen Sie, Frau von Billung. Aber jetzt muss ich Ihnen Herrn Schmitt entführen.«

Ewalt stand auf, nickte Olga kurz zu und ließ sich dann von Gisela in die Nähe des Kamins führen, wo einige Herren, darunter auch der Abgeordnete Bismarck, sich angeregt unterhielten. Natürlich über Politik und die Revolution in Frankreich, das alles überschattende Thema dieser Tage.

»Wo ist eigentlich Ihr Vater?«, raunte er ihr zu.

»Oh, ich glaube, in der Bibliothek. Irgendeine langweilige Besprechung. Eberhard ist auch dabei.« Das erklärte, warum er Giselas Verlobten seit einer Weile nicht mehr gesehen hatte.

»Diese Mannheimer Forderungen sind eine bodenlose Frechheit«, hörte er Bismarck sagen. »Dass die badische Regierung sich das gefallen lässt, ist ein Skandal. Im Grunde begeht der Großherzog damit Verrat am Deutschen Bund und den Karlsbader Abmachungen. Diese Aufrührer gehören ins Gefängnis.«

»Eine lückenlose Unterdrückung ist aber ebenso gefährlich«, sagte Julian Buschardt. »Das könnte am Ende den Kessel zum Platzen bringen, wenn ich das mal so sagen darf. Wie in Frankreich. Ich glaube eher, man sollte behutsam vorgehen.«

»Man kann nur hoffen, dass wir keine französischen Verhältnisse kriegen«, sagte einer der beiden Industriellen, ein Webereibesitzer. »Ich hab schon genug Scherereien mit meinem Arbeiterpack. Dann kann ich den Laden auch gleich dichtmachen.«

Bismarck beugte sich vor und hob mahnend den Zeigefinger. »Meine Herren, da hilft nur eines, und das ist das Militär. Sollten die Liberalen hier in Berlin sich ein Beispiel an Frankreich nehmen und gegen den König rebellieren, dann muss man diese verdammten Demokraten gnadenlos zusammenschießen. Wenn nötig, mit Kanonen. Da bin ich voll und ganz auf der Seite von Prinz Wilhelm.«

»Der König ist zu weich«, sagte der Webereibesitzer. »Sein Bruder ist da schon ein ganz anderes Kaliber.«

»Sie wollen auf unsere Landsleute schießen?«, fragte Ewalt schockiert.

»Ganz genau!«, rief von Bismarck erregt. »So geht man mit Staatsfeinden um. Das ist die einzige Sprache, die sie verstehen. Und wenn der König es nicht tut, dann bewaffne ich, verdammt nochmal, meine eigenen Bauern! Dann geh ich den Radikalen selbst an den Kragen.«

Bismarck sah ziemlich entschlossen aus, ganz so, als ob er es wirklich meinte. Ewalt wollte ihm schon widersprechen, als er Giselas Hand auf der seinen spürte.

»Ich bitte die Herren!«, sagte sie. »So weit ist es doch noch gar nicht. Ich denke, in diesen Tagen sollte man lieber ruhig Blut bewahren.« Ewalt flüsterte sie zu: »Kommen Sie, ich zeig Ihnen den Garten.«

Sie erhob sich, und Ewalt folgte ihr, nicht ohne noch einen neugierigen Blick von Julian Buschardt aufzufangen, der sich wohl wunderte, wieso die Tochter des Hauses so viel Aufhebens um den jungen Schmitt machte.

Gisela öffnete eine der Terrassentüren, und sie schlüpften hinaus ins Freie.

Es war ein schöner Nachmittag und das Wetter für März eigentlich warm genug, so dass man sich das Kaminfeuer im Salon hätte sparen können. Der Garten war weitläufig, in der Mitte eine große Rasenfläche, rechts und links Blumenbeete und im Hintergrund eine Laube. Dahinter begann der Wald.

»Das absurde Gerede geht mir auf die Nerven«, sagte Gisela. »Dieser Bismarck ist der Schlimmste. Ich weiß nicht, warum Vater ihn dauernd einlädt. Er hält ihn für einen kommenden Mann. Dabei ist er ein verrückter Kerl. Er schimpft auf die Radikalen, dabei ist er selbst einer. Auf die Leute schießen! Ist der noch bei Trost? Auf seinem Anwesen ballert er den ganzen Tag mit Flinten und Pistolen herum, hab ich mir sagen lassen. Einmal wollte er frühmorgens zur Jagd. Seine Gäste schliefen noch, da hat er sie mit einem Schuss durchs Fenster geweckt, weil es ihm zu lange gedauert hat, bis sie aus den Federn kamen. Stellen Sie sich so was mal vor! Und das will ein preußischer Abgeordneter sein.«

Sie hatten die Laube erreicht und setzten sich auf eine Bank.

»Ist Ihnen nicht zu kühl in Ihrem dünnen Kleid? Möchten Sie meine Jacke überziehen?«

»Im Gegenteil. Ich bin froh, in der frischen Luft zu sitzen. Es war so stickig da drin. Hier kann man wenigstens atmen. Geht es Ihnen nicht auch so?«

Ewalt nickte. »Es ist schön hier im Garten. Die ersten Strahlen der Frühlingssonne. Sehen Sie mal, da wächst schon der Krokus.«

Gisela lächelte. »Pflücken Sie mir eine Blüte. Die gelbe da. Und die violette.«

Ewalt bückte sich und tat ihr den Gefallen. Sie schnupperte an den Blüten. »Riecht aber nicht besonders.«

»Dann müssen Sie auf die Rosen warten.«

Sie warf ihm einen schalkhaften Blick zu. »Schenken Sie mir dann auch eine?«

Ewalt grinste. »Nur zu gerne. Aber was wird Ihr Verlobter sagen? Überhaupt, wenn er uns hier sitzen sieht?«

»Ich sage ihm einfach, ich hätte Sie entführt. Stimmt doch, oder nicht? Und Sie haben es zugelassen. Also ist es Ihre Schuld.« Sie lachte ausgelassen.

Es war schön, sie lachen zu hören. Er hätte gern seine Hand um ihre Taille gelegt oder ihre Schulter geküsst. Aber das war natürlich undenkbar.

»Im Ernst. Was wird er denken?«

Sie sah ihn an und runzelte plötzlich die Stirn. »Der hat nichts zu denken. Der kann froh sein, wenn er mich heiraten darf.« In ihrer Stimme lag ein geringschätziger, fast verächtlicher Ton. Die Blüten, die Ewalt gepflückt hatte, legte sie achtlos zur Seite.

»Sie klingen aber nicht sehr begeistert.«

Sie holte tief Luft und seufzte. »Nein, nicht sehr.«

Sie kaute einen Augenblick auf der Unterlippe, als müsse sie überlegen, ob sie mehr sagen oder vielleicht doch besser das Thema wechseln sollte. Dabei saß sie angespannt und mit beidseitig aufgestützten Händen auf der Bank – unruhig, fast wie auf dem Sprung.

»Was ist, Gisela? Wenn ich Sie so nennen darf?«

Brüsk wandte sie sich ihm zu, anscheinend nun doch entschlossen, ihm ihre Nöte anzuvertrauen. »Wissen Sie, mein Vater besteht auf dieser Heirat. Er setzt mich unter Druck. Sein Ehrgeiz ist, dass ich in eine adelige Familie einheirate.«

»Und Sie wollen nicht.«

»Nun ja. Ich hab nichts dagegen, mich zu verheiraten. Und Eberhard ist keine schlechte Wahl. Aber ich glaube nicht, dass er mich liebt.«

»Ist Ihnen Liebe denn wichtig?«

»Was für eine Frage! Natürlich! Wichtiger als sein blöder Titel.«

»Vielleicht fällt es ihm schwer, seine Gefühle zu zeigen.«

»Nein!« Sie schüttelte den Kopf. »Nein, er ist ein kalter Hund. Der hat keine Gefühle.« Sie blickte verlegen zu Boden. »Und ich auch nicht für ihn. Das ist nämlich die Wahrheit.«

»Wenn das so ist, dann beenden Sie doch die Sache.«

Sie starrte zu Boden und schwieg eine Weile, als ob sie darüber nachdenken musste. »Das ist leichter gesagt als getan«, sagte sie schließlich.

Ewalt wusste nicht recht, was er sagen sollte. »Verstehen Sie mich nicht falsch. Ich will mich nicht in Ihre Angelegenheiten einmischen. Das steht mir in keinster Weise zu.«

Sie wandte ihm das Gesicht zu. Er starrte auf ihren Mund. »Sie müssen sich nicht entschuldigen. Ich war es ja, die davon angefangen hat. Im Grunde hätte ich Ihnen das gar nicht erzählen sollen. Es ist ja nicht Ihr Problem. Ich weiß nicht, was über mich gekommen ist. Es tut mir leid.« Sie blickte nervös zum Haus hinüber.

»Ich wünschte, ich könnte Ihnen einen besseren Rat geben.«

Sie lächelte. »Schon gut. Reden wir über etwas anderes. Ich war offen mit Ihnen, nun müssen Sie es auch sein.«

»Was möchten Sie wissen?«

»Als ich Ihnen vorhin Freifrau von Billung vorgestellt habe, da hatte ich den Eindruck, als würden Sie beide sich schon kennen. Dabei sahen Sie aber gar nicht glücklich aus. Steckt etwas dahinter? Ein Geheimnis?«

»Sie sind aber neugierig«, sagte er scherzhaft.

Sie nickte. »Schrecklich neugierig. Zumindest, was Sie betrifft. Ich sehe keinen Ring, also sind Sie weder verlobt noch verheiratet.«

»Das stimmt.«

»Ist da sonst eine Frau in ihrem Leben?«

Er lachte. »Nun sind Sie aber wirklich über die Maßen neugierig. Aber um Ihre Frage zu beantworten – außer meiner Mutter gibt es keine Frau in meinem Leben.«

Das schien ihr zu gefallen. Trotzdem sagte sie: »Ich hab ja nur so gefragt. Darauf müssen Sie sich nichts einbilden.«

Ewalt musste schmunzeln. »Natürlich nicht. Wie käme ich dazu?«

»Und grinsen Sie nicht!«

»Zu Befehl!«

Nun musste sie selbst lachen. »Also, was hat es auf sich mit Frau von Billung?«

»Ein Familiengeheimnis.«

»Oh, jetzt machen Sie mich noch neugieriger.«

Er schüttelte den Kopf. »Nein, nein. Das ist zu delikat.« Dabei musste er grinsen. Es machte ihm Spaß, mit ihr zu spielen.

Sie zog einen Schmollmund. »Ich sehe, Sie wollen mich auf die Folter spannen. Das ist nicht nett. Schließlich habe ich Ihnen mein Geheimnis auch verraten.«

»Na gut«, sagte er lächelnd. »Es ist auch nicht wirklich ein Geheimnis. Ich bin der Dame zwar nie zuvor begegnet, aber sie ist meine Tante.«

Gisela machte große Augen. »Ihre Tante?«

»Freifrau von Billungs Bruder ist mein Vater. Er und meine Mutter standen kurz davor zu heiraten, als er in den Befreiungskriegen gefallen ist. Es war sehr tragisch.«

»Oh, mein Gott! Aber wieso …?«

»Wieso wir zu den Billungs keinen Kontakt haben? Das ist eine gute Frage. Aber das ginge jetzt vielleicht zu weit …«

»Dann sind Sie also ein Billung.«

»Nicht wirklich.«

Sie musterte ihn nachdenklich. »Wer hätte das gedacht?«

»Behalten Sie's für sich.«

»Natürlich. Ich schwör's. Und danke, dass Sie mir vertrauen.«

Vielleicht erzählt sie es gleich ihren Eltern oder ihrem Verlobten, dachte Ewalt. Aber sollen sie es doch ruhig wissen. Mutter hatte sich nie für ihren sogenannten Fehltritt geschämt, warum also er?

»Aber jetzt mal im Ernst. Sie haben mich doch sicher nicht in den Garten gelockt, um sich über Frau von Billung zu unterhalten. Warum sitzen wir wirklich hier draußen, fern von der Gesellschaft?«

Gisela holte tief Luft. »Sie haben recht. Es geht um etwas anderes.« Sie sah ihn an. Ihre Miene war besorgt geworden, ihre Augen groß und aufrichtig. Vielleicht ein wenig schuldbewusst. »Ich habe Sie hergebeten, um Sie zu warnen.«

»Mich warnen? Aber wovor?«

Sie zuckte mit den Schultern. »Ich sage es ungern, aber mein Vater kann ein richtiges Scheusal sein. Und ich möchte nicht, dass Sie denken, dass ich so was gutheiße.«

»Ich verstehe nicht.«

»Er hat vor, Ihre Fabrik zu ruinieren. Und was er sich vornimmt, das gelingt ihm auch. Deshalb wollte ich Sie warnen.«

»Uns ruinieren?« Ewalt lachte. »Ich glaube, das versucht er schon seit Jahren. Bisher erfolglos.«

»Sie sollten meine Worte ernst nehmen. Ich hab die beiden nämlich zufällig reden hören, Eberhard und meinen Vater. Eberhard betätigt sich eigentlich gar nicht mehr als Ingenieur. Stattdessen ist er so etwas wie die rechte Hand meines Vaters geworden. Sie hocken ständig zusammen und hecken Dinge aus. Unschöne Dinge.«

»Und wie genau gedenken sie uns zu ruinieren? Ihr Vater hat doch selbst erst eine Menge Arbeiter entlassen. Es scheint seinem Unternehmen nicht so gut zu gehen.«

»Das ist es ja«, erwiderte Gisela. »Er muss etwas tun, um die Firma wieder flottzumachen. Ich kenne meinen Vater. Der greift dann zu allen möglichen Mitteln. Und seit meiner Verlobung ist Eberhard zum Kronprinzen aufgestiegen. Der geht ihm bei allem kräftig zur Hand. Sie müssen wissen, mein Vater hatte sich immer einen Sohn gewünscht. Mein älterer Bruder ist leider schon als Knabe verstorben. Nun scheinen die beiden sich gefunden zu haben.«

»Und deshalb sollen Sie ihn heiraten.«

Sie nickte. »Auch deshalb.«

»Aber ich verstehe immer noch nicht ganz.«

»Mein Vater und Eberhard wissen, woran Sie arbeiten. Dass Sie eine viel modernere Lokomotive bauen, als wir im Angebot haben.«

»Und woher, zum Teufel, wissen sie das?«

»Fragen Sie mich nicht. Ich habe keine Ahnung. Aber sie sind besorgt. Sie fürchten die Konkurrenz. Eberhard ist nämlich kein Genie, was die Ingenieurskunst betrifft. Und der junge Mann, den Sie vorhin kennengelernt haben, auch nicht. Im Grunde hat die Firma seit Jahren nichts Neues mehr entwickelt.«

»Und warum erzählen Sie mir das alles? Ausgerechnet mir?«

»Tja. Das ist die Frage.« Sie sah ihn schuldbewusst von der Seite an. »Sie müssen mich für eine Verräterin halten.«

»Aber nein. Im Gegenteil. Ich bin Ihnen dankbar. Wissen Sie Genaueres? Das wäre nützlich.«

»Nein. Und ich werde auch nicht für Sie spionieren.«

»Natürlich nicht.«

Sie seufzte. »Mein Vater ist mein Vater. Ich will ihn nicht schlechter machen, als er ist. Aber er hat schon öfter Dinge getan, auf die ich nicht gerade stolz bin. Er hat andere Firmen ruiniert oder auch geschluckt. Dabei hat er ganze Familien ins Elend gestürzt. Das gefällt mir nicht. Ich möchte nicht, dass Ihnen das auch passiert.«

»Und warum diese Sorge ausgerechnet um mich? Es könnte Ihnen doch egal sein.«

Sie mied seinen Blick. »Weil ich Sie mag, Sie Dummkopf! Haben Sie das noch nicht gemerkt?«

Bevor Ewalt antworten konnte, hörten sie, wie jemand nach ihr rief. Es war Eberhard, der in der Terrassentür stand. »Gisela! Wo bleibst du denn? Die Gäste verlangen nach dir. Und dein Vater.«

Gisela war rot geworden. »Wir gehen jetzt besser wieder rein«, sagte sie sichtlich nervös und sprang auf.

Auch Ewalt erhob sich und folgte ihr.

Auf halbem Weg blieb sie noch einmal stehen und flüsterte ihm zu: »Treffen Sie mich in dem kleinen Café, wo wir letztens waren.« Sie überlegte kurz. »Am besten am Mittwochnachmittag. So gegen drei.« Dann eilte sie wieder auf das Haus zu.

Erich Fischer war ebenfalls auf die Terrasse getreten. In der Linken hielt er eine noch ungerauchte Zigarre, in der Rechten ein Glas Champagner. Sein kahler Kopf war kugelrund und glänzte wie eine Speckschwarte. Schweißtropfen standen ihm auf der Stirn. Er trug einen schwarzen Frack mit langen Schößen, und auf der weißen Weste, die seinen Wohlstandsbauch kaum zu bändigen schien, hing eine goldene Uhrkette. Seine gewichtige Gestalt ließ Eberhard von Falkenberg daneben blass und unscheinbar aussehen.

»Ah, der junge Herr Schmitt«, rief Fischer und grinste jovial. »Was für eine Ehre, dass Sie uns besuchen!«

Er stellte das Glas auf einem Terrassentisch ab und streckte die breite Rechte vor. Er schüttelte Ewalts Hand, als wollte er ihm den Arm ausreißen. »Wahrhaftig eine Ehre.« Dann tätschelte er Giselas Wange. »Gut gemacht, mein Kind.«

Von Falkenberg, der sich unbeobachtet fühlte, machte ein säuerliches Gesicht. Ewalt war es nicht entgangen. Das ganze Aufhebens um seine Person, besonders Giselas Aufmerksamkeiten, dürfte dem Mann nicht gefallen haben.

Fischer wedelte mit der Zigarre vor Ewalts Nase. »Möchten Sie eine?«

»Nein, danke.«

»Im Haus darf ich nicht rauchen, wissen Sie? Meine Frau erträgt es nicht. Die hier sind von bester Qualität. Ich lasse sie extra anfertigen.« Er holte ein Zigarrenetui aus der Innentasche seines Fracks und hielt es Ewalt hin. »Greifen Sie zu!«

»Danke, aber ich rauche nicht.«

»Na, dann nicht.« Fischer ließ das Etui wieder verschwinden und wandte sich an von Falkenberg. »Hast du mal Feuer?«

»Natürlich.«

Von Falkenberg holte eine flache Schachtel Schwefelhölzer aus der Westentasche. Er zündete eines davon an und hielt Fischer die Flamme hin. Der zog fast gierig an der Zigarre, bis sie gut zu brennen schien. Dann paffte er zufrieden und ließ mit einem Seufzer genüsslich den Rauch entweichen.

»Kubanisches Kraut. Unschlagbar. Sie wissen nicht, was Ihnen entgeht, mein Lieber.«

Ewalt lächelte, sagte aber nichts. Er fand es seltsam, von diesem Mann hofiert zu werden. Hatte Gisela ihn auf Wunsch des Vaters eingeladen? Überhaupt, der ganze Nachmittag fühlte sich unwirklich an. Fast wie gestellt. Sein Treffen mit Olga von Billung, Giselas Eröffnungen, und nun Fischers Schmeicheleien.

»Wie gefällt Ihnen das Haus?«, fragte der jetzt.

Ewalt bemerkte, wie Gisela hinter dem Rücken ihres Vaters leicht die Augen verdrehte, und ihm selbst dann frech zugrinste.

»Sehr schön«, erwiderte Ewalt. »Ein richtiges Schloss.«

»Nicht wahr?« Fischer freute sich über das Lob. »Der beste Architekt von Berlin hat es gebaut. Genau nach meinen Vorstellungen. Und auch innen nur das Feinste. Sie werden es bemerkt haben.«

»Durchaus.«

Fischer nahm einen Schluck aus seinem Glas, stellte es danach wieder hin und paffte zufrieden an der Zigarre. Der unverkennbare Duft kubanischen Tabaks wehte Ewalt um die Nase.

»Gisela, mein Schatz«, sagte Fischer. »Ich glaube, du solltest mal nach den Gästen sehen.«

»Ja, Vater.« Sie warf Ewalt noch einen schwer zu deutenden Blick zu und zog sich dann ins Haus zurück.

»Kommen Sie, gehen wir ein paar Schritte.« Fischer drehte sich kurz zu von Falkenberg um, der ihnen folgte. »Eberhard, ich glaube, unser Gast hat Durst. Hol uns doch noch einen Schluck Champagner.«

Von Falkenberg nickte gehorsam und ging ins Haus. Ewalt fragte sich, ob Fischer vorhatte, allein mit ihm zu sprechen. Doch es dauerte nur einen Augenblick, und von Falkenberg war wieder zurück. Er wollte wohl nichts verpassen. Er sagte, das Dienstmädchen würde gleich etwas bringen, und schloss sich ihnen wieder an.

Zu dritt schlenderten sie über den Rasen.

»Ich bin froh, dass meine Tochter Sie eingeladen hat, Herr Schmitt«, sagte Fischer, »denn ich wollte mich schon lange mal mit Ihnen oder Ihrem werten Herrn Onkel treffen. Wie Sie wissen, ist die wirtschaftliche Lage schwierig, die politische noch verworrener, da sollten wir Fabrikanten zusammenhalten.«

Was zum Teufel sollte das jetzt?, fragte sich Ewalt. Sie blieben stehen, denn das Dienstmädchen kam mit einem Tablett auf sie zu und verteilte gefüllte Champagnergläser.

Fischer hob seines an. »Zum Wohl!« Er trank sein Glas auf einen Zug leer und stellte es dem Mädchen aufs Tablett, bevor sie wieder davoneilen konnte.

»Was meinen Sie mit *zusammenhalten*?« fragte Ewalt und nahm einen vorsichtigen Schluck aus seinem Glas.

Fischer fasste Ewalt am Ellenbogen und schlenderte weiter. »Nun ja, ich meine, wir sollten vielleicht enger zusammenarbeiten, statt uns gegenseitig zu bekämpfen. Die Schmitt-Werke mit ihrem Schienenbau und wir mit unseren Lokomotiven. Gemeinsam könnten wir besser am Markt bestehen. Ja, was sage ich, wir könnten eine marktbeherrschende Position einnehmen. Gerade jetzt ist doch der Zeitpunkt gekommen, die Pflöcke in den Boden zu schlagen. Eisenbahnen, das ist die grandiose Zukunft.«

Ewalt blieb stehen. »Und was schwebt Ihnen da vor?«

»Jetzt hab ich Sie neugierig gemacht, was?« Fischer paffte an seiner Zigarre. In seinen Augen blitzte es verschwörerisch. »Zunächst vielleicht ein Kooperationsvertrag, in dem jeder sich auf sein ganz eigenes Gebiet beschränkt. Sie stellen nur noch Ihre Schienen und Dampfmaschinen her. Und vielleicht auch Ihre Waggons. Und wir liefern die Loks dazu. So kommen wir uns nicht mehr ins Gehege, sondern arbeiten zusammen. Bei gemeinsamen Angeboten könnten wir auf diese Weise bessere Preise herausschlagen und unseren Profit steigern. Was halten Sie davon?«

»Sie wollen den Schienenbau aufgeben?«

»Sagen wir so – ich würde unsere Schienenproduktion herunterfahren. Zu Ihren Gunsten.«

»Aber das tun Sie doch ohnehin schon. Ist das nicht der Grund für Ihre Entlassungen?«

»Ach was!«, konterte Fischer ungehalten. »Das war nur eine Kurskorrektur. Um dem vorübergehenden Engpass in der Auftragslage zu begegnen, nichts weiter.«

»Den Sie nun uns zuschustern wollen. Den Engpass, meine ich. Und Sie behalten dabei das viel lukrativere Lokomotivengeschäft.«

Fischer zuckte unschuldig mit den Schultern. »Wir haben nun mal die Kapazitäten dafür. Wir liefern alle zwei Wochen eine neue Lok. Und man nimmt sie uns mit Kusshand ab.«

»Weil es noch nichts Besseres gibt.«

Das schien Fischer nicht gern zu hören. Etwas irritiert fixierte er Ewalt. »Ich weiß, dass Sie an so was basteln. Aber bilden Sie sich bloß nicht ein, Sie könnten uns den Markt streitig machen. Sie haben doch überhaupt nicht die Produktionsanlagen dafür, selbst wenn Ihre Lok irgendwann fährt. Außerdem sind wir bei den Kunden viel zu gut etabliert. Sie sollten deshalb ernsthaft über mein Angebot nachdenken.«

»Heißt das vielleicht, Sie wollen uns durch die Hintertür übernehmen?«

Fischer sah ihn listig an. »Na ja, vielleicht im zweiten Schritt. Ich will Ihnen da nichts vormachen. Wir sind schließlich wesentlich größer. Und ein solcher Zusammenschluss wäre doch in der Tat ein Vorteil für beide Unternehmen. Glauben Sie nicht?«

Ewalt blickte zu von Falkenberg hinüber, der dabeistand und eifrig nickte. Nun meinte er auch etwas sagen zu müssen: »Wir wären die Nummer eins im preußischen Eisenbahnmarkt, Ewalt. Darüber solltet ihr wirklich nachdenken.«

Und Ewalt dachte nach. Aber nur kurz. Dann schüttelte er den Kopf.

»Ich glaube nicht, dass wir uns dreißig Jahre abgerackert haben, um uns von Fischer & Söhne schlucken zu lassen. Und wenn überhaupt, dann bin ich der falsche Ansprechpartner. Mein Onkel und meine Mutter leiten die Schmitt-Werke, nicht ich.«

»Ach ja, die Frau Hedwig, ihre Mutter«, sagte Fischer. »Mit der ist wohl schwer zu verhandeln, nach dem, was man so hört. Hart wie Stahl. Deswegen reden wir ja mit Ihnen. Und seien Sie mal nicht so bescheiden, junger Freund. Schließlich sind Sie die Zukunft der Schmitt-Werke, hab ich nicht recht?« Er deutete auf von Falkenberg. »Zwei tatkräftige junge Männer, die sogar zusammen studiert haben und sich gut kennen. Was könnte es denn Besseres geben? Ein Siegergespann, würde ich sagen!« Er lachte und schlug dem Schwiegersohn auf die Schulter. »Denken Sie drüber nach, mein lieber Schmitt.«

Aber Ewalt ließ sich nicht überzeugen. »Ich muss Sie enttäuschen, Herr Fischer. Eine solche Zusammenarbeit wird es nie geben. Ich arbeite weiter an dem, was Sie basteln nennen. Und es fährt jetzt schon.« Er verbeugte sich kurz. »Ich danke Ihnen für Ihre Gastfreundschaft, aber ich sollte jetzt besser gehen. Meine Verehrung für die Frau Gemahlin und für Ihre reizende Tochter.«

Er drückte von Falkenberg sein leeres Glas in die Hand und ließ die beiden stehen.

Was für ein seltsamer Nachmittag, dachte Ewalt auf dem Heimweg. Zum ersten Mal in seinem Leben war er jemandem aus der Familie seines Vaters begegnet. Seiner leiblichen Tante. Und dies völlig unerwartet. Er war in keiner Weise darauf vorbereitet gewesen und war sich auch jetzt noch nicht im Klaren, wie er damit umgehen sollte. Das musste man erst verdauen. Hatte er sich dumm verhalten?

Unsympathisch war sie ihm jedenfalls nicht gewesen. Sicher war auch Mutter schuld an der jahrelangen eisigen Distanz zwischen den Familien, und vielleicht war es tatsächlich an der Zeit, dieses Eis zu brechen und die Billungs näher kennenzulernen.

Und dann das Gespräch mit Erich Fischer auf dem Rasen seiner pompösen Villa. Das Haus passte zu dem Mann. Geschmacklos und übertrieben, mehr Schein als Sein. Aber vielleicht tat er ihm unrecht, denn Fischer hatte sich mit Geschick hochgearbeitet und ein großes Unternehmen aufgebaut. Das musste man anerkennen. Aber was sollte dieses unverhohlene Übernahmeangebot? Erwartete der Mann tatsächlich, dass sie darauf eingingen?

Noch mehr hatte ihn das Gespräch mit Gisela aufgewühlt. Er wusste nicht so recht, was er davon halten sollte. War sie ehrlich zu ihm gewesen? Oder war das Ganze inszeniert und Teil der Strategie ihres Vaters? Sollte sie ihm mit ihrer Warnung im Grunde drohen? Und gleichzeitig machte Fischer selbst ein freundliches Übernahmeangebot oder schlug zumindest Gespräche in diesem Sinne vor? Aber nein, ein solches Falschspiel traute er Gisela nicht zu. Sie hatte es ehrlich gemeint, davon war er überzeugt. Sonst müsste sie die beste Schauspielerin der Welt sein.

Vielmehr beschäftigte ihn ihr Bekenntnis über die anscheinend so ungeliebten Heiratspläne. Wieso hatte sie ausgerechnet ihm das anvertraut, wo sie sich doch kaum kannten? Oder war es spontan aus ihr herausgeplatzt? So hatte es sich jedenfalls angehört. Am Ende hatte sie gesagt, dass sie ihn warnen wollte, weil sie ihn mochte. Er solle sich aber nichts darauf einbilden. Oder vielleicht doch?

Ihre Worte hatten etwas in ihm berührt und Widerhall gefunden. Er konnte das Bild nicht loswerden, wie sie da im Schein der Frühlingssonne neben ihm auf der Bank gesessen hatte. In diesem wunderschönen Kleid. Die weiße, makellose Haut ihres Nackens zum Berühren nahe. Er hatte immer noch den Duft ihres Parfüms in der Nase.

Gleichzeitig ermahnte er sich, nicht zu viel darauf zu geben. Diese Frau war nichts für ihn. Sich in Erich Fischers Tochter zu verlieben wäre sicher das Blödeste, was er tun konnte. Gerade in ihrer Lage als Konkurrenten. Ob sie mit ihrer Verlobung unzufrieden war oder nicht, ging ihn nun wirklich nichts an. Von Falkenberg schien jedenfalls bei ihrem Vater fest im Sattel zu sitzen. Und außerdem war er ein Studienkamerad, dem man nicht die Frau ausspannte. Auch das musste man respektieren. Egal, ob er diesen Falkenberg mochte oder nicht.

Dennoch würde er die Verabredung mit ihr einhalten. Besonders nachdem ihr Vater dieses Angebot gemacht hatte. Schon allein, um darüber noch mehr von ihr zu erfahren. Das war seine Rechtfertigung, auch wenn er sich dabei ein wenig unwohl fühlte. Trotzdem, Mittwochnachmittag im gleichen Kaffeehaus in der Nähe des Stettiner Bahnhofs, das hatte sie vorgeschlagen. Und er würde da sein.

Als Ewalt heimkam, fand er seine Mutter und Jakob Grünbaum in ein Gespräch vertieft am Kamin sitzen. Sie fuhren hoch, als er eintrat, als hätte er sie bei etwas ertappt.

»Ich will nicht stören«, sagte er sofort und wollte sich schon in sein Zimmer zurückziehen.

Jakob erhob sich. »Oh nein, du störst ganz und gar nicht.« Jakob und Ewalt duzten sich inzwischen. »Es wird ohnehin Zeit, dass ich gehe.«

»Aber Jakob«, sagte Hedwig. »Bleibst du nicht zum Abendessen? Wir haben natürlich nichts Koscheres, aber …«

»Auf Koscheres kann ich verzichten. Du weißt doch, ich bin nicht strenggläubig.«

»Na, dann bist du herzlich eingeladen.«

Beim Abendessen begann Ewalt von seinem Besuch bei den Fischers zu erzählen. Als Erstes berichtete er von seinem Treffen und dem Gespräch mit Olga von Billung.

Hedwig war davon gar nicht angetan. »Ach, und plötzlich will sie dich kennenlernen. Kaum zu glauben nach all den Jahren. Schließlich hätte sie das ja auch schon früher haben können.«

»Und hättest du's erlaubt, Mutter?«

Gero grinste. »Ich glaube kaum. Deine Mutter hat dich so eifersüchtig behütet wie eine Wölfin ihr Junges.«

»Kennenlernen schadet ja nichts«, meinte Ute. »Und die Leute sind doch reich, oder?«

»Ich pfeife auf ihren Reichtum«, entgegnete Hedwig.

»Ich würde aber gern mal sehen, wie die so leben«, sagte Trude. »Haben die nicht ein großes Haus Unter den Linden?«

Hedwig schüttelte irritiert den Kopf. »Ich weiß nicht. Dreißig Jahre lang haben sie sich nicht für uns interessiert. Und jetzt will sie plötzlich auf Familie machen?«

»Vielleicht ist es an der Zeit, Mutter«, sagte Ewalt.

Jakob tätschelte Hedwigs Hand, die auf dem weißen Tischtuch lag. »Irgendwann heilen die schlimmsten Wunden, meine

Liebe. Und wenn Olga die Hand ausstreckt, solltest du sie ergreifen.«

Sie warf ihm einen gereizten Blick zu, erwiderte aber nichts. Stattdessen entzog sie ihm ihre Hand und wandte sich an ihren Sohn. »Und was gibt es noch von den Fischers zu berichten?«

»Erich Fischer hat uns ein Freundschaftsangebot gemacht. Aber ein vergiftetes. Ich habe gleich abgelehnt.«

Gero beugte sich vor. »Ein Angebot? Nun erzähl schon!«

Ewalt berichtete haarklein von dem Gespräch auf dem Rasen. Alle hörten aufmerksam zu. Nur ab und zu unterbrach ihn Gero mit einer Frage.

»Du hast richtig gehandelt«, sagte er, als Ewalt geendet hatte. »Eine Zusammenlegung beider Firmen hätte durchaus Vorteile, aber niemals unter Vorsitz dieses Schlitzohrs. Dann könnten wir nämlich gleich die Schlüssel abgeben.«

»Ich wundere mich«, sagte Ewalt, »wieso die wissen, woran ich arbeite. Wir haben es doch bis jetzt geheim gehalten.«

Gero zuckte mit den Schultern. »Der Falkenberg kennt dich doch, wie du sagst. Der weiß, dass du dich für Eisenbahnen interessierst. Schließlich warst du sogar in England. Den Rest können sie sich zusammenreimen. Und vielleicht haben sie einen Arbeiter bei uns eingeschmuggelt. Wie auch immer, so was lässt sich nur schwer geheim halten. Und sobald deine Lok in der Öffentlichkeit ist, werden sie sich das Ding anschauen und kopieren. Darauf kannst du dich verlassen.«

»Die Tochter sagt, sie hätten seit Jahren nichts Neues entwickelt.«

»Ich denke, der Fischer steckt in größeren Schwierigkeiten, als er zugibt«, sagte Hedwig. »Die Bankiers sagen natürlich nichts, aber es wird von Darlehen gemunkelt, die ihn drücken.«

»Vielleicht spielt er ein doppeltes Spiel«, sagte Ewalt. »Seine Tochter hat mir nämlich noch was anderes erzählt. Dass er vorhat, uns zu ruinieren.«

Gero grinste spöttisch. »Ist schon klar. Wenn es mit der freundlichen Übernahme nicht klappt, dann versucht er auf andere Weise, uns aus dem Markt zu drängen. Aber es wundert mich, dass seine Tochter dir so was erzählt. Bist du sicher, dahinter steckt kein Trick?«

»Sie meinte, sie möchte nicht, dass ihr Vater bei uns seine üblen Machenschaften anwendet. Sie kennt das nämlich schon und kann es nicht gutheißen. Ich muss sagen, ich glaube ihr.«

»Soso, du glaubst ihr«, sagte Jakob und lachte in sich hinein.

Auch Hedwig warf ihrem Sohn einen misstrauischen Blick zu. »Hat die etwa ein Auge auf dich geworfen? Bahnt sich da was an?«

»Aber Mutter! Wie kommst du darauf?«

»Und jetzt bist du auch noch rot geworden.«

»Siehst du, Ewalt«, sagte Gero. »Wie eine Wölfin, die ihr Junges verteidigt.« Und an seine Schwester gewandt: »Sei nicht so misstrauisch, Hedwig. Sie ist keine Gefahr. Nur eine junge Frau.«

»Bei den Fischers weiß man nie, was die im Schilde führen.«

Gero stieß seinen Neffen an und grinste frech. »Ist sie wenigstens hübsch, Ewalt? Uns kommen nur hübsche Weiber ins Haus. Das weißt du hoffentlich.«

Ewalt musste lachen. »Hübsch genug, du alter Bär.«

»Na hör mal!« Ute warf ihrem Mann einen entrüsteten Blick zu. »Was sind denn das für lüsterne Reden?«

»Wir wollen doch nur wissen, ob unser Ewalt sich verknallt hat«, verteidigte sich Gero.

»Hört auf, mich zu verhören«, erwiderte Ewalt. »Da ist gar nichts. Sie hat mir nur erzählt, dass sie keine Lust hat, diesen von Falkenberg zu heiraten. Der steckt übrigens mit dem Fischer unter einer Decke. Und sie möchte nicht, dass die beiden irgendeine Sauerei gegen uns aushecken. Was Genaues weiß sie nicht, aber wir sollen uns vorsehen.«

»Ziemlich anständig von dem Mädel«, meinte Gero. »Der Fischer hat nämlich einiges auf dem Kerbholz. Der hat Lieferanten um ihr Geld gebracht, Verträge gebrochen und kleinere Betriebe aus dem Geschäft gedrängt. Wegen dem ist schon so mancher in den Konkurs gegangen.«

Hedwig runzelte die Stirn. »Dann frage ich mich ernsthaft, was sie vorhaben.«

»Die könnten uns Lieferanten abspenstig machen. Dann säßen wir auf dem Trockenen.«

»Vielleicht sollten wir nachts Wachen aufstellen«, schlug Ewalt vor.

»Du meinst Sabotage?« Gero schüttelte den Kopf. »Nein, so weit wird der Fischer nicht gehen. Er ist ein Schlitzohr, aber etwas so eindeutig Kriminelles trau ich ihm nun doch nicht zu.«

Hedwig hatte immer noch die Sache mit Gisela im Kopf. »Wieso erzählt dir das Mädchen eigentlich von ihrer Verlobung und dass sie keine Lust auf diese Ehe hat? Ist doch für die Fischers ideal, in eine adelige Familie einzuheiraten. Sie steigen gesellschaftlich auf.«

»Frag nicht so viel, Hedwig«, sagte Gero. »Das geht uns gar nichts an. Das Mädel ist erwachsen und dein Sohn schließlich auch.«

»Darauf lasst uns anstoßen!« Jakob hob sein Glas, und die anderen leisteten ihm Folge. »Trinken wir auf Ewalt. Und auf Hedwig, unsere Löwin. Und überhaupt, auf die ganze Familie!«

Alle lachten fröhlich und stießen an.

»Übrigens, Ewalt«, fügte Jakob noch hinzu. »Ich möchte mich noch bei dir bedanken, dass du Aaron durch das Werk geführt hast. Er fand es sehr interessant.«

»Gern geschehen.«

DER EINBRUCH

Am Montagabend erschienen Sonderausgaben der *Vossischen* und der *Spenerschen*. Die Zeitungsjungen liefen mit ihren Karren durch die Straßen und brüllten jedem, der vorbeikam, die Schlagzeilen entgegen: »Heidelberger Versammlung!«, »Aufruf zum Vorparlament!«, »Heidelberger Versammlung!«

Anscheinend hatten sich etwa fünfzig liberale und demokratische Politiker am Sonntag in Heidelberg getroffen, um das Datum für ein sogenanntes Vorparlament zu bestimmen, das Ende März in der Frankfurter Paulskirche zusammenkommen sollte. Dieses Vorparlament sollte die Grundlagen und die Regeln für die Wahl eines nationalen, gesamtdeutschen Parlaments festlegen. Und zwar in Zusammenarbeit mit den Fürsten. Jakob Grünbaum hielt es in seinem Artikel in der *Spenerschen* allerdings für fraglich, ob die Fürsten wirklich Abgeordnete schicken würden. Denn ein gesamtdeutsches Parlament lag nicht in ihrem Interesse.

Tags darauf, am Dienstag, gab es wieder aufregende Neuigkeiten. Diesmal eher verstörende, denn es wurde von massiven Unruhen in München berichtet. Zu wahren Straßenschlachten mit der Polizei sei es gekommen. Wobei es dort nicht nur um Demokratie und nationale Einheit ging, sondern auch um den Lebenswandel des bayerischen Königs. Der Skandal um Ludwigs Mätresse Lola Montez hatte ungeahnte Ausmaße angenommen und empörte ganz Bayern. Nicht nur, dass der König für seine Geliebte haufenweise Geld aus dem Fenster warf, er hatte sie auch noch in den Adelsstand erhoben. Und die junge Dame, eine Tänzerin aus Schottland, benahm sich, als ob ihr ganz München gehörte. In

Sprechchören hatten die Demonstranten die Abdankung des Monarchen verlangt.

»Erstaunlich, wie ältere Männer sich wegen eines jungen Weibs so lächerlich machen können«, sagte Hedwig.

»Das soll's geben«, meinte Gero und lachte.

»Der Aufstand in München beunruhigt mich mehr als eine Lola Montez«, sagte Ute. »Ich frage mich, ob es hier auch bald losgeht. Letztens war ich auf dem Markt und hab zufällig ein paar junge Männer reden hören. Die haben von Straßenkampf gesprochen. So wie in Paris. Als wär es das Erstrebenswerteste der Welt. Den König wollten sie aus dem Palast verjagen, sagten sie, und alles zu Klump hauen. Das macht mir richtig Angst.«

Gero wiegelte ab. »Ach was. Der deutsche Michel ist zu behäbig für Aufstände.«

»Oder zu folgsam«, ergänzte Ewalt mit einem Grinsen. »Sind wir nicht das Land der braven Untertanen?«

»Na, ich weiß nicht«, sagte Jakob, der nach dem Abendessen auf ein Bier hereingeschaut hatte. »So brav ist der Michel nicht. Heute Nachmittag war ich im Tiergarten, wo die Vergnügungslokale sind. Da haben sich heute nämlich die Oppositionellen versammelt. Mehr als sechshundert Leute waren da. Ich musste noch einen Bericht verfassen, der morgen erscheinen wird.«

»Um was ging's denn?«, fragte Gero.

»Es wurde viel geredet, aber am Ende hat man sich auf einen Forderungskatalog geeinigt. Man will eine Verfassung durchsetzen, die die Meinungs- und Pressefreiheit und die Versammlungsfreiheit garantiert.«

»Hier in Preußen?«

Jakob nickte. »Dazu noch eine Amnestie für alle politischen Gefangenen, eine Reduzierung des stehenden Heeres, Volksbewaffnung und Wahlrecht für alle.«

Gero schüttelte den Kopf. »Schön wär's! Aber die machen sich was vor. Der König wird das nie akzeptieren.«

»Ich kriege bei uns in der Redaktion mehr mit als ihr. Das meiste dürfen wir gar nicht drucken. Aber ich sage euch, da braut sich was zusammen.«

Morgens nahmen Gero und Ewalt meist gemeinsam die Droschke der Familie, um zum Werk zu fahren. Doch am Mittwoch machte Ewalt sich schon sehr früh und zu Fuß auf den Weg. Da er am Nachmittag mit Gisela verabredet war, wollte er heute seinen Tag schon früher anfangen. Als er gegen sieben das Fabrikgelände betrat, bot sich ihm das gewohnte Bild geschäftiger Männer, denn die Arbeit im Werk begann für gewöhnlich bereits um sechs Uhr in der Früh.

Aber gleich merkte er, dass etwas nicht stimmte. Eine Traube Neugieriger stand vor den Büros. Schulze, der große Vorarbeiter, kam ihm gleich entgegen, als er ihn sah.

»Schlechte Nachrichten, Herr Schmitt. Et is' eenjebrochen worden.«

»Was sagst du da?«

Ewalt drängte sich zwischen den Männern hindurch. Tatsächlich. Die Tür zu den Büros war mit einem Stemmeisen aufgebrochen worden. In Höhe des Schlosses waren Rahmen und Tür ziemlich beschädigt. Holzsplitter lagen auf dem Boden. Die Tür selbst hing halb offen in den Angeln.

»Ick weeß nich', wie's drinnen aussieht«, sagte Schulze. »Bin nich' reinjegangen.«

Die Büros zu betreten war der Belegschaft streng verboten. Schließlich gab es hier vertrauliche Unterlagen. Und in einem Panzerschrank Geld für laufende Ausgaben. Ewalt zog die beschädigte Tür auf und betrat die Räume.

Es wurde gleich deutlich, dass hier jemand ziemlich gewildert hatte. Vor allem in Ewalts Zimmer. Schreibtischschubladen lagen am Boden, Schränke, in denen er Zeichnungen aufbewahrte und die er üblicherweise verschlossen hielt, waren aufgebrochen und der Inhalt im Raum verstreut. Jemand musste in aller Hast alles herausgekehrt und durchwühlt haben.

Auch bei Gero und in den Räumen der Buchhalter sah es wüst aus. Allerdings hatte man die Schränke mit den Rechnungen und anderen Verwaltungsunterlagen nur oberflächlich durchsucht. Geros Unterlagen zu Einzelheiten seiner Dampfmaschinen lagen ebenfalls verstreut herum, aber ob etwas fehlte, war im Augenblick noch nicht klar. Bei Ewalt allerdings schon.

»Die haben nach Zeichnungen meiner Lok gesucht«, sagte er wütend, als etwas später sein Onkel eintraf. »Einige Detailzeichnungen fehlen.«

»Bist du sicher, die waren nur hinter Zeichnungen her?«

»Am Panzerschrank hat sich niemand versucht. Auch sonst scheint nichts gestohlen zu sein. Ob in der Buchhaltung etwas fehlt, müssen wir später sehen. Hauptsächlich haben sie mein Zimmer durchwühlt. Da ist einiges verschwunden.«

»War Wichtiges darunter?«

»Zum Glück nicht. Ich hab ja an allem zu Hause gearbeitet. In den Schränken lagen hauptsächlich Pläne von den Waggons. Und in den Schreibtischschubladen ein paar Zeichnungen für einzelne Werkstücke der Lok. Die sind jetzt weg. Aber ohne den Gesamtplan kann man daraus nicht sehr viel ersehen.«

»Gott sei Dank! Wer, denkst du, steckt dahinter? Die Fischers?«

»Wer sonst?«

»Vielleicht hast du recht, aber wir können nicht sicher sein. Beweisen können wir schon gar nichts. Die Einbrecher scheinen jedenfalls keine Spuren hinterlassen zu haben.«

»Es passt aber zu Giselas Warnung.«

»Du meinst, weil du den Fischer hast abblitzen lassen, hat er jetzt auf diese Weise zugeschlagen?«

»Wer sonst sollte sich für meine Zeichnungen interessieren?«

Ewalt hob einen umgefallenen Stuhl auf und ließ sich darauf nieder. »Aber ich muss sagen, ich bin schockiert. Schreckt der Mann denn vor nichts zurück?«

»Ab jetzt werden wir einen Wachdienst einrichten«, sagte Gero.

»Wir müssen die Polizei verständigen.«

Gero schüttelte den Kopf. »Lieber nicht. Wir können nichts beweisen. Und wir sollten auch kein Aufhebens um die Sache machen. Sonst kriegen wir noch die Zeitungen an den Hals. Schlecht fürs Geschäft.«

»Du willst das einfach so auf sich beruhen lassen?«

»Du hast doch selbst gesagt, es ist nichts Wichtiges gestohlen worden. Wir stellen ein paar Wachen ein, am besten mit Hunden, und sichern das Werk.« Gero ging zur Tür und rief Schulze zu sich. »Schick mal einen Mann zu unserem Schreiner. Er soll kommen und die Tür reparieren. Und die aufgebrochenen Schubladen.«

»Mach ick, Chef.« Schulze drehte sich um und scheuchte die neugierigen Männer weg. »Da jibt's nix zu gaffen. Los, an die Arbeit!«

Gisela ließ auf sich warten. Ewalt war unruhig. Seine Hand lag neben der leeren Kaffeetasse auf dem Tisch. Ab und zu trommelte er nervös mit den Fingern. Vielleicht kam sie ja nicht. Und vielleicht war das auch besser so. Denn wenn wirklich ihr Vater oder ihr Verlobter hinter dem Einbruch steckte … Nun, Ewalt würde sich in ihrer Gegenwart beherrschen müssen, denn er war immer noch wütend.

Das Kaffeehaus lag an einer belebten Straßenecke. Es war nett eingerichtet mit freundlicher Bedienung, aber ansonsten nicht besser als viele ähnliche Etablissements in Berlin. Ewalt und Gero kamen gelegentlich her, denn es gab mittags eine kleine Auswahl schneller Gerichte.

Der Kellner näherte sich. »Noch einen Kaffee, der Herr?«

»Nein, danke.«

Der Kellner entfernte sich wieder. Ewalts Geduld war langsam zu Ende. Eine halbe Stunde hatte er jetzt schon auf sie gewartet. Sie kam wohl nicht mehr. Er langte in die Westentasche, fischte ein paar Münzen heraus und legte sie auf den Tisch.

Er wollte schon seinen Mantel nehmen, als die Tür aufging und Gisela hereingestürmt kam. Mit ihrem Hut, dem teuren Mantel und ihrem um die Schultern geworfenen Schal sah sie mehr als beeindruckend aus. Alle Gäste – die meisten waren Männer – starrten zu ihr hinüber. Sie musste hergeeilt sein, denn ihre Wangen glühten. Sie sah sich suchend um, entdeckte Ewalt in seiner Ecke und kam schnurstracks auf ihn zu.

»Ich bin spät dran. Es tut mir so leid!«

Ewalt erhob sich, half ihr aus dem Mantel und gab dem Kellner ein Zeichen. Gisela bestellte heiße Schokolade und Ewalt einen zweiten Kaffee. Der Kellner fragte, ob die Herrschaften ein Stück von der Torte des Hauses wünschten, aber beide verneinten. Der Einbruch hatte Ewalt gründlich den Appetit verdorben, und Gisela behauptete, sie käme gerade erst vom Mittagessen. Sie schlug die Beine übereinander. Unter dem langen Rock wurden Stiefeletten aus weichem Leder sichtbar.

»Verwandtschaftsbesuch.« Sie verdrehte vielsagend die Augen. »Sie wissen, wie das ist. Ich konnte mich nicht früher loseisen. Tut mir leid.«

»Das sagten Sie schon«, erwiderte Ewalt merklich kühl.

»Was?«

»Dass es Ihnen leidtut.«

Erstaunt sah sie ihn an. »Ist was?«

»Das kann man wohl sagen.«

»Weil ich mich verspätet habe?«

»Weil bei uns eingebrochen wurde. In der Fabrik.«

Sie hob die Brauen. »Eingebrochen? Aber wieso?«

»Das wollte ich gerade Sie fragen.«

»Mich ...?« Ihr Gesicht war eine einzige Verwirrung.

Der Kellner tauchte auf und stellte das Bestellte auf den Tisch. Dazu ein Kännchen Rahm und eine Zuckerdose. »Bringen Sie mir noch einen Cognac«, sagte Ewalt. »Ich glaube, den kann ich gebrauchen.«

Gisela hatte sich wieder gefangen. »Na, jetzt erzählen Sie mal der Reihe nach. Ich versteh nämlich gar nichts.« Sie rührte noch etwas Zucker in ihre Schokolade, leckte den Kaffeelöffel ab und schenkte ihm ein allerliebstes Lächeln.

Der Kellner brachte den Cognac. Aber Ewalt schob das Glas beiseite. Warum zum Teufel hatte er Cognac bestellt? Wohl nur aus Verlegenheit, denn er mochte das Zeug gar nicht.

»Letzte Nacht ist jemand in unsere Büros im Werk eingebrochen und hat Zeichnungen von mir gestohlen.«

Sie runzelte die Stirn. »Zeichnungen? Sie zeichnen?« Offensichtlich wusste sie nicht, was er meinte.

»Zeichnungen von Werkstücken meiner Lok. Jedes einzelne Teil einer Maschine muss entworfen und gezeichnet werden. Im richtigen Maßstab. Damit die Arbeiter es genauestens anfertigen können.«

»Ach so. Das wusste ich gar nicht. Wie interessant! Aber warum sollte jemand ...?« Sie stockte, schien plötzlich zu verstehen. »Sie meinen, man will Ihre Erfindung stehlen?«

»Nichts anderes steckt dahinter.«

»Aber wer sollte so was tun?«

»Na, wer wohl? Haben Sie mir nicht erzählt, Ihr Vater will uns ruinieren?«

»Sie meinen ...?« Sie sah ihn mit großen Augen an. »Denken Sie etwa, mein Vater hat etwas damit zu tun?«

Ewalt beobachtete genau ihr Gesicht. War ihr Erstaunen gespielt? War es echt? »Ja, genau das denke ich«, sagte er grimmig.

»Du meine Güte!« Gisela schien wie vom Donner gerührt. »Das kann ich mir gar nicht vorstellen. Oder doch?« Sie schüttelte ungläubig den Kopf. »Aber das wär ja ein Fall für die Polizei.«

»Da haben Sie recht.«

»Die Polizei!«, rief sie erschrocken. »Sehen Sie mich nicht so misstrauisch an! Wollen Sie mich etwa verhören lassen? Ich weiß doch von gar nichts.« Es klang wie ein Hilferuf.

»Nein, keine Sorge. Wir werden nicht zur Polizei gehen. Was da entwendet wurde, hat ohnehin wenig Wert. Da haben wir nochmal Glück gehabt.«

Gisela langte spontan über den Tisch und griff nach seiner Hand. »Sie denken doch wohl nicht, dass ich etwas gewusst haben könnte? Ich meine, wenn wirklich mein Vater dahinter stecken sollte.«

»Und Ihr Verlobter.«

Sie ließ seine Hand wieder los. »Eberhard?«

»Ja, vielleicht.« Ewalts Wut hatte sich ein wenig gelegt. Und auch sein Misstrauen ihr gegenüber. Besonders nach ihrer schockierten Reaktion. »Nein, ich glaube nicht, dass Sie etwas gewusst haben. Es tut mir leid, wenn ich diesen Eindruck erweckt habe.«

Sie legte sich die Hand aufs Herz und seufzte erleichtert. »Da bin ich aber froh. Sehr froh.« Sie starrten einander schweigend an. »Wissen Sie auch, warum?«, fragte sie schließlich. »Es wäre schrecklich, wenn Sie mir eine solche Falschheit zutrauen würden. Weil mir nämlich etwas an Ihnen liegt. Ich weiß, ich sollte das nicht sagen. Aber nun sage ich es doch.« Sie senkte den Blick auf ihre Tasse. »Ich hatte gehofft, dass wir Freunde sein könnten.«

Ewalts Herz schlug heftiger. »Wirklich?«

Sie blickte zu ihm auf und nickte. Für einen Augenblick war

der ganze Ärger über den Diebstahl vergessen, und Ewalt sah nur noch ihre hellen Augen, die die seinen mit einem Ausdruck von Hilflosigkeit gefangen hielten. Oder war es Zärtlichkeit? In jedem Fall verstörend.

Sie fuhren auseinander, als der Kellner dazutrat und fragte, ob sie noch etwas wünschten. Sie verneinten. Der Mann entfernte sich.

»Trinken Sie denn nicht Ihren Cognac?«, fragte Gisela.

»Nein. Weiß gar nicht, warum ich den bestellt habe.«

»Na dann. Ich glaube, nach dem, was Sie mir da erzählt haben, könnte ich einen gebrauchen.«

Sie hob das Glas und nahm einen kräftigen Schluck. Als ihr der Alkohol in der Kehle brannte, schüttelte sie sich. »Brrrh! Was für ein Zeug! Das ist ja zum Abgewöhnen.« Angewidert schob sie das Glas weg.

Ewalt lachte. »Man soll es ja auch nicht so runterkippen.«

Sie schüttelte sich nochmal. Dann beugte sie sich vor und sah ihn aufmerksam an. »Und was gedenken Sie jetzt zu tun?«

»Sie meinen, außer Ihren Verlobten zum Duell zu fordern?«

Das brachte sie zum Lachen. »Das wär was! Aber Vorsicht. Er hat Fechtunterricht genommen.«

»Und ich kann gut schießen. Ich war bei den Grenadieren.«

Sie grinsten sich gegenseitig an. Wie zwei Verschwörer. »Ich hab ziemlichen Ärger bekommen«, sagte sie. »Wegen Ihnen.«

»Mit Eberhard?«

»Mit dem auch. Aber hauptsächlich mit meinem Vater. Wieso ich dazu käme, die ganze Zeit mit Ihnen zu turteln. Und dann auch noch im Garten. Vor allen Leuten.«

»Ich hatte Sie gewarnt, dass das nicht gut ankommt.«

Sie grinste schalkhaft. »Aber ich würde es wieder tun.«

»Mein liebe Gisela, Sie schießen ständig Brandpfeile auf mich ab. Und das tut meinem Herzen gar nicht gut.« Er hielt es für besser, das Gespräch leicht und scherzhaft zu halten.

»Bin ich denn so treffsicher?«, fragte sie mit schelmischem Augenaufschlag.

»Ungemein treffsicher. Ich brenne schon! Merken Sie das nicht?«

Sie lachte ausgelassen.

»Und dann ist da noch Ihre Stimme.«

»Was soll denn mit meiner Stimme sein?«

»Die jagt mir Schauer über den Rücken.«

»Na sowas!« Sie lachte noch mehr. »Dann lassen Sie uns ein Glas Wein bestellen. Damit können wir das Feuer löschen. Oder wenigstens auf den brennenden Ewalt trinken.«

Das Gespräch hatte sich völlig gewandelt. Von seiner Wut über den Einbruch zu diesem fröhlichen Schäkern mit einer hübschen Frau. Er winkte den Kellner heran und bestellte einen Weißburgunder.

Was aus alldem werden sollte, wusste er nicht, aber Gisela betörte ihn, daran war kein Zweifel. Ihr Vater versuchte, ihn zu bestehlen, und bedrohte das Überleben des Familienunternehmens, und was tat er selbst derweil? Er scharmutzierte mit der Tochter herum. Oder noch schlimmer – mit der Verlobten seines Studienkameraden.

Aber inzwischen war ihm das schon völlig egal. Im Gegenteil, es war ihm sogar eine Genugtuung. Geschah dem Halunken recht. Bei ihnen einzubrechen!

Nachdem sie sich zugeprostet hatten und Gisela einen kleinen Schluck genommen hatte, fiel ihr Blick auf ein Werbeplakat an der Wand des Cafés. Es zeigte ein tanzendes Paar, er kerzengerade, sie den Kopf etwas zurückgebeugt. Im Hintergrund andeutungsweise ein paar Musiker.

»Schauen Sie mal! Eine Tanzveranstaltung«, rief Gisela begeistert. »Am 17. März. Ist das nicht ein Freitag? Im Tanzhaus an der Oper. Walzer bis in den Morgen.« Sie strahlte übers ganze Gesicht. »Ich liebe Walzer. Möchten Sie mich nicht zum Tanz entführen?«

Er lächelte. »Wann immer Sie wünschen.«

Sie saßen beide da und starrten auf das Plakat. Und wurden wieder ernst. Denn sie wussten natürlich, dass das nicht möglich war. Aber es war schön, es sich vorzustellen.

DIE UNGEHORSAME TOCHTER

Nach ihrem Treffen hatte Ewalt eine Kutsche für Gisela bestellt. Als sie nach Hause kam, dunkelte es schon. In weniger als einer Stunde würde das Abendessen aufgetischt. Sie stieg aus und entließ den Kutscher. Ewalt hatte ihn schon entlohnt. Sie stand einen Augenblick allein in der Auffahrt und blickte an der Hausfassade hinauf. Oben, im Zimmer ihrer Mutter, brannte Licht. Und natürlich im Salon und im Speisesaal, wo das Dienstmädchen sicher gerade den Tisch deckte.

Wahrscheinlich würde sie wieder allein mit ihrer Mutter speisen. Erich Fischer kam oft spät nach Hause. Manchmal erst um Mitternacht, wenn er sich mit Geschäftspartnern traf. Ob das wohl immer Geschäftspartner waren? Die Mutter schien es wenig zu kümmern, wo ihr Mann sich aufhielt oder mit wem er seine Abende verbrachte. Hatte er eine Geliebte? Schon möglich. Hieß es nicht, dass Männer sich gern eine Mätresse hielten, wenn sie es sich leisten konnten?

Würde Eberhard das auch so halten? Oder Ewalt? Bei Eberhard wäre es ihr egal. Aber Ewalt – wenn sie mit dem verheiratet wäre, den würde sie umbringen, sollte sie ihn bei so etwas erwischen. Das sagte eigentlich schon alles, oder nicht? Die Einzelheiten der Fahrt bis hierher hatte sie kaum wahrgenommen, so sehr hatte sie noch jede Minute ihres Treffens mit ihm nachempfunden. Der arme Kerl wusste gar nicht, wie sehr sie sich für ihn erwärmt hatte. Oder doch? Er hatte so was angedeutet. Natürlich nur im Scherz. Sie hatten darüber gelacht. Und doch …

Sie sollte sich mit ihm nicht mehr treffen. Die Sache könnte ihr entgleiten. Und trotzdem hatte sie ihm gesagt, er könne ihr Briefe schreiben. Natürlich heimlich, an Madame Durieux gerichtet. Warum hatte sie das getan? Die Sache hatte doch keine Zukunft. Im Grunde war es nur ein Spiel mit dem Feuer.

Jemand rief nach ihr. »Fräulein Gisela? Sind Sie das?«

Es war der Hausdiener. Er stand in der offenen Tür. Hinter ihm das Licht der Eingangsdiele.

»Ich bin hier, Franz. Ich komme.«

Sie erklomm die wenigen Stufen und trat in die Diele, wo der Diener ihr Hut, Schal und Mantel abnahm.

»Der junge Herr von Falkenberg wartet im Salon.«

»Oh, ich wusste gar nicht, dass er heute Abend kommt. Wartet er schon lange?«

»Seit einer halben Stunde.«

Sie trat vor den Spiegel, um ihre Frisur ein wenig zurechtzurücken. Ihr Ebenbild starrte sie mit großen Augen an. Würde man ihr ansehen, mit wem sie in der Stadt gewesen war? Unsinn! Natürlich nicht.

Sie wandte sich ab und betrat den Salon.

»Eberhard!«, rief sie bemüht fröhlich. »Ich wusste gar nicht, dass du uns heute beehren würdest.«

Wie rede ich denn mit ihm? Wie mit einem Fremden! Dabei sollte man einen Verlobten umarmen, ihm einen Kuss geben. Nur hab ich keine Lust dazu.

Von Falkenberg erhob sich steif von seinem Sessel. Er trat auf sie zu und küsste ihr höflich die Hand. »Schön, dich zu sehen, Gisela. Dein Vater hat heute Abend eine Verabredung. Da dachte ich, ich leiste euch beiden Gesellschaft.«

»Lieb von dir. Und wie bist du hergekommen?«

»Euer Kutscher hat mich gebracht. Er musste aber gleich wieder weg.«

»Das erklärt es. Möchtest du einen Aperitif?«

Gisela drehte sich zu dem Hausdiener um, der immer noch in der Tür stand, falls er gebraucht würde. »Franz! Würdest du bitte?«

»Sehr gern. Herr Baron? Was darf ich Ihnen anbieten?«

»Einen Whisky. Den schottischen, wenn's recht ist.«

»Sehr wohl, Herr Baron.«

Der Diener machte sich an einer Anrichte zu schaffen, auf der diverse Flaschen mit Spirituosen standen, denn auch der Hausherr schätzte einen guten Cognac, einen Whisky und sogar einen einfachen Obstschnaps. Oft genug trank er zu viel davon.

Gisela ließ sich auf einem der Sessel nieder. Eberhard folgte ihr und setzte sich ihr gegenüber. Er schlug die Beine übereinander. Wie immer war er tadellos gekleidet. Bestes Tuch, erstklassige Schneiderarbeit. Dabei wusste Gisela, dass seine Familie nicht viel Geld hatte. Sie lebte von der Pacht einiger Ländereien, die ihnen geblieben waren. Aber das Aufrechterhalten der gesellschaftlichen Fassade war von größter Bedeutung.

Der Diener brachte ihm seinen Whisky.

»Sonst noch etwas, Herr Baron? Fräulein Gisela?«

»Nein danke, Franz.«

Der Diener deutete eine Verbeugung an und zog sich zurück.

Eberhard gönnte sich einen kleinen Schluck. »Darf ich fragen, wo du gewesen bist?«

»In der Stadt«, erwiderte sie.

»Und wo genau? Die Stadt ist groß.«

»Wieso fragst du?«

»Ich hätte gern gewusst, wie du den Nachmittag verbracht hast.« Eberhard stellte sein Glas ab.

»Recht angenehm. Danke der Nachfrage.«

»Franz sagt, du bist gleich nach dem Mittagessen weg.«

»Spionierst du mir jetzt hinterher? Fragst die Dienerschaft aus?«

»Ich denke, ich habe ein Anrecht darauf zu erfahren …«

»Anrecht?«

»Ich bin dein Verlobter, Gisela.«

»Das weiß ich!«, rief sie gereizt.

»Verdammt, Gisela!« Ihm stieg die Röte ins Gesicht. »Du bist heute Nachmittag auf und davon und hast niemandem gesagt, wo du hin bist.«

»Hast du nicht den Kutscher ausgefragt? Der hat mich nämlich gefahren.«

»Der Kerl sagt natürlich nichts.«

»Gut so. Es geht dich nämlich nichts an.«

»Es geht mich sehr wohl was an. Besonders nach dem Theater, das du am Sonntag veranstaltet hast.«

»Ach. Eifersüchtig?«

Eberhard versuchte sich zu beherrschen und den Ton seiner Stimme, die etwas laut geworden war, zu mildern. »Ich bin nicht eifersüchtig. Es gehört sich einfach nicht, wie du dich aufführst.«

»Wie führ ich mich denn auf?«

»Wie eine … eine …«

»Hure? Wolltest du das sagen?«

Eberhard biss sich auf die Lippe. »Nein, natürlich nicht. Aber alle haben sich gewundert, wie lange du mit diesem Herrn im Garten gesessen hast.«

»Mit deinem lieben Freund und Studienkollegen. Den du doch so über den grünen Klee gelobt hast. Ich glaube, das Thema hatten wir schon.«

»Ich muss wie jeder Mann auf meinen Ruf achten.«

»Ach, es geht also um dich und deinen Ruf! Gar nicht um mich.«

Eberhard schloss für einen Augenblick genervt die Augen. »Warum ist es so schwer, mit dir zu reden? Ich habe nur gefragt, wo du heute Nachmittag gewesen bist. Ist das so schlimm?«

»Ja, ist es. Wir sind vielleicht verlobt, aber noch nicht verheiratet, mein Lieber. Ich gehöre dir nicht. Ich bin nicht dein Eigentum. Und wenn es um so was wie den guten Ruf geht, dann habe ich ein Wörtchen mitzureden.«

»Was meinst du damit?«

Gisela war jetzt voll in Fahrt. Irgendwo im Hinterkopf klingelte eine Alarmglocke, denn eigentlich sollte sie jetzt den Mund halten. Aber sie war so erregt, dass sie sich nicht mehr bremsen konnte.

»Auch ich habe nämlich einen Ruf zu verlieren. Soll ich etwa einen Einbrecher heiraten?«

»Wie bitte? Wovon redest du?«

»Von einem, der nachts bei anderen Menschen einsteigt und sie bestiehlt. Weil er selbst nichts draufhat, muss er die Ideen von Klügeren klauen. Mit so einem soll ich meinen guten Ruf schädigen?«

Eberhard sah sie entsetzt an. Er war sichtlich bleich geworden. »Was zum Teufel redest du da? Das ist nicht wahr!« Doch auf einmal veränderte sich seine Miene. Gisela sah, wie es ihm dämmerte, dass sie von dem Einbruch nur von einem Menschen hatte erfahren können. Von Ewalt Schmitt.

»Du hast dich also mit Schmitt getroffen«, zischte er.

»Richtig geraten!«, schoss sie triumphierend zurück. »Er hat mir alles erzählt. Und du weißt ganz genau, wovon ich rede. Es ist eine Schande! Schämst du dich nicht?«

Seine Miene wurde trotzig. »Es war die Idee deines Vaters.«

»Ach, jetzt versteckst du dich auch noch hinter dem breiten Rücken meines Vaters?«

»Du weißt genau, dass nichts ohne seine Zustimmung geschieht.«

»Zugestimmt hat er? Dann war es also doch deine Idee. Und er hat dazu genickt. War es so?«

»Stell dich nicht so an, Gisela. Alle tun so was. Man schaut sich an, was die anderen machen. Das ist der verdammte Wettbewerb. Wer seine Erfindungen nicht schützen kann, der hat eben Pech gehabt.«

»Und wer sich mit anderen Federn schmückt, ist ein Gauner und ein Hundsfott!«

Wütend sprang Eberhard auf. »Dass muss ich mir nicht sagen lassen.«

Plötzlich hörten sie von der Salontür her die Stimme von Frau Fischer. »Was geht hier vor?«, fragte sie. »Warum streitet ihr?«

Gisela reckte das Kinn. »Eberhard möchte gerade gehen, Mutter.«

»Aber er wollte doch zum Abendessen bleiben.«

»Jetzt nicht mehr. Er hat es sich anders überlegt.«

Eberhard schäumte sichtlich, aber er beherrschte sich. Steif stolzierte er auf die Tür zu, nickte im Vorbeigehen Frau Fischer zu und verließ den Salon. Kurz darauf hörte man die Haustür zuschlagen.

»Aber wie kommt er denn jetzt nach Hause?«, fragte Frau Fischer.

»Zu Fuß, Mutter. Frische Luft und ein bisschen Bewegung tun jedem gut. Sagt das nicht unser Turnvater Jahn?«

Gisela hatte sich Eberhard gegenüber unerwartet angriffslustig gezeigt. Ihr Herz schlug noch heftig, nachdem er schon gegangen war. Und irgendwie war sie über sich selbst überrascht. Sie hatte sich nicht zurückhalten können. Der äußere Anlass war ihre Empörung über den Einbruch gewesen. In Wirklichkeit aber hatte sie ihrer Frustration über die anstehende Hochzeit mit ihm Luft gemacht. Und es hatte wirklich verdammt gutgetan.

Und doch wusste sie, wie schwierig eine Aufhebung der Verlobung sein würde. Dass sie im Grunde eine Gefangene war mit Aussicht auf ein glückloses Leben an der Seite eines Mannes, den sie nicht liebte. Den sie – und das war ihr erst in den letzten Tagen so recht bewusst geworden – vielleicht sogar verachtete. Ihre Augen füllten sich mit Tränen. Tränen der hilflosen Wut im Angesicht ihrer Lage.

»Was ist denn los, Kind?«, fragte Irmhild Fischer und setzte sich zu ihr.

Gisela warf sich ihrer Mutter an den Hals und weinte bitterlich. Irmhild streichelte ihr über Kopf und Schultern.

»Nun sag schon, was ist los? Warum habt ihr euch gestritten?«

Gisela hob den Kopf. Ärgerlich wischte sie sich die Tränen von den Wangen. »Ich kann ihn nicht ausstehen, Mutter.«

»Aber Gisela, er ist dein Verlobter. Du wirst ihn heiraten.«

»Nicht aus freien Stücken. Es ist Vaters Wunsch, nicht meiner. Mir graut davor, mit diesem Mann mein Leben zu verbringen.«

»Mein Gott, Kind, was redest du? Das gibt sich doch. In der Ehe gewöhnt man sich an den anderen. Und aus der täglichen Nähe kann Liebe werden. Viele Ehen werden aus Interessen geschlossen. Das ist doch nicht ungewöhnlich. Und es sind oft nicht die schlechtesten.«

»So wie deine Ehe, Mutter?«

»Wie meinst du das?«

»Ist das überhaupt noch eine Ehe, die du führst?«

Irmhild sah ihre Tochter erschrocken an. Dann senkte sie den Blick und schwieg verlegen.

»Liebst du Vater eigentlich noch?«

Irmhild zuckte mit den Schultern und seufzte. »Früher schon«, sagte sie. »Er war so forsch, hatte so viel Tatendrang. Das mochte ich.«

»Und jetzt?«

»Dein Vater ist sehr beschäftigt.«

»Und dass er manchmal ganze Nächte außer Haus verbringt, das stört dich nicht?«

Wieder blieb Irmhild ihrer Tochter die Antwort schuldig.

»Ihr habt getrennte Schlafzimmer, redet kaum miteinander. Ich hab das Gefühl, ihr legt es regelrecht darauf an, euch gegenseitig aus dem Weg zu gehen.«

Die Mutter nickte. »Ja, du hast recht, es war schon mal besser.

Aber uns geht es gut. Wir haben ein schönes Haus, überhaupt alles, was wir uns wünschen können. Was soll ich mich beklagen?«

»Das ist mir nicht genug, Mutter. Ich will einen Mann, den ich liebe und der mich liebt.«

»Aber Eberhard liebt dich doch.«

»Der liebt nur sich selbst. Er ist hinter unserem Geld her. Hinter der schönen Mitgift, die Vater ihm versprochen hat.«

»Bist du sicher?«

»Ich weiß es. Führt er mich etwa aus? Bringt er mir Blumen? Versucht er, mich ins Bett zu kriegen?«

»Gisela!«, rief ihre Mutter. »Wie redest du? Das gehört sich nicht.«

»Du weißt schon, was ich meine.«

»Aber du hast doch eingewilligt vor sechs Monaten.«

»Ich weiß. Es war ein Fehler. Damals hat er sich noch um mich bemüht. Und Vater hat mit Engelszungen auf mich eingeredet. Ich hab mich überzeugen lassen. Aber jetzt, da er meiner sicher ist, schwänzelt er nur noch um Vater herum.«

»Dann sag ihm doch, er soll sich mehr um dich kümmern.«

»Um Gottes willen, nein! Ich bin froh, wenn er mich in Ruhe lässt.«

Gisela schwieg einen Augenblick. Auf einmal überfiel sie die Vorstellung, mit diesem Mann das Bett zu teilen, sich von ihm berühren zu lassen, die liebende Ehefrau zu spielen, ihm Kinder zu gebären. Da kochte wieder die Wut in ihr hoch. Besser alles ertragen, nur nicht das!

»Ich sage dir, Mutter, mit Eberhard ist Schluss! Ich werde die Verlobung auflösen.«

Irmhild erschrak. »Aber wieso der plötzliche Sinneswandel?«

»So plötzlich ist der nicht. Ich denke schon seit Langem darüber nach. Und heute hab ich etwas erfahren, das es mir noch unmöglicher macht, diesen Mann zu heiraten.«

Sie erzählte ihrer Mutter von dem Einbruch und wie sie davon erfahren hatte. Dass es ihre Zweifel über Eberhard nur bestätigte und sogar noch bekräftigte. Wie um Himmels willen könnte sie mit einem Einbrecher leben? Sie hatte ihn zur Rede gestellt. Und deshalb hatten sie sich gestritten.

»Bist du sicher, dass es Eberhard war?«

»Er hat es ja zugegeben. Meinte, es sei ganz normal unter Konkurrenten, dass man sich gegenseitig ausspioniert. Schmitt ist der Überzeugung, dass Eberhard selbst dabei gewesen sein muss. Irgendwelche bezahlten Halunken hätten nämlich gar nicht wissen können, wonach sie suchen sollten.«

»Er ist ein netter Mann, der junge Schmitt. Aber du weiß doch, du solltest dich nicht mit ihm treffen. Wenn dein Vater davon erfährt …«

»Ich treffe mich, mit wem ich will. Und mit Eberhard ist Schluss!«

»Aber Kind, dein Vater wird das niemals erlauben.«

»Was will er denn tun? Mich zwingen?«

»Natürlich wird er dich zwingen. Er ist fest entschlossen, dass du eine Baronin von Falkenberg wirst. Und ganz ehrlich … ist das etwa nichts? Andere Frauen würden ein Auge dafür geben.«

»Ich bin nicht andere Frauen. Dieser Titel hat keine Bedeutung für mich.«

»Sollte es aber. Man lebt schließlich nicht von Liebe allein. Geld und Rang sind nicht zu unterschätzen.«

»Ich pfeife darauf«, erwiderte Gisela trotzig.

»Und was ist, wenn dein Vater dir die Unterstützung entzieht?«

»Wie meinst du das?«

»Er kann dir dein monatliches Geld sperren, dir Hausarrest erteilen, ja, er könnte dich sogar aus dem Haus jagen. Ist dir das nicht bewusst? Wovon willst du leben? Wer wird dir die schönen Kleider kaufen, die du so liebst? Du hast doch kein Einkommen.«

»So weit würde er gehen?«

»Wenn dein Vater sich etwas in den Kopf gesetzt hat, wird ihn niemand daran hindern. Am wenigsten seine Tochter. Wir sind Frauen, Gisela. Wir sind von unseren Männern und Vätern abhängig. Es hilft doch nicht, sich dagegen aufzulehnen. Besser, du fügst dich und lernst, damit zu leben.«

»So wie du.«

»Ja, so wie ich. Und schau mich nicht so mitleidig an. Ich weiß, ich esse zu viel Schokolade und werde immer dicker. Und dein Vater schläft mit anderen Weibern. Vielleicht erträgt er meinen Anblick nicht mehr. Aber das ist mir inzwischen egal. Ich leide nicht darunter. Und ich habe alle Bequemlichkeiten der Welt. Soll er doch seine Nächte verbringen, wo er will.«

»Ach, Mama«, sagte Gisela und schmiegte sich enger an die Schulter ihrer Mutter. Sie nannte sie nicht immer Mama, eigentlich nur, wenn sie allein und so vertraut miteinander waren wie jetzt.

Irmhilds Worte machten sie traurig. War es das, was man in der Ehe zu erwarten hatte? Wie deprimierend! Aber nein, das durfte nicht wahr sein. Das gemeinsame Leben ihrer Eltern war sicher nicht stellvertretend für andere Paare. Hoffentlich nicht! Doch eine Ehe mit Eberhard würde wohl kaum anders enden. Ihr graute bei dem Gedanken. Und sie konnte nicht umhin, ihn mit ihrer neuen Bekanntschaft Ewalt Schmitt zu vergleichen. Was für ein Unterschied!

Natürlich kannte sie diesen Mann erst seit Kurzem. Und natürlich konnte man sich in einem Menschen täuschen. Dennoch hatte sie ein gutes Gefühl bei ihm. Dieser Ewalt war kein Draufgänger, hatte sogar etwas Zurückhaltendes, fast könnte man sagen – Schüchternes. Oder nein, schüchtern war er eigentlich nicht, auch wenn es manchmal den Anschein hatte. Im Gegenteil, bei näherer Betrachtung spürte man in ihm eine bescheidene Selbstsicherheit, eine ruhige Entschlossenheit, auch wenn er es nicht nötig hatte, sich in den Vordergrund zu spielen. Und er hatte Humor. Auch das gefiel ihr. Ewalt überzeugte sie als einer, der seinen Weg gehen würde. Sie stellte sich vor, dass er zärtlich sein konnte und fürsorglich. Nicht so ein kalter Fisch wie Eberhard. Und auch kein Tyrann wie ihr Vater.

Und noch etwas war ihr aufgefallen. Ewalt war jemand, der anderen seine volle Aufmerksamkeit schenkte, der zuhörte. Wenn sein Blick auf ihr ruhte, dann hatte sie das Gefühl, dass er sie wirklich sah, als Frau, aber vor allem als Mensch. Und nicht als Trophäe, nicht als die Tochter eines reichen Mannes. Von ihm fühlte man sich ernst genommen.

Was man wahrlich nicht von allen Männern behaupten konnte, diesen selbst ernannten Herren der Schöpfung. Für die meisten stellten Frauen nur eine Eroberung dar oder eine Dekoration für gesellschaftliche Anlässe. Gelegentlich waren sie auch der Gegenstand für zarte Gedichte. Ansonsten sollten sie sich bescheiden, brave Ehefrauen sein, Kinder gebären und darüber hinaus den Mund halten. Schließlich waren sie zu dumm, um ernsthaft mitreden zu können. Das schienen die meisten Männer zu denken. Frauen hatten angeblich keinen Verstand. Deshalb durften sie auch nicht studieren oder einen Beruf erlernen, waren von Vätern und Ehemännern abhängig. Ja, da hatte Mutter schon recht. Was blieb den Frauen anderes übrig, als sich zu fügen, sich unterzuordnen?

Aber Ewalt war anders, davon war sie überzeugt. Vielleicht weil er ohne Vater aufgewachsen war. Hedwig Schmitt schien eine starke Frau zu sein, eine, die sich durchgesetzt hatte im Leben, die unabhängig war, mit ihrem Bruder ein Unternehmen leitete und Entscheidungen traf. Was für eine schillernde Ausnahme. Gisela beneidete sie und wollte sie gern kennenlernen.

Sie löste sich aus der Umarmung ihrer Mutter. »Mama, ich meine es ernst. Eberhard ist für mich erledigt!«

»Steckt da ein anderer Mann dahinter?«, fragte ihre Mutter. »Vielleicht dieser junge Schmitt? Du hast dich in ihn verguckt, gib's zu.«

»Und wenn schon!«

Irmhild seufzte. »Er macht eine gute Figur, scheint intelligent zu sein, überhaupt – so einer könnte mir auch gefallen.«

Gisela lächelte. »Ich bin froh, dass du das sagst.«

Irmhild betrachtete ihre Tochter mit sorgenvoller Miene. »Ich versteh dich ja. Aber du wirst damit nicht durchkommen. Dein Vater kriegt einen Tobsuchtsanfall, wenn du die Verlobung löst.«

»Lass ihn doch!«, erwiderte Gisela trotzig. »Er kann mich nicht zwingen.« Sie zerrte an der linken Hand, um den Verlobungsring abzustreifen. Sie hielt ihn hoch. Der kleine Diamant funkelte im Licht der Lampen. »Siehst du, Mutter? So einfach ist das!« Achtlos warf sie den Ring auf den Tisch.

Aber ganz gleich, wie unerschrocken sie sich gab, in Wirklichkeit fürchtete sie ihren Vater. Er konnte schrecklich wütend werden. Und unberechenbar. Man konnte nie wissen, was ihm als Nächstes einfiel, um seinen Willen durchzusetzen.

Irmhild schüttelte sorgenvoll den Kopf. »Du willst nicht auf mich hören, aber ich rate dir dringend ab. Du wirst dir eine Menge Ärger einhandeln. Und deinem Herrn Schmitt vielleicht noch mehr. Du kennst doch deinen Vater.«

Erich Fischer kam erst am Abend des nächsten Tages nach Hause. Gerade noch rechtzeitig zum Essen, denn die Suppe war bereits aufgetragen. Gisela zitterte schon, als sie die Kutsche vorfahren hörte, dann die Eingangstür und seine polternde Stimme, während der Hausdiener ihm Hut und Mantel abnahm.

»Wo ist meine Tochter?«, hörte sie ihn fragen. Es klang nicht gerade freundlich.

»Im Speisesaal«, erwiderte der Diener. »Mit der Frau Gemahlin. Wünschen Sie einen Aperitif?«

»Den hol ich mir selbst.«

Gisela hörte, wie er in den Salon stapfte. Ein Glas klirrte, eine

Karaffe wurde zurückgestellt. Mutter und Tochter sahen sich besorgt an.

Dann stand er in der Tür, breit und mächtig, das Branntweinglas in der Hand. Seine Miene war düster. Missbilligend musterte er beide Frauen und ließ sich mit einem leisen Ächzen auf seinem Stammplatz am Kopfende nieder.

Das Dienstmädchen huschte herein, füllte seinen Teller mit Suppe und zog sich wieder zurück. Fischer hatte keine Notiz von ihr genommen, starrte nur in das Glas, das in seiner großen Hand winzig aussah, hob es schließlich an die Lippen und kippte den gesamten Inhalt auf einmal hinunter. Dann knallte er das Glas auf den Tisch. Ein Wunder, dass es nicht zerbrach. Die beiden Frauen wagten weder zu reden noch ihre Suppe zu essen. Die Spannung im Raum war zum Greifen.

»Was zum Teufel höre ich da von meinem Schwiegersohn?«, blaffte Fischer. Er sah weder Gisela noch seine Frau an. Aber beide wussten natürlich, wem die Frage galt.

Irmhild versuchte, sich vor ihre Tochter zu stellen. »Ein kleiner Streit, Erich, nichts weiter. Die beiden werden sich bald wieder vertragen. Nicht wahr, Kind?«

Fischer wandte sich endlich Gisela zu und starrte sie an. Unter diesem Blick krampfte sich ihr Magen zusammen. Die Augen des Vaters waren blutunterlaufen. Er schnaufte kurzatmig, den Mund halb geöffnet. Eine Alkoholfahne wehte zu ihr herüber. Wahrscheinlich hatte er schon vorher getrunken. Die Zeichen dafür waren deutlich. Sie blickte auf ihren Teller.

»Du triffst dich also mit Schmitt junior«, knurrte er.

Gisela sagte nichts. Sie vermied es, ihm erneut in die Augen zu sehen, sondern starrte weiter auf ihren Teller, in dem die Suppe langsam kalt wurde.

»Ich hör dich nicht.« Seine Stimme klang gereizt und drohend.

»Ja, Vater«, murmelte sie schließlich. Es hatte ja keinen Zweck zu leugnen.

»Und wie zum Teufel kommst du dazu?«

Sie warf ihm einen kurzen Blick zu. »Ist das ein Verbrechen?«

»Ein Verbrechen?«, wiederholte er die Frage. »Es gehört sich einfach nicht. Ich meine, was fällt dir eigentlich ein? Hat schon gereicht, dass du diesen Mann hier am Sonntag angeschleppt hast. Alle Welt hat sich gewundert.«

»Und du hast ihn behandelt, als sei er dein liebster Gast.«

»Das ist Geschäft«, schnarrte er aufgebracht über die Widerworte seiner Tochter. »Das geht dich einen feuchten Dreck an, hast du gehört? Wir reden jetzt über dich und dein ungebührliches Verhalten. Was zum Teufel soll dein Verlobter davon halten?«

Gisela stieg das Blut ins Gesicht. Sein rüder Ton reizte ihren Widerstand. »Es ist mir egal, was er davon hält. Ich bin schließlich kein Kind mehr. Ich kann treffen, wen ich will.«

»Nicht, wenn du verlobt bist!«, donnerte er. »Und dann auch noch in aller Öffentlichkeit! In einem verdammten Kaffeehaus!«

Die Mutter versuchte, ihr zu Hilfe zu eilen. »Es war doch nur Zufall, dass du ihn getroffen hast, nicht wahr Gisela? Reiner Zufall.«

»Halt den Mund!«, fuhr Erich seine Frau scharf an. »Ich rede mit unserer Tochter, nicht mit dir. Misch dich gefälligst nicht ein!«

Irmhild zuckte zurück, als hätte sie eine Ohrfeige bekommen. Die Angst vor ihrem Mann war nicht zu übersehen. Das machte Gisela noch wütender. Sie hatte es satt zu sehen, wie ihre Mutter vor ihm kuschte. Sie hatte es satt, von ihm wie ein unmündiges Kind behandelt zu werden. Was war das überhaupt für ein Ton? Jedenfalls war sie nicht länger gewillt, sich von diesem Tyrannen einschüchtern zu lassen.

»Es war kein Zufall«, sagte sie patzig. »Und damit du's weißt, diese Verlobung wollte ich nie.«

Erichs Brauen zogen sich zusammen, als drohe ein gewaltiges Gewitter. Aber noch sprach er einigermaßen ruhig. »Du bist jetzt sechsundzwanzig. Wird verdammt Zeit, dass du unter die Haube kommst. Und du weißt das.«

»Ach, du denkst, ich bin schon zu alt? Dabei hat es genug Männer gegeben, die mich heiraten wollten. Aber du hast alle davongejagt. Die waren dir nicht gut genug.«

»Ganz recht. Männer ohne die geringste Bedeutung. Ich hatte nicht vor, Perlen vor die Säue zu werfen.«

»Hast du dich eigentlich mal gefragt, was *ich* davon halte? Denkst du, du kannst mit mir umspringen, wie es dir gerade in den Kopf kommt?«

Auf seiner Stirn pulste eine Ader. »Wie zum Teufel redest du mit mir?«

»Wie du es verdienst, Vater!«

»Wie ich es verdiene?«, brüllte er. »Ich werde dir gleich geben, was du verdienst!« Er hob die Rechte und versuchte gleichzeitig aus dem Stuhl zu kommen. Aber dazu war er zu betrunken.

»Erich!«, kreischte seine Frau. »Du wirst doch nicht …«

Voller Angst blickte sie von einem zum anderen. So eine Auseinandersetzung hatte es in diesem Hause noch nie gegeben.

»Ach, verdammt!« Fischer ließ sich wieder auf seinen Stuhl fallen. »Man kümmert sich und kümmert sich. Immer nur das Beste für euch. Und so wird's einem vergolten.« Er griff nach dem Weinglas und leerte es. Dann funkelte er seine Tochter an. »Nur das Beste wollte ich für dich. Ist dir das nicht klar?«

»Ach so, das Beste«, fauchte sie zurück. »Ich soll einen Mitgiftjäger heiraten, nur weil er einen Titel hat? Und ein Einbrecher und Dieb ist er obendrein. So einen hältst du für das Beste?«

»Das mit dem Einbruch ist eine verdammte Lüge. Hat dieser Schmitt dir das eingeredet?«

»Eberhard selbst hat es zugegeben.«

»Verflucht nochmal. Du glaubst doch nicht so einen Unsinn? Das musst du falsch verstanden haben. Wir haben uns nichts zuschulden kommen lassen.« Er schlug so hart mit der Faust auf den

Tisch, dass die Suppenteller tanzten. »Ich sag's noch einmal, halt dich verdammt nochmal aus meinen Geschäften raus. Das geht dich überhaupt nichts an.«

Aber Gisela ließ nicht locker. Inzwischen war ihr ohnehin alles egal. »Deine Geschäfte sind mir wurscht. Aber es geht mich sehr wohl etwas an, mit wem ich den Rest meines Lebens verbringe. Mit deinem von Falkenberg jedenfalls nicht! Das schwör ich dir!«

Erichs breite Hand schoss plötzlich vor. Er packte Gisela hart am Unterarm, als wollte er ihr die Knochen brechen. Er tat ihr weh, aber sie biss die Zähne aufeinander, wollte keine Schwäche zeigen, obwohl ihre Augen feucht vor Schmerz wurden, denn seine Hand war wie ein Schraubstock.

»Lass mich los!«, keuchte sie.

Aber er ließ nicht los. Im Gegenteil. Er schien noch fester zuzupacken. »Hör mir jetzt mal genau zu, mein Kind.« Erich war plötzlich gefährlich leise geworden. »Ich verbiete dir, diesen Mann wiederzusehen, hast du mich verstanden?«

Sie starrte ihm wortlos in die Augen.

Er schüttelte grob ihren Arm. »Hast du mich verstanden?«

»Lass mich jetzt endlich los!«

»Und ich verbiete dir, die nächste Zeit aus dem Haus zu gehen. Der Kutscher weiß schon Bescheid. Er wird dich nirgendwohin fahren. Du hast hier im Haus zu bleiben. Ist das klar?«

»Oder was?«, brachte sie tapfer hervor.

»Oder du wirst eine Seite von mir kennenlernen, die dir garantiert nicht gefallen wird.« Er starrte sie so bedrohlich an, dass es Gisela angst und bange wurde. Trotzdem hielt sie weiter seinem Blick stand.

Endlich ließ er sie los.

Gisela rieb sich die schmerzende Stelle. »Du bist ein Scheusal, weißt du das?«, zischte sie.

Aber er lachte nur gehässig. »Geh und wasch dir das Gesicht. Verheulte Augen will ich am Tisch nicht sehen.«

Zitternd vor Wut stand Gisela auf. Bevor sie den Raum verließ, hörte sie den Vater noch rufen: »Ich war heute beim Pfarrer und habe das Aufgebot bestellt. Am 6. Mai wird geheiratet. Schreib's dir in den Kalender.«

Gisela knallte die Speisezimmertür so fest hinter sich zu, dass es durch das ganze Haus hallte. Dann rannte sie in ihr Zimmer und verriegelte die Tür hinter sich.

Sie bebte vor Aufregung und Wut. Zitternd ließ sie sich auf dem Stuhl vor ihrem Schreibtisch nieder und stützte, das Gesicht in den Händen, die Ellbogen auf. Mein Gott, dachte sie. Was ist nur über mich gekommen? Eine offene Rebellion gegen ihren Vater hatte sie noch nie zuvor gewagt. Aber nun war es so. Irgendetwas hatte ihr heute den Mut dazu gegeben. Jedenfalls war sie genauso wütend wie er und fest entschlossen, nicht mehr klein beizugeben. Irgendwie würde sie sich durchsetzen müssen.

Nach einer Weile merkte sie, wie jemand die Türklinke herunterdrückte. Sie schrak hoch. Der Vater? Aber es war nur die Mutter.

»Gisela, mach auf. Ich bin es.«

Sie stand auf und ließ die Mutter ein.

Irmhild war aufgebracht. Sie atmete heftig. »Mein Gott! Hast du mir Angst gemacht!« Sie ließ sich in einen Sessel plumpsen.

Gisela schloss ab und hockte sich wieder auf ihren Stuhl. »Wieso ich? Wer einem Angst macht, ist Vater.«

Irmhild fächelte sich mit der Rechten Luft zu. Dabei war es gar nicht besonders warm im Zimmer. Die Aufregung schien ihr zuzusetzen. »Aber du hast ihn herausgefordert. Das ist er nicht gewohnt. Und jetzt schiebt er auch noch mir die Schuld zu.«

»Wieso?«

»Es sei die Schuld meiner verweichlichten Erziehung, dass du jetzt so aufmüpfig bist. Du hättest mal öfter die Rute schmecken sollen.«

»Die Rute?«

»Preußische Disziplin und so.«

»Meint er das im Ernst?«

Irmhild seufzte. »Ich weiß es nicht.«

»Sag mal, Mama, hat er dich eigentlich je geschlagen?«

»Nein. Doch. Ein Mal, als wir jung waren. Seitdem nicht mehr. Aber er macht mir Angst. Wenn er mich auf eine gewisse Weise ansieht, dann zittere ich schon.«

Gisela rieb sich den Arm. »Morgen hab ich hier blaue Flecke.«

»Du hättest ihn nicht so herausfordern sollen.«

»Was macht er jetzt?«

»Er sitzt im Salon und trinkt. Wahrscheinlich bis er auf dem Sofa einschläft. Wäre ja nicht das erste Mal.«

Sie schwiegen eine Weile. Schließlich sagte Gisela: »Weißt du, Mama, heute ist ein komischer Tag. Denn heute ist mir so einiges klar geworden. Ich will mein Leben selbst bestimmen und mich von keinem Mann länger herumschubsen lassen. Weder von meinem Vater noch von Eberhard. Von niemandem.«

»Du bist also fest entschlossen, die Verlobung aufzukündigen?«

»Vater kann so viele Aufgebote bestellen, wie er will. Ich werde von Falkenberg nicht heiraten. Auf keinen Fall!«

»Hast du dir das auch reiflich überlegt? Dein Vater kann schrecklich rachsüchtig sein.«

»Er wird mich ja wohl nicht totschlagen, oder?«

»Nein, aber er kann dich vor die Tür setzen. Was dann?«

Gisela lachte kurz auf. »Das wird er nicht wagen, Mutter. Ich werde bei all seinen Freunden und Geschäftsleuten an die Tür klopfen und um Hilfe bitten. Er wird sich zum Gespött der Stadt machen. Für die Zeitungen ein gefundenes Fressen. ›Reicher Fabrikant wirft Tochter aus dem Haus, so dass sie betteln gehen muss.‹ Das wird der Skandal des Jahres.«

»So was würdest du tun?«, flüsterte Irmhild.

»Ich kann genauso ein Dickschädel sein wie er, wenn's drauf ankommt. Schließlich bin ich seine Tochter. Unterschätz mich nicht.«

Irmhild sah sie verwundert an. »Herr im Himmel, Gisela! So kenn ich dich gar nicht. Was ist aus meinem sanften Mädchen geworden?«

»Du bist zu schwach, Mutter. Du lässt dir alles gefallen. Steh endlich für dich ein und biete ihm die Stirn.«

Irmhild seufzte. »Das ist leichter gesagt als getan.«

Sie schwiegen eine Weile. Dann sagte Irmhild: »Aber was wird der Pfarrer dazu sagen? Dein Vater hat das Aufgebot bestellt.«

»Dann soll er es wieder abbestellen. Du kannst ihm von mir ausrichten, ich rede kein Wort mehr mit ihm, wenn er nicht endlich seine idiotischen Heiratspläne aufgibt. Meinetwegen kann er mich an den Haaren in die Kirche schleifen. Ich verweigere mich.«

»Jesus und Maria«, flüsterte Irmhild und bekreuzigte sich.

Am Freitag, dem 10. März, kam Madame Durieux wie immer in die Villa der Fischers, um Gisela zu helfen, ihr Französisch aufzubessern.

Madame Durieux war mittleren Alters, klein und mager und nicht besonders hübsch. Das lag auch an ihrer prominenten Nase, die ihr ein vogelähnliches Aussehen verlieh. Zum Ausgleich aber hatte sie ein charmantes Lächeln. Und diesen unverkennbaren französischen Akzent. Obwohl sie durchaus gut Deutsch sprach. Sie war mit einem preußischen Diplomaten niederen Ranges verheiratet gewesen und mit ihm nach Berlin gekommen. Inzwischen war ihr Mann verstorben, und so besserte sie ihre magere Pension mit Unterricht auf.

Sie war geduldig mit Gisela, deren Französisch nicht allzu gut war. Zweimal die Woche kam sie, um ihre Bemühungen fortzusetzen: *Lecture et conversation*, manchmal auch ein wenig Grammatik. Für gewöhnlich brachte sie französische Zeitungen mit und ab und zu auch einen Roman.

»*Comment ça va à Paris?*«, fragte Gisela. »Wie ist jetzt die Lage?«

»*Tout s'est calmé, Mademoiselle. La vie continue.*«

Alles hatte sich also wieder beruhigt. Umso besser. Nicht so in Deutschland. Überall wurde demonstriert, reklamiert und manchmal auch gepöbelt. Burschenschaften marschierten singend und fahnenschwenkend durch die Straßen, bis sie von der Polizei aufgehalten und zerstreut wurden.

Eigentlich war es nicht Giselas Gewohnheit, sich allzu sehr mit Politik zu beschäftigen, aber seit der Revolution in Paris hatte auch sie sich von den vielen Diskussionen über Freiheit und Demokratie anstecken lassen und verfolgte die Nachrichten in den Zeitungen.

»Glauben Sie, es kommt auch bei uns zu Unruhen?«, fragte sie auf Deutsch. »So wie in Frankreich?«

Madame Durieux hob die Schultern. »*J'espère que non*, Mademoiselle. Man kann nur hoffen, dass es hier friedlich bleibt. Aber zumindest eine gute Nachricht stand heute in der Zeitung. Der Deutsche Bund hat Schwarz-Rot-Gold als Nationalfarben angenommen. Das ist doch schon was, oder?«

Der Deutsche Bund war die lose Vereinigung der Fürstentümer Deutschlands. Dass sie Schwarz-Rot-Gold zu Nationalfarben erklärt hatten, war ein Zugeständnis gegenüber denen, die ein geeintes Deutschland unter einer Verfassung forderten, wenn auch nur ein kleines.

»Sie haben recht. Ein erster Schritt.«

»*Commençons?*«, fragte Madame. »Ich habe nämlich heute eines der großen literarischen Werke des letzten Jahrhunderts mitgebracht«, sagte sie auf Französisch und holte ein Buch aus ihrer Tasche.

Diese Umhängetasche hatte sie immer dabei. Sie enthielt so ziemlich alles, was sie außer Haus jemals brauchen könnte. Eine Feldflasche mit Wasser, falls sie unterwegs durstig wurde, ein Wörterbuch, Hefte, Stifte, Bücher, Übungen ihrer Schüler, Kämme,

Haarspangen, eine Medizin gegen Husten, Bonbons, manchmal ein Stück Schokolade, Kalender, Handcreme – denn sie litt unter trockener Haut – und noch so einiges mehr. Und heute eben auch das Buch, das sie vorhatte, zusammen mit Gisela zu lesen.

»*Les Liaisons dangereuses*«, sagte sie und lächelte.

»Gefährliche Verbindungen?«, fragte Gisela.

»Eher Liebschaften, Mademoiselle. Gefährliche Liebschaften.«

»Und wovon handelt es?«

»Von einer infamen Intrige. Von der Verführung einer etwas naiven jungen Frau. Eigentlich eine Wette zwischen einem skrupellosen Lebemann und seiner ehemaligen Mätresse, ob ihm die Verführung gelingt. Es ist in Form eines Briefromans geschrieben.«

»Oh, so wie Goethes *Werther*.«

»Ja, aber ganz anders. Sie werden sehen. *Piquant, très piquant*.«

Gisela lachte. »Für Anzügliches bin ich durchaus zu haben.«

Sie vertieften sich in die Lektüre. Madame ließ Gisela vorlesen, korrigierte ihre Aussprache und erklärte unbekannte Wörter. Nach einer halben Stunde legte sie das Buch beiseite, trug ihrer Schülerin auf, es in ihrer Muße alleine weiterzulesen, und begann eine einfache Unterhaltung auf Französisch mit ihr, um Konversation zu üben. Heute ging es ihr besonders um elegante Manieren und Höflichkeitsformen, wie sie in der guten Gesellschaft üblich waren.

Schließlich war die Übungsstunde beendet, und Madame Durieux nahm einen Schluck Wasser aus ihrer Flasche, um sich für den Heimweg zu stärken, denn sie hatte einen guten Fußmarsch vor sich.

»Ich möchte Sie um etwas bitten, Madame«, sagte Gisela.

»Gerne. Womit kann ich Ihnen dienen?«

»Ich habe hier einen Brief für jemanden«, sagte sie verlegen. »Leider komme ich im Augenblick nicht aus dem Haus. Und dem Kutscher möchte ich die Sache nicht anvertrauen. Es ist sehr vertraulich, verstehen Sie?«

Gisela händigte ihr den Brief aus. Madame Durieux schaute kurz auf die Adresse des Empfängers und lächelte verschwörerisch. »*Un billet doux?* Wie schön!«

»Wie bitte?«

»*Une lettre d'amour.*«

»Ah! Nun ja, nicht ganz. Aber es soll nicht jeder davon wissen.«

»Keine Sorge, Mademoiselle. Ich überbringe den Brief persönlich. Das ist versprochen.«

Damit ließ sie das Kuvert in ihrer Tasche verschwinden unter all dem Krimskrams, den sie für gewöhnlich mit sich schleppte. Dann legte sie den Finger auf die Lippen. »*En toute confidentialité, c'est promis!*«

Am Nachmittag – Madame Durieux hatte nun doch noch das Mittagessen mit den beiden Frauen des Hauses geteilt und war schließlich mit einem kleinen Augenzwinkern gegangen – dachte Gisela an diesen heimlichen Brief, den sie Ewalt geschickt hatte:

Lieber Freund,
ich schreibe, um Ihnen mitzuteilen, dass Ihr Verdacht durchaus begründet war. Mein Verlobter hat den Einbruch zugegeben. Mein Vater dagegen versucht, die Sache abzustreiten. Ich habe diese elende Angelegenheit nun zum Anlass genommen, das Verlöbnis mit Herrn von Falkenberg aufzukündigen. Wogegen mein Herr Vater sich allerdings sträubt. Für ihn wird immer noch geheiratet, und zwar im Mai. Ich befinde mich in einer prekären Lage und kann im Moment nicht in die Stadt kommen. Dem Kutscher ist es verboten, mich zu fahren. Ich fühle mich wie im Gefängnis. Die Überbringerin dieses Schreibens ist diskret. Sie wird mich am kommenden Dienstag wieder besuchen. Vielleicht finden Sie einen Moment der Muße, um mir mit einigen Zeilen zu antworten. Das würde mein Herz erfreuen.
Herzlichst
Ihre Gisela

Hoffentlich ist der Brief nicht zu aufdringlich, dachte sie mit klopfendem Herzen. War es überhaupt schicklich, von der Auflösung ihrer Verlobung zu schreiben? Es klang ja fast wie ein Hilferuf. Na ja, das war es ja auch. Nur ob Ewalt ihr helfen konnte, war doch sehr fraglich. Und ob er es überhaupt wollte. Plötzlich war sie überzeugt, dass es ein Fehler gewesen war, ihm zu schreiben. Würde er beim Lesen die Stirn runzeln, gar den Kopf schütteln? Die ganze Angelegenheit peinlich finden?

Doch nachts im Bett, kurz vor dem Einschlafen, stellte sie sich vor, dass er zu ihr eilte, um sie zu befreien. Als weißer Ritter in schimmernder Rüstung. Auf seinem Ross würden sie gemeinsam in eine glückliche Zukunft entfliehen. Wie kitschig! Aber doch so schön. Wenn es doch nur so sein könnte.

Nach dem Aufwachen am Samstagmorgen spürte Gisela gleich, dass sie das ganze Wochenende über und bis zum Dienstag auf glühenden Kohlen sitzen und auf eine Antwort von Ewalt warten würde.

Ja, sie hatte sich verliebt. Ein deutlicheres Zeichen als ihre Unruhe konnte es ja kaum geben. Wenn sie an Ewalt dachte, spürte sie so ein Ziehen in der Brust. Sollte keine Antwort von ihm kommen, würde sie sich umbringen. Wenn die Anspannung sie nicht schon vorher umbrachte.

Sie streifte ziellos durchs Haus, fuhr das Dienstmädchen wegen einer Nichtigkeit an und entschuldigte sich gleich darauf. Sie setzte sich zu ihrer Mutter an den Frühstückstisch, aß aber nichts, denn sie gab vor, keinen Hunger zu haben. Sie antwortete kaum auf Fragen und starrte meist nur geistesabwesend aus dem Fenster.

Irmhild beobachtete sie besorgt, sagte aber nichts.

Später, nachdem endlich auch der Vater aufgestanden war –

ziemlich verkatert allerdings – und sein Frühstück herunterschlang, fragte er sie: »Na? Hast du dich damit abgefunden, dass wir bald Hochzeit feiern?« Er grinste, als habe er schon den Sieg errungen.

Gisela gönnte ihm nur einen kurzen Blick. Dann schenkte sie sich wortlos noch eine Tasse Kaffee ein und setzte sich auf die Terrasse, um die Frühlingssonne zu genießen. Sie hatte beschlossen, auf solche Fragen weder mit Ja noch mit Nein zu antworten. Vielleicht um Zeit zu gewinnen, zumindest aber, um vorerst weiterem Streit aus dem Weg zu gehen.

Natürlich würde sie irgendwann ihren Entschluss bekräftigen müssen. Eher schon bald, bevor die verdammten Hochzeitsvorbereitungen anfingen. Doch in Wahrheit scheute sie noch davor zurück. Sie fürchtete eine weitere hässliche Auseinandersetzung mit ihrem Vater. Die würde sogar noch schlimmer ausfallen als die letzte, da konnte sie sicher sein. Und ja, sie wartete auch auf eine Antwort von Ewalt. Als ob er ihr die Sache abnehmen könnte. Natürlich konnte er das nicht. Sie musste es schon selbst in die Hand nehmen. Aber noch nicht heute.

Sie setzte sich fern von allen in die Laube und versuchte *Les Liaisons dangereuses* zu lesen. Doch ohne großen Erfolg, denn sie fand es schwer, sich zu konzentrieren. Und die vielen unbekannten Wörter im Text machten es nicht leichter.

Am Sonntag kam Eberhard zum Mittagessen. Er tat so, als sei nichts geschehen. Gisela verhielt sich höflich, aber reserviert, und beteiligte sich kaum an den Gesprächen. Als Eberhard die Schwierigkeiten in der Firma ansprach, legte der Vater den Finger auf die Lippen.

»Nicht hier«, sagte er, »wir besprechen das gleich in der Bibliothek.«

Gisela hatte aber genug mitbekommen, um daraus zu schließen, dass Fischer & Söhne in finanziellen Schwierigkeiten steckte.

Nach dem Essen setzte sie sich mit der *Spenerschen* in die Laube und las einen Artikel über die politische Lage. Der Text war sehr vorsichtig formuliert, ließ aber trotzdem durchblicken, dass der König die Forderungen des Volkes nicht länger ignorieren sollte. Und dass am Montag wieder eine Zusammenkunft im Tiergarten geplant sei. Natürlich sei zu wünschen, dass alles ruhig und friedlich bleiben würde.

Bevor die üblichen Nachmittagsgäste eintrafen, trat Eberhard in den Garten. Die Besprechung mit dem Vater musste wohl zu Ende sein. Er machte einen verlegenen Eindruck, als er sich in der Laube zur ihr setzte.

»Ich möchte mit dir reden.«

»Dann rede«, sagte Gisela kühl, ohne aufzublicken. Sie hielt immer noch die Zeitung in den Händen und tat, als ob sie darin vertieft sei.

»Könntest du vielleicht die Zeitung weglegen?«

Sie sah ihn kurz an. »Warum? Ist etwas Besonderes?«

»Ich denke schon.«

Sie faltete umständlich die Zeitung zusammen und legte sie zur Seite.

»Und?«

»Ich möchte mich entschuldigen.«

»Und wieso?«

»Wegen neulich. Es war dumm von mir, mich mit dir zu streiten. Ich hoffe, wir können uns vertragen.«

»Hat mein Vater dich geschickt?«

»Nein. Eigentlich nicht.«

»Also doch.«

»Jedenfalls bin ich froh, dass der Hochzeitstermin jetzt gesetzt ist. Nun ist alles geregelt, und wir sollten uns wirklich vertragen. Darum möchte ich dich bitten.«

»Meinetwegen«, sagte sie. »Und keine Sorge, ich streite mich nicht mehr mit dir. Nie mehr, das kannst du mir glauben.«

Etwas verwirrt sah er sie an, unsicher, was sie damit meinte.

Aber Gisela klärte ihn nicht auf, sondern nahm ihre Zeitung von der Bank und ging ins Haus. Sie stieg die Treppe hinauf und schloss sich in ihrem Zimmer ein. Seine Nähe auf der Bank hatte ihr körperliches Unbehagen bereitet. Seltsam, auf einmal konnte sie den Mann nicht mehr ertragen.

Später hörte sie von unten, dass die ersten Gäste eintrafen. Aber sie beschloss, dieses Mal in ihrem Zimmer zu bleiben. Sie wollte nicht auch noch dem Pfarrer und seiner Frau begegnen und Glückwünsche zur bevorstehenden Hochzeit ertragen müssen. Oder diesen von Bismarck, dem zu den Forderungen der Bürger nichts Besseres einfiel, als auf die Leute zu schießen. Überhaupt hatte sie dieses ganze Haus satt. Am liebsten wäre sie in die Stadt gefahren oder in den Tiergarten, um zu atmen.

AUFSTAND IN WIEN

Giselas Brief hatte in Ewalt einen Sturm der Gefühle ausgelöst. Dass ihr Verlobter den Einbruch zugegeben hatte, nahm er kaum wahr, denn das war für ihn ohnehin gegeben. Viel bedeutender war, dass sie ihre Verlobung aufgelöst und ihm das gleich brühwarm mitgeteilt hatte! Hatte das etwas zu bedeuten? Musste es doch, oder?

Aber ihr Vater bestand weiterhin auf dieser Vermählung. Wer würde sich am Ende durchsetzen? Sie hatte nicht um Hilfe gebeten, und doch hatte sie irgendwie bedroht geklungen, so dass er sich Sorgen machte. Am liebsten wäre er gleich am Freitag zu ihr gefahren, aber das ging natürlich nicht. Was war zu tun?

Seiner Familie gegenüber erwähnte er nichts von ihrem Brief. Die würden ihn nur mit Fragen löchern, auf die er keine Antwort wusste.

Den Samstag verbrachte er wie immer im Werk an seiner Maschine. Vormittags glaubte er, die Ursache für sein technisches Problem gefunden zu haben, aber bei näherer Prüfung erwies sich dies als falsche Fährte. Abends saß er daheim in seinem Zimmer über den Zeichnungen und ging alles stundenlang und systematisch nochmals durch. Auch das brachte nicht die erhoffte Erleuchtung. Es war frustrierend.

Am Sonntagmorgen hatte er keine Lust auf den üblichen Kirchgang, sondern verbrachte eine Stunde in der Berliner Zeitungshalle, dem größten und elegantesten Leseinstitut Europas, wie die Betreiber behaupteten. Angeblich gab es hier an die sechshundert Zeitungen in vielen Sprachen und aus ganz Europa.

Sonntags war die Zeitungshalle mehr als gut besucht. Sie war zum Versammlungsort für gebildete Bürger, Intellektuelle und Studenten geworden. Besonders in diesen unruhigen Tagen. Hier konnte man die neuesten Berichte über Ereignisse, Proklamationen und Aufstände lesen, nicht nur in deutschen Landen, auch in Budapest und sogar in Italien. Man debattierte über Regierungsformen und Verfassungsgrundlagen, junge Hitzköpfe sogar über den Bau von Barrikaden. Da war ein Groll gegen die Regierung zu spüren. So etwas wie Kampfeslust lag in der Luft, aber auch eine gewisse Euphorie über die Möglichkeiten radikaler politischer Veränderungen – vor allem über den erhofften Aufbruch in ein geeintes, demokratisches Deutschland. Es war fast schon ein Wunder, dass die Regierung diesen Ort noch nicht geschlossen hatte.

Ewalt hatte erwartet, hier vielleicht Aaron anzutreffen, denn seit dem Rundgang durch das Werk hatten sie sich nicht mehr gesehen. Aber er war nirgends zu entdecken. Ewalt kaufte ein paar Zeitungen, aus Baden und aus Wien, und ging wieder.

Am Nachmittag verfasste er eine Antwort auf Giselas Brief und brachte sie zu Madame Durieux, eine ausgesprochen freundliche Dame, wie er fand. Er hatte lange über seine Zeilen nachgedacht und hoffte, den richtigen Ton getroffen zu haben, und dass Gisela seinen etwas gewagten Vorschlag annehmen würde. Am Dienstag würde er hoffentlich mehr wissen. Bis dahin musste er sich gedulden, auch wenn es schwerfiel.

Danach war er noch im Café Josty und beobachtete die eleganten Bürger, die dort ein und aus gingen – die Bourgeoisie, wie Aaron sie verächtlich nannte. Natürlich hatte er in Bezug auf die krassen sozialen Unterschiede nicht unrecht. Die schönen Bauten und Prachtstraßen Berlins konnten nicht darüber hinwegtäuschen, dass vier Fünftel der Erwerbstätigen zur Unterschicht gehörten und nicht selten bettelarm waren. Weber, Korbmacher und andere Handwerker verdienten kaum genug, um zu überleben. Frauen ohne Mann ging es am schlechtesten. Und dass solche Armut zu kriminellen Handlungen führte – wen konnte das überraschen?

Ganze Viertel wurden von Banden beherrscht. Selbst die Polizei traute sich da nicht hinein.

Aber hier, im Café Josty, herrschte der Luxus. Die kostbaren Möbel und das feine Tafelsilber, die wunderbaren Torten und Pralinen, die geschniegelten Kellner, die auf jeden Wink reagierten, die gut betuchten Damen und Herren, die hier ein und aus gingen.

Nur ein paar Schritte weiter aber, da draußen auf der Straße, wankten zerlumpte Gestalten, die um Almosen baten. Nicht selten magere, verhärmte Frauen, begleitet von ihren hungernden Kindern. Ewalt taten diese Menschen leid. Er war ein großzügiger Spender. Besonders in der Kirche gab er häufig größere Beträge für gute Zwecke, das hatte ihm von klein auf seine Mutter beigebracht. Aber er wusste auch, dass dies nur der sprichwörtliche Tropfen auf dem heißen Stein der sozialen Schieflage war.

Am Montagmorgen fand er sich schon früh im Werk ein, um weiter an seiner Lok zu arbeiten. Albers und drei andere halfen ihm dabei. Wie Ewalt aus der Zeitung wusste, würde am Nachmittag wieder eine Versammlung im Tiergarten stattfinden. Dort würde Aaron gewiss nicht fehlen. Sicher auch nicht sein Vater, der schon aus Berufsgründen dabei sein musste. Aaron würde sich vielleicht sogar an den Reden beteiligen. Zuzutrauen wär's ihm. Aber mit seinen radikalen Ideen täte er besser daran, in der Öffentlichkeit den Mund zu halten, sonst redete er sich noch um Kopf und Kragen. Es hatte auch kürzlich wieder Verhaftungen gegeben. Die Obrigkeit war nervös.

Ewalt selbst wäre auch gern zu dieser Versammlung gegangen, um zuzuhören, was die Liberalen zu sagen hatten. Im Grunde war er selbst ein Liberaler, auch wenn er an keinem dieser politischen Vereine, die in letzter Zeit wie Pilze aus dem Boden geschossen waren, beteiligt war.

Nein, dafür hatte er keine Zeit. Vor allem musste er das verdammte Problem mit dem Dampfdruck lösen. Sie hatten Kolben untersucht, Leitungen abmontiert, Dichtungen geprüft. Und nichts gefunden. Inzwischen sah er genauso schmutzig aus wie seine Männer – verschwitzt und dreckverschmiert, mit Ölflecken auf dem Arbeitskittel.

Sie hatten den ganzen Tag gewerkelt und dabei die halbe Lok auseinandergenommen. Nun war es dunkel geworden, so dass sie unter dem Licht mehrerer Öllampen weiterarbeiteten. Gasbeleuchtung gab es schon seit einer Weile auf den Hauptstraßen Berlins und in den Häusern der Bessergestellten, aber hier im Werk hatten sie nichts dergleichen installiert. Schon aus Sicherheitsgründen, denn hier wurde viel mit offenem Feuer hantiert.

»Na, wie sieht's aus?«, fragte Gero. »Kommst du voran?«

»Es ist zum Heulen.« Ewalt lag halb unter der Maschine. Nur sein Oberkörper schaute hervor. »Wir haben alles auseinandergenommen und untersucht und finden nichts.«

Gero versuchte Ratschläge aus seiner eigenen technischen Erfahrung zu geben. Aber an alles hatte Ewalt schon gedacht.

»Ich sehe, ich kann dir nicht helfen«, sagte Gero schließlich. »Glaubst du, bis Mitte April hast du's geschafft? Ich war nämlich heute Morgen bei der Stettiner und hab mit Generaldirektor Moretti geredet. Die sind interessiert und hätten auch einen bedeutenden Auftrag zu vergeben. Aber dazu müssen wir die Lok erstmal vorführen. Sonst kriegt wieder der Fischer den Auftrag.«

Ewalt zuckte resigniert mit den Schultern. »Ich weiß nicht, wie lange es noch dauert, Gero. Ich tue verdammt nochmal mein Bestes.«

»Weiß ich doch, Junge. Ich frag ja nur.«

»Ihr müsst ja auch noch das Gleisstück bis zur Stettiner legen.«

»Keine Sorge. Das machen wir in einer Woche. Übrigens, hast du schon gehört, was heute los war?«

»Nöh. Keine Ahnung.«

»Dann wisch dir mal die Hände sauber und komm ins Büro.«

Ewalt erhob sich und stemmte stöhnend die Fäuste in den schmerzenden Rücken. »Machen wir Schluss für heute«, sagte er zu den Arbeitern. »Morgen ist auch noch ein Tag.«

Er griff sich einen Putzlumpen, der auf einer Werkzeugkiste lag, und wischte sich das Öl von den Händen. Dann folgte er dem Onkel ins Büro.

Als er eintrat, sah er dort Schulze sitzen. Der Mann hielt seine speckige Mütze in den Händen und machte ein besorgtes Gesicht.

»Was ist denn los?«

»Setz dich erstmal«, sagte Gero. »Heute haben die sich wieder im Tiergarten versammelt.«

»Ich weiß. Wäre auch gern hingegangen.«

»Sei froh, dass du's nicht getan hast. Da war ziemlich was los. Ein riesiger Menschenauflauf. Zwanzigtausend sollen's gewesen sein. Kannst du dir das vorstellen?«

Ewalt erschrak. »Mein Gott, so viele? Bist du sicher?«

»Schulze hier war dabei. Ich hatte ihn nämlich hingeschickt, weil am Nachmittag eine Menge unserer Leute gefehlt haben. Die verdammten Kerle haben sich einfach davongeschlichen. Schulze hatte den Verdacht, dass sie vielleicht zu der Versammlung sind. Er hatte so was läuten hören.«

»Das stimmt. Kam mir heute auch stiller vor als sonst. Hab aber nicht darauf geachtet. Die Männer haben geschwänzt?«

Gero nickte. »Die halbe Belegschaft ist auf und davon. Ich bin ja selbst erst später gekommen. Langes Mittagessen mit dem Moretti und seinen Leuten. Also, Schulze, erzähl mal, was du gesehen hast.«

»Also, dit war so«, begann der Vorarbeiter. »Et hat vor Leuten nur so jewimmelt. Een Riesenufflauf, sach ick. Janz schwarz vor Menschen. Wie uff'm Ameisenhaufen. Ick hab 'n paar von unseren Jungs jesehen, aber da war kaum 'n Durchkommen. Überall Jebrüll, nach Freiheit hamse jeschrien und nach … wie heeßt dit noch …?«

»Amnestie«, half Gero aus.

Schulze nickte. »Jenau. Für die Politischen. Da ham welche Reden jeschwungen. Man konnt aber kaum wat verstehen, so laut war's, und so dicht hamse jestanden. Ob's zwanzigtausend waren, weeß ick nich, aber könnt schon sein. Jede Menge Studenten, aber ooch Arbeiter und Handwerker. Parolen hamse gebrüllt und schwarz-rot-goldene Fahnen jeschwenkt. Hab noch nie so viele uff een Haufen jesehen.«

»Vergiss nicht zu sagen, was dann am Ende passiert ist.«

Schulze leckte sich kurz die Lippen, bevor er weiterredete. »Tja. Als Schluss war, sind die Leut zurück inne Stadt. Und dann war da uff eenmal dit Militär da. Und die sind druff uff die Leute. 'n jungen Kerl hamse mit dem Bajonett erstochen.«

»Wirklich?«, fragte Ewalt. »Hast du's selbst gesehen?«

»Aber sicher doch. Bin direkt an de blutige Leiche vorbei. Is'n Glück, dat nich' noch mehr passiert is'.«

Gero nickte grimmig. »Ich sag dir, Ewalt, der König hat einen Heidenschiss. Deshalb lässt er seine Soldaten los. Er hat Schiss, dass es wie in Frankreich endet. Und sein verdammter Bruder hetzt ihn auch noch auf.«

»Prinz Wilhelm?«

»Kein anderer. Der will das Volk die Zuchtrute spüren lassen. So hat er sich letztens ausgedrückt. Aber ich sage dir, je mehr die da oben sich vor der Revolution fürchten und das Volk niederknüppeln, umso schneller wird's ihnen an den Kragen gehen. Du wirst dich noch an meine Worte erinnern.«

Gisela hatte den Dienstagmorgen herbeigesehnt und es kaum abwarten können. Nun war es endlich so weit. Wie erhofft, kam Madame Durieux zu gewohnter Stunde. Gisela fing sie schon an der Tür ab.

»Und? Was hat er gesagt?«, flüsterte sie.

Madame lächelte mysteriös. *»Patience, ma chère, patience!«*

Sie stiegen die Treppe hinauf. In ihrem Zimmer angelangt, schloss Gisela vorsichtshalber die Tür ab, für den Fall, dass die Mutter unerwartet auftauchen sollte.

»Also sagen Sie schon!«

Madame Durieux grinste verschmitzt. »Eines kann ich Ihnen sagen, *ma chère Giselle. Votre ami était tout content, vraiment tout content.* Er hat sofort den Brief gelesen und sich sehr gefreut. Das konnte man sehen. Und dann hat er nach meiner Adresse gefragt. Er wolle eine Antwort schreiben und sie mir am Sonntag vorbeibringen.« Sie zog ein Kuvert aus den Tiefen ihrer umfangreichen Tasche und überreichte es. *»Et voilà!«*

»O mein Gott, er hat geantwortet. Danke, Madame. *Merci, merci beaucoup!«*

»Nun machen Sie schon auf! Bin selbst ganz neugierig. Das heißt, wenn Sie erlauben.«

Mit fahrigen Bewegungen öffnete Gisela den Umschlag, zog den Brief hervor und begann mit klopfendem Herzen zu lesen.

Liebste Gisela,
für Ihre Zeilen – leider viel zu kurz – bedanke ich mich. Der Anstand gebietet mir natürlich, die Auflösung Ihrer Verlobung, wenn es denn dabei bleiben sollte, zu bedauern. Andererseits kann mein unverschämtes Herz darüber nur jauchzen. Ich überlasse es Ihnen, sich darauf einen Reim zu machen.
Unter den geänderten Umständen erlaube ich mir, Sie zu einem Tanzabend einzuladen. Sie erinnern sich an das Plakat? Am 17. März. Ich habe Eintrittskarten besorgt. Um Transport müssen Sie sich nicht sorgen. Ich hole Sie mit meinem Wagen ab, warte aber ganz diskret ein paar hundert Schritte Richtung Stadt von Ihrer Villa entfernt. Ich schlage fünf Uhr nachmittags vor. Das gibt uns Zeit, vorher eine Kleinigkeit zu essen.

Bitte lassen Sie mich durch Ihre liebenswürdige Madame Durieux wissen, ob Sie einverstanden sind.
Ihre Antwort kann ich kaum erwarten und verbleibe
Ihr Ewalt Schmitt

Gisela ließ den Brief sinken. Sie strahlte übers ganze Gesicht.

»Und?«, fragte Madame. »Wollen Sie mir nicht verraten, was er geschrieben hat? *Je m'excuse, mais je suis très curieuse.*«

»Er hat mich eingeladen, stellen Sie sich vor! Zu einem Tanzfest. Am Freitag.«

Madames Augen leuchteten. »Oh, ein Tanzfest! Wie schön!« Doch dann wurde sie ernst. »Aber werden Sie annehmen? Was werden Ihre Eltern dazu sagen? Geht das überhaupt, so mir nichts, dir nichts mit einem fremden Mann tanzen gehen?«

»Das ist mir alles egal. Ewalt Schmitt ist ein Ehrenmann. Und ich betrachte mich nicht länger als verlobt. Wenn nötig, schleiche ich mich heimlich davon, aber ich werde die Einladung annehmen. Nichts auf der Welt wird mich davon abhalten.«

»Und Sie werden Walzer tanzen«, sagte Madame verträumt. »Dahinschweben wie eine Fee im Märchenland. Ich beneide Sie, Mademoiselle.«

Die beiden Frauen umarmten sich. Gisela war es ganz warm ums Herz geworden. Vor allem war sie aufgeregt. Sie las den Brief noch einmal. Und ein drittes Mal. Dann kamen ihr praktische Überlegungen in den Sinn.

»Ich werde heimlich gehen müssen«, sagte sie. »Und ich kann ja nicht im Tanzkleid aus dem Haus gehen. Da muss ich mir was überlegen.«

»Nehmen Sie eine große Tasche, so wie meine. Darin verstecken Sie Ihr Kleid. Und in der Kutsche ziehen Sie sich um. Ihr *bel ami* wird nichts dagegen haben. Sie befehlen ihm einfach, so lange draußen zu bleiben.«

Gisela grinste. »Sie haben recht, so wird es gehen.«

Madame runzelte die Stirn. »Ich sehe nur ein Problem. In letzter Zeit ist es ziemlich unruhig in der Stadt. Und besonders nachts ist einiges an Pöbel unterwegs. Man hört von Überfällen, Taschendieberei. Sogar Schlimmeres. Und dann dieser ganze Aufruhr um Demokratie. Ich hoffe, Ihr Freund kann Sie beschützen.«

»Ach was! Da hab ich keine Sorge.«

Am Dienstagnachmittag – es war jetzt der 14. März – trat Madame Durieux etwas schüchtern durch das Tor der Schmitt-Werke und fragte nach dem Juniorchef. Man geleitete sie in sein Büro und hieß sie warten.

Schon bald erschien Ewalt im verdreckten Arbeitskittel. »Entschuldigen Sie meinen Aufzug, Madame. Ich gebe Ihnen besser auch nicht die Hand.« Er hob seine ölverschmierten Hände und lachte.

»Wie schön, einen fleißigen Mann zu sehen«, sagte sie mit einem Augenzwinkern. »Wie geht es Ihnen heute?«

»Noch viel besser, wenn Sie mir sagen, was ich wissen möchte.«

»Nun, die Antwort ist …« Sie unterbrach und sah spitzbübisch lächelnd in seine neugierig blickenden Augen. »Möchten Sie es wirklich wissen?«

»Wollen Sie mich auf die Folter spannen?«

»*Mais bien sûr, Monsieur.* Erlauben Sie mir den kleinen Spaß.«

Ewalt verdrehte die Augen und seufzte ergeben.

»Nun gut«, sagte Madame. »Ich will Sie nicht länger quälen. Die liebe Giselle hat Ihre Einladung angenommen. Wär ja auch dumm, wenn Sie's nicht täte.«

Ewalt atmete erleichtert aus und strahlte. »Da bin ich aber froh. Ich hatte schon befürchtet, sie würde mir einen Korb geben.«

»Ganz im Gegenteil. Sie sagt, nichts könne sie davon abhalten. Leider habe ich keinen Brief für Sie, *mon cher*, denn zum Schreiben war sie viel zu aufgeregt. Sie müssen sich allein auf mein Wort verlassen. Freitagnachmittag um fünf. Wie Sie es vorgeschlagen haben.«

»Wunderbar!«

»Ich hoffe, Ihr Wagen hat ein Verdeck, junger Freund.«

»Warum?«

»Weil sie sich darin umziehen muss.«

»Ah, verstehe. Dann nehme ich lieber unsere geschlossene Kutsche.«

»Das wird wohl das Beste sein.« Madame Durieux hob den Zeigefinger, um ihm zu drohen. »Und Sie passen gut auf sie auf! Ich möchte, dass sie heil wieder nach Hause kommt. Ich mag sie nämlich sehr, Ihre kleine Giselle. Obwohl, so klein ist sie ja nicht. Trotzdem.«

»Ich schwör's, Madame. Sie können sich auf mich verlassen.«

Mit einem verschmitzten Lächeln verabschiedete sich Madame Durieux und verließ das Büro.

»Wer, zum Teufel, war das denn?«, fragte Gero, der gerade zu Ewalt wollte und sie hatte gehen sehen.

»Die Dame hat mir eine Nachricht überbracht.«

»Muss eine verdammt gute gewesen sein. So wie du strahlst.«

»Das kannst du laut sagen, mein Lieber.«

»Und? Willst du es mir verraten?«

»Ein andermal.«

»Auch noch Heimlichkeiten! Da kann es sich ja nur um etwas Galantes handeln. Darf man dir die Daumen drücken?«

Ewalt grinste. »Darf man.«

Tags darauf, am Mittwoch, dem 15. März, erwachten die Berliner zu Vorgängen, die bedrückend und furchteinflößend waren. Das war natürlich die Absicht der Herrschenden.

In den frühen Morgenstunden waren Truppen in die Stadt eingerückt. Reiterschwadrone besetzten das Brandenburger Tor. Sogar Kanonen hatte das Militär dort aufgefahren, um die Straße zum Tiergarten bestreichen zu können. Den Weg zum Versammlungsort des aufrührerischen Packs, wie Prinz Wilhelm sich auszudrücken pflegte. Der König hatte alle Forderungen der Demokraten kategorisch abgelehnt. Kürassiere patrouillierten die Straßen, trieben jede Menschenansammlung auseinander, schlugen mit Säbeln auf protestierende Bürger ein.

Und wer am Morgen die Zeitungen aufschlug, wusste auch, warum das Militär plötzlich so präsent war. Der Grund waren die Nachrichten aus Wien, die inzwischen die Stadt erreicht hatten. Zwei Tage zuvor war dort ein Volksaufstand ausgebrochen. Mit der flammenden Rede des ungarischen Patrioten, Lajos Kossuth, gegen die Herrschaft der Habsburger hatte es angefangen. Vor dem Landhaus, dem Versammlungsort der österreichischen Stände, hatte jemand sie der Menge laut vorgelesen.

Jakob Grünbaum war inzwischen ein ständiger Gast in der Villa Schmitt geworden. »Hier, lies mal vor«, sagte er beim Abendessen und reichte Hedwig eine Depesche, die er aus Wien erhalten hatte. »Wir dürfen das natürlich nicht bringen, aber die Rede ist bemerkenswert.«

»Auf uns ruht der Fluch eines erstickenden Qualms«, las Hedwig. *»Aus den Beinkammern des Wiener Systems weht eine verpestete Luft uns an, die unsere Nerven lähmt, unseren Geistesflug bannt.«* Das lange Leben dieses Systems habe es nun zum Tode reif gemacht, hieß es in diesem Stil weiter.

»Mein Gott, das ist starker Tobak«, sagte Hedwig am Ende.

»Ich finde es gut«, sagte Trude. »Das System muss weg. Das hat doch auch der Aaron gesagt.«

Ute sah ihre Tochter misstrauisch an. »Daran erinnerst du dich?«

»Ich auch«, pflichtete die jüngere Katrin ihrer Schwester bei. Die beiden Mädchen mochten Aaron. Er hatte Eindruck auf sie gemacht.

»Jetzt reicht's aber. Was wisst ihr schon davon?«

»Mehr, als du denkst, Mama«, erwiderte Trude.

»Aber was genau ist denn in Wien passiert?«, fragte Hedwig.

»Diese Rede hat die Menge vor dem Landhaus aufgewiegelt«, sagte Jakob, »bis die Leute nicht mehr aufzuhalten waren. Das Landhaus wurde gestürmt. Das Militär bekam daraufhin Schießbefehl. Mit aufgepflanzten Bajonetten gingen sie gegen die Bürger vor. Vier Männer starben. Eine Frau wurde in der Panik zu Tode getrampelt. Aber das hat die Leute noch mehr aufgebracht. Das Militär verlor die Kontrolle. Später kam es zum Waffenstillstand. Doch selbst dann haben Arbeiter Fabriken gestürmt und alles kaputtgeschlagen. Die Gaslaternen in den Straßen haben sie aus dem Boden gerissen und das ausströmende Gas entzündet, so dass es überall wie riesige Fackeln brannte.«

»O mein Gott!« Ute bekreuzigte sich.

»Am Abend war Erzherzog Ludwig gezwungen, Konzessionen zu machen und ersten Forderungen der Demokraten nachzukommen. Aber das Wichtigste … es ist ihnen gelungen, Metternich aus dem Amt zu jagen.«

»Wirklich?«

»Er musste Hals über Kopf fliehen und soll nach England unterwegs sein.«

Hedwig machte große Augen. »Metternich gestürzt? Das ist doch kaum zu glauben.«

Fürst Metternich, einer der ganz Großen. Seit 1813 hatte dieser Mann die europäische Politik maßgeblich mitbestimmt, die Rückkehr zum monarchischen Prinzip durchgesetzt und sich für die Unterdrückung der nationalen und liberalen Bewegungen eingesetzt. Nicht nur in Deutschland, sondern auch in Ungarn, Böhmen und Italien. Und nun hatte das Volk ihn geschasst, wie einen Hund vom Hof gejagt. Diesen mächtigen Minister! Es war wirklich kaum zu glauben.

Gero lachte. »Erst Louis-Philippe und jetzt Metternich. Anscheinend wird England zum Zufluchtsort für Revolutionsvertriebene.«

»Das ist nicht witzig«, sagte seine Frau.

»Wir dürfen Nachrichten über die Vorgänge in Wien leider nur mit Zurückhaltung drucken«, sagte Jakob, »das hat uns die Zensur schon mitgeteilt. Aber die Wahrheit lässt sich nicht lange unterdrücken. Es zirkulieren schon Flugblätter. Und Gerüchte machen überall die Runde. Das wird die Freiheitsbewegung mächtig stärken, da könnt ihr sicher sein. Genau deshalb ist ja auch das Militär ausgerückt.«

Wieder bekreuzigte sich Ute. »Gib Gott, dass es in Berlin nicht auch noch zu Revolution und Straßenkämpfen kommt. Nicht auszudenken! Und was, wenn die Arbeiter auch unsere Fabrik stürmen? Was ist dann?«

»Ich glaube nicht, dass es dazu kommt«, versuchte Hedwig sie zu beruhigen. »Nicht bei uns. Unsere Leute halten uns die Treue. Wachleute haben wir ja schon. Dazu hat Gero für jeden Fall noch vertrauenswürdige Männer ausgesucht, die unser Werk ab jetzt Tag und Nacht beschützen.«

»Dann habt ihr also doch Angst, dass es schlimmer kommen könnte.«

»Besser, man sieht sich vor.«

Auch Ewalt war besorgt. Besonders um seine Lok. Ein Sturm auf die Fabrik könnte seine Maschine zerstören. Das wäre zwar nicht das Ende, denn alle wichtigen Zeichnungen lagen in der Villa verwahrt, aber es würde ihn um Monate zurückwerfen.

Was ihn ebenfalls beschäftigte, war seine Verabredung mit Gisela. Unter den gegenwärtigen Umständen war es zu unsicher, sie zu einem Tanzfest auszuführen. Aber nun konnte er sie nicht mehr erreichen, ohne sie vor ihrer Familie in Verlegenheit zu bringen. Er würde das Rendezvous natürlich einhalten, aber vielleicht sollten sie etwas anderes unternehmen.

Am nächsten Tag, am Donnerstag, hatte er Glück und fand die Ursache seines technischen Problems, den Grund für den Druckabfall bei erhöhten Temperaturen. Nach einiger Überlegung kam ihm auch die Lösung.

»Wir werden es ausprobieren müssen«, sagte er zu Gero. »Aber wenn ich recht habe, können wir in zwei Wochen eine erste längere Probefahrt machen. Wenn dabei alles gut geht, kannst du mit Moretti reden.«

»Großartig. Ich danke dir!«

DER TANZABEND

Wenn König Friedrich Wilhelm und seine Ratgeber – Generäle, Beamte und Höflinge – geglaubt hatten, das Volk mit dem Aufmarsch von Soldaten einschüchtern zu können, so hatten sie sich geirrt. Die Ereignisse in Wien und die erfolgreiche Vertreibung Metternichs ermutigten die Berliner enorm. Sie schienen ihre Angst zu verlieren. Immer mehr Demonstranten mit schwarz-rot-goldener Kokarde an der Jacke zeigten sich auf den Straßen. Auf öffentlichen Plätzen wurde geraucht, als Zeichen des Widerstands, obwohl es verboten war. Die Polizei, sonst so wachsam, schritt seltsamerweise nicht ein.

Arbeiter sahen in dem Protest eine Chance für ihre eigenen Belange und schlossen sich in großen Mengen den Demonstranten an. Am Abend des 16. März versammelten sie sich zusammen mit Studenten auf dem Schlossplatz. In Sprechchören forderten sie den Rücktritt der Regierung, eine freiheitliche Verfassung und die Aufstellung einer Bürgerwehr. Die Arbeiter verlangten zudem ein Streikrecht, kürzere Arbeitszeiten und die Abschaffung der Kinderarbeit. Einige übermütige junge Burschen warfen sogar Steine auf die Soldaten, die sich jedoch auffallend zurückhielten. Sie hatten wohl den Befehl, die Lage nicht eskalieren zu lassen.

Nicht zuletzt deshalb war bisher alles friedlich verlaufen. Zwar hatte es überall Aufmärsche von Demonstranten gegeben, besonders in der Innenstadt und in Schlossnähe, aber keine gewalttätigen Ausschreitungen. Das Militär beschützte das Schloss und hatte auch an anderen strategischen Punkten Stellung bezogen, griff aber nicht ein, sondern ließ die Demonstranten gewähren.

Es wird wohl nicht so schlimm werden, dachte Ewalt am Freitagnachmittag. Nicht wie in Wien. Seinem Rendezvous mit Gisela stand also nichts im Wege. Er zog ein blütenweißes Hemd und einen guten Anzug an, band die Krawatte und wich Mutter Hedwigs Fragen aus, was er denn vorhabe. Dann bat er den Kutscher der Familie anzuspannen.

Kurz darauf machten sie sich auf den Weg. Die Pferde zogen an, das Gespann rasselte aus dem Hof und schlug den Weg zum Oranienburger Tor ein. Das Wetter war noch etwas frisch, aber nicht unfreundlich. Obwohl es ein normaler Arbeitstag war, waren viele Menschen unterwegs. Der Kutscher mied die Innenstadt, auch den Alexanderplatz, der von lärmenden Demonstranten verstopft war, und musste noch einige weitere Umwege in Kauf nehmen. Auf der Oranienburger- und der Chausseestraße wurde es dann ruhiger. Die Kutsche passierte die Industrieanlagen, und nach weiteren fünfzehn Minuten erreichten sie die Nähe der Fischer-Villa. An passender Stelle bat Ewalt den Kutscher, zu wenden und anzuhalten.

Ob sie wohl kommt?, fragte er sich. Vielleicht würde man sie daran hindern, aus dem Haus zu gehen. War doch eher ungewöhnlich für eine junge Dame wie Gisela, zu Fuß und ohne Begleitung das Haus zu verlassen. Er zog die Uhr aus der Westentasche. Es war erst zehn vor fünf. Aber besser zu früh als zu spät.

Er stieg aus und wechselte ein paar Worte mit Gottschalk, dem Kutscher. Der Mann war schon seit Jahren im Dienst der Familie und vertrauenswürdig. Ewalt hatte ihn eingeweiht. Er wusste also, warum sie hier waren, und hatte versprochen, den Mund zu halten.

Die Gegend war gar nicht so weit von den Fabriken entfernt und hatte doch einen ländlichen Charakter. Wiesen und Äcker, etwas Wald, ein paar Bauernhöfe. Die Chaussee war nicht gepflastert, aber dennoch in gutem Zustand. Rechts und links säumten Bäume den Straßenrand. Ewalt ging ein paar Schritte. Dann blieb er stehen und sah wieder auf die Uhr. Der Zeiger schien kaum vorwärtsgekrochen zu sein. In einigen hundert Metern Entfernung und durch eine Gruppe von Bäumen hindurch war das Haus der Fischers zu sehen. Ewalt kehrte langsam zur Kutsche zurück und strich einem der Pferde über die Nüstern.

Ein Fuhrwerk tauchte auf. Es war ein Bauer, dessen müder Gaul einen Leiterwagen zog. Der Mann hielt an und fragte, ob sie sich verirrt hätten, ob er ihnen helfen könnte. Als Ewalt verneinte und sagte, es sei alles in Ordnung, klatschte der Bauer dem Pferd die Zügel auf den Rücken und fuhr ohne ein weiteres Wort weiter.

Als Ewalt erneut auf die Uhr sah, war es zehn nach fünf. Ob sie ihn versetzen würde? Vielleicht hatte sie es sich anders überlegt. Angeblich, nach Madame Durieux Worten, hatte sie sich über die Einladung gefreut. Aber vielleicht war ihr etwas dazwischengekommen.

Ewalt wurde es müde herumzustehen. Er setzte sich in die Kutsche.

Nach einer weiteren Weile hörte er Gottschalk sagen: »Ick globe, da kommt Ihre Dame.«

Rasch stieg Ewalt aus. Tatsächlich! Auf der Chaussee kam ihnen jemand entgegen und winkte schon von Weitem. Das musste sie sein. Ewalts Herz machte einen Hüpfer, als er Gisela sah. Er ging ihr entgegen. Als sie sich einander näherten, merkte er, dass sie eine Wollmütze trug, einen einfachen Mantel und wetterfeste Schuhe. Von den Schultern hing eine große Tasche. Sie lachte übers ganze Gesicht. Und die letzten Meter rannte sie auf ihn zu. Ein bisschen atemlos blieb sie vor ihm stehen.

»Da bin ich!«, sagte sie und grinste übers ganze Gesicht.

Spontan breitete Ewalt die Arme aus. Gisela zögerte nicht und ließ sich lachend umarmen. »Ist das nicht verrückt?«, sagte sie strahlend und küsste ihn auf die Wange. »Ein richtiges Abenteuer!«

»Ich hab schon gedacht, Sie kommen nicht.«

»Tut mir leid, ich hab mich mal wieder verspätet.«

»Hatten Sie denn Schwierigkeiten?«

»Ach wo! Eberhard wird mich nicht vermissen. Der ist beim Militär. Die haben nämlich schon vor Tagen einige ihrer Reserveoffiziere eingezogen. Mein Vater ist in der Fabrik. Nur meine Mutter ist daheim. Der hab ich gesagt, ich geh spazieren.« Sie zeigte auf ihre einfache Kleidung. »Deshalb bin ich auch so angezogen. Ich gehe öfter spazieren. Es ist schön hier in der Gegend.«

Ewalt lachte. »Aber Sie wollen doch wohl nicht in Stiefeln tanzen?«

»Natürlich nicht.« Gisela klopfte auf die Tasche. »Ich hab alles dabei. Die Tasche hab ich nämlich schon gestern im Stall versteckt. Hat keiner gesehen.«

Ewalt musste grinsen. »Sie sind ja eine richtig hinterlistige Ausreißerin.«

»Ja, nicht?« Aber dann runzelte sie die Stirn. »Im Grunde ist es eine Schande, dass ich mich so verstecken muss. Ich bin eine erwachsene Frau und muss mich heimlich davonschleichen wie eine Verbrecherin. Wir Frauen haben keine Rechte. Wir sind nichts als Sklavinnen unserer Männer. Egal ob Vater oder Ehemann.«

Ewalt lachte. »Bei mir wären Sie das nicht. Versprochen!«

»Das will ich auch hoffen!« Sie musterte ihn von oben bis unten. »Sie sehen großartig aus in Ihrem schönen Anzug. Und die Krawatte passt zu Ihren Augen.«

»Danke.« Er nahm sie bei der Hand, und sie gingen langsam zurück zur Kutsche. »Ich hab allerdings Bedenken wegen der Tanzveranstaltung, wenn ich ehrlich bin. In der Stadt ist ziemlich was los. Überall Demonstranten. Und auf manchen Plätzen steht Militär. Vielleicht sollten wir wirklich nur spazieren gehen. Schließlich bin ich für Ihre Sicherheit zuständig. Ich habe Madame Durieux versprochen, dass ich auf Sie aufpasse.«

Doch Gisela ließ sich von seinen Bedenken nicht beeindrucken. »Ich weiß, ich weiß. Es wird mal wieder protestiert. Aber das tun sie doch dauernd. Es soll uns nicht daran hindern, ein wenig Spaß zu haben, oder?« Sie zog einen Schmollmund und sah mit großen Kinderaugen zu ihm auf. »Bitte, Ewalt! Ich wär so gern tanzen gegangen.«

Er gab sich geschlagen. »Na gut. Dann gehen wir tanzen.«

»Danke!«, sagte sie und gab ihm schnell noch einen Kuss auf die Wange.

Mein Gott, sie riecht so gut, fuhr es ihm durch den Sinn. Egal ob im Kleid auf ihrem Rasen oder hier draußen im Regenmantel und mit Wanderstiefeln an den Füßen.

Sie waren beim Wagen angekommen. Der Kutscher erhob sich kurz von seinem Bock und lüftete lächelnd den Hut. »Juten Tag, Fräulein Fischer.«

»Er kennt mich?«, fragte Gisela.

»Das ist Gottschalk, unser Fahrer. Auf ihn können Sie sich verlassen.«

»Guten Tag, Herr Gottschalk.« Und wieder zu Ewalt: »Und jetzt müssen Sie hier warten, während ich mich umziehe. Und wehe, Sie gucken!«

Sie kletterte in die schwankende Kutsche, schloss den Schlag und zog den kleinen Vorhang vor dem Fenster zu. Schulterzuckend wechselte Ewalt mit dem Kutscher einen Blick, als wolle er sagen: Was kann man machen, deine Kutsche ist jetzt ein Umkleidezimmer.

Gottschalk nickte grinsend. Ihm schien die Verschwörung Spaß zu machen.

Es dauerte ziemlich lange. Ab und zu schaukelte die Kutsche auf ihrer Federung, meist begleitet von einem Laut weiblichen Unmuts, als würde das Umkleiden Schwierigkeiten bereiten. »Es ist so eng hier«, ließ sie die Männer wissen. Dann aber schien das Schwierigste geschafft, und es wurde wieder ruhig.

Zwei Reiter kamen auf der Chaussee vorbei, wahrscheinlich von einem der Gutshöfe in der Nähe. Sie starrten Ewalt und sein Gefährt neugierig an. Sie mussten sich fragen, was eine stehende

Kutsche hier mitten auf der Chaussee zu suchen hatte. Vielleicht kannten sie Gisela sogar. Zum Glück war sie immer noch im Wagen versteckt. Ewalt drehte sich um und ignorierte die Reiter. Sie entfernten sich.

Und dann war es endlich so weit. Gisela öffnete den Schlag und zeigte sich. Sie hatte sich völlig verwandelt. Eine wetterfeste Wandersfrau war eingestiegen, eine zauberhafte Prinzessin stieg aus. Wie war so etwas möglich? Ewalt war überwältigt.

»Meine Frisur ist heute etwas bescheiden«, sagte sie. »Meine Mutter wäre sonst misstrauisch geworden.«

Sie trug die Haare hinten zu einem schlichten Knoten gebunden. Doch das stand ihr gut, denn es betonte die elegante Linie ihres Nackens. Ihr Kleid war aus hellgrauer Seide, hatte ein bescheidenes Dekolleté, ließ aber die Schultern frei und fiel fast bis auf die zierlichen Schuhe an ihren Füßen. Sie drehte sich einmal um die eigene Achse und ließ den langen Rock um die Beine wirbeln.

»Und? Wie gefalle ich Ihnen?«

»Was soll ich sagen? Ich bin sprachlos!« Und das war nicht gelogen.

Sie lächelte. »Gut. Dann können wir ja fahren.«

Ewalt führte Gisela in ein elegantes Restaurant, das in einer ruhigen Straße lag, abseits der großen Plätze, wo immer noch Menschenmengen unterwegs waren. Sie aßen leicht, um den Magen nicht zu überlasten – sie wollten ja später tanzen gehen –, und tranken trockenen Rheinwein. Gisela schien alles zu genießen – das Kerzenlicht auf dem Tisch, die Aufmerksamkeit des *maître d'hôtel*, die vorzügliche Bedienung und das gute Essen. Obwohl sie nur Häppchen davon zu sich nahm. Sie war ausgezeichneter Laune, unterhielt sich angeregt mit Ewalt und lachte ausgelassen. Alles, was er zu sagen hatte, schien sie faszinierend zu finden.

»Ich hoffe, deine Lok wird ein Riesenerfolg«, sagte sie, nachdem er ihr erzählt hatte, dass sie bald für die erste Probefahrt bereit sein würde.

Sie hatten entschieden, auf das Sie zu verzichten – zumindest für diesen Abend –, und hatten den Pakt mit einem Schluck Wein besiegelt.

»Und was, wenn sie besser und schneller ist als die Maschinen deines Vaters?«

»Dann muss er sich eben was Neues einfallen lassen«, erwiderte sie ungerührt und zuckte mit den Schultern. Ausgesprochen reizvolle Schultern, wie Ewalt fand. »Aber lass uns heute nicht mehr von Maschinen reden«, sagte sie. »Auch nicht von Politik und Aufruhr. Nur von uns beiden.« Dabei sah sie ihm auf eine Art in die Augen, dass ihm ganz warm ums Herz wurde.

»Ach, Gisela«, sagte er und griff nach ihrer Hand, die auf dem weißen Tischtuch lag. »Ich bin so froh, dass wir diese Gelegenheit haben, einen gemeinsamen Abend zu verbringen.«

Sie beugte sich vor und flüsterte: »Ich auch.«

Sie sahen sich lange an, bis der Kellner kam und die leeren Teller abräumte. Ihr Blick war Ewalt durch und durch gegangen. Er starrte auf ihren Mund und stellte sich vor, wie es wäre, sie zu küssen.

»An was denkst du?«, fragte sie.

»Bist du wirklich entschlossen, dich deinem Vater zu widersetzen?«, fragte er vorsichtig.

»Wegen der Heirat?«

Ewalt nickte.

»Bin ich. Und wenn's mich umbringt.«

Er lächelte. »Umbringen soll's dich natürlich nicht.«

»Egal. Von Falkenberg ist Vergangenheit.« Sie hob ihr Glas. »Trinken wir auf den Verflossenen!« Sie lachte.

Die Gläser berührten sich. »Auf den Verflossenen!«

Ewalt hatte die plötzliche Eingebung, sie zu fragen, ob sie sich vorstellen könnte, statt des Verflossenen ihn zu heiraten. Der Gedanke spukte ihm schon seit Tagen im Kopf herum. Aber es war wohl nicht der passende Moment. Außerdem kam auch schon die Nachspeise, *Crème Caramel*, und überhaupt, es verließ ihn der Mut. Im Grunde war es viel zu früh für so etwas. Sie würde es bestimmt ungehörig finden. Dass sie mit ihm tanzen ging, musste noch gar nichts bedeuten.

»Ich hoffe, du setzt dich durch«, sagte er. »Schon allein in meinem ureigensten Interesse. Schließlich will ich noch öfter mit dir tanzen gehen.«

Sie lächelte schelmisch. »Nur tanzen?«

Er wurde rot. »Jetzt machst du mich wieder verlegen, Gisela.«

Sie lachte vergnügt. »Es ist leicht, dich verlegen zu machen.«

In diesem lockeren Ton neckten sie sich weiter, bis die Rechnung kam. Ewalt bezahlte, half ihr in den Mantel, und sie brachen auf. »Ich muss wirklich komisch aussehen«, sagte sie. »Mit dem alten Regenmantel über meinem Tanzkleid.«

Er nickte. »Ein interessanter Kontrast.«

Hundert Meter vom Restaurant entfernt wartete Gottschalk mit der Kutsche. »Fahr uns zum Opernplatz«, sagte Ewalt. »Und ein Stück weiter, Unter den Linden, da befindet sich das Tanzhaus. Kann aber sein, dass da schon viele Kutschen stehen. Halte vielleicht ein Stück davor an. In der Nähe der Akademie, würd ich sagen. Dort kannst du in Ruhe auf uns warten.«

Ewalt half Gisela in den Wagen, stieg selbst ein, und sie fuhren los. Er nahm ihre Hand in die seine, und sie ließ es geschehen. Sie saßen ganz dicht beieinander, so dass sich jedes Mal, wenn die Straße uneben war und die Kutsche schaukelte, ihre Schultern berührten. Nachdem das ein paarmal passiert war, lehnte sie sich an ihn und legte den Kopf auf seine Schulter.

Ewalt wäre gern so weitergefahren, aber nun hatten sie es nicht mehr weit. Das Gespann musste sich den Weg über den Opernplatz bahnen, wo eine riesige Menge von Leuten herumstand und lautstark diskutierte. Schließlich fuhren sie an der Königlich Preußischen Akademie der Künste vorbei. Gottschalk zügelte die Pferde. Sie waren angekommen.

Ewalt half Gisela aus dem Wagen. Ihre Tasche ließen sie auf dem Sitz.

»Pass auf die Tasche auf«, trug Ewalt dem Kutscher auf. »Und gegen elf sind wir wieder hier.«

Gottschalk nickte.

Ewalt nahm Gisela bei der Hand, und sie machten sich auf den Weg. Hinter ihnen, vom Opernplatz her, hörte man den Lärm der Demonstranten. Aus der Ferne auch. Wahrscheinlich vom Schlossplatz her oder vom Alexanderplatz und, wie es sich anhörte, auch vom nahen Gendarmenmarkt. Die ganze Stadt schien auf den Beinen zu sein. Warum gehen die nicht nach Hause?, fragte sich Ewalt. Aber auch er konnte es spüren. Es lag etwas in der Luft. Als warteten die Leute auf etwas, was niemand verpassen wollte.

Zumindest hier, nahe der Akademie, war es still. Allerdings nicht ganz. Von weiter vorn, wo sich das Tanzhaus befand, konnte man schon die Musik hören. Dort standen auch mehrere Karossen, wie Ewalt vermutet hatte. Man sah Leute aussteigen und ins Tanzhaus gehen. Noch zwei Kutschen fuhren an ihnen vorbei. Die Veranstaltung fand also statt. Anscheinend wollten die Gäste sich von den Aufmärschen nicht stören lassen.

»Muss der arme Gottschalk die ganze Zeit warten?«, fragte Gisela.

»Der ist das gewohnt. Ich hab ihm außerdem ein großes Trinkgeld zugesteckt. Damit war er mehr als zufrieden.«

Vor dem Tanzhaus befand sich ein großer, von Fackeln erhellter Vorgarten. Auf der Treppe standen einige Paare – vielleicht um sich nach dem Tanzen abzukühlen. Die Frauen trugen lange Kleider –

ihre Leiber in Korsette geschnürt –, die Herren Frack und steifen Kragen. Zwei der Herren rauchten Zigarren. Aus der offenen Tür drang das warme Licht des Saals. Und natürlich beschwingte Orchesterklänge.

»Kommen wir zu spät?«, fragte Gisela.

»Keine Sorge, ich hab einen Tisch reserviert.«

Sie stiegen die Treppe zum Eingang hoch, Ewalt zeigte dem Türsteher seine Eintrittskarten, und sie betraten den Saal, begleitet von einem Kellner, der ihnen ihren Tisch zuwies.

Das Tanzhaus war nicht ganz voll – vielleicht wegen der Unruhen in der Stadt –, aber doch einigermaßen gut besucht. Um so ein Etablissement zu betreiben, benötigte man eine besondere Genehmigung. Die hohen Eintrittspreise konnte sich nur ein gehobenes Publikum leisten. Und der Pfarrer des Viertels war angehalten, gelegentlich nach dem Rechten zu sehen, ob es auch sittlich zuging.

Sie setzten sich, und Ewalt bestellte eine Flasche Champagner. Gisela sah sich mit leuchtenden Augen um. Die Musik, die eleganten Menschen, das sanfte Licht der kleinen Laternen auf den Tischen, die ganze Atmosphäre schien eine euphorisierende Wirkung auf sie zu haben.

Im Hintergrund, auf einem niedrigen Podium, saßen die Musiker – ein gutes Dutzend an der Zahl. Angeführt von ihrem Kapellmeister waren sie schwungvoll bemüht, Stimmung zu machen und den Saal mit fröhlichen Walzerklängen zu füllen. In der Mitte bewegten sich festlich gekleidete Paare in beschwingtem Dreivierteltakt. Von den Tischen rund um die Tanzfläche klang das Gemurmel ausgelassener Gespräche, ab und zu ein fröhliches Lachen. Ein Korken knallte, Champagner sprudelte, Gläser klirrten.

Bald darauf erreichte auch Ewalts Bestellung den Tisch. Der Kellner goss ein, sie hoben die Champagnerflöten und tranken einander zu.

Nach einem vorsichtigen Schluck stellte Gisela ihr Glas ab und reichte ihm die Hand. »Komm!«, rief sie laut genug, um die Musik zu übertönen. »Lass uns endlich tanzen!«

Während Gisela und Ewalt nichtsahnend die Beine schwangen und sich herrlich vergnügten, war die Stimmung in Teilen der Stadt umgeschlagen und hässlich geworden.

Junge Männer hatten sich zusammengerottet, meist Studenten und Arbeiter. Sie hatten genug von friedlichen Protesten, die zu nichts führten. Nicht wenige waren alkoholisiert. Radikale hatten sich auf Kisten gestellt, um kämpferische Reden zu halten. Sie schwangen schwarz-rot-goldene Fahnen, erinnerten an Paris und Wien und daran, was man erreichen könne, wenn man entschlossen vorging. Die Regierung müsse endlich weg, der König abdanken. Sollte er doch auch nach England gehen, da wäre er bei Louis-Philippe und Metternich in guter Gesellschaft.

Es gelang ihnen, die versammelten Massen, die bisher eher friedlich demonstriert hatten, anzuheizen und aufzuhetzen. Studenten hatten genug von dem vielen Gerede und wollten endlich etwas unternehmen. Arbeiter nahmen die Gelegenheit wahr, ihrer lang unterdrückten Wut Luft zu machen. Und so fingen junge Kerle an zu randalieren, Pflastersteine auszugraben und auf Polizisten und Soldaten zu werfen. Johlend feuerten sie sich gegenseitig an. Schnell wurden es mehr.

Die Soldaten versuchten zuerst noch, die aufgeregten Massen möglichst ohne Waffengewalt zurückzudrängen oder zu zerstreuen. Aber das erwies sich schnell als unmöglich. Die Randalierer stürzten Kutschen um, rissen, wie die Wiener es vorgemacht hatten, Laternen aus dem Boden und entzündeten das entweichende Gas, das in gespensterhaften Fackeln das chaotische Geschehen beleuchtete. Sie warfen Fensterscheiben ein und provozierten immer wieder das Militär.

Besonders am Gendarmenmarkt trieben sie es wild. Von den Soldaten, die dort für Ruhe sorgen sollten, wurden mehrere verletzt. Einer erhielt einen schweren Stein auf den Kopf und starb auf der Stelle.

Das war genug für den wachhabenden Offizier. Er befahl, hart durchzugreifen. Mit aufgepflanzten Bajonetten gingen sie gegen die entfesselte Meute vor.

Erste Randalierer wurden niedergestochen, worauf die meisten in Richtung Opernplatz flohen. Und doch waren sie so in Rage, dass sie weitermachten und erneut die nachrückenden Soldaten mit Steinen bewarfen. Spätestens als die Krawalle auf den Opernplatz übergriffen, wo sich noch mehr junge Männer dem Aufstand anschlossen, geriet die Lage außer Kontrolle.

Eine gestandene Truppe hätte dem Aufstand vielleicht schnell ein Ende bereitet. Aber die meisten der in den letzten Tagen eilig zusammengezogenen Soldaten waren grüne Rekruten, ungeübt und undiszipliniert, und anfangs nicht entschlossen genug, gegen Landsleute vorzugehen. Gleichzeitig aber hatten sie tagelang die Provokationen der Demonstranten ertragen müssen. Und nun waren Kameraden im Steinhagel gefallen. Das machte auch sie rasend vor Wut, nun wurden sie selbst zur Horde. Die Offiziere hatten die Lage nicht mehr im Griff.

Rund um den Opernplatz entstand ein Chaos. Menschen starben, von Bajonetten durchbohrt, andere wurden niedergetrampelt.

Die entfesselten Soldaten jagten nicht nur Randalierer, sondern auch friedliche Demonstranten. Ein Heulen und Kreischen hallte über den Platz. Im Licht der flackernden Gasflammen stob die Menge auseinander und floh in alle Richtungen. Viele rannten am Zeughaus oder an der Universität vorbei, andere schlugen den Weg in die Straße Unter den Linden ein. Immer mit dem Militär auf den Fersen. Auch hier, auf der schönen Allee, kam es zu Kämpfen, zu Gebrüll, zu umgestürzten Karossen. Studenten versuchten, sie zusammenzuschieben, um in aller Eile eine Barrikade zu errichten. Aber vergebens. Nun liefen auch noch verschreckte Gäule umher und trugen zum Chaos bei.

»Bitte noch ein letztes Mal«, sagte Gisela.

Sie hatten fast ununterbrochen getanzt. Ewalt spürte, wie ihm unter der Anzugjacke das Hemd am Körper klebte. Es war schon fast elf und Zeit, den vergnüglichen Abend zu beenden. Aber gerade hatte das Orchester zu einem neuen Stück aufgespielt.

»Du bist unersättlich, weißt du das?«

Gisela lachte, während sie sich Kühlung zufächelte. Sie war rot im Gesicht und glühte förmlich. Ewalt reichte ihr die Hand, und sie schritten noch einmal der Tanzfläche zu. Das Ballhaus war inzwischen weniger voll als zu Anfang. Ein Teil der Besucher war gegangen. Aber die Musiker spielten mit dem gleichen Schwung, auch wenn ihnen der Schweiß übers Gesicht lief. Der Kapellmeister nickte den beiden lächelnd zu und schwang seinen Taktstock.

Sie nahmen ihre Haltung ein, Ewalt griff nach Giselas Hand, legte seinen Arm um ihre Taille, und schon drehten sie sich im Takt der Musik. Sie waren ein gutes Tanzpaar, die Bewegungen leicht und inzwischen gut aufeinander abgestimmt. Es war, als würden sie durch den Himmel segeln.

Aber jetzt ließ Ewalt es etwas langsamer angehen. Er zog sie enger an sich, spürte ihren weichen Leib, der sich widerstandslos an ihn drücken ließ, und ihre Schenkel, die beim Tanzen an den seinen vorbeistrichen. Ein betörender Duft stieg aus ihrem Dekolleté, eine Mischung aus abklingendem Parfüm und ihrem ganz eigenen sanften Körpergeruch. Er konnte gar nicht genug davon bekommen. Auch Gisela schmiegte sich mit halb geschlossenen Augen eng an und schien die gestohlene Intimität des Walzers zu genießen.

Sie blickte zu ihm auf und lächelte verträumt. »Schön«, sagte sie und legte für einen Augenblick den Kopf an seine Schulter. »Ich könnte ewig so tanzen. Es ist ein Traum. Bitte weck mich nicht auf.«

Dieses Wohlgefühl wurde durch plötzlichen Lärm unterbrochen, der von der Straße kam. Trampelnde Schritte vieler Füße, die sich rasch näherten, Männergebrüll, ein Schuss – mein Gott, war das wirklich ein Schuss? Jetzt schrie sogar eine Frau. Ewalt und Gisela blieben abrupt stehen und starrten zum Eingang. Auch andere Paare hatten erschrocken angehalten. Den Musikern war noch nichts aufgefallen. Sie spielten weiter.

Auf einmal stürmte eine ganze Horde junger, wild zerzauster Männer in den Saal. Sie schienen in Panik zu sein. Mit weit aufgerissenen Augen starrten sie um sich, als suchten sie nach einer Fluchtmöglichkeit. Sofort wurde auch deutlich, warum. Denn hinter ihnen tauchten die blauen Jacken preußischer Soldaten auf.

Die Tänzer fuhren auseinander, Frauen kreischten vor Furcht. An den Tischen sprangen Männer auf, Stühle fielen um. Und schließlich brach auch die Musik ab. Der Kapellmeister stand mit offenem Mund da und glotzte verwirrt.

»Herr im Himmel!«, entfuhr es Ewalt.

Er stellte sich schützend vor Gisela.

Ungläubig sah er zu, wie die Verfolgten durch den Saal stürmten und nach einem Ausgang suchten. Eine Handvoll entwischte durch die Tür in die Küche, die meisten aber waren in ihrer Panik vor den Soldaten viel zu verwirrt, um einen klaren Gedanken zu fassen. Sie rannten einfach zum hinteren Teil des Saals, als könnten sie sich hinter den Musikern in Sicherheit bringen. In ihrer Hast warfen sie Tische und Stühle um. Eine Frau stürzte zwischen zerbrochene Weingläser und verletzte sich. Der erste Violinist wurde zu Boden gerissen, jemand trat laut krachend in einen Kontrabass, die Cellisten sprangen auf und wurden zur Seite gestoßen.

Währenddessen – alles geschah in Windeseile – füllte sich die Halle mit Pickelhaube tragenden Blaujacken, die drohend ihre mit Bajonetten bestückten Waffen auf die versammelten Gäste richteten. Die drückten sich ängstlich an die Wände. Frauen klammerten sich an ihre Männer. Einige standen immer noch schreckstarr auf der Tanzfläche.

Auch Gisela blickte mit weit aufgerissenen Augen auf die Soldaten und hielt sich an Ewalts Arm fest. Der hatte instinktiv entschieden, dass es besser war, sich nicht zu rühren. Die Soldaten waren noch halbe Kinder und wahrscheinlich genauso aufgeregt wie die jungen Randalierer. Wie leicht konnte sich da ein Schuss lösen.

Ein Offizier war seinen Männern gefolgt. Ein Leutnant. Grimmig betrachtete er die Szene vor seinen Augen. Plötzlich wurde Ewalt klar, wer das war. Eberhard von Falkenstein. Wie konnte das sein? Aber dann fiel ihm ein, der Mann war ja in der Reserve.

Auch Eberhard hatte ihn erkannt. Sie standen ja immer noch mitten auf der Tanzfläche. »Du hier?«, rief er erstaunt.

Schlagartig verdunkelte sich seine Miene, als er hinter Ewalts Schultern Gisela entdeckte. Rasch trat er näher. »Was zum Teufel hast du hier zu suchen?«

Er wollte sie am Arm packen, aber Ewalt stellte sich ihm in den Weg. »Fass sie nicht an! Sie ist mit mir hier.«

»Mit dir? Sie ist meine verdammte Verlobte!«

»Längst gewesen!«, mischte Gisela sich zornig ein. »Ich hab dir schon gesagt, dass ich dich nicht heirate. Nie im Leben! Merk dir das!«

Die Szene hatte von den Verfolgten abgelenkt. Die jungen Soldaten, die am nächsten standen, beobachteten belustigt die Auseinandersetzung. Einen Offizier, der vor ihren Augen heruntergeputzt wurde, sah man nicht alle Tage. Einer lachte sogar.

Das machte Eberhard noch wütender. »Du Bastard!«, brüllte er. »Willst du etwa meine Braut stehlen?«

Gisela trat hinter Ewalts Rücken hervor und stemmte die Fäuste in die Seiten. »Mich stiehlt niemand!«, schrie sie Eberhard an. »Am wenigsten du! Lass dir das gesagt sein!«

Eberhard achtete gar nicht auf sie. Sein Feind war Ewalt. Er stieß Gisela beiseite und schwang die Faust, um seinem Rivalen einen mächtigen Schlag aufs Auge zu verpassen. Seine ganze Wut lag hinter diesem Hieb.

Aber Ewalt hatte es kommen sehen und duckte sich darunter weg. Dann stieß er Eberhard mit Wucht vor die Brust, so dass der in die Soldaten hinter ihm taumelte. Sie fingen ihn auf, bevor er zu Boden ging. Doch jetzt schien Eberhard völlig den Verstand verloren zu haben, denn er griff zum Pistolenholster an seiner Rechten, um die Waffe zu ziehen.

Ein stämmiger Feldwebel hielt seinen Arm fest. »Tun Sie das nicht, Herr Leutnant. Sie machen sich unglücklich.«

Mit Gebrüll wie ein wildes Tier riss Eberhard sich los. Aber wenigstens ließ er die Waffe stecken. Er richtete sich auf und zerrte wütend an seiner Uniform, um sie glatt zu ziehen. Langsam schien er sich wieder in den Griff zu kriegen.

»Zum Glück gibt es auch andere Möglichkeiten, dich fertigzumachen. *Herr Schmitt!*« Die beiden letzten Worte betonte er besonders verächtlich. Ein Schmitt war schließlich nichts gegen einen Baron und Offizier der Reserve. Dann reckte er die Schultern und warf einen bohrenden Blick auf Gisela. »Auch du wirst das hier noch bereuen, das schwör ich dir. Und glaub bloß nicht, dass ich so schnell aufgebe.«

Er sah sich im Saal um. Schließlich deutete er auf die Randalierer, die sich hinter die Kapelle zurückgezogen hatten. »Verhaften!«, brüllte er seinen Feldwebel an. »Und ein bisschen dalli!«

»Jawohl, Herr Leutnant.«

Das war jedoch nicht so einfach, denn die Randalierer wehrten sich. Stühle flogen auf die Soldaten, sogar Musikinstrumente. Aber nachdem einer von ihnen von einem Bajonett am Arm verletzt wurde, gaben sie auf. Ein junger Kerl, der wie ein Student aussah, spuckte vor dem Leutnant auf den Boden, als sie ihn abführten.

Eberhard folgte seinen Männern, ohne sich noch einmal zu Gisela oder Ewalt umzudrehen.

Das letzte Wort ist noch nicht gesprochen, dachte Ewalt. Der Kerl wird noch Schwierigkeiten machen.

Kaum hatten die Soldaten mit ihren Gefangenen das Feld geräumt, da suchten auch die Gäste der Tanzveranstaltung das Weite. Ewalt und Gisela waren unter den Letzten, denn im Gegensatz zu vielen anderen bezahlte Ewalt seine nicht unerhebliche Rechnung. Sie hatten mehr als eine Flasche Champagner getrunken und zum Glück das meiste davon wieder ausgeschwitzt. Auch der Sturm des Militärs hatte sie ernüchtert.

»Sie sind weg, Mann. Beruhigen Sie sich.« Ewalt gab dem vor Aufregung zitternden Kellner ein gutes Trinkgeld. Dann half er Gisela in den Mantel. »Tut mir leid, dass das so enden musste.«

»Hach! Mir tut es überhaupt nicht leid. Jetzt ist endgültig Schluss mit dem Kerl. Das kann er nicht auf sich sitzen lassen.«

»Hast du denn keine Angst gehabt? Die Soldaten und alles?«

»Warum sollte ich Angst haben? Du bist doch bei mir.«

Ewalt musste grinsen. »So viel Vertrauen hast du zu mir?«

Sie lächelte zurück. »Klar!«

Ob Vertrauen oder nicht, der Sturm der Soldaten hatte sie jedenfalls nicht in Panik versetzt. Und sie hatte sich auch nicht gescheut, Eberhard die Meinung zu sagen. Gisela schien keine Frau zu sein, die sich so schnell fürchtete oder sich die Butter vom Brot nehmen ließ. Das imponierte ihm.

Sie stiegen die Eingangstreppe hinunter, durchquerten den Vorgarten des Etablissements, wo noch immer die Fackeln brannten, und betraten die Straße Unter den Linden. Ewalt sog frische Luft in seine Lunge, dann blickte er sich um. In der Ferne marschierten die Soldaten mit ihren Gefangenen davon. Sonst war weit und breit niemand zu sehen. Jedenfalls nicht auf der Straße. Gegenüber, zwischen den Bäumen hindurch, sah er einige Leute, die aus ihren Fenstern auf die Straße blickten, ob noch mehr Krawall anstand. Aber es hatte nicht den Anschein.

»Jetzt müssen wir nur noch Gottschalk finden«, sagte er. Sie gingen Arm in Arm die Straße entlang. »Mein Gott! Was für ein Abend!«

Gisela blickte lächelnd zu ihm auf. »Ein aufregender, aber wunderschöner Abend, wenn du mich fragst. Und dass dem Falkenberg eine Lektion erteilt wurde, war für mich das Sahnehäubchen.«

»Der wollte mich doch glatt erschießen, hast du das gesehen?«

»Das hätte er nicht gewagt.«

»Da wär ich mich nicht so sicher. Der war ganz schön aufgedreht.«

»Ach, reden wir nicht mehr von Eberhard.«

Sie fanden Gottschalk betrübt am Straßenrand hocken. Hinter ihm waren die Pferde an einen Zaun gebunden. »Was ist passiert?«, fragte Ewalt. »Wo ist der Wagen?«

Gottschalk stand auf und deutete auf die Straße vor ihnen. Neben zwei anderen lag auch Ewalts Kutsche umgestürzt auf der Seite, ein Rad zerbrochen.

»Konnt's nich' verhindern, Herr Schmitt«, sagte Gottschalk. »Dit is wie'n Sturm üba mir jekommen.«

»Ich weiß«, erwiderte Ewalt. »Nicht so schlimm. Kann man reparieren.«

»Und meine Tasche?«, fragte Gisela.

»Hier, Fräulein.« Gottschalk hob sie hoch und reichte sie Gisela. »Hab sie gleich jerettet.«

Ewalt nahm ihr die Tasche ab und hing sie sich selbst um. Dem Kutscher sagte er: »Bring erstmal die Pferde nach Hause. Morgen kannst du dich um die Kutsche kümmern.«

»Und wir?«, fragte Gisela.

»Wir müssen irgendwo eine Droschke finden. Ich muss dich doch nach Hause bringen.«

»Dit wird schwierig wern«, meinte Gottschalk. »Die Fahrer ham alle Reißaus jenommen, so viel ick mitjekriegt hab.«

»Wir versuchen's. Gute Nacht, Gottschalk.«

Die beiden machten sich auf den Weg in Richtung Opernplatz. Überall lagen Zeugnisse der Krawalle herum. Herausgerissene Pflastersteine, umgeknickte Laternen, eine Pickelhaube, sogar Schuhe, die Flüchtige beim Laufen verloren hatten. Und plötzlich kamen sie an eine blutige Leiche, die vor ihnen auf dem Bürgersteig lag. Ein junger Mann. Mit leerem Blick starrte er in den Nachthimmel. Erschrocken blieben sie stehen. Gisela bekreuzigte sich.

Sie machten einen Bogen um den Toten und gingen weiter. Der Opernplatz war jetzt leer. Hier sah es noch wüster aus. Und im Rinnstein lag eine weitere Leiche. Verwundete hatte man wahrscheinlich weggetragen. Doch weit und breit war keine Droschke zu sehen.

Gisela sprach kein Wort. Ewalt wunderte sich schon, dass sie so still war, als sie plötzlich stehen blieb.

»Ich hab mich entschieden«, sagte sie.

»Was denn?«

»Ich will nicht nach Hause. Ich will bei dir bleiben.«

»Aber wo …«

Bevor er weiterreden konnte, umfasste sie mit beiden Händen sein Gesicht und verschloss ihm den Mund mit einem spontanen Kuss. Zuerst war es nur ein leichter, noch zögerlicher, aber schnell wurde es mehr. Ewalt legte seine Arme um sie und erwiderte die Zärtlichkeit.

Dann sahen sie einander lange und von Gefühlen aufgewühlt an. Im spärlichen Licht einer noch stehenden Gaslaterne war Giselas Gesicht bleich und ernst. Er strich ihr sanft über die Wange.

»Gisela, ich …«

»Sag jetzt nichts«, flüsterte sie. »Halt mich nur fest.« Sie legte den Kopf an seine Brust, und so blieben sie eine Weile stehen, ohne sich zu rühren. Schließlich löste sie sich von ihm.

»Hab ich dich überrumpelt?«, fragte sie leise. »Tut mir leid.«

»Mir nicht.« Er zog sie an sich. »Ich bin froh, dass du mich überrumpelt hast. Ich hätt's schon lange tun sollen. Hab mich nur nicht getraut.«

»Feigling!«, sagte sie und küsste ihn noch einmal, lang und innig.

Als sie wieder zu Atem kamen, sagte Ewalt: »Ich denke schon die ganzen letzten Tage nur an dich. Konnte mich kaum auf die Arbeit konzentrieren.«

»Oh, wie schrecklich! Der Herr Ingenieur konnte nicht arbeiten«, neckte sie ihn. Aber dann nahm sie seine Hand und legte sie sich auf die Wange. »Ach, Ewalt. Denkst du, mir ging es anders?«

Darauf gab es noch einen Kuss. Einen zärtlichen, schmelzenden.

»Aber jetzt müssen wir eine Droschke finden«, sagte er. »Du wirst sonst zu Hause Ärger kriegen.«

»Den hab ich ohnehin schon. Ich bin sicher, Eberhard wird noch heute Nacht bei meinen Eltern auftauchen und erzählen, wo ich mich rumgetrieben habe. Mein Vater wird einen Tobsuchtsanfall kriegen. Und die werden mich den Rest der Nacht bearbeiten. Darauf hab ich nun wirklich keine Lust. Nicht nach diesem schönen Abend.«

»Und was stellst du dir vor?«, fragte Ewalt etwas ratlos. »Sollen wir die ganze Nacht durch die Stadt wandern? Es ist bestimmt nicht sicher. Würde mich nicht wundern, wenn Plünderer und andere finstere Kerle unterwegs sind.«

»Ich hab keine Angst. Außerdem hab ich meine Wanderstiefel hier in der Tasche.« Sie lachte über sein verdutztes Gesicht.

»Das war ein Scherz! Natürlich will ich nicht durch die Stadt wandern. Eigentlich würde ich ja gern bei euch übernachten, aber ich fürchte, deine Mutter bekommt einen Schlaganfall.«

Ewalt lächelte. »So schreckhaft ist sie nicht. Die kann einiges aushalten.«

»Es wäre aber nicht passend. Ich hab eine bessere Idee. Bring mich zu Madame Durieux. Es ist ja nicht weit von hier. Da kann ich bestimmt bleiben. Und morgen früh holst du mich wieder ab. Dann sehen wir weiter.«

Madame wohnte in der Nähe des Gendarmenmarkts. Sie war nicht wenig erstaunt, als die beiden an ihre Tür klopften. Aber sie bot Gisela sofort ihr Gästezimmer an.

»Endlich benutzt das mal einer«, sagte sie und tätschelte Giselas Wange. »Und Sie, *jeune homme*, lassen uns brave Frauen jetzt alleine. *Bonne nuit!*«

REVOLUTION

Morgens, um kurz nach neun, stellte Ewalt sich wieder bei Madame Durieux ein. Er hatte nicht besonders viel geschlafen. Die durchlebten Ereignisse hatten ihn noch lange wach gehalten. Außerdem hatten seine Gedanken ständig um Gisela gekreist. Er fühlte sich schuldig für ihre Lage gegenüber ihren Eltern. Sie hätten besser auf die Tanzveranstaltung verzichten sollen. Gisela hatte der väterlichen Autorität getrotzt, ihrem Verlobten den Laufpass gegeben und ihn obendrein auch noch beleidigt. Gott allein wusste, wie Erich Fischer jetzt reagieren würde. Nicht zu vergessen von Falkenberg. Schwierigkeiten für Gisela und weitere Boshaftigkeiten auch gegen Ewalt waren zu erwarten.

Aber ohne den Tanzabend wären sie einander nicht so schnell nähergekommen. Gisela war kein Kind mehr. Sie durfte selbst entscheiden, wenn sie lieben wollte und wen nicht.

Die Erinnerungen an ihre zärtlichen Küsse überwogen schließlich die Schuldgefühle. Bisher hatte er noch nie viel übers Heiraten nachgedacht. Aber jetzt hatte er sich Hals über Kopf verliebt. Nicht nur das – er war sicher, dass sie die richtige Frau für ihn war. Und wenn sie ebenso empfand, dann wollte er sie zum Traualtar führen, ganz gleich, welche Widerstände zu überwinden waren. Für den Augenblick war sie bei Madame Durieux in Sicherheit. Er würde ihr beistehen, komme, was wolle.

Am Morgen hatte er sich sorgfältig rasiert, angekleidet und seinen durchschwitzen Anzug dem Hausmädchen zur Reinigung gegeben. Seiner besorgten Mutter hatte er nur kurz berichtet, was in der Stadt geschehen war, aber nicht, mit wem er den Abend verbracht hatte. Dem Gottschalk hatte er Geld gegeben, damit er sich um die Kutsche kümmern konnte, war weiteren Fragen seiner Mutter ausgewichen und aus dem Haus gestürmt.

Trotz des gestrigen Aufruhrs hatte er einen Bäcker gefunden, der geöffnet hatte, und frische Butterhörnchen gekauft. Und natürlich die Zeitung. Denn die Schlagzeilen über die Vorfälle am Abend zuvor schrien einen geradezu an.

Gisela empfing ihn an der Tür mit einem Kuss. »Und? Magst du mich noch?«, fragte sie mit einem schelmischen Augenzwinkern.

»Mögen, nein«, erwiderte er. »Aber ich bin verliebt!«

»Wirklich?« Gisela strahlte. »Ich glaube, du hast mich angesteckt.«

»Ist das ansteckend?«

»Auf jeden Fall. Und jetzt komm rein. Der Kaffee wartet.«

»Erst noch einen Kuss.«

»Aber was soll Madame denken?«

»Das ist mir egal!«

Sie gab ihm einen schnellen Kuss auf die Wange. »Mehr gibt's vorerst nicht.« Dann führte sie ihn in den kleinen Salon, wo schon der Frühstückstisch gedeckt war.

Gisela hatte wieder ihre einfachen Wanderkleider angelegt, die Strickjacke und den langen wollenen Rock. Aber für Ewalt sah sie auch darin großartig aus. Sie hätte im Sacktuch herumlaufen können, er hätte sie immer noch bezaubernd gefunden.

Madame begrüßte ihn. Sie wirkte unausgeschlafen und gähnte. »Ihre kleine Giselle, Monsieur, hat mich die halbe Nacht wachgehalten. Jetzt weiß ich alles über Sie. Sie können mir nichts mehr vormachen.«

Sie setzten sich an den gedeckten Tisch. Im Gegensatz zu Madame sah man Gisela die nächtlichen Anstrengungen überhaupt nicht an. Im Gegenteil, sie sah frisch und rosig aus.

Sie deutete auf die Zeitung. »Steht da was drin wegen gestern Abend?«

Ewalt nickte grimmig. »Jede Menge. Und richtig schlimm. Anscheinend hat's nicht nur am Opernplatz Krawall gegeben. Auch am Alexanderplatz war ziemlich viel los. Insgesamt neun Tote und zahllose Verletzte.«

»*Mon Dieu, mon Dieu*«, murmelte Madame Durieux. »Das ist ja schrecklich. Wohin soll das noch führen?«

»Aber es gibt auch gute Nachrichten.« Ewalt deutete auf eine der Schlagzeilen auf der ersten Seite: REGIERUNG ZU KOMPROMISSEN BEREIT. »Der Aufstand hat vielleicht doch etwas genutzt. Innenminister Bodelschwingh hat nämlich bekanntgegeben, dass ab sofort ein neues Pressegesetz erlassen wird – ohne Zensur. Stellt euch vor! Und im April soll der Landtag zusammentreten und die Einheit aller Deutschen vorbereiten. Dazu auch eine gemeinsame Verfassung aller Länder. Das wäre natürlich großartig.«

»Na, das ist aber eine Kehrtwende!«, sagte Gisela. »Die haben wohl Angst gekriegt.«

»Und das ist noch nicht alles. Angeblich soll auch das Militär aus der Stadt abgezogen werden.«

»*Dieu soit loué!*«, sagte Madame Durieux und bekreuzigte sich. »Dann endet ja doch noch alles friedlich.«

Ewalt nickte. »Es sieht ganz so aus. Die Zeitung ruft das Volk auf, zum Schloss zu pilgern, um dem Monarchen für seine Großmut zu danken.«

»Für seine Großmut? Eingeknickt ist der Mann«, sagte Madame.

Aber Gisela war sofort begeistert. »Ja, das tun wir, nicht wahr, Ewalt?«

»Natürlich, wenn du möchtest. Es sind ja nur ein paar Schritte von hier. Aber was ist mit deinen Eltern?«

»Die können warten.«

»Sie werden sich Sorgen machen.«

»Ich wette, Eberhard hat ihnen schon alles brühwarm berichtet. Sie wissen, dass ich am Leben bin.«

»Dann wissen sie auch, dass du mit mir unterwegs warst.«

»Daran sollten sie sich gewöhnen.«

War sie wirklich so entschlossen?, fragte sich Ewalt. Oder war das nur kindlicher Trotz?

Zwei Stunden später dankten sie Madame Durieux und verabschiedeten sich. Das Bild auf den Straßen war friedlich. Arbeiter mussten seit Stunden zugange gewesen sein. Denn die umgestürzten Kutschen hatte man auf die Seite gezogen, die meisten Trümmer der Nacht beseitigt, das Gas der herausgerissenen Laternen abgestellt. Ladenbesitzer deckten eingeworfene Scheiben mit Brettern ab. Polizei patrouillierte durch die Straßen. Militär war nicht zu sehen.

Dennoch waren wieder viele Menschen unterwegs. Doch diesmal war die Stimmung fröhlich, ausgelassen fast. Überall schwarzrot-goldene Fähnchen und Kokarden, dazu aber auch preußische Farben. In den Gaststätten floss schon zu dieser frühen Stunde das Bier. Es war wie ein Volksfest. Sogar die Sonne schien von einem wolkenlos blauen Himmel herab. Die Leute blieben stehen und unterhielten sich. Wildfremde Menschen beglückwünschten einander, dass der König ein Einsehen gehabt hatte. Es war ein Sieg für die Freiheit. Vielleicht nur ein Etappensieg, aber gleichwohl ein würdiger Sieg, den es zu feiern galt.

Ewalt und Gisela ließen sich vom Strom treiben. Es dauerte nicht lange, und sie standen auf dem Schlossplatz. Hier drängten sich besonders viele Leute. Nicht nur Männer. Nach der erfreulichen Bekanntmachung des Innenministers hatten sich auch Frauen der friedlichen Kundgebung angeschlossen. Man hoffte, dass seine Majestät auf einem der Balkone erscheinen würde, um sein Volk zu grüßen.

»Glaubst du, er wird sich zeigen?«, fragte Gisela.

»Wer weiß. Im Grunde sind die Zugeständnisse nicht nach seinem Geschmack, da bin ich mir sicher. Der Bodelschwingh muss sich durchgesetzt haben. Der war doch schon immer recht liberal.«

»Aber der König ist doch auch für ein geeintes Deutschland. Hat er jedenfalls immer behauptet.«

»Ja. Aber ein Deutschland der Fürsten, ohne liberale Verfassungen. Diese Herren betrachten sich als von Gottes Gnaden eingesetzt und nicht von bürgerlichen Parlamenten gewählt. Parlamente finden sie eher lästig. Deshalb hab ich da meine Zweifel.«

Gisela legte den Arm um Ewalt und schmiegte sich an ihn. In der Anonymität der Menge waren sie allein und in gewisser Weise unsichtbar. Sie war glücklich. Der Tanzabend hatte ihr Leben verändert, hatte sie einander nähergebracht. Ihre Zukunft lag bei Ewalt, davon war sie überzeugt. Sie sah zu ihm auf, strich ihm über die Wange und flüsterte: »Ich liebe dich.« Das fühlte sich gut und richtig an, auch wenn er es im Lärm der vielen Menschen nicht gehört hatte.

»Was hast du gesagt?«

»Nichts«, erwiderte sie lächelnd und lehnte den Kopf an seine Brust.

Einige der Leute auf dem Platz wurden ungeduldig und riefen nach dem König. Immer mehr nahmen den Ruf auf und wedelten mit ihren bunten Fähnchen. Es war wie ein Meer von Schwarz-Rot-Gold über den Köpfen der Menschen. Man fühlte sich als Patriot eines geeinten Deutschlands. Diese Idee geisterte nun schon seit so vielen Jahren durch die Lande. Es war ein schönes, erhabenes Gefühl, Mitglied einer großen, geeinten Nation zu sein. So wie England oder Frankreich. Und man wollte, dass Friedrich Wilhelm dieses Nationalgefühl mit ihnen teilte.

Auch Gisela stimmte in die Parolen ein. Auch sie rief nach dem König.

In diesem Augenblick geschah das Unfassbare.

Statt des Monarchen auf dem Balkon tauchten am gegenüberliegenden Ende des Schlossplatzes Dragoner auf. Eine ganze Schwadron. Sie trieben ihre Pferde in die Menge und begannen mit der flachen Klinge ihrer Säbel auf die Leute einzuschlagen. Ein Aufschrei gellte über den Platz, die Menschen wichen zurück, drückten gegen die, die hinter ihnen standen. Die Bewegung der aufgeschreckten Masse pflanzte sich wie eine Welle fort. Viele schrien vor Angst, einige stürzten, wurden niedergetrampelt.

»Mein Gott! Was tun die?«, schrie Gisela entsetzt. »Sind die denn wahnsinnig geworden?«

»Die wollen den Platz räumen. Wir müssen verschwinden!«

Zum Glück hatten sie sich am anderen Ende des Platzes aufgehalten. Trotzdem war kein leichtes Durchkommen, denn die Menge war in Bewegung geraten und drängte, wie sie selbst auch, zu den Gassen, die vom Platz wegführten. Ewalt warf einen Blick zurück über die Köpfe der drängelnden und verängstigen Menschen. Mit so etwas hatte doch keiner gerechnet. Und dann sah er eine Kolonne Soldaten aus dem Palast marschieren und Aufstellung nehmen. Sie hielten Musketen mit aufgepflanzten Bajonetten in den Händen. Ewalt schwante Schlimmes. Nur weg hier! Er stieß Leute beiseite und zerrte Gisela hinter sich her.

Ein Schuss fiel. Und dann noch einer. Leute schrien auf. Wilde Panik erfasste die Menschen auf dem Platz. Alles versuchte zu fliehen und stieß und drängte. Ewalt hatte Mühe, auf den Beinen zu bleiben. Hinter sich hörte er Gisela schreien und an seiner Hand zerren. Sie war zwischen Leibern eigeklemmt. Mit der Linken schlug er mehrfach zu, um sie freizukämpfen. Endlich gelang es.

Sie stolperten weiter, in eine Gasse hinein. Es gelang ihnen, sich in einen Hauseingang zu drücken. Wie ein Wildwasserstrom ergoss sich die Masse der Menschen in die Gasse und an ihnen vorbei. Eine Frau stürzte und ging kreischend unter. Alles trampelte über sie hinweg, bis man ihre verzweifelten Schreie nicht mehr hörte. Zitternd klammerte Gisela sich an Ewalt fest.

»Verrat! Verrat!«, hörten sie jemanden brüllen. »Man mordet das Volk!«

»Zu den Waffen!«, hallte es von weiter entfernt. Ein Ruf, der aus Hunderten von Kehlen erwidert wurde. »Ja, zu den Waffen. Der König hat uns verraten!«

Statt sich mit der Räumung des Platzes zu begnügen, jagten die Dragoner noch weiter hinter den fliehenden Menschen her. Und jetzt schlugen sie nicht nur mit der flachen Klinge zu, sondern hinterließen klaffende Wunden. Starr vor Schreck sahen Gisela und Ewalt zu. War das angeordnet worden?

Zum Glück achtete niemand auf sie in ihrem Hauseingang.

Als sich die Gasse ein wenig leerte, flüchteten sie weiter, an kläglich schreienden Verletzten vorbei, und fanden einen Durchgang zur Spree. Dort schienen sie vor den Soldaten sicher zu sein. Sie warteten in der Hoffnung, dass sich alles beruhigte. Aber das schien noch nicht der Fall zu sein. Man hörte Schüsse, Schreie und das Klappern von Hufen. Besser, sie verschwanden von der Straße.

Sie fanden ein Kaffeehaus, das allerdings gerammelt voll war. Auch andere hatten sich hierher geflüchtet. Gisela und Ewalt drängten sich in eine Ecke. Sitzplätze gab es keine mehr. Die Leute um sie herum standen sichtlich unter Schock. Einige hockten verängstigt da, besonders die Frauen. Andere redeten, um ihrer Wut Luft zu machen.

»Man muss sich wehren«, rief ein junger Kerl. Nach seiner Kleidung zu urteilen gehörte er zur Mittelschicht, jedenfalls war er kein Arbeiter. »Man muss sich wehren und diese elende Bande davonjagen. So wie in Paris.«

»Aber et hieß doch, sie hätten nachjegeben«, jammerte eine weinende Frau. »Und nu dat? Wie erklärt sich dit?«

»Jemand hat den König umgestimmt«, sagte Ewalt. »Und ich kann mir denken, wer das war.«

Ein älterer Herr nickte grimmig. »Kann nur eener jewesen sein – Prinz Wilhelm, der verdammte Scharfmacher. Immer druffhauen ist doch dem seine Devise.«

»Den sollten sie an die nächste Laterne hängen«, rief der junge Mann aufgebracht. »Das Volk muss endlich aufstehen und für sein Recht kämpfen.«

»Willste noch mehr Tote riskieren?«

»Wenn's sein muss. Ewig werden sie uns nicht niederknüppeln können.«

Darüber wurde heftig diskutiert. Viele waren so entrüstet, dass sie dem jungen Mann zustimmten. Die Bespitzelung, die Zensur und die Willkür sei nicht mehr zu ertragen. Und jetzt auch noch dieser brutale Militäreinsatz. Gestern Tote, heute mit Sicherheit wieder. Als wäre das eigene Volk der Feind. »Wenn sie auf uns schießen, dann ist es an der Zeit, dass wir zurückschießen!«, schrie einer. Man müsse endlich reinen Tisch machen, für die Freiheit kämpfen.

Andere dagegen mahnten zur Zurückhaltung. Man müsse vorsichtig und umsichtig vorgehen. Es seien ja schon Fortschritte gemacht worden. Und steter Tropfen höhle den Stein.

»Da kannste lange tropfen«, rief einer im Hintergrund. »Dit bringt nüscht!«

Gisela hörte aufmerksam zu. Vermutlich war sie bisher das behütete Töchterchen gewesen, dachte Ewalt, hatte vielleicht noch nie viel Berührung mit der rauen Wirklichkeit gehabt, mit dem Elend großer Teile der Bevölkerung. Und vielleicht hatte sie sich auch nicht sonderlich mit Politik beschäftigt, damit, was es für liberale Demokraten hieß, bespitzelt und verhaftet zu werden. Gestern Abend und heute Morgen hatte sie die hässliche Seite der Monarchie kennengelernt, der Diktatur des Adelsstandes. Das war es, was ein von Bismarck vertrat, wenn er meinte, die einzige Medizin gegen Demokraten sei, auf sie zu schießen.

Nach gut zwei Stunden in diesem Kaffeehaus raunte Ewalt ihr zu: »Ich glaube, der Aufruhr hat sich gelegt. Wir sollten jetzt besser gehen. Ich bring dich zu Madame Durieux zurück. Bei ihr bist du fürs Erste sicher.«

Sie überquerten die Spree und gingen in Richtung Gendarmenmarkt. Tatsächlich waren die Straßen, durch die sie kamen, leer. Hatten sich alle in ihre Wohnungen verkrochen? Auch vom Militär sah man nichts mehr. Erst als sie den Gendarmenmarkt erreichten, bekamen sie wieder Soldaten zu Gesicht. Ein Dutzend Dragoner befand sich auf dem menschenleeren Platz.

Ewalt und Gisela drückten sich in eine Toreinfahrt. »Warten wir besser«, sagte er. »Vielleicht verschwinden sie bald.«

Er wollte nicht riskieren, allein mit ihr über den Platz zu gehen. Wirklich schlimm, wenn man sich ohne Grund vor der Staatsgewalt fürchten musste. Dieser brutale Militäreinsatz machte ihn maßlos wütend.

Es dauerte nicht lange, da ritten die Dragoner weiter. Bald waren die Hufschläge nicht mehr zu hören. Ewalt und Gisela fassten sich bei der Hand und eilten über den Platz. Fast waren sie auf der anderen Seite angekommen, als sie eine Kugel an sich vorbeizischen spürten, noch bevor sie den Knall vernahmen.

»Schnell!«, rief Ewalt und zog sie eilig mit sich. Rennend erreichten sie die Ecke des Schauspielhauses und versteckten sich dahinter.

»Was war das?«, rief Gisela erschrocken.

»Da hat einer auf uns geschossen.« Ewalt spähte vorsichtig um die Ecke und sah einen Trupp Soldaten am gegenüberliegenden Ende des Platzes. Die hatten sie vorher gar nicht bemerkt. Einer der Infanteristen schob gerade seinen Ladestock in den Lauf. Wahrscheinlich, um nachzuladen. Andere standen um ihn herum und lachten. »Die machen sich einen Spaß daraus, auf Passanten zu schießen.«

»Schweine!«, zischte Gisela rot vor Entrüstung. »Ist das noch zu fassen? Wie kommen die dazu? Haben die keinen Respekt vor dem menschlichen Leben?«

»Wenn schon der König auf uns schießen lässt, warum sollten diese dummen Jungs Respekt haben?«

»Mein Gott! Ich hätte nie gedacht, dass es so weit kommen könnte. Ich hab den König immer für einen gütigen Menschen gehalten.«

»Er fühlt sich bedroht. Jetzt hat er seine Hunde auf uns gehetzt.«

Sie gingen weiter. Bald trafen sie wieder Leute an. An der Kreuzung Französische und Friedrichstraße hörten sie eine Menge aufgeregter Männerstimmen. Als sie vorsichtig um die Ecke blickten, sahen sie junge Männer, die dabei waren, Barrikaden zu errichten. Nicht nur ein paar. Es schienen Hunderte zu sein. Die meisten waren Arbeiter, Arbeitslose, Männer aus dem Volk. Dazwischen aber auch Studenten und Mitglieder von Burschenschaften. Sie trugen Mützen und Kokarden in schwarz-rot-goldenen Farben.

Die Studenten schienen Anweisungen zu geben. Sie hatten Kutschen angehalten, die Pferde aus dem Geschirr genommen, die Wagen umgestürzt und quer über die Straße gelegt. Sie trugen Möbel aus den umliegenden Häusern – Stühle, Sofas, Tische, Gerümpel aus Kellern – und türmten sie darüber. Die Barrikade war bestimmt schon ein Stockwerk hoch. Oben standen mehrere Kerle und halfen, die Möbel hochzuheben.

»Komm, wir helfen mit«, sagte Gisela, ohne zu zögern.

»Aber das kann gefährlich werden. Ich will doch nicht, dass dich eine Kugel trifft.«

Giselas Haarknoten hatte sich beim Laufen gelöst, und die Strähnen fielen ihr in die verschwitzte Stirn. Ihre Augen blitzten. »Du hast gesehen, was die Schweine machen. Sie haben friedliche Menschen umgebracht. Sogar auf uns haben sie geschossen. Soll man das hinnehmen und kuschen? Ich sage, man muss kämpfen!« Sie war sichtlich aufgebracht und sah aus wie eine Rachegöttin.

Ewalt dachte im Grunde nicht anders. Die Brutalität der Soldaten auf dem Schlossplatz hatte ihn schockiert. Aber er fühlte sich für Giselas Sicherheit verantwortlich. Er konnte doch nicht zulassen, dass sie sich am Barrikadenkampf beteiligte.

Bevor er antworten konnte, hörte er jemanden rufen: »He, Ewalt! Was machst du denn hier?«

Als er sich umdrehte, sah er Aaron, der gerade einen Tisch aus einem Hauseingang gezerrt hatte und zu ihnen herüberwinkte.

»Wer ist das?«, fragte Gisela.

»Ein Freund. Komm, ich mach dich mit ihm bekannt.«

Sie gingen zu Aaron hinüber, der inzwischen den Tisch vor die Barrikade geschoben hatte, wo zwei andere ihn hochhoben.

»Das ist mein Freund Aaron Grünbaum«, stellte er ihn Gisela vor. »Er studiert an der Uni. Sein Vater ist ein Freund der Familie.«

Aaron verbeugte sich. »Und Sie sind …?«

»Ich bin der Feind«, erwiderte sie und lachte. »Ich heiße Gisela Fischer. Meinem Vater gehören …«

»… die Fischer-Werke«, ergänzte Aaron. »Der Klassenfeind.«

»Aber Aaron«, sagte Ewalt. »Wollt ihr euch wirklich dem Militär widersetzen?«

»Natürlich. Schluss mit der verdammten Monarchie. Schau dich hier um. Zum ersten Mal sind sich Bürgertum und Arbeiter einig. Gestern Abend war schon schlimm genug. Hast du mitbekommen, was gestern auf dem Alexanderplatz los war?«

»Nein. Wir waren am Opernplatz. Aber da ging's auch wild zu.«

»Ich sage euch, nach dem, was da jetzt auf dem Schlossplatz passiert ist, da ist kein Halten mehr. Das Volk hat die Schnauze gestrichen voll. Überall wachsen Barrikaden aus dem Boden. Das ganze Viertel wird hier abgeriegelt. Drüben auf dem Alexanderplatz ist es genauso. Und in den Arbeitervierteln. Die Leute bewaffnen sich. Du wirst sehen, sie werden uns nicht besiegen.«

Gisela starrte ihn begeistert an. »Wir machen mit!«

Aaron warf ihr einen skeptischen Blick zu. »Eine Kapitalistentochter?«

»Nein. Eine Bürgerin dieser Stadt.«

Das arrogante, harsche Gerede gewisser Leute, darunter auch Prinz Wilhelm, dass es genüge, dem Gesindel einmal richtig die Rute zu geben, bis Blut fließe, war im Grunde eben doch nur leeres Gewäsch. Zwanzigtausend Mann ließen sie aufmarschieren. Und hatten dennoch Angst vor dem Volk. Klammheimlich war der gute Prinz nämlich schon abgereist. Wohin, wusste man nicht. Und auch der König zitterte vor Angst. Mehrere Male ließ er anspannen und ging mit seiner Gemahlin zu den Kutschen, um sich dann doch wieder überreden zu lassen, die Brücke des Staatsschiffs nicht zu verlassen.

Eigentlich hätte es ein ungleicher Kampf werden sollen. Zwanzigtausend Soldaten gegen schlecht bewaffnete Studenten und Arbeiter oder wer sich sonst noch auf die Seite des Volkes schlug. Mit nicht mehr als Jagdflinten, alten Duellierpistolen, Küchenmessern, Äxten, Mistgabeln, Knüppeln oder Lampenständern gegen Armeemusketen und Kanonen.

Um vier Uhr nachmittags begann der Angriff auf die Barrikaden, begleitet von den Sturmglocken vieler Kirchen, deren Pfarrer die Aufständischen unterstützen und auf diese Weise ermutigen wollten.

Die ganze Nacht hindurch wurde heftig und verbissen gekämpft. Die Soldaten sparten nicht am Pulver, aber auf den Barrikaden schwenkten die Aufständischen trotzig ihre schwarz-rot-goldenen Fahnen. Nicht wenige von ihnen kamen zu Tode. Besonders dort, wo die Armee Kanonen einsetzte. Die meisten Opfer waren Kämpfer des Aufstands, aber auch Soldaten. An einigen Stellen gelang es der Armee, die Barrikaden zu überwinden und Aufständische einzukesseln und gefangen zu nehmen. Viele wurden misshandelt, manche ohne viel Federlesens ermordet.

Die Wut des Volkes wurde dadurch nur noch weiter aufgestachelt. Immer mehr Verteidiger strömten nach, und die meisten Barrikaden hielten. Dem Militär gelang es nicht, die Stadt großflächig zu räumen. Große Teile Berlins blieben in der Hand der Rebellen. Besonders in den engen Vierteln der Arbeiter hatten die Soldaten keine Chance durchzudringen.

Als der Morgen graute, waren die Truppen erschöpft. Ganze Kompanien weigerten sich, weiter auf Landsleute zu schießen. Der Oberkommandierende Karl Ludwig von Prittwitz empfahl dem König, den Kampf einzustellen und eine friedliche Lösung auszuhandeln.

Gisela hatte entsetzt zusehen müssen, wie der Erste der Rebellen auf der Friedrichstraße getroffen wurde. Eine Kugel hatte ihm den halben Unterkiefer weggerissen. Seine Schreie gingen ihr durch Mark und Bein. Und dann das viele Blut. Aber sie riss sich zusammen. Was hast du denn erwartet, du dummes Weib? So redete sie sich zu. Das hier ist schließlich kein Sonntagsspaziergang.

Sie bemühte sich zu helfen. Ziemlich schnell hatte sie gelernt, wie man eine Muskete lädt. Und wie man Verwundete verbindet. Auch sonst machte sie sich nützlich, wo es ging, während an die hundert Aufständische die Barrikade verteidigten. Aaron hatte irgendwo ein altes Jagdgewehr aufgetrieben, mit dem er ab und zu durch die Lücken zwischen den aufgetürmten Möbeln schoss. Ewalt stand an seiner Seite, mit einer Axt bewaffnet.

Er hatte sich eigentlich nicht am Kampf beteiligen wollen. Aber nun waren sie hier. Die wilde Entschlossenheit, ja, die Begeisterung der Männer um ihn herum hatten zuletzt auch ihn mitgerissen. Er spürte, dieser Tag würde in die Geschichte Preußens, ja ganz Deutschlands eingehen. Entweder als blutige Niederlage oder als glorreicher Sieg für die Freiheit.

Vor allem wollte er vor Gisela nicht als Feigling dastehen. Und nach den Ereignissen auf dem Schlossplatz waren die Wut und die Euphorie des Widerstands groß. Zu groß, um sich zu drücken.

Eine ganze Kompanie behelmter Soldaten hatte am Abend und in der Nacht alles versucht, um die Barrikade in der Friedrichstraße zu stürmen. Vergebens. Sie war zu hoch, wurde zu verbissen verteidigt. Kanonen hatte die Kompanie nicht. Feuer war ausgeschlossen, wenn man einen Großbrand in Berlin vermeiden wollte. Die Barrikade zu erklettern wurde mehrfach versucht. Doch oben standen Männer, die nicht wichen und die es unmöglich machten, bis zur Krone aufzusteigen.

Im Grunde blieb den Soldaten nichts anderes übrig, als Scheinangriffe durchzuführen, um Verteidiger auf die Krone zu locken und dann mit gezielten Salven zu töten. Aber auch das funktionierte nur ein paarmal, bis die Aufständischen den Trick verstanden hatten. Trotzdem fanden immer wieder Kugeln ihren Weg durch die Lücken zwischen den aufgetürmten Gegenständen oder durchschlugen eine dünne Tischplatte, um einen Mann dahinter zu treffen.

Einmal in der Nacht war es den Soldaten gelungen, eine Ecke der Barrikade zum Einsturz zu bringen. Über diese Bresche versuchten mehr als ein Dutzend Soldaten zu klettern. Drei Verteidiger verloren dabei ihr Leben, und fünf weitere erlitten Wunden. Ewalt hackte einem der Angreifer die Axt in den Hals, bevor der mit dem Bajonett zustechen konnte. Noch zwei der Uniformierten wurden verwundet, dann zogen sie sich wieder zurück.

Der junge Soldat, den Ewalt tödlich getroffen hatte, blieb an der Barrikade hängen und verblutete in Minuten. Sie zogen seinen Leichnam herab und legten ihn zu den anderen Opfern. Ab und zu musste Ewalt zu ihm hinüberschauen. Nicht zu fassen, dass er einen Menschen getötet hatte.

Ich sollte entsetzt sein und mich schuldig fühlen, dachte er. Aber seltsamerweise spürte er nichts als Genugtuung. Dabei war es ein Landsmann, vielleicht ein Bauernsohn. Der hatte Familie, sicher ein Liebchen. Und ich hab ihn umgebracht, nur weil der König an seinem verdammten Thron festhalten will.

Der gemeinsame Kampf schweißte die Verteidiger zusammen. Studenten und Bürgersöhne Seite an Seite mit einfachen Arbeitern. Welten voneinander getrennt in normalen Zeiten. Aber hier und jetzt waren sie Kameraden, schwenkten ihre Fahnen und schlugen sich gegenseitig auf die Schulter, wenn sie einen Angriff abgewehrt hatten, teilten sich die Munition, die ihnen blieb, und das Wasser, das die Frauen aus den anliegenden Häusern herbeischleppten, und kämpften verbissen weiter.

Und das Seltsamste war: Mitten unter diesen verdreckten, schwitzenden, johlenden Kerlen war Gisela und leistete unermüdlich ihren Beitrag. Ewalt fragte sich unzählige Male, warum sie darauf bestanden hatte, sich an dem Kampf zu beteiligen. Und wieso sie durchhielt.

Dann wurde Aaron von einer Kugel getroffen.

Es war schon fast im Morgengrauen, und die Soldaten waren dabei, sich zurückzuziehen. Da war er wohl übermütig geworden, war auf die Barrikade geklettert, hatte eine große Fahne geschwenkt und ihnen Beleidigungen hinterhergerufen. Einer hatte sich umgedreht und auf ihn geschossen. Aaron war gestürzt, aber irgendwo auf halbem Weg hängengeblieben.

Zuerst hatte Ewalt nichts davon mitbekommen, aber dann hörte er Giselas entsetzten Schrei. »Ewalt! Der Aaron ist getroffen!«

Zusammen mit zwei anderen kletterten sie hoch und holten ihn herunter. Sein Hemd war vor der Brust voller Blut.

»Scheiße, Mann!«, stöhnte Aaron. Dann fiel er in Ohnmacht.

Im Licht einer Ölfunzel zerriss Ewalt hastig Aarons Hemd, um nach der Wunde zu suchen. Der Einschuss war über der linken

Brust. Hoffentlich ist die Lunge nicht getroffen, dachte er, aber Aaron schien kein Blut zu spucken. Zumindest noch nicht.

»Wir müssen ihn sofort wegbringen«, rief er Gisela zu. Irgendwo hatte er eine Schubkarre gesehen. Er suchte danach und fand sie schließlich unter einem Esstisch mit abgebrochenen Beinen. Er zerrte sie hervor, und sie packten Aaron in die Karre.

»Wo willst du mit ihm hin?«, fragte Gisela.

Sie sah aus, als hätte sie im Dreck gewühlt. Das Haar hing ihr zerzaust bis auf die Schultern, Gesicht und Hände waren verschmiert, auf Rock und Strickjacke klebten eingetrocknete Blutflecke vom notdürftigen Verbinden von Schusswunden.

»In die Charité.«

»Aber das ist weit.«

»Umso schneller müssen wir laufen. Ich lass ihn jedenfalls nicht hier liegen. Ohne Hilfe stirbt er uns.«

Also stürmten sie los. So schnell es mit einem Verwundeten in einer alten Schubkarre mit einem quietschenden Rad eben ging. Gisela hatte ihre Jacke ausgezogen und Aaron unter den Kopf gelegt. Es war nicht so einfach, mit der verdammten Karre zu laufen. Ab und zu musste Ewalt einen Moment anhalten, um wieder zu Atem zu kommen. Dann ging es weiter. Gisela lief voraus, um den Weg frei zu machen. Die Barrikade am anderen Ende der Straße versperrte ihnen das Weiterkommen, aber es gab einen Umweg über zwei Hinterhöfe, und sie konnten ihren Weg fortsetzen.

Trotz der frühen Stunde waren die Straßen alles andere als leer. Ganz Berlin schien auf den Beinen zu sein. Hilfsbereite Leute gaben ihnen Ratschläge, welchen Weg sie nehmen sollten, um Militär zu vermeiden.

Irgendwann wachte Aaron aus seiner Ohnmacht auf und sah sich verwirrt um. Benommen versuchte er, sich zu erheben, aber Gisela stieß ihn zurück.

»Nicht bewegen, Aaron. Wir bringen dich zum Arzt.«

»Mmmh«, murmelte Aaron. »Wie schlimm ist es?«

»Keine Ahnung«, sagte Gisela. »Aber du spuckst kein Blut. Ich glaube, das ist ein gutes Zeichen.«

Völlig erschöpft kamen sie schließlich an. Hier warteten schon viele Verwundete auf ärztliche Hilfe. Der nächtliche Kampf hatte jede Menge Opfer gekostet.

»Kannst du auf den Füßen stehen?«, fragte Ewalt seinen Freund.

Der nickte. »Ich werd's versuchen.«

Ewalt hievte ihn hoch und legte sich seinen Arm um die Schultern. Und so schritten sie wankend auf den Eingang zu. Natürlich hagelte es Proteste, als sie sich vordrängelten. Aber hier leistete Gisela, die ihre Jacke wieder angezogen hatte, wahre Wunder. Mit Engelszungen redend schaffte sie es, die Wartenden zu beruhigen und sich dennoch durchzusetzen, warum gerade dieser Verwundete Vorrang hatte. Auch bei dem Pflegepersonal, das die Verletzten nach Schweregrad aussortierte. Der Name ihres Vaters kam ihr dabei zu Hilfe. Die Tochter eines stadtbekannten Kapitalisten zu sein hatte eben Vorteile.

»Geschafft«, sagte sie, als man Aaron auf eine Trage legte und in ein Behandlungszimmer brachte.

Ein Arzt hatte bereits einen Blick auf ihn geworfen und versprochen, sich um ihn zu kümmern.

»Und ich bin auch geschafft«, murmelte Ewalt, der sich müde an die Flurwand lehnte.

»Du hast ihn gerettet«, sagte sie.

»Wir beide.«

Sie blickte an sich herunter. »Oh, mein Gott, wie seh ich aus?«

Es war Ewalt egal, ob die Leute hier im Krankenhausflur zuschauten. Er nahm sie spontan in die Arme. »Weißt du, dass du unglaublich bist?«

»Unglaublich wie?«

»Unglaublich großartig.«

Sie lächelte erschöpft. »Gib's zu, du hast mich für ein verwöhntes Gör gehalten.«

»Nein, das nicht. Aber ich wusste nicht, dass du so eine Kämpferin bist.«

»Ich auch nicht.«

»Ich liebe dich.«

»Das hat aber lang gedauert, bis dir das eingefallen ist.«

»Willst du mich heiraten?«

Da schien alle Müdigkeit von ihr abzufallen, und sie strahlte ihn an. »Meinst du das im Ernst? Soll ich Ja sagen?«

»Bitte sag Ja!«

»Also gut. Dann sag ich Ja.«

Sie nahm sein Gesicht in beide Hände und küsste ihn.

MIT DEM RÜCKEN AN DER WAND

Knapp zwei Monate später

Gottschalk half Hedwig Schmitt in die Familienkutsche. Es war eine neue. Die alte war nicht mehr zu reparieren gewesen. Sie ließ sich im Fond nieder, ordnete ihren Rock und lehnte sich mit ernster Miene zurück. Gottschalk schloss den Schlag, stieg auf den Bock und nahm die Zügel in die Hand. Dann löste er die Bremse und schnalzte mit der Zunge. Die Pferde zogen an, und das Gespann verließ den Hof der Villa Schmitt.

Hedwig war nervös, obwohl man ihr äußerlich nichts ansah. Denn vor ihr lag der schwerste Gang ihres Lebens. Sie war eine stolze Frau. Jemanden um Hilfe zu bitten fiel ihr schwer. Besonders jemanden, den sie immer für ihren Feind gehalten hatte. Aber die Lage war verzweifelt. Es ging nicht anders. Ewalt hatte sie natürlich begleiten wollen, aber sie hatte abgelehnt. Dies sei allein ihre Angelegenheit.

Ewalt, ihr einziger Sohn, die Hoffnung des Unternehmens – wenn es denn noch eine Hoffnung gab, so wie die Dinge standen –, hatte sich unbedacht und leichtsinnig an den Barrikadenkämpfen beteiligt. Er hätte dabei verhaftet werden oder gar umkommen können. Oder verwundet werden, so wie Aaron. Jakob war außer sich gewesen, als er von Aarons Verwundung erfahren hatte. Zum Glück hatte sein Sohn sich wieder erholt, nachdem man ihm die Kugel aus der Brust geholt hatte. Und Jakob hatte sich überschwenglich bei Ewalt und Gisela für ihren Einsatz und die Rettung seines Sohnes bedankt.

Nein, Ewalt war zum Glück nichts passiert. Und nun hatte er

eine Verlobte. Das war noch das Beste, was bei dem ganzen Schlamassel der letzten Monate herausgekommen war. Ein prächtiges Mädchen, das musste man zugeben, auch wenn sie leider eine Fischer war. Was die Sache natürlich verkomplizierte. Musste er sich unbedingt in das Fischer-Mädel verlieben? Aber so war es nun mal. Hedwig wusste aus eigener Erfahrung, dass die Liebe ihren Weg ging, ganz gleich, was andere davon hielten.

Giselas Vater war strikt gegen eine Vermählung. Er machte diesbezüglich Schwierigkeiten, so wie er ihnen immer Schwierigkeiten bereitet hatte. Angeblich hatte es wilde Auseinandersetzungen bei den Fischers gegeben, bis Gisela es nicht länger ausgehalten hatte und ausgezogen war. Er würde sie enterben, hatte Fischer ihr gedroht, sie jeder Unterstützung berauben. Aber sie hatte sich nicht davon beeindrucken lassen. Ein ziemlicher Charakter, diese junge Frau, das musste man ihr lassen.

Natürlich hatte Ewalt ausgeholfen. Zuerst hatte sie bei ihrer Französischlehrerin logiert, aber dort war es auf die Dauer zu eng. Hedwig hatte schließlich eingelenkt und sie in der Villa Schmitt untergebracht. Auf Hedwigs Etage wäre natürlich am meisten Platz gewesen, aber um der Sittlichkeit Genüge zu tun, wohnte sie jetzt ein Stockwerk tiefer bei Ute und Gero und den Mädchen.

Ach ja, die Mädchen. Das war auch so eine Geschichte. Trude, die Ältere, war wegen Aarons Verwundung ganz verstört gewesen, hatte geweint und darauf bestanden, ihn bis zu seiner Entlassung täglich in der Charité zu besuchen. Und jetzt, da er sich wieder erholt hatte, war auch er ein ständiger Besucher in der Villa. Da bahnte sich ganz offensichtlich etwas an.

Hedwig mochte Jakobs Sohn. Der junge Mann hatte nur leider den Kopf voll wirrer Gedanken. Aber das war Utes Angelegenheit. Darin wollte Hedwig sich nicht einmischen.

Die Kutsche überquerte den Schlossplatz. Hedwig blickte aus dem Fenster. Es sah hier aus wie immer. Soldaten bewachten die Eingänge zum Schloss, Kutschen standen geparkt und warteten auf ihre Herren, die im Schloss zu tun hatten. Vermehrt gingen jetzt auch Bürgerliche hier ein und aus, sogar abgeordnete Demokraten.

Beim Anblick des Schlosses war es unmöglich, sich nicht an die schrecklichen Dinge zu erinnern, die hier geschehen waren. Der brutale Angriff auf das fröhliche, nichtsahnende Volk der Berliner, die nach den ermutigenden Ankündigungen des Ministers Bodelschwingh nichts Schlimmeres im Sinn gehabt hatten, als ihrem König zu danken. Denn im Grunde waren sie königstreu.

Welcher Idiot hatte das wohl angeordnet? Denn dieser Angriff auf das Volk hatte den Aufstand erst richtig losgetreten. War es der König gewesen? Wohl eher Prinz Wilhelm, der seinen Bruder überredet hatte. Und dann war er selbst nach England geflohen. Bodelschwingh fühlte sich hintergangen und war noch am gleichen Tag von seinem Ministerposten zurückgetreten. Wenigstens einer, der Rückgrat gezeigt hatte.

Die ganze Nacht hatten die Kämpfe gedauert. Niemand hatte schlafen können. Der Lärm war bis zur Villa Schmitt zu hören gewesen. Geschrei, Schüsse, Kanonendonner. Und Ewalt und Aaron mittendrin. Sogar Gisela! Hedwig schauderte es, wenn sie daran dachte. Warum konnten Menschen sich nicht vernünftig einigen? Warum musste es immer erst zu Blutvergießen kommen?

Die Aufständischen hatten am Ende gesiegt. Und am nächsten Tag hatten seine geliebten Berliner den König gedemütigt. Unerschrocken waren sie erneut zum Schlossplatz gezogen. Diesmal von Karren begleitet, auf denen die mit Blumen bekränzten, blutigen Leichen der Opfer der Erhebung lagen. Der König solle die Leichen sehen, hatten sie verlangt, und er solle sie ehren, denn sie seien für Deutschland und für die Freiheit gestorben.

Der König hatte nicht gewagt, sich zu verweigern. Starr und steif hatte Friedrich Wilhelm auf dem Balkon gestanden. Bei jedem Toten, der unter ihm vorbeigezogen wurde, hatten sie »Mütze ab!« gebrüllt. Und der König hatte die Mütze gezogen. Unfassbar, wenn man sich das vorstellte. Der König von Preußen zieht die Mütze vor den Toten des Volksaufstands!

Inzwischen hatte er sogar versprochen, die Märzforderungen der Demokraten anzuerkennen, war mit schwarz-rot-goldener Binde durch Berlins Straßen geritten und hatte eine versöhnliche Rede für die Einheit und Freiheit Deutschlands gehalten. Und schließlich hatten vor wenigen Wochen Wahlen stattgefunden. Wahlen zu einer neuen preußischen Nationalversammlung, aber auch zu einer ganzdeutschen Nationalversammlung, deren neu gewählte Abgeordnete in wenigen Tagen in die Paulskirche zu Frankfurt einziehen würden, ihrem neuen Tagungsort.

Vielleicht ging es ja nun doch langsam voran mit einem geeinten Deutschland. Neben der Erfüllung demokratischer Forderungen könnte man auch endlich Zölle abbauen, die Währung vereinheitlichen, ja sogar die Uhrzeit, damit die Fahrpläne der neuen Eisenbahnlinien besser aufeinander abgestimmt werden konnten. All das würde die Wirtschaft beleben, da waren sich alle Experten einig.

Ja, vieles hatte sich verändert in den letzten Monaten. Radikal verändert sogar. Metternich vertrieben. In Frankfurt tagte zum ersten Mal ein gesamtdeutsches Parlament. In Bayern hatte König Ludwig auf den Thron verzichten müssen. Aber das lag wohl eher an der Tänzerin. In Wien rumorte es immer noch. Und in Preußen wurde an einer Verfassung gearbeitet. Hoffnungen für Deutschland waren also berechtigt, auch wenn Jakob immer noch seine Zweifel hatte, dass sie sich erfüllen würden.

Beim Gedanken an Jakob entspannten sich Hedwigs Züge. Dass sie sich nach langen Jahren wiedergefunden hatten, war ein großes Glück. Auch wenn es für Hedwig nicht die bedingungslose Leidenschaft wie bei Ewalts Vater war, so war aus ihrer Beziehung doch eine reife, zärtliche Liebe geworden, eine Vertrautheit und Nähe, die Hedwig nicht mehr missen mochte. Sie hätte ihn gern bei sich wohnen lassen, obwohl sich das eigentlich nicht gehörte, denn sie waren nicht verheiratet. Aber in ihrem Alter noch den Gang zum Traualtar zu gehen, das war ihr zu dumm. Und konvertieren würde sie schon gar nicht. Sie würden sich einfach über die Moral hinwegsetzen und ohne Trauschein zusammenleben. Natürlich nur, wenn auch Jakob damit einverstanden war. Sie würde bei Gelegenheit mit ihm reden.

Ach, Jakob, dachte Hedwig, du bist mir in diesen schweren Zeiten eine wahre Stütze gewesen. Denn mit den Schmitt-Werken stand es gar nicht gut. Die wirtschaftliche Lage Preußens war schon vor den Märzaufständen prekär gewesen. So sehr Hedwig mit den Forderungen der Demokraten sympathisierte, der Aufstand hatte alles noch verschlimmert. Das politische Durcheinander, die Rücktritte diverser Minister, der gegenwärtige Mangel an klarer Führung, die Unsicherheit, was von dem neuen Parlament zu erwarten war und wie es überhaupt mit Preußen weitergehen würde. Kein Wunder, dass die Banken das Geld zurückhielten und dass die Eisenbahngesellschaften alle größeren neuen Aufträge erst einmal verschoben hatten.

Die Schmitt-Werke hatten sich mit Kleinaufträgen und Reparaturen über Wasser halten müssen. Dazu kam, dass Fischer & Söhne, denen es im Grunde noch schlechter ging, bei jedem kleinen Auftrag, bei dem sie gemeinsam geboten hatten, so mit dem Preis runtergegangen war, dass keiner von beiden noch einen Gewinn machen konnte. Ja, auch Fischer hatte Federn gelassen. Die Arbeiter hatten nach der erfolgreichen Märzrevolution Aufwind bekommen. Sie waren nicht länger bereit, alles hinzunehmen. Fischers menschenunwürdige Behandlung seiner Leute hatte mehrfach zu Sabotageakten und teuren Ausfällen geführt. Und die jahrelange aggressive Expansionspolitik hatte ihn finanziell auf schwache Füße gestellt. Es gab Gerüchte, dass die Banken ihm den Geldhahn zudrehen könnten.

Es ist schon seltsam, dachte Hedwig. Wir arbeiten in der modernsten und zukunftsträchtigsten Industrie und machen uns gegenseitig das Leben schwer.

Nun, die Schmitt-Werke hatten inzwischen selbst ihren Kreditrahmen ausgereizt. Aber hier lagen die Gründe anders. Am schlimmsten hatte sie der Brand im Werk getroffen. Die Montagehalle, in der Ewalt an seiner Lok gearbeitet hatte, war zu einem Drittel abgebrannt. Es hätte sogar noch schlimmer kommen können, wenn die gesamte Belegschaft nicht so eifrig geholfen hätte, das Feuer einzudämmen. Trotzdem könnte der Produktionsausfall ihnen immer noch das Genick brechen. Denn die Dampfmaschinenfertigung war um Monate zurückgeworfen, ein Geschäftszweig, der lebenswichtig war, solange sie nicht genug Eisenbahnaufträge hatten. Und im Augenblick fehlte ihnen das Geld, um die Kapazität wieder auf den früheren Stand zu bringen.

Ewalt war überzeugt, dass der Brand ein Racheakt von Eberhard von Falkenberg gewesen war mit der Absicht, seine Lok zu zerstören. Eines war klar, jemand hatte Feuer gelegt. Schulze behauptete, seine Wachleute hätten Arbeiter von Fischer erkannt. Aber bisher hatte man nichts beweisen können.

Fischer & Söhne und die Schmitt-Werke konkurrierten seit Langem. Aber in letzter Zeit war dieser Wettbewerb ein Kampf um die nackte Existenz geworden. Ewalts neue leistungsfähigere Lok war mit Sicherheit ein Grund dafür. Hinzu kam die bessere Qualität der Produkte, die aus den Schmitt-Werken kamen. Allerdings auch zu einem höheren Preis. Und dass Ewalt dem Falkenberg die Frau ausgespannt hatte, hatte die Feindschaft mit Sicherheit verschärft. Erich Fischer hatte die Hoffnung, seine Tochter mit einem Baron zu verheiraten, aufgeben müssen. Das musste ihn fürchterlich wurmen. Schon allein deshalb, so schätzte Hedwig ihn ein, würde er nicht nachlassen, bis eines der beiden Unternehmen am Ende war. Hedwig aber hatte sich geschworen, das würden nicht die Schmitt-Werke sein.

Drastische Maßnahmen waren also nötig.

Das brachte sie zu ihrem heutigen Besuch. Dem schwersten, zu dem sie sich jemals hatte überwinden müssen.

Die Kutsche bog in die Linden ein, und wenige Augenblicke später hatten sie ihr Ziel erreicht. Der Wagen fuhr in die Auffahrt des Hauses und hielt vor dem großen Portal. Gottschalk zog die Bremse fest, sprang vom Bock und öffnete den Schlag.

»Gnädije Frau.«

Sie fasste seine Hand und stieg aus. »Danke, Gottschalk.«

Sie strich sich den Rock glatt und blickte an der imposanten Fassade empor. So wie sie es beim ersten Mal vor fünfunddreißig Jahren getan hatte. Mein Gott, wie lange das her war! Und wie viel war seitdem passiert!

Ein Kammerdiener – oder ein Butler, wie man sie heutzutage auch gern nannte – trat vor das Portal und verbeugte sich höflich.

»Ich nehme an, Sie sind Madame Schmitt«, sagte er freundlich. »Ich darf Sie herzlich willkommen heißen. Bitte folgen Sie mir. Freifrau von Billung erwartet Sie schon.«

Hedwigs Herz klopfte heftig, während der Butler sie durch die Eingangshalle führte. Reiß dich zusammen, ermahnte sie sich. Und keine Schwäche zeigen.

Sie betraten den großen Salon.

Im Gegensatz zur äußeren Fassade des Hauses hatte sich hier vieles verändert. Die Farben waren heller, die Möbel leichter, die alten Ahnenportraits schönen Landschaftsgemälden gewichen. Eines davon musste dem Stil nach ein Caspar David Friedrich sein. Aber das waren nur flüchtige Eindrücke, denn im Hintergrund, nahe dem Kamin, erhob sich gerade eine elegant gekleidete Dame und kam lächelnd auf sie zu.

»Liebe Frau Schmitt. Endlich finden wir zueinander. Ich war hocherfreut, als ich Ihre Nachricht erhielt.«

Hedwig zog die Handschuhe aus und bot ihre Hand an. Olga fasste sie mit beiden Händen und drückte sie herzlich.

»Kommen Sie, meine Liebe«, sagte sie. »Setzen wir uns an den Kamin. Es ist zwar schon Mai, aber ein kleines Feuer ist trotzdem gemütlich, nicht wahr?«

Etwas steif ließ Hedwig sich auf dem geblümten Fauteuil gegenüber Olga nieder. Sie hatte nicht erwartet, dass der Empfang so freundlich sein würde. Obwohl Ewalt nach seinem zufälligen Treffen mit seiner Tante ja schon berichtet hatte, dass sie sich eine Annäherung wünschte. Trotzdem blieb Hedwig vorerst misstrauisch.

»Nehmen Sie Kaffee?«, fragte Olga, die sich ebenfalls gesetzt hatte.

»Tee, wenn es keine Mühe macht.«

Olga gab dem Butler ein Zeichen, sich um die Bestellung zu kümmern.

»Sie haben meinen Sohn ja schon getroffen«, sagte Hedwig.

Olga lächelte. »Ja, ich hatte das Vergnügen. Was für ein prachtvoller junger Mensch. Sie müssen sehr stolz auf ihn sein.«

»Ja, er ist ein außerordentlich talentierter Ingenieur geworden.«

»Das habe ich gehört. Überhaupt, Ihre ganze Familie. Mein Gott, Sie und Ihr Bruder haben ganz Außerordentliches geleistet. Aus einer Schmiede ist ein modernes Industrieunternehmen geworden. Wirklich beeindruckend. Und Sie selbst sind an diesem Erfolg maßgeblich beteiligt gewesen.«

Hedwig lächelte zum ersten Mal. »Ich sehe, Sie haben sich über uns erkundigt.«

»Wir haben die gleiche Bank. Bankhaus Mendelssohn.«

»Ah. Das erklärt es natürlich. Ja, es stimmt. Ich kümmere mich schon immer um die Finanzen. Die Fabrik selbst leitet mein Bruder Gero.«

»Ganz außergewöhnlich, dass eine Frau die Finanzgeschäfte eines Industrieunternehmens führt.«

»Das stimmt. Die Bankiers mussten sich auch erst an mich gewöhnen.«

»In jedem Fall bewundernswert.«

Hedwig begann sich etwas zu entspannen. Olga benahm sich nicht nur höflich, sondern geradezu warmherzig. Hedwig sah sich im Salon um. »Es ist ganz anders hier, als ich es in Erinnerung habe.«

»Nach dem Tod meines Mannes hab ich das alte Gerümpel rausgeworfen und alles neu dekorieren lassen. Ich hoffe, es gefällt Ihnen.«

»Oh. Ihr Mann ist verstorben«, sagte Hedwig verlegen. »Mein herzliches Beileid.«

Olga zuckte mit den Schultern. »Ist schon lange her. Und Sie? Sie haben nie geheiratet.«

»Tja. Das hat sich nie ergeben.« Das Gespräch war plötzlich an einer delikaten Stelle angekommen. »Hören Sie, ich hätte schon früher kommen sollen. Gleich nachdem mein Sohn mir von seiner Begegnung mit Ihnen berichtet hat. Ich hätte ihm vielleicht auch nicht Ihren Teil seiner Familie vorenthalten sollen. Im Nachhinein tut mir das leid.« So, jetzt hatte sie ihre Pflicht getan und sich entschuldigt.

»Oh, machen Sie sich darüber keine Sorgen, liebe Hedwig. Darf ich Sie Hedwig nennen?«

»Natürlich.« Sie gab sich einen Ruck und fügte hinzu: »Olga.«

Olga lächelte erfreut. »Ach, so fühl ich mich schon viel besser«, sagte sie. Dann wurde sie ernst. »Nein, der Fehler liegt im Gegenteil bei mir. Ich habe Sie damals denkbar schlecht behandelt. Hinterher habe ich es bereut. Aber Sie wissen vielleicht, wie das ist. Man schämt sich, aber man schiebt es immer wieder auf, die Sache in Ordnung zu bringen, gerade weil man sich schämt. Die Zeit vergeht, und auf einmal ist es einem peinlich, dass man so lange gewartet hat. Und dann gehen irgendwie die Jahre dahin. Es tut mir aufrichtig leid, Hedwig. Mein Bruder hat Sie geliebt. Und Sie ihn. Und ich … ich hab mich einfach schlecht benommen. Können Sie mir verzeihen?«

Bei diesen Worten hatte Hedwig plötzlich feuchte Augen bekommen. Sie nahm ein Tüchlein aus ihrer Handtasche und betupfte sich die Augen. »Entschuldigen Sie. Jetzt fange ich auch noch an zu heulen. Aber es war schwierig für mich damals. Sie können sich gar nicht vorstellen, Olga, wie gut mir Ihre Worte tun. Und ich war ja auch nicht gerade freundlich zu Ihnen.«

»Dann lassen Sie uns die Vergangenheit vergessen. Ich würde, wenn es möglich ist, gern mehr von Ihnen und von Ewalt, meinem Neffen, sehen. Vielleicht können wir doch noch Freundinnen werden. Ich bin ganz sicher, meinem Bruder hätte das gefallen.«

Hedwig nickte. »Ja. Warum nicht?«

Mein Gott, ich hab die Frau völlig falsch eingeschätzt, dachte sie. Oder hat sie sich so sehr verändert? Damals war sie schroff und hochmütig gewesen. Aber ich wahrscheinlich auch.

Sie steckte ihr Taschentuch weg und schenkte Olga ein aufrichtiges Lächeln. »Ja, das würde mich freuen.«

»Warum haben Sie Ewalt eigentlich nicht mitgebracht?«

In diesem Augenblick erschien ein Dienstmädchen mit einem großen Tablett und servierte Kaffee für Olga und Tee für Hedwig. Dazu zwei Stück Torte und ein Schälchen mit Sahne. Im Hintergrund stand der Butler und beobachtete mit Argusaugen, ob das Mädchen auch alles richtig machte. Dann gingen beide.

»Nehmen Sie doch ein Stück Torte«, sagte Olga.

»Sind Sie mir böse, wenn ich darauf verzichte? Ich fürchte, ich passe sonst nicht mehr in meine Kleider.«

Olga lachte. »Mir geht es nicht anders. Bleiben wir also enthaltsam.«

»Ich bin allein gekommen«, nahm Hedwig den Faden wieder

auf, »weil ich etwas Privates mit Ihnen besprechen wollte.« Sie holte tief Luft, wie um sich zu stählen. »Mein Sohn hat eine Lokomotive neuerer Bauart entwickelt. Sie ist wesentlich schneller als alles, was es bisher gibt, und auch in der Lage, größere Lasten zu ziehen. Mehr Waggons, wenn Sie verstehen, was ich meine. Damit können die Bahnen kostengünstiger arbeiten.«

Olga nickte etwas verwirrt. Sie verstand ganz offensichtlich nichts von solchen Dingen und musste sich auch fragen, worauf Hedwig hinauswollte.

»Die Berlin-Stettiner Eisenbahn-Gesellschaft ist sehr beeindruckt«, fuhr Hedwig fort, »und wäre im Prinzip bereit, zehn Loks zu bestellen. Sie haben sogar schon eine schriftliche Absichtserklärung abgegeben.«

»Das ist doch wunderbar.«

»Ja, aber die Sache hat einen Haken. Wir haben durch einen Brand einen Teil unserer Werksanlagen verloren. Und Direktor Moretti von der Stettiner bezweifelt, dass wir termingerecht liefern können. Wenn wir ihm nicht in den nächsten dreißig Tagen vertraglich zusichern, die Kapazität kurzfristig zu erhöhen, um termingerecht zu liefern, dann geht sein Auftrag, so leid es ihm tut, an Fischer & Söhne. Und leider hat unser Bankhaus eine weitere Finanzierung abgelehnt.«

Bei Olga schien es langsam zu dämmern. »Sie brauchen also Geld. Habe ich Sie da richtig verstanden?«

Hedwig war leicht errötet. Jetzt sind wir am heiklen Punkt angelangt, dachte sie. Wenn es ums Geld geht, dann ist meistens Schluss mit schönen Worten. Es kostete sie Überwindung, aber sie zwang sich dazu weiterzureden. »Ganz recht. Wir brauchen eine Finanzierung, um die Produktion anzukurbeln, wie von der Stettiner verlangt. Da habe ich an Sie gedacht. Ihr Bruder hatte damals eine Rente für mich und meinen Sohn ausgesetzt. Ich nehme an, Sie erinnern sich. Die habe ich nie in Anspruch genommen. Nach all den Jahren müsste sie doch einen gewissen Wert darstellen.

Außerdem ist Ewalt Ihr Neffe. Seine Zukunft sollte Ihnen nicht ganz gleichgültig sein.«

Hedwig sah Olga aufmerksam an. Würde sie ablehnen? Vielleicht mit freundlichen oder höflichen Worten, aber trotzdem ablehnen? Im Grunde war sie ja zu nichts verpflichtet. Hedwig besaß kein Papier, keine schriftliche Bestätigung, dass Ewalt eine Rente für sie eingerichtet hatte. Olga selbst hatte ihr davon erzählt, um ihr damals im Tausch das Kind wegzunehmen. Und jetzt? Sie könnte es einfach abstreiten. Es gab keinen Beweis.

Aber unerwarteterweise machte Olga plötzlich ein fröhliches Gesicht. »Ach, liebe Hedwig, da bin ich aber froh, dass Sie fragen. Ich hätte Sie nämlich schon längst darauf ansprechen sollen. Und hätte es heute auch getan. Ich habe diese Rente nämlich aufgespart, auf einem getrennten Konto. Irgendwann wollte ich das Geld Ewalt übertragen. Er hat doch sonst nichts von seinem Vater. Doch Sie waren inzwischen so erfolgreich mit Ihrer Firma, dass es mir fast peinlich war, davon zu sprechen. Mit Zins und Zinseszins ist inzwischen eine ordentliche Summe daraus geworden. Ich müsste nachschauen, aber es müssten mehr als eine Million Taler sein. Die kann ich Ihnen sofort und mit dem größten Vergnügen zur Verfügung stellen. Das heißt, Ihrem Ewalt natürlich.«

Hedwig war über diese Wendung völlig überrascht. Sie fasste sich ans Herz. »Eine Million? Mein Gott, ja, das würde uns wirklich helfen.«

»Eigentlich steht Ihrem Sohn ja noch mehr zu«, sagte Olga. »Schließlich ist er meines Bruders einziger Erbe. Sie wissen, unsere Familie ist nicht gerade arm. Auch darüber werden wir also reden müssen. Und dieser Erich Fischer ist ein wirklich unangenehmer Mensch. Dem gönne ich den Auftrag der Stettiner nicht. Wir werden uns zusammentun, liebe Hedwig, und dem Kerl eins auswischen. Was halten Sie davon?«

Hedwig grinste erleichtert. »Davon halte ich eine ganze Menge, das können Sie mir glauben.«

»Hmm. Vielleicht sollte ich ins Eisenbahngeschäft einsteigen. Das ist doch die Zukunft, oder? Sagen jedenfalls alle.«

Olga von Billung hatte nicht nur so dahergeredet. Sie meinte es ernst mit ihrer Hilfe. Ewalts Million wurde gleich am nächsten Tag überwiesen, so dass Gero die Instandsetzungsmaßnahmen sofort in Angriff nehmen konnte. Direktor Moretti von der Stettiner bekam seine Liefergarantie. Und im Gegenzug unterschrieb er die formelle Bestellung von zehn neuen Lokomotiven. Damit waren die Schmitt-Werke fürs Erste gerettet.

Aber damit war es nicht getan. Hedwig hatte in Olga eine neue Freundin gefunden. Die beiden verstanden sich besser, als Hedwig jemals erwartet hätte. Und Olga, die reiche Adelstochter und Baronin, die nie im Leben hatte arbeiten müssen, die von Geschäft und Industrie keine Ahnung hatte, war plötzlich Feuer und Flamme, zusammen mit Hedwig Unternehmerin zu werden. Oder zumindest Partnerin.

Es stellte sich heraus, dass sie Anteilsscheine an Fischer & Söhne besaß. Die hatte ihr Ehemann noch vor seinem Tod erworben. Sie stellten etwa zwanzig Prozent des Unternehmensvermögens dar. Ihr Anwalt hatte schon versucht, die Anteile abzustoßen, denn seit geraumer Zeit hatte es keine Gewinnausschüttung mehr gegeben. Aber aufgrund der prekären Lage der Firma war es bisher nicht möglich gewesen, dafür Käufer zu finden. Jetzt ergab sich plötzlich die Gelegenheit, etwas damit anzufangen.

Zusammen mit Jakob, Gero, Ewalt und Olgas Anwalt, einem Dr. Kaffenberger, heckten die beiden Frauen in den nächsten Tagen einen groben Aktionsplan aus. Zwei Tage später zogen sie Alexander Mendelssohn hinzu, den Mitgeschäftsführer des renommierten jüdischen Bankhauses, um den Plan zu verfeinern und sich dafür die nötige Finanzierung zu sichern. Der Bankier fand die Idee großartig und erklärte sich bereit, die Sache zu unterstützen.

Während die Bankiers und Anwälte sämtliche Papiere und Verträge vorbereiteten, war nun Jakob an der Reihe, seinen Beitrag zu leisten.

»Ich tu es nicht gern, Hedi«, sagte er. »Denn das, worum du mich bittest, ist ziemlich hinterhältig. Aber ich tu's dir zuliebe. Und im Grunde hat der Kerl es ja auch verdient, dass ihm mal jemand in den Hintern tritt.«

Jakob recherchierte, was er über Fischer & Söhne in Erfahrung bringen konnte, und schrieb eine Reihe von ziemlich unschmeichelhaften Artikeln über Fischer und seine Firma. Er achtete peinlichst darauf, dass er bei der Wahrheit blieb, aber er nahm auch kein Blatt vor den Mund. Er berichtete von geprellten Lieferanten, von fürchterlichen Arbeitsverhältnissen, von verlorenen Aufträgen und möglichen Zahlungsschwierigkeiten. Er malte eine düstere Zukunft für das Unternehmen, das von einem rücksichtslosen Tyrannen beherrscht werde, der es sträflich unterlassen habe, in neue Technik zu investieren. Gleichzeitig berichtete er von dem Auftrag der Stettiner Bahn an die Schmitt-Werke und weiteren Verhandlungen mit der Potsdamer und der Anhaltischen.

Fischer schäumte vor Wut und kündigte Klagen gegen die Zeitung an, aber am Ende erwies sich das nur als leere Drohung.

Der Bankier Mendelssohn brachte in Erfahrung, dass nach Jakobs Artikelserie Gerüchte in Finanzkreisen kursierten, dass Fischer & Söhne in Schwierigkeiten war, besonders wenn seine Hausbank ihm die Darlehensverträge kündigen würde. Eine angeblich durchaus reale Möglichkeit. Auch darüber berichtete Jakob.

»Glaubst du, er ist jetzt weichgekocht?«, fragte Ewalt.

Gero lachte. »Ich wette, der kaut sich die Nägel blutig.«

»Habt ihr vor, ihn zu ruinieren?«, fragte Gisela. Ewalt hatte sie eingeweiht. »Er ist immerhin mein Vater.«

»Nein, keine Sorge. Er wird mit einem blauen Auge davonkommen und weich fallen. Dafür sorge ich.«

»Versprich es mir.«

»Verlass dich drauf.«

Am 19. Mai 1848 zogen fast vierhundert neu gewählte gesamtdeutsche Abgeordnete unter Glockengeläute und gewaltigem Jubel in die Frankfurter Paulskirche ein. Am Tag darauf wählten sie den liberalen Heinrich von Gagern zum Präsidenten. In ganz Deutschland setzte man große Hoffnungen in die Bemühungen dieser frei gewählten Volksvertreter, deren Aufgabe es sein würde, eine einheitliche und freiheitliche Verfassung für das ganze Land zu entwerfen.

Am 17. Juni kehrte Prinz Wilhelm, der wegen seiner Haltung während des Berliner Aufstands vom Volksmund »Kartätschenprinz« getauft worden war, aus seinem vorübergehenden Exil in England zurück. Das neue preußische Parlament hatte ebenfalls die Arbeit aufgenommen. Der Monarchie war kein Schaden entstanden, der Adel hatte immer noch seine Privilegien, und die konservativen Kräfte wagten sich wieder vor.

»Die fühlen sich wieder sicher«, sagte Jakob mit bitterem Lächeln. »Ihr werdet sehen, langsam drehen sie alles zurück. Es lebe die Reaktion!«

»Glaubst du?«, fragte Hedwig.

»Mit Sicherheit. Die reaktionären Kräfte werden sich am Ende durchsetzen. Ihnen gehört schließlich der Staat und das Militär. Diesmal werden sie jedoch schlauer vorgehen. Sie werden das Volk einlullen, von deutscher Einheit reden, alles wird einen demokratischen Anstrich bekommen, aber darunter werden die Fürsten herrschen wie eh und je.«

»Dann war alles umsonst?«, fragte Ewalt.

»Das will ich nicht sagen. Ein gewisser Samen ist gesät. Fragt sich nur, wann die zarte Pflanze der Freiheit wirklich zur Blüte kommt.«

Gleich nach dem Wochenende, am 19. Juni, fand das entscheidende Treffen statt, um über das Schicksal der zwei Unternehmen zu verhandeln. Erich Fischer wusste nichts von der Beteiligung der Schmitts an dieser Besprechung. Es war verabredet, dass sie erst später eintreffen würden.

Dr. Kaffenberger, in seiner Eigenschaft als Anwalt der Familie Billung, hatte Fischer in seine Kanzlei geladen, um die Lage und die Zukunft des Unternehmens zu besprechen, und angedeutet, dass auch Direktoren von Fischers Hausbank daran teilnehmen würden.

Erich Fischer konnte sich ausmalen, dass dies nichts Gutes für ihn bedeutete. Die Billungs hielten einen bedeutenden Anteil an seiner Firma. Das gab ihnen das Recht, Einsicht in die Lage und die Bücher des Unternehmens zu nehmen. Er hatte deshalb seinen Rechtsbeistand, Julian Buschardt, mitgebracht, wie auch seinen Beinahe-Schwiegersohn Eberhard von Falkenberg. Auch wenn eine Ehe mit Gisela nicht mehr möglich schien, so hatte er doch an von Falkenberg festgehalten. Ein Baron als zweiter Mann im Unternehmen machte sich gut. In diesem Land dominierte schließlich immer noch der Adel. Und das Militär. Was meist das Gleiche war.

Der Konferenzraum war holzgetäfelt, düster in seinen dunklen Farben und außergewöhnlich spartanisch eingerichtet. Die Mitte beherrschte ein blank polierter Konferenztisch, um den schwarze Lederstühle aufgestellt waren. An der Wand ein großes Regal mit juristischen Standardwerken, ansonsten keine Bilder oder andere dekorative Elemente. Allerdings stand Kaffee bereit und eine Batterie weißer Porzellantassen.

Olga von Billung war schon am Platz, als Fischer und seine Begleiter den Raum betraten. Und natürlich Dr. Kaffenberger, ein großer, grobknochiger Man mit kantigem Gesicht. Seine durchdringenden blauen Augen waren von buschigen Brauen überschattet. Er trug einen Zwicker auf der Nase. Und trotz seiner fünfundsechzig Jahre erfreute er sich immer noch eines dichten grauen Haarschopfes.

Es war ein recht warmer Tag, und Erich Fischers fleischige Hand fühlte sich feucht an, als Olga sie ihm schüttelte. »Sie hier?«, fragte er. »Ich wusste nicht, dass Sie sich für solche Dinge interessieren, Baronin.«

»Wenn alles gut läuft, muss ich das auch nicht«, erwiderte sie etwas spitz. »Aber wenn ich Geld verliere, ist es wohl an der Zeit, dass ich mich darum kümmere.«

Fischer erwiderte nichts, aber die Bemerkung hatte klargestellt, worum es ging. Nach den allgemeinen Begrüßungen nahmen die drei Herren Platz. »Falls wir sie brauchen, habe ich die Gesellschaftsverträge und andere Unterlagen dabei«, sagte Dr. Buschardt und deutete auf die Aktentasche, die er neben sich auf den Tisch gelegt hatte.

»Das ist gut«, erwiderte Dr. Kaffenberger. »Unser Mädchen wird gleich kommen, um Kaffee auszuschenken. Vielleicht möchten Sie auch ein Glas Wasser?«

»Nicht im Augenblick«, war die allgemeine Antwort.

»Schießen Sie endlich los«, sagte Fischer großspurig, als könne ihn nichts aus der Ruhe bringen.

»Es geht um die Lage des Unternehmens«, sagte Kaffenberger. »Ihre Finanzdaten habe ich erhalten und studiert.« Er wies auf die Akte, die vor ihm lag. »Die Herren Ihrer Bank müssten ebenfalls gleich hier sein. Aber wir können schon mal sagen, dass es nicht gut aussieht.«

Fischer machte eine wegwerfende Handbewegung. »Was wollen Sie? Die Wirtschaftslage ist schlecht. Der verdammte Aufstand hat nicht gerade geholfen. Aber jetzt, mit dem neuen Parlament, erwarten wir, dass die Lage sich bessert. Wir haben bereits eine Reihe von lukrativen Aufträgen in Aussicht. Nicht wahr, Eberhard?«

Von Falkenberg beeilte sich, die Aussage zu bestätigen.

Die Tür öffnete sich, und die beiden Direktoren von Fischers Hausbank betraten den Raum. Die Herren schüttelten einander ernst die Hände. Man kannte sich natürlich. Das Dienstmädchen erschien und schenkte reihum Kaffee ein. Dann ging es los.

Auch die Bankiers hatten die Finanzberichte dabei, und sie grillten Erich Fischer eine ganze Stunde lang. Gnadenlos zerpflückten sie jeden seiner Versuche, die Lage der Firma rosiger darzustellen, als sie war. Man bemängelte einzelne Posten seiner Bilanz, bezichtigte ihn der Beschönigung gewisser Werte, analysierte die Verluste und verlangte nach konkreten Belegen für zukünftige Auftragsaussichten, die er natürlich nicht liefern konnte. Fast tat er Olga leid, die zwar kaum etwas verstand, aber beobachten konnte, wie er sich wand und mehr und mehr ins Schwitzen kam. Auch sein ehemaliger Schwiegersohn war ihm dabei keine Hilfe.

»Es tut uns leid, Herr Fischer«, sagte schließlich einer der Direktoren, ein hagerer Mann mit einer roten Weste. »Unter diesen Umständen können wir unsere Kreditvereinbarungen nicht weiterlaufen lassen.«

»Was soll das heißen?«, fuhr Fischer hoch. »Wollen Sie mir etwa die Kredite kündigen?«

Der Mann nickte. »Wir müssen leider unser Geld zurückfordern. Mehr als dreißig Tage Frist können wir Ihnen dafür nicht einräumen.«

Fischer war sichtlich bleich geworden. »Das können Sie nicht tun«, rief er. »Sie ruinieren mich!«

»Ich denke nicht, dass wir es sind, die Sie ruiniert haben, Herr Fischer. Guten Tag.«

Die Herren Bankiers erhoben sich, verstauten ihre Unterlagen und verabschiedeten sich.

Ihrem Abgang folgte eine lange, peinliche Pause. Olga und Kaffenberger schwiegen. Von Falkenberg betrachtete seine Fingernägel, und Dr. Buschardt sah zum Fenster hinaus. Auch Fischer saß ganz still und starrte lange an die gegenüberliegende Wand. Er schien fieberhaft nachzudenken, wie er sich aus dieser Lage herauswinden könnte.

Plötzlich wandte er sich an Olga. »Was sagen Sie denn dazu? Sie sind doch Miteigentümerin. Haben Sie nichts zu sagen? Wollen Sie etwa Ihr Geld verlieren? Wenn ich untergehe, ist auch Ihr Anteil futsch.«

Olga erwiderte nichts. Dafür aber ihr Anwalt.

Dr. Kaffenberger räusperte sich. »Nun, vielleicht haben wir eine Lösung für Sie, Herr Fischer.«

Er musste einen versteckten Klingelzug betätigt haben, denn kurz darauf ging die Tür auf, und Hedwig betrat den Raum, gefolgt von Gero und Ewalt.

Fischer starrte ungläubig. »Die Schmitts? Was zum Teufel wird hier eigentlich gespielt?«

»Die Herrschaften kennen sich ja«, sagte Kaffenberger. »Ich bitte, Platz zu nehmen.«

Dr. Julian Buschardt nickte Hedwig zu. »Frau Schmitt. Sind wir uns nicht schon einmal begegnet?«

»Natürlich sind wir das. Und Sie wissen genau, für mich war es keine besonders erfreuliche Begegnung.«

»Nun ja. In der Jugend schlägt man gern über die Stränge. Ich versichere Ihnen, ich habe mich geläutert. Ich freue mich jedenfalls, heute die Gelegenheit zu haben, unsere Bekanntschaft zu erneuern.«

Schleimscheißer, dachte Hedwig. Der Kerl wittert Morgenluft. Der hat schon gemerkt, dass seine Geldquelle den Bach runtergeht.

Und dann betrat noch jemand den Raum. Alexander Mendelssohn vom Bankhaus Mendelssohn & Co. Er war fünfzig Jahre alt und sah mit seinen angegrauten Schläfen sehr distinguiert aus. Seit Jahren leitete er zusammen mit seinem Bruder das renommierte Bankhaus, das ihrer beider Vater einst gegründet hatte.

Fischer blickte mit finsterer Miene von einem zum anderen und verstand gar nichts mehr. Auf seiner Stirn standen Schweißperlen. Er sah aus wie ein in die Ecke getriebenes Raubtier.

»Wir haben einen Vorschlag für Sie, Herr Fischer«, sagte Dr. Kaffenberger, »den Sie, in Anbetracht Ihrer Lage, als äußerst großzügig bewerten sollten.«

Fischer starrte ihn voll Misstrauen und Ärger an. Ärger, hinter dem sich Furcht verbarg. »Raus mit der Sprache! Was für eine Schweinerei habt ihr euch ausgedacht?«

»Wir wollen Ihre Firma übernehmen«, meldete sich Ewalt zu Wort. Hedwig und Gero hatten beschlossen, Ewalt das Reden zu überlassen. Es war wichtig, dass er jetzt die Dinge in die Hand nahm.

»Wie bitte?«, schrie Fischer. »Höre ich was von Übernahme?«

»Sie selbst hatten mir doch einen Zusammenschluss vorgeschlagen. Ich bin sicher, Sie erinnern sich. Und im Grunde hatten Sie recht. Die Vorteile überwiegen bei Weitem die Nachteile. Deshalb haben wir uns dafür entschieden, Fischer & Söhne zu übernehmen.«

Von Falkenberg stieß ein verächtliches Lachen aus. »Sag mal, bist du jetzt übergeschnappt? Was erfrechst du dich da? Der Hai will den Walfisch schlucken? Das ist doch zum Lachen.«

Aber Ewalt blieb ruhig. »Zu dir kommen wir gleich noch, Eberhard. Was unseren Vorschlag betrifft, bitte ich die Herren Kaffenberger und Mendelssohn, die Einzelheiten zu erläutern. Vor allem schlage ich vor, gegenseitige Anfeindungen und Beleidigungen zu unterlassen.«

Erich Fischer holte ein Sacktuch aus der Hosentasche und wischte sich den schweißnassen kahlen Kopf. Dann ließ er das Tuch wieder verschwinden, lehnte sich mit düsterer Miene zurück und verschränkte die Arme von der Brust. »Na los! Reden Sie schon«, knurrte er ungehalten. »Hören wir uns den Unsinn an.«

Dr. Kaffenberger nahm ein Blatt Papier aus seiner Aktenmappe. Er räusperte sich, rückte seinen Zwicker zurecht und ergriff das Wort.

»Wie Ihnen heute dargelegt wurde, ist Ihre Hausbank nicht länger bereit, das Verlustrisiko Ihres Unternehmen mitzutragen. Die Schmitt-Werke dagegen haben eine zukunftsträchtige Dampfwagentechnik entwickelt, die voraussichtlich sehr erfolgreich sein wird. Ein erster großer Auftrag konnte bereits gewonnen werden.«

»Wer hat was bestellt?«, rief Fischer dazwischen.

»Die Stettiner.«

»Wir unterbieten!«

»Der Auftrag ist schon vergeben. Und ich bitte Sie, mich nicht weiter zu unterbrechen.«

Fischer warf von Falkenberg einen wütenden Blick zu. Es war nicht klar, was der zu bedeuten hatte. Vielleicht, weil es Eberhard nicht gelungen war, die Pläne zu stehlen oder die Lok zu zerstören. Oder sich bei Direktor Moretti einzuschmeicheln.

»Auch bei anderen Gesellschaften wurde vorgetastet«, fuhr Dr. Kaffenberger fort. »Die Verkaufsaussichten der neuen Lok sind so ausgezeichnet, dass die Produktionsanlagen bei den Schmitt-Werken nicht ausreichend sein dürften, um die Nachfrage zu decken. Fischer & Söhne dagegen hat die entsprechenden Kapazitäten, um die Produktion stark auszuweiten. Deshalb das Interesse an einer Übernahme.«

»Und mit welchem Geld?«, fragte Eberhard. »Ihr seid doch genauso pleite.«

»Da irren Sie sich, Herr Baron«, sagte Dr. Kaffenberger. »Olga Freifrau von Billung besitzt bereits ein Fünftel der Anteile von

Fischer & Söhne. Sie wird dieses Investment erweitern, indem sie sich mit weiteren zwei Millionen Talern an den Schmitt-Werken beteiligt.«

Von Falkenberg fiel die Kinnlade herunter.

Fischer warf Olga einen vernichtenden Blick zu. »Verdammt nochmal! Da hab ich ja eine Schlange an meinem Busen genährt.«

Dr. Kaffenberger übergab nun an Alexander Mendelssohn. »Das Bankhaus vertritt seit Jahren die Interessen der Schmitt-Werke«, ergriff dieser das Wort. »Wir haben uns ebenfalls mit den Zukunftsaussichten der Firma befasst und sind zu dem gleichen Ergebnis gekommen, wie Herr Dr. Kaffenberger es gerade dargelegt hat. Deshalb haben wir uns bereits mit Ihrer Hausbank, Herr Fischer, geeinigt. Wir übernehmen Ihre sämtlichen Darlehen und werden dem neuen Unternehmen eine weitere Kreditlinie zur Verfügung stellen, falls noch Investitionen nötig sein sollten.«

»Dem neuen Unternehmen?«

»Beide Firmen werden zu einer einzigen verschmelzen«, sagte Dr. Kaffenberger, »und – um Ihnen entgegenzukommen – unter dem Namen Fischer-Schmitt-Werke firmieren.«

Fischer fuhr hoch. »Nie im Leben! Seid ihr alle wahnsinnig geworden? Nie im Leben unterschreib ich das! Mein ganzes Leben hab ich gerackert, um diese Firma aufzubauen. Und mit Erfolg. Und nur, weil wir eine verdammte Wirtschaftskrise haben, kommt ihr Hyänen daher und wollt mir die Firma stehlen?«

»Herr Fischer, mäßigen Sie sich.«

»Ich soll mich mäßigen?«, schrie Fischer. »Es ist eine Verschwörung gegen mich, eine verfluchte Sauerei. Ich werde euch alle verklagen, das schwöre ich. Aber das Ding unterschreibe ich nicht.«

Dr. Kaffenberger warf ihm einen eiskalten Blick zu. »In dem Fall sind Sie erledigt, Herr Fischer. Ihre Firma wird abgewickelt, und Sie bekommen keinen Pfennig mehr dafür. Ich würde Ihnen nicht raten, Ihr letztes Geld auch noch an unsinnige Klagen zu verschwenden. Sie haben ein schönes Haus, hab ich gehört. Ich hoffe, es liegt noch etwas Erspartes unter der Matratze.«

Fischer öffnete den Mund wie ein Fisch, der nach Luft schnappt. Dann klappte er den Mund wieder zu und schüttelte den Kopf. »Saubande!«, schimpfte er. Er warf Mendelssohn einen wütenden Blick zu. »Klar, dass die sich mit einem Juden zusammentun. Die verdammten Juden sind noch unser Untergang!«

»Ich verbitte mir solche Bemerkungen, Herr Fischer«, sagte Mendelssohn bestimmt, aber ruhig. »Nehmen Sie lieber den Vorschlag an. Der ist nämlich gar nicht schlecht.«

Jetzt meldete sich Buschardt zu Wort. »Erich, die Dinge sind, wie sie sind. Als dein Anwalt rate ich dir, den Vorschlag erstmal in Ruhe zu prüfen.«

Es dauerte eine Weile, bis Fischer sich beruhigt hatte. »Also gut. Ich höre«, brummte er schließlich und verschränkte wieder die Arme vor der Brust.

»Die Gesellschaftsanteile werden neu vereinbart«, ergriff Dr. Kaffenberger das Wort. »Sie, Herr Fischer, erhalten ein Viertel aller stimmberechtigten Anteile. Freifrau von Billung ein weiteres Viertel. Herr Ewalt Schmitt ebenfalls. Hedwig Schmitt und ihr Bruder Gero teilen sich das letzte Viertel. Die Leitung des neuen Unternehmens übernimmt ab sofort Herr Ewalt Schmitt. Alle Anteile sind gleichermaßen stimmberechtigt mit Ausnahme des Anteils von Herrn Ewalt, der ist doppelt stimmberechtigt. Damit bleibt die Entscheidungsmehrheit bei der Familie Schmitt.«

Fischer starrte mürrisch vor sich hin. Dass er weiter an dem neuen Unternehmen beteiligt werden sollte, schien seiner Wut die Spitze genommen zu haben. Trotzdem knurrte er Buschardt an. »Das läuft praktisch auf eine Enteignung hinaus. Dazu soll ich mich bereit erklären?«

»Sehen Sie es positiv«, sagte Dr. Kaffenberger. »Das Wichtigste ist doch, dass die Firma floriert. Ein Viertel eines gutgehenden Unternehmens ist immer noch mehr wert als eine garantierte Pleite.«

»Wir werden natürlich die Verträge prüfen müssen«, sagte Dr. Buschardt. »Aber wenn alles vernünftig ist, dann muss ich dir dazu raten, Erich. Spatz in der Hand ... Na ja, du kennst das Sprichwort.«

Ewalt räusperte sich. »Allerdings sind zwei Bedingungen an diese Vereinbarungen geknüpft.«

»Was denn noch?«

»Wir wollen Sie nicht ruinieren, Herr Fischer, aber wir müssen darauf bestehen, dass Sie sich vollständig aus dem Unternehmen zurückziehen. Im Gegenzug erhalten Sie neben den üblichen Gewinnausschüttungen eine monatliche Rente, mit der Sie komfortabel leben können.«

»Ja. Weil du meine Tochter heiraten willst, du Bastard!«, sagte Fischer hämisch. »Anscheinend hat mein Töchterchen mich noch nicht ganz abgeschrieben. Wenigstens etwas.«

»Stimmt. Die Hochzeit ist geplant. Ich hoffe, dass wir uns bis dahin vertragen können.«

»Wir werden sehen. Und die zweite Bedingung?«

»Die zweite Bedingung lautet, dass Eberhard von Falkenberg mit sofortiger Wirkung das Unternehmen verlässt.«

Eberhard, der während der letzten zehn Minuten in seinem Stuhl immer kleiner geworden war, fuhr hoch. »Was soll das denn? Du willst mich rausschmeißen?«

Ewalt nickte. »Genau das. Und ich wiederhole: mit sofortiger Wirkung.«

Eberhard sprang vom Stuhl auf. »Das wirst du bereuen, du verdammter Sauhund! Erst stiehlst du mir die Braut und jetzt auch noch meine Zukunft? Ich werde dagegen angehen, das schwör ich dir! Du wirst mich kennenlernen!«

»Ich rate dir, dich ganz still zurückzuziehen«, sagte Ewalt mit kalter Stimme. »Wir haben nämlich Untersuchungen angestellt.« Er deutete auf eine Aktenmappe, die vor ihm auf dem Tisch lag. »Hier habe ich drei notariell bestätigte eidesstattliche Erklärungen von Arbeitern, die du gegen Bezahlung beauftragt hast, bei uns einzubrechen, Pläne zu stehlen und bei einer zweiten Gelegenheit unsere Montagehalle in Brand zu stecken. Damit hättest du uns beinahe ruiniert. Zum Glück ist niemand zu Tode gekommen.«

»Das ist eine verdammte Lüge!«

»Möchtest du das von einem Gericht prüfen lassen? Darauf stehen nämlich mehrere Jahre Zuchthaus.«

Eberhard starrte Fischer hilfesuchend an. »Erich, das kannst du nicht zulassen. Du warst doch auch beteiligt.«

Aber der zuckte nur mit den Schultern. »Ich? Du spinnst wohl. So was würd ich nie tun. Das ist doch ungesetzlich. Aber dass du ein ziemliches Früchtchen bist, das ist mir schon seit Langem klar.«

Eberhard starrte ihn zornig an. Dann fegte er seine Kaffeetasse vom Tisch und brüllte: »Na, dann werdet glücklich miteinander!« Wutentbrannt stürmte er aus dem Raum.

Erich Fischer stimmte am Ende zu und unterschrieb zähneknirschend sämtliche Verträge. Er akzeptierte sogar, dass das Firmenlogo der Schmitt-Werke auch den Briefkopf des neuen Unternehmens zierte – eine etwas modernisierte Grafik des alten Ungarnsäbels. Darauf hatte Ewalt bestanden, denn es erinnerte ihn an seinen Vater. Das alte Erbstück der Billungs, deren Geld das neue Unternehmen mitbegründet hatte, prangte fortan in seinem neu eingerichteten Chefbüro der Fischer-Schmitt-Werke.

Wenige Tage nach dem Abschluss der Verhandlungen lud Ewalt Gisela, Trude und Aaron zu einer Probefahrt auf der neuen Dampflok ein. Er hatte einen Arbeitskittel übergezogen, um seinen Anzug nicht schmutzig zu machen, denn er hatte vor, sich als Heizer und Lokführer zu betätigen.

»Man hat mir das Gleis bis Bernau freigegeben. Aber nur für zwei Stunden. Nachher kommt der planmäßige Zug aus der Gegenrichtung. Nächstes Jahr wird es besser. Es soll bald damit begonnen werden, ein zweites Gleis zu legen. Wir haben schon den Auftrag für die Schienen.«

Die gefährlich vor sich hin fauchende Maschine stand auf einem Nebengleis. Friedrich Albers hatte sie fahrbereit gemacht und den Kessel angeheizt. Die vier quetschten sich in die kleine Führerkanzel. Ewalt hatte auf einen Waggon verzichtet. Es war spannender, auf dem Dampfross selbst zu fahren. Er zog an einem Seilzug, der vom Dach der Kanzel hing. Die Lok stieß einen langen Pfiff aus. Dann löste er die Bremse, schob den Krafthebel nach vorn, und mit lautem Zischen und Fauchen setzte sich das Ungetüm in Bewegung. Ganze Wolken von weißem Dampf pufften aus dem hohen Schornstein.

Schnell nahm die Lok Fahrt auf, und sie verließen den Bahnhof. Während sie sich noch im Stadtgebiet befanden, fuhr Ewalt mit gedrosselter Geschwindigkeit und ließ ab und zu Warnpfiffe ertönen. Man konnte nie wissen, wer gerade unachtsam das Gleis überquerte. Es waren schon Unfälle passiert, denn Schranken gab es nicht überall.

Aber schon bald fuhren sie auf offener Strecke. Hier ließ Ewalt die Maschine beschleunigen. Immer schneller ratterte die Lok über die Schienen und zog dabei eine lange Dampfwolke hinter sich her. Die Räder hämmerten über die Gleise, der Fahrtwind heulte, die Kanzel vibrierte, und Trude klammerte sich an ihren Aaron, während die Landschaft an ihnen vorbeirauschte.

Aaron war begeistert. »Wie schnell fahren wir jetzt?«, rief er laut, um den Lärm zu übertönen.

»Achtzig Stundenkilometer«, brüllte Ewalt zurück. »Es geht sogar noch schneller.«

»Mir reicht's, Ewalt!«, rief Trude ängstlich. »Bitte nicht noch schneller.«

Gisela grinste fröhlich. »Sei kein Angsthase, Trude. Das ist doch toll!« Sie streckte den Kopf aus dem Fenster, um nach vorn zu schauen.

Ewalt zog sie zurück. »Vorsicht, Schatz! Du könntest was ins Auge kriegen.«

Ab und zu schaufelte Ewalt etwas Kohle nach. Nach einer halben Stunde erreichten sie Bernau und traten nach kurzer Rast den Heimweg an. »Aber wieso fahren wir rückwärts?«, fragte Trude misstrauisch.

»In Bernau kann man nicht wenden. Aber keine Sorge, die Lok fährt rückwärts genauso gut.«

Diesmal ließ Ewalt es jedoch langsam angehen, und sie genossen die gemächliche Fahrt durch die schöne Landschaft, vorbei an Wäldern und an Bauernhöfen und Feldern, auf denen das Korn stand.

Am Stettiner Bahnhof angekommen stiegen sie aus. Albers wartete schon auf sie. »Alles in Ordnung, Herr Schmitt? Keene Probleme?«

Ewalt grinste. »Nur, dass ich jetzt schmutzige Hände habe.« Er gab Albers den Kittel, dankte ihm und überließ es dem Mann, die Lok auf ein Nebengleis und in den Schuppen zu fahren.

Gisela fiel Ewalt um den Hals. »Das war großartig!«, rief sie. »Ich bin so stolz auf dich.«

»Ja, großartig. Respekt, Respekt!«, sagte Aaron und klopfte Ewalt auf die Schulter.

Ewalt nahm Gisela bei der Hand. »Kommt, gehen wir Kaffee trinken. Da kann ich mir die Hände waschen. Und ich lad euch alle ein.«

»Gerne. Du bist ja jetzt Kapitalist und Großunternehmer geworden«, sagte Aaron. »Schämst du dich eigentlich nicht?«

Ewalt lachte. »Wieso sollte ich mich schämen? Ich bin ein Pionier der neuen Welt. Wir verbinden Städte miteinander und schaffen Wohlstand.«

»Und werden dabei reich wie Krösus.«

Sie verließen den Bahnhof und lenkten ihre Schritte dem kleinen Café zu, wo Ewalt und Gisela sich zum ersten Mal getroffen hatten.

»Ach, Aaron«, sagte Trude. »Nun hab dich mal nicht so.«

Aaron seufzte. »Trude meint, ich sei zu radikal. Was meinst du, Ewalt, bin ich zu radikal? Ich meine, du hast mit mir auf den Barrikaden gestanden. Das rechne ich dir verdammt hoch an. Neben der Tatsache, dass du mir das Leben gerettet hast.«

»Ich war auch dabei«, sagte Gisela.

»Wer könnte deinen mutigen Einsatz je vergessen? Unsere tapfere Amazone!« Er gab ihr einen Kuss auf die Wange. »Aber jetzt mal ehrlich. Bin ich zu radikal?«

»Ich finde ja viele deiner Ideen gut, aber musst du unbedingt die Unternehmer enteignen? Dann bricht doch alles zusammen. Und sozialen Fortschritt gibt es gewiss auch noch auf andere Weise.«

»Zum Beispiel?«

»Du könntest in unsere Firma eintreten und dich für die Arbeiter einsetzen, darauf achten, dass ich sie nicht allzu sehr ausbeute. Man könnte zum Beispiel einen Fonds einrichten, aus dem bei Betriebsunfällen die Arztkosten bezahlt werden. Vielleicht sogar Entschädigungen.«

»Keine schlechte Idee. Aber ich bleibe doch erstmal an der Uni. Außerdem gibt es seit Kurzem ein paar erste Arbeitervereine. Die könnten vielleicht Unterstützung gebrauchen.«

»Was für Unterstützung?«, fragte Trude.

»Na ja, wie sie sich besser organisieren könnten, um ihre Belange durchzusetzen. So was in der Art. Seien wir ehrlich, der Kampf auf den Barrikaden hat den Arbeitern doch überhaupt nichts gebracht. Im Grunde muss das anders angegangen werden.«

»Du kannst also das Kämpfen nicht aufgeben«, sagte Ewalt.

»Neh, kann ich nicht. Will ich auch nicht. So bin ich eben!«

»Jetzt hört mal auf, über Politik zu quatschen«, sagte Gisela. »Nächsten Monat halten wir Hochzeit, das wisst ihr, ja?«

»Wir freuen uns schon«, sagte Trude. Sie legte den Arm um Aaron.

»Und dazu gibt es noch eine Neuigkeit.« Gisela gab Ewalt einen Kuss, der schon wusste, was jetzt kam. »Wir brauchen nämlich nicht nur Trauzeugen, sondern demnächst auch Pate und Patin.«

Trude riss die Augen weit auf. »Wirklich? Du bist …«

Gisela grinste glücklich. »Bin ich!« Aber dann sah sie sich schuldbewusst um und legte den Finger auf die Lippen. »Aber haltet dicht. Es darf noch keiner wissen.«

Am selben Abend saßen Jakob und Hedwig im kleinen Salon ihrer Wohnung. Jakob machte sich Notizen für einen Artikel. Hedwig las ein Buch. Nach einer Weile legte er den Stift beiseite und setzte sich zu ihr.

»Ich finde diese ganze Deutschtümelei einerseits gut, andererseits auch wieder nicht.«

»Aber du warst doch immer für ein geeintes Deutschland.«

»Bin ich ja auch. Es ist auch nötig, dass diese verdammte Kleinstaaterei endlich aufhört. Wie sonst soll es jemals Fortschritt geben? Der Adel und die Fürsten sind die größten Bremser. Nein, ich meine etwas anderes. Diese Begeisterung für alles Deutsche und alles Nationale geht mir zu weit. Und dann wird gern über den Erbfeind Frankreich gefaselt, Germania und die Wacht am Rhein. Ich halte das für gefährlich.«

»Du meinst, das könnte ausgenutzt werden?«

»Klar. Die Herrschenden brauchen doch immer einen Feind, um von ihren eigenen Unzulänglichkeiten abzulenken. Was ist, wenn jetzt alle Nationalisten werden? Die Franzosen sind es eh schon.«

»Denkst du, es könnte wieder Krieg geben?«

»Gegen Dänemark haben wir ja gerade Krieg. Wegen Schleswig. Und Wilhelm, unser Kartätschenprinz, ist ein Hetzer, das weißt du. Preußens Glorie und der ganze Mist. Nach Napoleon hat Preußen Gebiete dazugewonnen. Und es wird weiter die Hand ausstrecken. Das liegt irgendwie in der Luft.«

»Dann schreib dagegen an. Du bist doch gut darin.«

»Ob's was nutzt?«

»Ach, Jakob. Sei nicht so pessimistisch. Nicht heute Abend. Gib mir lieber einen Kuss.«

Er legte seine Arme um sie, und sie küssten sich. Dann sah er ihr in die Augen und sagte: »Ich weiß gar nicht, womit ich dich verdient habe. Du bist nicht nur die schönste, sondern auch die klügste Frau der Welt.«

»Du übertreibst.«

Er grinste. »Oder die raffinierteste.«

»Wovon redest du eigentlich?«

»Wie du alles eingefädelt hast. Die Firma ist nicht nur gerettet, sondern noch viel größer geworden und finanziell saniert. Ewalt ist Chef, Gero ist mehr als zufrieden, und du bist immer noch die Finanzchefin. Wie machst du das bloß?«

»Ohne Olga wär's doch gar nicht gegangen. Ich hab mich in ihr getäuscht.«

»Tja, wir alle wahrscheinlich. Umso besser, dass beide Familien jetzt vereint sind. Und schön, dass der alte Billung-Säbel immer noch euer Firmenlogo ist.«

»Dabei ist das gute Stück nur durch Zufall bei uns gelandet. Aber doch irgendwie passend. Schließlich sind wir Schmitts immer Schmiede gewesen und haben ja selbst Kavalleriesäbel hergestellt. Aber mein Gott, wie viel ist seitdem passiert! Stürmische Zeiten, Jakob.«

»Da hast du recht«, erwiderte er. »Wir alle haben mehr als stürmische Zeiten hinter uns. Und dann dieser Aufstand und Aaron verwundet. Hoffentlich geht es jetzt langsam aufwärts.« Er senkte versonnen den Blick und schwieg. »Um nochmal auf den Säbel zu kommen«, fuhr er schließlich fort, »ich hab ihn mir letztens genauer angesehen. Wenn man sich vor Augen führt, wie alt der sein soll, da läuft einem schon ein Schauer über den Rücken. Als könnte man ihm die Jahrhunderte deutscher Geschichte geradezu ansehen. Findest du nicht?«

Hedwig nickte. »Und durch welche Hände er gegangen sein muss. Was das wohl für Menschen waren?«

»Stell dir vor, die Schlacht gegen die Ungarn fand im Jahre 995 statt. Kurz darauf wurde Otto zum römischen Kaiser gekrönt. Das war nach den Karolingern der Beginn eines deutschen Kaiserreichs. Und wie lang hat es Bestand gehabt! Oft geschmäht, und doch hat es die vielen Jahrhunderte überlebt. Die Reformation und sogar den Dreißigjährigen Krieg.«

»Nur diesen Napoleon hat das Reich nicht überlebt.«

»Da war es ja auch schon ausgehöhlt und nur noch ein Schatten einstiger Größe. Napoleon hat uns einen Gefallen getan, es endlich abzuschaffen.«

»Glaubst du, es wird irgendwann wieder einen deutschen Kaiser geben?«

»Ich hoffe nicht, Hedi. Wozu brauchen wir in der modernen Welt noch einen Kaiser? Oder einen König? Das Zeitalter der Maschinen kommt auf uns zu. Um den Fortschritt zu meistern, braucht es Unternehmer, ein starkes Bürgertum und freie Wahlen, keine absolutistischen Herrscher.«

»Hast du nicht selbst gesagt, die werden niemals von der Macht lassen?«

Jakob seufzte. »Das ist leider zu befürchten. Aber wir beide können es nicht ändern.« Er sah sie lächelnd an. »Jedenfalls nicht mehr heute Abend.« Er nahm seine Uhr aus der Westentasche. »Es ist spät geworden, meine Liebe. Morgen wird ein hektischer Tag in der Redaktion. Ich sollte besser nach Hause gehen.«

»Zu dem Thema wollte ich eigentlich schon seit einer Weile mit dir reden.«

»Welches Thema?«

»Mach uns eine Flasche Wein auf und trink ein Glas mit mir.«

»Du machst mich neugierig.«

»Hol uns den Wein, dann verrat ich dir, was ich dich schon lange fragen wollte. Oder, worum ich dich bitten wollte. Ich meine, du musst doch nicht jeden Abend zu deiner Junggesellenwohnung laufen.«

<<< >>>

Nach »Die Säulen der Erde« und »Die Tore der Welt« der neue große historische »Kingsbridge«-Roman

Ken Follett
DAS FUNDAMENT
DER EWIGKEIT
Historischer Roman
Aus dem Englischen
von Dietmar Schmidt,
Rainer Schumacher
1.168 Seiten
mit Abbildungen
ISBN 978-3-7857-2600-6

1558. Noch immer wacht die altehrwürdige Kathedrale über Kingsbridge. Doch die Stadt ist im Widerstreit zwischen Katholiken und Protestanten zutiefst gespalten. Freundschaft, Loyalität, Familie – nichts scheint mehr von Bedeutung zu sein. Auch der Liebe zwischen Ned Willard und Margery Fitzgerald steht der Glaubensstreit im Weg. Als die Protestantin Elizabeth Tudor Königin wird, verschärfen sich die Gegensätze noch. Die junge Queen kann sich glücklich schätzen, den treuen Ned als Unterstützer und als ihren besten Spion an ihrer Seite zu haben. Die Liebe zwischen Ned und Margery jedoch scheint verloren zu sein, denn von Edinburgh bis Genf steht ganz Europa in Flammen.

Bastei Lübbe